Hilde Möller

leben

Herausgeber:
Eberhard Keil

Hilde Möller

leben

autobiografischer Roman

A L K Y O N
Buchverlag Irmgard Keil

Bibliografische Information der Deutschen Bibliothek
Die Deutsche Bibliothek verzeichnet diese Publikation in der Deutschen Nationalbibliografie; detaillierte bibliografische Daten sind im Internet über http://dnb.ddb.de abrufbar.

ALKYON
Buchverlag Irmgard Keil
Wilhelm-Kopf-Str.29
D-71672 Marbach am Neckar

www.bik-buch.de

Druck und Verarbeitung:
Gruner Druck GmbH Erlangen
Umschlag: Eberhard Keil
Umschlagfoto: Paul Avis / gettyimages

ISBN 978-3-934136-65-6

1 2001

Berührung – nur einmal noch, überall berühren. Dich. Ich möchte dein Gesicht streicheln. Die vielen kleinen Lieblingsstellen küssen, die Nasenflügel, dein Grübchen am Kinn, die Augenlider. Ich möchte dein weiches Ohrläppchen zwischen meinen Fingern spüren, meine Stirn an deine Wange schmiegen, mit den Fingerspitzen deine Lippen nachzeichnen. In deinem Geruch versinken. Das Lächeln in deinen Augen lieben. Deine Haut – so weich.
Ich muss dich fühlen, deine Wärme, deine Lebendigkeit - ich sehne mich nach dir, ich sehne mich so wahnsinnig nach dir.
Aber du bist tot. Tot...
Es ging so schnell an diesem warmen Sommersamstagmorgen. Unser täglicher Spaziergang, du hattest zum ersten Mal eine Wanderkarte dabei.
‚Morgen nehme ich den Kompass mit, damit wir genau wissen, wo wir sind'.
‚Georg, das kann nicht Algenroth sein'!
‚Doch Hannah, glaub einem alten Seemann, wir sind auf der Höhe von Algenroth. Da vorn sind die Dächer, und erkennst du nicht den Kirchturm'.
Bei allen Spaziergängen war ich ein Stück voraus gelaufen, um zu erkunden, ob der Weg zu steil bergab führte, weil ich stets auch an den Heimweg dachte. Georg war herzkrank, doch an diesem Morgen ging es ihm so gut, so unsagbar gut.
Der Weg heute führte ständig bergab.
Zum ersten Mal seit Monaten haben wir einen anderen Wanderweg gewählt als sonst.
Warum dachte ich diesmal nicht an den Heimweg? Nur einmal habe ich mich umgedreht, die Steigung angeschaut und gemeint, ‚das müssen wir nachher alles wieder hinauf'.
Du hast sorglos gelacht: ‚Wir sind hinunter gekommen, also werden wir auch wieder zurückkommen'.
Du warst so hoffnungsfroh – am kommenden Sonntag wollten wir nach Spanien, die Kinder besuchen. Du hattest schon die Route ausgearbeitet – immer einen anderen Weg durch Frankreich, nur keine Autobahn, Neues ken-

nenlernen. Und du warst schon eifrig dabei, CDs zu brennen, wir liebten es, zu fahren, Musik zu hören, den Wind in den Haaren zu spüren, Lächeln zu tauschen, uns zu wundern, weil wir gleichzeitig wieder einmal dasselbe gedacht hatten. Wir suchten kleine, abgelegene Hotels aus, entdeckten Landschaften neu, fuhren durch verschlafene Dörfer.
Wir hatten Zeit, so viel Zeit.
Wir hatten so wenig Zeit – wir wussten es nur nicht.
Kurz vor dem Dorf bliebst du vor einer Abzweigung stehen: ‚Lass uns in diesen Wiesenweg einbiegen, vielleicht finden wir einen Rückweg, der nicht so steil ist'.
Es war zehn Uhr, die Sonne stand schon hoch, der Himmel tiefblau, die Luft erfüllt vom Geruch nach frisch geschnittenem Gras, nach Kamille, Löwenzahn und Sauerampfer, nach Wärme und Leben.
Gestern waren Freunde zum Abendessen bei uns gewesen, wir unterhielten uns übers Alleinverreisen. Sie verteidigten den Wunsch, auch manchmal allein Reisen zu unternehmen. Jetzt sagtest du: ‚Ich könnte mir gar nicht vorstellen, ohne dich zu verreisen. Es würde mir keine Freude machen'.
Nein, nicht allein verreisen, auch ich wollte alles mit dir zusammen erleben.
Und nun bist du ohne mich gegangen, für immer gegangen...
Ich drehte mich zu dir um, wir konnten auf diesem schmalen Weg nicht nebeneinander gehen: „Es ist zwar noch früh, aber wird dir die Sonne nicht zu viel?"
‚Nein, warum denn, mir geht es doch sehr gut'.
Nur zwei Schritte gingst du weiter... zwei Schritte... nur zwei Schritte, als du ohne Laut, ohne Warnung an mir vorbei stürztest, der Länge nach, nicht erst auf die Knie oder die Hände, nein, direkt aufs Gesicht, unerwartet, so schrecklich unerwartet. Ich schrie auf, kniete neben dir, rief deinen Namen, stammelte ‚nein, bitte, bitte, nein'.
Wen habe ich angefleht?
Du kamst wieder zu dir und warst doch nicht mehr da, denn dein armes Gesicht war total zerschlagen, die gebrochene Nase blutete, aber du klagtest nicht über

Schmerzen. Hast sie nicht mehr gespürt. Du hast mir geholfen, das Handy von deinem Gürtel zu lösen, hast nur ab und an fast erstaunt das Blut weggewischt. Ich wählte mit zitternden Fingern die Nummer unserer Nachbarin, meiner Freundin. Ihr Mann ist Förster, er wird uns finden, er kann mit seinem Geländewagen überall hin.
„Ich bin schon unterwegs".
„Kannst du aufstehen, wenn ich dir helfe? Vielleicht können wir ein wenig Schatten suchen?" Ich war so hilflos und doch schon wieder so hoffnungsvoll. Ich half dir aufstehen.
„Ich kann nicht, ich setz mich hier auf die Böschung bis Stefan kommt".
„Ich laufe ihm entgegen, auf dem kleinen Weg übersieht er uns sonst. Er wird dich gleich ins Krankenhaus bringen", wollte ich dich trösten und hätte selbst so viel Trost gebraucht.
Wie ich rannte, mein Gott, wie ich rannte! Steil war der Weg, ich achtete nicht darauf, das Herz hämmerte, ich flüsterte dauernd deinen Namen und betete, ja - ich betete: ‚Lieber Gott, bitte noch nicht, bitte nimm ihn mir nicht, lass die Hilfe rechtzeitig kommen'.
Ich winkte, rief und schrie, als ich den Wagen von Stefan entdeckte, er hielt nur kurz an, ich stieg ein, leitete ihn zu der kleinen Abzweigung. Am Beginn des Wiesenweges mussten wir halten, ich sah schon von weitem, dass du zusammen gesunken warst, ich rannte zu dir...
Dein Gesicht lag auf deinem Spazierstock, ich wusste, dass es zu spät war. Ich kniete nieder, presste mein Ohr auf dein Herz, es schlug nicht. Ich wollte deinen Atem spüren – nichts.
Zu spät! Du... du warst tot! Gestorben allein. Gestorben ohne mich...
Warum...? Warum...?
Warum war ich Hilfe holen gegangen? Warum war ich nicht einfach bei dir sitzen geblieben, habe dich in den Arm genommen, habe diese letzten Sekunden mit dir erlebt? Immer denke ich, mit meinem Tun alle lebenswichtigen Dinge beeinflussen zu können. Dachte ich, auch den

Tod abwenden zu können? Wenn ich nur schnell genug reagierte.
Warum hatte ich nicht erkannt, dass es für uns kein Nachher mehr gab?
Ich wollte dich doch halten, dir meine Wärme geben, dein Gesicht streicheln, dich mit all meiner Zärtlichkeit über diese allerletzte Schwelle begleiten.
Aber du gingst allein.
43 Jahre waren wir zusammen gewesen, nichts wollten wir allein unternehmen, so vieles haben wir geteilt, und diesen letzten, allerletzten Augenblick war ich nicht da gewesen.
Hast du Angst gehabt?
Hast du nach mir gerufen?
Ich hätte dich in die Arme genommen, warum warst du allein gegangen? Warum hat Gott oder wer auch immer mir nicht erlaubt, in diesem Augenblick mit dir zusammen zu sein? Warum?
Die Sonne brannte jetzt unbarmherzig, ich zog mein T-Shirt aus und legte es dir über die Stirn, du warst so wehrlos. Ich verscheuchte die vielen Mücken, die dich plötzlich umschwirrten. Von ferne die Sirene der Ambulanz, über 30 Minuten waren seit deinem Sturz vergangen.
‚Bitte, lass mich nie im Krankenhaus sterben. Ich möchte nicht an Apparate'.
‚Schatz, wenn dir was ist, muss ich im Krankenhaus anrufen, ich kann nicht allein entscheiden, ob eine Behandlung nötig ist'.
‚Versprich mir, dass du mich zum Sterben nach Hause holst'.
So oft haben wir vom Sterben gesprochen. Vorbereiten wolltest du mich, weil du zehn Jahre älter warst als ich.
Vorbereiten auf was? Es gibt kein Vorbereiten.
Jetzt warst du so gestorben, wie du es dir vielleicht in kühnsten Träumen nicht ausgemalt hattest. Über uns blauer Himmel, am Horizont Wald, in der Luft der Gesang der Vögel, und die trägen Geräusche eines Sommertages.
„Haben Sie eine Patientenverfügung?" Die Stimme des Rettungssanitäters, die Gegenwart.

„Nein. Aber ich weiß, dass mein Mann keine Wiederbelebung gewollt hätte“.
Wie nüchtern meine Stimme klang, dabei möchte ich schreien, ‚keine Maschinen, was denken Sie denn, er ist schon über eine halbe Stunde tot!‘
Ich ahnte, was dich erwarten würde, wenn die Wiederbelebung gelingen würde: Rollstuhl, Abhängigkeit - Demenz!
Du dement, mein wunderbarer, lebendiger, lebenslustiger Mann…
Die Sanitäter stellten die Mund-zu-Mund-Beatmung ein, es war doch eh zu spät. Für meinen Mann war hier auf dem einsam-schönen Wiesenstück sein letzter Wunsch in Erfüllung gegangen, für mich hat sich auf diesem Weg ein Abgrund aufgetan und ich bin gestürzt, gestürzt und gestürzt.
Eben war doch noch...
Gerade hatten wir doch noch...
War es nicht erst einen Augenaufschlag her, dass er...
Wollten wir nicht morgen...
Und jetzt? Nie mehr! Nie, nie mehr! Kein Lächeln mehr, keine Stimme, keine Worte, keine Zärtlichkeiten, nichts, nichts...
Als der Leichenwagen vorfuhr und sie diesen entsetzlichen grauen Sack auf den Weg legten, führte mich Stefan zu seinem Wagen und fuhr mich zum Bestattungsinstitut. Mittlerweile war auch Sarah, unsere Älteste mit ihrem Mann da, ich hatte sie angerufen. Wann nur?
Wie war ich überhaupt fähig, zu reagieren? Wie konnte ich denken?
Wieso ging alles weiter, einfach weiter? Mein Mann war gestorben – aber die Erde drehte sich weiter, am Himmel lautlos ein Segelflugzeug, aus einem Zelt am Wiesenrand schauten neugierig ein paar Kinder all dem zu, was sich da vor ihren Augen abspielte.
Im Institut mussten wir warten, bis mein Mann „hergerichtet“ war, er wurde notdürftig aufgebahrt. Damit wir gleich noch einmal zu ihm konnten.
Abschied nehmen? Abschied! Von dir?
„Ich begleite dich, Mama“. Sarah hatte so viel Angst um mich.

Warum habe ich diese Fürsorge nicht abgewehrt, warum habe ich zugestimmt?
Ich wollte doch mit dir allein sein, mich neben dich legen, dich noch einmal berühren. Weinen, vielleicht endlich weinen. Deine Hände halten. Mein Gesicht an deines legen, noch warst du so nah, so lebenswarm.
Ich wäre so gern mit dir allein gewesen – noch einmal, nur einmal noch, zum letzten Mal...

2 1957

„He Hannah, weißt du, dass du ausgesprochen gebärfreudige Hüften hast?“ Vorsichtig legten sich zwei Hände um die Taille der jungen Frau, die gerade die Schwingtür des Restaurants aufstieß. Empört drehte sie sich um und blickte in das lachende Gesicht von Georg Jantzen, dem ältesten unter den Schülern der Hotelfachschule.

‚Na klar, typisch Mann. Bestimmt der Frauenheld hier mit seinen weißen Schläfen. Wahrscheinlich gefärbt. Er findet sich sicher unwiderstehlich“.

Hannah sagte es nicht laut, seine Freunde umstanden ihn und lachten sie übermütig an. War das eine Art Test, ob sie in ihren Kreis aufgenommen werden konnte? Sie warf die langen dunklen Haare zurück, wollte, wie immer in solchen Situationen, abweisend und kühl reagieren, dachte aber: ‚Besser, du lachst zurück, sonst bist du bei denen gleich unten durch’.

Sie war erst wenige Tage an der Hotelfachschule in Bad Wiessee und schon jetzt kam es ihr manchmal so vor, als hätte es das letzte Jahr, die Ehe mit Harald und den Aufenthalt in Isfahan nicht gegeben.

‚Eigentlich habe ich noch nie das Empfinden gehabt, irgendwo dazu zu gehören. Hier ist es mir komischerweise wichtig’, überlegte sie, als sie sich an einen der langen, fast nur von jungen Frauen besetzten Tische im Restaurant setzte. Bedient wurden sie von Mitschülern und Mitschülerinnen. Nächste Woche hatte sie das Vergnügen, zwischen den Tischen herumzurennen und vollbeladene Teller zu balancieren! Bisher war sie davon verschont geblieben, sie musste erst das Versäumte nachholen, weil sie einen Monat später als die anderen mit diesem Halbjahreskurs angefangen hatte.

Sie schaute auf, als Georg, beladen mit Teller, Besteck, einem Glas und unter den Arm noch ein Buch geklemmt, vor ihr stand: „Ist der Platz neben dir noch frei?“

„Bitte, so viel ich weiß, wird hier nicht reserviert“, antwortete sie schnippisch. Sie rückte ein wenig zur Seite und betrachtete ihren neuen Tischnachbarn verstohlen. Sein dunkles, von weißen Strähnen durchzogenes Haar, sein braungebranntes Gesicht, die lachenden Augen, den be-

gehrenswert sinnlichen Mund. Georg schien viel Sport getrieben zu haben, schlank war er nicht, aber offensichtlich sehr durchtrainiert.
„Ich hab gehört, du wärst verheiratet".
Sie blickte ihn spöttisch an: „Na und, was ist daran für dich interessant?"
„Nur, weil ich auch Ehe-Erfahrung habe". Sie blickte auf seine Hände, sah keinen Trauring und griff blitzschnell in die Brusttasche seiner Jacke.
„Suchst du was Bestimmtes?" nun war es Georg, der sie verblüfft anschaute.
Sie lachte hellauf: „Deinen Trauring natürlich! Dass ihr den verschwinden lasst, ist doch die übliche Tour, wenn ihr eine Frau anmacht, oder?".
„Na, du hast vielleicht Erfahrungen. Nein, ich bin geschieden".
„Hm, tut mir leid, konnte ich ja nicht wissen. Also sind wir hier wohl die Erfahrensten".
„Zumindest bin ich der Älteste", murmelte Georg und verschluckte sich fast an einem Stück zähen Suppenfleisches.
Ebba, eine Mitschülerin, kam an den Tisch: „Hast du mir das Buch mitgebracht?" Georg blickte von seinem Teller auf, griff nach dem Buch, das neben ihm lag und gab es Ebba. Neugierig schaute Hannah auf den Titel ‚Das Sein und das Nichts' von Sartre.
„Wenn Ebba es ausgelesen hat, gibst du es mir auch mal?"
„Ach, das ist doch viel zu intelligent für dich".
„Sag mal, spinnst du?" Hannah war so wütend, dass sie Georg am liebsten eine runtergehauen hätte. Sie biss sich auf die Lippen: ‚Was soll das, wie kann mich ein solch dummer Satz nur so treffen? Das darf der Schnösel auf keinen Fall merken'.
Georg stand auf, lachte Hannah an: „Nimm's nicht so ernst, war nur ein Scherz".
‚Komischer Scherz', wollte Hannah antworten, aber sie schluckte die Worte runter, dachte, ‚warum fühl' ich mich tatsächlich fast jedem Menschen unterlegen?' Grübelnd

blieb sie, nachdem sie sich noch einen Kaffee geholt hatte, am Tisch sitzen. Fand keine Antwort.
Tagelang ging sie Georg aus dem Weg, doch ihr Ärger über seine blöde Bemerkung legte sich, und bald fand sie ihn auch gar nicht mehr so arrogant oder eingebildet wie am Anfang. Immer wieder versuchte er, mit ihr zusammen zu sein. Lieh ihr seine Fachnotizen aus. Setzte sich beim Essen neben sie. Die Gespräche wurden intensiver, drehten sich nicht mehr nur um Schule. Es war ein gegenseitiges vorsichtiges Herantasten und Suchen nach Gemeinsamkeiten. Nach einigen Tagen gab sie seinem Drängen nach und verabredete sich mit ihm für einen Spaziergang am See.
„Erzähl doch mal von dir!“, forderte Georg die junge Frau fast schüchtern auf, nachdem sie schon eine Weile stumm nebeneinander über die Promenade geschlendert waren.
Hannah blieb stehen. Letzte Sonnenstrahlen ließen die kleinen Wellen des Sees rötlich aufblitzen, zeichneten aus den Schnee- und Matschresten am Uferrand bizarre Bilder von schattigen Tälern und glänzenden Hügeln im Miniformat.
Ein wenig erschrocken und doch auch amüsiert, fragte sich Hannah, ‚warum kann ich mir vorstellen, ihm wirklich etwas von mir zu erzählen? Da ist anscheinend doch mehr als nur Sympathie, eher so etwas wie Vertrauen?’ Sie hatte das Empfinden, als ob er mit seiner bisherigen Art etwas überspielen wollte. ‚Aber was kümmert’s mich, er kann mir doch völlig gleichgültig sein!’ Nachdenklich schaute sie Georg von der Seite an. ‚Ist er mir aber nicht!’ Es ging eine Wärme von ihm aus, von seinem Lachen und seinem Blick, die sich übertrug, und die Hannah ganz leicht werden ließ.
In Gedanken kehrte sie zu den letzten Monaten zurück, erklärte kurz, dass Harald ihr Mann war, von dem sie aber jetzt in Scheidung lebte.
Georg musste sich sehr anstrengen, Hannah zu verstehen, sie schien seine Gegenwart vergessen zu haben, sprach so leise, als gälten ihre Worte gar nicht ihm:
„Harald war... ja, was war er mir eigentlich wirklich? Der Ausbruch aus Ordnung und Disziplin, war Verliebtheit und

das Versprechen von Freiheit. Er arbeitete im Hotelfach, träumte von fremden Ländern, die Welt schien uns allein zu gehören und nur deshalb, weil er daran glaubte! Das Leben wurde mit ihm plötzlich aufregend, prickelnd und neu. Vor allem, als er sich für ein Stellenangebot in Persien interessierte. “

Sie bückte sich, hob einen hellen Kiesel auf, warf ihn im weiten Bogen über das Wasser. Sie lachte, es klang keineswegs lustig, eher unsicher: „Für diese Stelle musste er verheiratet sein, das war eine der Bedingungen. Wir waren verliebt, wir suchten beide das Abenteuer, was lag näher, als zu heiraten? Eigentlich wollte ich Germanistik und Literatur studieren, aber in der Obersekunda wurde ich krank. Herzmuskelentzündung. Monatelang im Krankenhaus und dann die Worte des Arztes: ‚Sie dürfen nie arbeiten, nie heiraten und nie Kinder bekommen.“

Sie schwieg, fragte sich: ‚Warum bin ich Georg gegenüber nur so offen? Oder spielt es im Augenblick gar keine Rolle, wer und ob mir jemand zuhört? Vielleicht muss ich nur einmal aussprechen, was ich in den letzten Monaten selbst nicht verstanden habe!’

Sie holte tief Luft, steckte energisch eine Haarsträhne, die ihr ins Gesicht gefallen war, wieder unter die weiße Wollmütze, vergrub die Hände tief in den Taschen des roten Mantels. Nach einer Weile fing sie wieder an zu sprechen: „Da tauchte Harald auf und die Beziehung zu ihm war Auflehnung pur gegen dieses Verbot von Lebendürfen“. Abrupt blieb sie stehen und blickte Georg erstaunt mit ihren großen haselnussbraunen Augen an, in die goldene Punkte wie absichtslos hineingetupft wirkten und ihnen einen besonderen Glanz verliehen.

„Warum erzähl ich dir das alles?“

Er schien ihre zuvor gedachten Gedanken erraten zu haben und meinte: „Möglich, dass es gar nicht wichtig ist, wer dir zuhört, auch möglich, dass du einfach einmal sprechen musst, dich von etwas befreien willst.“

Georg hatte nach ihrer Hand gegriffen, doch Hannah entzog sie ihm fast grob. Sie wollte keine körperliche Nähe, sondern nur einen Zuhörer, auch wenn sie spürte, dass es

das nicht allein war. Sie überging seinen Einwurf, sagte leise: „Wir waren nur so neugierig aufs Leben".
Es war dunkel geworden, hatte zu schneien begonnen.
„Was hältst du von der Kneipe hier, fürs Abendessen in der Schule ist es eh zu spät", fragte Georg und als Hannah nickte, öffnete er die Tür einer Gastwirtschaft, über der in Neonleuchtbuchstaben „Frau Müllers Gaststube" prangte. Wärme umfing sie und der Geruch nach Bier, Zigaretten und Bratkartoffeln. Sie suchten sich einen Tisch in einer abseits gelegenen Nische, hängten ihre Mäntel auf, klemmten sich auf die Bank und bestellten zwei Flaschen Bier und einen Piccolo, nachdem Georg Hannah gefragt hatte, ob sie schon einmal die Mischung Bier und Sekt probiert hätte. Dazu stellte Frau Müller einen Korb mit frischen Brötchen hin, auf dem Tisch standen Öl, Essig und Salz, die Mischung ein würziger Belag für die Semmel, für ein richtiges Abendessen reichte das Geld nicht. Georg hätte so gern über Hannahs von der Wärme der Gaststube gerötete Wangen gestrichen, unterließ es, und fragte stattdessen:
„Erzählst du mir weiter oder magst du nicht mehr?"
Leise fragte sie: „Warum interessiert dich das überhaupt?"
„Weil wir wahrscheinlich an dieser Schule diejenigen sind, die schon ein ziemliches Stück Leben hinter uns haben. Es interessiert mich einfach. Irgendwann hast du mal gesagt, du wärst 21 Jahre alt. Wie kann man da schon so viel erlebt haben?"
„Gut, plötzlich also Persien! Das Angebot, in Isfahan ein neu eröffnetes Hotel zu leiten. Kannst du ermessen, was das für uns hieß? Persien – Isfahan. Fremde, Abenteuer versprechende Namen. Wir suchten das Land und die Stadt im Atlas, besorgten Autokarten, wollten uns mit unserem alten Ford Taunus auf die lange Reise machen".
Sie schüttelte lachend den Kopf, als staunte sie noch immer über die unbefangene Abenteuerlust, die sie damals erfüllte.
„Vier Wochen nach der Hochzeit brachen wir auf. Mit all unserem jugendlichen Optimismus fuhren wir los. In Österreich war es noch wie Ferien. Im jugoslawischen Zagreb flogen die ersten Steine gegen unser Auto mit seinem

deutschen Nummernschild. In Griechenland war unser Visum abgelaufen und in der Türkei hatten wir kein türkisches Geld, um die Fähre über den Bosporus zu bezahlen. Ein Offizier kaufte uns die Karten für die Überfahrt".
Hannah hatte wie im Fieber gesprochen, fragte sich, ‚will ich vielleicht alles in der Erinnerung noch einmal erleben? Nicht nur das Abenteuer, sondern auch die Angst vor dem Neuen, will ich verstehen, warum ich mich so völlig unüberlegt in dieses Unternehmen gestürzt habe?'
Sie zerbröselte den weichen Teig eines Brötchens zwischen den Fingern, dann sprach sie entschlossen weiter: „Hinterm Bosporus plötzlich und unvorbereitet heftige Unwetter. Straßen waren überschwemmt, Brücken weggerissen. Wir fuhren über aufgeweichte Felder, durch tiefste Schlaglöcher. Vorbei an aufgeregt gestikulierenden Menschen, an ersoffenen Schafen, deren aufgedunsene Körper im dreckigen Wasser schwammen, die Beine steif nach oben gereckt".
Im Geist sah sie wieder die dichten Nebelschwaden verdunstender Feuchtigkeit, als die Sonne zwischen aufreißenden Wolkenwänden hindurch auf die Verwüstungen hinunterglühte.
Sie nahm einen großen Schluck aus ihrem Glas und wischte sich mit dem Handrücken über die Lippen: „Die Stoßdämpfer des Wagens lagen längst auf dem Rücksitz, im Reifenwechseln hatte Harald mittlerweile Rekordzeiten erreicht. Und dann die Hitze. Manchmal fürchtete ich, ohnmächtig zu werden. Essen konnte ich schon lange nichts mehr. Harald störte es nicht, wenn der Wirt der Kneipen, an denen wir anhielten, mit seiner schmutzigen Schürze die grün schillernden Fliegenschwärme vom Fleisch wischte und es anschließend in die Pfanne legte. Einmal wollte ich in der Grenzstation Edirne wenigstens ein Glas Tee bestellen. Da beobachtete ich am Nebentisch einen alten Mann. Er hatte diese scheußliche Augenkrankheit, die dort durch Staub und Fliegen verursacht wird, das vereiterte Auge hing halb heraus. Der Mann nahm das kleine Teeglas hoch, es hatte offensichtlich die richtigen Maße und hielt dieses eitrige Etwas in seinen

Tee. Das war der letzte Shai, den ich auf dieser Fahrt bestellte“.
Sie lehnte sich auf dem Stuhl zurück: „Willst du noch mehr hören?“
„Natürlich“. Und nachdenklich fügte er hinzu: „Du erzählst viel von der Fahrt, aber fast nichts von dir. Wie war das alles für dich, was hast du empfunden, wärst du lieber umgekehrt?“
„Ich? Nein! Nicht einen Augenblick lang. Vielleicht war ich wirklich sehr naiv, aber nicht nur. Ich wollte dieses Nie-Erlebte, das mir ständig begegnete, annehmen. Natürlich dachte ich manchmal an zu Hause, aber mehr an das Alltägliche, das ich hinter mir gelassen hatte. Ich vermisste es nicht“.
Hannah hielt inne und malte versonnen Kreise und Schlangenlinien mit dem verschütteten Bier auf die Tischplatte. Es war Georg, als kehrte sie von weither zurück, als sie wieder anfing zu sprechen:
„Im persischen Schiraz bot man uns in einem schmuddeligen Hotel ein Zimmer an, das wir mit zwei Fremden teilen sollten, außerdem hatten die Betten wohl schon etliche Vorschläfer gesehen. Da schliefen wir im Auto. In der Nacht erschütterte ein Erdbeben die Stadt, das Hotel, in dem wir übernachten sollten, war teilweise zusammengestürzt...
Als wir nach drei Wochen kurz vor Teheran noch einmal anhielten, standen am Straßenrand ein paar alte Frauen und Kinder. Ich war ausgestiegen, dabei war mir ein gebrauchtes Taschentuch herausgefallen. Eine der Frauen hob es auf, wollte es mir zurückgeben und als ich verneinend den Kopf schüttelte, schwenkte sie, schrill kreischend, mein schmutziges Taschentuch wie eine wertvolle Beute hinter uns her. Da hab ich mich zum ersten Mal geschämt, dass es mir so gut ging“.

3 1957

Als Hannah an diesem Abend in ihr Zimmer kam – sie wohnte nicht im Internat, sondern war in einem zur Hotelfachschule gehörenden Haus untergebracht, was ihr das Gefühl gab, weniger überwacht zu sein als die anderen Schülerinnen – entschied sie sich plötzlich, das Erlebte niederzuschreiben. Für wen? Sie wusste es nicht, es war ihr auch völlig gleichgültig. Sie hatte im Gespräch mit Georg gemerkt, wie gut es ihr tat, einfach einmal die vergangenen Monate in Worte zu fassen.

Sie knipste die Stehlampe an, ihr Licht warf einen gelben Schein auf den einfachen Holztisch. Sie fachte das fast erloschene Feuer im Eisenofen an, legte einige Scheite Holz nach und atmete tief den harzigen Geruch des brennenden, Funken sprühenden Holzes ein, bevor sie die Ofentür wieder schloss. Sie griff nach einem Schreibblock, suchte sich einen Stift und setzte sich an den Tisch. Mit raschen Bewegungen fing sie an zu schreiben:

‚Es blieb uns nicht viel Zeit, das verwirrende Nebeneinander von Tradition und Moderne Teherans zu erfassen. Teestuben neben Hochhäusern. Gewirr kleiner Gassen im Bazar und die Pracht der Königspaläste. Die Stadt umgeben von den hohen schneebedeckten Bergen des Elbursgebirges.

Mr. Eshragi, der Hotelbesitzer, holte uns ab, das Auto mussten wir in Teheran lassen, nur mit dem Flugzeug war die Oase Isfahan zu erreichen.

Unbegreiflich, dass mir überhaupt nicht bange war. Mehr gespannt als ängstlich war ich in diese zweimotorige Maschine eingestiegen - mein allererster Flug! Ich war unterwegs in Asien! Fern von allem, was ich bisher gekannt hatte! Nirgends Straßen von und nach Isfahan, höchstens Karawanenpfade. Außerhalb der Stadt lauerte die Wüste – unwegsam und tödlich, zumindest für mich unerfahrene Europäerin.

Aber ebenso war ich ausgeliefert einer Männergesellschaft! Wie sollte ich hier in die von den Männern verlangte Rolle der Frau schlüpfen? Nirgends allein hingehen. Nie ohne Begleitung das Haus verlassen! Keinen Pfennig Geld zu besitzen! Warum spürte ich nicht die Bedrohung,

die von dieser Situation ausging? Woher nahm ich dieses unverständliche Vertrauen in eine Zukunft, in der ich als Frau irgendwo unter den unwichtigsten Dingen des Lebens rangierte, aber niemals gleichberechtigt oder gar gleichwertig neben meinem Mann? Entsprach diese Situation meiner eigenen Selbsteinschätzung?
Und ausgeliefert war ich einer Sprache, die ich weder verstand noch lesen konnte. Ich war nur neugierig, von einer geradezu unschuldigen Neugier. Und gleichzeitig nicht neugierig genug, konnte ich mich diesem Zustand doch nicht offen überlassen. Ich war zu sehr mit uns und unserer Ehe beschäftigt, als dass ich mir all des Neuen, der so anderen Kultur wirklich bewusst geworden wäre.
Wochen später erst habe ich die Vorschrift, niemals ohne Mann, Freundin oder Hund auf die Straße zu gehen, außer Acht gelassen. Ich streifte allein durch den überdachten Bazar und schritt vorsichtig über die wundervollsten Teppiche, die im Gewimmel der unzähligen Gassen die schmalen Fußgängerwege vor den Läden bedeckten'.
Hannah unterbrach ihr Schreiben. ‚Ich mache daraus ja fast eine Geschichte, als ginge es mich persönlich überhaupt nichts an', staunte sie. Nachdenklich kaute sie auf dem Kugelschreiber herum, ließ noch einmal die Gespräche des heutigen Abends mit Georg an sich vorbeiziehen. Obgleich es schon ziemlich spät war, wollte sie doch diesen Faden zur Vergangenheit, den sie gemeinsam mit ihm aufgerollt hatte, nicht schon wieder loslassen.
Ob Georg schon schlief? Warum interessierte er sich so sehr für ihre Erfahrungen? Es schien keine Neugier zu sein, sondern echtes Wissenwollen.
Sie sah ihn wieder vor sich. Seine Augen, die Farbe konnte sie nicht bestimmen. Manchmal schienen sie grün und dann wieder braun.
‚Welche Farbe sie wohl hatten, wenn er mit einer Frau schlief?' Hannah stand auf, trat vor den neben der Tür aufgehängten Spiegel, näherte ihr Gesicht dem Glas, strich mit den Fingerspitzen vorsichtig über die hohe Stirn, zog die Augenbrauen nach, zeichnete die Konturen der Nase nach – wie gut, dass sie nicht die große Nase vom Vater oder der Mutter geerbt hatte. „Du siehst aus wie

meine Mutter", hatte der Vater immer behauptet. Sie hatte diese Großmutter nie kennengelernt, sie war vor Hannahs Geburt gestorben. Auf den Bildern sah man eine fast zerbrechliche, schöne Frau, den Blick nach innen gerichtet, weltabgewandt. ‚Das bin ich gewiss nicht und zerbrechlich auch nicht', dachte Hannah, als sie auf ihrer Körperreise bei ihrem Mund angelangt war. ‚Schamlos sehnsüchtig würde ich ihn bezeichnen', Sie lächelte und strich ihren Pulli glatt, ‚schlank bin ich, aber schön?' Selten hatte sie sich in ihrem Körper wohl gefühlt und verführerisch war sie sich auch noch nie vorgekommen.
‚Auf was für Gedanken mich dieser Georg bringt'. Brüsk wandte sie sich vom Spiegel ab, setzte sich an den Tisch und fing wieder an zu schreiben:
‚Isfahan – Mr. Eshragi übersetzte Harald und mir das persische Sprichwort ‚Esfahan – nesf-e-jahan' ‚Isfahan ist die Hälfte aller Schönheiten der Welt'. Bei meiner Entdeckung der Stadt dachte ich oft an diese Hälfte aller Schönheiten, wenn ich überwältigt auf dem Kaiserplatz stand, geblendet von der märchenhaften Pracht der türkisfarbenen Kacheln an der Kaisermoschee. Oder wenn ich nichts als staunen konnte über den Reichtum der Paläste, Moscheen und verträumten Gärten. Ich schaute von der Jahrhunderte alten Brücke Pole Khaju in den ‚Ewigen Fluss', wo sich der zweigeschossige Arkadenbau im Wasser spiegelte.
Isfahan – eine schimmernde, traumähnliche Welt. Ich stand lange auf dem großen Immam-Square. Von den zierlichen Minaretten der beiden Moscheen entlang der breiten Straße klang der Gesang des Muezzin, und ich fühlte mich hineingezogen in das rätselhafte Leben des Morgenlandes. War fasziniert von Wasserbecken, großzügigen Rasenflächen und dem Gefühl von Weite. Nachts wischte das Licht der Scheinwerfer, das die Prachtbauten anstrahlte, über den Himmel. Und ich merkte, dass er nicht überall gleich war, dieser Himmel. Ich dachte an meine Kindheit, wenn Vater uns die Sterne erklärte, die so nah schienen und vielleicht längst erloschen waren, wenn ihr Licht, das wir bewundernd betrachteten, uns erreichte. Hier empfand ich den Himmel als leuchtendes Wunder und... fremd.

Und dann wieder die Augenblicke, wenn früh am Morgen, im rötlichen Schein der aufgehenden Sonne Kamelkarawanen als unwirkliche Silhouette gegen den beginnenden Tag mit weichem Hufschlag am Hotel vorbeizogen'.
Abermals unterbrach sich Hannah. ‚Über das Entsetzen muss ich schreiben, mein Entsetzen und diese grauenvolle Hilflosigkeit der Armut gegenüber in diesem reichen Land. Wie bei den alten Frauen vor Teheran...'.
Sie sah wieder die Bilder, die sich eingebrannt hatten. 40 Grad im Schatten der Wüstenstadt. Frauen, die im schlammigen Wasser des breiten Straßengrabens ihre Kleider wuschen, daneben verendete gurgelnd ein Hund und ein paar Meter weiter tauchte ein Kind sein erhitztes Gesicht ins schmutzige Nass. In der Stadt war die Ruhr ausgebrochen, jeden Tag rollten Militärkrankenwagen durch die Straßen. Mit Lautsprechern wurden die Menschen aufgefordert, sich gegen die Epidemie impfen zu lassen.
Es gab noch andere Arten des lautlosen Sterbens. Der tote alte Mann unter dem Maulbeerbaum. Verhungert. Nur ein paar lächerliche Meter vom Hotel entfernt, wo es für die vielen ausländischen Gäste fast jede ausgefallene Spezialität gab.
‚Ich muss das alles aufschreiben, auch wenn ich noch nicht weiß, für wen.
Weiß ich es wirklich nicht? Ist es nicht für Georg, einem eher unwirklichen Georg, den ich mir zwar als imaginären Gesprächspartner ausgesucht habe, dem ich den Text aber vielleicht nie geben werde?'
Er hatte sie mit seinen vorsichtigen Fragen überhaupt erst auf den Gedanken gebracht, über alles, was die letzten Monate für sie bedeuteten, zu sprechen oder zu schreiben. Es war leichter, wenn sie sich vorstellen konnte, dass sie an jemand Bestimmten schrieb und noch leichter, wenn dieser Jemand nichts mit ihr zu tun hatte. Sie konnte ehrlich sein, sich selbst und diesem ‚Niemand' gegenüber.
‚Ich könnte doch auch an meine Mutter schreiben!'
Mit einer ungeduldigen Handbewegung wischte sie diesen Gedanken sofort wieder weg. Sie beschwor das Bild der Mutter: eine energische, alles anpackende schmale Frau,

nur wenig kleiner als sie selbst. Nie gab es eine Umarmung, nie Zärtlichkeiten, und doch immer das starke Gefühl, Mutter war für sie da. Solange es Mutter gab, konnte nichts wirklich Schlimmes geschehen. Und manchmal, doch meist nur kurz, sah sie hinter der Mutter die andere Frau, die sie auch war, voller Sehnsucht und Träume. Dann stand Mutter am Fenster und sang Arien aus Madame Butterfly. „Eines Tages sehen wir“, nur war für sie dieser Tag nie gekommen. Sängerin hatte sie werden wollen. Warum machte sie es sich so unendlich schwer, ihre Gefühle zu zeigen? Warum diese Distanz zu ihren Töchtern? Nein, an die Mutter konnte sie nicht schreiben, lieber an jemanden, der vor Wochen in ihrem Leben noch nicht existiert hatte? Entschlossen beugte sie sich wieder über die Blätter:

‚Wir wohnten hinter dem Hotel, umgeben von hohen Mauern in einem lang gestreckten, einstöckigen Haus mit vielen einzelnen Zimmern, die alle auf eine Terrasse hinausgingen. Mr. Eshragi hatte Harald und mir drei dieser nebeneinander liegenden Räume gegeben, spartanisch eingerichtet und doch luxuriös durch die edlen Teppiche.

Wir hatten einen alten Diener, Kemal sprach ein paar Worte Englisch und war monatelang einer der wenigen Menschen, mit denen ich sprechen konnte, wenn Harald... ja, wenn Harald wieder einmal seine häufigen Schweigezeiten hatte. Sie setzten völlig unvermutet ein, es ging ihnen kein Streit voraus, keine Diskussion, nichts, er sprach nur einfach tage-, wochenlang kein Wort mit mir. Und ich spürte, dass ich ihm nicht mehr wichtig war.

Wie einfach sich solche Worte hinschreiben ließen, ihre Aussage aber zu erleben, das war nicht einfach gewesen. Morgens, wenn ich aufwachte, wagte ich kaum, die Augen zu öffnen. Ich wollte es nicht wissen, aber natürlich blinzelte ich doch vorsichtig zu Harald hin. Sein Gesichtsausdruck verriet schon, heute würde er nicht sprechen und morgen nicht und eine Woche lang nicht und manchmal auch viel länger... da war eine Mauer, an der meine Fragen, Bitten, mein Flehen um Aufmerksamkeit, um simple Antworten abprallten. Diese endlosen stummen Tage.

Manchmal schaute mich Kemal so mitleidig an. Ich glaube, er fühlte mehr, als dass er es wusste, wie einsam ich war. Und die Frauen? Für sie war ich eine Exotin, außerdem gab es ja keine Verständigungsmöglichkeiten. An manchen Abenden gesellte ich mich zu ihnen, wenn sie sich in einem separaten Teil des Gartens versammelten. Fremd saß ich unter ihnen. Nur zu den unzähligen Kindern, die um uns herum tobten, spürte ich Nähe. Sie begegneten mir noch unbefangen. Die Mütter und Großmütter starrten mich an, rauchten ihre Wasserpfeifen, diskutierten, riefen nach den Kindern, und stopften unentwegt Süßigkeiten in sich hinein. Die alten Frauen hüllten sich, noch schwarz gekleidet, in ihre Schleier, während die jungen, fast triumphierend das Moderne ihrer Gesellschaft verkörperten. Auch der jetzige Schah, Mohammed Reza Pahlewi, verlangte wie sein Vater per Gesetz das Verbot der Schleier. Eine junge Betriebswirtin erzählte mir einmal in einem erstklassigen Englisch, dass den verschleierten Frauen auf den Straßen Teherans die Burka abgenommen und auf rasch errichteten Scheiterhaufen verbrannt wurde. Sie selbst trug Minirock und war geschminkt. Sie lebte leider in Teheran, ich habe sie nach diesem Abend nie mehr gesehen.
Niemand war da, der das Schweigen aufgelöst hätte. Plötzlich erinnerte ich mich wieder an die zögerlichen Erzählungen der Schwiegermutter. Harald, als ihr Ältester, war verantwortlich für die Familie, er war Beschützer, Vater der beiden Brüder und Sohn in einem. Für ihn war die Mutter der wichtigste Mensch in seinem Leben, danach kam erst einmal nichts und niemand, ich wohl an allerletzter Stelle. Und ich brauchte lange, bis ich das begriff'.
Wieder unterbrach Hannah das Schreiben. Sie wollte nicht aufschreiben, dass sie sich selbst am allerwenigsten begreifen konnte. Warum wehrte sie sich nicht, begehrte auf, verlangte ihre Rechte? Sie stützte den Kopf in die Hand und starrte auf den runden Lichtfleck, den die Lampe auf ihren Tisch warf. Welche Rechte denn? Bei wem sollte sie sie einklagen? Wem hätte sie davon sprechen können? Und - gestand sie sich denn überhaupt irgendwelche Rechte zu? Woher kam nur diese fatalistische Einstellung,

diese Fügsamkeit, die so gar nicht zu ihrer sonstigen Art zu passen schien? Warum war Selbstwert ein Gefühl, das ihr fremd war?
Sie stand auf und trat ans Fenster. Draußen hatte mittlerweile ein kleiner Schneesturm eingesetzt, Straßen und Bürgersteige waren weiß verschneit. Hannah fror, sie kramte nach einem dicken Pulli und legte nochmals Holz auf die Glut.
‚Georg wollte Persönliches von mir wissen? Ob er damit umgehen kann, wenn ich ihm von meiner Einsamkeit spreche? Und dem Heimweh?' Es war ein so qualvolles Gefühl von Entwurzelung, vom hilflosen Verlassensein in einem luftleeren, dunklen Raum ohne den geringsten Laut, ohne eine menschliche Verbindung, während um sie herum das Leben lärmte.

Schneewanderung am freien Samstag – weit hinauf auf die Aueralm. Ferner, blau-unendlicher Raum über ihnen. Hoch auf türmten sich die schneebedeckten Berggipfel. Eintauchen in eisklare Winterluft. Die Gesichter glühten. Sonne glitzerte tausendfach auf der unberührten Schneelandschaft, bevor die Stiefel der beiden Wanderer, tief einsinkend, Spuren hinterließen. Eine einsame Skihütte. Windgeschützt eine Bank hinter einem Holzstoß, der schönste Platz für ein Sonnenbad. Georg setzte sich und Hannah streckte sich gemütlich auf der Bank aus, den Kopf auf Georgs Knien.
Sie unterbrach das Schweigen: „Wie kann ich dir nur erklären, was ein solcher Tag für mich bedeutet? Kein Heimweh mehr. Sprechen können und... Antwort bekommen".
„Eigentlich sollte es in einer Ehe so sein oder?"
„Sollte! Aber wenn es nicht so ist, bist du der einsamste Mensch. Manchmal kam es mir vor, als wäre ich in einer Wüste ausgesetzt worden, umgeben von Figuren, aber jede schien in ihrer eigenen Welt zu leben und zwischen diesen Welten gab es keine Verbindung, als würden sich die Menschen nicht sehen. Ich kannte bis dahin kein Heimweh, wie sollte ich auch. Nur manchmal Sehnsucht. Schon als Kind. Der Wunsch, irgendwo anzukommen".
„Wo ankommen?"
„Ich weiß es nicht". Hannah dachte: ‚Soll ich versuchen, ihm zu erklären...?' Was erklären? Dass sie es nie kennengelernt hatte, irgendwo dazu zu gehören!
Zwölf Mal waren die Eltern während ihrer Kindheit umgezogen. Wenn sie gerade angefangen hatte, sich einzuleben, vielleicht sogar sehr zaghaft erste freundschaftliche Gefühle für ein Mädchen ihrer Klasse empfunden hatte, wurde wieder umgezogen. Immer andere Orte, andere Schulen, andere Menschen. An Freundschaften wagte sie sich überhaupt nicht mehr. Und bei jedem Schultag in einer neuen Umgebung dieses hilflose Gefühl der Verlorenheit, sogar als sie schon 16 war. Dazu kam noch die Manie der Mutter, wenigstens zweimal in der Woche die Wohnung umzuräumen. Sie lächelte bitter, als sie daran

dachte, wie oft sie als Kind und junges Mädchen nach Hause gekommen war und schon an der Tür fragen musste ‚wo ist denn heute mein Zimmer'? Nein, das wollte sie ihm nicht erklären, dafür kannten sie sich noch nicht gut genug.
Tastend suchte sie nach Worten: „Wenn ich mit meiner Mutter nachts im Zug unterwegs war, der in der Finsternis an erleuchteten Fenstern vorübersauste, war mir immer zum Weinen zumute. Ich wollte in diesen Zimmern sein, stellte mir dort etwas ungeheuer Beschützendes vor. Und auch auf unserer Fahrt nach Persien, wenn ich andere Autos in ihre Garage einfahren sah oder vor ihrem Haus parken, tat das immer wahnsinnig weh, weil ich dachte, die sind zu Haus, haben's gleich gemütlich und sind nicht allein".
„Seltsame Gedanken, du warst doch nicht allein, hattest auch ein Zuhause".
„Das ist ja das Unverständliche. Ich hatte ein Heim, ich hatte Eltern und später Harald, ich bildete mir ein, Geborgenheit zu haben und doch sehnte ich mich danach. Ich hab innerlich immer gefroren. Und das ist einfach ungerecht von mir".
„Was ist daran ungerecht? Du hast eben mehr Wärme gebraucht als andere".
„Wieso kannst du das so gut nachempfinden?" Hannah setzte sich auf und schaute Georg an. Er malte mit einem Stock, den er vom Holzstoß genommen hatte, Figuren in den Schnee. Nach einer Weile fing er an zu sprechen:
„Ich war 16, als ich mich freiwillig zur Seefahrt meldete. Das Meer – das ist meine Sehnsucht, seit ich denken kann. Offizier wollte ich werden. Einmal hatte ich mich aus Liebeskummer zu einem Kamikazeeinsatz in einem Einmann-U-Boot auf See gemeldet. Was wusste ich schon mit 16 vom Sterben? Doch ich kam nicht mehr dazu, der Krieg war aus, und ich musste in englische Gefangenschaft".
„Kamikazeeinsatz! Wahnsinn! Und das für eine Frau?"
Sie wusste nicht, ob Georg sie gehört hatte. Er schien in seinen Erinnerungen gefangen, leise sprach er weiter: „Als ich nach Haus kam, war Frankfurt völlig zerstört. Mein

Vater war, weil er 1933 in den NS-Lehrerbund eingetreten war, vom Schuldienst suspendiert worden. Dabei hatte er mit Hitler und seinen *tausend Jahren* nie etwas zu tun, für ihn war die Kirche wichtig, er spielte dort die Orgel und war im Dorf der beliebteste Lehrer. Wir musizierten sehr viel miteinander, meine Mutter oder mein Vater am Klavier, ich mit der Geige und die Schwestern sangen. Trotzdem wurde nichts mehr wie früher, für meinen Vater war seine Welt untergegangen, als er nicht mehr unterrichten durfte".

Georg hielt inne, sein Blick schweifte über das Tal, das sich tief verschneit und flirrend im Sonnenlicht unter ihnen ausbreitete. Seine Stimme klang rau, als er wieder zu sprechen anfing: „Es war Sonntag, wir saßen alle in der ersten Bank der kleinen Kirche, meine vier Schwestern, meine Mutter und ich, als die Orgel plötzlich nur noch einen einzigen, anhaltenden, schrillen Ton von sich gab. Vater hatte gerade das erste Lied des Gottesdienstes angefangen zu spielen, als er tot über der Orgel zusammengebrochen war".

Hannah hätte Georg am liebsten den Arm um die Schulter gelegt, wollte irgendetwas Tröstliches sagen und doch schwieg sie. Wie schwer es war, Nähe auszudrücken.

„Danach ging es uns sehr schlecht, die Rente war klein, meine jüngste Schwester ging noch zur Schule, meine älteren Schwestern hatten ihre Männer im Krieg verloren, es herrschte nur Chaos. Ich versuchte Geld zu verdienen, indem ich bei den Amerikanern in ihren Bars und Kneipen Gitarre spielte. Meine Geige habe ich am Todestag meines Vaters in ihren Kasten gelegt und nicht mehr angerührt".

„Aber warum denn das?"

„Ach, weißt du, ich habe immer mit meinem Vater zusammen gespielt. Und wenn mir auch mein Geigenlehrer kostenlosen Unterricht anbot, war es für mich einfach undenkbar, nicht mehr von meinem Vater begleitet zu werden. Damals hatte ich die gleiche Sehnsucht wie du. Ich war zu schnell erwachsen geworden, hatte Verantwortung, wo ich keine wollte, sollte nebenbei noch das Abitur nachmachen, was ich auch tat, aber es war nichts mehr,

wie es noch vor so kurzer Zeit gewesen war. Langweil ich dich?“
„Frag so was nie wieder. Ich erzähl dir doch auch von mir, ich finde das Vertrauen zwischen uns so... so wohltuend. Hast du damals deine Frau kennengelernt?“
„Ja. Barbara lebte in einem Teil von Frankfurt, der von den Bomben verschont geblieben war. Sie kam aus einer ziemlich reichen Familie, was mir allerdings gleichgültig war. Es war... ach, ich weiß gar nicht, wie ich es erklären soll. Sie war zehn Jahre älter als ich, war geschieden, trotzdem wollte sie mich damals schon ziemlich bald heiraten. Sie gab mir dieses Gefühl von Geborgenheit und Geliebtwerden, von dem du gesprochen hast“.
‚Zehn Jahre älter und ich bin genauso viele Jahre jünger als er', dachte Hannah. Dann: ‚Was soll's, ich bin ja nicht mit ihm verheiratet'. Laut sagte sie: „Warum bist du nach England und noch dazu ohne Barbara?“
„Meine Frau hielt nicht viel von Treue. Ich überraschte sie mit unserem gemeinsamen Freund. Danach wollte sie die Scheidung. Wohl bemerkt sie, nicht ich! Umbringen wollte sie sich auch, dreimal hat sie es während unserer Ehe versucht, immer wollte sie damit etwas erreichen, entweder bei ihrer Tochter oder bei mir. Wie leid hat mir damals die Kleine getan. Ihr Vater, der erste Mann von Barbara, wollte nichts von seinem Kind wissen, und die Mutter benutzte sie. Beim ersten Mal, als sie es tat, war ich zu Tode erschrocken, obgleich ich spürte, dass er inszeniert war, dieser Selbstmordversuch. Sie richtete es stets so ein, dass sie rechtzeitig gefunden wurde. Und sie nahm nie ausreichend viele Tabletten. Beim dritten Mal stand ich im Nebenzimmer, hörte sie kotzen und dachte mit einer entsetzlichen Kälte ‚mach es doch, nur mach es endlich richtig'. Ich hasste sie und ich hasse Inszenierungen, es ist so viel Falschheit darin, soviel Erpressung“.
Georg schraubte die mitgebrachte Thermoskanne auf, goss in zwei Pappbecher heißen Tee, den er bei seiner Pensionswirtin schon mit Kandis gesüßt hatte, reichte Hannah einen der Becher, nahm aus seinem einen großen Schluck, bevor er weiter sprach. „Übrigens wurde ich schuldig geschieden. Ziemlich unverständlich oder? Bar-

bara war ihr Ruf ungemein wichtig, schuldig geschieden als Frau – unmöglich! Und ich Kindskopf ließ mich auf diesen Handel ein!" Georg lachte halb bitter, halb belustigt auf. „Danach ging ich als Kellner nach England und anschließend in ein Hotel in der Schweiz, nach Luzern". Jetzt kam in seine Stimme ein sehnsüchtiger Ton, als er hinzufügte: „Luzern! Der Vierwaldstädter See! Damals habe ich alles, was ich verdiente, ins Segeln gesteckt. Eine ziemlich teure Leidenschaft! Ja und schließlich entschied ich, hier in Wiessee noch meinen Hotelkaufmann zu machen".

Georg unterbrach sich: „Eigentlich wolltest du von dir erzählen, und ich breite hier mein Leben vor dir aus!"

„Ich hab dir doch auch so viel von mir erzählt, wie noch niemandem zuvor".

Sie saßen dicht beieinander, mittlerweile war es ziemlich kalt geworden. Ihr Atem vermischte sich zu einer durchsichtig weißen Wolke. Sie spürte Georgs Arm um ihre Schultern, und da war wieder dieses Empfinden von Wärme, sogar von Beschütztwerden. Sie wagte nicht, ihn anzuschauen, meinte stattdessen:

„Ich wollte dir von Heimweh sprechen. Ich erinnere mich an einen Abend in Isfahan. Ich saß wieder einmal allein in unserer so genannten Hotelbibliothek, suchte im Radio nach einem westlichen Sender. Und plötzlich irgendwo aus dem Äther: Haydn, Kaiserquartett – die Melodie des Deutschlandliedes. Ich lehne wirklich jeden, aber auch jeden Nationalismus ab, aber... in diesem Augenblick stand ich auf und Tränen liefen mir übers Gesicht. Diese Verzweiflung - ich wollte heim, nur noch heim. Zu meiner Mutter, zu den Geschwistern, vor allem zur Sprache. Sie war mir so unendlich wichtig geworden".

Sie erhoben sich, zogen die Mäntel wieder über. Wandten sich, hintereinander gehend, dem Abstieg zu. Sie war Georg für sein Schweigen dankbar, spürte sein Verständnis und fühlte sich dennoch gehemmt. Es war eine so neue Erfahrung, über persönliche Gefühle zu sprechen. Gleichzeitig wusste sie, dass ihr Vertrauen stärker als ihre Verlegenheit war. Er war nicht mehr irgendein Mitschüler, war es vielleicht vom ersten Augenblick der Begegnung

an nicht gewesen. Als sie wieder nebeneinander gehen konnten, wartete sie Georgs Aufforderung gar nicht erst ab, sondern fing abermals an zu sprechen:
„Wenn die Männer spät abends im großen Garten um die offene Feuerstelle saßen und darauf warteten, dass das Lamm, das auf einer Eisenstange über dem Feuer aufgespießt war, fertig gebraten wäre, blieb ich auf meinem Balkon sitzen. Genoss diesen fremdartig-orientalischen Geruch nach Haschisch, Lammbraten und warmer Nacht unter einem klaren Sternenhimmel. Ich empfand das, was mich umgab, viel intensiver als alles, was ich bisher erlebt hatte. Klar, auch hier riecht es in einer Sommernacht nach Gras und Heu und wer weiß was noch. Aber diese wirklich alle Sinne ansprechende Wahrnehmung hatte ich nie zuvor empfunden“. Und leise, wie zu sich selbst, sagte sie noch: „Wenn ich je wieder ins Ausland gehe, möchte ich zurück in den Orient“.
Sie lachte verlegen. „Gell, ich bin ziemlich verrückt. Ich lauf hier durch den Schnee, es ist kalt und eigentlich riecht es im Augenblick eher nach gar nichts, aber ich schwärme von Sommer, Wärme und Gerüchen, sehe mich wieder auf der Veranda sitzen und die Spur des russischen Sputniks beobachten, der in dieser Zeit gestartet war. Er schien so nah, fast näher als die Menschen, die mich umgaben“.
„Willst du denn nicht mehr zurück?“
„Ich glaube kaum, meine Ehe mit Harald... na ja!“ Sie hielt einen Augenblick inne, wollte Abstand von dem nicht beendeten Satz schaffen.
Georg fragte zögernd: „Und wieso konntest du nach Deutschland kommen?“
„Mr. Eshragi hatte den Einfall, ich sollte in einem Schnellkurs alles vom Hotelfach erlernen. Eine solche Ausbildungsmöglichkeit gibt es dort nicht, also schlug ich Deutschland vor“.
Hannah schwieg und dachte an den Abschied von Isfahan. Sie hatte keine Sekunde gezögert, Mr. Eshragis Angebot anzunehmen, war es für sie doch die einzige Möglichkeit, aus Persien herauszukommen – noch immer hatte sie keinen Pfennig eigenes Geld. Sie hätte sich

höchstens an den deutschen Konsul wenden können, der oft im Hotel verkehrte. Aber welchen Grund für ihr Wegwollen sollte sie ihm nennen? Heimweh? Verlorenheit? Eine Ehe, die keine war?

Harald hatte sie an den Flughafen gebracht. Sie hätte heulen mögen vor Enttäuschung. Sie hatten so viel Pläne gehabt, so viele Träume. Und so sollte alles enden?

‚War es das dann mit uns?' Auch Harald musste empfunden haben, dass sie sich nicht mehr wiedersehen würden, zumindest nicht in Isfahan, sonst hätte er das nicht gefragt. Sie hatte nur die Schultern gezuckt, wusste keine Antwort, aber als die Propellermaschine schwerfällig aufs Flugfeld rollte, ließ sie endlich die Traurigkeit zu, die sie mühsam monatelang zurückgehalten hatte. Und als das Flugzeug über Isfahan aufstieg, die Oase hinter sich ließ und über die leere Weite der Wüste Kurs auf Teheran nahm, mischte sich in ihre Traurigkeit über verlorene Illusionen die seltsame Gewissheit, dass sie eines Tages wieder in den Orient zurückkehren würde. Es war wie ein Versprechen, irgendwann musste sie Versäumtes nachholen. Sie sah noch einmal Isfahan vor sich, die Moscheen, Gärten, Paläste, die weiten herrlichen Plätze, und es kam ihr wie ein verschwendeter Traum vor. Mehr als ein halbes Jahr hatte sie hier gelebt, ohne wirklich zu sehen. Gefangene ihrer eigenen Probleme drang sie nicht ein in die wunderbare Welt, die sie umgab. Blieb ihr so viel des Fremden verborgen.

All das hätte sie so gern Georg erzählt, aber heute noch nicht. Stattdessen sprach sie von ihrem Heimkommen.

„Ich hatte kaum Zeit, anzukommen. Meine Mutter war einfach nur froh, mich wieder in Deutschland zu wissen, mein Vater wahrscheinlich ebenso, aber andererseits empfand er wohl auch eine Art Genugtuung, mit seiner Voreingenommenheit Recht gehabt zu haben. Ich war seelisch viel zu erschöpft, um mich in eine Diskussion mit ihm einzulassen, in der ich ihm erklärt hätte, dass es nichts, absolut nichts mit seinem Vorurteil gegen die Heirat zu tun hatte. Dass sich einfach nur zwei sehr junge Menschen geirrt hatten".

Sie zog die Mütze tiefer ins Gesicht, eine Geste der Hilflosigkeit, sagte noch: „Und meine Schwiegermutter... nun, sie ließ mir überhaupt keine Möglichkeit, Luft zu holen. Sie war sofort bereit, mich hierher zu fahren, nur um mich von meinen Eltern zu trennen. Sie hatte schon in der Schule angerufen, hatte mit dem Direktor gesprochen, mich angemeldet, meinen Ankunftstag ausgemacht. Kannst du dir das vorstellen? Nur drei Tage nach meiner Rückkehr war ich schon wieder unterwegs – hierher". Und zögernd fügte sie hinzu: „Warum lass ich das alles mit mir machen?"
Da blieb Georg stehen und nahm sie in den Arm. Ihre Lippen schmeckten nach Kälte und Schnee und nach Sehnsucht.

5 **2001**

Heute habe ich mich zum ersten Mal getraut, deinen Kleiderschrank zu öffnen. Ich presse mein Gesicht in deine Anzüge, alles riecht noch nach dir.

Ich nehme deinen, nein, meinen Lieblingspullover von dir in die Hände. Es ist doch nur ein paar Tage her, dass du ihn getragen hast. Ich habe ihn für dich ausgesucht, du hast dich so wenig um Kleidung gekümmert. Seit wir verheiratet sind, habe ich dir jeden Morgen hingelegt, was du anziehen solltest. ‚Hannah, es ist mir so gleichgültig, was ich anziehe. Ich hab da überhaupt keinen Geschmack, mach du das bitte'. Ich empfand das nie als Arbeit, ich wollte dich doch verwöhnen.

War es wirklich erst gestern?

Dein Bett habe ich noch nicht abgezogen, ich lege mich unter deine Decke, ziehe dein Kopfkissen über mein Gesicht, spür dich so nah, so unsagbar nah. Wieder ist der Samstag gegenwärtig, dein letzter Samstag. Wir hatten sehr zeitig gefrühstückt, wir freuten uns auf den gemeinsamen Spaziergang und noch mehr auf die Fahrt nach Madrid. Auf die Kinder, auf die Enkel und auch wieder aufs Nachhausefahren, auf unser Dorf, das Haus, auf unser gemeinsames Leben.

Es war doch erst gestern...

Unser letzter Samstag: Ich sehe wieder das Gefieder der Lerche, es leuchtet hell in der Sonne. Und ich höre dein Lachen, sehe dich mit deinem weißen Haar, dem braungebrannten Gesicht, deine vertraute Gestalt...

Georg, ich halt es nicht aus, es ist unmöglich, weiter zu leben, wenn du nicht mehr bist. Ich sehn mich so nach dir, ich... mir fehlen die Worte, ich kann noch nicht sagen, du bist tot. Tot! So ein endgültiges, unbarmherziges Wort, das überall einzudringen versucht. Ich wehr mich, ich lasse es nicht zu, du bist nicht tot.

Und doch... Niemals mehr! Du wirst nie mehr neben mir aufwachen. Wie oft habe ich auf deinen Atem gelauscht, ich war immer so besorgt, hatte so schreckliche Angst. Wie viel Freiheit habe ich dir dadurch genommen! Angst, dich zu verlieren, Angst, allein weiter leben zu müssen, Angst, dein armes Herz könnte stehenbleiben.

Und jetzt? Ich möchte noch einmal all die Zeit zurückhaben, die wir versäumt haben.
Ich habe heute den Predigttext vom Pfarrer bekommen, die Predigt, die er auf deiner Beerdigung gehalten hat.
Deine Beerdigung, hast du gehört, auf deiner Beerdigung… Ich steh auf dem Friedhof vor dem frisch aufgeschütteten Grab, lese deinen Namen auf dem Holzkreuz: ‚Georg Jantzen 18. 12. 1925 – 30. 6. 2001' Buchstaben, Zahlen, ich fass es einfach nicht. Kein Leben mehr mit dir, nur noch Erinnerung...
Der Pfarrer hat seiner Predigt den Psalm 31 als Thema gegeben: ‚Du stellst meine Füße auf weiten Raum' und er hat es mit dem Foto von dir erklärt, dem Bild, wo du am menschenleeren Strand sitzt, mit dem Rücken zu mir und aufs Meer hinausschaust, auf den Horizont, wo sich der Himmel mit der Weite des Meeres vereinigt. Hast du den Wind geschmeckt, den Wind, der in deinen Haaren wühlte? Das Licht war so hell über den Dünen.
Hast du die See gerochen, die Brandung gehört?
Dieses Bild habe ich in Sizilien gemacht. Erinnerst du dich? Liebster, erinnerst du dich? Du und ich – nie mehr. Aber es war doch erst gestern...

6 1957

Samstag vor dem ersten Advent. Tanz in einem kleinen Lokal in Bad Wiessee. Eng umschlungen gaben sich Georg und Hannah dieser lebendigen Leichtigkeit hin. So viel Sehnsucht nach leben. Und ... Begehren. Hannah spürte Georgs Körper. Atmete seinen Geruch. Genoss jede Bewegung der Musik und die einschmeichelnde Stimme Harry Belafontes, schmiegte zärtlich ihr Gesicht in Georgs warme Hand. Spürte seine Lust...
Es war spät nachts, als sie durch tiefen Schnee zu Hannahs Pension stapften.
„Willst du?“
Sie nickte. „Hier? Bei mir?“
„Wo sonst?“
Hannah zögerte nur einen kurzen Augenblick. Dachte, es geht alles viel zu schnell. Aber war Zeit wirklich wichtig? Vorsichtig schloss sie die Haustür auf. Im Gleichschritt schlichen sie die Treppen zu ihrem Zimmer hoch.
Hoffentlich merkte die Wirtin nicht, dass sie zu zweit waren.
Das Zimmer war so nüchtern wie immer, und doch erschien es Hannah in dieser Stunde wie der schönste Raum, den sie je gesehen hatte. Nur kalt. Nun waren sie doch verlegen, als sie sich nebeneinander aufs Bett setzten. Es gab nur einen Stuhl. Georg legte den Arm um sie. Seine Nähe - so fremd und doch schon vertraut. Sie sehnte sich nach seinen Händen. Langsam näherte er seine Lippen ihrem Gesicht. Strich über ihre Augen. Öffnete mit seiner Zunge ihren Mund. Und plötzlich war nichts anderes mehr wichtig. Nur noch dieser unsagbare Hunger nach Hingabe. Sie meinten, unzählige Hände gleichzeitig zu haben. Hände, die entkleideten, streichelten, erforschten. Haut, die sich begegnete und erkannte, weich und glatt, erschauernd unter zärtlicher Berührung. Hannah war nur noch Körper und Fühlen, Sehnen und ein Lachen, das aus Tiefen heraufstieg, von deren Existenz sie keine Ahnung gehabt hatte. Und als Georg flüsterte „du bist mein Advent“, da brach dieses Lachen als entfesselte, durch nichts aufzuhaltende Lust über ihnen zusammen, löschte Vergangenes aus, versprach eine berauschende, ganz

und gar furchtlose Körpergegenwart. Sie flüsterten Worte, die nur in diesem Augenblick Bedeutung besaßen, sie irgendwann später zu wiederholen, wäre unmöglich. Sie biss ins Kissen, um den Schrei auf dem Höhepunkt zu ersticken. Später lagen sie eng umschlungen, fassungslos dem Erlebten ausgeliefert.

Es war heller Morgen, als sie erwachten – ein sanftes Erwachen, ein zärtliches Wiedererkennen und gleichzeitiges Erschrecken bei der Frage, wie kommen wir hier raus, ohne gesehen zu werden.

Georgs Weggehen wurde nicht entdeckt, aber sie wussten, sie konnten dieses Risiko nicht mehr eingehen. Sie mussten einen anderen Ort für ihre Liebe finden. Warum nicht bei Frau Müller? Die Kneipe, die sie bei ihrem ersten Spaziergang abends aufgesucht hatten mit dem dazugehörenden Gasthaus. Zögernd fragten sie einige Tage später nach einem Zimmer, und - Frau Müller hatte für alles Verständnis und war die Verschwiegenheit in Person. Hannah hatte sich ihren Rückflug auszahlen lassen, und Georg arbeitete an fast allen Wochenenden als Kellner. Damit konnten sie sich manche Nacht in Frau Müllers Gasthaus leisten. Wenn sie ins bestellte Zimmer kamen, standen auf dem Nachttisch zwei Flaschen Bier und ein Piccolo. Eine Kleinigkeit nur, und doch gab ihnen diese Geste das Gefühl von etwas Eigenem.

Es war ein paar Tage später. Georg begleitete Hannah zu ihrer Pension, fasste lachend nach ihrer Hand: „Weißt du, was Uwe heute morgen gesagt hat? Er meinte, ‚mach sie glücklich, bevor sie wieder ins Morgenland zurückkehrt'!“

Hannah lachte über die Worte des Freundes, doch plötzlich blieb sie abrupt stehen: „Aber du weißt doch, dass ich gar nicht zurück will.“

„Ich weiß“, Georg hängte sich bei ihr ein. „Und eigentlich möchte ich dich auch nicht verlieren“.

Hannah spürte durch den dicken Anorak hindurch Georgs Arm, hätte so gern irgendeine Sicherheit empfunden, wollte wissen, ob das jetzt die große Liebe war. Dachte: ‚Vielleicht such ich im Augenblick wirklich nur Geborgenheit und das Gefühl, für einen Menschen wichtig zu sein'.

Warum aber mahnte Georg immer wieder: „Wir dürfen auf keinen Fall entdeckt werden. Sonst wirft man uns genauso von der Schule wie Lilo und Daniel".
Natürlich erinnerte sich Hannah an die beiden, dennoch begehrte sie manchmal auf: „Ich seh' das nicht ein. Wir sind volljährig und wissen, was wir tun. Blödes Versteckspiel".
Aber Georg teilte ihren Protest nicht: „Ich weiß nicht, was du vorhast. Ich zieh auf jeden Fall dieses halbe Jahr durch, und danach geh ich nach Brüssel zur Weltausstellung. Vor Tagen schon kam die Bestätigung, dass ich im Hotel Atlanta angenommen bin. Da brauch ich die Ausbildung hier".
Er merkte nicht, dass Hannah ihn erschrocken anstarrte. Wo war sie in all seinen Plänen? Dachte er etwa genauso wie Uwe, ‚mach sie glücklich und tschüs!'
Und unsere Nächte! Bedeuteten sie nicht Zukunft? ‚Sei nicht lächerlich', schalt sie sich. ‚Nichts und niemand gibt dir ein Recht auf irgendetwas'. Von da an mied Hannah das Thema Zukunft.
Was hatte es genutzt, als sie vor einem Jahr mit Harald Pläne machte, wie sinnlos waren all die Wünsche und Tagträume gewesen? Jetzt wollte sie einfach nur glücklich sein, genoss die Winternachmittage in der Wohnung irgendeines Schulfreundes, wenn sie zu fünft oder sechst auf dem Boden saßen, rauchten und diskutierten, während draußen vor dem Fenster lautlos dichte Schneemassen die Landschaft zudeckten. Manchmal nahm Georg seine Gitarre und sang mit seiner dunklen Stimme ‚Anastasia, tell me, who you are' oder ‚Bei mir bist du schön'. Dann kam Hannah ihr bisheriges Leben unwirklich vor, aber auch die Gegenwart glich eher einem Traum. Warum hatte ihre Schwiegermutter diese Hotelfachschule ausgesucht? Warum nicht irgendeine andere? Warum war sie, Hannah, hier ausgerechnet Georg begegnet? Sie war gewiss nicht hierher gekommen, um neue Freundschaften zu schließen, oder gar eine zweite Liebe zu finden.
In den Weihnachtsferien fuhren sie nach Frankfurt. Hannahs Eltern holten sie vom Bahnhof ab. Sie stand zusammen mit Uwe, Georg und Klaus auf dem Bahnsteig,

als die Eltern auf sie zukamen und später erzählte ihr die Mutter, dass der Vater ihr zugeflüstert hätte, „der Kleinere ist es“. Diesmal war er mit der Wahl von Hannah einverstanden, und von dem Augenblick an liebte Vater Georg mehr als seine eigenen Kinder.
Weihnachten in der Familie. „Es ist wie früher“, sagte die Mutter, aber Hannah protestierte innerlich dagegen. ‚Man kann doch die Zeit nicht einfach zurückdrehen!‘ Mutter wollte den Heile-Welt-Gedanken. Hannah sollte sich zu Hause fühlen. Doch sie empfand nur Sehnsucht. Auch wenn sie nicht benennen konnte, nach wem oder was. Die Welt, die sie erlebt hatte, und in die sie wieder zurückkehren wollte, war fordernd und bedrängend, sie verlangte mehr von ihr als sich einzuordnen in familiäre Vergangenheit. Was jetzt blieb, war das Empfinden von Fremdheit.
Es war ein kalter, nasser Tag, als Hannah mit der Straßenbahn nach ‚Niederursel‘ fuhr, um Georgs Mutter kennenzulernen. Und in diesem zugigen, vollbesetzten Straßenbahnwagen wusste sie plötzlich mit einer Sicherheit, die sie fast erschreckte, dass sie mit Georg zusammenbleiben wollte. ‚Ich liebe ihn. Warum wehr ich mich so sehr gegen dieses Erkennen?‘ Es war gar nicht wichtig, ob Georg auch an Zukunft dachte. Sie konnte warten. Für sich entschied sie, dass sie sich nicht mehr von ihm trennen wollte. Und sie dachte, ‚es gibt eigentlich keinen Grund, glücklich zu sein, aber ich bin es‘.
Bevor sie nach Bad Wiessee zurückkehrte, schrieb sie an Harald. Sie erklärte ihm zum ersten Mal, wie sehr sie unter dieser Nicht-Ehe gelitten hatte und dass es wenig Sinn hätte, diesen Schein aufrecht zu erhalten. Überraschend schnell kam seine Zustimmung zur Scheidung, die sie im Januar einreichte.
Mit Georg sprach sie nicht vom Zusammenbleiben, hatte sich aber ebenfalls in Brüssel für die Zeit der Weltausstellung beworben und im Empfang des gleichen Hotels, in dem Georg arbeiten würde, eine Anstellung bekommen.
Doch noch blieben einige Monate in Bad Wiessee. Sie bereiteten sich auf die Examen im März vor. Gingen am Wochenende wieder zu Frau Müller, und tanzten in mondhellen Nächten im Schnee.

Es wurde Februar und mit ihm kamen die Abschlussexamen. Montagmorgen – Prüfung im Kochen. Eine Forelle Müllerin Art sollten sie zubereiten. Aber erst mussten sie sie töten. „Das ist ganz einfach“, sagte der Koch und schlug das Genick der Forelle auf die Tischkante. Hannah musste sich übergeben. Das passierte ihr einige Morgen hintereinander. Die Forelle konnte es doch nicht mehr sein!

Die Erkenntnis traf sie wie ein Schock. ‚Ich bin schwanger, ich bekomme ein Kind!' Sie lag noch im Bett. Im Zimmer war es elend kalt. Sie zog die Decke über den Kopf. Lag regungslos im warmen Dunkel. Unfähig, überhaupt etwas zu denken als ‚ich bin schwanger, ich bekomme ein Kind'. Noch waren es Worte, nichts weiter als Worte, die erst auf den Grund ihres Körpers, ihres Denkens sinken mussten, um Gefühl zu werden. Sie hatte Lust, selbst zu einem Fötus zu werden. Krümmte sich unter der Decke zusammen. Widerstand dem Wunsch, gleichzeitig zu weinen und zu lachen. Strich sanft über ihren Bauch, der flach und weich unter ihrer Hand erschauerte. ‚Ich bin schwanger'. Sie wusste nicht, zu wem sie es in ihren Gedanken zuerst sagte - zur Mutter, zu Georg oder nur zu sich selbst.

Die Mutter! In diesem Augenblick erwachte sie aus dem tranceähnlichen Zustand, in den sie wie schutzsuchend geflüchtet war. Die Gedanken und Fragen überstürzten sich. Was würden die Eltern sagen?

Wie sollte es jetzt mit der Scheidung werden?

Und Georg? Wenn er... wenn er sie einfach allein ließ? Oder nur des Kindes wegen bei ihr blieb? Beide Vorstellungen gleichermaßen entsetzlich. Warum hatten sie nicht aufgepasst! Und warum war sie so schnell von Georg schwanger geworden, schließlich hatte sie auch mit Harald geschlafen? Georg hatte mit Barbara auch keine Kinder. Warum dann sie?

‚Ich muss aufstehen, muss raus hier'. Entschlossen schlug sie die Decke zurück. Empfand die Kälte des Zimmers wie einen Schlag, der sie zurückschrecken ließ. Angelte nach den Hausschuhen. Zog über den Schlafanzug eine Jacke. Machte sich daran, den Ofen anzuheizen.

Hörte ihre Wirtin die Treppen hinaufkeuchen und an ihre Zimmertür klopfen. „Lassen Sie nur den Ofen, ich mach das, wenn sie in der Schule sind“.
‚Ich gehe heute nicht in die Schule’, wollte Hannah antworten, aber sie schluckte die Worte hinunter und fing an, sich die Zähne zu putzen. Dabei fiel ihr Blick in den Spiegel: ‚Warum sehe ich noch genauso aus wie gestern, ich bin doch schwanger’.
Schwanger! Einen Augenblick lang drehte sich alles um sie. Krampfhaft hielt sie sich am Waschbecken fest, atemlos vor der Unfassbarkeit dieser Tatsache. In ihrem Kopf ein einziger Wirbel immer gleicher Fragen: ‚Was soll jetzt werden? Ich bin noch nicht geschieden. Ich habe keine Arbeit. Georg spricht nicht von Zukunft. Ich weiß noch nicht einmal, ob er mich wirklich liebt. Zu den Eltern möchte ich auf keinen Fall zurück. Und zu Harald schon gar nicht’.
‚Hör auf! Schluss mit dieser Fragerei! Tu was!’ Sie schnappte sich ein Handtuch. Ging ins Bad. Duschte heiß und kalt. Suchte sich danach aus ihrem Kleiderschrank ihren Lieblingsanzug heraus, den mit der kurzen roten Jacke und der schwarzroten Hose, dazu eine schwarze Bluse, schwarze Stiefel und ihren roten Wintermantel.
‚Heute werde ich mich schminken’. Sie hatte keine Eile, auch wenn es für die erste Stunde in der Schule schon viel zu spät war. Plötzlich fiel ihr ein, dass heute Prüfung in Buchführung war, vor der sie so aufgeregt gewesen war und die erst um elf Uhr begann. Sie fing an zu lachen, lachte und lachte und konnte gar nicht mehr aufhören. ‚Aufregen wegen einer Prüfung’, das war gestern, heute war sie schwanger, und alles andere war plötzlich unwichtig. Sie rannte die Treppen hinunter, lief durch den hart gefrorenen Schnee, dachte, ‚ich muss vorsichtig sein, darf nicht hinfallen, das könnte dem Kind schaden’.
In der Schule schaute Georg sie erstaunt an: „Du bist spät dran, hm, und wie fein du dich gemacht hast!“
Sie schüttelte nur den Kopf, ging an ihm vorbei auf ihren Platz, legte Kugelschreiber und Papier bereit und wartete auf den Beginn der Stunde. Nach drei Stunden Prüfung wusste sie, dass ihr die Buchführungsarbeit gelungen war,

trotz des Durcheinanders, das in ihrem Kopf tobte. Zerstreut sprach sie mit Klaus oder Uwe. Vermied es, mit Georg allein zu sein, wollte ihm noch nichts sagen.
Sie verzichtete aufs Mittagessen. Lief am See entlang, und kehrte langsam in ihre Wirklichkeit zurück. Was sollte sie nur machen? Vor allem - was würde sich von nun an alles in ihrem Leben ändern? Wo blieben die Träume vom Arbeiten im Ausland?
Und... Georg. Wie wird er reagieren? Wenn er... wenn er gar eine Abtreibung verlangte? ‚Nicht mit mir!' Sie stampfte so fest mit dem Fuß auf, dass ein Vorübergehender erstaunt stehen blieb.
Und warum nicht mit ihr? Freute sie sich denn auf ein Kind? Wie sollte sie diese Frage beantworten?
Es war ihr kaum bewusst, dass sie schon seit Stunden am Seeufer entlang im Kreis gelaufen war, als Georg plötzlich vor ihr stand. „Ich habe dich überall gesucht. Du bist einfach verschwunden. Was ist denn los? Und wie ist es dir bei der Prüfung ergangen?"
‚Welche Prüfung?', wollte Hannah fragen, dann fiel ihr der Morgen wieder ein. Wie weit weg schien alles zu sein.
Er fragte in ihr Stummsein hinein: „Wollen wir zu Frau Müller?"
„Nein, heute nicht. Ich möchte hier am See bleiben". Sie fegte von einer Bank den Schnee, setzte sich und zog Georg neben sich.
„Das ist doch viel zu kalt. Frierst du nicht?"
Sie schüttelte verneinend den Kopf, lehnte sich an Georg, niemand war mehr unterwegs. In der großen Stille des Winterabends gab es nur das leise Gemurmel der kurzen Wellen des Sees am Uferrand.
„Georg, ich bekomme dein Kind".
Nun war es gesagt. Niemals mehr würde sie diese Worte zurücknehmen können. Sie hingen in der Luft, breiteten sich aus, hüllten sie ein, bis Georg den Schleier zerriss: „Was hast du da eben gesagt?" Er packte sie an den Schultern, hielt sie ein Stück von sich weg, das Licht der Straßenlaterne zeigte ihr ein völlig aufgelöstes, staunendes, ungläubiges Gesicht, bevor er ihren Mund, ihre Augen, ihre

Wangen mit kleinen, raschen, zärtlichen Küssen bedeckte, bis sie glaubte, keine Luft mehr zu bekommen.
„Freust du dich denn?“ keuchte sie
„Ich? Mein Gott, Hannah, ich will Kinder, ich wollte schon immer Kinder, aber Barbara wollte sich nicht die Figur verderben. Ich freu mich, ich freu mich so sehr. Ich werde Vater! Das gibt es doch gar nicht! Ich kann es kaum glauben!“
Wie hatte sie nur einen Augenblick lang zweifeln können. Und doch – was, wenn sie nicht schwanger geworden wäre? Gab es jetzt eine Zukunft nur wegen des Kindes? Sie legte ihren Kopf an seine Schulter, er roch nach Winterwind und frisch gefallenem Schnee.
Er unterbrach ihre Gedanken: „Machst du die Schule zu Ende?“
„Klar doch, wir haben nur noch wenige Prüfungen, und ich habe danach wenigstens ein Zeugnis, obgleich ich in Brüssel bestimmt nicht mehr angenommen werde“.
„Das macht nichts, wir gehen zusammen, ich meine, wenn du geschieden bist, kommst du nach“.
Da waren sie wieder - diese leisen bohrenden Zweifel. Warum sagte Georg das jetzt erst? Wollte er das wirklich? Oder hielt er wegen der Schwangerschaft zu ihr?
In ihren Ohren dröhnten schon wieder die Worte der Mutter, als Georg in den Weihnachtsferien bei ihnen war. „Kind, wenn ihr zusammenbleibt, das wäre toll, denn mit dem Mann hast du ganz großes Glück“.
Wo war eigentlich sie selbst? Hatte er nicht auch „Glück“ mit ihr? War sie minderwertiger als er? War sie hässlich? Dumm und unbedarft? Doch hatte nicht auch Georg damals bei Ebba... Nein, das war doch nur ein Scherz gewesen! Aber vielleicht hatte sie irgendein Gebrechen, von dem sie nichts wusste?
Nur – über solche Gedanken konnte sie doch nicht sprechen? Sie wagte ja noch nicht einmal, sie sich selbst gegenüber laut zu äußern. Rasch verdrängte sie diese Erinnerung, stand auf: „Jetzt ist mir doch kalt“.
Georg legte den Arm um sie: „Wollen wir nicht doch zu Frau Müller?“

Sie nickte, konnte sich nicht vorstellen, heute Abend allein in ihr nüchternes Zimmer zurückzukehren.
An einem der nächsten Abende gingen sie ins Kino, nachdem Georg zuvor noch rasch im Gemischtwarenladen des Ortes verschwunden war. Als sie im Kino saßen, zog er aus der einen Manteltasche eine Tafel Schokolade, aus der anderen einen Beutel mit Gewürzgurken, und hielt ihr beides verlegen lächelnd hin. „Haben Frauen nicht so komische Gelüste während der Schwangerschaft?"
Hannah lachte laut auf und war gleichzeitig gerührt. ‚Liebster Georg', sie strich ihm leicht über die Wange und biss abwechselnd von der Gewürzgurke oder der Schokolade ab.
Im März gab es Zeugnisse, beide hatten hervorragende Noten. Hannah packte das Dokument zu ihren anderen amtlichen Unterlagen. Georg fuhr nach Brüssel.
Die Eltern hatten die Nachricht von Hannahs Schwangerschaft erstaunlich gelassen hingenommen. Hannah konnte sich von ihren hässlichen Gedanken einfach nicht losmachen. Ob sie vielleicht dachten, dass sie sich den Mann, mit dem sie als Eltern uneingeschränkt einverstanden waren, auf diese Weise geangelt hätte? Dass er nicht ihretwegen bei ihr blieb? Aber waren das denn nicht ihre eigenen Ängste, die sie in die Eltern hineinprojizierte? Sie war hin und her gerissen zwischen einem vagen Schuldgefühl Georg gegenüber, weil sie noch immer nicht völlig von seiner Liebe überzeugt war und von ihren eigenen Minderwertigkeitsgefühlen. Sie sehnte sich so danach, geliebt zu werden, geliebt um ihrer selbst willen.
Im Mai war die Gerichtsverhandlung Auermann gegen Auermann. Der Vater gratulierte Hannah zur Scheidung, die Mutter nahm sie in den Arm.

7 1958

Ankunft in Brüssel. Beinahe wäre Hannah am falschen Bahnhof ausgestiegen, sah noch rechtzeitig Georg auf dem Bahnsteig stehen, packte ihre Koffer, und dann standen sie sich etwas steif gegenüber. Zum ersten Mal trug sie ein Umstandskleid, was ihn so einschüchterte, dass er sie nur sehr vorsichtig in den Arm nahm. Zwei Monate hatten sie sich nicht gesehen, fühlten sich fremd, und aus lauter Verlegenheit trat Hannah leicht gegen einen Rucksack, der vor Georg auf dem Boden stand: „Was ist denn da drin?"
„Nicht doch, das ist unsere Aussteuer", und er strich über ihren Arm, wie um sich zu vergewissern, dass sie auch wirklich da war, dass sie neben ihm ging, als sie sich zum Ausgang des Bahnhofs begaben.
Am Telefon hatte Georg Hannah darauf vorbereitet, dass sie sich nur eine Wohnung in einem billigen Viertel leisten könnten. Er hatte zögernd hinzugefügt: „Es ist... hm, ziemlich in der Nähe vom Rotlichtmilieu".
Als sie nun im Taxi durch Brüssel fuhren, wunderte sich Hannah im Stillen, in welch feinen Vierteln hier Huren und Zuhälter ihrem Geschäft nachgingen. Fragend schaute sie zu Georg, der sie breit anlächelte. „Hast du wirklich geglaubt, ich würde dich in ein solches Viertel bringen, das war doch nur ein Scherz".
„Wolltest du wieder einmal testen, wie ich reagiere?", spottete Hannah, merkte gleichzeitig verwundert, dass ihr auch das Rotlichtviertel nichts ausgemacht hätte, wenn sie nur zusammen waren. Aber das sagte sie nicht.
Sie fuhren durchs elegante Bankenviertel der Stadt, vorbei an den verfallenen Gebäuden ihrer großen Vergangenheit, an prächtigen Jugendstilfassaden ebenso wie an den schmalen Häuserfronten in der Nähe der Rue Royale. In einem dieser Mietshäuser der Rue Royale hatte Georg im vierten Stock eine kleine Wohnung gefunden. Hannah wollte gerade die ausgetretenen Treppen hinaufsteigen, als die Concierge aus ihrer Parterrewohnung trat und sie mit einem Schwall französischer Worte begrüßte. Hannah erinnerte sich mühsam an ihr Schulfranzösisch, was die Unterhaltung sehr einseitig machte.

Oben angekommen, inspizierte sie neugierig ihre neue Bleibe. Ein Wohn-Schlafzimmer, eine große Küche, eine dunkle Diele und auf halber Treppe die Toilette mit Dusche und einem ehemals wohl weißmetallenen Waschbecken, von dem die Farbe abblätterte, so dass die Ränder der Bruchstellen Rostspuren hatten.
„Die Toilette müssen wir mit den Leuten vom dritten Stock teilen", wandte Georg vorsichtig ein, während er seinen Rucksack auspackte: zwei Tassen mit Unterteller, zwei Frühstücksteller, zwei Suppenteller, zwei flache Teller und zweimal Besteck.
„Morgen gehen wir den Rest einkaufen, gewiss fehlt doch noch einiges".
‚Fast alles', hätte Hannah antworten mögen, denn sie hatte von zu Hause nur zehn Küchenhandtücher mitgebracht. Doch auch das gehörte zu ihrer Unbekümmertheit, die sie seit der Heirat mit Harald an sich bemerkt hatte. Sie waren nicht arm, besaßen sie doch außerdem zweimal Bettwäsche zum Wechseln und einige Frotteetücher, mehr brauchten sie nicht.
Sie wandte sich zum Fenster, sah in einen engen Hinterhof, tief unten dicht nebeneinander stehend überquellende Mülltonnen, dazwischen eine Katze, die auf Nahrungssuche umher strich.
Georg war hinter sie getreten: „Du bist enttäuscht".
Sie schüttelte den Kopf. Nein, die Wohnung störte sie nicht, auch nicht die Toilette eine Treppe tiefer, nicht der dunkelrote Plüschteppich und die dunkle Diele.
Sie hätte so gern von etwas anderem gesprochen. Möchte sagen: ‚Georg, unsere erste gemeinsame Wohnung...!' Zu ihm sagen: ‚Du Georg, ich bin zu dir nach Brüssel gekommen! Heute beginnt unser Leben!'
Sie wollte in seinen Arm, seinen Geruch einatmen, an ihn geschmiegt all die Gefühle auskosten, die mit diesem Augenblick verbunden waren, aber auch all die bangen Fragen nach ihrer Zukunft stellen und...
Energisch unterbrach sie ihre Gedanken, sagte sich: ‚Hannah, für ihn ist alles genauso neu und fremd wie für dich. Wart es doch einfach ab'.

Sie wandte sich Georg zu und nur um das Schweigen zu beenden, fragte sie: „Warst du schon auf der Weltausstellung?"
„Damit hab ich auf dich gewartet". Georg ging in die Küche, kam mit zwei Wassergläsern und einer Flasche Sekt wieder ins Zimmer: „Zur Feier des Tages zeig ich dir heute Abend etwas ganz und gar Traumhaftes, nämlich den Grand Place. Aber zuerst trinken wir auf uns und auf dein Kommen und... ach, einfach auf alles".
Hannah war so erleichtert über den Sekt und die Wassergläser und seine Worte, dass sie begeistert seinen Vorschlag für den Abend aufgriff. Erregt rief sie: „Grand Place?! Ich hab etwas gelesen, was Victor Hugo über diesen Platz geschrieben hat. Einen Satz fand ich so großartig, dass ich ihn mir gemerkt habe: „Der Grand Place entsprang der Phantasie eines Dichters und fiel in den Kopf eines Architekten".
Georg lachte befreit auf: Da war sie wieder, seine Hannah mit all ihrer Begeisterungsfähigkeit, sie sprühte geradezu vor Temperament und jetzt störte Georg das Umstandskleid überhaupt nicht mehr... Sie ließen sich auf die Schlafcouch fallen, zogen sich voll Ungeduld aus, doch plötzlich hielt Georg inne. Behutsam legte er seine Hände auf ihren Leib, streichelte ihre Hüften, küsste zart den schon etwas flacheren Nabel: „Es ist wirklich sehr gewachsen in diesen beiden Monaten".
Hannah zog seinen Kopf auf ihren Bauch. Ob er das Kind atmen hören konnte? Leise sagte er: „Weißt du, dass wir jetzt nie mehr allein sein werden? Auch nicht in diesen Augenblicken? Es wird immer zwischen, neben, bei uns sein, wird vielleicht fühlen, wenn wir zusammen sind".
Sie tastete über sein Gesicht, fand die weichen Linien der Lippen, strich über seine Stirn, schloss mit vogelleichtem Fingerdruck seine Augen und erinnerte sich voller Begehren an den vertrauten Geruch von Zigaretten und Old Spice. Er legte sich wieder neben sie, etwas Behutsames war in seiner Zärtlichkeit. Er ließ sich Zeit, umschlang Hannah mit beiden Armen, warm und beschützend, sie waren so verletzlich geworden, sie und das Kind...

Am Abend saßen sie auf dem Grand Place, dem Viereck kostbarer Zunfthäuser, Palästen und des Rathauses. Plötzlich war es Hannah, als säße sie nicht auf einem Rathausplatz, sondern eher auf einer Bühne. Aus unsichtbaren Lautsprechern erklang „die Moldau“ von Smetana. Erst leise, dann immer mehr anschwellend, ein rauschendes Crescendo von Tönen, Klängen und Farben, denn alle Gebäude rings um den Platz erstrahlten im Rot, im Grün und Orange, im Gelb und Blau wechselnder Lichterfarben zum musikalischen Strömen dieses tschechischen Flusses. Stürmisch umarmte Hannah Georg: „Wie schön, wie unbeschreiblich schön!“
„So habe ich ihn auch noch nicht gesehen. Das machen sie zu deinem Empfang“, meinte Georg zärtlich.
Die ersten Tage in Brüssel vergingen mit Heimischwerden in der fremden Umgebung, in der ersten eigenen Wohnung und mit den Einkäufen der unzähligen Kleinigkeiten, die ein neuer Haushalt brauchte. Georg schulterte Besen und Wäschetrocknergestell, sie schleppte Putzeimer und Waschmittel und einen Topf brauchten sie auch.
Als sie sich eingelebt hatten, begleitete Hannah Georg morgens zum Hotel, und am Abend holte sie ihn wieder ab. Ihre Gänge führten jedes Mal durch andere Gässchen und Straßen, über Plätze und durch Parkanlagen. Sie bewunderte die vielen Skulpturen und Figuren, die Bankgebäude, Plätze und Paläste zieren, und berührte, wie all die anderen Vorübergehenden, die Statue des sterbenden Brüsseler Schöffen im schattigen Säulengang von „L'Etoile“. Der Körper war stellenweise goldblank gescheuert von den unzähligen Händen, die sich durch die Berührung Glück erhofften.
Als sie, bevor sie sich auf den Heimweg machten, wieder einmal bei einem Bier in einer der zahllosen Kneipen rund um den Grand Place saßen, erzählte sie Georg davon. Erstaunt fragte er: „Woher hast du eigentlich diese Geschichten?“
„Von unserer Concierge!“
Georg lachte und hob sein Bierglas: „Skol, meine Süße. Aber verrat mir mal, woher du plötzlich so gut französisch kannst?“

Hannah hob ihm ihr Glas entgegen, nahm einen großen Schluck von ihrem Bier, wischte sich den Schaum vom Mund und sagte halb belustigt, halb vorwurfsvoll: „Glaubst du eigentlich, ich habe in den letzten Wochen hier nur geputzt, wenn du nicht da bist? Ich lese Französisch, ich bessere meine eigenen Kenntnisse ein bisschen auf, und ab und an unterhalte ich mich eben mit unserer Concierge".

Sie lachten, aber Hannah war es eher nicht zum Lachen zumute. Sie dachte daran, wie oft sie wirklich nichts anderes tat, als die kleine Wohnung auf Hochglanz bringen. Jeden Tag wischte sie den Boden, schrubbte die Küche, bürstete den dunkelroten Läufer vom Wohnzimmer, über den sie den Rest des Tages einen Riesenschritt machte, damit er auch noch nachts, wenn Georg nach Hause kam, ohne ihren Fußabdruck war. Dabei wusste sie doch, dass er es nicht merken und noch weniger erwarten würde...

Und auch an diesem Abend nahm sie sich vor, sowie das Kind auf der Welt und etwas größer wäre, würde sie arbeiten gehen. Sie fühlte sich mit dem immer dicker werdenden Bauch wichtig und doch irgendwie unnütz und ausgehalten. Gewiss, im Augenblick war es sogar spannend, der erste eigene Haushalt, die Gänge auf den Markt, wo sie fürs Abendessen einkaufte, die ersten Kocherfahrungen aus dem Kochbuch mit dem Titel „Was Männern so gut schmeckt" und dem Warten auf Georg. Wenn er dann zu Hause war, bereitete sie ihm ein Fußbad, seine Füße waren vom vielen Stehen im Restaurant des Hotels jeden Abend dick geschwollen. Dabei erzählte er ihr Anekdoten von der Arbeit:

„Heute bediente ich eine alte, englische Lady. Sie saß in der Lounge und bestellte bei mir einen Tee. Normalerweise ist das als Restaurantdirektor nicht gerade mein Job, aber die Engländerin gefiel mir, also lief ich die vielen Treppen runter zur Küche, kam mit dem Tee zurück, den ich ihr servierte. Ich war längst wieder mit anderen Gästen beschäftigt, als sie mich zu sich rief und meinte: ‚Sir, the cup is broken'. Ich betrachtete mir den Sprung in der Tasse und da mir so schnell keine bessere Ausrede einfiel, sagte ich in meinem feinsten Englisch: ‚Mylady, so you

can see, how strong our tea is'. Ich hatte die Gute schon wieder vergessen, lief wieder treppauf, treppab, als sie mich abermals zu sich winkte und mit ihrer feinen Stimme meinte: Waiter, this was a very good joke!'
Sie lachten gemeinsam über die englische Lady und Hannah meinte ein wenig traurig: „Du lernst gewiss viele interessante Menschen kennen". Und während sie das sagte, dachte sie gleichzeitig: ‚Verdammt noch mal, warum nehme ich mich eigentlich nicht wichtig? Ich bin nach Persien gefahren, ohne zu zögern. Ich habe bisher alles, was ich wollte, erreicht, sofern es von mir abhing. Warum nur immer dieses Unterlegenheitsgefühl?'
Sie merkte, dass Georg seine Frage wiederholte, weil sie nicht zugehört hatte: „Hannah, was ist los? Fühlst du dich einsam, bist du zuviel allein?"
Sie nickte: „Ich versuch ja, die Zeit so gut wie möglich auszufüllen, aber das ist mir irgendwie zu wenig". Als sie Georgs ratloses Gesicht sah, machte sie eine Handbewegung, als wollte sie die letzten Worte wegwischen: „Vergiss es, das sind nur Stimmungen einer Schwangeren".
Georg griff erleichtert nach dem Handtuch, das sie ihm reichte und trocknete sich die Füße ab. Und Hannah dachte: ‚Damit ist für ihn das Problem offensichtlich erledigt. Aber für mich doch nicht'.
Als sie im Bett lagen und Georg längst vor Erschöpfung eingeschlafen war, blieb Hannah noch lange wach. Sie durfte es ihm einfach nicht zum Vorwurf machen, dass er seinen Weg ging, dass er für sie keine Lösungen finden konnte. Sie hatte für sich eine Entscheidung getroffen, als sie die Schwangerschaft und damit die Berufslosigkeit angenommen hatte. Jetzt konnte sie ihn dafür nicht verantwortlich machen. Warum wurde sie trotzdem diesen leisen Vorwurf gegen Georg nicht los? Er nahm es so selbstverständlich hin, dass sie keinen ihrer Berufe mehr ausübte, dass sie ihn nach Brüssel begleitet hatte, dass sie tagtäglich einfach nur da war, wenn er nach Hause kam. Noch lange wälzte sie sich unruhig im Bett hin und her, unglücklich über solche Gedanken, die sie Georg gegenüber als ungerecht empfand.

Einige Tage später fuhren sie zur Weltausstellung, standen fasziniert vor dem Atomium.
„Irgendwie ist dieser Bau folgerichtig. Im 19. Jahrhundert war Stahl wichtig und Paris baute den Eiffelturm. In unserer Zeit ist es das Atom, also baute Brüssel das Atomium", meinte Hannah nachdenklich.
Aber Georg schien ihren Überlegungen nicht gefolgt zu sein, fast überschwänglich erklärte er ihr: „Die haben das Modell eines Kristallgitters 165milliardenfach vergrößert auf gewaltige 102 Meter".
„Ich kann deine Begeisterung nicht so recht verstehen", begehrte Hannah auf. „Mich jedenfalls schaudert es, wenn ich daran denke, dass dieser Bau neben dem wissenschaftlichen Fortschritt gleichzeitig die Möglichkeit der totalen Zerstörung unserer Welt darstellt".
„Moralische Bedenken werden den Fortschritt nicht aufhalten", ereiferte sich Georg.
‚Wahrscheinlich nicht, aber das ändert nichts an den schrecklichen Folgen dieser Fortschritte", dachte Hannah, aber sie schwieg.
Sie fuhren auf Rolltreppen durch die Pfeiler des Atomiums und schauten durch verschmierte Bullaugen auf Brüssel hinunter.
Es war Wochen später an einem der Abende, an denen Hannah Georg vom Hotel abholte. So rasch sie konnte, lief sie die breiten Treppen hinunter in Richtung der Place St. Gudule. Erschrocken hielt sie plötzlich im Laufen inne, als neben ihr überall kleine, lebendige Schatten auftauchten. Sie huschten vorbei, streiften an ihren Beinen entlang. Grüne Augen blitzten in der Dunkelheit. Katzen! Katzen! Eine und noch eine, da kamen gleich drei auf einmal. Zerfetztes Fell, herausstehende Rippen. Und alle strömten zu dem Platz von St. Gudule. Betroffen blickte Hannah sich um, als sie eine schrille Stimme hörte.
"Wo sind denn meine Kätzchen, meine Katerchen, meine Kinderlein?"
Die Stimme gehörte einer spindeldürren Frau. Unter einem dreckigen Kopftuch quollen graue Haarsträhnen hervor. Um die schmalen Schultern hatte sie einen Strickschal geschlungen. An ihrem Körper schlotterte ein flecki-

ger weiter Rock, eine alte Bluse. Am schlimmsten aber waren die Hände, dünne knöcherne Finger holten mit erstaunlicher Schnelligkeit unzählige kleine Blechnäpfe aus einer großen Einkaufstasche. Sie stellte sie über den dunklen Platz verteilt auf. Huschte mit flinken Bewegungen hin und her, gab irgend etwas Essbares in die Schüsseln. Und dabei sprach sie ununterbrochen mit den Katzen, die sie offensichtlich kannten - und nicht fürchteten.
Aber Hannah beschlich Panik. Warum jagte ihr dieses schattenhafte, gespenstische Treiben Schrecken ein? Warum fror sie so? Gebannt verfolgte sie die bleichen Finger, wie sie hier in einem Fell wühlten, da eine kranke Pfote betasteten, dort eine Zecke entfernten.
In diesem Augenblick spürte sie ein seltsames Ziehen und Bewegen in ihrem Innern. Regungslos blieb sie stehen, dabei wäre sie so gern vor dem Spuk vor ihr davongelaufen. Doch da - da war es wieder, zaghaft, fremd, tastend. Hannah legte beide Hände auf ihren Leib, unsagbar erschrocken und gleichzeitig zu Tränen gerührt. Niemand hatte sie auf dieses Gefühl vorbereitet. Auf den Schreck: ‚Was geschieht in mir? Was bewegt sich da, ohne dass ich es kontrollieren kann?' Unvermutet die fast schmerzhaft-süße Erkenntnis: Da war etwas, das zu ihr gehörte und doch so völlig selbständig war. Im eigenen Körper ein anderes, ein fremdes Leben umschließen! Aber wieso denn fremd? Es war doch ihr Kind!
Langsam ging sie weiter, vergessen waren die alte Frau und die Katzen, es gab nur noch das Warten auf die nächste Bewegung, das Lauschen in sich hinein wie auf ein Zwiegespräch. Wieso hatte sie noch nie wirklich verinnerlicht, dass sich in ihr neues Leben formte, für das sie die Verantwortung trug? Sie atmete tief ein und zum ersten Mal der Gedanke, wenn ich atme, atmet mein Kind, alles, was ich erlebe, denke, tue, geschieht auch meinem Kind. Ein wunderbarer, aber auch erschreckender Gedanke. Sie konnte nun Georgs vorsichtiges Zögern verstehen, damals, an ihrem ersten Tag in Brüssel, als sie ihn mit den Worten beruhigte: ‚Sei nicht ängstlich, wir stören das Kind sicher nicht'. War sein Empfinden damals richtig, oder war sie sich dieser unverletzlichen Symbiose zwi-

schen ihr und dem Ungeborenen nur sicher gewesen und hatte deshalb sorgloser reagiert als er?
Als sie später neben Georg im Bett lag, versuchte sie, ihm ihre Empfindungen vom heutigen Abend zu erklären, obgleich es ihr fast unmöglich vorkam, das alles in Worte zu fassen.
Er stützte sich auf seinen Ellbogen und legte wieder, wie vor Wochen, sanft seine Hand auf ihren Leib, hoffte, eine der flüchtigen Bewegungen seines Kindes zu erhaschen. Nun war er der Unbekümmerte und meinte, Hannah aufmunternd anlächelnd. „Mach dir keine Sorgen, ich bin ja da und das mit der Geburt ist halb so schlimm. Ich war häufig auf dem Hof meines Onkels und bei Geburten von Kälbern dabei. Das ist ein ganz natürlicher Vorgang."
Für ihre Mutter war Kinderkriegen etwas Heiliges, und Georg verglich ihren Zustand mit dem einer Kuh! Nun denn, sie musste wohl selbst herausfinden, was es wirklich war.

Hannahs Eltern holten sie im Oktober aus Brüssel ab. Auf der Fahrt fragte die Mutter: „Wie stellt ihr euch euer weiteres Leben nun eigentlich vor?“
„Wir heiraten, warten die Geburt ab und danach…“
Georg unterbrach Hannah: „…wollen wir so schnell wie möglich wieder ins Ausland“.
„Mit Baby und…“
Hannah fiel der Mutter ins Wort: „Das Baby hindert uns doch nicht. Wir wollen nicht in Deutschland bleiben. Wir gewöhnen uns erst einmal an das Gefühl, eine richtige Familie zu sein und suchen uns mit Ruhe irgendwo in der Welt eine Stellung“.
„Also braucht ihr auch keine Wohnung“.
„Hm, ich dachte, vielleicht…“ Hannah zögerte und die Mutter beendete ihren Satz: „Du meinst, ihr könntet in der Zwischenzeit bei uns wohnen“.
„Wenn es geht. Aber wird das nicht zu viel für euch? Wir sind drei Personen mehr“.
„Es ist ja nicht für immer“, beruhigte sie die Mutter und Hannah meinte, in der Stimme und im Blick der Mutter so etwas wie Bewunderung zu erkennen. Als wollte sie sagen, ‚Kind, erfülle dir deine Träume’. Schüchtern strich sie ihr kurz über den Rücken. ‚Wie viel Träume du wohl im Laufe deiner Ehe begraben hast?’
Auch der Vater mischte sich ins Gespräch: „Ich freu mich doch auch, wenn ihr bei uns einzieht“. Und Hannah wusste, dass nicht ihr seine Freude galt, sondern Georg. Wenn er doch nur ein einziges Mal solche Worte für sie oder für Andreas, seinen eigenen Sohn, finden würde, dachte Hannah, aber sie schwieg. Sie war froh, dass die Wohnungsfrage damit erledigt war, wenn es auch eine fast unmögliche Enge bedeutete.
„Und ich kümmere mich gleich um einen Job“, warf Georg ein.
Später sagte er zu Hannah: „Es ist mir total unangenehm, von deinen Eltern das Angebot anzunehmen“.
„Warum denn?“
„Weil meine Mutter noch in ihrem großen Haus wohnt und Platz genug für uns hätte. Deine Eltern haben dagegen

nur eine Vierzimmerwohnung, und empfinden es als selbstverständlich, dass wir zu ihnen ziehen".
„Mach dir nichts draus, es sind doch nur ein paar Monate".
„Egal, ich finde es einfach schäbig".
Schon nach wenigen Tagen fand Georg eine Stelle in einem Hotel der Innenstadt, und Hannah stürzte sich in die Anschaffungen für das Baby: Bett, Kopfkissen, Decken und Bettwäsche.
„Aber überzogen wird noch nicht, das bringt Unglück", mischte sich die Mutter ein.
Und heiraten vor der Geburt des Kindes konnten sie auch nicht, das verbot ein Gesetz, da Hannah noch keine zehn Monate geschieden war.
Georg stand vor dem Spiegel und knöpfte sich das Frackhemd zu: „Belastet es dich, dass wir nicht heiraten können?"
Hannah schaute ihn erstaunt an: „Wieso denn das?"
„Nun ja, unser Kind kommt amtlich als Kind deines ersten Mannes auf die Welt".
„Macht dir das was aus? Wir wissen doch, dass es unser Kind ist".
„Und die Leute? Deine Familie?"
„Du, mich hat noch nie interessiert, was die Leute reden", und sie dachte gleichzeitig: ‚Irgendwie passt das nicht gerade zu meiner sonstigen Unsicherheit'. Bis ihr einfiel, dass sie noch nie Fremden gegenüber unsicher gewesen war, nur immer bei den Menschen, die ihr wichtig waren, die sie liebte. War das nicht sehr seltsam?
Georg schlüpfte in seine Hose, schloss den Gürtel, nahm Hannah in den Arm, meinte: „Toll, deine Unabhängigkeit. Einige meiner Schwestern denken da anders".
„Ich weiß" und sie erinnerte sich an das Gespräch mit Ingrid, Georgs älterer Schwester. Sie hatte ihr, Hannah, damals nach der Hotelfachschule verboten, noch einmal in Georgs Elternhaus zu kommen, bevor sie geschieden sei. Nur seine älteste und jüngste Schwester hatten vom ersten Augenblick an zu Hannah gestanden. Zögernd meinte sie jetzt: „Komisch, deine Familie wusste, dass du mit Barbara nicht glücklich warst. Trotzdem hab ich das Gefühl, dass Barbara ihnen lieber war als ich".

„Unsinn, sie kannten Barbara nur länger als dich“.
„Was kein Grund ist, schließlich bekomme ich das Kind ihres einzigen Sohnes und Bruders“.
„Stimmt schon, aber was soll ich denn machen“.
‚Für mich einstehen‘, wollte Hannah antworten, sagte es aber nicht laut.

Es war der Abend des 19. November. Georg arbeitete, die Eltern sahen fern, Hannah las in einem Buch, als sie plötzlich ein schmerzhaftes Ziehen im ganzen Körper fühlte.
‚Das sind Wehen!‘ Sie ließ das Buch sinken und blieb völlig still sitzen. ‚Seltsam, bei den ersten Bewegungen des Kindes bin ich so erschrocken, und nun nichts, keinerlei Aufregung‘. Sanft legte sie die Hand auf ihren Bauch, dachte: ‚He du, ist es Zeit für dich?‘
Sie sagte nichts zu den Eltern, stand vorsichtig auf und ging in das Zimmer, wo das leere Kinderbett wartete. Leicht strich sie über den weißen Lack, dachte: ‚Was soll eigentlich der Blödsinn mit dem Aberglauben?‘, holte kurz entschlossen Bettwäsche, Kissen und Decke hervor und fing an, das Bett herzurichten. Wie winzig alles war!
Zwischendurch musste sie sich hinsetzen, der Schmerz kam nun alle zehn Minuten. Erhitzt barg sie ihr Gesicht in dem kleinen Kopfkissen. Es erschien ihr in diesem Augenblick schwer vorstellbar, dass in ein paar Stunden nie mehr etwas so sein würde wie eben jetzt. Sie würde nicht mehr die gleiche Hannah sein, nie mehr nur noch verantwortlich für sich selbst.
„Ich habe aber keine Angst“, fast trotzig begehrte sie gegen dieses Gefühl der Hilflosigkeit auf.
Als sie hörte, dass Georg die Wohnungstür aufschloss, ging sie ihm entgegen: „Du, Georg, ich glaub, unser Kind kommt!“
„Was? So schnell! Wart, da brauch ich erst einmal ein Bier!“
‚Ein Bier! Warum nimmt er mich nicht einfach in den Arm?‘ Sie schluckte die Enttäuschung hinunter, sagte halb spöttisch, halb belustigt: „Was ist denn los, ich dachte, es sei alles so natürlich?“

Aber er gab keine Antwort, stürzte an ihr vorbei zum Kühlschrank, öffnete zitternd ein Bier, trank in hastigen Schlucken, setzte die Flasche ab und meinte, „So, jetzt können wir fahren“.
„Mein Gott, Georg, ich habe Wehen, ich bekomme das Kind! Was regst du dich so auf?“
„Na ja, ich bin schließlich der Vater“.
Den gleichen Satz wiederholte er, als die Hebamme ihnen die Kliniktür öffnete und meinte: „Herr Jantzen, Sie fahren am besten gleich wieder nach Hause“.
„Aber warum denn, ich bin der Vater!“
„Eben drum“, meinte die Hebamme lakonisch und schob ihn energisch aus der Tür.
Für Hannah begann ein Wirbel von Vorbereitungen: Ausziehen, nicht eines der hübschen neu gekauften Nachthemden anziehen, nein, das hinten offene Klinikhemd. Danach Einlauf, rasieren, Puls und Blutdruck messen, auf und ab gehen, Schmerzen - Entspannung – wieder Schmerz.
„Das sind nur die Eröffnungswehen“, meinte die Hebamme gelangweilt.
Nur?! Je länger die Geburt dauerte, desto größer das Entsetzen, ‚dieser Schmerz zerreißt mich'. Bei jeder Wehe musste sie erbrechen und das Gefühl, ihr Körper würde in zwei Hälften gespalten und nie mehr eine Einheit werden, wurde so übermächtig, dass sie nur noch wütend war, einfach nur wütend. ‚Warum war ich so verdammt vertrauensvoll? Warum hat mir Mutter nicht gesagt, wie es wirklich ist statt des Gefasels über heilige Schmerzen und all den Schwachsinn? Und Georg, wie konnte er das mit der Geburt eines Kalbes vergleichen?' Sie fühlte sich verraten – verraten von ihrem Mann und von ihrer Mutter. Nie war sie Georg innerlich ferner.
Bis zu dem unglaublichen Augenblick, da endlich ein klägliches Weinen die Ankunft ihres Kindes, ihrer Tochter kundtat. Staunend hielt sie das kleine Mädchen im Arm, flüsterte: „Unglaublich! Einfach unglaublich! Wir haben es geschafft! Du bist also Sarah! Und du bist das Vollkommenste und Wunderbarste, das ich je gesehen habe“. Zärtlich strich sie über die rosigen Wangen, bewunderte

die Händchen und Füße, atmete tief den Moschusduft des Neugeborenen ein, war nur noch glücklich.
Bis sie zu Hause war, allein mit ihrer Tochter und all ihrer ungeheuren Unsicherheit. „Für jeden beliebigen Beruf muss man drei oder fünf Jahre lernen und Mutter – Mutter wirst du von einer Sekunde zur andern und sollst alles können". Sie hielt ängstlich ihre kleine Tochter im Arm, vergrub ihr Gesicht in der duftenden Wäsche der Kleinen. „Ich kann so viel falsch machen und weiß es nicht".
Es gab nichts anderes mehr als die Angst um Sarah: Atmet sie noch! Bauchlage – ist das nicht gefährlich? Hat sie genug getrunken! Vorsicht, dass sie nicht vom Wickeltisch fällt! Überall lauerten Gefahren und sie, Hannah stand ihnen allein gegenüber.
Georg war keine große Hilfe, war höchstens besorgt, weil Hannah keine Nacht mehr durchschlief, bis er eines Nachts, als er von der Arbeit nach Hause kam, entschlossen das Kinderbettchen in die Küche schob. „Du kannst einfach nicht auf jede Bewegung, auf jeden Atemzug lauschen, das macht dich total verrückt". Hannah weinte und schimpfte ihren Mann einen Rabenvater, aber in dieser Nacht schlief sie und auch Sarah zum ersten Mal ungestört durch.
Der 8. Dezember, ihr standesamtlicher Hochzeitstag war ein bestürzend bleierner Wintertag. Georg musste morgens arbeiten, und Hannah kaufte sich ihren Brautstrauß selbst. Die Mutter lag mit Krebsverdacht im Krankenhaus, der Vater und Georgs Mutter waren die Trauzeugen.
„Beide Hochzeiten sind nicht gerade die Erfüllung jungmädchenhafter Träume vom Heiraten", dachte Hannah amüsiert. Bei der ersten war das Brautkleid geliehen, und die zweite? Hannah betrachtete den kleinen Strauß weißer Rosen: ‚Ein rauschendes Fest ist das auch nicht. Wir erledigen nichts als eine nüchterne Formalität'.
Zu Hause hatte sie einen langen Tisch festlich gedeckt, und Georg hielt eine kleine Ansprache, in der er seinen Schwiegervater um die Hand seiner Tochter bat. Es war der einzige Augenblick, dass gelacht wurde, als Hannahs Vater lakonisch meinte: „Alles andere hast du eh schon gehabt, also kannst du die Hand auch noch haben!"

Doch es wollte keine rechte Stimmung aufkommen. Die Mutter im Krankenhaus, Sarah schien zu spüren, dass es kein normaler Tag war und weinte viel, und am Ende des Abends stritten sich der Vater und der Bruder wieder einmal um eine Nichtigkeit.
Seit Hannah denken konnte, hatten diese Streitigkeiten ihre Kindheit verdunkelt. Sie liebte ihren Bruder, nur anderthalb Jahre trennten sie, alles hatten sie geteilt, manchmal waren sie für Zwillinge gehalten worden. Hilflos musste sie mit ansehen, wie Andreas schon als Zwei- oder Dreijähriger oft das Opfer von Vaters Jähzorn wurde. Szenen tauchten vor ihr auf, Andreas, der ins Bett machte und der Vater, der das kleine Gesicht des Bruders in die stinkende Lache tauchte, während sie selbst zitternd in ihrem Kinderbett lag. Andreas, gedemütigt oder bestraft wegen schlechter Noten, geschlagen wegen kleinster Unarten, während der Vater die Töchter verwöhnte. War es die Eifersucht des Mannes, weil die Mutter Andreas immer ein wenig den Töchtern vorzog? Wütend dachte Hannah: „Das war mein Kinderalltag und heute habe ich immer noch Magenschmerzen, wenn die beiden längere Zeit beieinander sind, weil es stets Krach gibt!"
Vor dem Fenster ein dunkler, sternenloser Winterabend, und noch viele Jahre später erinnerte sich Hannah an ihre standesamtliche Hochzeit als eine von einer 40 Watt Birne beleuchteten, trüben Szene.

9 *1959*

Der Anruf kam Anfang Januar. Da er vom Amt für Auslandsstellen war, bei dem Georg seine Bewerbungen eingereicht hatte, blieb Hannah neugierig stehen, konnte allerdings aus dem Gespräch nicht viel entnehmen. Georg legte nachdenklich den Hörer auf.

„Und - was ist?“

Er lächelte Hannah an: „Jetzt haben wir die Wahl“.

Wieder zögerte er. „Machs doch nicht so spannend“. Hannah konnte vor Aufregung kaum still stehen.

„Wir können entweder im britischen Wales ein Hotel führen oder im Offiziersclub der Nato in Ankara die Leitung der Gastronomie übernehmen!“

Hannah legte Sarah rasch in deren Laufstall, die die Unterbrechung des Spiels mit der Mutter ziemlich ungnädig mit Geschrei quittierte, und flog Georg um den Hals.

„Ankara, Türkei... Georg, das ist es! Lass uns in die Türkei gehen!“ Sie spürte wieder diese unerklärliche Sehnsucht. Empfand fast körperlich die schon einmal erfahrene Andersartigkeit des Orients, die sie in Persien so intensiv und doch nur so kurz erlebt hatte. Und sie erinnerte sich an ihr Versprechen beim Abschied von Isfahan. Für sie war es überhaupt keine Entscheidung! Was sollte sie im trüb-grauen Wales, das war doch gar nicht so viel anders als hier.

„Nun mach mal langsam. Die Türkei ist wirklich etwas anderes als Deutschland oder England“, bremste Georg ihre Begeisterung.

„Aber Georg, genau das wollen wir ja. England! Das Leben dort ist wahrscheinlich nichts Besonderes! Dann können wir auch gleich hier bleiben“.

„Du kennst das Land doch gar nicht! Mir hat's sehr gefallen. In der Türkei ist uns alles fremd – die Sprache, die Kultur, die Menschen, wir wissen überhaupt nicht, auf was wir uns da einlassen“.

„Doch, ich weiß es. Auf Fremdes, auf eine andere Kultur, aufs Abenteuer. Wir sind noch jung!“

„Jung schon, aber wir haben Sarah“.

„Na und! Du sollst ja nicht in irgendeiner türkischen Kaschemme arbeiten, sondern im Offiziersclub der Amerika-

ner. Und Sarah wird dreisprachig aufwachsen können. Das wäre doch toll!“ Ihre Stimme überschlug sich fast vor Aufregung.
„He, bleib mal auf dem Teppich. In der Türkei zu leben, ist nun wirklich was anderes als in England oder hier!“
Hannah blickte ihren Mann ratlos an. Wie sollte sie ihm nur begreiflich machen, was sie fühlte und... warum lockte sie dieses absolut Fremde so sehr, dass sie all seine Bedenken nicht gelten lassen konnte? Sie setzte sich auf die Schlafcouch und zog ihren Mann neben sich.
„Georg, es ist so schwer zu erklären. Und ich weiß, die ganze Familie wird Zeter und Mordio schreien. Aber es ist schließlich unsere Zukunft. Natürlich erwartet uns in der Türkei ein völlig anderes Leben, eine ganz und gar andere Welt. Nur – genau das möchte ich. Ich will aus der Enge hier raus“. Sie zögerte, fügte leise hinzu: „Auch aus meiner eigenen inneren Enge“.
„Meinst du, das funktioniert, wenn du davonläufst?“ Georg strich ihr die Haare aus der Stirn, liebkoste ihr schmales Gesicht, das vor Eifer glühte.
„Nicht davonlaufen, nur... ich fühle mich so bevormundet. Ich weiß nicht, was mit mir los ist. Manchmal ist mir, als hätte ich Flügel und könnte doch nicht fliegen!“
„Und nun glaubst du, in der Türkei lernst du fliegen?“
Hannah zuckte hilflos mit den Schultern: „Möglich. Ich möchte das Leben spüren, vorbehaltlos spüren. Deshalb muss ich hier raus“. Sie wusste, dass sie keinen wirklich stichhaltigen Grund nennen konnte und dennoch aus ihrer Sicht Recht hatte.
„Hannah, innere Freiheit kannst du überall spüren, dafür brauchst du keine fremden Länder. Was du sagst ist Abhängigkeit von Äußerlichkeiten, nicht Freiheit“.
Hannah hatte den Kopf auf Georgs Schulter gelegt, jetzt setzte sie sich auf und rückte etwas von ihm ab. Wie schwer es doch war, sich verständlich zu machen. Sie gab sich einen Ruck: ‚Ich muss es einfach versuchen’:
„Georg, hör mir mal zu. Schau, du warst von deiner ersten Minute an der wichtigste Mensch in deiner Familie. Oft genug hast du mir die Worte des Großvaters wiederholt, der bei deiner Geburt ausgerufen hat ‚endlich der Bub’.

Und dieser Bub kannte keinerlei Selbstzweifel. Woher auch? Verstehst du, du musstest dich nicht ständig bestätigen, dein DASEIN allein genügte“.
Sie wandte sich Georg zu, verstand er, was sie meinte? Offensichtlich hörte er ihr aufmerksam zu, deshalb fuhr sie fort: „Dieses Gefühl habe ich nie gekannt, Liebe gab's für Leistung, nicht fürs bloße Dasein. Heute will ich mehr!“
„Und was hat das alles mit der Türkei zu tun?“
„Vielleicht will ich sogar einfach alles!“
„Hannah, du benutzt so oft die Worte „ich will“. Wäre es nicht leichter, zu sagen, ich möchte?“
„Mein Gott, Georg, ich bin noch nicht so abgeklärt. **Ich will** – so habe ich seit jeher gefühlt, mich nur nicht getraut, es zu leben“.
„Trotzdem weiß ich immer noch nicht, was das mit der Türkei zu tun hat. Willst du bewusst Abstand schaffen, Abstand vom Gewohnten, vom allzu Bekannten?“
„Möglich! Ich kann dir keine klare Antwort geben, es ist einfach ein Bauchgefühl, das ich nicht begründen kann. Vielleicht, weil ich mich damals, als ich mit Harald nach Persien fuhr, so frei fühlte, es war allein meine Entscheidung, mit ihm dorthin zu gehen. Ich hatte dieses Empfinden von *alles oder nichts*. Eventuell brauche ich eine Art absoluter Herausforderung. Außerdem glaube ich, dass ich in einer völlig anderen Umgebung von dem Gefühl loskomme, mich ständig irgendwie selbst beweisen zu müssen“.
Sie wurden unterbrochen, als es an die Tür klopfte: „Ihr vergesst vor lauter Reden noch die Kleine“, meinte die Mutter, als sie Hannah Sarahs Flasche reichte. „Gibt es Probleme, kann man euch helfen“.
„Helfen nicht, nur deine Tochter will unbedingt in die Türkei“, antwortete Georg lachend.
Einen Augenblick lang war er für Hannah wieder der Mann der allerersten Begegnung, unsensibel und taktlos. Er hatte offenbar nichts von dem, was sie versucht hatte, zu erklären, verstanden, sonst hätte er nicht ausgerechnet der Mutter schon jetzt von ihren Plänen gesprochen. Sie konnte sich denken, was nun auf sie zukommen würde

und brauchte auch nicht lange auf das Entsetzen der Mutter zu warten:
„Seid ihr wahnsinnig geworden! Wieso denn in die Türkei? Gibt es hier nicht genügend Arbeit oder irgendwo in der Nähe, in Frankreich oder England oder sonst wo?“
Hannah hob Sarah hoch, barg ihr Gesicht in der Wärme ihres Körperchens. Sie hätte schreien mögen: ‚Siehst du, genau das will ich nicht mehr. Es soll keiner mehr darüber urteilen können, ob ich etwas richtig oder falsch mache, wir, du und ich sollen entscheiden können ohne die Einmischung von irgendjemandem! Lasst mich doch endlich in Ruhe! Immer wird alles beurteilt, kritisiert, gut oder schlecht geheißen! Ich bin kein Kind mehr! Und abhängig bin ich auch von niemandem’, und noch während sie dies dachte, wusste sie gleichzeitig, dass der letzte Satz nicht stimmte.
Georg schien gemerkt zu haben, dass er mit seiner Reaktion Hannah verletzt hatte. Er legte den Arm um seine Frau und meinte: „Katharina, Hannah und ich - wir gehen wahrscheinlich in die Türkei, aber noch ist nichts entschieden. Wir haben nur gerade darüber gesprochen, weil ich heute ein Angebot aus Ankara bekommen habe“.
In den nächsten Tagen nahm Hannah Georgs Worte wie ein stilles Versprechen. Sie durchstöberte die Buchläden nach Literatur über die Türkei, kaufte einen Bildband über das Land, über Istanbul und Ankara. Während es von Ankara fast keine Bilder gab, tauchte sie ein in die Aufnahmen von Istanbul, von der Hagia Sophia oder der blauen Moschee. Spazierte durch duftende Gärten, ließ sich in ihrer Vorstellung durch irgendeinen Bazar treiben, erinnerte sich an das seltsame Leuchten, das sie im Bazar von Isfahan erlebt hatte, wenn durch die Öffnungen in den überdachten Gewölben Sonnenstrahlen in die Dämmerung der verwinkelten Ecken und Gässchen fielen. Sie roch die Gewürze, ging durch die Gassen der Gold- und Silberschmiede, wo Licht auf kostbarem Schmuck funkelte und wurde ganz aufgeregt bei dem Gedanken, ‚ich komme wieder in den Orient’. Sie sah sich mit Georg in diesem hellen, sonnigen Land, eingehüllt in Wärme und Träume. Spürte Fremdheit als Abenteuer, ohne Angst.

Atmete tief den betörenden Duft nach Andersartigkeit ein. Hörte Sarah die ersten türkischen Worte brabbeln. Alles, einfach alles war möglich.
Während die Eltern von ihren Plänen nichts wissen wollten, brauchte sie nicht lange, bis sie Georg mit ihrer Begeisterung angesteckt hatte. Sie suchten im Atlas Ankara, das ihnen so fremd vorkam, von dem sie noch nicht einmal genau wussten, wo es überhaupt lag. Sie wälzten Literatur, lasen vom einst vergessenen Land Anatolien mit dem Steppennest Ankara, dessen Hütten sich an die Ruinen einer alten Burg duckten. Sie lasen über Kemal Atatürk und seinen Befehl, aus der schwülen Atmosphäre Istanbuls hinauszuziehen in die klare Luft des Hochlandes Anatolien. Und sie lasen, wie er schließlich aus dem Steppendorf mit den Lehmhütten der ärmlichen Bauern innerhalb von nur sieben Jahren eine moderne Stadt gemacht hatte.
Spät abends, wenn Georg nach Hause kam, setzten sie sich noch ins Wohnzimmer, die Eltern waren längst schlafen gegangen, Sarah hatte sich an den Rhythmus von Tag und Nacht gewöhnt, es war die ruhigste Stunde des Tages. Hannah legte den Kopf auf Georgs Knie, erzählte ihm von den Bildern, die sie tagsüber so lebendig vor sich gesehen hatte, wenn sie über die Türkei, über die Städte und besonders über Anatolien gelesen hatte. „Es muss so ein tolles Land sein, Georg. So eigenartig in seiner ungeheuren Weite und Schwermut."
Georg unterdrückte ein Gähnen, er war so müde, dennoch ging er auf Hannahs Begeisterung ein: „Mag ja alles stimmen! Aber Hannah, auch wenn das alles noch so großartig klingt, für uns geht es gar nicht darum. Erinnere dich doch mal - was hast du wirklich von Isfahan gesehen? Es ist einfach etwas anderes, wenn du in dem Land lebst. Alles, was du mir da erzählst, ist für Touristen! Aber für uns? Wir kennen die Türkei nicht, die Sprache nicht, werden sie auch kaum noch lernen. Du bist dort allein, du weißt, wie es im Hotelfach ist, lange Abende, kaum ein Feiertag."
Warum nur war sie sich über all seine Bedenken so sehr im Klaren und sie schreckten sie dennoch nicht ab? Sie

stand auf, lief in dem Zimmer auf und ab, blieb vor ihrem Mann stehen: „Bitte, Georg, bitte lass uns in die Türkei gehen. Ich weiß nicht, warum es mich so dorthin zieht. Vielleicht ist es wirklich nur mein damaliges Versprechen".
Georg nahm sie in den Arm: „Überlassen wir es einfach dem Schicksal oder wie immer du es nennst. Wir entscheiden uns für die Stelle, von der wir zuerst Antwort bekommen, einverstanden?"
Im März fiel die Entscheidung für die Türkei.
Und einige Tage danach wusste Hannah, dass sie wieder schwanger war.
Diesmal war diese Erkenntnis nicht das grandiose Erlebnis wie damals bei Sarah. Es gab auch nicht das Hinauszögern, Georg zu sagen, dass sie wieder ein Kind haben würden. Still und unaufgeregt stand sie vor Georg: „Liebster, wir sind wieder schwanger".
Sie wusste nicht, galt dieses ‚wir" ihm und ihr, oder wollte sie nur noch im Plural für ihn existieren. Ihm schien dieses ‚wir' nicht einmal aufzufallen.
„Ist es schlimm für dich, hast du Angst?" fragte er zärtlich.
Mit dieser Reaktion hatte sie überhaupt nicht gerechnet. Entgeistert fragte sie: „Angst? Wovor denn?"
„Wovor? Sarah ist erst vier Monate alt, wir wollen in die Türkei, und eigentlich solltest du überhaupt keine Kinder bekommen".
„Na ja, das fällt uns wohl ziemlich spät ein", nun musste sie doch lachen. „Und was hat Schwangerschaft mit der Türkei zu tun?"
Er zuckte mit den Schultern, blickte sie fragend an: „Freust du dich?"
„Ich weiß es noch nicht. Und du?"
„Vielleicht glaubst du mir nicht, aber ich freu mich, ja ich freue mich."
Sie umfasste seinen Kopf mit beiden Händen: „Georg Jantzen, ich liebe dich" und sie drückte ihre Lippen auf seinen Mund, dass ihm fast die Luft zum Atmen wegblieb.

Im April hob das Flugzeug in Richtung Istanbul ab.

10 2001

Die Sonne scheint, es ist noch früh am Morgen. Ich gehe durch unsere Straße hinunter zum Friedhof. In den Vorgärten blüht der Sommer. Im Haus von Kettenfels bellt der Hund und das Geräusch eines Flugzeugs, das hoch am Himmel eine silberne Spur zieht, vermischt sich mit dem Sechsuhrläuten der Glocken der dreihundert Jahre alten Kirche des Dorfes. Orte und Bilder, die ich nur noch mit meinen, nie mehr mit unseren Augen sehen kann...

Eingebettet in Einsamkeit und alte Bäume liegt der kleine Waldfriedhof, ein wahrhaft friedlicher Ort. Manchmal steht ein Reh mitten auf dem Weg, doch meist höre ich nur das Rascheln der Blätter im Wind. Wir waren ab und an zusammen dort, hatten auch schon unser Grab gekauft, du wolltest von mir und ich von dir wissen, wo wir liegen werden, wenn wir nicht mehr sind. Damals war es wie ein Spiel, du setztest dich auf die Bank oberhalb des Grabes, stütztest das Kinn auf deinen Spazierstock, sagtest nachdenklich, ‚einmal wirst du hier sitzen und über mein Grab schauen'.

Wütend bin ich geworden, ‚du bist nicht der liebe Gott, sag so etwas nicht'. Dieses Lächeln, mit dem du mich angeschaut hast. Nein, Gott warst du nicht, aber gewusst hast du es trotzdem.

Gestern habe ich ein Lied gehört, das wir beide geliebt haben. Marlene Dietrich singt voller Verzweiflung Jaques Brels ‚Ne me quittes pas'. Ich setze mich ins Gras vor dein Grab. Erinnerst du dich an den Text? Hör zu:

„Bitte geh nicht fort,
was ich auch getan, was ich auch gesagt,
glaube nicht ein Wort, denk nicht mehr daran,
oft sagt man im Streit,
Worte, die man später tief bereut,
dabei wollt mein Herz ganz dein eigen sein,
denn ich liebe dich, lieb nur dich allein
Bitte geh nicht fort
bleibe nah bei mir, gib mir deine Hand
ich erzähle dir von dem fernen Land
wo man keinen Zorn, keine Tränen kennt
keine Macht der Welt Liebende mehr trennt.

Wo auf weiter Flur blüht kein Herzeleid,
wo ein Treueschwur hält für Ewigkeit.
Bitte geh nicht fort
Lass mich nicht allein,
wenn du mich verlässt, stürzt der Himmel ein:
Lass uns so wie einst stumm am Fenster stehn,
traumverloren sehen, wie die Nebel drehn
bis am Himmelszelt voll der Mond erscheint,
unsere beiden Schatten liebevoll vereint
Bitte geh nicht fort
Glaube mir, ich werd' deine Sehnsucht stillen,
werd' dir jeden Wunsch dieser Welt erfüll'n
werde alles tun, was ich hab versäumt,
um die Frau zu sein, die du dir erträumt,
lass mich nicht allein, ich beschwöre dich,
lass mich nicht allein
denn ich liebe dich.
bitte geh nicht fort".

Jeden Tag seit deiner Operation fürchtete ich dein Weggehen. Du hast so wenig auf dich aufgepasst, wolltest das Leben, das dir noch blieb, genießen.

Und jetzt? Ich möchte keine Gegenwart! Kann ich mich nicht in deinem Lächeln verstecken? Kann ich nicht - in deinen Duft gehüllt - unsichtbar werden? Unser Leben, Liebster, ist Vergangenheit geworden.

Wie soll ich weiterleben, wie? Wenn ich dir doch nur einmal, nur ein einziges Mal sagen könnte, dass ich dich an diesem Samstagmorgen nicht allein lassen wollte. Dass es mich jedes Mal fast zerreißt, wenn ich an den letzten, allerletzten Augenblick deines Lebens denke, an den Augenblick, wo ich nicht bei dir war. Wie kann ich diesen Schmerz, die Reue und den Zorn auf mich überleben.

‚Bitte, geh nicht fort, lass mich nicht allein - wenn du mich verlässt, stürzt der Himmel ein'.

11 *1959*

Mit Sarah im Tragkorb, einem Koffer voller Babywäsche landeten Hannah und Georg Anfang April auf dem Flughafen von Ankara. Als sie mit einem Taxi auf einer breiten Asphaltstraße in die Stadt fuhren, griff Hannah nach Georgs Hand: „Ich kann's kaum glauben, Schatz, wir sind 500 km östlich vom Bosporus!"

Neugierig schauten sie sich um, beeindruckt von den modernen Siedlungen und den beiden Hügeln, die Ankara zu beherrschen schienen. Der Taxifahrer, der sie stadteinwärts fuhr, erklärte ihnen in gebrochenem Deutsch, dass die Mauern, die sie auf dem einen der Hügel sahen, die der alten Burg im Stadtteil Ulus seien und das Mausoleum auf dem andern Hügel sei das Grab von Kemal Atatürk, und er fügte mit fast kindlicher Stimme hinzu: „Atatürk sein der Vater der Türken. Jetzt alles anders, alles schlecht", und er zog verbissen an seinem Zigarettenstummel.

Sie fragten nicht, was denn so schlecht sei, sondern bewunderten die klassischen Formen des Mausoleums, die sich scharf vom blauen Himmel abhoben, und staunten über die breiten, baumbestandenen Plätze, die keine Erinnerung mehr an ein Steppendorf aufkommen ließen. In der Luft Geruch nach Staub und dem Duft von Oleanderbüschen.

Der Nato-Offiziersclub lag hoch über der Stadt in Cankaya, wo sie auch ihre Wohnung fanden.

Hannah lief erregt von Raum zu Raum. Sie hätte singen mögen vor Erleichterung: nicht mehr die Enge der elterlichen Wohnung, nicht die Primitivität der Bleibe in Brüssel. Sie genoss die Großzügigkeit des elegant eingerichteten großen Wohnzimmers, das Kinderzimmer für Sarah, ein Schlafzimmer, Küche und Bad, ein für sie bisher unvorstellbarer Luxus!

„Georg, schau doch nur" und sie zerrte ihn vor die hohen, eine ganze Wand einnehmenden Glasfenster. „Diese Aussicht, und all das gehört uns, Tag für Tag, Nacht für Nacht?"

Vor ihnen breitete sich die Stadt aus, Licht und Schattenspiele verzauberten die fernen Konturen der Moscheen und der Altstadt.

Hannah tanzte ausgelassen im Zimmer umher, während sie rief:
„Hier vermiss ich Europa bestimmt nicht. Und du, Liebster hast nur ein paar Schritte bis zum Club, du kannst hinlaufen und bist schnell erreichbar“.
Georg, der Sarah auf dem Arm hatte, flüsterte seiner Tochter ins Ohr: „Du hast eine so närrische Mutter, aber ich liebe sie“.
Auf ihren ersten Erkundungsgängen in ihrem Stadtteil kamen sie in luxuriöse Villenviertel. In einem riesigen Park lag die Residenz des Ministerpräsidenten Anan Menderes und Georg meinte spöttisch: „Überall das Gleiche, die wissen immer, wo es in einer Stadt am schönsten ist“.
„Wir wissen es aber auch“, lachte Hannah und umarmte ihren Mann auf offener Straße, was ihr empörte Blicke vorübergehender Passanten eintrug.
Nachdem Hannah die Kisten und Koffer ausgepackt hatte, die in einem amerikanischen Transportflugzeug von Deutschland in die Türkei geschickt worden waren, nachdem sie die Wohnung nach ihrem Geschmack heimisch gemacht hatte, packte sie des Öfteren ihre Tochter in den Kinderwagen, ließ sich von einem der meist vorsintflutlichen Taxis ins Zentrum bringen, wollte Ankara kennenlernen. Sie streifte durch den Jugendpark, genoss den Blick aufs Opernhaus, überquerte einen kleinen, künstlich angelegten See auf einer Brücke, die sich von Ufer zu Ufer schwang. Kaufte an einem der vielen Straßenstände einen großen Beutel frischen Obstes, blieb vor den Auslagen eines Teppichhändlers stehen und nahm seine Einladung für einen heißen Tee an, während ihre kleine blondlockige Tochter die Herzen der Familie des Teppichhändlers gewann.
An einem der seltenen freien Tage von Georg fuhren sie hinaus in die karge Landschaft Anatoliens.
„Warum kommt es mir nur so vor, als lebten die Menschen hier schon seit Jahrtausenden so wie heute, als wäre die Zeit einfach stehen geblieben?“ Hannah deutete über die ockerfarbene Weite, wo Schafherden von Hirten und von riesigen Hirtenhunden bewacht wurden. Um die Schultern der Männer lagen dicke, wollene Mäntel.

Begeistert fügte sie hinzu: „Und diese Hirten sehen doch so aus, als wären sie die eigentlichen Herren über die Steppen und Berge?“

„Hannah, du träumst, sie sind alles andere als Herren irgendeines Besitzes“.

„Ach, Georg, warum musst du immer alles so sachlich sehen“.

„Sachlich? Hannah, ich bin genauso begeistert wie du, aber ich sehe auch diese immense Trockenheit hier. Die Leute sind arm, wirklich arm. Wir haben in unserem Überfluss keine Ahnung davon!“

„Und das dort?“ Hannah deutete auf Siedlungen, die als grüne Oasen im Ocker der Landschaft leuchteten.

„Das? Die paar Siedlungen gibt es nur, weil dort Quellen und Flüsse sind. Dennoch - trotz aller Kargheit ist es eine wunderschöne Landschaft“.

‚Nicht trotz, sondern gerade wegen ihrer Kargheit‘, wollte Hannah antworten, hatte aber plötzlich das Empfinden, dass Sprechen die Schönheit um sie herum störte. Sie wollte sich nur noch der melancholischen Stille dieser steinernen Landschaft hingeben. Sanft strich der Wind über das Tal.

Manchmal fuhr Hannah mit Sarah im Dolmus, einem Taxi, das unterwegs oft anhielt, um neue Fahrgäste aufzunehmen, in die Stadt. Eigentlich sollte sie im PX, dem amerikanischen Supermarkt einkaufen, doch sie zog den einheimischen Markt „Cikrikcilar Yokusu“ im Ulus-Quartier vor. Gewürzhändler bauten ihr reiches Angebot vor dem Burgtor auf und in den verwinkelten schmalen Gassen sog Hannah beglückt den Geruch nach frischem Obst und Gemüse ein. Begeisterte sich an der Farbenpracht der dargebotenen Waren, am Klang der fremden Sprachfetzen, die von Stand zu Stand flogen, an den Menschen und ihrer Ursprünglichkeit, die sie einzuhüllen schien. Ein aufheulender Hund am Straßenrand, und zufrieden schlafende Kleinstkinder - mit einem großen bunten Dreiecktuch auf dem Rücken ihrer Mütter festgezurrt.

An anderen Tagen streifte sie durch die Ruinen des Augustustempels, stand andächtig vor der Tempelwand, in der das „Politische Testament des Augustus“ in lateini-

scher und griechischer Sprache eingemeißelt war, wie sie im Stadtführer gelesen hatte. Berührte fast ehrfurchtsvoll die alten Steine aus dem Jahre 10 nach Christus, sagte zu Sarah: „Auch Steine bergen Erinnerungen, weißt du. Nein, das weißt du noch nicht“, sie lachte die Kleine zärtlich an, „aber mit wem soll ich denn sprechen, und mit dir unterhalte ich mich sehr gern“. Im Weitergehen strich sie über einen der Steine, dachte: ‚Ob er sich daran erinnert, dass er vor endloser Zeit Teil eines Mondtempels war?' Fügte in Gedanken hinzu: ‚Jeder simple Stein wird älter als wir!'
Wenn sie durch die Straßen wanderte, im Markt einkaufte oder zu Georg in den Club ging, um dort mit ihm zu essen, staunte sie immer wieder, wie schnell sie sich in dieser ihnen doch eher fremden Umgebung eingelebt hatten.
Auch eine Frau, die ihr die schwerste Hausarbeit machte, hatte sie gefunden. Seyda kam täglich, nahm ihr das Putzen und die Wäsche ab, während sie sich Sarah widmete und alles für die Ankunft des neuen Kindes vorbereitete.
Das neue Kind... ‚Was wird sich ändern – in mir, in meinem Leben mit Sarah?', grübelte Hannah, wenn sie ihr Töchterchen beobachtete. Sie sah ihr dabei zu, wie sie staunend den Bewegungen der eigenen Hände folgte oder gebannt war von dem bunten Treiben im türkischen Markt. Lauschte der hellen Kinderstimme mit ihrem brabbelnden Gemisch aus dem Türkisch Seydas und dem Deutsch der Mutter. Sie nahm Sarah zärtlich in den Arm, wenn die Kleine sich abmühte, die einfachen Kinderlieder, die Hannah ihr vorsang, nachzusingen. „Die Kleine ist viel zu weit für ihr Alter“, stellte der Kinderarzt fest, aber Hannah dachte, ‚meine ganze Zeit gehört ja auch ihr, da ist es doch nur natürlich, dass sie sich so schnell entwickelt'.
Aber es beschlich sie auch Unbehagen bei dem Gedanken, ‚ich liebe Sarah so bedingungslos und intensiv, wo nehme ich nur noch Gefühl für ein zweites Kind her'.
‚Eine Mutter liebt alle ihre Kinder gleich', hatte die Mutter stets behauptet, und obgleich Hannah wusste, dass sie Andreas immer vorgezogen hatte, hatten die Worte der Mutter in ihr Gültigkeit, so schizophren ihr das auch vorkam.

‚Bin ich vielleicht gar keine richtige Mutter“, fragte sie sich bang, wenn sie sich nicht vorstellen konnte, dass sie all diese überströmenden Empfindungen von Fürsorge und Liebe, von Beobachten, Zärtlichkeit und Freude, die sie für Sarah spürte, aufteilen sollte unter zwei Kinder. Und zum ersten Mal fühlte sie sich in Ankara allein. Mit wem sollte sie über ihre Ängste sprechen? Wer würde sie verstehen können? Georg? Er war viel zu sehr von seiner Arbeit beansprucht. Sollte sie ihn auch noch mit ihren Problemen belasten, die, in Worte gefasst, bestimmt nur lächerlich klingen konnten?
Die Zeit nahm keine Rücksicht auf ihre Ängste. Der Himmel lag schwermütig über den Häusern und Parks der Stadt, und bis zum Geburtstermin fehlten nur noch wenige Wochen. Hannah hatte sich in einer türkischen Privatklinik für die Entbindung angemeldet, wunderte sich allerdings oft darüber, dass sich der Arzt, nachdem er gehört hatte, dass Georg bei den Amerikanern arbeitete, mehr für amerikanische Luxusautos zu interessieren schien als für die Kontrolluntersuchungen während ihrer Schwangerschaft. Doch auch diese Besorgnis behielt sie für sich.
Dafür lief sie Georg jubelnd entgegen, als im September ein Brief aus Deutschland kam.
„Georg, Mutter will zur Entbindung hierher kommen!“ Sie hatte nicht erwartet, dass sie sich so freuen würde. Doch plötzlich hielt sie nachdenklich inne!
War das nicht gefährlich? Ihre Mutter und Georg!
Sie war zwar froh, dass die Eltern Georg so vorbehaltlos in die Familie aufgenommen hatten, aber... da war auch viel Unsicherheit. Ihre kühle, scheinbar immer kontrollierte Mutter hatte sich offensichtlich in ihren Schwiegersohn verliebt.
Georg lachte sie aus: „Hannah, sie schwärmt ein wenig für mich, aber das ist schon alles“.
„Stimmt nicht, sie hat zu ihrer Freundin gesagt, dass sie sich nie hätte vorstellen können, sich in einen jüngeren Mann zu verlieben“.
„Na, dann lass ihr ihren Spaß“. Und zärtlich fügte er hinzu: „Du kannst dir doch sicher sein“.

‚Kann ich das wirklich?', wollte Hannah fragen, aber nie hätte sie ihre geheimsten Ängste und Zweifel zugegeben.
Im Oktober flog Georg nach Deutschland. Er wollte ein neues Auto holen und dabei gleichzeitig die Schwiegermutter mitbringen.
Die Tage ohne ihn erschienen Hannah endlos lang. Sie hatte sich einen Kalender für die vor ihr liegenden Wochen gemacht und jeden Abend strich sie den vergangenen Tag aus. Und merkte bald, dass sich die Zeit noch viel quälender hinzog, wenn es endlich dunkel geworden war. Sie bildete sich ein, Georg liege neben ihr, sie streichelte in ihren wachen Träumen sein Gesicht, sie sagte ihm all das, was sie nicht wagte, dem tatsächlichen Georg zu sagen. Sie flüsterte seinem Traumbild schamloszärtliche Worte zu, möchte sich in seiner Wärme verlieren, spürte, dass niemand und nichts Georgs Dasein ersetzen konnte. Und sie sehnte sich...
Angst hatte sie keine, auch wenn sie mit ihrem Kind allein war und ihr vielleicht zum ersten Mal bewusst wurde, dass sie das Land zwar liebte, dass es ihr dennoch fremd war, fremd in der Sprache, den Gebräuchen und seiner Gedankenwelt.
Drei Wochen vor dem angenommenen Geburtstermin hatte das Warten auf Georgs Rückkehr ein Ende. Voller Zärtlichkeit umarmte er seine beiden Frauen, wie er Hannah und Sarah immer nannte, und die Mutter war ganz erfüllt vom Abenteuer dieser langen Reise.
„Glaubst du, dein Mann hätte mich irgendeine Stadt mal richtig kennenlernen lassen? Noch nicht einmal in Istanbul waren wir länger als unbedingt nötig, immer hat er zum Weiterfahren gedrängt, weil er so schnell wie möglich zu euch zurück wollte".
Aber ihre Stimme klang nicht ärgerlich, sie erzählte begeistert von Jugoslawien oder von der Fahrt durch Griechenland. „Stell dir vor, in Saloniki waren die Hotels so überfüllt, dass wir nur ein Doppelzimmer bekamen! Aber du brauchst dir keine Gedanken zu machen, es ist nichts passiert".
Hannah starrte ihre Mutter entgeistert an. Durfte sie so etwas zu ihrer Tochter sagen? Musste sie dankbar sein,

dass „nichts passiert“ war? Warum wehrte sie sich nicht? Warum schrie sie ihre Empörung nicht hinaus? War denn jede andere Frau würdiger als sie, Georg zu lieben und von ihm geliebt zu werden? Wäre es anders, hätte Mutter nie so etwas sagen können. Hannah schluckte und schwieg. Aber ihr schon zuvor brüchiges Selbstvertrauen wurde noch ein wenig baufälliger.

12 1959

Der Regen ließ allmählich nach. Der Geruch des Wassers auf der Straße, gemischt mit Teer, Staub und Spätherbst. Anders als der so eigene Duft, der aus den Vorgärten strömte, wo der Regen tief in die feuchte Erde eindrang und letzte Ahnungen von Lebendigkeit aufkommen ließ. Der Atem des Wassers, der Hannah einhüllte, als sie langsam das kurze Stück bis zum Klinikum von Dr. Anar Hüseyin zurücklegte. Tief sog sie die feuchte Luft dieses Novembernachmittags ein, lauschte dem verschwebenden Klang einer türkischen Melodie aus dem weit geöffneten Fenster eines der benachbarten Häuser. Sie war unterwegs zur letzten Kontrolluntersuchung vor der Geburt, Dr. Hüseyin erwartete in den nächsten Tagen ihre Niederkunft.

‚Es ist aber auch Zeit', dachte Hannah, die sich unbeweglich und unförmig vorkam.

Der Arzt kam ihr lächelnd entgegen, doch statt sich nach ihrem Befinden zu erkundigen, fragte Anar Hüseyin interessiert: „Wissen Sie, was der Cadillac kostet, den jemand im Club verkaufen will?", während er Hannah gründlicher als sonst untersuchte.

‚Was interessieren mich deine Autos', wollte Hannah verärgert einwerfen, aber es war vielleicht besser, wenn sie auf seine Autoleidenschaft einging. Wer weiß, wie er sie behandeln würde, wenn er ihren Ärger spürte. Als sie sich wieder anzog, meinte der Arzt wie nebenbei: „Das Kind hat sich übrigens gedreht, es kommt mit den Beinen zuerst".

Erschrocken starrte Hannah den Mann an: „Und, was bedeutet das?"

Der Arzt überging ihre Frage, meinte nur: „Kommen Sie jedenfalls, sowie die Wehen anfangen."

„Was bedeutet das, wenn ein Kind mit den Beinen zuerst kommt?", fragte sie die Mutter, nachdem sie vom gemeinsamen Einkauf zurückkamen. Die Mutter zuckte ratlos die Achseln: „Ich weiß nicht, aber reg dich nicht auf, heute ist das doch kein Problem mehr". Um Hannah abzulenken, fragte sie: „Habt ihr euch eigentlich schon Namen überlegt?"

Hannah packte das Obst in den Kühlschrank. „Wenn es ein Junge wird, soll er Ken heißen, ein Mädchen nennen wir Laura. Du weißt ja, ich mag keine Namen, die man abkürzen kann".
Am Abend des 14. November setzten die ersten leichten Wehen ein. Georg hatte einen seiner seltenen freien Abende, um Hannah abzulenken, spielten sie zu dritt Karten. Bis Hannah schaudernd merkte, dass sie, als sie die Rommékarten ausgab, aus Versehen Karten für vier Personen austeilte.
Wer war die vierte Person? Der Tod?! Hatte der Arzt sie doch mehr beunruhigt, als sie sich eingestehen wollte? Plötzlich hatte sie schreckliche Angst vor den nächsten Stunden.
Sie stand auf, betrat Sarahs Zimmer, nahm die Kleine auf den Arm, drückte zärtlich das schlafwarme Körperchen an sich, flüsterte, "ich liebe dich, ich weiß nicht, wie es mit zwei Kindern wird, noch kann ich es mir nicht vorstellen, aber du musst dich nicht fürchten". Und sie wusste, dass ihre Worte nicht nur Sarah galten, sondern noch viel mehr ihr selbst.
Sarah schaute Hannah mit ihren blaugrünen Augen verwundert und ein wenig ängstlich an, dann lehnte sie verschlafen ihren Kopf auf die Schulter der Mutter. Es war eine solch vertrauensvolle Bewegung, dass Hannah plötzlich völlig ruhig wurde. Vorsichtig legte sie die Kleine in ihre Kissen zurück, strich zögernd über das andere Babybett, das frisch bezogen und sauber auf das zweite Kind wartete, löschte das Licht, zog ihren Mantel an und ging zurück zu Georg und der Mutter.
„Komm Georg, lass uns gehen, Dr. Hüseyin meinte ja, ich soll schon bei den Eröffnungswehen kommen".
Georg schaute seine Frau besorgt an, sie war so anders als vor der Geburt von Sarah. Er griff nach dem Köfferchen, das schon seit Wochen bereit stand, doch bevor sie gingen, nahm die Mutter Hannah zärtlich in den Arm, eine eher ungewöhnliche Geste: „Es wird schon alles gut werden, Kleines". Hatte sie gespürt, wie besorgt Hannah war? Sie legte rasch ihr Gesicht an die Wange der Mutter.

„Danke, dass du gekommen bist. Ich bin so froh, dass du bei Sarah bleibst“.
Der tagelange Regen hatte die Luft gereinigt, über Ankara wölbte sich ein klarer Sternenhimmel und schweigend gingen Hannah und Georg zum Krankenhaus. Georg hätte so gern etwas Tröstliches gesagt, er war beunruhigt über die Worte des Arztes, auch wenn er nicht wusste, was diese Drehung des Kindes so wenige Tage vor der Geburt bedeutete. Worte erschienen ihm im Augenblick so nichts sagend, stumm legte er den Arm um Hannah. Sie sollte spüren, dass er einfach da sein wollte. Und diesmal würde ihn niemand an der Kliniktür abweisen.
Als Hannah endlich im Krankenzimmer lag, hineingekuschelt in die weißen Laken und die Abstände zwischen den Wehen zählte, standen der Arzt und Georg an ihrem Bett und sprachen leise miteinander. Hannah setzte sich halb auf, um die Unterhaltung mit anhören zu können.
„Ich habe Ihrer Frau schon vor Tagen gesagt, das Kind hat sich gedreht und kommt mit den Füßen zuerst“, hörte sie den Arzt sagen.
„Ja und, was bedeutet das?“ Georg sah den Arzt fragend an.
Dieser versuchte, Georgs forschendem Blick auszuweichen: „Normalerweise heißt das hier bei uns, dass bei so einer Geburt entweder die Mutter oder das Kind stirbt“.
Hannah presste vor Schreck die Hände vor den Mund. Nein, bitte nein! Entsetzt starrte sie zu Georg, der bleich geworden war. Bevor er etwas sagen konnte, fügte der Arzt noch hinzu: „Natürlich rette ich das Kind!“
„Was!!!“ Georg starrte den Arzt wütend an. „Was haben Sie da eben gesagt? Zuerst und immer zuerst meine Frau. Ist das klar?“
„Das ist doch blödsinnig! Frauen können Sie jede Menge haben. Aber ein Kind! Das Kind ist wichtig. Bedenken Sie doch, wie viel wert ein Kind ist“.
Hannah war ins Kissen zurückgefallen. Sie hatte es geahnt! Nein, sie hatte es schon vor Stunden gewusst! Hier kam sie nicht mehr raus. Etwas Furchtbares erwartete sie. Plötzlich fielen ihr die kleinen Jungen ein, die beladen mit ihren Schuhputzkästen schon ihre feste Kundschaft hat-

ten. Auch zu ihr kam der höchstens sieben Jahre alte Metin. Einmal hatte sie ihm außer Geld noch eine Tafel Schokolade geben wollen, da hatte er nur gemeint: „Madame, nix Schokolade, lieber Zigaretten". Die musste er wohl dem in irgendeinem Café beim Tavla-Spiel sitzenden Vater abliefern.
Das hatte der Arzt gemeint, wenn er sagte, dass Kinder wertvoller sind als die Mütter. Sie fing an zu zittern, hörte nur wie hinter einem Vorhang Georgs Stimme. Dieser war sehr nahe an den Arzt herangetreten, es sah fast so aus, als wollte er zuschlagen, doch er fuhr den erschrocken zurückweichenden Dr. Hüseyin nur wütend an: „Doktor, ich verlange von Ihnen, dass Ihnen meine Frau wichtiger ist als das Kind. Sollten Sie anders handeln, werden Sie es sehr bereuen".
Hannah spürte, wie ihr der Angstschweiß ausbrach. „Georg, Georg hilf mir", und obgleich sie nur geflüstert hatte, beugte er sich sofort über sie: „Beruhig dich, mein Liebes, ich lass nicht zu, dass dir etwas passiert. Sei ganz ruhig, ich bleib bei dir. Es wird alles gut".
Sie konnte ihr Zittern nicht mehr unterdrücken, aber als der Arzt sich zu ihr umwandte und meinte: „Warum zittern Sie denn so", packte sie eine grenzenlose Wut. Sie hätte ihn am liebsten angeschrieen: „Du Scheißkerl, was denkst du eigentlich? Du handelst mit meinem Leben, als wären wir auf einem Bazar und nicht in einem Krankenhaus. Und da soll ich nicht zittern! Ich habe einfach Angst".
Ihre Gedanken rasten. Warum war sie nicht in eine staatliche Klinik gegangen? Warum hatten sie gedacht, wenn sie viel bezahlen würden, wären sie auch in besseren Händen? Warum hatte sie nur nie zu Georg von ihren Befürchtungen gesprochen? Sie flüsterte: „Sarah, ich wollte doch zu dir zurück kommen! Ich will nicht sterben".
Danach ging alles erstaunlich schnell. Sie wurde in einen trüben, grau getünchten Kreißsaal gefahren, und so sehr Georg auch verlangte, bei der Geburt dabei zu sein, er konnte sich nicht durchsetzen. Der Arzt schloss ihm einfach die Tür vor der Nase zu.
Drinnen warteten sie nicht die Austreibungswehen ab. Hannah spürte, wie man ihr eine Spritze in die Armvene

jagte, und bevor sie noch Hilfe suchend nach Georg rufen konnte, versank alles um sie herum in Dunkelheit.
Als sie wieder aufwachte, hörte sie von fern die Schreie eines Neugeborenen, das die Hebamme - noch blutig und mit Schleim bedeckt - durch die Flure und in die Zimmer anderer schwangerer oder gebärender Frauen trug, dabei immer wieder ausrufend: „Die Deutsche hat einen Sohn, die Deutsche hat einen Sohn!“
Zwei Tage nach der Geburt legte Hannah weinend ihren kleinen Sohn in die Arme ihrer Mutter: „Nimm ihn nach Hause. Der Kleine brüllt Tag und Nacht, irgendetwas ist nicht in Ordnung mit ihm. Aber du siehst ja, er ist von oben bis unten wie eine Mumie in Binden gewickelt, ich kann nicht sehen, was los ist“.
Verstört kam Georg am Nachmittag wieder in die Klinik. „Hannah, Ken ist... wir haben ihn ins Krankenhaus gebracht!“
„Was? Wohin? In welches Krankenhaus? Was ist mit meinem Kind?“ Hannah schluchzte verzweifelt auf und barg ihr Gesicht an Georgs Schulter, als dieser weiter sprach. „Als Katharina die Binden abgewickelt hat, hat sie mich völlig außer sich gerufen“. Georg machte eine Pause, wie sollte er es Hannah nur beibringen? Leise meinte er: „Er war von oben bis unten dick verschwollen. Hannah, das Kind schreit vor Schmerzen, nicht vor Hunger“.
Hannah schlug entschlossen die Bettdecke zurück und Georg sah, dass das Laken blutgetränkt war. Doch sie ließ ihm keine Zeit zu reagieren: „Lass mich aufstehen! Ich muss hier raus, muss zu meinem Kind! Was haben die nur mit ihm gemacht?“
„Hannah, du kannst nicht aufstehen. Ich weiß nur so viel, dass sie ihm bei der Geburt offensichtlich den rechten Oberschenkel gebrochen haben. Kein Wunder, die haben ja noch nicht einmal die Austreibungswehen abgewartet, wie du gesagt hast. Sie müssen ihn regelrecht aus dir herausgerissen haben“.
Behutsam breitete er wieder die Bettdecke über Hannah, murmelte: „Wer weiß, wie sie dich zugerichtet haben“, und er schwor sich, sofort mit Dr. Hüseyin zu sprechen.

„Ich blute so fürchterlich, das war bei Sarah ganz anders. Trotzdem..., ich will zu meinem Kind".
„Das geht jetzt nicht. Ken ist in der Rockefeller Kinderklinik", Georg lief im Zimmer hin und her. „Major Jones – du kennst ja den Chef vom Club – meint, das sei die beste Kinderklinik weit und breit. Übrigens von den Amerikanern gestiftet". Er blieb vor Hannahs Bett stehen: „Liebes, Ken wird gut versorgt, glaub mir. Du... du musst auf dich aufpassen. Ich kann dich nicht verlieren, Hannah".
Und sie spürte, dass Georg kaum seine Fassung bewahren konnte.
Über eine Woche musste sich Hannah mit den Berichten Georgs und der Mutter zufriedengeben, die Ken täglich besuchten. Als sie endlich aufstehen durfte, meinte die Mutter: „Hannah, du musst jetzt einfach nur Vertrauen haben. Es wird dir ungeheuer schwerfallen, wenn du Ken siehst, aber ich glaube, die tun wirklich alles für ihn".
Obgleich Hannah durch die vorsichtigen Worte der Mutter auf das Schlimmste vorbereitet war, stand sie doch eine Stunde später entsetzt vor der dicken Glasscheibe, die die Besucher von den kranken Kindern trennte. Ken lag in Rückenlage nur auf seinem Köpfchen, die Beine und der Körper waren steil nach oben an eine Triangel aus Holz gebunden, die über dem Bett schwebte.
Hannah presste ihren Mund an das kalte Glas, um nicht loszuschreien. Behutsam nahm Georg sie in den Arm. Sie schluchzte: „Georg, unser Kind. Ich hab ihn kaum im Arm gehalten. Er braucht doch Wärme und...", der Anblick des nackten Körperchens war kaum auszuhalten. Sie starrte in das riesige Krankenzimmer, wo sich Bettchen an Bett reihte. Hier schrie ein Kind, dort weinte ein anderes herzzerreißend. Andere hatten die Fäustchen fest gegen das Gesicht gedrückt und schliefen. Eine Krankenschwester fing gerade mit dem Füttern der Kinder an.
„Ich will zu ihm, ich kann ihm auch die Flasche geben", weinte Hannah. Sie wollte mit ihm sprechen, seinen Namen flüstern, seine blauen Füßchen massieren. Doch das Glas trennte sie und all die anderen Mütter, die wie sie hier standen, von ihren Kindern.

Georg nahm seine Frau in den Arm: „Hannah, wir können im Augenblick nichts ändern. Später holen wir alles nach. Der Arzt hat mir versichert, dass es nur diese vierwöchige Behandlung gibt, sonst bleibt sein Bein für immer verkrüppelt, und er wird sein Leben lang hinken!"
Die Tage schlichen im endlosen Warten dahin. Hannah fuhr jeden Tag in die Rockefeller Klinik, stand vor der riesigen Glasscheibe, sah den kleinen, rothaarigen Schopf ihres Sohnes, fremdartig unter all den dunkelhaarigen türkischen Kindern. Warum sie wohl hier lagen? Manche „aufgehängt" wie ihr Ken, andere lagen apathisch in ihren Bettchen. Mütter standen weinend oder schwatzend neben ihr, einen blauen Stein, oder als blaue Augen geformte Schmuckstücke unaufhörlich in Händen hin und her drehend, wenn sie Hannah halb misstrauisch, halb verständnisvoll von der Seite beobachteten.
Einmal sprach sie der Arzt an, der sich besonders um Ken bemühte. Er meinte: „Ihr Sohn hat bei uns eine besondere Aufgabe erfüllt".
Hannah sah ihn verständnislos an.
„Ich erklär es Ihnen. Sie haben ja gesehen, dass Ken nicht das einzige Kind ist, das so behandelt wird wie er. Wenn türkische Mütter ihre Kinder derart kläglich „aufgehängt" sehen, fordern sie meistens den sofortigen Abbruch der Behandlung. Aber wissen Sie, was ich da gemacht habe", fragte der Arzt. Sie schüttelte den Kopf und er fuhr fort: „Ich habe die Röntgenaufnahmen von Ken hervorgeholt, die wir gemacht haben, als er eingeliefert wurde und dazu die, die wir jetzt machen. Und hab ihnen erklärt, dass der kleine deutsche Junge nur vor dem dauernden Hinken bewahrt wurde, weil seine Eltern dieser Behandlung zugestimmt haben".
„Und, was haben die Eltern entschieden?"
„Ich habe Ihnen ja gesagt, Ken hat hier eine besondere Aufgabe gehabt. Sein Beispiel hat vielen kleinen Türkenkindern das Schicksal der Behinderung erspart. Ich konnte die Eltern mit seinen Röntgenbildern überzeugen".
Hannah nahm Sarah auf den Arm, eilte den dunklen, nach Desinfektionsmittel riechenden Gang entlang, der sie zu dem Krankensaal brachte, wo Ken lag. Wieder stand sie

vor der Wand aus Glas, presste die Stirn gegen die Scheibe und flüsterte: „Ken, hast du das gehört? Du hältst das alles nicht umsonst aus, auch wenn du das heute noch nicht weißt. Du bist so ein tapferer kleiner Kerl. Und Ken, es stimmt gar nicht, dass ich nur ein Kind lieben kann“.

Hannah schlug genervt ihr türkisches Lehrbuch zu. ‚Das lern ich nie', dachte sie entmutigt. Ich will mich doch nur mit Seyda unterhalten oder einige freundliche Worte für Metin finden können'. Als sie Kens leises Weinen hörte, stand sie rasch auf, hob ihn aus seinem Bettchen und nahm ihn mit in die Küche, um seine Mahlzeit zu richten. Fünf Kilo hatte er bei seiner Geburt gewogen, durch den Klinikaufenthalt aber so viel abgenommen, dass sie jedes Mal erschrak, wenn sie sein nacktes Körperchen im Arm hielt, wo blasse Haut die spitz hervortretenden Knochen bedeckte. Erst seit kurzer Zeit konnte sie ihn verwöhnen, war überglücklich gewesen, als noch vor Weihnachten der ersehnte Anruf aus der Klinik kam, „sie können ihren Sohn abholen".

Als sie die Nachricht hörte, stieß Hannahs Mutter einen kleinen Freudenschrei aus: „Das heißt, dass ich doch zur Taufe von Ken dabei sein kann!" Der deutsch-evangelische Pfarrer war mit einer Haustaufe einverstanden, da der Junge noch zu anfällig sei. Während Hannah über den Wohnzimmertisch eine weiße Decke breitete, Blumenschmuck verteilte und eine irdene antike Schüssel als kleines Taufbecken hinstellte, sagte die Mutter mit Tränen in den Augen: „Ich danke euch so sehr, dass ich seine Patin sein darf. Wir hatten alle so furchtbare Angst um ihn, ich finde, die Taufe ist wie eine Krönung seiner Heilung."

Hannah lächelte die Mutter an: „Du weißt, ich halte nichts von Kirche und Religionen...", bevor sie noch weiter sprechen konnte, unterbrach Katharina ihre Tochter. „Aber du glaubst doch an Gott? Du bist doch konfirmiert."

„Glauben an Gott?" Sie zögerte: „Ich weiß nicht, manchmal ja und manchmal nein. Aber ganz bestimmt nicht an den Gott der Kirche. Und an meine Konfirmation denke ich nur ungern. Du erinnerst dich an diesen Pfarrer, der uns nachher alle zum Beitritt einer Sekte verführen wollte? Und mich damit gründlich von Kirche und Religion „geheilt" hat. Ich bin eh der Meinung, ein Kind sollte später selbst entscheiden können, in welche religiöse Richtung es gehen möchte. Taufe, Kommunion oder sogar auch Konfirmation – denn welches Kind weiß mit vierzehn Jah-

ren schon genau, was es will – sind meiner Meinung nach irgendwie von außen aufgedrängte Wege."
„Warum hast du dann der Taufe von Sarah zugestimmt?"
„Warum? Weil ich Georgs Art zu glauben, bewundere, vielleicht beneide ich ihn sogar ein wenig um dieses Gottvertrauen, das er hat. Es ist sein kindlicher Glaube, sein Zugehörigkeitsgefühl zu einer Religionsgemeinschaft, die ich überhaupt nicht nachempfinden, aber völlig anerkennen kann, wenn sie nicht die eigene Kritikfähigkeit unterdrückt, wenn man so gut zwischen tiefer, fast kindlicher Gläubigkeit und selbständigem Denken unterscheiden kann wie Georg. Du weißt ja, dass er eigentlich selten zur Kirche geht, hier schon überhaupt nicht. Aber sein Glaube gehört für ihn zu seinem Leben – da halte ich mich mit meiner Skepsis eben einfach zurück."
Katharina legte einen Augenblick den Arm um Hannahs Schultern: „Danke Kind, für alles. Es war schön bei euch, es waren so angefüllte Wochen"...

Nach der Abreise der Mutter richtete sich Hannah in ihrem Alltag ein, der nicht mehr so ruhig verlief wie vor Kens Geburt. Jedes der Kinder verlangte zu einer anderen Zeit nach ihr, der Windelberg war jetzt doppelt so hoch und der Tag kam ihr wesentlich kürzer vor. Außerdem erschien ihr der Winter in Ankara viel kälter als in Frankfurt, was nicht sein konnte, da die Temperaturen fast nie unter den Gefrierpunkt sanken, aber die Wohnung war nicht gut isoliert. Wenn Hannah auf dem Balkon Wäsche aufhängte und ihr die nassen Windeln ins Gesicht klatschten, fror sie entsetzlich. „Ich bin halt ein Sommermensch, ich brauche Sonne, Licht und Wärme", sagte sie zu Georg, wenn sie sich noch einen zweiten Pulli überzog.
Was sie aber seit Wochen mehr beschäftigte, ja, sogar beunruhigte, war Georg, der sich über irgendetwas Sorgen zu machen schien. Manchmal kam er ziemlich niedergeschlagen vom Club, doch erst auf Hannahs eindringliche Fragen versuchte er, ihr seine Situation zu erklären:
„Weißt du, bevor ich hier anfing, ging irgendwie alles drunter und drüber. Jeder hat sich aus der Kasse bedient, wie er wollte. Die Rechnungen waren alle überhöht, oder das

Datum wurde einfach dazu addiert. Es gab erstaunlich wenig Beanstandungen von Seiten der Gäste“.
Er ging unruhig im Wohnzimmer auf und ab, setzte sich wieder, fuhr fort: „Heute weiß ich, warum mich die Amerikaner wollten. Ich soll den Betrug abstellen. Kannst du dir vorstellen, dass manche Kellner sich nebenher noch ein Taxiunternehmen, einen Marktstand oder sonst etwas finanziert haben? Und das alles mit dem Griff in die Clubkasse! Seit ich hier bin, hat das aufgehört, und das passt keinem außer meinem Chef“.
Hannah setzte sich auf die Lehne von Georgs Sessel und wartete, was noch kommen würde. Nachdenklich fuhr er fort: „Ich habe den Eindruck, als würde sich da etwas zusammenbrauen, kann es aber nicht fassen. Es ist wie eine Drohung, die irgendwie vom Oberkellner ausgeht“.
„Und was können sie dir anhaben“.
„Mir? Gar nichts, aber wir sind hier nicht in Europa. Außerdem versteh ich das viele Flüstern und Gerede doch nicht. Es ist eher so ein Gefühl“.
Er stand auf und nahm Sarah auf den Arm, die schlaftrunken aus ihrem Bett geklettert war. Zu Hannah gewandt meinte er noch: „Mach dir keine Gedanken. Vielleicht bin ich auch nur überarbeitet.“
Hannah wusste nicht, wie sie reagieren sollte. Was waren es für Bedrohungen, die Georg spürte? Sie glaubte nicht an Einbildung oder Überarbeitung, er liebte seine abwechslungsreiche Arbeit. Wie oft musste er nach Frankfurt oder Paris, um Schlemmerspezialitäten für besondere Feste einzukaufen. Nach solchen Partys kam er manchmal beladen mit den leckersten Patés und ausgefallenen Schinken- oder Käsesorten nach Hause, weil vom Büffet nur kalter Truthahn gegessen worden war, und die Delikatessen liegengelassen wurden.
„Die Frau des Generals ist Französin“, erklärte er lachend, während er Hannah und sich zur Pastete ein Glas Wein einschenkte. „Wir amüsieren uns immer köstlich über die Truthahn-liebenden Amerikaner“.
Wie sehr genoss er es, die vielen Unterhaltungsabende mit Bauchtanz, Folkloregruppen oder einem Feuerspucker und Messerschlucker vorzubereiten, und begeistert er-

zählte er Hannah von den Arrangements für Staatsbesuche. Als Indiens Staatschef Nehru zu Besuch war, stand Hannah zufällig auf dem Balkon, beobachtete die vorbeirollenden Wagenkolonnen, die zu dem prachtvollen Regierungspark mit dem Wohnsitz des Ministerpräsidenten Anan Menderes fuhren und dachte, ‚wenn ich hier wirklich dazugehören möchte, sollte ich über die türkische Tagespolitik schon ein bisschen Bescheid wissen'.

Es war an einem Morgen im Sommer bei einem der vielen Spaziergänge, die Hannah im Park des Atatürk Orman Ciftligi mit Sarah und Ken unternahm, dass sie Juliane kennenlernte. Während sie dem Geplapper von Sarah lauschte, spürte sie, wie die Tüte mit den kurz zuvor gekauften Orangen platzte. Sie versuchte, mit einer Hand die jauchzende Sarah zu halten, gleichzeitig den Kinderwagen mit Ken zu lenken und sich noch irgendwie nach jeder auf dem Weg herumrollenden Frucht zu bücken.
Unvermutet hörte sie eine Frau sagen: „Lassen Sie, ich hebe Ihnen die Orangen auf".
Entgeistert hielt Hannah mitten in der Bewegung inne, erstaunt, am helllichten Morgen im Park von Ankara deutsche Laute zu hören, dann fing sie an zu lachen: „Seltsam, das kam mir jetzt so natürlich vor wie an irgendeinem Morgen im Ostpark von Frankfurt!"
Juliane streckte ihr die Hand entgegen: „Ich bin Juliane", bückte sich nach den Orangen, lachte mit Sarah, strich Ken über die weichen roten Haare, und es kam Hannah vor, als wollte Juliane sie und die Kinder in ihre eigene Gegenwart einbeziehen. Seit diesem Morgen trafen sie sich manchmal zu einem Kaffee oder auch bei Hannah zu Hause. Sie genoss es, sich mit Juliane zu unterhalten, überhaupt Gespräche auf Deutsch führen zu können. Juliane lebte seit acht Jahren in Ankara, arbeitete im Goetheinstitut und hatte ein Hobby, das Hannah begeisterte. In ihrer freien Zeit hatte sich Juliane eine wunderbare Sammlung alter türkischer Teppiche angeschafft, kannte von jedem dieser Einzelstücke die Geschichte, suchte während ihrer Ferien die Orte auf, wo sie entstanden wa-

ren und lernte dabei die Frauen und ihr Leben kennen, die sie geknüpft hatten.
Eines Tages, als Juliane bei ihr zu Besuch war und Seyda sich gerade vor dem Spiegel ihr Kopftuch richtete, meinte Hannah zu Juliane gewandt: „Ich wusste gar nicht, dass die türkischen Frauen schon seit 1934 das Wahlrecht haben und dass Jungen und Mädchen in gemeinsamen Schulen unterrichtet werden".
Juliane lachte bitter auf: „Ach, wenn es nach dem geht, was auf dem Papier steht, ist die Frau sogar seit 1923 dem Mann gleichgestellt. Aber in Wirklichkeit? Nein Hannah, da irrst du dich. Vor der Hochzeit bestimmt der Vater, danach der Mann. Und noch immer gilt das Sprichwort: ‚Der Bauch der Frau braucht einen Soldaten, der Rücken einer Frau braucht einen Prügelstock'".
Hannah schaute Juliane überrascht an: „Und ich hab mir tatsächlich eingebildet, hier sei es mehr oder weniger wie im Isfahan des persischen Schahs".
Juliane schien in ihrem Element zu sein, als sie jetzt wütend meinte: „Ich weiß nicht, wie es in Persien ist. Hier jedenfalls kann jede dritte Frau weder lesen noch schreiben. Geachtet werden sie nur, wenn sie viele Kinder, und da am liebsten Söhne gebären. Manchmal stelle ich mir eine Welt vor, wo 20 oder 30 Jahre lang nur Söhne geboren würden! Ob das endlich weltweit zur Gleichberechtigung führen könnte?"
Sie mussten bei dieser Vorstellung beide lachen, bis Juliane, wieder ernst werdend, fortfuhr: „Am schlimmsten finde ich, dass es den meisten Frauen völlig normal erscheint, von ihren Ehemännern verprügelt zu werden, mehr noch, sie sehen es als das Recht eines Ehemannes an".
„Juliane, wir leben im 20. Jahrhundert", rief Hannah empört aus.
„Aber nicht hier in der Türkei".
Hannah schwieg, weil sie sich an die Geburt Kens erinnerte. Wie wertlos war dem Arzt damals ihr Leben gewesen.
Immer öfter traf sie sich mit Juliane, während sie zu anderen Deutschen keinen Kontakt hatte. Einmal, Juliane tobte gerade mit Sarah, die sie besonders ins Herz geschlossen

hatte, im Zimmer herum, grapschte die Kleine nach der Kette von Juliane, die sie unter der Bluse trug und an der ein blauer als Auge geschliffener Stein hing.
„He, du hast ja auch so etwas“, rief Hannah erstaunt, als Juliane fast verschämt versuchte, den Anhänger wieder unter der Bluse zu verbergen.
„Na ja, ein bisschen abergläubisch wird hier doch jeder“, gab ihr die Freundin verlegen zur Antwort.
„Was hat es denn mit so einem Auge oder blauen Stein auf sich? Ich habe eine Menge davon in der Klinik gesehen, in der Ken lag. Die Frauen haben ihn immer hin und her gedreht, wenn ich in die Nähe kam“.
Juliane strich sich die langen braunen Haare zurück, erhob sich vom Fußboden und ließ sich auf die Couch fallen, die der Fensterfront in Hannahs Wohnung gegenüber stand.
„Ihr habt wirklich einen tollen Blick von hier oben“.
„Juliane, lenk nicht ab. Erklär mir, was es mit diesen Steinen auf sich hat“.
„Ich habe gar nicht abgelenkt, sondern von Blick gesprochen und genau darum geht es bei diesen Amuletten. Allerdings betrifft es hier den *Bösen Blick*“.
„Den *Bösen Blick*? Was meinst du damit?“
„Du wirst doch zugeben, dass das menschliche Auge ein Meisterwerk der Natur ist“.
„Allerdings! Meine schlimmste Vorstellung ist, blind zu sein“.
„Kann ich verstehen, aber darum geht es nicht. Denn nicht alle Menschen denken so vom Auge. Für sie hat es eine unheilbringende, sogar eine teuflische Macht. Oder sie glauben, dass von ihm ein Zauber ausgeht, der andere Augen so verhext, dass der Angeblickte davon krank wird“.
„Juliane, wir leben doch nicht mehr im Mittelalter!“
„Bist du so davon überzeugt?“ Juliane sah die Freundin spöttisch an. „Hier kommt man sich manchmal mitten drin vor. Dabei gab es diesen Aberglauben schon lange vor dem Mittelalter, und dieser *Böse Blick* besteht natürlich aus sehr viel mehr Elementen, und jeder Mensch macht sich davon seine eigenen angstvollen Vorstellungen“.

„Und was soll der blaue Stein bewirken?"
„Nun, es gibt eben keine allgemeine Sicherheit und schon gar keine Garantie vor Blicken mit solch negativen Wirkungen, also greift man zum Amulett. Und wenn ich dir alles aufzähle, was dafür herhalten muss, wird dir schlecht. Da ist der Stein oder irgendein Schmuckstück, was oft wie ein Auge geschliffen ist, noch harmlos dagegen".
„Soll dieses geschliffene Auge so etwas wie „Auge gegen Auge" bedeuten?"
„Mädchen, du machst dich, so ist es tatsächlich. Dieses Auge soll dem *Bösen Blick* zuvorkommen, so dass dieser selbst Opfer von einem Auge mit Zauberkraft wird. So, weißt du jetzt, wie du dich schützen musst?"
Hannah stand auf: „Ich mach dir lieber einen Tee, und außerdem glaub ich nicht an so etwas. Für mich ist das ein Stück Kristall oder was auch immer und mehr nicht".
„Ne, lass das mal mit dem Tee. Sehen wir uns morgen?"
„Morgen bin ich mit unserem Vermieter verabredet. Der wird dir bestimmt gefallen".
„Warum meinst du...?"
„Weil man sich mit ihm wunderbar unterhalten kann".
„Spricht er Deutsch?"
„Ja, seine Frau ist Österreicherin, sie haben sich in Wien kennengelernt. Er hat mir versprochen, mir morgen ein wenig von der türkischen Gegenwart zu erzählen. Außerdem wollten wir ins Hethiter Museum gehen. Kennst du es?"
„Natürlich. Ich liebe seine hethitischen und anatolischen Fundstücke, die übrigens weltberühmt sein sollen. Fein, treffen wir uns morgen nach meiner Arbeit dort. Ist dir zwei Uhr Recht?"
Hannah schaute Juliane noch lange nach. Sie mochte diese kleine zierliche Frau in ihren weit schwingenden bunten Röcken, beladen mit dem schönsten handgefertigten Goldschmuck. Sie war fünfzehn Jahre älter als sie selbst, und es tat Hannah ungemein gut, jemanden gefunden zu haben, mit dem sie ohne sprachliche Schwierigkeiten echte Gespräche führen konnte.

14 *1960*

Sie trafen sich am nächsten Tag im Hethiter Museum, Juliane, Mustafa Gülekli und Hannah. Zu Hannahs Überraschung begrüßten sich die Freundin und Gülekli wie zwei alte Bekannte und sie erfuhr, dass Juliane Mustafa Gülekli vom Goethe-Institut her kannte, wo er schon Vorträge gehalten oder gehört hatte. Die beiden kamen gleich ins Gespräch, wobei die türkische Tagespolitik das wichtigste Thema war. Hannah betrachtete einige Fundstücke aus Zentralanatolien, als Mustafa Gülekli hinter sie trat.
„Interessant? Die stammen meist aus Göreme!"
„Göreme? Was soll das sein?", fragte Hannah neugierig.
Nun war Gülekli in seinem Element, als er anfing zu erklären: „Göreme ist eine Stadt in Kappadokien, einem Landstrich in Zentralanatolien. Die Landschaft besteht dort fast nur aus Tuffstein, Sie wissen ja, dass der sehr weich ist".
Hannah wollte den Mann nicht unterbrechen, aber von Tuffstein hatte sie keine Ahnung. Juliane hatte sich zu ihnen gesellt und hörte nun auch aufmerksam den Worten von Gülekli zu: „Das hat man in Zeiten der Römer genutzt, um in Kappadokien unterirdische Städte anzulegen".
„Unterirdische Städte? Für was das denn", Hannah fand die Vorstellung phantastisch, obgleich auf sie der Gedanke, in unterirdischen Städten zu wohnen, eher bedrohlich wirkte.
„Diese Städte boten früher Christen vor den Verfolgungen durch die Römer Zuflucht, und Göreme war so ein geistig-religiöses Zentrum. Der Name Göreme bedeutet übrigens so viel wie ‚du sollst nicht sehen'".
„Das könnten wir fast für die heutige Zeit anwenden", meinte Juliane, und als Mustafa Gülekli heftig Zustimmung nickte, fühlte sich Hannah ausgeschlossen. „Ihr sprecht in Rätseln, was hat das mit der heutigen Zeit zu tun?"
„Haben Sie noch nie etwas von den Massendemonstrationen unten im Zentrum gespürt? Menderes hat eine Parteimiliz gegründet, im Parlament hauen sich die Abgeordneten, die Journalisten werden verhaftet und regierungskritische Zeitungen verboten!" Gülekli hatte, wenn auch leise, so doch sehr erregt gesprochen.

Hannah schämte sich, dass sie von den Problemen des Landes, in dem sie nun schon länger als ein Jahr lebte, so wenig Ahnung hatte. Deshalb bat sie jetzt: „Bitte, ihr müsst mir das erklären. Meine Sprachkenntnisse reichen nicht aus, um Tagespolitik zu verfolgen“.
Während sie weiter durchs Museum gingen, erklärte Gülekli in sehr ernstem Ton: „In unserem Land ist es nicht mehr lange ruhig. Es ist in zwei gegensätzliche politische Lager gespalten, das kann nicht gut gehen!“
Hannah hoffte, dass Juliane ihm widersprechen würde, aber diese schwieg.

Hannah spürte in der nächsten Zeit bei ihren Gängen durch die Stadt eine angespannte Ruhe. Zwar saßen immer noch die Aufseher auf niedrigen Hockern vor den Museen und tranken in scheinbarer Ruhe ihren Tee, während sie ihre Gebetsketten durch die Finger gleiten ließen. Aber irgendetwas war anders als sonst. Waren es die vielen Polizisten oder das Militär, die das Straßenbild prägten, war es das Empfinden, die Ruhe sei nur vorgetäuscht? Hannah wusste es nicht, wahrscheinlich hatte Mustafa sie einfach unnötig beunruhigt.
Doch am Morgen des 27. Mai 1960 erschien Seyda nicht und Mustafa rief sie aufgeregt an. „Gehen Sie nicht auf die Straße und versuchen Sie auch, dass Ihr Mann bei Ihnen bleibt. Heute Morgen haben die Militärs geputscht, was daraus wird, wissen wir noch nicht“.
Hannah trat an die großen Fenster und blickte über die Stadt, die sich scheinbar friedlich zu ihren Füßen ausbreitete. Allerdings marschierte heute keine Präsidentenwache. Normalerweise erklang mehrmals am Tag der Gleichschritt dieser Soldaten, und manchmal winkte einer lachend zum Balkon hoch, wenn Sarah ihnen ein lautes Güle Güle (auf Wiedersehen) nachrief. Heute statt dessen Militärkonvois, berittene Polizei und ein reges Kommen und Gehen im Park des Regierungssitzes.
Sie schaltete im Radio die Deutsche Welle ein. In den Nachrichten sprachen sie von einem Militärputsch in der Türkei, der Verhaftung von Ministerpräsident Menderes und seinen Abgeordneten.

Georg kam atemlos vom Club herübergelaufen: „Hab keine Angst, Hannah, wir haben mit dieser innenpolitischen Angelegenheit nichts zu tun, außerdem sind wir durch den Club und die Anwesenheit der Amerikaner geschützt, mach dir also keine Sorgen“. Dennoch blieb er den Rest des Tages bei ihr und den Kindern.
Auch Juliane rief an und meinte: „Bleib, wo du bist, die Deutsche Botschaft hat ihre Tore geschlossen, wir werden kaum reinkommen“.
‚Na toll’, dachte Hannah, die es nie sehr zur deutschen Kolonie hingezogen hatte, die aber doch erstaunt war, dass eine Botschaft einfach ihre Tore schloss, statt den im Land lebenden Deutschen Zuflucht zu sein. Aber sie hatte sowieso nicht daran gedacht, irgendwohin zu gehen. Sie fühlte sich sicher in der Nähe Georgs und in der Gegenwart der Kinder.
Außerdem gestaltete sich schon nach einigen Tagen ihr Leben scheinbar wieder normal. Seyda kam wie immer, auch Metin tauchte mit seinem Schuhputzkasten und seinem strahlenden Lächeln wieder auf, und von dem Putsch zeugten für sie als Ausländerin nur die herumstreunenden großen Hunde der ehemaligen Regierungsangehörigen. Wie ein Spuk kamen sie unhörbar am frühen Morgen, wühlten im Abfall, niemand schien sich um sie zu kümmern und irgendwann verschwanden sie wieder – lautlos wie Schatten.

15 *2001*

Ich sitze in deinem Zimmer, das ich an deinem Todestag abgeschlossen habe, weil ich es nicht ertrage, dass irgendjemand hinein geht. Heute habe ich es nicht mehr ausgehalten – ich muss dir nah sein, nah durch Äußerlichkeiten. Auf deinem Schreibtisch steht noch deine Tasse mit einem eingetrockneten Rest Kaffee. Wenn wir zu Mittag gegessen hatten, hast du dich in dein Zimmer, ich mich in meines zurückgezogen. Es war so wunderbar, viel Platz zu haben, einen eigenen Raum zu besitzen, ein Luxus, auf den wir immer verzichten mussten. Du arbeitetest an Vorträgen oder hast Gitarre geübt. Klassische Gitarre wolltest du spielen lernen. Die Musik wehte leise zu mir herüber, wenn ich an meinem Computer saß und schrieb. Wir waren getrennt und doch zusammen. Manchmal hast du im Laufe des Nachmittags an meine Tür geklopft, gefragt, ob ich gut weiter käme, hast dich einen Augenblick auf mein Sofa gesetzt. Fürchtetest du manchmal die Einsamkeit? Dachtest du in solchen Momenten vielleicht an den Tod, deinen Tod, von dem du so oft zu mir gesprochen hast? Ich weiß es nicht...

Aber auch ich unterbrach ab und an mein Schreiben, kam zu dir mit einer Tasse Kaffee, einem Stück Kuchen. „Hannah, das macht doch nur dick", aber geschmeckt hat es dir trotzdem. Oder ich bewunderte deine Fortschritte auf der Gitarre, vorgespielt hast du mir nicht, ‚ich muss noch üben, bis ich es wirklich kann'. Hast du also auch manchmal Hemmungen vor mir gehabt? Ich empfand dich immer als so sicher.

Jetzt stehe ich vor deinem Notenständer, den ich dir zu deinem letzten Geburtstag geschenkt habe. Noch liegen da die Noten einer Chaconne, der letzten Musik, die du gespielt hast. Auch die Gitarre lehnt am Büchergestell, wo du sie Freitagnachmittag, vor unserem letzten Samstag gelassen hast. Ich verharre ganz still, mein Blick streift zur Wand über dem Sofa, an der die Fotografien unseres Segelbootes und eine andere Aufnahme von dir, wie du stolz lachend einen soeben geangelten Fisch hochhältst, hängen. Bis zum Schluss hast du vom Meer und dem Segeln geträumt. Ich berühre die Gitarre, ein Luftzug be-

wegt die Notenblätter, mir ist, als müsste ich deine Finger auf den Saiten spüren, als wärst du nur einmal rasch aus dem Zimmer gegangen, gleich wirst du wieder hier sein, erstaunt, mich hier zu finden! Alles atmet noch so intensiv deine Nähe, nur du... du bist nicht mehr da.
Wenn ich auf den Balkon hinaustreten würde, könnte ich dein Grab sehen, aber ich mag die Tür nicht öffnen, ich möchte nicht den Geruch nach deinem Eau de Toilette vertreiben, der noch immer den Raum erfüllt. Ich streiche über die Schreibtischplatte, auf der Bilder der Kinder stehen, wie klein sie damals noch waren. Daneben häufen sich voll geschriebene Blätter deines Vortrags über die Romantik.
Ich wage nicht, mich auf deinen Schreibtischsessel zu setzen. Nur keine Spuren verwischen. Unten auf der Straße fährt ein Auto vorbei, die Nachbarskinder spielen Seilhüpfen, auf dem Geländer des Balkons trippelt aufgeregt eine Elster hin und her. Ein normaler, sonniger Sommernachmittag – nur für mich ist nichts mehr normal.
Leise gehe ich aus dem Zimmer, drehe den Schlüssel im Schloss. Wenn ich es gar nicht mehr aushalte, gehe ich wieder hinein, zu deiner Gitarre, deinen Bildern und Büchern.

Hannah bekam von Juliane die Adresse eines anderen Frauenarztes, nachdem diese entsetzt die Geschichte von Kens Geburt gehört hatte. Heute war Hannah bei diesem Dr. Medschid zu einer Routineuntersuchung angemeldet. Georg hatte sich frei genommen, nie mehr sollte Hannah allein zu irgendwelchen Ärzten gehen, die Erfahrungen während der Schwangerschaft und Geburt von Ken waren schlimm genug.

Es war ein brütend heißer Junispätnachmittag. In den Straßen Ankaras tanzten Staubwolken einen wilden Reigen. Der von den fernen Bergen einfallende Wind brachte auch keine erleichternde Kühle in die auf der Stadt lastende Hitze. In diesem Frühjahr, der eigentlichen Regenzeit Anatoliens, war wenig Niederschlag gefallen, sodass der Staub alles einhüllte, und auch die vielen Grünflächen kamen an solchen Nachmittagen nicht gegen seine grauen Schleier an.

Dr. Medschid hatte wie Mustafa Gülekli in Wien studiert, er war wegen seiner deutschen Sprachkenntnisse vor allem der Arzt der deutschen Frauen in Ankara. Hannah fasste zu dem alten weißhaarigen Mann sofort Vertrauen, bis er ihr nach einer gründlichen Untersuchung mitteilte, dass sie bereits wieder im zweiten Monat schwanger sei.

Entgeistert schaute sie zu Georg: „Nein! Das... das ist unmöglich!“ Und dann erleichtert: „Das kann gar nicht sein, schließlich hatte ich meine Tage. Und außerdem, Ken ist doch gerade mal ein halbes Jahr alt!“

Die letzten Worte hatte sie verzweifelt hervorgestoßen. Doch Dr. Medschid ließ sich nicht von seinem Untersuchungsergebnis abbringen: „Gnädige Frau, ich gratuliere Ihnen, Sie werden ein drittes Kind haben. Das ist bei unseren Frauen nun wirklich keine Seltenheit. Und das mit der Periode kann in den ersten Schwangerschaftsmonaten immer noch als vollkommen normal bezeichnet werden“.

‚Nein, eine Seltenheit ist es bei euch gewiss nicht, dass eure Frauen ein Kind nach dem andern gebären’, dachte Hannah wütend, als sie mit Georg völlig verwirrt die Sprechstunde des Arztes verließ.

Schweigend hielten sie ein Taxi an. Das abgewetzte Polster des Autos stank nach ungewaschenen Körpern, der Taxifahrer rauchte eine der schwarzen selbst gedrehten Zigaretten und durch die geöffneten Fenster drang die verschwitzte Wärme des ausklingenden Tages. Hannah nahm alles mit überdeutlicher Genauigkeit wahr und hatte dennoch das Gefühl, sich in Hitze, Gerüche, Mutlosigkeit, Verzweiflung und Wut aufzulösen.

„Georg, das kann nicht sein, ich schaff das nicht". Sie schaute aus dem Autofenster, ohne wirklich etwas zu sehen. „Ich kann einfach nicht in drei Jahren drei Kinder bekommen. Begreifst du, das geht doch nicht. Vor ein paar Jahren hat man mir noch gesagt, ich dürfte überhaupt keine bekommen und nun eins nach dem andern!"

Ihr war zum Weinen zumute, da half es auch nicht, dass Georg sie tröstend in den Arm nahm: „Wir schaffen das schon, die Hauptsache ist doch, dass alles normal zu sein scheint".

‚Wir schaffen das schon, du meinst wohl ‚ich', wollte Hannah bitter einwerfen, aber sie schwieg. Mit Schrecken erinnerte sie sich an die letzte Geburt und dass sie keine Kraft und auch keine Lust mehr hatte, schon wieder ein Kind auszutragen. Dachte nur: ‚Nicht schon wieder, bitte, nicht schon wieder'.

Über der Stadt lag Abendstimmung, die untergehende Sonne tauchte Atatürks Mausoleum und die alte Burg in ihr rötlich-warmes Licht. Der Wind hatte sich gelegt, nur die Hitze hatte noch nicht nachgelassen und Hannah meinte, in der Enge des alten Taxis ersticken zu müssen.

Als sie in Cankaya ankamen, stieg Georg vor dem Nato-Officerclub aus: „Ich muss noch rasch etwas im Club erledigen, komme aber gleich nach".

Hannah war viel zu erschöpft, um irgendetwas einzuwenden, sie ließ sich zu Hause absetzen und schleppte sich ins Wohnzimmer, wo Seyda auf die beiden Kleinen aufpasste. ‚Was heißt schon die beiden Kleinen, bald werden sie die Großen sein, wenn die neue Schwester oder der Bruder auf die Welt kommt', dachte Hannah, als sie in ein loses Hauskleid schlüpfte, Seyda entließ und Sarah und Ken ins Bad zur abendlichen Wasserschlacht brachte.

Schwer ließ sie sich auf dem Toilettendeckel nieder, dachte an die langen Monate der vor ihr liegenden Schwangerschaft, spürte im Geist schon die Schwere des Körpers, stellte sich die Geburt vor.
Dr. Medschid war entsetzt gewesen, als er Hannah untersucht und die vielen Narben festgestellt hatte. Als sie ihm allerdings Kens Geburt schilderte, konnte er sich ihren Zustand erklären, verheimlichte ihr aber auch nicht, dass dies die nächste Geburt sehr erschweren würde.
Geistesabwesend beobachtete Hannah ihre Tochter. Sarah tobte ausgelassen im Wasser herum, spritzte den auf seinem Handtuch auf dem Badeteppich liegenden Ken mit ihrem Badewasser voll, ihre blonden Locken hingen wirr und nass in ihr lachendes Gesicht, während Ken vor Vergnügen quietschte.
Hannah beruhigte Sarah, damit sie den Kleinen auch in der Wanne baden konnte und als sie so auf ihre beiden Kinder schaute, verwandelte sich ihre Angst und Wut in etwas völlig Anderes, fast Wildes und Strahlendes. Die Bestürzung und Befürchtungen wurden verdrängt von einer Freude, die sie selbst überraschte. Sie fing laut an zu lachen und schalt sich selbst: „Du scheinst zu vergessen, meine Liebe, dass zum Kinderkriegen immer zwei gehören! Hör gefälligst auf zu klagen. Auch mit einem dritten Kind wirst du noch fertig'.
Entschlossen stand sie auf, nahm den strampelnden Ken auf, badete auch ihn und dachte nur noch: ‚Die Nachricht von heute Nachmittag ist kein Grund zur Trauer. Ich bin gesund, die Kinder gedeihen prächtig, Geldsorgen haben wir auch nicht und Georg hat Arbeit, was will ich eigentlich noch mehr".
Trotzdem flüsterte eine aufrührerische Stimme in ihrem Innern ketzerisch: ‚Ich will keine Gebärmaschine sein!' Aber schnell verdonnerte sie dieses Flüstern zum Schweigen und beendete die Wasserfreuden der Kinder. Sie wollte Sarah und Ken ins Bett bringen, sich anschließend schön anziehen und einen festlichen Tisch decken. Georg könnte vielleicht noch einmal in den Club gehen und eine Flasche Champagner bringen, sie hatten etwas zu feiern und nicht zu betrauern.

„Was ist denn hier plötzlich los“, staunte Georg, als er eine halbe Stunde später nach Hause kam. Er deutete auf den gedeckten Tisch, schaute sich nach den Kindern um, die normalerweise um diese Zeit noch nicht im Bett waren.
Hannah schmiegte sich zärtlich an ihren Mann: „Schatz, weißt du, ich hab mir gedacht, eine Schwangerschaft ist doch nichts Trauriges. Mir ist eher nach Feiern zumute und ... na ja, wenn du willst, geh noch mal rasch in den Club und bring uns eine Flasche Champagner, ein Gläschen kann ich mir noch gönnen“.
Georg lachte schallend, Hannah hatte nicht bemerkt, dass er eine Hand hinter dem Rücken versteckt gehalten hatte. Jetzt holte er eine Flasche Champagner hervor und umarmte seine Frau: „Du bist einfach großartig, ich habe mir nämlich das Gleiche überlegt und den Champagner vorsorglich schon mitgebracht“.
Es wurde ein sehr festlicher und zärtlicher Abend und neun Monate nach diesem Abend kam ihr drittes Kind zur Welt. Hannah war überhaupt nicht schwanger gewesen, aber das wussten sie in dieser Nacht noch nicht...

17 *1960*

Es war acht Tage vor Kens erstem Geburtstag. Noch ließ der Wintereinbruch auf sich warten. Hannah stellte sich den trüben deutschen November vor und genoss die noch immer wärmende Sonne Ankaras.

Ungewöhnlich früh am Nachmittag kam Georg nach Hause. Er war in Begleitung von Major Henry Jones, dem verantwortlichen Offizier des Clubs und Marilyns Mann, der einzigen Amerikanerin, mit der Hannah sich manchmal traf, damit ihre Kinder und Marilyns Sohn zusammen spielen konnten.

Georg legte den Arm um Hannah, in seinem Gebaren lag ein solcher Ernst, dass sie ängstlich von ihrem Mann zum Major sah:

„Schatz..." Georg zögerte, das Sprechen schien ihm schwer zu fallen. Was war los, so kannte sie ihren Mann gar nicht. „Georg, was ist? Henry, ist etwas passiert?"

Georg schien sich ein wenig zu fassen. „Nein, nein, du brauchst nicht zu erschrecken, es ist... Henry wird es dir gleich erklären, ja?"

Hannah blickte entsetzt von Georgs bleichem Gesicht zu Henry Jones. Warum redeten sie nicht endlich? Was war geschehen? War was mit der Familie? Unmöglich, erst gestern war ein Brief von ihrer Mutter gekommen.

„Hannah, hören Sie mir zu!" Gott sei Dank, Henrys Stimme klang einigermaßen normal.

„Lassen Sie es mich kurz machen. Ja, es ist etwas geschehen, und Sie müssen...", seine Stimme stockte, doch dann sagte er rasch, als wollte er die Worte so schnell als möglich loswerden, „Sie müssen morgen früh mit ihrem Mann und den beiden Kindern die Türkei verlassen".

Hannah starrte den Amerikaner fassungslos an. Was hatte er da gesagt? Die Türkei verlassen! Von einer Stunde zur andern! War Henry plötzlich verrückt geworden?

Doch der Major sprach schon weiter: „Sie dürfen leider nichts, hören Sie, nichts mitnehmen. Ihre persönlichen Dinge werden Ihnen von der Army nach Deutschland nachgeschickt. Niemand, wirklich niemand darf etwas von Ihrer Abreise erfahren, auch nicht Ihre Vermieter".

„Herrje, sagen Sie doch endlich, was los ist! Warum so viel Geheimniskrämerei? Von einer Minute zur andern das Land, die Wohnung, so einfach alles aufgeben! Zwei Jahre leben wir hier! Und plötzlich..“. Sie stockte. „Sagen Sie doch endlich, warum, was ist geschehen?“
Georg nahm seine Frau in den Arm. „Liebes, ich habe dir vor Monaten von der Bedrohung erzählt, die ich um mich herum gespürt habe. Erinnerst du dich?“
„Klar erinnere ich mich! Dein Oberkellner Reschid! Aber nachdem du nie mehr davon gesprochen hast...“
‚Und du hast nie mehr danach gefragt‘, dachte Georg, laut sagte er: „Ja, es hat mit Reschid zu tun!“ Er druckste einen Augenblick herum, bevor er hervorstieß: „Reschid hat mich bei der neuen Militärregierung angezeigt“.
„Angezeigt!?“ Fassungslos starrte Hannah ihren Mann an.
Jetzt ergriff Henry Jones wieder das Wort. „Leider ist es wahr. Es geht natürlich um die Kontrollen, die Georg eingeführt hat“.
„Ja und, das war schließlich zum Vorteil vom Club“. Sie spürte, wie sie wütend wurde, konnte jedoch noch immer nicht die einzelnen Puzzlesteine zusammenfügen.
„Das ist schon klar“, Georg lief im Zimmer auf und ab. „Er hat mich auch nicht deswegen angezeigt, sondern behauptet, ich hätte etwas gegen die Türkei und die Türken gesagt“.
„Und warum müssen wir dann von hier fort?“
„Hannah, wir hatten vor fünf Monaten einen Militärputsch. Das hat natürlich nichts direkt mit uns zu tun, aber die Lage ist absolut nicht stabil. Du weißt, dass Menderes wahrscheinlich zum Tod verurteilt wird. Kannst du dir die Wut seiner Anhänger vorstellen? Um von diesen Unruhen abzulenken, käme den Militärmachthabern so eine Anzeige gerade recht, nach dem Motto: Die Ausländer mischen sich in unsere Angelegenheiten ein“.
Henry Jones, der sich in den letzten Minuten etwas abseits gehalten hatte, wandte sich wieder an Hannah: „Sicher werden wir Georg entlasten können, aber bis dahin... es besteht die Gefahr, dass sie ihn verhaften, dass er ins Gefängnis kommt!“

Als er Hannahs entsetztes Gesicht sah, meinte er etwas ruhiger: „Unsere Maßnahmen gelten nur Ihrem Schutz. Morgen früh werde ich Sie persönlich in meinem Wagen mit Diplomatennummer hier an den Flughafen bringen, die Flugscheine liegen schon bereit. Hannah, Sie brauchen sich nicht aufzuregen, wir sorgen für Ihre Sicherheit".

Hannah hatte, zu Tode erschrocken, nach den ersten Worten des Majors die Hand auf den Mund gepresst, über den letzten Satz hätte sie allerdings am liebsten gelacht. Ihre Sicherheit! Niemand konnte dafür garantieren, und sie hatte plötzlich das Gefühl, als gäbe es in ihrem Wohnzimmer nicht mehr genügend Luft zum Atmen.

„Die Gefängnisse hier müssen grauenhaft sein. Wir können dieses Risiko nicht eingehen", fügte Henry hinzu.

Allmählich wurde Hannah bewusst, was sie eben gehört hatte. Georg war in Gefahr, in unvorstellbarer Gefahr, und sie hatte nichts Besseres zu tun, als sich Gedanken darüber zu machen, hier nicht von einer Minute zur andern alles verlassen zu können?!

„Georg", ihre Stimme zitterte, „Georg, Henry, können wir – können wir nicht heute schon... Ist es morgen nicht vielleicht zu spät? Wenn sie nun heute Nacht kommen!"

Sie lief zu Georg, klammerte sich an ihn: „Schatz, gibt es nicht heute noch einen Flug nach Frankfurt! Ich will weg von hier, so schnell wie möglich weg!" Ihre Gedanken rasten, sie sah im Geist die dunklen Gänge eines Gefängnisses, hörte das Klirren der Eisentüren, die Schreie der Männer, spürte fast körperlich die Brutalität der Polizisten und die Hoffnungslosigkeit in engen, verdreckten, kalten Zellen voller zusammengepferchter Leiber.

„Hannah, Sie brauchen sich wirklich keine unnötigen Sorgen zu machen", Major Jones hatte sich ihnen wieder zugewandt. „Wir haben noch Zeit. Sie nehmen, wie gesagt, morgen früh die erste Maschine nach Istanbul. Das ist eher eine Vorsichtsmaßnahme, Reschid hat anscheinend erst heute seine Anzeige gemacht. Nur, bitte, denken Sie daran, sprechen Sie mit niemandem über Ihr Weggehen. Wenn noch Besuch kommt, reagieren Sie völlig normal, lassen Sie sich nichts anmerken". Henry strich den Kindern übers Haar, umarmte kurz Hannah und sagte zu Georg: „Ich hole Euch morgen also ab. Versucht ein wenig zu schlafen und regt Euch nicht unnötig auf. Es wird schon alles gut werden“. Plötzlich war das englische „you“ doch sehr deutlich eher ein „Du“ als ein „Sie“. Sie spürten, dass dies der eigentliche Abschied von Henry Jones war.

„Grüßen Sie Marilyn von mir“, brachte Hannah mühsam hervor.

Als sie allein waren, schmiegte sich Hannah schutzsuchend an Georg: „Glaubst du, sie kommen wirklich nicht vor morgen?“

„Nein, hab keine Angst, vielleicht ist das alles auch übertriebene Vorsorge, aber mir ist es lieber so als abzuwarten, was geschehen kann“.

Nur daran, dass Georg jetzt wieder im Zimmer hin und her lief, merkte Hannah seine Unruhe. Nun blieb er vor der Fensterfront stehen, Ankara bot sich in der Nachmittagssonne in all seiner Schönheit dar. Hannah trat neben ihn, versuchte ruhiger zu werden: „Wie schade, es ging uns hier so gut. Und das da“, sie zeigte über die Weite, die vor ihnen lag „werde ich sehr vermissen“.

„Ich auch, mein Schatz, und ich bin mir sicher, dass die irgendwann dahinter kommen, dass an dieser Denunziation nichts dran ist, aber bis dahin...“ er schluckte, „ich stelle mir türkische Gefängnisse schrecklich vor“.

Hannah konnte die aufsteigende Panik kaum mehr unterdrücken. Und gleichzeitig bedrückte sie der Gedanke, zwei Jahre ihres Lebens so zu beenden. Sie dachte an die Gespräche mit Mustafa Gülekli, sie dachte an ihre neue Freundin Juliane. Was würden sie von ihnen denken? Andererseits würde ihnen Henry Jones sicher alles erklären. Trotzdem...

Zögernd meinte sie: „Wir schreiben den Güleklis aus Deutschland und verabschieden uns von ihnen eben schriftlich“.

‚Und Juliane werde ich einen langen Brief schreiben, vielleicht können wir uns einmal in Deutschland sehen’, dachte sie noch.

Der Rest des Nachmittags verging in der angespannten Stimmung von Trauer, unterdrückter Besorgnis und dem

Zusammensuchen von Papieren. Auch die Kinder spürten das Ungesagte, sie waren heute besonders quengelig.
Hannah öffnete Schränke, sollte sie nicht wenigstens... nein, kein Gepäck, nichts, nur das, was sie auf dem Leib trugen, würden sie mitnehmen.
Den Eltern konnten sie auch nicht Bescheid geben. Sie hatte sich noch selten so hilflos gefühlt, lief ziellos in der Wohnung umher, berührte hier ein Möbelstück, rückte dort etwas zurecht, goss die Pflanzen, dachte ‚zum letzten Mal'. Räumte die Spielsachen der Kinder auf. Wenn Seyda morgen früh kam, würde sie vor verschlossener Tür stehen. Das fiel Hannah am schwersten, dieser wortlose Abschied, es kam ihr so feige vor, aber wenn sie daran dachte, dass Georg vielleicht...
Nein, nur das ist wichtig, alles andere werden die Menschen, die sie so völlig unerwartet verließ, irgendwann verstehen.
Als hätte Juliane etwas von ihren plötzlichen Plänen geahnt, stand sie gegen Abend überraschend vor der Tür, was in den vergangenen Monaten ihrer Freundschaft nur selten geschehen war. Sie tranken zusammen Kaffee, obgleich Hannah dachte: ‚Ich kann unmöglich etwas runterschlucken. Gerade bei Juliane! Jetzt hab ich endlich jemanden gefunden und darf nicht ehrlich sein'. Aber noch immer hatte sie Henry Jones warnende Stimme im Ohr. Als Juliane sich verabschiedete, umarmte sie die Freundin, etwas, das sie bisher noch nie gemacht hatte. Julianes erstaunten Blick ignorierte sie und aufatmend schloss sie hinter ihr die Tür.
Sie gingen nicht zu Bett – wie konnte Henry Jones annehmen, dass sie an Schlaf denken könnten. Die Kinder schliefen, aber Georg und Hannah saßen zum letzten Mal auf ihrem Sofa im Wohnzimmer. Sie hatten die großen Fenster weit geöffnet. Über Ankara ging dunkelrot der Mond auf, vereinzelt blitzten die Lichter der Häuser, die dicht bei der Burg lagen, zu ihnen herauf. Sie löschten die Lampen, wollten noch einmal den Sternenhimmel über den Hügeln von Ankara bewundern.
„Du hattest Recht damals, Hannah. Es war gut, dass wir uns für die Türkei entschieden hatten". Sie fühlte Georgs

Arm um ihre Schultern, aber dieses Mal empfand sie keine Geborgenheit. Sie war traurig, nur traurig: „Ich habe mich hier so zu Hause gefühlt. Auch wenn es manchmal einsam war, trotzdem…“

Und sie dachte an das Ungeborene, das nun nicht in der Türkei zur Welt kommen würde.

Von fern drangen die Geräusche der nächtlichen Stadt zu ihnen herauf, Fetzen türkischer Musik aus einem vorbeifahrenden Auto, Stimmen, Sirenengeheul. Georg sagte leise: „Eigentlich unfassbar, wie schnell aus einem Traum ein Alptraum werden kann“. Fügte nach einer Weile noch hinzu: „Was wird uns als nächstes erwarten? Wir müssen wieder einmal von vorne anfangen, Hannah“.

‚Zukunft! Du denkst jetzt an Zukunft!’, wollte Hannah aufbegehren. ‚Wir sind noch hier, überall ist doch noch Gegenwart!’ Die Gegenwart eines Landes, das ihr trotz seiner Fremdheit so lieb geworden war.

Sie beobachtete den Sekundenzeiger an der runden Uhr auf dem Bücherbord, die vom Mondlicht angeleuchtet wurde. Und dachte in einem Augenblick absoluter Panik, diese Sekunde, in der er sich mit einem kaum hörbaren trockenen Knacken weiterbewegte, kehrte nie mehr zurück, sie war für immer vorbei, unwiederbringlich...

Der Morgen kam viel zu schnell. Sie stellten sich ans Fenster, beobachteten das Erwachen der Stadt. In rasender Geschwindigkeit jagten die Wolken über die sonnenglitzernden Häuser, Plätze und die umliegenden Hügel, verschluckten für Augenblicke das Licht, das an anderer Stelle mit hellem Glanz aus dem Dunkel der Schatten wieder hervorbrach.

„Ist es heute nicht viel betörender als sonst? Leuchtet die Stadt an diesem Morgen nicht ganz besonders“, flüsterte Hannah und wusste gleichzeitig, dass sie sich das nur einbildete.

Um acht Uhr stand Henry mit seinem Wagen vor der Tür. Sie packten die Kinder ins Auto. Stiegen ein. Henry Jones schlug die Wagentüren zu. Es klang entsetzlich endgültig.

Als sie den Hügel von Cankaya zur Stadt hinunterfuhren, schauten sie sich nicht mehr um.

Die frühe Morgensonne lag golden auf den Ruinen der alten Burg.

Zurückgekehrt nach Frankfurt, zogen sie wieder bei den Eltern ein, und Georg machte sich auf Wohnungssuche – ein schier unmögliches Unterfangen im Deutschland der 60er Jahre. Niemand wollte einer Familie mit fast drei Kindern eine Wohnung vermieten. Georg, der über alle Bürokratie hinweg mit oder ohne Wohnungsamt eine Wohnung für die Familie aufzutreiben versuchte, tobte: „Einen Papagei können Sie mitbringen, aber Kinder!!! Kannst du dir so eine Antwort vorstellen!"
Es war Januar. Georg hatte eine Stelle in einem Hotel in der Nähe von Bochum bekommen, Hannah lebte mit den beiden Kindern bei den Eltern und wartete. Die Enge war schier unerträglich, auch für die Eltern musste dieser Familienzuwachs eine enorme Belastung sein.
‚Nach der Geburt setze ich Himmel und Hölle in Bewegung, damit wir endlich eine Wohnung bekommen', dachte Hannah, wenn sie versuchte, dafür zu sorgen, dass die Kinder sich ruhig verhielten, damit sie in der engen Wohnung die Großeltern nicht zu sehr störten.
Anfang Februar ging Hannah wieder einmal zu Dr. Hamm, dem Arzt, der schon Sarah auf die Welt verholfen hatte. „Das Kind müsste doch längst kommen, wenn es stimmt, was Dr. Medschid sagte."
Der Arzt gab ihr Recht, wurde er doch auch allmählich ungeduldig und drängte immer heftiger auf eine Einleitung der Geburt.
Am 13. Februar stimmte Hannah einer künstlichen Auslösung von Geburtswehen zu, obgleich sie Furcht beschlich um dieses Kind, das in ihr auf seinen Augenblick des Geborenwerdens wartete. Und jetzt bestimmten diesen Augenblick sie oder der Arzt. Würde es dem, was auf es zukam, gewachsen sein? Und sie selbst? Wie würde die Geburt diesmal verlaufen? Bei Sarah waren es lange Stunden des Wartens, Pressens, Entspannens und Schmerzes gewesen. Bei Ken war sie zu früh in die Dunkelheit einer aufgezwungenen Narkose abgetaucht. Und dieses Mal?
Wartend und gespannt gleichzeitig saß sie im sonnigen Zimmer des Krankenhauses am Morgen des 13. Februar,

hatte alle Vorbereitungen über sich ergehen lassen, spürte die ersten Eröffnungswehen, versuchte, sich auf die kommenden Stunden zu konzentrieren. Irgendwelche Atemübungen hatten sie ihr noch nicht gezeigt – sie war eine Mehrgebärende, sie würde schon wissen, wie sie zu reagieren hätte.
Doch es wurden die schlimmsten Stunden in ihrer bisherigen Erfahrung des Gebärens. Die Hände des Arztes tasteten sich vor, um bei jeder Wehe den durch die vielen Vernarbungen starren Muttermund zu erweitern und jedes Mal dachte Hannah, ‚die nächste Wehe halt ich nicht mehr aus'. Sie war nur noch Schmerz und Schweiß und unterdrückter Schrei. Die Stunden zogen sich mit einer zähen Langsamkeit hin, sie verlor jedes Zeitgefühl, es gab nur noch dieses angstvolle Warten auf die nächste Wehe, auf den kommenden Schmerz, auf die Hände, die in ihr Innerstes drangen, Starres zu lösen, Narben massierend, den Weg für das Kind erweiternd.
Als dann die kleine Laura den ersten Schrei ausstieß, meinte Dr. Hamm obendrein noch: „Ihr türkischer Arzt muss sich geirrt haben, sie konnten, als sie damals bei ihm waren, überhaupt nicht schwanger gewesen sein. Ihr Töchterchen hätte ruhig bis zum nächsten Monat mit dem Kommen warten können!"
„Nein! Nein! Das ist nicht Ihr Ernst", keuchte Hannah und zur Überraschung des Arztes fing sie trotz der Anstrengung und der Schmerzen der vergangenen Stunden an zu lachen und lachte und lachte, so dass sie seine erstaunten Fragen nicht beantworten konnte. Zu lebhaft war ihr der schwüle zärtliche Abend im letzten Juni im Gedächtnis, nachdem Dr. Medschid ihnen gesagt hatte, dass sie bereits im zweiten Monat schwanger sei...
Einen Tag später stand Georg in Hannahs Zimmer, sie und Laura zu besuchen. Es war ein glücklicher Vater, aber ein enttäuschter und erschöpfter Georg, der auf ihrem Bett saß. Erst nach einer Weile fing er an: „Hannah, mit dem Hotelfach – das geht nicht mehr. Am Sonntagmorgen beim Aufstehen haben mir die Beine versagt, ich bin auf den Knien zum Waschbecken gerutscht, hab mir ein Fuß-

bad gemacht, erst danach ging es wenigstens einigermaßen. Aber so kann ich nicht weitermachen".

Er stützte den Kopf in beide Hände und starrte auf den grünen Linoleumfußboden. Hannah strich ihrem Mann beruhigend übers Haar, zog ihn neben sich aufs Bett. „Schatz, wir werden schon einen Weg finden. Hör einfach dort auf".

Georg kuschelte sich behaglich in Hannahs Körperwärme und murmelte: „Hab schon etwas überlegt". Hannah horchte auf, als er fortfuhr: „Wir haben doch in der Türkei für ein kleines Hotel Garni gespart, das wir nach unserer Rückkehr kaufen wollten".

„Und, hast du ein Angebot?"

„Ach was, man hat mich doch regelrecht ausgelacht". Georg setzte sich auf und nahm vorsichtig die kleine Laura auf den Arm, die die Hebamme zum Füttern ins Zimmer gebracht hatte. Er lachte bitter: „Hannah, das Geld reicht höchstens für eine Bierkneipe".

Hannah sah eine regelrechte Schreckensvision vor sich: sie hinter dem Tresen, im Hintergrund drei schreiende Kinder und vor der Theke halbbesoffene Männer mit blöden Witzen. Entgeistert starrte sie Georg an. „Das meinst du nicht wirklich?"

„Natürlich nicht". Zärtlich strich er mit seinen großen Fingern über das winzige Gesicht seiner Tochter: „Ich hab mir was anderes ausgedacht. Wir könnten doch das Geld zum Leben nehmen, und ich fange an zu studieren!"

„Was? Mit drei Kindern? Studieren? Und was? Außerdem - wie... wie hast du dir das denn vorgestellt?"

„Wie? Nun, wir finden eine Wohnung. Danach schreib ich mich an der Uni für Betriebswirtschaft ein. Und abends arbeite ich in irgendeinem Restaurant. Findest du diesen Plan denn so unglaublich?"

„Unglaublich? Nein, nein, überhaupt nicht! Höchstens ziemlich überraschend! Hm, also Betriebswirtschaft!" Sie erinnerte sich nicht daran, bei Georg je irgendein Interesse für dieses Fach entdeckt zu haben. Für Musik ja, aber Betriebswirtschaft! Zögernd meinte sie: „Ich finde es eigentlich großartig".

Georg hatte seine Tochter wieder der Schwester übergeben und wanderte im Zimmer hin und her: „Ich glaube eben mit einem Wirtschaftsstudium, meiner Hotelfachausbildung und den Sprachen habe ich bessere Chancen. Da kann ich in die Hotelverwaltung oder auch irgendeine Stellung außerhalb vom Hotelfach finden".
Hannah spürte seine Unsicherheit und gleichzeitig seine Entschlossenheit, so wie bisher nicht weiter machen zu wollen und meinte aufmunternd: „Wenn du Studium, nebenbei arbeiten und lernen unter einen Hut bringst, alles andere schaffen wir schon gemeinsam".

Nachdem Hannah mit Laura wieder zu Hause war und noch ein Kinderbettchen in die viel zu enge Wohnung der Eltern gestellt worden war, überstürzten sich die Ereignisse. Sie erfuhren von einer Sozialbauwohnung, die einem kinderlosen jungen Ehepaar zugesprochen werden sollte, die beide arbeiteten. Georg schäumte vor Wut: „Die haben Arbeit, keine Kinder und obendrein bald eine Sozialbauwohnung! Das gibt es doch nicht". Empört stellte er das Wohnungsamt vor die Wahl, entweder sie bekämen die Wohnung oder er ginge an die Zeitung mit diesem Skandal. Drei Tage später fand der Umzug statt.
Die Wohnung hatte zwar nur 65 qm, dafür lag sie im Parterre und durch die Essdiele kam man in einen winzigen mit Büschen eingezäunten Garten, der im Sommer zum Spielzimmer der Kinder wurde.
Gewiss war diese Wohnung eine schier unglaubliche Verbesserung nach den anderthalb Jahren bei den Eltern, aber Hannah litt. Graue Fliesen im Treppenhaus, kein Fenster, Dunkelheit, bis eine trübe Beleuchtung aufflammte. Gekalkte Wände mit spitzen dicken Gipsbuckeln, gar manches Mal musste Hannah Schürfwunden der Kinder verbinden, wenn sie an den Verputz geraten waren – man sollte die Wände auf keinen Fall anfassen oder gar beschmutzen, Kinder sollten sich lieber daran verletzen. Dadurch konnten sie nur lernen!
Und als wäre das alles noch nicht genug, obendrein noch Frau Fritz! Zu jeder Tageszeit roch es nach ihrem Essen –

Gebackenes, Gebratenes, Gekochtes. Gestank nach Blumenkohl und Weißkraut.
In ihrer wütenden Verzweiflung stellte sie sich Frau Fritz beim Essen vor, in den dicken Händen ein Hühnerbein, Fett tropfte übers Kinn, lief über die Finger, Zähne schlugen sich ins Fleisch, kau – schluck – beiß – und dazwischen ihre schrille Stimme: „Saaaraah, renn nicht so die Treppen runter“ oder „Keeeen, schrei leiser“. Nein, Kinder waren hier nicht gern gesehen. Und wenn Hannah samstags die Treppe putzen musste und kurz danach leise die Tür der Nachbarin aufging, weil Frau Fritz kontrollierte, ob auch alle Ecken richtig ausgeputzt waren, kam sie sich vor wie deren niedrigste Angestellte. Sie hätte schreien mögen vor Wut und Demütigung, aber sie schwieg und setzte sich zu den Kindern in den kleinen Garten, wo sie ungestört spielen konnten.
Georg spürte von all dem wenig, nie würde sie ihn mit solchen Alltäglichkeiten belasten. Er hatte sich auf der Universität eingeschrieben und für abends eine Arbeit in einem kleinen Luxusrestaurant in Bad Homburg gefunden. Die Geldreserven schrumpften ziemlich schnell, aber Hannah lernte, einzuteilen.
Manchmal dachte sie, ‚irgendwie ist Ruhe in unser Leben eingekehrt. So könnte es eine Weile weitergehen'. Sarah war jetzt knapp drei Jahre alt, Ken fast zwei und Laura zählte gerade mal sechs Monate.
Immer seltener träumte sich Hannah in die blühenden Gärten der farbenprächtigen Paläste Isfahans zurück, schlenderte fast nie mehr in Gedanken durch die Straßen Ankaras oder saß mit Juliane, in Gespräche vertieft, in einem Cafe auf dem Atatürk Boulevard. Nur eine unbestimmte Sehnsucht blieb, Sehnsucht nach Ferne, nach Fremdem, nach einem Leben, das anders war...
Und dann einige Wochen später: „Georg, ich bekomme meine Tage nicht, sie sind seit 24 Stunden überfällig“.
„Schatz, nicht gleich aufregen, es kann doch auch ein anderer Grund sein?“ Wie viel Hoffnung in seiner Stimme schwang. Aber Hannah wusste, es gab keinen anderen Grund. Ihr Körper war superpünktlich, sie war wieder schwanger.

Schwanger – wieder schwanger! Sie lief im Zimmer hin und her wie ein gefangenes Tier. Nicht schon wieder! Das konnte doch gar nicht sein! Vier Kinder in vier Jahren!
‚Ich möchte mir nur ein einziges Mal bewusst ein Kind wünschen!'
Nur - wann denn?
Wie hatte eine ihrer Tanten gefragt, als sie sie beim letzten Geburtstag der Mutter gesehen hatte: „Na Hannah, wann wirfste denn wieder?" Der Satz hatte sie belustigt und empört zugleich. Aber er stimmte, er stimmte wirklich! Wieder neun Monate warten. Wieder die entsetzlich unförmigen Kleider. Wieder Wehen, wieder Gebären. Und und und...
‚Kann ich denn gar nicht positiv darüber denken? Ich will doch Kinder. Warum dieses Aufbegehren?'
‚Ja, natürlich will ich Kinder, aber nicht am laufenden Band, nicht ohne Pause, jedes Jahr... jedes Jahr wieder'!
Dr. Hamm hatte ihr nach Lauras Geburt sehr deutlich gesagt, dass sie selbst wegen der vielen Vernarbungen nichts zur Verhütung tun konnte!
Und Georg? Der blies die Kondome lachend zu Luftballons auf...
Hannah hatte oft ihre Nachbarinnen beobachtet, die offensichtlich in Ehe, Haushalt und der Erziehung von höchstens zwei Kindern aufzugehen schienen. ‚Warum kann ich mich nicht einfach zufrieden geben', fragte sie sich unsicher.
Sie kniete sich neben Lauras Laufstall, legte ihr Kinn auf die blau gestrichene Leiste, fühlte die dicken Kinderhändchen über ihr Gesicht patschen und dachte: ‚Also seid ihr, euer Leben und eure Bedürfnisse eben mein Schicksal. Ist das wirklich so schlimm, ohne Abenteuer, ohne fremde Länder und Berufstätigkeit zu leben? Ich wollte immer Alles, aber was ist schon Alles? Vielleicht ist dieses Alles hier gerade mein Leben, mein Schicksal'. Sie spürte, wie sie ruhiger wurde, nahm Laura auf den Arm und trat hinaus in ihren kleinen Garten, wo Ken und Sarah spielten.
Ab sofort plante sie ihren Tagesablauf noch genauer, um sich darauf einzustellen, dass sie in einigen Monaten zu sechst wären. Wenn Georg morgens zur Uni aufgebro-

chen war, nachmittags versuchte, wenigstens einige Stunden zu schlafen und abends nach Bad Homburg in dieses russische Edelrestaurant ging, von dem er erst nachts gegen 2 Uhr nach Hause kam, verbrachte sie den Tag und auch die Abende allein mit den Kindern. Daran hatte sich in den wenigen Jahren, die sie verheiratet waren, nie etwas geändert. ‚Ich bin eine allein erziehende Mutter', sagte sie manchmal zu ihrem Spiegelbild, wenn sie sich die Zähne putzte oder schnell ein leichtes Make up auflegte. Viel Zeit blieb ihr nach dem Aufstehen eh nicht, denn morgens brachte sie Sarah und Ken ein paar Stunden in den Kindergarten, anschließend machte sie die Betten, putzte die Wohnung, kaufte ein, kochte das Mittagessen, hängte die unzähligen Windeln auf, füllte die nächste Waschmaschine, bügelte, gab Laura ihren Brei, legte die Kleine in den Kinderwagen, lief zum Kindergarten, holte Sarah und Ken ab und lief und rannte und kaufte ein und vergaß sich selbst und ihre Träume...

Mit den Kinderkrankheiten, die Sarah und Ken regelmäßig vom Kindergarten nach Hause brachten, wurden die Nächte noch einmal kürzer. Sie machte Wadenwickel, hielt fieberheiße Kinder im Arm, kochte Tee, leerte Eimer mit Erbrochenem, überzog beschmutzte Betten, trocknete Tränen und freute sich, wenn wieder einmal eine der vielen Kinderkrankheiten überstanden war. Hatte sie je andere Wünsche gehabt als schlafen, ein einziges Mal eine Nacht durchschlafen?

Eines Nachts kam Georg schon um 1 Uhr von der Arbeit aufgeregt nach Hause und zeigte Hannah eine Visitenkarte. „Die hat mir heute Abend ein gewisser Mr. Grossman gegeben und mich gebeten, bei ihm im Büro vorbeizukommen".

„Für was"? Hannah, die immer auf Georgs Nach-Hause-Kommen wartete, legte die Windeln von Ken und Laura zusammen, müde starrte sie auf die Karte.

„Na ja, er wunderte sich über mein gutes Englisch, wollte Verschiedenes aus meinem Berufsleben wissen und war anscheinend sehr erstaunt darüber, dass ich noch nebenbei studiere. Er ist übrigens Amerikaner. Aber ich weiß

nicht, soll ich da wirklich hingehen? Ich bekomme ja dauernd irgendwelche Visitenkarten“.
Hannah zog ein Strampelhöschen in die Länge: „Versuchs doch, vielleicht ist es eine Chance für dich“. Sie sagte nicht mehr ‚für uns’.
Am nächsten freien Tag fuhr Georg zum Holzhausenpark in das Büro dieser pharmazeutischen Marketingfirma, wo ihm Mr. Grossman ein interessantes Angebot machte.
Später erzählte er Hannah: „Mr. Grossman meinte, wenn einer so viel Mut hat, mit fast vier Kindern noch zu studieren und eine solche Vorbildung hat, sei er der richtige Mann für die Stellung, die er mir anbieten kann“.
Hannah nahm die weinende Laura, die in ihrem Laufstall gegen die Stäbe getorkelt war, auf den Arm und sah gespannt zu ihrem Mann:
„Und, was will er? Du machst es wieder einmal sehr spannend!“
„Er hat mir angeboten, die deutsche Sektion in dieser Marketingfirma zu leiten“.
„Toll! Und irgendwie typisch amerikanisch. Du hast noch nie in so etwas gearbeitet und trotzdem bekommst du die Chance. Nimmst du an?“
„Ich glaube ja. Und studieren kann ich auch weiterhin“.
Hannah war es zwar schleierhaft, wie er das schaffen wollte, aber sie war schon froh, dass mit diesem Angebot die langen einsamen Abende zu Ende wären.
Georg trat voller Schwung seine neue Stelle an, und im Mai kam Nora, ihr viertes Kind, auf die Welt. Mr. Grossman spendierte Georg eine Flasche Sekt und meinte dazu: „Wenn es ein Junge wäre, hätte es zwei Flaschen gegeben, aber bei einem Mädchen...!“
Wütend fuhr Hannah Georg an: „Und du hast sie ihm nicht auf dem Kopf zerschlagen?“

19 **2001**

Heute habe ich zum ersten Mal von dir geträumt! Nach drei Monaten... Ich war allein im Haus – ach, das ist ja gar kein Traum, jeden der seither vergangenen Tage ist es - noch immer unvorstellbare - Wirklichkeit. Also auch im Traum? Aber vielleicht stimmt das gar, vielleicht hast du mich nicht verlassen, bist bei mir geblieben, auch wenn ich es nicht erkannte? In all den vergangenen Nächten, die ganze letzte Zeit...? Bist du mir gefolgt seit jenem schrecklichen Tag, hast du mich begleitet? Und offenbarst mir das in diesem Traum von letzter Nacht?

Ich hörte, wie jemand den Schlüssel im Schloss umdrehte. Ich stand auf, ging die Treppen hinunter, seltsam, ich hatte keinen Augenblick lang Angst. Und plötzlich sah ich dich, du standest im kleinen Vorraum.

Ich flog dir entgegen, warf mich in deine Arme, weinte, schluchzte, stammelte immer wieder: „Ich wusste es doch, dass du nicht tot bist. Ich wusste es, ich wusste es - es konnte einfach nicht wahr sein".

Du hieltest mich fest, „ich war verreist, erinnerst du dich nicht mehr?" Deine Stimme so nah, so vertraut...

Im Zimmer packtest du deine Taschen aus, für uns alle hattest du etwas mitgebracht – kleine, wundersam in zartes, japanisches Papier gehüllte Gaben, für jedes Kind, für mich. Ich war unfähig, irgendetwas auszupacken. Es gab nur dieses überströmende, jauchzende, alles andere unwichtig machende Gefühl:

Du bist nicht tot!

Du bist da, es war alles nur ein Alptraum!

Ich kann dich wieder anfassen, deine Stimme hören, mit dir lachen, lieben, planen, reisen – einfach wieder lebendig sein.

Als ich aufwachte, spürte ich noch einen Augenblick dieses rauschhafte Glücksgefühl deiner Nähe. Ich tastete nach dem Bett neben mir – leer.

Und wieder stürze ich, stürze ins Dunkel der unerbittlichen Gegenwart..

20 1963

Die Zeit verflog. Eben war es noch Sommer, und schon mussten sie die wenigen Gartenmöbel in den Keller räumen. Wurden die Wintersachen ausgepackt. Der Weihnachtsbaum gekauft, geschmückt und zum Sperrmüll gestellt, weil auch Weihnachten schon wieder vergangen war. Im Januar schneite es, und Hannah hörte die Kleine von der Nachbarin schimpfen: „Schon wieder muss ich auf das Balg aufpassen“, womit sie ihre kleine Schwester meinte. Und sie schwor sich, dass Sarah dies niemals würde sagen müssen.

Es war in den ersten Januartagen, dass Hannah fluchend an ihrem Esszimmertisch saß: „Nein! Das ist unmöglich! Das glaub ich einfach nicht!“ Sie hatte Lust, die Vase vor ihr gegen die Wand zu schleudern. Tat es nicht, starrte auf die Testprobe in ihrer Hand. „Warum mache ich überhaupt einen Test? Ich weiß doch eh gleich, wenn ich wieder schwanger bin“.

Sie stand auf, hob Nora aus ihrem Laufställchen: „Fünf Monate bist du gerade geworden. Und nun schon wieder!“ Mit dem Kind auf dem Arm ging sie ans Telefon und wählte Georgs Nummer. Das tat sie eigentlich nur, wenn irgendetwas passiert war wie damals, als Ken aus dem Stockbett gefallen war und sich eine große Platzwunde am Kopf zugezogen hatte. Wohl aus diesem Grund reagierte Georg erschreckt, als er ihre Stimme erkannte: „Ist etwas, Hannah?“

„Ob etwas ist? Ja, allerdings, ich bin mal wieder schwanger“.

Zuerst hörte sie gar nichts, dann Georgs Stimme: „Oh Gott, Hannah, nein!“

„Nicht oh Gott! Wir sollten eher sagen oh Georg, oh Hannah!“, ohne dass sie es wollte, fing sie an zu weinen. „Georg, ich kann nicht mehr! Wir sind wahnsinnig, einfach nur wahnsinnig“.

„Schatz, bitte beruhige dich. Ich mache früher Schluss, wir verbringen heute den Nachmittag zusammen“.

‚Das macht es auch nicht ungeschehen’, wollte Hannah antworten, aber irgendwie tat ihr Georg wieder leid. ‚Ich bin genauso verantwortlich wie er. Also spiel dich nicht auf!'

Laut sagte sie ins Telefon: „Lass nur, Schatz, ich muss rennen, die Kinder müssen vom Kindergarten geholt werden“. Und bevor sie einhängte, tröstete sie Georg noch: „Irgendwie wird es schon gehen. Irgendwie schaff ich es“.

Als sie zum Kindergarten lief, vorsichtig, damit sie auf der schneeglatten Straße nicht ins Rutschen kam, dachte sie: ‚Warum bekomme ich so viel und so leicht Kinder? Etwa weil ich glaube, allein nicht angenommen zu werden? Dass mich Georg nur im Doppelpack lieben kann?'

Sie musste über ihren Ausdruck lachen, dabei war ihr wirklich nicht zum Lachen zumute. Und wie sie es schaffen würde, was sie Georg so großartig versprochen hatte, wusste sie auch nicht. Aber hatte sie mit dem „Doppelpack“ nicht Recht? Hatte er sie nicht damals erst in sein Leben eingeplant, als sie mit Sarah schwanger war? Er würde ihr wohl nie mehr das Gegenteil beweisen können. Oder doch? Übernahm er nicht genauso viel Verantwortung für seine große Familie wie sie, wenn auch auf andere Art? Verzichtete nicht auch er, wenn er statt Betriebswirtschaft lieber Musik studiert hätte?

‚Das ist doch nicht mit meinem Leben vergleichbar!' Wütend stampfte Hannah mit dem Fuß auf, so dass Nora sie mit großen Augen anschaute. ‚Schau nicht so, es ist doch auch etwas anderes. Dein Papa kann beruflich nach wie vor alles machen, wozu er Lust hat, selbst wenn es nicht Musik ist. Aber schließlich hat er sich nach seinem Abitur ja auch nicht für Musik entschieden, also war sie ihm nicht so wichtig. Das können wir doch nicht mit meinem Leben vergleichen oder? Er hat täglich neue Aufgaben, neue Herausforderungen'.

Sie ging langsamer, noch hatte sie fünf Minuten Zeit, bis die Kinder abgeholt werden mussten. Überlegte: ‚Hab ich denn nicht auch Herausforderungen? Schließlich erziehe ich die nächste Generation. Ist das weniger wichtig als für eine pharmazeutische Firma Statistiken zu erstellen?'

‚Hannah, mach dir doch nichts vor, das denkst du doch nur mit dem Kopf. Schau dir doch mal deine Arbeiten an, sie sind tagtäglich die gleichen. Niemals sieht man je einen Erfolg, oder gar ein Ende. Im Gegenteil, wenn du glaubst, endlich alles erledigt zu haben, ist es in Minutenschnelle wieder so, als hättest du nichts gemacht. Nur-Hausfrau! Der Begriff sagt doch schon klar genug, wie wenig diese Arbeit respektiert wird. Mein Leben besteht nur aus dem Erledigen von Arbeiten. He,' sie lachte auf; ‚ich erledige mein Leben, ist das vielleicht nichts!?', und sie wusste, dass dieser Spott nicht lustig, sondern nur schmerzhaft war.

Georg kam an diesem Tag tatsächlich schon um 14 Uhr nach Hause und meinte: „Hannah, du machst dir heute einen völlig freien Nachmittag. Geh zum Friseur, geh in die Stadt, kauf dir irgendetwas, unternimm was, das dir Freude macht. Ich komme schon mit den Kindern zurecht".

Erstaunt nahm Hannah sein Angebot sogar an, zog sich ihr einziges gutes Kleid an, und machte einen Termin bei einem teuren Friseur in der Stadt, den sie sich eigentlich nicht leisten konnte. Heute war es ihr gleichgültig. Sie brauchte dringend einen flotten Haarschnitt. Lachend sagte sie zu Georg, bevor sie die Tür hinter sich zuzog. „Ich lasse mir einen tollen Haarschnitt machen. Bis die Leute dann in einigen Wochen meinen Kopf bewundert haben, bin ich schon an ihnen vorbei, und sie haben meinen dicken Bauch gar nicht gesehen!"

„Na ja, bis dahin dauert es ja noch eine Weile", ging Georg auf ihren Scherz ein.

Es war ein so sorgloser Nachmittag. Sie ging in ein Geschäft für Umstandskleidung und Babywäsche, suchte sich ein schickes neues Kleid aus, auch wenn sie beim Kauf dachte: ‚Komm ich eigentlich jemals aus diesen Klamotten wieder raus?'

Genoss es, dass man sie beim Friseur wegen einer neuen Frisur beriet, als wäre sie die Chefsekretärin bei irgendeinem hohen Vorstandsmitglied. ‚Warum eigentlich nur Chefsekretärin, warum nicht Vorstandsmitglied', begehrte sie einen Augenblick lang auf, tat den Gedanken als zu hoch gegriffen schnell wieder ab. Sie ließ sich die Haare kurz schneiden und dachte: ‚Hannah, du gefällst mir!'

Sie ging durch die Goethestraße, blieb vor eleganten Geschäften stehen, genoss die Blicke der vorübergehenden Männer, ein kleiner Flirt mit den Augen gab ihr ein Hochgefühl, wie sie es schon lange nicht mehr empfunden hatte. Bei Kranzler gönnte sie sich eine Tasse Kaffee und war froh, dass das Umstandskleid in eine neutrale schwarze Stofftasche gepackt worden war. Heute wollte sie einfach einmal jemand anders sein, sich völlig ungebunden fühlen. Ein Blick auf die Uhr brachte sie allerdings ziemlich schnell in die Gegenwart zurück, die Arbeit mit den Kindern wollte sie Georg doch nicht so lange allein überlassen.
Als sie die Haustür aufschloss, schlug ihr nicht nur der Gestank nach Frau Fritzens Sauerkraut entgegen, sie hörte auch schon im Treppenhaus das jämmerliche Gebrüll von Sarah. Aufgeregt stürzte sie in die Wohnung. Georg stand hilflos vor dem Bügelbrett: „Ich wollte dir ein bisschen Arbeit abnehmen, aber Sarah hat sich am heißen Eisen verbrannt". Auf dem Bügelbrett stand ein Glas mit Whisky, und an Georgs glänzenden Augen erkannte sie, dass die Aufgabe, einige Stunden auf vier kleine Kinder aufzupassen, anscheinend nicht ohne Alkohol zu schaffen war.
Ken hatte alle Spielsachen im Kinderzimmer verteilt, Nora heulte in ihrem Laufstall und Laura saß auf dem Boden und schaute mit großen Augen in dieses Chaos, sie konnte so leicht nichts aus der Ruhe bringen. Hannah versorgte Sarahs Brandwunde, zog sich danach das schicke Kleid aus, schlüpfte in Hose und Pulli, verdonnerte Ken zum Aufräumen, gab Nora ihr Fläschchen und nahm Laura auf den Arm, die ihr mit beiden Händen durch die neue Frisur fuhr. Georg war sie noch nicht einmal aufgefallen...

Die Schwangerschaft verlief alles andere als normal. Im fünften Monat erkrankte Hannah an Gelbsucht und sollte für sechs Wochen ins Krankenhaus.
„Das geht nicht!", weinte Hannah. „Wer soll sich in der Zeit um Nora kümmern?"
Die Mutter hatte sich sofort bereit erklärt, Sarah, Ken und Laura zu sich zu nehmen. Die Sorge um Nora überstieg

ihre Kräfte. Bang fragte sich Hannah: „Waren nicht schon drei kleine Kinder zu viel Belastung für die Mutter? Sie war doch auch schon 53? ‚Hab ich wirklich je gedacht, sie würde mich nicht genügend lieben?' Was hatte sie alles auf sich genommen, um ihr, Hannah, immer wieder zu helfen. Wenn sie nur an die langen Monate des gemeinsamen Wohnens dachte, spürte sie eine ungeahnte Zärtlichkeit für die Frau, die sich so sehr bemühte, jedem Menschen vorzumachen, dass sie glücklich sei. Nur ihr vieles Umräumen verriet sie und ihre ständige Suche nach einer Möglichkeit, ihr Leben irgendwie zu ändern. ‚Ob sie noch immer heimlich von Georg träumt?', fragte sich Hannah. Aber es war ihr nicht mehr wichtig.

Vom Kindergarten, in den Sarah, Ken und Laura gingen, bekam Hannah die Adresse von Pflegeeltern. Es kam zu einem ersten Treffen und Hannah fand Herrn und Frau Schneider sehr sympathisch. „Wissese, unser Rent ist so klan, da bessern wir se mit dem Uffpasse uff so klane Wärmscher halt e bisje uff".

Rasch fasste Hannah zu der dicklichen Frau Schneider und ihrem Mann, der eher wortkarg daneben stand, Vertrauen. Die Wohnung war blitzsauber, für ein Kind war ein freundliches Kinderzimmer eingerichtet mit Spielzeug, bunten Zeichnungen an den Wänden und hellen Vorhängen vor den Fenstern. Aber das Wichtigste war für Hannah die Güte, die Frau Schneider ausstrahlte. Hier würde es Nora gut ergehen.

Doch als der Dienstagnachmittag kam, an dem Hannah Nora abliefern sollte, dachte sie, das Herz müsste ihr vor Schmerz stehenbleiben. Schon auf dem Weg zur Heerstraße, wo Schneiders in einem Dreifamilienhaus wohnten, hatte sie Nora nicht aus den Armen gelassen, auch wenn Georg mit dem leeren Kinderwagen und einem Köfferchen voll Wäsche für die Kleine neben ihr herging. Sie presste ihr Gesicht in die duftende Wäsche Noras, das Kind sollte ihre Tränen nicht sehen. Dennoch schien es zu spüren, dass etwas nicht so war wie immer. Schon den ganzen Morgen war Nora unruhig, hatte viel geweint und überhaupt nicht geschlafen.

„Sie fühlt, dass ich sie einfach weggebe", schluchzte Hannah.
„Das kann gar nicht sein, sie ist noch viel zu klein. Und du gibst sie nicht weg, Hannah", versuchte Georg zu trösten. Auch ihm war das Herz schwer. Seit dem Anruf Hannahs, bei dem sie ihm gesagt hatte, dass sie wieder schwanger war, konnte er ein vages Schuldgefühl nicht loswerden. Er wollte doch auch nicht, dass seine Frau jedes Jahr ein Kind zur Welt bringen sollte. Er hatte vor ein paar Tagen mit seinem ehemaligen Schulkameraden Dr. Hamm, Hannahs Frauenarzt gesprochen, der ihm erklärte, dass es nicht sehr viele Frauen gäbe, die zweimal einen Eisprung hätten, aber bei Hannah sei das der Fall. Die herkömmliche Knaus-Ogino Methode war bei Hannah sinnlos, da für ihre Empfängnisbereitschaft andere Zeiten galten. Und das hatten sie nicht gewusst.
Zärtlich legte er den Arm um Frau und Tochter: „Es sind ja nur ein paar Wochen. Ich verspreche dir, ich gehe so oft wie möglich zu den Schneiders, Nora wird fühlen, zu wem sie gehört. Aber jetzt geht es eben nicht anders".
Hannah schaute ihren Mann von der Seite an und dachte: ‚Etwas wird langsam anders zwischen uns. Ich habe manchmal so viel Zorn auf ihn und möchte es gar nicht. Ob er überhaupt nachvollziehen kann, was das heute für mich bedeutet? Mein eigenes Kind in fremde Hände geben, weil sich niemand um die Kleine kümmern kann.'
Frau Schneider hatte den Kaffeetisch gedeckt, aber als sie Hannah sah, meinte sie in ihrem gestelzten Hochdeutsch: „Gehen sie lieber gleich, machen wir den Abschied so kurz als möglich, sonst wird es für sie und das Kind unerträglich". Sie nahm Nora in ihre dicken Arme, der Kleinen fielen von all den Aufregungen des heutigen Tages schon die Augen zu. Hannah bemühte sich, ihre hilflose Traurigkeit zu verbergen, umarmte Frau Schneider und Nora, es mischte sich der Geruch des Kölnisch Wassers der Frau mit dem Duft der Kleinen. Es war wie ein Zeichen, Nora war aufgenommen, hatte sich in die fremde Umgebung eingefügt. Rasch lief Hannah die Treppen hinunter, wartete nicht auf Georg, wollte keinen Trost. Es

gab keine tröstenden Worte. Es war ihr Kind, das sie bei fremden Menschen lassen musste, ihr Kind...
Am nächsten Morgen fuhren sie ins Krankenhaus, wo Hannah in ein Fünfbettzimmer kam. ‚Vier fremde Menschen, Tag und Nacht!' Vor lauter Entsetzen hätte sie beinahe vergessen, sich bei den kranken Frauen vorzustellen. Sie spürte die gleiche verzweifelte Unsicherheit, die sie schon als kleines Mädchen empfunden hatte, wenn sie irgendwohin kam, wo sie fremd war. Sie wollte sich an Georg klammern, ‚nimm mich wieder mit, bitte, bitte', aber er sprach bereits mit der Ärztin, die so wütend auf Georg war, dass sie ihn regelrecht anschrie: „Wollen Sie Ihre Frau eigentlich umbringen? Wenn sie noch einmal schwanger wird, kann keiner mehr für ihr Leben garantieren. In knapp sechs Jahren fünf Kinder, was haben Sie sich eigentlich dabei gedacht? Noch nie was von Verhütung gehört?"
Hannah unterbrach das Einräumen ihrer Nachthemden in den ihr gehörenden Schrank und sah die Ärztin entgeistert an: „Aber Frau Doktor, dazu gehören immer zwei!"
„Meinen Sie, das wüsste ich nicht. Ich frag sie noch einmal, haben Sie nie etwas von Verhütung gehört? Wenn Ihr Mann schon nichts macht, dann nehmen wenigstens Sie die Pille".
‚Warum eigentlich immer ich!' dachte Hannah erschöpft, nachdem sie endlich im Klinikbett lag, die ersten Untersuchungen überstanden waren und keinen anderen Wunsch mehr hatte, als zu schlafen.
Am nächsten Sonntag war Muttertag, alle Frauen bekamen den Besuch ihrer Männer, Söhne oder Töchter, die Nachttische quollen über von duftenden Fliedersträußen und kleinen Geschenken, nur Hannah blieb allein. Frau Schubert aus dem Nebenbett regte sich am Abend, als aller Besuch wieder gegangen war, furchtbar auf: „Wenn jemand den Muttertag verdient, dann Sie. Warum kommt niemand zu Ihnen?"
Hannah wusste, dass Georg am nächsten Tag wieder auf eine der Apothekenbesuchsreisen gehen musste und heute wahrscheinlich seine Zeit mit den Kindern verbringen wollte, deshalb verteidigte sie ihren Mann: „Ich finde,

Muttertag muss immer sein oder nie, ich mag solche Extratage nicht, die sind bloß Geschäftemacherei". Und dachte gleichzeitig: ‚So empfinde ich doch nicht wirklich. Ich hätte auch so gern Muttertag, möchte genau wie andere Frauen an diesem bestimmten Tag verwöhnt werden'. Erinnerte sich daran, wie sie schon kurz nach Sarahs Geburt so getan hatte, als käme es ihr auf diesen Tag überhaupt nicht an. Sie konnte das Gefühl nicht loswerden, dass sie einen Muttertag nicht verdiente...

Damals hatte Georg ihre Ablehnung dieses Tages zufrieden registriert, ohne weiter darüber nachzudenken. Er meinte nur: „Ich mach auch lieber irgendwann im Jahr Geschenke und nicht an einem von der Wirtschaft dazu bestimmten Tag". Und Hannah blieb mit dem Gedanken zurück, ‚siehst du, dein Gefühl stimmt, du verdienst diesen besonderen Tag eben nicht'.

Frau Schubert schenkte ihr an diesem Abend einen von ihren vielen Sträußen, es waren rotgelbe Tulpen – die Blumen, die Hannah schon als kleines Mädchen besonders geliebt hatte und die immer auf ihrem Geburtstagstisch standen. Tulpen, Geburtstag und Frühling, das war wie ein wunderbarer tiefer Atemzug.

Im September kam Ulrike auf die Welt. Hannah bekam bei Dr. Hamm ein Privatzimmer, weil er meinte: „Das Wochenbett ist bestimmt die einzige Zeit, wo Sie ein wenig Ruhe haben". Im Grunde hatte er gar nichts gegen Hannahs Kindersegen, er war sehr katholisch und dachte wohl, dass Georg aus dem gleichen Grund für den Fortbestand der Gesellschaft sorgte. Aber Georg meinte nur lachend: „Nein, ich bin nicht katholisch, mir macht es einfach nur Spaß".

Einige Wochen nach Ulrikes Geburt fing Hannah an, die Pille zu nehmen. Daraufhin bekam sie eine so schwere Unterleibsentzündung, dass Dr. Hamm ihr die „Pille" für immer verbot. Wütend zerriss Georg einen Brief, in dem die pharmazeutische Firma Hannah aufforderte, noch einen weiteren Versuch zu machen, bisher seien solche Nebenwirkungen bei niemandem beobachtet worden. „Sollen die sie doch nehmen", schimpfte Georg und trug

seine Frau vom Bett ins Bad, da sie vor Schmerzen nicht laufen konnte.
„Hannah, was sollen wir nur tun? Es ist schon beschissen, immer müsst ihr alles aushalten, Schwangerschaft, Geburt und nun auch noch die Verhütung. Warum erfinden die aber auch keine Pille für den Mann?"
Vorsichtig legte er Hannah wieder ins Bett, sie war so schmal geworden, nachdem sie in einer Woche fast fünf Kilo abgenommen hatte. Er schaute nach Ulrike, die jämmerlich zu schreien begonnen hatte. Wechselte ihr die Windeln, gab ihr das Fläschchen, das Hannahs Mutter warm gemacht hatte und setzte sich mit dem Kind auf Hannahs Bettkante. „Liebes, ich war einfach nur ein mieser Egoist. Das wird anders, versprochen. Wir werden keine Kinder mehr haben".
Hannah war gerührt von Georgs Selbstvorwürfen, zart strich sie über seinen Arm: „Wir werden eben alles versuchen, um ab jetzt wirklich aufzupassen. Hauptsache, wir sind wieder alle zusammen". Und sie lauschte auf die Geräusche aus dem Kinderzimmer, wo Sarah, Ken und Laura spielten, der Laufstall von Nora stand neben der Kinderzimmertür, damit sie sich nicht ausgeschlossen fühlte und neben Hannahs Bett stand das Babybett von Ulrike.
Einige Wochen später kam Georg ziemlich niedergeschlagen nach Hause. „Hannah, hast du einen Augenblick Zeit?"
Hannah blickte ihn erstaunt an. Wie gut sie ihn kannte, es musste etwas sein, was ihn wirklich bedrückte, wenn er so ernst war: „Gibt es Schwierigkeiten bei der Arbeit?"
„Nein, es ist etwas anderes. Ich hatte dir ja versprochen, dass es... nun, dass wir keine weiteren Kinder mehr haben werden".
„Ja und, bist du schwanger", versuchte Hannah zu scherzen.
„Das wär mal was oder? Aber im Ernst - ich hatte heute einen Termin beim Urologen, ich wollte dir noch nichts davon sagen, erst mal abwarten, was er vorschlägt. Danach hätte ich selbstverständlich mit dir gesprochen".
„Und warum warst du beim Urologen?"

„Ich wollte wissen, wie es mit einer Sterilisation ist“.
„Was? Du willst dich sterilisieren lassen?“ Hannah war ehrlich verblüfft. Doch plötzlich dachte sie, ‚das wäre die ideale Lösung, ich habe die Verantwortung für die Schwangerschaften übernommen, nun will er die Verantwortung dafür übernehmen, dass wir keine Kinder mehr haben werden’.
Voller Bewunderung blickte sie auf ihren Mann, sie fand seinen Schritt ungemein mutig. „Und was hat der Urologe gesagt? Hast du einen Termin? Bei Männern ist das ja nur ein kleiner Eingriff“.
„Stimmt! Aber der Urologe meinte, das sei einem Mann seelisch nicht zuzumuten, damit würde er nicht fertig“.
Schwer ließ sich Hannah auf einen Stuhl sinken! Männern nicht zumutbar! Nur langsam konnte sie die Ungeheuerlichkeit dieser Aussage fassen. Sie hatte sich bestimmt verhört, meinte: „Das... das ist jetzt nicht dein Ernst!“
„Doch...“ Georg schluckte, fragte zögernd: „Und... und wenn er Recht hat? Wenn unsere Ehe wirklich darunter leidet? Wenn du in mir nicht mehr denselben Mann siehst wie bisher?“
„Das ist der größte Schwachsinn, den ich je gehört habe. Hat er denn gesagt, dass du danach impotent wärst?“
„Nicht direkt! Aber völlig beruhigen konnte er mich auch nicht“.
Hannah erhob sich, ging in die Küche und bereitete Ulrikes Flasche vor. Enttäuscht sagte sie nur noch: “Wenn du dich fürchtest, lass es halt nicht machen. Wir finden schon einen anderen Weg“.

21 1964

Georg arbeitete nun schon zwei Jahre bei den Amerikanern und während er sein Studium aufgeben musste, weil er keine Zeit mehr dafür fand, keimte in Hannah allmählich ein Gedanke. ‚Wenn ich tatsächlich nicht mehr schwanger werde und meine Arbeit gut organisiere, könnte ich doch...', sie wagte fast nicht, den Satz zu Ende zu denken. Sie überlegte hin und her, erwog jedes Für und Wider, versuchte, ihre Arbeit so einzuteilen, dass sie wenigstens zwei freie Stunden am Tag hätte.

Eine Woche, nachdem ihr der Gedanke zum ersten Mal gekommen war, sprach sie mit Georg. Wie immer waren die Kinder schon gebadet, hatten bereits ihren Schlafanzug an und zu Abend gegessen, blieben noch auf, um ihrem Vater Gute Nacht zu sagen. Jetzt saßen die drei „Großen" am Esszimmertisch und betrachteten Bilderbücher, während Nora und Ulrike schon schliefen. Hannah schenkte ihrem Mann einen Whisky ein, bevor sie sich neben ihn setzte. „Georg, wenn ich... wenn ich meine Arbeit ganz toll einteile, könnte ich doch versuchen, das... das Abitur nachzumachen". So, jetzt war es raus!

Georg schaute sie erstaunt an: „Für was brauchst du denn das Abitur?"

„Ach, es ist weniger der Abschluss, als...", wieder zögerte sie. Ob er sie auslachen würde? Sie kniete sich zwischen seine Beine, stützte die Arme auf seine Oberschenkel und schaute ihm von unten gespannt und ein wenig verunsichert ins Gesicht. „Vielleicht könnte ich doch noch Germanistik und Journalistik studieren. Findest du das sehr närrisch von mir?"

Sie sagte nicht, dass sie davon träumte, irgendwann mit Schreiben anzufangen. Schon mit zehn Jahren hatte sie ihre erste kleine Geschichte geschrieben. Sie war so voller Worte, stummer und lauter, bunter und ernster Worte, leichter und fliegender Worte, Worte mit ihrem eigenen Leben, die sie durchströmten, seit sie bewusst denken konnte. Sie waren etwas ungeheuer Lebendiges, auch wenn sie in den letzten Jahren nie Zeit für sie gefunden hatte. Und doch bedeuteten die wenigen Male, wenn sie mit diesem Reichtum spielen konnte, wenn sie spürte,

dass sich in ihr überraschende Bilder aus Gedanken und phantastischen Einfällen zu Sprache formten, wundervolle Fluchtpunkte in ihrem Alltag.
Georg zog Hannah neben sich aufs Sofa: „Liebes, natürlich sollst du das machen, wenn dir so viel daran liegt. Du brauchst doch nicht meine Erlaubnis".
‚So hab ich es eigentlich auch nicht gemeint', wollte Hannah einwenden, aber sie sagte es nicht laut, sondern räumte nur ein: „Na ja, leicht wird es nicht. Aber wenn man etwas wirklich will...".
„Tu es, tu es auf jeden Fall, auch wenn ich mir nicht vorstellen kann, wie du das auch noch machen willst", und er deutete mit dem Kopf zum Esszimmer, wo sich Sarah und Ken gerade heftig stritten, während Laura vor lauter Schreck das volle Glas Milch umgestoßen hatte.
Ungeachtet des Lärms im Nebenzimmer sagte Hannah: „Erinnerst du dich an die Zeit, als Sarah ein paar Monate alt war? Damals bügelte ich noch nachts um elf Uhr ihre Babywäsche, heute teile ich meine Arbeit ganz anders ein. Vielleicht – vielleicht kann ich es wirklich schaffen!"
„Mut hast du schon immer gehabt, probier es halt einfach", und Hannah genoss die Bewunderung, die in Georgs Stimme schwang.
Spät in der gleichen Nacht stand sie vor dem Spiegel, musterte sich kritisch von oben bis unten und erinnerte sich an den Abend damals in Bad Wiessee, als sie in ihrem kargen Zimmer genauso vor dem Spiegel gestanden hatte. ‚Damals wollte ich wissen, ob ich begehrenswert war, begehrenswert für Georg, auch wenn ich mir das erst sehr viel später eingestand. Und heute? Heute frag ich mich, ob ich für Träume vielleicht schon zu alt bin?' Zornig stampfte sie mit dem Fuß auf: ‚Hannah, du wirst erst 27, da liegt dir doch noch die Welt zu Füßen!'
Als Frau hatte sie jedenfalls ihr „Soll" erfüllt. Die leise Stimme, die rebellisch aufbegehrte: ‚ist Gebären ein „Soll", das eine Frau zu erfüllen hat', brachte sie gleich energisch zum Schweigen. Für eine Antwort war sie sich viel zu unsicher. Außerdem, was hatte ihr Wunsch überhaupt mit dem Alter zu tun? Es ging nicht nur um ihren Traum, es war auch Auflehnung gegen die Vorstellung: ‚wie meine

Nachbarin – Putzen, Einkaufen, Kochen, Waschen, Bügeln, Kinder versorgen'. Es musste einfach noch mehr geben'.
„Hättest du dir das nicht vorher überlegen können? Ich verstehe Georg nicht, warum habt ihr überhaupt so viel Kinder? Warum habt ihr nie aufgepasst?" wagte die Mutter einzuwenden, aber Hannah schnitt ihr ungeduldig das Wort ab: „Ich wollte auch so viele Kinder". Dann tat ihr ihre Schroffheit leid und sie lachte die Mutter an: „Erinnerst du dich nicht, dass ich schon mit sechs Jahren viele Kinder wollte!"
„Und weißt du auch noch, warum?", fragte die Mutter.
Hannah tröstete Laura, die hingefallen war, hob zum zwanzigsten Mal das Spielzeug auf, das Nora aus dem Laufstall geworfen hatte und schreiend reklamierte, und versuchte gleichzeitig, Ulrike die Flasche zu geben.
„Natürlich erinnere ich mich noch daran. Ich wollte so viele Kinder, um sie zu verhauen. Ziemlich pervers, ich muss damals eine unwahrscheinliche Wut auf meine Geschwister gehabt haben", zärtlich strich sie Ulrike das dünne Haar aus der Stirn.
„Weißt du, dass du mit dem Schreiben meinen Traum erfüllst? Ich habe mich aber nie getraut, ihn Wirklichkeit werden zu lassen" sagte die Mutter leise.
„Mutter, ich kann nicht deine Träume erfüllen, ich kann nicht dein Leben leben. Das musst du schon selbst tun".
„Bist du nicht sehr hart?"
„Ich glaube nicht", und Hannah fügte nicht hinzu, ‚wenn mein Schreiben die Erfüllung deines Traumes wäre, würde ich keine Zeile aufs Papier bringen. Er gehört mir, mein Traum, nur mir...'

22 1964

Fast zwei Jahre wohnten sie nun schon in ihrer kleinen Wohnung. Im Kinderzimmer, vor das Hannah ein Brett angebracht hatte, damit die Kinder dort ungefährdet spielen konnten, während sie ihrer Arbeit nachging, standen zwei Stockbetten, Sarah und Ken schliefen in den oberen Betten, Laura und Nora in den unteren. Wenn Hannah mit drei Babyflaschen im Arm über das Brett stieg, warfen Laura und Nora das, was sie gerade in Händen hielten, sofort weg, legten sich auf den Rücken, Hannah steckte jeder ihre Flasche in den Mund, danach gab sie Sarah und Ken ihr Essen und fütterte im Kreis der trinkenden und essenden Kinder Ulrike. Abends, wenn sie nacheinander alle fünf in die Badewanne setzte, eines nach dem andern abseifte, abtrocknete, Schlafanzüge anzog, fragte sie sich schon manchmal, woher sie nur die Energie nahm, jeden und jeden Tag all ihren Aufgaben gerecht zu werden. Und plötzlich war es ihr, als sei die Kraft ein Fluss, der aus ihr heraus und in ihre Arbeiten hineinfloss. Auch wenn sie, nach nur fünf Stunden Schlaf, der häufig genug noch in den Krankheitszeiten der Kinder unzählige Male unterbrochen wurde, manchmal dachte, ‚ich schaff das einfach nicht mehr, ich bin nur noch müde', war doch immer eine ihr unerklärliche Sicherheit in ihr, dass sie nicht an dem Zuviel ihres Alltags zerbrechen würde.
Sie hatte mit ihrem Fernlehrgang fürs Abitur angefangen, und die Tage, wenn im Briefkasten die großen Umschläge aus Hamburg lagen, wurden zu ihren persönlichen Feiertagen. Zitternd vor freudiger Erregung öffnete sie diese Briefe, las die Benotung ihrer eingesandten Arbeiten, studierte die neuen Aufgaben, und konnte es kaum erwarten, sich abends, bevor Ulrike die letzte Flasche bekam, hinzusetzen, um sich die Lösungen zu überlegen.
Hatte sie gedacht, durch die neue Stellung wäre Georg nun abends öfter zu Hause, so hatte sie sich gründlich geirrt. Seine Hauptaufgabe bestand darin, Apotheken in ganz Deutschland zu besuchen und sie für die statistischen Erhebungen anzuwerben. Diese Fahrten dauerten oft zwei und mehr Wochen und aus dem Alleinsein war ein Gefühl von Einsamkeit geworden.

War er wieder einmal in Frankfurt, veranstaltete sie manchmal bei ihnen zu Hause ein Abendessen mit seiner attraktiven Chefin Dr. B. und ein paar seiner anderen Kollegen. So auch heute. Während sie die Tischdecke zum dritten Mal bügelte, damit sie faltenfrei wäre, belegte Brote zurechtschnitt, Gläser blank rieb und Namensschilder an die einzelnen Plätze stellte, ärgerte sie sich über ihre Aufgeregtheit. ‚Wer ist denn diese Dr. B. schon? Die kann einfach keine Gefahr für Georg sein! Er hat die Kinder und er hat mich!'
Sie hielt mitten in der Bewegung inne: ‚Was heißt hier Gefahr für ihn, eher wohl für mich! Sind wir, die Kinder und ich, ihm wirklich genug? Die B. ist schön, sie ist ungebunden, sie hat keinen Stall voll Kinder!' Wehrte sich gleichzeitig gegen die eigenen Gedanken: ‚Was soll das? Schließlich sind es unsere Kinder, Georg ist an ihnen genauso beteiligt wie ich'.
Doch waren das nicht alles nur Vernunftgründe, die ihre vagen Bedenken keineswegs ausschalteten?
Einmal erzählte ihr Georg, dass Dr. B. krank sei und er sie besucht habe. „Hast ihr hoffentlich auch Blumen mitgebracht", fragte Hannah spöttisch, während ihr gleichzeitig das Herz bis zum Hals hinauf hämmerte.
Er aber antwortete sehr ernsthaft: „Was glaubst du denn, schließlich weiß ich, was sich gehört'.
‚Mir schenkst du nie Blumen', wollte Hannah sagen, aber sie war ja auch nie krank.
Eines Tages fand sie in einer seiner Jackentaschen die Rechnung eines Blumengeschäftes über 12 Rosen. ‚Hannah, bist du eigentlich blind! Die meiste Zeit verbringt er mit ihr! Dich sieht er immer nur abgehetzt und umgeben von schreienden Kindern, dreckigen Windeln, Gemüsebrei und und...!'
Sie musste mit ihm reden!
‚Aber ich habe Angst davor. Morgen spreche ich mit ihm, ganz sicher morgen oder vielleicht auch erst übermorgen!'
Eines Abends kam Georg von der Arbeit nach Hause und meinte herumdrucksend: „Hannah, die B. hat mir einen Vorschlag gemacht!"

Hannah befreite gerade Ulrike von ihrer stinkenden Windel: „Und - was will sie", sie wusste, dass ihre Stimme nicht sehr freundlich klang, aber wenigstens sollte er nicht merken, dass ihr plötzlich die Knie zitterten.
„Sie hat gemeint, na ja, sie sagte..".
„Nun red schon, Georg, was hat sie denn gesagt".
„Sie schlug mir vor, ich mit meiner Erfahrung und sie mit ihrem Geld – nun, wir könnten doch ein Käserestaurant eröffnen. Nur einfach viele Sorten Käse anbieten und dazu einen guten Wein und verschiedene Brotsorten. Das macht nicht so viel Arbeit und würde bestimmt ein Erfolg".
Hannah merkte, dass Georg erleichtert war, endlich von seinen Zukunftsvorstellungen gesprochen zu haben, während sich in ihr alles zusammenkrampfte. ‚Jetzt muss ich reden! Aber... wenn ich übertreibe, wenn meine Befürchtungen nur Einbildung sind?'
Heftiger als notwendig zog sie Ulrike den Nachtstrampler an, nahm das Kind hoch, damit es nach der letzten Flasche noch aufstoßen konnte. Am liebsten hätte sie ihrem Mann die stinkende Windel von Ulrike hingehalten und ihn angeschrieen: ‚Hier hast du dein Käserestaurant, das stinkt mir genauso wie diese Windel'.
Statt dessen nahm sie all ihren Mut zusammen, um völlig ruhig zu erscheinen und wandte sich Georg zu. „Du kannst wählen zwischen dem Käserestaurant und mir!" Scheinbar gelassen legte sie Ulrike in ihr Gitterbettchen, holte danach die Hefte und Bücher des Fernlehrgangs hervor, während sie innerlich vor Entsetzen bebte. Hatte sie mit diesem Ultimatum nicht wahnsinnig übertrieben? Sie hatte ja überhaupt keinen Raum für eine Aussprache gelassen.
Es wurde nie wieder darüber gesprochen, und Dr. B. war kein Thema mehr. Obgleich Hannah nicht wusste, ob ihn die Aussicht, mit fünf Kindern allein zu bleiben – was sie eh nie gemacht hätte – zur Vernunft gebracht hatte oder seine Liebe zu ihr. Sie fragte nicht.

23 *1964*

Es war im April. Der Frühling kam dieses Jahr besonders früh und Hannah saß mit den spielenden Kindern in ihrem kleinen Gartenstück und versuchte, die Gliederung für einen Aufsatz über die Judenverfolgung in deutschen Städten zur Zeit der Kreuzzüge abzufassen, als Georg erstaunlich zeitig aus der Firma kam. Er holte sich und Hannah ein Bier aus dem Kühlschrank, setzte sich zu ihr auf die gepflasterte Terrasse und meinte nachdenklich: „Mr. Grossman kam heute mit einem tollen Angebot zu mir".

Hannah schaute zärtlich zu ihrem Mann. Sein Haar war mittlerweile von unzähligen silberweißen Strähnen durchzogen – sie erinnerte sich daran, wie sie vor etwas mehr als 6 Jahren gedacht hatte, sie seien gefärbt. Eine Welle von Glück stieg in ihrem Innern auf, ein Gefühl, das im Magen anfing und ihr die Luft abpressen wollte und sie zu überschwemmen drohte. Wie hatte sie nur je an ihrem Mann zweifeln können. Nein, eigentlich hatte sie ja nicht an ihm gezweifelt, es war diese Frau, diese Dr. B., die so gar keinen Hehl aus ihrem Flirt mit Georg gemacht hatte. Es war richtig gewesen, dass sie selbst so entschieden reagiert hatte mit ihrer Ablehnung ihres absurden Vorschlags.

Sie stand auf, legte Georg die Arme um den Hals, sog seinen Geruch nach Zigaretten, Rasierwasser und Haut ein. Sie liebte diesen Mann, sie liebte ihn mehr als damals in Bad Wiessee und dachte an das Wort: ich liebe dich mehr als gestern, aber weniger als morgen. Dieser Satz gab genau ihr Gefühl wieder. Sie beobachtete die Kinder, die in dem kleinen Sandkasten, den Georg ihnen gebastelt hatte, spielten, blickte auf Ulrike, die im Laufstall lag und schlief und war glücklich.

„Was wollte er denn von dir, dein Amerikaner".

„Er hat mir angeboten, die Produktion unserer Statistiken zu übernehmen".

„Weltweit?"

„Hm, schon!"

„Mensch Georg, großartig! Das bedeutet mehr Leute für dich, du wirst entlastet und wahrscheinlich auch mehr

Geld bekommen, was..., na, du weißt ja selbst, üppig haben wir es bestimmt nicht".
Warum zögerte er so? Da gab es doch noch etwas, das er sich nicht getraute, zu sagen. „Nun sag schon, Georg, wo ist der Wermutstropfen in dieser Nachricht".
„Er möchte die Produktion nach Madrid, also nach Spanien verlegen".
„Nein! Georg, das geht nicht. Wir haben fünf Kinder, wir haben endlich eine eigene Wohnung und... und", sie wusste überhaupt nicht mehr, was sie sagen sollte.
„Ich hab mir schon gedacht, dass du nicht damit einverstanden sein wirst. Nun gut, ich spreche mit ihm". Sie unterhielten sich noch stundenlang über Spanien, über ein Leben in Madrid. Hannah spürte Georgs Wunsch, das Angebot anzunehmen, konnte sich aber einen nochmaligen Umzug einfach nicht mehr vorstellen. Andererseits – wie konnte sie Georgs Karriere im Weg stehen? Und wieder einmal dachte sie, er gibt für die Familie auch viel auf.
In der Nacht lag sie noch lange wach. ‚Hinter Nürnberg beginnt der Balkan', hatte ihr Vater öfter spöttisch gesagt. Auch wenn sie darüber nicht lachen konnte, hatte sie doch plötzlich das Empfinden, dass hinter den Pyrenäen nun tatsächlich ein unbekanntes Niemandsland begann, mit dem sie nichts, aber auch gar nichts verband.
‚Wo ist denn all meine Abenteuerlust geblieben? Persien, Isfahan – wie hatte sie sich von den Gedanken an goldene Kuppeln und Minarette, an den Gesang des Muezzins und den blauen Himmel über dem Morgenland verführen lassen, ohne Furcht vor Unbekanntem. Wie sehr hatte sie Georg zum Arbeiten in der Türkei überredet, Istanbul, Ankara – Namen, die so viel geheimnisvolle Fremdheit in sich trugen und sie dennoch nicht erschreckt hatten. Spanien – Madrid – warum hatte sie ausgerechnet hier dieses bedrängende Gefühl von Unsicherheit, konnte sich nicht vorstellen, dass die spanische Sprache, die fremde Kultur, das Land hinter den Pyrenäen zur Melodie ihres zukünftigen Lebens werden könnte?
‚Warum wohl?', meldete sich die andere, die vernünftige Stimme in ihr, ‚weil ich damals entweder für mich allein

verantwortlich war oder wir nur ein Kind, na gut, anderthalb Kinder hatten'.
Sie wälzte sich hin und her. Plötzlich bekamen nüchterne Überlegungen die Oberhand. Vielleicht könnte sie in Madrid Personal bekommen und käme dadurch mit ihren Studien viel schneller ans Ziel.
Spöttisch die sachliche Stimme mit ihren Gegenargumenten: ‚Und wie willst du in Spanien Germanistik studieren?'
‚Da gibt es schließlich auch Universitäten'.
‚Hannah, was soll das, aus Deutschland nach Spanien und dort Germanistik studieren'.
‚Das ist doch gar nicht das Problem. Georg bekommt eine Chance. die sich ihm so wohl nie mehr bieten wird. Er braucht für die pharmazeutischen Statistiken keine Apotheken mehr anzuwerben, damit hören die vielen Reisen auf. In Madrid wird er Chef von über 1000 Angestellten. Das bedeutet für ihn eine ungeheure Herausforderung und wirkliche Erfüllung im Beruf und für uns alle mehr Geld'.
‚Und die Kinder?'
‚Was heißt hier und die Kinder. In Madrid gibt es eine Deutsche Schule, hat mir Georg erzählt und einen Deutschen Kindergarten. Sarah wird im November sechs, also kann sie schon eingeschult werden, die andern kommen in den Kindergarten und vor allem, sie wachsen zweisprachig auf. Statt türkisch und deutsch, eben spanisch und deutsch'.
Die Nacht wollte kein Ende nehmen. Georgs Atemzüge neben ihr klangen ruhig und tief: ‚Ob er das Thema bereits für erledigt ansieht? Ob er sehr enttäuscht von mir ist?', war der letzte Gedanke, an den sie sich klar erinnerte.
Als um fünf Uhr der Wecker klingelte – Hannah stand immer eine Stunde vor der Familie auf, um sich morgens in Ruhe im Bad duschen, anziehen und ein wenig schminken zu können - nutzte sie heute die Zeit, da Ulrike noch nicht nach ihrer Sechsuhrflasche verlangte, und weckte Georg vor den Kindern, nachdem sie den Frühstückstisch gedeckt hatte.

Georg staunte über die frühe Uhrzeit, hatte sich aber schon angezogen und setzte sich zu seiner Frau an den Tisch.
Hannah schaute ihn herausfordernd an: „Du möchtest gern nach Spanien?"
„Es wäre ein enormer Aufstieg für mich".
„Gut! Und wann soll das sein?"
Er schaute sie entgeistert an: „Was, wie meinst du das, wann soll das sein".
„Du, das ist gar nicht so schwer zu verstehen... ich meine, wann sollen wir nach Madrid ziehen?"
„Soll das heißen... Hannah, du willst wirklich... du machst mit?"
„Na ja, allein lass ich dich gewiss nicht gehen", meinte sie lachend, als sie versuchte, trotz seiner stürmischen Umarmung noch atmen zu können.

Sind die Träume, die ich endlich von dir habe, Botschaften? Ich weiß es nicht, doch eigentlich kann ich sie gar nicht anders auffassen, monatelang kein Traum und nun? Und was ist mit meinem „Nichtglauben“, mit meiner Skepsis? Solche Gedanken passen doch überhaupt nicht zu mir! Leben nach dem Tod! Unsterblichkeit! Ich würde ja gern daran glauben, aber es ist so schwer. Zeigst du mir mit diesen Träumen ein „Jenseits“, das mein pragmatischer Geist bisher immer abgelehnt hat?
Ich weiß, es gibt keine sachlichen Erklärungen, aber ich kann diese traumhaften Erfahrungen nur als Botschaften von dir, als eine Begegnung mit dir erleben. Wo bist du, bitte, ich weiß nicht mehr, was ich glauben soll. Die Einsamkeit tut so schrecklich weh... und doch fühle ich mich von dir irgendwie geführt.
Wir saßen auf dem Podest unserer Treppe vorne am Haus. Unser wunderschönes Haus! Und erst die Gegend! Irgendwie hatte ich mich sofort in diese Landschaft verliebt. Sie drängte sich nicht auf, sie war einfach! Erinnerst du dich an den sonnigen Tag, als wir uns für das Grundstück entschieden? Der nächste Laden 7 km entfernt – das Krankenhaus, der Arzt ebenso, wir achteten nicht darauf. Gab uns vielleicht dieses Unbedachte ein Gefühl der Unsterblichkeit, dieses närrische, lebensvolle Gefühl, das allen Gegenargumenten trotzt! Und waren es deshalb mit die zehn schönsten Jahre unseres Lebens? Wir konnten auf so viel Gutes zurückschauen – trotz allem! Die Kinder vorbereitet auf eigenes Leben, ihnen mitgegeben, was wir fähig waren, zu geben. Und für uns Freiheit! Keine Verantwortung mehr, nur noch uns selbst gegenüber, keine Verpflichtungen, kein Muss. Ich erinnere mich an ein Telefongespräch, das du mit einem Kollegen aus dem Geschäft hattest. Jahrelang war dir seine Art nur Ärgernis. Und dann hörte ich, wie du am Telefon sagtest: „Herbert, ich bin in der wunderbaren Lage, mir meine Freunde auszusuchen, du gehörst jedenfalls nicht dazu“ und hast den Hörer ganz ruhig aufgelegt.
Ich komme ins Erinnern, dabei möchte ich den Traum noch einmal erleben, die Begegnung mit dir heute Nacht.

Der Blick von der Treppe schweift über unsere Straße, die Hausdächer, den Kirchturm, hier ist er immer noch das höchste Gebäude des Ortes. Am Horizont Wald und Wiesen und dazwischen diese kleinen Dörfer mit den schiefergedeckten Dächern. Heute konnte ich den Blick nicht genießen. Ich lag mit dem Kopf in deinem Schoß, deine Arme umschlossen mich.
„Komm, steh auf, Hannah“.
„Ich kann nicht. Ich habe nicht die Kraft dazu“.
„Doch du kannst, ich helfe dir. Du wirst sehen, dass es geht“.
„Nein, es hat doch eh alles keinen Sinn. Ich will nicht mehr, kannst du das nicht verstehen? Ohne dich – nein!“
Ich fühlte mich so geborgen in deiner Wärme, beschützt durch deine Arme, die mich hielten, umfangen von deinem Geruch. Du bist so lebendig und so nah, warum sollte ich irgendeine Anstrengung machen, diesen Schutz zu verlassen.
Aber du hast mich gedrängt, immer wieder: „Steh auf, du kannst es. Probier es einfach“.
Und ich stand auf! Warum? Wohin soll ich denn gehen?

25 1964

Im April brach Georg nach Madrid auf. Hannah begleitete ihn zum Flughafen, und es war wie damals, als er nach Brüssel fuhr oder von Ankara nach Deutschland flog. Das gleiche Empfinden von Leere, ein Abschiedsschmerz, der viel zu groß war für ein paar Wochen Trennung. Manchmal hätte sie so gern gesagt: ‚Ich bin noch nicht genügend erwachsen für solche Trennungen, ich fühle mich nicht stark genug, um mit den Kindern allein zu bleiben!' Es konnte so viel geschehen – fünf Leben hingen von ihr ab... Von der Besucherterrasse aus starrte sie dem Flugzeug nach, bevor sie sich auf den Heimweg machte, um die Mutter von den Babysitterpflichten zu befreien. ‚Warum halten mich alle für so stark! Keiner ahnt etwas von meiner Schwäche und niemand weiß, wie oft ich mich danach sehne, einfach nur verwöhnt und umsorgt zu werden'.

Als sie in der Bahn saß, die sie in die Frankfurter Nordweststadt bringen sollte, überlegte sie, dass sich durch Georgs Abwesenheit an ihrem Alltag überhaupt nichts änderte. Wegen der vielen Kurzreisen Georgs war sie fast ständig mit den Kindern allein. Also warum plötzlich diese Hilflosigkeit?

‚Jetzt sind es aber Monate', begehrte sie auf und wusste gleichzeitig, dass auch dieses Mal niemand etwas von ihrer Furcht ahnen würde. ‚Ich komme auch allein zurecht', dachte sie in einem Anflug von verzweifeltem Trotz. Sie merkte schnell, dass ihre Nächte nun noch kürzer und die Tage so angefüllt waren, dass sie manchmal dachte, für sie allein hätte sich die menschliche Zeiteinteilung geändert, ihr Tag hätte wesentlich mehr Stunden als die der anderen Erdenbewohner. Da war neben der nie endenden Arbeit im großen Haushalt noch die Umzugsvorbereitung. Wie leicht war es damals vor fünf Jahren gewesen, in die Türkei aufzubrechen. Nur ein Koffer mit Wäsche für Sarah und ein paar persönliche Dinge für sich und Georg, alles andere stand verpackt bei der amerikanischen Armee und wartete auf den Transport. Wobei es eigentlich ein Nichts an Sachen war, weil sie nur wenig besaßen. Jetzt war es völlig anders. Sie hatten zum ersten Mal eigene Möbel angeschafft, sie hatte nicht mehr ein

Kind, sondern fünf und daher auch fünfmal so viel Kleidung. ‚Man sollte eigentlich nichts haben als das, was man wirklich braucht und das ist wenig', dachte Hannah, als sie wieder eine Kiste mit Bett- und Tischwäsche und mit Wintersachen zunagelte.
Die Mutter half ihr oft beim Packen, obgleich sie es immer noch nicht fassen konnte, dass Hannah wieder so weit fortzog: „Ich kann die Kinder gar nicht aufwachsen sehen!", schluchzte sie. Hannah nahm die weinende Frau in den Arm und streichelte beruhigend ihren Rücken: „Mama, es ist ja nur für drei Jahre!"
„Das glaub ich nicht, bei euch kommt immer alles anders, als ihr plant".
‚Damit hast du allerdings Recht', dachte Hannah, aber das konnte sie unmöglich sagen. Sie wusste keinen Trost.
„Wenn wir jetzt den Führerschein machen, sind wir erst einmal viel öfter zusammen", versuchte sie die Mutter abzulenken, war sich allerdings nicht sicher, ob das trösten konnte, denn die Mutter hatte von der Trennung von den Enkeln gesprochen, nicht von ihr.
Es war ein spontaner Entschluss gewesen, als die Mutter ihr erzählte, dass sie noch den Führerschein machen wolle. ‚Warum kann ich das eigentlich nicht auch', fragte sich Hannah und meldete sich bei der gleichen Fahrschule an. In der Garage stand Georgs Auto, ohne dass sie es benutzen konnte. Jedes Mal, wenn etwas in der Stadt zu besorgen war, musste sie sich abhetzen, mit den Kindern überhaupt in eine Straßenbahn hineinzukommen. Stets die Horrorvorstellung, ‚die Bahn fährt ab, während ich noch versuche, Kinderwagen und Kleinstkinder in den Wagen zu schieben'. Also blieb sie fast nur zu Hause, was für die Monate, die vor ihr lagen, gewiss keine Lösung war. Georg sagte sie nichts von ihren Plänen mit dem Führerschein, sie wollte ihn überraschen.
Wenn die Kinder abends in ihren Betten lagen, wenn sie sogar noch die Kraft aufgebracht hatte, den einen oder anderen Lehrstoff durchzunehmen oder gar eine Aufgabe zum Verschicken nach Hamburg fertig gemacht hatte, blieb sie meist noch eine Weile regungslos im Dunkeln sitzen, unfähig, irgendetwas zu denken. Die Stille in ihrer

Wohnung wurde nur unterbrochen durch die Geräusche der Nachbarn. Von oben drang das Rauschen der Toilettenspülung, aus der Nachbarwohnung hörte sie verwaschene Klänge einer Heimatmusiksendung und irgendwo kläffte ein Hund. Es war ein beruhigendes Wissen, dass sie im Augenblick für nichts, das in ihr Bewusstsein drang, verantwortlich war. Bis ihre Gedanken wieder in ihre eigene Gegenwart eintauchten und sie versuchte, sich die Zukunft vorzustellen.

Spanien! Spärlich waren ihre Kenntnisse von diesem Land. Namen fielen ihr ein: Franco, Faschisten, Bürgerkrieg – die Pyrenäen waren in ihrem Geschichtsbewusstsein eine fast unüberwindliche Grenze gewesen.

Schriftsteller? Camilo José Cela, Cervantes - das konnten doch nicht die einzigen sein?

Musik? Fast hätte sie gepasst, dann fielen ihr Manuel de Falla und Isaac Albéniz ein, und die auch nur, weil sie sich seit jeher sehr für Musik interessiert hatte, spanische Musik ihr aber doch ferner war.

Bei der Malerei war es anders, da waren sofort Namen gegenwärtig: Goya oder Velasquez, Dali und Picasso, eingefangen in dicken schweren Büchern, die Georg schon als Schüler und später als Lehrling auf der Frankfurter Buchmesse billig erstanden hatte. Sie sah die Malereien vor sich: die Bilder des Schreckens und der Grausamkeit von Goya, sein Hexensabbat in Braun und Schwarz! Warum fielen ihr gerade diese Gemälde ein? Velasquez mit den Darstellungen der Prinzen und Prinzessinnen oder Picasso mit seiner *Blauen Periode*. Gewiss war ihr die Malerei nur durch Georg so viel vertrauter als andere Kunstrichtungen.

Sie erschauerte – wie wenig wusste sie von Spanien und sollte dort leben? ‚Aber was hatte ich damals von Persien, von der Türkei gewusst?' Ja, über die Türkei hatten sie gelesen, aber da war eine Neugier in ihr, eine Begeisterung und Abenteuerlust, die sie heute nicht spürte.

Warum nur? Wie oft hatte sie in den vergangenen Jahren gedacht, dass vorbei sei, was sich ihr jetzt wieder bot: die fremde Ferne, unbekannte Kulturen, Menschen, die anders waren als sie, geprägt durch ihre Geschichte und

Umgebung. War es nicht gerade das, was sie wollte? Herausforderung statt Gleichförmigkeit. Nein, sie konnte nicht in Worte fassen, was diesmal anders war. ‚Vielleicht ist es das Vierteljahr ohne Georg, das vor mir liegt'.
Er kam selten nach Frankfurt, neben der beruflichen Zukunft, die er sich in Madrid aufbaute, suchte er auch nach einer Wohnung für die Familie. Wenn er wieder in Frankfurt war, konnte er gar nicht aufhören mit Erzählen, er schwärmte geradezu von Madrid:
„In Madrid kannst du das Leben mit Händen fassen". Hannah lächelte ihn ungläubig an. „Doch, glaub mir, in den Straßen, auf den Plätzen, in den Bars, da ist ein Lebensgefühl, wie wir es nicht kennen, das irgendwie von innen kommt. Du kannst dir nicht vorstellen, wie großzügig Madrid erbaut ist. Breite Boulevards, Brunnen, Hannah, Brunnen, wie ich sie noch nie gesehen habe".
„Übertreibst du nicht ein wenig", meinte Hannah skeptisch, doch Georg ließ sich in seiner Begeisterung nicht stören. „Glaub mir, die Madrileños leben auf der Straße, ich meine wirklich leben. Kinos, Bars, Theater, bis spät in der Nacht flanieren die Menschen durch die Innenstadt, sitzen in Cafeterias, diskutieren, lachen, nebenbei entgeht ihnen keine schöne Frau, die vorübergeht. Ich habe noch nie so überfüllte Restaurants gesehen, dabei verdient der Spanier wesentlich weniger als wir. Allerdings sind die Preise auch viel niedriger, du wirst dich wundern, wie gut wir mit unserem Geld auskommen werden".
Und Hannah dachte: ‚Für ihn ist Madrid, ist Spanien das, was für mich Persien und die Türkei gewesen waren.'
Einmal fragte er beunruhigt: „Freust du dich denn überhaupt nicht auf Spanien, auf ein völlig neues Leben".
„Ach, Liebster, was heißt schon freuen, und was meinst du mit neuem Leben? Ich habe einfach keine Zeit dafür".
Und obgleich sie sich in diesem Augenblick langweilig und alt vorkam, bremste sie seine Begeisterung und erzählte ihm von ihrem Alltag mit den Kindern. „Sarah ist mir viel zu vernünftig mit ihren fünf Jahren. Sie glaubt, für ihre Geschwister verantwortlich zu sein, das muss ich irgendwie immer ausgleichen. Ken... „sie schwieg einen Augenblick, meinte noch: „Ken wäre ein perfektes Einzelkind. Er

braucht alle Aufmerksamkeit für sich. Und weil das nicht geht, erzwingt er sie sich eben".
„Wie macht er denn das", fragte Georg schmunzelnd.
„Wie? Gut, gestern zum Beispiel: Ich renne und hole die Kinder vom Kindergarten ab, gebe ihnen zu essen, danach lege ich alle für eine Stunde zum Mittagsschlaf, denn ich muss ja Ulrike die Flasche geben. Dazu hab ich gern ein bisschen Ruhe. Da fängt Ken an: ‚Bet mit mir'.
Ich bete abends mit den Kindern, mittags hab ich keine Zeit, also sag ich: ‚Nein, jetzt nicht, schlaf und lass deine Schwestern schlafen'.
‚Beeeet mit mir!'
‚Neieieinn, jetzt nicht'
Großes Geschrei: ‚Du sollst mit mir beten'.
Es war eine reine Machtprobe geworden. Klar hätte ich rasch beten können: liebergottmachmichfrommdassichindenhimmelkomm – aber morgen wäre ihm was anderes eingefallen, also – ‚nein es ist Mittagsschlaf und kein Abend, ich hab keine Zeit, jetzt bete ich nicht, schlaf!'
Mittlerweile brüllt Ulrike, weil sie Hunger hat. Da die Stunde fast vorbei ist, steck ich Ulrike die Flasche in den Mund, sie kann sie schon allein halten, und zieh Laura an. In der Zwischenzeit hat Nora an der Tomatensauce, die noch auf dem Tisch stand, genascht, die Schüssel ist runtergefallen, Nora ist von oben bis unten rot, also ins Bad mit ihr, abduschen, frisch anziehen. Ulrike ist so verdächtig ruhig! Nein! Sie hat die Flasche leer getrunken, anschließend ihr Windelpaket ausgezogen und untersucht neugierig dessen Inhalt, sie stinkt von oben bis unten, den Laufstall hat sie mit ihrem Kot braun gemalt, den muss ich später saubermachen. Ken heult, Sarah hat sich eingeschlossen, und Laura beobachtet alles mit ihrer stoischen Ruhe. Manchmal möchte ich gern wissen, was sie denkt.
Ich liefer die Kinder im Kindergarten ab, da meint Tante Erika ‚Sie haben's gut, sie brauchen nicht arbeiten zu gehen'. Zu deiner Beruhigung, ich hab sie nicht umgebracht". Hannah hielt atemlos inne.
„Hannah, Hannah hör auf, so kann es doch nicht jeden Tag sein?"

„Nein? Es kann noch viel schlimmer sein, jeder Tag ist irgendwie anders. Nora verschluckt eine Perle, Sarah fällt aus dem Stockbett, Ken skalpiert die Puppen seiner Schwestern, und außerdem sind die Kinder auch noch viel krank. Ulrike leidet immer noch unter den Folgen von Scharlach.
Das ist doch kein Vorwurf gegen dich", zärtlich strich sie ihrem Mann über den Arm, als dieser schuldbewusst etwas einwenden wollte. „Ich will dir bloß erzählen, wie mein Alltag aussieht. Und mit den Kindern malen, ihnen vorlesen oder mit ihnen singen möchte ich auch noch! Dabei…", sie zögerte, schluckte und meinte kleinlaut, „dabei fühle ich mich manchmal so schuldig, weil ich so wenig Zeit für jedes einzelne habe. Ich möchte, dass sie fühlen, wie wichtig sie mir alle sind. Keines soll irgendwie untergehen, nur weil es noch vier andere Geschwister hat. Aber manchmal schaff ich das einfach nicht!"
Unsicher blickte sie ihren Mann an, der nachdenklich von seinem Apfelwein trank. „Hannah, um Gottes Willen, entschuldige dich nicht auch noch. Es ist einfach alles viel zu viel für einen einzigen Menschen".
Aber Hannah war noch nicht beruhigt, ängstlich fragte sie sich, ‚interessierte ihn dieser eher immer gleiche Alltag, ihr Alltag überhaupt noch? Ging er nicht zielsicher seinen Weg und führte der nicht von ihr fort?'
Georg schien ihre Gedanken erraten zu haben, er nahm Hannah in den Arm: „Liebes, ich wollte mit keiner anderen Frau verheiratet sein".
Und sie fühlte sich beschützt durch seine Nähe, wollte fallen, tief hineinfallen in seine Wärme und Zärtlichkeit. Sie legte sich lang ausgestreckt auf die Couch, ließ die Müdigkeit in ihrem Körper zu, aber auch das Begehren. Sie wollte mit ihren 28 Jahren nicht nur die Ehefrau von Georg, nicht nur die Mutter seiner Kinder sein, sie war seine Geliebte, seine verbotenen Gedanken und seine wilden Sehnsüchte, sie wollte in seine Träume eindringen und all seinen Vorstellungen vom Zusammenleben und vom Lieben entsprechen. Sie fuhr mit ihren Fingernägeln seinen Rücken entlang – sein Körper war stark, braungebrannt und begehrenswert, und sie spürte den dunklen Wunsch, nur noch Lust zu sein und Lust zu geben.

Hannah betrat zum letzten Mal ihren winzigen Gartenplatz vorm Esszimmer. Im Zimmer hinter sich hörte sie Georg, der die Straßenkarten zusammenpackte, die sie selbst noch heute, an ihrem Abreisemorgen eifrig studiert hatten. Sie ließ ihren Blick wandern - in den Büschen, die in der kurzen Zeit, die sie hier wohnten, schon so hoch gewachsen waren, dass sie die Nachmieter gewiss bald vor neugierigen Blicken schützen würden, raschelte und zirpte es, im dichten Geäst nisteten Vögel. Von der nahen Straße gedämpft der Lärm eines Motorrades. In der gegenüberliegenden Siedlung standen die Fenster der Wohnungen offen, um die warme Morgenluft herein zu lassen. Eine Frau mit Lockenwicklern im Haar schüttelte das Staubtuch aus, in einer anderen Küche trank ein Mann im Stehen wahrscheinlich noch rasch einen Kaffee, bevor er zur Arbeit aufbrach. Sie liebte es, sich Geschichten zu den einzelnen Bewohnern auszudenken, vor allem abends, wenn die Fenster beleuchtet waren. War es Langeweile, die in die Wohnungen einzog, Streit oder waren es ruhige Gespräche? Vielleicht Musik? Liebe... mit ihrer Wollust und der Schamlosigkeit leidenschaftlichen Wünschens?
Sie vertrieb die Vorstellungen, erinnerte sich an kühle Herbstmorgen, wenn die kleinen Vorgärten dunstverhangen vor sich hinträumten und Einzelheiten nur langsam aus dem Nebel heraustraten. Sie vermeinte die übermütige Freude ihrer im Sandkasten spielenden Kinder zu hören, Sonnenlicht auf blonden oder roten Haaren, ausgelassenes Lachen schien noch in der Luft zu schweben, in der Luft, in der sie baden möchte.
Jetzt waren die wenigen Gartenmöbel auch verpackt, die Fahrer des Möbelwagens waren am frühen Morgen in Richtung Spanien aufgebrochen. Die Kinder hatten sie ebenfalls untergebracht. Sarah und Ken für einige Wochen im Kinderheim, Laura, Nora und Ulrike bei den Großeltern. Die Mutter würde im August die Kinder einsammeln und sie per Flugzeug nach Madrid bringen. Ob das nicht zu anstrengend war – fünf kleine Kinder und die Mutter allein mit ihrer Flugangst und der Verantwortung?

„Es gibt doch Stewardessen, mach dir keine Sorgen“. Sie hatte Mut – ihre Mutter.
„Kommst du?“ Georg war hinter sie getreten, legte den Arm um sie. „Traurig?“
„Nein, nur ein wenig wehmütig und ... vielleicht auch ängstlich“.
Sie drehte sich ihm zu, legte die Arme um seinen Hals, schmiegte ihr Gesicht an seine weiche Wange, murmelte: „Ich liebe dich, ich liebe dich so sehr“.
Eng umschlungen lauschten sie dem Glockenschlag, achtmal, erst weit weg, plötzlich ganz nah. Sie genoss den Klang der Glocken, fühlte sich als Teil ihres Dröhnens, spürte das Zittern in der Morgenluft.
„Ich freue mich auf die paar Tage mit dir allein“, Georgs Stimme an ihrem Ohr.
Die Freude ging auf sie über, plötzlich war da nur noch Aufbruchslust und Neugier und Ungeduld. Sie ließen sich nicht los, wollten den andern spüren, seine Wärme, seine Nähe, als könnten sie diese letzten Minuten in ihrer Wohnung nur so und nicht anders erleben. Doch wenn sie heute noch irgendwo ankommen wollten, mussten sie aufbrechen.
Mit einem dumpfen Ton schloss die Wohnungstür – zum letzten Mal.
„Wir fahren sehr gemütlich“, versprach Georg, „Wir haben Urlaub, Liebes, wirklich Urlaub und sind endlich einmal allein, nur du und ich“. Und sie wusste, was er sagen wollte. Sie lehnte den Kopf an seine Schulter. Schaute auf die vorüber gleitende Landschaft. Noch waren die Straßen vertraut, zwischen Waldstücken tauchten kleine Kirchtürme auf, rote Ziegeldächer, auf den Wiesen frisch gemähtes Heu. Hügel rückten näher, entfernten sich, der morgendliche Berufsverkehr war nicht mehr so dicht, sie kamen schnell vorwärts, sprachen wenig, fieberten dem Neuen entgegen.
In Saarbrücken stiegen sie in einem Viersternehotel ab: „Die Firma hat mir einen Reiseetat zur Verfügung gestellt“, meinte Georg, als er Hannahs erschrockenes Gesicht sah, die sich nicht vorstellen konnte, wie von ihrem kleinen Einkommen das alles bezahlt würde: dieses Hotel mit

seinen Glasveranden, dem herrschaftlichen Treppenaufgang und dem eifrigen, in blauem Livrée steckenden Hausboy, der sie, beladen mit ihrem kleinen, nur für die Reise gepackten Koffer, zum Aufzug geleitete.
Am Abend saßen sie auf der Terrasse, Kerzen auf weiß gedeckten Tischen, ihr Licht vereinte sich mit der lauen Luft des Sommerabends, und Hannah verspeiste genüsslich die erste Forelle ihres Lebens, kunstgerecht zerlegt von Georg.
„Ich habe nie geahnt, dass Essen ein Fest sein kann, Verpflichtung und Notwendigkeit ja, aber Sinnlichkeit und Freude?“ Sie lächelten, herber Weißwein in kristallenen Gläsern, die leise aneinander klangen, als sie auf ihre Zukunft tranken.
„Ich bin verliebt wie in der ersten Zeit unseres Kennenlernens“, stellte Hannah zärtlich fest.
„Es wird alles noch einmal anders, völlig neu“, Georg umschloss ihre Hände mit seinen warmen Fingern und sie glaubte ihm.
Am nächsten Tag Paris... Seit sie lesen konnte, war für Hannah Paris etwas Besonderes, immer etwas nie Erreichbares, als läge die Stadt auf einem anderen Stern. Jetzt wäre sie so gern ausgestiegen, möchte durch die Straßen laufen, am Ufer der Seine sitzen, Kieselsteine ins vorbei fließende Wasser werfen, barfuss die Champs-Elysée entlanggehen, sich vorstellen, in den eleganten Läden von Dior und Coco Chanel einzukaufen, sich in großen Schaufenstern spiegeln, staunend vor den Bildern im Louvre stehen.
Sie hatten nur einige Stunden in dieser Stadt ihrer Träume, parkten in einer verwinkelten Gasse eines unbedeutenden Vorortes, kauften frisches Weißbrot und Käse, Hannah atmete tief ein – Pariser Luft, sie wollte sich die Lungen, jede Zelle damit füllen, wenn sie schon sonst nichts mitnehmen konnte.
„Wir kommen wieder“, versprach Georg, als sie versuchte, sich jede Einzelheit, jede Kleinigkeit der Straßen, Häuser, der verstaubten Bäume am Chausseerand, der spielenden Kinder in Hinterhöfen tief einzuprägen. Diesmal glaubte sie Georgs Worten nicht. Wer sollte denn bei den

Kindern bleiben? Sie würde wohl noch lange nie verreisen können...
In Tours – einer hässlichen Stadt mit einem leeren Morgenhimmel, die ihnen überhaupt nicht gefiel - übernachteten sie, wie sie erst später merkten, in einem der besten Hotels Frankreichs. „Damit ist unser Reiseetat fast erschöpft“, stellte Georg ernüchtert fest, und sie kauften sich ein Stück Käse, das sein Alter ausschwitzte, dazu saftige Birnen und Rotwein. Sie setzten sich auf der endlos gerade erscheinenden Strecke bei Bordeaux auf einen Parkplatz, genossen die Wärme und ließen sich Zeit mit ihrem einfachen Mahl, das besser schmeckte als das köstlichste Menü in jedem Luxusrestaurant, wie Hannah feststellte, als sie sich auf der Decke nach hinten fallen ließ und ihr Gesicht der Sonne darbot, bis sie hinter den geschlossenen Lidern bunte Kreise und Kringel sah. „Können wir uns nicht hier in der Sonne lieben“, murmelte Hannah, gab diesen Wunsch aber sehr schnell auf, als auf ihren einsamen Parkplatz ein kleiner VW-Bus fuhr, der eine Familie mit vier Kindern ausspuckte.
Als sie in Irun die Grenze passierten, schrie Hannah entsetzt auf. „Das können die doch nicht machen!“ Die blühende, grüne, hügelige Landschaft tot, erschlagen mit unzähligen riesigen Reklametafeln – Werbung für Zigaretten, für Cognac, für Autos, für Coca Cola, für für...
„Das kann einfach nicht wahr sein!“, ereiferte sich Hannah. „Wie kann man eine Landschaft so vergewaltigen!“
Nein, der erste Eindruck ihres neuen Gastlandes war nicht dazu angetan, die überspielte Ungewissheit, die sie seit dem ersten Gespräch über Spanien spürte, zu vertreiben.
Sie erreichten San Sebastian, wo es regnete. Hannah musste lachen, als sie die Menschen vom Strand in nahe gelegene Bars und Cafeterias flüchten sah, mit ihren Badetüchern über den ohnehin nassen Haaren.
„Die kommen doch sowieso vom Schwimmen, warum schützen sie sich so ängstlich vorm Regen?“
„Von oben ist das Wasser eben nicht so angenehm“, stimmte Georg in ihr Lachen ein.
Das Meer sah düster aus, weit draußen hob sich ein weißes Segel gegen den grauen Himmel ab. Und in den zahl-

reichen Bars und Cafeterias warteten die Menschen darauf, dass die Sonne wieder herauskäme. Sie ließ auch nicht lange auf sich warten, und als Hannah und Georg ein Hotel für die Nacht gefunden hatten, machten sie sich auf, die Stadt zu erkunden.

Sie zogen durch die Altstadt, bestaunten den Fischmarkt, wo Hannah ihre erste Begegnung mit Muscheln und Schnecken hatte. Um nicht zickig zu erscheinen, versprach sie Georg, auch eine von den winzigen Schnecken zu versuchen, die er in einer kleinen Tüte wie Nüsse oder Bonbons erstanden hatte. „Ich zeig dir zuerst, wie man die isst".

Gespannt verfolgte Hannah Georgs Tun. Zu den Schnecken hatte die junge Fischverkäuferin eine Stecknadel dazugegeben. Georg nahm so ein winziges Schneckengehäuse in die Hand und angelte mit der Nadel nach dem versteckten Schneckenkörper. Lang gezogen und dünn hing er an der Stecknadel, um sich in Sekundenschnelle wieder zusammenzukringeln. „Und das steckst du in den Mund"? , fragte Hannah angewidert. „Klar, du wirst es ja auch gleich probieren", sagte Georg und spuckte etwas aus. „Und was war das?" „Das? Das war das Gehirn", und auch wenn Hannah wusste, dass Georg sie aufzog, war für sie das Schneckenthema ein für allemal erledigt.

Am Strand von San Sebastian spiegelte sich der Himmel blau in den lang hereinwogenden Wellen. Eben noch Wolkenverhangen, fegten ein paar Windstöße die jagenden Wolken hinweg. In weitem Bogen zog sich die Bucht bis zu einem fernen Schloss und Georg erklärte ihr, dass vor Francos Zeit die spanischen Könige dort ihre Sommer verbracht hätten.

Hannah wurde hineingezogen in die Sommerstimmung. Der Sandstrand wimmelte bereits wieder von Menschen, die kurz zuvor vor dem Regen geflohen waren. Aus einem Kessel stieg Rauch auf. Als Hannah näher trat, sah sie einen Mann, der in diesem Kessel Maronen röstete. Ein anderer, über und über mit Luftballons behängt, schritt bedächtig über den Strand, die bunten Farben der Ballons als reizvoller Gegensatz zum Blau des Himmels und zum weißen Sand.

Behutsam machte sich in Hannah die Gewissheit breit, dass sie in diesem Land leben wollte.
Doch noch hatten sie 500 km auf schmalen Landstraßen vor sich, bevor sie sich Madrid näherten. Sie fuhren durch die wild zerklüftete Sierra de Somosierra und schon 50 Kilometer vor Madrid sagte Georg dauernd: „Gleich wirst du Madrid sehen!" Hannah lachte über seine Ungeduld und wunderte sich über die Weite der Landschaft, die sich baumlos und braun verbrannt in einsamer Schönheit darbot. Fern am Horizont Berge und Hügel, an manchem Gipfel hing wie verloren eine kleine weiße Wolke.
Sie erreichten Madrid - und es war alles so, wie Georg es beschrieben hatte. Hitze empfing sie, Polizisten, die mit gellenden Pfeifen den Verkehr regelten, uralte Taxis und verbeulte Autos auf breiten Straßen und Boulevards. Jedes Auto schien irgendwann einen Unfall gehabt zu haben, und niemand kümmerte die Reparatur der eingedrückten Türen, zerschrammten Kühler oder Kofferräume. Georg fuhr die Generalissimo entlang, in der Mitte der breiten Allee sechs Fahrbahnen, begrenzt von Baumreihen und links und rechts davon noch einmal je zwei Fahrbahnen, obgleich die Mitte für den wenigen Verkehr ausgereicht hätte. An der Plaza de Correos die einzige Ampel der Stadt, in der Mitte des Platzes ein Brunnen, gekrönt von der Fruchtbarkeitsgöttin Cibeles und seitlich vom Platz ein Postamt, das in jedem kleinen Ort Deutschlands als Schlösschen hätte durchgehen können.
Sie bogen in die Calle de Alcalá. ‚Das ist der schönste Boulevard, den ich je gesehen habe', dachte Hannah. Durch die Bögen der Puerta de Alcalá reichte der Blick bis weit in die Innenstadt, auf einzelnen Prachtbauten spiegelte sich das Sonnenlicht in den goldenen Körpern der Statuen eines Prometheus oder eines weit die Flügel ausbreitenden Engels. Am liebsten hätte Hannah das Auto stehenlassen, um gleich den ersten Eindruck dieser Stadt mit allen Sinnen in sich aufnehmen zu können.
Gleichzeitig drängte alles in ihr zum Weiterfahren, sie war so gespannt auf das Haus, das Georg für die Familie gefunden und von dem er ihr noch nicht viel erzählt hatte.

Von der Alcalá fuhren sie in die Hermosilla, der Anfang dieser Straße elegant und gepflegt, am Ende reihten sich kleine Billigläden, Obstgeschäfte, ein Markt, Bars und eine Cafeteria.
Mit einem erstaunten Blick auf ihre Uhr fragte Hannah: „Ist heute ein Feiertag in Spanien? An den Geschäften sind die eisernen Rollläden heruntergelassen, an allen Fenstern in den Wohnungen die Läden geschlossen!“
„Siestazeit“, erklärte ihr Georg, „da ist alles geschlossen, und du wirst schwerlich einen Spanier auf der Straße sehen“. Es stimmte, die Gassen und Straßen waren menschenleer, nur ein alter Mann, bewaffnet mit einem riesigen Schlüsselbund, bewegte sich im Schatten der Hauswände.
„Das ist unser Sereno. So was ähnliches wie Nachtwächter. Der Spanier nimmt prinzipiell keinen Hausschlüssel mit. Wenn er – gleichgültig zu welcher Tages- oder Nachtstunde - nach Hause kommt, klatscht er in die Hände, und dann eilt der Sereno herbei und schließt ihm seine Haustür auf“.
Hannah kam aus dem Staunen nicht heraus, meinte allerdings: „Ich möchte aber gern meinen eigenen Hausschlüssel“.
Absichtlich sehr langsam nahm Georg die Kurve zur Coronel Blanco, einer kleinen Straße mit zweistöckigen Einfamilienhäusern mitten im Zentrum von Madrid. Abgetrennt durch eine Schranke und bewacht von einem zweiten Sereno.
„Im Haus hatte die Besitzerin die Wände grasgrün streichen lassen. Ich hab angenommen, dass dir so etwas Schrilles nicht gefällt“.
„Und was hast du gemacht“.
„Alles abwaschen und in Weiß streichen lassen“.
Doch Hannah hatte ihm kaum mehr zugehört. Sie stand überwältigt vor dem schmiedeeisernen Tor eines weißgrünen zweistöckigen Hauses. Hinter dem Tor ein großer Hof, der zu einer Garage führte und hinter dem Gebäude... Sie rannte durch den schmalen Gang zwischen Haus und Garage und stand in einem großen Garten!

„Georg, ein richtiger Garten mit Bäumen und hohen Mauern!“ Sie lief von Baum zu Baum, berührte die Rinde der Tanne, zählte laut: „Ein Apfelbaum! Und ein Quittenbaum, ein bisschen verkrüppelt, aber so schön. Und was ist das für einer?“
Georg lachte: „Ich weiß es auch nicht, deshalb hab ich ihn einfach Tamarinde getauft“.
„Also eine Tamarinde und hier der Feigenbaum“, sie drehte sich zu Georg um, der sie lächelnd beobachtete. Sie lief weiter, blieb vor einem Lorbeerbaum stehen: „Nie hätte ich gedacht, dass ich für meine Linsensuppe nur in den eigenen Garten gehen muss, um ein Lorbeerblatt vom Baum zu pflücken. Georg, liebster Georg... es ist traumhaft, es ist so wunderschön“. Sie liebte Bäume, hatte sie schon immer geliebt, mehr als Blumen. Ein Garten mit Bäumen, bisher nicht einmal im Traum vorstellbar.
Georg war hinter sie getreten, legte beide Arme um seine Frau: „Deine Freude ist so ansteckend, Schatz. Aber erschrick nicht, wenn du ins Haus kommst“.
Hannah konnte sich nicht vorstellen, dass es heute irgendetwas geben könnte, was sie erschreckte. Als sie allerdings den Malerdreck in Grasgrün und Weiß sah, der die Böden der einzelnen Zimmer bedeckte, hielt sie doch einen Augenblick die Luft an. Aber es war nicht ihre Art, sich vor Arbeit zu scheuen. Also begannen sie und Georg noch am gleichen Tag sich Zimmer für Zimmer vorzunehmen. Dazwischen lief sie immer wieder zu ihrem Mann: „Liebling, wie viel Platz! Sarah und Laura können sich ein Zimmer teilen, Nora und Ulrike zusammen im andern Zimmer und für Ken gibt es sogar noch einen kleinen Raum für ihn allein“.
Georg küsste seine Frau auf die farbverschmierte Nase, lachte und meinte: „Und wir brauchen unser Schlafzimmer nicht mehr zu teilen!“
Und das war nur der erste Stock. Im Parterre gab es ein Wohnzimmer, eine riesige Diele und ein richtiges Esszimmer. Die große Küche, von der ebenfalls eine Treppe in den Garten führte, war durch zwei Türen vom Wohnteil und dem großen Souterrain, wo noch einmal drei Räume und ein winziges Bad ausgebaut waren, abgetrennt.

„Warum denn die beiden Türen, als hätte der eine Teil nichts mit dem andern zu tun?“, fragte Hannah verwundert.
„Normalerweise haben die Spanier Hausangestellte, deren Reich ist die Küche und das Souterrain, und das muss schon ziemlich von dem Wohnteil der Herrschaft getrennt sein“, Georg wischte gerade den Boden der Küche.
„Wenn du Herrschaft sagst, muss ich lachen. Das klingt ja nach Feudalsystem“.
„Ein bisschen stimmt das für Spanien auch. Entweder du bist reich oder arm, dazwischen gibt es nicht viel mehr.“
„Nun, dann sind wir eben die Begründer des Mittelstandes“, lachte Hannah und machte sich wieder ans Putzen.
Als zwei Wochen später die Mutter mit den Kindern angereist kam, erwartete sie ein blitzsauberes, weißes Haus mit grünen eisernen Fensterläden. Über dem Eingang blühten unzählige blassrosa winzige Rosen, und im Garten hatte Georg eine rote Schaukel mit zwei Sitzen in den Boden zementiert, gemeinsam hatten sie einen Sandkasten gezimmert und eine alte Badewanne, die irgendein Vorbesitzer im Garten „entsorgt“ hatte, in die Erde als winzigen Pool für die Kinder eingelassen. Außerdem hatte die Sekretärin von Georg Hannah eine Putzhilfe vermittelt, Angelina kam nun dreimal wöchentlich, und Hannah konnte es kaum fassen, endlich Hilfe zu haben.
Die drei Wochen mit der Mutter vergingen viel zu schnell – Hannah kam aus dem Entdecken ihres neuen Lebens gar nicht mehr heraus, wollte alles mit Georg und, wenn er nicht da war, mit der Mutter teilen. Als sie zum Flughafen fuhren, meinte die Mutter traurig: „Hier habt Ihr es so schön. Auch wenn Ihr nur einen Vertrag für drei Jahre habt, Ihr kommt so bald nicht mehr zurück“. Sie ahnte nicht, dass sie Recht hatte mit ihrer Vorhersage...

27 *1964/65*

„Weißt du, was mir an dem Haus am besten gefällt?" Hannah hängte die Wäsche im Garten auf, Georg hatte sich auf die Schaukel gesetzt, trank einen Gin-Tonic und beobachtete die Kinder, die in der Badewanne planschten.
„Und das wäre?"
„Dass wir nur unter Spaniern leben!"
„Und ich dachte, du wärst viel lieber in der Nähe der Schule, wo die meisten Deutschen wohnen".
„Wenn ich unbedingt eine deutsche Umgebung haben möchte, was mach ich überhaupt in Spanien?"
„Schon wahr, aber noch können wir nur sehr wenig Spanisch, du könntest dich mit anderen Menschen unterhalten, es wäre nicht so weit bis zur Schule, alles Vorteile".
Hannah hatte ihre Arbeit beendet, sie setzte sich auf die zweite Schaukel, nahm Schwung und berührte mit ihren Füßen fast die Spitze der Tanne. „Und was soll ich in diesem Minideutschland?" rief sie Georg lachend zu. „Ich bin in Spanien, ich möchte die Sprache lernen, ich möchte dort leben, wo Spanier leben, Madrid ist...", sie hielt abrupt im Schaukeln inne und wandte sich Georg zu: „Madrid ist wirklich so, wie du es beschrieben hast. Es ist einfach umwerfend. Die breiten Straßen, die herrlichen Plätze, die Brunnen, die eleganten Geschäfte, das südländische Ambiente mit den vielen Menschen auf der Straße... in Madrid könnte ich mich glatt verlieben".
Georg lachte so laut, dass die Kinder erstaunt zu ihren Eltern gelaufen kamen. Hannah zog Laura auf ihren Schoß, winkte Ulrike in ihrem Laufstall zu, legte einen Arm um Sarah, während Nora sich an ihren Vater schmiegte und Ken versuchte, Georgs Schaukel in Bewegung zu setzen. „Du bist wirklich einmalig. Unglaublich, wie schnell du dich in fremde Länder einlebst, wie du unbekannte Kulturen direkt aufsaugst".
„Und, ist das ein Nachteil? Ich möchte mitten in Madrid leben, in Ankara, in Isfahan oder wo auch immer, nicht in irgendeinem deutschen Ghetto, sozusagen nur als Gast von außen an all dem Neuen und Fremden teilnehmen. Ich finde, das bin ich dem Land und meinen Gastgebern sogar schuldig. Oder siehst du das anders?"

„Ganz und gar nicht und ich vermisse Deutschland wirklich nicht. Leider muss ich in nächster Zeit wieder öfter dorthin".
Hannah erhob sich ernüchtert von der Schaukel: „Georg, du lässt mich zu viel allein".
Ein paar Tage später fragte Georg besorgt: „Wirst du eigentlich mit dem Geld auskommen, sehr viel mehr als in Deutschland ist es ja nicht?"
Hannah wusste, dass Georg das Haus beinahe nicht genommen hätte, weil es fast die Hälfte seines monatlichen Verdienstes kostete. Aber Hannah lachte ihn aus: „Und ob ich mit dem Geld auskomme. Ich kann dir gar nicht sagen, was das hier für mich bedeutet! Die Kinder können endlich laut lachen und toben, und ich habe sie nah bei mir, es ist fast wie ein Wunder für mich".
„Frankfurt war schrecklich für dich, stimmt's?"
„Die Wohnung wird mir noch in hundert Jahren als Alptraum im Schlaf erscheinen", lachte sie übermütig und rannte in den Garten, weil Nora die letzten Stufen der Küchentreppe hinuntergefallen war und ein erbärmliches Gebrüll anstimmte. Hannah nahm sie in den Arm, tröstete sie und dachte: ‚Das Haus und der Garten und alles – einfach nur schön, aber trotzdem wird sich für mich nicht sehr viel ändern. Alarmbereitschaft von morgens bis abends. Was soll's... irgendwie wird es schon gehen'.
Im September kam Sarah in die Deutsche Schule, die am entgegen gesetzten Ende von Madrid lag, im vornehmen Teil der Serrano, einer Prachtstraße mit Luxuswohnungen, eleganten Geschäften und sogar dem allerersten Supermarkt der Stadt, wo Hannah manchmal Kleinigkeiten kaufen konnte, die sie im spanischen Markt nicht fand. Doch das tat sie nur bei besonderen Gelegenheiten, sie musste das Geld, das Georg ihr gab, wirklich sehr genau einteilen, um Haus, Putzhilfe, Essen, Schulgeld und die Kleidung der Kinder bezahlen zu können.
Bei Sarahs Einschulung lernten sie die ersten Deutschen kennen, Diplomaten, Kaufleute, Lehrer und Susanne Brandtner, eine Frau, bei der Hannah dachte, ‚dich möchte ich näher kennenlernen'.

Dieser Wunsch war offensichtlich gegenseitig, schon bald lud Susanne Brandtner Hannah, bevor diese die Kinder von Schule und Kindergarten abholte, zu einem morgendlichen Glas Rotwein ein. Susanne war mit Robert verheiratet, einem Deutschen, der in Madrid geboren war, sie selbst lebte seit frühester Kindheit hier und zeigte Hannah Madrid und das spanische Leben aus Sicht der fast Einheimischen. Die Morgen endeten immer sehr beschwingt, die ein oder zwei Gläschen Wein gaben Hannah einen Kick, mit dem ihr die Arbeit scheinbar viel leichter von der Hand ging.
Mit der Zeit begann mit Brandtners für Hannah und Georg ein gesellschaftliches Leben, das sie bis dahin nicht gekannt hatten, obgleich Georg von der neuen Freundschaft nicht so begeistert war wie Hannah.
„Warum nur, die Frau ist doch Klasse?“, fragte Hannah bohrend.
Georg zuckte nur mit den Schultern: „Ich mag sie nicht sehr, alles ist bei ihr so aufgesetzt, irgendwie unecht“.
Hannah verstand ihn nicht. Da wollte er einerseits, dass sie Kontakt hatte, dass sie Menschen fand, mit denen sie sich unterhalten konnte und nun diese irrationalen Einwände.

Das Leben der Familie hatte sich mittlerweile in Madrid eingespielt, Sarah in der Schule, Ken, Laura und Nora kamen in den Deutschen Kindergarten, während Ulrike mit ihrem knappen Jahr noch zu Hause blieb. Hannah nutzte die freien Morgen, um an ihrem Abitur weiterzuarbeiten oder Madrid zu erkunden.
Was für eine Stadt! Eine Stadt, deren Mittelpunkt ein „Sonnentor“ ist! Da Hannah die Kinder in die Schule und den Kindergarten, anschließend Georg in die Innenstadt zu seinem Büro fuhr, packte sie manchmal morgens Ulrike und den Kinderwagen gleich mit ins Auto, parkte in einer der großen Tiefgaragen der Kaufhäuser des Zentrums und lief von der Puerta del Sol zur Plaza Mayor. Stand still in einem der Tore, die auf diesen herrlichen Platz führten, ließ die Schönheit der klassischen Gebäude und massiven Steinarkaden auf sich wirken, bewunderte die

vielen Balkons und unter den Arkaden die kleinen, typisch spanischen Geschäfte, Bars, Restaurants und Andenkenläden. Sie umkreiste den Platz, setzte sich in die Sonne vor eine der vielen Cafeterias, genoss den spanischen Café und die Wärme, kehrte danach zur Puerta del Sol zurück, dem alten Osttor der Stadt, von dem aus alle Straßen Spaniens gemessen werden. Die Puerta del Sol war zwar nicht der wirkliche Mittelpunkt des Landes, aber da dieser nur wenige Kilometer vor Madrid lag, reagierten die Spanier großzügig und verlegten ihn in ihre Hauptstadt.
Hannah liebte diesen intimen halbkreisförmigen Platz, an dessen geschwungener Seite symmetrische, gelbgraue Gebäude in fast klassischer Anmut standen, während auf der anderen Seite Regierungsgebäude versuchten, der Schönheit des Platzes zu schaden. Über diesen Bauten eine große Uhr, nach der sich in Spanien die Zeit richtete. Susanne erklärte ihr, dass sich in der Silvesternacht Tausende von Madrileños unter dieser Uhr versammelten, um bei den 12 Schlägen des neuen Jahres 12 Weintrauben zu essen. Wer mit jedem Schlag eine Traube hinunterschlucken konnte, hatte die Garantie auf Glück für das kommende Jahr.
Sie erzählte ihr aber auch, dass in den Gebäuden unter dieser Uhr die spanische Polizei eines ihrer Hauptgebäude hatte. Dieser Gedanke und die Vorstellung von Folter und Gewalt gaben den Gebäuden etwas Bedrohliches.
„Ist Franco eigentlich beliebt?“, fragte Hannah neugierig.
„Was heißt schon beliebt“, antwortete Susanne vorsichtig. „Niemand würde sich trauen, das Gegenteil zu behaupten. Hier bespitzelt jeder jeden, du kannst nie wissen, mit wem du gerade sprichst. Vertrau nur nicht deinem Sereno, der hat sogar Polizeigewalt und kennt jede Eigenart der Leute, die in den Straßen wohnen, durch die er geht“.
„Aber das ist doch schrecklich! Das ist ja eine Diktatur!“ Hannah dachte entsetzt an das dunkelste Kapitel ihres Landes, an die Diktatur der Gewalt, Brutalität und Unterdrückung. Sie hatte nie darüber nachgedacht, dass auch in Spanien Unfreiheit, Zensur und Verfolgung das Leben der vielen Andersdenkenden bestimmte. Sie fror plötzlich

trotz der Hitze, die über der Stadt lag, hatte nicht mehr auf die Antwort von Susanne geachtet, hörte nur noch:
„...natürlich eine Diktatur seit dem schrecklichen Bürgerkrieg, den die Faschisten unter Franco gewonnen haben“. Sie zögerte einen Augenblick, bevor sie fortfuhr: „Aber wir Ausländer merken nur wenig von der Politik. In den Nachrichten hörst du selten Politisches, dafür hast du umso mehr Sport, viel Fußball und Bilder von Franco, wie er kleinen Kindern den Kopf tätschelt oder irgendwo einen Stausee einweiht“.
„Und gab es da nicht einen König?“
„König Alfons XIII. hat eigentlich nie abgedankt, dafür ist er nach Portugal abgehauen. Wenn du es genau nimmst, ist Spanien heute eine Monarchie ohne König“.
„Und wer wäre der Nachfolger von Alfons?“
„Die meisten Leute hier glauben, dass es eines Tages Juan Carlos, der Sohn von Alfons wird. Warten wir's ab“.
Nur langsam drang Hannah in die Gebräuche des spanischen Lebens ein. Lernte die entlegensten Ecken der Stadt kennen. Die vielen Eindrücke, Erlebnisse, Fremdheiten, Gebräuche und Lebensbedingungen machten für Hannah und Georg jeden Tag in diesem ersten halben Jahr in Madrid zum magischen Abenteuer.
„Ich muss endlich die Sprache lernen“, jammerte Hannah, aber da musste sie wirklich Geduld haben. Während Georg das Geschäftsspanisch brauchte, lernte Hannah Wort für Wort in mühsamen Übungen: el plato – der Teller, la taza – die Tasse, la mesa – der Tisch. Manchmal dachte sie, ‚das lern ich nie' und doch wuchs ihr Wortschatz jeden Tag ein wenig, so dass sie sich schon ab und an - allerdings noch etwas mühselig - Nachbarinnen, Angelina oder auf dem Markt verständlich machen konnte.
An ihrem ersten Weihnachten in Madrid rief die Besitzerin des Hauses an und meinte: „Ich weiß ja, die Deutschen lieben Weihnachtsbäume. Aber bitte fällen sie nicht die Tanne im Garten“.
„Einen Baum fällen! Nie im Leben“, brachte Hannah entrüstet hervor, und sie machten sich auf die Suche nach einem Weihnachtsbaum. Wenige, sehr magere Tannen wurden auf der Plaza Mayor angeboten, ein Zugeständnis

an die Ausländer, die in Madrid lebten. Der Spanier feierte das Weihnachtsfest nicht mit Tannenbäumen, am Abend des 24. Dezember traf sich die Familie zu einem mehrgängigen, meist erlesenen Mahl, und die Bescherung der Geschenke war im Januar mit der Ankunft der Heiligen drei Könige.
Susanne schenkte Hannah die ersten Platten mit spanischen Weihnachtsliedern, die Kinder tanzten nach ihnen und Hannah und Georg dachten, das ist doch gar nicht weihnachtlich, viel zu laut und zu lustig. „Aber wo steht eigentlich geschrieben, dass Weihnachten ein trauriges Fest sei“, lachte Georg und schwang Sarah zu spanischen Rhythmen unter dem Tannenbaum herum.

„Nicht wieder! Nein! Nein! Das kann einfach nicht sein". Ulrike fuhr erschrocken in ihrem Laufstall zusammen und schaute entsetzt auf die tobende Mutter. Hannah sank erschöpft auf die Couch, und trommelte mit den Fäusten auf ein Sofakissen. „Ich glaub es nicht, ich glaub es einfach nicht".

Gleichzeitig schämte sie sich vor der Kleinen, stand auf, nahm Ulrike auf den Arm: „Verzeih, mein Mädchen, aber es kann doch einfach nicht sein. Es darf nicht sein. Jetzt hatten wir es doch scheinbar gepackt, du bist tatsächlich schon 15 Monate alt, wir waren so vorsichtig und jetzt?"

Sie barg ihr Gesicht an Ulrikes Körperchen, was die Kleine als Spaß empfand und jauchzend mit ihren Händen durch Hannahs Haar fuhr, während diese murmelte: „Ich bin schwanger, ich bin wieder schwanger. Ich habe Angst, verstehst du, ich habe so schreckliche Angst. ‚Keine Kinder mehr' hat die Ärztin gesagt, damals, als du geboren bist. ‚Die nächste Schwangerschaft überleben sie nicht', hat sie gesagt. Und jetzt?!"

Erst als Ulrikes Lachen in Weinen umschlug, kam Hannah zu sich und merkte, was sie der Kleinen antat. Sie zwang sich rasch zu einem Lachen, stellte Ulrike in den Laufstall zurück, lenkte sie mit ihrem Lieblingsspielzeug ab, danach schloss sie sich im Bad ein. Georg war im Geschäft, Sarah und Ken in der Schule, Laura und Nora hatte sie noch im Kindergarten abgeliefert, anschließend einen Schwangerschaftstest gekauft. Heute Morgen wollte sie Georg noch nichts von ihrem Verdacht sagen, obgleich sie dachte: ‚Für was brauch ich einen Test. Gestern hätten meine Tage kommen sollen'. Gleichzeitig tröstete sie sich selbst: ‚Kann nicht die Klimaumstellung und das andere Leben hier einmal etwas durcheinander bringen?' Und wusste doch, dass dies nur ein schaler Trost war. Neun Monate waren sie schon in Madrid, der Umzug konnte nichts mehr beeinflussen.

Sie starrte in den Badezimmerspiegel, nahm die Unordnung als Spiegelbild wahr, sah gleichzeitig über all den liegen gelassenen Schlafanzügen, Hausschuhen, Turnsachen, den achtlos hingeworfenen Handtüchern ihr eigenes

Gesicht, blass, verweint, die Nase rot, und Verzweiflung in den Augen. Sie presste die Hand vor den Mund: ‚Lieber Gott, was soll ich nur machen', doch es war kein Gott, den sie anrief, es war ihre eigene Verzweiflung.
Sie setzte sich auf den Toilettendeckel, wie ein Schatten die Erinnerung an eine ähnliche Szene in Ankara, damals, als ihr gesagt wurde, sie sei schwanger. Wie unbeschwert sie in jener Zeit noch reagiert hatte. Aber da war ihr Leben nicht in Gefahr und hingen keine fünf Kinder von ihr ab.
Sie stützte den Kopf in beide Hände. ‚Abtreibung?'
‚Ich – eine Abtreibung?
Warum denn nicht, wenn andere Frauen in Not sind, bist du doch auch für diesen Schritt.
Bin ich denn in Not?
Blöde Frage, du bist nicht nur in Not, du bist in Gefahr, in tödlicher Gefahr.
Aber es haben doch auch andere Frauen schon mehr als fünf Kinder bekommen.
Klar doch, hatten die auch eine schwere Herzkrankheit hinter sich? Hatten die auch fünf Kinder in knapp sechs Jahren bekommen?
Aber eine Abtreibung?
Ich muss mit Georg sprechen! Nur... ich will gar nicht mit ihm sprechen, er ist schuld daran, er hat nie wirklich aufgepasst, alles mehr oder weniger dem Glück überlassen.
Hannah, sei nicht ungerecht. Du liebst ihn, du begehrst ihn und du willst genauso mit ihm schlafen wie er mit dir.
Trotzdem... Nichts trotzdem! Die Entscheidung wird wieder einmal bei dir liegen. Abtreibung – ja oder nein!'
Schwerfällig erhob sie sich, Ulrike war in ihrem Laufstall eingeschlafen, Angelina war heute nicht gekommen, im Haus herrschte eine ungewöhnliche Stille.
Leise ging sie ins Schlafzimmer, wo sie sich eine Ecke fürs Studium eingerichtet hatte. Nahm die Hefte und Studienunterlagen in die Hand, blätterte darin, bevor sie entschlossen ein Heft nach dem andern zerriss, alle Aufsätze, Matheaufgaben und sonstige Arbeiten, die sie so stolz und dankbar aufgehoben hatte, froh über jede gute Note, froh aber auch über jeden Augenblick, den sie dafür erübrigen konnte.

Erschöpft ließ sie sich aufs Bett fallen: ‚Schluss mit all den sinnlosen Träumen. Es kann niemals etwas nachgeholt werden. Ich muss endlich lernen, dass ich eine Familie habe, dass sie mein Beruf ist und aufhören, mich nach mehr zu sehnen'.

Ruhig griff sie zum Telefon, wurde mit Georg verbunden, sagte leise und mit seltsam sachlicher Stimme: „Georg, ich bin schwanger".

Sie spürte, wie Georg die Luft anhielt, es war still, entsetzlich still in der Leitung. Dann seine Stimme, gepresst und erschrocken: „Das ist jetzt nicht dein Ernst! Ich... ich hab doch..."

„Nichts haben wir, du nicht, ich nicht – der Test ist völlig klar".

„Hannah, ich habe Angst! Die Ärztin hat doch..."

„Ich weiß, was die Ärztin gesagt hat, und einen Termin beim Frauenarzt lass ich mir jetzt gleich geben".

„Und was willst du... wollen wir tun?"

„Ich weiß es nicht, Georg, ich habe keine Ahnung".

Schon eine Woche später war sie bei Dr. Sotelo bestellt. Ängstlich saß sie neben Georg im Wartezimmer des Arztes. Georg wollte nach ihrer Hand greifen, aber seine Frau erschien ihm unendlich fern, eingekapselt und unerreichbar auch für ihn.

Wie ein Refrain kreisten in Hannahs Kopf die immer gleichen Fragen: ‚Was soll ich nur tun? Was wird Dr. Sotelo sagen? War das überhaupt ausschlaggebend? Ich muss entscheiden! Das kann mir kein Arzt abnehmen und Georg auch nicht'.

Abtreibung!? Allein der Gedanke ließ sie erzittern.

Sie konnte doch nicht... Also das Kind bekommen? Aber wenn es stimmt, was die Ärztin gesagt hat? Hannah stöhnte innerlich auf. ‚Ich kann das nicht entscheiden, ich kann einfach nicht'. Dr. Sotelo sprach einige Brocken Englisch, es erschien Hannah und Georg wie Hohn, dass in einem mühsamen Gespräch, das mehr ein Stammeln und Stottern in Spanisch und Englisch war, über Leben oder Nichtleben entschieden werden sollte.

Als sie die Sprechstunde verließen, war es Hannah, als würde der Zettel, auf dem der Termin für eine Abtreibung

stand, in ihren Händen anfangen zu glühen. Wütend zerknüllte sie das Blatt – sie brauchte keine schriftliche Erinnerung für eine solche Stunde, einen solchen Tag.
Der Mittwochmorgen war ein sonniger Aprilmorgen, zwei Tage vor Hannahs 29. Geburtstag. Während der schlaflosen Nacht fühlte sich Hannah so ratlos und zerschlagen, wie noch nie in ihrem Leben. Nur ein Gedanke kreiste ständig in ihrem Kopf: ‚Ich will das nicht, ich kann nicht mein eigenes Kind töten!'
Da half es auch nicht, dass sie eigentlich davon überzeugt war, dass ein befruchtetes Ei so kurz nach der Zeugung noch kein Kind sein konnte. Aber ‚wann fängt das Menschsein an?' So viele klügere Menschen als sie hatten sich darüber schon den Kopf zerbrochen und keine Antwort gefunden.
‚Es ist und bleibt eine persönliche Entscheidung, die ich und nur ich für mich treffen muss. Allein für mich? Stimmt nicht, ich entscheide auch über das Leben in mir! Welches Recht habe ich dazu? Andererseits – da sind fünf kleine Kinder. Vielleicht in ein paar Monaten ohne Mutter! Das ist doch nichts als Argumentieren mit dem Kopf! Abtreibung heißt töten, töten und nichts anderes als töten. Und das Wesen in dir, ob nun schon Mensch oder nicht, kann sich noch nicht mal dagegen wehren'.
Sie konnte die Stimmen im Innern nicht zum Verstummen bringen. Immer wieder drängende Fragen, Gedankenfetzen, Zweifel: ‚Du musst doch nur einfach abwägen'. Sie wollte schreien: ‚Aber das tu ich doch! Ich weiß trotzdem nicht, was richtig ist!'
Sie stand auf, trat ans Fenster. Draußen erwachte ein milder Frühlingstag. Frühe Vogelstimmen begrüßten den Morgen. Vom nachbarlichen Garten wehte der Duft der ersten Fliederblüten zu ihr hinüber.
‚So viel Leben ringsum! Und ich, was habe ich vor?'
Wütend begehrte sie auf: ‚Schluss jetzt! Du hast dich entschieden, hör endlich auf mit dieser Selbstquälerei'.
Gerade als sie ein wenig vorwurfsvoll dachte: ‚Wie kann Georg nur so ruhig schlafen', spürte sie, wie er hinter sie trat und sehr sanft den Arm um sie legte. „Hannah, ich kann nur ahnen, wie schwer diese Entscheidung für dich

ist. Bitte denk nicht, dass ich es mir leicht mache, weil ich gesagt habe, dass ich hinter jeder deiner Entscheidungen stehe. Ich möchte dir nur das Gefühl geben, dass ich die Abtreibung – was für ein schreckliches Wort“, er unterbrach sich, nahm seine Frau in den Arm, „ich meine, ich möchte dir alle Freiheit geben, möchte aber nicht, dass du glaubst, dass es mir gleichgültig ist, welchen Schritt du tust. Wir sind zusammen, wir lieben unsere Kinder, wir würden auch dieses sechste Kind lieben. Aber dein Leben…“, wieder stockte er.
Hannah hätte in diesem Augenblick nur weinen mögen, statt dessen schmiegte sie sich fest in die Stärke, die von Georg ausging, fühlte sich verbunden mit ihm wie schon lange nicht mehr, sagte leise: „Ich weiß, was du sagen willst, Georg. Es ist ein Abwägen, es ist fast wie ein Aufrechnen – mein Leben gegen dieses neue Leben. Ich finde das so ungerecht, aber... aber ich glaube einfach, dass es keinen anderen Weg gibt“.

In der Arztwohnung wurden sie in eine Art Wohnzimmer geführt, wo der Untersuchungsstuhl stand, den Hannah seit jeher gehasst hatte.
Dr. Sotelo, im weißen Arztkittel und ganz Herr der Situation meinte sachlich: „Ich kann ihnen leider keine Narkose geben, Sie wissen, unser Regime erlaubt keine Abtreibungen. Was ich mache, ist absolut verboten, deshalb muss ich die Gefahr für mich so klein als möglich halten“.
Hannah zog sich aus, kletterte auf den Stuhl, legte die Beine hoch.
In diesem Augenblick wurde ihr erst wirklich bewusst, was sie im Begriff war, zu tun. Nein! Nein!
Sie gab dem Arzt einen Stoß, so dass dieser zur Seite taumelte, sprang vom Untersuchungsstuhl, zog sich an, sagte leise, aber mit einer geradezu zornigen Entschiedenheit: „Georg, ich will das nicht, hörst du, ich treibe kein Kind ab, ich geh das Risiko ein“.
Dr. Sotelo hatte sich hochgerappelt, stand jetzt – nur noch wütende Autorität - vor Hannah und zischte: „Señora, können Sie sich vielleicht endlich entscheiden! Ich lasse

mich hier auf etwas ein, was mich meine Lizenz kosten kann und Sie machen so ein Theater!"
„Theater nennen Sie das? Seien Sie lieber still! Sie gehen ein Risiko ein? Dass ich nicht lache! Und wenn schon! Sie lassen es sich ja auch verdammt gut bezahlen! Aber keine Angst, mich sehen Sie nie wieder!"
Georg war der Szene erstaunt und gleichzeitig erleichtert gefolgt. Jetzt legte er den Arm um Hannah und meinte: „Hannah, Schatz... was bin ich froh! Es war letztlich deine Entscheidung, dreinreden wollte ich dir nicht, aber ich bin so froh, dass du so entschieden hast."
Ohne ein weiteres Wort an den verdutzt dastehenden Arzt verließen sie die Praxis.

Ich liege noch im Bett, in deinem Bett. Seit jenem Samstag, an dem mein Leben ohne dich begann, schlafe ich da, wo du geschlafen hast.
Ich mag keinem neuen Tag begegnen, ich möchte den Traum von heute Nacht zurückholen, nicht erwachen...
Wir stehen vor einem unermesslich weiten Feld schwarzen Gesteins, es wirkt wie ein erloschenes Lavafeld ohne Weg und Steg. Darüber ein bleigrauer schwerer Himmel, der sich auf das Land senkt und alles Lebendige unter sich begraben will. Kein noch so dünner Lichtschein beleuchtet diese gespenstische graue Szene.
„Georg, ich kann nicht darüber gehen! Siehst du nicht, dass es keinen Übergang gibt, dass wir hier nie durchkommen! Und wo hört es eigentlich auf, dieses Feld?"
„Folg mir doch einfach! Ich zeige dir den Weg". Wieder deine warme Stimme... so nah, so lebendig. Langsam gehst du voran.
„Bleib hier, bitte, bleib doch hier! Wir können da nicht hindurch. Das schaffe ich nicht!"
„Vertrau mir doch. Ich geh auch voraus! Du schaffst das, ich weiß es, du wirst es schaffen!"
Davon bin ich überhaupt nicht überzeugt, aber wohin würde ich dir heute und seit jeher nicht folgen? Also füge ich mich und versuche, stets genau in deine Fußspuren zu treten. Du bleibst immer wieder stehen, hast auf mich gewartet und bei besonders schwierigen Stellen mir die Hand gereicht, deine Hand, in die ich so oft mein Gesicht schmiegte, sie schien mir immer so stark, so vertrauensvoll. Und auch jetzt ergreife ich sie, spüre ihre Wärme, lass mich führen.
Der Himmel hat sich mittlerweile in einen dünnen Nebel verwandelt, der die Landschaft noch unwirklicher macht. Doch nichts hält dich auf, manchmal zögerst du einen Augenblick, schaust dich suchend um, tastest nach dem nächsten Schritt und findest mit traumwandlerischer Sicherheit festen Halt.
Als ich aufwache, erinnere ich mich nicht mehr daran, ob wir das gesamte Feld durchquert haben, ich weiß aber, dass ich mit deiner Hilfe einen Weg gefunden hatte.

Wohin? Ich weiß es nicht...
Soll es der Weg in mein Leben ohne dich sein...?

Es wurden lange, mühselige Monate für Hannah. Sie fühlte sich heiß und schwerfällig, unbeholfen bei ihren Arbeiten. Schwitzen, keuchen, warten, jetzt konnte sie Ulrike nur noch auf ihrer Hüfte tragen, wenn die Kleine müde war und weinte. Manchmal dachte Hannah, überhaupt keine Kraft mehr für irgendetwas zu haben. Ihr spanischer Hausarzt, Dr. Guzman, der ihr von Susanne empfohlen worden war, verordnete ihr dreimal in der Woche eine Infusion mit stärkenden Mitteln. An drei Morgen kam der Praktikant und legte ihr die Infusion. Danach überließ er Hannah sich selbst. Hatte sie es eilig, öffnete sie die Zuleitung zur Infusion einfach etwas mehr, so dass die Flüssigkeit schneller in ihr Blut strömte, hatte sie dagegen Zeit, konzentrierte sie sich auf das, was da in ihre Venen floss.
„Ich brauch jetzt ein Mädchen fürs Putzen und eine, die mir bei der übrigen Hausarbeit hilft", eröffnete sie Georg, der sofort damit einverstanden war.
Nur – Hannah war unfähig, die Julias, Marias, Anas oder wie immer sie hießen, zu fordern. War sie unzufrieden mit deren Arbeit, konnte sie es einfach nicht sagen, sondern wartete auf den Abend, wenn Georg nach Hause kam und mit den Mädchen redete. „Du bist doch sonst so energisch und weißt immer, was du willst. Warum plötzlich so viel Unsicherheit vor den Angestellten?" wunderte sich Georg. Hannah konnte es nicht erklären und fühlte sich wieder einmal als Versagerin.
Es kam Juanita, die ihre Freundin mitbrachte, Inma wollte Kindermädchen sein. Mit Juanita ging es zwar gut, aber als Inma den Kindern Tischmanieren beibringen wollte, statt Hannah wirklich zu helfen, rastete diese innerlich aus: ‚Meine Kinder können sich benehmen, außerdem ist das meine Aufgabe, hilf mir lieber bei der Arbeit', wollte sie losbrüllen, wagte aber nicht, solche Gedanken laut zu äußern. ‚Wenn ich die kritisiere, gehen sie doch gleich wieder', dachte sie, während sie lautlos schrie: ‚ich brauche Hilfe, Hilfe und nichts als Hilfe'.
Nachdem Georg mit Juanita und Inma gesprochen hatte, verschwanden die beiden Freundinnen, und Hannah stand wieder allein. Da gab sie die Suche nach Hausan-

gestellten auf, war sie doch nichts als ein zusätzlicher Stress in ihrem langen Arbeitstag. Und dazu kam noch ihr Ärger über ihre Unselbständigkeit. ‚Das ist nichts anderes als wieder mal fehlendes Selbstwertgefühl', tobte sie, und war doch nicht fähig, anders zu handeln. Sie stellte stattdessen zwei Putzfrauen an und machte die Hauptarbeit lieber allein...

Es war 11 Uhr abends, an einem lauen Septemberabend, Hannah und Georg saßen im Garten, die Kinder schliefen. „Wie gut, dass es ein wenig abgekühlt hat", meinte Hannah erleichtert aufstöhnend, als der abendliche Wind aus der Sierra Navacerrada die Blätter der Bäume im Garten leicht bewegte. Sie hatte den Satz noch nicht beendet, als der Sprecher im Radio nach den Elfuhrnachrichten im Wetterbericht meldete, dass die augenblicklichen Temperaturen in Madrid 29 Grad betrugen.
„Und das nenn ich abgekühlt", lachte Hannah und prostete Georg, der sich einen Whisky eingeschenkt hatte, mit ihrem eisgekühlten Wasser zu.
„Fürchtest du dich eigentlich vor der Geburt?" Georg blickte seine Frau besorgt an. Sie sah nicht gut aus und obgleich ihr Umfang vermuten ließ, dass sie schon in den letzten Schwangerschaftswochen sei, lagen immer noch Monate vor ihr – die schwersten einer Schwangerschaft.
„Fürchten? Ich weiß es nicht, ich denke nicht darüber nach". Hannah war froh, dass sie in Dr. Carasco anscheinend einen guten und vor allem verständnisinnigen Frauenarzt gefunden hatte.
War es wichtig, ob sie sich fürchtete? Sie schwieg, legte weit den Kopf zurück und versuchte am Himmel das Sternbild *Der Große Wagen* zu entdecken. Seit sie denken konnte, hatte die Mutter stets daran erinnert, dass sie sich alle irgendwann nach ihrem Tod bei der Deichsel des *Großen Wagens* treffen wollten...
Noch hatte sie niemanden verloren, mit dem sie sich dort oben verabreden konnte. Und... Gedanken über den Tod? ‚Dafür bin ich doch noch viel zu jung', protestierte sie innerlich und dachte an die Vorhersage der deutschen Ärztin nach Ulrikes Geburt. Nervös schob sie diese Erinne-

rung beiseite. Dafür hatte sie sich etwas anderes überlegt. „Georg, ich werde Dr. Carasco bitten, bei dieser Geburt einen Kaiserschnitt zu machen!“
Georg setzte sich abrupt im Sessel aufrecht: „Aber warum denn das? Das ist doch noch viel gefährlicher“.
„Das glaub ich nicht, heute ist man schon so weit, dass es bei einem solchen Eingriff kein Risiko mehr gibt. Ich habe mir gedacht, er soll mich bei dem Kaiserschnitt gleich sterilisieren“.
„Hannah!“ Georg war ehrlich entsetzt, gleichzeitig aber auch beschämt. Vor Jahren hatte er einen solchen Schritt für sich abgelehnt und jetzt wollte seine Frau...
„Nun, ich glaube, dass bei mir nicht die Gefahr besteht, dass ich impotent werde“, sagte Hannah spöttisch. Woher nahm sie nur diesen Ton? Sie liebte ihren Georg doch, er war der wichtigste Mensch in ihrem Leben trotz der Kinder. Immer hörte sie Frauen davon sprechen, dass Mütter ihre Kinder mehr liebten als den Mann. Sie hatte das nie nachvollziehen können. Die Kinder – sie würden eines Tages gehen, würden ihr eigenes Leben führen, waren eine wunderbare Leihgabe, aber trotz all des Wunderbaren eben doch nur geliehen. Bleiben würden sie und Georg. Wirklich darüber nachgedacht hatte sie eigentlich nie, es war eher eine Überzeugung, die sie sich nicht zu erklären brauchte.
Und doch hatte diese Schwangerschaft ihr Gefühl irgendwie verändert – sie wollte nicht mehr das Empfinden haben, nur noch doppelt für ihren Mann wertvoll zu sein. Dabei wusste sie genau, dass er das gar nicht dachte, dass sie selbst es war, die sich einbildete, allein nicht genug zu sein. Dennoch - sie wollte einmal, nur ein einziges Mal in ihrem Leben das Gefühl haben, ‚ich werde geliebt, ich Hannah bin wichtig, auch ohne ein Kind zu empfangen, zu tragen und zu bekommen’.
Das waren noch nicht einmal klare Überlegungen, es waren vage Schatten, vielleicht Depressionen, die immer greifbarer wurden. Sie fühlte sich oft tief niedergeschlagen, worüber sie wiederum entsetzt war, weil sie keinen Grund für eine solche Niedergeschlagenheit erkennen konnte. Sie hatte einen Mann, der für seine Familie, für

seine Arbeit lebte, sie hatte wunderbare Kinder – was fehlte ihr? Einmal versuchte sie, in einem Brief mit ihrer Mutter darüber zu sprechen, wünschte sich aber schnell, es nicht getan zu haben, denn genau die Argumente, die sie sich selbst aufzählte, kamen prompt auch von ihrer Mutter mit dem leichten Unterton von: ‚Sei nicht so undankbar, du hast doch alles, was du dir nur wünschen kannst'.

Nur war es eben einfach nicht so – auch wenn sie genau das Gleiche dachte wie ihre Mutter. Woher nur diese Mutlosigkeit, diese Niedergeschlagenheit, die sich immer tiefer in sie hinein zu fressen schienen?

Georg war aufgestanden, hatte seinen Gartensessel dicht neben ihren geschoben, legte einen Arm um seine Frau: „Liebes, warum musst du diese Entscheidung jetzt treffen".

„Weil ich nicht auf eine weitere Schwangerschaft warten möchte. Weil beim Kaiserschnitt die Sterilisation gleichzeitig gemacht werden kann. Weil ich keine Geburt und keine Wehen und nichts mehr aushalten möchte. Sind das genügend Gründe?"

„Und wann willst du es Dr. Carasco sagen?"

„Um ehrlich zu sein, ich habe schon mit ihm gesprochen, und er hat es mir zugesagt".

Georg ließ sich nicht anmerken, dass er enttäuscht war, weil Hannah diesen Schritt entschieden hatte, ohne ihn zu fragen. Es waren so widerstreitende Gefühle in ihm, die ihn hilflos machten. Wut auf Hannah und ihre versteckten Vorwürfe. Am liebsten würde er ihr entgegenschleudern, ‚ich vergewaltige dich schließlich nicht. Wir wollen es doch beide!' Wusste gleichzeitig, dass er es sich damit viel zu einfach machte. Also auch Wut auf sich selbst, er fühlte sich erbärmlich – sie hatte wieder einmal den Weg gewählt, der für sie beide leicht wäre, sie hatte die Entscheidung allein getroffen, ohne ihn damit zu belasten. ‚Aber sie hat mir auch keine Chance gegeben, überhaupt etwas dazu zu sagen. Sind wir denn keine Einheit mehr?'

Bedrückt ließ er den Kopf auf seine aufgestützten Arme sinken. Dachte: ‚Dabei kann ich sie so gut verstehen. Warum bin ich nur so feig? Bei mir wäre es ein leichter Ein-

griff, bei ihr wird es eine Operation! Ich habe einfach Angst vor den Folgen. Was für Folgen denn? Komm, mach dir nichts vor, sie ist die Stärkere und dir passt das ganz gut'.
Er stand auf, beugte sich über Hannah, sog tief den Duft ihrer Haut, ihres Haares ein. Er liebte seine Frau, es gab keinen anderen Menschen in seinem Leben, den er mehr liebte. Und dennoch ließ er sie irgendwie allein. Sie hatte ihm zwar von den Fakten gesprochen, von ihrem Vorhaben, aber was sie diese Entscheidung innerlich gekostet haben mochte, darüber schwieg sie.
Und er wagte nicht, danach zu fragen. Er legte seine Wange an ihr Gesicht und sagte leise: „Du bist so tapfer und wunderbar. Ich liebe dich".

Vier Wochen vor dem angenommenen Geburtstermin kam ein Anruf von Dr. Carasco. ‚Wie gut, dass ich mittlerweile ziemlich annehmbar Spanisch kann, sonst würde ich diesen Anruf nicht glauben', dachte Hannah fünf Minuten später fassungslos. Dr. Carasco teilte ihr nämlich mit, dass er an den Papst geschrieben habe.
„Sie müssen verstehen, Señora, eine solche Entscheidung wie eine Sterilisation kann ich nicht allein tragen. Ich habe an den Papst geschrieben, er hat mir eine Sterilisation bei ihnen verboten!"
Hannah rastete regelrecht aus. ‚Das gibt es doch nicht. Die bekommen die Kinder ja nicht! Mütter sind denen vollkommen gleichgültig. Es sind ja bloß Frauen! Hauptsache, es kommen Kinder auf die Welt. Und bei einer wie mir kann er obendrein noch sicher sein, dass nach dem sechsten das siebte, das achte usw. kommt, bis die Mutter eben krepiert. Das glaub ich nicht, das glaub ich einfach nicht'. Sie rannte durch den Garten, so gut es der dicke Bauch erlaubte, weil sie nicht wusste, wie sie sonst mit ihrer Wut fertig werden sollte. ‚Eine Gebärmaschine, nichts weiter als eine Gebärmaschine!' tobte sie. Vorsichtig setzte sie sich auf die Schaukel – die Kinder waren in der Schule und im Kindergarten, Ulrike hielt ihr Morgenschläfchen und Georg war im Geschäft. Ruhiger geworden, blickte sich Hannah im novemberlichen Garten um.

Nur der Lorbeerbaum und die Tamarinde hatten ihre Blätter behalten, der Apfelbaum und die Quitte reckten ihre kahlen Äste in diesen klaren Vorwintertag.
‚Warum denke ich eigentlich so über mich', fragte sich Hannah bedrückt und bewegte leicht die Schaukel. ‚Warum meine ich immer, ich müsste tadellos funktionieren? Warum kann ich mich nie gehen lassen. Immer Disziplin, immer Da-Sein. Und dabei fühl ich mich manchmal so unendlich weit von mir selbst entfernt'. Sie lächelte spöttisch: ‚Eigentlich ist das kein Morgen für tief schürfende Gedanken und es gibt auch keinen Grund, zu philosophieren'. Sie spürte, wie ihr plötzlich Tränen übers Gesicht liefen: ‚Ich will doch auch gar nicht philosophieren, ich will... nein, ich muss nur endlich wissen, wer ich wirklich bin. Ich kann doch nicht mein Leben lang nur eine Art Ergänzung meines Mannes sein? Ich warte und warte, und dabei vergehen die Tage, die Monate und die Jahre, und ich weiß noch nicht einmal, auf was ich eigentlich warte'. Sie schluchzte auf: ‚Und obendrein das Empfinden, als würde sich über alles ein Schleier legen, über meine Gefühle, über Gegenstände, über Wände, Räume, über Gedanken und Pläne und... und auch über meine Liebe'.
Im Haus weinte Ulrike – Hannah stand schwerfällig auf, schleppte sich die Treppen zur Küche und ins Kinderzimmer hoch, tröstete Ulrike, ging mit dem Kind auf dem Arm in die Küche, bereitete seinen Gemüsebrei vor und deckte den Tisch fürs Mittagessen.

Die Gegenwart hatte verschiedene Schichten. Hannah bewegte sich jetzt oft in einer grauen Welt, einer Welt ohne Sonne und Licht. Sie fing an, dieses innere Dasein ohne Schatten zu lieben, sich hineingleiten zu lassen in das farblose Vorsichhinleben zwischen Müdigkeit und ständigem Gefordertsein. Sie entschied nicht mehr, sie wurde entschieden.

Am 5. Dezember kam Tanja auf die Welt, und zum ersten Mal war Georg bei einer Geburt dabei. ‚Ob er immer noch denkt, es sei wie bei einer Kuh?', fragte sich Hannah, aber es interessierte sie nicht wirklich. Wo war nur die Aufregung zwischen ihnen geblieben, dieser Glanz, der ihr all die Jahre über die Kraft gegeben hatte, jede Entscheidung mit ihrem Mann zu teilen. Und nicht nur zu teilen oder zu tragen – sie waren vielleicht manchmal gegenteiliger Meinung, aber dennoch immer eine Einheit. Ein Gefühl, das stärker war als jede Zukunftsangst. Was sollte schon geschehen, so lange sie zusammen waren? Nun aber hatte sie oft das Empfinden, sich in einem geschlossenen Raum zu bewegen, immer gemeinsam mit dem Kleinsten ihrer Kinder und dem seltsamen Gedanken, nur noch Verantwortung zu sein – Verantwortung zum Beispiel für dieses kleine wunderbare rothaarige Wesen, das jeder ihrer Bewegungen mit großen blauen Augen folgte.

Manchmal malte sich Hannah aus, wie es wäre, wenn sie, die Erwachsenen, gar nicht erkennen könnten, dass diese Babys vielleicht hellwach das Leben um sich herum verstehen würden, dass sie urteilten und abwogen. Dass sie ihr Verstehen hinter Hilflosigkeit und Ausgeliefertsein an diese Erwachsenen, deren Welt sie durchschauten, verbargen.

Und sie dachte, ‚bin ich nicht auch ein bisschen so, nur genau umgekehrt? Verberge ich nicht meine Hilflosigkeit und mein Ausgeliefertsein hinter der Stärke der Erwachsenen, hinter der Autorität der Mutter?'

Aber meistens war sie zu solchen Gedanken nicht fähig. Sie war zu erschöpft, und manchmal kam es ihr vor, als wäre es wie ein Wettlauf zwischen den an sie gestellten

Anforderungen und ihrer Kraft. Was würde zuerst nachgeben? Sie wusste es nicht.
Und sie wollte nicht mehr mit Georg schlafen. Auch hier die bangen Fragen ‚wo war dieses alles überglänzende Begehren geblieben?' Sie erinnerte sich an ihre Wohnung in Frankfurt – vielleicht die einzige helle, lachende Erinnerung an diese Wohnung. Mutter hatte auf die Kinder aufgepasst, damit Hannah und Georg einmal essen gehen konnten. Nie ging es ums Essengehen, es war vielmehr der unbeschwerte, freie Abend, der auch noch beim Nachhausefahren ausgelassen in ihnen nachklang. Und es war so stark, dieses Begehren, dieser Wunsch nach Berührung, dass sie in einer Nebenstraße nahe ihrer Wohnung ihren Volkswagen anhielten. Ihre Hände ertasteten das Gesicht des anderen, suchten geduldig die Stellen, wo die Haut zart, fast samtweich war. Ein immer wiederkehrendes Entdecken heißer Sinnlichkeit. Lippen, die sich fanden in einem nicht enden wollenden Kuss. Stöhnende Lust und aufflammende Heiterkeit, verwoben in dem Wissen, keine zehn Schritte entfernt ist die Wohnung, wartete die Mutter, schliefen die Kinder.
Und heute? Sie wehrte sich gegen seine Berührung, ertrug seine Hände nicht mehr, wendete den Kopf ab von seinen Lippen, seinem Kuss, einst doch so ungeduldig erwartet. Trotz allem das Gefühl von Zugehörigkeit – und gleichzeitig Verweigerung.
Schweigend lagen sie im Dunkeln – das Haus erfüllt vom Atem der Kinder. Irgendwo der zu frühe, verschlafene Ruf eines Pfaus – manchmal verirrten sich einige von ihnen vom nahe gelegenen Park auf ihre Terrasse und dann standen die Kinder und auch sie atemlos hinter der geschlossenen Verandatür und beobachteten durch die Scheibe das gravitätische Schreiten dieser Vögel auf der Terrassenumrandung und nur selten öffnete einer sein Rad – glänzend blau, bunte Kreise und Linien, Bild einer schmerzhaften Schönheit.
Jetzt wollte sie nicht daran denken, sie spürte Georgs Enttäuschung, möchte ihre Hand ausstrecken und konnte nicht.

„Du liebst mich nicht mehr!“ Aus Georgs Stimme klang so viel Enttäuschung, dass Hannah schreien möchte: ‚Doch, doch, ich liebe dich, aber irgendetwas geschieht in mir, das ich selbst nicht verstehe. Ich möchte mich nach dir sehnen, möchte deinen Körper streicheln, deine Lust steigern mit meinen Berührungen, aber es ist nicht mehr da – dieses Wesentliche zwischen uns. Ich habe kein Gefühl mehr, nur noch Gedanken’.
Er nahm ihr Schweigen als Zustimmung. „Hannah, bitte, nicht so. Das kann es doch nicht gewesen sein! Wir haben noch so viel Zeit vor uns – ich liebe dich, ich begehre dich, es gibt kein Leben ohne dich. Was geschieht mit dir?“
Es war ihr unmöglich darüber zu sprechen – auch das ein völlig neues Empfinden. ‚Ich hab kein Vertrauen mehr zu dir’, aber sie presste die Lippen zusammen, sagte es nicht laut. Im Nebenzimmer weinte Tanja im Schlaf.
„Bleib hier, sie hat gewiss nur geträumt“, und er griff nach ihr. Sie spürte, diesmal ging es nur um den Besitz, er musste sich beweisen, dass er sie nicht verloren hatte. Da gab sie nach und ihr war zum Weinen zumute.
Neun Monate später, an einem kalten, grauen Februarmorgen kam Jakob auf die Welt, nur 14 Monate nach Tanja.
Noch im Kreißsaal weigerte sich Hannah vehement, das Kind auf die Welt zu bringen. „Ich will nicht mehr gebären, ich will einfach nicht mehr!“ schluchzte sie, wofür die Hebamme keinerlei Verständnis hatte. „Es ist reingekommen, also muss es auch wieder raus“, fauchte sie Hannah an.
Wieder war Georg dabei, aber sie nahm ihn nicht mehr wahr – für sie galt nur noch, die nächsten Stunden, den Schmerz und die innere Abwehr zu überleben.
Erst im Augenblick der Geburt nahm Hannah dieses siebte Kind, ihren jüngsten Sohn an, nun aber mit einer so bedingungslosen Hingabe, die sie selbst am meisten erstaunte. Waren es Schuldgefühle, weil sie sich während der neun Monate so sehr gegen diese Schwangerschaft gewehrt hatte, dass sie jetzt eine Zärtlichkeit für dieses Kind empfand, wie sie es sich zuvor niemals hätte vorstellen können? Am liebsten hätte sie den Kleinen der Hebamme noch nicht einmal zum Schlafen überlassen. Sie spürte das Körperchen in ihren Armen, auf ihrem Leib, an

ihrem Herzen, sie umklammerte ihn mit ihrer Wärme und wusste mit jeder Faser ihres Seins, ‚du bist das letzte Kind, das ich bekommen habe. Ich werde nicht mehr schwanger!'
Sie empfand diese Entscheidung wie einen unumstößlich feststehenden Schritt – nichts und niemand würde sie davon wieder abbringen können. War auch das ein Grund dafür, dass sie sich von diesem Winzling Jakob am liebsten keine Sekunde getrennt hätte? Sie spürte plötzlich eine Stärke, von der sie nicht gewusst hatte, dass sie dazu überhaupt fähig wäre.
‚Ich werde mein Leben ändern, ich will nicht mehr das Schluss-S im Namen meines Mannes sein', schwor sie sich, als sie mit dem Neugeborenen auf dem Arm zu ihrer Kinderschar zurückkehrte.
Mit einer neuen Aufmerksamkeit beobachtete sie in diesen ersten Tagen nach Jakobs Geburt ihre Kinder. Sarah fühlte sich dem Kleinen gegenüber wie seine Zweitmutter. Ken träumte davon, wie es erst würde, wenn er mit dem einzigen Bruder endlich spielen könnte. Laura wartete, wie es ihre Art war, erst einmal ab, was sich wieder einmal in ihrem Leben ändern würde.
Es tat Hannah von Herzen weh, wenn sie die bisher Kleinsten am langen Esstisch abermals ein Stückchen weiter von sich weg setzen musste, weil wieder ein noch Kleineres dazugekommen war, denn auch Tanja nahm mit ihrem Kinderstühlchen schon ihren Platz am Familientisch ein. Nora reagierte neugierig auf das neue Brüderchen, Ulrike war eifersüchtig, und Tanja nahm ihn vom ersten Tag an in Beschlag. Am liebsten hätte sie ihn sofort mit in ihren Laufstall genommen.
Sechs braune, blaue und grüne Augenpaare starrten die Mutter an, wie sie mit dem neuen Geschwisterchen im Wohnzimmer saß und ihm die Flasche gab. Eine ungeheure Liebe für ihre Kinder durchströmte Hannah, aber innerlich gab sie auch ihnen das Versprechen, dass nun das Ende jeglichen Familienzuwachses gekommen sei.
Gleichzeitig mit Hannahs Heimkommen zogen auch Pilar und Marga ins Haus, zwei Mädchen aus einem Dorf in der Nähe von Madrid, die sie über Bekannte gefunden hatten

und die von nun an für die grobe Hausarbeit zuständig waren. Und plötzlich konnte Hannah ihnen klar machen, wie sie sich die Arbeitsteilung vorstellte, konnte loben und tadeln und hatte von einem Tag zum andern die Unsicherheit den Mädchen gegenüber verloren.

Im Mai flog Hannah nach Frankfurt, um sich sterilisieren zu lassen. Sie hatte irgendwelche Einwände Georgs überhaupt nicht mehr angehört, für sie gab es nur noch diesen Weg. Sie war gerade 31 Jahre alt, und wusste, wenn sie nicht diesen Eingriff machen ließe, wäre Jakob noch lange nicht ihr letztes Kind. „Ich habe so darum gebeten, ja gebettelt, dass Georg aufpassen soll, ich habe alles getan, was von meiner Seite aus möglich war, jetzt lasse ich mir von niemandem mehr dreinreden“, schrieb sie der Mutter.
Die Kinder blieben in der Obhut der beiden Mädchen und abends war Georg da, sie mussten eben zusehen, wie sie die wenigen Tage ohne sie auskamen. Im tiefsten Innern war Hannah enttäuscht, dass Georg nicht mit ihr nach Deutschland flog – es war doch eine Entscheidung, die sie beide betraf, warum nur ließ er sie allein? War alles Geschäftliche wirklich so viel wichtiger, war er so unabkömmlich? Bis sie sich wieder daran erinnerte, welche Verantwortung auch er für diese Großfamilie trug, und sie ließ sich ihre Enttäuschung nicht anmerken.
Aber alles wurde noch einmal völlig anders, als sie es erwartet hatte. Als sie aus der Narkose erwachte, war nicht Erleichterung ihr erstes Gefühl, sondern Entsetzen. ‚Ich bin keine richtige Frau mehr’, weinte sie nachts in die Krankenhauskissen. Da half es auch nicht, dass sie sich ständig vorsagte, dass ihr Frausein schließlich nichts mit ihren inneren Organen zu tun hätte, sie fühlte sich amputiert und entmündigt. ‚Nie konnte ich frei darüber entscheiden, ob ich noch ein Kind wollte oder nicht, nie hing es von meinem innersten Wunsch ab, immer war ich eben schwanger, nahm es hin, aber nie gab es den wirklichen Wunsch, die intensive Vorbereitung, die überschäumende Vorfreude auf etwas Ersehntes. Und nun bin ich keine Frau mehr!’

Es erschien ihr auch irgendwie folgerichtig, dass auf der Operationswunde ein Bluterguss entstand und man ihr – seltsamerweise immer um die Mittagsessenszeit, so dass sie sich manchmal fragte, ob man sie in diesem Krankenhaus für ihre Entscheidung bestrafen wollte – Blutegel ansetzte. Schon immer hatte sie sich entsetzlich vor jeder Art von Würmern geekelt, und Egel waren für sie Würmer, wenn es biologisch auch vielleicht falsch war. Und jetzt beobachtete sie diese dünnen braunen Tierchen auf ihrem Bauch, wie sie von Minute zu Minute dicker wurden, dicker von ihrem Blut, bis sie neben ihr aufs Betttuch fielen und sie von Ekel geschüttelt Sauerkraut mit Rippchen oder Suppenfleisch mit Meerrettichsauce unberührt zurückgehen ließ.
Später versuchte sie, Georg von diesem Gefühl ‚ich bin keine Frau mehr' zu sprechen, stockte aber meist schon hilflos nach den ersten Worten. Wie sollte er ihre Gedanken auch nachvollziehen können. Und trotzdem schien er zu spüren, wie sie litt. „Du bist doch die einzige Frau, mit der ich zusammen leben will. Für mich hat sich überhaupt nichts geändert, glaub mir bitte", versuchte er Hannah zu überzeugen.
Aber in Hannah stiegen bei seinen Worten oft nur noch bittere Gefühle auf ‚klar, bin ich für dich die ideale Frau. Du brauchst dir keine Sorgen mehr zu machen, es kann ja nichts geschehen, schwanger werde ich gewiss nie wieder'. Sie wusste, wie ungerecht ihre Gedanken waren und konnte sich doch nicht gegen sie wehren.
Als sie nach diesem Eingriff nach Hause kam und versuchte, so schnell wie möglich wieder allen Aufgaben ihres großen Haushaltes gerecht zu werden, dachte sie, dass es eigentlich seltsam war, dass es ihr nicht schon viel früher aufgefallen war, dieses "Nein" in ihrem Kopf, in ihren Gliedern, in ihrem Blut, im schlafwarmen Fühlen und im wachen Denken.
Jeden Morgen begrüßte sie innerlich mit diesem "Nein", jeden neuen Tag empfing sie mit diesem Wort. Zuerst war es ein kleines "nein", sie fühlte sich belästigt, gestört, wollte nur schlafen. Dachte: ‚Was soll ich mit dieser Wirklichkeit! Ich hab einfach keine Kraft mehr, keine Entschlos-

senheit. Eigentlich steh ich jeden Morgen nur noch aus Pflichtgefühl auf'.
Wann fing sie an, dieses "nein" in Großbuchstaben zu denken und zu fühlen? Wann verloren die einzelnen Zeichen ihren lieblichen Schwung, die weichen Kurven, die gemalten Rundungen des n, des e, nur das i war spitz, wurde aber immer noch irgendwie gemildert durch den auslaufenden Schnörkel am Schluss.
Plötzlich wurde es ein "N" mit spitzen Dolchen, ein" E" mit Querbalken und Haken, die sich in ihre Unlust, ihre Einsamkeit und ihre Angst gruben. Das "I" wühlte sich wie ein Zahnarztbohrer immer tiefer in ihr gequältes Hirn. Sie wusste nicht, was zuerst da war, ihr Erwachen und danach das "NEIN" oder hat "ES" sie geweckt.
Wenn sie aus dem traumlosen Nichts des letzten Schlafes im Morgendämmern auftauchte, war es jedenfalls schon da, hatte auf sie gewartet, schaukelte über ihr von der weißen Decke herunter wie eine riesige Spinne. Gleich würden die scharfen Kanten und Spitzen auf sie niederstoßen, der schrille helle Klang des "NEIN" in ihre Nervenkanäle und Hirnzellen kriechen, mit tödlicher Wucht in sie eindringen. Sie wollte sich verstecken, ein sich zusammenkrümmender, schutzloser Fötus, aber unbarmherzig brach sie dieses NEIN auf, wühlte sich in ihre verschlafene Wärme, füllte sie mit klirrender Kälte. ‚ICH WILL NICHT - ich will nicht aufwachen, will nicht aufstehen, will keine Pflichten erfüllen, ich will mich nicht duschen und anziehen. Frühstück richten, Kinder und Georg wecken, lächeln, fragen, Kakao anrühren, Pausenbrote streichen, letzte Klassenarbeiten unterzeichnen, zur Eile antreiben. Ins Auto, Kinder zur Schule, Mann zur Arbeit, Einkauf, die vielen riesigen Taschen schleppen, kochen für elf Personen, jeden, jeden Tag'.
Natürlich halfen beim Putzen, Waschen und Bügeln Pilar und Marga. Aber was nutzte das schon, sie hatte überhaupt keine Kraft, für nichts, für niemanden.
Und wieder die andere Stimme, die strenge Mutterstimme, die in ihrem Kopf dröhnte: ‚Du hast deine Pflichten zu erfüllen. Los! Mach weiter! Wieso eigentlich Schwäche? Dir geht es gut. Du hast in knapp neun Jahren sieben

gesunde Kinder bekommen, du hast einen liebevollen Mann, ihr habt keine größeren Geldsorgen. Es gibt also nichts, was du nicht mit ein bisschen guten Willen schaffen könntest.'
"NEIN!" Erstick den Schrei und erstick an ihm, aber nimm dich zusammen".
Wenn Hannah von solch dunklen Tagen völlig erschöpft war, legte sie sich auf ihr Bett, holte Jakob zu sich, spürte den kleinen Körper schlafwarm und satt in ihren Armen, war zwar nicht getröstet, fand aber irgendwie Kraft in diesem Zusammensein. ‚Wenn ich auch keine Frau mehr bin, so bin ich vielleicht doch wenigstens eine gute Mutter', dachte sie und es war nicht mehr wichtig, ob sie sich noch begehrenswert fühlte oder nicht.
Bis Tomás auftauchte...

Weihnachten - seit 43 Jahren das erste Weihnachten ohne dich. Ich möchte mich verkriechen, möchte diese Tage verschlafen – aber da ist Sarah mit ihren Kindern und Jakob kommt aus Manila. Als ich ihm am Telefon sagte, dass ich keinen Tannenbaum haben werde, meinte er nur: „Mutsch, so lange du lebst, werde ich Weihnachten mit dir verbringen, und ich möchte einen Baum. Wir schmücken ihn zusammen, einverstanden?"
Erinnerst du dich daran, Liebster, als wir den Weihnachtsbaum schmückten? Oft waren die Kinder im Haus von Pilar und Domingo, meiner Haushaltshilfe und deinem Chauffeur oder aber sie spielten – aufgeregt und so gespannt – in den unteren Räumen, wo Sarah und Ken ihr eigenes Zimmer hatten.
Wir legten Weihnachtsmusik auf – nein, es war nicht die romantische deutsche Weihnachtsmusik, es waren noch Platten aus der Türkei, vom PX. Nat King Cole sang: ‚All I wish for christmas are my two frontteath' er wollte seiner Liebsten wenigstens keine lispelnden Weihnachtsgrüße überbringen! Was haben wir gelacht!
Du schenktest uns einen Whisky ein und gemeinsam hängten wir Kugeln und Lametta an den Baum, du befestigtest die Kerzen, ich legte Engelshaar auf die Treppe, das die Kinder fanden und sich erstaunt und aufgeregt gegenseitig zeigten.
Wie viele Erinnerungen... Weißt du noch, das Krippenspiel der Kinder? Wir hatten wahrlich genügend Teilnehmer, so dass jede Rolle besetzt war. Sarah war selbstverständlich Maria, Ken war Joseph mit einer alten Lederjoppe und einem dicken Stock, auf den er sich stützte. Laura und Tanja wollten unbedingt die Engel sein und Nora und Ulrike spielten die Hirten, während Jakob natürlich in der Krippe lag. Eifrig hatten die Kinder alles vorbereitet – lange Nachthemden als Engelsgewänder, alte Hosen und Jacken für die Hirten. Und wir standen gerührt im Bescherungszimmer – waren die Beschenkten und so glücklich.
Und jetzt soll ich immer noch Weihnachten feiern – ich will nicht, verstehst du. Ich versuche so sehr, mich zu beherrschen, aber es geht einfach nicht immer.

Jakob verbringt seine Weihnachtsferien schon seit jeher bei uns. In diesen Ferien nimmt er mich oft in den Arm, sagt leise: ‚Mutsch, wein doch, nimm dich nicht immer so schrecklich zusammen. Vor mir kannst du doch weinen, ich halt dich auch fest'.
Wie viel Zärtlichkeit und Verständnis er hat – er ist so sehr dein Kind, mein Geliebter.
Und dann kommen die liebevollen Anrufe unserer anderen Kinder – alle wollen mir helfen, alle wollen mich in dieser Zeit auffangen und alle hoffen so sehr, dass ich mich vielleicht schon einigermaßen in einem Leben ohne Dich eingerichtet habe.
Und ich? Ach Georg!
Nur einmal noch – nur noch einmal...
Und von überall her erklingt es: ‚O du fröhliche, o du selige'.

„Hannah, das ist Dr. Tomás Olmedo". Hannah hatte spontan entschieden, heute wieder einmal früher zur Deutschen Schule zu fahren und, bevor der Unterricht der Kinder beendet sei, ihre Freundin Susanne zu besuchen. Sie wusste, dass Dr. Olmedo Kinderarzt war und erschrocken fragte sie: „Ist bei Euch jemand krank?"

„Nein, nein", wehrte Susanne lachend ab, „Tomás kommt gern ab und zu zwischen seinen Hausbesuchen für einen chato vorbei. Trinkst du auch einen?"

Hannah begrüßte Tomás Olmedo und nickte Susanne bejahend zu. Die Rotweine von Susanne und Robert waren ausgezeichnet und würden ihr für den restlichen Nachmittag wieder mehr Schwung geben, wenn sie von Zimmer zu Zimmer eilte, um bei den Hausaufgaben zu helfen, aufzumuntern, das verstohlen unter dem Tisch versteckte Buch wegzunehmen, bis die Matheaufgaben gelöst wären oder wenn sie mit Tanja und Jakob spielte. Die beiden waren unzertrennlich, und Hannah dachte schon mit Entsetzen daran, wie Jakob reagieren würde, wenn Tanja bald in den Kindergarten käme. Georg war wieder einmal auf einer seiner vielen Geschäftsreisen in Deutschland...

Jetzt setzte sie sich auf ihren Lieblingsplatz auf Susannes Terrasse, von wo sie einen weiten Blick über die Stadt hatte, über der sich ein makellos blauer Himmel wölbte. Sie merkte, dass Tomás Olmedo sie nachdenklich über den Rand seines Glases beobachtete.

‚Na, wann kommen die üblichen Fragen', spottete Hannah innerlich. Immer das gleiche: ‚Wie gefällt Ihnen Madrid! Haben Sie sich schon eingelebt' – und das, obgleich sie schon vier Jahre hier lebten. ‚Ihr Spanisch ist ja großartig' – da lag es ihr immer auf der Zunge zu antworten ‚Ihres auch'. Und anschließend: ‚Was... sieben Kinder haben Sie', als wäre sie nur noch über ihre Kinder identifizierbar. Und wenn obendrein noch der Nachsatz kam ‚dafür sehen Sie aber phantastisch aus', war sie wirklich beleidigt, so verändert hatte sie sich schließlich überhaupt nicht.

Aber diesmal kamen keine Fragen – nur dieser aufmerksame Blick, fast umarmend, so dass sie schnell zu ihrem

Glas griff und Susanne und Tomás zuprostete. Das Gespräch kam nur stockend in Gang, etwas Ungreifbares schwang in der Luft und Hannah war es, als wären ihr die beiden Menschen schon seit undenklichen Zeiten vertraut. Tomás erzählte von einer gelungenen Blinddarmoperation an einem sechs Monate alten Baby, sie spürte seine Erleichterung, die richtige Diagnose gestellt zu haben.
Sie sprachen vom Meer, Hannah erfuhr, dass die Olmedos eine Ferienwohnung im Norden Spaniens hatten. Eine Landschaft, die Hannah noch nicht kannte, wenn sie von ihrer ersten Fahrt von Deutschland nach Spanien einmal absah.
„Kennen Sie Nordspanien?", fragte Tomás Olmedo jetzt zögernd, als Susanne sich einmischte und lachend meinte: „Tomás, ich glaube, Hannah hat sich schon daran gewöhnt, dass wir hier alle von Anfang an per Du sind".
Das stimmte so nicht, Hannah hatte sich überhaupt nicht an dieses sofortige Du gewöhnt. Sie erinnerte sich, dass sie einmal von ihrer bisher einzigen und wirklichen Freundin, ihrer früheren Deutschlehrerin das erste „Du" zwischen ihnen als Weihnachtsgeschenk bekommen hatte. Und genau diese Wichtigkeit hatte dieses kleine Wort für sie immer gehabt. Hier aber musste sie jede Frau, jeden Mann ihrer eigenen Gesellschaftsklasse schon beim ersten Sehen mit *du* anreden, sonst war sie sofort als arrogant verschrien.
So antwortete sie etwas zaudernd: „Nein, ich kenne den Norden Spaniens eigentlich nicht. Wir sind nur einmal durchgefahren und haben einen Nachmittag in San Sebastián verbracht", sie bemühte sich sorgsam, eine Anrede zu umgehen.
Tomás lächelte und Hannah fühlte sich durchschaut. „Wenn ich vom Norden spreche, meine ich die Biskaya oder den Jakobsweg. Besucht uns doch einmal in Laredo", forderte er Hannah auf.
‚Was ist nur los mit mir?' Hannah spürte, wie sie vor Nervosität feuchte Hände bekam. Das war ihr bisher noch nie passiert und je mehr sie sich ihrer Verwirrung bewusst wurde, desto unsicherer wurde sie. Was ging nur von diesem Mann aus, dass er sie in einen solchen Zustand

versetzen konnte? Ihr fielen seine dunklen Augen auf, die Iris so schwarz wie die Pupillen. Und wie er sich bewegte, mit einer fast unbedenklichen Leichtigkeit, als seien seinen Bewegungen durch nichts und niemanden Grenzen gesetzt. Das dunkle Haar mit vereinzelten weißen Strähnen. Die Sonnenbräune stand ihm auch gut, aber am meisten gefielen ihr seine Hände. Schmale Hände. Zärtliche Hände? Sie erschrak – noch nie hatte sie einen Menschen, den sie gerade erst kennengelernt hatte, so intensiv betrachtet.
Und - Typen wie ihn gab es doch wirklich genügend in Spanien. Nein, das war es auch nicht!
Doch plötzlich überstürzten sich ihre Gefühle. Das war es! Sie fühlte sich in seiner Gegenwart begehrenswert, wieder als Frau! Ein Gefühl, von dem sie, vor allem nach ihrer Operation, geglaubt hatte, es nie mehr empfinden zu können. Und jetzt lag Flirt in der Luft, Begehren, Hitze und wilde Versprechungen. Abrupt stand sie auf. Susanne sah sie erstaunt an, offensichtlich hatte sie nichts von dieser seltsamen Erregung gespürt, die greifbar in der Luft zu flirren schien. „Du gehst schon? Die Kinder kommen doch noch gar nicht raus?"
„Ich will vorher noch etwas einkaufen". Gott sei Dank, dass sie ihre Stimme wenigstens einigermaßen unter Kontrolle hatte.
„Susannita, ich muss mich auch verabschieden, die Kranken warten", Tomás hatte sich ebenfalls erhoben, umarmte Susanne: „Wir sehen uns bald bei uns, Julia hat vor, eine Gartenparty zu geben". Er wandte sich an Hannah: „Ihr seid natürlich auch eingeladen".
Hannah schaute sich nicht mehr um, spürte, dass Tomás dicht hinter ihr die Treppen hinunterging, sein Atem streifte ihren Hals.
Leise fragte er jetzt: „Wollen wir uns irgendwann für eine Tasse Kaffee treffen?"
Wie verführerisch seine Stimme klang. Und wann war „irgendwann"? Etwas in ihr warnte sie ‚pass auf, du willst das doch gar nicht'. Und dann wieder: ‚Was ist schon dabei, einen Kaffee gemeinsam zu trinken', aber sie wusste, dass ihr hier ihre Sachlichkeit einen Streich spielte.

„Warum nicht? Hast du denn bei den vielen Hausbesuchen dafür noch Zeit?“ Wie leicht ihr plötzlich das „Du“ über die Lippen ging.
Er öffnete ihr die Haustür, sie standen sich einen Augenblick sehr nah gegenüber. Sie könnte sein Lächeln berühren, mit den Fingerspitzen über seine Lippen streicheln...
Und wusste, dass es zu spät war. Sie war diesen fremden, heißen Gefühlen, die sie zu überfluten drohten, nun auf Gedeih und Verderb ausgeliefert ohne die leiseste Ahnung, wohin sie führen würden.
Sie gaben sich nicht die Hand, doch bevor Tomás sich umdrehte, um zu seinem Wagen zu gehen, sagte er leise: „Ich bin völlig... ratlos, Hannah“.

Die nächsten Tage und Wochen kamen und gingen mit der Gleichmäßigkeit von Alltäglichem und Vertrautem – für Hannah ein Halt in der Verwirrung ihrer Gefühle. Bis sie wegen einer Untersuchung noch einmal einige Tage ins Krankenhaus musste. In dieser Zeit bekam Jakob hohes Fieber und Dr. Velasco, ihr Kinderarzt, diagnostizierte Halsentzündung, für Hannah mittlerweile kein Grund mehr zur Aufregung. Wenn die Kinder Fieber bekamen, rief sie normalerweise Dr. Velasco an, teilte ihm mit, was sie bei den Kindern beobachtet hatte und welche Medikamente sie geben würde. Meist beschloss der Arzt, noch nicht einmal mehr vorbeizukommen. Kinderkrankheiten gehörten für Hannah zu diesem Vertrauten, das ihren Alltag ausmachte.

Diesmal war es jedoch völlig anders. Georg war zu einem Managertreffen in Deutschland und als Hannah aus dem Krankenhaus entlassen wurde, fand sie Jakob in einem erbärmlichen Zustand vor. Pilar und Marga versicherten ihr, alles für das Kind getan zu haben, was der Doktor verschrieben hätte, aber Jakob wäre immer kränker geworden.

Aufgeregt versuchte Hannah, den Kinderarzt zu erreichen, aber die Sprechstundenhilfe sagte ihr nur, er sei in sein Sommerhaus in die Sierra gefahren und vor Montag nicht erreichbar. Und heute war Freitag!

Draußen herrschte eine unerträgliche Hitze von 42 Grad im Schatten.

Unruhig lief Hannah im Haus hin und her. Sie, die sonst solche Situationen mit einer fast stoischen Ruhe meisterte, wusste, dass sie diesmal der Lage nicht gewachsen war. Wen sollte sie anrufen? Notarzt? In Madrid? Konnte sie wirklich so lange warten, bis einer erreichbar wäre? Noch dazu in der Sommerzeit, wo die Stadt ausgestorben war. Außerdem hatte sie Panik davor, dass der Kleine bestimmt sofort in ein Krankenhaus eingeliefert würde.

Soll ich... Tomás? Nein, der wird das als Ausrede auffassen. Ausrede für was?

Hatte er nicht erzählt, wie richtig er mit seiner Diagnose bei dem Baby lag, als er Blinddarmentzündung feststellte? Und war Susanne nicht sehr mit ihm als Arzt zufrieden? Aber hatte sie sich innerlich nicht geschworen, ihn nie mehr wiederzusehen? Und war Jakobs Erkrankung nicht doch eine sehr willkommene Versuchung? Nur... war das alles wirklich wichtig? Hier war ihr krankes Kind und es brauchte Hilfe, dringend und sofort. Verzweifelt nahm sie den fieberglühenden Jungen auf den Arm, legte ihr Gesicht an seine heiße Wange, spürte den rasenden Herzschlag unter ihren Händen.
Was sollten all die Fragen, jetzt ging es doch nur um das Kind. Entschlossen wählte sie die Nummer von Tomás Olmedo. Er war auch selbst am Telefon, fragte nach dem Weg zu ihrem Haus, verordnete Wadenwickel, die Hannah längst gemacht hatte und versprach, sofort loszufahren.
Die Begegnung verlief vollkommen sachlich. Tomás untersuchte Jakob sehr gründlich, meinte erschrocken: „Einige Stunden später und es wäre zu spät gewesen für Jakob“.
Hannah sah den Arzt entsetzt an. „Er hat doch nur eine Angina“, stieß sie mit zitternder Stimme hervor. Es konnte nicht sein – nicht Jakob, nicht eines ihrer Kinder! War das dafür, dass sie sich so vehement gegen diese Schwangerschaft gewehrt hatte? Sollte ihr das Kind nun als Strafe genommen werden?
„Jakob hat keine Halsentzündung, Jakob verdurstet!“
„Wie? Was sagst du da?“
„Die Dienstmädchen konnten das nicht erkennen und mein Kollege anscheinend auch nicht, vielleicht hatte Jakob ja auch am Anfang eine leichte Halsentzündung. Aber Hannah, draußen sind 42 Grad, das Kind ist extrem ausgetrocknet. Ich gebe ihm erst einmal sofort eine Infusion, und danach musst du ihm alle fünf Minuten einen Kaffeelöffel Wasser einträufeln – langsam, sehr langsam“.
Er machte eine Infusion fertig, legte den dünnen Schenkel Jakobs frei, stach mit einer riesigen Nadel in das glühende Fleisch, doch Jakob reagierte noch nicht einmal.

„Ich komme in zwei Stunden wieder, du musst heute den Rest des Tages und die ganze Nacht mit dem Wasser weitermachen, dann bekommen wir ihn hoffentlich durch".
„Tomás, bitte…". Hannah hatte das Empfinden, als krallte sich die Angst um ihr Kind in ihrem Körper fest und zerriss das bisschen Hoffnung, das sie in den Besuch von Tomás Olmedo gehabt hatte.
„Hannah, reg dich nicht auf, das schaffen wir". Wie tröstlich seine Stimme klang. Doch sie wollte keinen Trost, sie brauchte eine Garantie und wusste doch, dass er ihr die nicht geben konnte. Einen Augenblick lang glaubte sie, ohnmächtig zu werden. Es war alles einfach zu viel. Wie oft hatte sie den Krankheiten der Kinder schon allein gegenüber gestanden, Georg war so weit weg, eingespannt in sein berufliches Leben. Sie wusste, wie unrecht sie ihm tat, aber sie fühlte sich allein gelassen mit einer Verantwortung, die für einen einzigen Menschen einfach zu groß war.
An der Tür zu Jakobs Kinderzimmer drängten sich die sechs Geschwister und Hannah hörte Sarahs zitternde Stimme, als sie zu Tomás sagte: „Gell Doktor, du machst unseren Jakob wieder gesund".
Sie blickte in die bleichen Gesichter der Kinder, Sarah voller Sorge, Laura lutschte verstört am Daumen, Ken hatte den Arm um Ulrike gelegt und Nora hielt Tanja an der Hand. Sie waren eine so wunderbare Familie, sie gehörten zusammen, und keine Macht der Welt durfte ihnen Jakob nehmen.
„Ich versuch es, das verspreche ich euch", versicherte Tomás in diese fragenden Kindergesichter hinein und zu Hannah gewandt, meinte er: „Wie schaffst du das eigentlich, die sind ja alle noch so klein".
Aber sie hörte ihn schon nicht mehr, bat Sarah Tomás an die Tür zu bringen und flößte Jakob den ersten Löffel Wasser tropfenweise ein.
Tomás kam alle zwei Stunden, erneuerte die Infusion, maß die Temperatur, prüfte die Feuchtigkeit der Haut des Kindes und sprach Hannah Mut zu, die keine Sekunde von Jakobs Bett wich. Es war, als hätte sich ein magischer Kreis um sie, Jakob und Tomás geschlossen, in dem der

Überlebenskampf um das Kind eine Innerlichkeit und Verbundenheit schuf, die alle Fremdheit zwischen ihnen auslöschte.
24 Stunden später entfernte Tomás die lange Infusionsnadel aus Jakobs Beinchen und meinte zu Hannah, die sich vor Müdigkeit kaum aufrecht halten konnte: „Hannah, der Kleine ist über dem Berg, du kannst nun wirklich einige Stunden schlafen, du bist ja völlig fertig. Sag den Mädchen, dass sie Jakob alle zwei Stunden zu trinken geben. Und überlegt irgendwann einmal, wo ihr in Zukunft den Sommer mit ihm verbringt, die Madrider Hitze wird er wohl nie vertragen“.
Hannah war viel zu erschöpft, um sich darüber im Augenblick Gedanken zu machen. Am liebsten hätte sie sich neben Jakobs Bettchen auf den Boden gelegt und nur noch geschlafen.
„Tomás danke, danke für alles. Wenn ich daran denke, dass ohne dich…“
„Ach was, Hannah, das ist schließlich mein Beruf“, wehrte er ihre Worte ab, und fügte nicht hinzu, ‚es war nicht nur der Beruf, es warst du, auch du und nicht nur dein Kind’.

„Geht ihr schon wieder aus?“, fragte Sarah, aber sie lachte dabei. Hannah umarmte ihre Tochter und tanzte mit ihrer Elfjährigen im Zimmer umher. „Lass uns doch! Bisher waren wir wirklich sooo brav. Nie Freunde, nie Ausgehen, nie tanzen oder Kino. Ihr schlaft doch eh und Pilar und Marga passen gut auf euch auf. Die Hauptsache ist, dass du dich nicht für deine Geschwister verantwortlich fühlst“.

„Na ja, manchmal weinen Jakob oder Tanja, und wollen weder die Pili oder Marga sehen, sondern mich“.

Hannah hielt erschrocken den Atem an: „Passiert das oft?“

„Nee, Mama, mach dir mal keine Sorgen. Wir kommen schon gut zurecht“. Sie kuschelte sich ins kühle Sommerkleid ihrer Mutter: „Das steht dir gut“.

„Danke mein Fräulein, dann wird es wohl ein schöner Abend werden“, lachte Hannah.

Sarah hatte Recht, sie gingen in letzter Zeit wirklich öfter aus, seit sie bei Susanne Tomás kennengelernt hatte. Die drei Familien Olmedo, Jantzen und Brandtner unternahmen gern Gemeinsames, mal ein Kinobesuch, oder sie streiften durch Madrids Altstadt und machten Halt in den verschiedenen typischen kleinen Tascas, nahmen hier einen Vino, dort ein paar Gambas oder Oliven, und manchmal gingen sie auch zum Abendessen in eines der vielen Restaurants, die vor allem Susanne und Robert kannten .

Georg und Hannah hatten zwar nicht viel Geld, dennoch erwiderten sie die vielen Einladungen – sie trafen sich dann eher im eigenen Garten, wo auf offener Feuerstelle eine Paella brutzelte und der Wein rot in den Gläsern funkelte.

Es stimmte auch, dass Hannah nie zuvor ein solches gesellschaftliches Leben gekannt hatte, auch keine Freundschaften, – dafür war sie als Kind zu oft umgezogen, und während ihrer Ehe scheiterte es lange Zeit an der Frage, wer soll auf die Kinder aufpassen. Das hatte sich durch die beiden Mädchen Pilar und Marga, die ein Zimmer im Haus bewohnten, plötzlich geändert.

Jetzt legte sie ihrer Tochter den Arm um die Schultern und ging mit ihr ins Esszimmer, wo Sarahs Geschwister vor dem Fernseher saßen, gespannt der Gutenachtsendung folgend, der einzigen Fernsehstunde, die sie den Kindern gestattete. Hannah betrachtete gerührt die Szene. Ken saß in Georgs Fernsehsessel – rasches Aufbegehren: warum hatte eigentlich Georg einen Fernsehsessel und sie saß immer auf der Bank? Verwirrt schüttelte sie den Gedanken gleich wieder ab. Laura hing auf der rechten, Nora auf der linken Lehne des Sessels, Ulrike und Tanja rekelten sich auf dem Fußboden, alle andächtig ins Geschehen auf dem Bildschirm vertieft - schon geduscht und im Schlafanzug oder Bademantel. Die Haare klebten nass an den Köpfen, die Gesichter strahlten sauber, und kaum eines der Kinder blickte auf, als Hannah sich zu ihnen hinunterbeugte, um Gute Nacht zu sagen.
Jakob lag bereits im Bett, während Tanja sehr energisch ihr Recht, ebenso an der Kindersendung teilnehmen zu dürfen, reklamierte. Eine überwältigende Zärtlichkeit erfüllte Hannah, und in diesem Augenblick dachte sie: ‚Nichts und niemand kann mich in Versuchung führen, niemand kann unserer Familie wirklich gefährlich werden'.
‚Nein?' Sie spürte, wie ihr Röte ins Gesicht stieg.
Als sie zum Auto ging, wo Georg schon auf sie wartete, erfüllten sie Scham und Trotz, Wut und Verzweiflung gleichermaßen. Es mussten doch keine roten Rosen sein, die Georg ihr mitbrachte. Es sollte nur einmal wieder sein wie früher, ein wirkliches Gespräch und nicht nur Geschäfts- und Kindersorgen. Sie wollte mehr mit ihm teilen, aber er ging seinen beruflichen Weg, der nicht viel Zeit für anderes ließ. Sie sprachen nicht mehr wirklich miteinander, sie teilten sich nur noch Tatsachen mit.
‚Nimm mich doch einfach einmal in den Arm, lass uns diesen Teufelskreis durchbrechen'.
Nur wie? Ihr Alltag mit all seinen Wichtigkeiten und Nebensächlichkeiten war zum Inhalt ihres Lebens geworden. Schulsorgen, Kinderkrankheiten, tägliches Kochen für elf Menschen: Dafür sorgen, dass Ken in eine spanische Schule umgeschult wurde, weil er die Zweisprachigkeit nicht packte, Laura mit Bonbons belohnen, wenn sie ihre

Hausaufgaben gut gemacht hatte – Schule war für die Kleine der Alptraum schlechthin. Daneben noch die vielen: ‚Kannst du uns zum Schwimmen fahren!' ‚Mama, ich komme zu spät ins Ballett!' ‚Mama, du hast mir versprochen, mich zu meiner Freundin zu fahren'. ‚Mama, ich brauch neue Schuhe', und und und...
Obendrein immer das Gefühl, nicht gut genug zu sein. Als Mutter zu versagen, weil sie nie Zeit fand, so da zu sein, wie es jedes einzelne Kind von ihr erwartete. Sie konnte nicht geben, was für Kinder viel wichtiger war als Essen und Schule und irgendwelche Äußerlichkeiten. Sie wollte für ihre Kinder so gern mehr sein – wollte für ihre wirklichen Befindlichkeiten, für ihre großen und kleinen Ängste da sein, ihre Aufgabe sollte sich nicht darin erschöpfen, ihnen gutes Benehmen beizubringen, Tischmanieren zu lehren, saubere Hefte zu führen, respektvoll und verantwortungsvoll zu handeln. Traurig erkannte sie:
‚Ich habe nicht genügend Geduld. Ich habe nicht die Zeit, für all die Zuwendung, die ihr braucht. Und ich möchte nicht immer nur die Erlaubende oder Verbietende sein'.
Einmal, als sie die Kinder von der Schule abholte, kam sie ins Gespräch mit einer Mutter, die fünf Kinder hatte. Frau Mertens meinte: „Geht es Ihnen auch so, dass Sie abends nicht einschlafen können, weil Sie sich fragen, bei welchem Kind habe ich heute wieder versagt? Wo habe ich etwas versäumt, etwas falsch gemacht?"
Nein, so weit war sie noch nicht, aber sie spürte, dass sie auf dem Weg dahin war, und dann wollte sie manchmal schreien: ‚Ich ersticke – ich ersticke! Merkt das denn keiner?'
Und ihre Beziehung zu Georg? Wo war dieses ‚ich-bin-verrückt-nach-dir-Gefühl' geblieben? Sie wusste doch, dass sie sich nie mehr vor einer neuen Schwangerschaft zu fürchten brauchte, und dennoch war für sie Begehren und die Sehnsucht nach Nähe, nach Georgs Körperlichkeit und Zärtlichkeit untrennbar mit den Gedanken an neun Monate schwanger sein, an mühseliges Warten, an Wehen und Geburt und an die fast unmenschliche seelische und praktische Überforderung verbunden.

Wo war nur die Innigkeit, dieses Gefühl der unbedingten Verbundenheit hingekommen? ‚Ich fühl mich einfach zu häufig nur noch als Gegenstand, der zum Haushalt gehört', dachte Hannah oft, und begann sich zu schminken und Minirock zu tragen – es musste Georg doch auffallen, dass sie noch mehr war als nur Mutter. ‚Nur-Mutter', welch ein schrecklicher Gedanke!' ‚Nur-Mutter', das war doch unendlich viel? Klar war es das, aber das konnte einfach nicht alles sein! Sie war gerade 33 Jahre alt – wenn sie daran dachte, hätte sie am liebsten trotzig mit dem Fuß aufgestampft – nicht alt! Jung, jung – 33 Jahre jung!
Und immer wieder der Gedanke, nicht Georg behandelt dich so, für ihn bist du nicht zum Gegenstand geworden – du selbst bist es – du mit deinen ständigen Minderwertigkeitskomplexen.
‚Das rechtfertigt doch nicht das Gefühl der Wichtigkeit, das ich bei Tomás empfinde! Ich will aber nicht mehr abwägen und mich rechtfertigen und verantwortlich und mir meiner Aufgabe bewusst sein. Ich will jung sein und begehrt und möchte wieder diese Schmetterlinge im Bauch fühlen'.
Sie setzte sich bedrückt neben Georg ins Auto – sie hatte sich so sehr auf diesen Abend gefreut! Wie viele Gedanken auf einer so kurzen Strecke Weg vom Haus ins Auto gedacht werden können.
Sie tastete nach Georgs Hand, hätte mit ihm so gern über all diese Verwirrung gesprochen und wusste doch, dass er wohl der letzte Mensch war, dem sie diese Gefühlsschwankungen anvertrauen konnte.
Heute waren sie bei Tomás und Julia eingeladen, die im luxuriösen Viertel wohnten, in dem auch die Deutsche Schule lag. Julia war Schweizerin, lebte aber wie Susanne seit ihrer Geburt in Madrid. Sie begegnete den neuen deutschen Freunden als einzige mit sehr großem Vorbehalt, und Hannah konnte sich denken, dass dieser nicht Georg galt, sondern ihr. Eines Tages meinte Susanne vertraulich: „Julia hat Minderwertigkeitskomplexe dir gegenüber, weil du zwei Jungen hast und sie nur Mädchen".
Hannah starrte die Freundin entgeistert an: „Das ist jetzt nicht dein Ernst!" Aber Susanne nickte nur und Hannah

dachte verwirrt, ‚woran wir Frauen unseren Wert festmachen, ist schon erschütternd. Ich fühl' mich nicht mehr als Frau, weil ich sterilisiert bin und Julia...! *Nur* Töchter, wenn ich das schon hör', fügte sie verbittert in Gedanken hinzu. Im tiefsten Innern aber wusste sie, dass nicht das der wirkliche Grund für Julias Zurückhaltung war. Sie musste spüren, wie sehr sich Tomás um sie, Hannah, bemühte, wie sehr er diese Einladungen wollte. Außerdem konnte sie sich nicht vorstellen, dass ausgerechnet Tomás eine Frau danach beurteilte, ob sie ihm Töchter oder Söhne gebar! Schließlich musste er als Arzt wissen, wie beteiligt er selbst daran war. Aber ob er sich als Spanier das auch eingestand?

Tomás sprach nie mehr von einem gemeinsamen Kaffeetrinken, dafür kam er mehrere Male in der Woche um Viertel vor zwei an der calle Serrano vorbei, wo Hannah darauf wartete, dass die Kinder aus der Schule kamen. Die Begrüßung zwischen ihnen war immer anders, mal freudig oder auch verlegen, mal glücklich oder nur von weitem und beide wussten, dass der andere wusste...

Und jedes Mal erzählte Hannah Georg von diesen Begegnungen! Manchmal kam es ihr so vor, als wäre dieses Erzählen eine Bitte um Schutz. Bis sie sich spöttisch selbst ermahnte: ‚Wie stellst du dir das eigentlich vor, dein Mann soll dich vor deinen Gefühlen für einen anderen Mann schützen? Ein bisschen zu viel verlangt, meinst du nicht auch?'

Und doch... Georg stand so hoch über ihr, Georg konnte alles, Georg konnte sie auch beschützen und halten. Oder nicht?

Eines Tages schlug ihnen Tomás vor, ob sie nicht ein Sommerwochenende nach Laredo kommen wollten, um endlich den Norden Spaniens kennenzulernen. Da Hannahs Mutter sich zu ihrem alljährlichen Besuch angesagt hatte, der immer auch bedeutete, dass Hannah mit Georg ein langes Wochenende verreisen konnte, während die Mutter auf die Kinder aufpasste, machten sie sich tatsächlich an einem Freitag im August auf nach Laredo .

Sie fuhren im hellen Licht des Mittags, das fast verletzte, so blendend lag es auf der Landschaft, in der es nichts

gab als nacktes Gestein und Gestrüpp. Doch unerwartet änderte sich plötzlich die Gegend, sie fuhren vorbei an hohen Pappeln und silbrigen Birken, ruhig floss der Duero westwärts Portugal zu.
Sie hielten in Aranda de Duero, fanden eines der urigen spanischen Restaurants, aßen den für diese Region berühmten Lammbraten aus dem Holzkohlenofen, dazu warmes Fladenbrot, und genossen den schweren roten Landwein. Danach ging es beschwingt weiter in Richtung Norden. Vor einem Hügel tauchten plötzlich die Türme der Kathedrale von Burgos auf.
„Weißt du, dass man diese Türme mit Masten mittelalterlicher Schiffe verglichen hat?" fragte Georg träumerisch.
Hannah wusste, wie sehr sich Georg seit seiner Zeit in der Marine nach dem Meer sehnte und wie sehr er das Segeln liebte. Ob sie wohl irgendwann seinen Traum leben könnten?
Staunend standen sie vor der atemberaubend schönen Kathedrale dieser kastilischen Stadt, bei der kein Quadratmeter frei war von Ornamenten und herrlichen Steinmetzarbeiten. Georg, der sich schon als Junge von seinem Taschengeld Kunstbücher geleistet hatte, versuchte Hannah die Bedeutung dieses Doms zu erklären, brachte Burgos in Zusammenhang mit dem Pilgerweg nach Santiago de Compostela, doch schließlich gab er entmutigt auf: „Es sind zu viele großartige Einzelheiten, und es ist einfach schade, dass wir nicht mehr Zeit für dieses Bauwerk haben, aber wahrscheinlich würden wir eh Jahre brauchen, bis wir alles bewundert und in seiner Bedeutung erkannt hätten", sagte er zu Hannah. Er legte den Arm um ihre Schultern. „Vielleicht, wenn wir alt und die Kinder aus dem Haus sind..."
Er beendete den Satz nicht und Hannah dachte, ‚was bis dahin alles geschehen kann! Ob uns dann noch der Dom von Burgos interessiert?'
Sie schlenderten weiter durch die Altstadt, und Hannah war glücklich, Georg wieder einmal so nah zu spüren und war gleichzeitig erfüllt von einer inneren Unruhe, die sie sich bemühte, vor ihrem Mann zu verbergen.

Es gab so viele Fragen. Was erwartete sie in Laredo, was war das für ein Dorf? Wie viel von Tomás' Vergangenheit würde ihr dort begegnen? Sie wusste, dass Tomás in Laredo geboren war, sie versuchte sich an seine Erzählungen über dieses Fischernest zu erinnern und wusste, dass es nicht das Dorf war, das sie interessierte. Es war Neugier und auch Vorfreude auf dieses Wochenende, sie war erregt bei dem Gedanken, dem Leben von Tomás näherzukommen. Da war dieses beschwingte Hochgefühl von Verliebtheit, abgelöst von Verwirrung und Schuldgefühlen, wenn sie sich fragte: ‚Und für diese Verliebtheit willst du alles aufs Spiel setzen? Deine Kinder, Deinen Mann, die Ehe, das gegenseitige Vertrauen?'
Sie fuhren die gewundene enge Bergstraße des Passes Los Tornos hinauf, hielten auf seinem höchsten Punkt. Vor ihnen der weite Blick über die Flussebene des Ebro. Dazwischen einzelne Höfe, kleine Dörfer und immer wieder die glitzernden Biegungen des Flusslaufes - mal reißend, mal langsam dahinfließend.
Sie durchquerten das Straßendorf Ramales, fast bedrohlich ragte steil eine Felswand auf. Bis die Landschaft allmählich flacher wurde.
„Ich kann das Meer schon riechen", freute sich Hannah, die sich wunderte, warum Georg so nachdenklich blieb.
„Magst du diesen Tomás?", fragte er plötzlich.
„Was meinst du mit mögen. Er hat unseren Jakob gerettet!" antwortete Hannah rasch und konnte nicht verhindern, dass sie rot wurde.
Georg warf ihr einen spöttischen Blick zu. „Das weiß ich auch, und dafür sind wir ihm beide wohl sehr dankbar. Aber ich glaube, du bist ihm nicht gerade gleichgültig".
„Wir wollten mal einen Kaffee zusammen trinken, bevor ich die Kinder von der Schule abhole, aber bisher kam es noch nicht dazu. Übrigens habe ich dir das ja erzählt".
„Und – willst du seine Einladung annehmen?"
„Mensch, Georg, das weiß ich nicht, jetzt besuchen wir Julia und Tomás erst einmal und darauf freue ich mich".
Georg legte leicht seine rechte Hand auf ihre ineinander verkrampften Hände: „Sei vorsichtig, Hannah, setz nichts aufs Spiel". Und Hannah schwieg.

Sie ließen Limpias hinter sich, ein Dorf mit hellen Häusern und Palästen in rotem Klinker, auf den Balkons hingen gelbe, grüne und rote Pfefferschoten zum Trocknen. Hinter hohen Mauern verbargen sich weitläufige Parks und Villen.
Unversehens tauchte das Stadtschild von Laredo auf, und Hannah war im ersten Augenblick ziemlich enttäuscht. Das Auffälligste waren hohe, hässliche Plattenbauten. Davor hatte Tomás sie schon gewarnt. „Diese Hochhäuser sind Laredos Bausünden für französische Touristen".
„Wieso für die Franzosen", hatte Georg erstaunt gefragt.
„Weil bisher nach Laredo nur die Franzosen kommen".
„Dann kann ich ja mein Brüsseler Französisch auffrischen", hatte Hannah eingeworfen.
Aber Tomás schüttelte den Kopf. „Für die Franzosen ist Laredo oft nur eine reine Geldanlage, selten verbringen sie ihren Urlaub hier. Sie kaufen die Wohnungen nach den Bauplänen, die ihnen die spanischen Konstruktionsfirmen in Paris oder sonstwo zeigen. Fertig haben sie die Wohnungen meist nie gesehen, wenn sie sie – abermals von Frankreich aus – gleich wieder verkaufen. Das ist eben der hässliche Teil von Laredo. Aber der Stadtkern – ihr werdet es ja sehen".
Doch am meisten enttäuschte Hannah die Landschaft. Vom Meer waren nur ein paar armselige Pfützen übrig, bei Ebbe zog sich das Wasser weit hinaus und hinterließ den Geruch nach Fisch und Algen.
Doch als sie die letzte Kurve genommen hatten, lag Laredo völlig unerwartet wie eine selten gelungene Fotografie aus Meisterhand vor ihnen. Der Blick verlor sich in der Weite eines Sandstrandes, im Anblick einer Bucht – wie geschaffen für einen Yachthafen, begrenzt von einem Bergrücken, der steil abstürzend ins Meer hinausragte und an den sich die trutzigen Mauern einer halb verfallenen Festungsanlage schmiegten.
Und im Hintergrund färbte sich der Himmel in allen Schattierungen der Abenddämmerung, gegen den sich weiß die geblähten Segel heimkommender Yachten abhoben.
Hannah und Georg waren ausgestiegen und genossen den Anblick, der sich ihnen bot. Von der Kirche drang

dünnes Glockengeläut zu ihnen hinüber und ein lauer Wind ließ die Blätter der Eukalyptuswälder vom Hinterland Laredos silbern aufleuchten.

„Hier könnt ich bleiben“, meinte Georg sehnsuchtsvoll, als er den Blick über die im Yachthafen vor sich hindümpelnden Segelyachten schweifen ließ oder am entgegen gesetzten Ende des Strandes die dicken Fischerboote an der Kaimauer des Fischerhafens von Laredo bewunderte.

„Ohne mich“, dachte Hannah, die Georgs Träume entsetzten. Sie liebte das Stadtleben, und Madrid war für sie die schönste Stadt, die sie je gesehen hatte. Außerdem wollte sie sich nicht unbedingt vorstellen, eine monatelange Ferienzeit in unmittelbarer Nähe von Tomás zu verbringen. Aber davon schwieg sie.

Olmedos hatten ihnen ein Zimmer im Hotel Carlos V. reserviert, das etwas abseits vom alten Stadtkern, doch vor dem Teil der Touristenhochhäuser lag. Sie selbst wohnten in einer Ferienwohnung im „Orly“, von der aus man das Meer sehen konnte und in drei Minuten am Strand war.

Als sie wenig später auf dem Balkon von Olmedos Wohnung standen, deutete Tomás auf offensichtlich neu erbaute Häuser, die links an die Anlage Orlys anschlossen.

„Da im ‚Royan‘ sind solche Wohnungen, von denen ich euch gesprochen habe. Die warten nur auf Käufer, die Eigentümer haben sie nie gesehen. Ihr erkennt schon an den Namen der Anlagen, hier haben die Franzosen das Sagen“, setzte er noch spöttisch hinzu.

„Und wie teuer ist so etwas?“

„Noch ziemlich billig. Wieso? Interessierst du dich dafür?“

„Warum eigentlich nicht? Für die Kinder wäre es Erholung von der Madrider Hitze, vor allem für Jakob. Und von Madrid ist es nicht so weit – da könnte ich an den Wochenenden schnell hier raufkommen“.

„Ist das nicht ein bisschen überstürzt“, mischte sich Julia ins Gespräch, die sich mit den vom Sand verfilzten Haaren ihrer ältesten Tochter abmühte.

„Na ja, ich würde nicht gleich kaufen – aber vielleicht einmal einen Sommer zur Probe hier verbringen. Die vermieten doch auch Appartements“.

„Hier im ‚Orly' sind immer welche zu mieten", meinte Tomás.
‚Werd ich eigentlich überhaupt nicht mehr gefragt', dachte Hannah wütend. ‚Georg übertreibt wirklich, es gibt ja noch mehr Orte im Norden, wir müssen nicht gerade hierher ziehen'. Aber auch jetzt hielt sie sich aus diesem Gespräch heraus. Welche Gegenargumente könnte sie auch anbringen?
„Was haltet ihr davon, wenn ihr erst mal ins Hotel geht, wir treffen uns später zum Abendessen in der calle del vino, der typischsten Straße von Laredo direkt in der Altstadt und danach entscheiden wir, wie der Abend weiter verläuft", schlug Tomás vor.
Die calle del vino führte erst mit Treppen, später steil als schmale Gasse in den oberen Teil der kleinen Altstadt und endete bei der Kirche, wo man wieder einen herrlichen Ausblick auf Hafen und Hinterland von Laredo hatte. Lokale und Kneipen reihten sich in dieser kopfsteingepflasterten Straße aneinander. ‚Wie viele Generationen von Menschen mit ihren verschiedenen Schicksalen hier schon darüber gelaufen sind'? , versuchte Hannah sich vorzustellen. Die Häuser erinnerten an die Seefahrervergangenheit dieser kleinen Stadt, trutzig und dunkel hatten sie wohl schon manchem Sturm standgehalten. Jetzt hing vor den Fenstern Wäsche zum Trocknen oder auch wieder Schnüre von aufgereihten Paprikaschoten.
Tomás hatte im ‚Somera' einen Tisch bestellt, offensichtlich das beste Restaurant von Laredo. Sie schwelgten in Vorspeisen, danach wurden Fischgerichte serviert, die sie so frisch noch nie genossen hatten, dazu gab es Wein, und bald herrschte eine wunderbar gelöste Stimmung, der sich Hannah mit einer für sie ungewohnten Leichtigkeit hingab.
„Wollen wir noch ein bisschen tanzen gehen?", schlug Tomás vor und ließ sich nicht durch den lustlosen Protest seiner Frau von dem Vorschlag abbringen. Hannah und Georg waren in Ferienlaune, für sie konnte diese Nacht noch lange währen.
Hinter der Residenz ‚Orly' lag eine Diskothek, aus der ihnen schon von weitem laut Musik entgegenschallte.

Obgleich der schummrige Raum besetzt schien, bekamen sie noch einen Tisch, bestellten sich Gin-Tonic und schon bald forderte Tomás Hannah und Georg Julia zum Tanzen auf.
Zum ersten Mal spürte Hannah Tomás so nah. Sein Arm lag leicht und besitzergreifend auf ihrem Rücken, ihre Hände umschlossen sich warm und zärtlich. Hannah spürte, wie sie ein Zittern kaum unterdrücken konnte, war erfüllt von Gefühlen so wild und leidenschaftlich, dass sie bis ins Innerste erschrak. ‚Lauf weg, Hannah, noch kannst du es. Du liebst deinen Mann, du willst das nicht'. Sie schloss die Augen. ‚Will ich das wirklich nicht? Was haben diese Empfindungen mit meinem Mann zu tun? Meine Liebe zu ihm ist unangreifbar, unverletzlich. Das hier ist Verliebtheit, ist Spiel und Verrücktheit'. Sie ließ sich hineingleiten in den Rhythmus der Musik, in Tomás Umarmung, in sein Schweigen, das so viel beredter war als tausend Worte, als er sie immer enger an sich zog. Leicht streiften seine Lippen ihr Gesicht – es war eine so zarte Geste, dass Hannah nicht sicher war, ob sie sich alles nur einbildete.
Wo waren eigentlich Julia und Georg? Sie blickte sich wie erwachend um und sah die beiden am Tisch, scheinbar ins Gespräch vertieft. Und doch wusste Hannah, dass Georg sie beobachtete. Ein unbegreiflicher Übermut packte sie: ‚Na und, beobachte mich halt. Siehst du, dass ich noch Frau bin? Dass ich begehrt werde? Dass ich nicht nur Mutter und Ehefrau bin? Dass du mich nicht immer so lange allein lassen und mich mit deinem riesigen Schatten erdrücken darfst! Ich bin auch wichtig, ich bin auch jemand…'
Es wurde eine lange Nacht. Hannah wurde immer beschwipster, wie sie es noch nie gewesen war, spürte eine Ausgelassenheit und Lebenslust, die sie im Tanz ausdrückte. Immer hatte sie das Tanzen geliebt, und es war schon viel zu lange her, dass Georg und sie Zeit gefunden hatten, einmal irgendwo tanzen zu gehen. Jetzt forderte sie entweder Tomás oder Georg auf, und sie genoss das schwerelose Schweben, die Musik und dieses Gefühl einer unsagbaren Leichtigkeit.

„Weißt du, dass Julia sehr eifersüchtig ist", fragte Georg, während sie dem Rhythmus eines langsamen Walzers folgten, ihrem gemeinsamen Lieblingstanz.
„Auf mich?" Trotz ihres Schwipses wusste Hannah, wie dumm diese Frage klang.
„Auf wen denn sonst. Aber ich habe ihr gesagt, dass es nur ein ungefährlicher Flirt ist, dass sie sich nicht aufregen soll".
‚Warum spürt sie nicht, dass ich von meiner eigenen Angst spreche', dachte Georg. ‚Ich will doch nur von dir hören, dass es keinen Grund zur Eifersucht gibt. Dass morgen wieder alles so sein würde wie immer...'

36 *1969*

Hannah hatte sich ein paar Mal mit Tomás in verschiedenen Cafeterias Madrids getroffen. Es waren leise Begegnungen gewesen, Begegnungen der Fragen.
„Singst du manchmal, wenn du allein bist?“
„Was ist deine Lieblingsfarbe?“
„Welche Blumen liebst du am meisten?“
„Liebst du auch den Wind, wenn du spazieren gehst?“
„Magst du den Nebel, wenn er die Konturen einer Landschaft ins Unwirkliche verwandelt?“
Ihre Hände berührten sich, verschlangen sich ineinander wie liebende Körper, streichelten und lösten sich, nur um sich wieder zu suchen.
„Warum fragen wir so viel?“
„Ich möchte wissen, wer du bist, was du denkst und fühlst“.
„Weiß ich das denn selbst?“, wollte Hannah fragen, war aber gerade jetzt in einer Situation, wo sie diese Frage gewiss nicht beantworten konnte.
Es war einige Wochen später, als Tomás anrief: „Ich habe für einige Tage ein kleines Appartement mieten können…“
Hannah presste den Hörer ans Ohr – um sie herum spielten Tanja und Jakob laut lachend Nachlaufen, Pilar saugte die Teppiche im oberen Schlafbereich, und Marga sang in der Küche einen spanischen Schlager. Hannah hatte das seltsame Empfinden, als gäbe der sichere Boden unter ihr nach, als schwankte einen Augenblick lang alles um sie herum – ihre ganze kleine Welt. ‚Ich sollte das als Zeichen nehmen – noch kann ich zurück'.
„Hast du... willst du…“ Tomás zögerliche Stimme holte sie in die Gegenwart.
„Wann wollen wir uns treffen?“
„Julia ist mit den Kindern in Laredo“.
„Georg ist in Deutschland“, antwortete Hannah und ihr war zum Weinen zumute. Es war alles irgendwie so erbärmlich, aber sie waren schon viel zu weit gegangen, sie konnten nicht mehr zurück.
Konnten sie nicht? Oder wollte sie nicht?

Nein, sie wollte nicht, sie sehnte sich nach Tomás, nach seiner Nähe, nach Berührung. Leise wiederholte sie ihre Frage: „Also wann?“
„Am Freitag?“
Freitag war gut, samstags hatten die Kinder keine Schule.
„Ich sehn mich nach dir“, flüsterte Hannah ins Telefon, und Tomás' Worte „Ich warte so sehr auf dich“, schwangen noch in ihr nach, als sie längst aufgelegt hatte.
Hin und her gerissen zwischen Vorfreude und Selbstvorwürfen flüchtete sie anschließend wieder einmal auf ihren Lieblingsplatz im Garten, auf die rote Schaukel. Sie schloss die Augen, spürte den leichten Wind aus der Sierra von Madrid und hätte am liebsten mit einer Handbewegung alle Fragen, alles Denken aus ihrem Kopf gelöscht.
Was war Tomás für sie? Wer war er?
Sie spürte ihn nah und war zugleich erfüllt von Selbstverachtung und Verurteilung. So viel widerstreitende Empfindungen. Irgendwo... irgendwo in ihr war gleichzeitig dieser brennende Wunsch nach Selbstbestätigung. Und die Wut auf die ständige Selbstentwertung, die sie – so schien es ihr jedenfalls – schon ihr Leben lang begleitet hatte. Da war aber auch die Suche nach der Antwort auf die Frage „bin ich nur eine Frau fürs Kinderkriegen?“ Und immer wieder ihr Zorn auf sich selbst, wenn sie sich bewusst machte: ‚Georg denkt doch gar nicht so von mir, nur ich – nur ich selbst habe solche Empfindungen.’
War es wirklich nur das Empfinden von Selbstentwertung und eigener Unwichtigkeit? War da nicht noch viel mehr? Leidenschaftlichkeit, die sie nicht wagte, auszuleben? Eitelkeit? ‚Spieglein, Spieglein an der Wand, wer ist die Schönste im ganzen Land?’ Sinnlichkeit und Abwechslung in all ihren Schattierungen? Wollte irgendetwas in ihr für sich einfach die Freiheit in Anspruch nehmen, ihre eingestandenen und verleugneten Wünsche zu leben?
Nur - wenn ihr Treue nicht so wichtig war, wie sie bisher angenommen hatte, warum dann damals bei Georg mit der Dr. B. diese moralische Entrüstung? Nein, Entrüstung war nicht das richtige Wort – damals war es Angst, nichts weiter als brutale Angst vor dem Verlassenwerden, vor der Trennung von ihrem Mann. Und heute? War das Ver-

hältnis mit Tomás eine Art Zufluchtsort, frei von jeder Bindung und dem Druck der Verantwortung? Wollte sie vielleicht gar nicht nach dem Versprechen „bis dass der Tod euch scheidet“ leben? Suchte vielmehr Freude für alle fünf Sinne! Keine Wiederholungen, aber auch kein Muster und noch weniger nur ein Echo für das Leben anderer? ‚Ich will gefallen, ich will begehrt werden, will diese Schmetterlinge im Bauch fühlen, die ich schon so lange vermisse.'
Plötzlich kehrte sie in ihre Gegenwart zurück, entsetzt über die Gedanken, die ihr für Minuten so selbstverständlich gewesen waren. Fragte erschrocken: ‚Und dafür setzt du alles aufs Spiel? Dafür verletzt du deinen Mann, spielst leichtfertig mit Vertrauen, das dir doch so wichtig ist. Und die Kinder? Willst du unbedingt das Bild, die Vorstellung, die sie von dir haben, zerstören?'
Rasch wies sie all diese wirren Empfindungen und Gedanken, die ihr eben durch den Sinn gegangen waren, weit von sich. Das war nicht sie! Oder… vielleicht doch?
Verzweifelt klammerte sie sich an die Schaukel, hatte keine Kraft, sich abzustoßen, die Phantasie des Fliegens auszukosten, die sie sonst so liebte. ‚Die Kinder sind noch so klein, und... ich liebe sie doch, ich liebe sie so sehr'.
Szenen tauchten auf wie Rückblenden: Ihre fünf Töchter in grün-rosa Kleidchen, gestrickt und gehäkelt von ihr, die langen oder kurzen Haare lose oder zum Pferdeschwanz zusammengefasst, blond und lockig oder von einer dunklen goldroten Farbe. Niemand in ihrer Familie war rothaarig und Georg spöttelte: „Du musst ja einen sehr treuen rothaarigen Liebhaber haben, dass der immer hinter dir herreist“, und sie lachten.
Andere Bilder: Nora mit ihrem strahlenden Lächeln, das die oberen zwei Zahnlücken entblößte, wie sie ihre funkelnagelneue Schultüte im Arm hielt.
Sarahs erster Tag im Gymnasium – sie war schon so groß und zu ernst für ihr Alter. Immer fühlte sie sich für alles verantwortlich, Hannah hätte ihr so gern mehr Leichtigkeit gewünscht, gleichzeitig war es gerade dieser Ernst, der sie denken ließ ‚Sarah ist mehr meine Freundin als meine Tochter'.

Oder der Tag, als sie Ken für die Dauer der zweimonatigen Ferien in ein Internat nach Sigűenza brachten. Der Junge hatte solche Schwierigkeiten in der Schule, das Sicheinfügen in eine Klassengemeinschaft fiel ihm so schwer und darunter litten seine Leistungen. Hannah hatte immer wieder versucht, ihm zu helfen, hatte unzählige Male mit dem Klassenlehrer gesprochen, Kens Schwierigkeiten erklärt - alles umsonst. Jetzt war seine Versetzung in die Oberschule in Gefahr, dieser kurze Internatsaufenthalt sollte eine Art Nachhilfezeit sein.
Sigűenza war ein wunderschöner Ort mitten in der Sierra de Guadalajara. Ken stolperte durch die faszinierenden Anlagen des mittelalterlichen Schlosses und auch als Hannah versuchte, ihm ein wenig von der spannenden Geschichte dieser Stadt zu erzählen, schaute er sie nur hasserfüllt an und rannte davon. Die lange Rückfahrt nach Madrid begleitete sie sein verzweifelt-trotziger Blick, als er im großen Schlafsaal seinen Spind einräumte, und so sehr sich Georg bemühte, sie zu trösten, „er ist doch nur acht Wochen hier", konnte sie nicht aufhören zu weinen. Sie wusste, Ken fühlte sich abgeschoben und irgendwie würde er ihr – nicht seinem Vater – das nie verzeihen. Dabei vermisste sie ihren Jungen doch jetzt schon.
Sie ließ ihren Blick über den Garten schweifen, beobachtete Tanja und Jakob, die vertieft und unzertrennlich im Sandkasten spielten, stieß sich leicht vom harten Lehmboden ab, und dachte beim sanften Schwingen der Schaukel: ‚Ich bin so stolz auf meine Kinder, und sie brauchen mich und überhaupt... Stimmt ja auch alles, aber vielleicht fühl ich mich gerade deshalb nur noch gebraucht und dadurch so verbraucht'.
‚Georg, wo bist du? Warum kannst du mir nicht mehr dieses Gefühl geben, das ich spüren muss, um nicht unterzugehen, das Gefühl, dass ich, allein ich wichtig für dich bin, vielleicht sogar lebenswichtig, so wie du es für mich bist. Ich liebe dich doch! Ich wollte das alles nicht!'
Wirklich nicht? Einmal hatte sie gehört, wie er zu ihrer Schwester lachend meinte: „Ich gebe es ja zu, ich bleib schon öfter mal länger im Büro als nötig, hier ist so viel Trubel!" Nein, er hatte nicht gewollt, dass sie diesen Satz

hörte und nein – sie hatte ihm nicht entgegen geschrien, ‚ich will auch mal irgendwo länger bleiben können, ich will auch manchmal ein wenig mehr Ruhe', statt dessen war sie wieder einmal in den Garten gerannt, hatte sich auf die Schaukel geschwungen, und diesmal hatte sie mit den Füßen die Spitze der Tanne erreicht.

Es gab noch die anderen Tage, die gemeinsamen Wochenenden. Georg hatte vom Geschäft den Landrover mitgebracht, die Kinder stiegen durch die hintere Tür in den geräumigen Wagen, aufs Dach passten die beiden kleinen Zelte und unterwegs wurde der Picknickkorb mit köstlich duftenden Brathähnchen voll gepackt und frischem knusprigem Brot. Sie fuhren zum Stausee Burgillo, suchten sich mit dem Landrover im unwegsamen Gelände einen Weg. Hielten an einer menschenleeren Stelle, bauten die Zelte auf, machten vorsichtig direkt am See Feuer, die Kinder badeten, während Georg das Feuer schürte und Hannah den Esskorb auspackte. Georg entkorkte den mitgebrachten Wein, füllte die Gläser, sie saßen auf dem winzigen steinigen Strand, den sie allein für sich hatten, beobachteten die Kinder und waren glücklich wie schon lange nicht mehr. Abends schliefen Jakob, Tanja, Ulrike und Nora in den Zelten, während Georg für Sarah, Ken, Laura, Hannah und für sich die mitgebrachten Luftmatratzen ausbreitete. Sie sangen gemeinsam ein paar Lieder, Hannah erinnerte sich an ihre Lieblingskinderlieder: „Es waren zwei Königskinder“ oder „weißt du wie viel Sternlein stehen“. Wenn dann später das ruhige Atmen der vom Spielen und Baden erschöpften Kinder zu ihr drang, und sie Georgs warme Finger spürte, die nach ihrer Hand tasteten, versuchte sie, die Sterne über ihnen zu zählen. Nein, sie wusste nicht, wie viel Sterne stehen, aber sie spürte, dass sie in diesen sternhellen Nächten, umgeben von ihrer Familie glücklich war, einfach nur glücklich.

Warum also Tomás? Warum?

Weil solche Augenblicke zu selten waren. Weil sie die meiste Zeit allein war. Weil sie sich nur als Mutter wichtig vorkam. Weil sie sich als Hannah nicht angenommen fühlte. Weil ihr eigenes Begehren in ihrer Ehe durch die vielen Schwangerschaften erloschen war. Und weil in ihr all die

Empfindungen waren, die sie noch vor ein paar Minuten so entsetzt abgelehnt hatte.

Der Freitag begann als regnerischer Septembermorgen, in den Regenpfützen schwammen Wolken. Sie brachte die Kinder in die Schule, schaute ihnen lange hinterher, heute Mittag würde sie der Chauffeur von Georgs Firma abholen...

Entschlossen wendete sie den Wagen, fuhr in Richtung einer der reichen Vororte von Madrid, nur eine halbe Stunde vom Zentrum entfernt. Mühelos fand sie die angegebene Adresse, blieb noch einige Minuten im Auto sitzen, schaute zu dem eleganten vierstöckigen Wohnblock, der umgeben war von gepflegten Gartenanlagen, wo in feuriger Pracht die Ebereschenhecke mit ihren roten Perlen leuchtete.

Hannah parkte ihr Auto, suchte den von Tomás genannten Namen „Lopez" auf den Schildern neben den Klingeln. Schellte, ihre Hand zitterte.

Der Rest des Tages war ein Traum von wilder Leidenschaft, fernen Schuldgefühlen und einem großen Staunen darüber, doch noch zu Gefühlen fähig zu sein, die seit den letzten Schwangerschaften unter Angst, Wut und Vorsicht begraben schienen. Dazwischen das gegenseitige zärtliche Erforschen, leise Worte, die wie Brücken des Verstehens waren.

„Hannah, was geschieht mit uns?"

„Ich weiß es nicht", ihre Hand strich über sein sonnengebräuntes Gesicht, zeichnete die Lachfalten um seine Lippen nach.

War das Liebe? ‚Nein, ich liebe Georg. Was tust du dann hier? Herrgott noch mal, ich bin verliebt, ich begehre diesen Mann hier an meiner Seite und fühle mich begehrenswert.'

Ist es das wert? ‚Ja, verdammt noch mal, das ist es mir wert. Es ist so leicht, so lebendig, so ohne jede Verantwortung und Verpflichtung und ohne jedes Besitzenwollen. Im Gegenteil, ich weiß und er weiß, dass wir uns nie wirklich besitzen werden, dass es keine rückhaltlose Hin-

gabe gibt, dass wir gebunden sind und es auch bleiben wollen'.
Warum konnte sie ihre Gedanken nur nicht zum Schweigen bringen? Fragte sich: ‚Also nur ein Spiel?' Wehrte ab: ‚Nein, das ist mir zu billig, vielleicht ist es eine Art Überleben in einem Alltag, der mich auffrisst, in dem ich mich nicht mehr finde, in dem ich nur für und durch andere existiere'.
Sie spürte den Blick von Tomás, der sie streichelte und liebkoste, überließ sich seinen zärtlichen Händen, stöhnte auf vor Lust und vergaß die quälenden Fragen und Überlegungen, die sie so plötzlich von ihm entfernt hatten. Später, später würde sie über alles nachdenken...
Als sie nach Hause kam, spielten die Kinder im Garten, Pilar und Marga hatten mit ihnen gegessen, die Hausaufgaben waren gemacht und auf dem Tisch lag ein Telegramm von Georg ‚Ich liebe dich – stopp – immer – stopp - freu mich auf Dich- stopp – Gruß G'.
Die Kinder hatten ihr Nachhausekommen noch nicht bemerkt, Hannah lief in ihr Schlafzimmer, warf sich aufs Bett, barg ihr brennendes Gesicht in ihrem Kissen und hätte am liebsten losgeheult und geschrien. ‚Warum sagst du mir das jetzt? Warum kann ich das nicht fühlen, wenn du da bist. Warum... warum?‘
Sie setzte sich auf, der große Spiegel am Kleiderschrank zeigte ihr das Bild einer Frau mit zerzausten Haaren, glühendem Gesicht und Verzweiflung in den Augen. Sie wandte sich an dieses Gegenüber und sagte leise: ‚Es ist so schrecklich allein zu sein. Und... und ich verliere meine Identität, wenn ich nicht spüren kann, dass ich geliebt werde'.
‚Aber du wirst doch geliebt. Da sind die Kinder, da ist Georg, deine Mutter, deine Schwestern, es gibt so viele Menschen, die dich lieben'.
Hannah starrte ihr Spiegelbild feindselig an: ‚Da hast du gerade die Richtigen genannt. Meine Mutter und Georg. Beide unerreichbar, beide auf einem Sockel'.
‚Aber du selbst hast doch diesen Sockel erbaut!'
‚Das stimmt doch gar nicht. Mutter – Mutter z. B. verkörperte immer Distanz und Autorität, wann gab es schon

einmal spontane Zärtlichkeiten? Sie machte immer alles richtig, zumindest bis zu dem Augenblick, wo ich anfing, selbständig zu denken und einiges anders zu sehen. Und Georg?'
Sie brachte ihr Gesicht nah an dieses Spiegelbild, so dass sie sich selbst nicht mehr klar erkennen konnte: ‚Siehst du, zuviel Nähe schafft unscharfe Bilder. Je erbärmlicher ich mich fühle, desto höher steigt Georg. Gleichgültig, was ich mache oder nicht mache, er ist immer der charmante, der bewunderte, der geliebte Mann, Vater, Schwiegersohn oder was auch immer', fügte sie entmutigt hinzu. ‚Begreifst du nicht', am liebsten hätte sie das Bild, das ihr so verzweifelt entgegenblickte, zerschlagen, vernichtet, ausgelöscht, ‚begreifst du nicht, dass es genau das ist, was ich empfinde? Ich bin ihn nicht wert, ich gehöre ausgelöscht, weil er so wunderbar ist, moralisch so hoch über mir steht. Er ist der Ehemann, der nichts anderes kennt als seine Liebe zu seiner Frau. Er ist der verständige Vater, der nie verbieten oder erlauben muss, weil die Erziehung, die Schulsorgen, die Entwicklung der Kinder in meinen Händen liegen. Er ist der erfolgreiche Strahlemann im Beruf, weil ich ihm – und das sind seine eigenen Worte – nie im Wege gestanden bin'.
Wieder die andere Stimme: ‚Nun tu nicht so, stell dich nicht als Märtyrerin hin. Du selbst erhöhst ihn so. Was willst du eigentlich? Außerdem weißt du genau, dass da noch anderes ist, was du nur nicht sehen willst, weil es nicht zu dem Bild passt, dass du gern von dir hättest.'
Verstört ließ sich Hannah wieder auf ihr Kissen sinken: ‚Das eine hat doch mit dem andern nichts zu tun. Ich habe einfach das Gefühl, von Georg gebraucht, aber nicht mehr geliebt oder gar begehrt zu werden'.
Noch einmal ereiferte sich ihr Spiegelbild: ‚Du lässt es ja gar nicht zu, dass Georg dich begehrt. Du wehrst dich nur noch gegen ihn'.
‚Das ist doch nicht meine Schuld. Ich habe zu oft zu viel Angst gehabt, wenn er mit mir schlafen wollte. Jedes Mal das bange Warten auf meine Periode, jedes Mal die Frage ‚bin ich wieder schwanger?' Das hat einfach jede Leidenschaft schon von vornherein erstickt'.

Wieder die innere Stimme, die ihr keine Ruhe gönnen wollte: ‚Und... soll das von jetzt an immer so bleiben? Ist Georg dein Mann fürs Lieben und Tomás der fürs Körperliche?'
‚Ich will das doch gar nicht! Ich glaube, ich würde fast alles dafür geben, wenn ich... wenn ich wieder das, was ich für Tomás empfinde, mit Georg leben könnte?'
‚Was meinst du mit alles dafür geben? Würdest du auch auf den Wunsch nach dem Gefühl der Gleichwertigkeit und Anerkennung verzichten, das dich so umtreibt?'
‚Ist es meine Schuld, dass ich es einfach nicht schaffe, mich genauso wichtig zu nehmen wie es Georg für mich ist? Und dass ich mich deswegen so allein gelassen fühle?'
‚Warum hast du so viel Angst vor dem Alleinsein?'
Hannah stand auf, strich ihre Kleider glatt, ordnete sich die Haare, warf einen letzten Blick auf ihr Spiegelbild und sagte müde: ‚Ich weiß es nicht, ich weiß es einfach nicht'.

Es war eine Zeit der Lügen und des Versteckspiels, des Entsetzens über sich selbst und ihrer Skrupellosigkeit Georg gegenüber. Aber auch eine Zeit der ungehemmten Leidenschaft und verliebten Stunden – in gemieteteten Apartments, in Hotelzimmern und manchmal sogar in kleineren Absteigen, bei denen Hannah sich fragte, woher Tomás sie wohl kannte.
Und immer wieder die bohrenden Fragen. ‚Warum merkt Georg nichts? Will er nichts merken? Bin ich ihm so gleichgültig? Oder ist er unsicher und flüchtet lieber ins Nichtwissenwollen?'
Wenn sie ausgingen, rief er sogar manchmal Tomás an, um ihn zu fragen, ob er Lust hätte mitzugehen. Julia machte das Spiel schon lange nicht mehr mit, Susanne und Robert hatten nicht immer Zeit, und Hannah wehrte sich nie gegen dieses Beisammensein zu dritt, während sie sich gleichzeitig verwundert fragte ‚warum macht er das? Ist er feige?' Etwas in ihr forderte: ‚Schlag ihn zusammen, er nimmt dir doch deine Frau weg', und wusste doch gleichzeitig, dass diese Gewalttätigkeit nicht ihrem Georg entsprach, dass er sie auch nicht auf diese Weise zurückhaben wollte. Mit seiner Forderung nach ihrer Entscheidung war er viel unbarmherziger als wenn er seine Ehe mit einer Schlägerei verteidigt hätte. Sie sollte zu ihm zurückkommen, sie sollte entscheiden…
Solche Abende endeten zumeist mit zu viel Alkohol, und danach stritten sie erbittert wegen irgendeiner Kleinigkeit, weil sie über die Ungeheuerlichkeit, die in ihr Leben eingebrochen war, nicht sprechen konnten. Hannah spürte, dass sie immer tiefer in einen Strudel von Schuldgefühl und Trotz, von Auflehnung und dem Wunsch, die Zeit einfach zurückzudrehen in ein Vorher, in ein Dasein ohne Tomás hinein gerissen wurde, ohne jedoch ernstlich an eine Trennung von dem Geliebten zu denken.
Dazwischen gab es Tage, da möchte sie sich am liebsten vor all dem zerstörerischen Aufruhr ihrer Gefühle in Georgs Umarmung verstecken. Sie möchte schreien, flüstern, stammeln: , Hilf mir! Ich will das alles nicht! Ich liebe dich! Ich kann nicht ohne dich und die Kinder leben'.

Gleichzeitig aber auch die Wut und der Wunsch ihn zu schütteln, aufzurütteln, anzuschreien: ‚Tu etwas! Jag Tomás endlich zum Teufel! Wehr dich doch'!
Stattdessen scheinbare Harmonie, Ausgelassenheit und immer mehr Alkohol. Sie hatte sich angewöhnt, schon morgens die ersten zwei oder drei Gläser vom billigen Landrotwein zu trinken – fühlte sich danach stark genug, all die kleinen und immer größer werdenden Probleme mit den Kindern, dem Haushalt und ihrer eigenen Situation zu bewältigen.
Kurz vor den großen Ferien der Kinder kam Georg nach Hause und verkündete strahlend: „Hannah, ich habe in Laredo eine Wohnung für die Sommermonate gemietet".
„Was hast du?!"
Er hatte sehr wohl gewusst, dass sie so entsetzt reagieren würde, deshalb meinte er nun besonders forsch: „Tomás hat uns im „Orly" eine Wohnung für die Sommermonate gemietet".
Hannah starrte ihren Mann entgeistert an. „In Laredo? Aber warum ausgerechnet dort? Und soll ich da etwa mit den Kindern all die Monate allein bleiben, oder machst du auch so lange Urlaub?"
Er lachte: „Ich? Nein, du weißt, das ist unmöglich. Du bist doch nicht allein, die Kinder sind ja bei dir. Vor allem für Jakob ist es ideal, irgendwo an einem Strand im Süden ist es zu heiß für ihn. Außerdem ist Laredo nur 400 Kilometer von Madrid entfernt, da kann ich an den Wochenenden öfter raufkommen. Und Tomás sagt, dass der Strand in Laredo besonders kinderfreundlich ist, weil er flach bis weit ins Meer hinausgeht, also nicht so gefährlich wie anderswo. Und die Wohnung ist sehr preiswert". Er merkte nicht oder wollte nicht merken, wie sehr sich Hannah zusammennehmen musste, um nicht mit den Fäusten auf ihn loszugehen. Noch nie hatte sie so eine abgrundtiefe Wut empfunden, wollte schreien: ‚Warum tust du uns das an, dir, mir – unserer Ehe. Warum kämpfst du nicht, schlägst Tomás zusammen, statt dich mit ihm über kinderfreundliche Strände zu unterhalten.' Auch wenn es sie eine unwahrscheinliche Kraft kostete, sie beherrschte sich, verließ das Zimmer.

Einige Tage später kamen Hannahs Eltern zu Besuch. Die Mutter hatte die Krise in Hannahs und Georgs Ehe längst gespürt, und Hannah war nicht fähig, ihr eine heile Welt vorzugaukeln, die nicht mehr bestand. Verzweifelt fragte sie: „Mutter, warum tut er das? Jetzt, wo es uns finanziell besser geht, wo wir nicht mehr so rechnen müssen, wo wir uns irgendwo in Spanien eine Ferienwohnung kaufen könnten, warum ausgerechnet Laredo? Warum serviert er mich praktisch dem andern auf einem Tablett?"
„Das hab ich ihn auch gefragt".
„Und, was hat er gesagt?"
„Er meinte, na ja... er sagte, entweder liebst du ihn, dann ist Laredo keine Gefahr für dich, oder du liebst Tomás, dann wäre es egal, ob Laredo oder sonst wo".
„Mein Gott, wie kann er nur so reagieren? Ich an seiner Stelle würde meine Frau Tausende von Kilometern weit von einer solchen Gefahr wegbringen", und wieder fiel ihr Dr. B. ein.
„Da ist noch etwas, was er gesagt hat."
Hannah schaute die Mutter fragend an.
„Er... er sprach von Rache".
„Rache? Was meint er damit?"
„Nun, er weiß genau, dass der Aufenthalt für dich nicht gerade schön sein wird, denn dieser Dr. Olmedo ist ja wohl mit seiner Familie dort. Ihr seid euch also nah und doch meilenweit voneinander entfernt".
Da gab Hannah ihren Widerstand auf, dachte vielmehr spöttisch, ‚ob er sich da nicht mal irrt. Es gibt immer Wege, sich manchmal zu treffen'.
Auch als sie noch im selben Jahr zwei Ferienapartments im Royan kauften, gerade gegenüber der Wohnung der Olmedos, widersprach sie Georgs Plänen nicht mehr.
Er selbst kam nur an den Wochenenden nach Laredo – Spanien war im Umbruch, es entstanden Gewerkschaften, es gab Arbeitskampf, Streiks – er konnte sich keinen wochenlangen Urlaub gönnen.
Dennoch bedeutete Laredo für ihren Mann offensichtlich etwas Besonderes, denn selten hatte sie ihn so glücklich gesehen wie in diesen wenigen Tagen in diesem Fischerdorf. Er genoss es, abends mit ihr in den vielen kleinen

Lokalen der engen Gässchen einzukehren, hier ein Glas Wein zu nehmen, dort ein paar Gambas oder Pilze in einer pikanten Knoblauchcreme oder gebratene Sardinen. Mit den Kindern am Strand oder durch die hohen Wellen zu toben, weit ins Meer hinaus zu schwimmen, ausgedehnte Spaziergänge am kilometerlangen Strand zu machen, der auf der einen Seite vom alten Fischerhafen und auf der andern vom Yachthafen begrenzt war. An trüben Tagen fuhren sie in die Umgebung Laredos, mal ins nahe Gebirge von Asón, oder es zog sie in eine Stadt, entweder nach Santander oder nach Bilbao.

Die gesellschaftliche Beziehung zu den Olmedos war nun völlig abgebrochen und Hannah dachte, ‚wie gut, dass Laredo im Sommer durch die vielen Touristen zur Stadt wird und eine Begegnung fast unmöglich ist'.

Während für Georg dieses Städtchen am Meer das Paradies schlechthin war und die Kinder seine Meinung uneingeschränkt teilten, bedeutete es für Hannah meistens die Hölle. Sie hasste Laredo, sie hasste den Sand, der sich, getragen vom Wind, überall einnistete: in Nasenlöcher und in Ohren, er knirschte unter den Zähnen und verfilzte die langen Haare der Mädchen. Sie konnte die Wohnung noch so oft kehren, dem Gesetz des Sandes entging sie nicht.

Aber manchmal konnte sie auch Georgs Leidenschaft für diesen kleinen Ort nachempfinden. Etwa beim Strandspaziergang früh morgens, wenn die Kinder noch schliefen. Dann saßen Georg und sie – windgeschützt – in den Dünen, und warteten auf den Sonnenaufgang über den umliegenden Hügeln. Hoch über ihnen der wilde Schrei einer Möwe im Blau dieses Sommermorgens. Oder bei einer Bootsfahrt entlang der Küste bis zum Felsen und Leuchtturm von Santonia.

Und auch dann, wenn sie nachts noch an den Strand gingen, wenn sie in den sanften Wellen, die im Mondlicht silbern glänzten, badeten, wenn ihr Lachen über den weiten Strand hallte und sie dachte, ‚ich fühle mich geborgen in Georgs Gegenwart, irgendwie geschützt vor meinen eigenen Gefühlen?' Gab es wirklich so viel Verdrängung? Sie wusste doch gleichzeitig, wie absurd in ihrer jetzigen

Situation solche Empfindungen waren. Und doch es gab sie, diese Lichtblicke: wenn sie beobachtete, wie er mit den Kindern Sandburgen baute, wie er Jakob auf die Schultern nahm und mit ihm lachend ins Wasser lief, oder wenn er sich, braungebrannt und voller Lebensfreude, neben sie aufs Handtuch fallen ließ, ganz sorglose Daseinsfreude. In diesem Augenblick liebte sie ihn mit einer solchen Heftigkeit, dass sie sein nasses Gesicht abküssen, seine Umarmung spüren, dass sie ihn beschwören möchte: ‚Verzeih mir, bitte, verzeih mir. Lass uns die letzten Wochen, Monate – waren es wirklich schon fast Jahre? – aus unserem Leben streichen. Ich möchte mit dir zusammen leben, dich lieben und niemand, niemand soll zwischen uns stehen'.
Nur... solche Augenblicke gingen unter in ihrem Schweigen.
Wenn Georg abreiste, war sie wieder ihrer Verwirrung ausgeliefert. Stand stundenlang am Fenster, starrte auf die Wohnung von Tomás, hoffte, ihn auf dem kleinen Balkon zu sehen, beobachtete wütend und gedemütigt den Geliebten, wenn er mit seinen Töchtern auf der Wiese vor ihren Augen Federball spielte, seiner Frau den Arm um die Schultern legte, mit der Familie am Strand lag – wenige Schritte von ihr entfernt.
Nur manchmal gelang es ihnen, sich wenigstens für Augenblicke heimlich zu treffen. Gestohlene Küsse, flüchtige Berührungen, geflüsterte Sehnsucht.
Und Hannah wurde für sich selbst immer unsichtbarer...

38 1971

Es war ein Herbstabend in Madrid. Hannah lehnte sich im Taxi zurück, schloss die Augen. Sie hatte ihren Wagen in einer entlegenen Straße abgestellt, niemand würde ihn dort entdecken. Danach ein Taxi gesucht, um an die Plaza de la Opera zu kommen.
Der Taxifahrer sang leise vor sich hin, sie lächelte in den Rückspiegel, als sich zufällig ihre Blicke trafen. Dachte: ‚Ich möchte mich mit ihm unterhalten, vielleicht vergeht damit diese bohrende Unsicherheit'.
Wie erwartet kamen die immer gleichen Fragen: ‚Sie sind aber keine Spanierin, leben sie schon lange hier, gefällt ihnen Madrid'?
Hannah schaute hinaus in die vorübergleitende Dämmerung. Vor ihr die Plaza de la Independencia, der dreifache Bogen als herrliche Kulisse für den dunkelroten Abendhimmel. Wie eine riesige Schlange wand sich die lange Kette glühender Rücklichter die Alcala hinunter. Am Postamt machten sie den Bogen um den Brunnen der Cibeles. Seine Wasserfontäne glitzerte silbern im Schein der untergehenden Sonne.
‚O ja, Madrid gefällt mir', versicherte sie dem daraufhin zufrieden strahlenden Taxifahrer.
Sie traf zehn Minuten vor der verabredeten Zeit am Opernplatz ein – spottete innerlich wieder einmal über ihre große Pünktlichkeit, beobachtete die anderen Menschen, die mit ihr hier an dieser dunklen Treppe warteten.
Auf wen? Auf was? Auf Freunde oder Freundinnen, den Autobus oder nur einfach auf irgendeinen günstigen Zufall, der ihnen wenigstens für Stunden die Einsamkeit vertrieb?
An der Ecke lehnte ein blinder Losverkäufer. Es war das alleinige Recht der Blinden in Spanien, Lose zu verkaufen. Wie ein Uhrwerk rief er unentwegt zweimal hintereinander sein aufforderndes, monotones: "Para hoy - para hoy". Nur wenige Leute blieben stehen, kauften ein Los für die Ziehung am heutigen Abend. Unsicher tastete er mit zitternden Fingern die einzelnen Zeichen und Nummern auf den Losen ab, murmelte den Preis und befühlte vorsichtig

das eingetauschte Geldstück, bevor er es in die Tasche seiner Jacke steckte.
Drei kichernde Mädchen schoben sich vorbei, langes Haar umgab schmale Gesichter mit neugierigen Augen. Sie lachten über ein Kompliment, das ihnen irgendein vorübergehender Mann zuwarf.
Hannah schaute ungeduldig auf die Uhr. Immer vergingen ihr die Minuten schleichend langsam, wenn sie auf Tomás wartete. Gerade als sie wieder ihr Hin- und Hergehen aufnehmen wollte, kam er rasch und lächelnd auf sie zu. Und wieder empfand sie seinen Anblick als Schock, seine schmale Gestalt, sein dunkles Gesicht mit den braunen Augen, den scharfen Linien und Falten. Sie spürte diese nun schon bekannte Trockenheit im Mund und dass es ihr Mühe machte, zu atmen. Die Beklemmung verging so rasch, wie sie gekommen war, und abermals fand sie sich entsetzlich lächerlich. Nur gut, dass er so wenig von dem Irrsinn wusste, den er immer noch in ihr auslöste.
"Hallo", sie gaben sich nicht die Hand, scheu blickten sie sich um, aber niemand beachtete sie. Sie stiegen die Treppen hinunter.
"Wieso konntest du für heute Abend etwas finden?"
Er lächelte: " War es eine Überraschung für dich?"
Sie nickte: "Und wie konntest du dich freimachen?"
"Frag nicht, bitte. Lass uns nur zusammen sein".
Nach einer Weile fragte er: "Und du? Was hast du den Mädchen gesagt?"
Sie lachte auf: "Ich brauch ihnen wohl kaum Rechenschaft über mein Weggehen zu geben".
"Und die Kinder?"
"Sind im Bett, sie wissen nicht, dass ich weg bin. Und Georg hat schon um 5 Uhr angerufen. Er kommt erst in drei Tagen aus Paris zurück".
"Wird er nicht später nochmals anrufen?"
Sie schüttelte den Kopf und suchte tastend seine Hand. Er überließ sie ihr nur widerwillig. Immer diese Angst vor der Öffentlichkeit.
Sie schaute ihn von der Seite an: "Wohin gehen wir eigentlich? Wieder zu der Hexe?"

Er lachte: "Du hast ja Recht, aber die Hexe, wie du sie nennst, gibt uns immerhin ein Bett und eine Tür, die wir hinter uns zumachen können. Ich konnte heute nichts anderes finden“.
Sie traten schnell in den Flur des Hauses Nr. 11.
"Glaubst du, wir sind den beiden Frauen da unten aufgefallen?"
Wie sie seine Vorsicht hasste. ‚Ich hätte heute überhaupt nicht kommen sollen!’ Sie sagte es nicht laut, warf einen raschen Blick auf Tomás; er war ernst und irgendwie sehr gesammelt und weit weg.
Die Frau kam trotz ihres Alters und der aufgeschwollenen Beine hastig die Treppen hinuntergestampft. Widerlich sah sie aus: Graues, wirres Haar, um die Schultern einen wohl ehemals blauen Schal geschlungen, das geblümte Hauskleid spannte über dem dicken Bauch.
Hannah schauderte leicht. Wie kalt es schon war. Sie sehnte sich danach, dass Tomás seinen Arm um sie gelegt hätte. Aber er war im Augenblick unerreichbar. Selbst vor einer Puffmutter musste man vorsichtig sein. Sie spürte wie Bitterkeit aufstieg, gleichzeitig war ihr schon klar, dass sie ungerecht war. Würde sie nicht auch diesmal wieder hier bleiben?
Die Stimme der Frau riss sie aus ihren Gedanken. "Warum haben Sie denn nicht vorher noch einmal kurz angerufen, ich wusste nicht, ob Sie auch wirklich kämen. Na ja, ist egal, es ist noch früh“. Es war erst neun Uhr, um diese Zeit macht man normalerweise in Spanien noch keine Liebe...
Die Alte schloss eine Wohnungstür auf und schob die beiden ungeduldig hinein. Hannah schaute sich um. War wieder einmal erstaunt, was hinter so viel bürgerlicher Fassade steckte. Auf dem Schrank im Flur stand ein kleiner Stoffhund, daneben auf gehäkeltem Deckchen Kinderbilder. Ein Junge auf dem unvermeidlichen Bärenfell, daneben ein Bild des ersten Schultages, oder im Silberrahmen der gleiche Junge bei der Kommunion.
"Komm", Tomás' Stimme riss sie aus ihrem Nachdenken. Die Frau hatte sie zu einem Zimmer geführt, das an anderen Tagen wahrscheinlich ihr Wohnzimmer war: hellrotes

Plastiksofa, Plastiksessel, ein billiger Couchtisch, ein kleines Schränkchen auf dem wieder Kinderbilder und eine herausgeputzte Puppe standen. Und auf der andern Seite ein breites Bett, das sie jetzt geschäftig aufschlug.
Sie murmelte: "Weil Sie ordentliche Leute sind, leg ich schnell ein neues Betttuch auf. Sie sind ja nicht solche Schlampen, die sonst hierher kommen".
Hannah saß auf einer Sessellehne und schaute den fahrigen Bewegungen der Frau, die sich mit dem Tuch abmühte, krampfhaft lächelnd zu. Sollte sie ihr vielleicht gar noch helfen? Es war so schon fast unerträglich, derart sachlich auf die Eindeutigkeit ihres Hierseins hingewiesen zu werden. Sie fror trotz Wintermantel und Heizung. Rasch erhob sie sich, die Frau verstand dieses Aufstehen auf die ihr einzig mögliche Weise: "Zweite Tür rechts, Fräulein".
Hannah bekam fast einen nervösen Lachkrampf, verzweifelt biss sie sich auf die Lippen, verschwand hinter der zweiten Tür rechts. Es war wie eine Erlösung, als sie endlich eine Tür hinter sich schließen konnte. Vor lauter Aufregung musste sie tatsächlich und empfand die Wärme des Urins und die Natürlichkeit des Vorgangs sogar als beruhigend. Als sie sich die Hände wusch, betrachtete sie sich kritisch im Spiegel über dem Waschbecken. Das Lächeln war zu spöttisch, das Gesicht zu bleich, die Augen sehr groß und sehr dunkel.
'Ob ich noch etwas Parfum nehme? Caleche, er liebt den Duft'.
Mutlos setzte sie sich auf den Klodeckel: 'Tomás, was tu ich eigentlich hier - hier in dieser Wohnung, die nicht uns gehört, in einer Sicherheit, die keine war und erkauft werden musste?'
Wenn von den Nebeneinnahmen der Frau etwas ruchbar wurde, konnte ständig die Polizei zu erwarten sein. Nein, Angst hatte sie nicht, nur elend fühlte sie sich, sehr elend und allein. Sollte sie aus der Geborgenheit dieses Badezimmers überhaupt wieder hinausgehen? Frische Handtücher, hinter dem Plastikvorhang in der Wanne ein Bidet, ein Irrigator - es war an alles gedacht.
'Georg, ich will nicht! Ich will wieder zurück in eine gute, eine richtige Ehe, in eine Zärtlichkeit, die wirklich ist'.

Sie spürte, wie ihr die Tränen kamen. Das fehlte gerade noch. In einem billigen Absteigequartier Sentimentalitäten! Hart schob sie den Türriegel zurück und ging ins Zimmer. Das Bett war mittlerweile fertig, die Frau klagte, wie vorsichtig man wegen der Nachbarn sein müsse und die Polizei und das Geld, das sie so nötig brauche. Sie widerte unsagbar an.
"Einen Moment noch", als sie zurückkam, hatte sie ein kleines weißes Frotteetuch in der Hand und legte es in die Schublade des Schrankes, auf dem die Puppe saß und die Kinderbilder standen.
Hannah spürte Tomás' zwingenden Griff an ihrem Arm. Merkte er, dass sie kurz vor einem hysterischen Ausbruch stand? Was war nur heute Abend mit ihr los? Völlig normal und ruhig hörte sie sich 'danke' sagen. Endlich schloss die Alte die Tür. Die Glasfenster waren mit schwarzem Papier verklebt.
Tomás trat rasch auf sie zu, nahm sie fest in den Arm: "Verzeih mir, Hannah, verzeih mir, eine solche Umgebung, es ist unerträglich. Aber ich konnte für heute nichts anderes finden“. Er hielt sie mit beiden Armen ein wenig von sich weg: "Sollen wir gehen? Bitte, sag doch etwas!"
"Nein, wir wollen nicht gehen“, sie legte ihr Gesicht an seine Wange, spürte wieder dieses erregende Verlangen, das stärker war als alle Bedenken. Sie flüsterte: "Tomás, halt mich fest!"
Wahrscheinlich wäre es besser zu gehen. Aber sie hatte die kurzen, gestohlenen, ängstlichen Minuten so satt, die flüchtigen Berührungen, die heimlichen Zärtlichkeiten.
Schrill ertönte eine Klingel, sie fuhren erschrocken auseinander, fingen dann beide an zu lachen. "Es ist nichts. Wahrscheinlich noch ein Paar, das nicht weiß, wohin“.
Er zog sein Jackett aus, streifte die Krawatte, ohne den Knoten zu öffnen, über den Kopf, knöpfte sein Hemd auf. Wie braungebrannt er noch war – von den Ferien mit der Familie in Laredo...
Er trat dicht an sie heran, begann sie mit behutsamen Händen auszuziehen. "Wie schön du bist".

Hannah erschauerte. Wie sehr hatte sie sich nach diesem Augenblick gesehnt. Sie spürte sein weiches Gesicht an ihrem Mund, seine Arme...
"Hannah" seine Stimme klang rau, "komm, bitte, komm“, er zog sie zum Bett, und jetzt gab es nicht mehr die bedrückende Umgebung, das Stimmengewirr im Flur, die Angst vor dem Nachher. Sie spürte seine Nähe, sein Fordern und Geben, und wie jedes Mal überkam sie das fliegende Gefühl des Versinkens, dieses Schwindel erregende Kreisen in ihrem Kopf, in ihrem Körper, in ihrem Blut. Leise schrie sie auf, den Mann umklammernd. Schweiß rann über ihre Körper, sein Kopf lag auf ihrer Brust, sein Gewicht auf ihrem Bein.
Tomás hob den Kopf, lächelte sie an: "Hannah, dieses Glücksgefühl, das kann uns niemand nehmen, nein?"
Fast ängstlich klang seine Stimme. Verträumt flüsterte sie: "Ich möchte einmal eine ganze Nacht mit dir zusammensein, eigentlich schrecklich wenig, was wir wollen. Nur einmal gemeinsam frühstücken. Nur ein Hauch von Alltag eben“.
Er setzte sich auf, zog die Decke über ihre Körper, meinte mit einer Stimme, die ihr plötzlich so fremd vorkam: „Du weißt, dass es nicht geht. Es sei denn…“
Sie schaute erwartungsvoll in sein Gesicht, das ihr plötzlich sehr verschlossen vorkam: „Es sei denn…“ wiederholte sie fragend seine letzten Worte.
„Es sei denn, wir geben alles auf und gehen fort. Ich habe mich erkundigt. Ich könnte in Argentinien arbeiten, dort ist mein Studium anerkannt“.
Mit einem erschrockenen Ruck schleuderte sie die Decke von sich, stand auf, begann sich mit zitternden Händen anzuziehen: „Nein!“ Voller Angst hatte sie dieses Wort hervorgestoßen, Angst vor dem Zusammenbruch ihrer Welt. Ihre Gedanken rasten: ‚Georg aufgeben? Nie, ich will das nicht! Ich liebe ihn, ich liebe unsere Vergangenheit, ich kann ihn doch nicht verlieren! Und die Kinder!’ Plötzlich waren sie alle so nah, so gegenwärtig mit ihren Stimmen, ihrem Lachen genauso wie mit ihrem Streiten und Schreien, mit ihrer Liebe und ihren beginnenden pubertären Schwierigkeiten. Sie sah sie durchs Haus toben,

im Garten spielen, am gemeinsamen Esstisch sitzen, spürte eine Zärtlichkeit in sich aufsteigen, die so ungestüm, so unmittelbar war, dass sie glaubte, hilflos im Zentrum eines Erdbebens zu stehen. Ihr Leben aufgeben? Nein... nein!

Und unversehens erkannte sie auch, dass es kein Nichtwissenwollen bei Georg war. ‚Es ist vielleicht zum Teil Bequemlichkeit, er wird sich ein Leben ohne mich schon wegen der Kinder nicht vorstellen mögen.' Aber es war vor allem... Warten. Er wartete auf sie! Er wollte ihr die Möglichkeit geben, zurückkehren zu können, zurückzukehren in ihr gemeinsames Leben, in eine gemeinsame Zukunft, und gleichzeitig wollte er ihr mit diesem Warten zeigen ‚ich bin da, ich verlass dich nicht'. Aber warum gab es kein Gespräch mehr zwischen ihnen, warum musste sie mit all dem Fordernden ihrer täglichen Gegenwart allein fertig werden? Er war in ihrem Leben einfach nicht mehr anwesend, nicht mehr spürbar. Tränen schossen ihr in die Augen, die sie verstohlen wegwischte. ‚Aber ich liebe auch Tomás!' Ihn, der so unerwartet in ihren Alltag gestürmt war, der ihr die Lust zurückgegeben hatte und den Willen, morgens wieder aufstehen zu wollen.

Völlig unerwartet überrumpelten sie die strengen, fordernden Stimmen ihrer Kindheit, ihrer Erziehung, der dumpfen Bürgerlichkeit, die überall in der Umgebung ihres Kindseins, ihrer Jugend geherrscht hatten und die sie sich, wie sie jetzt erkannte, selbst zur Norm ihres Daseins gemacht hatte mit all ihren moralisierenden Gesetzen und Aussprüchen wie: 'Mach dir nichts vor, das gibt es nicht, man kann nur einen Mann lieben'. Sie wollte diese Stimmen niederschreien: ‚Warum denn nicht! Schon als Baby liebst du zwei Menschen. Außerdem... ich liebe sieben Kinder und nicht nur eins!'

‚Das ist etwas anderes! Du bist einfach anomal, du bist eine Schlampe, eine Hure!'

‚Nein, bin ich nicht', innerlich aufschluchzend zog sie sich den Pullover über den Kopf und wünschte, in dieser Dunkelheit, in dieser für einen Augenblick lang herrschenden Unsichtbarkeit verharren zu können. ‚Ich kann nicht mehr! Mein Leben war doch einmal gut gewesen! Wie war es

nur so weit gekommen? Überall Scherben, überall Verzweiflung und ich mitten drin!'
Tomás hatte sie schweigend beobachtet. Jetzt stand auch er auf, wortlos zogen sie sich an, verließen das Zimmer, die Wohnung. Winkten einem Taxi, standen sich gegenüber. „Und?“ Sie schüttelte den Kopf: „Ich kann nicht!“ Sie spürte, wie Hoffnungslosigkeit über ihr zusammenzuschlagen drohte - hier Georg und die Kinder, die sie nicht aufgeben, nie und nimmer verlassen wollte und da der Geliebte, ohne den sie bis heute geglaubt hatte, nicht leben zu wollen. Und während das Taxi anfuhr, sie unerbittlich von Tomás trennend, spürte sie mit einer schmerzhaften Einsicht: ‚Ich bin einfach zu feige für eine klare Lösung, fürchte unwiderrufliche Entscheidungen und finde Trennungen unerträglich'.
Und doch wusste sie in einem kleinen Winkel ihres Innern, in dem Teil, der sie schon immer wie aus einer ihr unerklärlichen Distanz heraus kalt und mitleidslos beobachtete, dass die Zeit mit Tomás schon jetzt Vergangenheit war, eine Vergangenheit, die eines Tages vielleicht nur noch aus Erinnerungen bestehen würde - einer leeren Zigarettenschachtel, einem abgegriffenen, oft angeschauten Foto, einem Olivenkern, einem Taschentuch mit dem schwachen Geruch nach dem vertrauten Eau de Cologne. Und einer inneren Leere...

Vergangenheit und Zukunft waren auseinander gerissen, und Hannah selbst befand sich irgendwo dazwischen, lebte verschiedene Wirklichkeiten nebeneinander. Oft genug erschien es ihr unmöglich, diese Wirklichkeiten miteinander zu verbinden.
Und sie trank zu viel, erst manchmal schon morgens die ersten Gläser, später immer öfter morgens die ersten Gläser. Sie bildete sich ein, dass es einen anderen Menschen aus ihr machte, einen Menschen, dem nichts etwas anhaben konnte. Nur wenn sie trank, war sie stark. Stark genug, um ihre Schuldgefühle auszuhalten. Stark genug, um sich nicht mehr zu sehr zu verachten. Stark genug, sich nicht nach Tomás zu sehnen. Sie hasste den herbsäuerlichen Geschmack des billigen Rotweins, schüttelte sich vor Ekel und schenkte sich das nächste Glas ein. Und manchmal ließ der Alkohol die Wirklichkeit verschwimmen, wurde sie sich der Lebendigkeit ihres Körpers bewusst, wurde das Lachen einfacher und sie selbst federleicht.
‚Bis die Kinder nach Hause kommen, bin ich wieder so weit, dass sie nichts von meinem Trinken merken', dachte sie, während sie wie eine Verrückte Zähne, Zunge und Zahnfleisch mit einer nach Pfefferminz schmeckenden Zahncreme bürstete. Nervös suchte sie anschließend nach einem Alka Selzer, löste die Tablette in Wasser auf, stürzte die Flüssigkeit hinunter. Danach das Vitamin-B-Präparat. In einer Apotheke wurde ihr das empfohlen, natürlich nicht in der, die sie so oft wegen der Kinder oder sich aufsuchte – nein, in einer, die weit weg lag, irgendwo auf dem Schulweg der Kinder. Wie selbstsicher sie dort aufgetreten war: ‚Mein Mann hat viele Geschäftsessen, und muss dabei natürlich auch öfter ziemlich trinken, gibt es nicht etwas, damit er am nächsten Tag keinen zu schweren Kopf hat?' Wie gut, dass es in Spanien noch fast alles ohne Rezept gab.
‚Ist das jetzt mein Leben?'
Sommermorgen! Das erste Licht, geheimnisvoll glitzern in ihm noch letzte Sterne, ein verblassender Mond. Doch wo war der blaue Himmel über Madrid geblieben, in den sie

sich voller Freude und Kraft auf der Kinderschaukel emporgeschwungen hatte? Wo die sonnengetränkten Schatten im Garten? Wo dieses knisternde Lebensgefühl, mit dem sie so lange alles Neue und alles Schwere, alles Gewohnte und jede Erinnerung gelebt hatte? Wo war überhaupt das Leuchten geblieben? Es war ihr, als hätte jemand mit groben Pinselstrichen über alles, was sie umgab, einen Grauschleier geschmiert.

Und wo war die Sehnsucht? Sehnsucht nach Nähe, nach Wärme, nach Zärtlichkeit, nach Georg? Wo war die innere Übereinstimmung, wo die vielen Pläne geblieben, wohin war überhaupt das Abenteuer Leben gekommen? Konnten sie sich überhaupt noch einmal das sein, was sie ehemals füreinander waren? Hatte sie nicht in den Umarmungen, in denen sie Tomás gespürt und genossen hatte, die Liebe zu Georg so endgültig verraten, dass sie sich fremd geworden waren, fremd als wären sie fertig miteinander?

Es war alles so anders, irgendwie so nebensächlich geworden.

„Ich will in unser altes Leben zurück“, sie sagte es beiläufig, hatte er es überhaupt gehört? Es war ein Schmerz in ihr, dass sie glaubte, er müsse sie zerreißen, von innen heraus verbrennen. Ihre wunderbare Liebe füreinander - sie konnte nicht für immer vorbei sein, eingetauscht gegen Alltäglichkeit, gegen das Nichts. Nur die Erinnerung war noch lebendig, alles andere war in weite Ferne gerückt, war so unwirklich, als hätte es diese Gefühle nie gegeben. Warum schrie Georg nicht: ‚Du hast es zerstört'.

So könnte sie wenigstens versuchen zu antworten, könnte um Verständnis bitten: ‚Ich wollte es nicht zerstören. Ich habe nur nicht mehr fühlen können, ob ich nach der Operation noch eine Frau war, deine Frau. Ob ich überhaupt je wichtig für dich war, ich allein!'

Sie hatte schon einige Operationen hinter sich, aber sie dachte nur immer an DIE OPERATION.

‚Und dafür musstest du zu einem anderen Mann, musstest alles aufs Spiel setzen? Und obendrein beklagst du dich auch noch?' Nein, so würde Georg nicht antworten, er war bei ihr geblieben, er hatte sie nicht verlassen und...

‚Wieso verlassen? Es gab doch gar keine andere Lösung, als zusammen zu bleiben. Da waren die vielen Reisen und die langen Stunden im Büro. Was sollte er denn mit sieben Kindern anderes machen?'
‚Was? Nun, ziemlich einfach! Die Kinder ihr überlassen, weggehen, einfach weggehen'.
Nein, nicht Georg, nicht ihr Mann, er ließ sie nicht im Stich, nicht seine Frau und nicht seine Kinder. Doch war das der einzige Grund, eine Ehe, ihre Ehe aufrechtzuerhalten? Er wollte so gar nichts wissen von ihrer Verzweiflung, ihre Not war nicht die seine, er wartete noch immer. Auf sie?
Sie saß am Esszimmertisch, auf dem sich das schmutzige Geschirr des Frühstücks stapelte. Der Fahrer vom Geschäft hatte die Kinder und Georg im Landrover mitgenommen, schon seit Monaten brauchte sie niemanden mehr zur Schule oder ins Büro zu fahren. Sie sollte aufstehen, sollte mit der Hausarbeit beginnen. Wozu? Es war, als hätten die Stühle, als hätten die Bänke, die sie gekauft hatten, weil nur so alle am Esstisch Platz fanden, als hätten die achtlos auf dem Tisch zurückgelassenen grünen Tassen, Teller, Löffel ihre Bedeutung verloren. Ihr Blick strich in lähmender Stille darüber, einer Stille, die undurchdringlich geworden war. Gedankenlos zerkrümelte sie eine angebissene Scheibe Weißbrot. ‚Georg ist doch nur für uns da. Was vermisst du eigentlich? Er arbeitet nur für uns, auch für dich so viel'.
Eine innere Stimme spottete: ‚Nicht nur für uns. Auch für sich und oft genug dürfte ihm das Büro wie eine Insel vorkommen, auf die er vor dem Umtrieb daheim flüchten konnte. Er hatte viel Geschäftsbesuch, ging aus, lernte teure Lokale kennen, besuchte abends mit den Gästen Varietés und genoss das Madrider Nachtleben. Er reiste viel, lernte Länder kennen'.
‚Länder? Du meinst wohl Konferenzräume und Sitzungen und immer in Hotels leben und in Restaurants essen. Und die Hetze und das ständige Gefordertsein'.
‚Ich würde gern manchmal mit ihm tauschen.'
‚Bist du neidisch?' ‚Vielleicht! Er hat alles, Familie, Karriere, Reisen, fremde Menschen...'

‚Und was machst du?', fragte diese eiskalte Stimme in ihrem Innern mit ihrer grausamen Unerbittlichkeit.
‚Ich? Ja, was mache ich eigentlich? Meine Arbeit ist so... so unsichtbar'.
Ihr Leben war: morgens die schmutzige Wäsche einsammeln, rein in die Waschmaschine, raus aus der Waschmaschine, voller Korb nasser Wäsche die Treppen hoch in die Küche und die Treppen hinunter in den Garten schleppen, war Unterwäsche, Schlafanzüge, Hemden, Blusen und Jeans, Betttücher und Tischdecken an der Leine zwischen Apfel- und Feigenbaum in der frischen Luft trocknen. Mittags bügeln und wenn die Kinder oder Georg am nächsten Morgen eine saubere Jeans, ein frisches Hemd anziehen wollten, lag alles gewaschen und gebügelt im Schrank und keiner hatte etwas gemerkt.
Ihr Leben war aber auch: an einem Samstag wieder einmal mit dem schwerfällig großen Landrover in die Umgebung von Madrid fahren. Mit den Kindern singen „tri chinisi mit dim Kintribiss" und vor Lachen nicht weitersingen können. Wenn die Schar laut und lärmend aus der hinteren Autotür zum Spielen stürmte und wenn nach ein paar Minuten ihr Jüngster, ihr Jakob angerannt kam, hochrot im kleinen Gesicht, strahlend vor Freude und in der Bubenfaust einen zerdrückten Blumenstrauß „da Mama, für dich" und erst danach zum Spielen losrannte – auch das war ihr Leben.
Ihr Leben war Einkaufen. Nein, nicht Bücher in der einzigen deutschen Bücherei, hier langte es nur immer für die vielen Schulbücher der Kinder. Auch keine neuen Kleider in den eleganten Boutiquen der Calle Serrano, noch nicht einmal im großen Kaufhaus El Corte Inglés. Es war Einkaufen im Markt – beladen mit Taschen und Beuteln, jeden Tag. Im Markt roch es nach Fisch und nach Fleisch und frisch gebackenem Brot, es roch nach Blumen und Erdbeeren oder nach verfaulten Orangen, je nach Jahreszeit. Und sie kaufte ein, gelbes, grünes und rotes Gemüse, erdfarbene Kartoffeln, frischen Salat, Hackfleisch gemischt, Schwein und Rind – das war preiswerter – viel Obst, acht oder zehn ofenfrische Baguettes, der normale Tagesbedarf. Manchmal kaufte sie Hühner, ‚ausgenom-

men oder nicht?' ‚Ja, bitte ausnehmen', sie hasste es, in dem kalten, leblosen Tier herumzuwühlen, Herz und Magen und Leber herauszuziehen, Sehnen abzuschneiden oder gar den Kopf abhacken zu müssen.
„Wollen Sie die Innereien mitnehmen?"
Nein, wollte sie nicht. Ihr Bruder war ihr, als sie einmal in einem Dorf als Kinder Urlaub machten, mit einem abgeschlagenen Hühnerkopf nachgerannt. Er hatte an der Halssehne gezogen und der tote Kopf sperrte weit und hilflos den Schnabel auf, die starren Augen glotzten sie an. Sie hatte geschrien.
Auf dem Heimweg vom Markt weinte sie manchmal, weil die Taschen so schwer waren. ‚Ich komme damit nie nach Hause, das schaff ich einfach nicht!' Sie schaffte es doch...
Ihr Leben war... Beaufsichtigen der Hausaufgaben, Freude mit ihrer schönen Tochter Laura über eine gute Note in Englisch, in Mathematik – Schule war dem Mädchen nach wie vor so gleichgültig. Sie lebte in Büchern und mit ihren Freunden und Freundinnen und es schmerzte und frustrierte, ihr immer und immer wieder vorhalten zu müssen, dass Noten wichtig waren, dass Schule notwendig war, dass ihr späteres Leben zumindest beruflich davon abhing, was sie heute lernte. Und doch gab es Augenblicke, wo ihr alle Ermahnungen so sinnlos erschienen, wo sie plötzlich nur noch spürte, was es bedeutete, ein Kind zu lieben, ihre Kinder zu lieben. So verschieden sie auch waren.
Sie stand auf, begann das schmutzige Geschirr zusammenzustellen. Dachte, als sie nach Noras Teller griff: ‚Nora ist nicht so folgsam wie Ulrike, sie hat einen eigenwilligen Charakter.' Hannah hörte wieder die Stimme von Noras Klassenlehrerin: ‚Ihre Tochter wird das Gymnasium nicht schaffen'. ‚Na und', wollte sie antworten, ‚war das wirklich so schlimm? Kennen Sie Nora überhaupt? Haben sie eigentlich ein einziges Mal gemerkt, wie ordentlich Nora ist, wie sie mit liebevoller Sorgfalt ihre Hefte führt, ihre Hausaufgaben macht, dass es ihr aber mehr auf die Form als den Inhalt ankommt, denn Nora malt, Nora ist eben anders begabt'. Sie sagte all dies nicht zur Lehrerin

und hatte das Gefühl, Nora zu verraten, weil sie verlangte, verlangen musste, dass sie die Schule ernst nahm. Ihre kleine rothaarige Tochter, die am liebsten zu Hause war oder mit ihrer einzigen Freundin zusammen saß, die stundenlang über einem Motiv brütete, sich Farben zusammenstellte, malte, Gedichte machte. Jeden Morgen presste sie ihre kleinen Brüste unter ein superenges Unterhemd, damit man nicht sah, wie entwickelt sie schon waren. Nora, die am frühesten von all ihren Töchtern ihre Tage bekommen hatte, sie, die doch so gern ein Junge wäre.

Hannah trug das Geschirr in die Küche, schenkte sich ein Glas Rotwein ein, das erste heute. Erinnerte sich an gestern Nachmittag. Sie hatte vor dem großen, in rotgoldenes Kupfer eingefassten Spiegel im Vorraum gestanden. Hatte sich selbst Fratzen geschnitten, ihre Züge verzerrt und hässlich, als hinter ihr das entsetzte Gesicht Sarahs auftauchte. „Mama, was machst du?“

Sie hatte versucht zu lachen. „Ich sehe mich so, wie ich bin“. Hilflosigkeit in den Augen ihrer Großen. Sie möchte sich umdrehen, ihr Kind in den Arm nehmen, sagen: ‚Mach dir keine Sorgen, es ist nichts‘. Konnte es nicht. Sie liebte ihre Älteste, manchmal war diese Liebe wie ein heißer, ein brennender Schmerz. Das Erinnern, das für sie unvergänglich war. Bilder, Gerüche, Empfindungen, untrennbare Verbundenheit: ihr erstes Kind, die erste Schwangerschaft, das erste nie mehr aufzulösende Band mit Georg. Noch heute erinnerte sich ihre Haut, ihr Gesicht, ihre Hände an die erste Berührung dieses kleinen Babykörpers, an das Wunderbare, Einmalige des Gedankens „mein Kind“.

Aber sie fürchtete Sarah auch. Sie war so verantwortungsbewusst und viel zu ernst, sie war doch erst 15! Keine pubertären Auflehnungen, gut in der Schule, still zu Hause und doch beunruhigend für die Mutter. Manchmal empfand sie gerade diesen Ernst und dieses Verantwortungsgefühl ihrer Tochter als Bedrohung ihrer eigenen mütterlichen Autorität. Wie oft hatte sie schon erlebt, dass Laura oder Nora, nachdem die Mutter etwas gesagt oder verlangt hatte, zu Sarah gingen und fragten, ob das auch

wahr sei, ob sie das machen sollten, ob sie ihr, der Mutter, folgen sollten.
‚Warum werde ich in solchen Augenblicken eigentlich nie wütend auf Sarah, sondern finde die Haltung ihrer Geschwister sogar irgendwie berechtigt? Weil ich ihre Vorwürfe fürchte, Vorwürfe für mein Versagen. Aber was heißt hier eigentlich Versagen? Ich bin doch da, ich bin vor allem immer für die Kinder da und doch werde ich meine Schuldgefühle, nicht genügend zu tun, nie los. Sarah wird immer richtig handeln, Sarah wird immer wissen, was sie will und wie sie ihr Leben gestalten wird'.
Sie wusste allerdings gleichzeitig, dass dieses besondere Verantwortungsgefühl Sarahs Überlebensstrategie war. Seit Kens Geburt hatte sie ihren Platz in der Familie mit den vielen Geschwistern teilen müssen, nie hatte sie Eifersucht gezeigt, sondern sich leise und zielstrebig die besondere Stellung in dieser großen Familie erobert, die der der Mutter fast ebenbürtig war. Und sie, Hannah, respektierte das. Mehr noch, sie merkte sogar, dass sie, wenn sie bei Georg irgendetwas durchsetzen wollte, oft hinzufügte, ‚Sarah findet das auch' oder ‚Sarah ist übrigens der gleichen Meinung'. Danach war Georg meist zu überzeugen.
Hannah stapelte das Geschirr im Spülbecken, ging ins Esszimmer, raffte die Tischdecke zusammen, schüttelte sie im Garten aus, legte sie wieder ordentlich über den langen Tisch, holte Teller, Messer und Gabeln und Gläser. Heute würde sie nur einen Kartoffelsalat machen und dazu gebackene Eier. Halt, für Ulrike musste sie sich etwas anderes einfallen lassen, die Kleine hatte eine Eigelballergie. Sie setzte sich auf die Küchentreppenstufen, neben sich ein zweites Glas Rotwein, stützte ihre Arme auf die Knie, legte das Gesicht in die Hände. Warum musste sie heute so intensiv an die Kinder denken, als würde jedes einzelne sagen: ‚Mama, hier bin ich! Siehst du mich überhaupt?'
Fragte sich das auch Ken? Das helle Morgenlicht ergoss sich in den Garten, ließ das Rot der Schaukel aufleuchten, entwarf bizarre Schattenbilder unter den Bäumen, Blumen hatten sie schon lange keine mehr gepflanzt. Dafür hatten

sie einen Hund. Sie hatte ihn gegen besseres Wissen in ihr Familienleben aufgenommen – für Ken. ‚Eigentlich versuchen wir, ihm jeden Wunsch zu erfüllen', dachte sie fast ärgerlich. ‚Warum ist er so schwierig, warum verlangt er immer mehr, allerdings ohne es in Worte zu fassen'. Sein vieles Aufbegehren, die nie endenden Diskussionen über jede noch so kleine Nebensächlichkeit – das pünktliche Nachhausekommen, die Schule, vor allem die Schule. Er war längst nicht mehr in der Deutschen Schule wie seine Geschwister, sie mussten eine spanische Schule für ihn ausfindig machen. Auch dort war es nicht lange gut gegangen, Georg hatte ihn rauchend auf einer Bank erwischt, als er eigentlich im Unterricht sein sollte. Da hatte sie sich aufgemacht, eine Tagesschule zu suchen, die seinen, aber auch ihren eigenen Vorstellungen entsprach. Der Junge sollte die gleichen Chancen haben wie all die andern, warum wehrte er sich so sehr gegen die Eltern? Weil er alle Aufmerksamkeit haben, nicht teilen möchte und so waren seine Wünsche. Da hatten sie gedacht, ein Hund würde ihn aus dieser inneren Isolation befreien können.

Als hätte Wolf gespürt, dass sie an ihn dachte, kam er durch den schmalen Gang zwischen Garage und Haus angetrabt – der Stammbaum seiner Vorfahren war bis zu seiner Geburt tadellos gewesen, ein Wolfshund reinster Rasse. Doch irgendwann war die Mutter offensichtlich fremdgegangen, das sah man Wolf aber nicht an. Selbst der Tierarzt hat ihn für reinrassig gehalten. Hannah lachte. Sie hatte ihn auch nicht vom Gegenteil überzeugt.

Jetzt schmiegte sich Wolf an ihre Knie, seine Augen blickten sie forschend an. Sie hatte ihn damals ausgesucht, als er noch ein kleines Hundebaby war, hatte ihn stubenrein gemacht. Heute hing er an ihr, obgleich sie ihn in eine Hundehütte vor der Garage verbannt hatte, weil sie keinen Hund im Haus wollte, schon gar nicht im Zimmer der Kinder. Sie streichelte seinen edlen Kopf. ‚Und keiner kümmert sich wirklich um dich, du Armer. Erst wollten sie dich alle, erst warst du das wichtigste Ereignis seit Jakobs Geburt, und jetzt gehen sie nicht mit dir spazieren, machen nur auf Geheiß den Hundekot im Hof weg und dein

ekliges Essen aus Innereien muss auch ich kochen'. Manchmal gab es bei den einzelnen Anläufe, Tanja behauptete plötzlich, es sei ihr Hund oder Jakob legte sich neben ihn vor seine Hundehütte und auch Ken kämmte, wenn es ihm gerade einfiel, manchmal das glänzende Fell, aber im Grunde führte Wolf ein einsames Hundeleben in dem von ihm verwüsteten Garten.
Der Hund beobachtete sie aufmerksam, den Kopf auf den Pfoten. Doch als sie anfing zu weinen, machte er sich erschrocken davon.
Sie stand auf, ging in die Küche, griff nach dem Wein, nahm kein Glas mehr, trank gleich aus der Flasche. Heute hatten ihre Hilfen frei, sie musste allmählich daran denken, das Mittagessen zu machen.
‚Warum trink ich überhaupt noch? In drei Stunden sind die Kinder da und eigentlich habe ich keine Zeit, so herumzutrödeln, überall wartet Arbeit auf mich, ich könnte so viel mehr und vor allem Schöneres mit meinem einsamen Morgen anfangen'. Sie wollte nicht mehr, sie wollte eigentlich gar nichts mehr. Sich gehen lassen, keinerlei Pflichten mehr erfüllen, für niemanden mehr da sein. Schluss machen...
‚Bist du wahnsinnig? Schluss machen! Da sind die Kinder, da ist Georg, wie sollen sie denn allein zurechtkommen? Wie? Das kann ja nicht so schwer sein, was sollen sie denn mit einer freudlosen, immer öfter betrunkenen Mutter, mit einer Frau, die ihre Ehe verraten hat'? Was sie für die Familie war, konnten auch Pilar und Marga sein.
‚Nimm dich zusammen, denk an unseren Familienspruch'. Sie erinnerte sich an Ulrike. Gerade drei Jahre war die Kleine alt gewesen, als alle außer ihr mit Grippe im Bett lagen. Hannah war damals in die Küche gekommen, als Ulrike versuchte, Kartoffeln zu schälen. Sie hatte auf einem Küchenhocker gesessen, um sich herum Kartoffelschalen, den Korb mit den Kartoffeln, das eifrige Gesichtchen konzentriert, die Zunge zwischen den Lippen. „Kleines, das machst du toll. Soll ich dir helfen", dabei hatte sie sich so elend gefühlt. Ulrike hatte gar nicht aufgeschaut, nur gemurmelt ‚i kann leine'. Dieses „ich kann das alleine" war zum Lieblingsspruch der Familie geworden. Heute

war Ulrike neun Jahre alt, am auffallendsten waren ihre großen dunklen Augen, die das ganze Gesicht beherrschten, die intelligent und aufmerksam in die Welt um sich herum schauten. Am Lehrersprechtag war Frau Enteria, die Ulrike unterrichtete, voll des Lobes und der Anerkennung. Und sie fügte hinzu: „Wissen Sie, dass sie vor allem klassische Musik liebt? Lernt sie ein Instrument, fördern Sie als Eltern dieses Interesse?“

‚Nein, liebe Frau Enteria, wir hören zwar viel Musik, Klassik und auch die Schlager und Lieder der Kinder, aber ich habe keine Zeit. Wissen Sie, es ist mir alles zu viel, wann soll ich das auch noch machen'? Ulrike liebt die Pferde und wenn es irgend geht, fahren wir sie und Ken und Jakob – denn auch die Jungen lieben die Pferde und das Reiten – in die Reitschule außerhalb Madrids und Tanja zum Ballett und Nora und Laura zum Schwimmen. Und in Madrid die einzelnen Orte anzufahren, war mehr als in Deutschland von einem Dorf zum andern. Die Entfernungen waren groß, der Verkehr grotesk. Trotzdem wollten sie, dass die Kinder neben der Schule und dem Lernen auch das machen konnten, was ihnen besonders am Herzen lag. Nein, sie hatte nicht für alles Zeit, und wieder fühlte sie sich einfach nur schuldig.

Warum waren ihre Gefühle bei Jakob so anders? Bei ihm hatte sie bisher nicht ein einziges Mal gedacht, ihm zu wenig zu geben, ihn zu vernachlässigen, nicht genug auf ihn einzugehen. Wütend war sie geworden, als der Lehrer am Elternsprechtag meinte: „Der Junge ist noch viel zu verspielt“. Sie hatte ihn angefaucht: „Wann darf ein Kind ihrer Meinung nach eigentlich verspielt sein? Der Kleine ist erst 6 Jahre alt!“ Herr Neumann hatte eingelenkt, aber sie wollte nichts mehr hören. Was verlangte man von den Kindern? Sollten sie kleine Erwachsene sein? Verantwortungsbewusst und ernst?

Und wo war Georg bei diesen Besprechungen? Warum nahm er sich nicht ein einziges Mal an solchen Tagen ein paar Stunden frei und machte mit ihr die Runde in der Schule, wenn sie von Klassenzimmer zu Klassenzimmer hetzte, wenn sie die Klagen der Lehrer ertragen musste, wenn sie ihre Kinder verteidigte? Es waren doch auch

seine Kinder? Ein einziger Tag im Jahr – wäre er dabei, brauchte sie nicht so zu rennen, sie müsste aber auch nicht die Verantwortung allein tragen! Rasch lenkte sie sich von solchen Gedanken und der damit verbundenen Enttäuschung ab. Sie musste im Augenblick vor allem versuchen, wieder nüchterner zu werden. Sie nahm wie gewohnt zwei Alka Seltzer, warf noch eine Tablette des Wunder wirkenden Vitamin B-Komplexes nach, stürzte drei Gläser Wasser hinunter, fing hektisch an, das Geschirr zu spülen. Dachte dabei wieder an ihre beiden Kleinen, an die rotlockige Tanja, zierlich und lang aufgeschossen für ihr Alter. Schüchtern war sie, so unsagbar schüchtern. Wenn sie unvermutet angesprochen wurde, fing sie an zu weinen, und ratlos versuchte Hannah, hinter dieses Weinen zu schauen. Nur wenn Tanja allein in ihrem Zimmer tanzte, wenn sie eins war mit Rhythmus und Melodie, wenn sie Pirouetten drehte oder gelöst und schwerelos eine Figur einstudierte, fühlte sie sich offensichtlich sicher und im Einklang mit ihren Wünschen, mit ihrem Dasein.
Georg hatte ihr auf einer Kassette Tschaikowskys Ballettmusik aufgenommen: „Dornröschen“ und „Schwanensee“. Den „Nussknacker“ hatte sie mit ihrer Ballettgruppe schon im Teatro Español an der Plaza Santa Ana in einer Nachmittagsvorstellung getanzt. Und obgleich sie erst seit so kurzer Zeit die Ballettschule besuchte, hatten ihre Bewegungen schon dieses Weiche und Fließende einer mehr geahnten, als empfundenen Hingabe an Tanz und seine Bedeutung.
Und Jakob war ihr größter Bewunderer. Mit staunenden Augen verfolgte er zum hundertsten Mal die gleichen Schrittfolgen für die Nussknackersuite, es machte ihm nichts aus, immer wieder die Kassette an die gleiche Stelle zurückzuspulen, wenn Tanja immer noch nicht zufrieden mit der eigenen Leistung war. Unzertrennlich waren ihre Jüngsten.
Sie trat auf die Küchentreppe hinaus, die in den Garten führte, ein leichter Wind hatte sich erhoben, strich über ihre Haut, spielte mit ihrem Haar, das schrille Licht der Sonne machte sie benommen.

Die Sonne? Hannah, nicht die Sonne, es ist der Wein. Brennend heiß vor Scham fiel ihr ein, wie sie bei Tanja einmal eine Strichliste gefunden hatte, auf der die Kleine offensichtlich die Gläser Wein festhielt, die die Mutter, als sie sich unbeobachtet glaubte, heimlich an einem Nachmittag in der Küche getrunken hatte.
Sie spürte, wie das Zeug wirkte, das sie vorhin eingenommen hatte, wie die Wirkung des Weines nachließ, und gleichzeitig meinte sie, das trostlose Empfinden, von ihrem Leben getrennt zu sein, mit Händen fassen zu können. Manchmal kam es ihr vor, als falle zwischen ihr und der Welt um sie herum eine riesige Tür lautlos ins Schloss. Bevor dieses Gefühl übermächtig wurde, flüchtete sie in Bilder. Sah ihre Kinderschar am Tisch sitzen, jeder erzählte, jeder wollte derjenige sein, der zuerst dran kam, der am wichtigsten genommen wurde. Dazwischen Jakobs Stimme: „Mami, wir haben heute ein neues Lied gelernt“ und er fing mit seiner zarten Stimme an: ‚Bruder Jakob, Bru...' , als schon wieder eines der älteren Geschwister dazwischen rief: ‚Jakob, sei doch mal still, ich will der Mama nur..'. Wenig später versuchte es Jakob von neuem: ‚Bruder Jakob, Bruder Jakob, schläfst...' ‚Jakob, sei ruhig, das blöde Lied ist jetzt nicht wichtig. Ich muss Mama von der Englischarbeit erzählen'. Nein, er kam nicht dazu, ihr sein kleines Lied vorzusingen, er wurde aber auch nicht wütend oder ärgerlich. Später am Nachmittag hatte er sich an ihre Knie geschmiegt, und nur ihr allein sein Lied vom Bruder Jakob vorgesungen. Und sie war erfüllt von Liebe und überströmender Zärtlichkeit für all ihre Kinder, aber für Jakob war es ein klein wenig anders. Lag es daran, dass sie wusste, sie brauchte sich nach ihm nicht mehr zu teilen? Sie würde ihm nichts mehr wegnehmen dadurch, dass noch ein weiteres Kind nachkäme?
Sie wusste es nicht. Georg und sie hatten sich angewöhnt, öfter und öfter zu verschiedenen Zeiten schlafen zu gehen. Wenn sie sich dann nur noch verloren vorkam, wenn die Einsamkeit sie wie Watte umgab, nahm sie wie damals, als er noch ein Baby war, den schlafwarmen Jakob, ohne ihn zu wecken, zu sich ins Bett, spürte die tröstliche Nähe des kleinen Körpers, wollte ihm Schutz sein

und sich selbst Geborgenheit geben. Während des Einschlafens dachte sie noch: ‚Ich liebe alle meine Kinder, aber jedes irgendwie anders'. Und fror entsetzlich, wenn Georg oft Stunden später den Kleinen zurück in sein Bettchen brachte. Es war ihr jedes Mal, als würde sie wieder und wieder die Trennung bei der Geburt erleben, das Durchschneiden der Nabelschnur, die Endgültigkeit der Spaltung in zwei getrennte Wesen.

Doch am schlimmsten waren die Tage, wenn sie zu viel getrunken hatte und es nicht schaffte, bis zu Georgs Rückkehr nüchtern zu sein, wenn sie deshalb besonders früh zu Bett ging, sich am Morgen danach nicht mehr an den vergangenen Abend erinnern konnte. Stocksteif lag sie neben Georg, hörte an seinen gespannten Atemzügen, dass auch er nicht mehr schlief. Plötzlich seine Stimme, vorwurfsvoll, anklagend und so unendlich traurig: „Was war denn gestern Abend wieder mit dir los".

Sie hätte sich so gern umgedreht, wollte antworten, konnte nicht, fühlte eine Lähmung, die sie zu verschlingen drohte. Und wieder seine Stimme, resignierend und nun auch ärgerlich: „Noch nicht mal antworten kannst du, bist nur noch Härte, nur noch Trotz. Ist dir denn alles gleichgültig geworden"?

Sie wollte schreien: ‚Nein Georg, nein, ich bin nicht verhärtet, nichts ist mir gleichgültig, und ich weiß, wie unerträglich das alles für euch ist. Ich habe nur solch entsetzliche Angst. Spürst du das denn nicht? Spürst du nicht, dass ich untergehe? Halt mich fest, ich brauch dich, ich sehn mich nach dir, aber ich kann es dir nicht mehr zeigen. Georg, lieber Georg, es ist kein Trotz, ich fühle mich so elend'.

Aber sie regte sich nicht, sprach nicht, stellte sich schlafend. Sie wollte nicht mehr, nicht mehr aufstehen, nicht mehr sprechen, nicht mehr sorgen, nichts mehr wünschen, nicht mehr lieben. Sie hatte keine Kraft mehr zu leben...

Der erste Schnee auf Deinem Grab. Jakob und ich haben rote Nelken auf das unberührte Weiß gelegt. Winterheide und andere Bodendecker schauen nur noch mit ihren Spitzen aus dem leblosen Nass.
Ob dir kalt ist? Ich kann mir einfach nicht vorstellen, dass dich nichts mehr berührt, nichts mehr anfechten kann. Spürst du auch nicht mehr, dass ich hier bin, dass ich mit beiden Händen deinen Stein umfasse – ich habe ihn völlig Natur belassen, weil ich mir einbilde, dass er wie eine Verbindung zwischen uns wirken könnte.
Die Sonne steigt auf, ohne Kraft, ohne Wärme. Aber noch immer Vogelstimmen in den Baumwipfeln über deinem Grab. Waldfriedhof. Das klingt tröstlich.
Jakob möchte, dass ich nach seinem Urlaub, also jetzt im Januar mit ihm nach Manila fliege – für lange drei Wochen. Ich möchte ihn nicht enttäuschen, er hat seine Wohnung aufgegeben, hat ein, seinen Schilderungen nach, wunderschönes Haus mit Garten und Schwimmbad gemietet, schwärmt davon, wie schön er es eingerichtet hat und dass Tonji, sein Freund, bei jeder Neuanschaffung immer sagt: this is for your mother.
Jakob ist so begeistert von seiner neuen Umgebung, ach, überhaupt von dem Land, das er sich zum Leben und Arbeiten ausgesucht hat. Er möchte mit mir seine Lieblingsinsel besuchen, er macht Pläne über Pläne, er hat auch während der Zeit Urlaub genommen, damit ich mich nicht einen Augenblick allein gelassen fühle.
Und ich?
Ich kann doch nicht drei Wochen lang dein Grab allein lassen? Ich kann doch nicht aus unserem Haus weg, wo alles noch deine Gegenwart atmet? Ich erinnere mich daran, wie du einmal sagtest, als Jakob so verlockend von den Philippinen erzählte, , flieg doch einfach einmal allein hin'. Du hättest weder den langen Flug noch den riesigen Wetterumschwung aushalten können, 32 Grad jeden Tag und dazu eine Luftfeuchtigkeit von 98%. Aber ohne dich dorthin fliegen!? Mir vorstellen, wie du allein zurückbleibst und ich all das Neue kennenlernen darf!? Wie ich am Le-

ben von Jakob hautnah, aber ohne dich teilnehmen würde – nein, schon allein die Vorstellung schmerzte.
Und jetzt? Ich möchte Jakob nicht enttäuschen – er freut sich so sehr auf mein Kommen. Und Januar ist sogar ein günstiger Zeitpunkt, der Garten braucht nicht mein Gießen, der Malermeister hat mir versprochen, in meiner Abwesenheit das Haus, unser Haus innen zu streichen, die Unordnung und den Schmutz, vom Geruch mal abgesehen, bekäme ich gar nicht mit.
Erinnerst du dich an unseren letzten Spaziergang? Wir sprachen davon, dass das Haus nach zehn Jahren gestrichen werden sollte und du meintest ein wenig unlustig, ‚das machst du, wenn ich mal nicht mehr bin'. Was habe ich mich über diese Worte aufgeregt, ohne zu ahnen, dass sie nur eine Stunde später Wirklichkeit wurden! Nur eine Stunde später...
Es berührt mich immer noch seltsam, dass wir gerade auf diesem letzten Spaziergang so viel Endgültiges besprachen und gleichzeitig so vieles, was scheinbar in keinem Bezug zur Gegenwart stand – die Erhaltung des Hauses war ja nur ein Thema. Es ging auch um die Weiterführung des Musikkreises. Der Musikkreis des Kulturkreises in T., den Du seit vier Jahren geleitet hast. Du hattest keine Lust mehr, meintest, du wolltest noch den begonnenen Themenkreis beenden und danach aufhören. Nun führe ich ihn schon seit September allein weiter, habe zwei weitere Musikkreise in anderen Städten gegründet – ich brauche sie als Krückstöcke, und außerdem möchte ich nichts aufgeben, was du angefangen hast. Du in mir, Du - in meinen Tätigkeiten. Wie die erste und letzte Strophe des Gedichtes, das ich so tröstlich finde:
„Steh nicht an meinem Grab und weine.
Ich bin nicht dort.
Ich schlief nie ein...".

41 1974

„Kommst du wirklich nicht mit?“ Georgs drängende Stimme. Aber Hannah schüttelte den Kopf, zog Jakob die Jacke an, band Tanja die Schuhe zu. Georg hatte den Kindern versprochen, mit ihnen auf das alljährliche Dorffest in Valdilecha, einem Ort 30 km von Madrid entfernt, zu fahren. Pilar und Marga waren schon ganz aufgeregt, dass die Familie ihrer Herrschaften in ihr Dorf kommen wollte. Hannah fühlte sich bei diesem Gedanken völlig überfordert, sie konnte laute Stimmen, angestrengtes Lachen und das einfache, aber unnötige Dasein in einer fremden Umgebung nicht mehr ertragen. Sie winkte Georg und den Kindern nach – schloss das große Gartentor, die Haustür.
Wie sollte es nur weitergehen mit ihrem Leben? Sie hatte immer mehr das Empfinden, als zögen sie dunkle, unheimliche Kräfte in ein verführerisches sanftes Nichts. Sie brauchte sich doch nur fallen zu lassen. Die Zeit schien stillzustehen, und die Erde schien sich nicht mehr zu drehen und sie ahnte, dass sie das so empfand, weil ihr Lebenswille gelähmt war, wie sie es noch nie erlebt hatte.
Es war zu schwer geworden, vor den Kindern, vor Georg zu bestehen, und die Vorstellung, dass sie mit all ihren Schwächen, vor allem mit ihrer Sucht, die ihr den letzten Rest von Würde nahm, mit ihrer Feigheit, mit all ihren Irrtümern und ihrer Selbstverachtung das Leben ihrer Familie zerstörte, war unerträglich.
Ruhelos streifte sie durch’s Haus, blieb einen Augenblick in Tanjas und Jakobs Zimmer stehen, atmete die Luft ihres Kinderdaseins, öffnete die Tür zu Kens Zimmer. Wie ordentlich ihr Großer war, anders als im Zimmer, das sich Laura und Ulrike teilten. In Noras Raum blätterte sie zerstreut in deren Zeichenblock, wunderte sich über die düsteren Farben, die ihr wie ein Vorwurf ins Gesicht schlugen. Sarahs Zimmer betrat sie nicht. Stand an der Küchentür, blickte auf ihren kindlichen Fluchtpunkt, die rote Schaukel, hatte nicht die Kraft, die Treppen hinab und durch den Garten zu gehen. Erinnerte sich an den Moment, wenn die Hitze in der Stadt nachließ und sich goldene Schatten über das Licht legten, das jetzt so blendend grell eine ihr unwirklich erscheinende Szene beleuchtete.

Dumpf schlichen die Stunden dieses zu stillen Morgens vorbei. Gleichzeitig spürte sie, dass in ihrem Innern eine Lawine darauf zu warten schien, sich jeden Moment zu lösen, eine Lawine der Verzweiflung. Sie erwog kurz, die Mutter anzurufen, die Schwestern. Warum nur dieses Gefühl vor vollständiger innerer Vereinsamung und die Angst davor. Warum überhaupt immer so viel Angst? Sie mit ihrer großen liebevollen Familie, gerade sie hatte so wenig Grund zu diesen Gefühlen. Von Berechtigung ganz zu schweigen.
Verzagt dachte sie: ‚Da war er wieder, der Gedanke ihrer Rechtlosigkeit'.
Doch war dieser Gedanke wirklich so verwunderlich? Seit jeher hatte sie andere zu ihren Richtern erhoben, zu Richtern, die sie ihrer Meinung nach immer schuldig sprachen und anschließend verurteilten. Erst die Mutter, später Georg und jetzt sogar oft genug auch noch die Kinder. Sie wollte diese Überlegungen, die wie gierige Ungeheuer nach ihr griffen, abschütteln, dachte vage, ‚ich sollte etwas essen'.
Legte statt dessen eine Platte auf den Plattenteller, das Adagietto aus Gustav Mahlers 5. Symphonie. Sie erinnerte sich des Tages, als ihr die Schönheit dieser Musik und ihre unsagbare Traurigkeit aufgegangen waren, damals auf dem Soldatenfriedhof kurz vor Verdun. Es war nicht der große, in den Nachrichten gezeigte Friedhof, nur ein kleiner, mit einer übersehbaren, gespenstischen Reihe weißer Kreuze, und auf den Kreuzen die Namen von 17-, 18- höchstens 19jährigen jungen Männern, fast Kinder noch. Es war ein grauer Tag, Georg und sie waren ausgestiegen, ließen die Wagentür offen, das Radio mit der Sendung klassischer Musik eingeschaltet, warteten. Über den Friedhof schlenderte eine Frau, eine Engländerin, wie sie aus dem Nummernschild ihres Autos ersehen konnten und biss kräftig in ein dick belegtes Brot, während sie von Grab zu Grab ging.
Sie blieb nicht lange, dann waren sie allein. Das bleierne Licht des Tages steigerte die Trostlosigkeit dieser sinnlosen Soldatentode ins Unerträgliche. In diesem Augenblick erklang aus dem offen gelassenen Auto das Adagietto von

Gustav Mahler, die Melodie legte sich wie ein schwerer Schleier über die Landschaft, die umliegenden Felder, den kleinen Wald, die Hügel und über den fast intim wirkenden Friedhof in seiner Düsterkeit.
Sie waren Hand in Hand schweigend von Grab zu Grab gegangen, verbunden in der gemeinsamen Ablehnung von Krieg und Gewalt, von so genanntem Heldentod und der Verhöhnung durch einige Wenige des Begriffes Vaterland. Leere Worthülsen, die die Verantwortung trugen am Tod dieser jungen Menschen, die hier in fast mathematisch angeordneten Reihen dem Verwesen und Vergessen übergeben worden waren.
Und sie selbst? Gab es zwischen ihnen nicht auch schon das Vergessen? Wo war diese damalige Gemeinsamkeit, wo das wortlose Verstehen, wo das intensiv-zärtliche Zusammensein?
Und wo war ihre, Hannahs eigene scheinbar unbesiegbare Lebenskraft geblieben? Sie war aufgesogen worden von einer dunklen, alles verschlingenden Trostlosigkeit, die sie sich nicht erklären konnte und für deren Vorhandensein sie sich schuldiger fühlte als für jedes andere Versagen. Jahre, viele Jahre, in denen sie versucht hatte, innere Abgründe zu überbrücken, Träume, die sie nie gewagt hatte, Wirklichkeit werden zu lassen, zu begraben. Auf Leere und Einsamkeit gab es keine Antworten, keine nachvollziehbaren Erklärungen, nur Trauer, unsägliche Trauer darüber, dass sie sich seit so langer Zeit von der seelischen Sprachlosigkeit hatte beherrschen lassen.
Langsam stieg Hannah die Treppen zum Schlafzimmer hoch, holte aus ihrer Nachttischschublade die Packung des Schlafmittels hervor, das ihr Dr. García gegen Depression und Schlaflosigkeit verschrieben hatte. Die Diagnose hatte ihn nicht daran gehindert, ihr – noch dazu in seinen Praxisräumen – sehr deutlich zu verstehen zu geben, dass er sie haben wollte, dass er sie begehrte. Wie hatte sie ihn gehasst, als er – wütend über ihr Entsetzen und ihre Abwehr – gemeint hatte, „wenn du mit dem Trinken und den Depressionen so weitermachst, wirst du bald ziemlich elend enden. Und glaub ja nicht, dass ich vom Tod spreche, ich meine invalid... ich meine im Rollstuhl“.

Er gebrauchte für sie das spanische Wort „birria“, sie sei etwas Kaputtes, etwas, das nur noch zum Wegwerfen gut wäre. Und das Schlimmste war nicht dieses Wort, sondern ihr Gefühl, dass sie das und nichts anderes sei, denn sonst hätte er sie wie all seine anderen spanischen Patientinnen geachtet und bestimmt nicht gedacht, sie würde sich so einfach in seiner Praxis von ihm verführen lassen. Verführen? Vergewaltigen wäre das bessere Wort, eine Vogelfreie vergewaltigen...
Sie ging ins Bad, füllte ein Zahnputzglas mit kaltem Wasser, löste die Tabletten darin auf, setzte sich auf ihr Bett, stellte das Glas auf den Nachttisch.
Im Wohnzimmer verklangen die letzten Töne des Adagiettos, in ihrem Kopf keine Gedanken mehr, nur noch Dunkelheit und Müdigkeit, eine unfassbare Müdigkeit. Sie griff nach dem Glas. Leerte es in einem Zug.

„Mama, Mama....“. wer schrie da nur so verzweifelt?
War es Sarah? Aber ihre Stimme klang so ängstlich!
Wie von sehr weit her vernahm Hannah diesen Schrei. Unfähig, die Augen zu öffnen, versank sie erneut in Dunkelheit.
„Hannah, bitte, bitte Hannah... tu uns das nicht an!“
Georg? War er nicht verreist? Warum rief er nach ihr, wenn sie doch da war? Sie merkte, wie ihr die Lippen auseinandergepresst wurden, wie ihr eine ekelhaft salzige Brühe eingeflößt wurde. Nässe lief übers Kinn. Sie hustete, spuckte, schluckte. „Du musst das trinken, bitte Mama“.
Verschwommen kehrte Erinnerung zurück... wollten die Kinder und Georg heute nicht den ganzen Tag zum Dorffest in den kleinen Ort fahren, in dem Pilar und Marga aufgewachsen waren?
Sie spürte, wie ihr Mund plötzlich voll Erbrochenem war, wollte sich aufrichten, schaffte es nicht, spürte Georgs Arm, der sie stützte:
„Kotz es raus, Liebes. Du musst das Gift loswerden“. Salziges mischte sich mit dem bitteren Geschmack von Galle – gegessen hatte sie nichts.

Bevor sie wieder in Benommenheit zurücksank, stammelte sie: „Warum seid ihr denn schon da? Ihr wolltet doch erst heute Abend kommen“, und sie merkte selbst, wie verzweifelt ihre Stimme klang.
Stunden später erwachte sie, im Mund den Geschmack nach Verwesung und in ihren Gedanken die Erkenntnis, dass sie es nicht geschafft hatte. ‚Noch nicht einmal das kann ich richtig machen'.
Als sie die leisen Stimmen und vorsichtigen Schritte der Kinder wie von weitem vernahm, als Jakob einen Spalt weit die Tür öffnete, als auf seinem kleinen Gesicht ein Lächeln der Erleichterung lag und er flüsterte ‚hallo, Mami', glaubte sie, an der Scham, die sie überflutete, ersticken zu müssen. Was tat sie ihren Kindern, ihrem Mann eigentlich noch alles an! Und warum... warum waren sie so früh, zu früh zurückgekommen?
In diesem Augenblick ging die Tür weit auf und Georg trat ein, sein Gesicht hinter einem riesigen Blumenstrauß versteckt. „Hannah, Liebes, ich bin so froh, so unbeschreiblich froh“.
Er schenkte ihr doch nie Blumen und jetzt - obgleich sie...
Und plötzlich dachte sie: ‚Er liebt mich, er liebt mich wirklich. Hatte diese Liebe den inneren Alarm ausgelöst, über so viele Kilometer hinweg und trotz Dorffest und Lachen und Trinken?'
Sarah erzählte ihr später, als sie sich ein wenig beruhigt hatte: „Wir haben zwar ziemlich lautstark protestiert, aber es half nichts, Papa drängte wie ein Wahnsinniger zum Aufbruch, raste viel zu schnell die 30 km zurück nach Madrid. Er hat gar nicht darauf gewartet, dass wir ausstiegen, als wir hier ankamen“.
Hannah konnte durch die zögerlichen Worte ihrer Tochter die Szene vor sich sehen. Wie Georg die Haustür aufriss, die Stufen zum Schlafzimmer hinaufstürzte, sie fand. Wie er sie keuchend vor Entsetzen in die Arme riss, Sarah zurief, den Arzt, den verfluchten Dr. García zu rufen. Dieser hatte angeordnet, ihr sofort so viel Salzwasser wie möglich einzuflößen, wenn das nichts nutzte, müsste er die Überweisung ins Krankenhaus schreiben für eine Magenspülung. Das würde aber automatisch die Einweisung

in die Psychiatrie bedeuten! Sie sollten alles möglich machen, dass Hannah erbrechen könnte.
Jetzt stand Georg am Fenster, die Kinder waren still und bedrückt schlafen gegangen. Hannah wollte rufen „Georg, ich will das alles nicht. Georg ich kann nicht mehr!“ Aus ihrem ausgetrockneten Mund kam nur ein Stöhnen.
Georg wandte sich zu ihr um, schluckte, zögerte, bevor er sehr leise sagte: „Was ist nur mit uns geschehen, Hannah? Ich fühl mich so hilflos. Ich habe es doch schon lange gespürt, dass du keine Kraft mehr für ein Weiter hast. Warum nur, Hannah, warum?“
Sie wollte antworten, die Worte blieben in der Kehle stecken, würgten sie, nahmen ihr die Luft zum Atmen, machten sie stumm. Warum gab es keine Sprache ohne Worte, warum nur kein wort- und sprachloses Verstehen?

Es änderte sich nichts. Zu den ohnehin schon vorhandenen Schuldgefühlen kam nun auch noch die Scham. Wie konnte sie ihrem Mann, wie den Kindern noch in die Augen schauen? Gleichzeitig spürte Hannah, dass sie sogar zu diesen negativen Gefühlen keine Kraft mehr hatte. Es war nichts mehr da, was sie diesem Gefühl des Zerstörtseins entgegensetzen konnte.

Sie wunderte sich höchstens, dass sie dennoch mit einer gewissermaßen mechanisierten Disziplin fähig war, ihren täglichen Aufgaben gerecht zu werden, dass sie morgens als Erste aufstand, dass das gemeinsame Frühstück eingehalten wurde, dass das Mittagessen pünktlich auf den Tisch kam, dass sie Anteil nehmen konnte an den Schulsorgen der Kinder, am ersten Verliebtsein, den ersten Enttäuschungen, dass sie sich dem pubertären Aufbegehren gegen die Mutter – Georg wurde davon meistens verschont – stellen konnte. Nur... sich selbst fand sie in diesem Funktionieren nicht mehr.

Und doch hatte sie sich noch nicht völlig aufgegeben. Wieder einmal wachte sie morgens mit dieser verhassten Katerstimmung auf, schwerer Kopf, trockener Mund, Geschmack nach gegorenem Wein, aber am schlimmsten das Nichtwissen ‚was war gestern Abend'.

‚Ich brauche Hilfe!', war der einzig klare Gedanke, den sie fassen konnte. Und diesmal bezog sich die ‚Hilfe' nicht auf die Arbeit im Haus, sondern allein für sich, für die scheinbare Ausweglosigkeit aus Depression und Alkoholismus. Sie wusste nicht, ob das eine die Folge des andern war, und es war ihr auch völlig gleichgültig. Sie wollte nicht mehr fragen, nicht mehr grübeln, sich nicht mehr mit Selbstvorwürfen zerfleischen, sie wollte einen Weg für sich finden.

‚Aber nicht nur für mich, auch für die Kinder und vor allem für Georg'. Doch noch sprach sie nicht darüber, sondern machte sich noch einmal auf den Weg zu Dr. García.

„Ich möchte in eine Psychotherapie".

Er starrte sie erstaunt an: „Ich glaube, das ist seit Monaten der erste vernünftige Satz, den ich von dir höre".

Hannah war nicht an der Meinung dieses Mannes interessiert, sie wollte die Adresse eines Psychotherapeuten und bekam sie auch. Eigentlich hatte sie vorgehabt, Georg überhaupt nichts von einer solchen Behandlung zu sagen. Es war nicht wirklich Angst vor seinem eventuellen Nichtverstehen, sie wusste, er würde fast jeden Weg mit ihr gehen, der sie wieder zu der Frau machen würde, in die er sich in Bad Wiessee verliebt hatte.
Trotzig dachte Hannah: ‚Zu dieser Frau werde ich hoffentlich nie mehr! Aber Lebensfreude möchte ich wieder empfinden, möchte dieses Grau, das über jeder Minute meines jetzigen Lebens liegt, auslöschen, möchte wieder sagen können ‚Georg, ich liebe dich', ohne gleichzeitig zu fürchten, dass ich nichts anderes als Ablehnung verdiene. Und ich muss, ich will das unbeschwerte Lachen meiner Kinder wieder hören, mich nicht mehr diesen vorsichtig abwartenden Blicken stellen, nicht mehr vor der Traurigkeit in ihren Augen fliehen müssen. Ich kann sie nicht mehr aushalten, die Wut des Kindes, das nicht versteht und sich nur nach seiner heilen Welt sehnt'.
Und doch wusste Hannah, dass all diese Überlegungen zwar stimmten, dass es ihr wirklich darauf ankam, dass die Kinder, dass Georg wieder glücklich würden, was sie aber – zumindest in diesem Augenblick – wie eine Art Wunder überraschte, war das Gefühl, dass sie sich in den Trümmern ihrer Träume, ihrer Lebenserwartungen und vor allem in all ihren unzähligen Niederlagen noch einen Rest von Aufbegehren bewahrt hatte. Und es war dieses Aufbegehren, das sie zwang, sich auf den Weg zu dem Psychotherapeuten zu machen, den Dr. García ihr genannt hatte.
Heute sollte also dieses Erstgespräch mit Dr. José Maria Molina Espinosa stattfinden. Sie war aufgeregt und hin und her gerissen zwischen Wollen und Ablehnen. Sie lenkte den Wagen durch die Stadt, achtlos und ohne es zu merken, hielt automatisch an roten Ampeln, fuhr weiter, wenn es hinter ihr hupte. Schwitzte und fror gleichzeitig, als sie in die Nähe seiner Praxis kam. Möchte weiterfahren und anhalten, fliehen und ankommen.

Seine Stimme hatte warm und gütig geklungen: Sechster Stock, am Montag, um 13 Uhr. Die Praxis lag in der Avenida de America. An der Ecke der Avenida eine Bar – zitternd vor Unsicherheit und Panik bestellte sich Hannah einen Gin-Tonic, sie musste sich am Alkohol festhalten, sonst schaffte sie es nicht, würde niemals da hinaufgehen. Und wenn sie es tatsächlich doch fertig brachte, würde er ihr nie und nimmer die Tür aufmachen. Warum sollte er sich gerade Zeit für sie nehmen.
Zaghaft der nüchterne Einwand: ‚Dann hätte er mich doch nicht bestellt'.
‚Er weiß halt noch nicht, auf was er sich einlässt. Beim ersten Mal wird er mir öffnen, aber danach...?'
Es war eine große Wohnung, niemand saß im Wartezimmer, Hannah war zu früh, ließ sich in einen Sessel fallen, wollte fortrennen, blieb.
Danach saß sie zum ersten Mal auf seiner Couch in einem hellen, großen Raum. Es war das Licht, das ihr zuerst auffiel. Irgendwann bemerkte sie die Bücher, überall Bücher an den Wänden und über der Couch das Triptychon „Garten der Lüste" von Hieronymus Bosch. In einer Ecke ein großer Schreibtisch, eine Sesselgarnitur. Am wichtigsten die Couch und dahinter ein großer bequemer Ohrensessel.
Doch all das nahm sie erst Wochen später wahr. Jetzt war da eine Hand, die sich ihr entgegenstreckte, ein warmer Händedruck, Augen, die sie ruhig und ohne aufdringliche Neugier anschauten, seine Stimme wie ein besänftigender Sog, der sie in den Raum, in die Gegenwart dieses José Maria Molina hineinzog.
Hannah klammerte sich in äußerster Not an die Möglichkeit, durch die Analyse vielleicht eine, vielleicht die einzige Alternative zu Tod, zur völligen Selbstzerstörung zu finden, zu dem immer und immer wieder stumm hervorgestoßenen Schrei ‚ich will nicht mehr', zu dem verzweifelten Flüstern ‚ich kann nicht mehr'.
Gleichzeitig spürte sie tiefes Erstaunen darüber, dass er sie überhaupt anhörte. Dass er sich nicht vor ihrem Schluchzen, dem Rotz und den verzweifelten Worten ekelte? Bestürzt empfand sie seine Geduld fast körperlich,

gleichzeitig zweifelte sie, spottete über sich, verhöhnte sich, aber stärker als diese Überflutung widersprüchlichster Gefühle war die Verwunderung darüber, was diesen José Maria Molina Espinosa veranlasste, Vertrauen zu ihr zu haben. Sonst hätte er am Ende dieses ersten Gespräches nie gesagt: ‚Morgen haben Sie Ihre erste von vier Stunden, die Ihnen von nun an wöchentlich zur Verfügung stehen'.

Noch wochen-, monatelang brauchte sie vor jeder Stunde in der Avenida de America einen Gin-Tonic, denn immer wieder erwartete sie, dass er irgendeinen Grund gefunden hätte, sie abzuweisen. Angespannt und vor Angst schwitzend wartete sie auf das Summen des Türöffners, stockte, ihren Namen zu nennen, dachte, danach wird sich die nächste Tür nicht mehr öffnen, aus dem Lautsprecher würde nicht das beruhigende „Ich erwarte Sie“ erklingen.

Schon kurz nach den ersten Stunden bat sie ihn, sie mit *Du* anzureden – sie fühlte sich für sein *Sie* nicht wichtig genug. Vielleicht wollte sie aber auch nur zwanghaft Vertrauliches schaffen, ein Mensch, den man mit *Du* anredet, kann nicht wortlos abgewiesen werden.

Lange wollte sie aber auch die Therapie vor Georg nicht geheim halten. Sie spürte, wie sehr es sie anstrengte, viermal in der Woche in die innere Not abzutauchen, sie wieder und wieder zu durchleben, und gleichzeitig abzuwägen, ‚wie weit darf ich gehen‘ ‚wie viel hält mein Vertrauen zu Dr. Molina schon aus‘. Das konnte sie nicht vor Georg verbergen, auch wenn sie spürte, wie viel Erleichterung es ihr verschaffte, dass Molina sie reden ließ, dass sie Dinge ansprechen konnte, die sie nur einem Fremden anvertrauen konnte. Oft genug war es ihr sogar gleichgültig, ob sie überhaupt noch zusammenhängend sprach, ob sie in der fremden Sprache Fehler machte. Mal sprach sie von Träumen und Wünschen, dann von diesem hoffnungslosen Gefühl der alles verschlingenden Müdigkeit, von ihren Schuldgefühlen und dem Alkohol, sie sprach von der kalten Einsamkeit, und manchmal drehte sich in diesen Minuten ihre Welt immer schneller, stürzte einem Abgrund entgegen, unaufhaltsam, und das einzige, was blieb war die bange Frage „wird Molina mich auffangen“?

Danach überstieg es einfach ihre Kraft, zu Hause Normalität vorzutäuschen, wenn sie nach 45 Minuten dieses Eintauchens in ihre innere Qual ins Auto stieg, nach Hause fuhr und gleichmütig ihren Elf-Personenhaushalt bewältigen sollte.
Es war aber noch viel mehr. Sie wollte keinen erneuten Vertrauensbruch Georg gegenüber. Betraf der Weg, den sie endlich für sich gewählt hatte, nicht auch Georg? Welches Recht hatte sie, ihn davon auszuschließen? Und außerdem überstiegen die Kosten für die Therapie bei weitem das Wenige, das sie von ihrem Haushaltsgeld heimlich hätte abzweigen können.
Es war einer der selten gewordenen Abende, an denen Hannah und Georg noch gemeinsam im Garten saßen. Sie hatte sich bemüht, für den heutigen Abend völlig nüchtern zu bleiben. Nora, Ulrike, Tanja und Jakob saßen im Esszimmer vor dem Fernseher. Sarah war in ihrem Zimmer, Ken bei seiner Freundin, und Laura war mit ihrem Freundeskreis unterwegs. Wie selbständig die Kinder schon waren, und wie bald würden die ältesten wohl das Haus verlassen!
Wolf kam angelaufen, legte sich Georg zu Füßen, ein friedliches Bild und doch hatte Hannah Angst, wie der Rest des Abends verlaufen würde. Sie nahm all ihren Mut zusammen und erzählte Georg von ihrem Besuch bei Dr. García, ihrer Bitte, ihr einen Psychotherapeuten zu nennen und dass sie glaubte, in Dr. Molina den Arzt gefunden zu haben, der ihr vielleicht helfen könnte. Wie gehetzt berichtete sie von dem Erstgespräch: „Er hat so viel Verständnis gehabt, und... und ich glaube, dass er gespürt hat, dass ich Hilfe brauche".
„Ein Psychotherapeut?" Georg war wirklich erstaunt. „Glaubst du nicht, dass du einfach nur überlastet bist, nervlich und physisch. Wird das nicht alles von selbst besser, je älter und selbständiger die Kinder werden und je mehr Pilar und Marga dir von der täglichen Arbeit abnehmen?"
Hannah starrte ihren Mann ungläubig an. Konnte er so blind sein für ihre Nöte, konnte er es tatsächlich auf körperliche Überforderung zurückführen, all das, womit sie

ihm, den Kindern und letztendlich auch sich selbst das Leben schwer machte? Er musste doch spüren, wie ausweglos ihr die eigene Situation vorkam. Sie fing wieder an: „Ich glaube, dass ich krank bin. Nicht körperlich krank".
„Ich versteh das nicht, du hast doch im Grunde alles. Ich lebe nur für Euch, die Kinder machen uns keine größeren Sorgen, du hast jede Hilfe im Haushalt, die du nur haben möchtest. Wir haben durch die Aktien der Firma, die mir zugesprochen worden waren, und vor allem durch das, was ich jetzt verdiene, genügend Geld, Sorgen brauchst du dir keine zu machen. Möchtest du mehr Haushaltungsgeld? Möchtest du wieder mit deinen Studien fürs Abitur anfangen?"
‚Abitur'! Für Hannah war das ein Begriff aus einer anderen, aus einer sehr fernen Welt. Es ging doch nicht um das Ausfüllen von Freizeit, es ging auch nicht um Ablenkung.
Laut sagte sie: „Schatz, ich brauche keine Ablenkung. Begreifst du nicht, dass ich am Ende bin? Ich kann dir nicht sagen, warum. Ich selbst habe mir oft genug vorgeworfen, dass ich überhaupt keinen Grund für irgendwelche Depressionen habe. Aber ein Mensch hat auch keinen Grund, eine Lungenentzündung zu bekommen! Wenn er sie allerdings hat, geht er zum Arzt, und jeder findet das völlig normal, mehr noch, er findet es notwendig. Nur wenn einer seelisch nicht mehr kann, wird aus einem Arztbesuch irgendetwas Anstößiges".
„Na ja, es geht hier nicht um einen einzigen Arztbesuch. So viel ich weiß, wird es eine jahrelange Behandlung, und du bist doch kein Fall für den Psychiater".
Es war, als würde sie gegen die Wand reden. Wie tief verwurzelt die Meinung war, dass Menschen, die seelische Hilfe suchen, verrückt sein müssen. Dabei war sie ja wirklich ver-rückt, von ihrem früheren Lebensgefühl abgerückt. Sie versuchte, es Georg auf diese Weise zu erklären. Seine Antwort überraschte sie. „Du hast doch sonst einen so starken Willen, kann er dir in einer solchen Situation nicht helfen? Und hast du dir einmal Gedanken darüber gemacht, seit wann und warum du in diesen Zustand gekommen bist?"

Sie schaute ihn entgeistert an: „Ob ich mir Gedanken gemacht habe? Mein Gott, seit Jahren frage ich mich, warum es mir immer schlechter geht. Seit Jahren verfolgen mich die gleichen Worte, die du jetzt gesagt hast, nämlich das mit dem Willen und dass mir scheinbar nichts fehlt. Und seit Jahren haben mir diese Gedanken nichts gebracht. Denkst du denn, ich wäre absichtlich in diesen Zustand geraten? Es würde mir Spaß machen, keine Lust mehr zum Leben zu haben? Alles nur noch als Belastung zu empfinden, jeden Tag wie einen Berg vor mir liegen zu sehen, den ich einfach nicht besteigen kann? Nein, ich weiß nicht, was mich so weit gebracht hat. Ich weiß es einfach nicht“, und sie spürte, wie Hilflosigkeit und Scham sie zu überfluten drohten. Fast kam es ihr so vor, als würde sie ihre Ängste vor einem Fremden ausbreiten, als müsste sie sich verteidigen, wo sie auf Verstehen und Hilfe gehofft hatte. Sie stützte die Arme auf ihre Knie, legte den Kopf in ihre Hände, sie wollte nicht, dass er die Qual in ihrem Gesicht sehen konnte. Leise sagte sie: „Und wie ist es mit dem Alkohol? Ist das nicht ein riesengroßes Problem, nicht nur für mich, sondern auch für dich, für die Kinder?“

Er unterbrach sie rasch: „Du bist doch keine Alkoholikerin! Gut, du trinkst manchmal zu viel, aber das ist doch kein wirkliches Problem!“

Entsetzt und gleichzeitig erleichtert merkte sie, dass er diesem Thema auswich, als wollte er nicht erkennen, dass sie sogar sehr starke Alkoholprobleme hatte. Und da sie selbst auch am liebsten die vielen Stunden und Abende, wenn sie, vom Wein betrunken, sich an nichts mehr erinnern konnte, aus ihrem Denken gelöscht hätte, ging sie darauf nicht mehr ein. ‚Immer Harmonie! Immer alles unter den Teppich kehren’, dachte sie müde, sagte aber stattdessen: „Ich hatte gehofft, dass Dr. Molina mir zeigen könnte, was mit mir geschehen ist. Mir ist irgendwie nur vage bewusst, dass ich diesen Weg einfach gehen muss. Als wir uns kennenlernten, du und ich, gab es noch so viele Träume. Ich wollte Abenteuer, ich träumte wie du von einem beruflichen Weg, von etwas Einmaligem, wovon vielleicht jeder Mensch träumt. Seit jeher war diese

Sehnsucht in mir, die ich nie benennen konnte, die aber so greifbar, manchmal quälend oder aufregend, und manchmal fast schmerzhaft schön glühte. Es ist auch nicht der Haushalt, es sind nicht die Kinder – um Gottes Willen, ich würde sie nie als mein Problem sehen". Sie hielt einen Augenblick inne, bevor sie leise fortfuhr: „Dafür liebe ich sie viel zu sehr. Aber es gibt einfach keine Visionen, keine der früheren Ziele mehr, es gibt irgendwie nur noch den Urinstinkt der Mutter. Früher... früher wollte ich die Welt aus den Angeln heben, wollte etwas Besonderes leisten, etwas Außerordentliches erleben. Und ich habe sogar eine Weile dieser nicht greifbaren Sehnsucht leben können, das Fremde in Persien, die Jahre in der Türkei. Sogar der Aufbruch nach Spanien, obgleich ich damals schon spürte, dass es nicht mehr das Gleiche war. Irgend etwas war erloschen in mir und auch zwischen uns. Ich bin reduziert worden aufs Kinderkriegen, auf den Haushalt, auf Kinderaufziehen. Träume oder andere Möglichkeiten, die das Leben für mich vielleicht noch bereithielt, waren ausgesperrt".
Sie zögerte, als sie merkte, dass Georg etwas einwenden wollte, wusste aber, wenn sie jetzt nicht weiter sprach, gäbe es vielleicht nie mehr eine Gelegenheit, von all diesen Empfindungen zu sprechen, waren sie ihr doch selbst viel zu unklar. Rasch sprach sie weiter: „Ich weiß, was du sagen willst und ich wiederhole noch einmal, was ich eben sagte. Kinder sind eine wunderbare Aufgabe, und schließlich hast du mich nie gezwungen, mit dir zu schlafen. Trotzdem... eigentlich trage ich völlig allein die Verantwortung für die ‚Folgen'", sie lachte leise auf, „für die wunderbaren Folgen unserer Liebesbeziehung. Selbstverständlich sorgst du für uns, selbstverständlich bedeutet es für dich viel Stress, eine so große Familie zu ernähren, aber...".
Jetzt unterbrach Georg sie fast barsch. „Du meinst also, du hättest dir keine Wünsche erfüllt, keine Freiheit gegönnt! Was war dann mit Tomás, was?"
Hannah starrte ihn erschrocken an. Sie stand auf, lief hin und her, um ihrer Erregung Herr zu werden. „Du fragst, was das mit Tomás war? Anscheinend hast du nie etwas

von meinen Problemen verstanden. Wann tauchte denn Tomás in meinem Leben auf? Als ich mich – gezwungen durch meine Situation, nein, durch unsere Verantwortungslosigkeit – zu einer Sterilisation entschloss. Natürlich hatte ich gedacht, diese Operation sei nur ein unwichtiger, ein kleiner Schritt. Nie hätte ich mir vorstellen können, dass ich mir danach als Frau so annulliert vorkommen würde. Du hattest die Sterilisation für dich abgelehnt, weil du befürchtet hattest, kein richtiger Mann mehr zu sein. Ich aber...", sie blieb vor Georg stehen, wollte ihn berühren, ließ es bleiben, fügte nur noch hinzu: „Ich habe diese Verantwortung übernommen und bin nie darüber hinweggekommen. Tomás war für mich der Beweis, noch Frau zu sein!" Sie wollte hinzufügen, ‚und du hast den wirklichen Grund meiner Untreue so wenig merken wollen, dass du Laredo, dass du den Ort, wo Tomás geboren ist, wo er monatelang in meiner Nähe Ferien macht, zu deinem Lieblingsort erwählt hast, statt um mich zu kämpfen und mich so weit wie möglich von ihm wegzubringen'. Doch erschöpft schwieg sie. So weit wollte sie gar nicht gehen. Wie sollte sie ihm nur klarmachen, was sie ihm wirklich sagen wollte. Fast verzagt fuhr sie fort: „Lassen wir das Thema jetzt, es gehört nicht hierher. Nur so viel, die Sorge für die Familie hat dich nicht ausgelöscht. Du gehst deinen Weg, unbeirrt, frei, sofern man mit sieben Kindern frei sein kann, du erfüllst dir deine Wünsche".
Georg blickte seine Frau, die sich mittlerweile entmutigt wieder gesetzt hatte, nachdenklich an: „Hab ich nicht stets betont, wie großartig ich es finde, dass du mir nie im Weg gestanden bist. Dass du alles mitgemacht hast".
Hannah erinnerte sich, wie stolz sie einst auf diese Worte gewesen war, nur plötzlich war da kein Stolz mehr.
Sie hatte ihm nie im Weg gestanden!!! War sie denn ein Stuhl, eine Sache, die im „Weg stehen" konnte. Wo war sie? Laut wiederholte sie ihre Frage, drängend, fast wütend: „Wo war ich denn bei all dem? Wenn ich dir nicht im Weg gestanden bin, wo habe ich mich hingestellt, wohin...?"
Sie wusste plötzlich, dass dies einer der tiefsten Gründe ihrer Verzweiflung war. Sie war einfach nicht mehr da, sie

persönlich, sie Hannah hatte aufgehört zu sein. Sie funktionierte für einen gut laufenden Haushalt und um dem Mann Sorgen fernzuhalten, aber mehr auch nicht. Da sie das aber einfach noch nicht so klar ausführen konnte, wie sie es empfand, kehrte sie wieder zum Ausgangspunkt ihres Gesprächs zurück:
„Ich möchte wirklich zu Dr. Molina und wenn du damit einverstanden bist, möchte er, dass du zu Beginn der Behandlung zu einem Gespräch zu ihm kommst, bei dem ich allerdings auch anwesend sein werde, weil nichts hinter meinem Rücken gesprochen werden soll, und danach wird es keine Verbindung mehr von ihm zu dir geben, das ist eine der Bedingungen einer solchen Therapie“.
„Und was soll das kosten?“
Das war die Frage, die Hannah fast am meisten befürchtet hatte. Stotternd meinte sie: „Dreitausend Peseten die Stunde, ob ich hingehe oder nicht. Nur wenn er nicht kann, wird die Stunde nicht berechnet“.
Georg hatte sich gerade aufgerichtet: „Hannah, das ist sehr viel Geld“, in Gedanken fügte er hinzu ‚und das wochen-, monate-, wahrscheinlich jahrelang.
Beschämt nickte Hannah und verwünschte wieder einmal die Tatsache, dass sie kein eigenes Geld hatte. Auf den Gedanken, dass Georgs Geld auch ihres war, kam sie gar nicht. Sie bekam jeden Monat einen bestimmten Betrag zugewiesen und damit versuchte sie hinzukommen. Erst viel später fing sie an, Rechnungen aufzumachen, Gehalt für Kindermädchen, wobei ein Kindermädchen in der Regel höchstens für zwei Kinder zuständig war. Dazu käme Gehalt für Haushaltshilfe, für Nachhilfelehrerin für... für... Doch zu solchen Gedanken war sie noch lange nicht fähig. Jetzt war sie angewiesen auf die Erlaubnis von Georg. Erlaubnis, weiterleben zu können!!!
Georg stand auf, zog Hannah von ihrem Stuhl hoch, nahm sie in den Arm: „Liebes, wenn du glaubst, dass dieser Dr. Molina dir helfen kann, sag ihm zu. Das Wichtigste ist, dass es dir irgendwann wieder gut geht. Komm lass uns etwas trinken. Möchtest du auch ein Glas Wein?“

Hannah versuchte, die Behandlung bei Dr. Molina so reibungslos wie möglich in ihren Alltag einzubauen, aber manchmal dachte sie, das sei einfach unmöglich.
„Soll ich nicht nach Deutschland in irgendein Sanatorium gehen? Wäre das für die Kinder, für meinen Mann nicht die wesentlich leichtere Lösung?", fragte sie verzweifelt Dr. Molina.
Begütigend meinte er: „Das würden dir die Kinder nie verzeihen. Und sich selbst auch nicht. Denn selbstverständlich würden sie denken, sie wären schuld daran, dass du gegangen bist. Und obendrein kämen sie sich auch noch verlassen vor".
„Aber so ist es noch viel schlimmer für sie. Wenn ich weg wäre, bekämen sie von meiner Depression, von meinem Trinken, von Georgs verständlicher Wut und oft auch wieder von seinen vielen Ermahnungen ‚ihr müsst auf Mama jetzt Rücksicht nehmen' nichts mit".
„Mag sein! Aber sie bekämen auch nicht deinen Kampf mit, der ja nicht nur dir gilt, sondern auch den Kindern. Allerdings wirst du dir eines Tages darüber klarwerden müssen, dass du nicht hierher kommst wegen der Kinder oder wegen Georg, sondern einzig deinetwegen. Hannah, wer sich selbst nicht liebt, kann auch niemand andern lieben. Und du hast alle Gefühle für dich, nur keine Liebe".
„Es gibt auch herzlich wenig Grund dafür, mich zu lieben."
Es war einige Wochen später. Hannah legte gerade die frisch gewaschene Wäsche zusammen, um danach in die Küche zu gehen und sich ums Mittagessen zu kümmern, als das Telefon läutete. Sie eilte voller Erwartung an den Apparat, dachte, dass es vielleicht die Mutter oder eine ihrer Schwestern wäre, ließ aber nach nur einer Minute erschrocken den Hörer sinken.
Georg – ein Herzinfarkt!
Der Anruf kam aus der Firma, und das Entsetzen traf sie völlig unerwartet. Manchmal dachte man, die Welt, die eigene Welt ginge stückweise unter und manchmal war es, als genüge eine einzige Sekunde, ein einziger gewaltiger Schlag und alles schien zu Ende zu sein. Genauso fühlte sich Hannah in diesem Augenblick.

Ihr Georg, ihr sicherer Fels! Dabei war es in Wirklichkeit gar nicht so – die Nierensteine und die damit verbundenen Koliken vor vielen Jahren oder die Notoperation vor zwei Jahren, weil der Arzt einen Magendurchbruch befürchtete, was sich aber als Gallensteine herausstellte. Hatte sie das vergessen? Nein, aber diese Erkrankungen waren weniger bedrohlich, hier halfen Operation oder Medikationen. Aber ein Herzinfarkt!
Sie raste ins Krankenhaus, stand hilflos an seinem Bett. Wie elend er aussah. Sie wollte sich neben sein Bett knien, wollte ihn in ihre Arme nehmen, ihn beschützen mit all ihrer Liebe, die sie plötzlich wieder spüren konnte. Er war noch so jung, ihm durfte einfach nichts passieren. Er konnte sie und die Kinder doch nicht allein lassen. War das jetzt ihre Strafe?
Der Arzt ließ keinen Zweifel daran, dass es ein schwerer Herzinfarkt, ein Hinterwandinfarkt war und Georg wochenlang Ruhe und Schonung benötigte.
Weinend lag sie am nächsten Tag auf der Couch bei Dr. Molina. „Es ist alles meine Schuld! Die Belastungen waren einfach zu viel. Ich habe ihn zu sehr verletzt, ihm zu viel Sorgen gemacht".
„Hannah, sei nicht so größenwahnsinnig. Du kannst bei einem anderen durch dein Tun keine Krankheit verursachen und sogar wenn du irgendeinen Menschen so hasst, dass du ihm den Tod wünschst, wirst du niemals über solche übernatürlichen Kräfte verfügen, dass er wegen deines Wunsches stirbt. Denke einfach nur realistisch. Ich habe deinen Mann bei unserem Gespräch kennengelernt. Er ist zu dick, er trinkt zu viel, er hat zu viel Stress in der Firma, das hat nichts mit dir zu tun".
„Nein? Er hat schon immer Stress bei seinen verschiedenen Stellen gehabt, aber er konnte sich auf sein Zuhause verlassen, auf mich. Aber jetzt hat er noch nicht einmal bei mir die Ruhe, die er vielleicht als Ausgleich braucht. Ich, ich allein mache alles kaputt".
„Hannah, dein Mann ist bei dir geblieben, und er hält diese Zeit jetzt mit dir durch. Vielleicht hilft dir der Satz: ‚Du wirst so behandelt, wie du dich behandeln lässt'. Wenn Georg

das aushält, was du, wie du sagst, ihm antust, will er das so, es beweist nur, wie sehr er dich liebt".
‚Du wirst so behandelt, wie du dich behandeln lässt'. Hannah wusste in diesem Augenblick noch nicht, dass Molina ihr mit diesem Satz ein Lebensmotto gegeben hatte.
Die nächsten Wochen vergingen wie ein Alptraum. Georg war nach Hause entlassen worden, lag die meiste Zeit im Liegestuhl im Garten, zu schwach, irgendetwas anderes zu tun als zu ruhen. Dazwischen die Stunden bei Molina, die Versorgung der Kinder, der Kampf gegen den Alkohol, den sie trotz etlicher Behandlungen wie Akupunktur, einem speziellen Pflaster, das man ihr auf den Oberarm klebte, einem besonderen Armband, das sie Tag und Nacht trug, immer und immer wieder verlor. Woraus nur wieder neue Schuldgefühle entstanden, es war ein Teufelskreis, aus dem es kein Entrinnen mehr gab. Manchmal schaffte sie es, tagelang nicht zu trinken, stolz verkündete sie lautstark, dass sie den Alkohol überwunden hätte, dass sie nie mehr trinken würde. Doch immer wieder stürzte sie ab und spürte, dass nach einer Weile weder Georg noch die Kinder ihren Worten mehr glaubten.
Da fiel ihr die Gruppe der *Anonymen Alkoholiker* ein, von der sie vor langer Zeit gelesen hatte. Sie erkundigte sich nach deren Adresse, machte sich eines Nachmittags auf, um wenigstens einmal zu erfahren, um was es sich dabei handelte. Sie betrat das Haus in Madrids Altstadt, der Pförtner fragte sie, wohin sie wolle. Sie konnte dem Mann doch nicht sagen, dass sie zu den *Anonymen Alkoholikern* wollte. Was sollte er denn von ihr denken? Verwirrt stotterte sie: „Ach, nichts, ich habe mich in der Adresse geirrt". Aber der Mann schien an solche Auftritte gewohnt, behutsam sagte er: „Zweiter Stock, der rechte Eingang". Beschämt stieg Hannah die ausgetretenen Stufen zum zweiten Stock hinauf, vermied bewusst den Aufzug, um den Augenblick hinauszuzögern, der sie in ihrer eigenen Vorstellung unwiderruflich zur Alkoholikerin stempeln würde. Und war erstaunt, mit wie viel Feingefühl sie gleich in der ersten Stunde aufgenommen wurde. Niemand zwang sie, ihren Namen zu nennen, sie konnte irgendeinen wählen, sie musste nur, wenn sie aufstand und von sich sprach,

sagen: „Ich heiße Soundso, und ich bin Alkoholikerin“. Sie erzählte zögernd von ihrem Problem und wunderte sich, mit welcher Offenheit, die ihr peinlich war, die sieben Männer und drei Frauen, die an diesem Nachmittag hier waren, über ihre Probleme sprachen. Sie erzählten von dem Elend, das sie ihren Familien antaten, wie sie litten, wie die Familien kaputt gingen. Nach einem halben Jahr, in dem Hannah drei Abende wöchentlich zur Gruppe gegangen war, hielt sie es nicht länger aus. Sie wurde einfach das Gefühl nicht los, dass hier einer den anderen mit der Tragik seiner Geschichte übertrumpfen wollte. Es war ein gegenseitiges Konkurrieren: jeder hatte das Schlimmste erlebt, das Grausigste seinen Angehörigen angetan. Sie erzählten, wie sie ihre Frauen geschlagen hätten und Pedro meinte: „Als ich kein Geld mehr für Stoff hatte, habe ich das Kölnisch Wasser meiner Frau gesoffen, habe wochenlang auf der Straße gelebt. Obdachlos, schmutzig, bettelnd und besoffen. Es gibt immer jemand, der dir Alkohol verschafft. Nüchtern – ich war nicht eine Minute lang nüchtern...“.
‚Das ist doch bei mir gar nicht der Fall. Ich kann es sogar manchmal noch kontrollieren. Also bin ich gar nicht Alkohol abhängig!’, dachte Hannah und wusste gleichzeitig, dass sie sich eine Ausrede zurechtlegte. Da dieser Pedro ihr trotz allem ziemlich sympathisch war, wandte sie sich an ihn mit ihren Zweifeln. Er lud sie zu einem Kaffee ein und in der Unverbindlichkeit dieser Cafeteria meinte er: „Es gibt so viele Arten von Alkoholismus. Ich erzähle dir mal eine kleine Geschichte. Bei uns war ein schon ziemlich alter Gruppenteilnehmer, er wohnte in einem Altenheim und wollte unbedingt Zeuge Jehovas werden. Zum Mittagessen bestellte er sich in diesem Heim immer ein Glas Wein und mehr als aufs Essen, mehr als auf irgendetwas anderes, wartete er auf den Moment, da er dieses Glas Wein trinken konnte. Er fieberte dem Augenblick mit einer Gier entgegen, die es ihm unmöglich machte, auf dieses eine einzige Glas Wein zu verzichten, aber als Zeuge Jehovas durfte er nichts trinken“.
Hannah staunte: “Und der war auch Alkoholiker“.

„Alle, die trinken *müssen,* aus welchem Grund auch immer - und es gibt keinen einzig wirklichen Grund, trinken zu *müssen* - sind alkoholabhängig".

„Wenn ich es mal ein paar Tage schaffe, nicht zu trinken, habe ich überhaupt keine Entzugsprobleme!"

Da sie Pedro ihren wahren Namen gesagt hatte, meinte er jetzt: „Hannah, du suchst nach Ausreden. Du musst schon viel, sehr viel Alkohol trinken, um ins Delirium tremens zu fallen oder Entzugserscheinungen zu haben. Nur darauf kommt es gar nicht an. Ich rate dir, bringe deine Kinder, deinen Mann einmal zu unseren offenen Nachmittagen mit. Und dein Mann kann auch zu der Gruppe der Familienangehörigen von Alkoholikern gehen, das ist wirklich eine echte Hilfe".

„Mein Mann glaubt gar nicht, dass ich Alkoholikerin bin".

„Wie nennt er es denn, wenn du zwei- oder dreimal die Woche betrunken bist, wie du mir erzählt hast?"

„Ich weiß es nicht".

„Ihr macht euch beide etwas vor. Solange das andauert, wirst du nicht vom Alkohol loskommen".

Und Pedro behielt Recht. Sie ging einige Male mit den Kindern zu den offenen Nachmittagen, war erstaunt, mit welch intensiven Fragen sie sich in dieser Gruppe engagierten, wie sie versuchten, einfach nur zu verstehen. Das machte ihr selbst so viel Mut, dass sie es sogar schaffte, ein paar Wochen nichts zu trinken, bis sie wieder rückfällig wurde und aus Wut auf sich selbst und aus Scham nie mehr zur Gruppe der AA ging.

Georg konnte nach einem Vierteljahr wieder arbeiten gehen, er nahm seinen gewohnten Lebensstil wieder auf, der Schreckschuss schien nicht nur vergessen, es kam Hannah eher so vor, als wollte er dem Leben zurufen: „Für mich hat sich nichts geändert! Hier bin ich wieder und stecke noch voller Pläne". Im letzten Sommer hatte er in Laredo ein Grundstück außerhalb des Dorfes erworben, nachdem sie die Wohnungen verkauft hatten, und jetzt wollte er auf diesem großen Gelände ein Traumhaus entstehen lassen. Hannah stand diesen Plänen völlig gleichgültig gegenüber – für sie war Laredo nach wie vor der Alptraum eines jeden Sommers, nichts zog sie dorthin und sicher dachte sie nicht daran, dort ihren Lebensabend – wovon Georg träumte – zu verbringen. Darüber zu diskutieren, hatte sie schon lange aufgegeben. Das Leben hatte für Hannah seine Gegenwart verloren, wie unwichtig war dann erst die Zukunft. Und sie versank immer tiefer in einem Strudel, der sie ins Bodenlose zu reißen schien.

Im nächsten Sommer sah Dr. Molina keinen anderen Ausweg mehr, als ihr den Vorschlag zu machen, sie für ein paar Wochen in eine psychiatrische Klinik einzuweisen. Und Hannah stimmte zu, nachdem auch Georg damit einverstanden war.

Es war ein heißer Tag. Die Sonne brannte unbarmherzig, es war, als dulde sie keine Schatten – als dürfte nichts verborgen bleiben, als müsste alles sichtbar gemacht werden.

Hannah lag im Klinikgarten und dämmerte vor sich hin. Wenn sie die Augen zu einem engen Spalt schloss, gab das blau gekachelte Schwimmbad dem Wasser die sehnsuchtsvolle Weite des Meeres. Aber sie konnte sich aus der Wirklichkeit nicht hinausträumen. Die Sonne schien nicht auf einen Sandstrand mit ferienlustigen Leuten. Hier lagen auf weißen Klinikbadetüchern oder hockten auf grünen Metallsesseln kranke Menschen, einsame Menschen, stöhnende, stotternde, lallende Menschen. Oder solche, die irgendwann einmal nur furchtbar müde geworden waren.

Hannah wusste, dass sie sich – zumindest draußen im normalen Leben – auch krank gefühlt hatte, hier aber fühlte sie sich innerlich von diesen Menschen, die sie, wie unter einer Glasglocke versteckt, heimlich beobachtete, meilenweit entfernt.

Schmale, geharkte Wege führten durch den Garten. Geruch nach Leben über einem sorgsam gepflegten Rosenbeet. Nirgends Wärter, Krankenschwestern oder Pfleger. Nur ein alter Mann wurde von einer jungen Schwester im Rollstuhl gefahren, sie lachte, er murmelte mit seinem zahnlosen Mund pausenlos vor sich hin, eintönige Laute ohne Unterbrechung. Hannah versuchte, sich seine Nächte auszumalen, seine keuchenden Verkrampfungen im

Dunkeln. Ihre Phantasie reichte dafür nicht aus – das war nicht ihre Welt.
Sie erinnerte sich daran, wie Dr. Molina ihr vor dem Klinikaufenthalt zu erklären versucht hatte, dass es in Spanien kaum einen Unterschied zwischen Pflegeheim, Irrenanstalt oder Rehabilitationszentren gäbe. Hinter dicken Mauern würden alle untergebracht, die geistig oder seelisch krank waren. Und sie hatte schnell gemerkt, dass die meisten Patienten durch starke Medikamente so gefühllos geworden waren, dass sie nur schlurfend einen Fuß vor den andern setzen konnten.
Plötzlich bemerkte sie den Mann, der neben ihr lag. Ohne Laut und deshalb so schrecklich anzusehen, weinte er vor sich hin. Sollte sie aufstehen, zu ihm gehen? Nein, sie wollte nicht hineingezogen werden in fremdes Leid. Sie konnte sich ja noch nicht einmal selbst helfen. Stattdessen versuchte sie, durch einfaches Beobachten einen Abstand zwischen sich und der sie umgebenden Welt zu schaffen. Neugierig starrte sie auf eine andere Liegewiese, über die mit albernen Tanzschritten ein offensichtlich auf Entzug stehender Drogenabhängiger stolzierte. Seine Stimme klang zu schrill und er beteuerte zu eifrig, um glaubhaft zu sein, jedem, der es hören oder auch nicht hören wollte: 'Süchtig, ich! Nein, ich bin meine Sucht los, nie mehr die Nadel'. Seine dünnen Arme waren übersät von Einstichen, in den Augen stand nackte Angst.
Und die andern? Sie schaute sich um. Es schien ihr, als sei der friedliche Garten eine einzige Ausstellung absoluter menschlicher Einsamkeit, jeder nur mit sich beschäftigt - oder auch nicht. Aber selbst diese scheinbare Gleichgültigkeit war eine gierige Art von Selbstbeschäftigung. Teilnahmslose Absonderung in stundenlanges Vor-Sich-Hinstarren.
Hannah blickte hinüber zu einer Gruppe von Frauen, die an einem Blechtisch saßen, nachlässig gekleidet, im gefärbten Haar erste graue Strähnen. Hände strichen unablässig über die karierte Tischdecke, in den Gesichtern ein seltsam verwandter Ausdruck, so, als seien sie alle Schwestern einer großen Familie - Enttäuschung, bitter gewordene Hoffnungen, aufgegebene Träume. Wahr-

scheinlich sollten sie ausruhen, diese Frauen, um irgendwann einmal wieder in ihren traumlosen und wunschleeren Alltag zurückzukehren. Bis zum nächsten Zusammenbruch. Die Ärzte nannten es Depression während der Wechseljahre.

Depression – sprach Molina nicht auch bei ihr von Depressionen? Nein... nicht nachdenken, nur beobachten.

Am schlimmsten empfand sie die Anwesenheit junger Menschen und ihr verzweifeltes Bemühen, sich noch gegen die polypartigen Arme der Depression zu wehren, die sie zu umschlingen drohten. Sie lagen nicht am Schwimmbad, sonderten sich ab von den Kranken, spielten Fußball, diskutierten, lachten. Zwei junge Männer spielten Tischtennis. Im Schatten des alten Olivenbaumes klang eine Gitarre, zaghaft von zupfenden Fingern berührt, als suchten sie vergeblich das nie zu Ende gesungene Lied. Hannah spürte das Aufbegehren dieser Jungen, verstand nur zu gut ihren brennenden Wunsch, einfach nur leben zu wollen. Sie war in den drei Wochen ihres Aufenthaltes hier schon anderen jungen Menschen begegnet, nach nur einer Woche ihres Hierseins blieb wenig dieser mühsam aufrecht erhaltenen Lebensfreude. Dafür jetzt torkelnde Bewegungen, trübe Augen, zusammengekrümmte Körper auf schwarzen Plastiksofas. Man hatte mit ihrer Behandlung begonnen.

Innerlich schrie sie auf, fragte: 'Was wird denn behandelt? Die Anfänge eines stumm brüllenden Versinkens? Oder die Verteidigung gegen diese Welt des erloschenen Menschseins?' Und gleichzeitig fragte sie sich entsetzt, waren es wirklich schon drei Wochen, dass sie selbst aus ihrer aktiven, „normalen“ Welt in dieses Nichtsein abgetaucht war? Die Kinder durften sie nicht besuchen – Georg kam manchmal vorbei, blieb schweigend bei ihr sitzen, wollte ihr mit seinem Dasein nur zeigen, dass er sie so gern begleiten wollte, wenn er nur könnte. Er wirkte in dieser Umgebung so unverschämt gesund, wie ein Mensch von einem anderen Stern und damit auch für sie, Hannah, unerreichbar.

Und alles schien ihr heute so friedlich - hier am Rande des Schwimmbeckens, in sommerlicher Wärme, auf grünen Rasenflächen.
Sie wusste, dass Sie aufpassen musste, dass sie auf keinen Fall auffallen durfte, um Gottes willen nicht laut schreien, damit sie die Dosis ihrer Beruhigungsmittel nicht auch so hoch ansetzten. Obgleich sie überhaupt keine Medikamente bekommen sollte. Sie war doch gar nicht so krank wie die anderen! Sie wollte nur nicht mehr weiterleben.
Immer wieder sagte sie sich vor: Freiwillig bin ich gekommen! Und Dr. Molina wird auch die Behandlung weiterführen. Konnte das trösten?
Manchmal verstand sie immer noch nicht, warum sie mit der Einweisung einverstanden gewesen war. Suchte sie Schutz in dieser von Mauern umgebenen Welt? Gab es draußen keinen, trotz der Liebe von Georg, trotz des Lachens der Kinder und trotz der vier Wochenstunden Therapie? Warum kam ihr nur alles Gemeinsame wie etwas Verlorenes vor, überschattet von ständiger Angst. Und der Flucht in den Alkohol.
Aufmerksam blickte sie um sich. So viel Leid überall! Ruhig lag jetzt auch im Schatten der Mittagsstunde Manolo, vor dem es ihr innerlich graute. Sein seltsam geformter nackter Schädel und sein irres Grinsen. Jeden, dem er begegnete, schleppte er zum Cola-Automaten. Er hatte kein Geld, bat stotternd um eine Coca Cola. Oft trank er mehr als dreißig Gläser am Tag, und unzählige Male stürzte er würgend in die nächste Toilette, um die nun stinkende Brühe gurgelnd wieder auszukotzen. Noch tränten ihm die Augen, zitternd wischte er sich einen braunen Speichelfaden vom Kinn und doch fragte er bereits den nächsten, der ihm begegnete: ‚Kaufst du mir eine Cola?'
Georg lachte ein wenig unsicher, nachdem er ihm im Flur begegnet war. „Er hält mich wegen meines weißen Haares für den lieben Gott". Hannah strich ihrem Mann mit leichter Hand über das Gesicht. „Der liebe Gott bist du vielleicht nicht. Aber wie sehr wünsche ich mir, dass es uns wieder gut geht".

„Wir schaffen das schon. Der Aufenthalt hier wird dir gewiss gut tun“.
‚Wird er das’, fragte sich Hannah, als sie an diesem Nachmittag den jungen Mann mit den ungleich langen Schnurrbarthaaren und diesen entsetzlichen Augen, die noch einen winzigen Abstand vom völligen Wahnsinn andeuteten, beobachtete. Er hatte Besuch, offensichtlich seine Frau. In der Nacht hatte Hannah ihn gehört, als er die verschlossene Tür seines Zimmers einschlagen wollte mit Stühlen, Schuhen und Fäusten – als sie ihm heute Morgen begegnete, konnte er sich an nichts erinnern. Jetzt berührte er mit behutsamen Händen den leicht gewölbten, schwangeren Leib seiner Frau und flüsterte schmeichelnd auf sie ein. Hannah stellte sich vor, dass er vielleicht von Flucht sprach, dass er hier raus wollte - zu ihr und zu dem Kind, das seines war und vielleicht nie etwas von ihm wissen würde. Der Blick der Frau war trostlose Verzweiflung, wahrscheinlich hatte sie ihn, hatte ihren Andrés selbst hierher gebracht. Offensichtlich wollte sie gerade gehen, die Wärter öffneten ihr schon die Tür, da stürzte Andrés an ihr vorbei, konnte in der allgemeinen Aufregung fast das zweite, automatisch aufschwingende Tor erreichen, doch Arme, geübt in ihren Griffen, rissen ihn nach hinten. Er kämpfte mit unvorstellbarer Kraft, schlug um sich, schrie, die Wärter riefen der Frau zu: ‘lauf, um Himmels willen, so lauf doch’. Sie weinte, ein lautes, fassungsloses Schluchzen, sie alle hatten es gefühlt bis in den letzten Nerv ihrer Körper und kranken Seelen. Und dann, als er bereits in der Zwangsjacke steckte, sein gellender, sein durchdringender Schrei: "Theresa, Theresa“.
Ein Alptraum – so gegenwärtig, vielleicht für immer?
Erschöpft schloss Hannah die Augen. Gleich war da wieder die Erinnerung an ihren ersten Abend hier. Als die Schwester ihre Tür von außen verriegeln wollte, packte Hannah ein solches Entsetzen, dass sie nur stammeln konnte: 'Nein, bitte, bitte nein!' Eingeschlossensein das bedeutete Panik, Hilflosigkeit, Ausgeliefertsein. Mit fast gütiger, zumindest ruhiger Stimme hatte die Schwester auf sie eingesprochen: „Es ist ja nicht ihretwegen, es ist nur zu ihrem Schutz“. „Meinem Schutz“, fragte Hannah

ängstlich. „Nun ja, es ist doch besser, sie eingeschlossen und dafür die anderen ausgeschlossen oder?“ Wer waren die anderen? Hannah fröstelte, sie kannte noch keine Anderen, vertraute jetzt aber den Worten der Schwester.
Allerdings merkte sie schnell, dass in diesem Haus alles sehr teuer, sehr privat und individuell war, aber alle Fenster waren vergittert. Griffe zum Öffnen gab es nicht, sie wurden mit Spezialschlüsseln geöffnet; die Läden mit Extrakurbeln hinauf- und hinuntergelassen. Jedes Zimmer hatte ein Bad, die Badewanne war sehr geräumig. Viel später, als man im Haus anscheinend merkte, dass Hannah wirklich nur vorübergehend und noch dazu freiwillig hier war, ergab sich sogar manches Gespräch mit dieser Schwester. Und so hatte sie irgendwann gehört, dass diese Badewannen auch für Spezialbehandlungen benutzt wurden - was immer man darunter verstehen mochte. Die Duschen fehlten. Sie wären abgeschraubt worden, nachdem man einen der Kranken privat und ganz individuell am Morgen erhängt daran aufgefunden hatte! Aus seiner Pyjamajacke hätte er eine Schnur gedreht.
Draußen in den Straßen Temperaturen von 40 Grad im Schatten, ein Sommertag in Madrid, den man auch am weitoffenen Fenster nicht aushalten konnte – denn die Läden blieben geschlossen. Die Zimmer waren Glutöfen, nie durfte alles geöffnet werden, damit es durchziehen könnte: entweder die Fenster offen und geschlossene Rollläden oder umgekehrt. Die Patienten gingen in den abgedunkelten, einzig angenehm frischen Aufenthaltsraum und verkrochen sich im kühlen Plastik der Sessel, um wenigstens tagsüber, im Schutz der Gegenwart anderer sicher vor inneren Alpträumen schlafen zu können.
Und jeder Tag hatte bisher neues Grauen und neue Erlebnisse gebracht, vor denen Hannah sich nicht verschließen konnte. Während sie ihre Blicke über die Anlagen mit den gepflegten Beeten und den vielen Blumenrabatten wandern ließ, erinnert sie sich an den vierten Tag ihres Aufenthaltes. Wie jeden Morgen wurden die Türen aufgeschlossen. Eine Schwester schaute herein, wünschte guten Tag. Bei schweren Fällen wurde die Tür wieder abgeschlossen. An diesem Morgen öffnete sie die Zim-

mertür von Luis, einem geistig verwirrten alten Mann. Täglich schlurfte er stundenlang über die langen Gänge, harmlos geduldig. Selten wartete er auf noch seltener kommenden Besuch. An diesem Morgen irrte sich die Schwester, die heute Dienst hatte und schloss automatisch die Tür des armen Luis wieder hinter sich zu. Luis kann nicht deutlich sprechen, sein Verständigungsvermögen war das eines kleinen Kindes. Mit rührender Liebe hing er an Krankenschwester Loli, die sonst immer aufschloss. Hannah hatte beobachtet, wie jeden Morgen sein erster Ruf seiner Loli galt, frühstücksbekleckert und sabbernd begrüßte er sie. Doch heute stürzte seine enge Welt zusammen, selbst er wusste, was Wiedereinschließen bedeutete. Zaghaft erst, dann lauter klopfte er gegen die verschlossene Tür. Seine verkümmerte Zunge, sein schiefer Mund heulten: „Loli, ich bin's, der Luis!“ Aber sie hörte ihn nicht. Das Klopfen wurde zum kraftlosen Kratzen am Holz der Tür, sein Klagen war grauenhaft, ein infantiles Winseln und Jammern. Endlich kam Loli, aber sie hatte den Schlüssel nicht bei sich. Immer wieder rief sie: 'Luis, ich komme, Luis wein nicht, es ist ein Irrtum'. Aber mit seinem kranken Verstand begriff er sie nicht, konnte sie nicht begreifen - Worte sagten ihm nichts. Als Loli endlich seine Tür öffnete, lag er am Boden, weinend, konnte nicht aufhören.

Beschämt dachte Hannah daran, wie sie, ihrem ersten Impuls folgend, zu ihm laufen wollte, sein hässliches, speichelverschmiertes Gesicht in die Arme nehmen, ihn wiegen wie ein untröstliches Kind. Sie wollte in seine Panik, in seine Einsamkeit dringen. War es nicht ihre eigene Furcht, ihre eigene Hilflosigkeit? Sie verstand ihn nicht nur, sie war gleichzeitig er, fühlte, was er fühlte. Sie wusste, dass er Wärme brauchte, tröstendes, unverständliches Gemurmel ohne Worte, die er nicht verstehen musste. Doch Scheu und Hilflosigkeit machten sie unbeweglich.

Tagelang hatte sie noch sein frühmorgendliches Rufen und Klopfen geweckt. Er hatte offensichtlich kein Zeitempfinden, merkte eben nur, dass die Tür verschlossen war, und konnte sein Entsetzen nicht vergessen, schon gar nicht überwinden. Die verschlossene Tür war sein Alptraum, war der Inbegriff seiner Verlassenheit. Bis eines Morgens ein anderer, ach, ebenfalls ein kranker Mensch schrie: „Halt endlich dein Maul!“ Jäh brach das Klopfen ab, sie hörte es nie wieder. Nur sein Gang wurde fortan noch schlurfender, in seinen Augen war alles Leben erloschen. Stumm saß er stundenlang auf der Bank im Flur, floh aus der Leere seines Zimmers und vor der verschlossenen Tür.

Als Georg sie besuchte, nachdem sie versucht hatte, sich wenigstens ein bisschen einzugewöhnen, erzählte sie ihm, dass es ja nicht nur die Kranken waren, die in diesem Sanatorium Zuflucht suchten oder einfach eingewiesen wurden. Sie hatte schnell gemerkt, dass es außer den Kranken noch die Alten, die Demenzkranken gab, die keinen Menschen mehr hatten oder um die sich niemand kümmern wollte, und sie konnte sich des Eindrucks nicht erwehren, dass sie hier abgeladen worden waren, gegen Geld zur Aufbewahrung freigegeben.

„Es sind so erschütternde Szenen, die sich da manchmal abspielen“, meinte sie jetzt und sprach weiter: „Einmal bin ich gerade am Fernsehraum vorbeigegangen, als eine Schwester zu den drei Patienten, einem jungen Mann, einer älteren Frau und einem sehr alten Mann trat, die dort irgendeine Seifenoper sahen. Offensichtlich hatten sie die erste Hälfte des Satzes der Frau nicht verstanden, nur die paar Worte: ‚Sie haben Besuch‘. Du hättest mal sehen müssen, wie verwirrt, aber glücklich lächelnd sich der Alte erheben wollte, als die Schwester sagte: ‚Opa, nicht für dich, für den jungen Mann da!‘ Das Aufleuchten in den Augen des Alten war wie mit einem schmutzigen Lappen weggewischt, resigniert hatte er sich wieder in seinen Stuhl fallen lassen“.

„Kannst du dich aus solchen Szenen nicht heraushalten“, fragte Georg besorgt.

„Heraushalten? Wie denn? Aber vielleicht ist es gar nicht so schlimm, dass ich all das erlebe. Vielleicht merke ich daran, wie gut es mir doch eigentlich noch geht“.

Sie bemerkte nicht den zärtlichen Blick, mit dem Georg sie gleichsam umarmte. Wie gern würde er seine Hannah einfach mit nach Hause nehmen.

Ein paar Tage später gab es auch für den alten Mann endlich Besuch. Am Abend sah Hannah ihn im Garten, zwei junge Leute umgaben, nein, umflatterten ihn. Stellten ihn auf die Beine, schoben seinen Stuhl in die Sonne, die er nicht vertragen konnte. Sie halfen ihm wieder hoch und schubsten den Stuhl in den Schatten. Nervöses Schauen auf die Uhr, ununterbrochenes Einreden auf den Mann, der jetzt so lebhaft und freudig erregt wirkte. Es mussten seine Kinder sein - diese Ähnlichkeit. Hastiges Aufstehen: „Vater, wir müssen gehen".
Hilflos vorgestreckte Hände: "Aber..."
"Hier Vater, hier hast Du eine Zeitung. Starr nicht ständig nur auf den Boden, beschäftig dich, lies dies"!
Flüchtiger, unzärtlicher Kuss von ihr, von ihm, weg, nur schnell weg, die Pflicht war erfüllt. Der Alte konnte die Schnelligkeit der Ereignisse - und für ihn waren es einschneidende Ereignisse in seinem stets gleichen Tageslauf - nicht fassen. Wieder diese flehende Handbewegung, ein von aufkommendem Schluchzen ersticktes "aber..." , die enteilenden Rücken sahen und hörten es nicht. Er blieb sitzen, möchte aufstehen, konnte es nicht allein, schaute verloren auf die Zeitung in seinen Händen. Die Sonne erreichte seinen Stuhl, suchender Blick. Nun konnte Hannah es nicht länger ertragen, auch diese Verlassenheit war verzweifelt. Sie stand auf, half ihm die wenigen Stufen zu seinem Zimmer empor. Ganz aus der Nähe sah sie seine alten, jetzt wieder leeren Augen, die Haut auf seiner Stirn schuppte sich weiß, die Lippen waren rissig aufgeplatzt. Die Zeitung entfiel ihm, er merkte es nicht. Als Hannah zurückging, hob sie sie auf - es war ein Börsenblatt mit den neuesten Wechselkursen.
Jetzt kehrte sie in die Gegenwart am Schwimmbad zurück und versank selbst in ihre eigene Einsamkeit und in die Verlassenheit der Menschen um sie herum. Farblose Einsamkeit. Niemand konnte ihr bisher sagen, was farblos war, alles hatte doch irgendeine Farbe. Das Wort tat weh, es sagte nichts aus und deutete nichts an, es verheimlichte nichts und bezauberte nicht. Es war noch nicht einmal nackt, denn nackt ist ein Zustand, aber farblos gab es nicht. Es war kein Gefühl und keine Eigenschaft, nur

nichts, einfach nichts. Genau wie ihre Einsamkeit für jeden der hier Anwesenden nichts, einfach nichts war. Nur - sie erstickte daran. Noch nie hatte sie Asche gegessen, kannte ihren Geschmack nicht, aber sie fühlte ihn. Hände voller Asche in ihrem Mund, in den Augen, in der Nase. Eine graue, gewichtslose und doch tödlich erstickende Masse - genau wie die Einsamkeit.
Georg, liebster Georg, wo bist du? Warum... warum nur konnte das Leben nicht wieder wie früher sein? Was war nur mit ihr geschehen?

„Ich möchte hier raus", Hannah schaute erwartungsvoll, aber gleichzeitig auch verunsichert zu Dr. Molina. Leise fügte sie hinzu: „Zwei Monate sind genug".
„Du weißt, dass es allein deine Entscheidung ist, ob du hier bleibst oder nach Hause gehst. Glaubst du denn, dass es dir geholfen hat?"
Hannah blickte nachdenklich zum vergitterten Fenster hin. „Ich weiß es nicht. Gewiss hat mich der Aufenthalt hier eine Weile aus dem Alltag herausgenommen und wahr ist auch, dass ich zwei Monate lang nicht getrunken habe, aber auf der andern Seite", sie zögerte, verstummte.
„Warum sprichst du nicht weiter".
„Es ist so viel Elend um mich herum, so viel Depression, es wird so wenig Unterschied gemacht zwischen Kranken, geistig Gestörten und Menschen wie mir. Ich bin einmal aus Versehen ins Untergeschoss hinunter gestiegen...", sie schüttelte sich bei der Erinnerung: „Da waren die Patienten an die Betten angebunden. Können Sie sich das vorstellen? Festgeschnallt, gefangen in der Enge ihres Bettes und ihrer Verzweiflung. Ich weiß nicht, warum man sie so behandelt, aber eines weiß ich genau, ich gehöre nicht hierher".
„Du hast vom Alkohol gesprochen. Hattest du..." Dr. Molina sah Hannah forschend an.
„Sie meinen, ob ich Entzugserscheinungen hatte? Nein, erstaunlicherweise nicht. Vielleicht lag das an den Tabletten, die ich hier bekam".
„Und glaubst du, dass du mit dem Trinken aufhören kannst?"
„Ich weiß nicht, es war ja keine Entziehungskur, auch wenn ich hier nicht an Alkohol drankam. Es ist irgendwie so unkontrollierbar. Sie wissen, dass ich Alkohol hasse, dass ich den Geschmack von Wein – und das ist ja das, was ich am meisten trinke – eklig finde. Es ist die Wirkung, es ist das, was der Alkohol in mir auslöst".
Eine Woche später fuhr Hannah mit der Familie entgegen des Rates von Dr. Molina nach Laredo. Es war eine der wenigen Male, dass sie sich auf diesen Ort im Norden Spaniens freute. Nach der schwülen Hitze hinter ge-

schlossenen Fensterläden im Sanatorium sehnte sie sich nach dem ungestümen frischen Blau eines Sommermorgens am Meer.
Und sie war neugierig auf das Haus, der Bau war in diesen Monaten beendet worden, und Georg war mit den Kindern, die wegen Semester- oder Schulferien, gerade zu Hause weilten, dort gewesen und alle hatten geputzt und gewienert, damit Hannah alles sauber vorfinden würde.
Auch wenn sie zuvor nie Interesse für das Haus empfunden hatte, die Bauarbeiten zwar verfolgte und dennoch einfach nicht nachempfinden konnte, warum Georg sich gerade für Laredo entschieden hatte, musste sie zugeben, dass es ein wunderschönes Anwesen geworden war, hoch über Laredo gelegen. Mit einer breiten Auffahrt, einem von Georg angelegten Garten, mit Terrassen, die rund ums Haus liefen und von jedem Zimmer aus erreichbar waren. Vor allem aber begeisterte der Blick über Hügel und Dörfer bis hinunter zum hellen Sandstrand, dem Felsen von Santonia und dem fernen Horizont, wo Meer und Erde sich vereinigten. Und sie nahm sich vor, dieses Mal keine Schatten aufkommen zu lassen, jeden Augenblick wollte sie leben, intensiv spüren und genießen.
Wann zersplitterten all diese leuchtenden Lebensgefühle wie sprödes Glas, wann wurde der Aufenthalt im Norden Spaniens zu einem Alptraum? Später konnte Hannah nicht mehr sagen, in welchem Augenblick und vor allem warum diese Wochen zu ihren schlimmsten Laredo-Erinnerungen wurden. Sie war doch so glücklich gewesen, wieder mit Georg, wieder mit den Kindern zusammen sein zu können, aber Laredo ging über ihre gerade erst erwachende Kraft.
Es war die Zeit der Dorffeste, der Tänze auf den Marktplätzen, des Stiertreibens in den Gassen der Ortschaften, wenn die männliche Jugend johlend und schreiend hinter den Stieren herrannte, es waren die Umzüge mit herrlich geschmückten Blumenwagen, es waren die langen Nächte in den Bars, und Hannah taumelte von Veranstaltung zu Veranstaltung, hungrig nach Lebensfreude und Ausgelassenheit und meistens betrunken. Dabei entfernte sie

sich immer mehr von sich selbst und von Georg, der allerdings genauso betrunken war wie sie, nahm das Leben um sich herum nur noch verschwommen wahr, und daran war nicht der Alkohol schuld, sondern ihre völlige innere Orientierungslosigkeit. Nur die heftigen und hässlichen Auseinandersetzungen mit Georg über die nichtigsten Kleinigkeiten flammten wie grelle Blitze durch den Nebel ihrer rasenden Gegenwart.

Ein paar Wochen, nachdem sie wieder nach Madrid zurückgekehrt waren, eröffnete ihr Sarah an einem Samstagmorgen – Georg war an diesem Wochenende noch einmal allein nach Laredo gefahren, um etwas mit dem Bauleiter des Hauses zu besprechen – dass sie noch am gleichen Tag zu ihrem Freund ziehen würde, nur ein paar Häuser entfernt in der gleichen Straße. Hannah empfand Sarahs abrupten Auszug als würde ihr bei lebendigem Leib ein lebenswichtiger Teil entrissen. Sie weinte und weinte und fragte sich gleichzeitig, ist das jetzt der Inhalt meines Daseins für den Rest meines Lebens: darauf warten, dass ein Kind nach dem andern das Haus verlässt? Es war ihr sehr wohl bewusst, dass dies das Schicksal jeder Mutter war, nur... sie hatte dem nichts entgegenzusetzen, es gab nichts, was die entstehende Leere gefüllt hätte.

Und warum hatte Sarah genau diesen Zeitpunkt gewählt, als der Vater abwesend war – konnte man nur der Mutter dieses wütende Weggehen zumuten, vielleicht als Strafe, sogar als Rache für all die Verantwortung, die sie als Tochter wegen der kranken Mutter zu tragen gehabt hatte? Hannah konnte ihr wegen solcher Gedanken, so sie sie denn hatte, noch nicht einmal böse sein, sie fühlte sich nur entsetzlich wehrlos.

Noch immer weinend setzte sie sich in ihr Auto und fuhr nach Laredo. Sie wollte nicht dabeistehen, wenn Sarah mit ihren Koffern auszog, und sie brauchte Georgs Nähe, allein schaffte sie diese Situation nicht. Als sie Stunden später den holprigen, ungepflasterten Weg, der zu ihrem Grundstück führte, hinauffuhr, sah sie Georg schon von weitem. Er stand im Garten, hatte einen breiten Strohhut, der sein sonnenverbranntes Gesicht bedeckte, auf dem

Kopf, stützte sich auf den Spaten und blickte Hannah erstaunt entgegen. Doch als er ihr verquollenes Gesicht sah, kam er rasch auf sie zu, nahm sie wortlos in die Arme, und sie fühlte sich seit langer Zeit wieder einmal geborgen in seiner Wärme und der Ruhe, die er ausströmte.
„Komm, wir machen einen langen Spaziergang am Strand, das tut uns beiden gut". Willig überließ sich Hannah Georgs Führung. Sie setzten sich ins Auto, fuhren hinunter nach Laredo, parkten den Wagen am Hafen, zogen Schuhe und Strümpfe aus und machten sich auf den Weg über den sechs Kilometer langen Sandstrand, der verlassen und weit vor ihnen lag.
„Hannah, ich habe lange mit Sarah gesprochen. Sie muss ihren Weg gehen. Wir kennen sie, wenn sie sich für etwas entschieden hat, kann niemand ihr das mehr ausreden. Wir sind beide nicht für eine Heirat mit Mario, er hat nur seine Musik, kann außer seinem Gitarrenspiel nichts, er hat noch nicht einmal eine abgeschlossene Schulbildung, aber Sarah glaubt an ihn. Wir beide, du und ich, haben auch unsere Fehler mit unseren ersten Beziehungen gemacht".
„Du hast völlig Recht, es tut nur so entsetzlich weh, wenn wir mit ansehen müssen, wie das eigene Kind mit offenen Augen in sein Unglück läuft".
Georg legte den Arm um ihre Schulter, sie hatten die Hosen hochgekrempelt, wateten durchs Wasser, wichen kräftig heranschießenden Wellen aus, wurden nass gespritzt und trotz aller Hilflosigkeit, die Hannah empfand, war gleichzeitig ein befreiendes Gefühl von Innigkeit da, für das sie unendlich dankbar war. Wie lange war es her, dass sie mit Georg in solcher Übereinstimmung zusammen war, wie lange war es her, dass sie überhaupt wieder so zusammen sprachen? Sie schmiegte sich eng an ihren Mann: „Ich bin so froh, dass wir zusammen sind", murmelte sie und spürte am Druck von Georgs Arm, dass er sie auch ohne Fragen und große Worte verstand. Leise sagte sie: „Es ist seltsam, ich habe so großes Vertrauen in Sarah, irgendwie wird sie schon alles für sich richtig entscheiden. Und durch Schmerz, durch Leid..". sie zögerte, fügte resigniert hinzu, „da müssen wir doch alle durch".

Als sich die Normalität in Madrid wieder eingespielt hatte - denn auch die Geschwister hatten entsetzt und hilflos die Entscheidung der großen Schwester hingenommen, waren allerdings gleichzeitig in ihrer eigenen pubertären Auflehnung gegen die Eltern stolz auf Sarah - blieb in Hannah dennoch die bange Frage, ‚was fange ich mit meinem Leben an. Ich möchte nicht einfach nur darauf warten, bis alle Kinder ihren eigenen Weg gefunden haben!'

Eines Abends sagte sie zu Georg: „Ich suche mir eine Arbeit außer Haus".

„Was? Hast du denn noch nicht genug zu tun? Bist du überhaupt stark genug dafür", und sie wusste, dass er auf den Alkohol anspielte. Sie trank nach wie vor viel zu viel. Und immer wieder gab es die Morgen, an denen sie sich an den vorherigen Abend nicht erinnern konnte. An denen sie Schuldgefühle und Scham zu erdrücken drohten. Wenn sie es kaum ertrug, wie Georg traurig und ein kleines bisschen verächtlich ihrem hektischen Treiben zusah, mit dem sie versuchte, all ihre gestrigen Aussetzer mit besonders zuverlässigem Dasein auszugleichen. Dennoch traute sie sich zu, irgendeine Arbeit zu finden.

Sie gab Annoncen auf, bekam auch Antworten. Eine Frau suchte für ihren Mann eine Chauffeurin, eine Bar suchte eine Bedienung und ein Fotograf suchte ein Modell für Strumpfwerbung. Die Frau lehnte Hannah schon nach einem kurzen Telefongespräch ab „ihre Stimme klingt zu jung", meinte sie und Hannah verschwieg lächelnd, dass sie bereits über 40 Jahre alt sei.

Von der Bedienung in der Bar wurde erwartet, dass sie sich zu den Gästen an den Tisch setzte und sie zum Trinken animierte: ‚Was Sie nach Ihrem Dienst weiter mit den Gästen unternehmen, ist natürlich Ihre Sache' und Hannah sagte nicht, dass sie sieben Kinder habe und ihr gewiss nicht der Sinn nach einem ‚Nachher mit Gästen' stand. Und der Fotograf fragte sie, nachdem sie sich mit ihm in seinem Atelier verabredet hatte, ob sie auch zu anderen Fotografien als nur den bestrumpften Beinen bereit sei. Fluchtartig verließ sie das Atelier, konnte sich bei diesem schmierigen Kerl doch nur zu genau vorstellen, an welche anderen Fotografien er dachte.

Und dann gab es einen Anruf aus einer Zahnarztpraxis, wo man dringend eine Sprechstundenhilfe suchte. Hannah überwand alle Bedenken, die ihr einreden wollten, dass sie größenwahnsinnig sei, zu denken, eine solche Stellung könnte etwas für sie sein und stellte sich vor. Es war eine große Klinik, in der der Vater, Dr. Ruiz und zwei seiner Söhne als Zahnärzte arbeiteten. Beim Vater war die Stelle der Sprechstundenhilfe frei geworden, der eine Sohn hatte noch keine eigene – die Arbeit müsste sie natürlich nebenbei mitmachen. Und der andere war Zahntechniker, offensichtlich nicht sehr ordentlich, denn überall lagen die Abdrücke von Gebissen herum. Das Sagen hatte die Frau des Vaters, Mutter von neun Kindern, Opus-Dei-treue Anhängerin und Hannah gegenüber sehr skeptisch. Energisch brach sie das Vorstellungsgespräch ab: ‚Wir melden uns bei Ihnen', und Hannah hatte den Eindruck, dass diese Frau in ihr eine Konkurrentin sah. Sie musste innerlich lachen, als sie sich den alten Dr. Ruiz, klein, dick und glatzköpfig, aber sehr charmant, anschaute. Am liebsten hätte sie ein Bild von ihrem Georg rausgeholt und die Frau wegen ihrer Ängste beruhigt.
Fürs erste vergaß Hannah allerdings all ihre Arbeitssuche, denn Ulrike musste am Blinddarm operiert werden, und in Spanien erwartete man von der Mutter, dass sie zumindest den Tag über im Krankenhaus am Bett der Tochter weilte. Die Operation verlief komplikationslos und nach vier Tagen war es nicht mehr nötig, dass Hannah ununterbrochen bei Ulrike im Krankenhaus war. Von zu Hause aus rief sie bei Dr. Ruiz an.
„Ja um Himmels Willen, wo sind Sie denn? Ich habe Sie überall gesucht. Sie haben mir nicht Ihre vollständige Adresse gesagt, ich bin mindestens hundertmal um die Plaza Manuel Becerra herumgefahren, weil ich gehofft hatte, Sie zu treffen".
Hannah war wie erschlagen von diesem Redestrom, wagte schließlich aber doch, Dr. Ruiz zu unterbrechen: „Soll das heißen, dass ich bei Ihnen arbeiten kann".
„Was denken Sie denn? Ich warte auf Sie!"
„Was, noch heute Mittag?"

„Natürlich, ab halb fünf ist die Praxis geöffnet. Alles Weitere besprechen wir hier!"
„Kinder, Kinder, ich habe Arbeit!", rief Hannah durchs Haus, als sie den Telefonhörer aufgelegt hatte und wunderte sich, wie viel Auftrieb ihr Dr. Ruiz mit seiner temperamentvollen Art gegeben hatte. Lachend wiederholte sie ihren staunenden Halbwüchsigen, die aus den verschiedenen Zimmern wie Ureinwohner aus ihren Höhlen hervorkamen, dass ihre Mutter ab sofort in einer zahnärztlichen Klinik arbeiten würde. Während alle ihre mehr oder weniger positiven Kommentare lieferten, schmiegte sich Jakob an sie: „Bist du gar nicht mehr zu Haus, wenn wir aus der Schule kommen?"
Sie setzte sich auf die Treppe, nahm ihren Jüngsten auf den Schoß und umschlang ihn mit beiden Armen. „Natürlich bin ich da. Die haben hier ziemlich komische Arbeitszeiten. Ich fange morgens um halb zehn an, um halb zwei komme ich nach Hause, also noch bevor ihr aus der Schule kommt und muss um halb fünf wieder dort sein".
„Und abends?" fragte Tanja, die sich neben sie auf die Stufen gesetzt hatte.
„Das weiß ich noch nicht. Wahrscheinlich bis der letzte Patient gegangen ist. Aber ich habe so was selbst noch nicht gemacht, in ein paar Tagen kann ich euch gewiss mehr sagen". Sie spürte, dass sie aufgeregt war wie ein junges Mädchen. Sie barg ihr heißes Gesicht an der Schulter von Jakob, seine Jacke roch nach sommerheißen verspielten Stunden im Garten, nach Lachen und auch nach Wolf und der Geruch war ungeheuer tröstlich.
Am Nachmittag wurden die Bedingungen für ihre Arbeit festgelegt, es wurde Maß genommen für zwei weiße Kittel, und irgendwie hatte Hannah das Empfinden, als integriere man sie gleich uneingeschränkt in den Betrieb.
Am nächsten Mittag – in ihrer Pause, holte sie Ulrike vom Krankenhaus ab und erzählte auch ihr gleich die Neuigkeiten. „Aber hast du denn irgendwann schon einmal als Sprechstundenhilfe gearbeitet", fragte ihre Tochter in der ihr eigenen pragmatischen Art.
„Ich? Nein, noch nie, ich habe keine Ahnung. Und Zahnarzt war mir von jeher eigentlich eklig – all die offenen

Münder und die Spucke und das Blut“, Hannah musste lachen. „Ist eben eine Herausforderung, und irgendwie werde ich sie schon bestehen“.
„Du hast wirklich Mut“, meinte Ulrike, und Hannah war sich nicht sicher, ob aus diesen Worten eine gewisse Anerkennung klang oder Zweifel an ihren Fähigkeiten. Auch Georg war am Anfang eher skeptisch, aber da er von ihren Plänen vom Arbeitengehen eh nichts hielt, nahm sie seine Einwände nicht ernst. ‚Vielleicht denkt er, ich vernachlässige jetzt meine Pflichten hier. Ich muss ihm eben beweisen, dass es nicht so sein wird’.
Schon wenige Tage später bekam sie die Bestätigung für ihre Befürchtungen. Als sie drei Tage nach Ulrikes Entlassung abends nach Hause kam, herrschte helle Aufregung im Haus. Laura kam ihr schon entgegen und meinte: „Wir mussten den Notarzt rufen, Ulrike hat plötzlich Fieber bekommen. Sie haben im Krankenhaus offensichtlich nicht alle Fäden der Operationswunde gezogen, bevor man sie entlassen hat und jetzt hat sich einer entzündet“.
Hannah stürmte die Treppen hoch, Ulrike lag im Elternschlafzimmer, an ihrem Bett saß ein sehr zorniger Georg. Hannah beugte sich über Ulrike, sah, dass alles nicht so schlimm war, sie hatte da wirklich schon andere Situationen mit ihren Kindern erlebt, als Georgs Stimme ertönte: „Das wäre nicht geschehen, wenn das Kind eine verantwortungsvolle Mutter hätte, die zu Hause wäre, wenn es notwendig ist“.
Es war Hannah, als bekäme sie einen Eimer kalten Wassers ins Gesicht geschüttet. Regungslos blieb sie stehen. ‚Georg hat Recht! Wenn ich zu Hause geblieben wäre…’, und sie spürte, wie wieder einmal die altbekannten Schuldgefühle die Oberhand gewinnen wollten. Doch plötzlich regte sich ein ihr unbekannter, sehr wütender Widerspruch. ‚Warum eigentlich immer nur ich? Es sind doch auch seine Kinder. Und, Hannah, wenn du jetzt nachgibst, wenn du dich wieder Georgs Forderung unterordnest, kannst du gleich den Plan, arbeiten zu gehen, aufgeben. Hannah, diesmal nicht!‘ Und leise, aber mit einer Entschiedenheit, die sie so bei sich noch nie erlebt hatte, sagte sie: „Das Kind hat nicht nur eine Mutter, son-

dern auch einen Vater", drehte sich um, ging ruhig die Treppen wieder hinunter und kümmerte sich um das Abendessen.
Am nächsten Morgen sagte sie – noch immer staunend – zu Dr. Molina: „Ich glaube, meine Arbeit wird nie mehr ein Thema sein. Zum ersten Mal habe ich wirklich aufbegehrt und auf einem eigenen Recht bestanden und…", sie zögerte, als könnte sie es noch immer nicht glauben, „und Georg hat es schweigend und ohne zu diskutieren akzeptiert"!
„Weißt du, was du eben alles gesagt hast, welche Worte du benutzt hast, die ich so noch nie von dir gehört habe? Du sprichst von einem eigenen Recht, von Aufbegehren. Du hast einen riesigen Schritt in die Richtung eines eigenen Selbstwertgefühls genommen. Das ist einfach großartig und vor allem, du hast diesmal selbst gemerkt, wenn du wirklich von etwas überzeugt bist und das deutlich machst, wird es auch anerkannt, ohne dass gleich die Welt untergeht, wie du immer befürchtet hast. Und all das, ohne dass du dich schuldig zu fühlen brauchst".

45 *2002*

Ich sitze tatsächlich im Flugzeug nach Manila mit Zwischenstopp in Bangkok. Irgendwie kann ich es immer noch nicht fassen, dass ich diesen Schritt ohne Georg mache. Andererseits freue ich mich so darauf, mit Jakob einige Wochen verbringen zu können. Er sitzt neben mir, versucht, seine langen Beine in der engen Sitzreihe unterzubringen. Wenn ich daran denke, dass er erst mit 14 Jahren diesen Wachstumsschub gemacht hatte, davor war er nicht nur mein Jüngster, sondern auch mein Kleinster gewesen, und heute überragt er alle seine Geschwister. Sein lockiges rotblondes Haar trägt er kurz geschnitten, seine blaugrünen Augen strahlen mich gerade in diesem Augenblick an: „Freust du dich?“

„Ja, Jakob, ich freue mich“, sage ich laut und denke: ‚auch wenn vielleicht für den Rest meines Lebens jede Freude immer mit Wehmut verbunden sein wird, freu ich mich trotzdem auf die Zeit mit dir’. Und ich erinnere mich, wie er Jahr für Jahr seinen Urlaub mit uns verbrachte, um auf unserem Katamaran ‘Hannahseven’ den Sommer über zu segeln, weil wir uns ohne ihn nicht mehr getraut hatten, lange Törns zurückzulegen.

„Ich weiß nicht, in welchem Hotel meine Sekretärin Zimmer gebucht hat, sie hat mir nur gemailt, dass alle guten Hotels in Bangkok besetzt seien. Ich hab’s trotzdem gewagt und für drei Tage gebucht. Mutsch, die Stadt ist so schön, du wirst bestimmt genauso begeistert sein wie ich“.

„Na ich glaube, das mit dem Hotel wird schon nicht so schlimm sein. Ich freu mich einfach darauf, etwas von deinem Leben, etwas dir Wichtiges kennenzulernen“. Sanft nimmt er meine Hand, eine beschützende und gleichzeitig sehr innige Geste.

Ich bin müde, rolle mich, so gut es geht, in meinem Sitz zusammen, lehne meinen Kopf gegen Jakobs Schulter und versuche, ein wenig zu schlafen. Zehneinhalb Stunden Flug, eine so lange Reise hatte ich nur einmal in meinem Leben gemacht, damals, als ich von Teheran aus zurückflog. Und noch nie bin ich allein mit einem meiner Kinder verreist.

Ruhig verläuft der Flug – gegen drei Uhr unserer Zeit ziehe ich das kleine Rollo vor dem Fenster hoch – was für eine Morgenstimmung! Nie zuvor habe ich ein solch gleißendes Leuchten erlebt, eine Farbigkeit, die mit ihrer Schönheit blendet und atemlos macht. Ob du irgendwo in diesem Licht bist, mir nah und doch aufgegangen in einer fernen, strahlenden Welt? Und... könnte mir ein solches Wissen meine Sehnsucht nach dir leichter machen? Ich weiß es nicht, stumm starre ich in diesen lichttrunkenen Himmel.
Nach unserer Ankunft in Bangkok fahren wir mit dem Taxi vom Flughafen in die Stadt. Smog macht eine Fernsicht fast unmöglich. Ich bin überrascht, neben den unfassbar vielen Fahrzeugen, die sich wie eine Blechlawine durch die Betonschluchten im Schneckentempo auf die Innenstadt zuwälzen, zwischen grauen Hochhäusern, engen Nebenstraßen immer wieder kleine Grünanlagen oder die verschiedenartigsten Tempel zu entdecken, Menschen knien davor, die Luft ist schwer und warm von Düften, die durch die offenen Autofenster dringt.
Am liebsten hätte ich an jeder Straßenecke anhalten lassen! So viel Neues! Noch nie Geschautes!. Begeistert deute ich auf 3-rädrige kleine Vehikel und Jakob erklärt mir lachend:
"Das? Das sind Taxis, so genannte Tuk-Tuks".
„Was für ein komischer Name!"
„Der kommt von dem Geräusch, das sie machen. In Manila nehmen wir auch mal so ein Tuk-Tuk, jetzt aber möchte ich erst zum Hotel". Ich hätte noch tausend Fragen gehabt, aber so gebe ich mich nur den kurzen Eindrücken hin, die ich beim Vorüberfahren erhasche. Noch kann ich nicht sagen, ob es stimmt, was der kleine Reiseführer verspricht – dass Bangkok eine schöne Stadt ist, wie alle Städte, die an Flüssen liegen. Und dass Bangkok wirklich die „Stadt der Engel" ist, wie sie von den Einheimischen genannt wird. Wie viel oder besser gesagt, wie wenig werden wir in diesen beiden Tagen sehen können...
Das Hotel, an dem uns das Taxi in einer kleinen Gasse irgendwo in Bangkok absetzt, macht zuerst einen guten Eindruck, bis ich mein Zimmer sehe. Nein, es ist kein

Zimmer, es ist ein Loch – ohne Fenster, mit einer Holztür, gegen die man nur leicht zu drücken braucht, um sie aufzumachen, selbst wenn sie verschlossen ist. Die Wände schmutzig gelb gestrichen. Dem Bett gegenüber – es gibt nichts anderes als ein Bett, einen Stuhl, auf dem ein Telefon steht und ein winziges Waschbecken in dieser rechtwinkligen, dreiseitigen Kammer – ist an die Wand ein krakeliges, schwarzes Kreuz gemalt mit zwei dicken Balken.
Jakobs Zimmer ist so ähnlich, aber ich will nicht zimperlich erscheinen, also sage ich ziemlich unbekümmert „komm, das macht doch nichts. Für zwei Nächte, wir sind doch eh dauernd unterwegs“.
Und das sind wir zunächst auch.
„Zuerst musst du nach diesem anstrengenden Flug eine typische Thaimassage kennenlernen“. Jakobs Begeisterung reißt mich mit, von Müdigkeit keine Spur mehr. In dem Massageinstitut neben unserem Hotel sind unsere Kabinen nur mit einem Vorhang voneinander getrennt, und Jakob kommt aus dem Lachen nicht mehr raus, als er meine Kommentare zu den Verrenkungen hört, die die Masseurin mit meinen Armen und Beinen macht und denen ich erstaunlicherweise sogar folgen kann.
Als wir uns anschicken, die Stadt zu erkunden, meint Jakob: „Heute lassen wir einfach Bangkok auf uns wirken. Einverstanden? Und morgen gehen wir zum Königstempel, zum Wat Phra Kaeo, so etwas hast du bestimmt noch nicht gesehen“.
Wie sollte ich auch, es ist ja meine erste Begegnung mit einem buddhistischen Land, und ich bin eh schon fast atemlos von dem wenigen, das ich bisher bestaunen konnte. Sind es die Wolkenkratzer oder die goldglänzenden kleinen Tempelchen an jeder Straßenecke, vor denen Gläubige, unbeeindruckt von den fotografierenden Touristen, ihre Kerzen entzünden. Sind es die eleganten Einkaufszentren oder die lächelnde, immer gleich bleibende Höflichkeit der Menschen. Und erst die bunten Straßenmärkte, wo alles angeboten wird, was käuflich ist. Luxusartikel aus dem Westen in billigen Imitationen, thailändisches Handwerk und... Frauen. Ein drahtiger kleiner Mann läuft neben uns her, preist seine Schwester und seine

Cousine an. „Hör gar nicht hin", rät mir Jakob, als er mein Entsetzen sieht. Nicht hinhören – wie viel Leid bringt gerade dies über die Schwestern oder Cousinen? Doch was weiß ich schon wirklich von Armut?
Ich werde abgelenkt von den vielen Garküchen mit ihrem Angebot an Merkwürdigkeiten, die ich bestimmt nicht probieren will, doch deren ungeahnte, nie zuvor wahrgenommenen Düfte betörend durch die Straßen ziehen. Dazwischen Stände mit Orchideen in zarten Roséfarben oder violettem Rot und unendlich viele Arten von Kakteen. Es ist ein buntes, ein exotisches und oft auch fremderschreckendes Lebensgefühl, das über der Stadt zu liegen scheint.
Aber auch der Einbruch der Moderne in diese Welt der Exotik mit lautem Handygeklingel, auch bei Jakob gibt es viele Anrufe. „Machst du das Handy eigentlich nie aus?" Er schaut mich erstaunt an. „Nein, ich bin nie ohne Handy und habe es eigentlich auch immer an". Stunden später sind es diese Worte, die mich in einen Taumel der Panik und des Entsetzens stoßen werden.
Spät nach dem Abendessen ziehen wir uns ins Hotel zurück, ich will schlafen, während Jakob meint, „ich geh noch mal kurz weg". Piloten, darunter auch sein Freund, machten Zwischenstation in Bangkok, er will sie noch auf einen Drink treffen.
Ich kann nicht schlafen! Das schwarze Kreuz auf der gelbschmutzigen Wand mir gegenüber geistert durch meine Phantasie. Auf den Treppen des Hotels unerträglicher Lärm. Eine seltsame Beklemmung hält mich wach. Gegen drei Uhr nachts schreiende Stimmen direkt vor meiner Tür. Ob Jakob noch wach ist? Bei diesem Höllenlärm kann er doch gewiss auch nicht schlafen. Über das Zimmertelefon – der einzige Luxus in diesem Verlies, rufe ich in seinem Zimmer an. Niemand antwortet. Gewiss ist er noch unterwegs, allerdings... es ist ja schon sehr spät.
Eine Stunde später, als sich noch immer niemand in seinem Zimmer meldet, halte ich es nicht mehr aus. Ich ruf ihn über sein Handy an. Es meldet sich die Mailbox...
„Nein, ich bin nie ohne Handy und habe es auch immer an!" Die Worte dröhnen in meinem Kopf – ‚wenn du nie

ohne Handy weggehst, wo bist du jetzt? Jakob, ich habe Angst'.

Jemand schlägt an meine Tür – bei dem dünnen Holz muss sie doch fast von selbst aufgehen. Eine Frau weint, eine besoffene Männerstimme schreit Unverständliches. Wo bin ich nur hingeraten und – wo ist Jakob?

Ich versuche es jetzt alle zehn Minuten, aber entweder Stille beim Zimmertelefon oder Mailbox beim Handy.

Nicht einen Augenblick kommt mir der Gedanke, dass er mit seinen Freunden versackt wäre.

‚Nein, ich bin nie ohne Handy und habe es auch immer an!'

Es kann doch nur etwas passiert sein.

Und plötzlich fallen sie mir wieder ein, die Eindrücke in den Straßen und Gassen, die ich versucht habe, zu verdrängen. Ich erinnere mich an die vielen dunklen Gestalten, die uns heute Abend begegnet sind. Ich höre die Stimme des Taxifahrers, als er uns erklärte, dass es Gegenden in Bangkok gibt, wo er nicht hinfahre, weil die Kriminalität dort zu hoch sei. Ich denke an die Armut, die ich bei unserem Gang durch die Stadt übersehen habe, übersehen wollte. Jetzt sind die Bilder wieder da, bedrohlich und beklemmend: die zerlumpten Menschen in Hauseingängen, schlafend auf Altpapier oder Pappe, wälzten sie sich bei der Hitze unruhig hin und her. Ich rieche wieder den stinkenden Abfall in den Straßengräben und denke daran, wie Jakob gesagt hat, ‚bleib lieber auf dem Bürgersteig, in den Rinnsteinen hausen zu viele Ratten'. Ich höre die Stimme des Mannes: „Mister, my sister, my cousin, both very young".

Und immer der gleiche Refrain in meinem Kopf: ‚Nein, ich bin nie ohne Handy und habe es auch immer an!' Die Gedanken rasen: ‚Jakob kann nur etwas passiert sein, vielleicht liegt er in irgendeiner dunklen Seitengasse, zusammengeschlagen, niedergestochen, ausgeraubt'. Warum denke ich nicht einen Augenblick lang an einen Unfall?

Dann wieder die andere Stimme in mir, die beruhigen will: ‚Du übertreibst, wahrscheinlich ist er noch mit seinen Freunden zusammen.'

Ich versuche, mich zusammenzunehmen, schaue auf die Uhr. ‚Um diese Zeit? Unmöglich!'
Draußen bricht ein neuer Tag an, sein Licht dringt durch die Türschlitze.
Ich werfe mich aufs Bett: ‚Jakob, nicht auch noch du! Das überlebe ich nicht! Nicht mein Kind, bitte, bitte, lass es nicht zu!' Ich wusste nicht, wen ich anflehte.
Was soll ich nur machen? Wen kann ich anrufen? Ich habe kein Geld dabei, Jakob hatte gemeint, belaste dich nicht damit, ich tausche um, ich nehme genügend mit – er will ja, dass ich auf dieser Reise überhaupt nichts bezahlen soll. Ich kann die Sprache nicht, wie soll ich unten am Empfang erklären, über was ich mir Sorgen mache. Der Tagesportier hatte schon kaum Englisch gekonnt und die so früh morgens da sind, werden mich überhaupt nicht verstehen.
Der Krach auf der Treppe nimmt mittlerweile ungeahnte Gewalt an. ‚Soll ich... soll ich Sarah anrufen? Sie weiß vielleicht die Nummer von Jakobs Firma in Manila, hat vielleicht sogar die Privatnummer seiner Sekretärin. Wie konnte ich aber auch nur so ohne jegliche Unterlagen, ohne einen Pfennig Geld hier zurückbleiben!'
Panik überflutet jeden klaren Gedanken. ‚Jakob, Jakob, wo bist du!'
Mit fliegenden Fingern wähle ich Sarahs Nummer. Wie muss sie erschrecken, wenn sie um diese Zeit einen Anruf bekommt. Mittlerweile ist es sieben Uhr morgens, das ist aber erst ein Uhr in Deutschland. Ihre verschlafene Stimme wurde sofort hellwach, als sie mein Weinen vernimmt. „Reg dich nicht auf, Mama, ich rufe in Manila an".
Zitternd lasse ich mich wieder aufs Bett fallen. Das schwarze Kreuz! Ich möchte die Augen schließen, kann nicht, wie magisch zieht dieses Geschmier meinen Blick an. Ich zweifle keinen Augenblick mehr daran, dass Jakob etwas geschehen ist. Wenn er bei seinen Freunden übernachtet hat, hätte er mir doch etwas gesagt! Nach einer halben Stunde ruft Sarah an: „Ich habe Gina, seine Sekretärin, erreicht, sie nimmt den nächsten Flug nach Bangkok, bleib einfach im Hotel, sie wird alles in die Hand nehmen".

Das bedeutet doch... lieber Gott, nein... aber es kann doch gar nichts anderes bedeuten, als dass auch Sarah und Gina nun das Schlimmste befürchten. Wo war nur dieses fliegende Gefühl des gestrigen Tages geblieben, wo die Abenteuerlust und vor allem zum ersten, zum allerersten Mal seit Georgs Tod diese Leichtigkeit, die ich schon so lange nicht mehr empfunden habe?
Um neun Uhr klopft es zaghaft an meine Tür: „ Mutsch, bist du schon wach?“
Ich springe auf, reiße die Tür auf, schrei, weine, flüstere „Jakob, du! Es ist dir nichts passiert?“ Ich trommle voller Wut und Erleichterung auf ihn ein. „Wie konntest du mir das antun? Wo warst du? Du musst jetzt Sarah und Gina anrufen, sonst stehen die spätestens heute Abend vor der Tür“.
„Mutsch, Mutsch, was ist denn los?“, entsetzt über meinen Ausbruch nimmt mich Jakob in den Arm. „Mein Gott, verzeih mir. Ich dachte, du schläfst, ich wollte dich nicht wecken, dich nicht anrufen, um dir zu sagen, dass ich bei den Freunden bleibe. Ich dachte doch..“.
„Und dein Handy?“ Suchend greift er in die Hosentaschen, murmelt: „Das hab ich vergessen, so was ist mir noch nie passiert. Bitte, bitte Mutsch, verzeih mir. Das wollte ich doch nicht. Es tut mir so leid. Wir ziehen sofort um. Ich habe im Hotel Plaza im Stadtzentrum zwei Zimmer bekommen. Und dort frühstücken wir auch, hier wollen wir nichts wie raus“.
Nur eine Stunde am Beginn der Nacht habe ich geruht, trotzdem bin ich hellwach. Noch nie in meinem Leben habe ich eine solche Erleichterung gefühlt: Jakob ist nichts passiert, alles andere ist so unwichtig.
Noch vor einer halben Stunde war mir Bangkok als die schrecklichste Stadt der Welt erschienen, jetzt spüre ich, wie ich langsam wieder Neugier auf all das Fremde und Freude empfinden kann.

Und wieder einmal mussten ihre Tage noch mehr durchorganisiert werden, um Arbeit, Haushalt und die Behandlung bei Dr. Molina zu bewältigen. Doch all das kümmerte Hannah wenig, weil die Arbeit in der Klinik ihr ausgesprochen Freude machte. Sie lernte rasch, bald gehörten Röntgen und Abdrücke von Gebissen schon zu ihren täglichen Pflichten, sie assistierte Dr. Ruiz und war erstaunt, wie schnell er sich seine Urteile über einzelne Behandlungsmethoden von ihr bestätigen ließ, obgleich sie doch wirklich keine Ahnung von Zahnbehandlungen hatte. Aber irgendwie spürte sie von seiner Seite einen ungeheuren Respekt ihr gegenüber, von dem sie nicht wusste, galt er der Frau, die trotz des großen Haushaltes – schließlich wusste er, was es hieß, viele Kinder zu haben – auch noch arbeiten ging, oder war es die Achtung, die er ihr als Ausländerin, vor allem als Deutsche, eine Nation, die er geradezu bewunderte, entgegenbrachte. Das erstaunte sie fast am meisten, war Nationalität für sie doch nie ein Verdienst gewesen und würde es auch nie sein. Sie konnte nicht auf etwas stolz sein, das von einem puren Zufall abhing. Stolz sein war für sie verbunden mit Leistung oder gelebten Idealen, aber nicht mit etwas, für das sie nichts konnte.
Vielleicht war Dr. Ruiz aber auch nur froh, dass endlich seine Patientenkartei in Ordnung kam. Offensichtlich waren selten Rechnungen an Patienten versandt worden, da sie immer als „Freunde" behandelt worden waren. Hannah, die das eher pragmatisch sah, trennte strikt zwischen Freundschaft und Zahnbehandlungen und verschickte an alle gleichermaßen Abrechnungen, was eben diese „Freunde" erst einmal schockierte. Wenn sie sich beklagten, konnte sich Dr. Ruiz immer darauf berufen, dass seine neue Sprechstundenhilfe aus Versehen gerade an ihn, ‚el querido amigo', eine Rechnung geschickt hatte, während Frau Ruiz einmal wie nebenbei meinte: „Hannah, seit Sie hier arbeiten, haben wir endlich regelmäßige Einkünfte", was aus ihrem Mund wirklich wie ein riesiges Lob klang. Und da Geld für Frau Ruiz trotz aller religiöser Am-

bitionen am wichtigsten war, hatte Hannah von dieser Seite nichts mehr zu befürchten.
Zu Hause akzeptierte die Familie immer widerspruchsloser die neue Regelung im Haushalt. Da Ken nun auch studierte, aber die Nachmittagsvorlesungen gewählt hatte, übertrug Hannah ihm den täglichen Einkauf im Markt, auch wenn er noch so oft meckerte und meinte: „Wie sieht das denn aus, wenn ich 10 Brote kaufen muss“. Woraufhin ihm Hannah lakonisch erklärte, dass sie auch nie danach gefragt worden war, wie was aussah und dass er 10 Brote kaufen solle. Pilar und Marga hatten geheiratet, dafür waren die Schwestern Filo und Angelines in die Coronel Blanco eingezogen, und Hannah erweiterte sofort deren Arbeitsgebiete – die Zeiten, dass sie nicht wagte, Ansprüche ans Personal zu stellen, waren endgültig vorbei. Die Mahlzeiten bereitete nach wie vor sie selbst vor. Samstag war großer Kochtag, und die Kinder mussten trotz aller Proteste helfen. Ein zweiter Gefrierschrank wurde angeschafft, und während der Woche hieß es dann nur noch: aufwärmen. Organisation war schon immer ihre Stärke gewesen. Die Stunden bei Molina waren entweder auf frühmorgens oder kurz vor ihrem Arbeitsbeginn am Nachmittag gelegt worden.
Auch Georg gegenüber machte sie ihr Arbeiten immer unabhängiger oder wie Dr. Molina meinte, selbstsicherer. Sie selbst merkte das an Kleinigkeiten, die aber für Dr. Molina überhaupt keine Kleinigkeiten waren.
Es war an einem frühen Morgen, dass an dem Hemd, das Hannah Georg bereitgelegt hatte, ein Knopf fehlte, und in einer ihr unverständlichen, fast halsstarrigen Weise verlangte Georg, sie möge ihm den Knopf gleich annähen, obgleich er wusste, dass sie es mindestens genauso eilig hatte wie er, da sie zur selben Zeit aus dem Haus gingen und sie noch das Frühstück machen musste.
„Du kannst doch ein anderes Hemd anziehen, dein Schrank ist schließlich voll von gewaschenen und gebügelten Hemden“, konterte Hannah, obgleich ihr sofort die Szene am Bett von Ulrike eingefallen war und sie genau wusste, dass es nichts mit dem fehlenden Hemdenknopf zu tun hatte.

„Nein, ich möchte dieses Hemd anziehen".
Wortlos ging Hannah an den Nähkasten, fädelte, wenn auch mit zitternden Händen, eine Nadel ein, suchte nach einem Hemdenknopf und überreichte beides ihrem Mann mit den Worten: „Liebling, wenn es dieses Hemd sein muss, nähe dir bitte den Knopf selbst an, ich habe jetzt keine Zeit".
Dr. Molina schaute sie fast mit Bewunderung an und meinte: „Das nächste Mal sagst du, Georg, du weißt ja wo der Nähkasten steht, hol dir Nadel und Faden und näh dir den Knopf selbst an". Hannah musste über Molinas Engagement lächeln, meinte aber: „Manchmal kostet es mich so viel Überwindung. Ich möchte ihn doch verwöhnen, ich möchte für ihn da sein, einfach deshalb, weil ich ihn liebe. Aber ich spüre gleichzeitig, dass es uns beiden und unserer Beziehung gut tut, wenn ich mich gleichwertiger fühlen kann, und wenn ich spüren darf, dass auch er es langsam merkt, dass seine Frau nicht nur ein Teil der Familie ist, sondern…", sie stockte, wusste nicht recht, wie sie es erklären sollte, „sondern dass ich Ich bin. Ich habe so lange nicht gewusst, wer dieses Ich ist", fügte sie leise hinzu.
„Erinnerst du dich an den Satz, den ich dir einmal sagte?" fragte Dr. Molina forschend und als Hannah verneinend den Kopf schüttelte, wiederholte er seine damaligen Worte: „Du wirst so behandelt, wie du dich behandeln lässt. Ich glaube, du bist auf dem besten Weg, diesen Satz allmählich zu verstehen".
Als Hannah in ihr kleines Auto stieg, um zur Zahnklinik zu fahren, dachte sie über Molinas Worte nach. Er hatte sicher Recht mit diesem Satz, aber viel wichtiger war ihr, dass sie allmählich das Gefühl bekam, dass Georg verstand, wonach sie suchte und was ihr die vergangenen Jahre über gefehlt hatte. Es war ja nicht seine Schuld, dass sie dieses Hierarchiedenken in ihrer Ehe, in ihrem Zusammenleben mit ihm so hochgehalten hatte. Er hatte gar nicht gemerkt, worunter Hannah litt, weil er es einfach nicht nachvollziehen konnte. Sie hatte in ihrer eigenen Familie nur weitergelebt, was sie als Kind zu Hause vorgelebt bekommen hatte. Sie selbst war es doch, die Georg in dem Gefühl seiner Wichtigkeit gestärkt hatte, das er

von den Eltern, von den Schwestern, von seiner Umgebung sein Leben lang gekannt hatte. Und seine selbstsichere Art, die niemals arrogant oder überheblich gewesen war, sondern einfach nur überzeugend wirkte, hatte ihm überall die Türen weit geöffnet, mehr noch, die Menschen, mit denen er zu tun hatte, anerkannten seine Führung, seinen Charme und seine durch nichts in Zweifel gezogene Lebensfreude, er verführte, und sie ließen sich freudig verführen.

Und dieser gleiche Georg merkte nun durch ihre kleinen Schritte, die sie auf dem Weg des eigenen Selbstwertgefühls ging, dass er umdenken musste, wollten sie ihre Beziehung nicht zerstören. Und er begann tatsächlich umzudenken. Sie erinnerte sich daran, wie sie ihm all dies schon vor vielen Jahren, damals, bevor sie sich entschieden hatten, in die Türkei zu gehen, versucht hatte, zu erklären. Aber zu jener Zeit war ihr das selbst nur sehr undeutlich bewusst gewesen. Nie zuvor hatte sie es so klar, so stark empfunden wie heute nach vier Jahren Analyse. Sie wusste, es war noch ein weiter Weg, der vor ihr lag, aber sie spürte, dass sie jeden Tag ein wenig sicherer wurde, dass sie sich selbst klarmachen konnte, wo der Unterschied zwischen ihrem mangelnden Selbstvertrauen und der Selbstsicherheit Georgs lag.

Allerdings... warum immer noch der Alkohol? Gewiss, tagsüber konnte sie nicht mehr trinken, das war wegen der Arbeit unmöglich. Aber jeden Abend ging sie mit dem jungen Dr. Sergio Ruiz und seinem Bruder Fernando, dem Zahntechniker, in die gemütliche Bar von Ricardo, die in der gleichen Straße lag wie die Zahnklinik, und dort gab es einen, zwei oder auch mehr Drinks, meist Gin-Tonic als Abschluss des Arbeitstages. Es wurde erzählt, besondere Krankenfälle besprochen, gefachsimpelt oder einfach nur rumgealbert, und Hannah fühlte sich dazugehörig. Hier war sie nicht die Mutter von sieben Kindern, sondern die Kollegin. Es war, als brauchte sie vor sich selbst diesen Beweis ihrer Unabhängigkeit, und merkte dabei gar nicht, dass es gleichzeitig ein Vorwand war, trinken zu dürfen. Und doch war es ein anderes Trinken – es war „erlaubt“,

es geschah nicht heimlich hinter der Küchentür, sie brauchte sich nicht verstecken.
Die Gegend, in der die Klinik lag, war eine der elegantesten Wohnviertel Madrids, das Publikum bei Ricardo war unterhaltsam, gebildet, lustig, und Hannah fühlte sich jung wie schon lange nicht mehr. Zu Hause wussten sie nicht, um wie viel Uhr der letzte Patient gegangen war und für sie war dieser Barbesuch ein kleines Stückchen Freiheit.
Doch dann zerstörte sie wieder all die positiven Empfindungen, denn was für eine Freiheit war das schon? Kam sie nach Hause, musste sie weitertrinken, es war Zwang, sie schämte sich dafür, und die Scham weckte Aggression, so dass es am besten war, wortlos im Schlafzimmer zu verschwinden. Am nächsten Morgen dann wieder Schuldgefühle, Kater, Vitamin B-Präparate und Alka Seltzer und und... Sie schaffte es einfach nicht, aus diesem Teufelskreis auszubrechen, der so oft die gerade erreichte Selbstsicherheit, das bisschen bessere Selbstwertgefühl wieder zunichte machte. So, als sei sie es nicht wert, Selbstachtung zu empfinden. Sie war sich vage bewusst, dass dieses Selbstzerstörerische seit jeher im Konflikt mit ihrer eigenen, im Grunde eher verantwortungsbewussten Veranlagung gelegen hatte. Verzagt erkannte sie, dass es zwei Mächte waren, die in ihrem Innern gegeneinander antraten und immer schon angetreten waren, und bisher hatte die Selbstzerstörung gesiegt, weil sie sich den Alkohol als Verbündeten geholt hatte.
Wenn Hannah mit ihren Gedanken so weit war, verspottete sie sich wegen ihrer pseudoanalytischen Erklärungsversuche: ‚Du willst einfach saufen und der Zustand gefällt dir und damit basta'. Entmutigt und gleichzeitig schrecklich wütend schenkte sie sich das nächste Glas Wein ein...

47 *1983*

„Ich hab frei bekommen", Hannah stürmte durchs Haus, holte einen Koffer aus dem Keller, riss ihren Kleiderschrank auf. „Was soll ich nur mitnehmen, was zieht man heute bei solchen Reisen an?"

Ulrike schaute neugierig ins Schlafzimmer der Mutter. „Was ist denn hier los? Willst du verreisen?"

Hannah zog ihre Tochter neben sich aufs Bett. Wie lange konnte sie das noch machen, bis auch Ken, Ulrike, Tanja und Jakob aus dem Haus gingen? Zwanzig Jahre war ihre Tochter jung, wohnte noch zu Hause, studierte Psychologie und lebte ansonsten ihr eigenes Leben mit einem festen Freund, mit Übernachtungen irgendwo bei den Eltern von Juan in der Sierra. Manchmal sehnte sich Hannah nach der Zeit, als die Kinder klein waren, als sie sie - erst beim langsamen Erwachen in die Bewusstheit - später beim Aufwachsen beobachten konnte, als sie mit all ihren kleinen Kümmernissen und Freuden zur Mutter gerannt kamen und sich gern in den Arm nehmen ließen. Nun aber waren alle so schrecklich erwachsen, waren selbständige Persönlichkeiten, auch wenn sie noch zu Hause wohnten, ja sogar mit ihnen in Urlaub nach Laredo fuhren.

Jetzt lachte sie Ulrike an: „In der Klinik haben sie mir tatsächlich eine Woche Urlaub gegeben, das bedeutet, dass ich Papa nach Portugal begleiten kann".

„Was macht er denn in Portugal?"

„Ach, irgend so eine internationale Sitzung. Und da diese Chefs immer genau wissen, wo es schön und teuer ist, übernachten wir nicht etwa in Lissabon, sondern in Estoril".

„Estoril... woher kenn' ich nur den Namen", Ulrikes Neugier war geweckt.

„Vielleicht hast du von dem Ort schon einmal im Zusammenhang mit dem Exil vom Vater von König Juan Carlos gehört, damals, in der Francozeit lebte er dort. Und selbst fürs Exil haben die Herren sich gewiss nichts Hässliches ausgesucht".

Sie erinnerte sich, dass sie schon einmal in Portugal war. 18 Jahre lag das zurück, damals, als sie mit Tanja schwanger war, hatte Georg in Lissabon eine Sitzung. Sie konnte mit ihm fahren, weil die Mutter sie in Madrid besuchte und auf die Kinder aufpasste. Doch was war seither nicht alles in Spanien und Portugal geschehen! Keine Diktaturen mehr, Demokratie, freies Denken – es mussten keine privaten Busfahrten mehr veranstaltet werden, um nach Biarritz zu fahren und den Film „der letzte Tango“ zu sehen. Wie hatte sie über all die alten geilen Männer gelacht, die nur wegen eines Films, in dem es ein wenig Sex und Erotik gab, die lange Busreise auf sich genommen hatten. Irgendwie war ihr das damals als Höhepunkt kontrollierter Unmündigkeit vorgekommen, wenn Menschen vorgeschrieben wird, was für Filme, was für Bücher und Zeitschriften sie lesen durften, von eigener Meinung ganz zu schweigen.

Jetzt meinte sie lachend: „Erinnerst du dich Ulrike, wie Ken sich damals sein Taschengeld aufbesserte, indem er die ausländischen Zeitschriften von Papa, unter denen auch mal ein Magazin des „Playboys“ war, an seine Schulkameraden verkaufte?“

„Geschäftstüchtig war mein Bruder schon immer“, Ulrike wurde nachdenklich: „Wie gut, dass wir jetzt eine Demokratie haben und alle Parteien erlaubt sind, sogar die Kommunisten“.

Hannah dachte an die ersten freien Wahlen damals 1977. Die Menschen waren durch die Straßen gewandelt wie an einem hohen Festtag, alte Paare Hand in Hand suchten die Wahllokale auf und wenn es auch immer noch etliche der Ewiggestrigen gab, vor allem natürlich die unter Franco bevorzugten reichen und adligen Familien, war es fast, als würde man in der Luft und im leichten Frühlingswind die Freiheit spüren und schmecken, die die Menschen so euphorisch stimmte.

Als sie 1965 Portugal kennenlernten, war es, als kämen sie auf einen anderen Kontinent, selbst der Menschenschlag war so völlig verschieden vom spanischen, dass sie das Empfinden hatten, nicht nur eine Grenze, sondern ganze Kulturen zu überschreiten.

Und nun konnte sie all die Erinnerungen auffrischen und Neues entdecken. Versonnen sagte sie zu Ulrike: „Stell dir ein Land mit langen weißen Küstenstreifen und schroffen Felsen vor und mit dem „Ende der Welt“, mit Finisterre.

Das ist die einsamste und steilste Küstenregion, die wir jemals – wir sind ja mit dem Auto hingefahren – gesehen hatten."
Ulrike umarmte ihre Mutter. „Ach Mami, ich freu mich für dich, und wir kommen hier sicher gut zurecht".
‚Wie selten solche Augenblicke geworden sind', dachte Hannah wehmütig.

An einem der Abende in Estoril waren die Sitzungen früher beendet, so dass Hannah und Georg sich diesmal still und heimlich von der Gruppe absetzten und nach Cascais mit dem Zug fuhren, der Lissabon mit Estoril und Cascais verbindet. Sie suchten sich ein uriges Lokal, von Luxusrestaurants hatten sie erst mal genug. Der Hummer, den sie hier bestellten, war billig und der Weißwein spritzig und herb. Hannah wunderte sich wieder einmal darüber, dass sie in diesen Tagen das Trinken überhaupt nicht vermisste und auch jetzt den Wein genießen konnte. Lag es vielleicht daran, weil sie einmal völlig aus ihrem Alltag herausgetreten war? Tagsüber durchstreifte sie Lissabon, und abends war sie mit Georg zusammen, mehr wollte und brauchte sie im Augenblick nicht, am wenigsten Alkohol. ‚Bin ich vielleicht doch keine wirkliche Alkoholikerin', fragte sie sich hoffnungsvoll. Aber dann fielen ihr wieder die Worte von Pedro aus der Gruppe der Anonymen Alkoholiker ein und die künstlich aufgebaute Hoffnung fiel in sich zusammen. Doch heute wollte sie daran nicht denken. Sie hob ihr Glas und prostete ihrem Mann zu: „Es ist schön hier und ich bin froh, dass ich mitfahren konnte".
Sie hatten einen weiten Blick über die Bucht von Cascais, über den Ankerplatz und die Yachten, die sanft im leichten Wind schaukelten. Nachdenklich schwenkte Georg den Wein in seinem Glas: „Ich möchte dir so gern versprechen, dass wir eines Tages hier ankern werden. Aber ich glaube, das muss ein Traum bleiben".
Hannah spürte die Sehnsucht, die Georg, seit sie ihn kannte, nach Meer und Segeln erfüllte.
„Warum eigentlich nur ein Traum?" Sie schaute ihren Mann herausfordernd an, „lass uns doch einfach ein Boot kaufen".

Georg kehrte augenblicklich in die Gegenwart zurück. „Wie stellst du dir das denn vor? Noch haben wir vier Kinder in der Ausbildung, es geht uns zwar gut und wirklich zu sparen brauchen wir auch nicht mehr, aber ein Boot! Weißt du, was das heißt? Das ist ein Fass ohne Boden. Erst mal die Anschaffung, später die Yachthafengebühren und Steuern und alle paar Monate muss es hoch gedockt werden, um es von Algen und Muscheln zu reinigen. Kosten, nichts als Kosten. Nein, das geht wirklich über unsere Verhältnisse".

Hannah zerkrümelte gedankenverloren das noch warme Weißbrot, das zu ihrem Essen gereicht worden war. „Ich finde, wenn man einen solchen Traum hat, wenn man sich sein Leben lang immer und immer nach dem Gleichen sehnt, muss man sich diesen Traum und diese Sehnsucht einfach erfüllen, wenn es irgend geht. Und schließlich werden wir auch nicht jünger". Sie schaute zärtlich zu ihrem Mann. Nein, jünger wurden sie gewiss nicht. Sein Haar war mittlerweile schlohweiß, und das Alter hatte unnachgiebig seine Spuren in dieses ihr so vertraute Gesicht gezeichnet, auch wenn er noch immer ungemein anziehend und verführerisch wirkte. Doch manchmal merkte sie schon den Altersunterschied von zehn Jahren, was sie gleichzeitig mit einer Angst erfüllte, die sie nicht benennen, aber fühlen konnte, vor allem, wenn er davon sprach, dass er sicher vor ihr sterben würde. Rasch verscheuchte sie diese im Augenblick völlig unpassenden Gedanken.

„Meinst du?", Georg blickte zweifelnd auf seine Frau. Wie jung sie heute Abend aussah. Warum konnte es nur nicht immer so sein? Er konnte doch nicht ständig mit ihr verreisen, um sie von den Alkoholexzessen fernzuhalten. Dabei trank er auch gern, und an solchen Abenden war er einfach nur froh, dass sie alles gemeinsam genießen konnten. Schnell kehrte er zu ihrem Gesprächsthema zurück: „Würdest du denn mit mir segeln?"

Hannah lächelte ihn liebevoll an: „Ich habe dich noch nie irgendwohin allein gehen lassen, also geh ich auch mit aufs Meer! Wir könnten jetzt deinen Traum gemeinsam leben".

„Nein, nein das geht nicht. Dieser Sport ist für eine Familie mit sieben Kindern einfach zu teuer“.
„Schatz, nun übertreib nicht, von uns sind nicht mehr sieben Kinder abhängig, und mit jedem Jahr werden sie selbständiger und unabhängiger, aber gleichzeitig werden wir älter und das Segeln unmöglicher. Lass es uns einfach probieren“.
Zögernd, fast schüchtern meinte Georg: „Ich hab da schon ein Modell, das ich einfach wunderschön finde. Es kostet allerdings 7 Millionen Peseten. Es ist ein Katamaran, sieben Meter lang und etwas mehr als 3 Meter breit“.
„Und warum ausgerechnet einen Katamaran“, fragte Hannah, während sie 7 Millionen Peseten rasch in DM umrechnete. Hm, das waren immerhin etwa 84 000 DM! Aber wenn es doch Georgs größter Traum war!
„Eigentlich deinetwegen, weil er ruhiger im Wasser liegt. Außerdem hat man mehr Platz als im Einkörperboot“.
Dämmerung breitete sich aus, in der Bucht von Cascais gingen die Lichter auf den Yachten an und auch die Uferpromenaden waren beleuchtet. Letzte Strahlen der untergehenden Sonne tauchten den Abend in ein unwirkliches Rot. Über einem heimkehrenden Fischerboot kreisten kreischend Möwen.
Hannah legte ihre Hand auf Georgs Hand – wie sehr liebte sie seine Hände, sie waren für sie der Inbegriff des Vertrauendürfens – und sagte leise, aber bestimmt: „Wir kaufen ein Boot. Wir verkaufen einfach unsere Firmenaktien. Und wie ich dich kenne, hast du längst eine Werft angepeilt, die dir deinen Katamaran so baut, wie du ihn willst und Prospekte hast du sicher auch, die wir zu Hause anschauen können“.
Im Herbst fuhren sie gemeinsam nach London, besprachen den Bau ihres Katamarans mit einer Werft, Hannah suchte das Holz für die Einrichtung aus, Kissen für die Bänke in der Wohn- und den Schlafkojen und alles, was für die Küche notwendig war. Sie bestimmten eine der vier Kojen als Vorratskammer vor allem für Wasser und die Segel, die gerade nicht benötigt würden, für Schwimmwesten, einfach für alles, was so ein Törn notwendig machte. Und Georg strahlte, als er die Technik und den

Kartentisch, die automatische Steuerung und den Satellitennavigator orderte. Im nächsten Frühjahr sollte das Boot von einem werfteigenen Kapitän in die Biscaya gesegelt werden, und Georg würde es sich um nichts in der Welt nehmen lassen, wieder nach England zu fliegen und diesen ersten Törn seines Bootes mitzumachen.

Es war irgendwann im Winter, dass die Werft die Entwürfe zusammen mit Fotos schickte und Hannah wunderte sich, dass Georg so verlegen wirkte.

Sie beugte sich über seine Schulter: „Zeig doch mal her, warum machst du denn so ein Geheimnis aus dem Brief?"

Georg reichte Hannah zögernd die Fotos: „Aber... aber das ist doch gar nicht... das ist ja überhaupt nicht das Boot, das wir ausgesucht haben. Es ist viel größer". Sie stockte: „12,35 m lang und 4,65 breit", las Hannah verstört. Blätterte weiter, flüsterte „und 12 Millionen Peseten, also ungefähr 144 000 DM ", entgeistert schaute sie zu ihrem Mann.

„Ich... ich habe mir halt gedacht, dass es viel bequemer ist, wenn wir ein größeres Boot haben, bequemer auch für dich", stotterte er etwas hilflos.

„Für mich! Soll das heißen, dass wir gemeinsam nach London fahren, dass wir gemeinsam ein Boot aussuchen, uns überlegen, wie wir 7 Millionen bezahlen können, und du dann ganz allein einfach etwas völlig anderes orderst? Dass du mich monatelang in dem Glauben lässt, dass wir das von uns ausgesuchte Boot gekauft haben, dass wir, du und ich, so etwas Wunderbares geplant und verwirklicht haben, und plötzlich ist alles einfach nicht wahr?"

Sie konnte es nicht fassen. Fast verzweifelt fragte sie: „Nennst du das Vertrauen? Ist das gemeinsames Planen? Ist das Partnerschaft? Oder machst du dich lustig über mich! Lässt mich mit aussuchen und machst später doch, was du für richtig hältst, ohne irgendein Gespräch, ohne dass wir darüber beraten? Und obendrein benutzt du mich als Ausrede, sprichst von meiner Bequemlichkeit!"

„Nun mach keinen solchen Aufstand, schließlich ist es mein Geld!"

„Sein Geld!“ tobte Hannah am nächsten Morgen bei Dr. Molina. „War denn alles umsonst? Es ist sein Geld und er bestimmt, und ich habe mich zu fügen. Dass ich an „seinem“ Geld genauso beteiligt bin wie er, will er offensichtlich nicht sehen. Wenn ich nicht relativ gut gewirtschaftet hätte, wir hätten doch niemals bei sieben Kindern das Haus in Laredo und jetzt ein Boot für 12 Millionen Peseten. Sieht er mich immer noch nicht?“ Entmutigt fügte sie hinzu: „Doktor, es ist einfach alles umsonst“.
„Nein, Hannah, das ist es nicht! Noch vor Jahren hättest du nur geschwiegen und dich weggeduckt. Es stimmt, du kannst an dieser Entscheidung nichts mehr ändern. Aber du hast deutlich gemacht, dass es so nicht geht, dass du dich nicht mehr länger so behandeln lässt. Dass deine Meinung gilt, und zwar genauso viel wie die deines Mannes. Gib ihm Zeit, auch er muss umlernen. Es ist nicht umsonst, was du in den letzten Jahren für dich erreicht hast. Du bist auf dem richtigen Weg. Genieße jetzt einfach diesen Luxus und sei stolz darauf, dass du nicht schweigend Entscheidungen hinnimmst, die euch beide angehen. Eines Tages wird das wahr, was du schon seit so langer Zeit bewusst oder unbewusst wolltest, nämlich nicht mehr nur noch das Schluss“S“ am Namen deines Mannes zu sein. Du bist nicht länger nur noch Georg Jantzens Frau...“.

48 1984

Es wurde Sommer, und Georg überführte zusammen mit Joe, dem Kapitän der englischen Werft, den Katamaran in die Biscaya, in den Yachthafen von Laredo. Hannah grollte nicht länger, was könnte sie auch noch ändern. Sie hatte Georg versprochen, mit ihm segeln zu gehen, also würde sie ihre Panik vor dem Wasser in Kauf nehmen. Spottend meinte sie zu Dr. Molina: „Haben Sie schon einmal einen Stier auf dem Wasser gesehen?“ , und spielte damit auf ihr Geburtshoroskop an. „Ich habe einfach Angst, aber das werde ich mir nicht anmerken lassen“, fast trotzig stieß sie diese Bemerkung hervor.
Molina schaute sie lächelnd an: „Du solltest zwar keine Angst haben, aber es ist gut, wenn du, wenn ihr nie den Respekt vor dem Meer verliert“. Hannah wusste, dass auch Molina ein Boot hatte und segelte, und dachte: ‚Wieder etwas, das wir gemeinsam haben’, und war halbwegs getröstet. Manchmal wollte sie sich gegen diese Abhängigkeit, die er Übertragung nannte, wehren, aber meistens war sie einfach nur froh, dass er da war und Zeit für sie hatte und dass sie mit allem – oder fast allem – zu ihm kommen konnte. Es lag meistens an der Sprache, dass sie es selten schaffte, sich ihm völlig und spontan anzuvertrauen. Bis sie nach der richtigen grammatikalischen Form eines Verbs gesucht hatte, war der passende Augenblick verstrichen und die Entfernung unüberbrückbar.
Am meisten fürchtete Hannah die zweimonatigen Ferien, fühlte sich verloren und von Dr. Molina im Stich gelassen. Doch nun würden die Sommer völlig anders sein – nicht mehr gefangen in Laredo, nicht mehr dem ewigen Fließen des Sandes ausgesetzt, der Hilflosigkeit dem Alkohol gegenüber, der in Laredo viel mehr Macht über sie hatte als irgendwo sonst. Seltsamerweise war Alkohol auf dem Boot kein Problem, es kam ihr gar nicht in den Sinn zu trinken, wenn sie wusste, dass sie mit ‘Hannahseven’ unterwegs sein würden.
Sie waren nun schon oft vor der Bucht von Laredo gesegelt, Georg, Jakob und sie, doch dieses Kreuzen vor der Küste reizte sie nicht, sie wollten weit hinaus aufs offene Meer, träumten von langen Törns und freuten sich schon

auf den nächsten Sommer, wenn sie nach Frankreich oder Portugal aufbrechen würden.
Und doch genoss Hannah auch diese kurzen Törns. Vorn an der Reling saß sie, spürte den sanften Wellengang und das ruhige Auf und Ab von ‚Hannahseven' wie auf der Schaukel in ihrem Garten in Madrid. Schäumend spritzte das Wasser auf, die Luft erfüllt von der Melodie knatternder Segel und vom Rauschen des Wassers, wenn 'Hannahseven' durch die Wellen schnitt. An solchen Tagen konnte Hannah verstehen, was das Segeln so einmalig machte. Es war die vollkommene Hingabe an Bewegung.
Wenn das Meer ruhig war, wie am heutigen Morgen, kam auch Georg, nachdem er die automatische Steuerung eingestellt hatte, nach vorn: „Passt du mal ein paar Minuten auf?" Sie liebte diese Verantwortung, während er sich für kurze Zeit auf das sonnenbeschienene Deck legte. Sein Blick folgte dem Zug kleiner weißer Haufenwolken, seine Hand suchte die Berührung mit Hannah, leise sagte er: „Ich bin glücklich, einfach nur glücklich. Empfindest du es auch so? Ist es nicht ein einmaliges, ein wunderbares Erlebnis – Segeln, blauer Himmel, das Meer, der weite Horizont". Er schwieg, meinte nach einer Weile: „Ich bin so froh, dass du nicht mehr verärgert bist wegen des Bootkaufs. Bestimmt war ich einfach nur feige, weil es halt viel Geld ist, aber andererseits wollte ich dich auch wirklich überraschen", er lachte ein wenig gezwungen, „na ja, die Überraschung ist mir gelungen, allerdings anders, als ich sie mir gedacht hatte".
„Ist doch schon gut, ‚Hannahseven' ist wirklich ein schönes Boot und natürlich haben wir mehr Platz, was auch für Jakob angenehmer ist, der Arme hat keine eigene Kajüte". Hannah und Georg hatten jeweils eine Kabine für sich, eine Kajüte war Toilette und Dusche, eine zur Abstellkammer umgerüstet, und Jakob schlief im großen Mittelschiff, wo er ein breites Doppelbett hatte, das tagsüber als Tisch und Sitzbänke diente. Georg unterbrach ihre Gedanken: „Weißt du eigentlich, dass man ein Schiff immer mit zwei Namen anmelden muss, damit nie eines mit dem andern verwechselt werden kann? Als ich aber 'Hannahseven' beim Amt anmeldete, meinte der Beamte, ‚bei dem

Namen brauchen Sie keinen zweiten.' War doch eine gute Idee: Hannah nach dir und seven nach unseren sieben Kindern und natürlich nach den sieben Weltmeeren. Wenn wir noch jung wären…", Georg stockte.
„…würden wir eine Weltumseglung machen. Das wolltest du doch sagen oder?"
„Ja, wenn du mitmachen würdest".
„Ach, weißt du, manchmal - wenn ich hier vorne sitze und mich durch diese Zeitlosigkeit treiben lasse, träume sogar ich davon. Die Welt umsegeln, arbeiten, wenn das Geld ausgegangen ist, monatelang in irgendeinem Hafen bleiben... Aber mit den Kindern wäre es halt zu schwierig gewesen".
„Nein, mit sieben Kindern geht das nicht, und es ist alles gut, wie es ist. Ich habe doch noch nicht mal zu hoffen gewagt, dass ich jemals ein eigenes Boot haben würde! Bist schon ziemlich eisern, wenn du dir etwas in den Kopf gesetzt hast". Verträumt setzte er hinzu: „Nächstes Jahr bringen wir Hannahseven in den Süden, segeln um Portugal und durch die Straße von Gibraltar bis nach Oliva. Erinnerst du dich an Oliva?"
Hannah nickte und Georg fuhr fort: „Im Yachthafen von Oliva lassen wir das Boot ein paar Jahre überwintern und machen in den Sommermonaten von dort aus Abstecher zu den Balearen, nach Mallorca und vielleicht sogar bis nach Menorca. Das wird so schön", und seine Stimme wurde hell vor lauter Vorfreude.
Hannah legte ihren Kopf auf den warmen, braungebrannten Bauch von Georg und lachte zufrieden vor sich hin, als sie daran dachte, wie sie Georg fast gezwungen hatte, seinen Traum endlich zu verwirklichen.
Und dann wieder...

Verzweiflung pur. Heute. Nach dem Essen ging Hannah einfach fort. Sagte niemandem, dass sie wegging. Irgendwann – wenn die Kinder aus ihren Zimmern auftauchten, wenn sie nach ihr riefen, war sie halt nicht mehr da. Das Auto ließ sie in der Garage, sie hatte schon am Morgen zu viel getrunken und beim Mittagessen auch noch eine halbe Flasche Wein geleert.
Mit einem Taxi fuhr sie zu Dr. Molinas neuer Praxis, in die er im letzten Sommer gezogen war. Sie hatte keinen Termin, sie wollte nur auf der Treppe vor seiner Praxis sitzen, und danach wollte sie ins Eurobuilding. Das war einer der eleganten Treffpunkte von Madrid, wo eine Frau allein nicht so auffiel.
Aber zuerst saß sie auf der Treppe vor Molinas Praxis. Fluchtpunkt? Vielleicht! Der unbewusste Wunsch, irgendwie geschützt zu sein, wenn auch nur durch die Nähe des Arztes, der in den langen Jahren zu einem wichtigen Teil ihres Lebens geworden war? Möglich! Sie fragte nicht...
Wie kalt ihr war! Die Treppenhäuser in diesen herrschaftlichen Gebäuden waren den Dienstboten vorbehalten. Während vorne im Hauseingang alles aus Marmor, Spiegeln, getäfelten Decken und glänzenden Fußböden bestand, war das Treppenhaus weiß gekalkt, schmal die grauen Steinstufen, und alles roch nach Knoblauch, Suppe und Fisch, denn die Fenster der einzelnen Küchen gingen auf den Hinterhof. Die Gerüche fingen sich im engen Schacht und verpesteten das Treppenhaus.
Aber Hannah war das gleichgültig. Sie kroch in eine Ecke der Treppe, machte sich ganz klein, damit sie niemand sehen konnte. Allerdings – durchs Treppenhaus ging um diese Zeit eh kaum jemand. Es wurde allmählich dunkel. Sie musste dringend auf die Toilette, aber wohin sollte sie gehen? Bei Molina schellen? Ging nicht! Er würde ihr sowieso nicht öffnen. Ihre Zeit bei ihm war vorgeschrieben. Ausnahmen gab es nicht. Seine Praxis lag in der letzten Etage. Sieben Stockwerke über einem der schönsten Stadtviertel von Madrid. Sie blickte sich suchend um, schlich zum Dachboden hinauf. Dort pinkelte sie in eine Ecke. Und schämte sich nicht einmal dafür, dazu war sie gar nicht fähig. Die Scham kam erst später, viel später.

Nach einer weiteren Stunde, die sie zusammengekauert auf den Stufen zugebracht hatte, verließ sie diesen geschützten Platz. Ging durch die erleuchteten Straßen Madrids. Setzte sich an die Bar vom Eurobuilding. Nein, sie wollte mit niemandem sprechen und mit niemandem gehen, aber es war dieses alkoholisierte Ambiente, das ihr zustand, hier gehörte sie hin. Manchmal Gedanken wie: wenn ich nicht das Geld hätte, wo würde ich wohl meinen Gin-Tonic trinken? Wo würde ich wirklich landen?
Wie spät war es eigentlich schon? War doch egal, schon lange haben sie zu Hause wohl gemerkt, dass sie nicht da war. Irgendwie würden sie zurechtkommen, außerdem war ihr das auch vollkommen gleichgültig. Jetzt war sie schon sehr betrunken. Spielte zerstreut mit ihrem Trauring. Er fiel in den Dreck vor der Bar. Verzweifelt suchte Hannah zwischen gebrauchten Servietten, Zigarettenkippen und ausgespuckten Olivenkernen nach ihrem Ring, Panik war das einzige Gefühl, das sie noch ausmachen konnte. Sie fand ihn, steckte ihn zitternd wieder an den Ringfinger, fing an zu weinen.
Man - wer? - begleitete sie aus der Bar, rief ein Taxi!
Am nächsten Morgen wachte sie in ihrem Bett auf. Wie war sie nach Hause gekommen? Was war gestern Abend geschehen? Was hatte sie wieder einmal gemacht? Was hatte sie gesagt? Wie war sie ins Bett gekommen?
Wo waren die Kinder?
Grauenhafte Angst lähmte sie. Georg war schon aufgestanden, hatte sie schlafen lassen. Sie setzte sich auf die Bettkante – der Schädel dröhnte, vor ihren Augen verschwamm das Zimmer. Sie stützte den Kopf in die Hände, wollte weinen, schreien, konnte nicht.
Und plötzlich - in all den Trümmern ihrer Verzweiflung - ein Gedanke fast wie ein Wunder, er krallte sich in ihrem Hirn fest, flüsterte: ‚Du hast nur noch zwei Wege vor dir. Entweder den Alkohol und du krepierst oder... du kannst jetzt aufhören. Auch wenn du dich schon tausendmal gegen die Sucht gewehrt hast und sie dich genauso viele Male wieder besiegt hat, heute - heute kannst du aufhören'.
Es war ein Schrei, ein verzweifelter und doch stummer, atemraubender Schrei in ihr: ‚Ich will leben! Leben! Le-

ben!' Sie war endgültig auf dem tiefsten Punkt ihres inneren Elends angekommen. Tiefer ging es nicht mehr. Sie trat vor den Spiegel, starrte in ihr verquollenes Gesicht, roch ihren säuerlichen Alkoholatem, fuhr mit ihren Fingern über dieses traurige Gesicht im Spiegel, zog jede Linie nach, berührte sich und spürte es nicht.
‚Nie mehr trinken'. Sie beobachtete, wie ihre Lippen die Worte formten. Und noch einmal: ‚Nie mehr trinken'.
Sie lehnte die Stirn gegen das kühle Glas. ‚Nicht wegen Georg! Nicht wegen der Kinder! Nur noch meinetwegen, allein meinetwegen!'
Im Spiegel sah sie die Nachttischuhr mit Zeit- und Datumsangabe. 9 Uhr am 2. Juni 1985. ‚Ab heute trinke ich nicht mehr'. Keine großen Worte mehr, keine großspurigen Ankündigungen. Sie werden es merken, irgendwann. Es war ein Versprechen – verbunden mit einem plötzlichen unerklärlichen Urvertrauen zu sich selbst.
Langsam wandte sie sich von ihrem Spiegelbild ab, von diesem Gesicht, dem Zerrbild ihrer Selbsterniedrigung, der Sucht und der Scham. Nie wieder und aus keinem Spiegel der Welt würde ihr noch einmal dieses Gesicht entgegenstarren. Sie ging ins Bad, drehte die Dusche auf, der eiskalte Wasserstrahl traf ihre Haut wie ein Geschoss, das beim Aufprall zerplatzt und Tausende von Splittern mit zerstörerischer Gewalt ausspuckt. Doch sie spürte keine Zerstörung, nur Reinigung, bedingungslose Kapitulation vor dem Wunsch, leben zu wollen. Sie trocknete sich nicht ab, ließ das Wasser auf ihrem Körper trocknen, schwor sich: ‚Wenn ich noch einmal mit einem Kater aufwache, bringe ich mich um'. Und sie war sich sicher, dass dies eine unumstößliche Entscheidung war.
Warum sie sich so sicher war? Sie wusste es nicht.
Warum nicht früher? Das war nicht mehr wichtig.
Warum gerade heute? Sie zuckte die Achseln.

Sie hielt ihr Versprechen und rührte keinen Alkohol mehr an. Am Anfang merkte es niemand. Wenn Georg ihr einschenken wollte, schüttelte sie nur den Kopf, erfand Ausreden, die einleuchteten, so dass er nicht weiter in sie drang. Doch irgendwann schien er zu spüren, dass sich etwas verändert hatte. War es bei Freunden, war es bei Abendessen mit Geschäftsbesuch, bei Geburtstagsfeiern in irgendeinem Restaurant, Hannah lehnte jeglichen Alkohol immer ab, bestellte Wasser.
Dr. Molina sah es voraus: „Irgendwann wird Georg wütend werden. Er wird es nicht ertragen, dass du diesen Entschluss für dich gefasst hast. Er selbst trinkt auch zu viel, und du hast ihm lange als Entschuldigung gedient".
„Das versteh ich nicht. Wieso braucht er denn eine Entschuldigung für sein Trinken. Er ist doch kein Alkoholiker, ich bin es!".
„Mag sein, aber jeder Mensch, der nicht aufhören kann, der, wenn er einmal angefangen hat, weiter trinken muss, ist ambivalenter Alkoholiker. Nur dein Mann hat immer dich vor sich gesehen. So wie du hat er ja nicht getrunken. Jetzt hat sich das grundlegend geändert".
Es war ein Tag vor Silvester. Georg öffnete eine Flasche Sekt, roch an dem Korken, wickelte eine Serviette um den Flaschenhals – er liebte den spanischen Sekt und einen Augenblick erinnerte sich Hannah an die Szene damals in der Türkei, als der Arzt ihnen irrtümlicherweise gesagt hatte, dass sie mit dem dritten Kind schwanger sei und Georg und sie den Abend mit einer Flasche Champagner gefeiert hatten. Sie lächelte in der Erinnerung an diesen Abend, zärtlich blickte sie zu Georg. So viel verliebte Leichtigkeit in ihrem damaligen Leben, und wie viele Krisen hatten sie seit dieser Zeit zusammen durchstanden. Und unzählige Male die Angst, ‚er wird dich verlassen, das hält er nicht mehr aus, dich hält er nicht mehr aus'. Aber er war nicht gegangen...
Sie stand auf, holte eine Flasche Vichy, schenkte sich Wasser ein. Georg schaute sie erstaunt an, fragte fast ärgerlich: „Liebes, was soll das eigentlich? Warum lehnst du, gerade du seit Monaten jeden Alkohol ab?" Er trat auf sie zu, strich ihr mit einer leisen Bewegung eine Haar-

strähne aus dem Gesicht: „Hannah, willst du mir beweisen, wie stark du sein kannst? Dass du eine tolle Frau bist, weiß ich auch ohne diese Demonstrationen“.
Hannah starrte ihren Mann entsetzt an. Hatte Molina also Recht mit seiner Behauptung? Sie umfasste mit beiden Händen ihr Glas, wollte sich an etwas festhalten, wenn es auch noch so zerbrechlich war, sagte lautlos vor sich hin: ‚Ich mach es für mich, nicht für ihn. Du hast es dir versprochen, bleib also ruhig’. Und spürte, wie der vor Wochen entdeckte Mut ihr Kraft gab. „Schatz, ich mag nicht trinken. Zum Feiern gehört nicht unbedingt Alkohol. Bitte, lass mich“.
Wie ruhig ihre Stimme klang, obgleich sie innerlich zitterte. Sie wünschte sich so sehr, dass er verstand. Ahnte aber, dass es für ihn fast unmöglich war, diese neue Situation zu begreifen. Jahrelang hatte sie ihm etwas anderes vorgelebt, und jetzt hatte sie nicht mit ihm geredet, hatte ihm nichts von ihrem Entschluss gesagt. Doch - warum hatte sie denn nicht darüber gesprochen? Weil sie es früher zu oft getan hatte, weil sie sich an ihre laut tönenden Versprechungen erinnerte ‚nie mehr Alkohol’ und ihre erbärmlichen Niederlagen. Diesmal wollte sie keine Worte, keine Versprechen, keine Ankündigungen. Sie wollte ihn einfach nicht mehr enttäuschen – und sich auch nicht.
Georg nahm ihr das Glas aus der Hand, schenkte ihr wortlos Sekt ein. Scheinbar unbeteiligt holte Hannah ein neues Glas und goss sich Wasser ein.
„Hannah, was ist das für eine neue Masche. Du hast doch sonst Alkoholisches auch nicht abgelehnt“.
„Stimmt, aber nun tu ich es“. Heftiger als sie wollte, fragte sie: „Hat dir die Frau, die ich noch vor Wochen war, etwa besser gefallen? Hast du nicht genug unter meinen Exzessen gelitten? Ist es nicht viel besser so, wie es heute ist? Kannst du, können sich die Kinder nicht wieder auf mich verlassen? Ist unser Leben nicht auch ohne Alkohol fröhlich? Wobei es mit Alkohol keineswegs lustig, sondern meist nur qualvoll war“.
„Aber warum musst du immer so übertreiben? Du brauchst ja nicht zu saufen, aber mit mir ein Glas Sekt trinken, das muss doch möglich sein?“

Nein, nicht auf diese Art. Sie wollte nicht, dass das Gespräch so verlief. Er hatte ein Recht darauf, ihren Entschluss zu begreifen, darüber zu diskutieren, sie konnte nicht wortlos ihr Leben ändern und erwarten, dass er sofort alles verstand. Plötzlich spürte sie wieder diese warme Zärtlichkeit für diesen Mann, der sie so heftig davon überzeugen wollte, dass sie einfach alles mit ihm teilen sollte. Sie liebte ihren Georg und wünschte sich, dass nichts sie zu trennen vermochte. Sie stand auf, lehnte ihren Kopf an Georgs Schulter: „Liebster, ich bin alkoholabhängig. Das war uns doch beiden klar, oder? Wir wollen uns nichts vormachen und ich weiß, wenn ich mich entscheide, nie mehr zu trinken, dass es bedeutet, keinen Tropfen Alkohol mehr. Ich habe nicht früher mit dir darüber geredet, weil ich es dir und den Kindern schon so oft versprochen hatte, dass ich mit dem Trinken aufhören würde. Für mich ist einfach nur wichtig, dass ich heute nicht trinke. Was morgen oder übermorgen oder in einem Jahr sein wird, ist bedeutungslos. *Heute* trinke ich nicht und an dieses Heute sollen sich alle ‚Heute' meines zukünftigen Lebens reihen. Bitte, das ist doch keine Zurückweisung. Kannst du das verstehen?"
Er lachte unsicher auf: „Du und Alkoholikerin! Das ist doch Blödsinn. Hat dir das Molina gesagt? Gut, du hast zu viel getrunken. Aber schau mal, du hast ja noch nicht mal Entzugserscheinungen, weder damals im Sanatorium noch die letzten Monate. Das ist also kein Alkoholismus".
„Und meine Angstzustände? Meine zittrigen Hände? Ich habe halt Glück gehabt, dass mir die entsetzlichen Entzugserscheinungen erspart geblieben sind. Nicht jeder Alkoholabhängige landet gleich verblödet unter irgendeiner Brücke. Vielleicht reichte mein Alkoholkonsum noch nicht für solche Folgen. Und doch hat er so viel zerstört... in mir, zwischen uns und in der Sorglosigkeit unserer Kinder. Außerdem ist es so gleichgültig, wie wir es nennen. Ich finde, dass ich ein riesengroßes Problem mit dem Alkohol gehabt habe". Sie schüttelte sich: „Wenn ich nur an all die schwarzen Löcher denke, an die vielen Stunden, von denen ich nichts mehr wusste. Ich habe Angst, furchtbare Angst vor dem kleinsten Schluck Alkohol".

„Angst? Ja, wenn das so ist...!“ Zögernd stellte er die Sektflasche ab. „Irgendwie schade. Allein zu trinken ist ziemlich trist. Wir können den Wein nicht mehr gemeinsam probieren“.
„Ach, Schatz, ich bin doch gar kein Weinkenner. Du trinkst, weil es dir schmeckt, aber ich habe getrunken, um in einen gewissen Zustand versetzt zu werden. Das ist ein gewaltiger Unterschied“.
Nachdenklich meinte Georg: „Und wie willst du es künftig den Leuten sagen?“
„Warum muss ich überhaupt etwas sagen? Muss ich Erklärungen abgeben? Und wenn sie mich offen fragen, sage ich schlicht die Wahrheit. Die wird vielleicht noch am besten verstanden“.
Aber hier irrte Hannah. Schon bald musste sie feststellen, dass es sehr verschiedene Reaktionen gab. Wenn jemand sagte, dass er das Rauchen gelassen habe, wurde ihm oder ihr anerkennend auf die Schulter geklopft. Sagte sie dagegen, dass sie keinen Alkohol mehr anrühren wollte, kamen sofort hämische Bemerkungen: „Warum, biste Alkoholikerin oder nur Spielverderberin“. Zuerst trafen sie diese Worte, aber mit der Zeit wurde Hannah immer sicherer. Sie ließ auch nicht gelten, dass Georg überall erzählte, sie hätte eine Allergie gegen Alkohol. „Liebling, sag doch einfach die Wahrheit. Ich habe keine Allergie“, sagte sie entschieden.
„Und geniert dich das nicht“.
Hannah lachte auf: „Ich habe mich so oft wegen des Alkohols geschämt! Soll ich mich jetzt wegen der Wahrheit schämen? Ich bin einfach nur glücklich. Kannst du dir nicht vorstellen, wie wunderbar es ist, jeden Morgen ausgeruht und nüchtern aufzuwachen? Nicht aus dem dumpfen Schlaf der Besoffenen aufzutauchen, kein Kopfweh, nicht den Geschmack nach gegorenem Wein im Mund. Es ist wie ein Geschenk für mich“.
Da nahm Georg seine Frau in den Arm: „Schade, dass wir nicht mehr gemeinsam trinken können, aber dein Entschluss ist wahrscheinlich richtig, richtig für uns alle“.

51 1986

Im Frühjahr hörte Hannah bei Dr. Ruiz auf. Ihr Chef, der alte Dr. Ruiz hatte sich ein Jahr zuvor zurückgezogen und ihr seine Klinik überlassen. „Mir!", sie staunte heute noch über das, was sie in diesen acht Jahren erreicht hatte. Angestellt hatte er sie, damit sie Termine vergab, die Tür öffnete, die Patienten aufrief und seine Buchhaltung übernahm. Und heute? Sie hatte eine eigene Praxis! Zu ihr kamen Kinder für prophylaktische Zahnbehandlungen. Lachend meinte sie zu Georg. „Kannst du dir das in Deutschland vorstellen? Vor acht Jahren habe ich noch keine Ahnung vom Zahnarztberuf gehabt und jetzt? Jetzt habe ich eigene kleine Patienten. Unglaublich, einfach unglaublich!"

„Unglaublich nicht, wenn man dich kennt. Allerdings geht das wirklich nur hier in Spanien, in Deutschland würde die Bürokratie so etwas unmöglich machen. Ich finde es phantastisch, auch wegen des Geldes. Am Anfang haben sie dich mit einem Trinkgeld abgespeist und heute kannst du dir mit deinem Geld fast jeden Wunsch erfüllen".

Hannah schluckte die Antwort, die ihr auf der Zunge lag ‚was heißt hier dein und mein Geld' runter und meinte nur: „Dennoch gebe ich die Stellung auf".

Sie brauchte diese Selbstbestätigung nicht mehr, und Dr. Molina war ihrer Meinung. „Damals, 1978, war diese Anstellung ungeheuer wichtig für dich. Du hast ja nie anerkannt, wie wichtig deine Aufgaben als Mutter und als Hausfrau waren. Es musste eine Selbstbestätigung außerhalb der Familie sein".

„Und, ist das so erstaunlich? Ich hatte eben noch andere Träume als Kindererziehung, Kochen, Waschen und Putzen, aber davon konnte nicht die Rede sein".

„Das ist mir schon klar, obgleich du doch zugeben musst, dass Kindererziehung eine viel verantwortungsvollere Aufgabe ist als Zahnarztassistentin".

„Stimmt! Nur bekommt man das so wenig gesagt und gezeigt".

„Es war ja auch gar nicht die Arztpraxis. Ist dir eigentlich bewusst, was du in diesen acht Jahren erreicht hast? Du spottest zwar darüber, dass du seit einem Jahr so was wie

eine eigene Klinik hast, dass du die Prophylaxe für Kinderzähne machst, aber wer von deinen Vorgängerinnen hat das denn erreicht?“
Hannah schwieg nachdenklich, dann meinte sie halb spöttisch, halb ernst: „Ist es also wieder mein so genanntes ‚Überich’, das meine Verdienste verspottet?“
„So ist es. Es fällt dir nach wie vor schwer, etwas Eigenes als großartig anzunehmen. Da ist immer diese Stimme in dir, die dir verwehrt, dich und deine Leistungen ernst zu nehmen“.
„Gut, aber heute habe ich wenigstens das Gefühl, dass ich diese Selbstbestätigung nicht mehr draußen suchen muss, dass ich die Arbeit aufgeben kann, dass es Wichtigeres und“, sie zögerte „gewiss Schöneres gibt“.
„Hannah, du hast eine wunderbare Entwicklung hinter dir, weil du dich heute frei entscheiden kannst und nicht mehr den Krückstock einer Arbeit brauchst, die dir Selbstsicherheit geben soll“. Er unterbrach sich und es klang fast wie Sehnsucht, als er hinzufügte: „Und Segeln... Segeln ist doch etwas Besonderes“.
Damit hatte er Recht, wegen der Arbeit hätte sie die Sommermonate nicht mit Georg und Jakob auf ‚Hannahseven’ verbringen können. Jetzt unternahmen sie lange Törns nach Frankreich und Portugal, bis sie beschlossen, ‚Hannahseven’ tatsächlich nach Oliva zu segeln, entlang der einsamen sandigen Strände und Felsenküste von Portugal, vorbei an Cádiz und durch die Straße von Gibraltar.
„Machen wir einen Abstecher nach Afrika?“, Jakob war voller Abenteuerlust, als er die Küste Marokkos so nah wusste, aber Hannah und Georg drängten danach, endlich in Oliva anzukommen.
Längst hatte Hannah erleben müssen, dass das Meer nicht immer so ruhig war, wie sie es bei den kurzen Segeltagen vor Laredos Küste kennengelernt hatte. Wenn der Sturm tobte, wenn das Wasser aufs Deck klatschte und ‚Hannahseven’ tief in Wellentäler tauchte, um danach die steilen Wasserberge wieder hinaufzurauschen, vergrub sie sich in ihrer Kajüte, hielt sich die Ohren zu und fragte sich verzweifelt, ‚warum habe ich eingewilligt? Warum tu ich mir so etwas an?’ Die Töpfe in der Kombüse schep-

perten, die Teller klirrten, schwankend versuchte Jakob, etwas zum Essen vorzubereiten, dazwischen kam er zu ihr, nahm sie in den Arm: „Mutsch, es ist nur ein Sturm. Katamarane gehen nicht unter und Papa kann segeln“, dann möchte sie ihm so gern glauben, konnte es nicht. War der Sturm vorbei, war er auch schnell wieder vergessen, genoss sie die Sonne, schaute mit Jakob den Delphinen zu, die ihren lautlosen Tanz zwischen, unter und neben den beiden Bootskörpern von ‚Hannahseven' aufführten. In solchen Augenblicken konnte sie Georgs Begeisterung fürs Meer verstehen, beobachtete ihn, wie er stolz seine Seemannskappe aufs Haar drückte, wie er mit ruhiger Hand sein Boot führte oder die Automatik einstellte und mit ihr vorne an Deck saß, immer aufmerksam, immer bereit

Doch dann gab es Tage wie heute, wo sie das Meer, das Segeln und ‚Hannahseven' von Herzen verwünschte. Heute - in der Bucht von Santa Galdana auf Menorca, wo sie am späten Nachmittag geankert hatten. Ängstlich lauschte Hannah auf das Lärmen, das langsam begann, und das sie so fürchtete. Es klang wie das Dröhnen eines riesigen Zuges. Zuerst noch weit weg, schlich es sich über die niedrigen kahlen Berghöhen, entlang der faltig aufgebrochenen Felswände. Es breitete sich brüllend über dem Wasser aus - tosend, donnernd, tobend. Der ‚Tramontana', ein auf Menorca wohlbekannter Sturm, der schon den ganzen Tag wütete. Von Mahon waren sie am Morgen bei Windstärke 5 Beaufort ausgelaufen, die sich aber nach und nach auf sechs gesteigert hatte, sogar manchmal bis sieben hochkletterte. Wellen überschlugen sich an Deck, bis sie endlich am späten Nachmittag den Yachthafen Santa Galdana erreichten.

Dunkelheit senkte sich allmählich über die Insel, die Geräusche des Sturmes schwollen zu einer unsichtbaren Symphonie der Angst an. Jakob setzte sich neben seine Mutter, nahm ihre eiskalten Hände in seine warmen Hände: „Geht es dir sehr schlecht“? Sie versuchte ein Lächeln, das kläglich misslang: „In der Nacht sind die Vorstellungen und Phantasien viel beängstigender als tagsüber“.

„Ja, so ergeht es mir auch immer. Aber du brauchst dich nicht zu fürchten, hier in Santa Galdana liegen wir wirklich sehr geschützt".

„Ach Jakob, das weiß ich auch, nur – es hilft mir nicht gegen diese blöde Angst". Sie lauschte in die Nacht hinaus, der Wind heulte und brüllte, er zerrte an der quietschenden Ankerkette, als wolle er seine Stärke an ihr erproben. Manchmal schien es, als flaue er ein wenig ab, aber nur, um mit doppelter Gewalt zurückzukommen. Hannah konnte Jakob nicht sagen, dass sie schon seit Stunden fast wütend versuchte, ihre Furcht zu verbergen, gerade weil er und Georg offensichtlich diesen Aufruhr der Natur genossen. Und wieder einmal verfluchte sie Boot, Meer und einfach alles, was mit Wasser zu tun hat. Es war ja nicht nur die Panik vor den Naturgewalten, die schon Problem genug wäre. Und es war ihr irgendwo auch klar, dass es noch nicht einmal die Furcht vor dem Sterben war. Sie würden sicher nicht an irgendeinem Felsen zerschellen und hier im Hafen noch viel weniger. Nein, es war dieses trostlose Gefühl von Hilflosigkeit einer Situation gegenüber, die nicht von ihr abhing, auch nicht von ihr beeinflusst werden konnte. Wie oft hatte Georg von der letzten Freiheit geschwärmt, die ihm Boot und Meer bedeuteten. Aber was war das denn für eine Freiheit, die spätestens an der Reling von ‚Hannahseven' aufhörte, wollte man sich nicht ins Wasser stürzen?

Wie immer in solchen Situationen kam Sehnsucht auf, Sehnsucht nach ihrem Garten in Madrid, nach festem Boden unter den Füßen, nach einem Spaziergang im Wald, dem Gesang der Vögel, dem satten Geruch von Erde.

Stattdessen umgab sie das dumpfe Brausen, das bedrohliche Röhren des Windes und die ihr unvorstellbare Tiefe des Meeres unter den paar Brettern von ‚Hannahseven' in der kleinen Bucht von Menorca.

„Wie schnell die Tage in Bangkok vergangen sind", ich stelle den Gurt meines Sitzes im Flieger auf meine Weite, während Jakob sich neben mir in seinem Sitz rekelt. „Ja, es waren schöne Erlebnisse, so intensiv habe ich Bangkok auch noch nie erlebt. Die Tempel, die Flussfahrt, irgendwie war jede Minute angefüllt. Und nächsten Januar, wenn du wiederkommst, nehmen wir uns acht Tage Zeit für Thailand und fahren zusammen in den Norden".

„Wiederkommen? Ich kann doch nicht jedes Jahr nach Thailand und den Philippinen fliegen".

„Und warum nicht? Es gibt noch so viel zu sehen, du hast Zeit und..."., er hält inne, nimmt vom Stewart einen Orangensaft entgegen, reicht ihn mir, greift nach seinem eigenen Drink, den er bestellt hat, spricht weiter und ich spüre seine Liebe zu dem Land, in dem er nun schon seit sieben Jahren lebt: „Ich will dir all das zeigen, was mich hier so begeistert und warum ich mir nicht vorstellen kann, jemals wieder nach Spanien oder sonst wohin zurückzukehren. Manila ist nicht schön, aber mein Haus ist es und wenn wir nächste Woche nach Boracay fliegen, na ja, das ist Paradies pur".

Ich kann mir nur schwer vorstellen, dass diese Reise noch Steigerungen haben kann. In Gedanken stehe ich immer noch auf dem „Golden Montain", einer riesigen goldenen Glocke über der Stadt, ganz Bangkok lag mir zu Füßen - modern, arm, mit leuchtenden Tempeln. Oder das Wunderbare des Königstempels, des Wat Phra Kaeo. Unvergessliche Bilder. Geblendet von seiner Schönheit, den Farben und seinem Reichtum habe ich ein Foto nach dem anderen gemacht und wusste doch schon im Augenblick des Abdrückens auf den Auslöser, dass ich höchstens eine Ahnung seiner Einmaligkeit in den Bildern würde festhalten können. Man muss dort gewesen sein, die Stimmung einatmen, die Menschen beobachten, sich an den Farben berauschen.

Doch nun bin ich gespannt auf Manila. Ich sitze wieder am Fenster, schlürfe meinen frisch gepressten Orangensaft, und kann mich nicht satt sehen an der unten vorbeifliegenden Landschaft. Reisfelder, dicht bewaldete Berge

und die buchtenreiche Küste von Luzon, der größten philippinischen Insel mit Manila als Hauptstadt des Landes. Anflug auf Manila und nichts ist mehr übrig vom Staunen - streckenweit Wellblechdächer, Hütten, Müllberge, riesig müssen die Slums sein, wenn sie schon aus der Luft so bedrängend wirken. Dazwischen als brutaler Gegensatz Hochhäuser, das Aufblitzen klaren Wassers der Swimmingpools in prächtigen Gärten der Luxusvillen in einer der reichen Gegenden der Stadt. Betäubt vom Gegensatz betrete ich philippinischen Boden. Ausgestorben der Flughafen, die Fluggäste dürfen von Freunden, Verwandten, Partnern nur bis an die Türen des Gebäudes begleitet werden, dafür Polizisten, wohin ich blicke. Draußen vor den großen Türen in sengender Hitze winkende, rufende, lachende oder weinende Menschen, auch Jakobs Freund begrüßt uns von weitem mit freudestrahlendem Winken.
Später fahren wir nach Manila hinein, der von oben beobachtete Eindruck ist noch unfassbarer. Hütten aus unterschiedlichsten Materialien – Blech, Holz, Pappe, Reklametafeln und alles inmitten Unmengen von Müll. Hatte schon in Bangkok der Smog das Atmen erschwert, so ist er in Manila noch weitaus dichter. Es wundert mich nicht, dass viele Fußgänger mit Atemmasken durch die Straßen hasten. Im Stillen frage ich mich: ‚Wie kann Jakob hier leben wollen?' Ich kann seine Begeisterung immer weniger verstehen.
Plötzlich du ganz nah, der brennende Wunsch, das alles mit dir zu teilen und dennoch das Wissen, ‚nie hättest du hierher kommen können. Erstickt wärst du in dieser abgasgeschwängerten Luft. Trotzdem – du und ich hier, ein schöner, ein trauriger Gedanke. Ich vermisse dich so'.
Jakob hat meine plötzliche Traurigkeit gespürt, besorgt sieht er mich an. Ich greife nach seiner Hand, sage leise: „Jakob, mach dir keine Sorgen, ich bin so froh, bei dir zu sein, spüren zu dürfen, warum du hier leben willst".
Jakob wohnt in einem der schwer bewachten, umzäumten Villenviertel – Grünanlagen, Prachtvillen, Geschäftsleute aus aller Welt als Nachbarn. Sein Haus eine zweistöckige Villa in einem blühenden Garten mit Swimmingpool – die weiten Räume eingerichtet mit alten Möbeln. „Ich mag

chinesische Möbel so sehr und habe mir aus allen Epochen etwas zusammengetragen", meint er, als er mein Entzücken über antike Schränke, Truhen und Spiegel bemerkt.
Ich habe im Obergeschoss des Hauses ein großes Zimmer mit eigenem Bad. Nachdem ich meinen Koffer ausgepackt, dein Foto auf meinen Nachtisch gestellt habe, trete ich ans Fenster, schaue auf den üppig blühenden Garten, doch ohne ihn wirklich zu sehen. Dafür sehe ich die Frau, die ich in den letzten Monaten gewesen bin. Das Leben nur noch grau, einziges Ziel der kleine Waldfriedhof. Hier fühlte ich mich geborgen, hier konnte ich die Gelassenheit spüren, die von den hohen Bäumen, den blumengeschmückten Gräbern, dem Frieden dieser kleinen, heckenumzäunten letzten Ruhestätte ausgeht. Das Draußen, das ich mich so krampfhaft bemühte aufzubauen, erscheint mir hier in dieser lauen Luft, im fernen Geräusch nur wie eine Attrappe vom Leben. Ich habe die letzten Monate nicht gelebt, ich stand neben mir und beobachtete diese Frau in Schwarz. Und hier, in dieser mir völlig fremden Welt, angesteckt von der Freude Jakobs, mit mir wenigstens für einige Wochen seinen Alltag teilen zu können, kann ich plötzlich wieder Lebendigkeit spüren.
Vor dem Fenster singen Vögel ihren Morgengesang in der wunderbaren Gewissheit, dass ein neuer Tag angebrochen ist und dass nichts geschehen kann, was uns nicht weiterleben ließe! Hätte ich mir das vor sieben Monaten vorstellen können? Will ich dieses Gefühl des Lebendigseins überhaupt wieder? Unzählige Fragen und keine Antworten. Oder... gibt es sie, diese Antwort, und ich habe sie nur noch nicht gefunden?

„Und was willst du machen?“, Molinas Stimme war nur noch gespannte Neugier.
„Was ich machen werde?“, wiederholte Hannah seine Frage. „Ich werde den Wagen kaufen, den ich möchte“.
„Du wirst was?!“ jetzt überschlug sich die Stimme von Dr. Molina fast vor Erstaunen.
„Vielleicht sollte ich es anders formulieren“, zögerte Hannah die Antwort hinaus. „Vielleicht wäre es besser zu sagen, und dann versuchen Georg und ich unsere Ehe zu retten“, und sie wusste, dass sie nicht eine Sekunde lang übertrieb.
Schon seit Tagen war das Thema „Auto“ Grund zu stundenlangen Diskussionen. Immer hatte Hannah sich mit oft kleineren, meist gebrauchten Autos zufriedengegeben, während Georg seinen luxuriösen Firmenwagen fuhr, den sie aus rechtlichen Gründen nicht fahren durfte. Und nun hatten Ken und Jakob bei schneeglatten Straßen mit ihrem Wagen einen Unfall gehabt. Wie erschrocken war sie beim Anruf der Jungen! War ihnen etwas passiert, waren sie verletzt? Gott sei Dank - es war nur der Totalschaden ihres Autos.
„Warum verleihst du deinen Wagen überhaupt?“, hatte Molina einmal wissen wollen. „Ich gebe meinen noch nicht mal meiner Frau“.
„Ich will es ja auch nicht, aber ich wage nicht, zu einem Nein zu stehen. Ich fühle mich den Kindern gegenüber immer so schuldig“, war damals ihre Antwort gewesen. Und gedacht hatte sie, ‚Georg verleiht seinen auch nicht, weder den Kindern noch mir, und das mit den firmenrechtlichen Gründen ist sowieso nur vorgeschoben’.
Doch nach dem Unfall war es anders, zum ersten Mal in ihrem Leben wollte sie ein neues, ein für sich und von ihr gewünschtes Auto.
„Es ist doch nur ein Auto…“, sagte sie jetzt leise in Richtung von Molina und konnte es nicht fassen, dass sie in Kauf nahm, dass daran ihre Ehe zerbrechen könnte.
Der Arzt respektierte ihr minutenlanges Schweigen, und sie war dankbar dafür. Das alles kam ihr so lächerlich vor, dass sie sich fast schämte, davon zu sprechen. Anderer-

seits wusste sie, dass es mit Lächerlichkeit überhaupt nichts zu tun hatte, dass der Autokauf nur der endgültige Ausdruck eines jahrelangen Überlebenskampfes war, der Kampf ums Überleben ihrer Ehe. Aber auch der Kampf um ihre eigene Persönlichkeit, um das, nach dem sie sich ihr Leben lang gesehnt hatte. Das, und nur das war der Grund dafür, dass sie unbeirrbar auf ihrem Wunsch nach dem neuen Wagen bestand. Georg hatte bestimmt einleuchtende Gegenargumente, wenn er meinte, dass dieses Auto als Zweitwagen zu groß sei. Und möglicherweise war diese Anschaffung auch tatsächlich zu teuer, aber wurde jemals nach dem Preis gefragt, wenn es um die Verwirklichung anderer Wünsche ging? Blitzartig fiel ihr ‚Hannahseven' ein. Dachte Georg etwa, es sei ihre Rache für seine damalige Überrumpelung beim Kauf des Bootes? Nein, die Zurücksetzung, die sie damals empfunden hatte, war durch die erlebnisreichen und abenteuerlichen Segelsommer längst überwunden.
Es war ein Satz gewesen, den ihr Georg im Zorn in einer dieser erdrückenden Auseinandersetzungen vor ein paar Tagen entgegengeschleudert hatte.
Sie schluckte, als sie sich wieder Dr. Molina zuwandte: „Georg meinte, ‚wann lernst du endlich, dass du nicht das Gleiche haben kannst wie ich'".
Stille. Hatte Molina ihr nicht zugehört? Selbstverständlich hatte er sie gehört, und gerade durch sein Schweigen wurde ihr klar, dass er dazu gar nichts sagen konnte, nichts sagen durfte. Hier ging es nur noch um sie und ihre eigene Kraft, zu sich und ihren Wünschen, nein, zu ihrem Dasein zu stehen ohne seine helfende Unterstützung. Georgs Satz hatte sie noch einmal hineingeworfen in die seit dem Beginn ihres Bewusstseins durchlittene Selbstentwertung, erbarmungslos hatte ihre Vergangenheit noch einmal versucht, sie zu zerbrechen, ihr aufzuzeigen, wie sinnlos ihr Wunsch nach Selbstwert, nach wirklicher Partnerschaft, nach ehrlichem Zusammenleben war.
Als sie sich nach der Stunde bei Molina auf den Heimweg machte, dachte sie, ‚Georgs Satz hat etwas ausgelöst, das schon seit langer Zeit in mir gewartet hat, denn genau

in diesem Augenblick bin ich zu der Frau geworden, die ich sein will'.
Und sie wusste, dass es für sie kein Zurück mehr gab, selbst wenn es das Ende ihrer Ehe bedeutete.
Als sie die Haustür öffnete, schlug ihr wieder diese seltsam lauernde Stille entgegen, die seit Tagen in den Zimmern, zwischen den hellen Wänden, ja sogar im Garten herrschte, wenn sie bei letzterem auch dachte, das kann wohl nur Einbildung sein. Es tat ihr so Leid für die Kinder, die noch zu Hause wohnten, und diese heftigen Streitereien zwischen den Eltern miterleben mussten. Sie waren zwar erwachsen, brauchten aber nach wie vor das Gefühl der Geborgenheit in einer Familie. Und gerade diese Sicherheit schien jetzt in einer nie da gewesenen Gefahr. In allen Beziehungen gab es irgendwann einmal Streit und fielen Worte, die später bereut wurden. Aber diesmal war es anders. Manchmal kam es Hannah so vor, als hätte sich in diesem Autokauf alles, was von ihr und Georg jahrelang unter den Teppich der schon fast zwanghaft gewünschten Harmonie gekehrt worden war, aufgestaut, als stünde dieser unerbittliche Wunsch von ihr für alle Krisen, die sie in den letzten zwanzig Jahren durchlebt hatten. Und die Kinder wussten das. Es war ein Warten, ein Warten voller Bangigkeit, aber auch Spannung. Seltsamerweise bezog keines der Kinder irgendeine Position. Es gab keine Parteinahme, keine Vorwürfe. Aber auch keine begütigenden Vorschläge. Gewiss hatten sie alle ihre eigenen Meinungen, machten sich sicher auch ihre Gedanken zur gegenwärtigen Situation. Aber sie schwiegen. Und Hannah fand das richtig. Jede Einmischung hätte Vertrauen zerstört, hätte die Familie mit quälender Langsamkeit aufgelöst.
Und dann war es Montagmorgen, Hannah und Georg machten sich auf zum Autoverkäufer – allein konnte sie nicht gehen, da sie Georgs Unterschrift unter den Scheck brauchte. Noch einmal versuchte Georg in Anwesenheit des Verkäufers seine Frau vom Unsinn ihres Unterfangens zu überzeugen. Mit einer Ruhe, die sie sich noch vor relativ kurzer Zeit niemals zugetraut hätte, sagte Hannah: „Georg, ich glaube, unsere Meinungsverschiedenheit inte-

ressiert diesen Herrn hier überhaupt nicht“ und zu ihrem großen Erstaunen waren mit diesem Satz alle Auseinandersetzungen über den neuen Wagen, über ihre Entscheidung beendet.
Silbern glänzend stand er Wochen später in der Einfahrt vor dem Haus. Tanja meinte einmal zu ihrer Mutter: „Manchmal steh ich nachts am Fenster und bewundere dein Auto, es leuchtet so geheimnisvoll, vor allem im Mondlicht“, und Hannah hätte am liebsten hinzugefügt: ‚Es leuchtet auch in mir, weil ich mich – ohne dass unsere Ehe daran zerbrochen wäre – durchgesetzt habe, weil ich abermals ein Stückchen Gleichberechtigung erreicht habe und weil mein Mann mich immer wieder - wenn auch erst nach heftigen inneren und äußeren Auseinandersetzungen - auf diesem Weg begleitet’.
Doch sie waren noch immer nicht am Ende dieses Weges angekommen. Als Georg endgültig in Rente ging, zahlte ihm die Firma eine beachtliche Abfindung aus.
„Eigentlich könnten wir unser Haus, in dem wir schon so lange leben, kaufen“. Hannah bereitete gerade das Mittagessen vor, als Georg mit diesem Vorschlag in die Küche kam. „Hm, glaubst du denn, Doña Velasco wäre damit einverstanden?“
„Im Grunde kommt es nur darauf an, wie wir unseren Vorschlag rüberbringen. Du weißt, wie alt sie und ihre Schwester sind. Seit 24 Jahren wohnen wir bei einer relativ geringen Miete in ihrem Haus. Sie können sie nicht erhöhen und kündigen können sie uns auch nicht. Wenn sie uns einen vernünftigen Preis machen, nehmen sie mit dem Kapital bald mehr Zinsen ein, als sie Miete von uns bekommen“.
Tage später sprach Georg mit der Vermieterin, die sofort von seinem Plan begeistert war. Sie verlangte 16 Millionen Peseten, eine stolze Summe. Hannah rechnete wieder einmal in DM um, und meinte nach einer Pause: „Das wären etwa 150 000 DM, eigentlich ein angemessener Preis“.
Aber Georg schien er total überhöht. „Wir müssen mindestens noch einmal so viel reinstecken, das geht nicht, das ist einfach zu teuer“.

Hannah war da anderer Meinung. „Georg, das Haus steht mitten in Madrid, ist unterkellert, zweistöckig und unser Garten hat 300 qm! Für das Geld…“!
Aber Georg ließ sich von seinem Nein nicht abbringen. Also fuhren sie in alle Vororte Madrids, um nach einem günstigeren Objekt zu suchen. Doch nichts, einfach nichts war so günstig wie ihr Haus in der Coronel Blanco, in dieser kleinen Kolonie, wo sich noch immer die Einfamilienhäuser und der wunderschöne Park vor dem Moloch Madrid verstecken konnten, um weiter ihr beschauliches Dasein zu führen.
Jakob, der mittlerweile noch als einziger bei ihnen wohnte, meinte: „Wenn wir außerhalb von Madrid ziehen, wie komme ich zur Uni? Und überhaupt, dann seid ihr von allem so abgeschnitten. Unser Haus liegt doch so zentral. Ich versteh euch einfach nicht“.
Und Dr. Molina meinte: „Hannah, du musst deinen Mann davon überzeugen, dass man euch ein wirkliches Schnäppchen angeboten hat. Ich habe hier für meine Wohnung, und es ist nur eine Wohnung“, betonte er, „45 Millionen bezahlt. Das Haus ist geschenkt“.
Aber Hannah fürchtete eine erneute Auseinandersetzung um Geld, um Ansichten und Entscheidungen. Der Kampf vor zwei Jahren war ihr noch viel zu lebendig in Erinnerung. „Nicht schon wieder“, dachte sie und begleitete Georg weiter auf seiner Suche nach einem billigeren Haus außerhalb Madrids.
Doch nach Monaten des Herumfahrens und Preisvergleichens musste auch Georg einsehen, dass das Angebot von Doña Velasco wohl sehr günstig war. Ziemlich kleinlaut meinte er: „Ich ruf halt noch mal die beiden alten Damen an“.
Nach ein paar Minuten kam er wütend zu Hannah ins Schlafzimmer, die gerade dabei war, die Betten zu überziehen. „Jetzt wollen sie 17 Millionen, die sind doch total übergeschnappt“.
Hannah hörte wieder Molinas Stimme „und wenn eure Vermieterinnen noch zwei oder drei Millionen mehr wollen, es ist und bleibt eine einmalige Gelegenheit, ich versteh nicht, dass Georg das nicht einsieht“.

In dem Augenblick, als sie ziemlich entschieden meinte: „Dann kaufen wir es aber doch“, hörte sie Georg sagen: „Dann kaufen wir es halt nicht“. Nach diesen beiden kurzen Sätzen geschah etwas, das Hannah noch nie erlebt hatte, was sie auch niemals für möglich gehalten hatte, dass es sich ereignen würde. Fassungslos stand sie einem tobenden, wütend schreienden Georg gegenüber. „Was denkst du dir eigentlich? Wie kannst du sagen, wir kaufen es doch, wenn ich sage, wir kaufen es nicht. Das gibt es nicht, das gibt es einfach nicht! Wie kannst du nur“, er hämmerte mit den Fäusten gegen die Wand des Schlafzimmers, als wollte er, dass das Zimmer, dass das ganze Haus über ihnen einstürzen möge.
Hannah blieb reglos stehen. Das war nicht der Mann, mit dem sie seit 30 Jahren verheiratet war, das war nicht ihr Georg, der immer versucht hatte, selbst wenn es ihn noch so viel Überwindung gekostet hatte, sie zu verstehen. Das war nicht ihr Georg, der sie trotz allem, was ihnen in diesen langen Jahren geschehen war, geliebt hatte. Jetzt war er der Mann, der nicht nur die Erfahrungen seiner Kindheit, seiner Jugend, ja auch die in seiner Ehe gemachten Privilegien in Gefahr sah, er kämpfte in diesem Augenblick, ob bewusst oder unbewusst für sein Recht als Patriarch der Familie.
Und je mehr er tobte, desto ruhiger wurde sie. In einem Augenblick seines Schweigens fragte sie völlig gelassen: „Kannst du mir erklären, warum du sagen kannst, ‚wir kaufen es nicht‘, ich aber nicht sagen darf, ‚wir kaufen es doch‘?“
Mit diesen Worten drehte sie sich um, verließ das Zimmer, verließ das Haus, setzte sich in ihr Auto und fuhr los. Wohin? Sie wusste es nicht. Nur weg... ihn und sich zu Atem kommen lassen, das Bild vergessen, das ihr vor Minuten noch ein solches Entsetzen eingeflößt hatte.
Sie entschied, in die Sierra Navacerrada zu fahren, 60 Kilometer von Madrid entfernt. Genoss den weiten Blick bis hinüber nach Segovia auf der einen Seite und wenn sie sich umdrehte, sah sie schemenhaft in der Ferne die Umrisse der Hochhäuser von Madrid. Und irgendwo dazwischen wusste sie ihr kleines, Sicherheit gebendes

Haus in der Coronel Blanco, wo sich ihr Leben in den letzten 24 Jahren abgespielt hatte. Wo die Kinder groß geworden waren, wo sie den Alkohol besiegt hatte, wo Georg und sie sich geliebt, bekämpft, versöhnt, gehasst und wieder geliebt hatten.
Noch einmal erlebte sie die Szene des heutigen Morgens und wusste plötzlich, es war nicht nur der Mann, der gegen den Verlust seiner Vormachtstellung aufbegehrte, es war ihr Georg, ihr geliebter, verständiger, geduldiger, liebevoller Georg, den sie verletzt und betrogen hatte, der sie trotz Tomás und trotz der Alkoholexzesse nie im Stich gelassen und der all das, unter dem er gelitten hatte, heute morgen herausgebrüllt hatte.
Tief atmete sie den würzigen Tannenduft um sie herum ein, wie befreit von einer unsichtbaren, doch deshalb bisher nicht weniger erdrückenden Last. Alles wird gut. Ihre gegenseitige Liebe war stark genug, sie würde auch das aushalten können.
Es wurde schon fast dunkel, als sie nach Hause fuhr. Ob Georg Angst um sie gehabt hatte? Sie würde es nie erfahren. Genauso wenig würde er ihr je sagen, welche Gedanken, welche inneren Zwiegespräche, vor allem aber welche Wandlung in seinem Verständnis ihr gegenüber und in seiner Liebe zu ihr ihn davon überzeugten, dass sie einige Tage später in der Wohnung von Doña Velasco saßen. Düster war das Empfangszimmer, wie die alte Frau den Raum nannte, eingerichtet mit steifen, altmodischen Möbeln, es roch nach Mottenpulver und Alter, auf dem Tisch lagen vergilbte Papiere von Überschreibungen und Erbschaftsverträgen. Georg hatte einen vorläufigen Kaufvertrag mitgebracht, den die beiden Schwestern mit einer gestochen klaren Schrift unterschrieben.

Die Familie zog aus dem Haus aus und die Handwerker ein. Nachdem sie gemeinsam Küche, Bad, Farben, Hölzer, Platten und Fußbodenbeläge ausgesucht hatten, fuhr Georg mit Jakob, der Semesterferien hatte, nach Oliva, wo sie einen langen Monat auf dem Boot verbrachten, und Hannah zog zu Ulrike in deren kleines Appartement. Sie hatte sich gewünscht, bei den Arbeiten im Haus, das völlig entkernt wurde, bei dem Wände ein- und Treppen, Fußböden, Türen, alte Küchenmöbel und sanitäre Einrichtungen herausgerissen wurden, dabei zu sein.
Sie dachte an die Zeit, als Georg den Bau des Hauses in Laredo überwachte, von dem sie wirklich wenig mitbekommen hatte, so sehr hatte sie sich gegen dieses Vorhaben gewehrt. Heute fühlte sie sich verantwortlich für ihr Heim in Madrid, freute sich am neuen satten Glanz des dunklen Marmorbodens im Wohnbereich und an der modernen hellen Küche. Hatte sie tatsächlich 24 Jahre auf diesem Zweiflammenherd für so viele Menschen gekocht, der jetzt sein Dasein auf dem Sperrmüll beendete? Sie bestaunte die neue Teakholztreppe ebenso wie die edlen Platten im vergrößerten Bad und vor allem die überdimensionale Badewanne, für die Georg und sie sich entschieden hatten. Sie wussten, es war Wahnsinn, bei der Wasserknappheit in Madrid würden sie höchstens einmal im Jahr baden, aber es war wie eine Entschädigung für die Enge ihres bisherigen Bades, für die vielen Jahre, in denen Kinderfäuste an die Badezimmertür gehämmert hatten, weil der Bruder, die Schwester zu lange unter der Dusche standen, es war ein Luxus, den sie sich leisten wollten.
Mit leuchtenden Augen beobachtete Hannah, wie aus dem veralteten, fast schon verkommenen ein modernes, helles, gepflegtes Haus wurde, und jeden Abend erstattete sie Ulrike genauestens Bericht über die Fortschritte und freute sich an dem harmonischen Zusammensein mit ihrer Tochter. Es war das erste Mal, dass sie – von kurzen Zwischenstopps bei Sarah in Frankfurt, wo diese mittlerweile mit ihren drei Kindern lebte – längere Zeit bei einem ihrer Kinder wohnte. Es war ein seltsam gemischtes Gefühl von

Stolz auf die Tochter und Sehnsucht nach dem kleinen Mädchen von einst, das mit seinem „I kann leine“ der Familie einen Wahlspruch gegeben hatte, noch bevor es richtig sprechen konnte.
Zum Sommerende war das Haus fertig, Georg und Jakob von ihren Segeltörns zurückgekehrt, das Leben in einer neuen und doch erinnerungsträchtigen Umgebung konnte wieder aufgenommen werden.
Und Hannah trennte sich von Dr. Molina. Schon zu Jahresbeginn hatte sie ihm erklärt, dass sie sich stark genug fühle, die Therapie zu beenden. Er konnte sein Erstaunen über ihre so sicher vorgebrachte Entscheidung kaum verbergen, meinte aber, so abrupt sei das nicht möglich, das würde sie nicht verkraften, und sie wollten den Oktober als Therapieende bedenken.
„Hast du dir deinen Entschluss wirklich gut überlegt?“, Georg sah seine Frau besorgt an. So sehr er am Anfang an der Notwendigkeit dieser Behandlung gezweifelt hatte, so nachdrücklich war er in der Zwischenzeit davon überzeugt, dass Dr. Molina vielleicht sogar Hannahs Leben gerettet hatte.
„Schatz, ich bin seit 14 Jahren bei ihm. Er hat mir sehr geholfen, aber ich spüre, dass ich mein Leben nun allein bewältigen kann. Und außerdem“, sie schmiegte sich an ihren Mann, „außerdem sind wir jetzt beide Rentner, haben Zeit füreinander, die Kinder sind versorgt, wir haben noch so viel gemeinsames Leben vor uns, das wird mir Kraft geben“.
Dennoch war er ein schrecklicher Tag, dieser 28. Oktober. Hannah erinnerte sich an die vielen Monate, in denen sie gefürchtet hatte, Molina würde ihr noch nicht einmal die Tür aufmachen, geschweige denn sich Zeit für sie nehmen. Sie dachte an all ihre Ängste, an die Verzweiflung, an die Kämpfe, die sie hierher in seine Praxis, auf seine Couch gebracht hatten. Wie lange hatte es gedauert, bis sie begann, ihm zu trauen, bis ihre Zuversicht langsam anfing zu wachsen, und sie ihn brauchte wie ihre persönliche Klagemauer. Und wie oft hatte sie sich gegen die Kraft seines Glaubens an sie wehrlos gefühlt. Noch einmal betrat sie das luxuriös gestaltete Vestibül des Hauses, in

dem seine Praxis lag. Noch einmal benutzte sie den Fahrstuhl, sah sich gleichzeitig wieder auf den grauen Steinen der Hintertreppe sitzen. Noch einmal legte sie sich auf die Couch, betrachtete wehmütig das Triptychon des *Garten der Lüste* von *Hyronimus Bosch*, ließ den Blick schweifen über die Bücherwände, streifte Molinas achtlos über den Sessel geworfene Jacke, lauschte auf die Stille zwischen ihr und Molina, möchte sagen, ‚ich nehme meinen Entschluss zurück, ich kann nicht ohne diese Stunden und ihre Sicherheit sein.' Schweigt.
Zum Abschluss seine Worte: „Es ist besser, wenn wir ein Vierteljahr nichts voneinander hören. Das bedeutet für dich die Gewissheit, du brauchst niemanden mehr. Einen Menschen zu brauchen, schafft eine ungeheure Abhängigkeit – die gebe ich dir heute zurück". Er nahm sie in den Arm, mit aller Kraft unterdrückte sie aufsteigende Tränen. Ging. Schloss die Tür.
Wünschte sich noch einmal, der Fahrstuhl möge mit ihr abstürzen und freute sich, als er sicher und schnell unten ankam.
Noch konnte sie sich eine Zeit ohne Molina nicht vorstellen. Doch schon Wochen später spürte sie eine Freiheit, eine innere Unabhängigkeit, die beglückte. Sie brauchte nicht mehr, um existieren zu können, die Luft einzuatmen, die Molina ausatmete. Und doch war diese Trennung wohl auch ein Grund dafür, dass sie eines Abends zu Georg sagte:
„Georg, ich möchte nach Deutschland zurück".
Es war ein milder Spätherbstabend, sie saßen in ihrem Garten, genossen diese letzten Abende, bevor der Winter sie ins Haus verbannte. Am Himmel zog ein Flugzeug seine rotgoldene Spur im Licht der untergehenden Sonne. Eigentlich hatte Hannah erwartet, ihr Mann würde sie jetzt für total verrückt erklären. Doch er schaute sie nur neugierig an und fragte:
„Wann?"
Sie hatte mit jeder Reaktion gerechnet, nicht aber mit diesem „Wann". Spontan antwortete sie: „Gestern!"
Georg lachte sie nicht aus, empörte sich nicht, und das Wundern war ihm wohl auch vergangen. Hannah dachte

erstaunt, ‚ob ich vielleicht nur in Worte gefasst habe, was wir beide uns heimlich wünschten?'
Es war lange still zwischen ihnen, jeder hing seinen eigenen Gedanken nach, bis Hannah diese Nachdenklichkeit unterbrach: „Ich habe Heimweh. Ich wusste nicht, dass ich die ersten Heimwehbriefe schon 1972 nach Deutschland geschrieben habe, es war mir überhaupt nicht bewusst, und wenn es mir damals jemand offen gesagt hätte, abgestritten hätte ich es mit aller Empörung. Madrid war und ist mein Traum, aber Deutschland...?"
„Wonach hast du Heimweh?"
„Nach der Sprache!" Und Hannah wusste, dass es die reine Wahrheit war. Sie liebte beide Länder, ihre Landschaft, ihre Kultur. Sie liebte Madrid, aber sie wusste auch, dass sie sich immer nach Deutschland gesehnt hatte. Erinnerte sich an die vielen Fahrten mit dem Auto zwischen den beiden Ländern und wie sie jedes Mal, wenn sie die deutsche Grenze überquerten, am liebsten Namen wie „Bäckerei", „Metzgerei", „Grenzübergang" oder was auch immer laut gelesen hätte und dass ihr wiederum immer zum Weinen zumute gewesen war, wenn sie auf der Rückfahrt die gleichen Worte wieder las und wusste, es war für lange Zeit das letzte Mal.
Nein, sie hatte keine oder nur wenige Schwierigkeiten mit der spanischen Sprache, aber es fehlte die Spontaneität, es fehlte das Fühlen in der Sprache trotz Analyse, trotz der 26 Jahre Leben in Spanien. Die Kinder waren hier aufgewachsen, sie hatten das Spanische eingeatmet, gelebt, gefühlt. Diese Erfahrung hatte sie nicht.
Hannah und Georg saßen auf ihrer „Hollywoodschaukel", die ihre beste Zeit bereits hinter sich hatte, nachdem sie so manche Kinderparty überstanden hatte, und machten Pläne.
„Wir verkaufen das Haus, suchen uns in Deutschland irgendwo ein Grundstück und bauen uns was Neues auf".
„Und Laredo?"
„Nun, die Sommermonate können wir ja dort verbringen. Vielleicht kommen ab und an auch die Kinder, die noch in Madrid sind, dorthin, und wir genießen die Ferien gemeinsam", und noch während Hannah das sagte, wusste sie,

dass sie das nicht lange durchhalten würden. Die Kinder hätten eh andere Pläne, was sollten sie beide allein in Laredo. Doch darüber brauchten sie jetzt nicht zu diskutieren.

„Und was werden die Kinder dazu sagen?"

„Ich weiß nicht". Hannah schaute nachdenklich in den Garten, der immer mehr im Dämmer dieses Abends versank. Sie sah ihre Kinder, wie sie in diesem Garten gespielt hatten, im Sandkasten und in der kleinen Badewanne, die ersten Kletterversuche auf dem Feigenbaum, bis Jakob sich eines Nachmittags bei einem Sturz von einem der dürren Äste den Arm brach. Damit war auch die Kletterzeit vorbei. Danach begannen die Gartenpartys. Das erste verliebte Geflüster. Die Paellas, die auf offenem Feuer brutzelten, bewacht von Georg. Sie sah sich selbst auf der roten Schaukel...

Nein, es würde nicht leicht sein, aber würden die Kinder nach den Wünschen der Eltern fragen, wenn sie heute irgendwo in einem anderen Land Arbeit bekämen? Hatten sie selbst jemals gefragt?

„Es wird ungewohnt und vielleicht auch schmerzlich für sie sein", unterbrach Hannah die Stille. „Wir brechen mit der Tradition, normalerweise gehen die Kinder und die Eltern bleiben zurück, bei uns ist es eben umgekehrt, obgleich Sarah und Nora ja längst in andere Länder gezogen sind".

Nora lebte in der Schweiz, Sarah in Deutschland. Und Jakob wollte für ein halbes Jahr nach England, um in Brighton zu studieren. Noch konnte sie sich nicht vorstellen, dass auch ihr Jüngster den Weg in seine eigene Welt einschlagen wollte und wusste doch, dass es die Erfahrung der meisten Eltern war, dass sie zurückbleiben müssen, manchmal mit einem Gefühl des Stolzes – wir haben es geschafft und dieses „Wir" betraf die Eltern und Kinder gleichermaßen, aber gleichzeitig auch mit dem Gefühl des Amputiertseins und dem Wissen um Einsamkeit. Und jetzt bewahrheitete sich, was sie schon als sehr junge Frau gefühlt hatte: die Liebe zu ihrem Mann war genauso wichtig wie die Liebe zu den Kindern, Georg und sie, sie würden zurückbleiben, sie würden das letzte Stück Weg gemeinsam gehen, die Kinder wollten ihre Selbständigkeit leben. Und ebenso war sie sich bewusst, dass sie keine Oma war, die Enkelkinder großziehen wollte. Sie freute sich auf das unbekannte, neue, das abenteuervolle Leben, das noch vor ihnen lag.

Sie trafen sich mit den Kindern in dem kleinen chinesischen Restaurant in der Marqués de Zafra, wo sie schon manchen Geburtstag oder sonstige Ereignisse gefeiert hatten. Hannah hatte vor dem Treffen gemahnt „sagen wir es ihnen vorsichtig, es wird ein Schock für sie". Doch kaum hatten alle Platz genommen, Ken neben seiner Frau Ana, Laura bei Pablo, Ulrike neben Raoul, Tanja mit Jorge, Jakob, Georg und Hannah – wobei Georg und sie erleichtert festgestellt hatten, dass ihre Enkel heute alle in der Obhut von Dienstmädchen oder Tanten gelassen worden waren, sprudelten die Worte wie von selbst aus Georg heraus: „Eure Mutter will nach Deutschland zurück!"
Entsetztes Verstummen – so ruhig hatte Hannah ihren Nachwuchs noch nie erlebt. Doch dann brach es wie ein Gewitter über sie herein:
„Seid ihr noch bei Trost!"
„Und das Haus! Jetzt habt ihr es doch gerade umgebaut!"
„Ihr könnt doch nicht einfach weggehen! Und wir?"
„Das könnt ihr nicht! Und die Enkelkinder?"
„Das haben wir ja noch nie gehört, dass Eltern gehen und die Kinder zurücklassen!"
„Und was mache ich mit dem Studium?"
Hannah war auf eine solche Reaktion nicht vorbereitet. Protest hatte sie schon erwartet, aber keiner, keiner dachte auch nur eine Sekunde an die Eltern, sondern nur an sich, an das eigene Alleingelassenwerden. Was hatte sich eigentlich seit der Kindheit ihrer Sieben geändert? Eltern hatten zur Verfügung zu stehen, immer und zu jeder Zeit. Ein eigenes Leben schien von dem Augenblick, da man Eltern geworden war, nicht mehr zu existieren. Sie schaute nachdenklich von ihren Töchtern zu den Söhnen, hätte am liebsten jedes von ihnen in den Arm genommen, hätte so gern gesagt ‚aber ihr seid doch jetzt erwachsen! Wir

brauchen doch nicht mehr auf Abruf zu leben? Das bedeutet ja nicht, dass unsere Familie zerbricht'.
Aber sie kam gar nicht dazu, irgendetwas zu sagen, da der Sturm der Entrüstung nicht einen Augenblick lang verstummte. Ulrike rannte empört auf die Toilette, Ken blieb nur nach den beruhigenden Worten von Ana im Kreis der Familie sitzen, Tanja war vielleicht noch die stillste, und Laura schien die Eltern am besten zu verstehen. Georg ergriff besänftigend das Wort, während Hannah dachte, wie konnte er ihnen nur so unsensibel ihr Vorhaben nahe bringen, doch jetzt fand er die richtigen Sätze: "Mensch, regt euch nicht so auf. Wir gehen ja noch nicht gleich und ich finde, der Wunsch eurer Mutter ist berechtigt. Bisher ist sie immer mit mir gegangen, wortlos hat sie entweder für zwei oder für fünf Kinder alles zusammengepackt, hat ihre eigene Verwandtschaft, die Sprache, die gewohnte Umgebung hinter sich gelassen und ist mir und meinen Wünschen gefolgt. Und nun wollen wir, ich betone, wir nach Deutschland zurück, denn ich habe nicht einen Moment überlegt oder gezögert, ich war sofort mit ihrem Vorschlag einverstanden". Einen Augenblick schien es, als würden sich die Wogen der Erregung ein wenig legen und Hannah war gerührt und erstaunt, wie Georg für sie einstand.
Doch als Georg noch zu Jakob gewandt hinzufügte: „Und du brauchst dir keine Sorgen zu machen, für dich mieten wir selbstverständlich eine eigene Wohnung", machte sich die allgemeine Empörung erst recht wieder Luft: „Soll das heißen, dass Ihr unser Haus verkauft?"
Hannah schaute Georg verdutzt an: „Unser Haus!" Und erkannte, es war ja wirklich auch das Haus der Kinder. Was sie selbst nie gekannt hatte, ein Haus, das sie mit ihrer Kindheit verbinden konnte, das bedeutete ihren Kindern dieses Haus in der Coronel Blanco. Dort lagen all ihre Erinnerungen, dort hatte ihr bewusstes Leben angefangen, bevor sie ihren eigenen Weg gegangen waren. Jedes Zimmer, jede Ecke, jedes Fleckchen Erde im Garten war ihre Kindheit. Plötzlich konnte sie ihr Entsetzen verstehen. Es war der erste wirkliche Verlust, mit dem sie lernen mussten, umzugehen.

Und dann entschied sich alles viel schneller, als Georg oder Hannah gedacht hatten. Sie fuhren nach Deutschland, wohnten bei Sarah und ihrer Familie, sahen sich Fertighäuser an, bekamen eine Liste mit Grundstücken und machten sich auf die Suche. Doch kein einziges gefiel Hannah, während sich Georg aus Ungeduld schneller für eines der Angebote entschieden hätte. Aber Hannah meinte: „Schau mal, bei dem ist direkt der Friedhof gegenüber, da kommen wir noch früh genug hin, das möchte ich nicht jeden Tag sehen"! Eines der Grundstücke lag in einem Talgrund, wo die Sonne nur eine Stunde am Tag die umliegenden Wälder durchdringen konnte. „Bei meinem Lichthunger – Wahnsinn!", und Hannah strich auch dieses Grundstück von der Liste. Ein anderes lag bei einem Silo, es stank schon meilenweit nach Futter und Schweinen. Und eines war so teuer, dass Georg meinte: „Bei dem Preis können wir uns kein Haus mehr darauf bauen, zumindest nicht das, was uns vorschwebt".
Sie fuhren kreuz und quer durch den Taunus und den Odenwald, und waren, als sie in das kleine Dorf N. kamen, schon ziemlich ernüchtert, fast rechneten sie nicht mehr damit, etwas nach ihren Vorstellungen zu finden. Sie bogen in die angegebene Straße, die bei einem Feldweg endete. Ein Eckgrundstück! Eine blühende Wiese, am Wegrain Kamille, Kornblumen und Mohn. Hannah hatte Lust, sich in dieses Blühen zu legen, sich in den Wiesendüften zu verlieren, dem Summen der Bienen zu lauschen und Georg plante im Stillen schon seinen Garten – so schrieb Hannah hinter die Adresse ‚das ist unser Grundstück', und war froh, dass auch Georg wie verzaubert von diesem Stückchen Land schien
Als sie zu Sarah davon sprachen, war diese entsetzt: „Mama, das ist doch mitten in der Pampa".
Nur vier Wochen später fanden sie und ihre Familie ein Haus in einem noch kleineren Dorf, nur 18 Kilometer vom Grundstück der Eltern entfernt.

Hatten sie wirklich gedacht, es würde vielleicht noch Jahre dauern, bis sie nach Deutschland zurückgehen würden? Nach ihrer Rückkehr nach Madrid überrollten die Ereignisse Hannah und Georg geradezu, denn plötzlich entschied sich alles mit rasender Geschwindigkeit. Sie konnten das Haus in Madrid für das Vierfache seines Kaufwertes verkaufen und wenn sie die Umbaukosten abzogen, hatte Hannah mit ihrem Wunsch, dieses Haus zu kaufen, ein hundertprozentiges Geschäft gemacht. Im Geheimen amüsierte sie der Gedanke, dass sie, die zuvor zu Geldangelegenheiten nicht viel sagen konnte, mit dem Kauf des Hauses das Kapital offensichtlich am besten angelegt hatte.
Aber auch wenn sie nicht darüber sprachen, änderte sich danach doch etwas sehr Grundlegendes in ihrer Ehe. Es gab kein „Haushaltsgeld“ mehr, Hannah hatte jetzt eine Kreditkarte und nun war sie es, die verantwortlich war für die Ausgaben des Haushaltes. Große Anschaffungen besprachen sie gemeinsam, ansonsten gab es ein stillschweigendes gegenseitiges Vertrauen. Georg hatte ihr offensichtlich ihre Geschäftstüchtigkeit nicht zugetraut und revidierte nun wortlos seine Einstellung.
Allerdings wurde die materielle Seite des Hausverkaufs in dem Augenblick unwichtig, als Hannah bewusst wurde, dass ihre Worte „ich möchte zurück nach Deutschland“ so unverhofft und schnell Wirklichkeit würden. Bisher hatte sie nur versucht, den Schmerz der Kinder zu verstehen. Wo war sie selbst bei all dem? War es nicht auch für sie das erste Heim, in dem sie 28 Jahre ihres Lebens verbracht hatte? Was hatte sich in diesen Mauern nicht alles abgespielt. Zuhause hatte sie sich hier gefühlt! Die äußere Sicherheit hatte sie spüren lassen, wohin sie gehörte. Hatte ihr oft genug Halt gegeben. Blind hätte sie von jedem Ort in Madrid den Weg in ihre Straße, in ihr Haus gefunden.
Doch dieser Abschiedsschmerz vom Haus wurde verdrängt, als Jakob aus England den Bescheid bekam, dass er tatsächlich an der Universität von Brighton angenommen war.

Trennung von ihrem Jüngsten!
Sie war sich der Absurdität ihrer Reaktion bewusst, sie, die Eltern hatten ja beschlossen, wegzugehen, aber bis dahin... Jakob wohnte noch als Einziger bei ihnen. Gedanklich zu akzeptieren, dass ihre Kinder ihr eigenes Leben leben wollten, war eine Sache, aber diese Trennung – vor allem von ihrem Jüngsten – auch gefühlsmäßig zu vollziehen, das konnte sie einfach nicht. Selbstverständlich hatte er von seinem Plan, nach England zu gehen, gesprochen, selbstverständlich konnte sie verstehen, dass er sich dort auf seine Doktorarbeit vorbereiten wollte, aber bisher waren das Pläne und Wünsche. Als er zum ersten Mal davon sprach, hatte sie sehr bewusst das Wissen um diesen Abschied vor sich herschieben können, ‚wer weiß ob...' und ‚bis dahin vergeht gewiss noch viel Zeit'.
Erst als das Schreiben aus Brighton kam, als er seine Koffer packte, als sie ins Auto stiegen, Georg, Jakob und sie, um an den Flughafen zu fahren, überfiel sie die Gewissheit – auch Jakob geht – wie ein Schock, so schmerzhaft, so brennend, dass sie bis ins Innerste erschrak. Erst in diesem Augenblick wurde ihr wirklich bewusst, dass es nicht allein die Trennung von Jakob war, in diesem Schmerz vereinigte sich alles, was ihr Wunsch, nach Deutschland zurückzukehren, für sie auch bedeutete: Die Trennung von den Kindern. Die Unmöglichkeit, das Aufwachsen ihrer Enkel mitzuerleben, ohne Verantwortung, mit der Leichtigkeit des Großelternseins. Den Verkauf des Hauses, ihres Hauses und das Ende ihres Lebens in diesem Haus. Das Weggehen aus Madrid – aus der Stadt, die ihr 28 Jahre lang Heimat gewesen war.
Es gelang ihr, die Tränen zu unterdrücken, bis Jakob durch die Sperre des Flughafens ging, die Reisende von Besuchern trennte, danach brach all das, was ihr in diesen letzten Tagen bewusst geworden war, aus ihr heraus. Sie weinte und weinte, es gab keine tröstenden Worte, die sie beruhigt hätten, es gab keine Überlegungen von: ‚du hast es so gewollt! Denk daran, was dich in Deutschland erwartet! Die Kinder kannst du doch jederzeit sehen! Was sind heutzutage schon Entfernungen!'

Tagelang lebte sie in diesem Schmerz, sie „erlaubte" ihn sich, wollte nicht stark sein, wollte sich nicht beherrschen, und Georg verstand sie, versuchte nicht, zu trösten, wo Trost nur Ablenkung bedeutet hätte.

Es war diese so brennend erlebte Trennung, der es Hannah Monate später, als sie zum letzten Mal durch die Räume ging, als sie sich zum letzten Mal mit der Schaukel hoch zu den Baumwipfeln schwang und als sie endgültig das große Gartentor hinter sich schloss, das Verlassen des Hauses, der Straße, das Weggehen von Madrid leicht werden ließ.

Für Jakob hatten sie eine Wohnung gefunden und eingerichtet und sich ein Zimmer darin für ihre zukünftigen Besuche in Madrid erbeten.

Ihre eigenen Möbel waren von einer deutschen Spedition untergestellt worden, während Georg und Hannah versuchten, ein Haus zu kaufen. Sie fuhren in die Fertighausausstellung im Taunus, dachten, ‚so schwer kann es ja nicht sein, in dieser Vielzahl des Angebots etwas Passendes zu finden'. Merkten jedoch bald, Häuser zu besichtigen, konnte auf sehr unterschiedliche Weise geschehen. Hannah war vom allerersten, das sie sahen, hell begeistert, während Georg meinte, „es muss wirklich nicht gleich das erste sein. Hier sind noch fast 500 Häuser, lass uns schauen. Wir müssen uns doch nicht gleich entscheiden".

Das brauchten sie nicht, aber Hannah spürte mit allen Fasern ihres Wünschens, dass es dieses Haus sein musste. Sie wanderte langsam durch die Zimmer, begeisterte sich für die Helligkeit der Räume, stand staunend in den großen Bädern, Marmor aus Carrara! ‚Damit hat Michelangelo seine Kunstwerke geschaffen', dachte sie fast beschämt – und war dennoch begeistert. Sie stieg in den ersten Stock, wieder ein Bad, noch ein Wohnzimmer und zwei Zimmer mit schrägen Wänden – sie sah sich in Gedanken oben am Schreibtisch sitzen, betrat den Balkon, hier in der Ausstellung der Blick über ein Häusermeer und künstlich angelegte Gärten, aber bei ihr in N. würde sie über den Wald schauen, über die Dächer der umliegenden kleinen Dörfer, in gelb blühende Rapsfelder...

Um guten Willen zu zeigen, streifte sie mit Georg Hand in Hand durch die Ausstellung, ging in unzählige Häuser, nirgends war ihr Herz so beteiligt wie bei dem ersten, das sie besichtigt hatten. Immer wieder zog es sie zu diesem rot-weißen Klinkerbau, Georg meinte ein wenig murrend: „Warum muss eigentlich immer alles so groß sein? Wir sind doch nur noch zu Zweit“. Als sie sich endgültig für dieses Haus entschieden, fragte Georg zaghaft: „Glaubst du, das ist groß genug für uns?“ Lachend unterzeichneten sie den Kaufvertrag.

Und wieder zurück nach Spanien. ‘Hannahseven’ musste verkauft werden. Hannah möchte Georg trösten. Sie nahm ihn in den Arm, sagte: „Wir hatten wunderbare Segelsommer, aber ohne Jakob, das geht einfach nicht, wir können nicht allein segeln, das schaffen wir nicht mehr“. Sie spürte, dass weder der Verkauf des Hauses, noch der Abschied von Madrid Georg wirklich berührt hatten - die Trennung von seinem Boot war sein eigener kleiner Weltuntergang, auch wenn er wusste, dass es keinen anderen Weg gab.
Von all den interessierten Käufern entschied sich Georg für einen jungen Deutschen, für Sebastian, der ‚Hannahseven’ nach Gran Canaria segeln wollte, wo er sein Domizil hatte. Immer wieder fuhren sie zum Hafen, beobachteten Sebastian, wie er ‚Hannahseven’ für seine Bedürfnisse umbaute, wie er mit seiner Frau die Route für die Überführung auf der Seekarte studierte, wie sie voller Begeisterung Verpflegung einkauften und endlich den Abreisetermin festlegten.
„Ich komme an den Hafen runter, wenn Sie lossegeln“, versprach Georg dem jungen Paar. Hannah stellte sich vor, was Georg empfinden musste, wenn er zuschauen sollte, wie Sebastian das Boot, das er in ‚Pumuckel’ umgetauft hatte, aus dem Hafen manövrierte. Wie er die Segel setzte und um den Berg bei Santonia steuerte und langsam aus dem Blick entschwinden würde – nein, das konnte Georg sich doch nicht zumuten. Sie bat: „Schatz, tu dir das nicht an, bitte. Lass uns oben im Haus bleiben“.

Was er auch tat. Früh am nächsten Morgen stand er allerdings schon auf der Terrasse und spähte angestrengt zum Hafen hinunter, und Hannah war zum ersten Mal dankbar, dass vor einem Jahr zwei Villen, die ihrem Haus vorgebaut worden waren, den Blick versperrten. Sie stellte sich neben Georg. Suchte wie er den Horizont ab. Erinnerte sich nur noch an die schönen Zeiten, die sie mit ‚Hannahseven' erlebt hatten. Und war dankbar dafür, dass Georg nie einem nicht gelebten Segeltraum nachtrauern musste. Sie wusste aber auch gleichzeitig, es war nicht nur der Abschied von seinem Boot, es war etwas Endgültigeres, das sie nicht richtig benennen konnte, das wohl mit Alter und einem Zukunftsgefühl des „Nie mehr" zu tun hatte. Wie gut, dass sie gleich nach dem Verkauf von „Hannahseven" nach Deutschland zurückfuhren.

Es war ein normaler Sommertag und es sollte eine ganz normale Untersuchung von Georgs Herzen beim Kardiologen im Krankenhaus von Bad Nauheim sein. Aber es kam anders, es kam so völlig anders. „Sie haben nur noch 10 % Herzfunktion, Herr Jantzen, wenn wir nicht sofort operieren, haben sie vielleicht noch ein halbes Jahr zu leben“.

Sie waren so brutal, diese Worte.

Und jetzt lag Georg im Krankenhaus. Sie hatten ihn doch nur für ein einfaches Elektrokardiogramm einbestellt, und nun ließen sie ihn nicht mehr nach Hause.

Nach Hause? – Sie hatten ja noch gar kein Zuhause!

Als der Arzt zur Besprechung ins Krankenzimmer kam, dachten Hannah und Georg, vielleicht spricht er nur von einer Erweiterung der Herzkranzgefäße durch einen Ballon. Kein so großer Eingriff, überlegten sie hoffnungsvoll. Hatte nicht sein Kardiologe in Madrid noch vor Monaten gemeint: „Sie sind ein Fall von gut verheiltem Herzinfarkt, den man auf Ärztekongressen vorstellen könnte.“ Konnte er sich wirklich so irren? Und nun fühlten sie sich einfach nur hilflos.

Dr. E. setzte sich umständlich auf Georgs Bett, Hannah stand am Fenster. Zuerst begriff sie die Worte des Arztes überhaupt nicht. Ein seltsames Gefühl, sie hörte ihn, sie sah die Bewegungen seiner Lippen, aber irgendetwas in ihr weigerte sich, zu verstehen. Bis er sagte, in einer Woche ist die Operation. Und er sagte, Georg darf keinen Besuch mehr empfangen, außer die engste Familie. Und er sagte, er darf sich auf keinen Fall anstrengen, und er wird sofort auf eine Bypassoperation vorbereitet.

Wie ruhig Georg blieb. Aber Hannah nicht – es war ihr, als griffe plötzlich eine eiskalte Hand nach ihr, als spürte sie den Tod – nah und unausweichlich. War sie früher vor dem Gedanken an den Tod geflohen, wusste sie in diesem Augenblick, dass sie nicht mehr fliehen konnte, dass es kein Versteck gab, denn hier lag Georg und er sollte am Herzen operiert werden! Es half auch nicht, dass sie sich sagte, auch seine Gallenoperation war nicht ungefährlich. Nur beim Herzen war es eine mythische Angst,

man dachte nicht daran, dass der Mensch auch ohne Leber, ohne Pankreas nicht leben kann, dem Herzen gab man eben eine besondere Wichtigkeit.
Der Tod – das war immer etwas für andere – für sie galt das nicht, auch wenn sie wusste, wie einfältig diese Einstellung war. Doch dann begehrte sie auf: ‚Was heißt hier eigentlich Tod? Georg wird nicht sterben, deshalb operieren sie ihn ja'. Wenn sie sich nur an diesem Gedanken festhalten könnte. Noch am gleichen Nachmittag suchte sie sich in Bad Nauheim in der Nähe der Klinik eine Unterkunft. Ein winziges Zimmer: Bett, Stuhl, Tisch, ein einfacher Schrank und an der Wand ein Waschbecken. Einmal in der Woche konnte sie unten im Keller duschen. Wie unwichtig!
Sie rief die Kinder an. Alle versprachen zu kommen: „Mama, das braucht ihr nicht allein durchzustehen".
Und sie glaubte nicht an Georgs Ruhe. Auch er musste sich doch Gedanken über die Schwere der Operation machen. War er nicht besorgt? Fürchtete er sich gar nicht? Fiel es ihm so leicht, einfach mit allem abzuschließen? Hatten sie nicht gerade eben einen neuen Lebensabschnitt begonnen? Der Umzug nach Deutschland! Der Hausbau. Noch einmal ein völlig neues Leben – nur sie beide.
Es war ihr unbegreiflich, wie er mit solcher Ruhe sein Schicksal annehmen konnte, wenn er doch so viel anderes noch vorhatte. Das war übermenschlich! Oder war er wirklich dazu fähig, den Gedanken "mitten im Leben im Tod stehen" für sich anzunehmen? Sie möchte neben seinem Bett niederknien, den Kopf in seine Hand legen, ihm versprechen, ‚ich bin bei dir, hab keine Angst'. Aber es war ja sie, die Angst hatte! Sie konnte die Schreckensbilder, die ihr durch den Kopf schossen, nicht verscheuchen. Sie verlor die Fassung, weinte sogar vor Georg. Fühlte sich entsetzlich hilflos und verlassen.
Am Abend lief sie durch den Kurpark, sah nicht den Frühsommer, konnte nur schwer die laue Luft ertragen. Sie hatte nur einen Wunsch, im Arm ihres Mannes zu liegen. Immer war er der Starke, hatte versucht, sie zu beschützen, wenn das auch selten genug gelang. Aber sie hatte

gefühlt, dass sie niemals wirklich allein war. Und jetzt konnte sie mit ihrer Panik nicht zu ihm kommen. Hatte er nicht gerade vorhin gesagt: „Ich habe keine Angst um mich, ich habe sie nur um dich“. Um sie, nicht vor der Operation, nicht vor dem Risiko, nicht vor dem Nachher, um sie machte er sich Sorgen.
Am nächsten Tag kamen die Kinder – Nora aus der Schweiz, Jakob aus England, Ken, Laura, Ulrike und Tanja aus Spanien und Sarah, die schon zuvor jeden Tag bei ihnen gewesen war. Sie durften nicht alle auf einmal zu ihrem Vater, aber sie saßen gemeinsam im Krankenhaus. An einem der Tage gab es sogar etwas zu lächeln. Als Hannah mit allen in die Cafeteria des Krankenhauses ging, kam die Kellnerin aufgeregt angelaufen und meinte, für eine Studentengruppe sei kein Platz, wohin sie denn wollten. Und Hannah erklärte ihr, ‚das ist keine Studentengruppe, das sind meine Kinder!'
Stolze Muttergefühle? Nein, nur Dankbarkeit. Wie oft hatte sie gedacht, so viel bei ihren Kindern falsch gemacht zu haben, und nun geschah etwas so Unvorhergesehenes, wo sie ihre Liebe und Anhänglichkeit brauchte, und sie kamen. Nur zu gern ließ sie es zu, dass Ken sie in den Arm nahm, dass Nora mit ihr spazieren ging, dass Ulrike oder Tanja in ihr kahles Zimmer kamen und es mit ihrer Gegenwart erwärmten. Dass Sarah und Jakob versuchten, sie in ihrer Not zu trösten.
Und Georg? Wie würde er es auffassen, dass die Kinder kamen? Dachte er vielleicht: ‚So schlecht steht es also um mich?' Doch solche Gedanken schienen ihm fremd zu sein. Er freute sich über ihren Besuch, genoss stille Gespräche mit seinen Töchtern und Söhnen, machte Mut, sprach mit ihnen von seinem Glauben. Meinte: „Ich halte es mit Sokrates, entweder gibt es nach dem Tod nur den ewigen Schlaf, dann habe ich nie so gut geschlafen! Oder es gibt ein Nachher, dann bin ich neugierig darauf!“ Wie beneidete sie ihn um seinen Glauben, denn sie wusste, dass er im tiefsten Innern ein sehr gläubiger Mensch war, wenn er es auch nie zur Schau gestellt hatte. Und nun half ihm dieser Glaube, gab ihm Vertrauen in das Unabdingbare, in das Nicht-zu-Ändernde.

Draußen herrschte eine fast schon brutale Hitze. Selbst ihre "spanischen" Kinder stöhnten und trugen ständig eine Wasserflasche mit sich herum gegen den Durst. Sie selbst merkte nichts. Eine beklemmende Traurigkeit hielt sie gefangen, ein Warten und der verzweifelte Wunsch, Georg zu zeigen, was er ihr bedeutete. So viele Gedanken von Schuld und Versäumnissen begleiteten sie auf jedem Schritt. So viel ‚hätte ich doch nur...!'
Da half auch nicht die nüchterne Überlegung, dass Krisen in jeder Ehe vorkamen, dass es niemals nur einen Schuldigen gab, wenn überhaupt von Schuld gesprochen werden konnte. Und dass sie mit all ihrer Reue die Vergangenheit nicht ungeschehen machen konnte. WAS sollte sie auch ungeschehen machen? All die versäumte Zeit? All das, was hätte sein können und nicht gewesen war?
Früh am Mittwochmorgen, dem Operationstag, nach einer schlaflosen Nacht, war Hannah bei Georg im Zimmer. Er bemerkte ihre Anwesenheit nicht, die Beruhigungsspritze hatte gewirkt. Sie durfte neben seinem Bett gehen, als die Krankenschwester es in die chirurgische Abteilung rollte. Hielt seine Hand, möchte ihm Kraft geben, flüsterte: „Lieber Gott, hilf ihm, nimm ihn mir nicht weg'. Wie armselig Worte sind..."
Vor der Chirurgie war für Familienangehörige ein kleines Zimmer eingerichtet. Nach und nach trafen auch die Kinder ein, die bei Sarah übernachtet hatten. Jede halbe Stunde kam Dr. E., der eine besondere Sympathie für Georg gefasst hatte und berichtete vom Fortgang der Operation.
Hannah dachte: ‚Wie seltsam, ich bin jetzt völlig ruhig'. Ihre Konzentration richtete sie auf den Raum mit dem Operationstisch, der nur ein paar Schritte von ihr entfernt war. Es erfüllte sie eher so etwas wie Trotz, sie wollte, wen und was auch immer, zwingen, die Hand über Georg zu halten.
Hochmütig? Vielleicht. In ihr die bange Frage: ‚Warum kann ich nicht demütig sein und einfach annehmen, was das Schicksal für mich bereithält?' Aber welches Schicksal denn? Und wer bestimmte es?

Um 15 Uhr kam Dr. E. und teilte freudestrahlend mit, dass die Operation besser, schneller und komplikationsloser verlaufen sei, als sie es sich vorgestellt hatten. Sie freuten sich nicht laut, hielten sich nur an den Händen, waren dankbar. Und wussten, dass noch lange Wochen der Behandlung vor Georg lagen, der Vorsicht, des langsamen Zurückfindens ins tägliche Leben. Aber der erste Schritt war gelungen.

Georg kam auf die Intensivstation, kurz durften sie zu ihm. Er lag so hilflos in dem großen Bett, überall Schläuche, sein Atem rasselte, aber er war wach, lächelte ihnen zaghaft zu. In diesem Augenblick war Hannah fähig zur Demut und empfand nichts anderes mehr als tiefe Zärtlichkeit und Hoffnung.

Danach machte sie mit den Kindern einen langen Spaziergang durch den Kurpark. Jetzt konnte sie die farbenfrohen Blumenbeete in ihrer prachtvollen Vielfalt wahrnehmen, die Rosen riechen, atmete tief den sommerlichen Geruch nach Gras und Blühen und Erde ein, umarmte einen der uralten Bäume, sagte leise: „Danke!“

Es war ein kleines Jagdschloss im Odenwald, in dem sich Georg und Hannah für die nächsten Wochen einmieteten. Mitten im Wald gelegen, abseits vom Verkehr, und doch war das nächste Städtchen leicht zu erreichen. Der erste Weg führte sie zum dort ansässigen Arzt, damit er sich ein Bild von Georgs Zustand machen konnte. Nach diesem Besuch meinte Hannah: „Und jetzt vergessen wir Krankheiten, Ärzte und Krankenhaus, einverstanden?“ und war froh, dass auch für Georg Krankheit kein notwendiges Thema war.

Sie gingen viel spazieren, auch wenn es in der ersten Zeit höchstens 200 Meter waren, die Georg schaffte, bevor er schon sehnsüchtig nach einer Bank Ausschau hielt. Nach und nach wurden aus 200 Metern größere Entfernungen und als sie sechs Wochen später einen Spaziergang von 12 km machten und zum Abschluss ihres Aufenthaltes zum Arzt gingen, konnte der sein Erstaunen nicht verbergen. „Eine solche Rehabilitation habe ich in all den Jahren meiner Praxis nicht erlebt“.

Draußen auf der Straße umarmte Georg Hannah: „Wir haben es überstanden, Schatz“. Und nachdenklich fügte er hinzu: „Wie es wohl gekommen wäre, wenn wir in Spanien geblieben wären, nachdem die Ärzte dort nicht erkannt hatten, in welch erbärmlichem Zustand mein Herz war“. Er hängte sich bei ihr ein, schweigend gingen sie zu ihrem Wagen. Bevor er sich neben seine Frau setzte – er selbst durfte noch nicht Autofahren – meinte er: „Solche Überlegungen sind eigentlich müßig, jetzt können wir jedenfalls wieder mit unserem normalen Leben anfangen“.

Doch dieses normale Leben musste noch ein wenig warten. Sie zogen in ein Hotel in der Nähe ihres Hausbaus und fuhren jeden Tag zu ihrem Grundstück, bis sie im Dezember ins fertige Haus zogen. An diesem Tag lernten sie etwas völlig Neues kennen, das ihnen bisher so noch nicht begegnet war. Alle Nachbarn aus ihrer Straße und von gegenüber aus dem Försterhaus brachten kleine Willkommensgeschenke, boten ihre Hilfe an, nahmen Hannah und Georg liebevoll in ihre Nachbarschaft auf. Hannah hatte ein Gefühl des „Heimkommens“, wie sie es nie zuvor empfunden hatte.

Es war an einem Wochenende, dass Georg mit der Zeitung in den Händen zu Hannah in die Küche kam. „Schatz, hör mal zu. Da gibt es in T. einen Reisekreis, der schreibt hier eine Vierländerreise aus“.
„Und wohin soll die gehen?“
„Nach Passau, Wien, Budapest und Prag“.
„Glaubst du denn, dass du das schon machen kannst?“
„Es ist doch ein Seniorenkulturkreis, da müssen sie sich auch nach den älteren Leuten richten. Ich ruf einfach einmal an“.
Das war der Augenblick, der den Auftakt zu einem neuen, einem völlig anderen Leben bildete, der Augenblick, in dem ihr kulturelles, ihr geistiges Dasein in Deutschland begann. Sie nahmen an dieser Reise teil, und entdeckten, wie viel mehr und intensiver sie auf geführten Reisen erleben konnten. Außerdem fanden sie in diesem Kreis Menschen mit ähnlichen Interessen, im mehr oder weniger gleichen Alter, mit denselben Ansprüchen an ein Leben im Alter, wie sie es sich für sich gewünscht hatten. Nach dieser ersten Fahrt folgten andere, manchmal zwei-, dreimal im Jahr. Sie lernten Länder kennen, von denen sie bisher höchstens geträumt hatten. Reisten nach Süditalien und spazierten durch die engen Gassen von Capri. Besuchten Sizilien, und im nächsten Jahr war es Polen mit Litauen und Russland, danach ging es in den Norden Europas, zu den Gletschern Norwegens, in den Frühling von Irland. Immer wieder Tempelanlagen, Kirchen, Städte, Landschaften – intensives Eindringen in Fremdes.
Gedanken an Krankheiten oder Tod waren in den hintersten Winkel ihrer Erfahrungen verbannt worden – im Augenblick waren sie so vollkommen im Hier, nichts konnte diese Vollkommenheit stören.
Nachdem sie im Reisekreis aufgenommen waren, lernten sie noch andere Aktivitäten dieses Kulturkreises kennen. Sie schrieben sich im Musikkreis ein und als drei Jahre später der Leiter dieses Kreises zurücktrat, wurde Georg gefragt, ob er die Stunden übernehmen wollte. „Stell dir

vor, Hannah, ich und Musik! Erinnerst du dich noch daran, wie ich dir damals, während meines Studiums, manchmal erzählte, dass ich an der Tür der Musikaula gestanden hätte, und so viel lieber in diese Vorlesungen gegangen wäre? Dass ich mich immer überwinden musste, weiterzugehen zu den trockenen Stunden der Betriebswirtschaft."
Hannah nickte, natürlich hatte sie von seinem Wunsch gewusst. Doch welche Wahl hatten sie denn gehabt?
Georg schien völlig in seine Freude über diese neue Aufgabe vertieft, überlegte sich, wie er die Gestaltung dieses Musiknachmittags ändern könnte: „Was meinst du, wäre es nicht spannend, einmal dem Thema nachzuforschen ‚woher kommt eigentlich die Musik', ‚was sind Musikepochen?' Als Hannah ihm begeistert zustimmte, meinte er nach einer Weile: „Ich fange mit dem Mittelalter an, gehe über zur Renaissance und zur Musikepoche des Barock und dann..." er sah sie aufmerksam an. Hannah wartete gespannt, was für Pläne Georg noch hatte, als er auch schon fortfuhr: „Und ab dem Barock hältst du Vorträge über die entsprechenden Komponisten".
Sie starrte ihren Mann entgeistert an. „Ich!"
„Ja, du, warum denn nicht, auch ich muss mir alles erst anlesen, das können wir doch gemeinsam machen. Dir macht Schreiben Spaß, an Musik warst du genau wie ich immer interessiert, wir wären doch ein tolles Team!"
Hannah war es, als läge plötzlich ihre Zukunft, all die kommenden Jahre in einem völlig neuen Glanz vor ihr, und gleichzeitig hatte sie das Gefühl, als würde etwas in ihr weit und licht: Das war es, was sie sich ihr langes verheiratetes Leben über gewünscht hatte. Gleichberechtigung, Partnerschaft, ein WIR, eine gegenseitige Ergänzung. Sie hatte das Empfinden, überzufließen von Glück und Liebe, und voller Zärtlichkeit umarmte sie ihren Mann, spürte seine Nähe, seine Gegenwart, und wusste, sie war an einem inneren Ziel angekommen.

Schon lange bin ich aus Manila zurück – auf deinem Grab liegen noch immer klumpige Schneereste, dürr ragen die kahlen Ästchen der Sträucher und Bodendecker aus der nassen Erde, wo der Schnee weggetaut ist. Ich lege frische rote Rosen auf dein Grab und möchte dir von den letzten Wochen erzählen. Von meinen Musikvorträgen oder davon, dass ich im Mai in Darmstadt mein zweites Buch vorstellen werde. Es ist mir undenkbar, dass du nicht dabei sein wirst, dass ich allein einem fremden Publikum gegenüberstehe, dass du nicht mehr die CD einer Begleitmusik auflegen wirst wie beim ersten Buch. Bei jeder Lesung warst du dabei. Ich dachte manchmal, der Text müsste dich doch irgendwann langweilen. Dabei hast du mir einmal gestanden, dass du bei einigen Kapiteln immer wieder einen Kloß im Hals hättest. Und kanntest doch jedes Wort.

Jetzt habe ich eine Pianistin, die mich musikalisch begleitet. Findest du es nicht auch seltsam, dass sie Israelin ist? Sie wird zu meinem zweiten Buch israelische Lieder singen und Akkordeon und Klavier spielen. Es kommt mir vor wie ein Kreis, der sich schließt…

Ich bin überhaupt nicht mehr aufgeregt – was kann mir Schlimmeres geschehen, als dass du nicht mehr da bist.

Es gibt schon so viele besondere Tage, die ich ohne dich erleben musste – erst deinen Geburtstag. Wie viele Erinnerungen an den letzten, den strahlenden, den einmaligen Geburtstag kurz vor der Jahrtausendwende.

Und erst Weihnachten, Silvester. Einer der Gäste unseres letzten gemeinsamen Silvesters hat mir eine Videoaufnahme von dieser Feier geschenkt. Du liest eine lustige Geschichte, lachst über das, was du vorliest. Du bist so nah und doch – alles aus, vorbei, nie mehr.

Wenn ich deinen Grabstein berühre, denke ich, dass Leid eigentlich ein Ort ist, den niemand kennt, bis er nicht selbst dort ist.

Bald ist mein Geburtstag – wie soll ich ihn denn feiern? Warum soll ich überhaupt noch einmal irgendetwas feiern, wenn mir nicht danach zumute ist? Eine Freundin meinte vor ein paar Tagen, „willst du nicht endlich das Schwarz ablegen?" Und unsere Enkelin Lara stand vor meinem Kleiderschrank und sagte: „Aber Omi, alles in Schwarz?" Sie ist erschrocken, die Kleine, aber mir ist nicht nach Farben. Vielleicht wenn es draußen heller wird, wenn die Sonne wärmt. Ich weiß, es kommt nicht auf die Kleidung an, aber irgendwie ist sie ein Spiegel meiner inneren Verfassung.

Ich vermisse dich so sehr...

Als ich heute die Rosen auf dein Grab legte, fiel mir ein Gedicht von Gabriela Mistral ein. Ich wünschte mir so sehr, das, was sie beschreibt, noch einmal, nur noch einmal mit dir leben zu können:

„Reich mir die Hand! Wir wollen tanzen.
Reich mir die Hand! Du wirst mich lieben.
Wie eine einzige Blüte werden wir sein.
Eine Blüte, und sonst nichts...
Wir singen die gleiche Weise.
Im gleichen Takte tanzest du.
Wie eine Ähre werden wir uns wiegen.
Wie eine Ähre, und sonst nichts.
Du nennst mich Rose, ich nenne dich Hoffnung.
Du wirst deinen Namen vergessen.
Wir sind nur ein Tanz
auf dem Hügel, und sonst
nichts..."

Wir haben so gern zusammen getanzt. Es ist schon so lange her...

59 1997/1999

Frühling im Dorf. Nicht in irgendeinem Dorf, in ihrem Dorf. Sie liebten diesen sauberen kleinen Ort, wo samstags noch die Straßen gefegt wurden, lauschten dem Gebetsläuten wie in alten Zeiten, als die Menschen noch keine Uhren mit sich trugen, um elf Uhr morgens zur Vesperzeit und nachmittags um 17 Uhr, damit die Bauern wussten, es war Zeit nach Hause zu gehen. Georg und Hannah erwanderten sich vorbei an duftenden Rapsfeldern, durch die schattigen Schluchten des nahen Waldes, entlang des plätschernden Baches die Landschaft rund um N. Sie genossen ihr helles Haus und den vielen Raum, der ihnen allein gehörte. Sie fühlten sich frei wie nie zuvor.
Einmal im Jahr fuhren sie nach Spanien, nach Laredo. Jedes Mal wenn das Haus vor ihnen lag, wenn sie den verwahrlosten Garten sahen, das schmiedeeiserne Tor aufschlossen, mit dem Wagen hoch in die Garage fuhren, fragten sie sich bang, ‚was müssen wir dieses Mal wieder reparieren'.
„Das Haus verfällt", sagte Georg verzweifelt. „Wir müssten Monate hier verbringen, in einem leeren Haus geht mehr kaputt, als wenn da eine Familie mit sieben Kindern wohnt".
„Meinst du damit uns", lachte Hannah. Aber als sie durch die Räume gingen, als sie zerborstene Rohre, Flecken von Wassereinbrüchen, heruntergeflogene Ziegel entdeckten, verging ihnen das Lachen.
„Wir werden wieder die meiste Zeit damit verbringen, Handwerker zu finden, Materialien zu kaufen, die Arbeiten zu beaufsichtigen und wenn alles in Ordnung ist, fahren wir zurück nach Deutschland", meinte Georg resignierend.
„Lass es uns doch verkaufen!"
„Fällt es dir denn gar nicht schwer, dich von Laredo zu trennen?"
Hannah sah ihren Mann nachdenklich an. ‚Ich glaube, er hat wirklich nie verstanden, was Laredo für mich bedeutete'. Laut sagte sie: „Du weißt, Laredo war nie mein Ferienparadies, obgleich ich zugeben muss, dass wir auch schöne Zeiten hatten, vor allem hier oben im Haus. Aber schau doch mal", und sie deutete hinaus, umfasste mit

ihrer Geste die paar umliegenden Häuser, die geschlossenen Fensterläden, die verriegelten Türen, die Verlassenheit dieser eingezäunten Anlage, „kein Mensch ist da. Die kommen im Sommer, wenn wir sicher nicht hier sein wollen, weil der Ort dann einfach zu überlaufen ist. Wenn wir hierher kommen, sind wir mutterseelenallein".
„Na und, wir hatten doch nie viel mit der Nachbarschaft zu tun".
Und Hannah dachte, wie Recht er hat. In ihrer spanischen Zeit hatten sie wahrlich nie viel Freunde, er schon gar nicht, und ihre Freundschaft mit Susanne hatte sich, je älter ihre Kinder wurden, irgendwie verflüchtigt, es hatte nicht genügend gemeinsame Interessen gegeben. Erst durch die Rückkehr nach Deutschland hatten sie Freunde gefunden, und lächelnd erinnert sie sich an Lauras Erstaunen, als sie die Eltern einmal besuchte: „Es kommt mir so vor, als hätte ich plötzlich andere Eltern. Ihr habt Freunde, selbst du Papa hast jetzt einen richtigen Freund. Dabei habt ihr euch doch immer so abgeschottet gegen Nähe zu andern Menschen oder gar Freundschaften".
Und Hannah hatte lachend gemeint: „Die Sprache, mein Schatz, die Sprache macht es. Hier sind wir nicht gehemmt, weil wir uns richtig und spontan ausdrücken können. Es ist plötzlich so leicht, sich Menschen zu nähern, Freundschaften zu schließen."
Jetzt kehrte sie in die Gegenwart neben Georg zurück und sagte. „Es stimmt schon! Die Leute interessieren uns nicht wirklich, sie sind zu jung, sie haben noch alle Hände voll zu tun mit ihren Kindern und Hunden und", sie lachte, „egal mit was, wir haben nicht die gleichen Interessen, wir hatten hier nie Anschluss. Also was machen wir, wenn wir in Laredo sind, außer unser Haus wieder in Ordnung bringen. Wir fahren in der Gegend rum. Erinnerst du dich, dass wir letztes Jahr allein im September 10 000 km gefahren sind. Das ist doch kein Urlaub!"
„Hm, wahrscheinlich hast du Recht. Also verkaufen wir halt".
Das war leichter gesagt als getan, erst musste ein Käufer gefunden werden, der ein solch großes Anwesen wollte. Aber irgendwann gingen sie auch in diesem Haus zum

letzten Mal durch die Räume, erinnerten sich an die ausgelassenen Ferien ihrer pubertierenden Kinder, die Dorf, Diskotheken und Bars während vieler Sommer unsicher gemacht hatten. Traten auf die Terrassen, die das Haus umgaben, blickten weit übers Land, schlossen danach zum letzten Mal die Haustür, die Garagentür, das Gartentor. Wie viele letzte Male es in ihrem gemeinsamen Leben schon gegeben hatte...
Sie fuhren nach Madrid, wohnten mal bei Jakob, mal bei Laura oder Ulrike, bei Ken oder Tanja. Es war ein seltsames Empfinden, in der Stadt, wo sie 28 Jahre gelebt hatten, plötzlich nur noch Besucher zu sein.
Aber sie waren nicht immer nur Besucher. Sie hatten es all die Jahre auch so eingerichtet, dass sie in Madrid waren, wenn Enkelkinder ihre Ankunft ankündigten. Hannah wollte ihren Töchtern helfen, auch wenn diese Hilfe oft genug nicht nötig war, weil sie Haushaltsangestellte hatten. Dann erinnerte sie sich daran, wie es bei ihr gewesen war, plötzlich wurde die Frankfurter Zeit wieder lebendig, die Zeit, wenn sie mit dickem Bauch und einem Baby auf der rechten Hüfte und eines im Kinderwagen und ein Kind neben ihr herlaufend versucht hatte, all ihre Aufgaben zu erfüllen. Wie anders bei ihren Töchtern. Ulrike dachte nicht daran, ihre berufliche Karriere aufzugeben, Laura hatte das Abitur nachgemacht und hing an ihrer Arbeit, Tanja hatte mit ihrem Mann ein eigenes Geschäft eröffnet und als Ken zu seiner Frau sagte, „wenn erst das Kind da ist, bleibst du eben zu Hause, ich verdiene genug für uns alle", schmetterte sie diesen Vorschlag sofort mit dem einzig richtigen Argument ab: „Ich habe wie du Jura studiert, ich liebe meinen Beruf genau wie du den deinen, warum soll ich zu Hause bleiben?" und Hannah dachte: ‚Recht so, wehrt euch, ihr habt genau so viele Träume und Ziele wie eure Männer', und sie freute sich, wenn dann eben ein Kindermädchen in den Haushalt mit einzog.
Manchmal, wenn sie eines der Babys im Arm hielt, die winzigen Lippen abtupfte, um die Reste von Milch wegzuwischen, und versuchte, in diesen kleinen rosigen Kindergesichtern Ähnlichkeiten zu entdecken, sagte sie zu Georg stolz und gleichzeitig versonnen: „Sieben Kinder, 13

Enkel. Wir haben wirklich Spuren hinterlassen, wenn wir eines Tages nicht mehr sind“.
„Ja, das haben wir“, Georg beugte sich über seine Frau und küsste sie zärtlich auf die Nasenspitze.
Wenn sie sich irgendwann wieder auf den Heimweg nach Deutschland machten, fiel ihr die Großmutter ein, die einmal zu ihrer Tochter, Hannahs Mutter, gesagt hatte: „Kind, ich freu mich, wenn ihr kommt, aber ich freu mich auch, wenn ihr wieder geht“, und es war ihr genauso zumute.

Im nächsten Jahr flogen sie nach Israel, die Reise, die für Hannah zur wichtigsten Reise-Erfahrung wurde. Es war wie ein Bogen, der den Beginn ihres erwachsenen Lebens mit dem Heute verband. Wieder war sie das Mädchen, das mit ihrem Vater über die Judenverfolgungen diskutierte. Und sie erinnerte sich daran, wie sie von frühester Jugend an gedacht hatte: ‚Ich kenne dieses Land. In mir ist eine enge, eine schon einmal gelebte Verbindung mit Israel’.
Sie stand am See Genezareth, über dem Wasser wurde der Himmel hell, alles war blau und rotglühend, und sie dachte: ‚Hier bin ich schon einmal gewesen, das habe ich alles schon erlebt, die aufgehende Sonne an diesem so einmaligen See, das Licht, das sich langsam über die Landschaft ergießt’. Sie war tief in diesen Augenblick gefangen, er dehnte sich aus, begleitete sie auf ihrem Weg nach Jerusalem, gab ihr das Gefühl, die Zeit sei stehen geblieben.
Glaubte sie denn an Wiedergeburt? Sie wollte mit Georg darüber sprechen, befürchtete, dass er sie vielleicht auslachte. Sagte dann doch: „Georg, glaubst du an Wiedergeburt? Es ist ein so seltsames Gefühl, was mich immer wieder überkommt. Ich fühle, dass ich hier schon einmal gewesen bin. Der Gedanke lässt mich nicht los, dass ich diese Landschaft früher einmal durchquert habe, ich habe schon einmal diesen kargen, steinigen Boden unter meinen nackten Füßen gespürt, ich habe in einer früheren Zeit hier am Ufer des Jordan gestanden, ich kenne so vieles...“. sie unterbrach sich, wollte mit einer Handbewegung wegwischen, was sie eben gesagt hatte, fügte dann

aber noch hinzu: „Solche Gedanken passen doch überhaupt nicht zu meiner sonstigen Einstellung über das Jenseits.“.

„Du nennst es Wiedergeburt, ich glaube an ein Leben nach dem Tod. Begriffe sind nicht so wichtig. Überleg doch mal, wie du dich schon immer sehr emotional mit Israel, mit dem Judentum beschäftigt hast. Solche Déjà-vu-Erlebnisse sind gar nicht so selten“.

Diese Erklärung war ihr zu sachlich, zu sehr an Gegenständliches gebunden. Sie beantwortete nicht dieses intensive Gefühl von Verbundenheit und Vertrautem.

Auf dem Rückflug nach Frankfurt sagte sie zu Georg: „Ich werde einen Roman schreiben, und er wird in Israel spielen“, und schon auf dem Flug waren ihr die handelnden Personen vertraut, wusste sie um den Inhalt dieses Romans, es war ihr, als brauchte sie sich nur hinzusetzen und anfangen zu schreiben.

Einige Tage später begann sie diesen ersten Roman. Während Georg nebenan in seinem Zimmer an den Musikvorträgen arbeitete, saß sie an ihrem Schreibtisch, blickte über die Balkonbrüstung auf den Wald und den kleinen Waldfriedhof, sah nicht, was ihre Augen erblickten, sondern schlenderte durch Jerusalem, setzte sich auf eine Bank auf dem Tempelberg, wanderte durch die engen Gassen der Altstadt, spürte das religiöse Flair, das verführte, aber auch verwirrte – fragte sich: ‚wie viel von dieser Stimmung war Glaube, wie viel aus dem Zauber der Stadt geboren und der Andacht der vielen Touristen?’

Sie schloss die Augen vor dem grellen Licht der Wüste, bewunderte die Unterwasserwelt in Eilat. Und in all diese Erinnerungen stellte sie ihre Figuren, erweckte sie zum Leben und dachte gleichzeitig: ‚Ist doch irgendwie faszinierend, wenn meine nebelhaften, eben noch körperlosen Personen Gestalt annehmen, und wenn sogar ich selbst glaube, sie fühlen, anfassen, hören zu können’. Früher – in der Schreibwerkstatt, die sie vor zwei Jahren bei einem Schriftsteller besuchte - hatte einmal eine Teilnehmerin gemeint, meine Figuren verlangen etwas von mir, sie machen sich selbständig. Damals hatte Hannah nur gelacht – es kam ihr so unglaublich vor, schließlich war sie es, die

sie erschuf, die ihnen die Worte in den Mund legte, die jedes Detail aus ihrer Phantasie schöpfte – wie konnte eine solch künstlich erschaffte Person sich plötzlich verselbstständigen? Bis es ihr mit der Frau in ihrem Buch genauso erging. Bis diese 60jährige manchmal sagte „das, was du da schreibst, langt mir nicht, das bin ich nicht". Oder gar „He, nicht so, nicht mit mir".
Es wurden lebendige, sie ausfüllende Stunden dort vor dem Bildschirm ihres Computers, und es erschien ihr wie ein Wunder, dass sie Satz an Satz reihte, dass sich Seite für Seite füllte und unter ihren flinken Fingern auf der Tastatur wirklich ein Buch entstand. Und zitternd vor Spannung und Aufregung stellte sie Kapitel für Kapitel in ihrer Schreibwerkstatt vor.
Fragen tauchten auf: Wie suche ich einen Verlag? Schicke ich das gesamte Manuskript oder nur 50 Seiten? Sie beriet sich mit Georg, mit den Frauen und Männern der Schreibwerkstatt, doch niemand hatte die nötige Erfahrung. Schließlich brachte sie die vielen großen Umschläge auf die Post. Wartete mit Spannung auf Antworten. Konnte sich nicht an die stereotypen Ablehnungsschreiben gewöhnen. Fühlte sich beleidigt, als einer das ausdrückte, was wohl alle großen Verlage sagen wollten: „Frau Jantzen, Sie sind nicht bekannt, uns ist das Risiko zu groß". Und natürlich noch den automatischen Nachsatz: ‚das sagt nichts über die Qualität ihres Romans aus'.
„Kannst du mir sagen, wie ich bekannt werden soll, wenn mein Buch immer und immer wieder abgelehnt wird?" wandte sie sich empört an Georg.
„Du musst halt Geduld haben", versuchte Georg sie zu beruhigen.
„Ich weiß, aber ich weiß auch, dass der Roman gut ist. Irgendwann wird er angenommen, ich gebe jedenfalls nie und nimmer auf".
Siebenundzwanzig Mal kamen die dicken Briefe mit ihrem Manuskript zurück, penibel sammelte sie die Absagen mit der Gewissheit, eines Tages kommt er, der Brief, auf den sie so sehnsüchtig wartete.
Es war Wochen später, als im Briefkasten ein ganz normaler Briefumschlag lag. Als sie ihn in der Hand hielt,

umdrehte, den Absender las, dachte sie noch, ‚na ja, jetzt schicken sie die Absagen schon nicht mehr zusammen mit dem Manuskript zurück'. Eher gelangweilt öffnete sie das Couvert, und plötzlich hörte Georg nur noch den Schrei: „Georg, mein Buch ist angenommen! Sie wollen es, sie wollen es wirklich!" Immer wieder las sie ihrem Mann die paar Zeilen vor, befürchtete, sie würden plötzlich vor ihren Augen verschwinden, es wäre alles nur eine Fata Morgana, ausgelöst durch ihren brennenden Wunsch, endlich einen Verlag zu finden. Georg nahm sie in den Arm, bedeckte ihr Gesicht mit Küssen: „Du hast es geschafft, du hast es wirklich geschafft!"

Sie zitterte, konnte kaum sprechen. Es war mehr für sie, viel mehr als nur die Tatsache, einen Verlag für ihr Buch gefunden zu haben. Ein Triumphgefühl, so stark, so mächtig stieg in ihr auf, dass sie einen Augenblick das Empfinden hatte, es müsste sie zerreißen. Sie hatte es erreicht, ihr Leben hatte sich nicht erschöpft als Mutter von sieben Kindern, als Haus- und Ehefrau, oder, wie eine Freundin ihrer ältesten Enkelin einmal gesagt hatte, als „Matriarchin eines Familienclans".

Es hatte sich ihr sehnlichster, ihr innigster Traum erfüllt, sie war ganz geworden und konnte gleichzeitig das Empfinden aushalten, zwei Frauen zu sein. Die Frau, die so lange um Selbstbestätigung und Selbstwert gekämpft hatte, die sie viel zu lange verachtet hatte, deren Existenz ihr oft genug die Schamröte ins Gesicht getrieben hatte, die den Alkohol brauchte, um ihre Selbstverneinung zu überleben, die sie jahrelang am liebsten nur versteckt hätte. Und die andere, die Frau, die ihren Weg kannte und ihn ging, die selbstbewusst ihre Ziele verfolgte, die sich nicht mehr schuldig fühlte, und die jetzt fähig war, die andere in sich mit einer fast zärtlichen Nachsicht zu lieben.

Triumphgefühl? Lebendigkeit? Hatte sie das wirklich vor so kurzer Zeit noch empfunden? Und jetzt?
Telefon! Der schrille Ton in der leeren Stille - erstarrt blieb Hannah stehen. Unfähig sich zu bewegen. Wieder läutete es. Plötzlich hatte sie es eilig, sie rannte geradezu zu dem Apparat, presste den Hörer ans Ohr. Es war der erwartete Anruf, die Stimme von Frau Hartel, der Sprechstundenhilfe von Dr. Pohl. Vor ein paar Stunden noch vertraut. Jetzt fremd. Eher amtlich. Sie, Hannah, sollte in die Sprechstunde kommen. Aber nicht allein. Zusammen mit Georg.
'Sagen Sie mir doch...'
'Nicht am Telefon, Frau Jantzen'.
Nein, nicht am Telefon. Hannah schaute sich um, als wäre ihr die eigene Wohnung fremd. Der Kaffeetisch war nicht abgeräumt. Auf Georgs Teller lag noch ein angebissenes Stück Kuchen. Ihre Serviette war heruntergefallen. Sie bückte sich danach. Durch die Terrassentüren fielen die Strahlen der Abendsonne. Tausend goldene Staubpartikel tanzten auf ihnen einen unhörbaren Lichtertanz. Es war die Stunde, wo Hannah ihr helles Haus am meisten liebte. Heute war es anders. Zerstreut wischte sie mit der Hand über die Glasplatte des Esstisches. Überall die Spuren von Händen und Kuchenkrümel.
Fahrig strich sie sich die Haare aus der Stirn. Dachte: 'Noch ist doch gar nichts entschieden! Nein? Ich brauche Georg'. Sie lief in den Garten. Georg, wo bist du? Georg, sag was...
„Vielleicht will Dr. Pohl dir etwas völlig anderes mitteilen“. Er legte tröstend den Arm um sie.
Trotzig fragte sie sich aber auch: ‚Ist das schon wieder etwas Neues, wieder einmal ein Wendepunkt in meinem Leben?'
Was noch am Morgen gegolten hatte, hatte sich am Nachmittag unwiderruflich verändert. Selbst die Straße, die sie heute früh schon einmal in die kleine Kreisstadt gefahren waren, blieb nicht dieselbe. Die Farben wirkten intensiver. Die Blumen am Straßenrand leuchteten kräftiger, Mohn, Kamille, kleine Margeriten und blaue Kornblumen. Nur die Dimensionen schienen verschoben. Ein

anderer Himmel wölbte sich über der Landschaft. Die Luft roch würziger, alles schien eine Demonstration von Leben! Und doch in ihrer Phantasie erfüllt vom süßlichen Geruch nach Verwesung und Tod.
Plötzlich wieder nichts als nackte Angst! Diesmal um sich. Sollte alles verloren sein? Die Träume! Die Pläne! Das zweite Buch, das sie schrieb. Noch einmal hatte sie es in Israel angesiedelt, kam noch nicht los von dem Land, von seiner seltsamen Macht, die es auf sie ausübte. Würde sie es fertig schreiben können?
So langsam Georg auch fuhr, sie kamen an, und heute musste sie in der Praxis von Dr. Pohl nicht warten. Vorige Woche waren sie mit ihm und seiner Frau noch bei Franziska, der Apothekerin der kleinen Kreisstadt zum Hauskonzert eingeladen. Jetzt saß er fremd am Schreibtisch. Versteckte sich hinter Professionalität und weißem Kittel.
„Ja, Frau Jantzen". Pause, nervöses Hüsteln. „Sie wissen schon". Wieder Pause, diesmal war das Taschentuch Vorwand. Er schnäuzte sich kräftig. Seine Stimme - undeutlich: „Leider ist es doch…"
‚Sag's schon. Sprich es endlich aus!' Hannah ließ sich ihre Verzweiflung nicht anmerken. Nickte nur.
„Darmkrebs". Dann rasch und sachlich: „Ich habe schon einen Termin für die Kernspintomographie beim Kollegen Brenner ausgemacht".
Er kritzelte etwas auf einen Überweisungsschein. „Wir müssen vor allem wissen, wie es mit Metastasen ist".
Darmkrebs - Metastasen - Kernspin... ! Sie kannte die Worte, bis heute waren es leere Begriffe. Das hatte andere interessiert, aber sie doch nicht. Mutter war die erste in der Familie, die an Krebs erkrankte, die Krankheit hatte Hannah einfach ausgeblendet.
„Rufst du die Kinder an?" fragte Georg spät am Abend.
„Nein, heute nicht". Sie wunderte sich, wie sehr sie ihre Stimme unter Kontrolle hatte. Auch das Abendessen stand pünktlich auf dem Tisch. Sie konnte nichts essen.
Die Nacht wurde furchtbar. Krebs ist gleich Tod. Hatte so nicht auch die Stimme Dr. Pohls geklungen? Krebs!
‚Nein ich will noch nicht sterben. Nicht so sterben. Das Leben hat doch gerade noch strahlend vor mir gelegen'.

Sie fiel in einen kurzen Schlaf. Träumte von einem Ungeheuer, das in ihr hauste, die Geschwulst aufriss. Metastasen wie Tausende kleiner Tiere im ganzen Körper verteilte. Zitternd erwachte sie, lauschte dem gleichmäßigen Atem von Georg, kroch in seinen Arm, machte sich so klein sie konnte.

Eine Woche später - mühsam öffnete Hannah die Augen. 'Was für ein hässlicher Raum', war ihr erster Gedanke. Der unsichere Blick glitt über die abblätternde Farbe der gegenüberliegenden Wand. Über den Tisch mit der Wachstuchdecke. Über ihr Bett. Blieb an Georg hängen, der sie beruhigend anlächelte, über ihre Hand strich:
„Es ist alles vorbei. Die Operation ist gut verlaufen. Die Ärzte sind sehr optimistisch".
Da fiel ihr alles wieder ein - die Nachricht vor einer Woche. Die schnelle Einweisung ins Krankenhaus. Die Operation. Unsicher suchte sie Georgs Blick. Wollte er sie nur beruhigen oder sagte er die Wahrheit? Wieder versank sie in gnädiges Dahindämmern.
Waren es Stunden, die vergangen waren? Sie wachte auf, möchte sich auf ihre rechte, die Schlafseite drehen. Die Augen schließen. Ging nicht, sie musste steif auf dem Rücken liegen bleiben. Ihr war heiß. Sie wollte sich den Schweiß von der Stirn wischen, war zu schwach, nach dem Kasten mit den Kleenex zu greifen. ‚Wo war Georg, er kann mir doch...' Er war da, griff wortlos nach einem Papiertuch, wischte ihr zärtlich den Schweiß ab. Tränen liefen ihr übers Gesicht. ‚Wie kann man nur so hilflos sein?'
Der Nachmittag war drückend heiß und schwül, ziemlich ungewöhnlich für Juni. Auf der Chirurgischen standen weit die Türen der Krankenzimmer offen. Eine überanstrengte Stille drang aus den Zimmern. Auf den Fluren noch die Schritte der letzten Besucher. Irgendwo eine Stimme. Das Schließen der Aufzugstüren - Erschöpfung.
Hannah hatte sich gewünscht, privat im Einzelzimmer zu liegen. Auch bei ihr standen die Fenster offen. Davor ein helles Sonnenrollo. Dennoch war es stickig warm im Zim-

mer. Georgs besorgte Frage: „Bist du erschöpft, soll ich gehen?“
„Ich bin müde, ja, aber ich möchte nicht allein sein. Es ist gut, dass du da bist“. Georg legte sein Gesicht an ihre Wange.
Früh am nächsten Morgen klopfte Schwester Ruth an die Tür ihres Zimmers: „Können Sie eine Überraschung vertragen?“ Hannah öffnete müde die Augen. „Jakob, du?“, war alles, was sie stammeln konnte. „Ich kann euch doch bei so was nicht allein lassen!“ war sein einziger Kommentar. „Aber Manila ist doch so weit!“ „Na und, für was gibt es Flieger!“ Still setzte er sich an ihr Bett, hielt ihre Hand.
Und Ulrike kam aus Spanien und Sarah war da. Hannah war froh, dass Georg nun nicht allein in dem großen Haus sein musste, dass Jakob einige Tage bleiben konnte, während Ulrike wieder nach Madrid zurück musste.
Georg und Jakob kamen täglich. Mit ihnen machte sie die ersten Schritte auf dem endlos lang erscheinenden Krankenhausflur. Das erste Treppensteigen - mühselig, schmerzhaft - nie mehr würde sie in ihrem hellen Haus die Stufen hinauflaufen können. Georg machte ihr Mut. Auf der Treppe wollte er sie stützen. Unwirsch wehrte sie ihn ab. Entweder schaffte sie es allein oder gar nicht. Später schämte sie sich für ihre Ungeduld. Weinte vor Schwäche. „Verzeih mir“. Georg nahm sie wortlos in den Arm.
In den Morgenstunden war Krankenhausaufenthalt erträglich. Die Zeit war angefüllt mit notwendigen Verrichtungen, aufstehen, am Waschbecken waschen, am Tisch frühstücken. Visite, Verband wechseln, Blutabnahme.
Nur abends – da wurde es furchtbar, war nur trostlos. Wenn aus den dämmrigen Ecken des Zimmers die Angst kroch. Sich breit machte und sie hämisch angrinste. Jeden Abend rief Georg noch einmal an. Seine Stimme drang in ihre Ängste. Nah und voller Liebe. Verscheuchte die Schatten. Gab ihr Lebendigkeit zurück. „Denk daran, was der Professor gesagt hat“.
Sie wollte, dass er es noch einmal wiederholte, um gewiss zu sein, dass sie sich nicht verhört hatte. Und Georg sagte: „Der Professor hat geschworen, dass die Operation sehr gut verlaufen wäre. Keine Chemotherapie nötig. Sie

hätten „alles“ weggemacht. Nach menschlichem Ermessen...“
Sie legte den Hörer auf die Basis zurück, fragte sich: ‚Bis wohin reicht menschliches Ermessen? Und konnte man den Krebs mit „alles“ bezeichnen?‘ Ja, konnte man. Krebs bedeutete dieses Alles oder Nichts. Ob sie wirklich noch einmal eine Chance hatte?
„Vergessen Sie einfach, dass Sie Krebs hatten!“ Wie leicht der Arzt das dahinsagte. Vergessen? Gab es das?
Vor der Operation hat sie allen, die sie in dieser kurzen Woche nach ihrer Erkrankung gefragt hatten, tapfer gesagt „ich habe Krebs“. Und war erschrocken, erstaunt und manchmal belustigt über die Reaktionen der Menschen. Manche waren starr vor Schreck, andere wichen unwillkürlich vor ihr zurück, einige zeigten zu viel Mitleid und eine sagte: „Wenn ich Krebs hätte, ich würde mich umbringen“.
Hannah hätte so gern das Tabu gebrochen, das so offensichtlich über dieser Krankheit lag, was ihr früher nie aufgefallen war. Sie, Hannah, steckte doch nicht an! Sie war auch nicht „schuld“ an der Erkrankung. Es war kein Makel. Und dennoch fühlte sie manchmal jedes einzelne dieser Stigmata – ansteckend – schuldig - gebrandmarkt.
Und nun sagte der Professor mit seiner leisen, immer lächelnden Stimme: ‘Vergessen Sie einfach, dass Sie Krebs hatten’. Georg schüttelte verständnislos den Kopf, als Hannah ihm von diesem Ausspruch des Professors erzählte.
„Wie stellt er sich vor, dass so etwas gehen soll?“ fragte er entsetzt. „Gut, vielleicht kann er sagen, Sie waren krebskrank. Aber vergessen!?“
Es tat gut, verstanden zu werden. Und doch sagte er auch „Wahrscheinlich will er es dir nur einfacher machen. Damit macht er Krebs zu einer Erkrankung wie jede andere. Wenn man sie überwunden hat, ist sie auch nicht mehr wichtig!“
Hatte er Recht? Oder konnte er einfach nicht den Unterschied sehen? Krebs war eben nicht eine Krankheit wie jede andere. Sie war so anders als etwa die Herzkrankheit von Georg. Er hatte sie vorher gespürt. Zuerst den Herzin-

farkt. Danach mit der Zeit nicht mehr richtig laufen können. Und vor der Bypassoperation war das Treppensteigen zur Qual geworden. Vorzeichen, wohin er blickte. Sie aber hatte sich noch vor einem Monat kerngesund und zu so viel Leistung fähig gefühlt. Nichts hatte diese Krankheit angekündigt. Keine Schwäche. Keine Müdigkeit. Keine Schmerzen.
Nur dem „Zufall" einer Darmverstimmung hatte sie es zu verdanken, dass Dr. Pohl auf einer Untersuchung bestanden hatte. Weder dem Arzt noch ihr war auch nur im entferntesten der Verdacht auf Darmkrebs gekommen! Dieses Schleichende, die Gefahr des „Zu spät" machten diese Krankheit so unheimlich.
Wie konnte sie je wieder ihre Unbefangenheit ihrem Körper gegenüber zurückgewinnen?

Es war Wochen später. Hannah versuchte, sich in ihr vorheriges Leben einzuordnen. Und dazu gehörten die kleinen Spaziergänge, die sie wieder aufgenommen hatte, entweder zusammen mit Georg oder wie heute allein. Sie zog die Jacke über. Ging langsam den steilen Hang am Haus hoch. War in den Feldern. Ein wogendes Meer von Weizen, Gerste und Roggen, dazwischen dunkel der Wald. Die Straße mit dem in der Sonne glitzernden Asphalt zerschnitt die Landschaft. Wand sich durch die Felder. Endete in der Ferne in einem kleinen Waldstück. In der Tiefe der kleine Bachlauf, nicht kanalisiert, nicht eingedämmt. Sie liebte die Farben und Gerüche der Landschaft - atmete tief die Sommerluft ein. Ging den Weg, den sie oft mit Georg ging. Erreichte die rote Bank. Erleichtert ließ sie sich darauf nieder. Legte den Kopf in den Nacken. Spürte die Sonne durch die geschlossenen Augenlider und fühlte sich lebendig wie lange nicht mehr. Sie hatte überlebt – der Gedanke überschwemmte sie, drang in sie ein, füllte jede Zelle ihres Körpers. Sie konnten wieder anfangen zu leben. Reisen. Die Kinder besuchen. Sie konnte wieder Vorträge übernehmen. Und schreiben...
Sie beugte sich vor, rupfte einen Grashalm aus. Ließ ihn vorsichtig durch die Lippen gleiten. Noch nie hatte sie es

geschafft, auf einem Grashalm zu pfeifen. Georg konnte das. Er spielte sogar kleine Melodien darauf.
Langsam machte sie sich auf den Heimweg. Blieb am Gartenzaun ihres Hauses stehen. Beobachtete Georg, der sie nicht gesehen hatte. Er mähte den Rasen, gleichmäßig - eine Spur nach der andern. Sein weißes Haar leuchtete hell in der Sonne. Das Gesicht rot und verschwitzt - aber er lächelte. Weil er die Arbeit im Garten liebte. Sie aber eigentlich nicht machen durfte. „Sie dürfen nur noch verwelkte Blumen abschneiden", hatte der Arzt vor noch gar nicht langer Zeit zu ihm gesagt. Er aber wollte die Erde zwischen den Fingern spüren, wollte einen englischen Rasen, einen gepflegten Garten.
Sie hätte lieber eine Wiese mit Löwenzahn und Hahnenfuß, Kamille und Klee und dazwischen weiße Gänseblümchen.
Sie stieg die Treppen hoch. Schloss die Tür auf. Ging in ihr Zimmer, setzte sich zum ersten Mal seit der Operation an ihren Schreibtisch, an den Computer, rief ihr Manuskript auf und fing an zu schreiben...

Jahrtausendwende! ‚Wie oft habe ich gedacht, das erlebe ich nie, schon als Kind erschien mir diese Jahreszahl wie etwas Magisches, etwas Unerreichbares'. Amüsiert beobachtete Hannah die Nervosität, die sich wie ein Fieber unter den Menschen ausbreitete. So viele verheerende Voraussagen! Wie Pilze schossen Zukunftsdeuter aus dem Boden, sagten Weltuntergang voraus, Katastrophen, Kriege.
„Ich freu mich am meisten auf den Euro", stellte Georg genervt fest, als er wieder einmal Geld für eine Frankreichreise umtauschte. Und Hannah meinte: „Warum sprechen die immer von Krieg? Zumindest in Europa sind wir durch den Euro so weit wie noch nie von Kriegen entfernt. Es wird eine völlig neue Einheit geben".
Sie saßen unter ihrer überdachten Terrasse, blickten auf den Garten, der sich in den leuchtenden Farben eines vergehenden Herbstes darbot, Hannah las Georg Passagen aus ihrem dritten Roman vor. Sie hatte ihn gebeten, immer ihr erster Leser zu sein, Kritik zu äußern, keine Angst zu haben, sie könnte beleidigt sein. „Weißt du, man selbst ist so nah, zu nah an seinem Text dran und manchmal sind gerade die Stellen, von denen ich glaube, dass sie besonders gelungen sind, zu pompös, zu übertrieben, du hast viel mehr Abstand und das tut mir und meinem Buch gut". Heute hatte sie ihm die letzten Seiten vorgelesen. „Schade, dass es schon zu Ende ist", sagte Georg und Hannah war glücklich über diese Worte.
Georg legte den Arm um seine Frau: „Warum enden deine Bücher alle traurig?" „Tun sie das?" Hannah war wirklich erstaunt. „Bei meinem ersten Buch ist es doch klar, dass die beiden zusammenkommen. Beim zweiten, na ja, die Frauen haben mich zu diesem Ende gezwungen", sie lachte verlegen, aber Georg schien sie wortlos zu verstehen. Er deutete auf das Manuskript in ihrer Hand. „Und das?"
Hannah blätterte zerstreut in den vielen beschriebenen Seiten: „Das? Hier hat die Angst diesen Ausgang herbeigeführt. Es war ein Teufelskreis, aus dem die beiden Liebenden nicht mehr herauskamen".

„Was war zuerst da – die Angst oder das fehlende Vertrauen?“
„Ich glaube, dass es die Angst ist, die den Katastrophen alle Türen öffnet, oft ist es zumindest so. Du hast vor etwas Angst und dann geschieht es auch“.
„Wenn es so einfach wäre! Komisch, ich kann mir nicht vorstellen, ohne dich zu sein. Ist das Angst?“
„Ich kann mir ein Leben ohne dich auch nicht vorstellen“, antwortete Hannah leise, schmiegte sich an ihren Mann und dachte, ‚aber ich weiß, dass ich Angst habe’.
Schweigend lauschten sie den Vogelstimmen, beobachteten, wie sich das Blau des Himmels langsam rötlich färbte. Zu früh die blasse Sichel des zunehmenden Mondes über dem Haus der Nachbarn.
Georg unterbrach die Stille: „Ich möchte dieses Jahr alle Kinder und Enkel zu meinem 75. Geburtstag einladen. Findest du auch, dass das ein guter Plan ist?“
„Das ist nicht nur eine guter Plan, das ist phantastisch“, stimmte ihm Hannah eifrig zu, während sie im Innern zu Tode erschrak. Warum gerade jetzt? Warum gerade heute?
Es war erst einige Tage her, dass sie in der Sprechstunde des Kardiologen waren. Sie erinnerte sich nur mit maßlosem Entsetzen an diese Stunde, als der Arzt meinte, „Herr Jantzen, bringen Sie Ihr Leben in Ordnung“. Hannah hatte erschrocken gefragt: „Was meinen Sie damit?“
„Nun, ich meine, die Papiere, alles was Sie noch erledigen wollen, was Ihnen noch wichtig ist“.
Wie ruhig Georg geblieben war – ob er selbst oft genau diese Gedanken hatte, nachdem er immer mehr merkte, wie seine Kräfte nachließen? Damals, 1992 bei der Herzoperation hatten die Ärzte gesagt, dass so eine OP normalerweise 10 Jahre hielt, bevor nachoperiert werden musste. Ob sie eher gemeint hatten, dass einem nach einer so schweren Operation noch 10 Jahre Leben blieben? Sie hatten beide nicht nachgefragt, wollten es nicht wissen. Und jetzt diese Worte...
„Ich möchte noch einmal nach Ägypten“, meinte Georg geistesabwesend.

„Fahren Sie, es ist doch besser, beim Sonnenuntergang auf dem Nil zu sterben als im Sessel zu Hause“.
Hannah begehrte empört auf: „Das hört sich ja sehr einfach an. Sterben auf dem Nil. Und was machen die, die zurückbleiben“.
Georg legte seine Hand auf ihre im Schoß verkrampften Hände: „Ich fahr ja nicht, mein Schatz. War nur so ein Gedanke“. Und zum Arzt gewandt, fragte er: „Wie lange geben Sie mir noch?“
„Antworte nicht, bitte, antworte nicht“, flehte Hannah innerlich, aber der Arzt wollte offensichtlich Klarheit. Deshalb sagte er ruhig: „Sie werden keine 80, Sie werden auch keine 77 oder 78 mehr“.
Es war Hannah, als müsste sich die Erde auftun und das Sprechzimmer, den so sicher hinter seinem Schreibtisch thronenden Arzt, Georg und sie selbst verschlingen – sie wollte das nicht hören. Zwei Jahre, nur noch zwei Jahre – die Zeit raste ohnehin schon wie nie zuvor, und nun sollte sie nur noch in Monaten, in Tagen denken!
War das der Grund von Georgs Vorschlag wegen seines Geburtstages?
Sie ließ sich von ihren Gedanken nichts anmerken, ging auf seine Pläne ein. In den nächsten Tagen fragten sie in einem Busunternehmen, ob sie drei Tage lang einen Bus mieten könnten wegen einer Familienfeier. „Familienfeier? Was wollen Sie denn da mit einem Bus?“ „Na ja, wenn sich unsere Familie trifft, sind wir 28 Leute“, antwortete Georg dem erstaunten Busunternehmer.
Sie schrieben Einladungen an die engsten Freunde, mieteten für die Kinder die Zimmer des besten Hotels in der Kreisstadt, besprachen, was sie an den einzelnen Tagen unternehmen wollten.
„Einmal fahren wir nach Limburg in den Dom“, bat Georg „und nach Rüdesheim auf den Weihnachtsmarkt und einen Tag Mainz und am Geburtstag selbst eine große Feier“.
Hannah war mit allem einverstanden, und die Kinder versprachen, sich auf jeden Fall diese Tage vor Weihnachten frei zu nehmen, um den 18. Dezember mit ihrem Vater zu feiern.

‚Und alle wissen, dass...', Hannah wagte diesen Gedanken nicht zu Ende zu denken. Ein Abschiedsgeburtstag? Das letzte Mal? Am liebsten hätte sie sich vor solchen Gedanken und Vorstellungen in irgendeine Ecke verkrochen, wollte nicht so denken, fühlte sich nicht vorbereitet. Und dabei hatte Georg doch seit Jahren...
‚Nein, ich will es einfach nicht wissen! Der Arzt kann sich irren, Georg geht es gut, wir haben noch viel Zeit vor uns. Ich habe doch nicht den Krebs besiegt, um allein weiter zu leben! Wir wollen noch reisen, wir wollen uns gemeinsam daran freuen, dass bald auch mein zweites Buch herauskommt. Die Verlegerin hatte die Vorstellung des Buches und eine große Feier in einem Theater in Darmstadt für den nächsten Herbst geplant. Ich will das nicht allein machen!' Sie wusste gleichzeitig, dass ihre Auflehnung umsonst war und hoffte trotzdem.
Alle waren sie gekommen, die Kinder, die Partnerinnen und Partner, dreizehn Enkelkinder jeden Alters wuselten in den Räumen herum oder saßen mit den Erwachsenen zusammen. Es kamen die Schwestern und die Freunde – drei Tage des Zusammenseins, so intim und so intensiv, wie sie es vielleicht noch nie erlebt hatten. Niemand wollte es verinnerlichen, dieses Wissen, dass es ein Abschied war, *der* Abschied. Und Hannah ahnte nicht, dass ihnen genau noch ein halbes Jahr und 13 Tage blieben, nur noch 194 Tage.
Im Februar möchte Georg auf die Kanarischen Inseln: „Es ist wirklich schon fast ein Sakrileg, 28 Jahre in Spanien zu leben und nie die Kanaren besucht zu haben". Hannah hatte keine Lust, im April wollten sie mit ihrem Reisekreis in die Provence. Sie dachte an das Gespräch beim Arzt und konnte ihr Entsetzen über ein solches Mammutprogramm kaum unterdrücken.
Sie flogen zusammen mit Jochen und Ursula nach Lanzarote und verbrachten 14 traumhafte Tage in sonniger Landschaft, während zu Hause die Februarkälte durch alle Ritzen kroch. Mit Freunden eine solche Reise teilen – wie reich ihr Leben in Deutschland geworden war.
Im Mai fuhren sie in die Provence, durchstreiften Avignon, besuchten Klöster und alte Städte, manchmal, wenn die

Straßen zu steil waren, blieb Georg keuchend zurück, einmal nahm er ein Taxi zu einer Kirche, die auf einer Anhöhe lag, Zeichen einer schleichend sich ausbreitenden Kraftlosigkeit. Und doch kaufte er Wein ein, der erst in etlichen Jahren getrunken werden sollte.
‚Also glaubt er auch nicht an die Worte des Arztes, es muss ihm offensichtlich doch gut gehen', neue Hoffnung verdrängte die Angst.

Der Traum war so endgültig. Der Traum von dir. Er fing so innig an – du und ich, Hand in Hand schlendern wir durch eine Stadt. Welche Stadt? Ich kenne sie nicht! Ich erzähle dir von meinem Leben. Leben? Sind meine täglichen Gänge auf den Friedhof, die Stunden, die ich dort verbringe, Leben? Ich weiß es nicht, manchmal weiß ich gar nichts mehr. Und manchmal frage ich mich, wäre es heute anders für mich, wenn dein Tod nicht von einer Sekunde zur andern über mich hereingebrochen wäre? Wenn wir Zeit gehabt hätten, uns darauf einzustellen? Aber hast du nicht seit Jahren versucht, mich darauf vorzubereiten? Es gibt kein Vorbereiten – das weiß ich jetzt mit noch größerer Gewissheit als vor einem Jahr.

Ich wäre so gern mit dir alt geworden, wirklich alt.

Und heute habe ich das Gefühl, als wärst du noch einmal von mir gegangen, endgültig, unwiderruflich. Denn plötzlich – auf unserem Gang durch diese fremde helle Stadt, durch einen Frühsommer, von dem ich nur weiß, dass er da ist, den ich aber noch nicht spüren kann, taucht ein Bus auf. Er ist leer, nirgends eine Haltestelle und doch hält er direkt neben uns. Du siehst mich an „ich werde jetzt in diesen Bus einsteigen“. Schnell sage ich „ich fahre mit dir“. Aber du hast gelächelt, es ist ein solch liebevolles Lächeln, dass ich zu spüren vermeine, wie es tief in mich eindringt, mich mit einem unauslöschlichen Empfinden von Zusammengehörigkeit erfüllt und gleichzeitig in unzählig schmerzende winzige Stücke reißt. „Du kannst nicht mit. Es ist noch nicht deine Zeit“.

„Zeit für was“, will ich fragen und „bitte, bitte lass mich mit dir gehen“, aber du hast nur den Kopf geschüttelt, hast meine Hand losgelassen, hast mir sanft, so unendlich sanft übers Gesicht gestrichen, bist eingestiegen.

Lautlos schlossen sich die Türen.

Noch einmal habe ich dein geliebtes Gesicht gesehen, du hast zu mir hingeschaut, als der Bus sich langsam in Bewegung setzte. Du hast die Hand gehoben und dann...

Warum gerade jetzt? Wolltest du mich das erste Jahr nach deinem Sterben begleiten? Hast du gespürt, dass es mir manchmal gelingt, neugierig auf den neuen Tag zu

sein, auf einen nächsten Sommer, einen kommenden Winter, auf Zukunft? Hast du... hast du eine Aufgabe an mir erfüllt?
Ich wollte dem Bus nachlaufen, konnte keinen Fuß vor den andern setzen.
„Was soll ich denn ohne dich machen?" – ich weiß nicht, ob ich die Frage heraus geschrien habe, aber ich habe eine Antwort gespürt, nur ein einziges Wort: „Geh".
Und ich bin gegangen und gegangen mit dem Gefühl, unser gemeinsames Leben, unser gelebtes und unser versäumtes, unsere Liebe und unsere Kämpfe, der Schmerz und die Trauer, die Erinnerungen, alles, was du je für mich warst, begleiteten mich.
Als ich aufwachte, als ich Angst und Verlassenheit erwartete, staunte ich über ein Gefühl, von dem ich geglaubt hatte, es nie mehr empfinden zu können – ein Gefühl von Hoffnung.

Glaubte sie nach diesem Jahr wirklich an eine Zukunft, wie sie es im Traum empfunden hatte? Manchmal konnte sie es nicht fassen, dass schon ein Jahr vergangen sein sollte. Unmöglich war es ihr vor 12 Monaten erschienen, einen Tag, einen Monat oder gar ein Jahr allein zu leben. Ohne Georgs Nähe. Ohne sein Lächeln. Ohne seine Stimme, seine Gegenwart.
Eine Zukunft ohne ihn? Lebenswerte Tage allein?
Und doch wusste sie, dass es eines Tages wieder so sein würde. Manchmal konnte sie diese Gewissheit spüren, morgens, wenn sie aufwachte, wenn sie sich daran erinnerte, wie sehr sie seit jeher die frühen Morgenstunden im Sommer geliebt hatte. Wenn bereits um vier oder fünf Uhr die Dunkelheit der Dämmerung wich, und durch die weit geöffnete Schlafzimmertür die laue Luft mit ihrem Geruch nach taufeuchten Wiesen und den Rosen, die Georg am Rand der Terrasse gepflanzt hatte, drang. Sie lag wach, lauschte den Vogelstimmen und spürte zaghaft aufkommende Lebendigkeit, von der sie gedacht hatte, sie nie mehr empfinden zu können. Sie wusste, dass es so sein musste, wenn sie weiterleben wollte. Und das wollte sie.
Es war an einem solchen Morgen, dass sie zum ersten Mal seit über einem Jahr eine gelbe Jacke über ihr schwarzes Kleid zog.
Mitte Juli kam Jakob. Jedes Jahr verbrachte er am Anfang und am Ende seines Urlaubs einige Tage in N. Erst galt sein Besuch den Eltern, jetzt kam er zu ihr allein. Manchmal kam ihr der Gedanke, wie viel öfter sie ihn sah, der 20 000 km entfernt lebte als ihre Kinder aus Spanien oder der Schweiz. Doch dann schalt sie sich ungerecht, Jakob war nicht verheiratet und dadurch viel ungebundener als die andern. Wann hatte sie in den Jahren, als ihre eigenen Kinder klein waren, Gelegenheit gehabt, nach Deutschland zu ihren Eltern zu fahren? Dennoch konnte sie sich des Gefühls der tiefen Verbundenheit mit Jakob nicht erwehren, das sie eigentlich vom Tag seiner Geburt an empfunden hatte.
Sie gingen zusammen den so vertrauten Weg zum Friedhof. „Gehst du oft zum Grab?“ Jakob versuchte, seine

langen Schritte ihrem Gang anzupassen. Hannah nickte: „Nicht nur einmal am Tag. Obgleich…“, sie zögerte, bevor sie leise weitersprach, „obgleich ich immer mehr das Empfinden habe, zu Hause ist mir Papa viel näher – seine Bilder, seine Bücher, die Musik, sein Zimmer, die vielen Alben, die er von den langen Jahren unserer gemeinsamen Zeit angelegt hat. Wie oft vertiefe ich mich in sie. Auf dem Friedhof habe ich manchmal so schreckliche Vorstellungen, und dann möchte ich am liebsten davonlaufen“. Sie bogen in den schmalen geteerten Weg ein, an dessen Ende der Waldfriedhof lag.
„Weißt du“, unterbrach Hannah die Stille, „dass er sein letztes Album, das er zusammenstellte, mit Aufnahmen füllte, die ich irgendwann einmal gemacht habe? Und ergänzt hat er sie mit Gedichten, die er tagelang aus den vielen Gedichtsbänden herausgesucht und abgeschrieben hatte. Er hat Gedichte so geliebt“.
Sie näherten sich dem braunen Holztor. Um diese frühe Uhrzeit war noch niemand auf dem Friedhof. Sie füllten zwei Gießkannen, dabei sagte Hannah leise: „Er hat jedem Album einen Titel gegeben, das letzte hat er überschrieben mit dem Satz ‚Das Leben ist schön‘“.
Jakob griff nach den schweren Kannen, während sie seine Kamera trug. Er möchte ein paar Aufnahmen vom Grab seines Vaters machen, das eher einem blühenden Garten glich denn einem Grab. Er fotografierte den Hügel, die Bäume im Hintergrund, deren Äste wie ein schützendes Dach weit über die Hecken des Friedhofs reichten, die kleine Kapelle, in der die Särge während der Trauerfeiern aufgebahrt wurden. „Wie still es hier ist“, Jakob hakte seine Mutter unter und schweigend verließen sie den Friedhof.
Als Jakob nach einigen Tagen aufbrach, um mit Freunden seinen Urlaub im Süden Spaniens zu verbringen, meinte er: „Zu deiner Lesung am 23. August in K. bin ich wieder da“. Er hatte am vergangenen Wochenende ihren zweiten Roman geradezu verschlungen, wollte nichts unternehmen, nur lesen und lesen. Wie glücklich sie das gemacht hatte. Diesmal fiel der Abschied nicht schwer, wusste

Hannah doch, dass er Ende August wiederkommen würde.

Eine solche Lesung hatte Jakob offensichtlich nicht erwartet. Der Saal voller gespannter Zuhörer, israelische Live-Musik mit Akkordeon und Hannah, die ohne jede Aufregung die ausgesuchten Kapitel aus ihrem neuesten Roman las. Nein, sie war nicht mehr nervös. Früher, als Georg sie noch begleitete, da hatte sie Lampenfieber, da zitterte die Stimme bei den ersten Sätzen, doch heute? Es war eine stille Selbstsicherheit in ihr, sie wusste ihr Publikum einzufangen, konnte ihre eigene Aufmerksamkeit auf Betonung und Pausen richten. Und auf die Musik, Olga begleitete ihre Lesung mit Akkordeon und Gesang. Ihre raue Stimme fesselte die Menschen, rührte oder erregte sie, es waren gelungene und sich ergänzende Lesungen, die Hannah in den letzten Monaten veranstaltet hatte.
Nach der Lesung nahm Jakob seine Mutter in den Arm, er störte sich nicht an den Zuhörern, die nach vorn kamen, um Hannah und Olga zu beglückwünschen oder Bücher zu kaufen.
„Ich bin so stolz auf dich", flüsterte Jakob. „Ich wusste, dass du es schaffen würdest". Sie spürte in seinem Arm, in seinem Geruch einen Augenblick die gleiche Geborgenheit, die sie bei Georg empfunden hatte. Er war so sehr sein Vater, dass Hannah nur immer wieder staunte. Lächelnd machte sie sich los, strich zärtlich über sein Jackett, „das habe ich euch zu verdanken, für euch lohnt es sich halt, weiterzumachen".
„Nein, es lohnt sich für dich, zuerst für dich. Du musst schreiben, du musst in die Öffentlichkeit, du siehst ja, wie anerkannt du bist".
„Im kleinen Kreis, aber es ist unendlich schwer, sich durchzusetzen. Und es kostet sehr viel Kraft".
Sie wurden von Freunden und Fremden unterbrochen, doch immer wieder suchten ihre Blicke ihren Sohn – wie gut er aussah in seinem grauen Anzug, ihr zuliebe hatte er sich in Schale geworfen. Wenn sie sich manchmal in Manila nicht hatte vorstellen können, dass dieser junge Mensch, der durch den Pool tobte, sich neben ihrem Lie-

gestuhl auf den Rasen seines Gartens setzte, in Boracay mit ihr am Strand Muscheln suchte, oder sich über ihr Staunen über all das Fremde, das ihr auf dieser Reise begegnet war, amüsierte, wirklich Manager wäre, konnte sie jetzt den anderen Jakob entdecken, ernst, sich aufmerksam mit ihren Freunden unterhaltend, sich souverän in einer Umgebung bewegend, die ihm gewiss genauso fremd war, wie ihr die seinige in Manila.
Zu Hause setzten sie sich noch eine Weile auf die Terrasse, lauschten dem Gesang der Grillen. „Erinnerst du dich noch an unseren Törn von Ibiza nach Mallorca?"
„Als wir mitten auf dem Meer plötzlich ein Grillenkonzert hatten und dachten, wir litten alle drei an Halluzinationen?"
„Ja, genau. Bis wir sie endlich gefunden hatten, die Grille, die sich im Hafen von Ibiza auf 'Hannahseven' verirrt hatte. Zuerst haben wir ja wirklich an Sinnestäuschung geglaubt".
„Es war eine schöne Zeit unsere gemeinsamen Segeltörns. Und dabei hatten wir uns, Papa und ich, manchmal Vorwürfe gemacht, weil du uns immer deine Sommer gewidmet hast".
„Vorwürfe! Für mich war es eine wunderbare Zeit, und all meine Freunde haben mich beneidet um meine Segelsommer".
Sie schwiegen, hingen ihren Erinnerungen nach, waren sich nah, und Hannah hatte das Empfinden, als wäre auch Georg hier bei ihnen, sie spürte seine Gegenwart so lebendig, dass sie die Augen schloss, damit die Wirklichkeit nicht diesen Traum auslöschte.
Am nächsten Tag flog Jakob nach Manila zurück.

Sie erschrickt, als es schellt. „Warum habe ich mir auch angewöhnt, mich morgens nicht mehr gleich anzuziehen", ärgert sich Hannah. Früher war sie die Erste im Bad, zog sich an, schminkte sich und hatte das Empfinden, so dem Tag besser begegnen zu können. Seit Georgs Tod geschieht es immer öfter, dass sie im Nachthemd mit Morgenmantel drüber zunächst die kleinen Hausarbeiten verrichtet, das Frühstück im Stehen in der Küche einnimmt und erst später ins Bad geht. Wieder schellt es. Sie greift nach dem Hörer der Sprechanlage, fragt: „Ja bitte?"

„Mama, ich".

Sarah! Wie früh! Es ist noch keine 9 Uhr. Außerdem... muss sie nicht arbeiten, es ist doch ein ganz normaler Donnerstagmorgen? Sie streicht sich rasch die Haare zurecht, bevor sie schwungvoll die Tür öffnet. Es ist nicht nur Sarah, auch Peter, ihr Mann, beide stehen etwas hilflos in der Tür.

„Ihr Beide! So früh?" Plötzlich wird sich Hannah der Spannung bewusst, rasch fragt sie: „Ist etwas passiert? Ist was mit den Kindern?"

Sie bemerkt Sarahs bleiches Gesicht, ihre verweinten Augen, hört ihre Stimme, ganz dünn, irgendwie zerbrochen: „Es ist... es ist etwas passiert", sie hält inne, kann kaum weiter sprechen, sagt: „aber... aber nicht mit unseren Kindern". Wieder zögert sie, kommt in den Hausflur, legt beide Arme um Hannah, meint stockend: „Mam, du musst jetzt sehr tapfer sein. Es ist... es ist etwas mit Jakob".

Mit Jakob? Erleichtert denkt sie: ‚Das kann nichts Schlimmes sein, ich habe vorgestern noch mit ihm gesprochen, um zu wissen, ob er gut in Manila angekommen ist'. Sie hat ihn noch einmal eindringlich gebeten, zum Arzt zu gehen, weil er so Leibschmerzen hatte, hat gesagt: „Jakob, pass auf dich auf, ich darf nicht noch jemanden verlieren".

„Mutsch, mach dir doch keine Sorgen. Ich bin bald wieder bei dir, im Oktober komme ich schon wieder nach Deutschland. Das ist gar nicht mehr so lange hin".

„Was... was ist mit Jakob? Ist er krank?"

„Nein..." Sarah versucht, die Mutter ins Wohnzimmer zum Sessel zu führen. "Bitte, setz dich", wieder hält sie inne, sagt: „Nein, nicht krank", sie zögert, ihre Stimme gehorcht ihr kaum mehr.
„Was ist mit ihm? Hat er... einen Unfall gehabt?"
„Keinen Unfall, Mama!" Mühevoll... zitternd: „Er ist... er ist tot".
Es ist nur ein Augenblick, ein unendlich erscheinender Moment und doch nur ein Augenblick, bis sie begreift. Solange er währt, reißt er sie auseinander, begräbt die Wirklichkeit, zerstört die Vergangenheit, verdunkelt das Licht des Morgens. Eine riesige Leere breitet sich in ihr aus, sie spürt, dass etwas in ihr stirbt, etwas Endgültiges, Unwiederbringliches.
Und gleichzeitig jagen sich die Gedanken.
Es kann ja gar nicht sein, sie hat doch erst...
Er will doch im Oktober kommen...
Er war doch am Freitag auf ihrer Lesung...
Sie haben doch vor drei Tagen noch auf der Terrasse gelacht...
Nein! Nein! Nein! NEIN! NEIN! Nicht Jakob, nicht ihr Kind, nicht ihr Jüngster.
„Wie... was...?", stammelt sie.
Sarah kniet vor ihr, umfasst ihre Beine, greift nach ihren Händen, antwortet kaum hörbar: „Gestern Abend," die Stimme will ihr nicht mehr gehorchen, ganz leise fügt sie hinzu, „er wurde... er wurde ermordet."
„ERMORDET! Gestern Abend?!" Gestern Abend war sie nach ihrem Musikvortrag mit ihren Freunden in einem Lokal gesessen, hatte gelacht, geredet, zugehört und in dieser Zeit...
Und sie hat es nicht gespürt...?
Sie flüstert: „Ermordet? Wie? Wer...? Warum? WARUM?"
Wieso redet sie? Wieso kann sie hören, wie Sarah sagt: „Wir wissen es nicht." Wieso spürt sie, dass Sarah sehr wohl weiß, es der Mutter aber noch nicht sagen, ihr die brutalen Einzelheiten noch nicht zumuten will?
Hannah schiebt ihre Tochter zur Seite, steht auf: „Wenn ich es nicht an mich heranlasse, kann es nicht geschehen sein". Der Boden... er schwankt, bewegt sich gefährlich

hin und her… sie torkelt, hält sich am Türrahmen fest. Sarah ist zu ihr geeilt, will sie halten. „Lass schon, es geht“, sagt Hannah. Sie schleppt sich ins Badezimmer, schließt die Tür hinter sich, streift ihr Nachthemd ab und zieht sich an… mechanisch, steif, erstarrt. Bewegungen, die funktionieren… mühselige, unendlich schwere Bewegungen. Sie öffnet wieder die Tür, hört sich fragen: „Wissen die anderen schon Bescheid?“ Wartet die Antwort nicht ab, greift zum Telefon, wählt eine Nummer, hört das Freizeichen, dann wird abgehoben, in Madrid, in der Schweiz… will das Ungeheuerliche, das Unbegreifliche behutsam mitteilen. Wie viel Anrufe hat sie geschafft? Einen, zwei, drei? Sie redet, verstummt, vernimmt das Weinen und Aufschreien ihrer Kinder… sie kann nicht mehr, überlässt Sarah die weiteren Anrufe.

‚Nicht denken, nicht denken‘. Sie spürt, wie der Wahnsinn nach ihr greift, er will sie erdrücken. Sie hört „…mit dem nächsten Flugzeug… mit dem Auto…“ Sie weiß, ihre Kinder sind alle schon unterwegs zu ihr.

Es ist doch erst 14 Monate her… da sind sie auch alle sofort hierher geeilt, damals um Georg…

‚Georg‘, sie will seinen Namen schreien, er muss sie doch hören, er muss ihr doch helfen! ‚Nein, nein, dein Herz – du musst geschont werden. Nicht hinhören, Georg, nein, halt dir die Ohren zu, nicht…‘

‚Jakob… Jakob…‘, sich an seinen Namen klammern, Bilder beschwören, sie wimmert – ‚Jakob, nein, nicht du, nicht mein Kind‘.

Es schellt, ihre Schwester Katharina kommt – wer hat sie angerufen? Sarah - Sarah hat sie um Hilfe gebeten.

Katharina will Hannah in den Arm nehmen. „Fass mich nicht an“, niemand darf sie berühren, niemand darf in ihre Erstarrung eindringen. ‚Ich muss handeln, dem Entsetzen ausweichen. Überall lauert es, sieht denn niemand seine Fratze?‘ Sie spürt, wie der Boden wieder unter ihr nachgibt, sie fällt…

Jemand hat ihren Hausarzt gerufen, sie hört ihn von weitem sagen: „Ich gebe ihr am besten eine Spritze.“

‚Ich will keine Spritze, ich will meinen Sohn! Ich will meinen Sohn zurück‘. Der stumme Schrei zerreißt sie.

„Sie muss in die Klinik“.
„Wer? Ich? Ich bin nicht krank! Nein, nicht krank… ich bin tot, ich bin gerade eben gestorben!“
‚Ich muss allein sein’, sie weist die Menschen zurück, die sie stützen wollen, geht mit steifen, mechanischen Schritten ins Bad. Schließt sich ein. Ihr Herz rast, schreit: ‚Jakob? Nein - es konnte nicht sein...! Ihr Kind...! Ermordet!’ Sie presst das Gesicht in ein Handtuch, schluchzt laut, erstickt den Schrei. Hält sich krampfhaft am Waschbecken fest: ‚Nur nicht wieder hinfallen! Keine Klinik, ich will hier sein, hier, wo wir vor vier Tagen noch … nicht denken’.

Sie ging wieder zu den andern, die Freunde waren alle gekommen, auch ihre Schwester Gabriele – über dem Raum lag lautloses Entsetzen.
„Ich möchte nach Manila“, hörte Hannah sich ruhig sagen.
Sarah bemühte sich um Fassung: Sie hatte bei der Fluggesellschaft angerufen. Nichts war mehr frei. Sie hatte geweint, erklärt, gebettelt und gebeten… sie mussten Jakob doch nach Hause holen. Und die schockierte Lufthansa-Mitarbeiterin half…sofort, beschaffte zwei Plätze in der Abendmaschine nach Manila.
Ken, der mit der späten Nachmittagsmaschine aus Madrid landen sollte, beschwor Hannah am Telefon: „Mama, bitte, lass Sarah und mich gehen. Es wird unerträglich für dich.“
‚Noch unerträglicher? Das ist unmöglich!’
Aber sie wusste, dass sie bei der Erledigung all der Formalitäten für ihre Kinder nur eine Last sein würde und dass Sarah und Ken alleine mehr ausrichten konnten als sie. .
Langsam, ganz langsam vernahm sie Einzelheiten der unfassbaren Tat. Jakob war erschlagen worden. Raubmord. Zwei Täter – als Freunde ausgegeben, vom Sicherheitsdienst des schwer bewachten Villenviertels durchgelassen. Sie mussten Jakob in der Bibliothek überwältigt haben. Er hatte sich noch in den Garten geschleppt, dort war er zusammengebrochen. Seine Hausangestellte fand ihn heute Morgen, er lag auf dem Rasen, auf dem Bauch. In den Swimmingpool hatten die Täter ihre blutigen Hemden geworfen.
Hannah wollte nichts hören und doch gleichzeitig keines der Worte verlieren.
In seinem Garten...! Es war erst einige Monate her, dass sie auf demselben Rasen in der Sonne gelegen hatte! Jeden Tag war sie im Pool geschwommen, im Pool, wo jetzt Jakobs Blut...
Er lag auf dem Bauch. Schon als kleiner Junge hatte er immer auf dem Bauch geschlafen, mit erhobenen Ärmchen – ihr Kleiner!
Nicht denken – irgendwo lauerte der Wahnsinn.

Alle flüsterten, aber Hannah verstand jedes Wort: „Kennt man die Täter?"
„Noch nicht, aber eine Beschreibung liegt vor, vom Wachpersonal, vom Taxifahrer, der sie hingefahren hat."
„Wie sind sie wieder raus gekommen?"
„Mit Jakobs Wagen…"
Bilder, nicht enden wollende grauenhafte Bilder.
Am Abend flogen Sarah und Ken nach Manila. Hannah hatte beim Abschied Sarah angefleht: „Bitte, bringt ihn mir zurück, bitte, bitte bringt mir mein Kind wieder."
Sarah versuchte sie zu trösten: „Ich versprech es dir. Wir sind bald wieder hier."
Und Hannah wartete...
Sarah rief ein paar Mal am Tag an. Wusste nicht, wann die Behörden Jakob freigeben würden. Außerdem hatten sie überall noch so viel Amtliches zu erledigen, in seiner Firma, bei seiner Bank, der Polizei, der Fluggesellschaft, der Botschaft.
Sarahs Stimme am Telefon, so nah, so verstört: „Mama, sie haben seinen Sarg in einer kleinen Kapelle aufgebahrt, umgeben von einem Blumenmeer – tausende von Orchideen, und es ist nicht genug Platz für die vielen Menschen, sie stehen bis auf die Straße hinaus. Eine Frau erzählte mir heute weinend, dass Jakob für ihr Kind einen Krankenhausaufenthalt bezahlt hatte, weil sie kein Geld hat. Und wusstest du, Mama, dass Jakob in den Slums Schulen unterstützt hatte?"
Nein, das hatte sie nicht gewusst. Er hatte niemals damit geprahlt, nie davon gesprochen, im Stillen agiert. In seiner Stellung verdiente er viel Geld, hatte es nicht für sich allein behalten, sondern geteilt und geholfen.
Und Sarah fügte hinzu: „So hilfreich und menschlich wie er war, so sind jetzt die Menschen hier zu uns. Sie wollen uns unterstützen, wo sie nur können, und sie schämen sich so für diese grauenvolle Tat."
Hannah hörte zu und hatte doch nur einen Gedanken: „Konntet – konntet ihr ihn noch einmal…?" Sie hätte ihn so gern noch einmal gesehen, berührt, sein Gesicht gestreichelt.

„Nein Mama, wir hätten gedurft, aber wir wollten nicht. Der geschlossene Sarg steht seit Donnerstag in der Halle und... und hier haben wir 32 Grad!"
Sie möchte fliehen vor den grauenhaften Vorstellungen – ihr schöner Junge, ihr lebensfrohes Kind. Sah ihn wieder bei der Lesung – seine selbstverständliche Art zu sein, einfach nur zu sein.
Und wieder dieses Hin- und Hergerissensein zwischen Nichts hören und doch Alles wissen wollen.
„Sie haben die Mörder. Die haben ihren Standort dadurch verraten, dass sie mehrmals mit Jakobs Handy telefonierten."
„Haben sie die Tat zugegeben?"
„Wissen wir nicht. Die Polizei hat uns nur gesagt, dass die Freundinnen der beiden Kerle ausgesagt hätten, die Täter hätten sich ihnen gegenüber mit der Tat gebrüstet."
„Ich versteh nicht, wieso sie überhaupt am Wachpersonal vorbei gekommen sind."
„Jakob hat einen der Täter gekannt und dem Sicherheitsdienst erlaubt, sie durchzulassen. Er sei ein Freund, habe er gesagt. Vertrauensvoll wie er war, konnte er nicht ahnen, dass der so genannte Freund einen Komplizen mitgebracht hatte und die Tat geplant war. Deshalb hatte die Polizei auch sofort eine detaillierte Täterbeschreibung."
Die Bilder in ihrem Kopf... immer und immer wieder tat sich ein bedrohlicher Abgrund auf, in den sie stürzte. Und dann wieder Leere... barmherzige Leere, die sie nicht verrückt werden ließ.
Die Tage schleppten sich dahin, die Kinder versuchten, Hannah zum Essen zu bewegen. Sie aber wollte nur auf den Friedhof, wollte zu Georg.
Noch schlimmer als die Tage waren die Nächte – manchmal fiel sie in einen dumpfen Schlaf. Schreckte auf! Hoffte einen Augenblick lang, dass alles nur ein Alptraum gewesen sein möge. Bis sie die Wirklichkeit wieder überfiel! Woher nahm sie nur die Kraft, überhaupt aufzustehen, weiter zu leben.
„Ich will nicht mehr! Warum darf ich nicht auch sterben?"
Sie stand in Georgs Zimmer, auf seinem Balkon, starrte in die Dunkelheit.

Fünf Tage später kamen Sarah und Ken zurück. Der Sarg wurde erst von der deutschen Polizei beschlagnahmt und am nächsten Tag nach N. überführt. Aufgebahrt im gleichen Raum, wo vor 14 Monaten Georg...
Sie hörte Jakobs Stimme, warm und tröstend: ‚Mutsch, mach dir keine Sorgen'.
Spürte seine Umarmung: ‚Ich bin bald wieder bei dir!'
Er war wieder da – er wird nie mehr kommen!
Bei der Beerdigung sagte der Pfarrer: „*Und Gott schloss die Tür zu*".
Und er sagte: „*Es ist eine Geschichte von der Tür, die wieder aufgeht, und dann wölbt sich ein zarter, bunter Regenbogen über allen Betroffenen, ein Lebensbogen, der zum Zeichen wird für die Liebe. Der Regenbogen, ein Gebilde aus Tränen des Himmels und den Strahlen der Sonne, so verletzlich und zärtlich, wird als ein neues Licht aufscheinen, an Vergangenes erinnern und gleichzeitig in eine lebenswerte Zukunft verweisen, die denen gehören soll, die sich lieben*".
Hannah hörte die Worte, verstand sie nicht, es blieb nur ein Satz haften: „*Und Gott schloss die Tür zu*".

Morgens wachte sie früh auf. Mit geschlossenen Augen versuchte sie, den Tag zurückzudrängen. Doch es gelang nie – sie spürte, wie sie zurückkehrte in die graue Leere zwischen Wirklichkeit und Alptraum. Das Dorf schlief noch, wenn sie an diesen sonnigen Morgen langsam die Straße zum Friedhof hinunterging.
Sommerzeit – Zeit der frühen Helligkeit.
Das vergangene Jahr war Georgs Grab das einzige auf dem ansteigenden, neu angelegten Rasenstück des Friedhofs. Die Kinder hatten zärtlich spottend gemeint, „typisch Papa – eine große Wiese nur für sich allein“. Jetzt lag er nicht mehr allein - auf Jakobs Grab breiteten sich noch die vielen Kränze und Sträuße aus, symbolisierten Blühen und Leben, wo nur Tod war. Noch ragte das schlichte Holzkreuz aus der dunklen Erde. Sie setzte sich auf die steinerne Umrandung von Georgs Grab, starrte auf den frisch aufgeworfenen Hügel daneben, las die Buchstaben auf dem Kreuz „Jakob Jantzen“, sie gruben sich tief in ihre Verzweiflung und drangen doch nicht wirklich in ihr Bewusstsein.
Das Holztor knarrte – vor zwei Wochen hatte es Jakob noch für sie geöffnet – eine Nachbarin ließ eine Gießkanne voll Wasser laufen, grüßte scheu zu ihr hinüber, da stand sie auf und ging nach Hause. Nach Hause? Sie wusste nicht mehr, wo das war! Auf dem Friedhof? Im leeren großen Haus – wo ihre Schritte in der gnadenlosen Einsamkeit dröhnten?
Sterben oder atmen – sie wollte nicht das eine und nicht das andere. Ihre Kinder waren es, die zu ihren ahnungslosen Beschützern wurden, auch wenn Tausende von Kilometern zwischen ihnen lagen. Sie hatte ihr Leid um den Bruder gespürt, sie konnte, sie durfte ihnen nicht zumuten, auch die Mutter zu verlieren. Sie zwang sich zum Funktionieren, aß, trank, fuhr in die Kreisstadt zum Einkaufen, arbeitete an ihren Vorträgen, hatte sich nie zuvor so zweigeteilt gefühlt.
Abends ging sie in den Garten, ‚hier haben wir vor zwei Wochen noch gesessen!’ Jakob hatte entsetzt die Beine hochgerissen, als eine Maus quer über die Gartenterrasse

gerannt war. Das Gelächter schien noch in der Luft zu hängen. Jakob hatte Angst vor Mäusen. Und vor seinen Mördern?

Ein Freund meinte: „Umbringen müsste man die Kerle! Weißt du eigentlich, dass es in Manila die Todesstrafe gibt?“

Todesstrafe? „Nein, ich bin seit jeher gegen die Todesstrafe, diese Einstellung kann ich nicht ändern, nur weil es uns betrifft“.

Seltsam fern waren ihr Jakobs Mörder – sie konnte keine Wut gegen sie empfinden, sie waren ihr zu fremd, zu nebelhaft. Sie war erfüllt von namenlosem Zorn gegen das Schicksal.

Stundenlang vertiefte sie sich in Jakobs Kinder- und Jugendbilder. Wenn ihr Blick seine Gestalt umarmte, wenn sie seinen Kopf betrachtete, sah sie klaffende Wunden, blutverkrustete Haare, hörte seine Schreie, sah ihn zusammenbrechen. Hatte er nach ihr gerufen?

Sie wählte wieder und wieder seine Handynummer, mit aller Kraft wollte sie das Unmögliche, hoffte seine Stimme zu hören, doch es waren jedes Mal die gleichen Worte, die an ihr Ohr drangen: „Kein Anschluss unter dieser Nummer“.

Sie lebte im tiefsten Nichts – keine andere Zeit ihres Lebens war mit dieser Gegenwart zu vergleichen. Vom Augenblick des Aufwachens bis in die Nacht hinein kreisten ihre Gedanken um Jakob. Am quälendsten waren die vielen hilflosen Fragen. Warum hatten Nachbarn ihn nicht gehört? Warum konnte er beim ersten Anzeichen von Gewalt nicht aus dem Haus fliehen?

WARUM ... dieses riesige Warum!

Da half es wenig, dass Sarah ihr erklärte, die Mörder hätten Musik aufgelegt und so laut gestellt, dass sie seine Hilferufe übertönte. Die Tür hätten sie abgeschlossen, ans Telefon wäre er nicht mehr rangekommen.

Warum hatte sie als Mutter nichts gespürt – wie war es denn mit dem berühmten Mutterinstinkt? Warum hatte sie es nicht drei Tage vorher geahnt, sie hätte sich an ihn geklammert, hätte ihn nicht weggehen lassen. Diese vie-

len „warum“ und „hätte“, sie wichen einer verwirrten Kraftlosigkeit.
Und manchmal malte sie sich aus: Wie wäre es, wenn...
Wie wäre es, wenn Georg noch lebte? Es gab so viele Augenblicke, da wünschte sie, in seinen Arm kriechen zu können, mit ihm gemeinsam zu weinen, mit ihm am Grab zu stehen.
Sie wartete – eingeschlossen in Erwartungslosigkeit. Was hatte sie von der Zukunft auch zu erhoffen – wie sollte sie je wieder einen Weg in irgendein anderes, ein neues Leben finden?

Und doch kam er – der Tag. Als sie es am wenigsten vermutete. Hat das andere Ich in ihr, das sich an Pflichterfüllung und Verantwortungsgefühl klammerte, das Vorträge hielt, zu Lesungen durch ganz Deutschland fuhr, das nach Aktivitäten gierte, um sie nicht untergehen zu lassen, hat dieses Ich ihr zeigen wollen, dass es ein Leben außerhalb der Trauer und Verzweiflung gab?

Sie wusste es nicht und es erschien ihr unvorstellbar, dass sich ihr Leben noch einmal ändern sollte.

Es war ein sonniger, herbstlicher Oktobermorgen, als das Telefon läutete. Gabriele, ihre jüngere Schwester fragte: „Hannah, möchtest du in Mainz lesen".

Warum nicht? Eine Stadt, eine Aufgabe mehr! Gabriele fuhr fort:

„Der Saal ist in einer Seniorenresidenz. Du weißt, ich kenne viele Menschen in Mainz. Wenn wir richtig Werbung machen, kommen die sicher alle. Außerdem kann ich mir denken, haben auch die Bewohner dieser Residenz Interesse an Lesungen. An Publikum wird es dir also nicht fehlen".

Vierzehn Tage später fuhr sie nach Mainz. Die Residenz lag mitten in der Stadt. Hannah parkte ihren Wagen, stieg aus, suchte ihre Unterlagen zusammen, drehte sich zu dem Gebäude um. Erstaunt las sie den Namen dieser Residenz „Mundus".

So weit reichten ihre Lateinkenntnisse, damit sie erstaunt zu Gabriele, die zur selben Zeit angekommen war, sagen konnte: „Mundus! Das bedeutet „Welt" – wie kann man eine Seniorenresidenz nur so nennen? Nimmt man in einer solchen Einrichtung nicht eher Abschied von der Welt?"

Gabriele lächelte: „Ich war schon öfter hier, habe in den Räumen schon Veranstaltungen gehabt. Lass dich doch einfach mal überraschen."

Die Eingangstüren öffneten sich automatisch, und als Hannah in das Vestibül der Residenz trat, war ihr, als betrete sie ein Fünfsternehotel. Nichts erinnerte an Gebrechlichkeit, an den Geruch nach Alter, nach „letzter" Station! Breite Stufen führten zu den oberen Etagen, am

Empfang Blumen und eine lächelnde Empfangsdame, die sie freundlich willkommen hieß. Wohin Hannah blickte gediegene Eleganz, und plötzlich schoss ihr ein Gedanke durch den Kopf: ‚Wenn ich jemals mein Haus verkaufen sollte, möchte ich hierher ziehen".
Während des ganzen Abends ließen sie diese Überlegungen nicht mehr los, gleichzeitig spottete sie über sich: ‚Du glaubst doch nicht im Ernst, dass du dein Haus verkaufst und dass du in ein Altersheim ziehst. So alt bist du nun auch wieder nicht'.
Doch der Gedanke ließ sich nicht mehr verscheuchen. Tagelang streifte sie durch ihr großes, leeres Haus, das widerhallte von gelebten Erinnerungen, von Lachen und Weinen, von Stimmen, die verstummt waren, und dachte wieder einmal: „Zu zweit war es hier wunderschön, es war unser ganz persönliches Paradies. Aber allein!'
Allein bedeutete es im Notfall Abhängigkeit von der Nachbarschaft, von Sarah. Keine Einkaufsmöglichkeiten, keine regelmäßige Busverbindung. Wenn sie nicht mehr selbst fahren könnte, wäre sie auf die einzige Busverbindung der Woche angewiesen. Einmal dienstags morgens um 8 könnte sie in die Kreisstadt fahren, um 11 Uhr wieder zurück.
‚Will ich das wirklich? Mir vorschreiben lassen, wann und wie oft ich einkaufen gehe?'
Sie ging in Georgs Zimmer, strich über die Gitarre, die noch immer neben seinem Notenpult stand, betrachtete sein Foto an der Wand: „Was würdest du an meiner Stelle machen? Ich bin so ratlos, Liebster". Sie hatten manchmal darüber gesprochen, was sie machen würden, wenn sie allein bleiben müssten. Georg hatte es sich eh nicht vorstellen können, doch manchmal, vor allem nach ihrer großen Operation, hatte er gesagt, „ich glaube, ich bleibe im Haus oder... nein, doch nicht - ich verkauf es und ziehe in die Kreisstadt, oder - noch besser - ich ziehe zu Sarah". Beim letzten Gedanken hatte Hannah ihn erschrocken unterbrochen: „Das denkst du hoffentlich nicht wirklich? Wir können Sarah nicht die Verantwortung für uns aufbürden. Sie ist die einzige von unseren Sieben, die in der Nähe wohnt. Nie und nimmer würde ich das tun".

„Hm, hast Recht, aber eigentlich mache ich mir darüber keine Gedanken“. Und auch sie hatte das Problem von sich weg geschoben, wer konnte schon die Zukunft voraussagen?
Doch jetzt lebte sie mitten in dieser Zukunft und hatte Angst vor dem Alleinsein in ihrem Haus. Warum waren ihr diese Gedanken nicht schon bald nach Georgs Tod gekommen? Weil sie sich nicht hatte vorstellen können, aus dem, was ihnen Heim gewesen war, auszuziehen. Aber nach Jakobs ... nein, sie konnte das Wort nicht aussprechen, sie fürchtete sich einfach davor, dass eines Tages in dieser Abgeschlossenheit der Wunsch, nicht mehr weitermachen zu wollen, stärker wäre als aller Lebensmut.
Und „Mundus“ bot alles, was man sich von einem „beschützten“ Leben nur wünschen konnte.
‚Was hast du denn dauernd mit deinem „Mundus!“‘ fragte sie sich fast ärgerlich.
‚Was? Es liegt mitten in der Stadt! Zum Dom und Theater und allen Geschäften ist es genauso weit wie zum Rheinufer! Ich werde mich nicht „ins Grüne“ abgeschoben fühlen! Wenn ich das Alleinsein mit mir nicht mehr aushalte, brauche ich bloß ein paar Treppen hinunter zu gehen und schon tauche ich ein in Menschengedränge, in Stimmen und Lachen und Lebhaftigkeit – das hat mir an dieser Residenz am besten gefallen.
Und die alten Menschen werden nicht aufs Abstellgleis verfrachtet, es gibt im Haus selbst so viele kulturelle Veranstaltungen, dass ich, wenn ich einmal nicht mehr könnte, gar nicht auszugehen brauchte. Es ist das Ambiente, das mir so gefällt’.
‚Aber von hier weggehen?’
Sie stand an der Terrassentür und sah hinunter in Richtung Friedhof. ‚Und die Gräber?’ Trotz der Entfernung konnte sie jetzt, im Spätherbst, nachdem die Bäume ihr Laub abgeworfen hatten, die beiden Grabsteine ausmachen, wenn auch nur schemenhaft. Erschöpft ließ sie sich auf Georgs Couch nieder: ‚Die Gräber? Ich kann gewiss noch eine Weile Autofahren und, so oft ich möchte, hierher kommen und nach den Gräbern sehen. Sie dürfen doch nicht mein weiteres Leben bestimmen. Ich kann mir

einfach nicht vorstellen, dass Georg oder Jakob das von mir verlangt hätten. Ich will nur eines – niemals abhängig sein'.

Nach einigen Tagen brachte sie bei Sarah das Gespräch auf „Mundus", auch wenn sie sich deren negative Reaktion schon im vornherein vorstellen konnte. Und so war es auch:

„Mama, das möchte ich nicht. Du so weit fort – ich möchte für dich da sein. Du brauchst doch nicht in eine Seniorenresidenz!" und es klang, als hätte sie vor, in ein Armenhaus zu ziehen.

„Schätzchen, ich kann mir das eh erst leisten, wenn ich das Haus verkaufe. Du kennst diese Residenz nicht. Ich habe einfach Angst hier im Haus allein. Kannst du das nicht verstehen? Klar sprechen wir täglich mehrmals zusammen, aber wenn ich abends die Treppe hinunterfalle und mich nicht rühren kann, erfahren es du oder die Nachbarn erst am nächsten Tag! Oder wenn ich gar einen Schlaganfall…" Und sie sagte nicht, dass sie Angst davor hatte, eines Tages nicht mehr die Kraft aufzubringen, um ihrem Todeswunsch zu widerstehen.

„Mama, hör auf, das bekommst du alles nicht! Es gibt auch noch andere Lösungen. Bald sind unsere Buben aus dem Haus, wir richten unten eine Einliegerwohnung ein, du bist selbständig und doch nicht allein".

„Kind, ihr lebt in einem 150 Seelendorf, da ist N. dagegen ja fast eine Kleinststadt, ich zieh nicht noch mehr in die Pampa. Wenn ich eines Tages nicht mehr Autofahren kann, bin ich in der gleichen Abhängigkeit wie im eigenen Haus. Ich will das nicht, ich will das einfach nicht. Ich möchte nicht, dass du eines Tages, um frei zu sein, auf meinen Tod warten musst".

„Was redest du denn da! Das würde ich nie!"

„Ach, Sarah, was glaubst du, was alles geschehen kann. Ich könnte zu einer solchen Last für dich werden, und das wäre für mich unerträglich. In einer solchen Residenz kann ich natürlich auch abhängig werden, aber da bezahle ich dafür – ich sage gern danke, wenn ich zuvor bezahlt habe. Sie haben eine Pflegestation, und sie haben einen

Residenzbereich. Komm einfach einmal mit, wir schauen es uns ganz unverbindlich an“.
Und sie sagte nicht, dass sie schon dort gewesen ist und sich eine Wohnung hatte reservieren lassen, wenn auch noch mit Widerspruchrecht.
Als sie an jenem Abend ihrer Lesung „Mundus“ betreten hatte, war dieses für sie unerklärliche Gefühl da gewesen, diese innere Sicherheit, ja, fast das Wissen: ‚Dort möchte ich die letzten Jahre, nein, die kommenden Jahre meines Lebens verbringen’. Sie hatte bisher immer diesem „Bauchgefühl“ vertraut und alle ihre Entscheidungen, die spontan und nur aus dem Gefühl heraus getroffen worden waren, erwiesen sich irgendwann als richtig.
Sie war noch mehrmals danach in Mainz gewesen, hatte sich verschiedene Wohnungen angeschaut. ‚Ich will hoch oben wohnen, ein Stückchen näher am Himmel’, und sie wagte nicht den Satz weiter zu denken, weil es ihr sentimental vorkam, dass sie dachte ‚und damit ein wenig näher an Georg und Jakob’.
Die Wohnung, für die sie sich letztendlich entschied, lag im sechsten Stock. Wenn sie aus ihrer Wohnungstür trat, hatte sie niemanden, der gegenüber wohnte, dafür bot sich Mainz ihren Blicken dar. Und auch von ihrer Terrasse konnte sie auf die Dächer der Stadt schauen, nur ihr direkt gegenüber befand sich die Landesbank, in deren großen Glasfenster sich Wolken und Sonne spiegelten.
Als sie auf der Terrasse stand, als der Lärm der Großstadt gedämpft zu ihr hinauf drang, als die Glocken des Doms anfingen zu läuten, malte sie sich einen lächerlichen Moment lang aus, sie wäre eine berühmte Schriftstellerin und hätte sich in einem Luxushotel eine Wohnung als ständige Bleibe ausgesucht.
‚Ich habe ja immer noch Träume! Trotz allem, was geschehen ist? Hört das denn nie auf?’ Immer hatten Träume ihr Leben mitbestimmt und manchmal dachte sie, ‚wenn ich keine Träume mehr habe, ist mein Leben wirklich zu Ende’.
Ein paar Tage später traf sich Hannah tatsächlich mit Sarah in Mainz.

„Das ist wirklich mitten in der Stadt“, staunte ihre Tochter. Die Residenzberaterin schien von Psychologie viel zu verstehen, denn sie lud Hannah und Sarah, bevor diese in die Wohnung gingen oder bevor Sarah gar irgendetwas von dem gewiss auch vorhandenen Ambiente eines Altenheimes wahrnehmen konnte, in das elegante Restaurant des Hauses ein.
Scheu blickte sich Sarah um: „Wohnen all die Menschen, die sich hier so lebhaft unterhalten, in der Residenz?“
Hannah lachte: „Was hast du denn erwartet? Dass es im Alter keine Unterhaltung, kein Lachen, keine Interessen mehr gibt?“, und sie spürte, dass Sarahs Widerstand gegen ihren Wunsch, hierher zu ziehen, mit jeder Minute geringer wurde. Als sie anschließend noch die Wohnung gesehen hatte, als sie auf der großen Terrasse stand, meinte sie: „Mam, ich glaube, das ist doch eine gute Entscheidung. Ich bin nach wie vor der Meinung, du solltest zu uns ziehen, aber wenn du wirklich das Haus verkaufen willst, um in eine solche Einrichtung zu gehen, hast du mit „Mundus“, mit der Rückkehr in die „Welt“ für dich die richtige Wahl getroffen“.
Hannah umarmte ihre Tochter: „Ich bin so dankbar, dass du es nachvollziehen kannst. Nun muss ich noch deine Geschwister von meinem Plan überzeugen“.
„Die werden, wenn sie Seniorenresidenz hören, erst mal genauso reagieren wie ich, aber wenn sie dich hier besucht haben, werden sie auch anders denken“.
Arm in Arm standen die beiden Frauen auf der Terrasse. Leise sagte Hannah: „Ich habe, als ich mir die Wohnung reservieren ließ, auch hier auf der Terrasse gestanden und habe mir ausgemalt, Papa und Jakob stünden neben mir. Und... und ich habe sie gefragt, was sie von meinen Plänen halten. Ich hatte plötzlich das starke Empfinden, als wären sie tatsächlich hier, als säßen wir um den runden Balkontisch, den ich mir kaufen möchte und Georg würde mir zulächeln und sagen: „Hannah, du machst es richtig“ und Jakob würde hinzufügen: „Ich habe dir doch bei deiner Lesung schon gesagt, du schaffst es. Wir glauben an dich“. Fast verschämt fügte sie hinzu: „Mag sein, dass es mein eigener Wunsch ist, der mir solche Gedan-

ken eingibt, aber ich habe einfach das Gefühl, als wenn ich etwas völlig Richtiges mache mit dieser Entscheidung. Und dass die Beiden damit einverstanden sind. Kannst du das verstehen?“

Sarah schaute die Mutter zärtlich an: „Ich glaube nicht, dass es Einbildung von dir ist. Irgendwie sind die Beiden bestimmt ganz nah“.

Nur zwei Monate, nachdem Hannah zum ersten Mal „Mundus“ betreten hatte, unterzeichnete sie den Vertrag für die Wohnung. Den Hausverkauf übergab sie einem Makler, die vielen großen Möbel, die sie in der neuen Wohnung nicht unterbringen konnte, wollten Laura und Tanja haben, die Sitzgarnitur kam ins Haus von Sarah, bei jedem Besuch bei den Kindern fand Hannah später ein Stück ihres Lebens mit Georg, ein seltsam wehmütig-frohes Empfinden. Sie leistete sich ein neues Schlafzimmer, kaufte sich eine elegante Wohnzimmergarnitur, den Rest der neuen Wohnung richtete sie vor allem mit den Dingen ein, die Georg gehört hatten. Sie wollte an seinem Schreibtisch sitzen, an seiner Bücherwand stehen, auf seiner Couch sitzen – wie sehr suchte sie noch immer seine Gegenwart.

Es war Frühling und es kam der Tag, dass sie wieder einmal Abschied nehmen musste – von dem Ort und seiner Umgebung, von ihrem Haus, dem Garten, von allem, das sie vor 12 Jahren so verführt hatte, so dass sie begeistert notiert hatte: ‚das ist mein Grundstück’.

‚Wie oft in meinem Leben bin ich schon „zum letzten Mal“ durch Räume gegangen, doch noch nie war ich so allein wie diesmal’. Sie stieg zum letzten Mal die Treppen hinauf in den ersten Stock, betrat das obere Wohnzimmer, erinnerte sich an die vielen Abende, als sie hier gemeinsam Filme gesehen oder Karten gespielt hatten – jetzt herrschte gähnende Leere. Lange stand sie auf der gemeinsamen Terrasse vor ihrem und Georgs Zimmer, umfasste noch einmal mit einem Blick die Aussicht auf das nächste Dorf, auf den Wald und die gelb leuchtenden Rapsfelder – das Frühjahr war keine gute Zeit, um Abschied zu nehmen... Doch es war ja nur ein Haus – nur ein Haus!

Sie schlenderte durch den Garten, berührte die Büsche und Bäume, die Georg gepflanzt hatte, dachte einen Augenblick voller Sehnsucht an die rote Schaukel in ihrem Garten in Madrid. Aber die Zeit, da sie sich in die Luft schwingen wollte, war vorbei – für immer vorbei.
Sie machte sich noch einmal von ihrem Haus aus, das nicht mehr ihr gehörte, auf den Weg zum Friedhof – obwohl es angefangen hatte, zu regnen. Während sie auf das braune Holztor zuging, hörte es so unvermutet, wie es begonnen hatte, auf zu regnen. Als sie den Friedhof betrat, lagen alle Gräber im dunklen Wolkengrau des gerade gefallenen Regens. Plötzlich blieb Hannah überrascht stehen – die Sonne hatte in den vorüberjagenden Wolkenbergen einen schmalen Durchbruch gefunden und warf ein helles, ein strahlendes Licht genau auf den Hügel mit ihren beiden Gräbern. Die grün-grauen Natursteine von Georgs und Jakobs Grab leuchteten in unwirklichem Glanz, losgelöst von ihrer materiellen Beschaffenheit.
Wie in Trance schritt Hannah den Abhang hinauf, trat hinter die Gräber, legte ihre Hände auf Georgs und Jakobs Stein, spürte die raue Beschaffenheit des Felsens, sagte leise, während ihr Tränen übers Gesicht liefen: „Ich habe eure Botschaft verstanden. Danke!“
Mit dem Ärmel ihres Regenmantels wischte sie sich die Tränen ab, holte tief Luft, spürte, wie sich ihr Herzschlag beruhigte, fragte: „Und jetzt?“
Sie schritt langsam den Hügel hinunter, schloss behutsam das Friedhofstor, ging zum kleinen, laubbedeckten Parkplatz, stieg in ihr Auto, fuhr noch einmal durchs Dorf, am Haus vorbei, bog auf die Hauptstraße in Richtung Stadt.

ENDE

Ich danke meinem † Mann für die abwechslungsreichen, teilweise abenteuerlichen und tief erfüllten Jahre unseres Zusammenlebens. Meinen Kindern dafür, dass Sie meinem autobiografischen Vorhaben keine Steine in den Weg gelegt und mich auf weiten Strecken bei der Entwicklung des Romans begleitet und unterstützt haben.
Mein Dank gilt Hedi Hummel, dass sie an mich und mein Buch von Anfang an geglaubt hat; gilt Karina Brinkmann und unserer Schreibwerkstatt Gruppe 95, die aufmerksam und voller konstruktiver Kritik Kapitel für Kapitel mit mir gemeinsam durchgegangen sind und mir immer wieder Mut machten. Für die gründliche Korrektur meines Textes danke ich Sabine Ehnert. Nicht vergessen zu danken möchte ich der Verlegerin und dem Herausgeber - sie mussten schon manchmal Geduld mit mir haben, aber wir haben es letztendlich doch geschafft.

Hilde Möller

...den Himmel mit Händen fassen

Roman

Neuausgabe

ALKYON

Über die Autorin

Geboren in Stuttgart, aufgewachsen in Frankfurt/Main. Mit ihrem ersten Mann leitete sie ein Hotel in Isfahan/Persien; mit ihrem zweiten Mann Aufenthalt in Brüssel und Ankara, später lebte die Familie mit ihren Kindern 28 Jahre in Madrid. Seit ihrer Rückkehr nach Deutschland schreibt Hilde Möller Romane, fotografiert und hält Musikvorträge.

Romane:
"den Himmel mit Händen fassen" Alkyon 2000;
"Schatten umarmen" Darmstadt 2002.
"Und die Zeit stand still" Alkyon 2004
„leben" Alkyon-BIK, Marbach am Neckar, 2008

Literaturbeitrag im HR2. Hörfunkprogramm, Ffm.

Fotografien im Mira-Verlag

Weitere Titel der Alkyon-Reihe

Hilde Möller, ... den Himmel mit Händen fassen. Roman

208 S., EUR 11,40(D), SFR 19,70

978-3-934136-30-4

Auf einer Reise nach Israel begegnet die Fotografin Sophie Wenger dem jüdischen Schriftsteller Jonas Ben-Yadin. An seiner Seite erschließt sich ihr das Land, nach dem sie sich seit ihrer Kindheit gesehnt hat. Hier findet sie Antworten auf den Hass ihres Vaters für alles Jüdische. Noch wagt sie es nicht, die von der Mutter hinterlassenen Aufzeichnungen zu lesen. Doch die Nähe des liebenden Mannes gibt ihr die Kraft, sich dem Geheimnis ihrer Existenz zu stellen.

Hilde Möller, Und die Zeit stand still. Roman

257 S., EUR 12,40 (D), SFR 22,60

ISBN 978-3-934136-31-1

Die Musikpädagogin Paula Kramer fährt nach Italien, um Julian zu vergessen. Als sie in Cannobio ein altes Medaillon öffnet, erblickt sie ein Bildnis, das ihre Züge trägt. Doch es stellt Paola Cederna dar, die vor dreihundert Jahren in Cremona gelebt hat. Das führt zu einer Suche, die ihre Existenz verändert.

Hedi Hummel, Nachsaison in Duhnen

336 S., EUR 13,90 (D), EUR 14,50 (A), 25,00 SFR

ISBN 978-3-934136-64-9

Nach ihrem Erstlingswerk "Pluto über Berlin", einer "kriminellen Liebesgeschichte", bildet nicht die Großstadt das Terrain dieses vermeintlichen Nordsee-Krimis, sondern die Natur des Wattenmeeres mit seiner Geschichte und Literatur. Während der Leser auf der Spurensuche der Protagonistin seinen kombinatorischen Verstand bemüht, enthüllt sich ihm auf raffinierte Weise ein Gefühlskrimi der Beziehung dreier Frauen als die vielleicht eigentliche Geschichte dieses Romans. Lustvolle Spannung und spannende Lust als anregende Unterhaltung.

Hedi Hummel
Nachsaison in Duhnen
Roman
Buchverlag
ALKYON
Irmgard Keil

in den stuttgartgedichten zeigt sich in vielfältiger „art & weise“, wie man auf einfallsstraßen über den rand hinein in den „dichter kessel“ der schwabenmetropole gelangt. Die „rei’ g’schmeckte“ Autorin gibt mit Witz und Wortkunst Pfeffer an Spätzle und Maultaschen und entdeckt Stuttgart neu.

134 S. EUR 10,90 (D), EUR 11,40 (A) ISBN 3-934136-66-3

"Zeiten kommen, Zeiten gehen, wir aber bleiben bestehen", schreibt die Wollhandkrabbe in den Ufersand. Münchhausen gibt's an der Heimatfront für Fleisch von August Nagel. Dessen Enkel führt einen Vernichtungskrieg am Schachbrett. Der Kartoffelkäfer erhält ein glänzendes Grabmal. Feldzüge gegen die Krabbe aus Hwangpukiang scheitern, ebenso die Auslese beim Rübenverziehen. Nach den "Nagelproben" erzählt Detlef Mosel neue Geschichten aus Werben und der Altmark während der letzten Kriegs- und Hitlerjahre.

123 S. EUR 11,40 EUR ISBN 3-934136-67-0

Historische Reihe

Band 1:
F.G. Lehmann: Lehmanns Tagebuch 1826-1828; Marbach a.N., 1999, 291S., kt. ISBN 978-3-934136-00-7 EUR 12,68

Band 2:
F.G. Lehmann: Lehmanns Tagebuch 1828-1830; Marbach a.N., 2000, 310S., kt. ISBN 978-3-934136-01-4 EUR 12,68

Band 3:
Werner Heil: Der stille Ruf des Horusfalken EUR 8,58
Marbach a.N., 1999, 92S., kt. ISBN 978-3-934136-02-1

Band 4:
Eberhard Keil: Lehmanns Dorf 1830-1869 EUR 8,95
Marbach a.N., 2001, 149S., kt. ISBN 978-3-934136-03-8

Band 5:
Kenneth F. Sheridan: Entführung 1934 / Kidnap the Jew
Episode aus der Frühzeit des Naziregimes EUR 7,80
Marbach a.N., 2002, 102S., kt. ISBN 978-3-934136-04-5

Band 6:
Eberhard Keil: Lehmanns Erben 1869-1914 EUR 9,40
Marbach a.N., 2003, 164S., kt. ISBN 978-3-934136-05-2

Band 7:
Gerardo G. Sachs: Ansichten und Einsichten / Piñones y Opiniones (dt./span.) EUR 9,40
Marbach a.N., 2004, 164S., kt. ISBN 978-3-934136-06-9

Band 8:
Eberhard Keil: Die Sachswerk-Saga 1914-1945 EUR 12,50
Marbach a.N. 2006, 294 S., kt. 35 Abb. ISBN 978-3-934136-07-6

JULIA KRÖHN

Riviera
Der Weg in die Freiheit

Weitere Informationen unter: http://juliakroehn.at/

Besuchen Sie uns auch auf www.facebook.com/blanvalet und
www.twitter.com/BlanvaletVerlag

Julia Kröhn

Riviera

Der Weg in die Freiheit

Roman

blanvalet

FSC
www.fsc.org
MIX
Papier aus verantwortungsvollen Quellen
FSC® C014496

Verlagsgruppe Random House FSC® N001967

1. Auflage

Dieses Werk wurde vermittelt durch die Literarische
Agentur Thomas Schlück GmbH, 30161 Hannover

Redaktion: Margit von Cossart
Umschlaggestaltung und -motiv: © Johannes Wiebel | punchdesign,
unter Verwendung von Motiven von Shutterstock.com (PIXEL to the PEOPLE;
SCOTTCHAN) und Elisabeth Ansley/Trevillion Images
Karte: © Daniela Eber
KW·Herstellung: sam
Satz: Buch-Werkstatt GmbH, Bad Aibling
Druck und Bindung: GGP Media GmbH, Pößneck
Printed in Germany
ISBN 978-3-7341-0809-9

www.blanvalet.de

Was bisher geschah …

Arthur Sommer führt ein renommiertes Reisebureau in Frankfurt – und sein Name wird zum Programm. Als die lebenslustige Italienerin Paola in sein Leben tritt, möchte er den Tourismus im Süden ausbauen. Bis jetzt zieht die mondäne Riviera die Gäste vor allem im Winter an, gilt die Sommerhitze am Mittelmeer doch als unerträglich und gesundheitsschädlich. Während einer Reise nach San Remo im Jahr 1923 erkennt er aber, dass Urlaub am Mittelmeer auch in der wärmsten Jahreszeit möglich ist. Er läutet die Geburt des modernen Badeurlaubs ein.

Bald arbeitet Arthur eng mit dem italienischen Hotelier Renzo Barbera zusammen: Er investiert in die Renovierung dessen Hotels in San Remo. Und nicht nur beruflich sind die Familien bald eng verbunden. Salome, Arthurs Tochter aus erster Ehe, schließt Freundschaft mit Renzos schüchterner Tochter Ornella, die bis jetzt stets im Schatten ihrer älteren Halbbrüder Gedeone und Agapito stand.

Nachdem Ornella Salome vor dem Ertrinken rettet, sind die Mädchen fortan unzertrennlich. In den kommenden Jahren verbringen sie jeden Sommer gemeinsam in San Remo. Doch 1929 legt sich ein Schatten auf das Paradies. Der erstarkende Faschismus vergiftet immer mehr den Alltag. Und was am schlimmsten ist: Renzos und Arthurs Zusammenarbeit endet abrupt, als das faschistische Regime allen italienischen Hotels und Tourismusunternehmen eine klare Weisung erteilt, die Beziehungen mit ausländischen Reiseagenturen einzustellen.

Salome und Ornella halten über Briefe Kontakt, erst Ende 1932 sehen sie sich wieder. Aus den beiden Mädchen sind mittlerweile junge Frauen geworden. So unterschiedlich sie auch sind – Salome selbstbewusst und voller Lebensgier, Ornella still und scheu –, ihre Freundschaft ist ungebrochen. Nicht zuletzt auf ihr Betreiben hin eröffnet Arthur einmal mehr eine Filiale seines Reisebureaus im Süden, diesmal im französischen Menton, der »Perle des Mittelmeeres«. Mittlerweile kooperiert Renzo mit Maxime Aubry, einem reichen Bankier, der nach dem Ersten Weltkrieg preisgünstig Hotels erwerben konnte, mit deren Leitung er aber überfordert ist. Renzo und Maxime schließen ihre Häuser zu einer der ersten Hotelketten zusammen, und Arthur soll dafür sorgen, dass diese ausgebucht sind.

Renzo und Maxime möchten das Geschäft auch durch einen privaten Bund besiegeln – Ornella nämlich soll Maximes Sohn Félix heiraten.

Tatsächlich schwärmt Ornella seit Jahren heimlich für Félix Aubry. Doch der eigenwillige junge Mann, der sich lieber mit Literatur und Philosophie beschäftigt als mit dem Hotelfachgewerbe und der von einer Karriere als Schriftsteller träumt anstatt von Liebesglück, weist Ornellas schüchterne Avancen zurück und brüskiert sie nicht nur einmal mit seiner arroganten Art. Salome will das nicht tatenlos hinnehmen. All ihr Ehrgeiz richtet sich ab sofort darauf, dem jungen Mann den Zynismus und die Überheblichkeit auszutreiben und dafür zu sorgen, dass er sich in Ornella verliebt. Während sie zu dritt die Küste Südfrankreichs erforschen, gelingt es ihr, zu seinem weichen Kern vorzudringen. Auf diese Weise kommt sie, die sie ihn bald besser versteht als Ornella, ihm jedoch näher, als ihr lieb ist. Gefühle erwachen, die sie in einen schweren Gewissenskonflikt stürzen.

1935 kommt es zur Katastrophe. Nicht nur, dass Paola Arthur all die Jahre mit Renzo betrogen hat und ihre Affäre nun auffliegt, überdies macht erneut der Nationalismus alle hochtrabenden Pläne zunichte. Zwei Jahre nach ihrer Machtergreifung bestimmen die Nazis, dass Deutsche keine Devisen mehr für Privatreisen nach Frankreich erwerben dürfen, weswegen es unmöglich wird, dort Urlaub zu machen. Arthur muss seine Filiale schließen, in den Hotels der »Perlenkette«, wie man sie mittlerweile nennt, drohen die Gäste auszubleiben. Als der seit Jahren spielsüchtige Maxime im Spielcasino von Monte Carlo überdies sein Vermögen verliert, begeht er Selbstmord, und so egoistisch Félix sich bis jetzt oft verhalten hat – um seine sensible Mutter Hélène vor der Armut zu bewahren, geht er trotz seiner Gefühle für Salome eine Vernunftehe mit Ornella ein.

Salome schmerzt es zutiefst, dass Félix diese Entscheidung ohne sie getroffen hat und Ornella über ihre Gefühle hinweggegangen ist. In ihrer Verzweiflung gibt sie sich Agapito, Ornellas Bruder, hin, der ihr seit Jahren Avancen macht. Doch eine Heirat, die ihr zu einem Leben an der Riviera verhelfen könnte, kann auch er ihr nicht bieten, denn er zieht mit seinem Bruder Gedeone in den Abessinienkrieg.

Enttäuscht kehrt Salome nach Deutschland zurück. In Frankfurt muss sie miterleben, wie ihr Vater das Reisebureau ganz in den Dienst der NS-Organisation Kraft durch Freude stellt, die die Freizeit- und Urlaubsgestaltung der deutschen Bevölkerung maßgeblich beeinflussen will. Nach und nach wird sie sich bewusst, dass sie – auch wenn Félix keine Rolle mehr in ihrem Leben spielt – viel von dessen politischen Überzeugungen übernommen hat. Zwar kann sie ihre Liebe zu ihm nicht leben, und ihre Freundschaft zu Ornella ist nicht mehr das, was sie einst war, doch sie hofft, einen neuen Lebenssinn zu finden, als sie beschließt, sich stärker in die Geschäftsführung des Reisebureaus einzubringen und auf diese Weise Widerstand zu leisten …

»Ist die Niederlage endgültig? Nein!
Was auch immer passiert,
die Flamme des Widerstandes wird nicht erlöschen.«

CHARLES DE GAULLE

1938

Erstes Kapitel

Die Frau fiel auf die Knie, hob langsam die Hand, zögerte aber noch, die Pflastersteine zu berühren. Endlich fuhr sie mit der Fingerkuppe darüber, die Miene nahezu ehrfürchtig, wie man sie sonst nur an Pilgern sah, die im Petersdom den Fuß der Petrusstatue streichelten.

»Was macht sie denn da?«, vernahm Salome eine Stimme. »Das sind doch nur gewöhnliche Pflastersteine.« Sie drehte sich um, sah einen Mann aus dem Café treten, vor dem sie stand. Das karierte Geschirrtuch, das um seine Schultern hing, wies ihn als dessen Besitzer aus. Als Salome nicht antwortete, fügte er hinzu: »Denkt sie etwa, dass Julius Cäsar auf diese Pflastersteine getreten ist, nachdem er Kleopatra aus dem Teppich gerollt hat?« Salome lachte kurz auf, verkniff sich aber jeden amüsierten Ton alsbald, da sie nicht die Aufmerksamkeit der gesamten Gruppe auf sich ziehen wollte. Die anderen Reisenden knieten zwar nicht nieder, betrachteten die Frau aber mit Wohlwollen. »Oder ist sie der Meinung, dass Nero hier vorbeikam, nachdem er über dem brennenden Rom die Laute gespielt hat?«, fragte der Wirt.

Salome zuckte die Schultern. »Ich habe keine Ahnung, ob Cäsar oder Nero jemals hier vorbeigekommen sind. Wer aber ganz sicher vor einigen Monaten diese Straße entlanggeschritten ist, war Signor Hitler. Im letzten Mai hat er Italien einen einwöchigen Staatsbesuch abgestattet.«

»Aha«, sagte der Mann mit undurchschaubarer Miene, nahm

das Geschirrtuch von der Schulter und fächerte sich damit etwas frische Luft zu. »Das ist sicher gut für mein Geschäft.«

Wahrscheinlich war er nicht der erste Café- oder Restaurantbesitzer, der wachsende Einnahmen verbuchte, seitdem zum Anlass von Hitlers Romreise etliche neue Pracht– und Aufmarschstraßen wie die Via dell'Impero oder die Via dei Trionfi angelegt worden waren. Über diese konnte man vom Kolosseum zum Regierungssitz Mussolinis, dem Palazzo Venezia, gehen, ohne die engen, winkeligen Gassen von Roms Altstadt durchqueren zu müssen. Und auch das Reisebureau Sommer, das seit zwei Jahren regelmäßig Romfahrten von Frankfurt aus anbot, zog aus Hitlers Italienreise großen Nutzen – die Anmeldungen waren seit dem vergangenen Mai sprunghaft angestiegen.

»Diese Menschen wollen unbedingt auf Signor Hitlers Spuren wandeln«, murmelte Salome und lehnte sich an die Hauswand. Ihre Füße schmerzten, weil sie seit dem frühen Morgen unterwegs war, und wahrscheinlich würde die Dame sich nicht so schnell zum Weitergehen bewegen lassen. Einige begannen nun Fotos von der Straße zu schießen – mehr als zuvor vom Titusbogen.

»Aber warum«, fragte der Mann neben ihr eben, »berührt sie ausgerechnet diese Pflastersteine?«

»Nun«, sagte Salome, und diesmal konnte sie sich ein Grinsen nicht verkneifen, »ich habe vorhin erzählt, dass Signor Hitler genau hier stehen blieb, als Mussolini ihm erklärte, das faschistische Italien sei der engste Freund Deutschlands und würde gemeinsam mit ihm bis zur letzten Konsequenz marschieren.«

»Und das stimmt wirklich?«, fragte der Mann skeptisch. »Mein Hund mag diese Stelle übrigens auch. Er markiert sie regelmäßig.«

»Der Führer liebt Hunde.«

»Meiner ist aber eine Kreuzung aus Terrier und Pudel und hat nur mehr ein halbes Ohr.« So undurchdringlich seine Miene bis jetzt gewesen war, der Spott in seiner Stimme war nun unüberhörbar.

»Gewiss wollen Sie Ihrem Hund heut einen ganz besonders großen Knochen kaufen«, sagte sie amüsiert, »ich werde dafür sorgen, dass Sie ein gutes Geschäft machen.«

Sie löste sich von der Wand, klatschte in die Hände, um sich die Aufmerksamkeit der Reisegruppe zu sichern, und riss sogar die kniende Frau aus ihrer Andacht, als sie laut verkündete: »Wir werden in diesem Café eine kurze Pause einlegen. Soeben wurde mir zugetragen, dass unser Führer höchstpersönlich hier einen Kaffee getrunken hat.«

Augenblicklich erhob sich die Frau, und auch die restlichen Reisenden strömten zügig in das Café. Einzig ein Mann, der sich ihr als Herr Otto vorgestellt hatte und dem die südliche Sonne nicht bekam, wurde sein Kopf doch mit jeder Stunde röter, zögerte einzutreten.

»Sind Sie sicher, dass das eine gute Idee ist?«

Salome unterdrückte ein Seufzen. Herr Otto gehörte zu jenen Reisenden, die sich akribisch vorbereiteten und sich selbst zum Reiseleiter berufen fühlten, umso mehr, wenn sich herausstellte, dass ein junges Fräulein die Gruppe durch Rom führen würde. Dass dieses junge Fräulein perfekt Italienisch sprach und seit Jahren für das Reisebureau ihres Vaters arbeitete, machte keinen Eindruck auf Herrn Otto – immerhin, so hatte er erklärt, wisse er, dass man im Italienischen das H nicht ausspreche. Zu Hamburg sage man Amburgo, und wenn jemand statt Heil Hitler »Eil Itler« sage, sei das keine Beleidigung, sondern ein sprachliches Defizit. Die stolze Miene verriet, dass er sich deswegen befähigt fühlte, mit jedem Italiener politische Debatten zu führen. Alles, was Salome sagte, zog er grundsätzlich in Zweifel, und sie wappnete sich instinktiv gegen seinen Einspruch, wonach der Führer niemals Kaffee trinke, sein Blick richtete sich indes misstrauisch auf die schwarzen Locken des Cafébesitzers.

»Keine Angst«, erwiderte Salome, ahnte sie doch, was ihm durch den Kopf ging. »Wenn man das Mittelmeer bereist, kommt es des Öfteren vor, dass man Menschen mit jüdischen Merkmalen sieht, und man neigt leicht zu der Annahme, es seien Juden oder Judenmischlinge«, wiederholte sie die Worte, die sie in einem Italienführer gelesen hatte. »Das in zahlreiche Kriege verwickelte Italien unterlag nun mal einem stärkeren Mischungsprozess. Dennoch haben sich die Romanen in ihren Hauptzügen rein erhalten.«

»Hm«, machte Herr Otto. Sein Gesichtsausdruck wurde noch misstrauischer. Immerhin zögerte er nun nicht länger, das Café zu betreten.

In der nächsten Viertelstunde war Salome damit beschäftigt, für die Gäste Bestellungen aufzugeben und sich zu vergewissern, dass sie mit dem bisherigen Verlauf des Tages zufrieden waren. Eine Dame, die sich noch am Morgen über Chaos und ständige Verspätungen beschwert hatte, zeigte sich immerhin über das »Hitler-Wetter« an diesem goldenen Septembertag beglückt. Einen anderen hörte sie schwärmen, dass der Duce es geschafft habe, aus Rom ein pulsierendes Zentrum zu machen, in dem der Geist des imperialen Italiens neu erwacht sei.

»Ich dachte ja schon, wir würden auf Pritschen liegen, aber die Betten in unserem Grandhotel sind weiß und das Bettzeug ist mitnichten verschmutzt und verlaust.«

Salome half, ein paar Gläser mit *aranciata* oder *acquavite* an die Tische zu tragen, und bemerkte erst danach, dass Herr Otto nur vor einem Glas Wasser saß und nicht einmal aus diesem einen Schluck nehmen wollte. Himmel, dachte sie, warum legt er ausgerechnet heute Wert darauf, nüchtern zu bleiben?

»Sie gestatten doch, dass ich mich zu Ihnen geselle?«, fragte sie und nahm neben ihm Platz, ohne seine Zustimmung abzuwarten.

Über Herrn Ottos gerötete Stirn perlten die Schweißtröpfchen, während am Nebentisch nicht länger über die Hotelbetten, sondern über die Duschen gesprochen wurde. Aus diesen kam tatsächlich ein dicker Strahl warmen Wassers, nicht wie befürchtet ein Rinnsal. Offenbar hielten die Herrschaften auch das für den Verdienst des Duces.

»Benito Mussolini wird als der letzte Römer in die Geschichte eingehen«, sagte Herr Otto finster, »aber hinter seiner massigen Gestalt hat sich nur ein Volk von Zigeunern verborgen.«

Salome blickte sich kaum merklich um. Ein Vorurteil wie dieses hörte sie nicht zum ersten Mal, doch ihretwegen konnte sich Herr Otto gern darüber auslassen, Hauptsache, er war abgelenkt.

»Heißt es nicht, das Arisch-Römische und das Nordisch-Germanische seien zwei Sonderformen eines gemeinsamen Urtyps?«, fragte sie, um seinen Redefluss anzuspornen.

»Ach was, der Duce ist der einzige Römer in dieser Zeit, aber ich bin nicht sicher, ob er ein würdiges Volk gefunden hat.«

»Die Beziehung zwischen Italienern und Deutschen gilt doch als besonders tief und schicksalhaft.«

»Mag ja sein, dass das italienische Volk edle Vorfahren hat, mittlerweile ist es dennoch derart durchrasst, dass es auf einer deutlich niedrigeren Kulturstufe angekommen ist.« Er beugte sich etwas vor, was bedeutete, dass einer der Schweißtropfen auf ihrer Hand landete, aber wenigstens blickte er sich nicht länger misstrauisch um. »Sind wir doch ehrlich: Das Land der Makkaroni-Esser und schönen Fischerknaben kann nicht mit dem germanischen Volk mithalten. Statt des Bündnisses mit Mussolini hätte sich der Führer um eine Annäherung an England bemühen müssen, vorausgesetzt natürlich, dass die Briten endlich dem Liberalismus und der Demokratie abschwören.«

»Nun«, Salome bemühte sich darum, freundlich zu klingen, »in London wäre ich Ihnen keine große Hilfe, ich spreche kein Englisch.«

Auf dass die Maske der braven deutschen Reiseführerin keine Risse bekam und Ärger hindurchdrang, erhob sie sich schnell. »Wir gehen jetzt in Richtung Cestius-Pyramide«, verkündete sie.

»Zur Cestius-Pyramide?«, fragte die Dame, die zuvor die Pflastersteine gestreichelt hatte. »Was sollen wir denn dort?«

Ähnliches Missfallen hatte durch ihre Stimme gesprochen, wann immer das Mausoleo di Augusto, das Marcellustheater, das Kapitol oder das Pantheon auf dem Programm gestanden hatte. An diesem Tag aber konnte Salome sie beruhigen.

»Oh, ich will Ihnen nicht zumuten, sich mit Roms Geschichte zu beschäftigen. Als der Führer im Mai nach Rom reiste, kam er im eigens für seinen Besuch erbauten Bahnhof Ostiense an. Und dieser befindet sich in der Nähe der Cestius-Pyramide. Selbstverständlich sehen wir uns nur den Bahnhof an, nicht auch die Pyramide.«

Die Miene der Dame glättete sich augenblicklich. »Stimmt es, dass dieser Bahnhof mit prächtigen Bildern ausgestattet ist?«

Salome nickte ernsthaft. »Gut möglich, dass die Hand des Führers auf einem geruht hat.«

Der Dame konnte es nun gar nicht schnell genug gehen, die Gaststätte zu verlassen, während etliche der anderen Reisenden die Toilette aufsuchten. Noch mehr Zeit verging, bis alle gezahlt hatten, und als sie sich endlich vor dem Café versammelten, rief Herr Otto plötzlich: »Er ist weg!«

Salome zuckte zusammen. Eigentlich hatte sie sich schon seit geraumer Zeit gegen genau diese Worte gewappnet, doch jetzt bedurfte es viel Kraft, sich dem Reisenden mit freundlichem Lächeln zuzuwenden und unschuldig zu fragen: »Einer der Pflastersteine, über den unser Führer geschritten ist? Ich hoffe nicht, dass jemand auf die Idee gekommen ist, ihn auszugraben und als Souvenir in die Heimat mitzunehmen.«

»Ich meine diesen einen … Herrn aus unserer Reisegruppe. Ein sonderbarer Kumpan, wenn Sie mich fragen. Er hat immer seinen Mantel getragen und kaum ein Wort gesagt. Sehen Sie doch selbst … er ist verschwunden!«

Salomes Lächeln verkrampfte sich. Schlimm genug, dass Herrn Otto das Fehlen des Mannes aufgefallen war, noch schlimmer, dass der schon zuvor sein Misstrauen auf sich gezogen hatte.

»Er hat mir vorhin mitgeteilt, dass er sich nicht wohlfühlt und ihm etwas übel ist«, murmelte sie.

Herr Otto öffnete den Mund, aber eine andere Dame kam ihm zuvor: »Kann es sein, dass die Küchen hierzulande so verdreckt sind, wie man munkelt? Oh, ich hätte Zwieback und Äpfel mitbringen sollen.«

»Die Restaurants, die ich für Sie auswähle, lassen nichts zu wünschen übrig«, erwiderte Salome rasch. »Gut möglich, dass Herr Kollwitz schon beim Antritt der Reise krank war.«

Herr Otto schien zu überlegen, ob es überhaupt möglich war, dass ein Deutscher eine Krankheit nach Italien brachte, nicht umgekehrt, und Salome nutzte sein Schweigen, um laut zu fragen: »Wie wäre es, Herr Otto, wenn Sie die Reisegruppe zur Cestius-Pyramide … äh dem Bahnhof führen, während ich Herrn Kollwitz suche? Vielleicht ist er noch auf der Toilette. Falls er wirklich krank ist, sollte er Ihnen allen nicht zu nahe kommen, sondern lieber einen Arzt aufsuchen.«

Die anderen ergingen sich sogleich in Diskussionen, ob den hiesigen Medizinern zu trauen sei, Herr Otto war leider nicht am italienischen Gesundheitssystem interessiert.

»Ist sein Name überhaupt Kollwitz? Hat er sich ganz am Anfang nicht als Herr Koller vorgestellt?«

Salome leckte sich nervös über die Lippen. »Wie auch immer, ich …«

»Die Reisegruppe findet bestimmt allein zum Bahnhof«, unterbrach Herr Otto sie, »ich kann Sie unmöglich unbegleitet durch Roms Straßen irren lassen. Ich werde Ihnen helfen, Herrn Kollwitz oder wie er heißt, zu finden.«

Salome unterdrückte nur mühsam einen Fluch. Der einohrige Köter des Wirts würde Herrn Otto bedauerlicherweise nicht in die Wade beißen, und so würde sie alles tun müssen, um den misstrauischen Reisenden, der eine Fährte gewittert hatte, vom Schnüffeln abzuhalten.

Eine Weile versuchte Salome, Herrn Otto abzuschütteln, doch das war vergebens, und deswegen verlegte sie sich darauf, Zeit zu schinden. Auf dem Weg ins Hotel kehrte sie in jede einzelne Bar, jedes Café ein, beschrieb dort Herrn Kollwitz und fragte, ob man ihn gesehen habe.

»Wie kann man sich einfach von der Gruppe entfernen?«, murrte Herr Otto, als sie wieder einmal nur ein Schulterzucken geerntet hatten. »Es gibt Verhaltensregeln, die man auf Reisen beachten muss, und dazu gehört, den Anweisungen des Reiseleiters stets Folge zu leisten.«

»Ich kann die Suche gern allein fortsetzen, damit Sie sich wieder zur Gruppe gesellen können«, schlug Salome vor.

Herr Otto ging gar nicht erst darauf ein. »Ich verstehe nicht, warum Ihnen Ihr werter Herr Vater so viel Verantwortung aufbürdet, noch dazu in einem fremden Land.«

»Mein Vater ist schwer beschäftigt. Unser Reisebureau arbeitet schließlich mit Kraft durch Freude zusammen und unterstützt unseren Führer auf jede erdenkliche Weise, dem einfachen Arbeiter zu seinem wohlverdienten Urlaub zu verhelfen. Erst kürzlich hat er einwöchige Reisen nach Oberbayern, ins Zillertal und nach Norderney organisiert.«

»Warum begnügen Sie sich nicht mit Deutschlandreisen?«

Sie waren nur mehr etwa hundert Meter vom Hotel entfernt, und Salome wusste, dass sie es nicht mehr länger aufschieben konnte, dort nach Herrn Kollwitz zu fragen und damit zu riskieren, dass ihr Plan aufflog. Sie musste darauf vertrauen, gründliche Vorarbeit geleistet zu haben.

»Ich habe Herrn Kollwitz übrigens genau beobachtet«, murmelte Herr Otto, nachdem sie nicht auf seine Frage eingegangen war. »Er hat bei der Begrüßung die Nationalhymne nicht richtig mitgesungen, es auch an einem ordentlichen deutschen Gruß mangeln lassen. Wissen Sie überhaupt, wo er angestellt ist? Durch solch anstößiges Verhalten auf einer Reise schadet er Ansehen und Ruf seines Betriebes. Das wäre ein Grund, ihn fristlos zu entlassen.«

Salome hatte von solchen Fällen gehört und war erleichtert, dass sie nicht auf seine Worte reagieren musste, betraten sie doch nun die Eingangshalle des Hotels mit den schachbrettartigen Fliesen. Und erst recht war sie froh darüber, nicht den Hotelbesitzer an der Rezeption zu sehen, sondern einen jungen Mann.

»Ich frage nach Herrn Kollwitz, warten Sie hier«, sagte sie.

Natürlich blieb Herr Otto ihr auf den Fersen. Salome stellte dem Rezeptionisten eine Frage, und dessen Antwort begleiteten nicht nur weit ausholende Gesten, auch mehrere *»Madonna mia!«*, *»Santo cielo!«* oder *»Dio santo!«* All das verfehlte die dramatische Wirkung nicht. Herrn Ottos zunächst misstrauische Miene wurde fast ein wenig ängstlich, als Salome so tat, als würde sie schwanken, sich an der Theke der Rezeption festhalten und ebenfalls ein »Mein Gott!« ausstieß.

»Was … was hat er gesagt?«

Eine Weile zögerte sie die Antwort hinaus, stammelte dann etwas von Übelkeit und Bauchkrämpfen, die Herrn Kollwitz befallen hätten. Mit letzter Kraft hätte er es zurück ins Hotel geschafft, sei hier aber zusammengebrochen und augenblicklich ins Krankenhaus gebracht worden. Der junge Portier nickte bekräftigend, machte sogar ein Kreuzzeichen. Alle Achtung, er wusste, worauf es ankam.

Salome griff sich an die Stirn. »Ich muss den Armen sofort besuchen. Ich weiß, es ist nicht meine Schuld, und doch fühle ich mich verantwortlich.«

»Selbstverständlich werde ich Sie begleiten.«

Sie biss sich auf die Zunge, um einen neuerlichen Fluch zu unterdrücken. »Oh, das will ich Ihnen nicht zumuten. Ich könnte mir nicht verzeihen, wenn auch Sie erkrankten! Womöglich ist dieser schreckliche Durchfall ansteckend. Es könnte die Ruhr sein, gar Typhus, von der Cholera will ich gar nicht erst anfangen. Bei den hygienischen Bedingungen hier wäre es kein Wunder. Ich weiß nicht, ob man sich bei den hiesigen Krankenhäusern auf ausreichende Desinfektion verlassen kann. Jedenfalls will ich die Gefahr lieber allein auf mich nehmen.« Als sie spürte, dass Herr Otto zögerte, fügte sie rasch hinzu: »Und außerdem bräuchte ich Ihre Hilfe an anderer Front. Morgen wollen wir doch die Ausstellung über das faschistische Italien besuchen, und ich habe noch nicht überprüft, welches der kürzeste Weg dorthin ist. Zudem … wenn die Reisegruppe zurückkommt, gilt es, sie zum Abendessen zu begleiten. Ich mute Ihnen viel zu, aber hätten Sie die Freundlichkeit, mich für kurze Zeit als Reiseleiter zu ersetzen?« Seine Überzeugung, dass eine Frau unmöglich ein echter Reiseleiter sein konnte, der zu vertreten war, stritt mit dem festen Willen, die Führung zu übernehmen. »Und unter uns …«, sie beugte sich vertraulich vor,

»… Ihnen mag aufgefallen sein, dass Herr Kollwitz unsere Hymne nicht mitgesungen hat, aber ich habe Frau Kleiber dabei erwischt, wie sie die Zeitschrift *Leonardo* studierte.«

Herr Otto lief rot an. »Wie empörend!«, stieß er aus. »Dabei weiß ja jeder, dass für diese Zeitschrift eine Trientiner Jüdin schreibt.«

Salome nickte. »Sag ich's doch! Ich finde, Sie sollten unbedingt beobachten, ob sich Frau Kleiber auch auf anderen Gebieten des undeutschen Verhaltens schuldig macht.«

Er nickte so grimmig, als handelte es sich dabei um eine heilige Pflicht, und ließ sie schließlich in der Lobby stehen, um der Reisegruppe entgegenzueilen.

Salome fluchte, um ihrer Anspannung Herr zu werden. Ihr Sommerkleid war schweißnass und zerknittert, und sie merkte erst jetzt, dass sie ihren Strohhut zusammengedrückt hatte.

Der junge Mann an der Rezeption grinste sie indes unverhohlen an, hob seine Hand und hielt sie auf. Sie zog alle Geldscheine, die sie bei sich hatte, aus der Tasche und steckte sie ihm zu.

»Letztes Mal war es mehr«, sagte er, nachdem er sie gezählt hatte.

»Letztes Mal haben Sie viel deutlicher das Wort Cholera gesagt.«

»Dafür habe ich heute ein Kreuzzeichen gemacht. Und es hat doch gewirkt, er ist weg.«

Salome war nicht sicher, ob die Gefahr wirklich gebannt war. Später würde sie Herrn Otto noch davon überzeugen müssen, dass Herr Kollwitz für die Rückreise viel zu geschwächt war und diese zu einem späteren Zeitpunkt organisiert werden musste.

»Für ein paar tausend Lire erzähle ich gern, dass er schwarz angelaufen ist, nicht nur Bauch-, auch Muskelkrämpfe hatte und Schaum vor dem Mund.«

»Das überlege ich mir noch«, murmelte Salome, ehe sie den jungen Mann stehen ließ und zu Fuß die Treppe hocheilte, nicht etwa zu ihrem Zimmer, sondern zum Dachboden.

Es war ein stickiger Raum, randvoll mit großen Kästen, in denen Wäsche aufbewahrt wurde.

»Leo?«, rief sie. »Leo, wo sind Sie?«

Die Dielen knarrten, einer der Schränke auch, als von innen die Tür geöffnet wurde. »Fräulein Salome!«

Sie stürzte auf den Schrank zu, sah den Mann darin, trotz der Hitze mit einem schwarzen Mantel bekleidet – und über und über mit Christbaumschmuck behängt.

»Lieber Himmel! Wie sehen Sie denn aus?«

Leo Adler grinste halbherzig. »In den anderen Schränken war noch weniger Platz. Ich konnte den Christbaumschmuck schwerlich auf den Boden legen, darüber hätte sich jetzt im September jedermann, der den Dachboden betreten hätte, gewundert. Es ist schließlich zu früh, den Christbaum aufzuputzen.«

»Sie schauen selbst aus wie ein Christbaum – ein lebendiger.« Sie pflückte ein paar Kugeln, Glasengel, Strohsterne und rote Schleifen von seinem Mantel.

»Immerhin gibt es in Italien noch echten Christbaumschmuck – in Deutschland hängt man sich neuerdings silberne Hakenkreuze oder SS-Abzeichen an den Weihnachtsbaum.«

Der schwarze Mantel glitzerte ob des Lamettas. Nicht nur deswegen sah Leo Adler merkwürdig aus – auch weil er unter dem Mantel so unförmig war.

»Ist Ihnen nicht heiß?«

»Sie haben mir doch geraten, möglichst viel Kleidung übereinander zu tragen. Wenn wir später das Hotel verlassen, wäre es zu auffällig, wenn ich einen Koffer bei mir hätte.«

Salome nickte. Sie fürchtete, dass sie heute länger warten mussten als bloß bis Mitternacht. Gut möglich zwar, dass Herr Otto frühzeitig ins Bett ging, um sich pünktlich um sieben Uhr zur Morgengymnastik zu erheben oder die anderen Reisenden gar für den Morgenappell zu wecken, wie er auf den Kraft-durch-Freude-Kreuzfahrten stattfand. Aber es war auch nicht auszuschließen, dass er bis spät in der Nacht an der Hotelbar hockte, um Salomes Rückkehr aus dem Krankenhaus abzuwarten.

»Sie müssen nicht mit mir hier warten«, erklärte Leo Adler, »den Rest schaffe ich allein.«

Salome schüttelte den Kopf. »Ich bringe Sie zu Ihrer Familie«, erklärte sie.

Leo widersprach nicht. »Nun ja«, scherzte er, wie er es gerade in verzweifelter Lage oft tat, »wir können uns ja die Zeit vertreiben, indem wir Weihnachtslieder singen.«

Sie verließen das Hotel mitten in der Nacht durch die Küche. Vom Knoblauchkranz, der über dem Herd hing, ging ein durchdringender Geruch aus. Leo ließ es sich nicht nehmen, eine der Weihnachtskugeln daran aufzuhängen, doch obwohl der Anblick Salome amüsierte – sie war so angespannt, dass nur einer ihrer Mundwinkel zuckte. Als sie ins Freie traten, traf sie die Nachtluft, nicht etwa kühl, sondern so warm, als wäre die Stadt ein aufgeheizter Ofen, der selbst dann noch weiterglühte, wenn alles Feuerholz verbraucht war. Salome blickte sich mehrmals um, wappnete sich davor, dass von irgendwo Herr Otto auftauchte. Aber sie erblickte im Schein der Straßenlaternen nur ein paar Katzen, eine davon mit verklebten Augen, hörte in der Ferne das Knattern eines Motorrads.

»Beeilen wir uns.«

»Ich denke, wir sollten eher langsam gehen, nicht rennen wie Diebe, die auf der Flucht sind.«

Dabei war Leo genau das – zwar kein Dieb, aber auf der Flucht. Salome nickte trotzdem, und schweigend legten sie die Strecke zu einem mehrstöckigen Mietshaus in der Via del Santa Maria Maggiore zurück. Die Laterne über dem Eingang verbreitete ein kaltes Licht, das Hunderte von Mücken anzog. Alles in dem Haus schien schief zu sein, die Stufen, das Geländer, die Türen, als hätte es jemand ganz ohne Plan gebaut, mit den Materialien, die gerade vorhanden waren.

Die Tür im obersten Stockwerk quietschte schon, als sie nur daran hämmerten, erst recht, als sie geöffnet wurde.

»Papa!«, ertönte eine helle Kinderstimme, und zum ersten Mal konnte Salome ausatmen, ohne dass sich in der Brust eine Faust zusammenzuballen schien.

»Efraim!«, rief Leo, ehe er sich in der Umarmung eines vierjährigen Knaben wiederfand, der die Hände fest um seinen Nacken schlang. »Solltest du nicht längst schlafen?«, fragte er.

»Und hast du nicht verkündet, dass du ihn aus lauter Trotz künftig Erich nennen wolltest?«, gab die Frau zurück, die jetzt hinter dem Kleinen auftauchte.

Leo drückte den Sohn kurz noch fester an sich, löste sich dann aber, um auf die Frau zuzutreten. Der Gang, der zu den anderen Räumen führte, war eigentlich so schmal, dass kaum zwei Menschen nebeneinander hier stehen konnten, so dünn und feingliedrig, wie sie war, schien sie sich allerdings selbst hier zu verlieren.

»Ach, Hanna …«, sagte er, während sein Blick über ihren Leib glitt, ausdrückte, was er laut nicht sagen wollte. Warum hast du denn aus Sorge um mich aufgehört zu essen? Salome hat doch versprochen, mich mithilfe eines Touristenvisums nach Italien zu bringen, so wie vorher dich, Efraim und deinen Vater! »Nun«, erklärte er, »mittlerweile hat sich Efraim an seinen Namen gewöhnt, und es ist egal, wie er genannt wird, Hauptsache, ich habe meinen Jungen wieder.«

Nachdem er seine Frau an sich gedrückt hatte, nahm Leo seinen Sohn auf den Arm, trat durch den schmalen Gang in ein ebenso schmales Zimmer, in dem gerade mal zwei Feldbetten Platz hatten. Auf einem saß ein älterer Herr – Theodor Feingold. Neben diesem Raum gab es nur noch eine Küche, wo außer einem kleinen Tisch ein drittes Feldbett stand, doch dass es hier keinen Platz für einen weiteren Bewohner gab, war ebenso bedeutungslos wie die Tatsache, dass die Nazis im vergangenen Monat ein neues Gesetz erlassen hatten. Die Juden in Deutschland durften demnach ihren Kindern nur mehr Namen geben, die besonders fremdartig klangen und sich von üblichen deutschen unterschieden – ob Ezekiel oder Mordechai oder eben Efraim. Leo, der den Sohn nach seinem Urgroßvater benannt hatte, hatte in seinem ersten Ärger verkündet, er wolle den Nazis keinen Gefallen tun und werde den Kleinen künftig Erich statt Efraim nennen. Aber was zählte nun ein Name? Es fiel ihm schwer, den Jungen loszulassen, um nun seinen Schwiegervater zu begrüßen.

Salome betrachtete den alten Mann, den sie ihr Leben lang »Herr Theodor« genannt hatte. Über viele Jahre war er ein ebenso treuer wie verlässlicher Mitarbeiter des Reisebureaus Sommer gewesen, hatte jedoch gekündigt, nachdem die Nürnberger Rassengesetze erlassen worden waren und sich ihr Vater ganz in den Dienst der NS-Freizeitorganisation Kraft durch Freude gestellt hatte. Auch er war dünn geworden, was wohl nicht nur an den vielen Sorgen, zudem an den schwindenden Geldreserven lag. Verglichen mit ihm wirkte Leo nahezu fettleibig, doch das täuschte. Als er nämlich nun seinen Mantel ablegte, zeigte sich, wie viele Kleidungsstücke er übereinander trug. Aus der Tasche des Jacketts zog er zwei weitere Christbaumkugeln und hängte sie Efraim wie Kirschen an die Ohren. Der Kleine lachte, und sein Gelächter wurde ganz ausgelassen, als er sah, dass sein Vater über seinen langen Hosen gleich mehrere Unterhosen trug.

»Warum hast du denn so viele Unterhosen an?«, fragte er.

»Ja, sind es wirklich Unterhosen?«, gab Leo zurück, während er aus einer schlüpfte, sie sich auf den Kopf setzte. »Ich glaube doch eher, das wird künftig meine Mütze sein. Und hier ist eine für dich.« Leo zog die nächste Unterhose aus und setzte sie Efraim auf.

Salome entging nicht, dass Hanna lächelte, ihr Blick dagegen blieb ernst. Sie hatte damals auch ihr zu leichtem Gepäck geraten, um nicht weiter aufzufallen. Nun zog sie ein Couvert mit mehreren tausend Reichsmark aus ihrer Tasche, das Leo ihr anvertraut hatte, durften Touristen bei Grenzübertritt doch nicht mehr als zehn Reichsmark bei sich tragen. Sie wollte es ihm überreichen, aber es war Herr Theodor, der es mit zittrigen Fingern übernahm und sie in die Küche winkte, um der kleinen Familie Zeit für sich zu gönnen.

Die Wände waren schwarz vom Ruß, die Lade des kleinen Tisches quietschte wie die Haustür, als Herr Theodor das Geld hineinlegte. Im Reisebureau war er unter anderem für die Buchhaltung zuständig gewesen, hatte stundenlang am Stehpult ausgeharrt, um die Rechnungsbücher auszufüllen. Nun wirkte er, obwohl mit seinen knapp sechzig Jahren noch nicht so alt, nahezu greisenhaft und stützte sich schwer auf den Tisch. Auf den Stuhl wollte er sich nicht setzen, weil es nur einen gab, den zu beanspruchen er viel zu höflich war.

»Bitte nehmen Sie Platz«, drängte Salome ihn. »Ich … ich muss ohnehin zurück ins Hotel.«

Nicht nur, dass sie am nächsten Tag ihre Reisegruppe wieder

auf Hitlers Spuren durch Rom führen musste – die eigentliche Herausforderung war es, die Übrigen glauben zu machen, dass einer von ihnen mit Typhus im Krankenhaus lag und erst später zurückreisen konnte.

»Fräulein Salome, ich kann Ihnen gar nicht genug meinen Dank bekunden, dass Sie …«

Sie hob abwehrend die Hände. »Das hatten wir alles schon. Unser Reisebureau hätte ohne Sie die Wirtschaftskrise nicht überlebt.«

»Ich weiß, dass Sie auch vielen anderen Familien geholfen haben. Wie viele Juden haben Sie nun schon auf diesem Weg nach Italien gebracht?«

Salome zuckte die Schultern, tat so, als wüsste sie es nicht. Es waren insgesamt sechzehn Personen gewesen, die ihre Rückfahrkarte nicht benutzt hatten, seit das Reisebureau Sommer auf ihr Drängen hin Romreisen ins Programm aufgenommen hatte.

Herr Theodor versuchte, die Schublade zu schließen, doch sie klemmte. Seine Hände zitterten noch stärker, und rasch half sie ihm.

»Wir müssen sehr sparsam sein«, murmelte er, »ich bin mir nicht gewiss, ob und wie lange Charlotte uns im Notfall noch etwas überweisen kann.«

Charlotte war Herrn Theodors ältere Tochter, die in Deutschland geblieben war, wollte sie sich doch von nichts und niemandem aus ihrer Heimat vertreiben lassen. Salome wusste, dass Herr Theodor, dem nach dem frühen Tod seiner Frau nur seine beiden Töchter geblieben waren, sie inständig angefleht hatte, mit ihnen zu kommen, doch Charlotte hatte stur auf ihrer Entscheidung beharrt.

»Leo wird bestimmt eine Arbeitserlaubnis bekommen«, erklärte Salome. »Der Grund, aus dem so viele Juden aus Deutschland und Österreich hierher und nicht nach Frankreich kommen, ist schließlich der, dass sie hier arbeiten dürfen.«

»Er ist ein Lehrer, der nicht des Italienischen mächtig ist.«

»Er ist ein junger Mann, der zwei gesunde Hände hat, zupacken kann und die Sprache rasch erlernen wird«, ließ sich Leo hinter ihnen vernehmen. »Notfalls arbeite ich als Christbaumverkäufer.«

Salome drehte sich um. Nun, da er fast sämtliche Kleidung abgelegt hatte, sah man auch ihm an, wie die letzten Wochen an ihm gezehrt hatten, als er in Deutschland darauf hatte warten müssen, der Familie zu folgen, weil es unauffälliger gewesen war, die Fahrt getrennt voneinander anzutreten.

Herr Theodor sank nun doch auf den Stuhl. »Fürbass!«, rief er in der ihm eigenen altertümlichen Sprechweise. »Die Menschen hier hassen die Juden tatsächlich nicht so inständig wie in Deutschland. Ich weiß nur nicht, wie lange uns dieses Glück noch hold bleibt.«

Salome rang nach tröstenden Worten, aber ihr fiel keines ein.

»Nun«, schaltete sich Leo ein, »heute sind wir glücklich, dass wir wieder vereint sind. Und die Sorgen, die wir uns morgen machen werden, haben wir ganz allein zu tragen, damit wollen wir Fräulein Salome nicht belasten. Sie hat genug für uns getan.« Er wandte sich an sie. »Ich würde Ihnen ja gern eine Christbaumkugel als Dank überreichen, aber Efraim will alle für sich haben. Ich fürchte also, ein fester Händedruck ist alles, womit ich mich revanchieren kann.«

Sie missachtete seine ausgestreckte Hand, umarmte ihn unwillkürlich. Dann sah sie nach Efraim, der eine der Unterhosen über ein Kissen gezogen hatte, um es als Kuscheltier zu nutzen.

»Es schaut doch aus wie ein Bär, oder?«, fragte er seinen Vater.

»Ein Bär ist langweilig«, erwiderte dieser, »ich denke eher, das ist ein ostasiatisches Wasserreh. Die Männchen haben lange Fangzähne wie ein Vampir, um das Weibchen zu beeindrucken. Wir werden ihm morgen aus Zahnstochern welche basteln, aber jetzt musst du schlafen.«

Efraim lachte wieder.

»Ein ostasiatisches Wasserreh … Wie kommst du nur darauf?«, kam es dagegen mahnend von Hanna.

»Die waren schon immer meine Lieblingstiere. Wusstest du das nicht?«

Hanna runzelte die Stirn. »Das ist nicht die richtige Zeit, um zu scherzen.«

»Und ob! In guten Zeiten *kann* man Scherze treiben, in dunklen Zeiten *muss* man es. Wobei wir die Dunkelheit jetzt hinter uns gelassen haben. Wir sind in Roma, einer der schönsten Städte der Welt. Morgen werden wir gemeinsam ein Eis essen und mit den Straßenhändlern um ein Souvenir feilschen. Ich hoffe bloß, sie bieten etwas anderes als Bronzebüsten vom Duce an, vielleicht Strohhüte oder eine Miniatur von den Caracalla-Thermen oder ein Fläschchen Eselsmilch. Du hast bestimmt schon mal gehört, dass Neros Frau Poppaea sich nur mit Eselsmilch gewaschen hat, oder?«

Hanna verdrehte die Augen, musste dann aber doch grinsen.

Salome lächelte und nickte ihnen zu, um endgültig Abschied zu nehmen. Herr Theodor ließ es sich nicht nehmen, sie zur Tür zu begleiten, stützte sich dort an den Rahmen. »Sie hatten die Freundlichkeit, unendlich viel für meine Familie zu tun, derohalben will ich mich nicht erdreisten, auch noch zu erheischen, dass Sie …«

»Ich weiß«, unterbrach Salome ihn schnell, »wenn Ihre Tochter Charlotte sich doch noch entscheidet, Deutschland zu verlassen, werde ich auch sie nach Italien bringen.«

Sie tat etwas, was sie bei einem steifen Mann wie ihm früher nie gewagt hatte: Sie streichelte ihm vorsichtig über die Schultern, ehe sie ihm ein letztes Mal zunickte, sodann die schiefe Treppe hinuntereilte.

Erst als sie ins Freie trat, gewahrte sie, dass deutlich mehr Zeit als gedacht vergangen war. Schon dämmerte der Morgen, erwachte die Stadt zum Leben. Die Katzen hatten sich verzogen, eine stark geschminkte Frau stolperte mit abgebrochenem Stöckelschuh über die Straßen. Der missbilligende Blick eines *brusoclinaro* traf sie, der noch nicht begonnen hatte, seine Waren – geröstete Kürbiskerne – zu verkaufen, während die werbenden Rufe der Stiefelputzer anschwollen. Am lautesten war die Stimme des *strillone*, des Zeitungsjungen, der jedem Passanten ein scharfes »*Corriere! Avanti! Gazzetta uffiziale!*« entgegenbrüllte.

Salome war schon an ihm vorbeigegangen, als sie plötzlich zögerte. Sie drehte sich um, trat zu ihm zurück, murmelte: »Kann ich mal sehen?«

Nur widerwillig ließ er sie auf das Titelblatt der Zeitung lugen, verlangte, als sie nicht zu lesen aufhörte, Geld dafür. Seine Stimme ging in ein Rauschen über, auch die Augen schienen ihr den Dienst zu versagen. Nach der langen Nacht verschwammen die Buchstaben, und selbst als sie daraus Wörter formen konnte, wurden keine Sätze daraus.

Schulen, Universitäten, Akademien … jüdische Schüler und Lehrer … ausgeschlossen …

Nun gut, Leo würde hier ohnehin nicht unterrichten können, aber am Ende des Artikels stand noch etwas anderes, ungleich besorgniserregender.

Das kann doch nicht wahr sein! Ihre Lippen formten die Worte nur.

Laut war dagegen die Stimme des Zeitungsjungen. »Zahlen Sie die Zeitung, oder gehen Sie!«

Er riss sie ihr aus der Hand, ehe sie noch mehr lesen konnte, aber sie hatte bereits genug erfahren, um sich mit dröhnendem Kopf und schmerzhaft pochendem Herzen gegen eine Hauswand zu lehnen.

Zweites Kapitel

Félix hatte sich in seinem Hotel, La Perle de Menton, ein Bureau im Erdgeschoss eingerichtet. Jetzt, im Oktober, zog er spätestens um elf Uhr den Vorhang zu, weil dann die Sonne auf seinen Schreibtisch fiel. Die Vorhänge waren aus dickem grünem Samt angefertigt – wäre es nach ihm gegangen, hätten sie schwarz sein sollen. »In deinem Schlafzimmer kannst du machen, was du willst«, hatte Ornella, seine Frau, zu ihm gesagt, »aber in das Bureau kommen manchmal Gäste. Sie sollen sich nicht wie in einer Gruft fühlen.«

Nun, auch bei den Gästen hatte sich herumgesprochen, dass er ungern gestört wurde, dennoch ertönte heute jäh ein Klopfen. Félix hatte sich gerade erst eine Zigarette angezündet und aus dem Buch, das vor ihm lag – in diesem wurden die Gäste mit Namen, Berufsstand und der Länge des Aufenthalts eingetragen –, ein Blatt gerissen, um daraus einen Papierkranich zu falten.

Er blieb stumm, doch es klopfte wieder, und hinzu kam eine Stimme: »Monsieur Aubry!«

Mühsam unterdrückte er ein Seufzen, brachte ein unwilliges »Herein!« hervor. Er sah nicht hoch, als sich die Tür öffnete, denn er war mit den Flügeln des Kranichs beschäftigt – wobei der Kranich eher einem Spatz glich, der nicht fliegen, sondern Brotkrumen vom Boden aufpicken wollte. Wie wiederum die Frau, die eben das Bureau betrat, aussah, wusste er schon, bevor er sie musterte. Sie hatte gewiss das beste Kleid angezogen, das sie noch hatte, aber auch bei diesem ließ sich nicht verbergen, wie fadenscheinig es mittlerweile war, wie viele Flicken es aufwies.

Schließlich blickte er doch hoch. Das Lächeln im Gesicht der Frau glich gleichfalls einem dünnen Faden, der bald reißen würde. Es lenkte nicht von der Verzweiflung ab, die ihr im Blick stand und aus der kurz Verwunderung wurde, als sie seinen Kranich … Spatz bemerkte. Ungerührt faltete er weiter, machte nur eine kurze Pause, um die Zigarette aus dem Mund zu nehmen und zu murmeln: »Nun setzen Sie sich doch, Frau Teitelbaum.«

Etwas ratlos blickte seine Besucherin auf den Stuhl gegenüber vom Schreibtisch.

»Das ist nicht nötig, ich wollte nur sagen, dass wir … dass wir noch heute abreisen.«

»Jetzt schon?«, rief er überrascht. »Der Oktober ist einer der schönsten Monate in Menton. Anderswo ist es grau und regnerisch, hier hört die Sonne nicht auf, uns zu küssen.«

Der spöttische Ton in seiner Stimme konnte ihr nicht entgangen sein, ihr Blick wurde noch ratloser, als sie die zugezogenen Vorhänge betrachtete. »Ich fürchte, ich kann nicht …«

Das letzte Mal, als sie ihn aufgesucht hatte, hatte sie noch schwere Amethystohrringe getragen, diese aber abgenommen und sie Félix zugeschoben, um damit ihr Zimmer zu bezahlen.

Félix hatte die Ohrringe an sich genommen und sie an seine Ohrläppchen gehalten. »Sehe ich aus, als würden mir Ohrringe stehen?«, hatte er gefragt.

»Sie könnten Sie Ihrer Frau schenken.«

»Für meine Frau ist nur schön, was verwelken kann, nicht, was hart und unzerstörbar ist. Sie verbringt ihre Zeit lieber bei ihren Blumen im Garten als beim Juwelier.«

Am Ende hatte Frau Teitelbaum die Ohrringe einfach liegen

lassen, um sich zwei weitere Wochen in der Perle de Menton zu erkaufen.

Félix zerdrückte die Zigarette im Aschenbecher, legte den Kranich … Spatz auf das Buch mit der Gästeliste, öffnete eine Schublade. Ganz hinten befand sich der Briefbeschwerer, und auf dem Briefbeschwerer lagen die Ohrringe.

»Die haben Sie das letzte Mal hier vergessen. Nehmen Sie sie bitte wieder mit.«

Frau Teitelbaums Unterlippe zitterte. »Das … das kann ich nicht annehmen. Wir können wirklich nicht länger bleiben. Ein Hotel ist einfach zu teuer für uns.«

Im Grunde war jede Form der Unterkunft zu teuer für sie. Ihr Mann war Violinist, hatte jedoch schon lange nicht mehr auf seinem Instrument gespielt.

Félix ging nicht darauf ein. »Wenn Sie darauf bestehen, werde ich diese Ohrringe meiner Mutter schenken, aber dafür beehren Sie uns bis mindestens Weihnachten. Was sage ich? Bis Ostern!« Frau Teitelbaum rang um Fassung, wollte etwas erwidern. »Bitte stören Sie mich jetzt nicht länger«, kam Félix ihr zuvor. »Sie sehen doch, ich bin schwer beschäftigt.« Ihr Blick richtete sich auf die Gästeliste, ihr konnte nicht entgehen, dass beide Seiten leer waren, obwohl die Perle de Menton bis zum letzten Zimmer belegt war. Die Augen weiteten sich, als Félix obendrein eine weitere Seite herausriss. »Soll ich jetzt eine Seerose oder einen Schwan falten?«

»Monsieur Aubry …«

»Ich glaube, einen Schwan bekomme ich nicht hin, ohne einen Knoten in seinen langen Hals zu machen. Lassen Sie mich jetzt bitte allein?«

Er nahm eine neue Zigarette, führte sie zum Mund. Bis seinem Mund Rauchkringel entwichen und diese zur Decke hochstiegen, hatte Frau Teitelbaum den Raum verlassen.

Weder hatte der Schwan einen Hals noch die Seerose ein Blütenblatt, als es wieder klopfte. Er überlegte kurz, sich zu verstecken, wahlweise unter dem Schreibtisch oder hinter dem Vorhang, doch bevor er sich entschieden hatte, betrat seine Ehefrau den Raum.

Anders als er scheute Ornella die Sonne nicht, wie ihr gerötetes Gesicht bekundete. Rot waren auch die Früchte an den Zweigen, die sie in den Händen hielt – offenbar vom Sandbeerbaum stammend. Sie setzte immer neue Pflanzen, um zu sehen, wie sie gediehen – und das taten sie meist gut. In Menton, der Stadt der Zitronen, wuchs einfach alles – Oliven und Mandeln, Feigen und sogar Granatäpfel, neuerdings sogar Zürgelbäume, die wohltuenden Schatten warfen. Oh, warum hatte sie nicht just vor dem Bureaufenster einen Baum gepflanzt?

»Frau Teitelbaum«, sagte Ornella. Ihr Tonfall klang eher hilflos als vorwurfsvoll.

»Stell dir vor, ihr gefällt es so gut hier, dass sie uns noch bis Weihnachten beehren wird, vielleicht bis zum Frühling.«

Ornella trat seufzend zum Schreibtisch, warf einen Blick auf die Gästeliste, doch er schlug das Buch zu, ehe sie erkennen konnte, dass auf den Seiten nicht auch nur ein Name stand. »Wir sind ausgebucht, sei froh.«

»Wir sind nicht ausgebucht«, sagte sie leise.

Er tat, als hätte er sie nicht gehört, faltete das Papier, entschied, dass es kein Schwan und keine Seerose, sondern ein weiterer Kranich oder zumindest ein Spatz werden sollte. Nach einer Weile prüfte er, ob er fliegen konnte. Der Papiervogel fiel sofort auf den Schreibtisch. Er nahm ihn, versuchte es aus einem anderen Winkel.

»Félix!«

Selten sprach sie seinen Namen so heftig aus, selten betrat sie überhaupt das Bureau, und wenn, verweilte sie nicht lange. Nun aber setzte sie sich, die Zweige noch in der Hand. Wahrscheinlich hatte sie gerade eine Vase gesucht, als sie gesehen hatte, wie Frau Teitelbaum das Bureau verließ. Die roten Früchte, die wie Perlen aussahen, hoben sich von ihrer hellen Haut, den Haaren in verwaschenem Blond, den farblosen Augen ab.

»Ich weiß genau, was du tust«, sagte sie. »Und es ist nicht so, dass ich keinen Respekt vor dir habe. Ich habe auch nichts dagegen, dass du jüdische Emigranten aus Deutschland aufnimmst, zumindest wenn es ein paar wenige sind. Aber seit letztem Sommer werden es immer mehr. Haben wir überhaupt noch zahlende Gäste?«

Ihre Hand näherte sich dem Gästeregister, rasch zog er es weg. »Das ist meine Sache.«

»Das ist es nicht, dieses Hotel gehört mir genauso wie dir.«

Anders als sonst kam sie dem Grund, aus dem sie geheiratet hatten, gefährlich nahe: Sein Vater hatte sich umgebracht, nachdem er sein Vermögen in Monte Carlo verspielt hatte. Félix hatte das Hotel nur mithilfe von Renzo Barbera, Ornellas Vater, halten können.

»Willst du sie auf die Straße setzen?«, fragte er.

Sie wich seinem Blick aus, umklammerte die Äste fester. »Es kann doch nicht so weitergehen!«

»Was? Dass Menschen in Scharen aus Deutschland fliehen? Juden, Sozialdemokraten, Künstler? Dass hier aber auch Flüchtlinge aus Spanien leben, nachdem dort der republikanische Widerstand endgültig zusammengebrochen ist, die Franzosen deshalb sagen, wir haben kein Geld zu verschenken, wir müssen schon bei allem sparen, dem bezahlten Urlaub und dem Ausbau von Schulen, um gegen Hitler aufzurüsten? Dass immer mehr Parteien aus ihren Löchern kriechen, deren Mitglieder wissen, dass sie für jede antisemitische Parole, die sie brüllen, mindestens eine Wählerstimme gewinnen? Oh, ich kann dir sagen, das wird nicht nur weitergehen, das wird noch schlimmer werden.«

»Félix, du kannst nicht die ganze Welt retten. Die wenigen ... echten Gäste beschweren sich bereits.«

»Worüber genau? Dass sie morgens, wenn sie bei Café au lait und Baguette mit Butter sitzen, in verzweifelte Gesichter starren müssen? Dass am Abend, wenn sie an der Bar Likör trinken, nicht nur der neueste Klatsch zu ihnen dringt wie die Frage, ob die Mutter von Charlotte, der einzigen Tochter von Monacos Fürsten, wirklich eine Wäscherin oder ein Modell erotischer Bilder war? Dass sie stattdessen Gespräche darüber führen müssen, ob die Maginot-Linie im Zweifelsfalle bei einem Angriff Deutschlands hielte? Was für eine Zumutung aber auch, dass die große Politik den eigenen wohlverdienten Urlaub kaputtmacht. Warum werden nicht irgendwo Löcher in den Sand gebohrt, um die Emigranten einfach darin verschwinden zu lassen?«

Ornella erhob sich abrupt, doch als er schon hoffte, er hätte sie vertrieben, trat sie zum Vorhang und zog ihn beiseite. Er verzog die Stirn, als die Sonne auf ihn fiel.

»Es fällt mir etwas schwer zu glauben, dass du ein Menschenfreund bist und das alles nur tust, weil du ein großes Herz hast. Wäre es so, würdest du unserer Ehe endlich eine Chance geben! Ich liebe dich, Félix, ich habe dich immer geliebt, doch du ... du stößt mich beharrlich von dir. Dir hat es von jeher schon großen Spaß gemacht, jemandem in die Suppe zu spucken – ob das nun deine Frau ist, die dir zuwider ist, oder ob es die Franzosen sind, die grölend fordern, die Juden sollen aus ihrem Land verschwinden.«

Sie zog den Vorhang nicht wieder zu, wandte sich aber immerhin zum Gehen.

»Du bist mir nicht zuwider, nur ...«, setzte er leise an.

»Ich langweile dich. Dein ganzes Leben langweilt dich. Da kannst du ein bisschen Nervenkitzel gut gebrauchen, nicht wahr?«

Ihre Stimme hatte an Schärfe zugenommen. Unwillkürlich warf Félix den Papierkranich … Spatz in ihre Richtung. Diesmal stürzte er nicht ab, sondern flog knapp an ihrer Schläfe vorbei. Blitzschnell fing sie ihn auf.

»Besser ist es, ich setze den Vogel im Garten auf einen Baum«, sagte sie seufzend, »hier geht er ja doch nur ein.«

»Beim nächsten Regen wird er sich auflösen.«

»So wie du? Manchmal denke ich, du bist aus Papier, in das man Tabak rollt und das am Ende in Rauch aufgeht.« In ihrer Miene stand jäh Trauer. »Wenn das Hotel bankrottgeht, werden wir alles verlieren, auch die Vorhänge, die du so gern zuziehst, um dich vor der Sonne zu verstecken. Sämtliche Emigranten werden auf der Straße landen. Wenn du wirklich ihr Wohl im Blick hast, solltest du vernünftige Pläne verfolgen, anstatt Papiervögel zu falten. Und wenn ich dir wirklich nicht zuwider bin, dann wirst du …«

Sie brach ab. Er wusste ja auch so, dass sie nicht nur Respekt einforderte, zusätzlich etwas anderes. Doch das, was sie sich am meisten wünschte, verweigerte er ihr starrsinnig.

Er öffnete das Buch, riss die nächste Seite heraus. »Ich falte dir einen Fisch für deinen Teich.«

Er sah nicht, ob sie die Augen verdrehte, war aber überzeugt davon, dass sie das tat, ehe sie hinauseilte. Ob des Luftzugs, der von der Tür kam, löste sich eine der roten Perlen von den Ästen, kullerte auf den Boden. Dem unsinnigen Bedürfnis daraufzusteigen, gab er nicht nach, erhob sich stattdessen hastig, um den Vorhang wieder zuzuziehen. Kaum hatte er es gemacht, riss erneut jemand die Tür auf.

»Was ist? Hast du dich entschieden? Willst du einen Goldfisch, einen Hecht oder einen Hai und …«

Er verstummte, als er sich umdrehte, sah, dass nicht Ornella vor ihm stand, sondern ein junger Mann. Er hatte sich die Kappe vom Kopf gezogen, knetete sie unruhig in den Händen.

»Herrgott, Jérémie!«, entfuhr es Félix. »Wir haben doch vereinbart, dass Sie nicht hierherkommen. Damit machen Sie bloß die Polizei auf uns aufmerksam, und Sie wissen ja, wie viele Emigranten hier weder Visum noch Aufenthaltsgenehmigung haben. Nach den neuen Gesetzen können wir froh sein, wenn sie nur eine Geldstrafe bekommen, ihnen nicht auch noch das Gefängnis droht und …«

Er brach ab, als er gewahrte, dass seine Worte den anderen nicht erreichten.

»Haben Sie es noch nicht gehört?«, fragte Jérémie knapp.

»Was soll ich gehört haben?«

»Italien«, lautete die knappe Antwort. »Italien.«

Wenig später betraten sie eine der Suiten im obersten Geschoss, wo sich die Privatwohnungen befanden. Félix hatte Jérémie den Dienstbotenaufgang hochgeführt, und obwohl sie niemandem begegnet waren, hatte dieser sich mehrfach umgedreht. Nun zögerte er, über die Schwelle zur Suite zu treten, war doch aus dem Nebenraum Gemurmel zu vernehmen.

»Nur mehr ein Löffel, mein Kleines, ich bitte dich, du musst zu Kräften kommen.«

Jérémie erstarrte. »Wer ist das?«

»Meine Mutter«, sagte Félix. »Und sie kann Sie ruhig sehen. Sie hat sich noch nie für gesunde Menschen interessiert, nur für kranke.«

»Na los«, ließ sich wieder Hélène Aubrys Stimme vernehmen, »wenn du noch drei Löffel nimmst, kannst du hinterher vielleicht sogar kurz aufstehen.«

»Und dieser Kranke, den sie betreut?«

Félix winkte energisch, damit Jérémie ihm endlich in den Raum folgte. Der gehorchte zwar, verharrte aber in der Nähe der Tür, während Félix auf einen Wandschrank zutrat.

»Keine Angst. Der Kranke, den meine Mutter betreut, ist in einem zu erbärmlichen Zustand, um zu erkennen, dass ein Mitarbeiter des Unterstützungskomitees für Flüchtlinge von der israelitischen Gemeinde Nizzas in meinem Hotel ein und aus geht. Meine Mutter würde uns erst recht nicht verraten. Mit ihr teile ich alles, mit Ihnen nur den Cognac.«

Er nahm eine Flasche aus dem Wandschrank, doch Jérémie hob abwehrend die Hände. Er war ein schmächtiger Mann mit dichten schwarzen Locken und gehetztem Blick. Alles an ihm war ständig in Bewegung, auch jetzt fiel es ihm sichtlich schwer, still zu stehen.

»Das ist nicht die rechte Zeit zu trinken«, sagte er.

Félix nahm einen Schluck direkt aus der Flasche, ehe er sich eine Zigarette ansteckte. »Im Gegenteil. Es ist nicht die rechte Zeit, nüchtern zu bleiben. Ich wüsste gar nicht, wie man die Welt ohne Alkohol erträgt.«

»Wir … wir brauchen einen klaren Kopf, um nachzudenken.«

»Nachzudenken?«, Félix stieß ein Glucksen aus. »Dabei wird das freie Denken doch gerade abgeschafft.«

Er wurde rasch wieder ernst. Erneut ließ sich Hélènes Stimme vernehmen. »Nun mach endlich den Mund auf, wirklich, es ist zu deinem Besten …«

Félix stellte die Cognacflasche ab, trat zum Fenster, zog diesmal ausnahmsweise nicht den Vorhang zu, sondern betrachtete die Palmen, die sich vom Blau des Meeres abhoben.

»Der Glatzkopf wirft also alle Juden aus Italien«, stellte er fest.

»Nicht alle. Mussolini will nur die loswerden, die nach 1919 ins

Land gekommen sind. Laut Dekret, das am 7. September veröffentlicht wurde, haben sie ein halbes Jahr Zeit, das Land zu verlassen, also bis März 1939.«

»Und wohin genau sollen sie seiner Meinung nach gehen? Hat er nicht mitbekommen, dass niemand sie haben will? Dass auf der Konferenz von Évian, zu der etliche Länder zusammengekommen sind, um das Flüchtlingsproblem zu lösen, keinerlei Beschluss gefasst wurde, weil sich nicht ein Land fand, das freiwillig Flüchtlinge aufnehmen will?«

Jérémie zuckte die Schultern. »Mussolini ließe sie notfalls im Mittelmeer ersaufen, Hauptsache, sein schönes Italien wird nicht mehr von einer außereuropäischen Rasse verunreinigt. Hitler hat ihn ja nun endlich davon überzeugt, dass als solche nicht länger nur die Afrikaner, auch die Juden zu gelten haben.«

»Das ist ja wie Schnupfen«, sagte Félix, »wenn man nur lange genug den Kopf mit einem Kranken zusammensteckt, kriegt man irgendwann eine rinnende rote Nase und kann nichts mehr riechen.«

»An Schnupfen stirbt man nicht.«

Obwohl die Fenster verschlossen waren, drangen gedämpft die üblichen Geräusche der Stadt in den Raum – die Musik der kleinen Strandrestaurants, wo mittelmäßige Sänger französische Schlager zum Besten gaben, das Knirschen der Räder jener Eselskarren, die sich im Stau der Automobile einreihten, die Rufe von Melonen- und Fischhändlern und das Signalhorn einer Jacht, die nach einem Ausflug in den Hafen einlief.

»Man stirbt auch nicht, wenn man ohne Visum nach Frankreich kommt«, sagte Félix.

»Aber nach allem, was ich gehört habe, ist die französische Regierung wegen dieses Dekrets höchst alarmiert und will die Grenzen dichtmachen …«

»Ach herrje. Unsere liebreizende Regierung lässt sich natürlich von all jenen Mächten vor sich hertreiben, denen nicht nur die Nase trieft, sondern aus deren Gehirn und Herz nichts weiter als Rotz fließt. Und anstatt ein Taschentuch bereitzuhalten, es muss ja keins aus Seide sein, es reichte schon eins aus normalem Leinen, wird einfach ...«

Jérémie verlor die Geduld und machte einen so energischen Schritt auf Félix zu, dass die Cognacflasche, die dieser abgestellt hatte, fast umgefallen wäre. »Die jüdische Gemeinde von Nizza hat ein weiteres Komitee gegründet. Es dient ausschließlich dem Zweck, so viele jüdische Flüchtlinge wie möglich aus Italien hierherzubringen und zu verstecken. Ich weiß, Sie haben in Ihrem Hotel schon mehr als genug Emigranten aufgenommen, aber ... aber Sie verfügen hier in Menton doch sicher über Kontakte, stehen im Austausch mit anderen Hoteliers, Besitzern kleiner Pensionen und Privatunterkünfte ...«

»Wie lange kennen wir uns, Jérémie?«, fiel Félix ihm ins Wort.

»Seit einem guten Jahr.«

»Seit einem Jahr, richtig.«

Vage erinnerte er sich daran, wie der gehetzte Mann ihn angesprochen hatte, gefragt hatte, ob er eine jüdische Emigrantenfamilie beherbergen könne, für zwei, drei Nächte höchstens. Er nehme sie nur auf, wenn einer von ihnen Schriftsteller sei, hatte Félix bekundet. Einst habe er selbst einer werden wollen, sein Talent sei ihm jedoch nicht ausreichend erschienen.

Keiner der besagten Familie war Schriftsteller, der Vater lediglich Bibliothekar. Obdach hatte er ihnen am Ende doch gewährt – aus den zwei, drei Nächten waren mehr als dreißig geworden.

»Da Sie mich also so lange kennen, sollten Sie wissen: Ich pflege keine Kontakte, ich pflege erst recht keine Freundschaften, ich bin ein schrecklicher Ehemann. Meine Frau unterstellt mir wahlweise, dass ich nur aus Langeweile Emigranten helfe oder weil ich mich gern in Gefahr begebe. Sei's drum. Ich tue es trotzdem. Sie werden nicht nur Unterkünfte brauchen, auch Boote.«

»Boote?«

»Na, über den Landweg werden es die Flüchtlinge nicht nach Frankreich schaffen, oder? Und selbst wenn, könnte ich dabei keine Hilfe sein. Die Grenze liegt inmitten von Bergen und Kalkfelsen, und so viel wie ich rauche, würde am Ende nicht ich einen Emigranten schleppen, sondern er mich – es sei denn, ich wäre zuvor schon abgestürzt. Aber gegen eine lauschige Bootsfahrt bei Mondschein habe ich nichts einzuwenden. Und um einen Fischer zu bezahlen, damit er mit seinem Kutter, statt Makrelen und Sardinen zu fangen, Menschen einsammelt, braucht man keine Kontakte, wie Sie es nennen, nur Geld.«

Jérémie starrte ihn lange an. »Und Sie würden dieses Geld dafür zur Verfügung stellen?«

»Noch lieber würde ich natürlich mit Ihnen etwas trinken, aber Sie wollen ja nichts von meinem Cognac haben. Also schauen Sie, dass Sie fortkommen, wir treffen uns von jetzt an immer am Dienstag um drei Uhr bei der alten Bastion, um die Fahrten der kommenden Woche zu besprechen.«

Jérémie betrachtete ihn nachdenklich, und in das Schweigen hinein ertönte wieder Hélènes Stimme. »Siehst du, es war gar nicht so schlimm. Und jetzt nimm deine Medizin.«

Jérémie runzelte die Stirn.

»Meine Mutter wird wirklich nichts verraten, glauben Sie mir«, sagte Félix. »Ich bin sicher, sie hat nicht einmal gehört, was wir besprochen haben. Und nun gehen Sie endlich! Wenn Sie meiner Frau begegnen, sagen Sie ihr, Sie wären mein Zigarettenhändler, der mich höchstpersönlich beliefert hat.«

Nachdem Jérémie gegangen war, betrat Félix Hélènes Schlafzimmer, einen kleinen Raum, der förmlich überquoll. Da waren Rundstuckaturen an der Decke, Schnitzereien und Spiegel an den Wänden, Plüschpolster auf jedem Möbelstück. Von jedem hing mindestens eine Lederquaste, desgleichen wie sämtliche damastene Tischdeckchen Fransen hatten.

»Sie will ihre Medizin nicht nehmen«, erklärte seine Mutter seufzend.

»Woran leidet sie denn?«, fragte Félix vermeintlich mitleidig. »An Schnupfen?«

Hélène blickte nachdenklich auf ihre Patientin, eine kleine Puppe mit Porzellangesicht, deren Bäckchen rot, deren Glasaugen strahlend blau waren und auf deren künstlichen blonden Locken ein Häkelhäubchen saß. Neben dieser lagen noch zehn andere sorgsam nebeneinander aufgereiht auf dem Bett.

Früher hatte Hélène Aubry in der Polyclinique ehrenamtlich ausgeholfen und echte Patienten betreut, doch irgendwann hatte sie begonnen, Fehler zu machen, hatte Tumorpatienten mit denen verwechselt, die nur an einer harmlosen Warze litten. Eines Tages hatte ein Arzt Félix beiseitegenommen, seinen Verdacht bekundet, dass Hélène einen Schlaganfall erlitten habe und als dessen Folge an vaskulärer Demenz leide. Als Hélène von der Diagnose erfahren hatte, hatte sie alles über diese Krankheit herausfinden wollen, hatte medizinische Bücher gewälzt, die Symptome auswendig gelernt, zu denen nicht nur der Verlust des Gedächtnisses, auch der des Geruchssinns zählte. Doch schon einige Tage später hatte sie alles wieder vergessen. Mittlerweile wusste sie nicht mehr, woran sie litt. Sie wusste ja nicht einmal, dass ihre Patientinnen nur Puppen waren, keine Menschen aus Fleisch und Blut.

»Ich bin sicher, sie wird wieder gesund«, murmelte Félix.

Hélène hob den Blick, musterte ihn, wie er da im Türrahmen

stand, schon wieder rauchte oder noch immer. »Du darfst in der Krankenstube nicht rauchen.«

Félix zerdrückte die Zigarette am Türrahmen, die Asche fiel auf den dicken, flauschigen Teppich, und er trat so lange darauf herum, bis ein grauer Fleck entstand. »Wie wäre es, wenn du deinen Kranken einen Mundschutz häkelst?«, fragte er.

Hélène legte den Kopf schief, als würde sie ernsthaft darüber nachdenken. Am Ende sagte sie zu seinem Erstaunen aber nur: »Es ist gefährlich.«

»Was?«

»Mit dem Boot zu weit aufs Meer hinauszufahren. Dein Grandpère hat immer davor gewarnt.«

Félix trat näher, überlegte kurz, sich auf die Bettkante zu setzen, kniete sich dann neben seine Mutter. Sie überragte ihn nun, er sah deutlich die vielen Falten an ihrem Hals. Schon früher schien ihre Haut immer zu groß für den kleinen Leib gewesen zu sein, jetzt, da nicht nur Muskeln und Knochen schwanden, auch ihr Geist, glich sie umso deutlicher einer Hülle, die nicht zu ihrem Inhalt passte.

»Im Gegenteil«, sagte er, »Grandpère hat auf seinem Totenbett bedauert, nie weit genug aufs Meer hinausgefahren zu sein. Nur dort finde man wahre Freiheit.«

»Versprich mir trotzdem, dass ...« Hélène hielt inne, richtete den Blick zur Decke, als würde die Antwort dort zu finden sein. Wie so oft blieben ihre Gedanken hängen wie eine Schallplatte, die an einer Stelle zerkratzt war. »Versprich mir, nicht mehr bei den Kranken zu rauchen«, sagte sie am Ende lediglich.

Félix hatte seine Hand erhoben, um nach der ihren zu greifen, ließ sie nun aber fallen, erhob sich. Er hatte schon die Tür erreicht, als seine Mutter plötzlich sagte: »Dein Vater ... er hat sich erschossen, oder?« Félix unterdrückte ein Seufzen, fragte sich, warum sie sich ausgerechnet daran erinnerte. Er nickte, sah Tränen in ihren Augen schimmern. »Wir haben alles verloren.«

»Nicht alles, wir haben noch das Hotel.«

»Aber dafür musstest du Ornella heiraten.« Er nickte wieder, die Träne rollte über die Wange. »Dabei liebst du Ornella gar nicht«, fuhr sie fort.

Félix erstarrte. Warum verhakten sich ihre Gedanken ausgerechnet jetzt nicht? Sie sprach sogar noch weiter, während ihre Schultern leicht erbebten. »Du hast Ornellas Freundin geliebt … Salome …«

Erstaunlich, dass sie ihren Namen noch wusste, sie hatte Salome seit drei Jahren nicht mehr gesehen, nachdem diese fluchtartig das Land verlassen hatte. Noch erstaunlicher, dass sie wusste, was er für sie empfand.

»Mutter …«, setzte er an.

»Sie braucht ihre Medizin«, sagte Hélène unvermittelt und deutete mit dem Kinn auf eine der Puppen. »Sie leidet an Scharlach, das ist sehr schwer zu behandeln, man kann eigentlich nur die Symptome lindern. Ich muss ihr den Hals pinseln, haben wir noch Penicillin?«

Mit zittriger Hand streichelte sie über das Gesicht der Puppe.

Félix trat wieder in den Nebenraum, führte die Cognacflasche an den Mund, fragte sich, wie viel er trinken musste, damit aus seinem Gehirn ein Sieb wurde und dessen Löcher groß genug waren, dass Rotz und Tränen durchgespült wurden.

Salome.

Kurz überlegte er, noch einen Schluck zu nehmen, verzichtete jedoch darauf, sich zu betrinken. Er hatte anderes zu tun.

Es war schon spät am Abend, und er saß immer noch da und grübelte. Hélène war im Kreise ihrer Puppen eingeschlafen. Als er sie zugedeckt hatte, hatte er eine der Puppen mit in sein Bureau genommen, sie auf den Schreibtisch gesetzt, eine Landkarte vor ihr ausgebreitet, ihr von seinen Plänen berichtet.

»Die Boote werden von Ventimiglia ablegen, von Bordighera, vielleicht sogar von San Remo. Ich denke nicht, dass sie in Menton anlegen sollten, das wäre zu nah an der Grenze, aber es gibt Strände inmitten felsiger Buchten und …«

Seine Finger strichen über die Landkarte, als sich die Tür leise öffnete.

»Warum bist du nicht im Bett?«

Ornellas Stimme glich ihrem Leib, war rund und weich und warm, verbarg die Enttäuschung, gar die Verbitterung wie ihre Rundungen die harten Knochen verbargen. Man musste genau hinhören, um hinter dem sehnsuchtsvollen Ton eine gewisse Ungeduld herauszuhören.

»Du weißt doch, ich brauche keinen Schlaf«, murmelte er.

»Ich weiß, dass du *mich* nicht brauchst … zumindest nicht in deinem Bett, in deinem Hotel ja schon. Ich sorge schließlich dafür, dass die Betten frisch überzogen werden, die Vorräte aufgefüllt, dass das Frühstück serviert wird und …«

»Gewiss«, unterbrach er sie, hob den Blick, formte ein Lächeln, schneidend wie seine Stimme. »Was wäre ich ohne dich.«

Wenn er früher zu ihr Worte gesagt hatte, die vor Spott oder Zynismus troffen, hatten sich auf ihren Wangen oft rote Flecken ausgebreitet. Jetzt wurde sie blass, obwohl sie so viele Stunden im Garten verbracht hatte. Dennoch trat sie näher, umrundete den Schreibtisch, stand nunmehr hinter ihm. Und dann lagen ihre Hände jäh auf seinen Schultern, massierten ihn sanft.

»Ach, Félix, warum muss es so zwischen uns sein? Trotz allem halten wir es doch ganz gut miteinander aus.«

Er hatte den Mund geöffnet, um noch etwas Bissiges zu sagen, schloss ihn dann wieder. Er schloss sogar die Augen. Seine Frau glich einer Wolke. Nichts war an ihr, das man packen, festhalten, das man schütteln konnte, um sie gehörig durcheinanderzubringen. Aber in einer Wolke konnte man verschwinden, und die Sehnsucht, sich zu verstecken – vor allen Menschen, vor aller Welt –, kannte er nur allzu gut.

»Was ist das?«, fragte Ornella plötzlich.

Er legte seine Hände über die Pläne, die vor ihm lagen, doch es war zu spät.

»Was ist das?«, wiederholte sie.

»Ich suche einen Schauplatz ... für meinen nächsten Roman ...«

Ihre Hände lösten sich abrupt von ihm. »Du willst ... wieder schreiben?«

Wollen tue ich es schon lange, nur kann ich es nicht mehr. Das Leben hat mir meine Geschichten weggenommen, weil es stets herzzerreißendere und grausamere schreibt, als ich mir ausdenken könnte.

Er mochte sich zwar ein Plätzchen auf der Bühne, die die Welt war, erkauft haben, aber er war nicht der Autor, dessen Stück gespielt wurde, noch nicht einmal der Regisseur, der es inszenierte.

»Es ist zu früh, darüber zu sprechen«, sagte er und legte schnell ein leeres Blatt über die Pläne.

Sie massierte ihn nicht weiter, und obwohl die Sehnsucht danach, dass sie seine Verspannung löste, kurz größer war als der übliche Widerwille, von ihr berührt zu werden, konnte er sich nicht überwinden, sie darum zu bitten. Auf der Bühne ihrer Ehe war sie ganz zweifellos die Regisseurin, er weigerte sich, auch nur ein Statist zu sein, verkroch sich lieber in jenem Souffleurkasten, der im Bühnenboden eingelassen war, und schwieg beharrlich, wenn sie nicht mit dem Text weiterwusste.

»Du wolltest immer Schriftsteller sein, und ich wünsche dir so sehr, dass du es eines Tages bist ... Ich wiederum ... ich wollte immer deine Ehefrau sein ... und die Mutter deines Kindes.«

Nie hatte sie so deutlich ausgesprochen, warum sie die erniedrigende Prozedur, ihn irgendwie ins gemeinsame Bett zu locken, auf sich nahm.

»Du bist eine gute Ehefrau, und du wärst gewiss eine gute Mutter«, murmelte er. »Aber ich tauge weder zum Gatten noch zum Vater.«

Ein Kind würde ihm auch keine Worte soufflieren, würde mit seinem Geschrei das Schweigen bloß übertönen, nicht beenden. Und seine Worte, die in diesem Schreien echoten – du hast dir eingebildet, mich zu heiraten, obwohl du wusstest, dass ich eine andere liebe –, würden sie nicht verstummen lassen.

Er beugte sich vor, nahm Hélènes Puppe, reichte sie ihr. »Hier«, sagte er, »hier hast du dein Kind.«

Er war nicht sicher, ob der Laut, den sie ausstieß, ein Schluchzen oder ein Seufzen war, nur, dass es tiefen Schmerz verriet. Augenblicklich tat es ihm leid, sie derart vor den Kopf zu stoßen, aber ehe er die Worte zurücknehmen konnte, hatte sie bereits lautlos den Raum verlassen. Die Puppe, die sie zurückgelassen hatte, starrte ihn an.

1939

Drittes Kapitel

»Wie schön, dass du wieder einmal Urlaub in San Remo machst«, rief Paola lächelnd, »und noch schöner ist es, dass du so liebe Freunde mitgebracht hast, um ihnen die Stadt zu zeigen.«

Salome wunderte sich über den jäh veränderten Tonfall ihrer einstigen Stiefmutter. Gerade noch hatten sie darüber gesprochen, wo die Familie Adler in Frankreich leben könnte, sollte ihnen die Flucht dorthin gelingen, und vor allem, wovon. Als sie den Blick hob, sah sie, was der Grund dafür war: Gedeone Barbera hatte soeben den Frühstückssaal betreten. Er trug nicht mehr die Uniform der Faschisten – das schwarze Hemd mit Krawatte und den im Kragen eingelassenen silbern metallenen *fascio* –, in der er sich als junger Mann gezeigt hatte, wenn er gemeinsam mit Gesinnungsgenossen politische Gegner verprügelt hatte. Doch der seriöse Anzug des Hotelbesitzers täuschte nicht darüber hinweg, dass er immer noch ein glühender Anhänger Mussolinis war.

Eigentlich tue ich dem Duce ja einen Gefallen, dachte Salome trotzig. Er will die Juden weghaben, und ich habe vor, sie außer Landes zu bringen.

Aber Gedeone würde es wohl nicht dulden, dass sich dieses »Pack« auch nur eine Nacht in seinem Hotel aufhielt. Deshalb setzte sie ebenso ein freudiges Lächeln auf und erklärte: »Wir würden uns so gern den Corso Fiorito anschauen, das große Blumenfest.«

Gedeone hatte bis jetzt über sie hinweggeblickt. Seinerzeit

hatte er sich zwar damit arrangiert, dass sein Vater Paola nach ihrer langjährigen heimlichen Affäre geheiratet hatte, nicht zuletzt, weil sie ihm die eine oder andere lästige Pflicht abnahm. Salome dagegen hatte er nie gemocht, erst recht nicht, nachdem sie sich einmal über Mussolinis Glatze lustig gemacht hatte.

»Es ist jetzt Ende März«, erklärte er nun nachdrücklich. »Der Corso findet immer zu Beginn dieses Monats statt.«

Sein Blick glitt über sie, dann zu den anderen Personen, mit denen sie am Frühstückstisch saß. Salome knetete unter der Tischplatte nervös ihre Hände. Auf den ersten Blick mochte sich diese Familie nicht von all jenen unterscheiden, die hier Urlaub machten und die Palmenalleen entlangflanierten, hoch zur Altstadt, der Pigna, stiegen, und in den Cafés Limoncello oder Amaretto tranken. Doch wenn man genauer hinsah, entging es wohl niemandem, wie fadenscheinig Herrn Theodors schwarzer Anzug war, dass Hanna sich nicht neugierig umblickte und nach einem Fotomotiv Ausschau hielt, sondern den Kopf gesenkt hielt, und dass Leos rechtes Augenlid ständig zuckte. Immerhin, aus dem Lachen des kleinen Efraim klang nicht das Echo all jener Ängste, die die Familie in den vergangenen Monaten hatte ausstehen müssen. Eben biss er in ein *cornetto*, nicht etwa, weil er noch Hunger hatte, nein, weil es ihm gefiel, wie der Puderzucker staubte, der Pudding auf den Seiten hinausquoll. Er nahm von jedem nur einen Biss, ließ es sodann auf dem Teller liegen und nahm sich das nächste vor. Gedeones Blick richtete sich vorwurfsvoll auf den Kleinen, und Leo handelte geistesgegenwärtig, aß eines der *cornetti* auf.

Salome wiederum handelte geistesgegenwärtig, indem sie rief: »Das ist schade! Aber irgendwas blüht hier doch immer. Dieser Tage der Hibiskus zum Beispiel, nicht wahr? Nun, ich kenne mich mit Blumen nicht so gut aus, aber San Remo ist immer eine

Reise wert, davon konnte ich auch meine Freunde aus Deutschland überzeugen. Und das Wetter ist großartig.«

Gedeone kniff die Augen zusammen, als sein Blick ein letztes Mal über die Familie wanderte. Gottlob schien er sich zu sagen, dass sie immerhin schon im Voraus für ihre Zimmer bezahlt hatten, und er verließ den Frühstücksraum.

Salome atmete hörbar aus, Efraim lachte. Er steckte einen Finger in ein Cornetto und leckte den Pudding ab.

Paola wiederum stieß ein raues Schluchzen aus. »Ach, es wäre alles so viel leichter, wenn Renzo noch leben würde«, murmelte sie und tupfte sich die Augen ab, obwohl gar keine Tränen darin schimmerten.

Salome beobachtete diese Geste nicht zum ersten Mal, seit sie am Tag zuvor angekommen war. Sie wusste zwar, dass Renzo Barbera gestorben war – so selten es geworden war, dass Ornella und sie sich Briefe schrieben, diese traurige Neuigkeit hatte sie ihr nicht vorenthalten –, doch erst von Paola hatte sie Details erfahren.

Vor nunmehr zwei Jahren hatte er von einem auf den anderen Tag zu essen aufgehört. Er hatte über Übelkeit und einen stets geblähten Magen geklagt, sich jedoch geweigert, ins Krankenhaus zu gehen, weil er der Meinung war, dass man selbiges immer kränker verließ, als man es betrat. Am Ende hatte er solche Krämpfe bekommen, dass er immerhin den Arzt kommen ließ. Dieser hatte zu ihm gesagt, es sei alles in Ordnung, zu Paola, dass in seinem Darm ein Tumor wachse und ihm höchstens drei Monate zu leben blieben. Nachdem der Dottore das Hotel verlassen hatte, hatte Paola entdeckt, dass Renzo sie belauscht hatte. »Drei Monate?«, hatte er gerufen. »Pah! Ich wette, ich schaffe vier.«

Er hatte seinen ganzen Ehrgeiz darauf verwendet, den Arzt eines Besseren zu belehren, sodass er die Angst vor dem Tod zu vergessen schien. Zumindest vermochte er, diese zu verbergen.

Am Ende hatte er noch ein halbes Jahr gelebt, war schließlich abgemagert und mit gelblichem Gesicht, aber triumphierender Miene gestorben.

Paola hatte tränenlos geweint, nachdem sie ihren Bericht beendet hatte, und Salome hatte sie unwillkürlich umarmt, obwohl sie nicht sicher gewesen war, ob das angemessen war. Paola war ja keine Freundin oder alte Bekannte, sie war ihre Stiefmutter und hatte ihren Vater Arthur für Renzo verlassen. Dass Renzo überdies der Vater von Ornella war, ihrer besten Freundin – mehr noch, ihrer *sorella*, denn sie waren wie Schwestern –, und diese Félix Aubry, Salomes heimliche Liebe, geheiratet hatte, machte die Sache nicht leichter, ließ den Knoten, zu dem sich die Geschichten ihrer Familien verknüpft hatten, noch unentwirrbarer werden.

Doch Salome empfand Paola gegenüber keine Bitterkeit, war vielmehr dankbar, dass sie auf ihre Hilfe hoffen konnte.

»Sag mir noch einmal, was ihr nun vorhabt«, erklärte diese eben.

Es klang so, als würden sie Pläne für den Tag machen, vereinbaren, ob sie ein Eis in der *gelateria* Francesco essen würden oder lieber Fisch bei Corrado in der Nähe der Festung Santa Tecla. In Wahrheit war die geplante Flucht nach Frankreich nichts, für oder gegen das sie sich entscheiden konnten. Es war schlichtweg der letzte Ausweg, nachdem sich Leo monatelang vergebens um ein Visum bemüht hatte. Das französische Konsulat in Mailand war völlig überlastet und wies sämtliche Anträge ab, nachdem es von der französischen Regierung die Anweisung erhalten hatte, deutschen Emigranten keine neuen Visen mehr auszustellen. In Italien bleiben konnten sie aber auch nicht. Seit Januar machten Gerüchte die Runde, wonach die Präfekturen fortan berechtigt waren, die Juden notfalls gewaltsam über die Grenze zu treiben. Die grässlichen Bilder, die sich hinter diesen Worten verbargen – von Polizisten mit Schlagstöcken, bellenden

Hunden und weinenden Kindern, – mochte sich Salome gar nicht erst vorstellen.

»Ich werde sie heimlich über die Grenze bringen«, sagte sie zu Paola.

»So weit waren wir schon, doch vorausgesetzt, dass das tatsächlich klappt … Wie wird es in Frankreich weitergehen? Ohne Visum bekommen sie keine Arbeitsgenehmigung, und ohne eine solche können sie nicht überleben.«

Salome seufzte. Der Weg, auf dem sie diese Familie in eine sichere Zukunft geleiten wollte, war schon bisher ein schmaler Grat gewesen, auf dem man nur balancieren, nicht festen Schrittes gehen konnte, doch jetzt war das Terrain rund um diesen Grat zu Feindesland geworden. Bis vor wenigen Wochen hatte sie noch die Hoffnung gehegt, dass die Adlers und Herr Theodor von Frankreich aus nach Amerika emigrieren könnten. Nun war allerdings eine Nachricht in aller Munde – der italienische Dampfer *Conte Grande*, der von Cannes nach Südamerika aufgebrochen war, war sowohl in Montevideo als auch in Buenos Aires abgewiesen worden und nach Frankreich zurückgekehrt. Hier durfte er erst nach langen Verhandlungen anlegen, hatte sich der Innenminister doch dagegen ausgesprochen, die Emigranten wieder zurückzunehmen.

»Sie … sie werden in Frankreich Hilfe brauchen«, gab Salome widerwillig zu, scheute sich aber noch, Ornellas und Félix' Namen auszusprechen.

»Ich bin sicher, dass sie in der Perle de Menton Unterschlupf finden könnten«, sagte Paola leise.

Hanna hob den Blick. »Das ist ein Hotel, oder? Vielleicht kann ich dort als Zimmermädchen arbeiten.«

Herr Theodor hatte auf Efraims angebissene Hörnchen gestarrt, als schien er nicht zu wissen, was das war. Nun blickte er hoch, anscheinend ohne sich im Klaren darüber zu sein, in welchem Leben er da gelandet war.

»Ich erböte mich, hinfort für die Buchhaltung zu arbeiten«, murmelte er. »Weiland habe ich Ihrem Vater gute Dienste in diesem Felde angedeihen lassen.«

»Und ich«, sagte Leo und klang als Einziger fröhlich, »ich könnte *cornetto*-Bäcker werden und die Hörnchen mit Pudding füllen, auch mit Marmelade, Pflaumenmus, Apfelmus, Eis … oder … oder … Karottensuppe?«

Efraim lachte laut. »Igitt!«, rief er.

»Hierzulande ist das eine Spezialität«, erklärte Leo überzeugt. »*Cornetti* füllt man mit einer Spritze, die viel größer ist als die eines Arztes.«

Efraim lachte wieder.

»Nun«, schaltete sich Salome ein, »wenn ich Reisende durch Rom führe, rate ich immer, dass sie sich aufs Kolosseum konzentrieren sollen, wenn sie davorstehen, und nicht schon an die Basilika Sankt Peter denken. Auch wir müssen Schritt für Schritt vorgehen.«

»So ist es!«, rief Paola. »Und der nächste Schritt ist, dass wir ein Eis essen werden. Ich zeige euch die Altstadt, dort gibt es die beste *gelateria*.«

»Gut«, sagte Salome und stand auf, »und ich kümmere mich in der Zwischenzeit …«

Sie brachte den Satz nicht zu Ende. Ich kümmere mich um ein Boot, das uns nach Menton bringt, hatte sie sagen wollen, aber sie wollte kein Versprechen geben, das sie womöglich nicht halten konnte.

»Es ist so honorabel, was Sie tun. Kann ich Ihnen meine Hilfe zupasskommen lassen?«, fragte Herr Theodor, erhob sich nun auch, und es zeigte sich, dass der Anzug nicht nur viel zu abgetragen, ihm mittlerweile zudem viel zu groß war.

»Das Wichtigste ist, dass Sie immerzu lächeln und so tun, als wäre Ihre größte Sorge, dass Sie Ihre Lichtschutzsalbe von Delial vergessen haben oder Ihr Gummitier für den Strand ein Loch hat.«

»Welches Gummitier?«, rief Efraim.

Salome wandte sich an ihn. »Die Amerikaner lieben es seit über fünfzehn Jahren, riesige Tiere aus Gummi mit ins Wasser zu nehmen, um darauf zu reiten. Ich glaube, mittlerweile kann man auch hier eines kaufen in Form eines Flamingos oder Krokodils oder Hais.«

»Bekomme ich auch so eins?«, rief der Junge.

»Das kostet zu viel«, wandte Hanna ein, »und es hat keinerlei Nutzen. Viel zu groß ist es auch.«

»Ich kaufe Efraim ein Eis«, verkündete Paola, »und meinetwegen kaufe ich ihm außerdem einen Flamingo. Ja, diese Gummitiere sind riesig, aber wenn man die Luft rauslässt, werden sie ganz klein, und genau so sollten Sie es heute mit Ihren Sorgen halten.«

Salome wartete nicht mehr, bis Hanna etwas einwandte, sondern verließ zügig den Speisesaal. Sie hatte kaum die Tür erreicht, als sie eine Stimme vernahm.

»Salome …«

Es war eine Stimme aus der Vergangenheit. Die Saite, die sie in ihr anschlug, erzeugte einen melancholischen Ton, aber keinen tiefen, dunklen. An dem Mann, der auf sie zutrat, war ja auch nichts dunkel. Nun gut, Agapito, Gedeones jüngerer Bruder, war braun gebrannt, hatte schwarze Haare und ebenso schwarze Augen. Wenn sie einst mit ihm zusammen gewesen war, hatte er sie allerdings stets von düsteren Gedanken befreit. Er war ihr manchmal lästig gewesen, vor allem, wenn er sie zu küssen versuchte, er hatte sie dennoch oft zum Lachen gebracht.

»Salome«, sagte er wieder, trat auf sie zu. Sie machte sich darauf gefasst, dass er sie wie ein ungestümer junger Hund anfiel, sie an sich zog, ihr schmatzende Küsse auf die Wangen gab. Aber er blieb einige Schritte vor ihr stehen. »Du bist ja wirklich da …«, sagte er, und als sie nickte: »Es tut mir so leid … wegen damals …«

Seine Hände schnellten nun doch hoch, nur nicht, um nach ihr zu greifen, sondern um an seinem Schnurrbart zu zupfen. Nie war ihr aufgefallen, wie ähnlich er seinem Vater war, vielleicht hatte er ja erst in den letzten drei Jahren dessen Gesten übernommen. Keine drei Jahre, nur einen flüchtigen Augenblick schien es her zu sein, dass sie sich in der Nacht nach Félix' und Ornellas Hochzeit mit ihm im Bett wiedergefunden hatte, um Trost und Ablenkung zu suchen, er danach verkündet hatte, in den Abessinienkrieg zu ziehen.

Was immer ihm während dieses Krieges widerfahren war – vor ihr stand nicht mehr der unbekümmerte Junge, dessen größte Sorge es war, den Bruder zu vergrätzen, weil er zu viel Zeit mit ihr, Salome, verbrachte. Er wirkte männlich wie nie und … gezeichnet.

»Agapito«, stieß sie aus.

»Es tut mir leid«, sagte er wieder, »damals … damals hast du dir gewünscht, dass wir heiraten. Ich wollte es ja auch, aber Gedeone … ihm war es so wichtig, dass wir uns freiwillig melden und …«

Er hielt inne, formte das Wort Krieg, sprach es nicht laut aus. Wie denn auch? Der Krieg ließ die einen verstummen und die anderen schreien, mit fester Stimme ließ sich nicht über ihn sprechen. Einem riesigen Gummitier glich er, zwar aufgebläht von den Lügen der Propaganda, Geschichten über Heldenmut und Ehre und starke Männer, aber nutzlos.

Salome wollte mit Agapito nicht über den Krieg sprechen. Eigentlich wollte sie auch nicht über jene Nacht sprechen. Dennoch drängten Worte an ihre Lippen. Es muss dir nicht leidtun, es war nicht so, dass ich mir all die Jahre deinetwegen die Augen ausgeweint habe. Ich wollte dich damals nicht wirklich heiraten, ich habe dich nie geliebt. Du warst ein … Feigenblatt für mich, nichts weiter.

Aber ehe sie etwas sagen konnte, kam er ihr zuvor: »Ich … ich würde dir gern helfen.«

»Helfen? Mir?«

Er zupfte weiter nervös an seinem Schnurrbart: »Ich weiß, weshalb du hier bist … weshalb diese Familie hier ist. Ich weiß auch, weshalb die französische Grenze stärker denn je bewacht wird und in der Region um Menton Gebirgsjäger mobilisiert wurden. Sie sollen illegale Emigranten aus Italien abwehren.«

Salome verpasste den Zeitpunkt, darauf zu bestehen, dass die Adlers ganz normale Urlauber waren. Sie verpasste auch den Zeitpunkt zu bekunden, wie leid es ihr tat, ihn nie geliebt, ihn das aber glauben lassen zu haben. Dann überwog die kühle Berechnung jegliches Schuldgefühl. Dass er ihr etwas schuldig zu sein glaubte, nützte nicht nur ihr, sondern Leo, Hanna, Efraim, Herrn Theodor.

»Übers Landesinnere kommt man nicht über die Grenze, aber übers Meer«, fuhr er fort. »Manche Hotels bieten einen Transport per Taxi an, behaupten sogar, ein Visum für Frankreich beschaffen zu können, gar eine *carte d'identité*. Bis zu dreitausend Lire verlangen sie dafür. Ich kenne einen Hotelier, der hat auf diese Weise im letzten Monat fünfzigtausend Lire verdient. Aber das Taxi fährt nicht bis Nizza, wie ausgemacht, nur bis Ventimiglia, wo die Fahrgäste hinausgestoßen werden. Du … du darfst niemandem vertrauen.«

»Nur dir? Woher weiß ich, dass du es nicht wie Gedeone hältst, der die Juden allein deshalb hasst, weil es neuerdings auch Mussolini tut?«

Agapitos Gesicht verdunkelte sich auf eine Weise, wie es ihr an ihm fremd war. »Denk nicht, dass nur Gedeone oder Mussolini die Juden hassen. Seit immer mehr Menschen nach Frankreich flüchten, werden dort nächtens Bäume mit den Worten *mort aux juifs* – Tod den Juden – beschmiert. Andere klagen, man könne gar nicht mehr nach Cannes fahren. Dort würden so viele Emigranten leben, dass man die Stadt in Kahn, dem Nachnamen vieler Juden, umbenennen müsste.«

»Herr Theodor ist ein ehrenwerter, höflicher Mann. Und seine Tochter und sein Schwiegersohn haben nie etwas …«

»Selbst wenn es verabscheuenswürdiges Gesindel wäre, würde ich helfen, sie heil über die Grenze zu bekommen«, unterbrach Agapito sie. »Und zwar deinetwegen. Ich kenne einen Fischer, der seit einiger Zeit statt Drachenköpfe, Makrelen und Schwertfische zu fangen, Flüchtlinge nach Frankreich bringt. Er verlangt natürlich auch Geld dafür, aber nicht so viel wie andere. Ich werde ihn bezahlen.« Salome öffnete den Mund, doch er fuhr entschlossen fort: »Keine Widerrede. Das ist das Mindeste, was ich für dich und deine … Freunde tun kann.«

Er nickte bekräftigend und ließ sie stehen, ohne dass sie ihm sagen konnte, dass sie ihm nicht hatte widersprechen, nein, danken wollen, der Sehnsucht nach einer Umarmung nachgeben, auch wenn diese bei ihm immer ungestüm ausgefallen war, nie zärtlich. Vielleicht hätte sie sich in seinen Armen kurz wie eine gewöhnliche Touristin fühlen können, deren größte Sorge es war, dass ihr Gummitier ein Loch hatte. So blieb ihr nichts anderes zu tun, als sich zu stärken, sich auszuruhen. Allerdings wusste sie, dass sie nicht würde entspannen können und dass sämtliche Speisen in ihrem Mund wie Staub schmecken würden.

»Ich habe einen Fehler gemacht«, sagte Leo spöttisch. »Ich habe viele Unterhosen übereinander angezogen, als ich damals in Frankfurt aufgebrochen bin, aber an eine Badehose habe ich nicht gedacht.«

Salome musterte ihn. Wie damals in Rom, als sie ihn aus dem Hotel geschmuggelt hatte, trug er viele Kleidungsstücke übereinander, da sie auf dem Fischerkutter keinen Platz für Koffer haben würden. Efraim und Hanna hatten es ebenso gehalten, nur Herr Theodor trug lediglich seinen schwarzen Anzug.

»Wofür brauchen Sie denn eine Badehose?«, fragte sie. »Wir unternehmen doch nur eine Bootsfahrt.«

»Nun ja, beim Zustand dieses Bootes fürchte ich, dass wir nicht ums Schwimmen herumkommen.«

Der übliche Spott klang aus seiner Stimme, aber auch ein Seufzen.

Salome tat sich schwer, das eigene zu unterdrücken, als sie gemeinsam mit der Familie den Kutter bestieg. Sie hatte zwar nicht mit einer Yacht samt Kupferbeschlägen, elektrischer Beleuchtung und einer Brücke aus westindischem Holz gerechnet, wo sie frische Datteln, Feigen und Kiwis serviert bekämen. Die besten Jahre dieses Fischkutters schienen allerdings im letzten Jahrhundert gelegen zu haben. Irgendwann hatte er wohl den Namen *Santamaria* getragen, wie die Aufschrift am Bug verriet, doch mittlerweile war nur mehr jeder zweite Buchstabe zu lesen. Längst war auch sämtliche Farbe vom Holz geblättert, und dieses war porös. Als sie in den Kutter kletterten, ertönte ein Ächzen, als wäre er ein alter Mensch, dem sie Schmerzen zufügten. Schon bei normaler Last hätte er sich wohl gefährlich zur Seite geneigt, nun strömten viel zu viele Menschen, mit denen sie in einer kleinen Bucht zwischen Bordighera und Ventimiglia gewartet hatten, an Deck.

Dass sie selbst einer von diesen war, hatte Agapito ihr eben noch ausreden wollen.

»Du hast ihnen genug geholfen«, hatte er erklärt, als er sie hergebracht hatte. »Du musst nicht mit an Bord gehen.«

»Ich muss wissen, dass die Familie sicher in Frankreich ankommt.«

Kurz war es ihr erschienen, als wollte er sie packen, gewaltsam mit sich ziehen, doch er hatte es unterlassen, wie er es ja auch bisher unterlassen hatte, sie zu umarmen, gar zu küssen wie einst. Schweigend war er zu seinem Wagen zurückgekehrt.

Bald wurde es an Deck so eng, dass sie keinen Platz zu sitzen hatten, nur mehr stehen konnten. Leo hatte Efraim bis jetzt getragen, stellte ihn nun vor sich ab, legte die Hände schützend auf seine Schultern. Solange der Knabe dem Vater ins Gesicht sehen konnte, hatte er gelächelt. Jetzt machte er ein ungewohnt ernstes Gesicht, wirkte bleich. Gut möglich natürlich, dass das am Mondlicht lag, das sich auf dem schwarzen Wasser brach. Um neun Uhr sollten sie ablegen, es wurde eine halbe Stunde später, bis der Besitzer des Kutters den Motor anließ. Das erste Geräusch, das dieser machte, glich einem Jaulen, das zweite einem Knurren.

»Was … was ist das?«, fragte Efraim.

»Oh, das ist der Höhepunkt dieser Fahrt«, erklärte Leo schnell. »In Venedig stimmen die Gondolieri regelmäßig ein *O sole mio* an beim Ablegen. Der Fischer, dem dieser Kutter gehört, singt nun auch, allerdings hat er schreckliche Bauchschmerzen, weil er im Laufe seines Lebens zu viele Gräten geschluckt hat.«

Efraim lachte, Hannas Mundwinkel zuckten nur müde.

Als die Menschen an Bord gegangen waren, hatte der Fischer auch sie wie Gräten betrachtet – als notwendiges Übel, das sich nicht ganz vermeiden ließ, wollte man vom saftigen Fleisch des Fisches kosten.

Der Motor ächzte und keuchte vor sich hin, als sie die Bucht hinter sich ließen, der süße Geruch von Ginster und Mimosen wich dem faulig-schlickigen, der im Holz des Kutters festhing.

»Ich fürchte, der Fischer hat nicht nur Bauchweh«, sagte Leo, als die Geräusche immer bedrohlicher wurden, »auch Blähungen.«

Efraim lachte noch lauter, ein viel zu heller Ton inmitten des heiseren Gemurmels der anderen Passagiere.

Hanna schüttelte tadelnd den Kopf. »Das ist nicht der richtige Zeitpunkt, um zu scherzen.«

Und ähnlich wie damals in Rom erwiderte Leo: »Im Gegenteil, jetzt ist sogar der allerbeste Zeitpunkt.«

Der Motor gab nunmehr ein erbärmliches Gurgeln von sich. »Muss sich der Fischer vielleicht übergeben?«, fragte Efraim.

Nicht nur die Geräusche des Motors irritierten Salome. Der Kutter fuhr plötzlich immer langsamer, entfernte sich nicht vom Land, nein, schlug einen Bogen, um die nächste Bucht anzusteuern. »Wir ... wir sind doch unmöglich schon in Frankreich«, entfuhr es ihr. Das angstvolle Gemurmel um sie schwoll an. Bis sie sich durch die dicht gedrängt stehende Menschenmenge zur Kajüte durchgekämpft hatte, hatte der Kutter bereits die Bucht erreicht, legte am dortigen Steg an. Auf diesem standen etliche Menschen, nach zwei Dutzend hörte sie zu zählen auf. »Was tun Sie denn?«, fuhr sie den Fischer an. »Sie wollen doch nicht allen Ernstes auch noch diese Menschen an Bord holen! Es gibt keinen Platz mehr für sie!«

Der Mann hatte sich die Kappe so tief ins Gesicht gezogen, dass dieses nicht silbrig glänzte, sondern in Schwärze verborgen war. »Sie können gern aussteigen.«

Aus Salomes Seufzen wurde ein entsetzter Schrei, als sie sah, wer unter den Wartenden stand – ein Mann, dessen Uniform ihn als *carabiniere* auswies. Aber als der Kutter den Steg erreichte, machte er keine Anstalten, ihnen zu befehlen auszusteigen und sie festzunehmen, im Gegenteil, er half den Wartenden, sicher in den Kutter zu kommen. War sie zunächst überzeugt, dass es ihm nur darum ging, möglichst viele Juden loszuwerden, sah sie alsbald, dass er etlichen Menschen Geld in die Hand drückte.

»Es sind nicht alle Unmenschen«, hörte sie jemanden sagen, dessen Gesicht sie nicht erkannte. »Etliche *carabinieri* haben Geld gesammelt, damit die armen Vertriebenen etwas für den Neuanfang haben.«

Was er neben dem Geld ebenfalls verteilte, waren Orangen. Der Geruch von einer stieg Salome in die Nase, belebte sie kurz. Wenig später machte der Motor wieder gurgelnde Geräusche. Sie wollte zurück zu den Adlers, doch mittlerweile war es so eng, dass kaum an ein Weiterkommen zu denken war. Die meisten standen nur auf einem Fuß, hatten keinen Platz, um auch den zweiten aufzusetzen. Eine alte Frau, deren Haare fein wie Spinnweben waren, stöhnte herzerweichend, klammerte sich, als Salome sich an ihr vorbeidrängen wollte, unwillkürlich an sie.

»Es ist schon gut, wir werden sicher ankommen«, tröstete sie die Alte.

Sie wusste hinterher nicht, wie oft sie diese Worte wiederholte, bis aus dem angstvollen Stöhnen irgendwann regelmäßige, entspanntere Atemzüge wurden. Sie selbst bekam dagegen kaum mehr Luft, als sie immer weiter aufs offene Meer fuhren, der Mond sich hinter einer Wolke versteckte, das Wasser zähem Pech glich. Der Kutter fuhr jäh so langsam, als klebte er daran fest. Und wenn er zu schwer war, um weiterzukommen? Sie hätte geschätzt, dass nicht mehr als vierzig Menschen in ihm Platz fänden, doch es drängten sich wohl über achtzig an Bord!

Immerhin, der Kutter blieb nie ganz stehen. Nur plötzlich machte der Motor ein Geräusch, das noch beängstigender als das Gurgeln klang, so nämlich, als würde er platzen.

Vor lauter Schreck ließ die alte Frau sie los, Salome selbst umklammerte unwillkürlich selbst einen fremden Arm. Wieder dieses Platzen … nein, dieser Knall. Dann ein Schrei, der wie aus einer Kehle kam, als wären sie nicht einzelne Menschen, sondern zu einer Masse zerschmolzen wie Tropfen im Meer.

Was ist das?, wollte sie rufen, doch ihre Lippen stießen gegen etwas Hartes, vielleicht eine Schulter, vielleicht das Holz der Kajüte. Sie fuhr sich an den Mund, sah, dass die Finger blutrot waren. Der Mond musste hinter der Wolke hervorgekommen sein. Sein Licht war fahl, das, welches den Kahn beleuchtete, dagegen grell. Die Scheinwerfer eines fremden Schiffes! Gewiss die französische Küstenpatrouille …

Als erneut ein Knall ertönte, wusste sie, dass nicht der Motor dieses Geräusch von sich gab, sondern dass sie beschossen wurden.

Ducken, ich muss mich ducken, dachte sie, aber sie tat nichts dergleichen.

Zu den Adlers, ich muss zu den Adlers, dachte sie dann, rührte sich wieder nicht. An ein Durchkommen war ohnehin nicht zu denken, da sich nun sämtliche Menschen an Bord duckten, einige versuchten, sich auf den Boden zu werfen, wozu der Platz allerdings fehlte. Furcht floss kalt und zäh durch ihre Adern.

Sie wappnete sich gegen den nächsten Schuss, er blieb aus. Gut möglich natürlich, dass sie ihn bloß nicht mehr hörte, weil ihre Sinne sie trogen, sie sah ja auch nur mehr Schemen vor sich. Lediglich riechen konnte sie. Als sie eine Orange neben ihren Füßen entdeckte, sich nach ihr bückte, ihren Daumennagel tief in die Schale trieb bis zum fruchtigen Fleisch, stieg ihr der säuerlich-süße Geruch in die Nase.

Wir leben noch …

Tatsächlich folgten auf die Schüsse keine Schmerzensschreie, ein Zeichen dafür, dass niemand getroffen worden war, und das

Licht des Scheinwerfers war nicht mehr ganz so grell. Der Motor wiederum winselte, was bedeutete, dass er nicht kaputt war, sie weiter ins offene Meer hinausfahren konnten, weit genug entfernt von der französischen Patrouille, die sie anscheinend nicht dorthin verfolgen würde.

Sie trieb den Daumen tiefer in die Orange, nahm in Kauf, dass es brannte, als der Saft über ihre Hand troff. Egal, sie lebten noch, sie wurden nicht mehr beschossen, sie schaffte es nun auch, irgendwie über die geduckten Leiber zu steigen, endlich Leo zu erreichen, der Efraim fest an sich gezogen hatte.

»Gott sei Dank!«, stieß sie aus.

»Und das war wirklich nur ein Trommler?«, hörte sie Efraim fragen.

Wie absurd, so zu tun, als wären die Schüsse Trommelschläge gewesen.

»Aber ja doch!«, erklärte Leo im Brustton der Überzeugung. »Damit werden die Haifische vertrieben.«

»Hier gibt es Haifische?«, rief Efraim entsetzt.

»Eigentlich nicht, es sind nur Delfine. Falls wir ins Wasser fallen, werden sie uns retten. Dumm nur, dass ich keine Badehose dabeihabe …«

»Leo!«

Hannas Stimme klang nicht nur vorwurfsvoll, nein, regelrecht panisch. Leos Frau spürte wohl, wie sie es nun alle spürten, dass sich der Kutter, der ob seiner viel zu schweren Fracht ohnehin bereits eine gefährliche Schieflage eingenommen hatte, noch mehr zur Seite neigte. Wer immer die Schüsse abgefeuert hatte, hatte keine Menschen getroffen – aber Holz. Der Kutter hatte ein Leck.

In der Ferne hörte Salome einen Mann Befehle brüllen, vielleicht den Besitzer. Die Kappe, die er getragen hatte, trieb auf dem

Wasser, von silbrigem Mondlicht beschienen. Bald würden da auch Menschen treiben … untergehen … selbst die, die schwimmen konnten, würden es unmöglich zur Küste schaffen, die gewiss noch etliche Seemeilen entfernt lag.

Noch mehr Orangensaft troff ihr über die Hand, sie hatte die Frucht mittlerweile völlig zerquetscht. Riechen konnte sie sie trotzdem nicht mehr, sie nahm nur den Geruch nach Angstschweiß war.

»Ruhe!«, brüllte irgendwer, als ob das Geschrei das Problem wäre, nicht der undichte Kutter, als ob Menschen, die niemand haben wollte, verdammt wären, lautlos in den Fluten zu versinken … Mehr noch: zu verschwinden, als ob es sie nie gegeben hätte. »Ruhe!«, ertönte es wieder.

Und diesmal riss das Geschrei lange genug ab, dass man einen Motor hörte, keinen gequält gurgelnden, winselnden, sondern einen ziemlich lauten. Dann fiel erneut Scheinwerferlicht auf sie, ein Schiff kam auf sie zu.

Ihr müsst nicht mehr schießen und Patronen verschwenden, ging es Salome durch den Kopf, wir sinken von allein.

Doch von dem Schiff kamen keine Schüsse, es kamen Rufe. Und es kam nicht der Befehl: Bleibt Frankreich fern und ersauft! Es kam auf Französisch die Frage: »Braucht ihr Hilfe?«

Es bedurfte noch mehr hastig gewechselter Worte, um zu begreifen, dass das Schiff in Frankreich aufgebrochen war, um Menschen aus Italien zu holen.

»Es wird alles gut«, stieß Salome aus, »es wird alles gut.«

Nicht dass sie es schon selbst glaubte. Erst musste sie sich vergewissern, dass das französische Schiff groß genug war, um sie alle aufzunehmen. Sie kämpfte sich zu jener Stelle vor, an der eben jemand versuchte, einen Haken zu vertäuen, der ansonsten wohl dem Thunfischfang diente, nun aber genutzt wurde, um ihren lecken Kutter ganz dicht an das fremde Schiff heranzuziehen. Es war nicht nur groß, es war tatsächlich leer. Sie sah den Kapitän, nahm zwei weitere Männer wahr … schließlich einen dritten.

Nicht irgendeinen Mann.

Ihre Finger wollten sich wieder in die Orange bohren, doch sie hatte sie irgendwo fallen lassen, trieb die Nägel deshalb in den Daumenballen. Es brannte höllischer als zuvor, aber dieses Brennen war nichts gemessen an dem Schmerz, der all die Jahre in ihr aufgeflackert war, wenn sie an seinen Namen gedacht hatte.

Jetzt dachte sie ihn nicht nur, jetzt sprach sie ihn aus.

»Félix«, brachte sie mit letzter Kraft über die Lippen, »Félix …«

»Ach«, ließ sich wie aus weiter Ferne seine Stimme vernehmen, ob sofort oder erst viel später, konnte sie nicht sagen. »Du bist auch hier, um diesen lauschigen Abend zu genießen? Eine Bootsfahrt im Mondschein, ist das nicht herrlich? Was jetzt noch fehlt, ist ein wenig Kerzenlicht, über dem man in einem Absinthlöffel Zucker schmelzen kann. Wenn er ins grüne Gesöff perlt, verleiht er ihm einen ganz eigenen Geschmack.«

Er stand ganz starr da, während er sprach, sie auch. Irgendwann stieß jemand sie in seine Richtung … Nein, in die des anderen Schiffes, das nun fest mit ihrem Kutter vertäut war. Sie wehrte sich dagegen, über die Reling zu klettern, nicht nur, weil Félix dort wartete, zudem, weil sie Leo und Hanna, Herrn Theodor und Efraim den Vortritt lassen wollte. Sie suchte sie, war in den Minuten, die folgten und sich wie Stunden anfühlten, abgelenkt, konnte zwischen sich und ihre Gefühle so viele Menschen schieben, die sie aufs Schiff schaffen mussten, auch zwischen sich und die Frage: Was macht ausgerechnet *er* hier?

Sie ahnte die Antwort, ohne dass sie diese Frage laut stellen musste. Félix hatte sich über das traurige Los der Emigranten bereits den Kopf zerbrochen, als sie noch nicht einmal gewusst hatte, dass so viele Menschen aus Deutschland an der Riviera Zuflucht suchten.

»Wir müssen nicht alle auf das französische Schiff schaffen«, vernahm sie eine Stimme.

Sie wusste nicht, wem sie gehörte, fand jedoch wieder Kraft, die eigene zu gebrauchen. »Und die anderen sollen ertrinken?«

»Nein, aber das Leck ist nicht allzu groß. Wenn wir regelmäßig Wasser abschöpfen, kann das Schiff unseren Kutter hinter sich herziehen.«

Während weiter Taue geworfen wurden, um die beiden Gefährte noch fester miteinander zu verbinden, kämpfte sie sich endlich zu den Adlers und Herrn Theodor durch. Sobald sie in ihre Gesichter sah, vergaß sie sämtliche Scheu vor Félix und folgte jener tief in ihrer Seele eingravierten Pflicht, dass sie als Reiseführerin die ihr anvertrauten Menschen heil ans Ziel zu bringen hatte.

»Besser, wir klettern auf das französische Schiff«, forderte sie die Familie auf, »trotz allem erscheint mir das als sicherer.«

Sicherer für ihr Leben, nicht sicherer für ihr Herz.

Dieses schlug schmerzhaft gegen die Brust, als sie Leo half, Frau, Schwiegervater und Sohn hinüberzubringen. Keuchend lehnte sie sich danach an die Kajüte.

»Wenn du schon keinen Absinth mitgebracht hast, doch wenigstens einen Amaretto, oder?«

Sie blickte hoch. Félix stand immer noch oder schon wieder an der Reling. Der Nachtwind zerzauste sein dunkles Haar, das länger war als bei ihrer letzten Begegnung, zwischen zwei Fingern hielt er wie so oft eine Zigarette. Nur daran, dass seine Hände zitterten, konnte sie erahnen, dass ihre unerwartete Begegnung ihn nicht minder aufwühlte als sie.

»Wer … wer ist dieser Mann?«

Sie war nicht sicher, ob Leo das gefragt hatte, Hanna oder der kleine Efraim, jedenfalls war ihr die Frage auf Deutsch gestellt worden. Sie sprachen mittlerweile alle ein passables Italienisch, beherrschten aber nur ein paar Brocken Französisch. Salome wiederum sprach beide Sprachen fließend, wobei sie nun vermeinte, selbst das Deutsche verlernt zu haben. Weder konnte sie den Adlers die Frage beantworten – er ist der Mann, den ich liebe, der aber meine Freundin geheiratet hat – noch Félix all die Fragen stellen, die ihr auf der Zunge lagen: Wie lange schon hilfst du jüdischen Emigranten, aus Italien zu fliehen? Kannst du in Frankreich für diese Familie sorgen? Wie geht es Ornella?

Schweigend trat sie an die Reling, umfasste sie, starrte aufs Meer, so verwirrt, verstört, dass sie sich nicht einmal vergewisserte, ob das Schiff, sobald es sich in Gang setzte, den Kutter wirklich mühelos mit sich zog.

Félix sagte auch nichts mehr, hielt ihr nach einer Weile nur das Päckchen Zigaretten hin. Sie schüttelte den Kopf.

»Du hast immer noch nicht angefangen zu rauchen?«

»Du hast immer noch nicht aufgehört?«, gab sie beklommen zurück.

»Ach, man muss sich bei unseren lauschigen Mondscheinausflügen ja irgendwie die Warterei vertreiben. Es dauert seine Zeit, bis es dunkel ist, die Küstenpatrouillen uns nicht mehr sehen, wir endlich zu einer italienischen Bucht aufbrechen können. Und erst die Fahrt selbst … Schade, dass wir anders als ihr heute nicht beschossen wurden, dann wäre es nicht ganz so langweilig gewesen.«

»Félix!« Es hätte mahnend klingen sollen, empört. Stattdessen klang Nachsicht aus ihrer Stimme, das Wissen: Ich kenne dich. Du magst allen vormachen, dass dir selbst Tod und Teufel egal sind, doch wenn es notwendig wäre, würdest du jedem dieser Menschen ins Wasser nachspringen.

Er fügte nichts mehr hinzu, starrte sie nur auf die ihm eigene durchdringende Weise an. Seine Augen, mandelförmig und von einem dichten Wimpernkranz umgeben, waren eigentlich nebelgrau, wirkten in der Dunkelheit aber schwarz. Wie hatte sie ohne diesen Blick leben können, wie ohne das, was deutlich aus ihm sprach – eine nackte, unverstellte Sehnsucht, die die Maske aus Zynismus und Spott nicht verbergen konnte.

Viel zu rasch wandte er sich ab, spuckte die zu Ende gerauchte Zigarette einfach ins Wasser, sah auf den Streifen Land, der in der Ferne sichtbar wurde. Immer noch konnte Salome keine Fragen stellen, aber das Schweigen wurde so unzuverlässig wie die Nacht. Diese verhüllte nicht länger die Küste, das Schweigen verhüllte nicht, was in ihr tobte – ein wenig Angst, ein wenig Hader, vor allem der übergroße Wunsch, den letzten Abstand zu überwinden, sich an ihn zu schmiegen, ihn zu küssen, es mussten ja nicht einmal seine Lippen sein, es reichte der Nacken wie einst auf den Klippen in der Nähe von Cassis, als sie zum ersten Mal die Treue zu ihrer Freundin hinter die Sehnsucht gestellt und gedacht hatte: Ich will mit ihm leben, ich will mit ihm glücklich sein, ich will ihn glücklich machen, und es wird mir gelingen.

Nun, was damals schon verboten erschienen war, war es erst recht inmitten so vieler Menschen, die um ihr Leben bangten und so etwas wie Glück verlernt hatten. Steif blieb sie stehen.

»Wie geht es deiner Mutter?«, fragte sie schließlich. »Paola meinte, sie hätte einen Schlaganfall erlitten.«

Er nickte. »Sie ist nicht mehr ganz richtig im Kopf«, sagte er leise, und während sie noch dem Echo der Worte nachlauschte, die tiefe Trauer darin vernahm, fügte er bissig hinzu: »Aber wann war sie das je … wann war *ich* das je? Früher hat sie an Krankenbetten gehockt, jetzt pflegt sie ihre Puppen. Eine dieser Puppen könnte das Mädchen, das mit dir gekommen ist, haben.«

»Mädchen?«

Er drehte sich um, wies mit dem Kinn auf Efraim, dem Leo erneut die Hände schützend auf die Schultern legte. Efraim hatte zwar Locken, aber ansonsten nichts mit einem Mädchen gemein.

»Er ist ein Junge.«

»Wie auch immer. Er kann der Puppe gern die Haare abschneiden und ihr einen Bart ankleben.«

»Sein Großvater, Herr Theodor, hat einst für unser Reisebureau gearbeitet. Er hat gekündigt, als damals …« Sie brach ab, die fünf Sekunden Stille, die folgten, sagten alles. Sie atmete tief durch. »Ich fühle mich für ihn verantwortlich, auch für seine Familie, ich habe keine Ahnung, wie es in Frankreich mit ihnen weitergeht. Kannst du … kannst du …«

Ein Runzeln erschien auf seiner eben noch glatten Stirn. Er spannte sich an, beugte sich weit über die Reling. Als sie schon dachte, es läge an ihrer Bitte und er würde sie rundum ablehnen, weil er über die Schiffsfahrt hinaus nichts für die Flüchtenden tun konnte, gewahrte sie, dass er nur angestrengt lauschte. Auch sie selbst hörte nun das Tuckern eines Motors.

Eben noch hatte sie den Drang bezähmt, ihm zu nah zu kommen, nun legte sie jäh ihre Hand auf seine. Sie hatte erwartet, dass sie nach der Nacht auf dem Schiff eiskalt war, aber sie war warm. Sie hatte auch erwartet, er würde erstarren, aber er verschränkte seine langgliedrigen Finger mit ihren.

»Eine Küstenpatrouille?«, stieß sie voller Sorge aus.

Sein Griff wurde nunmehr fast schmerzhaft, seine Schultern pressten sich an ihre. Sie lauschten gemeinsam, das Tuckern schwoll an, wurde wieder leiser, ein Kahn fuhr an ihnen vorbei, hinterließ eine weiße Schneise im dunklen Wasser. Es verschwand bald, die Spur im Wasser auch.

»Das war nur ein Fischer.«

Laut ließ sie ihren Atem entweichen, und mit ihm entfuhr ihr ein trockenes Schluchzen. »Gott sei Dank …«

»Freu dich nicht zu früh«, murmelte er, ohne dass er Anstalten machte, ihre Hand loszulassen. »Wir haben es noch nicht an Land geschafft. In letzter Zeit werden immer häufiger Menschen verhaftet, die illegal über die Grenze kommen. Früher hat man sie für ein paar Franc rasch wieder freigelassen, heutzutage droht ihnen ein Monat Arrest. Denen, die sie an Land bringen, übrigens ebenso. Und die Schiffe werden beschlagnahmt.«

Nichts, was er sagte, war ihr neu, doch sie konnte Angst und Sorgen bezwingen, solange er sich an sie presste und ihre Hand hielt. »Wenn man uns wenigstens eine Zelle teilen lässt …«, setzte sie an, stand dicht davor zu bekunden, was bislang nur ihr Körper verriet: Ich will mit dir zusammen sein. Wenn die Jahre kein Gewicht haben, die wir getrennt voneinander waren – wie soll dann das Wissen Gewicht haben, dass du der Mann meiner besten Freundin bist, dass du damals zu feige und zynisch warst und der Liebe misstraut hast? Spätestens jetzt hast du ja eingesehen, dass in einer Welt wie dieser nicht die Liebe die größte Gefahr ist.

Doch die Worte blieben unausgesprochen, und plötzlich ließ er ihre Hand los, vielleicht, weil er ahnte, was ihr auf den Lippen lag, vielleicht nur, weil der Kapitän auf sie zutrat, ein paar Worte mit ihm wechselte, immer wieder von Nizza die Rede war.

Als er gegangen war, waren sie nicht mehr Félix und Salome, nur der Franzose und die Deutsche, die jüdische Flüchtlinge von Italien an die französische Riviera brachten und die sich nicht mit der kleinlichen Frage aufhalten konnten, ob ihre Begegnung in dieser Nacht eine schicksalhafte oder nur eine zufällige war.

»Nizza?«, fragte sie.

»Der dortige Präfekt hat bislang noch keine Abschiebungen vorgenommen, lässt die jüdischen Flüchtlinge aus Italien bleiben.

Von anderen Orten werden sie nach Menton verfrachtet, von dort oft gewaltsam zurück über die Grenze getrieben, doch die Präfektur in Nizza stellt für vierhundert Francs sogar eine *carte d'identité* aus.«

Das war mehr Geld, als sie hatte. Mehr Geld, als er hatte. Vielleicht würde sich Ornella eine solche Summe leisten können. Aber warum sollte sie den Adlers zu einer *carte d'identité* verhelfen? Weil er sie darum bat? Weil sie sie darum bat?

»In Nizza gibt es außerdem das jüdische Hilfskomitee«, fuhr er fort. »Sie organisieren einen Freitisch, damit täglich an die zweihundert Menschen zu einer Mahlzeit kommen. Und sie zahlen aus Spenden die Miete für die Wohnungen, die sie organisieren. Vorsichtig müssen wir gleichwohl sein, wenn wir demnächst anlegen.«

Sie konnte nicht wieder seine Hand nehmen, nicht zuletzt, weil es nun heller und der Küstenstreifen vor ihnen so breit wurde, dass sich der Hafen von Nizza mit seinen vier Becken, den Fähren und Jachten erkennen ließ, der Burgberg im Westen, in der Ferne überdies die Promenade des Anglais mit ihren exklusiven Hotels, dem langen Steinstrand, den Restaurants und Cafés.

Aus dem farblosen Grau des Meeres wurde ein Türkis, nur Félix' Miene hellte sich nicht gleichfalls auf. Nicht länger stand die Freude, sie wiederzusehen, in seiner Miene, nicht die Gewissheit, dass nach dieser Nacht das Gemeinsame das Trennende überwog, nur Müdigkeit. Er zündete eine neue Zigarette an, doch nicht einmal der Schein des Feuers zauberte ein wenig Farbe in sein fahles Gesicht.

Es war kurz vor Mittag, die Sonne stand milchig weiß am Himmel, aber hatte dennoch ihre Kraft entfaltet, als sie an pastellfarbenen Häusern und barocken Kirchen vorbeihuschten und die Place

Rossetti erreichten. Nach ihrer Ankunft hatten sich die Passagiere des Schiffes und des Kutters in kleine Gruppen aufgeteilt, um weniger Aufsehen zu erregen. Einige Männer hatten sie empfangen, offenbar Mitglieder des Hilfskomitees. Diese hatten sich der anderen Flüchtlinge angenommen, Félix war bei ihnen geblieben. Wohin er sie zu bringen gedachte, hatte er nicht erklärt, ihnen nur den dringenden Rat gegeben, sich wie eine Gruppe Ausflügler zu verhalten, die auf Nizzas berühmtem Blumenmarkt an Orangenblüten schnuppern wollten.

Salome fand, dass sie rein gar nichts mit Ausflüglern gemein hatten, aber es half, dass Leo Efraim auf seine Schultern gehoben hatte und der vor Lachen kreischte. Nur wohlwollende Blicke trafen sie, keine misstrauischen. Als sie schließlich ein Haus betraten, sehr schmal und schief wie alles in der Altstadt und mindestens vier Stockwerke hoch, musste er ihn von den Schultern nehmen, um durch die niedrige Tür zu gelangen. Im Gang war es finster, doch während sie eine schmale Treppe hochstiegen, gewöhnten sich ihre Augen an das trübe Licht. Als sie den zweiten Stock erreichten, sich dort eine weitere niedrige Tür öffnete, sah sie vor allem Rot. Die Seidentapeten waren rot, die flauschigen Teppiche auf dem Boden, die üppigen Rosen, die in schweren Krügen auf winzigen Tischen standen, die Samtvorhänge, die sämtlich zugezogen waren, die Lampenschirme, die entsprechend rötliches Licht spendeten.

Warum duften die Rosen nicht?, ging es ihr durch den Kopf. Erst als sie nach einem Blütenblatt tastete, erkannte sie, dass sie aus Stoff waren.

Herr Theodor blickte sich misstrauisch um. Trotz seiner sichtbaren Erschöpfung ließ er sich auf keinen der mit rotem Samt bezogenen Stühle fallen, sondern stand stocksteif da, als gälte es, mit nichts in Berührung zu kommen. Noch nicht einmal tief Atem schien er holen zu wollen, weswegen seine Stimme gepresst klang, als er ausstieß: »Ist das ein Bordell?«

»Was ist ein Bordell?«, fragte Efraim neugierig.

Hanna senkte verlegen den Blick, Leo rang um ein Lächeln. »Nun ja«, sagte er, »das ist gar nicht so leicht zu erklären. Kannst du dich an den Weihnachtsschmuck erinnern, den ich dir damals in Rom mitgebracht habe? Es gibt Frauen, die halten es wie Weihnachtsbäume. Sie behängen sich mit Schmuck, gern mit rotem, und man trifft sie nur im Inneren von ganz speziellen Häusern.«

»Und was genau tun sie hier?«, fragte Efraim.

Leo wusste nichts zu antworten.

»Zu jedem Weihnachtsbaum gehören Kerzen«, schaltete sich Félix auf Französisch ein, »die Aufgabe der Frauen hier ist es, Kerzen anzuzünden.«

»Félix!«, kam es mahnend von Salome.

»Er versteht mich ja doch nicht«, rechtfertigte er sich, »und selbst wenn er mich verstehen würde, wüsste er nicht, was damit gemeint ist, und selbst wenn er …«

»Félix!«, wiederholte sie.

Efraims Blick war fragend auf ihn gerichtet, erwartete er doch offenbar, dass jemand ihm die Worte übersetzte. Salomes Blick war wiederum ungehalten auf ihn gerichtet, wollte sie doch eine Erklärung, warum er von allen Verstecken, die denkbar gewesen wären, ausgerechnet ein Bordell gewählt hatte.

Die Antwort gab schließlich nicht er. »Glauben Sie mir, hier sind Sie sicher«, ertönte eine Stimme. »Ich kann Ihnen zwar nicht versprechen, dass man in diesen Räumlichkeiten nicht auch dann und wann einem Polizeibeamten begegnet, aber der würde vertuschen wollen, jemals hier gewesen zu sein.«

Die Frau, die den Raum betreten hatte, roch durchdringend

nach Veilchen, Jasmin und Moschus, schien sich nicht nur mit einem Parfüm eingestäubt zu haben, sondern mit deren vieler. Und sie glich tatsächlich einem Weihnachtsbaum: Das Kleid glitzerte wie Lametta, die schweren Ohrgehänge sahen aus wie Christbaumkugeln. Ihr Gesicht wiederum war stark geschminkt. Stärker als an dem Tag, an dem Salome ihr das letzte Mal begegnet war. Damals war Zoé noch die Geliebte von Félix' Vater Maxime Aubry gewesen und außerdem eine *cornuchette* – eine jener Frauen mit ausladenden Hüten und noch üppigeren Dekolletés, die Männer in Casinos zum Spielen animierten.

»Zoé hat schon mehrfach Emigranten aufgenommen, zumindest vorübergehend, bis sich etwas Besseres finden ließ«, erklärte Félix. »In den Zimmern im Dachgeschoss wird es zwar ziemlich heiß, weil die Sonne aufs schräge Dach brennt, aber sie sind durchaus geräumig.«

»Kommen Sie mit«, sagte Zoé in gebrochenem Deutsch, und während Herr Theodor sie verstört und Hanna sie verzagt musterte, nahm Leo Efraim bei der Hand und nickte entschlossen.

»Vielleicht gibt es im Dachgeschoss ja Fledermäuse.«

»Fledermäuse?«, rief Efraim fasziniert.

»Diese Frauen ... die Christbäume ... scheinen auch tagsüber zu schlafen und nachts wach zu sein wie diese.«

Salome wusste, sie sollte mit nach oben gehen, sich vergewissern, dass ihre Schützlinge alles bekamen, was sie brauchten, aber ihre Beine waren jäh wie gelähmt. Unmöglich, dass sie auch nur eine Stufe nehmen konnte nach der durchwachten Nacht. Wohin sie es noch schaffte, war die Kammer nebenan, die so winzig war, dass kaum mehr Platz darin fand als ein breites Bett. Félix, der sie schon vor ihr betreten hatte, ließ sich auf dieses sinken. Auch hier war alles rot, nur die Bilderrahmen an den Wänden golden und die Bilder darin schwarz und weiß. Sie zeigten Frauen in allen möglichen Verrenkungen, die allesamt nackt waren oder zumindest fast nackt, manche trugen Korsett oder Hut. Gesäß oder Scham waren immer zu sehen.

»Bilder von nackten Männern gibt es übrigens ebenfalls«, sagte Félix, »ich glaube, sie hängen im Nebenraum. Wenn du sie dir anschauen willst, tu dir keinen Zwang an.«

Kurz hatte die Müdigkeit ihre Empörung betäubt, zudem die Gewissheit, dass Zoé nicht nur große Hüte hatte, auch ein großes Herz, und sie der Familie Adler wirklich helfen wollte. Jetzt kehrte sie mitsamt allen anderen Gefühlen dieser Nacht zurück – der Freude, ihn zu sehen, der Angst, sich gleich wieder verabschieden zu müssen, dem Unglauben, weil er selbst in einer Situation wie dieser spottete.

»Du tust so, als wäre es ein großer Spaß, diesen armen Menschen zuzumuten, in einem Bordell unterzuschlüpfen! Dabei willst du doch nur verbergen, warum du so viel für sie riskierst – weil du nämlich ein guter Mensch bist und anders, als du alle denken lässt, durchaus an das Gute glaubst!«

Er verzog sein Gesicht. »Könntest du etwas leiser reden? Ich habe immer noch Kopfschmerzen, weil ich so lange mit so vielen Menschen auf dem Schiff zusammengepfercht war. Du weißt doch, ich mag keine Menschen.«

»Warum hilfst du ihnen dann?«

»Na, weil ich ihre Feinde hasse.«

»Das klingt so, als hättest du Streit mit einem Nachbarn und würdest deinen Hund einen Haufen auf sein Grundstück machen lassen, um ihn zu ärgern.«

»Ich mag keine Hunde. Wenn einer in den Garten meines Hotels scheißt, erschieße ich ihn.«

»Du kannst nicht schießen!«

»Aber ich kann ihn mit einer Bratpfanne erschlagen.«

»Du würdest gar nicht erst freiwillig den Garten betreten, dort könnte dich ja ein Sonnenstrahl treffen.«

»Ich überlasse es in der Tat Ornella, sich um die Pflanzen zu kümmern. Und wir reden nicht darüber, wie oft sie dabei in Hundescheiße tritt. Wir reden überhaupt wenig miteinander.«

Da war er – der Name, um den sie die ganze Nacht herumgeschlichen war. Da war sie – die Erinnerung an Ornella, an die Nacht, da sie im Garten der Perla di San Remo einander vergeben und zugleich Abschied genommen hatten.

Ornella hatte sie damals stehen lassen. Salome wollte Félix nun liegen lassen. Als sie sich jedoch abwandte, rief er plötzlich: »Salome!« Zum ersten Mal seit ihrem Wiedersehen sprach er ihren Namen aus. »Dich … dich mag ich«, fügte er hinzu. Zum ersten Mal gestand er seine Gefühle ein.

Sie konnte das Zimmer nicht mehr verlassen, sich zu ihm umdrehen allerdings ebenfalls nicht. Eine Weile stand sie ganz steif da, hörte nicht, wie er sich erhob, auf sie zutrat. Wie denn auch? Ein dicker Teppich, der sämtliche Laute dämpfte, lag auf dem Boden. Dass er plötzlich hinter ihr stand, konnte sie nur an der Wärme spüren, die von ihm ausging. Und dann waren da seine Hände auf ihren Schultern. Er drehte sie zu sich um, presste seine Lippen auf ihre.

Wie war es möglich, dass ein Mann, der kaum je ein Wort sagte, das nicht zum Stachel wurde, so küssen konnte, so fordernd und zärtlich zugleich, so hingebungsvoll und vereinnahmend. Wie konnte ein Körper, so groß, so schlaksig, plötzlich so weich werden. Wie ließ sich jemand, der sich so schwer fassen ließ, wenn man mit ihm redete, einem dann durch die Finger rutschte wie ein glitschiger Fisch, so selbstverständlich umarmen.

Er zog sie in Richtung Bett, ließ sich wieder fallen. Sie kam auf ihm zu liegen, ohne dass sich ihre Lippen voneinander lösten.

Gemessen an den Verrenkungen, die das erforderte, muteten die halb nackten Frauen auf den Bildern steif an.

Ausgerechnet der Gedanke an diese Fotos brachte Salome zur Besinnung. Abrupt löste sie sich von ihm.

»Das … das ist falsch.«

Als sie sich aufrichten wollte, umschlang er ihren Nacken, zog sie wieder zu sich. Ihre Lippen kamen auf seiner Wange zu liegen, seine befanden sich dicht an ihrem Ohr.

»Warum? Weil wir in einem Bordell sind, wo die Liebe käuflich ist?«

»Wenn man sie sich kauft, ist es keine Liebe.«

»Gut so. Ich kann weder dir noch mir etwas kaufen. Alles Geld, was ich habe, verwaltet meine Frau.«

Diesmal schaffte sie es, sich von ihm zu lösen, wenngleich sie nicht aufstand, sondern auf der Bettkante sitzen blieb. Sie sagte sich, dass ihr keine andere Wahl blieb, weil ihre Beine so stark zitterten. In Wahrheit konnte sie es kaum ertragen, seine Lippen nicht mehr zu spüren.

»Es ist falsch, weil du verheiratet bist«, murmelte sie.

»Weißt du, wie oft ich mit Ornella geschlafen habe? Dreimal, viermal? Jedenfalls reichen die Finger einer Hand, um es aufzuzählen.«

»Ich will es gar nicht wissen. Sie hat mir geschrieben, wie traurig sie darüber ist, dass sie noch kein Kind hat. Sie … sie hat sich doch immer so sehr eines gewünscht.«

»Nun, und ich wünsche mir, dass alle Schwarzhemden und Braunhemden in irgendwelchen Löchern verschwinden – ob die nun auch schwarz oder braun oder mit rotem Plüsch ausgelegt sind, ist mir egal. Hauptsache, sie beten nicht länger den Gott der Dummheit an, jagen nicht länger die intellektuelle Elite aus dem Land und zwingen nicht länger jedermann mit etwas Verstand und Bildung, dieser zu helfen.« Er ließ seinen Kopf auf das Kissen fallen, starrte hoch zum Baldachin, der natürlich auch rot war. »Es gibt nun mal Dinge, die wir uns vergebens wünschen. Und andere, von denen zu träumen selbst in diesen Zeiten nicht unmöglich sein darf. Ich … ich will das alles kurz vergessen. Ich will, dass wir uns lieben.«

Seine Stimme klang so heiser, als wäre sein Mund voller Rauch, obwohl er schon seit Stunden auf seine Zigaretten verzichtete.

»Du … du hast Ornella damals nicht nur geheiratet, weil dein Vater sein Vermögen verspielt hat. Du hast sie auch geheiratet, weil du überzeugt warst, ich wäre ohne dich besser dran. Was hat sich daran geändert?«

Ruckartig fuhr er hoch, nahm ihre Hand, sah sie durchdringend an. »Ich bin immer noch nicht gut für dich, aber in dieser verrohten Welt bin ich ein harmloses Gift. Ich glaube, du bist stark genug, mich zu ertragen. Nur bin ich nicht stark genug, das alles zu ertragen – dieses Elend … diese Verzweiflung … diese leeren Gesichter … diese Angst … diese Nächte auf den Schiffen … Ich … ich will das nicht mehr.«

»Du musst trotzdem weitermachen. Du *wirst* weitermachen.«

Eine Weile schwiegen sie, dann beugte er sich vor, küsste sie wieder, diesmal vorsichtiger, zärtlicher. Sie ließ seine Hand los, fuhr durch sein volles, gewelltes Haar, umschlang seinen Nacken, als hätte sie Angst, er könnte zurückweichen. Dabei tat am Ende nicht er es – sie tat es. Ihre Beine zitterten immer noch oder schon wieder, aber sie stand dennoch auf. Ihre Stimme zitterte ebenso, aber sie sprach dennoch.

»Ich will nicht das Glas Absinth sein, mit dem du deinen Weltschmerz betäubst. Und die Kraft, weiterhin Menschen zur Flucht zu verhelfen, kann ich dir nicht geben, die brauche ich für mich selbst. Ich fahre zurück nach Italien, um mehr Menschen über die Grenze zu bringen. Vielleicht werden wir noch oft im selben Boot sitzen, aber wir sollten nicht im selben Bett liegen. Es ist … es ist …«

Nein, sie wollte kein drittes Mal sagen, dass es falsch war, wenn es doch das war, wonach sie sich verzehrte, das, was sie wollte und brauchte und musste und sollte … nur nicht durfte. Am Ende sagte sie gar nichts mehr, sondern stürmte aus dem Raum. Dass sie aus dem Bordell lief, ohne noch einmal nach Herrn Theodor, Leo, Hanna und Efraim zu sehen, gewahrte sie erst, als sie draußen stand, die Sonne sie blendete und die Absätze ihrer Schuhe auf den Pflastersteinen von Nizzas Altstadt klapperten.

Viertes Kapitel

Das Boot legte mitten in der Nacht an. Obwohl Salome mittlerweile jedes Fleckchen der Küste zu kennen glaubte, machten ihr die Felsen, noch dunkler als das glatte Tuch des Meeres, Angst. Der Motor war längst abgestellt worden – wie immer in Küstennähe –, dennoch war das Boot schnell genug unterwegs, um einen dieser Felsen zu rammen. Und der Kapitän war zwar erfahren, doch wie ihnen allen fehlte ihm der Schlaf. Salome konnte sich kaum mehr an eine Nacht erinnern, die sie im Bett zugebracht hatte.

Im März hatte sie noch geplant, bald wieder nach Frankfurt heimzukehren. Sie wollte nur noch sicher sein, dass es der Familie Adler gut ging, und tatsächlich ließ Félix ihr ein paar Tage nach ihrem nächtlichen Abenteuer die Botschaft zukommen, dass sie nicht länger in Zoés Bordell leben mussten, sondern er sie in seinem Hotel, der Perle de Menton, untergebracht hatte. Ob er Ornella darum gebeten oder hinter ihrem Rücken gehandelt hatte, verriet er nicht – sie wollte es gar nicht wissen.

Sie war gerade dabei gewesen, ihren Koffer zu packen, als plötzlich Agapito in ihrem Zimmer erschienen war. Einmal mehr hatte sie sich davor gewappnet, dass er sie so ungestüm an sich ziehen würde wie früher, aber auch an diesem Tag hatte er Abstand gewahrt, hatte sie nur mit Worten an sich … an San Remo gekettet.

»Da sind noch so viel mehr Menschen, die über die Grenze müssen. Ich kann Boote organisieren, aber in Frankreich kennst du dich besser aus.«

Mittlerweile war es Juli, und sie war immer noch in Italien, konnte unmöglich diese vielen Menschen sich selbst überlassen, deren Elend so grau war und fast immer still. Kaum je hörte sie ein Schluchzen, ein qualvolles Schreien, ein verzweifeltes Weinen. Diese Laute schienen sich auf der ersten Flucht von Deutschland und Österreich nach Italien verbraucht zu haben. Dass sie nun auch dort nicht länger sicher waren, ließ die meisten Emigranten in eine Starre verfallen.

Erst jetzt, da sie die Felsen umschifften, wenig später am kleinen Strand La Mala beim Cap d'Ail anlegten, vernahm sie plötzlich ein Wimmern. Ein alter Mann stieß es aus, während er vergebens versuchte, ein Streichholz zu entzünden.

»Nicht«, rief Salome entsetzt, »wir dürfen kein Licht machen.«

»Aber mein Mann hat so große Angst vor der Dunkelheit.«

Eine ältere Frau trat zu ihm, legte ihm den Arm um die Schultern, stieß beschwichtigende Laute aus, die ihn beruhigen sollten, aber auch die eigene Verzagtheit verrieten.

Die Müdigkeit brannte in Salomes Augen. »Ihr Mann muss sich zusammenreißen ... bitte!«

»Seit die Gestapo ihn damals geholt hat ...«, die Frau brach ab.

Dem Mann gelang es indes, das Streichholz zu entzünden. Kurz wurden im Lichtschein aus den vielen Nuancen des Schwarzen Nuancen des Graus. Nur die Macht, dem Mann die Erinnerungen an den Folterkeller zu nehmen, hatte das Licht nicht. Es erlosch. Wieder wimmerte er.

Salome rieb sich die Augen, kämpfte gegen die Sehnsucht an, einen schwarzen Vorhang zwischen sich und die Welt zu ziehen. Stattdessen gab sie die gewohnten Anweisungen: Die Flüchtigen müssten am Strand bis zum Morgen warten, sich dann rasch zerstreuen. Kein Grüppchen, zu dem sie sich zusammenschlössen, dürfe mehr als vier Personen umfassen. Wie vereinbart müssten sie den Bus nach Nizza, Antibes oder Menton nehmen – das Geld für die Tickets hatten sie am Abend zuvor erhalten. An den dort festgelegten Treffpunkten würden Mitarbeiter der Hilfskomitees auf sie warten.

Ihre Stimme klang zunehmend heiser. Was für eine schlechte Reiseführerin sie war. Wenn sie im Forum Romanum zum gefühlt hundertsten Mal die Anekdote erzählte, wonach sich die alten Römer den Sitz der Latrinen gern von ihren Sklaven vorwärmen ließen, klang sie stets so amüsiert, als berichtete sie das zum ersten Mal. Jetzt klang sie nur erschöpft.

Sobald sie verstummte, entzündete der Mann wieder ein Streichholz. Das Flämmchen spiegelte sich in seinen dunklen Augen, ohne dass er es wahrzunehmen schien.

»Bitte!«, wandte sich seine Frau an Salome. »Bitte begleiten Sie uns.«

»Ich muss wieder zurück nach San Remo«, sagte sie.

Um vielleicht zwei Stunden zu schlafen ... um danach mit Agapito Treffpunkte abzusprechen ... um neue Emigranten, die aus ganz Italien an die Grenzorte strömten, zu beruhigen. Ja, es stimmt, die französischen Behörden ärgern sich sehr darüber, dass die italienische Polizei die illegalen Grenzübertritte begünstigt und es somit Schlupflöcher gibt, durch die man es hinüberschaffen kann.

Und nicht nur sie galt es zu beschwichtigen. Sie musste regelmäßig Telegramme an ihren Vater schicken. Ja, ich komme bald zurück nach Frankfurt, und ja, irgendwann kann ich auch wieder Reisegruppen auf des Führers Spuren durch Rom führen, aber vorerst bleibe ich in San Remo, ich erkläre dir später, warum.

»Werden Sie uns begleiten?«, fragte die Frau wieder und beugte sich vor. »Es gibt Gerüchte, wonach die französische Polizei immer mehr Verhaftungen vornimmt und die Menschen gewaltsam zurück über die Grenze bringt.«

»Das waren nur Ausnahmefälle«, flunkerte Salome, obwohl sie wusste, dass seit April, Mai regelrechte Razzien durchgeführt und manche Häuser, die das jüdische Hilfskomitee für Emigranten angemietet hatte, geräumt worden waren. Auch deswegen legten sie nicht mehr im Hafen von Nizza an, sondern an einem Strand wie diesem.

»Mein Mann verkraftet so was nicht, er hat doch solche Angst vor der Polizei.«

Eben entzündete er das letzte Streichholz, doch als dieses erlosch, blieb das schwarze Tuch der Nacht grau. Der Morgen nahte.

»Wohin sollen Sie sich denn wenden?«, fragte Salome.

»Man sagte uns, dass wir in einem Hotel in Menton unterkommen werden.«

Salome unterdrückte ein Seufzen. Seit jenem unerwarteten Treffen im März hatte sie Félix noch zweimal gesehen, doch immer nur kurz und inmitten von Menschenmengen. Und das war gut so, sagte sie sich. Sie konnte die ohnehin schwindenden Kräfte nicht verbrauchen, um sich über ihn Gedanken zu machen. Nur manchmal war da diese verräterische Stimme, die fragte, ob sie nicht neue Kräfte bekommen würde, würden sie sich wiedersehen … sich küssen … sich endlich lieben.

»Werden Sie uns begleiten?«, fragte die Frau nunmehr ein drittes Mal.

Die Sonne sandte ihr erstes Licht, ein Farbton, von dem sich nicht sagen ließ, ob er warm oder kalt war. Der alte Mann ließ die Streichholzpackung fallen, reckte sein Gesicht in Richtung der noch wankelmütigen Strahlen. Seine buschigen Augenbrauen erinnerten an die jenes Emigranten, den sie einst in Sanary-sur-Mer getroffen hatte. Zum ersten Mal war sie damals jener stummen Verzweiflung eines Menschen begegnet, der seine Heimat verloren hatte, ohne dafür eine Zukunft zu gewinnen, der nicht mehr selbst bestimmen konnte, was er war – Vater, Ehemann, Freund, Träumer, Kämpfer, Arzt, Künstler –, sondern der in den Augen aller anderen nur mehr als eines wahrgenommen wurde: als ein Flüchtling.

»Ich werde dafür sorgen, dass Sie sicher ankommen«, murmelte sie.

Das erste Licht des Tages nahm einen roten Farbton an, und dieser war eindeutig warm.

Es war Mittag, als sie Menton erreichten. Bislang hatten Dorothea und Alfred Hirsch – mittlerweile kannte sie den Namen des Ehepaares – alle Verhaltensmaßnahmen eingehalten. Die beiden öffneten den Mund nicht, damit niemand bemerkte, dass sie kein Französisch sprachen. Sie hatten während der Busfahrt nicht neugierig aus dem Fenster geschaut, sodass niemand ahnte, dass sie zum ersten Mal hier waren. Sie hatten eine gleichgültige Miene aufgesetzt, die Hände nicht ineinander verkrampft. Und doch stand ihnen deutlich ins Gesicht geschrieben, dass sie sich unwohl fühlten.

Sie sind zu alt, um in dem Neubeginn auch ein Abenteuer, nicht nur eine nicht enden wollende Prüfung zu sehen, ging es Salome durch den Kopf, desgleichen eine Erinnerung an das, was ihr Ornella einmal gesagt hatte. Demnach gab es zwei Arten von Bäumen – Tiefwurzler und Flachwurzler. Nur Letztere könne man verpflanzen, ohne dass sie einzugehen drohten.

An Ornella wollte sie allerdings nicht denken. Erst recht wollte sie das Ehepaar Hirsch nicht zur Perle de Menton begleiten, war deshalb erleichtert zu erfahren, dass man sie nicht dorthin, sondern an den Platz vor dem Rathaus verwiesen hatte, wo jemand sie abholen sollte.

»Bis dorthin bleibe ich an Ihrer Seite«, erklärte Salome und hoffte, dass dieser Jemand nicht Félix war.

Sie hielt den Blick nicht nur gesenkt, um keine Aufmerksamkeit auf sich zu ziehen, auch weil es zu wehtat, vertraute Orte in der Nähe zu wissen wie die schmalen Gässchen der Altstadt, den Friedhof, die breiten Alleen vor den Grandhotels, in deren Gärten bunte Blumenbeete dufteten, und so viele Erinnerungen an ihre Zeit in Menton aufsteigen zu fühlen.

Als sie das Rathaus mit seiner auffälligen terrakottafarbenen Fassade erreichten, war es kurz vor eins. Zwei Kinder liefen über den von Palmen gesäumten Platz, rot eingebundene Bücher unter dem Arm und papierne Lorbeerkränze auf dem Kopf, ein Zeichen dafür, dass sie ein Zeugnis mit guten Noten bekommen hatten. Sie wurden von einer Frau begleitet, deren gekräuselte weiße Haube sie als deren einstige Amme auswies. Dann war da noch ein *marchand de coco*, ein Mann, der *coco* – ein fades Getränk aus Wasser, Süßholz und Zitronensäure, das er in einem blechernen, köcherförmigen Gefäß auf dem Rücken trug – anpries. Er verzog sich allerdings rasch, als er sah, dass mit ihnen kein Geschäft zu machen war.

Danach blieb der Platz leer, auch, als die Uhr längst zwei geschlagen hatte, war noch niemand gekommen. Salome spürte, wie die Anspannung des Ehepaars wuchs, erst recht, als uniformierte Männer auf den Platz zustoben. Diese verschwanden zwar alsbald im Rathaus, dennoch vermeinte Salome ganz deutlich zu spüren: Etwas war schiefgegangen. Etwas funktionierte nicht so reibungslos wie sonst.

»Ich … ich bringe Sie zum Hotel«, sagte sie schnell, ehe sie es bereuen konnte.

Wieder hielt sie den Blick gesenkt, hob ihn erst im letzten Augenblick. Die cremeweiße Fassade der Perle de Menton hob sich vom blauen Himmel ab, die vorspringenden Elemente, die von Stuckornamenten betont wurden, von dieser. Sie vermeinte das Rauschen der Eukalyptusbäume, die den Garten umsäumten, zu hören.

»Wir nehmen den Hintereingang«, murmelte sie und winkte dem Ehepaar Hirsch, ihr zu folgen.

Das Personal betrat das Hotel über die Küche, schon von Weitem drangen ihr Gerüche von dort entgegen, nach heißem Olivenöl und Knoblauch und Fisch und einer süßen Frucht, die sie nicht mehr benennen konnte. In einem alten, lange vergangenen Leben hatte sie wohl von ihr gekostet.

Sie passierten die Küche unbemerkt, waren hier doch nur zwei Tellerwäscher am Werk, schon hatten sie den schmalen Gang dahinter erreicht.

»Warten Sie hier«, befahl sie dem Ehepaar Hirsch, ging allein den Gang entlang, der in einen weiteren mündete. Hier befanden sich die Bureauräume, hier hörte sie schon von Weitem das Geräusch hastiger Schritte, auch Gemurmel, einzelne Rufe.

Nichts davon konnte sie deuten. Sie ging auf die erstbeste Tür zu, hob die Hand, wollte klopfen.

Im nächsten Moment riss jemand ihre Hand zurück, mehr noch, schlug ihr die seine vor die Lippen, sodass sie keinen Ton hervorbrachte, und riss sie von der Tür weg.

Es ist Félix, dachte sie erleichtert.

Es ist Félix, dachte sie entsetzt.

Ein paar Schritte lang wehrte sie sich nicht. Der Duft aus der Küche hüllte sie bereits wieder ein, als sie sich zu winden begann.

»Was tust du denn?«, rief sie.

Der Griff lockerte sich kurz, allerdings nur, um sie in ein finsteres Loch zu stoßen. Zumindest fühlte sich dieser Raum wie ein solches an. Als sie sich umblickte, tief einatmete, erkannte sie, dass es sich um die Kammer handelte, in der Putzmittel aufbewahrt wurden – Scheuerpulver, Teppichklopfer, Wischmopps, Schuh- und Kleiderbürsten. Sie vernahm ein Wimmern, glaubte kurz, sie hätte es selbst ausgestoßen, erkannte dann, dass es aus dem Mund von Alfred Hirsch kam. Félix hatte mittlerweile auch das Ehepaar in die Kammer gestoßen.

»Keinen Ton«, zischte er. Er war bleich wie nie, die Lippen nahezu bläulich. Alfred Hirsch konnte sich beherrschen, vielleicht wurde aber auch das Rauschen in ihren Ohren zu laut, um sein Wimmern zu vernehmen. Nur einzelne Wortfetzen drangen zu ihr, als Félix fortfuhr: »Polizei … kontrollieren Gästeverzeichnis … nehmen alle mit …«

»Um sie zurück über die Grenze zu bringen?«, fragte Salome entsetzt.

»Nein«, das Rauschen verstummte, ganz deutlich war nun Félix' Stimme zu hören. »Sie bringen sie in … Lager.«

Später wusste sie nicht mehr, wie viel Zeit sie in der Kammer verbracht hatten. Es war lange genug, als dass der Geruch der Putzmittel an Kleidung und Haar haften blieb. Lange genug auch, als dass der Geruch von Angst, Verzweiflung, Hoffnungslosigkeit, den das Ehepaar Hirsch verströmte, an ihrer Seele haften blieb.

Als Félix die Kammer verlassen hatte, hatte Alfred Hirsch sich aus Blecheimern und einer Packung Waschpulver einen absonderlichen Turm gebaut, damit er sein Gesicht an die milchige Scheibe einer kleinen Luke pressen konnte. Das Licht, das von dort hineinströmte, war nur schwach.

Salome starrte erst auf den Turm, fragte sich, wann er einstürzte. Später starrte sie auf die Tür, fragte sich, wann sie aufgerissen werden würde, französische Polizisten nach ihren Ausweisen verlangten.

Die Tür blieb über Stunden verschlossen, und als sie schließlich doch noch geöffnet wurde, wurde sie nicht aufgerissen. Durch einen schmalen Spalt konnte sie sehen, dass Félix davorstand. Er wich ihrem Blick aus, in dem so viele Fragen standen.

»Die Polizei ist weg«, sagte er leise zu ihr, wandte sich dann mit künstlich verstelltem Ton, wie ihn ein Hotelier beim Empfang seiner Gäste aufsetzte, ans Ehepaar Hirsch. »Sie müssen es so sehen: Sie haben nunmehr eine riesige Auswahl an Zimmern. Sie können die gelbe Suite nehmen – mit Kristalllüstern, Deckenfresken und damastbespannten Wänden ausgestattet, die der Farbe der Zitronen gleichen. Falls Sie hingegen bürgerliche Gediegenheit dem mediterranen Lebensgefühl vorziehen, kann ich Ihnen auch die Terrakottasuite anbieten, mit Deckenbalken und Mobiliar aus dunklem Edelholz.«

Alfred Hirsch presste sein Gesicht an die Luke, seine Frau Dorothea starrte Salome fragend an.

»Sie verstehen doch kein Wort Französisch«, murmelte Salome.

»Und ich verstehe nicht, warum ich in meinem Hotel nicht aufnehmen kann, wen ich will, sondern sämtliche meiner Gäste verhaftet wurden«, sagte Félix finster.

»Was hat es mit diesen Lagern auf sich, in die man sie bringt?« Er antwortete nicht, noch nicht einmal, nachdem sie das Ehepaar Hirsch in ein Zimmer im zweiten Stockwerk gebracht hatte, Alfred dort ans Fenster stürzte, Dorothea sich kraftlos aufs Bett fallen ließ. Als sie wieder im Gang standen, wiederholte Salome ihre Frage nicht, fügte eine andere hinzu, die ihr noch mehr Angst machte. »Sind auch die Adlers und Herr Theodor verhaftet worden?«

»Nein, sie hat man nicht erwischt. Ich habe sie im Apartment meiner Mutter versteckt. Ich bringe dich zu ihnen.«

Dass sie sich am Ende von ihm mitziehen ließ, lag nicht nur

daran, dass sie sich um ihre Schützlinge sorgte, sondern auch daran, dass sie zu müde war, um sich loszureißen. Erstaunlich, dass sie es schaffte, die vielen Stufen zu nehmen, und doch erreichten sie irgendwann Hélènes Apartment.

Es war hell – und rosarot. Zumindest fiel Salomes Blick auf nichts, das eine andere Farbe hatte. Rosarot war die Chaiselongue, waren die Vorhänge, waren die Tischdeckchen, die Teppiche und die Kissen, und rosarot waren die Stoffe, die Hanna auf ihrem Schoß ausgebreitet hatte. In der Hand hielt sie eine Schere, zwischen ihren Lippen klemmten Nadeln, weswegen sie ihr nur zaghaft zulächeln konnte.

Wollte sie neue Kleidung für die Familie nähen, weil rosarot gekleidete Emigranten weniger auffielen als schwarz gekleidete?

»Sie näht ein Kleid für Antoinette«, ertönte da Efraims Stimme. Der Junge saß auf einem Sofa, umgeben von unzähligen Puppen.

»Und für Nathalie«, ertönte eine andere Stimme.

Sie kam von einem Himmelbett mit einem ebenfalls rosaroten Baldachin. Hélène saß an dessen Rand, vor sich weitere Puppen, denen sie eben Häubchen aufsetzte.

Salome wusste nicht, was weniger zusammenpasste – die Puppen und die alte Frau oder die Puppen und dieser Tag oder das viele Rosa und diese Welt.

Was ebenfalls nicht zusammenpasste, waren Herr Theodor, ein weißer Kittel und ein Stethoskop, und doch trug er beides.

Er behandle ihre kleinen Patientinnen, erklärte Hélène. Sie seien häufig krank, bei einigen bestünde der Verdacht auf Tuberkulose.

Salome sank auf einen Stuhl, wahrscheinlich auch der ein rosaroter.

»Tja«, sagte Félix leise, »man weiß nicht, wer verrückter ist, meine Mutter oder die Menschheit. Wenn jemand hier auftaucht und Fragen stellt, wird Mutter jedenfalls Hanna als ihre Schneiderin vorstellen und Herrn Theodor als ihren Arzt. Gottlob hat sie ein altes Stethoskop aufgetrieben.«

»Und was ist mit Leo?«, fragte Salome.

Hannas Lippen, zwischen denen die Stecknadeln klemmten, zitterten, ihre Hände ebenso. »Er … er ist immer noch nicht zurück«, nuschelte sie.

»Zurück von wo?«

Niemand ging darauf ein, Félix trat indes zu Hanna. »Es hat sein Gutes, dass er unterwegs ist. So war er wenigstens nicht im Hotel, als die Polizei es durchsuchte.« Und dann tat er etwas, das Salome ihn noch nie hatte tun sehen – er legte seine Hand auf Hannas Schulter, nicht etwa zaudernd oder mit jenem altvertrauten Gesichtsausdruck von Weltekel und Überdruss, sondern entschlossen. Er schien ihr echten Trost zu spenden, das Zittern ließ nach.

»Tuberkulose ist ja so ansteckend«, rief Hélène. »Wusstet ihr, dass Frédéric Chopin, als er daran litt und sich am Mittelmeer auskurieren wollte, an allen Häfen abgewiesen wurde? Erst in einem Kloster auf Mallorca fand er Zuflucht, aber auch dort konnte er nicht lange bleiben. Auf einem Schweinetransporter musste er nach Barcelona fliehen. Wo bleibt denn nur die Medizin? Ich weiß nicht, ob es Quacksalberei ist, aber Myrrhe soll helfen, gelber Bernstein und Fuchslunge, außerdem Opium und Blutegel.«

Félix nahm die Hand von Hannas Schulter. »Ich werde mal nachschauen, wo die Fuchslunge bleibt«, erklärte er und beschied Salome mit einem Kopfnicken, dass sie ihn nach draußen begleiten sollte.

Irgendwie schaffte sie es aufzustehen, den Raum zu verlassen, sich im Gang auf ein Fensterbrett zu stützen. Der Himmel färbte sich bereits abendrot.

»Ich … ich muss zurück nach San Remo«, murmelte sie.

»Warum kommst du nicht mit mir nach Amerika?«

»Amerika?«

Er lehnte sich ans Fensterbrett, vielleicht, weil er sich auch schwach fühlte, vielleicht, weil er der Sonne den Rücken zuwenden wollte. Er hielt ihr sein Zigarettenetui hin, und als sie den Kopf schüttelte, zündete er sich selbst eine Zigarette an.

»Leo versucht eine Fahrkarte nach Lissabon zu bekommen – und von dort eine in die Neue Welt.«

»Aber wie will er an ein Visum kommen?«

»Anscheinend wurde kürzlich eine bestimmte Anzahl von Visen bewilligt, zumindest für Wissenschaftler. Leo hofft, dass er als Lehrer als ein solcher durchgeht. Hier können sie ja nicht länger bleiben, jetzt da … jetzt da …«

»Jetzt da was? Was sind das für Lager, in die man die Emigranten steckt, wenn man sie ohne Aufenthaltsgenehmigung erwischt?«

»Sag du's mir!«, gab Félix beißend zurück. »Ihr Deutschen seid doch Experten für solche Lager. Heißt es nicht, dass man alle Feinde Hitlers dorthin schickt?«

Salome kannte die Gerüchte, wonach die SA seit Jahren überall in Deutschland zusätzlich zu den offiziellen Gefängnissen größere und kleinere »Inhaftierungsstätten« aufbaute, dafür Keller und Scheunen, mancherorts sogar Gaststätten nutzte.

»Aber so etwas kann es doch nicht in Frankreich geben!«

»Warum nicht?«, rief Félix ungehalten. »Weil wir eine ach so großartige Demokratie sind? Weil wir uns täglich nicht nur an unserem köstlichen Rotwein berauschen, auch am Traum von Freiheit, Gleichheit, Brüderlichkeit? Oh, ich nehme an, dass in unseren Lagern nicht gefoltert wird, dass die Insassen etwas Besseres zu essen bekommen, vielleicht sogar medizinisch versorgt werden. Ein Arzt wird wohl auf hundert Patienten kommen, ich hoffe nur, dass der anders als Herr Theodor mit einem Stethoskop umzugehen weiß und Lungenkranke nicht mit den Organen eines Fuchses behandelt. So etwas wie Gefängnisse sind es trotzdem. Wer einmal dort ist, kann nicht einfach wieder raus – ausgenommen jene Männer, die sich freiwillig zur Fremdenlegion melden.«

Salome war nicht sicher, was die Fremdenlegion war. Sie wollte es gar nicht wissen. Und sie wollte sich nicht wehren, als Félix plötzlich eine Hand auf ihre Schulter legte, sie wenig später an sich zog.

»Lass uns auch weglaufen ... lass uns nach Amerika gehen ... irgendwie kommen wir zu einem Visum. Was hält uns hier, wir können doch ohnehin nichts mehr für all diese Flüchtlinge tun.«

»Die amerikanischen Touristen waren dir von allen immer am meisten zuwider.«

»Ich weiß, ich habe sie verabscheut, weil sie ständig Schnappschüsse machten, Büchsenfleisch am Strand über einem Lagerfeuer erwärmten und die Frauen knappe Bikinis trugen, die in ihrer Heimat verboten sind.« Er schüttelte sich. »Aber jetzt ziehe ich mir gern selbst einen Bikini an, fresse Büchsenfleisch und singe *Pennies from Heaven*. Das ertrage ich eher, als ... das hier. Du würdest es noch hundertmal schaffen, mit einem überfüllten Boot von San Remo in irgendeine Bucht Südfrankreichs zu fahren, ich dagegen halt's nicht mehr aus. Auch in Amerika würdest du dich schneller zurechtfinden, bald fließend Englisch sprechen, uns irgendwie durchbringen. Du erträgst es sogar, schwere Lasten zu schleppen, ohne dass dir dein Rückgrat bricht.«

Sie wollte nichts von schweren Lasten hören. Kurz fühlte sie sich doch so leicht ... kurz schien das ganze Leben leicht zu sein. Er presste sie an sich, sie legte ihr Gesicht an seine Brust, sah kurz nichts, konnte sich vorgaukeln, blind zu sein für all das, was zwischen ihnen und der Zukunft, die er sich für sie ausmalte, stand. Ornella. Und seine Mutter. Erstere hatte er ja damals nur geheiratet, um der Zweiten ein sicheres Leben zu bieten.

Obwohl sie es nicht aussprach, schien er ihre Gedanken zu erahnen. »Meine Ehe war von Beginn an eine Farce«, murmelte er. »Ich dachte, ich müsste für meine Mutter den Helden spielen, ich dachte, ich könnte mich dir nicht zumuten.«

»Was hat sich daran geändert?«

»Du hast es mit den Nazis aufgenommen, indem du Juden nach Italien gebracht hast, und mit Mussolini, indem du nun heimlich Juden hierherbringst. Da wirst du auch mit mir leben können, ohne zugrunde zu gehen.« Sie hob den Kopf, sah, dass sich einer seiner Mundwinkel zu einem Lächeln verzogen hatte. Sie lächelte auch und ebenfalls nur mit einem Mundwinkel. Da es bei ihm der rechte, bei ihr der linke war, passte das ja zusammen. Sie konnten gemeinsam darüber hinweglächeln, dass die Welt nicht rosarot war wie die Kleider von Hélènes Puppen.

Da war nur noch Ornellas Name, der zwischen ihnen stand, aber nicht mächtig genug, ihre Pläne zu vernichten, höchstens, sie ein wenig zu verdunkeln.

Sie hob den Kopf, stellte sich auf die Zehenspitzen, wollte ihn küssen. Wenn er sie jetzt in irgendein Zimmer zog, egal ob rot wie das des Bordells oder rosarot wie das von Hélène, würde sie sich nicht wehren. Doch ehe ihre Lippen seine auch nur streiften, sah sie, wie sein Lächeln schwand, wie sich sein Körper versteifte. Sein Blick richtete sich nun doch auf das Fenster, und als sie diesem Blick folgte, sich vorbeugte, sah sie wie er in den Garten des Hotels. Durch diesen kam Leo gelaufen, geradewegs auf den Hintereingang zu, durch den sie die Perle de Menton zuvor selbst betreten hatte. Aber er war nicht schnell genug. Noch zehn Schritte trennten ihn von der Tür, als er von zwei Polizisten angehalten wurde – der eine kam von hinten, der andere von vorne. Ob es dieselben waren, die das Hotel durchsucht hatten, konnte sie nicht sagen. Es war jedenfalls zu spät, Leo inmitten von Putzmitteln zu verstecken.

Eben noch hatte sie gedacht, sie könne keinen geraden Schritt tun, nun stürzte sie so schnell die Treppe hinunter, dass sie fast ins Stolpern kam. Es waren so viele Stufen, so viele Stockwerke, doch die Zeit, sie zurückzulegen, war zu kurz, um sich eine vernünftige Erklärung auszudenken, warum hier im Hotel ein Mann lebte, der keine Papiere hatte und kaum Französisch sprach. Félix würde keine Hilfe sein, ihm würde zur Last gelegt werden, dass er so viele Menschen ohne Papiere im Hotel untergebracht hatte. Trotzdem war er ihr gefolgt, trat, als sie den Garten erreichten, ganz dicht an sie heran. Rührung überkam sie, ein Gefühl wie eine Schaumkrone, die auf einem schwarzen Meer aus Furcht und Verzweiflung tanzte. Das Meer war nur so tief, die weißen Bläschen so flüchtig. Schon sah sie, wie die Polizisten Leo packten.

Ein »Lassen Sie ihn los!« lag ihr auf den Lippen, aber sie war nicht sicher, ob sie damit irgendetwas bewirken würde, nicht einmal, ob ihre Stimme genug Kraft hatte, fordernd zu klingen, nicht kläglich.

Während sie noch stand, hilflos die Hände rang, ertönten genau diese Worte aus dem Mund einer anderen, fest, energisch: »Lassen Sie ihn los!« Ornella wirkte ob der roten Flecken auf ihren Wangen erhitzt. Das Haar, deutlich länger als bei ihrer letzten Begegnung knapp vier Jahre zuvor, hatte sich aus dem Zopf gelöst. Am Arm trug sie einen Korb, in dem sich ein Zwiebelkranz, zudem ein paar Schnittblumen befanden. »Lassen Sie ihn los«, wiederholte sie. »Mein Gärtner hat nichts getan, was eine derartige Behandlung rechtfertigt.«

Salome konnte nicht anders, als ihre Freundin ... ihre *sorella* ... unentwegt anzustarren, sodass ihr die Reaktion der Polizisten entging.

Erst nach einer Weile gewahrte sie, dass diese Leo losgelassen hatten und einer skeptisch fragte: »Ihr Gärtner?«

»Gewiss doch, er arbeitet seit einigen Wochen für mich. Es mag ja sein, dass sich in dieser Stadt jüngst viel Gesindel herumtreibt, ich brauche die Juden und Kommunisten aus Deutschland auch nicht hier. Dass sie von dort in Scharen fliehen, ist doch nur ein Zeichen dafür, dass sie irgendetwas auf dem Kerbholz haben, nicht wahr? Und glauben Sie mir, dass mein Mann einigen von ihnen Obdach bot, billige ich nicht im Geringsten. Aber dieser Mann hier ist und bleibt mein Gärtner.«

Sie sprach so heftig, dass die Blütenköpfe im Korb hin und her wogten. Erst jetzt sah Salome, dass Ornella von Rosa begleitet wurde, nicht nur ein Dienstmädchen der Familie, zudem Ornellas Vertraute. Sie legte Ornella beschwichtigend die Hand auf den Unterarm, raunte ihr etwas zu, das Salome nicht verstand. Ein »Reg dich nicht auf!« oder ein »Misch dich nicht ein!«

Einer der Polizisten blickte ratlos auf die Frauen, der andere schob seine Schirmmütze zurück.

»Wenn das Ihr Gärtner ist, warum hat er uns das nicht selbst erklärt? Und wo sind seine Papiere?«

Nun begann auch der Zwiebelkranz im Korb zu beben. »Ja, glauben Sie, dass ich tagtäglich meinen Reisepass bei mir habe?«, rief sie empört, ein Tonfall, den Salome nie an ihr vernommen hatte. Sie ahnte, dass Ornella alle Willenskraft zusammennehmen musste, um die übliche Schüchternheit, auch die Neigung, den Kopf einzuziehen und still zu beobachten, zu überwinden. Auf ihrem Gesicht erschienen weitere rote Flecken, die Männer werteten das aber offenbar als Zeichen von Zorn, nicht von tiefster Verlegenheit. »Und dass er kaum Französisch spricht, hat einen guten Grund. Er stammt nämlich nicht von hier, er kommt aus … Australien.«

»Australien?«, rief einer der Polizisten verdutzt.

»Sehen Sie sich doch um, diese Eukalyptusbäume hier im Garten wurden einst von Australien hierhergebracht und eingepflanzt.«

»Und sie wachsen nur, wenn sie von einem Landsmann begossen werden?«, fragte einer der Polizisten skeptisch.

»Sie bedürfen jedenfalls einer ganz speziellen Pflege, von der nicht jeder etwas versteht. Wussten Sie etwa, dass Eukalyptusbäume wie andere Bäume jährlich eine neue Schicht Borke ansetzen, bei ihnen aber die äußerste Schicht abstirbt und am Baum verbleibt? Sehen Sie sich nur diese große schwarze Ansammlung toter Rinde am Fuß des Baumes an! Sie schützt ihn vor Wind und Wetter! Ich habe das nicht gewusst, das hat mir erst mein australischer Gärtner beigebracht.«

Salome fühlte sich kurz so taub, als wäre auch sie von toter Rinde umgeben. Die Polizisten hatten sich bereits abgewendet, bis sie begriff: Sie glaubten Ornella tatsächlich oder wollten sich zumindest nicht mit ihr anlegen, vielleicht hatte sie kürzlich für die Witwen von Gendarmen oder der Ehrengarde der Republik gespendet. Gut möglich auch, dass es ihnen die Höflichkeit gebot, eine Frau in ihrem Zustand nicht in unnötige Aufregung zu versetzen.

Ihr Zustand …

Salome hatte diesen sofort erfasst, als Ornella den Garten betreten hatte. Doch die Erkenntnis in Worte übersetzen konnte sie erst jetzt.

Sie ist schwanger, dachte sie. Sie ist ja schwanger.

Der Bauch war noch nicht rund genug, um eine nahe Geburt

zu verheißen, aber zu rund, um ihn auf ein paar Teller Nudeln zu viel zu schieben.

Sie wollte einen Schritt auf sie zumachen, konnte es nicht. Ornella machte ebenfalls keine Anstalten, die letzte Distanz zu überwinden. Sie starrte sie unverwandt an, ließ den Korb auf den Boden fallen. Er kippte um, der Zwiebelkranz rollte auf die Wiese.

Félix löste sich als Erster aus der Starre, lief zu Leo, sagte etwas zu ihm, wahrscheinlich, dass er ihn hochbringen werde.

Auch als die Männer verschwunden waren, standen sich Salome und Ornella noch schweigend gegenüber, doch Rosa brach den Bann, indem sie rief: »Salome! Wie siehst du denn aus? Ganz blass und mager! Dir möchte man ein mindestens sechsgängiges Menü vorsetzen, bei dem von jedem Gericht die geschmolzene Butter tropft.«

Dass Rosa gern kochte, wusste Salome. Dass aufwendige Gerichte die Währung ihrer Liebe waren, auch. Neu war ihr, dass sie Speisen mit Butter verfeinerte, obwohl sie früher auf alles, was sie für Ornella gekocht hatte, Zucker gestreut hatte.

Ornella wandte sich an die treue Bedienstete. »Vielleicht kannst du Salome etwas zur Stärkung zubereiten. Ich nehme an, sie muss noch heute Abend zurück nach San Remo.«

Sie weiß es, dachte Salome. Sie weiß, dass ich seit Monaten mit Félix Emigranten über die Grenze bringe. Dass ich mitverantwortlich dafür bin, dass sich in ihrem Hotel so wenige zahlende Gäste aufhalten.

Sie wusste allerdings nicht, was Ornella davon hielt. Böse schien sie ihr jedenfalls kaum zu sein, sonst wäre sie nun, da Rosa im Hotel verschwand, nicht auf sie zugetreten, hätte nicht doch noch die Hände gehoben und sie kurz an sich gedrückt. Ornellas Griff konnte fest sein – so fest wie an dem Tag, da Salome beinahe ertrunken wäre und sie sie aus dem Meer gezogen hatte.

Es war der Beginn ihrer Freundschaft gewesen, der Beginn eines Lebens mit der Gewissheit: Ich bin nicht länger allein auf der Welt, da gibt es jemanden, der zu mir gehört wie ein Schatten. Aber in der Dunkelheit war kein Schatten zu sehen, und dunkel erschienen ihr jäh die Jahre, die sie ohne Ornella verbracht hatte.

»Danke«, stieß Salome aus, »danke, dass du das getan hast.«

»Das war doch selbstverständlich.« Ornellas rote Flecken verblassten, in den Augen war ein Leuchten zu sehen. »Ich kann nicht so viel für diese armen Menschen tun wie du und Félix es könnt, du weißt ja, ich bin ein träger Klotz und feige. Aber was mir möglich ist, das mache ich. Auf die Familie, die sich bei Hélène versteckt, passe ich auf, das verspreche ich dir. Ich glaube, es werden jetzt nicht mehr Flüchtlinge hierherkommen, da die Grenzen besser bewacht werden, oder?«

Klang Hoffnung aus der Stimme – dann wirst auch du wieder aus unserem Leben verschwinden? Klang Trauer aus der Stimme – dann werden wir uns schon wieder für Jahre nicht sehen?

Oh, wann genau hatte sie verlernt, in Ornellas Miene zu lesen? Vielleicht hatte sie es ja nie gekonnt, hatte früher nur leichter vorhersehen können, ob sie sich für Erdbeer- oder Schokoladeneis entscheiden würde.

»Auch ich muss dir danken«, murmelte sie eben. »Ich weiß, was es Félix abverlangt, das alles zu tun. Es beruhigt mich, dass er nicht allein war in dieser Sache und dabei womöglich noch eine Dummheit machte. Er denkt ja nie an sich … an mich auch nicht, und was sein Kind anbelangt …«

Ihre Hände fuhren zu ihrem kleinen runden Bauch, sie streichelte darüber. Selbst wenn sie es gewollt hätte, hätte Salome die Schwangerschaft nicht mehr leugnen können, sich nicht der Einsicht entziehen, wann dieses Kind gezeugt worden war: Im März nämlich, nach einer langen Nacht und einem langen Tag, da Félix begierig gewesen, alles Elend der Welt inmitten roter Plüschmöbel zu vergessen. Sie hatte ihm dieses Vergessen nicht schenken wollen. Also war er zu Ornella gegangen.

»Ich bin sicher, es wird jetzt alles besser«, rief sie und wirkte plötzlich wie ein kleines Mädchen, das begeistert einer Seifenblase nachjagt und noch nicht weiß, wie schnell sie zerplatzt. Oder das es sehr wohl weiß, jedoch nicht auf diesen Moment des Glücks, der Leichtigkeit, der Fröhlichkeit verzichten wollte. »Du weißt, dass ich mir immer ein Kind gewünscht habe, dass ich eine bessere Mutter sein will, als meine, die mich einfach im Stich gelassen hat, es war. Félix hat mich oft zurückgewiesen, aber dass er unser Ehebett nicht länger mied, ist ein Zeichen dafür, dass er sich Mühe gibt, dass er doch noch eine Zukunft für uns sieht. Und wenn das Kleine erst mal da ist, wird er vielleicht ein besserer Vater sein, als er glaubt. Wir ... wir werden endlich eine Familie sein!«

»Ich freue mich ja so für dich«, sagte Salome mit einer Stimme, die klang, als würde eine Grammofonnadel eine Platte zerkratzen. »Ich weiß, wie sehr du dir ein Kind gewünscht hast ... du musstest lange darauf warten ...«

»Ich wünsche mir, dass es ein Mädchen wird, und ich wünsche mir, dass es so ist wie du.« Nun war es ganz leicht, ihre Miene zu deuten, das Bekenntnis daraus zu lesen, du bist der wichtigste Mensch für mich, der großartigste und stärkste, den ich kenne. Doch zugleich schwang die Botschaft mit: Wenn ich nun endlich meine kleine Familie habe, brauche ich dich nicht mehr. »Es tut mir leid, dass ich nur von mir rede«, sagte Ornella nun, nahm ihre Hand. »Du siehst so erschöpft aus. Wir wollen sehen, was Rosa zubereitet hat.«

»Iss du es, du musst ja für zwei essen, ich fürchte, ich bringe nichts herunter.«

»Ach, Salome …«, sagte Ornella nur, und in diesen Worten lag ein unausgesprochener Abschiedsgruß.

»Leb wohl«, sagte Salome. »Ich kann nicht bleiben, aber ich werde an dich denken … Und ich wünsche dir von Herzen, dass alles so kommt, wie du es dir erhoffst.«

»Ach, Salome«, sagte Ornella wieder. Ihre Miene war zerrissen von dieser kindlichen Freude einerseits und einer tiefen Traurigkeit andererseits.

Sie ging nicht sofort. Erst hob sie den Korb auf, ordnete Blumen und Zwiebelkranz. Eine Blume war geknickt, sie bog sie gerade, als genügte das und etwas frisches Wasser, damit diese wieder ihr Köpfchen hob, nicht verdammt war zu verwelken.

Salome wandte sich ab, starrte eine Weile auf den Eukalyptusbaum, mehr noch auf die abgestorbene Borke im unteren Bereich. Diese schützte den Baum – während nichts sie vor dem Gedanken schützte, dass sie beinahe zugestimmt hätte, mit Félix nach Amerika zu gehen, obwohl er doch mit Ornella verheiratet war, obwohl diese so lange der liebste Mensch in ihrem Leben gewesen war, obwohl diese ein Kind bekam und inständig hoffte, dass Félix doch noch lernte, sie zu lieben.

Als sie sich wieder umdrehte, war Ornella verschwunden, der Duft der Blumen lag nicht länger in der Luft, aber Félix stand da, eine Zigarette in den Händen, die er nicht schaffte anzuzünden. Seine Hände zitterten zu stark. Sie machte einen Satz auf ihn zu und schlug ihm mit aller Kraft ins Gesicht. Ein lautes Klatschen ertönte.

Er zuckte kaum zusammen, starrte sie unverwandt an. Endlich schaffte er es doch, die Zigarette anzuzünden, nahm einen Zug, einen zweiten. »Aua«, sagte er.

Ihre Hand hatte auf seiner bleichen Haut eine rote Spur hinterlassen.

»Amerika …«, sagte sie nur. »Amerika.« Erst nach einer Weile konnte sie noch mehr hervorpressen. »Dabei bekommt sie ein Kind.«

Wieder machte er ein paar hektische Züge an der Zigarette, die rote Spur in seinem Gesicht verblasste etwas. »Das Beste, was ich für mein Kind tun kann, ist einen Ozean zwischen uns zu bringen. Oder hältst du mich etwa für einen guten Vater?«

»Ich halte dich für einen abscheulichen Mann. Damals in Nizza hast du von mir nicht bekommen, was du wolltest, und prompt hast du dich zu ihr ins Bett gelegt.«

»Wie oft soll ich es noch sagen? Du bist stark, du hältst das alles aus, ich nicht. Ich werde noch verrückt … Und nein, ich habe mich nicht in ihr Bett gelegt, ich habe nur nicht verhindert, dass sie in meines kam.«

Bilder stiegen vor ihr auf, von ihm … Ornella … schließlich von einem kleinen Kind mit weißem Gesichtchen und schwarzem Haar. Sie zwinkerte sie weg.

»Du wirst nicht nach Amerika gehen, nicht mit mir, aber auch nicht ohne mich«, sagte sie unmissverständlich. »Du wirst hierbleiben, du wirst für deine Frau und dein Kind sorgen, du wirst ihnen so viel Liebe wie möglich schenken. Rede dir bloß nicht ein, dass du dazu nicht taugst. Was du in den letzten Monaten getan hast, hättest du nicht geschafft, wenn du nicht stark genug dafür wärst, nicht doch ein guter Mann.«

»Eben hast du mich als abscheulich beschimpft.«

»Das bist du ja auch, aber … nicht nur. In dir steckt so viel mehr, vielleicht auch ein passabler Ehemann … ein passabler Vater.«

»Du kennst mich nicht, du kennst nur den, der ich sein könnte, wenn du an meiner Seite bist.«

Sie tat so, als hätte sie die letzten Worte nicht gehört. »Ich fahre jetzt zurück nach San Remo.«

Den ganzen Tag über hatte sie das immer wieder angekündigt, nun würde sie nicht länger zögern. Schon nach den ersten Schritten blieb sie stehen, rief er ihr doch nach: »Küss mich.«

Wie anmaßend seine Worte waren. Was immer du gesagt hast, ich gebe dich nicht auf. Und wie viel Verzweiflung zugleich daraus sprach. Ich weiß, dies ist ein Abschied für lange Zeit.

Sie hastete zurück zu ihm, schaute ihm nicht in die Augen, küsste ihn, aber nicht auf den Mund, sondern auf die Wange, auf die sie ihn eben noch geschlagen hatte. Zu den roten Spuren, die ihre Finger hinterlassen hatten, kamen ganz kurz die Spuren ihrer Lippen.

Es war spätabends, als Salome nach San Remo zurückkehrte, doch die Dunkelheit verstärkte die Müdigkeit nicht, ließ sie eher hellwach werden. Sie schien ihr nicht verlogen zu sein wie die grelle Sonne. Durchaus verlogen, gleichwohl belebend, war der Blumenduft, der in der Luft hing und der in dieser Stadt immer etwas intensiver war als der salzige des Meeres – der Duft der roten und gelben Hibiskusblüten, Fuchsien und Alpenveilchen, die die Wege säumten, der vielen Zitronenbäume in den Gärten der Villen und Grandhotels.

Vom Bahnhof aus war sie zu Fuß zur Perla di San Remo gelaufen. Schon aus der Ferne erblickte sie das weiße Gebäude, das von Laternen beleuchtet wurde. Sie musste indes näher kommen, um auch Paola wahrzunehmen, die im Schatten des Portals stand. Und sie ging bereits auf sie zu, als sie wahrnahm, was vor ihr stand – ein Koffer. Nicht irgendein Koffer, sondern der ihre, Salomes.

Die letzten Schritte nahm sie im Laufschritt, erstarrte dann. Was machst du hier, was soll das?, wollte sie fragen, aber sie konnte sich die Antwort denken. Als sie endlich den Mund öffnete, brachte sie nur einen Namen hervor: »Gedeone …«

Paola nickte traurig. »Er ist schon seit Langem misstrauisch, und Agapito hat ihm heute gestanden, dass er dir seit Monaten dabei hilft, Juden aus Italien nach Frankreich zu bringen. Du weißt ja …«

Salome hätte sich am liebsten auf ihren Koffer fallen lassen, doch sie wusste nicht, ob er ihrem Gewicht standhalten würde. Er war ja schon alt, das Leder abgewetzt, der Holzrahmen brüchig. Was sie ganz sicher wusste, war, dass für Agapito der Bruder immer an erster Stelle stand. Hinter seinem Rücken heimliche Sache mit ihr zu machen – dazu konnte er sich überwinden. Nie aber würde er sich offen gegen ein Verbot von Gedeone stellen. Gedeone wiederum war sie immer ein Dorn im Auge gewesen, der Störenfried, der aus dem willfährigen Schatten, der Agapito für ihn zu sein hatte, einen Menschen mit eigenem Willen zu machen drohte.

Nur weil sie nicht überrascht war, hieß das nicht, dass es nicht schmerzte. »Dieser Verräter«, rutschte es ihr über die Lippen, wobei sie sich nicht sicher war, ob sie Agapito meinte oder nicht Félix und ob die beiden wirklich Verräter waren oder einfach nur Menschen mit all ihren Schwächen. Ganz sicher war sie selbst dumm, weil sie nun schon zum zweiten Mal in ihrem Leben innerhalb eines Tages von beiden Männern enttäuscht wurde.

»Gedeone will dich nicht auch nur eine Nacht länger im Hotel dulden«, sagte Paola. »Ich habe dir ein Zimmer in einer Pension gemietet und begleite dich dorthin.«

»Dort bleibe ich nicht lange … Was soll ich noch in San Remo?«

Paola nahm den Koffer, und sie waren schon ein Stück gegangen, als Salome ihr erklärte, dass die Grenze nunmehr nahezu unüberwindbar war.

»Gehst du zurück nach Frankfurt?«

Der Schmerz, den der Gedanke früher erzeugt hatte, blieb aus.

Frankfurt war so viel grauer als San Remo – doch genau das erschien ihr jetzt wohltuend wie die Finsternis.

»Herr Theodor hat noch eine zweite Tochter – Charlotte. Sie weigert sich, Frankfurt zu verlassen. Ich ... ich werde mich um sie kümmern und ...« Sie wollte dem Echo ihrer eigenen Worte nicht lauschen, sich nicht fragen, ob sie insgeheim nach einer Ausrede suchte, weil sie die Menschen hier im Stich ließ, nur um Félix zu entfliehen. Aber sie konnte ja wirklich nichts mehr für sie tun. »Lass mich den Koffer selbst tragen«, murmelte sie nur.

Paola ging nicht darauf ein, schien sie gar nicht gehört zu haben. Sie hatten die Pension bereits erreicht, ein kleines Haus mit schiefen Wänden, als sie die Sprache wiederfand.

»Es liegt etwas in der Luft.«

Ein Motorrad dröhnte an ihnen vorbei. »Auspuffgase?«, fragte Salome.

Paola reichte ihr nun doch den Koffer. »Soll ich Agapito etwas von dir ausrichten?«

Ein paar wütende Worte lagen Salome auf den Lippen, doch die waren letztlich genauso sinnlos wie die Ohrfeige, die sie Félix gegeben hatte. »Richte ihm meinen Dank dafür aus, dass er mir in den letzten Monaten so oft geholfen hat.«

Paola nickte, und dann umarmte sie sie, flüchtig erst, später inniglich. Sie hatte sich schon von ihr gelöst, als sie wieder sagte: »Es liegt etwas in der Luft.« Salome sog den Atem ein. Weder Abgase waren zu riechen noch Blumen, nur altes Fett, in dem zu viele Fische gebraten worden waren. Ehe sie darüber spotten konnte, kam Paola ihr zuvor. »Krieg«, sagte sie. »Krieg liegt in der Luft.«

Sie ging davon, Salome konnte ihr weder widersprechen noch ein letztes Adieu nachrufen.

Fünftes Kapitel

»Krieg? Warum um Himmels willen soll es denn Krieg geben? Ist Paola komplett verrückt geworden?«

Arthur Sommer schüttelte so heftig den Kopf, dass sein Nacken knackste, hörte deswegen auf damit, aber schlug nun mit der Faust auf den Tisch, um seinen Worten Nachdruck zu verleihen.

»Ich verstehe auch immer noch nicht, wie du nach San Remo gekommen und warum du so lange dort geblieben bist. Wenn man von Rom aus dorthin fährt, muss man sicher mehrfach umsteigen, und die italienischen Züge haben doch alle Verspätung, wie man weiß. Zur Abfahrtszeit sitzt der Lokomotivführer noch gern bei einem Kaffee, das ist mir oft genug erzählt worden, und überhaupt …«, er schüttelte wieder den Kopf, um seine Gedanken zu ordnen und darauf zu kommen, was sein ursprüngliches Thema gewesen war. »Wie kommt Paola bloß auf die Idee, dass es Krieg geben wird? Das ist kompletter Unsinn, ein bösartiges Gerücht, das von unseren Feinden gestreut wird.«

Salome unterdrückte ein Seufzen. Dass Paola von Krieg gesprochen hatte, hatte sie nur nebenbei eingestreut. Zunächst hatte sie davon berichtet, wie Renzo Barbera gestorben war – jener Mann, mit dem Arthur einst gemeinsame Geschäfte gemacht hatte, der ihm dann aber die Frau ausgespannt hatte. Als sie damals von Ornella die traurige Nachricht erfahren hatten, war in Arthur kurz die Hoffnung aufgekeimt, Paola würde zu ihm zurückkehren. Doch offenbar hatte er sie längst wieder aufgegeben, denn er sprach nicht von einer gemeinsamen Zukunft mit Paola, nur vom Krieg.

»Es gibt keinen Krieg, das kann ich dir versprechen, du weißt ja, ich habe jüngst an der fünften Reichstagung von Kraft durch Freude teilgenommen. Stell dir vor, über hundert Tourismusunternehmer aus einundzwanzig Ländern sind nach Hamburg gekommen, alle mit dem Zweck, Zimmer zu buchen und Kampagnen vorzustellen. Der große Presseempfang hat auf einem der Flaggschiffe der Organisation stattgefunden, das bald zu einer neuen Kreuzfahrt aufbrechen wird. Wie immer wird ein Landgang in Italien stattfinden, ein Land, in dem uns der faschistische Geist empfängt. Was macht es da, dass man es mit der Pünktlichkeit nicht so genau nimmt? Ich weiß gar nicht, ob es die Lotsen in den Häfen auch so halten, dass sie lieber Kaffee trinken, anstatt sich an ihrem Arbeitsplatz einzufinden. Jedenfalls habe ich noch nie von einem Unglück beim Auslaufen eines Kreuzfahrtschiffes gehört, und es sind ja große Häfen, in denen diese anlegen, weit größere als der Hafen von San Remo es ist, und ...«

Arthur hielt den Kopf nun still, hatte erneut den Anlass für die lange Rede vergessen. So war es ja meist. Geschichten von Afrika endeten auf Feuerland, und trugen die Menschen darin zunächst Baströckchen, jagten sie am Ende Eisbären, um ihnen das Fell abzuziehen.

Salome legte ihre Hand behutsam auf die ihres Vaters. »Was hat die Reichstagung von Kraft durch Freude denn nun damit zu tun, ob es Krieg gibt?«

»Robert Ley ist selbst vor die Journalisten getreten, du weißt doch, die Freizeitorganisation fällt in seine Verantwortung, und somit auch das Reisen und alle Reisebureaus und ... Wo war ich?«

Manchmal fragte sich Salome, ob sich ihr Vater absichtlich

dumm stellte, um nicht dem Hader nachzugeben, nur mehr eine Marionette von Kraft durch Freude zu sein, kein selbstständiger Unternehmer.

»Robert Ley hat also über den Krieg gesprochen«, bohrte Salome vorsichtig nach.

»Nein, von einer Kriegspsychose, an der das gesamte Ausland leidet. Das ist eine schwere Krankheit, ich sag es dir.« Er löste seine Hände von den Schläfen, schlug auf den Tisch, vielleicht um zu zeigen, dass Nervosität ein Symptom dieser Krankheit war. »Jedenfalls hat Robert Ley beteuert, dass der Führer nicht im Geringsten an einen Krieg denke, er wolle Ruhe und Frieden. Er habe sich schließlich der Kunst verschrieben, desgleichen der Förderung von Künsten. Krieg, was für ein Unsinn! Was denkt Paola sich da nur aus? Du solltest nicht wieder nach San Remo fahren. Was hast du überhaupt in San Remo gemacht? Nun ja, unsere Italienfahrten bleiben natürlich im Programm, sie sind ein großer Erfolg, wir müssen gar nicht mehr anbieten, gerade jetzt, da …«

Er brach ab.

»Gerade jetzt?«, fragte Salome.

»Hast du es denn noch nicht gehört? Seit dem 5. Juli ist die Devisenausgabe für Jugoslawien gesperrt, wir müssen ja so viel Geld in die Aufrüstung stecken, da werden die Valuten knapp. Italien betrifft das natürlich nicht, das Land ist schließlich unser Verbündeter, aber …«

»Warum wird denn so viel Geld in Rüstung gesteckt, wenn es keinen Krieg gibt?«, unterbrach Salome ihn.

»Wir müssen uns vor den Feinden im Ausland schützen.«

»Ich dachte, die leiden sämtlich an Kriegspsychose. Und das klingt eher danach, als hätten sie Angst vor einem Krieg, nicht Lust darauf.«

Arthur zuckte die Schultern »Was verstehe ich denn von Psychosen und von Kriegen? Ich verstehe nur etwas von Reisen. Die großartigste Reise, die ich jemals unternommen habe, führte nach Deutsch-Südwestafrika. Oder sagt man Nordost-Deutschafrika? Wie auch immer, dort gibt es eine Insel, die nach den Pinguinen benannt wurde, und dort wird Guano abgebaut, so nennt man die Exkremente von Pinguinen, sobald diese sich mit Kalkstein vermischt haben. Daraus kann man ein vorzügliches Düngemittel machen, wobei ich nicht weiß, welche Pflanzen man genau damit düngt. Denkst du, es ist Getreide?«

Er wartete ihre Antwort nicht ab, Salome hatte ohnehin keine Lust, etwas zu sagen.

Sie erhob sich, doch obwohl ihr Vater im Kopf mittlerweile von der Pinguininsel nach Papua-Neuguinea gereist war, konnte sie den Raum nicht unbemerkt verlassen.

»Wohin gehst du?«, fragte er.

»Etwas kochen.«

»Nudeln?«

Sie zuckte die Schultern. »Ich bin mir nicht sicher, ob wir überhaupt Mehl haben, ich meine echtes Mehl, nicht nur Mehlersatz.«

»Warum sollten wir denn kein echtes Mehl mehr haben?«

»Vielleicht, damit die Bevölkerung an Sparsamkeit herangeführt wird, weil Lebensmittel so knapp wie Valuta werden und alles Geld in Waffen gesteckt wird? Sag du es mir!«

Arthur blickte sie nachdenklich an. Aus seiner Miene war sämtliche Entrüstung geschwunden, zurückgeblieben war nur Hilflosigkeit.

»Denkst du, Paola spielt mit dem Gedanken, nach Frankfurt zurückzukehren, nun, da Renzo tot ist?«, fragte er unwillkürlich.

Salome wusste nicht, ob sie in ein Lachen oder in ein Weinen ausbrechen sollte, weil er ausgerechnet von ihr die Hoffnung genährt sehen wollte, dass er mit der Frau, die er liebte, doch noch sein Glück finden könnte.

Allerdings war sie nicht sicher, ob Arthur Paola wirklich liebte, sie nicht lediglich brauchte. Und sie selbst war sicher, dass sie Félix nicht brauchte und sie dem Schmerz um ihn nicht nachgeben wollte. »Ich werde Pfannkuchen backen, die kommen Nudeln am nächsten, und morgen sprechen wir über weitere Italienfahrten.«

Sie wusste später nicht mehr, wie viele Pfannkuchen – aus Lupinenmehl, Ei- und Milchpulver angerührt und in Margarine gebacken – sie an diesem Abend gegessen hatte, nur, dass sie hinterher lange wie nie schlief. Als sie mit schalem Geschmack im Mund und steifen Gliedern erwachte, erschien ihr die Zukunft trostlos wie nie. Warum sollte sie zu Italienfahrten aufbrechen, wenn diese ja doch nicht mehr dem Zweck dienten, Menschen zur Flucht zu verhelfen? Und was sonst sollte sie mit ihrem Leben anfangen?

Obwohl sie so lange geschlafen hatte, fühlte sie sich erschöpfter als am letzten Abend. Sie war nicht sicher, ob sie sich aufraffen konnte, dem Vater ins Reisebureau zu folgen – die Entscheidung wurde ihr abgenommen, als es an der Tür schellte. Das Erste, worauf ihr Blick fiel, als sie diese öffnete, war ein riesiges Fahrrad. Es verbarg die kleine, zarte Frau mit dem strengen Pagenkopf fast gänzlich. Wie hatte sie es nur geschafft, es die Treppe hochzuschleppen und das sogar ohne zu schwitzen? Allerdings war es für Salome nichts Neues, dass in dieser Frau unglaubliche Kräfte steckten. Wenn sie sich etwas vorgenommen hatte, zog sie es durch.

»Kannst du das für mich nehmen?«, fragte Charlotte Feingold und schob den Vorderreifen über die Schwelle.

Jede andere wäre mit der Frage ins Haus gefallen, ob sie Neuigkeiten von ihrem Vater, ihrer Schwester, ihrem Schwager, dem kleinen Neffen wüsste. Aber Charlotte hasste es, eine Bittstellerin zu sein, die auf fremde Hilfe angewiesen war, und Salome war die Letzte, die an ihrem Stolz kratzen wollte.

»Warum?«, fragte sie. »Hast du einen Platten?«

»Nein, aber keinen Platz, es zu verstecken. Ich habe Angst, dass man es mir wegnimmt.«

Salome nahm die dunklen Ringe unter Charlottes Augen wahr. Sie hätte nie zugegeben, dass die Nazis sie um ihren Schlaf brachten, sondern bestand darauf, dass sie sich von ihnen keine Angst machen ließ, und doch mussten große Sorgen sie in der Nacht wach gehalten haben.

»Wer soll dir denn dein Fahrrad wegnehmen?«, fragte sie, und als Charlotte schwieg, nunmehr den zweiten Reifen über die Schwelle schob, fügte sie hinzu: »Ist Juden jetzt etwa auch das Fahrradfahren verboten?«

Charlotte verdrehte die Augen »Nicht so laut, du könntest noch jemanden auf diese Idee bringen. Zum Beispiel Gauabteilungsleiter Bongartz.«

»Keine Angst, der ist nicht hier, er scharwenzelt im Reisebureau meines Vaters herum, und dort hält er nicht nach Fahrrädern Ausschau, nur nach einer Gelegenheit, meinem Vater möglichst viele seiner Pflichten aufzudrücken.«

Seit Kurzem arbeitete Bongartz für das neu eingerichtete Fachamt Fremdenverkehr, zu dessen Aufgaben es zählte, sämtliche Mitarbeiter von Reisebureaus zu erfassen und politisch zu schulen. Salome hatte nie darüber nachdenken wollen, was das genau bedeutete.

»Ich will jedenfalls, dass du das Fahrrad versteckst.«

Schon fiel die Tür hinter ihr ins Schloss. Salome überlegte, wo in ihrer Wohnung ein Fahrrad Platz finden könnte, winkte

Charlotte schließlich mitzukommen und führte sie ins ehemalige Schlafzimmer ihrer Großmutter Tilda. Obwohl diese schon so lange tot war, hing in der Luft immer noch der Duft von getrockneten Apfelsinenschalen, mit denen sie einst Motten zu vertreiben versucht hatte.

»Wer soll dir denn nun dein Fahrrad wegnehmen?«, fragte Salome.

»Hast du noch nicht gehört, dass seit Ende Juli täglich Automobile und Motorräder requiriert werden? Ich habe Angst, dass es morgen Fahrräder sein werden.«

»Automobile und Motorräder?«, fragte Salome stirnrunzelnd.

»Wie sollen die jungen Männer denn sonst an die Front kommen?«

Front.

Ein Wort fast so bedrohlich wie Krieg.

Es passte nicht in diesen Raum, nicht zum Duft der Apfelsinenschalen, nicht zu der schwülen Luft.

»Robert Ley hat kürzlich behauptet, dass Hitler den Frieden liebe und sich den Künsten widmen wolle«, murmelte Salome.

Charlotte verdrehte die Augen. »Bevor mein Vater damals mit dir nach Rom aufgebrochen ist, hat er erklärt, er freue sich schon sehr, den Schiefen Turm zu besteigen.«

»Der Schiefe Turm steht in Pisa, nicht in Rom.«

»Eben. Es war seine Art, sich zu verabschieden. Manchmal spricht man Lügen aus, von denen jeder weiß, dass es Lügen sind, und manchmal sagen die mehr über die Wahrheit als ehrliche Worte.« Sie hielt kurz inne. »In der Druckerei wurde vor zwei Tagen Urlaubssperre verhängt.«

Charlotte war eigentlich Lehrerin wie ihr Schwager, doch seit Jahren durfte sie nicht mehr an deutschen Schulen unterrichten, und die jüdische Schule war kürzlich geschlossen worden, nachdem so viele Kinder mit ihren Eltern das Land verlassen hatten. Salome hatte ihr in jener Druckerei Arbeit verschafft, bei der sie sämtliche Broschüren des Reisebureaus herstellen ließen.

»In fast allen Betrieben gibt es jetzt Urlaubssperren, und das in der Haupturlaubszeit. Warum wohl?«, fügte Charlotte hinzu.

»Wenn du keinen Urlaub hast, warum bist du dann hier?«

»Heute soll es so heiß werden, dass uns ausnahmsweise freigegeben wurde. Ich habe mir überlegt, schwimmen zu gehen, aber nach Niederrad ist es zu weit.«

Salome wusste, dass in etlichen Schwimmbädern Frankfurts – ob in der Mosler'schen Badeanstalt oder dem Schwimmbad am Sachsenhäuser Ufer östlich der Alten Brücke – den Juden das Baden verboten worden war. Die einzige Ausnahme war bislang das Strandbad in Niederrad.

»Es tut mir leid«, rutschte es ihr heraus, und sie biss sich zu spät auf die Lippen, wusste sie doch, dass Charlotte Mitleidsbekundungen hasste.

»Hör sofort auf, dich zu entschuldigen«, fuhr diese sie prompt an. »Dein Mitleid fühlt sich so an, als wolltest du mir mit einer Pfauenfeder die Jauche vom Körper wischen, die andere kübelweise ausgegossen haben.«

Salome sagte nichts mehr, schloss die Tür, begleitete Charlotte nach draußen. Sie stand schon im Treppenhaus, als diese endlich hervorbrachte: »Geht es ihnen gut?«

Sie fragte immer erst zum Schluss nach ihrer Familie. Als sie sich damals hatte vergewissern wollen, ob Leo gut in Rom angekommen sei, war sie unter dem Vorwand, sich Eier auszuleihen, erschienen.

»Sie haben Unterschlupf in einem Hotel gefunden«, murmelte Salome. »Bei … bei … bei einem alten Bekannten.«

»Und diesem … Bekannten kann man trauen?«

Salome schwieg. War es eine Lüge, wenn sie sagte, dass man Félix trauen konnte? Oder eine unverbrüchliche Wahrheit, weil er die Adlers und Herrn Theodor notfalls mit dem eigenen Leben schützen würde?

Am Ende sagte sie nur: »In Frankreich sind sie in Sicherheit, du wärst es auch.«

Charlottes Lippen wurden schmal. »Ich tue den Nazis gewiss nicht den Gefallen zu gehen. Mich werden sie nicht los.« Bekräftigend stampfte sie auf dem Boden auf.

»Wenn … wenn es Krieg gibt, werden die Grenzen geschlossen«, stieß Salome hervor.

Ihr entging nicht, dass Charlotte blass wurde, dennoch war es nun sie, die Salome mitleidig anstarrte. »An deiner Stelle würde ich anfangen, mir Sorgen zu machen. Wenn es Krieg gibt, kommt der Reiseverkehr zum Erliegen und euer Reisebureau hat nichts mehr zu tun.«

Den größten Gefallen, den Salome der anderen tun konnte, war, nicht darauf zu bestehen, dass die eigenen Probleme gemessen an ihren nichtig waren. »Ich werde mit meinem Vater reden«, sagte sie und tat, als wäre sie derart in Eile, dass keine Zeit mehr blieb, sich zu verabschieden. Sie hätte Charlotte zwar gern umarmt, aber wahrscheinlich hätte sie auch das als Kitzeln einer Pfauenfeder empfunden.

In den folgenden Wochen sah sie Charlotte nicht wieder. Wer sie dagegen häufig abpasste, war Frau Schöffel, die Nachbarin, die im Erdgeschoss wohnte. Immer wieder wollte sie von Salome wissen, ob sie ihrem kleinen Sohn dazu verhelfen könnte, einmal mit einem Flugzeug zu fliegen. Seit sie vor einigen Wochen die Deutschen Meisterschaften im Geschicklichkeitsflug am Frankfurter Flugplatz im Rebstock besucht hätten, spreche der kleine

Hans von nichts anderem. Am besten habe ihm der Sturzbomber gefallen.

Salome wollte nichts von Sturzbombern hören, konnte ihr auch nicht helfen.

Es war Ende August, als sie Frau Schöffel wieder begegnete und diese ganz dicht an sie herantrat. »Haben Sie es schon gehört?«

»Was?«, fragte Salome.

»Na, die Sache in Polen. Sechs von den unsrigen wurden grausam ermordet.«

»Den unsrigen?«

»Reichsdeutsche, die in Polen leben! Auf die haben es die Polacken ja abgesehen. Sie wollen das Deutschtum in Polen ausrotten, und falls sie dabei die Grenze überschreiten, müssen wir gerüstet sein. Man darf sich nicht alles gefallen lassen, oder?« Salome nickte wie betäubt. »Und vielleicht können Sie meinem kleinen Hans doch irgendwie zu einem Flug verhelfen? Wie schön wäre es, die Welt einmal von so hoch droben zu sehen, dass selbst die Polackenschweine nur mehr so groß wie Ameisen sind.«

Nicht nur die Polen, auch die Deutschen würden von dort oben zu winzigen Parasiten schrumpfen, dachte Salome, aber sie verkniff sich die Worte, wehrte sich nicht mal, als Frau Schöffel sie nun in den Oberarm zwickte, etwas von den guten Beziehungen murmelte, die die Sommers hätten, damit offenbar auf Gauabteilungsleiter Bongartz anspielte. Am Ende nickte Salome, anstatt ihr zu erklären, dass die Zeiten, da Bongartz fast jeden Tag ins Reisebureau gekommen war, vorbei waren.

Als sie an diesem Tag das Reisebureau betrat, war er ebenfalls nicht da, die Erleichterung darüber wich dennoch einem vagen Unbehagen.

»Das ist schon der dritte Tag in Folge, da uns der Gauabteilungsleiter nicht beehrt«, stellte sie fest. »Macht er etwa selbst

Urlaub, um zu überprüfen, ob auf den Kraft-durch-Freude-Schiffen auch wirklich alle beim Morgenappell den Arm zum Hitlergruß strecken?«

Arthur saß hinter einem Berg von Papieren. Er war nie ein ordentlicher Mensch gewesen wie Herr Theodor, aber in letzter Zeit vermeinte Salome, er würde sich förmlich ins Chaos flüchten so wie ansonsten nur in Hirngespinste über erfundene Reisen.

»Er macht keinen Urlaub«, beschied er sie knapp.

»Wo ist er dann?«

»Nun, er ist ja Reservist. Und wurde als solcher zum Militärdienst einzogen.«

Wieder fühlte Salome kurz Erleichterung – wir sind ihn los. Dann beschlich sie Beklemmung: Warum wurden Reservisten zum Militärdienst eingezogen?

»Du hast gesagt, ein Krieg sei undenkbar.«

Arthur begann hektisch, die Papiere auf dem Schreibtisch zu verschieben. »Das ist doch nur eine Vorsichtsmaßnahme. Natürlich gibt es keinen Krieg, erst recht nicht, nachdem nun dieses Bündnis mit Moskau geschmiedet wurde. Deutschland und die Sowjetunion haben sich verpflichtet, sämtliche Streitfragen ohne Anwendung von Waffengewalt auszutragen. Mit Moskau an Deutschlands Seite ist ein Krieg so gut wie ausgeschlossen. Wer sollte denn Deutschland angreifen? Großbritannien, Frankreich?«

Aus dem Druck in der Brust wurde ein stechender Schmerz. »Gibt es nicht das Gerücht, dass die Polen einen Angriff auf deutschen Boden verübt haben?«, fragte sie.

»Wie oft soll ich noch sagen, dass man auf solche Gerüchte nichts geben kann. Es gibt keinen Krieg, Robert Ley hat schließlich versprochen …« Er stieß gegen seine Unterlagen, ein paar Blätter und einige Karten segelten zu Boden.

Salome bückte sich, um sie aufzuheben, überflog die Karten.

Sie hatte erwartet, Daten zu lesen, vielleicht den Namen von Reisezielen, stattdessen waren Lebensmittel aufgelistet. Fett, Fleisch, Teigwaren.

»Wird auf den KdF-Reisen künftig vorgeschrieben, wie viel Gramm Butter man aufs mitgebrachte Jausenbrot schmieren darf? Und als Nächstes werden dann die Atemzüge rationiert?«

Arthur nahm ihr die Karten aus den Händen. »Das sind die Lebensmittelkarten, die wir zugewiesen bekommen haben. Es kann ja zu Engpässen kommen, und dann ... dann kann man nicht mehr so viel Bohnenkaffee trinken, wie man will.«

»Warum soll es zu Engpässen kommen, wenn es keinen Krieg gibt?«

Arthur atmete plötzlich ganz schwer, und Salome hätte schwören können, dass er den gleichen Druck auf der Brust wie sie fühlte. »Man weiß ja nicht, was die Polen aushecken. Aber es würde nur ein paar Tage ... Wochen dauern, bis wir mit ihnen fertig wären. Natürlich nur, wenn es zum Schlimmsten käme, aber so weit wollen wir nicht denken ... Ach, da sind Sie ja wieder, war es denn schön auf unserer Sonneninsel Usedom?«

Kurz war Salome überzeugt, ihr Vater habe den Verstand verloren, dann gewahrte sie, dass sich während ihres Gesprächs die Tür geöffnet und ein Ehepaar das Reisebureau betreten hatte. Sie konnte sich nicht erinnern, die beiden jemals gesehen zu haben, doch ihr Vater erkannte sie sofort, erhob sich, streckte ihnen die Hand entgegen. »Der Sommer auf Usedom war, soweit ich gehört habe, so schön wie nie, die Ostsee ... äh ... das Germanische Meer derart warm, dass man gefühlt Stunden darin verweilen konnte. Kein Wunder, dass sämtliche Hotels ausgebucht waren und ...«

»Oh, es wäre alles wunderbar gewesen, hätten wir nicht überstürzt abreisen müssen«, fiel der Herr ihm ins Wort, die Stimme voller Empörung.

Auch die seiner Gattin erzitterte, als diese an seiner statt fortfuhr: »Man fühlte sich ja fast wie auf der Flucht, als es plötzlich hieß, es werde nur mehr ein Zug fahren, und alles gleichzeitig zum Bahnhof drängte.«

Salome musterte die Frau etwas genauer. Sie trug ein elegantes blaues Kostüm mit goldenen Knöpfen und Schulterpolstern, die den schmalen Kopf noch kleiner wirken ließen. Unwillkürlich musste sie an eine Schildkröte denken, wobei die spitzen Schultern nichts mit deren rundem Panzer gemein hatten, eher einer Uniform glichen.

»Eigentlich hatten wir eine Platzkartenreservierung für die erste Klasse, aber wir waren gezwungen, in der zweiten Klasse zu reisen. Viele Passagiere mussten stehen.«

»Sie auch?«, entfuhr es Salome mit spitzer Stimme, und nur mit Mühe konnte sie zurückhalten, was eigentlich auf ihren Lippen lag: Sie haben ja keine Ahnung, was Flucht wirklich bedeutet.

Die Frau fuhr zu ihr herum. »Gottlob konnten wir einen Sitzplatz ergattern, äußerst unbequem war die Fahrt gleichwohl. Die Luft stand zum Schneiden dick, und mein schöner Sommerhut, den ich mir auf Usedom gekauft habe, hat gehörigen Schaden genommen. Sieben Rosen waren darangenäht, am Ende waren es nur noch fünf. Kein Wunder, so oft wie sich jemand an uns vorbeigedrängt hat. Einmal hätte ich fast einen Rucksack ins Gesicht bekommen.«

»Wie ungemein bedauerlich«, entfuhr es Salome und sah plötzlich statt eines engen Zugabteils ein überfülltes Boot vor sich.

»Uns steht doch gewiss eine Entschädigung für die Unannehmlichkeiten zu«, klagte der Mann.

»Ich bin sicher, wir können ein paar Stoffrosen organisieren«, erwiderte Salome ausdruckslos.

Ein empörter Blick traf sie. »Es bedarf schon etwas mehr, um die zwei Nächte auszugleichen, die wir noch im Strandhotel Heringsdorf hätten verbringen sollen. Übrigens hat auf der Fahrt auch ein Riemen unseres Koffers Schaden genommen. Ich habe sogar von Fällen gehört, dass in der allgemeinen Hast Koffer verloren gingen.«

Ehe Salome wieder etwas sagen konnte, hatte Arthur sich gefasst. »Warum mussten Sie denn derart überstürzt abreisen?«

Die befremdeten Blicke richteten sich jetzt auf ihn. »Es kann Ihnen doch nicht entgangen sein, Herr Sommer, dass sich die Deutsche Reichsbahn nunmehr unter Kontrolle des Militärs befindet. Ach, wenn uns die amtliche Bekanntmachung, dass ab dem nächsten Tag nur noch wenige Züge fahren würden und die Reichsbahn keine Garantie mehr für Privatreisen übernimmt, etwas früher erreicht hätte! Das Chaos hätte sich verhindern lassen. Man muss sich auf dergleichen ja vorbereiten.«

Ihr Vater begriff immer noch nichts, setzte aber zu einer überschwänglichen Entschuldigung an. Mehrfach bedauerte er das abrupte Ende des schönen Sommerurlaubs und erklärte, sich sofort bei der Reichsbahn hinsichtlich einer wie auch immer gearteten Entschädigung kundig machen zu wollen. Falls diese ihnen selbige schuldig bleiben würde, werde ganz gewiss das Reisebureau diese übernehmen.

Wenig später begleitete er das Ehepaar hinaus, und als er zurückkam und Salomes besorgtes Gesicht sah, schwafelte er von Engpässen, von Reservisten und von Truppentransporten, die abgewickelt werden müssten.

»Danach wird der normale Reiseverkehr sicher wieder aufgenommen werden«, mutmaßte er.

Salome stützte sich gegen den Schreibtisch. »Während des Großen Krieges wurden fast sämtliche Reisebureaus geschlossen, weil keine Reisen mehr möglich waren. Was, wenn bald sämtlicher Ferienverkehr eingestellt wird?«

»Ich bin sicher, das wären nur vorübergehende Maßnahmen … Der Krieg, sollte es dazu kommen, kann auch nicht lange dauern. Was haben die Polen uns schon entgegenzusetzen?«

»Uns entgegenzusetzen? Ich dachte, es sind sie, die uns anzugreifen drohen?«

»Macht das wirklich einen so großen Unterschied?«, fragte Arthur hilflos.

»Wenn es für die Frau gerade einen Unterschied macht, ob sich sieben, sechs oder fünf Stoffrosen an ihrem Hut befinden, dann würde ich sagen, dass auch dieses … Detail zählt.«

Arthur sagte nichts dazu. Er steckte die Lebensmittelkarten ein und erhob sich. »Ich glaube, für heute schließen wir, sonst erreichen uns womöglich noch mehr Beschwerden von Reisenden, die ihren Urlaub abbrechen mussten.«

Wenig später verließ er das Reisebureau so hastig, als wäre er auf der Flucht. Zu Hause verkroch er sich ins Bett, und dort blieb er am nächsten Morgen auch liegen, als Salome ihn mit der Nachricht weckte, die sie eben aus dem Volksempfänger gehört hatte.

In Gleiwitz, einer Stadt in Oberschlesien, war demnach ein Rundfunksender von Polen attackiert worden. Offenbar hatte die Wehrmacht daraufhin einen Angriff ohne formelle Kriegserklärung gestartet.

Arthur zog die Bettdecke höher. »Also haben sie uns tatsächlich angegriffen, oder?«

»Wer sagt dir denn, dass der Lederriemen vom Koffer nicht schon vor der Reise zerstört war und der Hut nie mehr als vier Rosen hatte? Kann nicht jeder behaupten, was er will, wenn man es nicht nachprüfen kann?«

»Ach, Salome«, sagte ihr Vater mit einem tiefen Seufzen. »Könntest du uns vielleicht etwas Bohnenkaffee organisieren?«

Sie verließ die Wohnung nur, um seinem Anblick zu entgehen. Nicht dass der von Frau Schöffel, die sie im Treppenhaus abpasste, erträglicher war. »Jetzt kriegen sie's zurück«, rief sie triumphierend. »Jetzt steht unser Heer im Kampfe für Deutschlands Freiheit und damit für alle Güter des Friedens und der Gesittung.«

»Mag sein, aber ich muss jetzt gehen ...«

Sie konnte sich irgendwie von ihr losmachen, nicht jedoch ihren Worten entkommen. Überall wurden sie tuschelnd wiederholt, auch in der Kleinmarkthalle. Die Deutschen würden für die Kultur ganz Europas das Heil erkämpfen, erklärte ein Mann. Ein anderer lobte die Manneszucht, die Treue und den Opfermut des deutschen Volkes. Wieder andere verbreiteten Gerüchte von einem Ultimatum, das Großbritannien und Frankreich nun unweigerlich stellen würden.

»Pah! Frankreich sähe es gern, wenn wir von den Polen gedemütigt würden! Seit der Schande von Versailles wollen sie, dass wir am Boden liegen«, rief einer.

»Wer am Ende liegen und nicht wieder aufstehen wird, sind die Franzosen! Einem angeschossenen Fuchs gleichen sie, der dem Treiber in den Hintern beißt, obwohl man ihm die Sehnen der Sprunggelenke zerschnitten hat!«

Salome erschauderte. Wer dachte sich solche Vergleiche aus? Wer die Lieder, die ihr die Hitlerjugend entgegenschmetterte, als sie die Kleinmarkthalle mit frischem Kaffee verließ?

»Wir werden weitermarschieren, wenn alles in Scherben fällt, denn heute, da hört uns Deutschland und morgen die ganze Welt. Und liegt vom Kampfe in Trümmern die ganze Welt zuhauf, das soll uns den Teufel kümmern, wir bauen sie wieder auf. Und mögen die Alten auch schelten, so lasst sie nur toben und schrei'n, und stemmen sich gegen uns Welten, wir werden doch Sieger sein.«

Plötzlich wusste Salome, sie würde nie wieder den Geruch von Kaffee einatmen können, ohne daran zu denken.

Im Treppenhaus wurde der Kaffeeduft vom Geruch nach Schweiß überlagert. Vor der Wohnungstür kauerte Charlotte. Zum ersten Mal erschien sie Salome als das, worüber sie stets mit gerecktem Kinn hatte hinwegtäuschen wollen – als kleine, zerbrechliche Frau. Nun gut, nicht alle Kraft war aus ihr geschwunden. Als sie Salome sah, sprang sie auf. Die Miene, aus der kurz die Angst schrie, verschloss sich wieder.

»Bist du gekommen, um dein Rad zu holen?«, fragte Salome.

Charlotte nickte. »Ich denke, die Deutschen brauchen dieser Tage eher Panzer als Fahrräder.«

Sie starrten sich an, schwiegen zwar, sagten sich dennoch so viel. Im Krieg würden sämtliche Grenzen geschlossen werden. Charlotte könnte nicht mehr fliehen, selbst, wenn sie es doch noch wollte.

Wenig später betraten sie das ehemalige Schlafzimmer ihrer Großmutter. Charlotte strich gedankenverloren über den Sattel des Fahrrades, machte aber keine Anstalten, es aus der Wohnung zu schieben.

»Soll ich uns einen Kaffee machen?«

Charlotte sah sie verwirrt an, sie schien den Duft, der Salomes Korb entströmte, nicht wahrgenommen zu haben.

»Falls Frankreich in den Krieg eintritt, werden alle Deutschen, die sich dort aufhalten, zu Feinden erklärt.«

»Warum sollen ausgerechnet die als Feinde gelten, die vor Hitler geflohen sind?«

»Denkst du wirklich, auf solche Feinheiten achtet man im Krieg? Es gab doch schon vorher Gerüchte, wonach alle Emigranten in Lager gesteckt werden … Was glaubst du, wie schnell sich diese jetzt füllen werden?«

Salome hatte keine Ahnung, woher Charlotte von diesen Lagern wusste, sah plötzlich enge, feuchte, dunkle Zellen vor sich. Wie sollte Alfred Hirsch nur eine Stunde dort verkraften, geriete er in eine solche? Und was würde Leo dort zu Efraim sagen, um ihn zu trösten? Würde er behaupten, dass sie in einen unterirdischen Feenpalast geraten waren, den nur betreten durfte, wer auf einem Gummieinhorn ritt?

»Félix … Félix wird auf sie aufpassen.«

Für gewöhnlich tat es weh, den Namen auszusprechen, in diesem Moment schien er das einzige Wort zu sein, das ihren Geist nicht vergiftete.

Wieder schien Charlotte sie nicht gehört zu haben. Sie stützte sich schwer auf den Sattel, hielt dem eigenen Gewicht nicht stand, sank neben dem Rad auf den Boden, begann lautlos zu weinen.

Salome stand eine Weile ratlos daneben, ließ den Korb schließlich sinken, kniete sich neben sie. Sie legte Charlotte die Hand auf den Rücken, und als sie merkte, dass darüber das Zittern der anderen etwas nachließ, begann sie, sie sanft zu streicheln.

»Hör auf mich zu trösten!«, rief Charlotte schrill. »Ich will kein Mitleid.«

Richtig, das wäre ja so, als würde man versuchen, jemanden mit einer Pfauenfeder zu reinigen, der in eine Jauchegrube gefallen war.

»Ich tröste dich doch gar nicht«, erwiderte Salome. »Da krabbelt nur eine Ameise über deinen Rücken.«

Sie hörte nicht auf, Charlotte zu streicheln.

1940

Sechstes Kapitel

Rosa dachte nicht daran, auch nur ein Lebensmittel zurückzulassen. Noch aus der verborgensten Schublade ihres Küchenschranks zog sie Dosen, Boxen, Schüsseln, um den Inhalt in Körbe und Säcke umzufüllen, Hauptsache, nichts fiel in die Hände der Deutschen. Nicht einmal den Thymian, den sie an einer Wäscheleine zum Trocknen aufgehängt und dort vergessen hatte, wollte sie ihnen gönnen, doch sobald sie daran zog, zerkrümelte das Kraut und regnete auf sie.

»Was, glaubst du denn, werden die *boches* mit dem Thymian machen? Damit kämpfen?«, fragte Félix.

»Die kriegen nichts von mir zu essen«, bestand Rosa. Sie warf die Thymianstängel in den Abfalleimer, entdeckte dann einen Mehlsack und weiter hinten im Schrank noch einen mit Grieß.

»Halt mal«, befahl sie Félix und wollte ihm dem Mehlsack reichen. Er trat zurück, der Mehlsack fiel auf den Boden, platzte auf.

»Ach herrje!«, stieß Rosa erschrocken aus, und während sie sich bis jetzt wilder Geschäftigkeit ergeben hatte, erstarrte sie plötzlich und brach in Tränen aus.

Ihr Schluchzen war fast lautlos, das Geschrei, das sich hineinmischte, deutlich lauter. Es war Marie, die schrie, das kleine sechs Monate alte Mädchen, das Ornella auf dem Arm trug, als sie die Küche betrat, und bei dessen Anblick Félix sich immer wieder aufs Neue in Erinnerung rufen musste, dass es sein Kind war. Eigentlich war es offensichtlich. Marie hatte nicht nur sein dunkles Haar geerbt, sie war auch kein pausbäckiges, rundliches Baby, wie man es bei einer Mutter wie Ornella erwartet hätte, sondern dünn wie er. Ihr Geschrei schwoll an, und ebenso wuchs sein Drang, sich die Hände an die Ohren zu halten.

Eigentlich schrie Marie nicht oft, zumindest nicht mehr so oft wie in den ersten Monaten. Damals hatte sie an Blähungen gelitten, wie Ornella ihm ungefragt erklärt hatte. Er war zu ihrem Bettchen getreten, hatte sich eine Zigarette angezündet und zu Marie gesagt: »Wenn ich so viel essen müsste wie du, würde ich auch schreien.«

Nach einer Brustentzündung konnte Ornella nicht mehr stillen, und Rosa fütterte das Kleine seitdem unentwegt mit abgekochter Kuhmilch, die sie mit Fencheltee oder Haferschleim verdünnte. Gern hätte sie Zucker hinzugefügt, aber das verbot Ornella ihr strikt. Zu Rosas Kummer kaute Marie lieber am Schnuller des Fläschchens, als den Inhalt zu schlucken, den Rosa als gesund betrachtete. Dass sich das Fläschchen selten leerte, hatte sie dennoch nie in Tränen ausbrechen lassen wie nun der Anblick von Thymian und Mehl.

Sie kniete sich hin, begann, mit dem Kehrbesen möglichst viel zurück in den aufgerissenen Sack zu schaufeln.

»Sollen doch die *boches* am Mehl ersticken«, sagte Félix.

Rosa hörte nicht auf ihn. Félix wiederum hörte nicht auf Ornella, als diese fragte, was los sei und warum er Rosa nicht wie vorgesehen beim Einpacken helfe.

»Ich schaue nach meiner Mutter«, sagte er, statt ihre Frage zu beantworten.

Als er an ihr vorbeiging, versuchte er, einen möglichst großen Abstand zwischen sich und das Kind zu bringen, obwohl es gar nicht mehr brüllte, sondern ihn mit einem Ausdruck von Verwunderung anstarrte.

Wenn du lesen, wenigstens sprechen könntest, dann würde ich dich vielleicht mögen, dachte er manchmal. Das Interesse an seinem Kind ging allerdings nie so weit, dass er Ornella fragte, wann Kinder sprechen und lesen lernten. Er fürchtete, dass das noch sehr lange dauern würde.

Nicht sehr lange dauerte es heute, bis er seine Mutter fand, denn sie wartete nicht oben in ihrer Suite auf ihn, sondern im Bureau. Obwohl es Anfang Juni war, trug sie einen dicken Mantel, in jeder Hand hielt sie eine ihrer Puppen.

»Kann ich wieder nach oben?«, fragte sie, als sie ihn erblickte. »Die Desinfektion müsste doch mittlerweile abgeschlossen sein.«

Als sie im Krankenhaus gearbeitet hatte, war sie oft dabei gewesen, wenn nicht nur die Wäsche der Betten ausgetauscht, sondern die Krankenzimmer mithilfe von Sterilisatoren desinfiziert worden waren. An diesem Morgen hatte er erklärt, dass das der Grund sei, aus dem sie das Hotel verlassen müssten.

»Ich habe dir doch gesagt, es geht nicht so schnell.« Hélènes Mundwinkel begannen zu zucken, vielleicht aus Verzweiflung, vielleicht belustigt. »Es könnte sein, dass wir Wochen wegbleiben … Monate.«

Oder Jahre, fügte er im Stillen hinzu.

Hélène schüttelte so heftig den Kopf, dass ihre Puppen bebten. Die eine hatte bewegliche Lider, die sich blitzschnell öffneten und schlossen, die andere starrte ihn aus gläsernen Augen an.

»So lange dauert keine Desinfektion.«

Félix unterdrückte ein Seufzen, zündete sich eine Zigarette an. »Aber so lange dauert der Krieg«, murmelte er und wiederholte, was er ihr schon am Morgen begreiflich zu machen versucht hatte, ehe ihm die Sache mit der Desinfektion eingefallen war.

Aus dem komischen Krieg, dem *drôle de guerre*, wie die Franzosen ihn anfangs nannten, weil nichts passierte und die einberufenen

Männer nutzlos in ihren Unterkünften saßen, war Anfang Mai ein ernster Krieg geworden. Oder vielleicht ein noch komischerer. Wenn Félix sich die Fratze des Krieges vorstellte, stieß diese jedenfalls ein brüllendes Lachen aus, weil die Deutschen fast ohne Gegenwehr über Europa hinwegfegten, ganz so, als wären sie der Kehrbesen, der den Thymian aufkehrte, der längst seinen Geruch verloren hatte. Wobei Thymian graugrün war, der Westfeldzug, den die Deutsche Wehrmacht im Mai begonnen hatte, »Fall Gelb« genannt wurde. Félix hatte keine Ahnung, wer diese Idee gehabt hatte und ob auch das komisch sein sollte.

Jedenfalls waren Belgien und die Niederlande überrollt, die französischen Linien durchbrochen und die Hoffnung begraben worden, dass die Deutschen allein am Osten interessiert waren. Noch war nur die Grenze im Nordosten von ihnen überschritten worden – gleichwohl war beschlossen worden, die äußerste Stadt an der Südostgrenze, Menton, zu evakuieren. Vier Tage lang hatte die Bevölkerung Zeit zu packen, das Gepäck jeder Person durfte dreißig Kilo nicht überschreiten.

»Dreißig Kilo?«, fragte Hélène, und er gewahrte verspätet, dass er laut gesprochen hatte. »Kann ich nicht noch mehr Puppen mitnehmen? Eine von ihnen wiegt doch kaum mehr als ein Kilo.«

»Du hast nur zwei Hände, Mutter.«

Sie blickte sinnend darauf, als müsste sie sich erst vergewissern, ob das stimmte. Als sie hochsah, waren ihre Lippen fest zusammengepresst, die Augen wirkten glasig.

»Was ist denn überhaupt passiert? Warum muss das Hotel desinfiziert werden?«

Félix zerdrückte die Zigarette im Aschenbecher. »Ich werde nachfragen gehen, warte du hier.«

Als er zurück in die Küche kam, war Rosa dabei, Geschirr einzupacken. »Warum überlässt du den Deutschen nicht die Bratpfannen, damit sie sich gegenseitig erschlagen können?«, fragte Félix und zündete sich die nächste Zigarette an. »Du könntest auch einen Nachttopf dorthin stellen, wo bislang die Suppenschüsseln aufbewahrt wurden.«

Rosa hörte nicht auf ihn. Ornella wickelte indessen umständlich mit einer Hand Gläser in alte Ausgaben des *Petit Provençal*, der regionalen Tageszeitung. Marie stieß ob der hektischen Bewegungen der Mutter ein Greinen aus.

Ich würde auch jammern, wenn ich nicht sprechen und lesen könnte, dachte Félix.

»Bitte hilf mir doch!«, rief Ornella.

Er nahm ihr eine der alten Zeitungen ab, aber nicht, um ein Glas darin einzuwickeln, sondern um darin zu lesen. Am Tag der Kriegserklärung war berichtet worden, dass ein Stier namens Hector einen Wettbewerb gewonnen hatte, wodurch sein Wert auf achthundert Franc gestiegen war. In den Kleinanzeigen ganz hinten wurden zweihundert Grammofonnadeln verbilligt angeboten.

»Kannst du nicht wenigstens unser Kind halten?«, fragte Ornella.

Félix hielt abwehrend die Zigarette hoch, um zu zeigen, dass seine Hände voll waren, worauf Marie kurz zu weinen aufhörte, fasziniert auf das glimmende Ende und die dünne Rauchsäule starrte, die von dort hochstieg.

»Ist es wirklich so eine Zumutung für dich, sie einmal auf den Arm zu nehmen?«, rief Ornella verzweifelt. »Man könnte meinen, du ließest sie lieber in die Hände der *boches* fallen, als sie zu berühren.«

»Was hast du denn gegen die Deutschen? Deine beste Freundin ist eine von ihnen.«

Ornella starrte ihn hilflos an. Als er weiterhin keine Anstalten machte, ihr Marie abzunehmen, setzte sie sie auf den Boden, nahm ihm sodann die Zeitung weg, um weitere Gläser einzuwickeln.

Félix ließ sich neben dem Kind auf den Boden sinken. Immer noch starrte es auf die Spitze der Zigarette. Er fuhr damit durch die Luft, erst in Form von Kreisen, dann in Form von Buchstaben. Vielleicht würde sie so etwas schneller lesen lernen. Jedenfalls hörte sie zu greinen auf, die Augen, eben noch zusammengekniffen, weiteten sich.

Rosa schluchzte indes in einem fort. »Warum können wir nicht wenigstens zurück nach San Remo gehen?«, rief sie verzweifelt.

»Das weißt du doch«, erwiderte Ornella, »die Grenze wurde geschlossen. Es gibt Gerüchte … Italien wird angeblich in den Krieg eintreten, und das auf der Seite der Deutschen. Sei froh, dass wir ins Haus der Aubrys nach Saint-Tropez fliehen können.« Sie senkte ihre Stimme. »Die anderen Mentonaiser, auch die Menschen von Carnolès und Cap Martin müssen in Schulen schlafen, die man in Antibes und Cannes für sie geräumt hat.«

Félix' Bewegungen wurden immer wilder, Maries Augen weiteten sich noch mehr. Faszinierend wie das rötliche Glimmen fand sie die Asche, die auf sie staubte. Félix wischte sie rasch weg, ehe Ornella es sah, hörte aber nicht auf, mit der Zigarette durch die Luft zu fahren. Ornella wiederum hörte nicht auf, über die Turnhallen zu reden, in denen die armen Menschen von Menton künftig würden hausen müssen.

»Nun ja«, sagte Félix leise, »wenn die Franzosen erst mal lernen, wie es ist, auf der Flucht zu sein, werden sie sich den Emigranten gegenüber vielleicht etwas freundlicher verhalten. Am Ende gar auf die Idee kommen, die Sammellager, in die sie alle Deutschen nach Kriegsbeginn gesteckt haben, etwas gemütlicher einzurichten oder sie zumindest mit ordentlichen Toiletten, genügend Trinkwasser und Krankenzimmern auszustatten.«

Ornella ignorierte ihn weiterhin, aber Rosa fiel ihm ins Wort. »Die Deutschen sind nun mal unsere Feinde.«

»Auch die, die vor Hitler oder Mussolini geflohen sind? Ist es nicht wahnwitzig, dass sie wie Verbrecher behandelt werden?«

»Man … man wird ja aus diesen Lagern entlassen, wenn man bereit ist, fürs Militär zu arbeiten.«

»Das können junge Männer. Was ist mit Frauen und Kindern, was mit den Alten?«

Ornella glitt ein Glas aus der Hand. Weil sie es schon in eine Zeitung eingewickelt hatte, ging es nicht zu Bruch. Félix nahm es, wickelte es teilweise aus, benutzte es als Aschenbecher. Etwas Asche fiel auf die Zeitung.

»Frankreich, das Mutterland der Revolution und der Menschenrechte, übt Verrat an seinen Idealen und politischen Freunden«, murmelte er.

Ornella seufzte nur, Rosa war der Meinung, dass Frankreich gern seine Ideale aufgeben konnte, sie würde dagegen nicht Gleiches mit den Eiern tun, die sie gerade gefunden hatte. Außerdem war da noch ein Sack Äpfel, so übervoll, dass einer von ihnen auf den Boden kullerte. Félix hob ihn auf, vollführte absonderliche Bewegungen damit, als gälte es, eine Flugschau nachzuahmen. Aus Maries Mund kam ein Glucksen, das man für ein Lachen hätte halten können. Wobei Félix nicht sicher war, ob Kinder in diesem Alter schon lachten. Vielleicht konnte man erst lachen, wenn man zu reden und zu schreiben vermochte. Allerdings hatte man schon vor diesem Zeitpunkt allen Grund, die Welt zum Weinen zu finden.

»Gib mir den Apfel«, sagte Ornella.

»Wenn ich dafür ein Ei bekomme. Oder besser zwei. Ich wollte schon immer mal jonglieren üben.«

Ornella nahm ihm wortlos den Apfel aus der Hand, der eine

faulige Stelle hatte. Wer würde diesen Apfel noch essen, so braun wie er war? Zurück ließ sie ihn dennoch nicht. Sie gab ja auch ihre Ehe nicht auf. Sie erklärte ihm immer wieder, dass sie ihn liebte, dass sie gemeinsam doch noch ein glückliches, erfülltes Leben haben könnten.

Félix vollführte mit der Zigarette Loopings, Marie gluckste wieder. Das Glucksen wurde aber bald übertönt – von einem Geschrei nämlich, das die Gänge erfüllte. Das Hotel hatte sich mittlerweile nahezu geleert, einer der verbliebenen Pagen fühlte sich dennoch berufen, lauthals zu verkünden, dass er den *boches* die Stadt nicht kampflos überlassen werde, der Krieg sei noch nicht vorbei. Er wiederholte die Botschaft mehrmals, zuletzt in der Küche.

»Bis sie kommen, sind die Eier faul, man könnte sie damit bewerfen«, schlug Félix vor.

Rosa drückte sicherheitshalber den Pappkarton mit den Eiern fest an sich. Hinter dem Pagen tauchte Hélène auf, die beiden Puppen fest an sich gepresst.

»Von welchem Krieg redet er?«, fragte sie Félix verwirrt. »Ist die Desinfektion endlich abgeschlossen?«

Er konnte ihr nicht mehr antworten. Der Page war zwar verstummt, doch von draußen ertönte der Befehl, dass alle Bewohner die Häuser zu verlassen und die Züge oder bereitstehenden Lkws zu besteigen hätten.

Félix runzelte die Stirn, als ihm einfiel, dass sein Bugatti einige Tage zuvor beschlagnahmt worden war. Er konnte nur hoffen, dass er nicht den Deutschen in die Hände fallen würde … oder den Italienern, wenn diese wirklich in den Krieg eintraten und ihnen die Deutschen dafür ein erstes Geschenk machten. Menton. Oder vielmehr Mentone.

Félix zog Hélène sanft zum Ausgang, Ornella folgte mit Marie auf dem Arm und einem Sack in der Hand, in dem sich entweder die Äpfel oder die Gläser oder das Mehl befanden. Die Eier trug Rosa.

»Na dann«, sagte Félix, »lasst uns unseren Urlaub antreten, der geradewegs ins Paradies führt.«

Wenig später saßen sie auf einem Wagen, auf dem für gewöhnlich Gemüse transportiert wurde. Auf dem Boden lagen zerquetschte Knoblauchzehen, nicht weit davon entfernt ein paar Kohlrabiblätter. Die Straßen waren verstopft. Jedes Mal, wenn der Lastwagen stehen blieb und hinterher wieder anfuhr, gab es einen Ruck, und die Köpfe von Hélènes Puppen schlugen gegeneinander. Félix hielt sich mit beiden Händen fest, Ornella umklammerte das Kind und den Sack. Der Sack wehrte sich nicht, Marie schon.

»Ich kann nicht beides halten«, sagte sie.

Félix machte keine Anstalten, ihr zu helfen, er warf einen letzten Blick zurück auf Menton. Aus den rötlichen Dächern der Altstadt ragte der Turm der Kathedrale und nicht weit davon entfernt jener der Kapelle der Pénitents Blancs. Die Gotteshäuser wurden immer kleiner, bald waren sie hinter den Fassaden der Grandhotels verschwunden, und auch diese ließen sie zurück, als sie von der breiten Allee in eine kleinere Straße abbogen, die ins bergige Hinterland führte.

»Warum kannst du nicht ein einziges Mal zupacken?«

»Ich könnte es schon, aber ich fahre nur bis Nizza, danach müsst ihr es ohnehin allein bis Saint-Tropez schaffen.«

Er war nicht sicher, ob es an seinen Worten lag oder an der Kurve, die der Lastwagen nahm. Ornella entglitt jedenfalls der Sack, und er rutschte ganz nach hinten.

»Nach … Nizza?«, fragte sie erblassend.

»Du weißt doch, ich wollte schon immer Nissart lernen, jenen Dialekt, den sich die Menschen abgewöhnt haben, nachdem immer mehr Touristen kamen. Wusstest du, dass 1905 verboten wurde, Karnevalslieder auf Nissart zu singen, um die Wintergäste nicht zu vergraulen?«

»Ich weiß, dass du die Adlers nach Nizza gebracht hast. Aber bei Zoé sind sie doch in Sicherheit.«

Félix hätte Herrn Theodor gern erspart, erneut in einem Bordell zu leben, bei Ausbruch des Kriegs war ihm dennoch keine andere Wahl geblieben, hatten doch gleich danach die systematischen Internierungen begonnen. Zunächst hatten sich die Behörden zwar damit begnügt, in öffentlichen Bekanntmachungen alle Bürger des Deutschen Reiches dazu aufzurufen, sich umgehend in den Sammellagern einzufinden, und auf Verhaftungen verzichtet. Dabei war es allerdings nicht geblieben.

»Zoé hat mir vorgestern eine Nachricht zukommen lassen«, murmelte er. »Sobald die Deutschen Belgien überrannt hatten, hat die französische Polizei etliche Razzien durchgeführt, um auch noch den letzten illegalen Flüchtling aufzuspüren. Sie … sie haben Leo erwischt.«

Ornella entwich ein Seufzen. »Wie schrecklich«, entfuhr es ihr.

»Ja, es war schrecklich dumm von ihm, nicht im Bordell zu bleiben und sich die Bilder von nackten Frauen an den Wänden anzusehen. Stattdessen ist er wie zuvor so oft in Menton zum Hafen gegangen und hat nach einem Schiff Ausschau gehalten, das ihn und seine Familie nach Amerika bringen könnte.«

Nach einer neuerlichen Kurve rutschte ihnen der Sack wieder vor die Füße. Félix stellte einen Fuß darauf.

»Wenn Leo Adler wirklich in ein Lager gebracht wurde, kannst du nichts für ihn tun. Wie willst du ihn denn dort herausbekommen?«

»Ich muss wenigstens versuchen, ihm zu helfen.«

»Wirklich?« Aus Ornellas Stimme tönte Verzweiflung. »Geht es dir nicht vielmehr darum, uns *nicht* zu helfen? Ich verstehe ja, dass dir viel am Wohl der Adlers liegt. Aber warum liegt dir so wenig an unserem? Wie kannst du uns einfach uns selbst überlassen und lieber für Fremde sorgen? Ich dachte, es würde besser werden, nachdem du damals zu mir gekommen bist … nachdem Marie geboren wurde. Du bist stattdessen weiterhin blind für uns, starrst so viel lieber in die Fratze des Todes und des Krieges.«

Félix starrte kurz nirgendwohin, nicht in Ornellas Gesicht, nicht auf den Sack, nicht auf die dicht bewaldeten Hügel, an denen sie vorbeifuhren und in deren Hintergrund sich mancher noch von Schnee bedeckte Gipfel erhob. Er schloss kurz die Augen, fühlte eine Müdigkeit, die in den Nächten, wenn er sich unruhig hin und her wälzte, nie reichte, ihn ein paar Stunden Schlaf am Stück finden zu lassen.

»Ich habe Salome versprochen, auf sie aufzupassen«, murmelte er, »du übrigens auch.« Er öffnete die Augen wieder, bückte sich nach dem Sack mit den Äpfeln und öffnete ihn, um ihr eines der Obststücke in die Hand zu drücken. »Und ich würde euch nicht im Stich lassen, wenn ich nicht wüsste, dass du stark genug bist. Ich weiß doch, was in dir steckt, ich bewundere dich sehr dafür. Du schaffst es, gleichzeitig Säcke zu halten und Gläser und unser Kind und die Puppen meiner Mutter. Du wirst alle heil nach Saint-Tropez bringen, wirst im Haus meiner Familie leben, wirst dort ein kleines Hotel eröffnen und dich um den großen Garten kümmern. Und sei ehrlich: Bei alldem würde ich mehr stören als nutzen.«

Während er sprach, zog er eine Zigarette hervor, doch der Fahrtwind war so stark, dass sein Feuerzeug immer wieder ausging.

Ornella starrte ihn lange an. »Selbst wenn sie dir verzeiht, habt ihr keine Zukunft, jetzt, da Krieg ist.«

»Ich weiß.«

»Du hättest eine Zukunft mit mir, mit uns. Was immer du tust, ich werde weiter hoffen … weiter auf dich warten.«

»Ich weiß.«

Er erwiderte ihren Blick, und sie sahen sich an, wie sie sich nur selten angeschaut hatten. Er konnte ihr die Liebe nicht geben, nach der sie sich sehnte, und das tat ihm sogar leid. Zugleich zog er Kraft daraus, dass sie einander nichts vormachten, zwar vieles, aber keine Lügen, keine Falschheiten zwischen ihnen standen.

Ornella barg Maries Köpfchen an ihrer Schulter, zog den Sack Äpfel an sich und klemmte ihn sich unter dem Arm. Mit der freien Hand griff sie nach dem Feuerzeug. Sie schaffte es, das Flämmchen lange genug brennen zu lassen, dass er seine Zigarette entzünden konnte. Er lächelte flüchtig. Als sie ihm das Feuerzeug zurückgab, strich er ihr sogar kurz über die Hand.

Ein Monat war seit ihrer Evakuierung aus Menton vergangen, als die Julisonne unbarmherzig auf Nizza herabbrannte. Nur in den engen Gassen der Altstadt, die immer im Schatten lagen, weil die Häuser so dicht beisammenstanden, war es erträglich. Große Pfützen hatten sich gebildet, nicht etwa, weil es gerade geregnet hatte, sondern weil ein Schlachter erst einen Eimer Blut ausgekippt, dann einen weiteren Eimer mit Wasser nachgegossen hatte. Die Brühe trieb auf ein Abflussrohr zu, zog währenddessen jede Menge schwarze Fliegen an. Sobald sie sich am Blut gütlich getan hatten, schwirrten sie zu einem nahen Verkaufsstand, an dem Käse feilgeboten wurde – der provenzalische Banon, der in Eau-de-vie getränkt und dann zum Reifen in ein Kastanienblatt gewickelt worden war, oder der Brousse du Rove, ein Frischkäse, den man in einem Kuhhorn verkaufte.

Félix lehnte sich an eine Haustür, deren Holz morsch war,

die aber kürzlich erst mit blauer Farbe überstrichen worden war. Rechts und links davon standen zwei Blumentöpfe, in denen Margeriten wuchsen. Zumindest glaubte er, dass es Margeriten waren. Neben Rosen und Nelken waren es die einzigen Blumen, deren Name ihm auf Anhieb einfiel.

»Banon, Brousse du Rove, Roquefort!«, wurde die Käsehändlerin nicht müde zu rufen.

Deutlich leiser war die Stimme des Mannes, der wenig später vor der blauen Tür stehen blieb. »Alles so wie immer, nicht wahr? Der Käse riecht streng, die Gassen sind dreckig, nur die *saucisson* – die Walnusssalami – ist frisch. Hier im Süden wurden die Uhren ja auch nicht verstellt.«

In der seit über einem Monat von den Deutschen besetzten Nordzone war das anders: Da hatte man die Uhren um zwei Stunden verstellt, um die französische der deutschen Zeit anzupassen. Félix war nicht sicher, ob zwei Stunden vor oder zurück. Es war erstaunlich genug, dass Jérémie zum verabredeten Zeitpunkt hier aufgetaucht war, meist verspätete er sich.

»Du siehst schlecht aus«, stellte er fest.

Jérémie trotzte seinem Blick, seine Mundwinkel verzogen sich. »Du auch.«

So viele Flüchtlinge strömten nach der Besetzung des Nordens in den noch freien Süden. Der Train Bleu, der allseits bekannte Zug, der früher Urlaubsreisende von Paris an die Côte d'Azur gebracht hatte, war seit Wochen überfüllt. Hier angekommen, kümmerten sich die Hilfsorganisationen um sie: Sie versorgten sie mit Essen und einer Unterkunft, versteckten sie vor den Behörden, sodass sie nicht in ein Lager gebracht wurden, und bemühten sich um Visen. Ein Transitvisum nach Spanien war die Voraussetzung für ein Transitvisum für Portugal. Diese beiden brauchte man wiederum, um eine Fahrkarte für ein Schiff nach Übersee zu erwerben. Die Ausstellung der Papiere brauchte Zeit – wenn eines fertig war, war das andere oft schon wieder verfallen. Jene, die legal in Frankreich lebten, mussten überdies eine Ausreisegenehmigung der französischen Behörden erwerben, die man wiederum nur bekam, wenn man eine Devisenausfuhrgenehmigung der Banque de France vorlegen konnte.

Félix bekam Kopfschmerzen, wenn er an dieses monströse Wort auch nur dachte.

Er hätte Jérémie gern mehr geholfen, aber im Gespräch mit den Beamten hätte er wohl nicht die richtigen Formulare, die sich wöchentlich änderten, ausgehändigt bekommen, sondern wäre über kurz oder lang wegen Beleidigung im Gefängnis gelandet. Immerhin hatte er Jérémie das ganze Geld, das er bei sich gehabt hatte, zugesteckt und lebte selbst nun von Zoés Gnaden. Diese versorgte ihn auch mit Zigaretten, und als er Jérémie das Päckchen nun hinhielt, nahm der, obwohl er früher nicht geraucht hatte, dankbar an. Sie nahmen beide einen tiefen Zug, kurz stieg Félix nur der Rauch, nicht der Geruch nach Blut, Käse oder Margeriten in die Nase.

Erst jetzt wagte er die entscheidende Frage zu stellen. »Weißt du mittlerweile, wohin sie Leo Adler gebracht haben?«

Jérémie zuckte die Schultern. »Ich fürchte, nach Gurs.«

Félix zog noch heftiger an der Zigarette. Er hatte gehofft, Leo wäre im Fort Carré in Antibes, dem Lager, das am nächsten lag und wo die Lebensbedingungen halbwegs erträglich waren. In Gurs, wo seit letztem September deutsche Staatsangehörige und auch staatenlose Juden interniert wurden, gab es von allem zu wenig: Pritschen, Wasser, Essen.

»Haben wir irgendeine Chance, ihn dort rauszuholen?«, fragte er.

»Machst du Witze? Wenn die ganze Welt in einem schwarzen

Strudel versinkt, kannst du doch nicht ein einzelnes Blättchen herausfischen.«

Félix inhalierte, schmeckte trotzdem nichts.

Warum hatte Leo, dieser Idiot, nur immer wieder die sichere Unterkunft verlassen? Warum hatte er selbst, der ein genauso großer Idiot war, auch nur einen Augenblick gehofft, dass Frankreich dem deutschen Angriff doch noch standhalten würde? Stattdessen hatte Frankreich kapituliert. Ein paar Wochen zuvor war das deutsch-französische Waffenstillstandsabkommen unterzeichnet worden.

»Frankreich hat sich verpflichtet, jeden Menschen deutscher Herkunft an Deutschland auszuliefern«, murmelte Jérémie. »Und anscheinend hat man sofort damit begonnen – nicht nur im besetzten Norden, selbst in der noch freien Südzone.«

Félix hatte die Landkarte gesehen, in der jene Grenze eingezeichnet war, die Frankreich von nun an teilte. Die Regierung für den Süden saß in Vichy, einer Stadt um die vierhundert Kilometer von Paris entfernt. Ihr Staatsoberhaupt war Philippe Pétain, der Premierminister Pierre Laval, und sie beide waren in seinen Augen Verräter an der République française.

Oh, diese verdammten Franzosen, die den Schulterschluss mit dem Faschismus suchten! Schwarze Fliegen waren es allesamt. Sie scheuten den Blutgeruch nicht und krabbelten mit schmutzigen Füßen auf hellem Käse herum, sodass der unweigerlich verdarb.

»Die Vichy-Regierung will den Deutschen beweisen, dass sie genauso autoritär, radikal und menschenfeindlich wie sie ist«, sagte Jérémie, »die einzige Chance für die noch jüngeren Männer ist es, sich für ein Arbeitsbataillon zu melden. Dann werden sie nach Algerien, Tunesien oder Marokko geschickt, müssen dort zwar Schwerstarbeit ohne Lohn leisten, leben aber immerhin fern der Deutschen.«

Um welche Arbeit es sich handelte, sagte er nicht, Félix wollte es gar nicht wissen.

Er überlegte, ob er die Zigarette an der blauen Tür ausdrücken sollte oder im Margeritentopf. Irgendein Zeichen musste er setzen, den Menschen, die da die Straße entlangkamen – einem Ziegenwirt, der lauwarme Milch verkaufte, einem Apfelsinenhändler mit einem Korb voller Früchte, einem Flickschuster mit einer Katze auf der Schulter –, sagen: Ihr könnt nicht einfach weitermachen, als wäre nichts passiert, ihr könnt euch doch nicht freuen, dass nach der Kapitulation wenigstens für euch der Krieg vorbei ist. Ihr müsst die schwarzen Fliegen erschlagen, die brummend um eure Schädel kreisen, und dürft nicht vergessen, dass für jede einzelne, die ihr erwischt, fünf neue kommen. Ihr müsst kämpfen wie General de Gaulle, der euch von seinem Exil in London aus zugerufen hat, dass die Flamme des Widerstands nicht erlöschen wird.

»Ich … ich würde alles tun, um Leo zu befreien.«

Jérémie zuckte die Schultern. »Das Einzige, was du für ihn tun kannst, ist, seine Familie davon zu überzeugen, Frankreich ohne ihn zu verlassen.«

»Wohin sollen Hanna, Herr Theodor und der kleine Efraim denn fliehen?«, fragte Félix ungehalten. »In die Schweiz, wo viele sagen, das Boot ist voll und bietet nur noch sehr, sehr reichen Juden Platz? Nach Portugal, wo nur mehr ins Land gelassen wird, wer ein Visum für Amerika hat? Nach England, wohin Schiffe nur noch Franzosen bringen, die auf britischer Seite weiterkämpfen wollen, keine Flüchtlinge? Nach Amerika, wohin nur gelangt, wer ein Affidavit, die Bürgschaft eines Amerikaners, vorweisen kann?«

»Es heißt, dass Eleanor Roosevelt, die Frau des amerikanischen Präsidenten, ihrem Gatten täglich in den Ohren liegt, damit er mehr Notvisen ausgibt und die Einreisequote erhöht wird«, erklärte Jérémie. »Dem Himmel sei Dank für diese Frau.« Der Himmel kann mich mal, dachte Félix zornig. »Jedenfalls solltest du die Familie nach Marseille bringen«, fügte Jérémie hinzu.

»In Marseille wird man sie doch auch sofort internieren, wenn man sie erwischt.«

»Aber auf der dortigen Präfektur lassen sich noch relativ leicht Ausreisevisen bekommen. Und die Botschaft von Amerika befindet sich gleich in der Nähe. Wenn überhaupt kann man Frankreich nur mehr von dort verlassen.«

Félix rieb sich die Schläfen. Marseille war nicht so weit von Saint-Tropez entfernt, von wo Ornella ihm in den letzten Wochen mehrmals geschrieben hatte. Sie waren wohlbehalten angekommen, hatten sich im Haus seiner Familie eingerichtet, warteten dort auf ihn. Kurz, ganz kurz war der Gedanke, sich irgendwo zu verkriechen, verführerisch, aber Félix gab diesem Bedürfnis nicht nach.

»Ich werde versuchen, in der amerikanischen Botschaft an ein Visum für sie zu gelangen oder notfalls eines fälschen«, erklärte er entschlossen.

»Kannst du denn Englisch?«

»Nur Französisch und Italienisch. Duckmäuserisch übrigens auch nicht.«

Jérémie lächelte flüchtig, aber das Lächeln schwand jäh. Plötzlich machte er einen Satz von der blauen Tür weg, überquerte blitzschnell die Straße und stapfte dabei in die Blutpfütze, duckte sich schließlich hinter den Stand der Käsehändlerin. Die warf ihm kurz einen irritierten Blick zu, doch was immer er ihr verschwörerisch zumurmelte, genügte, sie weiterhin ungerührt ihren Käse anpreisen zu lassen, Banon und Roquefort und Camembert und wie sie alle hießen.

Im nächsten Moment passierte eine Truppe Polizisten die

Straße. Félix senkte sicherheitshalber den Blick, und als er ihn wieder hob, waren sie verschwunden. Er wartete noch ein wenig, bis er zum Käsestand trat, obwohl ihm der Geruch fast unerträglich war.

»Na, plötzlich Appetit auf Brie bekommen?«, fragte er. »Was darf's noch sein? Vielleicht ein wenig Zwiebelkonfitüre, die den Geschmack abrundet?«

Jérémie erhob sich, warf der Käsehändlerin ein paar Worte des Dankes zu, blickte sich mehrmals um, ehe er in ein dunkles Gässchen floh.

»Ich verschwinde wohl besser«, murmelte er, sobald Félix ihm dorthin gefolgt war.

»Du bist kein deutscher Emigrant, warum fürchtest du dich vor der Polizei?«

»Ich bin Jude. Und der neue Präfekt von Nizza führt mit großem Eifer die Anweisungen von Vichy aus, was bedeutet, dass er alle Juden erfassen lässt. Ich will nicht, dass mein Name auf irgendeiner Liste landet. Wir sind hier ohnehin fertig. Ich werde weiterhin versuchen herauszufinden, wo Leo Adler steckt, und du schaffst seine Familie erst nach Marseille und von dort außer Landes.«

Damit ließ Jérémie ihn stehen, lief los, trat in eine weitere Pfütze, sodass es auf Félix' Hosen spritzte. Die Tropfen waren so dunkel, dass er nicht sah, ob es Wasser oder ebenfalls Blut war. Er nahm auch keinen Geruch mehr wahr – nicht den des Käses, nicht den des Obstes, das in der Nähe feilgeboten wurde, noch nicht einmal den des Rosenparfüms, der ihn im Bordell erwartete.

Zoé behauptete, das Parfüm sei aus echten Rosen gemacht worden, in Wahrheit war es wohl nur synthetischer Mist. Der Samt war ja auch nicht echt, sondern aus Kunstfasern, und die Teppiche hatte niemand im fernen Orient geknüpft. Am wenigsten echt war das Lächeln der nackten Damen auf den Fotografien, die an den Wänden hingen. Dahinter verbarg sich entweder Leere oder Verzweiflung.

Félix konnte sich nicht überwinden, in die schwüle Dachkammer hochzusteigen, um Hanna zu sagen, dass es immer noch keine Neuigkeiten von Leo gab, um sie zu drängen, mit Sohn und Vater, aber ohne Ehemann, Frankreich zu verlassen.

Mit Zoé zu reden war das Einzige, was er konnte, wobei er eigentlich nicht mit ihr reden, lieber eine Flasche billigen Fusels teilen wollte. Doch als er ihr Zimmer betrat, das für kaum etwas anderes Platz bot als für ein riesiges Himmelbett mit einem purpurroten Baldachin und an dessen Wänden keine nackten Frauen hingen, nur Bilder von Booten und Meeren, hatte sie keine Flasche in der Hand, sondern ein Fläschchen. Und darin befand sich kein billiger Fusel, sondern ein weißes Pulver, das Puderzucker glich. Sie hatte einen schmalen Streifen auf ein silbernes Tablett geschüttet, beugte sich mit einem Schnupfröhrchen darüber. Als sich die Tür öffnete, machte sie Anstalten, es unter ihrem Morgenmantel aus Seide zu verbergen, doch als sie Félix erkannte, setzte sie es wieder an ihr Nasenloch.

Ihr Gesicht glich der blauen Tür, an der Félix zuvor auf Jérémie gewartet hatte: Bei dieser hatte man morsches Holz mit frischer Farbe zugepinselt, Zoé verbarg die ledrige Haut unter einer dicken Schicht Schminke. Félix ließ sich neben sie auf das Bett sinken.

»Was immer es ist, kann ich auch was davon haben?«, fragte er, während sie das weiße Pulver schnupfte.

Zoé ließ den Kopf auf das Kissen zurückfallen. »Du weißt genau, was das ist.«

»Heroin, wie es mein Vater sein halbes Leben lang genommen hat, nachdem ihm ein deutscher Arzt von der unvergleichlichen Wirkung vorschwärmte? Mein Vater hatte einen Klumpfuß und deshalb ständig Schmerzen. Ich wiederum habe eine Klumpseele.«

»Gibt es so was überhaupt?«

»Da draußen gibt es jedenfalls zu viele Menschen, die nicht wissen, wohin, zu viele, die sie jagen, zu viele, die nur darauf warten, dass sie endlich vor den Deutschen buckeln können.«

»Nun, das hier ist kein Heroin, es ist Kokain. Ob es dir die Schmerzen in der Seele nimmt, weiß ich nicht. Ich denke, es tötet sie – und vielleicht lebt es sich ohne leichter.«

Félix rutschte etwas höher, sodass sein Kopf auf dem Kissen zu liegen kam. Er griff nach dem bläulichen Fläschchen.

»Es ist leer«, sagte Zoe mit glasigem Blick.

Der Gürtel ihres Seidenmantels hatte sich gelöst, sodass ihr nackter Körper zu sehen war, aufgedunsen und ausgezehrt zugleich.

Als junger Mann hatte sich Félix manchmal gefragt, was sein Vater an ihr fand. Schrill und unecht war sie ihm erschienen, und er selbst war an ihrer Seite ebenfalls zum Lügner geworden, hatte er doch so getan, als wäre sie seine, nicht Maxime Aubrys Geliebte, um seiner Mutter die Demütigung zu ersparen. Nun war Zoé der einzige Mensch, mit dem er offen und ehrlich reden konnte.

»Du kannst sicher Nachschub besorgen.«

»Warum begnügst du dich nicht mit deinen Zigaretten?«, fragte Zoé mit schwerer Zunge. »Das Kokain lässt dich die Angst vor dem Tod vergessen, aber du hast den Tod doch noch nie gefürchtet.«

»Vor dem Leben fürchte ich mich allerdings.«

»Für das, was du tust, musst du nüchtern sein.«

»Ich weiß. Im Moment würde ich dennoch am liebsten hier liegen bleiben.«

»Was du nicht tun wirst. Ihretwegen.«

Obwohl sie Salomes Namen nicht aussprach, stand er im Raum, erfüllte sein Herz mit einem sachten Schmerz, einer drängenden Sehnsucht. Félix betrachtete das Fläschchen von allen Seiten.

»Du wirst kein Kokain nehmen, um Angst und Wut und Ohnmacht zu betäuben«, stellte Zoé fest. »Du wirst nicht aufgeben und dich von Schwäche übermannen lassen. Du wirst auch nicht mit mir schlafen, um all das Elend zu vergessen. Was ich übrigens überaus schade finde.«

Sie wälzte sich auf die Seite, eine ihrer schlaffen Brüste lugte unter dem Seidenmantel hervor.

»Du hast recht«, murmelte er, und plötzlich lag seine Hand auf ihrer Brust. Nicht, weil ihn Begehren trieb, sondern weil er etwas fühlen wollte, das, so schlaff es auch sein mochte, warm war und worunter man ein Herz schlagen spürte. »Ich werde heute kein Kokain nehmen, aber ich würde gern etwas bei mir haben für den Fall, dass ich es eines Tages brauche … Ich habe das alles im Grunde nur gut ertragen, wenn sie bei mir war.«

»Ich bin mir sicher, dass auch sie sich dem Irrsinn weiterhin entgegenstellt.«

Und wenn Irrsinn eine Drehtür ist, die sich immer weiter dreht und dreht, und wir nichts anderes tun können, als im Kreis zu laufen oder dagegenzustoßen?

Er nahm seine Hand von ihrer Brust, sie wälzte sich auf den Rücken. »Dein Vater hat am Ende seine Drogen mit Honig zu sich genommen, damit sie besser wirkten«, sagte sie leise.

»Ich hasse Honig.«

»Er konnte seine Schmerzen nur mehr vergessen, wenn ich seinen verkrüppelten Fuß gestreichelt habe.«

»Ich hasse es, gestreichelt zu werden«, sagte er rau, wehrte sie aber nicht ab, als sie sich aufrichtete, ihn beschied, sich auf den Bauch zu wälzen, seine Schultern zu massieren begann.

Er genoss es – zumindest im Vergleich zu dem, was er als Nächstes tun würde. Er würde doch noch in die Dachkammer hochsteigen, um mit Hanna und Herrn Theodor zu reden. Er würde sich sogar irgendetwas ausdenken, um Efraim ein Lachen zu entlocken.

Siebtes Kapitel

Arthur machte einen zufriedenen Eindruck, als Salome ihn an einem der ersten Tage im August im Reisebureau besuchte. Schon am Abend zuvor hatte er stolz berichtet, wie gut die Geschäfte mittlerweile wieder liefen, nun schwenkte er Papiere in der Luft.

»Sämtliche Reisen an die Ost- und Nordsee sind ausgebucht.«

»Herr Bongartz sagt doch immer, es sei nun das Germanische Meer.«

»Herr Bongartz ist ja nicht hier«, Arthur warf einen Seitenblick auf das Schreibpult, vor dem sich der KdF-Gauabteilungsleiter früher regelmäßig aufgebaut hatte, »er ist an der Front in Frankreich.«

»In Frankreich gibt es keine Front mehr, Frankreich hat kapituliert.«

»Stimmt«, sagte Arthur, »aber irgendetwas wird er dort zu tun haben. Er hat mir übrigens geschrieben, meinte, dass der Friede zwischen Deutschland und Frankreich zwar kein ritterlicher sei, die Franzosen in Europa dennoch irgendwann die Rolle einer vergrößerten Schweiz spielen könnten. Frankreich kommt sogar wieder als Reiseland in Betracht. Sag, hörst du überhaupt zu?«

Salome war unauffällig zum Wandschrank getreten, in dem sich die Vordrucke für Fahrscheine befanden, hielt nun inne, ehe sie einen einstecken konnte, und drehte sich wieder um.

»Du willst wieder Frankreichreisen anbieten?«, fragte sie.

»Noch ist das nicht spruchreif, noch gilt es Reisen an die Ost- und Nordsee … äh … das Germanische Meer zu organisieren.«

»Ich freue mich, dass du überhaupt wieder Reisen organisierst.«

Wie erhofft nahm Arthur auf dieses Stichwort hin seine Rede erneut auf. »Als der Krieg begann, konnte man sich nicht vorstellen, dass sich der private Reiseverkehr bald wieder aufnehmen ließe, nicht wahr? Aber sobald die ersten Truppentransporte abgewickelt waren, ging es weiter wie eh und je. Die Menschen müssen sich ja trotz allem erholen, besonders die Soldaten, und am Meer … Was genau machst du eigentlich da?«

Salome hatte es mittlerweile geschafft, einen Vordruck an sich zu bringen, wollte nun auch einen der Stempel samt Stempelkissen einstecken. »Die Dame mit dem ramponierten Sommerhut und ihr Gatte werden sich freuen, dass sie bei der nächsten Usedom-Reise von sämtlichen Kalamitäten verschont bleiben«, sagte sie schnell.

Arthur seufzte und achtete nicht länger darauf, dass sie sich nun am Schreibtisch zu schaffen machte. »Sie sind mehrmals gekommen und haben eine Entschädigung verlangt. Sie waren schrecklich enttäuscht, als ich erklärte, dafür sei die Reichsbahn zuständig, nicht ich. Dabei hielten sie so große Stücke auf das Reisebureau Sommer.«

Salome wandte sich zum Gehen. »Ich muss einkaufen.«

»Warum bleibst du denn nicht noch ein bisschen? Wir könnten über Frankreichreisen nachdenken und Italienreisen, du wolltest doch immer …«

Sie hörte den Rest nicht mehr, wenngleich sie nur sein Bureau verließ, noch nicht auf die Straße trat. In dem Raum, in dem früher Kolonialwaren gelagert worden waren, stellte sie eine Fahrkarte aus – sie war zutiefst dankbar, dass Arthur dieses Vorrecht immer noch hatte – und steckte sie in ihre Jackentasche. Ihre einzige Jacke mit Taschen war bedauerlicherweise aus einem dicken, dunklen Stoff, unter dem sie rasch zu schwitzen begann, als sie wenig später die Kaiserstraße entlanghastete. Immerhin – als sie den ausgemachten Treffpunkt erreichte, den Innenhof eines Gebäudes, in dem sich fast nur Bureaus befanden, warf dort ein Ahornbaum einen langen Schatten. An den Stamm gelehnt stand Charlotte, die in den letzten Monaten noch schmaler geworden war. Auch sie trug einen Mantel, der viel zu dick für einen warmen Sommertag war, jedoch keine Reisetasche, auch keinen Rucksack.

»Du hast gar nichts eingepackt?«, fragte Salome grußlos.

Charlotte lächelte schief. »Warum denn? Ein Bikini reicht doch, und den kann ich unter meinem Kleid tragen, oder?«

»Du hast nicht ernsthaft einen Bikini …«

Charlotte lachte freudlos. »Was glaubst du denn? Dass mir der Sinn nach Baden steht? Ganz sicher nicht! Aber eine Tasche ist auffällig, erst recht, wenn sich darin Unterwäsche und eine Zahnbürste befinden. Offiziell mache ich ja nur einen Tagesausflug nach Mannheim. Dass ich in Mannheim in den Zug nach Strasbourg steige, ist ein spontaner Entschluss. Wenn ich mich später von Strasbourg aus irgendwie über die Demarkationslinie nach Lyon durchschlage und von dort an die Riviera, ist es erst recht lästig, etwas mitzuschleppen. Ich habe mir überlegt, in Lyon auf einen fahrenden Güterzug aufzuspringen, was hältst du davon? Vielleicht transportiert der ja Kohle, und wenn mein Gesicht erstmal rabenschwarz ist, kann keiner überprüfen, ob das Foto im Pass auch tatsächlich mich zeigt.«

»Ich weiß nicht, ob jetzt im Sommer Kohlen transportiert werden.«

»Also sollte ich in Lyon besser ein Fahrrad klauen.«

Salome ging nicht darauf ein. »Denk immer daran: Wenn dich jemand anspricht, gibst du dich als Dolmetscherin aus. Mit einem gültigen Pass dürftest du keine Probleme bekommen, und wenn jemand deine Französischkenntnisse prüft, dann sagst du die Sätze, die wir gemeinsam geübt haben ...«

Charlotte sprach ein halbwegs passables Schulfranzösisch, und Salome hatte ihr darüber hinaus ein paar Phrasen beigebracht. *Y a-t-il un problème avec mes documents? J'ai un besoin urgent d'arriver à ma destination. Sans le soutien des Allemands, l'administration française serait en panne.* Gibt es ein Problem mit meinen Dokumenten? Ich muss dringend an mein Ziel gelangen. Ohne deutsche Unterstützung wäre die französische Verwaltung am Boden.

»Wiederhol sie noch mal.«

Charlotte verdrehte die Augen. »*J'ai un besoin urgent d'aller à la salle de bain pour vomir.*« Ich habe ein dringendes Bedürfnis, auf die Toilette zu gehen und mich zu übergeben. »Und jetzt gib mir endlich den Pass und die Fahrkarte.«

Salome wühlte in ihrer Jackentasche, und was sie hervorzog, waren nicht nur die Papiere, auch ein Briefcouvert mit Geld. »Falls du unterwegs was brauchst.«

Charlottes Lippen wurden schmal. »Ich will keine Almosen.«

»Nimm es trotzdem«, Salome steckte es ihr einfach in die Manteltasche. »Und das hier musst du auch mitnehmen.« Sie reichte ihr ein weiteres Couvert.

»Ein Liebesbrief für deinen Schatz?«

Salome bereute es, in den letzten Wochen gleich mehrfach mit Charlotte über Félix gesprochen zu haben. »Nein, ein Brief an Zoé. Ich habe keine Ahnung, wo Félix sich im Moment aufhält, nachdem die Italiener Menton besetzt haben, aber Zoé hat bereits deinem Vater und der Familie deiner Schwester geholfen, sie wird wissen, was zu tun ist.«

»Gut«, sagte Charlotte und steckte das Couvert ein. »Falls ich deinem Félix doch begegne, was soll ich ihm ausrichten?«

»Gar nichts«, sagte Salome barsch, kramte wieder in der Jackentasche, zog die Fahrkarten heraus. »Ich habe natürlich auch eine Rückfahrkarte ausgestellt, alles andere wäre verdächtig. Und hier ist mein Pass.«

Die Fahrkarte hatte Charlotte sofort an sich genommen, beim Pass zögerte sie noch.

»Bist du dir sicher?«, fragte sie.

»Wie willst du denn sonst nach Strasbourg kommen? Ohne Pass führt kein Weg ins Elsass, und deinen kannst du schwerlich herzeigen.«

Seit Oktober 1938 wurden die Pässe für Juden mit einem gelben J auf der ersten Seite gekennzeichnet.

Charlottes Augenlider zuckten. »Schaue ich dir wirklich ähnlich genug? Ich hätte mir die Haare färben sollen, der Farbton von deinen geht ins Rötliche.«

»Das Foto ist schwarzweiß.«

»Aber wenigstens ein paar mehr Locken hätte ich mir modulieren können, mein Haar ist viel glatter als deins ...«

Eine Erinnerung an eine Zeit stieg in Salome hoch, die zu einem anderen Leben zu gehören schien. Damals hatte sie mit Ornella über einen Dauerwellenapparat gespottet, eine monströs große Konstruktion aus etlichen Metallwicklern, die mit eigens dafür konstruierten Zangen erhitzt wurden. Man rollte das Haar der Frauen für sechs Stunden darauf auf.

»Sechs Stunden?«, rief Charlotte, als sie ihr nun davon erzählte. »Und was ist, wenn man das dringende Bedürfnis hat, auf die Toilette zu gehen und sich zu übergeben?«

»Mittlerweile bekommt man Dauerwellen schneller gelegt. Trotzdem bleibt dafür keine Zeit mehr, du musst nun gehen. Wenn der Pass kontrolliert wird, lächelst du einfach.«

»So?«, fragte Charlotte, verzerrte das Gesicht zu einer Grimasse und streckte die Zunge weit heraus.

Salome verdrehte die Augen. »So ähnlich.«

Charlottes Miene glättete sich wieder. »Ich werde versuchen, deinen Pass irgendwann zurückzuschicken.«

»Falls dir das nicht gelingt, denke ich mir irgendeine Ausrede aus, dann habe ich dummes Frauenzimmer eben meinen Pass verloren. Wenn Stoffblumen von Sommerhüten verschwinden, können ja auch Pässe ...«

»Stoffblumen?«, fiel Charlotte ihr ins Wort.

»Nicht so wichtig.«

Salome nickte, ein Zeichen dafür, dass nun der Augenblick gekommen war, Abschied zu nehmen. Doch keine von ihnen machte Anstalten, aus dem Schatten des Baumes zu treten. Sie starrten sich an, und das Schweigen sagte mehr als alle Worte.

Es bekundete Charlottes Hader, weil sie sich zwar nun doch zur Flucht entschlossen hatte, diese aber als Niederlage wertete, auch den üblichen Unwillen, ihren Dank auszudrücken, weil sie nie ein Opfer, das der Hilfe anderer bedurfte, hatte sein wollen. Das Wissen schließlich, dass Salome dafür, dass sie den Pass in falsche Hände gab, vor dem Volksgerichtshof landen könnte.

Mehrfach hatte Charlotte erklärt, dass sie versuchen könnte, bei Aachen über die »grüne Grenze« zu gelangen, aber Salome hatte dieses Unterfangen als zu gefährlich zurückgewiesen.

»Also los«, brach sie nun das Schweigen, »der Zug wartet nicht.«

Immer noch standen sie steif voreinander, schließlich hielt Charlotte ihr die Hand entgegen. Eine Umarmung wäre zu viel gewesen, der Händedruck bekundete genug. Ich werde dir das nie vergessen.

Charlotte zog die Hand zurück, ging immer noch nicht. »Soll ich deinem Félix wirklich nichts weiter sagen? Ich könnte ihm in deinem Namen eine Liebeserklärung machen.«

»Untersteh dich«, erwiderte Salome finster, »ich liebe ihn

nicht … nicht mehr … ich kann … darf … soll ihn nicht lieben …« Sie presste die Lippen zusammen, ehe sie noch mehr Unsinn preisgab. »Wenn du ihn treffen solltest, wird er sicher die unmöglichsten Dinge zu dir sagen, und doch kannst du ihm dein Leben anvertrauen. Es gibt nichts, worüber er sich nicht lustig macht. Er glaubt weder an Gott noch an den Teufel, aber eines ist ihm heilig – die Freiheit, und zwar nicht nur seine. Ich glaube, dafür würde er sterben.«

»Ich finde, das klingt sehr nach einer Liebeserklärung.«

»Verpass den Zug nicht.«

»Willst du nicht doch mitkommen?«

»Sollen wir zu zweit mit einem Pass reisen?« Salome atmete tief durch. »Ich werde von hier aus tun, was ich kann, aber selbst werde ich nicht wieder nach Frankreich reisen, nicht in seine Nähe. Ich kann … darf … soll … aber das sagte ich ja bereits, mach du dir darüber keine Gedanken. Sorg nur dafür, dass du sicher nach Frankreich kommst …«

Charlotte machte ein paar Schritte, drehte sich ein letztes Mal um, setzte nun jenes strahlende Lächeln auf, zu dem Salome ihr zuvor geraten hatte, wenn ihr Pass kontrolliert würde. Es war nicht geheuchelt. Es kam von Herzen.

Salome konnte in dieser Nacht nicht schlafen. Sie saß am offenen Fenster, zählte Sterne, um sich von den Gedanken an Charlotte abzulenken, kam jedoch nicht einmal auf zehn, als Bilder von ihrer Verhaftung vor ihr aufstiegen.

Sie kaute an den Fingernägeln, bereute zum ersten Mal in ihrem Leben, nicht zu rauchen, musste nun unweigerlich an Félix denken. Immerhin war der Schmerz um ihn größer als die Angst um sich selbst.

Im Morgengrauen nickte sie ans Fenster gelehnt ein, und als

sie aufwachte, war das Stechen im Nacken und in den Schläfen kurz mächtiger als die Erinnerungen. Sie kehrten allerdings rasch zurück.

Ob Charlotte es mittlerweile heil über die Grenze geschafft hatte? Ob man ihren Pass kontrolliert und für ungefälscht befunden hatte?

Sie hatte sich gerade angekleidet, den Mund ausgespült, mechanisch das Haar gekämmt, als ein lautes Klopfen an der Haustür sie zusammenzucken ließ.

Erst jetzt sah sie, dass es kurz vor zehn war, der Vater wohl längst zum Reisebureau aufgebrochen war. Niemand würde ihn zu dieser Tageszeit hier aufsuchen. Das Hausmädchen hatte einen Schlüssel, und Frau Schöffel, ihre Nachbarin, fing dieses stets im Treppenhaus ab, um mit ihm über die neuesten militärischen Triumphe zu sprechen, sie kam nie zu ihrer Wohnung hoch.

Das Klopfen riss nicht ab, klang mittlerweile so fordernd, dass Salome die Botschaft zu hören glaubte: Wenn du nicht sofort die Tür öffnest, schlagen wir sie ein.

Wieder stiegen mächtige Bilder vor ihr auf, als sie zur Tür ging – dieses Mal von Männern in Uniform, die auf sie zustürzten, sie packten, sie anklagten, einer Jüdin zur Flucht verholfen zu haben. Doch als sie die Tür mit zitternden Händen öffnete, stand nur ein schmächtiger, eher unscheinbarer Mann davor, und er trug keine Uniform, sondern einen grauen Anzug. Nun gut, vertrauenserweckend war auch er nicht, als er erst knapp ihren Namen nannte, dann hinzufügte: »Kommen Sie mit.«

Er klang zwar sehr höflich, doch davon ließ sie sich genauso wenig täuschen wie vom grauen Anzug. Die Männer der Gestapo kamen oft in Zivil, um Aufruhr zu vermeiden.

Salome spielte kurz mit dem Gedanken, einfach die Tür zuzuschlagen, aber sie wusste, das würde sie nicht vor ihrem Schicksal bewahren. Sie überlegte, ihrem Vater eine Nachricht zukommen zu lassen, hatte nur keine Ahnung, was sie ihm schreiben könnte. Als sie ihre Handtasche nahm, dem Mann ins Treppenhaus folgte und von dort ins Freie, konzentrierte sie sich schließlich einzig darauf, sich mögliche Ausreden zurechtzulegen.

Ich habe meinen Pass verloren … nein, er wurde mir gestohlen … Jeder kann bezeugen, wie gern ich schwimmen gehe. Er ist im Schwimmbad verschwunden …

Allerdings war Jüdinnen wie Charlotte mittlerweile der Besuch in sämtlichen Frankfurter Schwimmbädern verboten.

Der Herr führte sie zu einem schwarzen Wagen, hieß sie einzusteigen, nahm selbst neben ihr auf dem Rücksitz Platz. Hinter dem Lenkrad saß ein anderer Mann, auch er trug einen grauen Anzug, keine Uniform. Unwillkürlich bohrte sie ihre Finger in den Ledersitz. Hätte sie sich in der Nacht nicht die Nägel abgekaut, sie hätte Spuren hinterlassen.

Wo könnte sie den Pass sonst noch verloren haben, vielleicht im Kino Scala? Allerdings würde man sie fragen, welcher Film dort lief, und der letzte, den sie gesehen hatte, *Das Lied der Wüste*, war schon seit Langem nicht mehr im Programm.

Als das Automobil losfuhr, blickte sie zum Fenster hinaus, nicht nur, um die Panik, die in ihr hochstieg, zu verbergen, auch um zu erfassen, wohin es ging. Sie erinnerte sich vage daran, dass die SA einst alle Regimegegner – ob Kommunisten oder Sozialisten – ins Braune Haus in Fechenheim verschleppt hatte, um sie später in diverse Gefängnisse zu bringen, die in der Klingerschule oder dem alten Bockenheimer Krankenhaus eingerichtet worden waren. Allerdings ging es nicht Richtung Osten, es ging westwärts, bald ließen sie Frankfurt hinter sich.

»Wollen Sie auch eine?«

Salome atmete tief durch, ehe sie sich dem Mann zuwandte. Er hielt ihr eine Zigarettenpackung hin, und sosehr sie sich in der letzten Nacht danach gesehnt hatte zu rauchen, schien sich jetzt allein ob des Anblicks ihr Mund mit Asche zu füllen.

Sie bezwang die Übelkeit, sagte sich ganz nüchtern, dass er ihr wohl kaum eine Zigarette anbieten würde, wenn ein Folterkeller der Gestapo ihr Ziel wäre.

»Na, nehmen Sie ruhig eine!«

Sie leckte über ihre Lippen, die Zunge schien noch größer als beim Erwachen, dennoch brachte sie halbwegs fest die Worte hervor: »Deutsche Frauen rauchen nicht.«

»Das lobe ich mir!«, rief der Mann, und nun erst gewahrte sie die Schweißtropfen auf seiner Stirn und dass ein paar Haarsträhnen daran klebten. Das Haar war schütter, aber lang. Jemand von der Gestapo würde es doch kurz geschoren tragen, oder? Und er würde jetzt nicht ausschweifend erklären, dass eigentlich auch Männer nicht rauchen sollten.

»Der Führer selbst bezeichnet Zigaretten als Rassengift und erklärt seinen Erfolg damit, dass er vor mehr als zwanzig Jahren seine Zigaretten in die Donau geworfen und danach nie wieder eine angerührt hat. Ach herrje, es ist so wichtig, dass der deutsche Volkskörper gesund bleibt. Nicht nur alles Schädliche müssen wir von ihm fernhalten, ihn überdies von innen her stärken. Wissen Sie, was hierfür ein wahres Wundermittel ist? Etwas, das sich Vitamin C nennt. Es steckt in Sanddornbeeren, Fichtennadeln und natürlich in Hagebutten. Die Frauen sollten bei jeder Gelegenheit Letztere sammeln und zu einem schmackhaften Aufstrich verarbeiten.«

Salome blickte wieder aus dem Fenster, diesmal, um ihre Verwirrung zu verbergen. Dass dieser Mann nicht von der Gestapo war, stand für sie nun endgültig fest. Es fiel ihr trotzdem schwer, es für einen Zufall zu halten, dass er just an jenem Tag auftauchte, nachdem Charlotte mit ihrem Pass abgereist war.

»Hier wachsen leider keine Hagebutten«, murmelte sie mit Blick auf die Autobahn.

»In der Innenstadt von Wiesbaden habe ich bislang auch keine gesehen.« Der Mann zündete sich nach längerem Zögern nun doch die Zigarette an, rauchte schweigend.

Wiesbaden war also ihr Ziel. Das bedeutete, sie hatte etwa eine halbe Stunde Zeit, darüber nachzudenken, was dort auf sie wartete. Wären es zwei Stunden, gar zwei Tage gewesen, hätte ihr das allerdings auch nicht geholfen.

Als sie die Stadt erreichten, nahm sie kaum etwas wahr, weder Sankt Bonifatius noch das neue Rathaus oder die Marktkirche. Das Gebäude, vor dem sie hielten und ausstiegen, war jedenfalls kein Gefängnis – es hatte zwar eine graue Fassade, aber eine, die mit Kapitellen und kunstvoll dekorierten Fenstersimsen ausgestattet war. Die Schriftzeichen über dem bogenförmigen Eingangstor verrieten ihr, dass es sich um ein Hotel handelte – den Nassauer Hof.

»Die Kommission hat sich erst kürzlich hier eingerichtet«, erklärte der fremde Mann. »Weitere Abteilungen arbeiten in den Vier Jahreszeiten. Ich kann Ihnen gar nicht sagen, welche Herausforderungen das mit sich bringt.«

Er beschleunigte den Schritt, bald erreichten sie die Hotellobby. An der Rezeption standen mehrere uniformierte Männer, die er im Vorbeigehen grüßte, dann folgte Salome ihm in einen Gang, wo sich die Bureauräume des Hotels befanden. Als solche wurden sie offenbar immer noch genutzt, wenn auch nicht für Zimmerbuchungen.

»Sehen Sie sich bloß dieses Chaos an«, sagte der Mann händeringend, als er die Tür zu einem Raum öffnete. »Und entschuldigen Sie mich kurz, ich bin gleich wieder bei Ihnen.«

Salome verharrte zunächst auf der Türschwelle. Als sie schließlich doch einen Schritt in den Raum machte, wäre sie beinahe über eine Kiste gestolpert. Sie war randvoll mit Papier, eine weitere war mit Stempeln und Stempelkissen gefüllt und eine andere mit Bleistiften und Füllfedern. Zwei junge Frauen huschten durch den Raum, packten aus und machten zugleich eine Bestandsaufnahme. Eine von ihnen hielt mehrere Kästen, sie hatte auf den obersten Kasten ihr Kinn gepresst, damit ihr der Stapel nicht entglitt, und konnte nur nuscheln: »Fünf Zettelkästen.«

Erst jetzt nahm Salome eine dritte Frau wahr, die hinter einem Schreibtisch saß, dort die Zahlen aufschrieb. »Zwölf Bleistiftspitzmaschinen.«

Salome trat näher, woraufhin sie prompt von einer der jungen Frauen angefahren wurde: »Stehen Sie nicht im Weg, sondern setzen Sie sich … Zwei Schreibmaschinen Modell Erika von Seidel & Naumann, zwanzig Aktenordner in Grau, fünfzehn Aktenordner in Schwarz.«

Salome setzte sich auf einen leeren Stuhl, öffnete den Mund, fühlte, wie trocken Lippen und Zunge waren. »Könnte ich bitte ein Glas Wasser bekommen?«

Entweder niemand hatte sie gehört, oder es gab inmitten des Bureaumaterials keine Gläser.

Weitere Mengenangaben wurden gemacht. Tausend Blatt Papier weiß, tausend Briefcouverts weiß. Fünfundachtzig Vorlagen von normalen Papierschecks, fünfundsiebzig Vorlagen für Wehrmachtspapierschecks.

Salome atmete tief durch, fand nun doch ihre Stimme. »37, 58, 78«, sagte sie laut und vernehmlich, um endlich die Aufmerksamkeit auf sich zu ziehen.

Sie hatte Erfolg. Das Fräulein, das die Liste erstellte, sah gerade lange genug irritiert hoch, als dass es fragen konnte: »Wo sind wir hier eigentlich?«

Eine Antwort bekam sie erst, nachdem aufgezählt worden war, wie viele Aktenklammern, Schnellhefter, Handperforatoren der Firma Leitz und Papierlocher für Sammelmappen der Firma Soennecken vorlagen, und die war so undeutlich, dass sie kaum mehr als das Wort WAKO heraushörte.

WAKO, sinnierte Salome. Sie war nicht sicher, ob sie diese Abkürzung je gehört hatte. Selbst wenn, wusste sie nicht, wofür sie stand. Die verrücktesten Dinge kamen ihr in den Sinn.

Wal auf Kreuzfahrt in der Ostsee. Wurst aus Krötenorganen.

Ein Ton sprang ihr über die Lippen, der ein Lachen hätte sein sollen, in ihren überreizten Ohren aber klang, als würde ein Wal harpuniert oder eine Kröte aufgespießt werden. Er erstarb augenblicklich, als Schritte ertönten, der Herr, mit dem sie gekommen war, den Raum betrat.

»Lassen Sie mich kurz mit Fräulein Sommer allein?«

Eine der jungen Frauen reagierte mit irritiertem Blick, stellte den Zettelkasten, den sie in den Händen hielt, mit einem lauten Knall ab. Das Klappern ihrer Absätze wenig später war noch lauter.

»Entschuldigen Sie, dass ich Sie habe warten lassen«, erklärte der Fremde. »Aber ich hatte gerade eine kurze Unterredung mit General Stülpnagel.«

Stülpnagel!

Wieder stieg in Salome ein hysterisches Lachen hoch.

Der Mann schien es nicht bemerkt zu haben, er nahm ihr gegenüber hinter dem Schreibtisch Platz, stellte sich als Werner Achenbach vor, schob irgendeine Amtsbezeichnung hinterher, die sie schon nicht mehr verstand, weil sie sich ein neuerliches Auflachen ob seines Nachnamens verkneifen musste.

Tatsächlich machte er seinem Namen alle Ehre, indem er seufzend fortfuhr: »Ach, es ist alles erst provisorisch eingerichtet, vieles stimmt hinten und vorne nicht, wir haben viel Papier, aber zu wenige Schreibmaschinen. Ach, ich frage mich manchmal, ob das die Rache der Berliner ist, weil Wiesbaden als Sitz der WAKO auserkoren wurde. In ein paar Wochen, da bin ich mir sicher, werden wir uns hier gut eingerichtet haben. Wir residieren immerhin im Nassauer Hof. Da haben wir es deutlich besser getroffen als die französischen Generäle, die ihrerseits die Einhaltung des Waffenstillstandsabkommens garantieren und im Hotel Rose einquartiert wurden.« Er beugte sich vor, zwinkerte ihr vertraulich zu: »Unter uns, die Franzosen haben noch überhaupt kein Bureaumaterial zugewiesen bekommen.«

In Salomes Kopf kreisten die Worte, die er gesagt hatte. Französische Generäle … Waffenstillstandsabkommen …

»Die WAKO ist die Waffenstillstandskommission?«

Achenbach sah sie verdutzt an, ein neues Ach kam ihm über die Lippen. »Ja, wissen Sie denn nicht, aus welchem Grund Sie hier sind?« Sie zuckte hilflos die Schultern. »Ach du liebe Güte! Gauabteilungsleiter Bongartz sollte Ihrem Vater Bescheid geben und Ihr Vater Ihnen. Uns fehlen an jeder Ecke Dolmetscher, weil viele der jungen Herren, die entsprechend ausgebildet sind, an der Front gebraucht werden. Sie beherrschen die Sprache doch fließend, kennen Südfrankreich gut und werden mir deshalb gewiss eine große Hilfe sein, um das hier auszuwerten, oder?«

Er deutete auf einen Aktenordner, der vor ihm lag, schlug ihn auf, fuhr mit dem Zeigefinger eine Namensliste entlang.

»Was … was ist das?«

»Der Bericht von unserer Inspektionsreise in die unbesetzte Südzone. Die Regierung von Vichy hat uns gestattet, uns eine Übersicht zu verschaffen über die … über die … Subjekte.«

Seine Stimme klang so, als gälte es weiterhin, Bureaumaterial zu erfassen.

»Subjekte?«, fragte sie.

Diesmal kam kein Ach, nur ein Seufzen. »Der Franzose hat zwar wirklich guten Wein«, sagte er und rückte vertraulich näher, »aber mir scheint, dieser Wein hat seinen Verstand vernebelt. Denken Sie, dass auch nur eine korrekte Liste erstellt wurde? Die Kontrollkommissionen, die in Aix-en-Provence und Marseille agieren und von hier aus koordiniert werden, haben uns über die zuständigen Verbindungsoffiziere zwar die Listen schicken lassen, diese sind allerdings fehlerhaft. Schauen Sie! Es kann doch nicht sein, dass sich ein Herr Jakub Novak, Nationalität Tscheche, Beruf Kapellmeister, zugleich in Le Vernet und Gurs aufhält.«

Er sprach die Lager so aus, wie man sie schrieb. Aix-en-Provence hatte aus seinem Mund wie Axt-in-Provenze geklungen.

Salome korrigierte ihn.

Er klopfte begeistert auf die Tischplatte. »Ich wusste, Sie würden mir eine große Hilfe sein!«

Salome beugte sich über die Liste. »Ich weiß aber auch nicht, warum sich ein Herr Hans Bedecker, Österreicher, Beruf Gymnasiallehrer, zugleich im Lager Fort Carré wie im Lager Les Milles aufhält.«

»Sehen Sie, und deswegen müssen wir uns einen Überblick verschaffen, damit der Rückführungsbeauftragte klare Anweisungen erhält und entscheiden kann, welche Subjekte von den französischen Lagern zurück nach Deutschland überführt werden. Wie lange Sie hier provisorisch als Dolmetscherin einspringen werden, kann ich noch nicht sagen. Ach, wenn Sie wollen, kann ich versuchen, Ihnen hier in Wiesbaden ein Zimmer zu verschaffen, obwohl es nach Frankfurt nicht weit ist. Das Gasthaus

Köhler vermietet einige, dort gibt es überdies einen hervorragenden Mittagstisch, da versteht man schon, warum uns die Berliner Kollegen beneiden. Und die Ausflüge ins Rheingau erst! Auf den Wein von dort sind wir allerdings nicht angewiesen. Man hat uns ein paar Kisten, die in Frankreich beschlagnahmt wurden, geschickt. Und wir lassen uns den Verstand nicht vernebeln, oder? Wir erstellen trotzdem korrekte Listen.«

Salome starrte auf das Papier, und auch ganz ohne Weingenuss war ihr so schwindlig, dass die Buchstaben zu tanzen schienen.

»Kann ich bitte ein Glas Wasser haben?«

»Wasser ist der Gesundheit natürlich förderlicher als Rotwein, da haben Sie ganz recht. Ich weiß nur nicht, wo sich die Gläser befinden. Aber vielleicht stoßen Sie darauf, wenn Sie den Sekretärinnen der WAKO beim Auspacken helfen, das wäre doch ein guter Anfang.«

Er erhob sich, erwähnte wieder den General Stülpnagel und dass er noch einmal mit ihm sprechen müsse. Salome schaffte es irgendwie aufzustehen – und stehen zu bleiben.

»Wenn ich wirklich für die WAKO arbeite, werde ich das aber ausschließlich von Wiesbaden aus tun, oder? Ich … ich muss nicht nach Frankreich? Ich kann nämlich nicht nach Frankreich zurück.«

Der letzte Satz war ihr einfach herausgerutscht, und schon im nächsten Moment hätte sie ihn gern wieder zurückgenommen – nicht wegen Herrn Achenbach, sondern wegen eines Herrn Novak oder Herrn Bedecker, die auf dieser Liste standen. Wie konnte sie sich von Gedanken an Félix quälen lassen, wenn Männer wie sie in Lagern bangen mussten, an Deutschland ausgeliefert zu werden? Wie konnte sie sich über etwas anderes den Kopf zerbrechen, als wie man manche dieser Namen von den Listen verschwinden lassen könnte?

Achenbach schien zum Glück kaum zugehört zu haben. Er war vor einer Schreibmaschine der Marke Seidel & Naumann stehen geblieben, beklagte, dass sie keine der Marke Triumph-Adler bekommen hatten.

»Aber die ist immer noch besser als die, die uns in Frankreich zur Verfügung stünden, oder? Ach, was bin ich froh, dass ich hier arbeite, nicht für die Kontrollkommission vor Ort. Seien Sie ganz beruhigt, wir bleiben hier in Wiesbaden. Niemand wird Ihnen zumuten, auf einer AEG Mignon oder einer Royal zu tippen.«

Achtes Kapitel

Félix fuhr aus dem Schlaf hoch, brauchte eine Weile, um ins Hier und Jetzt zurückzufinden. Er war erst im Morgengrauen eingeschlafen, und das auf einem unbequemen Lehnstuhl. Sein Kopf war auf den Tisch daneben gesunken, das Spitzendeckchen das dort lag, hatte auf seinem Gesicht sicher Spuren in Form eines Spinnennetzes hinterlassen.

Marseille war dafür bekannt, dass solche Spitzenware für wenig Geld vor den Läden auslag. Und in Marseille hielt er sich nun schon seit einigen Wochen auf, wenngleich er zum ersten Mal in dem Lehnstuhl geschlafen hatte.

»Bist du endlich wach?«, traf ihn die Stimme einer jungen Frau.

Es verging eine Weile, bis ihm einfiel, wer sie war – eine Freundin von Zoé namens Daphne, die einst *cornuchette* gewesen war wie diese, später geheiratet, bald aber Witwe geworden war. Auf dem Kopf trug sie etwas, das dem Spitzendeckchen auf dem Tisch glich.

»Na«, fragte Félix, »wo bleiben der frisch gebrühte Kaffee und das knusprige Croissant?«

Daphne verdrehte die Augen. »Das ist das Einzige, was ich für dich habe.«

Sie reichte ihm einen Plan, in dem das Grenzgebiet von Frankreich und Spanien eingezeichnet war – und jener Schleichweg, den vor Kurzem mehrere Schriftsteller mit ihren Gattinnen genommen hatten: Franz Werfel, Heinrich Mann, Walter Benjamin und Lion Feuchtwanger.

Félix hielt den Plan mit Absicht verkehrt herum, woraufhin Daphne wieder die Augen verdrehte.

»Gut, dass euch in Collioure ein Fluchthelfer von einem der Hilfskomitees erwartet, der euch über die Grenze bringen wird. Die armen Leute, die auf dich angewiesen sind, würden ansonsten im Meer oder einer Schlucht landen.«

»Tut mir leid, aber ich kann nicht klar denken. Wenn du mir schon keinen Kaffee servierst – hast du ein paar Zigaretten für mich?«

»Natürlich«, sagte Daphne, doch anstatt ihm welche zu reichen, winkte sie ihn mit sich, »ich gebe sie dir allerdings nur, wenn du dich nicht länger hier verkriechst. In zwei Stunden werdet ihr abgeholt.«

Félix erhob sich, taumelte, stützte sich auf den Tisch. »Darf ich das hier mitnehmen?«, fragte er und hob das Spitzendeckchen hoch. »Wenn ich es mir auf den Kopf setze, wird man mich für eine spanische Bäuerin halten, oder?«

Daphne schnaubte nur, verließ den Raum und reichte Félix erst im Innenhof ein Päckchen Zigaretten.

Er hatte sich kaum eine angemacht, als ihn laute Stimmen zusammenzucken ließen. Für so ein Geschrei war es entschieden zu früh.

»Hat die Gestapo uns entdeckt und aus deinem Haus einen Folterkeller gemacht?«, fragte er Daphne.

»Über solche Dinge scherzt man nicht.«

»Die beiden da scherzen ganz sicher nicht, sie streiten.«

Er wies mit dem Kinn auf zwei Frauen, die in der Nähe eines riesigen Komposthaufens standen, auf dem Obstschalen bis zur Unkenntlichkeit zerfallen lagen – von Pfirsichen, von Melonen, von Granatäpfeln. Der faulig süßliche Geruch schien sie nicht zu stören. Er verstand kein Wort ihres hitzigen Gefechts, sprachen sie doch beide Deutsch. Hanna Adler beherrschte die französische Sprache zwar mittlerweile passabel, die Sprachkenntnisse von Charlotte Feingold, ihrer Schwester, stießen jedoch schneller an Grenzen.

Etwas hatte sie allerdings kurz nach ihrer Ankunft in Marseille drei Wochen zuvor flüssig sagen können: dass Zoé sie von Nizza aus zu ihm geschickt habe, weil er ihr helfen werde. Dass schon Salome einst beteuert habe, sie könne ihm ihr Leben anvertrauen.

Sie hatte ihn ein wenig misstrauisch, ein wenig herausfordernd gemustert, und es hatte ihm gefallen, nicht jenes Schuldbewusstsein in ihrem Blick zu lesen wie in dem von Hanna. Doch nur, weil er Charlotte mochte, setzte ihm ihre laute Stimme nicht weniger zu. Nun stampfte sie auch noch auf, und die Worte, die ihr Hanna entgegenzuhalten versuchte, klangen immer kleinlauter. Charlotte schwieg noch nicht einmal, als Efraim näher trat. Er kam aus der kleinen Werkstatt nebenan, wo Daphne Tongefäße herstellte. Aus den Resten des Tons hatten sie Figuren geformt, die Efraim auf den Pflastersteinen der Größe nach aufstellte. Erst als auch Herr Theodor von dem Streit herbeigelockt wurde und hilflos auf die Töchter einredete, presste Charlotte die Lippen zusammen. Ihre Miene blieb trotzig, während Hanna nicht länger ihrer Schwester, sondern dem Vater etwas verzweifelt zu erklären versuchte.

Félix gesellte sich zu ihnen. »Warum der Ärger am frühen Morgen? Habt ihr etwa auch kein Croissant und keinen Kaffee zum Frühstück serviert bekommen?«

Er erwartete, dass Charlotte ihn nicht verstand, doch offenbar hatte sie in den letzten Wochen nichts anderes gemacht, als ihr Französisch zu verbessern. »Vielleicht können Sie es ihr ausreden«, erklärte sie zwar mit starkem Akzent, aber grammatikalisch korrekt.

Sie fügte nicht hinzu, was genau sie meinte, sondern zog den

Vater mit sich ins Haus. Efraim ordnete immer noch die Tonfiguren, die Félix obszön dick erschienen, vor allem im Vergleich zu den Franzosen, die aufgrund der geringen Nahrungsrationen immer dünner wurden. Hanna blickte ihn erstaunlicherweise nicht um Vergebung heischend wie sonst an, sondern fast ein wenig trotzig. Zum ersten Mal sah sie Charlotte ähnlich.

»Efraim und ich, wir bleiben in Frankreich«, stieß sie hervor.

»Aha«, sagte Félix nur, lehnte sich an die Hauswand, an der sich Efeu rankte, zog an der Zigarette.

Hanna hatte den Blick unwillkürlich gesenkt, sobald die Worte ausgesprochen waren, hob ihn nun wieder. »Das ist alles, was Sie dazu sagen?«

»Was soll ich denn dazu sagen? Dass es verrückt ist, wenn Sie die wahrscheinlich letzte Gelegenheit zur Flucht nicht nutzen, wissen Sie doch selbst, oder? Nur hier in Marseille gelangt man noch an gefälschte Papiere. Nur hier in Marseille bekommt man ein Transitvisum für Portugal – was, wenn man den Gerüchten glaubt, bald drastisch eingeschränkt wird, denn Portugal will seine Grenzen sperren. Ein Visum für Spanien ist überhaupt nicht mehr zu bekommen, die Schleichwege, die heimlich über die dortige Grenze führen und die wir für Ihre Flucht nutzen wollen, werden bald scharf kontrolliert werden. Im Moment ist Marseille das letzte Mauseloch, vor dem noch keine hungrige Katze wacht, aber das wird sich rasch ändern. Die meisten der Flüchtlinge, die sich hierhergerettet haben, hatten nicht das Glück, an die begehrten Papiere zu kommen. Sie schon. Und jetzt sagen Sie mir, dass Sie lieber hierbleiben?«

Hanna lehnte sich an die Wand. Vor dem grünen Efeu wirkte sie blass wie nie.

Félix betrachtete sie von der Seite. »Sie schauen aus, als könnten Sie einen Schluck Cognac gebrauchen.«

»Es geht schon … mir ist nur ein bisschen schwindlig.«

»Ich rate Ihnen nicht zu Alkohol, damit Sie sich besser fühlen. Für gewöhnlich handeln Menschen vernünftiger, wenn sie nüchtern sind, aber Sie haben wohl einen Vollrausch vonnöten, um Ihren Verstand wieder gebrauchen zu können.«

»Ich trinke nicht. Ich … ich …«, sie zögerte kurz, stieß dann aus: »Ich bin schwanger.«

»Aha«, sagte Félix wieder.

Sein Blick glitt tiefer, doch er konnte keine Wölbung an ihrem Bauch feststellen. Wahrscheinlich war das Kind erst kurz vor Leos Verhaftung gezeugt worden, und obwohl er vermeinte, dass zwischen dem heutigen Tag und dem Monat Juni ein halbes Leben stand, waren in Wahrheit nur knapp drei Monate vergangen. Vielleicht erschien ihm jede Stunde wie ein Tag, weil er jüngst so viel Zeit im amerikanischen Konsulat verbracht hatte, dessen Visaabteilung man mittlerweile außerhalb der Stadt verlegt hatte. Am Ende hatte er die Visen nicht dort bekommen, sondern von jenem Hilfskomitee, das der Amerikaner Varian Fry gegründet hatte, seinerseits unterstützt von Eleanor Roosevelt, der Gattin des amerikanischen Präsidenten, die sich unermüdlich für die Flüchtlinge aus Europa stark machte.

»Aha«, wiederholte Félix erneut, »und Sie halten sich für eine mindestens so schlechte Mutter, wie ich ein Vater bin, und haben deshalb Angst, dass Sie Ihr Kind, wenn es denn geboren ist, versehentlich in die Toilette fallen lassen, umso mehr, da Leo nicht in Ihrer Nähe ist?«

Hanna schüttelte den Kopf. »Das ist es nicht … aber … aber … die Strapazen der Flucht …«

»Und wenn ich Efraim trage?«, bot Félix ihr an, obwohl er am Tag zuvor noch entrüstet abgelehnt hatte, als der Junge selbst gefragt hatte, ob er das tun würde.

»Das ist es nicht, aber … aber …« Sie stockte.

»Sie können Leo nicht zurücklassen«, sagte Félix. »Ich vermute, Sie hoffen, dass er doch noch freikommt, obwohl Sie wissen, dass die Vichy-Polizei Emigranten wie Kriminelle behandelt und dass im Moment nur mehr aus den Lagern rauskommt, wer eine Ehefrau mit französischer Staatsangehörigkeit hat.«

»Ja, das weiß ich, aber …« Wieder hielt sie inne, ehe sie errötend fortfuhr. »Während meiner ersten Schwangerschaft hatte ich häufig starke Blutungen. Ich musste viel liegen, die Gefahr, eine Fehlgeburt zu erleiden, war sehr groß …«

»Ich glaube nicht, dass ich Details hören will.«

»Ich will für Charlotte und meinen Vater keine Last sein, nicht irgendwo mitten auf dem Weg zurückbleiben müssen. Ich will auch das Leben meines ungeborenen Kindes nicht riskieren, ich muss an der Hoffnung festhalten, dass inmitten dieser … Düsternis neues Leben entstehen kann.«

Félix drückte die Zigarette aus – nicht an der Mauer, an einem Efeublatt.

Hanna starrte auf dieses. »Mehr als ein Loch in ein Blatt brennen können Sie nicht«, murmelte sie. »Der Efeu gehört zu den robustesten und widerstandsfähigsten Pflanzen. Kein Schädling kann ihm beikommen, keine Krankheit. Viele Sorten werden mehrere hundert Jahre alt.«

»Ich habe keine Ahnung von Efeu, ich habe keine Ahnung von Schwangerschaften, ich habe allerdings ein bisschen Ahnung von Säuglingen. Meines Wissens schreien sie sehr oft und sehr laut. Wo genau wollen Sie sich mit einem Neugeborenen verstecken?«

»Daphne hat sich kundig gemacht. Ein Wiener hat in Les Camoins eine Villa gemietet, wo er Emigranten aufnimmt. Und in einem Hotel am Boulevard d'Athènes haben ebenfalls viele Unterschlupf gefunden.«

»Sie könnten jederzeit von der französischen Polizei verhaftet und an die Nazis ausgeliefert werden. Wissen Sie, wie viele Emigranten sich in den Calanques verstecken, jenen kleinen Buchten südöstlich von Marseille? Sie braten dort Fische über Lagerfeuern, um sich durchzubringen. Ich weiß nicht, ob Ihnen das in Ihrem Zustand besser bekommt als ein netter Spaziergang über die Pyrenäen.«

Hanna schien ihn nicht gehört zu haben. »Und die Dominikaner verstecken in ihren Klöstern ebenfalls viele Menschen.«

»Eine Mönchskutte ist in Ihrem Zustand sicher bequem, aber wollen Sie wirklich eine Tonsur am Hinterkopf tragen?«

»Ich würde mit Efraim in einem Frauenkloster unterschlüpfen. Irgendetwas wird mir schon einfallen, machen Sie sich darüber keine Gedanken. Mir genügt es, wenn Sie Vater und Charlotte heil über die Grenze bringen. Es ist für mich ein Trost, die beiden in Sicherheit zu wissen … in Lissabon … gar auf einem Schiff nach Amerika …«

Félix seufzte. Er hatte kurz mit dem Gedanken gespielt, selbst ein solches Schiff zu besteigen. Aber er würde Hanna und Efraim nicht in Europa zurücklassen, nicht Salome, nicht Ornella, Marie und seine Mutter.

Sein Blick fuhr zu Efraim, der die rundlichen Tonfiguren nicht mehr der Reihe nach aufstellte, sondern in einem Kreis. Sobald er sie anstupste, begannen sie zu kreisen wie Kegel. So war im Moment das Leben, niemand fand festen Stand. Man konnte nur hoffen, dass die Menschen aus Fleisch und Blut zäher waren als diese Tonfiguren, die so schnell zu Bruch gingen.

»Sie … Sie wollen mir gar nicht einreden, dass ich einen großen Fehler mache?«, fragte Hanna, als er nichts mehr sagte.

»Wenn Ihre Schwester mit ihrer penetranten Stimme das nicht geschafft hat, dann würde mir das erst recht nicht gelingen. Gottlob wird sie auf der Fahrt nach Collioure schweigen, weil sie mit Ihrem Vater im Kofferraum liegen wird.«

»Armer Vater …«

Félix wandte sich ab, zögerte kurz. »Für Efraim wäre es ein großes Abenteuer, in einem Kofferraum zu reisen. Sollte nicht wenigstens er nach Amerika gehen, wenn Sie es schon nicht können?«

Ihm entging nicht, dass Hanna noch eine Spur bleicher wurde, dennoch löste sie sich von der Wand.

»Mich von ihm zu trennen … nicht zu wissen, ob alles gut geht … das … das ist einfach zu viel. Sie können mir vorwerfen, dass ich nur an mich denke, aber …«

»So etwas würde ich einem anderen niemals anlasten. Das ist etwas, das man mir mein Leben lang vorhält.«

Ein flüchtiges Lächeln erschien auf ihren Lippen. »Dabei stimmt das doch gar nicht. Alles, was Sie für uns tun, ist … selbstlos.«

»Erzählen Sie es bloß nicht weiter, es lebt sich leichter, wenn der Ruf erst mal ruiniert ist.«

Er zupfte am Efeu, machte Anstalten, das Blatt, auf dem er die Zigarette ausgedrückt hatte, zu pflücken. Am Ende ließ er es bleiben.

Der junge Mann vom Emergency Rescue Committee, der sie in Collioure, jener Stadt in der Nähe der spanischen Grenze, erwartete, hatte sich seinen Schnurrbart gefärbt. Zumindest vermutete Félix das, als er ihn fasziniert betrachtete. Es wuchs nur ein spärlicher Flaum über seinen Lippen, und doch wirkte dieser tiefschwarz. Er musste Schuhcreme benutzt haben.

Angesichts der vielen Pickel hätte er sie besser im ganzen Gesicht verteilt. Und selbst das hätte nicht darüber hinweggetäuscht, wie klein er war, da konnte er noch so stolz das Kinn recken und die Brust herausstrecken. Eben erklärte er, er sei achtzehn, Félix schätzte ihn auf nicht mal sechzehn. Und ausgerechnet ihm mussten sie ihrer aller Leben anvertrauen.

»Kannst du überhaupt schon lesen?«, fragte er.

Der junge Mann, der ihnen seinen Namen aus Sicherheitsgründen nicht verraten hatte, starrte ihn finster an. Er machte keine Anstalten, Charlotte und Herrn Theodor aus dem Kofferraum des Automobils zu helfen, mit dem sie hergebracht worden waren, dröhnte nur, die Pyrenäen wie die eigene Westentasche zu kennen. Dabei trug er noch nicht einmal eine Weste.

»Ziegen können auch nicht lesen«, erwiderte er, »dennoch schaffen sie es über jeden noch so steilen Pfad, ohne in die Tiefe zu stürzen. Ich schaffe das ebenso. Und du?«

»Warum sollte ich nicht?«, gab Felix zurück und fügte ein herausforderndes: »Määäh!« hinzu.

Der junge Mann – Félix beschloss, ihn *chèvre*, Ziege, zu nennen – verdrehte die Augen. »Dir wird das Scherzen schon noch vergehen. Man hört allerlei Gerüchte. Die spanische Regierung verschärft die Einreisebestimmungen, und das bedeutet, auch der Grenzschutz wird verstärkt. Wohl eine Maßnahme, da alle Länder Südamerikas beschlossen haben, Emigranten kein Visum mehr zu erteilen. Kommende Nacht ist vielleicht die letzte, da man es von hier aus heil über die Grenze schaffen kann.«

Félix' Gesicht blieb ausdruckslos. »Määäääh!«, wiederholte er.

Wieder verdrehte Chèvre die Augen, wies schließlich auf das Hotel, vor dem das Automobil zuvor gehalten hatte. »Wir brechen erst am Abend auf, ich hole euch von hier ab.«

»Haben Ziegen eigentlich Taschenlampen?«

»Lass das meine Sorge sein. Deine einzige Aufgabe in dieser Nacht wird sein, nicht über einen Stein zu stolpern und dir das Genick zu brechen.«

Der letzte Blick von Chèvre bekundete, dass es ihm keine geringe Genugtuung bereiten würde, wäre genau das sein Schicksal.

»Haben Sie auch so große Angst wie ich?«, wandte sich Félix mit einem aufgesetzten Grinsen an Charlotte, indes sich ihr Vater den Staub von der Jacke klopfte.

Sie wartete mit der Antwort, bis er sich eine Zigarette angezündet hatte. »Nur davor, dass Sie unterwegs den Wald abfackeln.«

Die Besitzerin der kleinen Pension trug auch einen Bart, wenn auch nicht über, sondern unter den Lippen, und ganz sicher nicht mit Schuhcreme gefärbt. Sie starrte sie zunächst nur grimmig an, erst als Félix ihr ein Couvert überreichte und sie die Geldscheine darin nachgezählt hatte, nickte sie und beschied sie, sich im Zimmer unter dem Dach auszuruhen, bis es losging.

»Hoffentlich erwartet uns ein duftender Blumenstrauß«, erklärte Félix und fing sich dafür einen weiteren verächtlichen Blick von Charlotte ein.

Es wartete kein Blumenstrauß, noch nicht einmal ein gewöhnliches Hotelzimmer, sondern ein privates Zimmer der Wirtin, an dessen Wänden etliche Bilder von König Ludwig dem Heiligen hingen, wie er von der Camargue aus zu einem Kreuzzug aufbrach. Es gab keine Schränke, nur zwei uralte Truhen mit Holzschnitzereien, außerdem ein Bett, so schmal und hart, dass Félix vermutete, es stammte aus einem Kloster. Zu essen stand nichts bereit, noch nicht einmal ein Krug Wasser.

Daphne hatte Félix vor ihrem Aufbruch etwas Proviant zugesteckt, und den packte er nun aus, legte alles auf einen Tisch, winzig klein gemessen an der großen Uhr, die darauf stand. Er machte keine Anstalten, sich etwas vom Essen zu nehmen, verstellte stattdessen die Uhr um ein paar Stunden.

»Lassen Sie das doch«, rügte Charlotte ihn, ehe sie ihren Vater, der noch zerrütteter als sonst wirkte, zum schmalen Bett führte, ihn hieß, sich kurz hinzulegen.

Félix ließ die Uhr in Ruhe, öffnete dafür eine der Truhen und zog ein merkwürdiges Gebilde aus Stoff und einem Gummiband hervor.

»Was ist denn das? Eine Miederunterhose oder eine Kinnbinde? Allerdings ist es zu groß fürs Gesicht und zu klein für den Arsch.«

»Lassen Sie das«, sagte Charlotte wieder bestimmt, nahm ihm das Gebilde aus der Hand und schloss die Truhe. »Und gönnen Sie meinem Vater ein wenig Zeit, um sich auszuruhen.«

Sie redete eine Weile auf Herrn Theodor ein, winkte Félix danach mitzukommen. Sie stiegen eine enge Treppe hoch zur Dachterrasse, von der sich ein Blick auf Collioure bot. Die Häuser wiesen sämtliche Töne von Rot auf – von hellem Rosa bis zu rostigem Braun –, und von diesem hoben sich die gräulichen Türme etlicher Kapellen und Kirchen ab.

»Ach, ist es nicht hübsch hier?«, rief Félix in der Tonlage eines Reiseführers, der seine müde Truppe bei Laune zu halten hat. »Schauen Sie nur! Dort hinten ist die alte Königsburg, die zwei Hafenbuchten trennt. Die wiederum sind auf der einen Seite von einer weit ins Meer vorgeschobenen Wehrkirche begrenzt, deren Turm einst als Leuchtturm diente. Und drehen Sie sich um, genießen Sie den Blick auf die Weinberge. Glaubt man, den süßen Banyuls, der hier angebaut wird, nicht regelrecht riechen zu können?«

Charlotte schnaubte. »Ich spreche nicht so gut Französisch wie ich wollte, aber jetzt bin ich gerade sehr froh darüber.«

Félix zündete sich eine Zigarette an, lehnte sich an die Brüstung, sprach endlich die Worte aus, die er seit Charlottes Ankunft in Marseille vor sich hergeschoben hatte.

»Sie können sich mittlerweile gut genug ausdrücken, um mir zu sagen, wie es … *ihr* geht.«

Charlotte trat zu ihm. Ehe er sichs versah, hatte sie ihm einfach die Zigarette weggenommen und nahm selbst einen gierigen Zug.

»Sie rauchen?«

»Heute schon.«

Während ein paar schweigender Züge starrten sie auf das Meer. Die Boote im kleinen Fischerhafen waren noch bunter als die Häuser.

»Ich nehme an, es geht ihr gut«, murmelte Charlotte schließlich. »Immerhin hat man mich nicht mit ihrem Pass erwischt.«

»Kann ich den Pass haben? Jetzt brauchen Sie ihn ja nicht mehr. In Lissabon bekommen Sie neue Dokumente. Ich werde ihn an Salome schicken.«

Sie zog den Pass aus der Manteltasche, und Félix' Hände bebten leicht, als er ihn aufschlug, das Foto betrachtete. Es war schwarzweiß, Salomes Augen wirkten dunkler als sonst, die rotbraunen Locken standen dagegen widerborstig wie immer vom Kopf ab. Er unterdrückte ein Seufzen, fuhr mit der Kuppe seines Zeigefingers über das Bild.

»Sie sind beide verrückt«, murmelte Charlotte.

»Weil wir unser Leben riskieren, um Menschen wie Ihnen zu helfen?«

»Ich weiß nicht, ob ich das könnte. Aber das meinte ich nicht. Ich meinte, Sie beide haben es irgendwie geschafft, das, was Sie hatten, zu zerstören.«

»In so etwas bin ich nun mal gut.«

Wieder starrten sie schweigend aufs Meer, wieder begann Félix mit künstlich verstellter Stimme zu dozieren. »Wussten Sie, dass Collioure im Mittelalter unter der Herrschaft der Könige von Mallorca stand? Dass es schon zuvor Herren aller Länder für sich beanspruchten – Römer, Westgoten, Sarazenen, Normannen? Wie unsinnig zu glauben, ein Land könnte einem gehören, man würde dort auf ewig seine Heimat finden.«

»Halten Sie endlich den Mund.«

»Ich will Sie doch nur ablenken.«

»Wozu? Ich weiß, was uns bevorsteht.« Sie machte ein paar hektische Züge, musste husten, brachte danach nur Wörter, keine Sätze hervor. »Nichts … verbrochen … mein Vater … ein alter Mann … was für eine Zumutung … Wie Ziegen … auf Trampelpfaden …« Félix öffnete den Mund. »Nein!«, unterbrach sie ihn. »Meckern Sie nicht wieder.«

»Wenn Sie mögen, kann ich auch gackern oder wiehern.«

Am Ende verzichtete er auf sämtliche Laute, fuhr nur wieder mit der Fingerspitze über den Pass.

Schweigend standen sie hier, bis Wind aufzog und Charlotte erklärte, dass sie ihren Vater dazu bringen wollte, etwas zu essen. Félix blieb allein auf der Terrasse zurück. Er hatte den Pass eben in seine Brusttasche gesteckt, als er Charlottes Rufe hörte.

»Papa! Nun wach schon auf, Papa!«

Der verzweifelte Tonfall ließ ihn zusammenzucken. Er hastete nach unten, nahm erst jetzt die Heiligenstatue wahr, die neben der Tür stand.

Falsches Blut troff vom Korpus. Echtes Blut, so fühlte er plötzlich, während Charlotte nach ihrem Vater rief und hilflos an der Klinke der Tür rüttelte, die von innen abgesperrt war, floss in diesem Raum.

»Wahrscheinlich schläft er nur«, murmelte er dennoch.

»Gewiss nicht so tief«, sagte Charlotte, klopfte nun voller Verzweiflung gegen das Türblatt.

»Lassen Sie mich machen«, erklärte Félix, stieß mit ganzer Kraft seine Schulter dagegen. Das Holz knirschte, gab nicht nach, die Schulter schmerzte höllisch. Er versuchte es mit der anderen Schulter, vergeblich. Verdammt! »Ich könnte es mit meinem Kopf versuchen«, schlug er vor.

Charlotte gab ihm schweigend das Zeichen, zur Seite zu treten, warf nun ihr ganzes Gewicht gegen die Tür. Obwohl sie zarter war als er, gab diese nach.

Da war kein Blut, zumindest nicht im Bett. Es war weiß, wirkte unberührt, als hätte Herr Theodor nicht darin gelegen. Doch da gab es eine weitere Tür, die in ein anderes Zimmer führte – das Bad. Die Badewanne war schmaler als das Bett, selbst ein kleiner Mensch könnte nur mit angezogenen Beinen darin sitzen. Herr Theodor hatte die Beine nicht angezogen, sie hingen aus der Wanne. Es befanden sich allerdings beide Arme darin, und aus den Handgelenken sickerte Blut.

Félix wurde eiskalt.

»Ein Taschentuch!«, rief Charlotte. »Schnell, ein Taschentuch!«

Félix starrte sie verständnislos an. Erst als er sah, wie sie sich suchend im Bad umblickte, erkannte er, dass sie nicht Taschentuch hatte sagen wollen, sondern Handtuch. Nun, es gab hier weder das eine noch das andere. Charlotte stürzte ins Zimmer nebenan, zog die Bettdecke an sich, erkannte, sobald sie das Bad wieder erreichte, dass sie zu groß war, und versuchte deshalb, einen Streifen davon abzureißen. Es gelang ihr nicht, der Stoff war zu dick.

»Helfen Sie mir doch!«, fuhr sie ihn an.

Félix lief zur Truhe und zog heraus, was er zuvor noch für eine Kinnbinde oder ein Mieder gehalten hatte. Gut möglich, dass es ein Verband war, wie man ihn bei einem Rippenbruch trug. Charlotte riss ihm das Ding aus der Hand, versuchte, es um Herrn Theodors Hand zu binden. Die rote Lache, in der er lag und die nur langsam in Richtung Abfluss rann, war größer geworden, die Lebenskraft zu sehr geschwunden, als dass er etwas sagen konnte.

Allerdings wehrte er sich erbittert gegen den Verband. Charlotte gab nicht auf, band nicht nur die Wunden zu, sondern beide Hände in Ermangelung eines weiteren Stück Stoffs aneinander.

Félix verstand, warum sie so verzweifelt um das Leben ihres Vaters kämpfte. Er ertrug es ja selbst kaum zuzusehen, wie dieses aus dem Körper des alten Mannes schwand. Und dennoch ging ihm durch den Kopf: Wie kann sie ihn nur ans Leben fesseln, wenn er doch frei sein will?

Nicht dass er ihr seine Hilfe verwehrte. Als Charlotte ihn darum bat, machte er einen festen Knoten.

Danach versuchte sie, den Vater aus der Badewanne zu ziehen, aber obwohl sich Herr Theodor nicht länger wehrte, war er ihr zu schwer. Wieder warf sie Félix einen hilfesuchenden Blick zu.

»Sehe ich aus, als könnte ich einen Mann schleppen?«, fragte er.

»Wir … wir müssen einen Arzt holen.«

»Nein«, sagte Félix. »*Ich* muss einen Arzt holen … Sie müssen den Ziegenpfad erklimmen. Gleich wird man Sie abholen.«

Sie starrte ihn an, als hätte sie ihn nicht verstanden, und das nicht nur, weil sie die französische Sprache nicht gut genug beherrschte.

»Sie haben es doch vorhin gehört«, sagte Félix eindringlich. »Dies ist vielleicht die letzte Nacht, da man überhaupt noch über die Pyrenäen fliehen kann. Ihr Vater wird das hier wahrscheinlich überleben, aber er wird Tage, ja Wochen nicht stark genug sein, um …«

»Still!«, unterbrach sie ihn, schien ihn nun doch verstanden zu haben, wusste auch, dass er recht hatte.

Herrn Theodors Kopf ruhte auf dem Rand der Badewanne, sein Blick, eben noch glasig, wurde etwas wacher. »Du … musst … gehen«, brachte er hervor.

Charlotte entfuhr ein wütender Aufschrei. Sie redete auf

Deutsch auf ihren Vater ein, und auch wenn Félix sie nicht verstand, konnte er sich denken, was sie ihm entgegenhielt: Dass sie die Einzige war, die nie vor den Nazis hatte fliehen wollen. Und deshalb doch nicht die Einzige sein konnte, die auf dem Weg in die Freiheit das Ziel erreichte.

Die Lippen ihres Vaters formten beharrlich wieder die gleichen Worte, wenngleich seine Stimme an Kraft verlor.

»Sie müssen gehen«, sagte nun auch Félix. »Gewiss, Sie wollten den Nazis nicht den Gefallen tun, vor ihnen zu fliehen. Aber jetzt dürfen Sie ihnen nicht den Gefallen tun, sich von ihnen erwischen zu lassen. Die einzige Möglichkeit, sich an ihnen zu rächen, ist es zu leben.«

Charlottes Schultern erbebten. Zwar stampfte sie auf, ihr Blick war dennoch nicht länger empört, sondern verzweifelt. Sie sank neben der Badewanne nieder, strich dem Vater über die bleiche Stirn, schluchzte auf.

»Geh!«, flüsterte Herr Theodor. »Geh!«

Charlotte blickte mit tränennassen Augen hoch, suchte Félix' Blick. »Versprechen Sie mir, dass Sie sich um ihn kümmern.« Félix wurde die Kehle eng. Er konnte nur nicken. »Sagen Sie es laut!«

Er räusperte sich. »Ich bleibe bei Ihrem Vater«, erklärte er beklommen. »Wenn ich ehrlich bin, bin ich ganz froh, nicht klettern zu müssen. Ich tauge nicht zur Ziege. Und kurz nach der Grenze hätte ich Sie sowieso Ihrem Schicksal überlassen.« Noch wollte sie sich nicht aufrichten, das tat sie erst, als er ein Meckern ausstieß, um sie zu provozieren.

»Selbst wenn mich die Nazis zur Ziege machen«, erklärte sie, als sie sich erhob, »ich bleibe doch ein Mensch.«

Ihr letzter Abschiedsgruß galt ihrem Vater, Félix bedachte sie nur mit einem mahnenden Blick, ehe sie nach unten eilte.

Félix fiel es schwer, auch nur zu atmen. Sein Herz hämmerte

gegen seine Brust. Doch er war es Herrn Theodor schuldig, sich zusammenzureißen. Er wartete, bis Charlottes Schritte verklungen waren, wartete noch länger, bis draußen ein Wagen vorfuhr, dann Stimmen zu hören waren. Nachdem das Automobil weggefahren war, hockte er sich neben die Badewanne. Herr Theodor hatte die Augen geschlossen, atmete rasselnd.

»Soll ich wirklich einen Arzt holen?«, fragte er leise. Der alte Herr schüttelte nur den Kopf. »Wusst' ich's doch.«

Félix fühlte sich hilflos und zugleich entschlossen wie nie. Als Herr Theodor versuchte, seine Hände aus den Fesseln zu befreien, legte Félix seine Hand auf seine.

»Nein!«, sagte er mit erstickter Stimme. »Machen Sie es nicht auf diese Weise. Sie müssen nicht qualvoll verbluten. Ich kann Ihnen etwas geben, damit Sie einfach einschlafen.«

Die Augen des alten Mannes öffneten sich, er suchte seinen Blick, in seiner Miene stand eine Dankbarkeit, die Félix tief bewegte.

»Wie?«, fragte Herr Theodor leise.

»Mit Veronal. Ich habe immer die notwendige Menge dieser Schlaftabletten bei mir. Ein Ehepaar, das Salome mir einst anvertraut hat, hat mich gebeten, ihnen etwas davon zu beschaffen, als die Deutschen näher rückten und Menton kurz vor der Evakuierung stand. Der Mann hatte den Folterkeller der Gestapo überlebt, aber nun, so erklärte er, wolle und könne er nicht mehr. Er … er sei zu alt, um so viel Angst zu haben, und außerdem …«

Félix brach ab. Nicht nur, dass ihm die Erinnerung an dieses Gespräch zusetzte – er war nicht sicher, ob Herr Theodor seinen Worten überhaupt noch folgte. Sein Blick blieb jedenfalls unverwandt auf ihn gerichtet.

»Bitte … bitte …«

Félix musste alle Willenskraft zusammennehmen, um sich zu

erheben, in seiner Jackentasche zu kramen. Er zog eine Packung Tabletten hervor, sah sich nach einem Glas um. Er fand keines, doch neben der Tür an der Wand hing eine Schale, vielleicht für Weihwasser. Er füllte sie mit Wasser, löste die Tablette auf.

»Meer …«, brachte Herr Theodor mit letzter Kraft über die Lippen, als er zu ihm zurückkam. »Will … das Meer … sehen …«

Félix verstand nur allzu gut, dass er nicht in einer Badewanne sterben wollte. Und ganz gleich, was er Charlotte gegenüber behauptet hatte – es fiel ihm nun ganz leicht, den anderen zu packen, den Körper hoch genug zu ziehen, um ihn erst aus der Badewanne zu wuchten, dann über die Schulter zu legen, ihn die Treppe hoch zur Dachterrasse zu schleppen. Da es keine Stühle gab, musste er Herrn Theodor auf den nackten Steinboden legen. Sobald das geschafft war, schlüpfte er aus seiner Jacke, schob sie ihm behutsam unter den Kopf. Das Meer war nur durch die Sprossen des Geländers zu sehen, aber das schien dem alten Mann zu genügen. Herr Theodor löste seinen Blick nicht von dem fernen Blau, als Félix ihm das aufgelöste Veronal einträufelte.

Er stützte seinen Kopf, bis er alles getrunken hatte, wischte ihm ein paar Tropfen vom Kinn, bettete ihn danach wieder auf die Jacke. Seine Knie bebten, als er sich erhob und zum Geländer trat. Das Meer war nicht länger blau, nahm einen sanften Bronzeton an, wie die Dächer, glitzerte jedoch mehr als diese. Obwohl die Sonne an Kraft verlor, tat es weh, gen Himmel zu schauen, wenn auch weniger weh, als wenig später zuzusehen, wie das Zittern von Herrn Theodor langsam nachließ, sein Atem ruhiger wurde, sich die Brust irgendwann kaum noch hob und senkte. Ein eigentümlicher Friede überkam ihn, vom Wissen geboren, dass er das Richtige tat und Herr Theodor die richtige Entscheidung getroffen hatte. Doch zugleich erfüllte ein unaussprechliches Weh seine Brust, als er den alten Mann da liegen … sterben sah.

Um gegen die namenlose Trauer anzukämpfen, begann er unwillkürlich, seinen Lieblingsdichter zu zitieren – Baudelaire.

»*Du freier Mensch, du liebst das Meer voll Kraft, dein Spiegel ist's. In seiner Wellen Mauer, die hoch sich türmt, wogt deiner Seele Schauer, in dir und ihm der gleiche Abgrund klafft. Du liebst es, zu versinken in dein Bild, mit Aug' und Armen willst du es umfassen, der eignen Seele Sturm verrinnen lassen in seinem Klageschrei, unzähmbar wild. Ihr beide seid von heimlich finstrer Art.*«

Er verstummte. Herr Theodor war längst verstummt. Er lag ganz ruhig da, seine Züge waren entspannt, der Mund beinahe zu einem Lächeln verzogen. Félix fühlte jenes Zittern in sich aufsteigen, das in dem alten Mann erstorben war, er stützte sich schwer gegen das Geländer, umklammerte es, bis seine Fingerknochen weiß hervortraten, atmete keuchend. Den Frieden von eben noch fühlte er nicht mehr, umso mehr aber Ohnmacht.

»Ich habe genug«, stieß er aus. »Ich kann nicht mehr, ich will auch nicht mehr. Ich ertrage das alles nicht.«

Tränen stiegen in ihm hoch, derer er sich nicht schämte. Richtig weinen, um seines Kummers Herr zu werden, konnte er jedoch nicht, seine Schluchzer blieben trocken, schmerzten in der Kehle.

Nach einer Weile löste er seine Hände vom Geländer, sie waren gefühllos, er spürte kaum den Stoff der Jacke, als er diese unter Herrn Theodors Kopf hervorzog. Er tat es so behutsam, wie er ihn zuvor darauf gebettet hatte, obwohl der alte Herr nichts mehr spürte. Blindwütig kramte er in der Jackentasche. Das Veronal war aufgebraucht, und er hätte keines genommen, fühlte er nun doch wieder Salomes Pass. Ihn aufschlagen, sich am Anblick ihres Gesichts laben wollte er allerdings nicht. Er kramte tiefer, fand jenes Fläschchen, das er stets bei sich trug, seit er neben Zoé im Bett gelegen, sie beneidet hatte, weil sie Geist und Seele betäuben konnte.

Er müsse nüchtern bleiben, um zu helfen, hatte sie ihn beschworen, und er war dazu ja auch fest entschlossen gewesen, aber an diesem Tag konnte er niemandem mehr helfen, Charlotte würde mit Chèvre allein den Ziegenpfad hochklettern. Und morgen … Oh, er hatte keine Ahnung, was er dann tun sollte. Vielleicht endlich nach Saint-Tropez fahren, um sich zu vergewissern, dass es seiner Mutter gut ging, Ornella, Rosa, seinem Kind? Vielleicht nach Marseille zurückkehren, um sich zu vergewissern, dass Hanna einen sicheren Unterschlupf gefunden hatte?

Jetzt konnte er noch nicht daran denken. Jetzt konnte er sich nur auf den Steinboden fallen lassen, etwas von dem weißen Pulver in dem Fläschchen auf seinen Handrücken streuen, es durch die Nase hochziehen. Er hoffte, das weiße Gift würde rasch seine Wirkung entfalten. Er wollte nicht darüber nachdenken, wohin er Herrn Theodors Leiche schaffen könnte, nicht nachsinnen, wie man eine blutverschmierte Badewanne sauber bekam. Mit jeder Faser seines Körpers sehnte er sich danach zu werden, wovon Baudelaire in der ersten Strophe seines Gedichts sprach und was Herr Theodor nun war: ein freier Mensch.

1942

Neuntes Kapitel

»Warten Sie, Fräulein Sommer!«

Salome unterdrückte ein Seufzen, als sie sah, dass Herr Achenbach ihr nachhastete. Nicht zum ersten Mal versuchte er, sie am Ende eines Arbeitstages dazu zu überreden, mit ihm ins Café Maldaner einzukehren. Es sei so gemütlich dort, auch die Generäle – deutsche wie französische – hielten sich oft dort auf. Bis auf ein einziges Mal war es Salome gelungen, die Einladung mit dem Verweis abzuwehren, sie müsse sich um ihren Vater in Frankfurt kümmern. Dieses eine Mal hatte sie nur mit Mühen die betretenen Mienen der französischen Generäle – Humbert, Doyen, Bérard und wie sie alle hießen – ertragen, als die Deutschen lauthals prahlten, wie viel Rotwein sie in den besetzten Gebieten beschlagnahmt hätten.

Salome wies auch Achenbachs Einladungen, einen Ausflug in den Taunus zu unternehmen, regelmäßig ab, doch ehe sie die zurechtgelegten Worte an diesem Tag wiederholen konnte, hielt er ihr einen Aktenordner hin.

»Könnten Sie den bitte Ihrem Vater geben?«

Salome war zweifach erstaunt. Zum einen wachte Achenbach wie ein Schlosshund über seine Aktenordner und gab sie ebenso ungern aus der Hand, wie er seine Lochmaschine an andere Abteilungen verlieh. Zum anderen fragte sie sich, warum er den Ordner ausgerechnet ihrem Vater anvertrauen wollte.

»Meinem Vater?«

»Aber ja ... Sie wissen doch ...«

»Ich weiß nichts«, entfuhr es ihr schärfer als beabsichtigt.

»Ach, Herr Sommer unterstützt uns ja dankenswerterweise sehr!«

Salome besah sich den Aktenordner genauer. Er war grau, nicht weiter beschriftet, nichts verriet seinen Inhalt. War es möglich, dass ihr Vater, dessen Reisebureau einst Taunusfahrten organisiert hatte, dann und wann Ausflüge für die Mitarbeiter der WAKO zusammenstellte? Allerdings stand sein Reisebureau immer noch im Dienst von Kraft durch Freude – der einzige Grund, warum es im dritten Kriegsjahr, da die triumphalen Meldungen von Blitzsiegen immer seltener geworden waren, noch existierte. Schließlich hatte sich die Organisation zum Ziel gesetzt, die Menschen an der Heimatfront bei Laune zu halten und den Soldaten zwischendurch ein paar Tage Urlaub als Erholung zu gönnen – und ihr Vater war derjenige, der kurze Aufenthalte in den Bergen oder am Meer organisierte.

Achenbach hielt ihr den Ordner noch dichter unter die Nase, aber sie machte immer noch keine Anstalten, ihn entgegenzunehmen.

»Seit wann arbeitet mein Vater für die WAKO?«

»Er arbeitet nicht direkt für die WAKO, neuerdings gibt es jedoch eine Kooperation mit dem Mitteleuropäischen Reisebureau. Dieses hat schließlich die vielen Abrechnungen übernommen, man käme ja sonst kaum hinterher damit.«

»Abrechnungen?«

»Nun, die einzelnen Fahrten müssen der Reichsbahn ja erstattet werden.«

»Fahrten mit der Reichsbahn?«, fragte Salome immer noch begriffsstutzig.

Die Kurzurlaube, die ihr Vater organisierte, trat man so gut wie nie mit der Reichsbahn an, sollte diese doch den Truppentransporten dienen und nicht durch Urlaubsreisen belastet werden, desgleichen wie es schon lange keine Kreuzfahrten mehr gab, seit die KdF-Schiffe als schwimmende Lazarette benötigt wurden.

»Ach, machen Sie sich darüber keine Gedanken. Ihr Vater weiß schon, was zu tun ist. Sie können froh sein, so wenig wie möglich mit diesen ... diesen bürokratischen Mühen zu tun zu haben. Ich meine, Sie wissen ja, Reisen will gut organisiert werden, und das andere eben auch ...« Salome hatte keine Ahnung, was genau mit dem anderen gemeint war, aber diesmal verkniff sie sich nachzufragen, und Achenbach fuhr seufzend fort: »Es will ja alles mit Recht und Ordnung zugehen. Nur aus diesem Grund werde ich nach Südfrankreich versetzt. Ach, schauen Sie doch nicht so entsetzt! Habe ich gar nicht erwähnt, dass es schon nächste Woche losgehen soll? Ausgerechnet jetzt im Juli, einem der heißesten Monate des Jahres! Ich werde Wiesbaden vermissen, den Taunus, natürlich auch Sie.« Sie rang sich ein Lächeln ab. »Ich werde ein Bureau in Aix-en-Provence bekommen, die Vichy-Regierung stellt es uns zur Verfügung, sie unterstützt schließlich die ... Transporte. Das wird ein Kraftakt, ich sage es Ihnen. Allein von Les Milles aus gilt es, ein paar Tausend Fahrten zu organisieren. Hoffentlich ist das Bureau in Aix gut ausgestattet.« Er beugte sich vor. »Ich fürchte ja insgeheim, mich erwartet eine Katastrophe: ein kleiner, miefiger Raum mit wackligem Schreibtisch und leeren Regalen. Es tut mir wirklich leid, dass Sie nicht mitkommen werden, aber Sie haben ja von Anfang an erklärt, dass Sie in der Nähe Ihres Vaters bleiben und keinesfalls nach Frankreich versetzt werden wollen. Jetzt wird mich Frau Hase, meine Sekretärin, begleiten.«

Salome starrte Achenbach an. Mit jedem Satz hatte er etwas Neues erwähnt, das nicht in ihren Kopf passen wollte. Südfrankreich ... Transporte ... Les Milles ... einen wackligen Schreibtisch.

»Frau Hase spricht nicht Französisch«, entfuhr es ihr.

»Das ist ja das Problem! Oh, hoffentlich geht alles gut! Ich habe mir schon überlegt, zusätzlich zum eigenen Gepäck tausend Blatt weißes Papier mitzunehmen, damit zumindest das nicht knapp wird.«

Tausend Blatt. Womit wollte er die beschreiben? Aber er hatte ja auch von Tausenden Transporten gesprochen.

»Les Milles ...«, setzte sie an.

»Immerhin gleich ein Vorort von Aix-en-Provence«, sagte Achenbach, und diesmal klang sein Seufzen erleichtert. »Das bedeutet, ich muss keine weiten Wege zurücklegen. Die Straßen in Südfrankreich sind nicht so gut, oder?«

Blitzartig stiegen Bilder von einer kurvigen Küstenstraße vor ihr auf, einer Fahrt, auf der sie hinter dem Lenkrad gesessen hatte, Félix neben sich ...

Sie schob die Erinnerung zur Seite, dachte stattdessen über Achenbachs Worte nach. Sie kannte Listen staatenloser Menschen in Frankreich, von denen etliche verhaftet und nach Deutschland überführt worden waren, aber deren Zahl hielt sich bislang in Grenzen. Manchmal war es ihr gelungen, Namen von diesen Listen verschwinden zu lassen, manchmal hatte sie Dokumente absichtlich falsch übersetzt, um die bürokratischen Vorgänge zu erschweren. Aber was meinte Achenbach mit Tausenden von Transporten?

»Geben Sie Ihrem Vater den Ordner, er weiß dann schon Bescheid, und ich, ich werde mich kundig machen, ob ich überhaupt eigenes Papier mitbringen darf.«

Er verdrehte die Augen, und im nächsten Moment hielt sie den Ordner in der Hand. Er war nicht schwer, zumindest nicht schwerer als andere, die sie in den letzten beiden Jahren, die sie als Dolmetscherin für die WAKO arbeitete, in den Händen gehalten hatte. Auf einigen war die Aufschrift *vertraulich* angebracht worden, auf diesem nicht. Sie könnte ihn öffnen, einen Blick hineinwerfen, wusste selbst nicht, warum sie es nicht tat, nur nachdachte.

Fahrten ... Reichsbahn ... Wenn sie sich recht erinnerte, hatte ihr Vater während der Wirtschaftskrise Fahrkarten für die Deutsche Bahn gedruckt. Vielleicht war man deswegen auf ihn zurückgekommen. Nebst Urlaubsreisen, die er immer noch organisierte, waren schließlich noch Herren von Banken, Versicherungen und großen Industriebetrieben unterwegs und brauchten Fahrkarten. Das erklärte aber nicht, warum er offenbar mit dem Mitteleuropäischen Reisebureau zusammenarbeitete und was das mit der WAKO zu tun hatte.

»Bevor ich abreise, gehen wir unbedingt noch einmal ins Café Maldaner, ja?«, riss Achenbach sie aus den Gedanken.

Salome nickte nur, um ihn loszuwerden, und tatsächlich ließ er sie endlich allein im Gang zurück. Nein, nicht allein, sie hatte diesen Ordner bei sich.

Sie hielt ihn mit beiden Händen umklammert, als sie nach Frankfurt zurückfuhr. Der Bus war randvoll mit Ausflüglern, die in Mainz offenbar zu viel Apfelwein getrunken hatten und lallend davon schwärmten, dass so viele Straßen in Mainz nun so hießen, wie es die neue Zeit gebot. Der Halleplatz war nun der Adolf-Hitler-Platz, die Forsterstraße nun die Horst-Wessel-Straße, der Bebelring ...

Salome hörte nicht weiter zu, hielt sich die Nase zu, entkam dem säuerlichen Geruch des Apfelweins dennoch nicht. Sie musste an die französischen Weine denken, die die Mitarbeiter der WAKO so gern tranken. Chablis, Pinot noir, Chardonnais, auch Lafite-Rothschild, obwohl das ein jüdischer Name war. Aber Namen konnte man ja ändern, wie man es an den Straßen von Mainz sah …

Welche Namen standen wohl in diesem Ordner?

Sie öffnete ihn weiterhin nicht, erreichte schließlich die Wohnung. Ihr Vater war wie so oft schon vor ihr da. Er beklagte sich häufig, dass sie kaum mehr gemeinsam zu Abend aßen, doch ehe er diese Litanei anstimmen konnte, fragte sie ihn: »Wo befindet sich der Sitz des Mitteleuropäischen Reisebureaus?«

Er blickte ihr ins Gesicht, schien den Aktenordner gar nicht zu bemerken.

»Das MER?«, fragte er. »Das hat seinen Sitz natürlich in Berlin.«

»Und warum stehst du dann in seinen Diensten?«

Seine Stirn runzelte sich, als müsste er sich mühsam besinnen, was genau er den Tag über machte. Als sie den Ordner auf den Tisch knallte, zuckte er zusammen.

»Salome!«, rief er erschrocken.

»Das soll ich dir von Herrn Achenbach geben, er meinte, du wüsstest, was damit zu tun ist. Was … was hast du mit der WAKO zu schaffen?«

Erst jetzt sah sie, dass ihre schweißnassen Hände auf dem grauen Ordner dunkle Flecken hinterlassen hatten.

Ihr Vater senkte den Blick. »Nun ja«, begann er, ohne auf ihre Frage einzugehen, »das Mitteleuropäische Reisebureau hat zwar seinen Hauptsitz in Berlin, aber auch anderswo Filialen, eine davon hier in Frankfurt. Und du weißt ja, viele Mitarbeiter sind einberufen worden und …«

Du weißt ja, sagte er.

Sie wissen ja, hatte Achenbach gesagt.

Woher sollte sie es denn wissen, wenn ihr Vater nicht über den

Inhalt des Ordners sprach, nur darüber, wie wichtig eine Kooperation mit dem Mitteleuropäischen Reisebureau für ihn war?

»Es gibt Pläne, die darauf abzielen, den privaten Erholungsreiseverkehr ganz zu verbieten und sämtliche Reisebureaus zu schließen. Davor bewahrt blieben bislang nur die, die kriegswichtige Arbeit leisten. Und deswegen muss ich an diesem Fahrkartenverkauf beteiligt sein.«

»Fahrkartenverkauf?«, fragte sie. »Geht es um ... Truppentransporte?«

»Transporte ja, Truppen nein. Ach, Salome, jetzt lass uns doch erst mal zu Abend essen. Eigentlich solltest du dich nicht damit belasten, es ist unglaublich kompliziert. Diese vielen Vorschriften ... diese langen Zahlenreihen ...«

Er hämmerte sich gegen die Schläfen, während sie auf den ihren einen Druck zu fühlen begann. Jäh war sie überzeugt, dass das, was er andeutete, in ihrem Kopf niemals Platz finden würde. Dennoch tat sie, was sie bis jetzt nicht gewagt hatte – sie öffnete den Ordner, versuchte es zumindest.

Zwei Dinge hielten sie davon ab. Ihr Vater, der ihn ihr aus der Hand ziehen wollte, ein ungewöhnlich scharfes »Lass das!« auf den Lippen. Und das jähe Geheul einer Sirene.

Auf eines war bei Frau Schöffel, ihrer Nachbarin, Verlass: Sie kannte stets die neuesten Verordnungen. Als eine der ersten Frankfurterinnen hatte sie die Scheinwerfer ihres Fahrrads mit einer Schlitzblende ausgerüstet und die Fensterscheiben in der Wohnung mit dunklem Papier abgeklebt. Und als sie an diesem Abend nach dem Sirenensignal die Wohnung verließ, hatte sie sich ein Geschirrtuch wie einen Turban um den Kopf gewickelt.

Salome vermutete zunächst, dass sie sich eben ihr Haar gewaschen hatte, doch dann warf Frau Schöffel einen missbilligenden Blick auf ihre Locken. »Sie sollten sich an mir ein Beispiel nehmen. Aufgrund des Funkenflugs könnten sich Ihre Haare leicht entzünden.«

Salome hatte mit ihrem Vater gerade das Erdgeschoss erreicht. »Notfalls ziehe ich mir eben die Strümpfe aus und wickle sie um den Kopf.«

»Wo denken Sie hin!«, schimpfte Frau Schöffel, während sie aus dem Haus und in die milde Nachtluft traten. »Strümpfe aus Kunstseide würden wie Zunder wirken.«

Salome drosselte das Tempo, sodass Frau Schöffel, die sich im Stechschritt dem Luftschutzkeller näherte, sie überholte. Sie wollte keine Ausführungen über lebende Fackeln hören. Sie wollte zudem nicht darüber reden, was ihnen in dieser Nacht womöglich bevorstand.

Der erste Fliegeralarm im September 1939 hatte sich als Fehlalarm erwiesen. Damals hatten die Frankfurter noch belustigt Hermann Göring zitiert, der meinte, er wollte Meier heißen, wenn auch nur ein einziges feindliches Flugzeug die deutsche Grenze überfliege. Nach dem ersten Bombeneinschlag im Westend im Frühling 1940, bei dem ein Haus auf der Nordseite des Kettenhofwegs gänzlich zerstört worden war, war niemand mehr auf Görings Prahlerei zu sprechen gekommen. Und seit es in diesem Frühling regelmäßig Angriffe und zahllose zerstörte Häuser gab, benannte kein Mensch mehr deren Adresse.

Salome drehte sich um, ihr Vater schlich langsam hinter ihr her, er hielt den Ordner in den Händen.

»Warum hast du den denn nicht zurückgelassen?«, fragte sie und wies darauf, erhielt aber keine Antwort.

Sein Kopf blieb gesenkt, er grüßte nicht nach rechts und links, als immer mehr Menschen aus den Häusern strömten. Im Luftschutzkeller – es gab bei Weitem nicht genügend dieser Schutzräumlichkeiten – würde es heute wohl enger als sonst werden. Als sie ihn erreichten, schwappte ihr jener Geruch entgegen, der ihr schon vertraut geworden war: nach Staub und Schimmel, Kälte und Nässe und Angstschweiß. Die Frau aus dem gegenüberliegenden Haus schleppte wie immer ein riesiges Bündel mit sich, in dem ihre Habseligkeiten steckten. Eine Wärmflasche ragte heraus.

»Jetzt im Sommer brauchen Sie doch keine Wärmflasche«, schnaubte Frau Schöffel, »so was braucht nur Platz.«

Die Frau ging nicht darauf ein.

Kurz dachte Salome, dass irgendjemand auch seine Katze mitgenommen hatte, aber das, was in ihren überreizten Ohren wie ein Miauen klang, war in Wahrheit Kindergeschrei. Der Säugling war viel zu dick eingepackt für die laue Julinacht. Seine Mutter wiegte ihn nicht einfach, sie rüttelte ihn regelrecht durch, und als das nichts half, stimmte sie ein Kinderlied an.

»Säiste nit die Säu eam Goarte, säiste wäj se woile, wäj se däife Löcher groawe ean de geale Roiwe.«

Immer wieder folgte dieselbe Strophe, die allerdings abrupt abriss, als die Tür laut zugeschlagen wurde. Auch die Geräusche, die wenig später folgten, waren Salome vertraut. Ein Krachen, Platzen, Kreischen. Ein Sirren, Heulen, Knirschen. Dazu das Gefühl, als würde die Erde unter einem Schlag bersten.

Ungewohnt war nur der Geruch, der plötzlich in der Luft lag. Eine Frau hatte ein Messer mitgebracht, auch einen großen Korb. Sie nahm etwas heraus, das wie ein Apfel aussah, und begann es zu schälen.

»Ich habe gerade angefangen, Quittenkompott zu machen«, erklärte sie, als sie Salomes Blick spürte. »Das lass ich mir von diesen Halunken doch nicht nehmen.«

Das Quittenschälen schien sie zu beruhigen, sie war die Einzige, die lächelte. Andere zogen hektisch an ihren Zigaretten. Ein alter Mann wimmerte. »Ich habe nichts falsch gemacht, drei mal fünf ist fünfzehn, das ist richtig, oder? Ich habe nichts falsch gemacht.«

»Ruhig, ruhig«, redete seine Frau auf ihn ein, und sein Wimmern wurde etwas leiser, gleichwohl es nicht abriss.

Irgendwann begann er, das Einmaleins aufzusagen. Er war bei der Siebenerreihe angekommen, als der Geruch von Rauch den Keller erfüllte. Sobald er die Achterreihe abgeschlossen hatte, war seine Stimme nicht mehr zu hören. Das Haus über ihnen dröhnte und wummerte, als wäre es eine Trommel, auf die eingeschlagen wurde. Etwas bröckelte von den Wänden, von der Tür her erklang ein Knirschen.

Wieder ein Laut, als ob eine Katze schrie ... Es riss ab, schwoll aufs Neue an, genau so, wie das Licht ausging, wieder anging, flackerte.

Eine Frau sprang auf. »Bleiben Sie sitzen!«, rief eine andere und begann zu schreien. Der Schrei schmerzte in den Ohren – der Schrei und noch etwas anderes, ein unermesslicher Druck.

Das Einmaleins war verstummt, aber die Quittenfrau erklärte immer wieder: »Das lass ich mir von den Halunken nicht nehmen, das lass ich mir von den Halunken nicht nehmen.«

Frau Schöffel zählte unterdessen auf, wie sie sterben könnten – ersticken, verbrennen, im Löschwasser ertrinken ... und der Luftdruck von Explosionen könnte die Lunge zerreißen.

»Jetzt halten Sie schon den Mund«, bellte jemand.

Frau Schöffel verstummte, das Geschirrtuch hatte sich von ihrem Kopf gelöst, jetzt sah sie aus wie ein Igel.

Das Bellen riss nicht ab. »Und Sie ... Sie kommen jetzt mit.«

Salome war nicht sicher, wer der Mann war, der diesen Befehl erteilte, aber es war eindeutig, dass der, auf den er zeigte, Arthur war. Natürlich, er war der einzige Mann hier, vom wimmernden Alten abgesehen.

»Meinen Sie mich?«, fragte Arthur gleichwohl verdutzt.

Der Alte begann wieder mit dem Einmaleins, zerriss die Sätze, die der Mann Richtung Arthur brüllte, sodass nur einzelne Worte zu hören waren. Kübelspritzen … Brandbomben … Dachböden.

»Nun geh schon mit«, drängte Salome, obwohl sie sich nicht vorstellen konnte, dass Arthur eine große Hilfe sein würde. »Und gib schon her«, fügte sie hinzu, weil er den Ordner immer noch in der Hand hielt.

Er reichte ihn ihr. Das Licht flackerte weiter, die Tür fiel wieder zu. Kurz wurde das Dröhnen leiser, sie hoffte schon auf das Geheul der Sirene, die Entwarnung gab, doch stattdessen schwoll das Dröhnen wieder an, die zweite Angriffswelle begann.

»So schlimm war's noch nie, heute erwischt's uns«, stieß Frau Schöffel aus.

Sie neigte zwar zur Übertreibung, aber tatsächlich verstärkte sich der Druck auf den Ohren, wieder vermeinte Salome, das ganze Haus über ihnen würde beben, als wäre es eine Trommel, auf die jemand beharrlich schlug. Heute erwischt's uns, heute ist alles vorbei, das Schöne, das Schlechte … Besser, sie dachte an das Schöne, vergaß das Schlechte. Und doch konnte sie nicht anders, sie musste den Ordner öffnen, den Blick auf das Schlechte werfen, vielleicht blieb ja nur mehr Zeit, es zu erfassen, nicht mehr Zeit, darüber nachzudenken.

Denken schien sie schon jetzt nicht mehr zu können, lesen auch nicht, die Buchstaben, die sie verband, als sie die Seiten durchblätterte, ergaben zumindest keine vertrauten Wörter. Sie konnte nur vermuten, dass es Namen von Städten waren, die jeweils als Ziel der Fahrten angegeben waren. Treblinka hieß eine, die sprach man wohl aus, wie man sie schrieb. Schwieriger war es mit Belzec, wohin Züge von Przemyśl fuhren.

Wie oft hatte sie sich in den letzten Monaten lustig über Deutsche gemacht, die kein Französisch beherrschten und noch den klangvollsten Städtenamen verhunzten. Doch nicht minder peinlich wäre es, wenn sie den Namen einer dieser polnischen Städte aussprechen müsste.

Warum bekam ihr Vater Listen von Reisen, die innerhalb von Polen stattfanden? Wobei es keine Reisen waren, schließlich war da immer wieder von Sonderzügen die Rede. Und sie fanden auch nicht alle innerhalb Polens statt. Auf der nächsten Seite stieß sie auf den Namen einer Stadt, den sie richtig aussprechen konnte. Compiègne. Die Züge von dort fuhren an einen Ort namens Auschwitz. Und dann standen da Zahlen, hohe Zahlen. Mehrmals waren fünftausend Personen pro Transport angegeben, obwohl es, wie sie den Unterlagen entnahm, nur vierhundert sein müssten, damit der halbe Regeltarif galt. Ab tausend Personen gewährte die Reichsbahn noch höhere Rabatte.

Die Glühbirne erlosch, schlagartig wurde es finster. Sie konnte nichts mehr lesen, wenngleich nicht vergessen, was sie gelesen hatte. Das Knirschen wurde lauter, der Druck auf ihren Ohren schmerzhafter. Alles schien nun fremden Fliehkräften ausgeliefert zu sein. Die Mappe wurde ihr aus den Händen gerissen … oder vielleicht wurde sie von der Mappe fortgerissen. Jedenfalls fiel sie gegen etwas Hartes … Den Boden, die Wand? Der stechende Schmerz in ihrer Hand bekundete, dass sie sich verletzt hatte, womöglich am Quittenschälmesser. Sie hob die Hand zum Mund, schmeckte kein Blut, nur Staub, fühlte unter dem rechten Knie etwas Weiches. Salome hielt es kurz für eine tote Katze, aber als sie die noch unversehrte Hand ausstreckte, ertastete sie kein Fell, nur Gummi. Es musste die Wärmflasche jener Frau sein, die mittlerweile auch auf dem Boden lag, was sie allerdings erst erfasste, als das Licht wieder anging – für Sekunden, Minuten, Stunden? Anders als sie selbst lag die Frau jedenfalls nicht auf dem Boden, weil sie von unsichtbarer Macht dorthin geschleudert worden war, sondern weil sie ihre Wärmflasche suchte. Als sie sie unter Salomes Knie erblickte, riss sie sie mit vorwurfsvollem Blick weg.

»Unterstehen Sie sich, mir die zu klauen!«, rief sie und drückte die Wärmflasche an sich wie die andere Frau ihren wimmernden Mann und die Mutter ihr Kind.

Salome hatte nichts, das sie an sich drücken könnte. Die Mappe, die sie nun gleichfalls auf dem Boden entdeckte, wollte sie nicht einmal anfassen. Und als wenig später die Türen vom Keller geöffnet wurden, dahinter ihr Vater auftauchte, sein Gesicht im ersten Dämmerlicht ganz schwarz vor Ruß, das Haar wirrer denn je, wich sie zurück, sobald er auf sie zustürzte, ihren Namen ausrief, sie an sich ziehen wollte.

»Du …«, brachte sie erst nur hervor, und das Zischen in ihrer Stimme passte zu jener Symphonie aus fernem Prasseln und Poltern und Sirren und Knirschen, die die Luft erfüllte. »Du …«, begann sie wieder, brauchte eine Weile, um hinzuzufügen: »… du hilfst, diese … Transporte zu organisieren?«

Arthur brauchte schon sehr lange, um zu begreifen, dass sie ihn nicht umarmen wollte. Die Sprache fand er erst wieder, als Entwarnung gegeben worden war und sie sich auf dem Heimweg befanden. Antworten konnte er ihr noch nicht geben, nur bange fragen, ob wohl ihr Haus noch stand.

Sie erreichten es wenig später, es war noch ganz. »Gott sei Dank!«, stieß Arthur aus. Salome dagegen betrachtete es nicht wie das vertraute Zuhause, sondern wie ein fremdes Gebäude, seelenlos wie ihr Körper es war. Anstatt einzutreten, hielt Arthur plötzlich inne. »Wer mit der Bahn reist, braucht nun mal eine

Fahrkarte. Die Reichsbahn rechnet jede Fahrt ab. Für jeden … Passagier muss eine Fahrkarte dritter Klasse ausgestellt werden. Kinder zwischen vier und zehn zahlen die Hälfte, Kleinkinder reisen kostenlos.«

»Warum werden denn Tausende in den Osten geschickt, nach … nach …« Vergebens suchte sie nach einem der Namen, die sie gelesen hatte.

»Na, wenn es so viele sind, wird es billiger, die Reichsbahn gewährt doch Rabatte. Du weißt ja, die Juden von Frankfurt wurden auch umgesiedelt. Und jetzt sind die aus Frankreich an der Reihe.«

Deswegen ließ Achenbach dem Vater diesen Ordner zukommen, deswegen würde er selbst nach Frankreich aufbrechen …

»Wie … wie kannst du nur?«

Arthur löste sich aus der Starre, ging endlich auf das Haus zu, stieg die Treppe hoch. »Ich … ich mache doch nichts Schlimmes, ich bin Reiseagent, ich muss dafür sorgen, dass unser Reisebureau kriegswichtige Arbeit leistet, sonst würde es sofort geschlossen werden. Dass ich mit dem Mitteleuropäischen Reisebureau zusammenarbeiten darf, ist ein großer Glücksfall. Wie gesagt, so viele Mitarbeiter mussten an die Front, und es ist alles sehr kompliziert, da sind Fachmänner vonnöten. Die Sonderzüge aus Frankreich überschreiten gleich mehrere Grenzen, und die Reichsbahn darf Fahrscheine eigentlich nur für die Transporte innerhalb von Deutschland ausstellen. In der unbesetzten Zone Frankreichs müssen das die Reisebureaus übernehmen. Wie soll ich denn sonst Geld verdienen? Dafür steht den Reisebureaus eine Provision zwischen zwei und sieben Prozent zu, denk dir mal, wie viel das ist, bei … bei …«

»Bei Tausenden von Menschen.« Arthur nickte nicht, schüttelte aber auch nicht den Kopf. »Sag mir nur noch eines, Vater«, brachte sie hervor. »Hast du je eine Retourfahrkarte ausgestellt? Ist auch nur einer aus dem Osten zurückgekommen?«

Wieder nickte er weder noch schüttelte er den Kopf. Er sagte nur, dass er sich waschen müsse, und das war ihr Antwort genug.

Salome folgte ihrem Vater wie ein Schatten ins Frankfurter Bad, das sich in der Nische seines Schlafzimmers befand, sah zu, wie er den Wasserhahn aufdrehte. Es kamen nur einzelne Tropfen heraus, vielleicht war die Wasserleitung zerstört. Er nahm ein Handtuch, befeuchtete es, fuhr sich übers Gesicht, das hinterher nicht sauberer war, nur voller dunkler Schlieren.

Salome wusste, ihre Seele würde auch nicht sauber werden, je mehr sie erfuhr, nur voller dunkler Schlieren sein, wobei sie längst genug erfahren hatte, um zu wissen, was sie tun musste.

»Geht es so?«, fragte Arthur, nachdem er eine Weile über sein Gesicht gerieben hatte. Sein Blick fiel auf ihre Hände, er reichte ihr das Handtuch. »Hier, du musst dich auch waschen, du blutest ja.«

Sie folgte seinem Blick, sah wie Blut über ihre Hand perlte, vielleicht hatte sie im Luftschutzkeller doch ins Messer gegriffen. Sie nahm das Handtuch nicht, leckte stattdessen das Blut ab, während ihr Vater im Spiegel sein Gesicht musterte.

Wie lächerlich, dass er glaubte, er wäre jetzt sauber. Wie lächerlich, dass sie sich geweigert hatte, nach Frankreich zurückzukehren, weil sie nicht in Félix' Nähe sein wollte.

»Ich werde mich nach Frankreich versetzen lassen«, erklärte sie, »Achenbach braucht eine Dolmetscherin.«

Ein merkwürdiges Geräusch kam aus der Wasserleitung, einem endlosen Seufzen gleichend, dann stürzte eine Flut Wasser aus dem Hahn, rötlich braun. Arthur widersprach nicht, er hielt sein Gesicht unter den Strahl.

Eine Woche später war sie in Aix-en-Provence.

»Ich halte das einfach nicht aus!«, stieß Achenbach aus und betrachtete den leeren Schrank, vor dem er stand. »Wie soll man denn das ertragen?«

Salome hatte gerade die Schwelle seines Dienstzimmers betreten, als er ihr diese Worte entgegenwarf. Sie vermutete, dass er die Hitze meinte, die sie in Aix-en-Provence empfangen hatte, schwer und feucht. Seit sie am Tag zuvor aus dem Zug gestiegen war, überprüfte sie regelmäßig, ob auf ihrer hellen Leinenbluse keine Schweißflecke zu sehen waren, wie sie sich unter Achenbachs Achseln ganz deutlich abzeichneten. Nicht minder beharrlich, gleichwohl ebenso chancenlos, wehrte sie sich gegen nostalgische Gefühle, die sie dazu verführten, sich in Erinnerungen zu verlieren.

»Im August ist es hier immer so heiß«, erklärte sie mechanisch, während sie auf Achenbach zutrat, »vor allem im Landesinneren. Aber bald wird es erträglicher werden. Aix-en-Provence ist eine schöne Stadt, es gibt so viel zu sehen … Brunnen und Kirchen und natürlich den Blumenmarkt an der Place des Prêcheurs.« Achenbach sah sie an, als spräche sie nicht von einer Stadt, sondern vom Mond. »Nirgendwo wachsen so schöne weiße Lilien wie in den hiesigen Gewächshäusern«, fügte sie dennoch hinzu.

Sie konnte sich nicht vorstellen, dass der Lilienduft den Geruch seines Schweißes übertünchen konnte. Eben zog Achenbach umständlich ein Taschentuch aus seiner Jackentasche, tupfte seine Stirn ab.

»Ach, mit der Hitze werde ich fertig«, murmelte er, und seine Stimme klang gedämpft, weil er sich mit dem Taschentuch nun auch über den Mund fuhr. »Aber was wirklich unerträglich ist …«

»Ich weiß«, fiel sie ihm ins Wort und war jäh gerührt, dass dieser Mann, den sie nie als bösartig empfunden hatte, vor dem sie dennoch immer auf der Hut gewesen war, offenbar nicht blind und gefühlskalt seine Pflichten zu erfüllen gedachte. Sie selbst hatte vermeint zu zerbrechen, als er ihr während der Zugfahrt aus Unterlagen vorgelesen hatte, worin genaueste Anweisungen erteilt wurden. Um die Bevölkerung nicht zu verstören, gelte es als Erstes, alle fremdländischen Juden zu evakuieren. Auf die französischen sollte zunächst nur zurückgegriffen werden, wenn das jeweilige Kontingent nicht voll werde. Achenbach stützte sich schwer gegen das leere Regal. »Was ... was kann ich tun?«, fragte sie, nicht sicher, in welche Worte sie ihre Bereitschaft pressen sollte, zum Steinchen zu werden, das ins Getriebe geriet, winzig zwar, aber wirkungsvoll.

Er starrte sie an, sah dann, dass sie eine Aktentasche bei sich trug. »Sie haben nicht zufällig einen Bleistiftspitzer mitgenommen?«, fragte er.

»Bleistiftspitzer?«, gab sie zurück.

»Aber ja doch!«, rief er. Die Empörung in seiner Stimme wuchs. »Es ist unzumutbar, wie wir hier arbeiten müssen! Es gibt kaum Bleistifte, und die wenigen sind zu groß für die hiesigen Bleistiftspitzer. Sie brechen beim Spitzen ab oder bleiben stumpf. Aktenordner gibt es überhaupt keine. Wie soll man da Ordnung schaffen? Die Schreibmaschinen sind zudem eingerostet, die Stempelkissen ausgetrocknet. Ich sage Ihnen, die Franzosen erschweren uns die Arbeit absichtlich!« Er löste sich vom Regal, trat zu einem Tisch. Mehrere Papiere lagen dort, die noch nicht abgeheftet waren. »Wie soll ich die jetzt abstempeln?«

Salome ging zu ihm, der Schweiß rann auch ihr nun aus allen Poren.

»Seit Juli gibt es einen festen Fahrplan für die Umsiedlung aus Südfrankreich«, fuhr Achenbach fort. »Bislang läuft alles glatt, vor zwei, drei Wochen kam der siebte Transport aus Frankreich in Auschwitz an. Aber jetzt, jetzt hat man uns sämtliche Lastwagen entzogen, man braucht sie anderswo für den kriegswichtigen Einsatz, heißt es. Was genau ist es eigentlich, was wir hier tun?«

Er stellte die richtige Frage: Was ist es, was wir tun? Aber er war gewiss nicht an einer ehrlichen Antwort interessiert.

»Ich dachte, das Problem wären Bleistiftspitzer, nicht Lastwagen«, sagte Salome tonlos.

»Das Problem ist, dass es einfach an allem fehlt. Wovon es zu viel gibt, sind nur diese Juden. Über siebzigtausend in Frankreich, die weggeschafft werden müssen ... Solche Menschenmassen muss man sich erst mal vorstellen! Nun gut, im Süden, wo wir die Vichy-Regierung auf ihren Wunsch hin von dieser Plage befreien sollen, sind es nicht ganz so viele, wobei man mindestens siebentausend Deutsche hinzuzählen muss, die hierher geflohen sind. Das gelingt doch nur, wenn alles bestens vorbereitet ... organisiert ist ... man das notwendige Material hat ...«

»Wofür genau brauchen Sie denn die gespitzten Bleistifte?«

»Sie können sich doch all die Namen auch nicht merken!«

Er nahm eines der Papiere, wedelte sich damit frische Luft zu. »Nun gut«, er hielt kurz inne, »wenigstens brauchen wir in Les Milles keine Lastwagen. Dort befinden sich die Bahngleise gleich gegenüber vom Lager, einer ehemaligen Ziegelei.« Erleichterung klang aus seiner Stimme, fast Dankbarkeit, dass der, der damals die Ziegelei errichtet hatte, an ihn und seine Nöte gedacht hatte. »Aber das ändert nichts daran, dass an allen Ecken und Enden etwas fehlt.«

Wieder deutete er auf das leere Regal, eines der Blätter segelte vom Tisch auf den Boden. Salome bückte sich danach, konnte nun doch Namen lesen, so viele Namen. Sie waren nicht mit Bleistift niedergeschrieben worden, sondern mit der Schreibmaschine. Man konnte sie nicht ausradieren, was nicht hieß, dass man die Menschen dahinter nicht ausradieren wollte.

»Nein«, stieß sie unwillkürlich aus, obwohl sie keinen dieser Namen kannte. »Nein.«

»Was haben Sie gesagt?«, fragte Achenbach irritiert.

Salome richtete sich auf, räusperte sich. »Nein, wir lassen uns nicht unterkriegen. An allem mag es uns fehlen, an Entschlossenheit jedoch nicht. Am besten, wir machen uns in Les Milles selbst ein Bild.«

»Ich … wir sollen nach Les Milles fahren?«

»Sie … wir sind doch für die Evakuierung von dort zuständig.«

Er klopfte auf den Tisch, schien sich noch lieber daran festhalten zu wollen. »Es hieß, ich würde von meinem Bureau aus arbeiten.«

»Es war ja die Lagerverwaltung von Les Milles, die diese … Listen erstellt hat«, sagte Salome. »Vielleicht gibt es dort Bleistifte, Spitzer, Papier, Schreibmaschinen.«

»Glauben Sie?«

Sie nickte entschlossen. »Ich bleibe an Ihrer Seite«, sagte sie bestimmt.

Ich werde für diese Menschen tun, was ich kann, dachte sie insgeheim.

Seine Mundwinkel schrammten nur knapp an einem Lächeln vorbei. Er presste sich wieder das Taschentuch aufs Gesicht.

»Vielleicht wird es ja doch nicht so schlimm, wie ich dachte.«

Zehntes Kapitel

Félix schob den Kinderwagen über das unebene Straßenpflaster von Marseille. Er war nicht mehr im besten Zustand, die Speichen von einem Rad waren verbogen, der Sonnenschutz verblichen, wenn auch intakt, sodass man nicht so gut in das Innere des Wagens lugen konnte. Sobald ein paar Polizisten auf der anderen Straßenseite auftauchten, beugte er sich über den Wagen. »Schsch … es ist alles gut, du musst nicht weinen.«

Die Polizisten blieben stehen, starrten kurz in seine Richtung, musterten ihn von oben bis unten. Dass er schwarz gekleidet war, schoben sie offenbar darauf, dass er ein Witwer war, der sich allein um sein Kind kümmern musste. Aus den misstrauischen Blicken wurden jedenfalls mitleidige, dann eilten sie weiter. Felix verharrte noch kurz, er rechnete damit, dass ihnen bald weitere Polizisten folgen würden. Er hatte noch nie so viele wie an diesem Tag in Marseille gesehen, wobei auch von jedem Mann in Zivil Gefahr drohte, könnte er doch von der Gestapo sein.

Er schob den Wagen weiter, murmelte, als er auf eine Menschentraube stieß, tröstlich: »Wir sind bald zu Hause, dann bekommst du deine Milch.«

Die Menschen schienen ihn gar nicht wahrzunehmen, dafür traf ihn plötzlich die schrille Stimme einer Frau, die sich ihm wohl von hinten genähert hatte. »Das ist ja gar kein Kind, nur eine Puppe.«

Wie konnte er so dumm sein, nicht darauf zu achten, wer hinter ihm ging. Er drehte sich um, blickte in ein wettergegerbtes Gesicht, über dessen Stirn ein Kopftuch gezogen war. Der Blick war nicht nur vorwurfsvoll, auch müde.

»Die Puppe hat doch auch ein Recht darauf, dann und wann spazieren gefahren zu werden«, sagte er.

Die Frau starrte ihn finster an, am Ende folgte auf ein wütendes Schnauben ein resigniertes Seufzen. Die Welt war irre geworden, was zählte da schon eine weitere Verrücktheit.

Sie überholte den Kinderwagen, hastete gebückt weiter. Félix richtete kein Wort mehr an die Puppe, während er den Wagen eine Straße entlangfuhr, einen kleinen Platz erreichte, auf den Akazien Schatten warfen. Anders als an den meisten Plätzen war der Boden hier so uneben, dass man keine Männer beim Boulespielen antraf. Er setzte sich auf eine Bank, schob den Kinderwagen vor und zurück, griff, nachdem er sich unauffällig umgeblickt hatte, unter die Decke und zog ein Couvert heraus. Er warf dieses in den Mülleimer, wartete wieder eine Weile, weil es ihm schwerfiel, das Couvert einfach zurückzulassen. Weiter schob er den Puppenwagen vor und zurück, starrte in die blauen Glasaugen, auf die geröteten Wangen.

»Du heißt Madeleine, oder?«, fragte er. Er war sich dessen nicht sicher, seine Mutter wurde immer wirrer im Kopf, sie vertauschte die Namen ihrer Puppen allenthalben. »Ich habe wieder einmal einen Artikel geschrieben«, murmelte er. »Es ist gar nicht so leicht, dafür zu sorgen, dass er in die richtigen Hände gerät. In Avignon wurde eine Kommission gegründet, die nichts anderes zu tun hat, als die Briefe zu öffnen, die Franzosen versenden, und ihre Telefonate abzuhören.«

Nun, er telefonierte ohnehin kaum. Im Haus seiner Familie in Saint-Tropez gab es mittlerweile zwar einen Anschluss, seit Ornella es zu einem kleinen Hotel gemacht hatte, und er rief jede

Woche dort an, aber er versuchte, die Gespräche so kurz wie möglich zu halten.

»Wann kommst du endlich?«, fragte Ornella jedes Mal. »Wann gibst du uns endlich eine Chance? Wann wird dir die eigene Familie mehr wert sein, als es Fremde sind?«

Diese Fragen machten ihn so hilflos. Er verstand ihren Hader, er wusste, was er ihr antat, aber er konnte nicht anders.

»Du kennst mich doch«, beschied er sie jedes Mal knapp.

Danach blieb es immer sehr lange still in der Leitung, und er konnte fühlen, wie in ihr verzweifelte Liebe, Hoffnung und Resignation miteinander stritten.

Einmal war er nach Saint-Tropez gefahren – nicht, weil sie es sich so inständig wünschte, sondern weil er frische Kleidung und Geld brauchte.

Sie hatte ihn mit beidem versorgt, diesmal nicht die übliche Bitte an ihn gerichtet, ihn nur schweigend angestarrt. »Hier ist es doch so schön«, hatte sie schließlich gesagt.

»Ich finde es großartig, was du mit dem Haus meiner Familie gemacht hast, dass es nun ein kleines Hotel ist. Ich wusste, du würdest es schaffen. Ich wusste, dass du sie alle durchbringst, Marie und Rosa und meine Mutter und …«

Sie war zu ihm getreten, hatte etwas getan, das sie in den letzten Jahren kaum zu tun gewagt hatte – nämlich seine Schulter gestreichelt. »Du traust mir so viel zu, nur nicht, die richtige Frau für dich zu sein.«

»Nein«, hatte er traurig zurückgegeben, »ich traue mir nicht zu, der richtige Mann für dich zu sein.«

Ihr Blick hatte bekundet, dass sie sich dieser Wahrheit gegenüber weiterhin blind stellte – und er war bis zu diesem Tag nicht sicher, ob sie das zum dümmsten oder zum stärksten aller Menschen machte.

Ehe er sich später von ihr verabschiedet hatte, war er in Maries Kinderzimmer gegangen. Dass sie mit ihren zweieinhalb Jahren immer noch nicht redete, hatte ihn kurz befürchten lassen, sie wäre ein einfältiges Kind. Aber ihr Blick war nicht leer, er war wach, neugierig, auch verständnisvoll. Ich weiß, was du tust, schien er zu sagen.

Er war nicht über die Schwelle ihres Zimmers getreten, hatte nur seine Hand gehoben, um ihr zuzuwinken. »Es ist nicht viel, was ich tue … Ich kann jedoch nicht verzichten, wenigstens das Sandkorn zu sein, das ins Getriebe gerät.«

Gleiche Worte wiederholte er jetzt gegenüber der Puppe. »Vielleicht ist es sinnlos, aber ich muss es tun, muss Artikel schreiben, wie sie vor mir schon große Schriftsteller geschrieben haben, muss an die Menschen appellieren, dass wir unseren Glauben an eine Zukunft, in der wir von der Tyrannei befreit sein werden, nicht aufgeben dürfen, nicht die Hoffnung auf den Tag, da die Werte, auf denen die französische Nation gründet, nicht länger mit Füßen getreten werden. *Frankreich, gib acht, deine Seele nicht zu verlieren*, schreibe ich. Und solange diese Artikel gedruckt und gelesen werden – auf den hinteren Seiten von Zeitungen, die auf den ersten Blick ganz harmlos aussehen und von Kirchengemeinden herausgegeben werden, die ihre Schäfchen vermeintlich nur über den sonntäglichen Gottesdienst informieren –, habe ich das Gefühl, dass ich etwas Sinnvolles tue. Vielleicht ist das ja so lächerlich, wie mit einer Porzellanpuppe zu reden, und trotzdem … trotzdem …«

Er nickte bekräftigend, war dankbar, nahezu stolz, dass es ihm an einem nicht mangelte – an der Sturheit. Woran es ihm eher fehlte, war die Kraft.

Dass er so lange sitzen blieb, lag nicht bloß an der Angst, jemand könnte vorzeitig den Mülleimer leeren und das Couvert würde nicht in die Hände jenes Verbindungsmannes geraten, der es zur Druckerpresse der Gemeinde Saint-Giniez schaffen würde. Der wahre Grund war vielmehr, dass ihm die Beine stark zittern würden, wenn er aufstand.

Irgendwann erhob er sich trotzdem, stützte sich schwer auf den Wagen, schob ihn in ein belebteres Viertel in der Nähe des Hafens. Der Geruch von Fischen, die in der Ferne von Frauen ausgenommen wurden, stieg ihm ebenso in die Nase wie der von heißem Fett, der den Restaurants entströmte. Dazwischen befanden sich jede Menge kleine Bars, in denen man vorzugsweise Sherry und Porto trank, doch er steuerte nicht auf eine von diesen zu, sondern auf ein kleines Geschäft, wo, wie an so vielen Ecken und Plätzchen von Marseille, Spitzenware verkauft wurde – Tischläufer, Servietten oder Häubchen. Nicht nur der Tisch im Laden war damit bedeckt, die Ware hing auch von der Decke. Obwohl er immer noch gebeugt war, als er eintrat, streifte etwas seinen Kopf.

»Ich brauche ein hübsches Mützchen für mein Kleines«, erklärte er.

Die Frau hinter dem Tresen warf ihm einen missmutigen Blick zu. Schweigend wartete sie darauf, dass er einmal mehr ein Couvert aus dem Kinderwagen nahm, diesmal mit Geld, das Ornella ihm gegeben hatte. Als er es der Frau reichte, brach ihm der Schweiß aus. Sie erhob sich, um es an sich zu nehmen und nachzuzählen, reichte ihm schließlich kein Mützchen, sondern eines ihrer absonderlichsten Produkte – einen gehäkelten Eierwärmer. Nur dass sich darin kein Ei befand, sondern ein Fläschchen mit einem weißen Pulver. Früher hatte er sich manchmal in einem Hotelzimmer eingemietet, um den Drogenrausch auszukosten, mittlerweile hockte er sich oft in die taubenverschissenen Ecken in der Nähe von Les Halles, den Markthallen, weil er nicht warten konnte.

Er verstaute den Eierwärmer mit dem Fläschchen gerade im Kinderwagen, als die Glocke, die über dem Eingang hing, neue Kundschaft ankündigte. »Sie haben wirklich schöne Ware«, sagte Félix, »das nächste Mal kaufe ich mir dieses halb durchsichtige Spitzennachthemd.« Dann erkannte er, dass keine Kundschaft den Laden betreten hatte, sondern ein junger Mann namens Gaston, der sich in den Dienst eines Hilfskomitees gestellt hatte.

»Ach«, sagte er, »willst du auch ein Mützchen?«

Gaston brauchte kein Mützchen, er trug auf dem Kopf eine Franzosenmütze, ein Zeichen des Widerstands, hatten die Nazis den Franzosen in der Nordzone doch verboten dergleichen zu tragen. Er war auch nicht auf das weiße Gift angewiesen wie Félix – sein scharfer Atem verkündete, dass ihm eine Flasche Branntwein genügte, um damit den salzigen Geruch des Angstschweißes zu übertünchen. Félix wurde den Verdacht nicht los, dass es ihm bei seinem Engagement in erster Linie darum ging, etwas gegen die Nazis zu tun, nicht für jüdische Emigranten.

»Hast du es schon gehört?«, fragte Gaston grußlos.

So träge die Ladenbesitzerin sich wieder hinter den Tresen gehockt hatte, so heftig fuchtelte sie jäh mit den Händen. »Ich versorge euch mit allem Mist, den ihr braucht und bezahlt, aber konspirative Treffen finden hier nicht statt.«

Gaston musterte sie finster, Félix ließ den Kinderwagen stehen und winkte den anderen ins Freie.

»Was gehört?«, fragte er, sobald Gaston ihm gefolgt war, und er schämte sich, dass die Neugier, es zu erfahren, so viel geringer war als die Gier, endlich das weiße Pulver zu schnupfen, sich dem Hochgefühl hinzugeben, das es für kurze Zeit schenkte.

Gaston zog ihn in Richtung der Canebière – jener Hauptstraße, die gleichsam das Zentrum und Rückgrat von Marseille war, wo sie inmitten von hupenden Automobilen und ebenso hupenden

Trambahnen – etwas, das man nur hier in Marseille vorfand – nicht weiter auffallen würden.

Félix verstand nicht jedes Wort, was der andere ihm wenig später zuraunte, aber er verstand genug. Von der Sipo war die Rede, der Sicherheitspolizei der SS, vom SD, dem Sicherheitsdienst, und immer wieder von Menschenjagden, die französische Einheiten gemeinsam mit der Sipo und der SD unternahmen. Ganze Stadtviertel wurden abgesperrt, Haus für Haus durchsucht, Menschen verhaftet, in Lager gebracht.

»So schlimm wie jetzt war es noch nie«, sagte Gaston. »Kein Wunder, in kaum einer anderen Stadt leben noch so viele Juden wie in Marseille.«

Der Name der Stadt war zwei Jahre zuvor eine Hoffnung gewesen, das einzige noch offene Tor zur freien Welt, wo man Schiffskarten kaufen konnte, Ausreisevisen ausgestellt wurden und man zum offiziellen Kurs Dollars wechseln durfte. Doch nun schnappte die Mausefalle zu.

»Was … was sollen wir tun?«, stieß Félix aus. »Was können wir tun?«

»Leider nichts«, erklärte Gaston prompt, »Jérémie hat anscheinend noch ein paar zu warnen versucht – und dabei haben sie ihn erwischt.«

Ein Ächzen entfuhr Félix. »Warum ist dieser Idiot nicht in Nizza geblieben, wo es mittlerweile weit weniger Razzien gibt?«, fragte er, obwohl er die Antwort kannte: Für Jérémie war die Angst vor Gefahr immer kleiner gewesen als der Wunsch, andere vor der Gefahr zu schützen. Und er war der Letzte, der das nicht verstehen könnte.

Gaston ging nicht darauf ein. »Was ich dir eigentlich sagen muss: Ich fürchte, sie haben auch Hanna Adler, Efraim und ihre Kleine verhaftet.«

Wieder ein Ächzen, diesmal folgte keine Frage.

Zipporah, rauschte ein Name durch seinen Kopf, die Kleine heißt Zipporah.

Er erinnerte sich an den Namen, obwohl er Hanna nach der Geburt ihrer Tochter erklärt hatte, dass er sich Namen von Kindern nicht merken könne, erst recht nicht, wenn diese unaussprechlich seien. Er hatte ihr ebenso erklärt, dass er mit Kindern nichts anfangen könne, erst recht nicht, wenn die noch nicht zu sprechen, geschweige denn zu lesen vermochten.

Dabei ist lesen und sprechen können doch nicht so wichtig, dachte er insgeheim. Leben konnten die Kinder ja trotzdem – und solange sie es taten, errangen sie jeden Tag einen kleinen Sieg über jene Brut, die sie am liebsten von der Erde fegen wollte. Er hatte bislang einen kleinen Anteil an diesem Sieg gehabt. Es war ihm zwar nicht gelungen, Hanna, Efraim und Zipporah aus Südfrankreich fortzubringen, aber er hatte ihnen alle paar Wochen ein neues Versteck besorgt.

»Wohin?«, brachte er schließlich beklommen hervor.

»Frauen und Kinder wurden fürs Erste im Hotel Terminus des Ports interniert, das nutzen sie wie manch anderes Hotel seit geraumer Zeit als Gefängnis. Aber ich denke, dass sie sie bald in ein Lager bringen.«

»Vielleicht ist es Les Milles. Dort hole ich sie raus, von dort konnten immer mal wieder Menschen fliehen.«

»Jetzt nicht mehr«, erwiderte Gaston.

»Warum nicht?«, brüllte er gegen das Hupen der Trambahn an. Wie konnte sie einfach fahren, wie der *rôtisseur de pommes frites* nicht weit von ihnen entfernt Kartoffelschnitten in heißem Fett frittieren? Wie konnten die Leute dort hinten weitergehen, wie die Kinder von der Schule heimkommen?

Wie ein Zischen heißen Fetts klang es in seinen Ohren auch,

als sich Gaston vorbeugte und erklärte: »Die Menschen in den Lagern werden endgültig den *boches* ausgeliefert. Es sind … Deportationen geplant. Von Les Milles sollen ganze Waggonladungen voll nach Drancy gebracht werden, und von dort geht es weiter in den Osten. In Lager, die polnische Namen tragen, Namen, die man nicht aussprechen kann, nicht aussprechen will.«

»Was sollen wir tun?«, fragte Félix wieder. »Was können wir tun?«

Erst jetzt bemerkte er, dass Gaston die Kappe abgenommen, sie mit seinen verschwitzten Händen zerknittert hatte. Er wich seinem Blick aus, und Félix erkannte: Es gibt kein Wir. Gaston war bereit Menschen zu helfen, indem er sie vor Razzien warnte und neue Verstecke auftat. Aber Hanna, Efraim und Zipporah waren für ihn nur Namen unter sehr vielen. Und den sehr vielen konnte er kaum helfen, wenn sie erst einmal in die Fänge der Vichy-Regierung geraten waren.

Gaston setzte die Kappe wieder auf. »Sprich am besten mit dem Lagerkommandanten von Les Milles. Robert Maulavé heißt er. Er ist völlig überfordert, aber kein Unmensch und anscheinend bestechlich. Vielleicht kannst du bei ihm tatsächlich etwas erreichen.«

Félix ließ ihn stehen, machte ein paar hastige Schritte. »Das ist die falsche Richtung!«, rief Gaston ihm nach.

Félix hörte nicht auf ihn. Er wollte dem anderen nicht erklären, dass er zurück ins Geschäft musste, um seine Puppe zu holen, nein … das Fläschchen im Eierwärmer, das sich im Puppenwagen befand. Bald würde er nach Les Milles aufbrechen, bald würde er versuchen, Hanna und die Kinder zu retten, aber nicht sofort. Für ein paar Stunden musste er Leib und Seele und Geist betäuben. Hinterher würde der Leib erfrischt sein, der Geist indes immer noch betäubt und von der Seele noch ein Stückchen mehr verloren gegangen. Aber die Männer von der Securité nationale und der Gestapo und der SS hatten ja auch alle keine Seele. Vielleicht brauchte man keine, um sich ihnen entgegenzustellen.

Lagerkommandant Maulavé hatte sich in seinen Bureauräumen verschanzt. Die Wände bestanden aus roten Ziegelsteinen wie das ganze Gebäude, doch es lag nicht so viel Staub in der Luft wie im Freien, stattdessen roch es modrig. Obwohl es August war, hing hier eine Kälte fest, die aus den Jahren vor 1938 zu stammen schien, als dieser Ort ausschließlich der Herstellung von Backsteinen gedient hatte. Dann war die Fabrik von Les Milles geschlossen und von Militärbehörden beschlagnahmt worden, und was zuerst als Soldatenunterkunft gedient hatte, war schließlich zum Internierungslager geworden.

Maulavés Gesicht war gerötet. Obwohl ihm kein Schweiß von der Stirn perlte, fuhr er sich immer wieder darüber, als müsste er solchen abwischen. Vielleicht verriet diese Geste aber auch nur das Verlangen, sich die Augen zuzuhalten. Félix konnte ihm das nicht verdenken, er hatte selbst gesenkten Blickes das Fabrikgelände betreten. Immerhin war es leichter als gedacht gewesen, zum Lagerkommandanten vorgelassen zu werden – er hatte lediglich erklärt, er sei Angehöriger eines amerikanischen Hilfskomitees.

»Hanna Adler«, wiederholte er eben, »meines Wissens ist sie vorgestern hier angekommen, nachdem sie einige Tage in einem Marseiller Hotel festgehalten wurde. Sie hat zwei Kinder, Efraim und Zipporah. Zipporah ist knapp eineinhalb, und Efraim …«, er zögerte, er hatte keine Ahnung, wie alt Efraim war.

Maulavé schien ohnehin nicht richtig zugehört zu haben, er beugte sich über den Schreibtisch. »Hören Sie, ich werde von allen Seiten bestürmt. Häftlinge stellen Urlaubsanträge, Hilfsorganisationen legen gefälschte Visen vor, um Menschen freizubekommen, und aus Vichy kommen jeden Tag neue Vorschriften. Erst heißt es, die über Sechzigjährigen und die schwangeren Frauen werden nicht deportiert, und schon am nächsten Tag folgt der Befehl, keinen Unterschied zu machen. Außerdem kriege ich ständig neue Listen von den Deutschen vorgelegt, muss sie mit alten abgleichen, und jedes Mal sind etliche Namen verschwunden ...« Er senkte die Stimme, zögerte kurz. »Viele staatenlose Juden, die eigentlich hierhergebracht und registriert hätten werden müssen, wurden von der SS hinter die Demarkationslinie verschleppt, um die hiesigen Behörden zu umgehen. Und die Regierung von Vichy hat nicht etwa protestiert. Nein, sie hat erklärt, wenn sie das schon machen, dann sollen sie bei diesen Nacht- und Nebelaktionen auch die minderjährigen Kinder mitnehmen, damit man hier keine Mühen mit den Waisen hätte.«

Félix zündete sich eine Zigarette an, bot auch Maulavé eine an. Seine Hände zitterten stark, doch er versuchte gar nicht, es zu verbergen. Maulavé lehnte ab, gab ihm dennoch Feuer.

»Sie haben doch die Möglichkeit, diesen Urlaubsanträgen stattzugeben«, sagte Félix leise. »In den letzten Monaten durften die Internierten immer mal wieder das Lager verlassen.«

»Jetzt nicht mehr! Morgen finden die ersten Deportationen aus Les Milles statt. Es wurde die Vorschrift erlassen, dass niemand mehr das Lager verlässt.«

»Und wenn Sie diese Vorschrift bei all der Aufregung zwischendurch vergessen?«

Maulavé blickte ihn nachdenklich an. »Haben Sie es nicht mitbekommen?«, gab er zurück. »Gestern hat die Vichy-Regierung hundertsiebzig Polizisten geschickt, die das Lager umstellt haben. Man kommt noch rein, nur als Internierter unmöglich raus.« Seine Hände fuhren wieder an die Stirn, verweilten kurz, ehe er sich die Augen rieb. »Ich möchte das alles gern hinschmeißen.

Aber wer weiß, wen sie dann auf diesen Posten setzen. Ich kann wenigstens dann und wann ein Auge zudrücken.«

»Also gibt es doch noch eine Möglichkeit, Menschen rauszuschmuggeln.«

Maulavé blickte sich instinktiv um, als müsste er sich vergewissern, dass sich nicht noch jemand im Raum befand und sie belauschte. »Ich weiß von dreien, die es geschafft haben«, sagte er mit gesenkter Stimme. »Es kommen regelmäßig Lastwagen, um Nahrungsmittel zu liefern. Ein paar der Internierten haben sich in Pappkartons versteckt. Fragen Sie mich nicht, wie ihnen das gelungen ist, es kommt so wenig Essen an, die Kartons sind gar nicht so groß. Fragen Sie mich am besten überhaupt nichts mehr, ich weiß von gar nichts.« Er machte eine Geste, als würde er seine Lippen versiegeln. »Und nun lassen Sie mich allein. Wie oft soll ich Ihnen denn noch sagen, dass ich nichts tun kann?«

»Wo finde ich Hanna Adler und ihre Kinder?«

Maulavé schwieg eine Weile, stieß dann einen Pfiff aus. Ein Wärter erschien, dessen Namen Maulavé nur flüsterte. Félix glaubte Poinas zu verstehen. »Fragen Sie ihn«, fügte er nicht minder leise hinzu.

Nachdem Félix sein Anliegen erneut vorgebracht hatte, winkte Poinas ihn mit sich. Es summte in seinen Ohren, als er sich erhob. Trotz des Schwindels sah er wenigstens klar, das Bild vor ihm zerbarst nicht in Scherben. Poinas führte ihn durch einen feuchten Gang in den Innenhof, der sich inmitten von drei im Karree liegenden Gebäuden befand. Obwohl hier längst keine Ziegelsteine mehr hergestellt wurden, wirbelte bei jedem Schritt rötlicher Staub durch die Luft. Das Gebäude flimmerte in der Augusthitze – die Menschen, die er erblickte, wirkten dagegen so erstarrt, als wären sie eingefroren. Nur ein Mann betätigte hektisch eine Wasserpumpe, aus der ein dünnes Rinnsal floss. Es war viel zu wenig Wasser für die lange Schlange, die sich hinter ihm gebildet hatte. Der Erste, der an die Reihe kam, hielt sein Blechgeschirr unter das Rinnsal, um es zu waschen, der nächste seinen grindigen Kopf.

»Was waren Sie vor dem Krieg?«, fragte Poinas unwillkürlich. »Ich selbst habe als Seidenhändler in Lyon gearbeitet.«

Es lag Félix auf den Lippen zu sagen, er sei Schriftsteller gewesen. Aber das traf es nicht ganz. Er hatte einer sein wollen ... hatte eines Tages nicht mehr schreiben können, nicht, nachdem so viele Schriftsteller aus Deutschland an die Riviera geflohen, er vermeint hatte, dass seine Geschichten gemessen an ihren lächerlich waren.

Jetzt ging ihm durch den Kopf, dass er eines Tages all das, was er hier und heute sah, aufschreiben musste. Allerdings konnte er kaum gerade Schritte machen. Wie sollte er da gerade Sätze zustande bringen? Und kurz war auch das Verlangen, alles zu vergessen, viel größer als das, es zu bezeugen. Wortlos taumelte er Poinas nach, widerstand immerhin dem Drang, nach den Latrinen für die Wachmänner zu fragen, um sich dort zu verschanzen und mithilfe des Inhalts seines Fläschchens zwar keinen Ausweg für Hanna aus Les Milles zu finden – aber für sich einen Ausweg aus dieser Welt.

»Also, was waren Sie?«, wiederholte Poinas, als er nicht antwortete.

Félix riss sich zusammen. »Ein Mensch«, sagte er schließlich.

»Und sind Sie das immer noch?«, fragte Poinas. In seiner Stimme lag ein nahezu flehentlicher Ton.

»Ich hoffe es.«

Sie hatten den Hof überquert, betraten nicht das Haupt-, sondern ein Nebengebäude. Der Gang, der sie hier erwartete, war nicht ganz so dunkel und feucht. Sie kamen an Öfen vorbei, in denen einst Ziegel gebrannt worden waren. Ein paar, die wohl vergessen worden waren, lagerten noch hier. Die Menschen, an denen sie vorbeikamen, schienen auch vergessen worden zu sein. Manche lagen auf Pritschen, andere auf dem unebenen Fußboden aus gestampfter Erde. Das Stroh, das dort ausgestreut war, war faulig, Félix wollte gar nicht wissen, wie viele Flöhe, Wanzen, Läuse man sich dort holte. Die Internierten waren allerdings zu müde, die Hand zu heben und sich zu kratzen.

Mancher hatte sich seine Schlafstelle mit Ziegeln eingegrenzt, einer nutzte einen Koffer als Nachtkästchen. Eine Brille lag darauf, auch ein Büchlein, beides von einer dicken Staubschicht bedeckt. Durchdringender Uringeruch kam aus einer Ecke. Hinter dem Verschlag vermutete Félix keine Toilette, höchstens ein Loch, in dem ein Metallkübel stand.

Als er den Saal betreten hatte, hatte ihn Stille empfangen. Als er aber durch die Reihen ging, löste sich ein Raunen aus den Kehlen. Er brauchte eine Weile, um zu erkennen, dass die Zigarette, die er sich in den Mund gesteckt hatte, Begehrlichkeiten weckte. Und obwohl er vermeinte zu ersticken, wenn er nicht daran sog, konnte er nicht anders, als sie einem zu reichen, rasch den Rest seines Päckchens zu verteilen. Er war nicht sicher, wie er ohne Zigaretten den Tag überleben konnte, aber da war ja noch das Fläschchen in seiner Hosentasche, das er nun umklammerte.

»Kommen Sie mit hoch, die Frauen sind im ersten Stock untergebracht. Dort ist es nicht ganz so finster wie unten, wenngleich die Fenster mit Läden verschlossen sind.«

Der Geruch von Pisse empfing ihn, von Erbrochenem, von Kinderscheiße, auch ein Geplärre, das ihm in einer anderen Situation lästig gewesen wäre.

»Gestern haben sich Gerüchte über die anstehenden Deportationen verbreitet«, murmelte Poinas. »Eine Frau ist mit ihrem kleinen Kind aus dem Fenster gesprungen.« Er schüttelte den Kopf.

»Es war zu niedrig, sie hat sich nur das Bein gebrochen, das Kind gar nichts.«

»Aber das war nicht Hanna Adler?«

»Die kenne ich nicht, ich werde nach ihr fragen.«

Félix blickte sich um, starrte in die Gesichter – manche mit einem flehentlichen Ausdruck, andere mit einem resignierten, einige Frauen waren verzweifelt, andere stoisch. Und immer wieder glaubte er die Frage aus den Mienen zu lesen: Kannst du uns helfen?

Dabei konnte er nicht einmal diesen Blicken standhalten, senkte rasch den Kopf. Poinas kam wenig später mit einem anderen Wärter zurück, den er als Bondi vorstellte. Dieser hob die Hand, deutete nach oben.

»Dort gibt es weitere … Schlafsäle.« Er schien sich zu schämen, dieses Wort zu benutzten, das zu einem Mädchenpensionat passte, nicht hierher. Überhaupt schien es keine richtigen Worte mehr zu geben. *Ich muss sie retten* war gleichbedeutend mit: *Die anderen dagegen lasse ich im Stich.* »Und außerdem gibt es den Dachboden«, fügte Bondi hinzu, »man kann ihn nur mithilfe von Lastenaufzug und Tragriemen erreichen. Deswegen taugt er vorzüglich als … Versteck.«

»Hanna Adler ist dort?«, fragte Félix, fühlte erstmals nicht nur Lähmung, auch Erleichterung.

»Wir versuchen, die Frauen vor der Deportation zu bewahren«, murmelte Bondi, »zumindest fürs Erste. Keiner weiß …«

Er brach ab. Keiner weiß, wann das Versteck auffliegt. Keiner weiß, wie lange der Irrsinn weitergeht.

Wenig später bestieg Félix den Lastenaufzug. Er starrte in die Tiefe, als er langsam nach oben befördert wurde, fragte sich, ob er sich auch nur ein Bein brechen würde, wenn er fiele … sich fallen ließ.

Er hob den Kopf erst wieder, als er den Lastenaufzug schon verlassen hatte, und während Bondi und Poinas wieder nach unten fuhren, stand er plötzlich einem dritten Wärter gegenüber. Auguste Boyer, nannte der seinen Namen, Félix nur den von Hanna.

»Kommen Sie mit!«

Er fand Hanna unter einer Dachschräge zusammengekauert, Zipporah fest an sich gedrückt. Neben ihr hockten zwei weitere Frauen, von denen mindestens eine schwanger war, und ein paar Kinder mit großen Augen.

»Die Namen dieser Frauen und Kinder stehen auf den ersten Listen«, erklärte Boyer.

Hanna starrte ihn stumm an, als er auf sie zuging, sich vor sie kniete, sie fragte, wie es ihr ging, ihr versicherte, dass er sie rausholen werde. Sie schwieg auch dann noch, als er sich umblickte, nach Efraim suchte, ihn nicht fand.

»Wo ist Efraim?« Erst als er in ihren Augen Tränen glänzen sah, ging ihm auf, dass er heute in so viele verzweifelte Gesichter gestarrt hatte, aber in keines, in dem Tränen flossen. In Les Milles verlernte man zu weinen. Hanna hatte es auch verlernt. Die Tränen perlten nicht über die Wangen, der Mund öffnete sich, gab dennoch kein Schluchzen preis. »Wo ist Efraim?«, wiederholte er heiser.

Sie fand ihre Sprache wieder, doch ihre Worte bauten keine Brücke über den Abgrund, sie ließen ihn tief wie nie hineinblicken. Als sie geendet hatte, senkte sie den Blick, starrte auf die schlafende Zipporah. Die Kleine hatte rötliche Löckchen, die nass vom Schweiß waren. Obwohl es drückend heiß war, hatte Hanna einen Mantel über sie beide ausgebreitet.

»Wie konntest du nur?«, entfuhr es ihm, nachdem Hanna geendet hatte und ihm die Bedeutung ihrer Worte aufgegangen war.

»Ich konnte nicht nur … ich musste«, sagte sie. Aus ihrer

Stimme tönte der gleiche feste Wille, mit dem sie einst darauf bestanden hatte, in Frankreich zu bleiben, weil sie Leo nicht zurücklassen und ihr ungeborenes Kind nicht gefährden wollte. »Oder hätte ich denselben Fehler noch einmal machen sollen wie damals in Marseille? Als ich mich nicht von ihm trennen konnte? Als ich nur an mich dachte?«

Félix konnte kurz gar nichts mehr denken. Er sank auf den staubigen Boden, lehnte sich an die Dachschrägen, schloss die Augen.

»Ich … ich bringe euch hier raus, wenigstens dich und Zipporah«, wiederholte er sein Versprechen, das so leer schien wie Hannas knappes Danke.

Elftes Kapitel

Auf der Fahrt nach Les Milles beschwerte sich Achenbach ausnahmsweise nicht über fehlende Aktenordner, den Mangel an Papier oder Bleistiften, sondern darüber, dass sie keinen Chauffeur hatten. Der, der ihnen eigentlich zugeteilt worden war, war kurzfristig von der SS in Anspruch genommen worden. Als Automobil wiederum bekamen sie keinen Dienstwagen des deutschen Stabes – somit einen Mercedes –, sondern einen uralten Peugeot. Für einen normalen Rückführungsbeauftragten müsse das wohl reichen, stellte er verbittert fest.

Dass Salome ihm anbot, selbst das Automobil zu steuern – in Frankreich hatte sie es ja einst gelernt –, hatte ihm nur ein knappes Danke entlockt. Aber an ein Gespräch war während der Fahrt ohnehin nicht zu denken – die Motorengeräusche glichen denen einer Kettensäge, und bei jeder Kurve schepperte die Karosserie, als würde sie gleich auseinanderfallen.

Etwa zwanzig Minuten, nachdem sie ihr Hotel im Zentrum von Aix verlassen hatten, erreichten sie das Wachhäuschen neben dem Eingangstor von Les Milles, wo sie nicht nur von Wärtern empfangen wurden, auch von Polizisten. Sie begnügten sich mit einem flüchtigen Blick auf ihre Ausweise, winkten sie rasch weiter. So heiß es am Tag zuvor noch gewesen war, in der Nacht war Wind aufgezogen, und als Achenbach ausstieg, blähte dieser seinen grauen Anzug und zerrte an den Unterlagen in seinen Händen, die er umso entschlossener festhielt. Den Hof hatte der Wind längst blank gefegt, nun rüttelte er am Stacheldraht, mit dem das Gelände der ehemaligen Ziegelei umzäunt war. Man hatte diesen nur um Pflöcke gewickelt, manche so niedrig, dass man sie leicht hätte überwinden können. Ein Kleidungsstück hatte sich an einer Stelle verhakt, vielleicht vom Wind dorthin geweht, vielleicht von jemandem aufgehängt, weil es keine andere Möglichkeit gab, seine Wäsche zu trocknen.

Salome konnte ihren Blick nicht von dem Stoff lösen. Weh es fort, Wind, ging es ihr durch den Kopf, nimm es mit dir mit.

In ihr regte sich der Wunsch, selbst fortgeweht zu werden oder sich zumindest im Automobil zu verkriechen. Aber Achenbach drehte sich um und rief ungeduldig: »Nun kommen Sie schon, Fräulein Sommer.«

Erst als sie ausstieg, erkannte sie, was sich am Eingangstor der ehemaligen Fabrik zutrug. Menschen wurden gerade ins Freie getrieben, mussten sich in Dreierreihen aufstellen.

»Warum denn jetzt schon?«, fragte Achenbach, ohne eine Antwort zu bekommen.

Salome senkte erst verlegen den Blick, musste dann doch hochschauen. Sie starrte in kalkweiße Gesichter, nahm zitternde Hände wahr, Frauen und Männer, die sich gegenseitig stützten, Mütter und Väter, die ihre Kinder an sich pressten. Manche trugen graue Häftlingskleidung, andere ihr eigenes Gewand, vielleicht war es blau, grün, rot, Salome nahm keine Farben mehr wahr.

Achenbach verharrte, musterte die Menschen mit einem Ausdruck von Verwirrung. Er wandelte sich in Erleichterung, als er in der Mitte des Hofes einen Schreibtisch entdeckte. Zielstrebig, als wäre er eine rettende Insel, steuerte er auf ihn zu, konnte sogar die Unterlagen ablegen, denn der Wind ließ einen Moment nach, hinter einer Wolke kam die Sonne hervor.

Salome folgte ihm langsam, Wortfetzen drangen zu ihr herüber. Einige der Internierten sprachen Französisch, aber die meisten Deutsch.

»Wie lange müssen wir warten?«

»Meine Frau wird gleich ohnmächtig.«

»Mein Kind hat noch keine Milch bekommen.«

»Gibt es wenigstens Wasser?«

»Warum wird man uns mit Zügen wegbringen, man hätte uns doch einfach auswandern lassen können.«

Die Fragen richteten sich nicht an sie, auch nicht an Achenbach, sondern an weitere Männer im Hof. Einige trugen Uniformen, so der, der zum Schreibtisch trat und sich als Lagerkommandant Robert Maulavé vorstellte, andere graue Anzüge. Und dann war da noch jemand in einem weißen Mantel, der ihn als Arzt auswies. Er flüsterte Achenbach etwas zu, und dessen Finger glitt über eine Namensliste, über der dick gedruckt das Tagesdatum stand: 10. August 1942.

»Ein Ehepaar hat sich letzte Nacht das Leben genommen«, erklärte Achenbach Salome in gereiztem Tonfall. Er wandte sich an den Arzt. »Der Name?«

Das Gesicht des Arztes war so bleich, dass es sich kaum vom weißen Mantel abhob. »Major Goyrand«, murmelte er.

»Ich will doch nicht wissen, wie Sie heißen«, sagte Achenbach entnervt, »sondern das tote Ehepaar!«

Wieder fuhr er mit dem Finger die Namensliste entlang, wartete auf eine Auskunft, schnaubte ungeduldig, als keine kam. »Es haben zwei weitere Personen versucht, sich umzubringen«, erklärte Major Goyrand, »sie haben sich die Pulsadern mit einer alten Blechdose aufgeschnitten, wurden aber rechtzeitig gefunden.«

Das Wort »rechtzeitig« klang aus seinem Mund so, als würde man zwei dieser Blechdosen aneinanderreiben. Es gab hier doch keine rechte Zeit, nur eine falsche.

»Aber sie sind transportfähig, oder?«, fragte Achenbach.

Der Arzt sagte nichts, deutete mit dem Kinn auf die Reihen. Ganz außen stand eine Frau, die auf die Knie gesunken war. Ihre Handgelenke waren mit grauen Lumpen umwickelt.

»Gut«, sagte Achenbach erleichtert. »Die Namen!«

Goyrand zögerte, nannte schließlich zwei. Salome verstand sie nicht, bereute das augenblicklich, jemand musste sich diese Namen doch merken.

»Das sind die Namen der Selbstmörder?«

»Nein« sagte Goyrand, »von diesem Ehepaar.«

»Himmel, und warum stehen sie dann nicht auf meiner Liste?« Als der Arzt nichts erwiderte, wandte er sich ungeduldig an den Lagerkommandanten. »Sie haben die Leute ja schon mal zum Appell antreten lassen. Sind Sie die Listen etwa nicht durchgegangen?«

»Die Identität der Personen, die für die erste Deportation ausgewählt wurden, wurde am 7. August überprüft«, sagte Maulavé. Nein, eigentlich sagte es Salome, sie übersetzte für Achenbach, weil Maulavé nur Französisch beherrschte, brauchte viel länger als sonst dafür. Die französische Sprache war ihr plötzlich fremd, auch die deutsche.

Genauso schwierig war es, Achenbachs Antwort zu übersetzen. »Na gut, wir gehen die Liste noch einmal durch, danach schaffen wir die Menschen in die Waggons.«

»Die Züge fahren doch erst morgen früh ab. Sollen sie die ganze Nacht in den Waggons verbringen?«, erwiderte Maulavé.

»Wenn sie sich in den Waggons umzubringen versuchen, bin ich wenigstens nicht mehr dafür verantwortlich.«

»Wir müssen sie mit Essen versorgen«, schaltete sich der Arzt ein, »vor allem mit Trinkwasser, es ist so heiß.«

»Was sagt er?«, fragte Achenbach.

Erst jetzt gewahrte Salome, dass Goyrand anders als zuvor Französisch gesprochen hatte. Es ist so heiß ... Wie konnte es heiß sein, wie konnte die Sonne scheinen, wie konnte sie hier sein und übersetzen? Wie hatte sie denken können, sie wäre hier von Nutzen, könnte helfen, etwas Sinnvolles tun.

»Ich ... ich ...«, setzte sie an.

»Sie sind sehr blass, Mademoiselle, besser, Sie setzen sich«, murmelte Goyrand.

Sie riss sich zusammen. »Nein, das geht nicht ... das steht mir nicht zu ...«

Sie atmete tief durch, wandte sich wieder an Achenbach, wollte den Satz übersetzen, doch ihre Stimme wurde von Motorengeräusch übertönt. Insgesamt drei Busse kamen in den Innenhof gefahren.

»Busse?«, rief Achenbach. Seine Stimme klang nicht nur verwirrt, auch verärgert. »Die Subjekte sollen doch in Waggons verladen werden. Das ist ja der Vorteil der Ziegelsteinfabrik von Les Milles – dass sie sich in der Nähe von Bahngleisen befindet!«

Während Salome seine Worte übersetzte, öffneten sich die Türen der Busse. Ein paar junge Frauen stiegen aus, mit weißen Kleidern und weißen Häubchen auf dem Kopf, die sie als Krankenschwestern auswiesen. Ihnen folgten zwei Männer in Zivil und ein weiterer Mann mit auffälligem Kragen, vielleicht ein katholischer Priester. Die Versammelten waren bis jetzt stumm verharrt, nun erhob sich erst ein Raunen, ihm folgten alsbald Verzweiflungsschreie. Ein paar Eltern zogen ihre Kinder fest an sich.

»Was ... was wollen die denn hier?«, rief Achenbach.

Eine der Krankenschwestern trat auf die Wartenden zu, redete auf sie ein. Irgendjemand begann zu weinen, ein Kind wand sich im zu festen Griff seiner Mutter, ein anderes starrte die Welt aus so leeren Augen an, als wäre es blind.

»Das sind Mitglieder von amerikanischen Hilfsorganisationen«, übersetzte Salome Maulavés Worte. »Sie haben sich dafür eingesetzt, dass die Kinder im Alter von zwei bis sechzehn Jahren von den Evakuierungen ausgenommen werden. Und nun ist der Zeitpunkt gekommen, dass die Eltern ihnen die Kinder anvertrauen müssen …«

»Wollen Sie etwa sagen, dass dem stattgegeben wurde?«, rief Achenbach entsetzt.

Maulavé nickte. »Die Hilfsorganisationen haben beteuert, dass die Kinder der Vichy-Regierung nicht zur Last fallen werden. Man wird sie sofort außer Landes bringen … nach … nach Amerika.«

»Ja, aber dann sind die Listen doch nicht mehr vollständig! Und wenn die Kinder und Jugendlichen fehlen, sind die Waggons nicht mehr ausgelastet. Macht hier denn jeder, was er will?«, rief Achenbach. Nein, wollte Salome schreien, hier macht keiner, was er will. Die Eltern machen, was sie *müssen*. »Die Fahrkarten sind doch schon abgerechnet«, fügte Achenbach hilflos hinzu.

»Kinder fahren kostenlos, erst ab zwölf Jahren wird der halbe Preis berechnet.« Hatte sie das wirklich gesagt … sagen können?

»Na gut«, sagte Achenbach unwirsch, »es hilft ja alles nichts, wir müssen die Listen neu durchgehen, die Namen der Kinder gegebenenfalls streichen. Sind denn alle Eltern bereit, sich von den Kindern zu trennen? Das würde die Sache leichter machen.«

Den letzten Satz übersetzte sie nicht. Es gab kein Wort für »leicht«. Nicht einmal ein Wort für »schwer«. Die Entscheidung, die die Eltern treffen mussten, war eine unmögliche … eine unmenschliche.

»Wie es scheint, ja«, sagte Maulavé mit gepresster Stimme.

»Immerhin«, knurrte Achenbach, wandte sich an Salome: »Helfen Sie mir.«

Wie aus weiter Ferne hörte sie, wie jemand von zweiundsiebzig Kindern sprach, die sich unter den Versammelten befanden. Drei von ihnen betrachtete sie genauer – einen jungen Burschen, der gleichzeitig Vater und Mutter umarmte, sie hilflos anschaute und lautlose Tränen vergoss, während die Eltern zu lächeln versuchten. Dann war da das Kind, das vorher schon geweint hatte, sich nun panisch kreischend an die Mutter klammerte, die versuchte, es der Krankenschwester zu übergeben. Am schlimmsten war der Anblick eines Mädchens, vielleicht neun Jahre alt, das nicht weinte, nicht schrie, sondern ein völlig ausdrucksloses Gesicht machte. Die Mutter strich ihm mit zitternder Hand über das Haar, so vorsichtig, als hätte sie schon kein Recht mehr, es zu berühren, als wäre ihr Kind schon verschwunden. Vielleicht war es das ja auch, dieses hübsche Mädchen mit den langen dunklen Haaren und den dunklen Augen schien nur mehr eine Hülle zu sein.

Sie selbst fühlte sich auch wie eine leere Hülle. Dachte sie zunächst, die Menschen begännen sich jäh zu drehen, ging ihr alsbald auf, dass der Schwindel nur sie erfasst hatte. Ihr Kopf krachte bereits gegen die Tischkante, noch ehe sie bemerkt hatte, dass sie fiel. Sie fühlte keinen Schmerz, nur Hände, die nach ihrem Arm griffen, sie hochzogen.

»Sie müssen sich wirklich setzen«, vernahm sie die Stimme des Arztes, und dann hatte er sie schon mit sich gezogen. Sie wehrte sich nicht, die Erleichterung, von diesem schrecklichen Ort wegzukommen, war kurz größer als die Scham, weil sie ihrer Schwäche nachgab.

Erst als feuchte, modrige Luft sie einhüllte, erkannte sie, dass er sie in das Fabrikgebäude geführt hatte.

»Nur ein Glas Wasser«, murmelte sie, »bitte, geben Sie mir nur ein Glas Wasser, dann muss ich … muss ich …« Sie versteifte sich. »Ich … ich … ich …«

»Ich weiß, es ist schrecklich«, sagte der Arzt leise. »Dennoch muss man dafür dankbar sein, dass Amerika bereit ist, insgesamt tausend Kinder aufzunehmen. Lange haben sie sich geweigert, aber die Berichte über die Deportationen haben die Menschen dort aufgeschreckt. Und gottlob hat der Polizeipräfekt zugestimmt, dass wenigstens die Kinder von der Deportation verschont bleiben. Das ist keine Selbstverständlichkeit, drei Tage musste man auf ihn einreden. Nicht minder schwierig war es, die Eltern davon zu überzeugen, sich von den Kindern zu trennen. Diese Kinder sind die Zukunft, diese Kinder sind das Leben, sie sind der Lichtschimmer in der Finsternis.«

Seine Stimme klang immer brüchiger. Salome merkte ihm an, dass er um Hoffnung kämpfte, um den Glauben an das Gute, und wenn er es versuchte, dann musste sie es auch tun. Sie durfte diesem Anflug von Schwäche nicht nachgeben! Sie musste diesem Wahnsinn entgegentreten und ihm zumindest ein winziges Fleckchen abringen, auf dem Menschen noch Menschen waren. Nachdem er ihr ein Glas Wasser gereicht und sie drei Schlucke getrunken hatte, erhob sie sich entschlossen. Sie fühlte sich wieder als Herrin ihres Körpers, wusste nun auch, was sie tun konnte: Die Eltern mit Papier und Stift versorgen, damit sie ihren Kindern letzte Botschaften aufschreiben und mitgeben konnten, und auch die anderen Internierten, die vielleicht Freunde, Verwandte benachrichtigen wollten.

»Es geht wieder.«

Hinterher konnte sie sich nicht mehr erinnern, wo sie das Glas abgestellt hatte. Auch nicht, ob sie auf den Arzt gestützt ins Freie getreten war oder allein. Sie wusste nur, dass sie nicht gestolpert war. Gleichwohl hielt sie im Hof alsbald wieder inne. Nicht, weil ihre Entschlossenheit wankte. Nicht, weil sie sich nicht ausreichend vor dem Anblick entweder erstarrter oder schluchzender

Väter und Mütter gewappnet hatte. Sondern weil ihr jemand zuvorgekommen war, ebenfalls die Idee gehabt hatte, Papier und Bleistift für etwas anderes zu nutzen, als korrekte Listen zu führen.

Félix.

Félix!

Félix …

Félix ging von Reihe zu Reihe, verteilte Papier, sammelte es später wieder ein. An seinen Mundbewegungen sah sie, dass er mit den Menschen sprach, vielleicht Fragen beantwortete, die sich eigentlich nicht beantworten ließen. Was wird aus uns, was wird aus unseren Kindern? Er war ihr vertraut und fremd zugleich, schmaler und blasser als sonst, ohne Zigarette in der Hand, mit einer grimmigen Entschlossenheit im Blick. Nur seine gerunzelte Stirn verriet, wie sehr ihm alles zusetzte. Er gab der Verzweiflung aber nicht nach – so wie sie der Kränkung, der Enttäuschung, die sie so oft durch ihn erfahren hatte, hier und heute keinen Raum mehr zugestehen wollte.

Lautlos formten ihre Lippen seinen Namen, und obwohl er ihn unmöglich hören konnte, blickte er in ihre Richtung, sah sie, erkannte sie. Sie fühlte, wie sie von neuer Kraft erfüllt wurde. Was er empfand, konnte sie nicht aus seiner Miene ablesen. Es wäre Fassungslosigkeit gewesen, wenn sich die an einem solchen Tag nicht schon verbraucht hätte, freudige Überraschung, wenn an einem solchen Tag Freude erlaubt gewesen wäre. So blieb er gefasst, bezwang seine Gefühle, wie sie den Drang bezwang, auf ihn zuzulaufen, ihn zu umarmen, ihr Gesicht an seine Brust zu pressen, seinen Herzschlag zu hören, seinen Atem zu fühlen. Ihn zu lieben, ganz und gar.

Sie waren in diesem Augenblick ja nicht Salome und Félix, vereint, getrennt, wieder vereint. Sie waren nur zwei weiße Blätter in der Dunkelheit, die ihren Zweck einzig erfüllen konnten, wenn sie nicht selbst bestimmten, was auf sie geschrieben wurde.

Mit einem zusammengefalteten Blatt trat er ihr entgegen, als sie sich ihm näherte. »Kannst du das Efraim geben?«, fragte er grußlos mit einer fremden Stimme.

»Efraim Adler ist hier?«, entfuhr es ihr entsetzt.

»Hanna versteckt sich mit Zipporah, ihrer kleinen Tochter, auf dem Dachboden«, raunte er ihr zu. »Später werde ich versuchen, sie aus dem Lager zu bringen. Aber sie hat Efraim nicht auf den Dachboden mitgenommen. Als sie davon erfuhr, dass man wenigstens die Kinder retten will, hat sie sich entschieden, Efraim nach Amerika gehen zu lassen. Sie will nicht das zweite Mal den Fehler machen, ihn um jeden Preis bei sich zu behalten, weil sie es nicht übers Herz bringt, sich von ihm zu trennen. Ihre Schwester Charlotte soll sich in den Staaten um den Kleinen kümmern. Dieser Brief hier ist für die beiden, es steht ihr Name darauf und seiner. Aber Efraim ist gerade in den Bus der Hilfsorganisation gestiegen, und man will mich nicht hineinlassen. Vielleicht … vielleicht schaffst du es.«

Die Worte rauschten an ihr vorbei, nur die wichtigsten blieben hängen. Charlotte … Brief … Bus.

Sie merkte kaum, wie sie von ihm fort- und auf den Bus zuging, wieder in Gesichter von Kindern blickte. Waren es die, die sie kurz zuvor noch draußen gesehen hatte, oder andere? Der weinende Junge, dem die Eltern ein letztes Lächeln geschenkt hatten? Das sich windende Kind, das seine Mutter nicht hatte loslassen wollen? Das wie erstarrte dunkelhaarige Mädchen?

Tränen stiegen in ihr auf, sie schluckte sie. Sie bezwang auch den Drang, ihre Hand zur Faust zu ballen, der Brief durfte nicht zerknittert werden.

Charlotte … Brief … Bus.

Wenn sie ihre Mission erfüllen wollte, konnte sie sich nicht erlauben, auf die anderen Kinder zu achten, nicht darauf, dass Achenbach ihr von seinem Schreibtisch aus etwas zurief, sie musste mit fester Stimme fordern, sie in den Bus zu lassen. Als sie ihn erreichte, verlor sich ihr Blick kurz in der Ferne, fiel auf den Stacheldraht. Das Stück Stoff, das sich darin verfangen hatte, war vom Wind fortgeweht worden.

Spät am Abend saß sie mit Félix im Automobil. Wobei sie nicht zusammen waren. Nicht zu zweit, nicht vereint. Eine Wand stand zwischen ihnen, vielleicht auch zwischen ihnen und dem Leben, eine Wand kreisrund wie ein Brunnenschacht, so tief auch, so finster, so unentrinnbar. Sie nahm durchaus wahr, dass sie Félix noch nie in einem so schrecklichen Zustand gesehen hatte, dass er nicht zu zittern aufhörte, obwohl es doch warm war, seine Zähne aufeinanderschlugen, gleichwohl Schweiß auf seiner Stirn stand. Und doch, es fehlte die Sorge, das Mitleid, da war nur … Verwunderung.

»Warum rauchst du nicht?«

Die Antwort kam erst nach langem Schweigen. »Ich habe alle Zigaretten verschenkt.«

Er klemmte seine Hände unter die Oberschenkel, konnte so ihr Zittern verbergen, es blieb dennoch unüberhörbar, wie seine Zähne klapperten. Das Geräusch setzte ihr zu. Es klang so unangenehm, als würde man mit dem Fingernagel über einen Karton kratzen. Gern hätte sie das Tempo beschleunigt, aber sie musste Rücksicht auf Hanna und Zipporah nehmen, die im Kofferraum lagen.

Ein Wunder, dass wir es geschafft haben, sie rauszubringen, dachte sie, doch sie war zu leer, um Triumph zu verspüren, dieses Wunder zu feiern.

Die letzten Stunden spulten sich immer wieder vor ihrem inneren Auge ab, nicht vom Anfang bis zum Ende, sondern vom Ende bis zum Anfang, wobei es beides eigentlich gar nicht gab, kein Davor und Danach, alles im kreisrunden schwarzen Loch des Brunnenschachts versank.

Es war schon finster gewesen, als sie Achenbach zurück nach Aix gefahren hatte. Er hatte verstört gewirkt, seine Achs hatten beklommener geklungen. Sie war nicht sicher, ob ihm wirklich zusetzte, was er erlebt hatte, oder ob er mit der Möglichkeit haderte, keine korrekten Listen erstellt zu haben. Sie wollte nicht nachfragen. Sie hätte seine Antwort womöglich nicht ertragen.

Nach ihrer Ankunft in Aix hatte sie auch nicht gefragt, ob sie das Automobil benutzen dürfte. Solange sie nicht fragte, konnte er es nicht verbieten. Sie war zwar mit ihm ausgestiegen, doch sobald er sich in sein Zimmer zurückgezogen hatte, war sie zu dem Treffpunkt gefahren, den sie mit Félix vereinbart hatte – dem Fontaine de la Rotonde. Wann genau eigentlich? Es konnte erst gewesen sein, als sie den Bus wieder verlassen hatte … den Bus, in dem die Kinder fortgebracht worden waren.

Als sie ihn – wieder eine Weile zuvor – bestiegen hatte, hatte es eine Weile gedauert, bis sie Efraim endlich gefunden hatte. Viele Erinnerungen an den heutigen Tag waren bruchstückhaft – diese hier aber deutlich.

Ganz hinten saß er, die Beine angezogen, den Kopf zwischen den Knien verborgen. Er reagierte nicht, als sie seinen Namen sagte, blickte erst hoch, als sie sachte an seiner Schulter rüttelte. Er starrte sie an, ohne sie richtig zu sehen … ohne sie zu erkennen.

»Weißt du nicht, wer ich bin?«

Keine Reaktion. Sie wollte schon ihren Namen sagen, als ihr aufging, dass es nicht zählte, wer sie war, nur dass er nicht vergessen durfte, wer er selbst war. Der Neffe von Charlotte Feingold.

Sie bläute es ihm auf Deutsch ein, sie bläute es ihm auf Französisch ein. »Hast du das verstanden?«

»Mama«, sagte er nur.

»Sie wird nachkommen, ganz bestimmt, deine Schwester und dein Vater ebenso. Aber vorerst wird deine Tante Charlotte für dich sorgen, sie muss nur wissen, dass du nach Amerika kommst, und deswegen musst du immer wieder deinen Namen sagen, auch ihren, und du musst den Menschen von der Hilfsorganisation das hier geben.«

Sie wollte ihm den zusammengefalteten Brief in die Hand drücken, doch seine Hand war ganz schlaff. Am Ende steckte sie ihn ihm in die Hosentasche, hoffte, dass er nicht verloren ging. Sie hoffte nicht minder inständig, er käme heil nach Amerika und dass es in diesem riesigen Land Menschen gab, die die Kinder aus Frankreich zu ihren Verwandten, so sie noch welche hatten, brachten oder zu Familien, die sich um sie kümmern würden.

»Mama«, sagte Efraim wieder.

»Sie wird nachkommen, bestimmt, auch deine Schwester, dein Vater …« Sie brach ab. Ihr fiel ein, dass sie gar nicht wusste, was aus seinem Großvater geworden war. Ganz sicher wusste sie, dass sich ihre Worte als Lüge herausstellen könnten, und sie wollte ihn nicht nur mit einer solchen zurücklassen. Sie hob die Hand, streichelte ihm über den Kopf, er blieb ganz still. Alle Kinder im Bus waren so still, selbst die kleinen, auch dann noch, als plötzlich der Motor angelassen wurde, der Bus ruckartig losfuhr.

Mit einer Hand hielt sie sich fest, mit der anderen hielt sie sich den Mund zu, um das hysterische Auflachen zu dämpfen, das aus ihr herausbrach. Der Bus fuhr los, und sie war immer noch drin!

Der Laut verstummte, ein weitaus grässlicherer war zu hören, sobald der Bus Les Milles hinter sich ließ, die Eltern der Kinder nicht länger zu sehen waren – ein Weinen, ein Schluchzen. Nur Efraim blieb stumm, reglos, konnte nicht einmal mehr »Mama« sagen.

Eine der Schwestern, deren Häubchen verrutscht war, hielt ein Kind auf dem Arm, das durchdringend schrie. Sie schaukelte es verzweifelt, wandte sich nicht minder verzweifelt an Salome.

»Wissen Sie, wie dieses Kind heißt? Man hat mir seinen Namen gesagt, aber ich habe ihn in der Aufregung vergessen. Jetzt weiß ihn niemand mehr. Es hat doch schon seine Eltern verloren, es darf doch nicht auch noch seinen Namen verlieren.«

Salome packte ihren Arm und wies auf Hannas Sohn. »Ich weiß den Namen leider nicht, aber bitte merken Sie sich wenigstens den Namen von diesem Jungen dort. Das ist Efraim Adler. In Amerika lebt seine Tante Charlotte Feingold.«

Die Schwester schaukelte weiter das Kind, das nicht mehr so laut schrie und sich nicht mehr wand, sondern sich an ihr festklammerte. Salome kämpfte sich durch den Bus, um den Fahrer anzuweisen, noch einmal anzuhalten und sie aussteigen zu lassen, doch ehe sie ihn erreicht hatte, schwoll das Weinen der Kinder an.

»Ihr müsst nicht weinen«, hörte sie sich plötzlich sagen, »ihr werdet eine wunderschöne Reise machen.«

Hinterher war sie sich nicht sicher, in welcher Sprache sie zu den Kindern geredet hatte, nur, dass ihre Stimme den Klang von einst angenommen hatte, wenn sie einer Reisegruppe Südfrankreich gezeigt hatte. Sie schwärmte von dem großen Schiff, das sie alsbald besteigen würden, wie früher vom Casino von Monte Carlo.

Als Reiseführerin hatte sie darauf achten müssen, dass ihre Worte nicht abgedroschen klangen, weil sie ihre Anekdoten schon hundertmal vorgebracht hatte. Nun war die Herausforderung, so zu tun, als sagte sie diese Worte nicht zum ersten und einzigen

Mal, sondern als kündeten diese von etwas ganz Selbstverständlichem.

Die Kinder lauschten verblüfft, die Schwestern auch.

»Wer sind Sie überhaupt?«, fragte eine von ihnen.

Danach gab es in ihren Erinnerungen einen Riss. Sie wusste nicht mehr, wie lange sie noch geredet, was sie schließlich zum Busfahrer gesagt hatte, wie sie ausgestiegen war. Sie wusste auch nicht, wie lang der Weg nach Les Milles gewesen war, den sie hatte zurücklegen müssen. Irgendwann jedenfalls stand sie wieder auf dem Platz vor dem Fabrikgebäude, beobachtete, wie er sich leerte, die Menschen in Waggons getrieben wurden, mehr als vierzig in einen. Hörte, wie die französischen Polizisten zu protestieren begannen: Warum füllt man die Züge schon heute, dann müssen sie ja eine ganze Nacht darin verharren. Vernahm, wie Achenbach antwortete, über Nacht verschwänden womöglich welche oder brächten sich um. Bekam mit, wie Maulavé, der Lagerkommandant, darauf bestand, dass die Menschen in den Waggons wenigstens zu essen und zu trinken bekamen.

»Da sind Sie ja wieder!«, sagte Achenbach.

Nein, sie war nicht da, sie tat nur so.

Wie aus weiter Ferne bekam sie mit, wie sich nun auch mehrere Mitarbeiter der Hilfswerke einschalteten, ein protestantischer Pfarrer darunter. Am kommenden Morgen, so forderte er, müsse man die Menschen kurz aus den Waggons lassen, damit sie sich erleichtern könnten. Wenn überhaupt, erklärte jemand, von dem sie hinterher nicht wusste, ob es Achenbach war, müssten sie ihr Geschäft auf den Bahngleisen verrichten, ins Lager dürften sie nicht mehr zurück. Es vergingen Minuten … Stunden, irgendwann sah sie, wie der gleiche Pfarrer einen jungen Mann, der offenbar zum Hilfskomitee gehörte, tröstete.

»Jesus Christus ist stärker als das«, murmelte der Pfarrer. »Eines

Tages wird er die Mauern unserer Vorurteile einreißen, wird aus uns ein einziges Volk machen, sein Volk, das in Frieden lebt. Der endgültige Triumph wird der Liebe gehören.«

Sie hörte die Worte, fühlte nicht, was sie verhießen. In der Stille, die folgte, vernahm sie plötzlich eine Stimme dicht an ihrem Ohr. Sie gehörte einem Wächter, der sie fragte, ob sie später mit dem Automobil an einen Treffpunkt kommen könnte. Er werde versuchen, Hanna Adler und ihre Tochter hinauszuschmuggeln, sagte er. Félix Aubry schicke ihn.

Salome schreckte aus ihrer Erinnerung auf. Gut möglich, dass er den letzten Satz ganz am Anfang gesagt und sie die Reihenfolge durcheinandergebracht hatte. Sicher war nur, dass sie am Ende dieses Tages mit Félix im Automobil saß und Hanna und Zipporah im Kofferraum lagen, dass Félix nicht rauchte, immer stärker zitterte, dass er plötzlich die Knie hochzog wie Efraim im Bus, Anstalten machte, seinen Kopf dazwischen zu verstecken.

»Sitz gerade«, fuhr sie ihn gereizt an, kam sich gleichzeitig lächerlich vor.

Was zählte es, ob er gerade saß, was zählte es, ob der Tisch im Hof des Lagers wackelte. »Können Sie irgendetwas suchen, das man unter das Tischbein schieben kann?«, hatte Achenbach sie irgendwann im Verlauf dieses Nachmittags gefragt.

Félix streckte seine Beine wieder aus, umschlang mit den Händen seinen Nacken, wippte vor und zurück.

Sie war einfach losgefahren, hatte seitdem die erstbeste Straße, die sie gewählt hatte, nicht wieder verlassen. »Wohin sollen wir überhaupt fahren?«

»Nach Hause«, murmelte er.

»Wo bist du zu Hause?«

»Nirgendwo. Aber wir müssen nach Saint-Tropez, du weißt

doch, meine Familie besitzt dort ein Haus … Ornella hat ein kleines Hotel daraus gemacht.«

Es blieb keine Zeit zu fragen, ob Hanna und Zipporah dort sicher waren, keine Zeit zu überlegen, ob sie Ornella sehen, was sie dabei fühlen, was sie zu ihr sagen würde. Félix, der so lange stumm geblieben war, sprach nun in einem fort.

»Als der Bus mit den Kindern weggefahren ist, standen alle wie erstarrt da. Keiner hat geschrien, keiner hat sich gerührt, die Gesichter waren aschfahl, sämtliche Gesichter, nicht nur die der Eltern, auch die der französischen Polizisten. Erst als der Bus abgebogen ist und nicht länger zu sehen war, ist eine Mutter zusammengebrochen. Sie ist nicht einfach nur auf die Knie gefallen, sie ist in sich zusammengesackt, als wäre da nichts Festes, Hartes mehr in ihr.« Salome umklammerte das Lenkrad. »Einer der Polizisten ist zu mir gekommen. ›Ich war bei den Kolonialtruppen‹, hat er gesagt, ›ich war in China, ich habe Massaker gesehen, Kriege erlebt und Hungersnöte, aber nie habe ich etwas so Entsetzliches gesehen wie heute.‹«

Félix' Hände lösten sich von seinem Nacken, fuhren an die Schläfen, als könnte er, wenn er nur ordentlich zudrückte, herausquetschen, was er erlebt hatte. Er schaffte es nicht, wiederholte die Worte, wiederholte sie immer wieder. Es nützte nichts, dass sie zwischendurch »Hör auf!« sagte, dass sie ihre Hand ausstreckte, sie auf sein Knie legte. Sie saßen nicht zusammen in dem Automobil, nicht miteinander vereint, gemeinsam, zu zweit. Sie saßen jeder für sich, die Stimme des anderen war nur das Echo von den Wänden des Brunnenschachts, es ergab keinen Sinn, diesem Echo zu antworten.

Irgendwann waren sie da. Der Morgen graute, als sie aus dem Wagen stiegen, Grillen zirpten, Tauben gurrten. In der Luft lag nicht mehr der rote Staub von Les Milles, sondern der Geruch von Zitronenbäumen.

Es war viele Jahre her, da Salome den schmalen Kieselsteinweg betreten hatte, der zum Haus der Aubrys führte und der von niedrigen Bäumen gesäumt war, zunächst von Feigenbäumen und Tamarinden, dann von Öl- und Mandelbäumen. Ihre Erinnerungen blieben schwarz. Sie hätte nicht sagen können, ob der Weg, auf den ihr Blick nun fiel, derselbe war … ganz sicher war sie nicht mehr dieselbe.

Sie öffneten den Kofferraum, halfen Hanna dabei auszusteigen. Sie konnte sich nicht gerade halten, Félix stützte sie, und Salome nahm ihr rasch das Kind mit den rötlichen Locken ab. Es starrte sie an oder durch sie hindurch, schien zu fühlen, dass es sich totstellen musste, um zu überleben. Hätte sie nicht seinen Atem gespürt, Salome hätte gedacht, sie trüge eine Puppe.

Viele Puppen gab es im Zimmer von Hélène Aubry, das sie wenig später betraten. Sie schlief nicht nur inmitten von etlichen, sondern hielt zwei im Schlaf umklammert. Weitere saßen auf der Chaiselongue dem Bett gegenüber. Félix warf die Puppen auf den Boden und brachte Hanna dazu, sich zu setzen. Salome drückte ihr Zipporah in die Arme, immer noch machte das Mädchen keinen Mucks.

»Versuch, ein wenig zu schlafen«, sagte Félix.

Er wankte zur Tür, der Körper wieder oder noch immer vom Zittern gebeutelt, und Salome hastete ihm nach.

Obwohl er so unsicher auf den Beinen war, strebte Félix zielgerichtet auf die Tür eines weiteren Zimmers zu. Sie vermutete, dass es sein Zimmer war und er hier neue Zigaretten zu finden hoffte. Doch in dem Raum hing kein Rauch, nur der Geruch von ein paar Rosen in einer Blumenvase. Diese stand auf einem kleinen Tisch, außerdem gab es noch einen Schrank, einen Stuhl und ein Bett. Das Bett war sehr schmal, es war das eines Kindes. Das Kind, das darin lag, hatte die Decke über sein Gesicht gezogen, nur die schwarzen Haare lugten hervor.

Félix stürzte auf das Bett zu, zog an der Decke, bis das Kind erwachte und sie losließ, zog dann das Kind an sich. Er umarmte es nicht auf seine unbeholfene, distanzierte Art, wie er sonst Menschen umarmte, er umarmte es fest und inniglich, als gälte es, das Kind nicht einfach nur an sich zu pressen, sondern in es hineinzukriechen wie in ein Kleid.

Die Augen der Kleinen weiteten sich, sie waren dunkel, viel dunkler als seine, obwohl die feinen Züge den seinen glichen. Sie schrie nicht erschrocken auf, wie Salome erwartet hatte, sie starrte ihn verwundert an.

»Das ist meine Tochter. Marie. Ich habe noch nie … ich habe noch nie …«

Er brachte den Satz nicht zu Ende, es war nicht notwendig. Ich habe sie noch nie umarmt, ich habe sie noch nie als meine Tochter bezeichnet, ich habe noch nie diese tiefe Liebe, die mit so viel Sorge und Angst einhergeht, für sie gefühlt.

Salome ging zu dem Kinderbett, ließ sich darauf nieder. Sie hatte nichts in diesem Raum verloren, erst recht nicht an diesem Bett, und doch, als Félix ihre Hand nahm, ohne Marie loszulassen, fühlte sie, sie waren zu zweit hier, zusammen, sie waren wieder vereint.

Sie war nicht sicher, wie viel Zeit vergangen war. Irgendwann ließ Salome Félix' Hand los, erhob sich, trat zum Fenster. Das Licht, das durch die Ritzen drang, war immer noch schwach, die kleine Marie wehrte sich immer noch nicht gegen den Griff ihres Vaters, der ihr bislang keiner gewesen war, auch nicht, als plötzlich Schritte zu hören waren, energische Schritte. Schritte, die nicht zu Ornella passten, sie war ja immer eher lautlos wie eine Katze geschlichen, wenn auch ohne deren Geschmeidigkeit. Und doch war sie es, die die Tür aufriss, den Raum betrat, erstarrte.

Salome erstarrte ebenso, als Ornellas Blick über sie glitt. Erst las sie nur Überraschung darin, sie so unverhofft hier zu sehen, dann blitzte sogar ein wenig Freude über dieses Wiedersehen auf. Doch diese wandelte sich rasch in etwas anderes, etwas, das sie noch nie an Ornella wahrgenommen hatte. Sie war ein stiller, tiefgründiger Mensch, aber doch nicht verhärmt, sie war trotz aller Sturheit manchmal verzagt, aber doch nicht verbittert, sie war eine, deren Wille, an ihren Träumen festzuhalten, immer größer gewesen war als die Resignation.

In diesem Augenblick indes, der aus der Zeit herausgelöst schien, aus ihrer aller Leben, da geschah etwas mit ihr. Ihre Mundwinkel begannen zu zucken, die Hände leicht zu erbeben, und bis sie die Beherrschung wiedergefunden, sie sämtliche Regungen im Griff hatte, schien etwas in ihr zu zerbrechen, schien sie nicht länger Salomes Freundin, die Gefährtin der Jugend, noch nicht einmal die Rivalin um Félix' Gunst zu sein. Nein, sie war die Verliererin, und sie wehrte sich nicht gegen dieses Schicksal

Nichts konnte falscher sein als das. Doch ehe Salome die richtigen Worte fand, sie Ornellas Verdacht widersprach, dass sie als Félix' Liebste hier war, kam diese ihr zuvor.

»So ist das also.« Sie wandte sich noch nicht mal an sie. Sie wandte sich an Félix. Wieder flackerte kurz etwas in ihrem Blick auf, das man für Wiedersehensfreude, Erleichterung hätte halten können, wären jene anderen Gefühle nicht mächtiger gewesen – die Enttäuschung, der Überdruss. »So ist das also«, sagte sie wieder. »Ich dachte, dass ich all die letzten Monate auf dich verzichten musste, weil du anderen Menschen hilfst. Aber es ging dir nie um andere, es ging dir immer nur um dich … immer nur um *sie* …«

Jetzt endlich fand Salome ihre Stimme wieder. »Nein, so ist es nicht!«, rief sie heftig. »Wir sind uns erst heute begegnet, rein zufällig. Glaub mir, ich bin nur mit hierhergekommen, weil wir Hanna und ihre kleine Tochter in Sicherheit bringen mussten und …«

Ornella hob die Hand, brachte sie damit zum Schweigen. An ihrer Miene erkannte Salome, dass sie ihr nicht glaubte, ganz gleich, was sie ihr beteuerte. Und dass es – selbst wenn sie ihr hätte glauben können – keinen Unterschied mehr machte. Die eben noch eisige Stimme wurde rau, als sie zu reden begann, doch aus den Worten drang Entschlossenheit – jene Entschlossenheit, mit der sie sich früher um Félix bemüht hatte und die ihr jetzt die Kraft gab, ihn hier und heute aufzugeben.

»Es ist genug«, sagte sie. »Genug, dass wir uns etwas vormachen … das *ich* mir etwas vormache.« Sie fixierte Félix. »Ich habe jahrelang darauf gewartet, dass du dich an mich gewöhnst … dass du begreifst, was du an mir hast … dass du mich zu lieben lernst … das Glück, das in unserer Familie auf dich wartet, mit beiden Händen packst. Aber ich bin nur geduldig – dumm bin ich nicht oder zumindest will ich es nicht länger sein. Ich weiß jetzt, dass es so nicht kommen wird.«

Félix hatte ihre Rede reglos über sich ergehen lassen. In dem kleinen Mädchen, das wie sein Vater nur aus Schwarz- und Weißtönen zu bestehen schien, begann dagegen Widerstand zu erwachen. Sein Blick glitt zur Mutter, die Mundwinkel zuckten, als wüsste es nicht, ob es weinen sollte, und erst recht nicht, warum – weil dieser Mann sie umarmte oder weil der Stimme der Mutter alles Sanfte fehlte? Ornella stürzte zum Bett, schob Félix zur Seite, riss die Tochter an sich. Die brach endgültig in Tränen aus, doch das hielt Ornella nicht davon ab, scharf zu sagen: »Und wenn du nicht als Mann heimkommst, der mich liebt, dann komm auch nicht als Mann, der mitten in der Nacht sein Kind weckt, um das er sich bislang nicht geschert hat!«

Es war nicht mehr mitten in der Nacht. Ornella trug denn auch kein Nachthemd. Ihr Kleid, unter dem sie dünner wirkte denn je, war schwarz. Der Himmel war nicht mehr schwarz.

»Es ist schon Morgen«, hörte sich Salome sagen.

Ornella achtete nicht auf sie. »Du bist sicher nicht um Maries willen hier, oder?«, fuhr sie Félix an. »Brauchst du etwa Geld? Dafür musst du nicht den guten Vater mimen, ich habe es dir doch immer freiwillig gegeben.«

»Ornella …«, setzte Félix an, und wieder überlief ihn dieses Zittern, unter dem er schon die ganzen letzten Stunden gelitten hatte. Nur schien es jetzt nicht länger ein Zeichen von Erschütterung zu sein, sondern ein Zeichen von … Krankheit. Es zerhackte die Worte, die er hervorzubringen versuchte.

»Mach ihm keine Vorwürfe«, sagte Salome schnell, »bitte nicht heute. Es ist wirklich nicht so, dass wir beide …« Ornellas Blick fuhr kurz in sie, sie musterte sie wie eine Fremde, die an diesem Ort zwar nichts verloren hatte, die aber auch keine Zurechtweisung wert war. »Du … du weißt ja nicht …«, setzte sie an und hatte keine Ahnung, wie sie die Geschehnisse von Les Milles in Worte fassen konnte.

»O nein!«, fiel Ornella ihr da schon ins Wort. »Dieses Spiel spielen wir nicht noch einmal. Dass ich die Unwissende bin, die nichts versteht, während ihr alle Weisheit für euch gepachtet habt. Ihr seid vielmehr die Dummen, wenn ihr glaubt, dass für mich irgendetwas wichtiger ist, als dass dieses kleine Mädchen genügend schläft und ein Dach über dem Kopf hat, etwas anzuziehen und genug zu essen. Es ist allein mein Verdienst, dass ich uns bisher durchgebracht habe.«

Félix hatte sich abgewandt, war zum Fenster gewankt, presste sein Gesicht an die Scheibe, Schweißperlen liefen ihm über die Schläfen.

Er ist krank, durchfuhr es Salome, sieht Ornella das denn nicht? Ornella war doch eine, die alles sah und selten redete. Jetzt sah sie nichts und redete viel. »Wir bekommen kaum noch etwas zu essen. Woher denn auch? Die Briten verhindern sämtliche Lieferungen aus den Kolonien. Zu den Viehweiden und Getreidefeldern im Norden haben wir keinen Zugang. Woche für Woche werden uns geringere Rationen zugewiesen. Von Fett, Fleisch, Weizenbrot können wir nur träumen. Schon Kartoffeln sind ein Luxus.«

Félix' Gesicht schien mit der Fensterscheibe verwachsen zu sein.

»Ich verstehe ja, dass …«, setzte Salome an.

»Nein, du verstehst es nicht! Diese Angst, wenn du heimlich eine Kuh hältst, damit dein Kind Milch bekommt, sie dir aber jederzeit einer nehmen könnte. Wie solltest du das verstehen? Félix beginnt zu jammern, wenn ihm jemand seine Zigaretten wegnimmt, nicht das Essen. Du wiederum hast genug davon. Ihr Deutschen beansprucht für euch, was es noch gibt.«

Ihr Deutschen … Nicht: wir Schwestern.

»Ornella, ich kann versuchen, etwas …«

Das Kind in Ornellas Armen erschlaffte, als sie es losließ, fiel es zurück aufs Kissen.

»Auf deine Hilfe kann ich verzichten. Weißt du, dass man aus trockenen Eukalyptusblättern, Salbei und weiteren Kräutern einen Sud bereiten kann, der ausgekühlt fast wie Wein schmeckt? Den Wein habt ihr Deutschen ja als Erstes gestohlen. Und die Schnecken aus dem Garten kann man mit Knoblauch braten. Und wenn im nächsten Winter das Holz wieder knapp wird, dann werde ich eben noch einen Schrank zerhacken. Aber für all das brauche ich euch nicht. Ich brauche weder deine Freundschaft, Salome, noch deine Liebe, Félix. Fortan wünsche ich mir von euch nichts anderes, als dass ihr mein Kind und mich ruhig schlafen lasst.« Sie zögerte kurz. »Allerdings fällt das schwer, wenn ihr mir eine Jüdin ins Haus bringt.«

So gut Salome sie verstand, dies konnte sie nicht einfach hinnehmen. »Wir müssen Hanna Adler und ihrer kleinen Tochter helfen! Du kennst doch noch ihren Sohn Efraim, oder? Hanna musste ihn heute gehen lassen … sie hat ihn mit fremden Menschen weggeschickt … hat ihn verloren. Damals hast du versprochen, auf sie aufzupassen und …«

Ornellas Blick begann zu flackern. Doch nur ihre Wut bekam Sprünge, ihre Stimme nicht. »Damals hatte ich selbst keine Tochter, damals lebten wir noch in Menton. Ich wäre längst dorthin zurückgekehrt, wenn ich nicht Rücksicht auf Félix genommen hätte, zumal die italienischen Besatzer versuchen, den Tourismus neu zu beleben und wir unser Hotel hätten wiedereröffnen können …«

»Saint-Tropez ist doch auch von den Italienern besetzt.«

»Ja, aber hier machen keine Italiener Urlaub. Hierher kommen die Deutschen von Marseille oder Aix, darunter die Führungsriege der SS mit ihren Ehefrauen. Urlaub in Saint-Tropez ist ein Privileg, das nur ganz wenigen vorbehalten ist, den besonders Tapferen und Starken und Siegreichen und Mutigen, deren Heldentat darin besteht, den französischen Müttern den letzten Rest Margarine vom Brot zu kratzen.«

Der Hohn, der von ihrer Stimme troff, passte nicht zu ihr. Etwas anderes dagegen erinnerte Salome an die Ornella von einst, eine stumme Stärke, die nur an ihr witterte, wer sie gut kannte und sie liebte. Mit der Kraft, mit der sie ums Überleben kämpfte, hatte sie sie einst aus dem Meer gezogen und vor dem Ertrinken bewahrt. Und als sie ihr dabei zusah, wie sie beide Hände schützend um den zarten Körper ihrer Tochter legte, wusste Salome: Sie durfte ihr nicht noch mehr Lasten aufbürden.

»Wir gehen«, sagte sie. »Wir werden sofort gehen und nehmen Hanna und Zipporah mit.« Ornella widersprach nicht. Salome trat zu Félix, brachte ihn dazu, dass er sich vom Fenster löste. »Wir gehen«, bedeutete sie nunmehr ihm, und das Wir war nicht länger eine Anmaßung, es war für ihn ein Rettungsanker.

Als sie die Tür erreichten, fand Ornella die Sprache wieder. »Das Weingut …«, sagte sie etwas gemäßigter, »die Aubrys besitzen ein Weingut ganz im Süden der Halbinsel von Saint-Tropez. Es ist von dichten Eichenwäldern umgeben, dort könnt ihr die Jüdin und das Kind verstecken … zumindest vorerst.«

»Danke«, erwiderte Salome.

»Glaub nicht, dass ich das für euch tue. Ich tue das für diese arme Mutter und ihr Kind.«

»Trotzdem danke.«

Ihre Blicke trafen sich, und Salome las in Ornellas nicht nur Feindseligkeit, auch eine tiefe Trauer, die nicht allein der Tatsache galt, dass sie Félix verloren hatte, auch sie, die Freundin, die *sorella*. Alsbald jedoch wurden ihre Züge wieder ausdruckslos, und Ornella betrachtete sie wie eine Fremde.

Zwölftes Kapitel

Die Sonne kroch höher, als sie eine unebene Straße entlangfuhren. Salome konnte kaum glauben, dass sie an deren Ende ein Gebäude erwartete, in dem man wohnen konnte. Nicht nur, dass die Straße immer schmaler wurde, die Bäume standen hier so dicht, dass sich weit und breit kein Weinberg erkennen ließ.

»Hinter der Hecke«, sagte Félix, als ahnte er ihre Frage, »die Weinberge liegen hinter der Hecke. Die Reben müssen doch vor dem Mistral geschützt werden ...«

Eine Hecke sah sie erst recht nicht, aber bald standen die Bäume nicht mehr ganz so dicht beisammen. Dunkle Erde klaffte zwischen ihnen, dahinter waren sumpfige Wiesen zu sehen, üppig von Blumen übersät, von Hirschklee und Grasnelken, auch blühenden Binsen, die essbare braune Beerenbüschel trugen, Myrte mit ihrem betörenden Duft, Tamarisken mit ihrem rosigen Nebel.

Salome atmete tief durch. Dic Welt duftete noch, die Welt war noch bunt.

»Wann warst du das letzte Mal hier?«, fragte sie.

»Als Kind«, sagte er leise. »Meine Großmutter war eine feine Dame, aber einmal im Jahr, im September, schlüpfte sie in die Tracht einer provenzalischen Bäuerin und half bei der Weinernte mit. Bevor mein Großvater eine Presse kaufte, wurden die Trauben in einem Trog mit den Füßen zerstampft. Später saß man unter Bäumen, an denen Petroleumlampen hingen, trank den Rotwein vom letzten Jahr mit dem Nachgeschmack von Zedernholz. Und über einem Kohlebecken wurden Hühnchen gebraten, auf die man mit einem Palmwedel Öl klopfte.«

Salome wusste nicht, warum man dafür einen Palmwedel benutzte. Sie war nur plötzlich sicher, dass er als Kind von dem Hühnchen gegessen hatte, dass es ihm geschmeckt, dass er vielleicht auch einen Schluck Wein getrunken, dass er rote Wangen gehabt hatte. Jetzt war es unvorstellbar, dass er jemals wieder rote Wangen haben würde. Er sah aus, als müsste er sich gleich übergeben, umso mehr, da die Straße jetzt steiniger war, sie durchgerüttelt wurden. Ein paar Kurven später sah sie in der Ferne etwas bläulich schimmern, wohl ein Streifen Meer, hinter einer weiteren Kurve nahm sie etwas Rötliches wahr.

Was sie erst für die Umfriedung von Weinbergen hielt, stellte sich als kleines Haus heraus.

Félix regte sich nicht, nachdem sie angehalten hatte.

»Ich … ich bleibe einen Moment hier sitzen …« Sie tastete nach seiner Hand, drückte sie kurz. Doch er entzog sie ihr, versteckte wieder beide Hände unter seinen Oberschenkeln. »Auch wenn sie hier erst mal versteckt ist – Hanna braucht eine *carte d'identité*«, murmelte er.

»Ich kann versuchen, an die notwendigen Stempel zu gelangen.«

»Eine Gemeindebedienstete von Saint-Tropez fälscht meines Wissens Ausweise, sie kann solche Stempel gewiss gut gebrauchen. Wer sich mit ihr in Verbindung setzen will, muss den Schönheitssalon in der Rue de Miromesnil besuchen, wo Parfüms verkauft werden, vor allem Hautlotionen aus Quitten. Man muss erklären, dass man Rosenessig zur Heilung von Frostbeulen braucht – das ist das Codewort.« Sie hörte zum ersten Mal, dass es Rosenessig gab. Irgendwie erschien es ihr widersinnig, dass man etwas so süß Duftendes wie Rosen mit Essig vermischte. Aber hatten sie nicht alle Frostbeulen an der Seele und erhofften sich

Heilung? »Ich … ich muss mich nur kurz hier ausruhen«, murmelte er, ließ sich noch tiefer in den Sitz sinken, »bring du Hanna ins Haus.«

Sie war sicher, dass es mit dem Ausruhen allein nicht getan war. Sie war jedoch nicht ganz so sicher, an welcher Krankheit genau er litt, die ihn derart schwächte. Im Moment konnte sie ihm ohnehin nicht helfen.

Hanna lag gekrümmt im Kofferraum. Als sie sich erhob, war sie sichtlich schwach, aber als Salome ihr anbot, Zipporah zu tragen, schüttelte sie den Kopf. Zipporah schien verängstigt, stieß ein leises Wimmern aus, das allerdings abriss und zu einem erstaunten »Oh!« wurde, als eine Katze vorbeihuschte. In ihrem dichten grauen Fell hatten sich ein paar Heuhalme verfangen.

Salome war nicht sicher, wie sie ins Haus hineinkommen sollten, Félix hatte nichts von einem Schlüssel gesagt, dennoch trat sie zielstrebig auf den eingeschossigen Bau zu. Das Dach war mit Moos überzogen und war an zwei Stellen undicht, über eine Pergola rankte sich Efeu, der zur Hälfte verfault war. Die Tür war morsch, gab nach einem einzigen Tritt nach. In dem Vorraum dahinter standen Geräte, auch eine alte Weinpresse, eine weitere Tür führte in die Küche. Die Wände waren rußschwarz, in einem Loch auf dem Boden hatte sich die Asche von Jahrzehnten gesammelt, von der Decke baumelte eine Schiffslaterne.

»Miau«, machte Zipporah.

Die Wände des nächsten Raumes waren nicht ganz so schwarz wie die der Küche, der Boden war mit roten Kacheln gefliest. Ein uralter Flickenteppich lag darauf, an dessen Fransen mehr als nur eine Maus genagt hatte. Und da war ein schmales Bett, auf dem Hanna erst die Tochter absetzte, sich dann selbst fallen ließ. Obwohl sie die Augen schloss, hätte Salome schwören können, dass sie keinen Schlaf finden würde.

Sie suchte nicht nach einem zweiten Schlafzimmer, sondern beschloss, zum Automobil zurückzugehen. Als sie es erreichte, beugte Félix gerade seinen Kopf über seinen Oberschenkel, nicht etwa, um sich zu übergeben, wie sie kurz dachte, sondern weil sich auf der schwarzen Hose eine dünne, weiße Linie befand, die wie Mehl oder Zucker aussah.

Obwohl er gehört haben musste, wie sie die Tür öffnete, machte er keine Anstalten, die Linie vor ihr zu verbergen, auch nicht, als sie auf dem Fahrersitz Platz nahm.

»Hast du Geld dabei?«, fragte er nur.

»Bitte?«

»Ein eingerollter Geldschein ersetzt das Nasenröhrchen.«

Sie hatte kein Geld dabei, doch er schaffte es auch ohne den Schein, das Pulver in die Nase zu ziehen, zumindest einen Teil davon. Etwas staubte um sein Gesicht, blieb an seinen Haaren haften.

»Was ist das?«, fragte sie, obwohl sie es wusste.

Sie kannte zwar nicht den Unterschied zwischen Heroin und Kokain, Opium und Morphium, aber zweifellos war das ein Gift, das nur vermeintlich stärkte, ihn mit der Zeit jedoch von innen her auffraß.

»Kannst du dich an unseren Ausflug damals erinnern?«, erwiderte er. Seine Stimme klang erstaunlich klar. »Als wir am Strand von Pampelonne waren? Ich habe behauptet, mir sei alles egal. Oh, ich wünschte, es wäre so. Ich wünschte, es gäbe nichts, das mich berührte. Aber das Gegenteil ist der Fall.«

»Du darfst dieses Gift nicht nehmen, du musst gesund werden.«

»Ich schaffe es nicht, ohne dieses Zeugs zu leben. Wobei ich natürlich weiß, dass ich irgendwann daran sterben werde … weil die Dosis nicht mehr reicht, weil ich immer härtere Drogen nehmen werde und auch die eines Tages nicht mehr ausreichen werden, um die Welt erträglich zu machen …«

»Du musst gesund werden!«, rief sie wieder eindringlich.

»Wozu?«, fragte er verdrossen.

»Das Leben erscheint dir im Moment nicht lebenswert, mir auch nicht. Aber du hast eine Tochter. Sie zu lieben macht dir unendliche Angst – lieben tust du sie trotzdem, und irgendwann wirst du es ihr zeigen und für sie da sein. Und du hast mich. Mich zu lieben macht dir ebenfalls Angst, doch ändern kannst du es nicht, und wenn ich dir keine Hoffnung auf eine gemeinsame Zukunft, auf Glück versprechen könnte, ich würde dich bitten, mir etwas von diesem weißen Pulver zu geben. Ich habe diese Hoffnung allerdings. Trotz allem lohnt es sich zu leben, trotz allem lohnt es sich zu lieben. Es … es muss einfach so sein!«

Er starrte sie an, schüttelte den Kopf. Sie legte kurz eine Hand an seine Wange, beugte sich vor, küsste ihn dort, wo sie ihn eben berührt hatte. Falls da noch etwas von dem weißen Pulver war, schmeckte sie es nicht. Als ihre Lippen auf seinen zu ruhen kamen, musste sie wieder an Rosenessig denken, ein wenig süß, ein wenig sauer, vielleicht wirklich in der Lage, Frostbeulen zu heilen, selbst wenn das bedeutete, dass das, was kurz abgestorben schien, noch mehr wehtat. Es schmerzte auch, ihn zu küssen, aber sie hörte nicht damit auf. Es schmerzte, seine Hände auf ihrem Körper zu fühlen, aber sie erwiderte seine Berührungen. Dieser Schmerz war keine Zumutung, er war die Verheißung, dass sie irgendwann wieder etwas anderes fühlen konnte, Freude, Lust, Leichtigkeit.

»Ich möchte mit dir schlafen«, murmelte er, als er sich irgendwann doch atemlos von ihr löste. »Aber nicht heute …«

Sie war nicht sicher, was es ihm unmöglich machte, mit ihr zu schlafen – das weiße Gift oder der letzte Tag. Es war ihr egal.

Ob sie noch ihre Kleidung trugen oder nackt waren, ob ihre Körper miteinander verschmolzen oder sie sich nur umarmten, mehr Nähe gab es nicht.

»Später, wenn ich wiederkomme«, sagte sie, obwohl sie keine Ahnung hatte, wie und ob sie Aix verlassen und an diesen Ort fahren könnte. »Später, wenn du … wenn du dieses Pulver nicht mehr brauchst«, fügte sie hinzu, obwohl sie keine Ahnung hatte, wie Félix schaffen könnte, ohne es zu leben, wie ganz allein den Zustand überstehen, der unweigerlich folgen würde, dieses Zittern und Zähneklappern und Schwitzen. Hanna würde ihm kaum helfen können.

Und doch, beides durfte nicht unmöglich, nicht undenkbar sein, der Grat, auf dem sie balancierten, war vielleicht kein fester Weg, noch nicht einmal ein Strick, dünn wie Spinnweben vielmehr, aber das musste reichen, nicht in die Tiefe zu fallen.

Sie küssten sich wieder, berührten sich wieder, versprachen einander mit heißem Atem und weichen Lippen, wir stehen das Leben gemeinsam durch. Als ihre Wangen nass wurden, wusste sie nicht, ob er weinte oder sie oder ob es nur sein Schweiß war. Sie lösten sich wieder voneinander, und dann zog er ein Fläschchen hervor, schraubte es auf und hielt es auf den Kopf. Es staubte kaum etwas heraus.

»Es war das Letzte, was ich hatte.«

»Gut«, sagte sie. »Du brauchst dieses Gift nicht, um das Leben zu ertragen. Nicht, solange wir es gemeinsam ertragen.«

Sie wusste nicht, ob sie zu viel versprach oder zu viel von ihm forderte, sie wusste nur, dass sie von Hoffnung erfüllt wurde – und er auch.

In den nächsten Wochen sahen sie sich meistens sonntags, wenn Achenbach ihr freigab. Salome brachte Lebensmittel, Wäsche und frische Kleidung zu dem einsamen Weingut, nur selten Neuigkeiten. Sie sprachen kaum darüber, was sie in der Zwischenzeit erlebt hatten.

Sie würde nie genau erfahren, wie er die Tage überstanden hatte, da sich jede Faser seines Körpers nach dem weißen Gift verzehrte und sich grausam dafür rächte, es nicht zu bekommen – mit Schwindel und Übelkeit, beschleunigtem Herzschlag und Albträumen. Auch nicht, ob sein fester Wille allein ausgereicht hatte, die Zeit durchzustehen, oder er vielmehr gezwungen war, weil er das einsame Grundstück nicht verlassen konnte, um sich neues Rauschgift zu besorgen. Noch nach etlichen Wochen sah er elend aus, aber mit der Zeit schien er wieder Herr seiner körperlichen Regungen, auch seiner Gefühle, seiner Gedanken zu werden.

Sie indes hatte es längst zur Meisterschaft darin gebracht, diese zu kontrollieren, vor allem gegenüber Achenbach. Als sie an jenem Augusttag erst spätnachmittags zurück nach Aix gekommen war, hatte sie ihn im Hotel angetroffen, eine Erklärung auf den Lippen, die sie die letzten Stunden über vorbereitet hatte. Sie hatte ihre Verspätung auf einen Schaden des Automobils schieben wollen, doch er hatte sie gar nicht ausreden lassen, vielmehr mit den üblichen Achs und ungewohnt bleichem Gesicht verkündet, künftig vom Hotel aus zu arbeiten. Als sie schon dachte, es wäre ihm unerträglich, all den Menschen ins Gesicht zu schauen, die in die Waggons stiegen, begann er einmal mehr den wackligen Tisch zu beklagen, der im Hof von Les Milles stand.

Er kam auch nachher nie auf ihre stundenlange Abwesenheit zu sprechen, ließ sich stattdessen in der nächsten Zeit von ihr zu Cafés oder Restaurants kutschieren, zum Rathaus mit dem alten Uhrturm, der Kathedrale Saint-Sauveur und einmal sogar nach Avignon. Wir wollen ja etwas sehen vom schönen Frankreich, es ist gar nicht so schmutzig und chaotisch wie erwartet. Von jedem

Ausflug kehrte er an den Schreibtisch zurück, um Listen zu erstellen, und Salome konnte noch früher einen Blick darauf werfen als der Lagerkommandant oder die französischen Polizisten, die die Deportationen von Les Milles überwachten. Sie schrieb sie heimlich ab, gab sie an die vier Wächter weiter, Auguste Boyer, Lucien Mercier, Aimé Bondi und Jean-Louis Kissy, die manchmal Internierten zur Flucht verhalfen, andere auf den Dachböden versteckten. Auch ein gewisser Simoni, einst Werkmeister der Ziegelei, wusste zu helfen. Eines Tages kroch er vor der Abfahrt eines Zuges unter einen Waggon und reichte den Menschen Feilen und Schneidezangen hoch. In Rognac, einem Halt kurz nach Les Milles, konnten vierzig von ihnen fliehen.

Dieses Ereignis gehörte zu den wenigen Dingen, die sie Félix erzählte, und das Lächeln, zu dem sich seine farblosen Lippen verzogen, machten sein starres Gesicht lebendig wie nie. Hanna erzählte sie es auch. Die ersten Tage hatte diese meist reglos im Bett verbracht, irgendwann hatte sie begonnen, mit sehr bescheidenen Mitteln – unter anderem einem alten Reisigbesen und einer verrosteten Harke – das Haus zu reinigen und den kleinen Garten neben der Pergola vom Unkraut zu befreien. Sie machte Feuer im Kamin, und den frischen Ziegenkäse, den Salome eines Tages mitbrachte, röstete sie auf einem Stück Brot über der Glut.

Hanna lauschte ihrem Bericht schweigend, doch anders als Félix lächelte sie nicht. »Ob Leo noch in Frankreich ist oder auch unterwegs in Richtung … Richtung Osten …«

Sie brachte den Satz nicht zu Ende. Salome schwieg. Sie fand Leos Namen nie auf einer der Listen, aber das hatte nichts zu bedeuten. Und dass Efraim es mittlerweile gewiss wohlbehalten nach Amerika zu Charlotte geschafft hatte, war nur eine Hoffnung, keine Gewissheit.

Später aßen weder Hanna noch Félix vom Ziegenkäse, doch

Salome brachte trotzdem immer wieder neue Vorräte mit – Dosen mit eingelegten Sardellen, Brot und kalte Knoblauchtunke, Milch für Zipporah und eine Stange Zigaretten für Félix. Zumindest bei Letzteren konnte sie sicher sein, dass sie sehnsüchtig erwartet worden waren.

Auf den heißen August folgte ein verregneter September. Oft hing Nebel zwischen den Bäumen, wenn sie auf das Weingut zufuhr, und Dunst über dem fernen Meer, das nicht blau zwischen den Stämmen durchblitzte, sondern farblos. Hatte Félix sie bis jetzt oft vor dem Haus erwartet, traf sie ihn nun häufig auf dem Lager, das er sich in der Nähe des Kamins errichtet hatte, an. Er fragte weiterhin nicht nach Neuigkeiten, und sie brachte es nicht über sich, ihm diese von sich aus mitzuteilen.

Ende August hatten Razzien in der gesamten Region stattgefunden, sämtliche Busse, Straßenbahnen, Bahnhöfe waren kontrolliert, ganze Viertel durchforstet worden, nicht nur nach Juden, auch nach politischen Flüchtlingen. Einige konnten sich weiterhin verstecken, andere waren nach Les Milles gebracht worden, wodurch sich das Lager, das sich nach den vielen Deportationen langsam geleert hatte, aufs Neue füllte. Achenbach ächzte unter der Last neuer Namen, einmal entfuhr ihm klagend: »Hört das denn nie auf?«

Salome schwieg, vertraute die Listen weiterhin heimlich den Wächtern an. Es waren nie genug, die aus dem Lager fliehen konnten, und Ende September waren es schließlich gar keine mehr. Lagerkommandant Maulavé war erst nur entlassen, dann sogar inhaftiert worden, weil er die Deportationen nicht zügig genug durchgeführt hatte, man ihm überdies Korruption vorwarf, und mit ihm wurden die vier Wärter der aktiven Fluchtbeihilfe angeklagt.

Als sie Anfang Oktober zum Weingut fuhr, fand Salome Félix nicht auf der Schlafstatt vor, sondern im Garten neben der Pergola. Auf der dunklen Erde krochen Schnecken, sie machten sich über Pilze her. Von Hanna war nichts zu sehen, Zipporah war ohnehin immer still. Wenn überhaupt stieß sie nur ein Miauen aus, obwohl die verwilderte Katze, der sie am ersten Tag begegnet waren, nicht wieder aufgetaucht war.

»Was ... was ist passiert?«, fragte sie.

»Ich bin einem der Bauern vom Nachbargrundstück begegnet. Er hat sein Mastschwein gesucht, das sich im Wald verlaufen hat. Er ... er ist einer von uns.«

Sie war nicht sicher, was das Uns bedeutete, sie war auch nicht sicher, ob dieses Uns sie mit einschloss. Jedenfalls war sie erleichtert zu hören, dass jener Bauer Hanna und Zipporah ins nahe Bergdörfchen Ramatuelle gebracht hatte und sie dort bei einer Familie leben konnten, bei der schon mehrere jüdische Emigranten Zuflucht gefunden hatten.

»Hier hätte sie ja doch nur den Verstand verloren«, sagte Félix, und seine gerunzelte Stirn verriet, wie nahe er selbst oft davorstand.

»Du ... du kannst doch nicht ganz allein hierbleiben«, stieß sie aus.

Er zuckte die Schultern. »Warum nicht? Wusstest du, dass Émile Ollivier, der ehemalige oberste Minister Napoleons III., sich auf einen Bauernhof bei Saint-Tropez zurückgezogen hat, um sein siebzehnbändiges Werk über den deutsch-französischen Krieg zu verfassen?«

»Du willst wieder schreiben?«

»Wenn ich Papier hätte.«

»Ich könnte welches mitbringen und ...«

»Wenn ich eine Geschichte zu erzählen hätte«, unterbrach

er sie. Seine Stimme klang heiser. »Aber das habe ich ja nicht.« Erinnerungen stiegen in ihr hoch, an jenes erste Manuskript von Félix, das am Strand von Pampelonne fast Opfer von Wind und Wellen geworden wäre. Er hatte die Geschichte einer Liebe geschrieben – zwischen einem vom Krieg entstellten Soldaten und der Krankenschwester, die ihn gesund pflegte. »In diesen Zeiten kann man nicht über die Liebe schreiben«, fügte er leise hinzu.

»Vielleicht kann man es nicht, man muss es trotzdem tun.«

Er sagte nichts, zuckte nur die Schultern. Sie kehrten ins Haus zurück. Im Kamin lag Holz gestapelt, doch sie hatten nichts, um es zu entzünden. Wahrscheinlich war es ohnehin zu feucht. Immerhin waren da genügend alte Rosshaardecken, die Félix übereinandergelegt hatte, um darauf zu schlafen, obwohl nun ein Bett frei war. Er ließ sich darauf fallen, schloss die Augen, hörte gleichwohl nicht zu reden auf. »Ich weiß nicht, ob ich noch schreiben kann. Ich weiß nicht, ob ich noch irgendetwas Sinnvolles tun kann.«

»Das stimmt nicht.«

»Du weißt doch, so anmaßend das auch sein mag, ich habe mir für meine Liebesgeschichte Victor Hugos *Glöckner von Notre Dame* zum Vorbild genommen. Verehrt habe ich Victor Hugo aber für etwas anderes – für seine Vision von einem Europa, in dem es keine Grenzen mehr gibt. Sich das vorzustellen ist nicht bloß anmaßend, es ist lächerlich, es ist … unmöglich.«

Vielleicht war es das. Nicht unmöglich aber war es, die Grenze zwischen ihm und ihr einzureißen. Immer wieder hatten sie an dieser gebaut, mal er, mal sie, aus Gründen, die an diesem Ort, in dieser Zeit kein Gewicht mehr hatten, zumindest kein annähernd so großes wie der Wunsch: Ich will lieben, ich will leben, ich will vergessen.

Sie ließ sich neben ihn auf den Berg rauer und modrig riechender Decken sinken.

»Félix.«

»Salome.«

Er schlug die Augen wieder auf, sie sahen sich lange an, dann küssten sie sich, und dann streichelten sie sich, sie zogen sich aus und liebten sich, und es war nicht lächerlich oder anmaßend, es war erst recht nicht unmöglich, es war schön, und es war traurig, es war selbstverständlich und zugleich unwirklich, es war etwas, das sie nicht nur wollten, das sie tun mussten, um wieder Kraft zu haben, um am Abgrund entlangzubalancieren. Kurz drohte von diesem keine Gefahr. Das Fallen war in diesen gestohlenen Augenblicken wie ein Fliegen, was sich sonst wie Scherben anfühlte, wurde zum Funkenregen, und das Nichts, in dem sie versanken, war nicht das des Todes, sondern das von Lust und Erfüllung. Ihre Körper spielten ein uraltes Spiel, und jeder Zug war so vertraut, dass ein Ernst daraus wurde, der anders als der des Lebens keinen Schatten hatte.

Als sie hinterher eng umschlungen dalagen, froren sie beide, aber sie verkrochen sich nicht unter den rauen, stinkenden Decken, sie lagen auf ihnen, strichen sich über den nackten Rücken, eine leere Seite dieser, auf die man eine neue Geschichte schreiben konnte. Die ersten Worte dieser Geschichte waren die schönsten, die es gab.

»Ich liebe dich«, sagte er.

»Ich liebe dich«, sagte sie.

Das musste reichen, das erste Kapitel zu füllen.

Ein paar Wochen blieben, sich dem Trug hinzugeben, sie könnten diese Liebesgeschichte zu Ende schreiben. Regelmäßig fuhr sie zu ihm. Sie liebten sich, und mit jedem Mal wuchs ihre Gewissheit, dass er dem weißen Gift für immer entsagen würde, dass ihre Liebe stärker war als dieses, stärker als Krieg und Tod, dass ihnen eine Zukunft winkte, befleckt zwar von der Vergangenheit, aber nicht zerstört.

Dann kam der Tag im November, da sich zeigte – die anderen schrieben die Geschichte, nicht sie. Sie durfte nichts hinzufügen, nicht einmal etwas dazu sagen.

Achenbach saß an diesem Tag nicht am Schreibtisch, er ging hektisch in seinem Bureau auf und ab, verkündete mit Panik im Blick, dass sie packen müssten. Er betrachtete Aktenordner und Papier, Briefpapier, Stempel und Schreibmaschinen. »Wie lange das alles dauern wird! Hoffentlich geht nichts verloren.«

»Packen?«, schaffte es Salome erst nach einer Weile zu fragen. »Fahren wir zurück nach Deutschland?«

»Ich wahrscheinlich schon, das Bureaumaterial geht nach Avignon. Dort richtet sich der Generalstab ein.«

»Avignon?«, fragte sie und erinnerte sich vage an ihren Ausflug zum Palast des Papstes.

Achenbach schien ihn vergessen zu haben, erklärte, alles müsse jetzt sehr schnell gehen, Tatsachen geschaffen werden, die französische Regierung in Vichy habe bis jetzt keine Gegenmaßnahmen getroffen, aber man wisse ja, solche Übergangsphasen verliefen oft chaotisch, die Zuständigkeit der einzelnen Dienststellen, auch der seinen, müsse geklärt werden.

»Worauf warten Sie?«, herrschte er Salome an, als sie keine Anstalten machte zu packen.

Dass ich es verstehe, hätte sie am liebsten gesagt, wobei sie es ja schon verstand, zumindest ahnte. »Was ist denn passiert?«, fragte sie trotzdem.

Er sagte es ihr, trieb sie danach zur Eile an. Sie beeilte sich tatsächlich, schaffte möglichst viel Bureaumaterial ins Automobil, doch als sie es bestieg, fuhr sie nicht nach Avignon, noch nicht. Sie hatte keine Ahnung, wie sie Achenbach ihr Verschwinden später erklären sollte, sie wusste nur, dass sie bei Félix sein musste, wenn er die Neuigkeiten erfuhr.

Als sie ankam, kannte er sie bereits, vielleicht hatte er sie vom Nachbarbauern gehört, vielleicht von jemand anderem, der dieses Weingut nicht nur für einen Ort hielt, wo ein Drogensüchtiger und eine Jüdin mit Kind unterschlüpfen, sondern wo auch konspirative Treffen stattfinden konnten. Salome hatte in den letzten Wochen nie gefragt, mit wem er Umgang pflegte, hatte gedacht, zu viele Worte würden die Grenze zwischen ihnen wieder errichten. Wie dumm, Angst vor Grenzen zu haben. Die Grenze, die Frankreich in eine besetzte und eine unbesetzte Zone geteilt hatte, war doch eine gute Grenze gewesen, jetzt gab es sie nur nicht mehr.

Sie fand Félix nicht im Haus, fand ihn nicht im Garten, sie ging weiter durch Wald, kam erstmals bis zum Ende des Grundstücks. Das Meer schimmerte grünlich durch die Bäume, das Stück Kieselstrand war von Felswänden umgeben. In den trüben Wellen schaukelten Blätter und Äste, die der Herbstwind ins Wasser getrieben hatte. Das Wasser wollte sie nicht, spuckte sie wieder ans Land.

Félix war bekleidet, hatte sich aber seine Socken ausgezogen.

»Kannst du dich erinnern?«, fragte er grußlos, als er sie sah, »als wir damals gemeinsam am Strand von Pampelonne waren, wolltest du unbedingt, dass ich mit Ornella und dir ins Wasser gehe, zumindest bis zu den Knien. Als ich mich geweigert habe, hast du mir einfach die Socken von den Füßen gezogen.«

»Damals war es warm, heute ist es das nicht«, sagte sie.

Er nickte, ging dessen ungeachtet langsam auf das Wasser zu.

»Du weißt es schon«, stellte sie fest.

Er nickte wieder, trat mit einem Fuß ins Wasser, dann mit dem zweiten.

Die Alliierten hatten in der Nacht vom 11. zum 12. November ohne Vorwarnung die französischen Gebiete in Nordafrika besetzt. Als Reaktion überschritten die deutschen Truppen die Demarkationslinie. Es gab kein unbesetztes Frankreich mehr, nur mehr einen winzigen Teil, den die Deutschen ihren italienischen Verbündeten überließen, das Vichy-Regime war entmachtet.

»Ob die französische Polizei nun Däumchen dreht?«, fragte Félix. »Es nun der Gestapo ganz allein überlässt, Razzien durchzuführen und Verhaftungen vorzunehmen?«

Er zitterte etwas vor Kälte, blieb endlich stehen, das Wasser benetzte seine Hosenbeine.

»Die Italiener …«, sagte Salome tonlos, »… die Italiener haben die politischen Flüchtlinge und Juden nie so vehement verfolgt wie das Vichy-Regime. In dem Gebiet, das von ihnen besetzt wird, wird es halbwegs sicher sein. Es reicht von hier bis Mentone, ausgenommen ist nur der Kriegshafen Toulon. Hanna wird nichts zustoßen, solange sie in Ramatuelle bleibt, wahrscheinlich werden noch viele andere auf die Halbinsel von Saint-Tropez oder weiter nach Westen fliehen.« Der Wind kräuselte das Wasser, dennoch machte es keine Geräusche. Nur das Lied eines Vogels war in der Ferne zu hören. Sie konnte nicht entscheiden, ob sein Gesang klagend oder trotzig war. »Aber ich … ich kann nicht mehr so einfach hierherkommen«, fügte sie hinzu. »Vielleicht muss ich zurück nach Deutschland.«

»Ich werde ohnehin nicht bleiben.« Er ging noch tiefer ins Wasser, die schwarzen Hosenbeine sogen sich nun bis zu den Knien voll, es musste so kalt sein, dass es schmerzte, doch als er sich zu ihr umdrehte, war seine Miene nicht verzerrt, nur entschlossen. »Siehst du, ich ertrage es, ich kann meine Socken ausziehen und im kalten Wasser stehen. Das verdanke ich allein dir. Du … du hast mir so viel Stärke verliehen.«

Er lächelte sie an, und sie erwiderte sein Lächeln, obwohl sie plötzlich wusste: Er war vielleicht *wegen ihr* stark, aber er würde nicht *für sie* stark sein. Er hatte all seine Willenskräfte, dem weißen Gift zu entsagen, nicht aufgebracht, damit sie eine Zukunft hatten, er ihr ein Mann und seiner Tochter ein Vater sein konnte.

»Ich liebe dich«, fuhr er fort. »Du bist der wichtigste Mensch in meinem Leben. Aber was nützt das in einer Welt, in der es keine Menschen mehr gibt, nur mehr Monster.«

Sie schluckte, wollte sein Liebesbekenntnis wiederholen, konnte es nicht … brauchte es auch nicht. Er wusste ja, dass sie ihn von Herzen liebte, es machte nur keinen Unterschied.

»Ich werde mich dem Maquis anschließen«, erklärte er unvermittelt.

Maquis war ein französisches Wort. Es stammte von einem italienischen, *macchia*, das jenes immergrüne Gebüsch bezeichnete, wie es so üppig im bergigen Hinterland Liguriens wuchs. Im Maurenmassiv war die *macchia* ebenfalls zu finden, außerdem war dieses dicht bewaldet und bot somit all jenen gute Verstecke, die die deutsche Besatzung nicht hinnehmen, die mit allen Mitteln, auch mit Gewalt, Widerstand leisten würden. *Résistance.*

Félix stand immer noch im kalten Wasser. Wieder überlief ihn ein Zittern, aber ein anderes als damals, da sich sein Körper nach dem weißen Gift verzehrt hatte. Es schwächte ihn nicht … machte ihn nur noch kompromissloser. Nie hatte sie bei seinem Anblick so viel Stolz gefühlt. Nie so viel Verzweiflung.

»Kommst du zu mir ins Wasser?«, fragte er.

Sie schüttelte den Kopf. »Ich bin mir nicht sicher, wann wir uns wiedersehen.«

Und *ob* wir uns wiedersehen, fügte sie still hinzu.

Er wusste es auch nicht, kam dennoch schweigend aus den Fluten, schlüpfte nicht in die Socken, nur in die Schuhe. Er zog sie an sich, und sie gingen gemeinsam zum Haus, liebten sich hungrig und verzweifelt, und diesmal fühlte es sich nicht an, als würden sie eine Grenze überwinden, diesmal war es, als wären sie bereits durch eine unsichtbare getrennt. Sein Körper gehörte ihr zwar noch ganz und gar, aber seine Seele, sein Geist waren schon woanders.

1943

Dreizehntes Kapitel

»Dieser wunderschöne Tag im Mai eignet sich vorzüglich für eine Wanderung im Sonnenschein, nicht wahr?«, rief Félix und machte eine weit ausholende Bewegung.

Das erste Stück ihres Weges hatte noch an Gemüsegärten vorbeigeführt, an Weinbergen und Olivenhainen. Alsbald wurden die Flächen, die von Menschen kultiviert worden waren, aber kleiner. Dazwischen sprossen Ginster, die gelben Dolden der Baumheide, Myrten mit ihren weißen Blüten und Rosmarinsträucher, allesamt wetteifernd, wer am stärksten duftete, am schnellsten und buntesten wuchs. Dort wo die Hänge schließlich steiler wurden, wucherte die Macchia, und so karg und schmucklos diese meist sein mochte – jetzt im Frühling war die Strauchlandschaft von weißen und rosaroten Blüten überzogen, so fein, als wären sie aus Papier gemacht oder den Flügeln von Schmetterlingen. Diese flatterten tatsächlich von einer Blüte zur anderen, strickten dreist an jener Lüge mit, wonach die Welt ein schöner Ort ist.

Félix ließ den Arm wieder sinken, drehte sich zu Gaston um, der ihn stirnrunzelnd betrachtete. »Findest du nicht?«, fügte er hinzu.

»Dir wird das Spotten noch vergehen.«

»Was glaubst du, wie viele Menschen mir das schon gesagt haben? Aber so wie ein anderer seinen Mundgeruch nicht loswird, werde ich nicht aufhören, die Welt zu verspotten, erst recht nicht, wenn sie mich zu umschmeicheln versucht.«

»Die italienischen Besatzer umschmeicheln dich ganz gewiss nicht, die prügeln dir die Scheiße aus dem Leib, wenn sie nur den geringsten Verdacht haben, dass wir uns auf dem Weg zu einem Geheimversteck des Maquis befinden.«

»Eben«, Félix machte wieder eine weit ausholende Bewegung. »Wenn ich mich als harmloser Wanderer ausgebe, den es in den ersten Frühlingstagen in das Maurenmassiv drängt, dann zerstreue ich diesen Verdacht doch eher, als wenn ich mit griesgrämiger Miene vor mich hin stapfe.«

Gastons Stirn war noch immer gerunzelt. »Dass du gern wanderst, glaubt dir kein Mensch. Du bist viel zu bleich.«

Félix fuhr sich über die Stirn, von der Schweiß perlte. »Na gut, dann bin ich eben kein Wanderer, sondern ein Historiker. Hier gibt es überall steinerne Mauern, nicht alle sind verfallene Schäfereien, viele die Überreste von Fluchtburgen, wie sie die Sarazenen einst errichtet haben. Wusstest du, dass diese einst aus Spanien kommend das Land mitten in der Nacht erobert haben? Sie haben die Bewohner im Schlaf niedergemetzelt, sind immer tiefer ins Landesinnere eingedrungen, haben hier ihre Burgen gebaut und den dornigen Buschwald mit Absicht größer und dichter wachsen lassen, auf dass er ihnen einen Rückzugsort bot.« Er machte eine kurze Pause. »Wie Dornröschen.«

»Dornröschen hat niemanden niedergemetzelt.«

»Aber sie ließ sich von einem Kuss wecken, und glaub mir, die Liebe kann auch in ein Gemetzel münden.«

»Stimmt das wirklich?«

»Dass Liebe mit Blutvergießen einhergeht?«

»Idiot! Die Sache mit den Sarazenen.«

»Gewiss stimmt das. Auf der Halbinsel von Saint-Tropez gibt es doch das Dörfchen Ramatuelle. Sein Name leitet sich vom arabischen *Rahmatu-Allah*, der Gnade Gottes, ab.«

Gaston schnaubte, drängte an ihm vorbei, stieg einen Ziegenpfad hoch. Erst nach einer Weile drehte er sich wieder um. »Wird dir der Kopf nicht schwer von all dem unnützen Wissen?«

»Lieber der Kopf als die Seele. Gewiss, manchmal würde ich am liebsten gar nichts mehr wissen, aber Wissen ist auch wie … Mundgeruch, man wird es nicht mehr los.«

Als der Weg steiler wurde, schwieg Gaston. Félix kam ihm kaum noch nach, keuchte immer stärker, erntete darob einen verächtlichen Blick. Doch selbst wenn Gaston mit jedem Wort, jeder Geste zu verstehen gab, dass er ihn für einen Spinner hielt – dass er ihn hierhin mitnahm, war ein Zeichen dafür, dass er ihm trotzdem vertraute, ihn für wert befand, ihn im engeren Kreis des Maquis aufzunehmen.

Félix hatte dieses Vertrauen in den letzten Wochen erworben, als er von Marseille aus geholfen hatte, etliche Juden von der deutschen Zone in die italienische zu bringen. Die Italiener waren entweder zu menschenfreundlich oder zu faul, um sich an den Deportationen zu beteiligen, während sie seit Januar im deutsch besetzten Gebiet zugenommen hatten. In Marseille verging kein Tag ohne Razzien, erst recht, nachdem der Maquis ein Attentat auf das Hotel Splendide verübt hatte. Als Rache hatten die Deutschen ein ganzes Stadtviertel niederreißen lassen, Félix war damals dem fernen Dröhnen gefolgt, um Zeuge der Zerstörung zu werden. »Willst du einen Ziegelstein auf deinen Kopf?«, hatte Gaston gefragt.

»Ich bin nicht sicher, für wen das die größere Zumutung ist, der Ziegelstein für den Kopf oder der Kopf für den Ziegelstein. Jedenfalls habe ich keine Angst.«

Diese Worte hatten Gaston mehr imponiert als sämtliche Taten, und so hatte er beschlossen, ihn an diesem Tag mitzunehmen. Der Weg führte immer höher, an Steineichen und Kiefern entlang, Hagebuchen und Korkeichen, stummen Zeugen allesamt, denen es gleich war, wer in ihrem Schatten sein Unwesen trieb und ob derjenige selbst metzelte oder Widerstand gegen das Metzeln leistete.

Gaston machte den Mund für ein knappes »Gib acht!« auf, als sie an einer steilen Schlucht vorbeikamen, doch Félix hörte nicht auf ihn, balancierte am äußersten Rand. Ein paar der Steine lösten sich, polterten in die Tiefe. Alsbald erreichten sie eine Wiese, deren Gras kniehoch stand. Gaston duckte sich, als er in der Ferne einige *bories* sah, jene Natursteinhäuschen, wie man sie in dieser Gegend oft fand. Er wartete eine Weile, um zu prüfen, ob Rauch oder ein gackerndes Huhn verrieten, dass dort jemand lebte, doch es blieb still, erst recht, als Félix' Keuchen abebbte.

Die Stille tat ihm neuerdings in den Ohren weh. Er zog seine Zigaretten hervor, zündete sich eine an, ließ das Streichholz fallen.

»Bist du verrückt? Willst du hier alles in Flammen setzen?«

»Es ist doch Frühling, der Boden ist feucht vom Winterregen, da brennt noch nichts.« Félix nahm einen tiefen Zug. »Leider«, fügte er hinzu. »Wenn wir das ganze Land abfackeln würden, wären wir die Italiener und die Deutschen los. Nichts als Asche bliebe. Aber wer weiß: Vielleicht ist für die Deutschen und die Italiener Asche das Gleiche wie Schlamm für Schweine, und sie suhlen sich grunzend darin.«

»Halt den Mund!«, knurrte Gaston, lauschte noch eine Weile, bedeutete ihm schließlich weiterzugehen.

Der Weg stieg nicht mehr an, Félix konnte in Ruhe rauchen und Gaston betrachten. Nach eigener Auskunft war dieser Kommunist, Gesicht und Hände wirkten allerdings grobschlächtig wie die eines Menschen, der sich nie lange mit Theorie beschäftigte. In Friedenszeiten hätte Félix einen großen Bogen um den jungen Mann geschlagen, jetzt betrachtete er die Narbe auf seiner Stirn mit einer gewissen Faszination. Félix war sicher, dass er sie sich erst in den letzten Monaten zugezogen hatte – während einem der vielen Attentate, die der Maquis verübte, auf Lastwagen, Minenfabriken, Bahnstrecken. Die Racheakte waren so grausam gewesen, dass der Maquis seitdem nur mehr in kleinen Gruppen operierte, die oft wochenlang nicht in Kontakt zueinander traten.

Die Sonne stand mittlerweile im Zenit, die Bäume des Waldes, den sie nun betraten, waren teilweise von Efeu umrankt. Félix kämpfte sich gerade durch dorniges Gestrüpp, als Gaston ihn plötzlich packte und auf den Boden riss. Er schrammte sich den Unterarm an einer Wurzel auf, doch ehe er deswegen aufschreien konnte, presste Gaston sein Gesicht in die Walderde. Immerhin war ihm die Zigarette nicht entglitten. Als Gastons Griff sich lockerte, konnte er noch drei Züge machen.

»Ich will ja nichts sagen, aber dass ich als Historiker die Geschichte der Sarazenen erforsche, ist eine bessere Ausrede, als dass wir uns hier als Liebespaar lustvoll auf dem Boden wälzen. Willst du mich tatsächlich küssen?«

Gaston ließ ihn endgültig los, erhob sich. »Idiot!«, zischte er einmal mehr.

Félix blieb auf dem Boden liegen, spürte das Vibrieren von Schritten. Eine Truppe von fünf, sechs Männern näherte sich ihnen. Sie hatten dreckverschmierte Gesichter, trugen schwere Stiefel, die tiefe Spuren in der Walderde hinterließen, und Lumpen, die zigmal geflickt worden und doch zerrissen waren. Ihr Anführer trat auf Gaston zu.

»Fünf Neue«, erklärte er. »Sie kommen aus Manosque. Und wen bringst du da mit? Deinen eigenen Großvater?«

Félix hatte Anstalten gemacht, sich zu erheben, ließ sich nun aber zurücksinken und legte den Kopf auf seinen Arm.

»Ich bin niemandes Großvater, dafür ein genialer Pilze- und Kastaniensammler.«

»Idiot«, zischte Gaston wieder, ehe er ihn hochzerrte. Als Félix so tat, als würde er wieder umsinken, boxte er ihn in den Bauch. »Ich bringe wenigstens einen Hahn mit, du nur Küken«, fügte er verdrossen hinzu.

»Kikeriki!«, stieß Félix aus, was ihm mehr als nur einen vernichtenden Blick einbrachte. Er betrachtete seinerseits die jungen Männer, von denen die meisten nicht mal zwanzig Jahre alt zu sein schienen. Wahrscheinlich waren sie alle aus den Camps de Jeunesse desertiert, wohin die Deutschen seit Februar ganze Jahrgänge brachten, um sie von dort an den Atlantikwall oder zu Rüstungsfabriken in Deutschland zu bringen. Reihenweise flohen die jungen Männer aus diesen Lagern, sprangen von fahrenden Zügen oder tauchten unter, um der Zwangsarbeit zu entgehen – und fast alle schlossen sich dem Maquis an.

Sie seien schlechtes Material, hatte Gaston mal zu Félix gesagt, schließlich kämpften sie nicht für Frankreichs Freiheit, nur gegen die eigene Gefangenschaft. Aber um nicht nackt zu sein, müsse man eben in dreckigen Lumpen herumlaufen, und bevor man verdurste, trinke man die eigene Pisse. Und so oder so ging es Gaston darum zu zeigen, dass er in der Hierarchie höher stand als der andere Anführer.

»Wir sind in der Nähe von unserem Hauptlager«, erklärte er an die jungen Männer gerichtet. »Ab jetzt müsst ihr euch jedes Detail einprägen, um den Weg später auch allein zu finden. Merkt euch den Kalkfelsen dort hinten und die dichten Wacholderbüsche daneben. Auf die Steineichen in ihrer Nähe folgt ein Kiefernwald, der so dicht steht, dass man sich das Gesicht zerkratzt. Von dort gehen wir zu den Ruinen einer Einsiedelei, und danach ist es nicht weit bis zur Grotte.«

»Und dort wartet die Jungfrau Maria auf uns?«, fragte Félix. »Ich habe gehört, dass es ihr gefällt, dann und wann in Grotten zu erscheinen.«

Gaston fuhr zu ihm herum. »Wir haben die Gegend um die Grotte vermint. Ein falscher Schritt, und du kannst dein *Ave Maria* zur Jungfrau persönlich beten. Das Problem ist nur, dass die gefalteten Hände nicht mehr an deinem restlichen Körper hängen werden. Los jetzt! Und denkt daran! Wir gehen nicht, wir schleichen.«

Er zog den Kopf ein, machte einen Buckel, legte dennoch ein beachtliches Tempo an den Tag. Félix schlenderte dagegen gemächlich und aufgerichtet wie zuvor und machte sich in aller Ruhe eine neue Zigarette an. Einer der jungen Männer starrte ihn verwundert an. Sein Gesicht starrte vor Dreck, doch dass seine Locken blond waren, konnte er nicht verbergen.

»Was ist?«, fragte Félix, »Willst du nicht gehorchen und buckeln?«

»Warum tust du es nicht?«

»Weil ich grundsätzlich niemandem gehorche.« Immerhin beschleunigte er nun den Schritt, der blonde Mann hastete ihm nach. Dass er den Kopf ebenfalls nicht einzog, gefiel Félix. »Willst du eine Zigarette?«

»Dürfen wir hier überhaupt rauchen?«

»Wahrscheinlich nicht. Willst du trotzdem eine?«

Nach kurzem Zögern nickte der junge Mann. Bis sie den Kalkfelsen erreichten, rauchte er hektisch, danach etwas langsamer, genussvoller. »Die hiesige Gruppe des Maquis, der wir uns anschließen, ist die Maurenbrigade. Die Mitglieder nennen sich manchmal auch Sansculottes – du weißt schon, nach den Revolutionären, die keine Kniebundhosen trugen.«

»Wie fantasielos«, murmelte Félix. »Warum nicht Avecculottes – mit Kniebundhosen? Das wäre mal etwas anderes.«

Der andere ging nicht darauf ein. »Und der Deckname des Anführers ist Robespierre. Er hat schon mehrere Attentate auf die Franc-Garde ausgeübt. Es heißt, er hat nicht bloß Bomben gelegt oder Menschen erschossen, nein, ihnen eigenhändig die Köpfe abgeschnitten.«

Die Franc-Garde war eine Spezialformation der französischen Miliz, die für ihren Ehrgeiz bekannt war, der Gestapo, der SS und der Sipo an Grausamkeit in nichts nachzustehen.

»Pah!«, stieß Félix aus, »mir geht's darum, was jemand im Kopf hat, nicht, was er mit anderer Köpfe macht.«

Der junge Mann grinste, obwohl Gaston von vorne befahl, sie sollten aufschließen und endlich gebückt gehen. Félix hielt seinen Kopf weiterhin hoch erhoben.

»Ich bin übrigens Marius«, sagte der Blonde.

»Dein echter Name?«

Marius nickte.

»Sollten wir uns nicht Spitznamen zulegen? Falls wir in die Hände der Deutschen fallen, können wir uns gegenseitig nicht verraten.«

Marius zuckte etwas unbehaglich die Schultern. »Welcher ist denn deiner?«

Félix hatte noch nicht darüber nachgedacht. »Vielleicht Kikeriki«, schlug er vor.

Der Eingang der Grotte, auf die sie zusteuerten, war kaum zu sehen. Er war dicht umstellt von Bäumen und Buschwerk, wobei einer der Büsche plötzlich zu gehen begann. Erst als sie näher kamen, stellte sich heraus, dass es ein Mann in Tarnkleidung war, der sich mit Strauchwerk behängt und sein Gesicht grün angemalt hatte.

»Eine Waldfee!«, stieß Félix aus.

Dass dieser Ausruf ihm nur verwunderte Blicke einbrachte, kein empörtes Knurren, lag einzig an Gastons beschwichtigender Geste. Der winkte sie auch in die Höhle, die immer niedriger und enger wurde, je tiefer es hineinging. Zwei Petroleumlampen baumelten von einer zerklüfteten Decke, darunter stand ein Tisch, um den sich mehrere Männer versammelt hatten, auch diese in Tarnkleidung. Nur einer trug keine, war außerdem so rot im Gesicht, dass er im Dickicht sofort hervorstechen würde. Er hielt eine Flasche in der Hand, die er ununterbrochen an seinen Mund führte.

»Bleibt hier stehen!«, befahl Gaston.

Marius fügte sich, obwohl er neidisch auf die Flasche starrte. Auch Félix hatte eine trockene Kehle, doch was ihn noch mehr anzog, waren die Papiere, die auf dem Tisch lagen.

Ungeachtet des Befehls trat er langsam näher, lugte darauf. »Schade«, ließ er laut und deutlich vernehmen, als er sah, dass die Seiten nicht mit Worten beschrieben waren, sondern ein Plan der Strecke Lyon-Dijon darauf eingezeichnet war. »Und ich dachte, ich wäre hier, um Gedichte zu lernen.«

Alle fuhren herum, nur der mit dem roten Gesicht noch nicht. Er ließ die Flasche sinken, rülpste laut, ließ sich auf einem Schemel nieder. Erst danach musterte er Félix flüchtig.

»Was bist du denn?«, fragte er schließlich. Félix schwieg. Bis er die Entscheidung getroffen hatte, ob er Kikeriki sagen sollte oder damit die Saite überspannte, hatte ihn bereits ein Schlag im Nacken getroffen. Er schwankte, aber er blieb stehen. Der Rotgesichtige stand auf, schwankte ebenso. Seinen Körper mochte er kaum unter Kontrolle haben, sein Blick dagegen war stechend. Er verträgt mehr Alkohol, als er die anderen glauben macht, dachte Félix. »Bist du Sozialist, Kommunist, Anarchist?«, fragte er, als Félix immer noch nicht antwortete.

Félix trotzte seinem Blick. »Ich bin Félix Aubry und sonst gar nichts. Wobei nicht zählt, wer ich bin, sondern was ich kann.« Er tat so, als würde er sich in aller Ruhe eine Zigarette anzünden, während er in Wahrheit den zweiten Plan studierte, der auf dem Tisch lag. »Ah, da sind keine Eisenbahnlinien eingezeichnet, sondern die Fliegerhorste in dieser Region. Wollt ihr sie in die Luft sprengen oder lediglich deutsche Uniformen klauen?«

Wieder traf ihn ein Schlag am Hinterkopf, diesmal noch schmerzhafter. Er konnte zwar sein Gleichgewicht halten, aber die Zigarette entglitt ihm, ein zitternder Rauchfaden stieg vom Boden hoch. Mühsam widerstand er dem Drang, seinen Kopf zu schützen, bückte sich stattdessen in aller Ruhe. Ehe er die noch glimmende Zigarette ergreifen konnte, stellte jemand seinen Fuß darauf.

Immerhin nur auf die Zigarette, nicht auf die Hand, dachte er.

»Du rauchst, wann wir es dir erlauben.«

Félix erhob sich ganz langsam, musterte einen der Männer mit den schmutzigen Gesichtern, schnitt eine Grimasse. »Tut mir leid«, sagte er mit ehrlich bedauerndem Tonfall, »aber ich habe noch nie auf irgendjemandes Erlaubnis gewartet.«

Dann holte er sich eine neue Zigarette aus seinem Päckchen. Man schlug sie ihm aus der Hand, ehe er sie auch nur zwischen die Lippen klemmen konnte. Die andere Hand, mit der er ein Streichholz hatte hervorziehen wollen, wurde ihm auf den Rücken gezogen und schmerzhaft verbogen. Im nächsten Augenblick krachte sein Kopf gegen den Tisch. Er konnte gerade noch verhindern, dass er mit der Nase zuerst aufschlug, indem er ihn rasch zur Seite drehte, und er schaffte es sogar, sich ein Keuchen zu verkneifen.

»Obacht! Nicht, dass ich euch eure Pläne vollblute. Womöglich sprengt ihr dann aus Versehen statt eines Fliegerhorstes nur einen Schweinestall in die Luft.«

Der Griff im Nacken lockerte sich, allerdings wurde sein Arm noch heftiger zurückgezerrt. Als er schon dachte, er könnte den Schmerz nicht länger ertragen, fühlte er einen weiteren im Magen, in den ihm jemand Faust oder Knie rammte. Der nächste Schlag traf wiederum sein Gesicht, und obwohl er erneut so weit ausweichen konnte, dass nicht die Nase getroffen wurde, nur ein Wangenknochen, vermeinte er, dass irgendetwas geplatzt wäre. Der metallische Geschmack nach Blut erfüllte seinen Mund.

Unwillkürlich hatte er die Augen zusammengepresst. Als ein weiterer Schlag ausblieb, blinzelte er, nahm wahr, dass sich der Rotgesichtige mittlerweile erhoben und seinen Fuß auf den Schemel gestellt hatte, sich mit dem Ellbogen auf dem Knie aufstützte. Er stieß einen Pfiff aus, und Félix wurde prompt losgelassen, taumelte gegen den Tisch, hielt sich mühsam aufrecht.

»Das war's schon?«, rief er mit enttäuschtem Unterton. »Da tut es ja mehr weh, wenn mich ein Mädchen küsst.«

Der nächste Schlag traf seinen Rücken, und er fiel über den Tisch, wo er liegen blieb. »Nur weiter, verdrescht mir den Arsch wie einem schlimmen Schuljungen. Denkt ihr etwa, ich habe Angst vor euch?«

Wieder ertönte ein Pfiff. Er zählte bis fünf, ohne dass er erneut geschlagen wurde. Zählte bis zehn, bis er sich aufrichtete. Er konnte stehen, allerdings nur, weil er sich an den Tisch lehnte. Seine Hände zitterten, was ihn nicht davon abhielt, einmal mehr nach seinen Zigaretten zu greifen. Während er sich eine zwischen die Lippen klemmte und ein Streichholz entzündete, musterte er die Umstehenden. Empörung, dumpfer Ärger, Unglaube waren in den meisten Mienen zu lesen, nur der Rotgesichtige grinste mit zusammengepressten Lippen.

»Nein«, gab er selbst die Antwort auf seine Frage, »ich habe keine Angst. Vor nichts und niemandem. Nicht vor Schmerzen, nicht vor dem Tod. Das war immer schon so. Früher dachte ich, ich wäre krank. Aber jetzt, da die Welt kaputtgeht, denke ich mir, dass ich vielleicht der einzige Gesunde bin.« Er hielt kurz inne, zog an der Zigarette. »Jemanden wie mich braucht ihr. Mich kann man eine Weile foltern, bis ich anfange, Geheimnisse auszuplaudern.«

Der Rotgesichtige nahm einen großen Schluck aus der Flasche. Seine Augen wurden schmal wie die Lippen, als er die Flasche wieder senkte.

»Und was kannst du sonst noch, außer Schmerzen aushalten?«

Félix legte den Kopf etwas schief, als müsste er lange nachdenken. »Geschichten erzählen. Ich wollte mal Schriftsteller werden.«

Wer immer ihn diesmal packte, drückte ihn nicht gegen den Tisch, sondern gegen die Felswand. Etwas Spitzes stach in seinen Rücken, während sich Hände um seine Kehle legten, immer fester zudrückten. »Denkst du, das alles hier ist ein großer Spaß? Denkst du, hier kann jeder machen, was er will? Hier überlebt nur, wer tut, was man ihm sagt. Wir klauen Essen, wir sammeln Waffen und Munition, wir schaufeln Gräben, wir entwaffnen Soldaten, wir jagen Lastwagen und Baumaschinen in die Luft, wir zerstören das Schienennetz. So eine Witzfigur wie dich brauchen wir nicht. Aber weil du jetzt weißt, wo wir uns verstecken, können wir dich nicht wieder gehen lassen.«

Der Druck der Hände verstärkte sich, wahrscheinlich hatte er nun ein rotes Gesicht wie der Säufer. Vergeblich wartete Félix auf dessen Pfiff, die Luft wurde ihm immer knapper. Erst als er endgültig keine mehr bekam, hörte er Gaston sagen: »Lasst ihn in Ruhe, ich verbürge mich für ihn. Wenn man ihm eine Schaufel in die Hand drückt, gräbt er sich ein Loch, in das er selbst fällt. Aber er könnte helfen, unser Nachrichtensystem aufzubauen.«

Endlich gab ihn sein Angreifer frei, spuckte ihm jedoch ins Gesicht, ehe er zurücktrat. Félix widerstand dem Drang, den Speichel schnell abzuwischen. Das tat er erst nach einer Weile und dann ganz langsam.

»Ein Küsschen wäre mir lieber gewesen.«

»Soll ich dir eins geben?«, fragte der Rotgesichtige. Er lallte nicht, sondern sprach klar, stellte die Flasche auf den Boden, trat näher, musterte ihn von Kopf bis Fuß.

Félix trotzte seinem Blick. »Bist du derjenige, der sich Robespierre nennt?«, fragte er.

Die Antwort war nur ein flüchtiges Nicken.

»Das passt gar nicht. Robespierre war verantwortlich für Tausende abgeschlagener Köpfe, aber er war ein Asket. Er soff nicht, er rauchte nicht, ich glaube, er lag nie zwischen den Schenkeln einer Frau.«

Eine Weile blieb die Miene des anderen ganz starr, dann stieß er ein ungläubiges Lachen aus.

»Danton wäre angemessener«, sagte Félix, »der war auch ein Revolutionär, zugleich hingegen ein ordinärer Kumpan, der nicht genug bekam von Wein und Weib.«

Das Lachen schwoll an, war lauter als das Murren der Umstehenden. Am Ende lachte Robespierre so heftig, dass ihm Tränen aus den Augen liefen. Er klopfte sich auf die Schenkel. »Wir haben hier ja schon viel gesehen, aber noch nie einen, der in der Schule aufgepasst hat.«

So laut das Lachen auch war, es riss abrupt ab, als er sich den anderen zuwandte. »Wir brauchen welche, die kämpfen können, das stimmt«, erklärte er. »Wir brauchen außerdem welche, die denken können. Nicht nur, um Nachrichten weiterzugeben, auch um Flugblätter zu verfassen. Schließlich haben wir nun eine Druckerei, und wir müssen die Bevölkerung auf unsere Seite ziehen.

Und wenn wir erst mal Funkgeräte haben, die funktionieren, müssen wir uns nicht nur mit anderen Widerstandsgruppen austauschen, überdies mit den Alliierten.«

In den anderen Gesichtern stand immer noch Misstrauen, doch Robespierre grinste breit, als er Félix auf die Schulter schlug.

»Er … er spricht Italienisch«, sagte Gaston schnell, »das ist auch hilfreich.«

»Deutsch ebenso?«, fragte Robespierre.

»Das nicht«, antwortete Félix. »Aber ich kenne eine Deutsche, soweit ich weiß, ist sie noch im Land.« Beim Gedanken an Salome durchzuckte ihn ein Schmerz, noch schlimmer als der, der im verrenkten Arm, dem geschlagenen Gesicht tobte. Er gab ihm nicht nach, fügte eindringlich hinzu: »Ich vertraue ihr.«

»So, so, du vertraust ihr. Na, im Moment vertraue ich dir ebenfalls. Vergiss nur niemals: Wer den Maquis verrät, wird sofort erschossen. Wer wiederum mich persönlich verrät, den erschieße ich nicht einfach, dem schneide ich den Kopf ab, und vielleicht zuvor ein Händchen. Und wenn du in die Hände der Deutschen fällst, werden wir dich wahrscheinlich im Stich lassen. Wir befreien nur selten Gefangene, kümmern uns nur um Verwundete, wenn wir uns dadurch selbst nicht in Gefahr bringen. Wir kämpfen miteinander, aber sterben muss jeder für sich allein.«

»Meinen Tod würde ich ohnehin mit niemandem teilen.«

»Gut so«, wieder folgte ein Schulterklopfen, nicht ganz so schmerzhaft diesmal. Danach hielt Robespierre ihm die Flasche vors Gesicht.

Félix schüttelte den Kopf. »Ich habe viele Laster, aber ich trinke nicht länger.«

»Jeder Soldat säuft.«

»Ich bin kein Soldat, ich hasse Soldaten.«

Das neuerliche glucksende Lachen wurde von einer empörten

Stimme übertönt. »Du willst diese Witzfigur wirklich hierbehalten, nur weil er unsinniges Zeug schwatzt und Italienisch kann?«

Jäh fiel die Flasche auf den Boden, das Glas zerbrach, Flüssigkeit spritzte, nicht rot wie Blut, eher schwarz wie schon gestocktes. Blitzschnell machte Robespierre einen Satz zu dem anderen, trat ihn in die Kniekehlen, sodass er einknickte, schlug ihm auf den Hinterkopf, sodass er zu Boden ging, und stellte ihm sein Bein auf den Rücken.

»Wenn einer schon gegen mich aufbegehrt, dann soll er's auf eine Weise tun, die mich amüsiert, nicht langweilt. Alles andere dulde ich nicht.«

Er trat keuchend zurück, wischte sich über die Stirn, blickte dann auf die zerborstene Weinflasche. »Scheiße«, rief er, stieß danach wieder einen Pfiff aus. Einer der Männer lief nach hinten, wo die Höhle enger und finster wurde, und kam wenig später mit einer neuen Flasche zurück.

»Haben wir von den Italienern geklaut«, erklärte Robespierre, ehe er sie an die Lippen setzte, »leider wird es so schnell keinen Nachschub geben. Es heißt, die Alliierten planen die Landung auf Sizilien. Wenn das glückt, haben die Italiener gewiss endgültig die Schnauze voll vom Krieg. Zu viele von ihnen sind wegen der Deutschen in Russland erfroren. Jetzt wollen sie lieber in der Sonne liegen, und wenn Mussolini versucht, ihnen das Handtuch unterm Arsch wegzuziehen, ist es gut möglich, dass am Ende er in eines eingewickelt und im Meer versenkt wird.«

Der Mann, der auf dem Boden lag, erhob sich ächzend. Sein erbärmlicher Anblick ließ in den anderen den Widerstand nicht ersterben. »Warum brauchst du diese Witzfigur, wenn die Italiener abziehen sollten?«

»Na, wegen der Deutschen. Nachdem die Italiener Mussolinis Skalp oder seine Eier zu Adolf nach Berlin geschickt und sich selbst im Hintern der Alliierten verkrochen haben, werden die Deutschen die komplette Riviera besetzen. Wir müssen verhindern, dass sie sich hier gemütlich in die Sonne legen. Also, lasst uns nicht länger hier rumstehen.«

Was immer die Pflichten der einzelnen Männer waren, ein jeder trollte sich, nur Robespierre ließ sich wieder auf dem Schemel nieder. Félix zündete sich eine neue Zigarette an, rauchte sie fast bis zur Neige, ehe er sich den Hals abtastete. Sein Nacken fühlte sich geschwollen an, die Kehle wies gewiss rote Male auf.

»Du hast in der Schule doch aufgepasst, sonst würdest du nicht wissen, was ein Skalp ist«, sagte er. »Du hast Danton und Robespierre nicht einfach verwechselt, oder?«

Wieder stieß der andere jenes Lachen aus, das ihm die Tränen in die Augen trieb. »Robespierre gefiel mir einfach besser, das klingt brutaler.« Er schlug nicht auf Félix' Schulter, sondern auf die eigenen Schenkel, wurde dann aber sofort wieder ernst, und unvermittelt schlich sich etwas Weiches, Sehnsuchtsvolles in seine Stimme. »Vor langer, langer Zeit wollte ich mal Literatur studieren. Ist das nicht ein Witz? Aber du hast es ja gerade gehört – ich mag es, wenn man mich zum Lachen bringt.«

Vierzehntes Kapitel

»Man hat ja ganz vergessen, wie schön es auf dieser Welt ist«, sagte Offizier Heinsohn zu Salome.

Heinsohn sprach nur selten, und wenn überhaupt, in einem heiseren Tonfall, ganz so, als hätte er seine Stimme ebenso an der Ostfront gelassen wie die Fähigkeit, forsche, gerade Schritte zu machen. Ein Bein war seit seiner Verwundung in Russland steif, und obwohl er nie auch nur ein Ächzen ausstieß, wenn er es hinter sich herzog, verriet der umwölkte Blick stete Schmerzen. Doch nun lächelte er Salome an, und in seinem Tonfall lag eine Heiterkeit, die sie noch nie an ihm wahrgenommen hatte.

Salome folgte seinem Blick, der sich auf die Häuserfront am Hafen von Saint-Tropez richtete, in jenem Farbton zwischen Rosa und Lachs gestrichen, der eher an Süßigkeiten denken ließ denn an feste Mauern. Süßigkeiten hatte auch Heinsohn im Sinn, als er auf die Fassade des Café Sénéquier deutete und sagte: »In dieser Patisserie gibt es gerüchteweise das beste *nougat blanc*. Haben Sie jemals davon gekostet?«

Salome erinnerte sich, wie sie mit Ornella auf den roten Samtstühlen des Cafés gesessen hatte – in einer anderen Zeit, in einem anderen Leben. Zwischen ihr und diesem Leben stand jedoch so viel, dass sie sich nicht mehr an den Geschmack von Nougat entsann. Sie schüttelte den Kopf, hatte sie auf der Fahrt an die Küste doch auch geleugnet, jemals in Saint-Tropez gewesen zu sein. Vielleicht war das nicht mal eine Lüge. Das hier war nicht mehr das verschlafene Fischerdorf, es war ab diesem August ein von den Deutschen besetztes Gebiet. Nachdem die Italiener nach ihrer Kapitulation die Riviera geräumt hatten, würde es Sitz der deutschen Kommandantur werden, die einzurichten man einem Reservisten wie Heinsohn anvertraut hatte.

Das Leuchten in seinem Blick blieb, seine Haut, sonst so fahl, dass sie unweigerlich an einen Kokon denken musste, in den er sich verpuppt hatte, nahm etwas Farbe an. »Die Strände hier sollen einen so feinen Sand haben, wie man ihn sonst nur vom Ärmelkanal kennt. Beinahe könnte man dankbar sein, dass wir die Italiener ablösen.«

»Was nichts daran ändert, dass sie gemeine Verräter sind«, sagte Salome mechanisch.

Der Satz kam ihr leicht über die Lippen. In den letzten Wochen hatte sie sich oft über den Bruch der Achse Rom-Berlin empört, um zu bekunden, dass sie eine vorbildliche Dolmetscherin war.

Nur wenn niemand sie sah, lächelte sie in Gedanken daran, dass die Macht des Duces binnen weniger Tage zerbröckelt war, sobald die Alliierten im Juli auf Sizilien gelandet waren.

Heinsohns Blick fuhr von der Hafenmole zu einer Fischhändlerin, die gerade fangfrische Saint-Pierres und Doraden von einem Kutter geholt hatte und auf einer Sackkarre hinter sich herzog, und als er sah, wie jede Menge dunkle Automobile an ihr vorbeifuhren, aus denen wenig später uniformierte Männer stiegen, witterte sie plötzlich Traurigkeit an ihm.

»Man hat ja ganz vergessen, wie schön es auf dieser Welt ist«, wiederholte er, und seine Stimme klang nun bedrückt, verriet allzu deutlich: Auch wenn es eine Labsal war, hier am Hafen zu stehen und die salzige Meeresluft einzuatmen, das Leben gemächlich dahinplätschern zu sehen und eine gewisse Leichtigkeit zu fühlen – der Krieg war nicht vorbei, nicht hier, nicht in Russland.

Und Salome wusste genug von dem, was in Russland geschehen war, um kurz Mitleid mit Heinsohn zu fühlen. Laut bekunden konnte sie das nicht. Vielleicht gehörte er zu jenen, die für den Untergang der Armata italiana verantwortlich waren, jener italienischen Armee, die den Deutschen an die Ostfront gefolgt war, um sie dort zu unterstützen. Die deutsche Wehrmacht hatte das italienische Hilfskorps gnadenlos verheizt, hatte ihm, als es in der verschneiten Donez-Steppe eingekesselt worden war, jegliche Hilfe verweigert. Schlimmer noch: Die Deutschen hatten alle Fahrzeuge an sich gerissen, sämtliche Nahrungsmittel, hatten die vermeintlichen Verbündeten im Schnee liegen lassen.

Auch das war einer der Gründe, weshalb die Italiener den Duce gestürzt hatten. Für die Soldaten der Armata italiana kam das allerdings zu spät, auch für Ornellas Brüder Agapito und Gedeone. Beide waren sie in Russland gefallen, wie Paola Salome geschrieben hatte, als noch Post aus den italienischen Gebieten eintraf.

Was für ein harmloses Wort das war. Gefallen. Wenn jemand fiel, konnte er wieder aufstehen. Aber man konnte nicht aufstehen, wenn man eine Kugel im Kopf hatte oder aus dem Bauch die Gedärme quollen, wenn man am Boden festfror, weil man kurz eingeschlafen war, und unter Hungerkrämpfen krepierte.

Sie war Agapito viel schuldig geblieben, hatte ihn einst benutzt, um sich von Félix abzulenken. Jetzt würde sie ihn nicht verraten, indem sie Heinsohn für das bedauerte, was er in Russland durchzustehen gehabt hatte.

Stattdessen setzte sie ein falsches Lächeln auf. »Wollen wir weitergehen? Vielleicht den Quai entlang und dann durch die engen Gassen der Altstadt? Vom Turm von Sainte-Anne sieht man angeblich aufs Meer wie aufs Land, ein Zeichen dafür, dass Saint-Tropez von beidem lebt – vom Fisch wie von den Weinstöcken.« Wenn sie als erfahrene Reiseleiterin etwas konnte, so war es, Begeisterung in ihre Stimme zu legen, die nicht vom Herzen kam. »Wir können uns auch jenes Gebäude ansehen, wo sich einst, im 17. Jahrhundert, die erste japanische Botschaft Europas befand. Prinz Hosekura wollte unbedingt in Saint-Tropez leben.«

Durch Heinsohn ging ein Ruck, doch er machte nur einen seiner schwerfälligen Schritte, blieb danach wieder stehen. »Sie wissen viel über diesen Ort.«

»Ich habe mich kundig gemacht. Als ich einst für das Reisebureau meines Vaters gearbeitet habe, habe ich mich stets gründlich auf Ausflüge vorbereitet.«

»Dann habe ich ja doppelt Glück, weil ich nicht nur eine Dolmetscherin gefunden habe, sondern diese mit diesem Land so gut vertraut ist.«

Seine Lippen waren zwar zu einem Lächeln verzerrt, aber seine Haut hatte wieder den fahlen Ton angenommen.

Ich habe auch Glück gehabt, in Ihre Dienste zu treten, dachte Salome. Zwar fiel es ihr schwer, in diesem Fall von Glück zu reden, doch es kam ihr zupass, dass der junge Offizier, der bislang für Heinsohn übersetzt hatte, bei einem Attentat des Maquis getötet worden war und man keinen Ersatz für ihn fand, da alle anderen jungen Männer an der Front waren.

Nur deswegen hatte sie in Frankreich bleiben können, während Achenbach schon vor einigen Monaten nach Deutschland zurückgekehrt war, da die WAKO mit der Besetzung der Südzone sämtliche Bedeutung verloren hatte.

»Was bin ich froh, wieder in einem Bureau in Berlin zu arbeiten«, hatte Achenbach erklärt und von der kleinen Welt hinter Schreibtisch, Papierstapeln, Lochmaschinen und Aktenordnern geschwärmt.

»Was bin ich froh, die südliche Sonne noch etwas länger genießen zu können«, hatte Salome mit falschem Lächeln geantwortet.

In Wahrheit spürte sie diese Sonne kaum. Sie blendete sie zwar, aber sie wärmte sie nicht, als sie weitere sehenswerte Orte aufzählte, die Place des Lices oder die Tour du Portalet, wo früher manchmal nackte Tänzerinnen aufgetreten waren.

Heinsohn schien gar nicht mehr richtig zuzuhören, und auch sie war mit ihren Gedanken woanders.

Am Tag zuvor, kurz nachdem die Deutschen angekommen waren, war ein junger Franzose auf sie zugetreten. Er hatte seinen Namen nicht genannt, nur knapp erklärt, offiziell als Chauffeur für die Wehrmacht zu arbeiten, insgeheim aber für den Maquis. Und wenn auch nicht seinen, so hatte er doch einen anderen Namen genannt, den von Félix Aubry nämlich, und gesagt, dass er ihr von ihm eine Botschaft zu überbringen habe.

Etwas in ihr war geschmolzen, und etwas in ihr war erstarrt. Sie hatte auf den sich bewegenden Mund des anderen geblickt, geglaubt, kein Wort zu verstehen, doch sie hatte durchaus erfasst, was ihr mitgeteilt worden war. Demnach hatte sich Félix einer der Gruppen des Maquis, die sich im Maurenmassiv verschanzte, angeschlossen, verfasste Flugblätter, damit die Bevölkerung nicht länger der Propaganda der Deutschen glaubte, und arbeitete überdies für die Funkabteilung. Mit dem Abzug der Italiener wuchs das Risiko für ihn und seinesgleichen. Umso wichtiger war es, dass sie Augen und Ohren offen hielt und vor geplanten Razzien warnte.

Félix lebte also, es ging ihm gut. Und von nun an konnte sie etwas dafür tun, dass es dabei blieb.

Der Chauffeur war bereits im Gehen begriffen gewesen, als sie sich endlich aus der Starre zu lösen vermochte, seinen Arm gepackt hatte. »Wissen Sie etwas über Hanna Adler? Das ist eine Jüdin, die sich mit ihrem Kind versteckt. Ihr Mann wurde seinerzeit in ein Lager verschleppt.«

Er hatte sich losgerissen. »Den Namen kenne ich nicht. Aber ich weiß, dass sich ein paar Dutzend Juden auf der Halbinsel von Saint-Tropez versteckt halten. Etliche Einheimische helfen ihnen und versuchen sie zu schützen. Der hiesige Pfarrer lässt regelmäßig neue Soutanen anfertigen, damit sich die Männer notfalls als Priester verkleiden können. Und die Frau, die auf dem Gemeindeamt für die Ausgabe der Lebensmittelkarten zuständig ist, stellt mehr als erlaubt aus, damit sie genug zu essen bekommen.«

»Gut«, war es ihr entfahren, obwohl sie nicht sicher war, ob auf dieser Welt wirklich irgendetwas gut sein konnte oder einfach nur etwas weniger böse.

»Leider sind die Pläne, Tausende Juden über Menton und das Piemont nach Italien zu bringen, weil die Italiener sich kaum an den Deportationen beteiligt haben, aufgrund ihrer Kapitulation gescheitert. Wir können nur hoffen, dass die Wehrmacht hier mehr Zeit darauf verwendet, die Strände zu befestigen, als Hatz auf Juden, Kommunisten und Widerstandskämpfer zu machen.«

»Gut«, hatte Salome wieder gesagt, obwohl es das falsche Wort blieb.

Mit dem Chauffeur wusste sie jedenfalls jemanden in der Nähe, der Félix kannte und dem ihre wahre Gesinnung kein Geheimnis war, obwohl er sie nun darauf einschwor, ihm und allen anderen Franzosen stets mit Verachtung zu begegnen.

»Lächeln Sie mich bloß nicht an«, hatte er erklärt. »Wenn ich dagegen zu Ihnen sage: ›Ich denke, der Mistral zieht auf‹, dann suchen Sie nach einer Gelegenheit, zu mir ins Automobil zu steigen.«

Was sie sagen sollte, wenn der Mistral bereits mit kalter Hand über das Land strich, hatte er nicht gesagt, er war alsbald wieder verschwunden.

In der Nacht hatte sie lange wach gelegen und überlegt, wie sie den Maquis unterstützen könnte. Und während sie mit Heinsohn nun die Altstadt beschritt, ihm ein paar weitere Sehenswürdigkeiten zeigte und etwas dazu erklärte – die Tür mit den exotischen Motiven gegenüber dem Rathaus hätten einst hiesige Seefahrer mitgebracht, womöglich aus Sansibar –, ging sie daran, den Plan umzusetzen, den sie ausgeheckt hatte.

»Ich habe mir etwas überlegt«, begann sie. »Sie werden nicht ununterbrochen meiner Dienste bedürfen, und in meiner Freizeit könnte ich den Soldaten Französischunterricht erteilen. Nicht alle wurden in den beschlagnahmten Hotels untergebracht, einige leben in Privatquartieren und müssen sich irgendwie mit deren Besitzern verständigen.«

Heinsohn starrte sie nachdenklich an. »Jeder Soldat hat ein Lexikon ausgehändigt bekommen.«

»Aber es ist doch so mühselig, auch nur die einfachsten Phrasen nachzuschlagen. Ich kann ihnen die wichtigsten beibringen, sagen wir jeden Abend. Nur die wenigsten haben schließlich eine Real- oder Handelsschule besucht und sind dort in Französisch unterrichtet worden. Es würde die Dinge sehr erleichtern, nicht wahr?«

»Nun«, erklärte er nach einigem Zögern, das weniger dem Nachdenken geschuldet war als dem Trachten, ein schmerzvolles Ächzen zu vermeiden, »das scheint mir eine gute Idee zu sein.«

Das war es in der Tat. Wenn sie Zeit mit den Soldaten verbrachte, konnte sie sich umhören. Sie würde erfahren, welche Einsätze geplant waren, wann die Gestapo nach Saint-Tropez – im Moment offenbar jeden Donnerstag – kam, womöglich zwischen den Zeilen heraushören, wer seinen Dienst nur mehr mit halbem Herzen versah, aber insgeheim auf Hitler fluchte.

»Gleich morgen werde ich damit beginnen«, erklärte sie entschlossen.

»Jetzt müssen wir aber zurück in die Kommandantur. Wir sind nicht hier, um Urlaub zu machen, obwohl …«, wieder nahm seine heisere Stimme einen melancholischen Klang an, »… obwohl es sich kurz so angefühlt hat.«

Schweigend traten sie den Rückweg an, erblickten alsbald die weiße Fassade vom Hotel Continental, wo die Kommandantur eingerichtet worden war. Einer der Soldaten hatte neben dem Eingang eine Hakenkreuzfahne angebracht, doch sie verdeckte nicht das Schild, mit dem einst Gäste angeworben worden waren. *QUARTIEREN SIE SICH IM HOTEL CONTINENTAL EIN: HERRLICHE AUSSICHT, GARAGEN FÜR AUTOMOBILE, BAD UND DUSCHE, SPEZIALITÄT FRUCHTKONSERVEN.*

Just als Salome das letzte Wort las, stieg ihr ein säuerlich-süßer Geruch in die Nase. Als sie schon dachte, dass gerade Dutzende dieser Fruchtkonserven aus den Vorratsräumen geplündert worden waren, erkannte sie, dass der Geruch nicht aus Konserven kam, sondern aus einem Korb, randvoll mit Pfirsichen, Feigen und Granatäpfeln. Dieser Korb hing am Arm einer Frau, die vor dem Hotel Continental gewartet hatte und nun zügig auf Offizier Heinsohn zuschritt. Sie trug ein weißes Kleid und einen Strohhut, das Gesicht darunter war gerötet, jedoch nicht gleichmäßig, manche Flecken waren dunkler. Salome wusste, dass diese Flecken einen Zustand höchster Anspannung verrieten. Doch diese drang nicht durch das Lächeln, süßer als die Früchte, und auch nicht durch die Stimme, von Herzlichkeit triefend.

»Offizier Heinsohn, ich wollte Ihnen ein Willkommensgeschenk überreichen.« Schon hob sie den Korb. Salome starte wie betäubt auf die glänzenden Früchte. Warum war Ornella hier? Warum biederte sie sich den Besatzern an? Warum sprach sie Deutsch? Nun gut, die Antwort auf die letzte Frage fand sie schnell. Mit ihr hatte sie einst fast nur Italienisch oder Französisch gesprochen, aber von Rosa hatte sie die Sprache ihrer Mutter erlernt, Schwyzerdütsch. Die Worte kamen etwas schwerfällig über ihre Lippen, schien sie doch nach jedem einzelnen ringen zu müssen, dennoch fuhr sie fort: »Wir sind ja so froh, dass Sie hier sind und dass nun wieder Zucht und Ordnung herrscht. Die Italiener haben aus unserem schönen Dorf einen Schweinestall gemacht. Wahrscheinlich haben Sie bereits gesehen, in welch grässlichem Zustand sich die Zimmer des Hotel Continental befinden. Ich habe gehört, dass sie im Hotel de Paris und im Méditerranée nicht minder gewütet haben. Sie wurden völlig verdreckt hinterlassen, und die Italiener haben alles, was nicht niet- und nagelfest war, mitgenommen.«

Während sie sprach, ruhte ihr Blick zunächst auf Offizier Heinsohn, sobald sie schwieg, glitt er ganz kurz zu Salome. Falls sie überrascht war, sie hier zu sehen, oder schon wusste, dass sie der Wehrmacht als Dolmetscherin diente, ließ sie es nicht erkennen. Nur ihr rechtes Augenlid zuckte flüchtig, dann richtete sich ihr Blick auf die Früchte.

»Nun nehmen Sie schon den Korb«, erklärte sie. »Wir wissen alle, dass Sie sich mit kargen Rationen begnügen müssen, aber in Saint-Tropez können Sie sich darauf verlassen, dass Sie immer frisches Obst bekommen. Vor den Italienern haben wir es versteckt. Oh, diese Verräter! Sie sind Deutschland schon 1914 in den Rücken gefallen, und jetzt tun sie es wieder.«

Als wären diese Worte nicht schon schlimm genug für eine,

deren Brüder in Russland gefallen waren, weil sie von der Wehrmacht verheizt worden waren, spuckte sie auch noch aus. Salome vermeinte den klebrigen Speichel zu fühlen.

Was war in Ornella gefahren, dass sie so redete? Und was war in Heinsohn gefahren, dass er, der so oft auf die strikte Vorschrift verwiesen hatte, wonach sich die deutschen Soldaten nicht mit den Franzosen verbrüdern durften, den Korb nahm und in seinen Dankesworten jener schwärmerische Ton lag wie kurz zuvor, da er über das Nougat von Sénéquier gesprochen hatte?

»Sagen Sie mir, wenn ich noch etwas für Sie tun kann«, säuselte Ornella. »Ich besitze eine kleine Pension, in der ich schon manche Gattin von SS-Offizieren beherbergen durfte. In meinem Garten dort baue ich vieles an, nicht nur Obst, auch Gemüse. Und ich könnte Ihre Wäsche waschen, dafür haben Sie ja kein Personal.«

Wieder huschte ihr Blick zu Salome, zu kurz jedoch, als dass sie sicher sein konnte, eine sachte Mahnung darin zu lesen: Lass mich machen, misch dich bloß nicht ein.

Selbst wenn Salome das gewollt hätte, sie hätte es nicht gekonnt. Wie sie so dastand, hörte, dass Offizier Heinsohn das Angebot annahm, Ornellas Hand sich daraufhin auf seinen Unterarm legte und nicht nur sie noch mehr rote Flecken bekam, erstaunlicherweise auch seine Haut zu glühen begann, fühlte sie sich zur Statistin degradiert, der niemand eine Regieanweisung gab. Und bis sie endlich hätte etwas sagen können, hatte Ornella den Offizier schon losgelassen, ein letztes Mal gelächelt und ihm zugezwinkert und war davongeeilt. Der Wind blähte ihr weißes Kleid, Heinsohn konnte seinen Blick nicht von ihr lassen.

»Man hat ja ganz vergessen, wie schön es auf dieser Welt ist«, sagte er zum dritten Mal an diesem Tag.

Als sie das Hotel Continental betraten, zog er den lahmen Fuß kaum nach. Salome dagegen vermeinte, dass die eigenen Glieder steif würden, sie zu stolpern, zu fallen drohte.

Es vergingen zwei Tage, bis Salome die Gelegenheit fand, sich aus dem Hotel Continental fortzustehlen und zum Haus der Aubrys zu laufen. Bis jetzt hatte sie es immer nur bei Dunkelheit betreten – viele Jahre zuvor, als sie mit Ornella und Félix einen Ausflug nach Saint-Tropez unternommen hatte, und im vergangenen August, als sie und Félix nach den Deportationen von Les Milles Hanna und Zipporah hierhergebracht hatten.

Bei Tageslicht fehlte dem Anwesen sein dunkler Zauber. Die Blätter der vielen Bäume wogten in durchdringendem Grün, während die Blüten unter der schweren Augustsonne müde ihre Köpfe hängen ließen. Auf der Südseite des Hauses spendeten ein paar Platanen Schatten, glichen nun aber nicht wie nächtens Wächtern, die das Haus argwöhnisch bewachten, sondern knorrigen Greisen, die kaum die Kraft hatten, gerade zu stehen.

So freundlich das Anwesen anmutete – mehr denn je hatte sie das Gefühl, dass sie hier nichts verloren hatte, dass dies nicht ihre Welt war, nicht zuletzt, weil Ornella dem Besitz ihre eigene Note gegeben hatte. Die Fassade war strahlend weiß, die Fensterläden in einem hellen Blau gestrichen, und nebst den überquellenden Beeten stand an jedem freien Plätzchen ein Blumentopf. Selbst die Kakteen waren keine stacheligen Ungetümer, sondern wirkten ob der rosigen Blüten lieblich. Die Auffahrt war etwas breiter, doch wie früher von Kieselsteinen bedeckt, rund um das Haus war ein Stück Land gepflastert worden und diente als Parkplatz.

Salome ging auf das Haus zu, als sie nicht weit vom Eingang entfernt einige Mandarinenbäume entdeckte, von einem kreisförmigen Graben umgeben, der teilweise mit nassen Algen bedeckt war. Wahrscheinlich hatte Ornella mit dieser Arbeit begonnen, sie dann aber kurz unterbrochen, um etwas zu holen, denn sie hatte das kleine Mädchen, das in der Nähe der Bäume stand, hier zurückgelassen. Es hüpfte auf einem Bein und starrte dabei hartnäckig auf die Wiese, sodass Salome vermutete, es würde die Bewegungen eines Grashüpfers nachahmen.

Marie. Félix und Ornellas kleine Tochter.

Die Welt konnte wirklich noch schön sein. Vor allem konnte sie noch unschuldig sein.

In der Nacht nach den Deportationen hatte sie vor allem wahrgenommen, wie sehr die Tochter Félix glich, zart, blass, schwarzhaarig wie sie war. Als sie den Blick nun auf sie richtete, fiel ihr stärker auf, worin sie sich vom Vater unterschied. Es war nicht nur der dunkle Farbton der Augen, der nichts mit seinem gräulichen gemein hatte. Eher die Tatsache, dass in seinen Augen oft ein kalter Glanz stand, die Stirn fast immer leicht gerunzelt war und verriet, wie sehr ihm Welt und Menschen zusetzten, während die Kleine nicht den Eindruck machte, es könnte sie etwas so leicht aus der ihr innewohnenden Ruhe bringen. Da war kein Überdruss, nur Neugier auf das Leben und zugleich der Gleichmut hinzunehmen, was immer dieses Leben brachte.

»Wer bist du denn?«, fragte Marie, als Salome näher kam, noch nachrechnete, wie alt sie mittlerweile war.

Bald kam sie auf das Ergebnis – Marie musste gut dreieinhalb Jahre alt sein. Weitaus schwerer war es, eine Antwort auf ihre Frage zu finden.

Ich bin eine Deutsche, somit eigentlich eure Feindin, aber ich kämpfe an eurer Seite. Wobei das Mädchen sicher nichts vom Kämpfen wusste, vielleicht auch nichts von Feinden, und das war gut so.

Was war sie noch? Die Frau, die Félix, seinen Vater, mehr liebte als ihr Leben? Und somit ein Eindringling oder doch eine Freundin?

»Ich bin Salome«, sagte sie schließlich nur. »Und du ... bist du ein Grashüpfer?«

»Meine Mutter meint, ich wäre eher ein Maulwurf.«

»Warum das denn?«

»Ich grabe so gern Löcher im Garten, und sie will das nicht.«

Dein Vater ist auch gut im Löchergraben. Er wollte immer schon in die Tiefe vorstoßen, hat eher die Dunkelheit als das Licht gesucht, war am Verborgenen mehr interessiert als am Offensichtlichen.

»Ist ein Maulwurf nicht sehr einsam?«, fragte sie. »Warum willst du kein Schmetterling sein?«

»Schmetterlinge leben nur einen Sommer lang, Maulwürfe länger. Weißt du wie lange?«

Salome wusste es nicht. Aber etwas brannte sich in diesem Augenblick in ihr Herz, der inständige Wunsch, dass dieses Mädchen so lange wie möglich leben würde, glücklich und behütet, von einem Graben, noch tiefer als dieser hier, vom Bösen auf der Welt getrennt.

Sie überlegte gerade, ob sie selbst über diesen Graben steigen sollte, als plötzlich jemand Marie rief.

Ornella trug ein weißes Kleid wie zwei Tage zuvor, nur dass dieses Grasflecken aufwies und deutlich zerknitterter war. Schön war sie darin trotzdem. Sie hatte immer über ihren unförmigen Leib geklagt, doch durch die Kriegs- und Hungerjahre war sie schlanker, sehniger geworden.

»Marie, ich habe dir doch gesagt, du sollst die Melonenbeete wässern.«

Das Lächeln, das Marie Salome zuwarf, verriet ein wenig Schuldbewusstsein, aber noch mehr Trotz. Sie wandte sich zwar ab, um zu den Melonenbeeten zu gehen, drehte sich nach wenigen Schritten jedoch noch einmal um. »Du hast mir deinen Namen gesagt, nicht, wer du bist.«

Salome blieb ihr weiterhin eine Antwort schuldig, da sagte Ornella plötzlich mit einer Stimme, aus der kein Zwiespalt zu hören war: »Ich habe dir doch von Salome erzählt. Sie ist meine Freundin, meine *sorella*, wir haben alle Sommer unserer Kindheit und Jugendzeit miteinander verbracht.«

Wie gut Salome sich jäh an diese Sommer erinnern konnte, an das Bad in den glitzernden Fluten, das Eis, das über ihre Handgelenke troff, den warmen Sand unter ihrem Rücken. Ornella hingegen stand dieser Sommer nicht in den Augen. Sie waren leer wie ein wolkenloser Himmel, der nur Ödland spiegelte. Ihre Worte mochten etwas anderes bekunden, die Augen sahen in ihr eine Fremde. Und das änderte sich nicht, als sich Marie endgültig trollte.

Sosehr Salome bedauerte, nicht mehr Zeit mit Marie verbringen zu können, war sie zugleich erleichtert, mit Ornella allein zu sein. So konnte sie das Gefühl von Zerrissenheit abschütteln, den leeren Blick erwidern, energisch erklären: »Du ... du musst dich ihnen nicht anbiedern.« Ornella tat so, als hätte sie sie nicht gehört. Sie hockte sich neben den Graben, füllte Algen hinein, schaufelte etwas Erde darauf und klopfte sie fest. Dass sich zu den grünen Flecken auf ihrem Kleid braune gesellten, schien sie nicht zu stören. »Du ... musst auch nicht mit einem deutschen Offizier flirten«, fügte Salome hinzu.

Erst als sie es aussprach, gewahrte sie, dass es wirklich das war, was Ornella gemacht hatte.

Diese lächelte, als sie hochblickte, nicht freundlich, sondern rätselhaft. »Alle, die klug sind, tun es. Auf den größeren Fliegerhorsten arbeiten viele Französinnen, ob in der Kantine, dem Offizierskasino oder dem Reinigungsdienst. Sie spotten zwar insgeheim über die Deutschen und nennen sie Kartoffeln, sie freuen sich dennoch, wenn sie echte Kartoffeln bekommen, auch Limonade, Büchsenwurst – und Lebensmittelkarten, Spinnstoffkarten, Raucherkarten …«

Du rauchst doch nicht, lag es Salome auf der Zunge zu sagen, aber eigentlich war sie sich dessen nicht so sicher. Vielleicht hatte Ornella zu rauchen begonnen. Ganz sicher hatte sie begonnen, ein Mensch zu sein, der sich nicht an andere klammerte wie einst, sondern ganz allein für sich und sein Kind sorgte.

»Ich bin froh, dass die Deutschen Saint-Tropez besetzt haben und ich für sie arbeiten kann.« Ornella holte tief Luft. »So wie du.«

Salome ging nicht darauf ein. »Es gibt diesen Spruch, wonach es gesundheitsschädlich ist, Kollaborateur zu sein.«

»Weißt du, was noch gesundheitsschädlicher ist? Zu verhungern.«

Der Hunger, knurrend und schmerzhaft und quälend, sprach aus diesen Worten, zugleich die Wut, überhaupt darben zu müssen.

»Deswegen musst du dich Heinsohn trotzdem nicht anbiedern, ich bin ja da. Ich … ich werde dafür sorgen, dass ihr genug zu essen habt, du und Marie und Rosa und Hélène …«

»Und natürlich auch Félix, nicht wahr?«, fiel Ornella ihr ins Wort. »Ich nehme an, du weißt, wo er sich herumtreibt.«

Ich weiß nicht, wo genau er steckt, und das ist bitter. Ich weiß dagegen, was er tut, und das ist manchmal ebenso bitter, zugleich richtig und gut.

»Lass mich für dich sorgen«, sagte sie nur.

Ornella erhob sich.

Obwohl sie den Graben mit Erde gefüllt hatte, stand dieser zwischen ihnen. »Ich brauche deine Hilfe nicht«, erwiderte

Ornella. »Nicht deine Kartoffeln, nicht deine Zigaretten, nicht deine Limonade. Ich komme zurecht.«

Ihr Gesicht schien aus zwei Gesichtern zu bestehen, die nicht zusammenpassen wollten. Gerade noch war das Lächeln breit, der Blick leer gewesen, nun stand ein verkrampfter Zug um den Mund, während in den Augen ein Flehen lag, als wollte sie eigentlich etwas anderes sagen.

Aber die Augen hatten keine Stimme, und der Mund wurde immer verkniffener. Du hast mir Félix genommen. Deinetwegen hatten wir nie eine Chance.

Salome rang lange nach Worten, wollte sich am Ende nicht selbst verteidigen, nur ihn. »Er … er treibt sich nicht einfach herum, er tut etwas ungemein Wichtiges. Er … er ist einer von nunmehr fünfzehntausend.«

Ornella ließ sich nicht anmerken, ob sie längst wusste oder erst jetzt erfuhr, dass sich Félix dem Maquis angeschlossen hatte.

»Die anderen vierzehntausendneunhundertneunundneunzig sind nicht der Vater meines Kindes.«

»Kommt dir nicht in den Sinn, dass er all das auch für Marie tut? Dass er ihr vielleicht kein guter Vater ist, aber ihretwegen ein guter Mensch sein will?«

Langsam wurde aus den zwei Gesichtern eines. Trauer stand darin, vielleicht um Félix, der nie wirklich ihr Mann gewesen war, vielleicht um sie, die nie wieder nur die Freundin sein würde, vielleicht um die Ornella von einst, die ihre Stärke nicht daraus zog, alles allein zu schaffen, sondern die vertrauen und lieben konnte.

Salome wandte sich ab, zögerte noch, einfach davonzugehen. »Grüß Rosa von mir, ich hoffe, es geht ihr gut. Ich weiß, wie gern sie kocht, und das am liebsten mit Zucker. Gewiss hast du nichts dagegen, wenn ich ihr dann und wann ein Pfund davon beschaffe.«

Ornella nickte nicht, aber es kam auch kein empörtes Nein.

Erst als Salome das schmiedeeiserne Gartentor erreicht hatte, vermeinte sie, dass die andere ihr doch noch Worte nachrief. Pass auf Félix und dich auf.

Gut möglich freilich, dass Ornella sie nicht ausgesprochen hatte, sie sie nur inständig hören wollte.

1944

Fünfzehntes Kapitel

Obwohl der Wald sehr dicht stand, waren die Windräder der alten Mühle in der Nähe des Dörfchens Ramatuelle schon von Weitem zu sehen. Félix hatte keine Ahnung, warum man sie hier fernab jeglicher Siedlung errichtet hatte. An der höchsten Stelle des Hügels wehte der Mistral zwar besonders kalt, aber die Bäume schwächten seine Stärke ab. Als geheimer Treffpunkt taugte die Mühle jedenfalls ausgezeichnet, wurde sie doch seit Jahren nicht genutzt. Es waren sogar Legenden im Umlauf, wonach es hier spukte – gut möglich, dass ein Müller einmal in ein Mühlrad geraten war, nachdem er sich zuvor unglücklich verliebt hatte.

»Huhu!«, machte Félix, als er auf die Mühle zustrebte. Er klang weniger wie ein Gespenst, erst recht nicht wie ein unglückliches, sondern wie eine Wildtaube. Schon antwortete deren Gurren aus dem Dickicht, gefolgt von einer ungeduldigen Stimme.

»Wie lange willst du mich eigentlich noch warten lassen?«

Der junge Marius trat aus dem Schatten der Bäume, glich mit der zerlumpten Kleidung und dem eingefallenen Gesicht auch einem Gespenst, war allerdings zu braun gebrannt für ein solches. Er musterte Félix, der mit dem Rad gekommen war, es das letzte steile Stück aber hatte schieben müssen.

Eine Weile konnte er nur keuchen, erst nachdem er sich an die Mühle gelehnt ausgeruht hatte, erklärte er: »Ich war fast die ganze Nacht unterwegs.«

»Bist du verrückt, im Dunkeln aufzubrechen? Die *boches* achten stärker als je zuvor darauf, dass man sich an die nächtliche Ausgangssperre hält.«

»Die *boches* schreiben mir nicht vor, wann ich schlafe und wann ich einen Spaziergang im lauschigen Wald mache.«

Marius trat auf ihn zu, nicht, ohne sich zuvor mehrfach umgesehen zu haben. Diese Geste, die verriet, dass man jede Sekunde seines Lebens auf der Hut zu sein hatte, beobachtete Félix an vielen Kämpfern des Maquis, erst recht in den letzten Monaten.

»Und?«, fragte Marius. »Hast du es dabei?«

»Lass mich mal schauen.«

Félix stöberte lange in seiner Jacke. Er verbrachte selten zwei Nächte am Stück im selben Bett, wusste, dass seine Kleidung zerknittert und verschwitzt war. Gut nur, dass man auf dem Schwarz die vielen Flecken nicht sah.

Das Blatt Papier, das er Marius reichte, war nicht schwarz, man sah die Flecken darauf sehr deutlich. Allerdings war auch die Schrift gut leserlich. Marius riss es ihm aus den Händen, las es, ließ es nach einer Weile enttäuscht sinken.

»Du bist so ein Idiot. Das ist ein Flugblatt der Deutschen.«

»Tatsächlich?«, gab Félix gelassen zurück. Er nahm das Papier zurück. »Verordnung zum Schutz der deutschen Wehrmacht im Küstenbereich Mittelmeer vom 5. Mai 1944«, las er vor.

»Warum schleppst du das mit dir rum?«, rief Marius.

»Ich will doch wissen, gegen wie viele Vorschriften ich verstoße, sonst macht das alles keinen Spaß. ›Bestraft wird, wer Gewalttaten oder Sabotageakte begeht.‹ Ich hoffe, es zählt auch, wenn man den Saboteuren dabei hilft. ›Der Besitz von Schusswaffen oder Kriegsgerät jeglicher Art ist verboten.‹ Da muss ich leider passen, Robespierre sagt, dass ich mir in mein eigenes Bein schießen würde, wenn man mir eine Pistole gäbe. ›Geahndet wird auch, wenn man vortäuscht, Angehöriger der deutschen Wehrmacht zu sein.‹ Aber nein, ich trage Schwarz, nicht dieses langweilige Grau, das steht mir einfach nicht. Hier kommen wir allerdings endlich der Sache näher. ›Unter Strafe steht, Flugschriften zu erstellen, Feindsender abzuhören und …‹«

»Jetzt gib mir endlich das Flugblatt, das du verfasst hast.«

Félix stöberte wieder sehr lange in seiner Tasche, zog ein weiteres Blatt hervor. »Ich hoffe, diesmal ist es das richtige. Nicht, dass ich dir versehentlich einen Liebesbrief aushändige.«

Marius riss es ihm wieder aus der Hand, las die ersten Zeilen, nickte zufrieden. Zugleich konnte er sich ein neuerliches »Du Idiot!« nicht verkneifen.

»So hat Gaston mich auch immer beschimpft. Wo steckt er eigentlich?«

Marius zuckte kaum merklich zusammen. Félix kannte ihn nun seit einem Jahr, und er wusste, dass sich der junge Mann zwar gern als abgebrühter Held gab, der durch nichts zu erschüttern war, ihm der Tod aber immer noch zusetzte. Leider war der Tod allgegenwärtig, wie sich jetzt zeigte. Marius biss sich auf die Lippen, schüttelte flüchtig den Kopf.

»Es hat ihn erwischt?«, fragte Félix und versuchte, das Beben in der Stimme zu unterdrücken. Nun nickte Marius. »Und Robespierre?«

»Von ihm soll ich dir ausrichten, dass er mit dem Gedanken spielt, sich künftig Marie Antoinette zu nennen.«

»Also geht es ihm gut.«

Ein Schulterzucken blieb die einzige Antwort. Félix löste sich von der Mauer der Mühle, zündete sich eine Zigarette an, hielt Marius das Päckchen hin.

»Erzähl mir, was mit Gaston passiert ist«, sagte er leise.

»Du willst es gar nicht wissen.«

»Aber du willst es dir von der Seele reden, oder?«

Marius zögerte, bevor er in knappen Sätzen berichtete.

Sich etwas von der Seele reden, was für eine dumme Redewendung. Als ob Worte die Macht hätten, das Grauen schwinden zu lassen, es zumindest einzuhegen, damit es an einem bestimmten Ort blieb. Es glich doch Nebel und sickerte durch die Silben wie dieser durch Ritzen.

Der Maquis ging immer radikaler vor, die Rache der Deutschen fiel immer vernichtender aus. Etliche Dörfer in den Bergen, die im Verdacht standen, Maquisards zu beherbergen, waren in den letzten Wochen mitten in der Nacht überfallen worden. Auch in dem, wo Gaston sich versteckt hatte, hatten plötzlich die Motoren von Lastwagen aufgeheult, waren die Schritte schwerer Stiefel zu hören gewesen, Schreie auf Deutsch.

»Die Spezialeinheit der Waffen-SS, die in Robion stationiert ist, ist brutal wie keine zweite«, murmelte Marius. »Sie foltern nicht nur, um den Namen von anderen Widerstandskämpfern zu erfahren. Sie foltern, weil es ihnen Spaß macht.« Er hielt kurz inne, fügte beklommen hinzu: »Sie … sie haben alle Höfe angezündet, mitsamt dem Vieh. Die Tiere haben noch lauter gebrüllt als die jungen Frauen. Ein Schwein haben sie geschlachtet, gebraten, gegessen.«

»Na, besser ein Schwein als eine der jungen Frauen.«

»Ich weiß nicht, was sie mit ihnen gemacht haben, aber …«

Er brach ab, und nun sickerte das Grauen durch das Schweigen.

»Wie viele außer Gaston hat es noch erwischt?«, fragte Félix.

Vielleicht konnten Zahlen klein machen, wogegen Wörter und Schweigen machtlos waren.

»Fünf schafften es zu fliehen, mindestens sechs wurden erschossen«, sagte Marius leise. »Und genauso viele hat man deportiert – in ein Lager, das Mauthausen heißt.«

Marius wollte die Zigarette zum Mund führen, zitterte dabei

aber so heftig, dass die Zigarette nur das Kinn berührte. Peinlich berührt wandte er sich ab.

Vor mir musst du dich nicht schämen, dachte Félix, er wusste jedoch: Scham war wie das Grauen. Sie wurde nicht kleiner, wenn man offen darüber sprach. Also erklärte er nur: »Dass die *boches* so verbittert zurückschlagen, ist ein Zeichen dafür, dass wir ihnen ordentlich zusetzen. Wir haben viel erreicht.«

Wieder ein falscher Begriff. Erreichen. Man erreichte einen Zug. Aber der Maquis warf Handgranaten auf Züge, die randvoll mit Fronturlaubern waren. Er überfiel Gefängnisse der Gestapo, um Häftlinge zu befreien. Er stahl Waffen, um sie in geheime Verstecke zu schaffen, kundete Batteriestellungen, Minenfelder, Truppenbewegungen aus, zerstörte Strommasten.

Marius wandte sich ihm wieder zu, schaffte es nun, die Zigarette an den Mund zu führen. In den Augen flackerte immer noch Angst.

»Und wenn das nicht genug ist? Wenn bald keiner von uns übrig bleibt? Von der Gruppe in Sainte-Maxime haben gerade mal drei überlebt, die anderen wurden alle ermordet.«

»Aber an anderen Frontabschnitten operiert der Maquis in gewohnter Stärke. Die Einheiten Suffren, Leclerc und Lyautey sind weitgehend vollständig, denn für jeden, der verhaftet oder ermordet wird, schließt sich ein neuer an. Das französische Volk hat sich lange genug geduckt, jetzt beginnt es endlich zu murren. Gleich mehrere bewaffnete Verbände haben sich zusammengeschlossen.«

»Zu den Forces françaises de l'intérieur, ich weiß. Ich wäre so gern ein Teil davon.«

Er gab nicht zu, warum er es nicht war – weil seine Angst zu groß war oder einer der Anführer ihn für einen zu harmlosen Jungen hielt.

»Es wird nicht mehr lange dauern«, murmelte Félix. »Warum

lassen die Deutschen wohl so viel Schotter aus den Steinbrüchen von Saint-Raphaël an die ganze Küste liefern? Warum so viele Steine aus Le Dramont? Warum bauen sie Betonpyramiden an der Küste, die überdies über weite Strecken mit Pfählen aus Holz und Eisen gespickt werden?« Er machte eine kurze Pause. »Und warum fliegen die Alliierten wie verrückt Luftangriffe auf Marseille?«

»Du meinst, die Deutschen bauen ihre Verteidigungsanlagen aus, weil sie eine Invasion der Alliierten fürchten?«

Félix hob vielsagend die Hände, drückte danach die Zigarette aus und ging zu seinem Fahrrad.

»Warte!«, rief Marius ihm nach.

Félix hielt inne, drehte sich um, erwartete, dass Marius wissen wollte, wohin er nun führe.

»Das weiß ich noch nicht«, gab er vorschnell Antwort. »Und wenn ich es wüsste, dürfte ich es dir nicht sagen.«

Er bekam täglich neue Anweisungen aus dem Funkgerät, das er bei sich trug, so klein dieses wie ein Zigarrenkistchen. Manchmal wurde er an einen Ort gelotst, wo es eines gab, dessen Größe der eines Reisekoffers glich. Dort hatte er die chiffrierten Sprüche zu notieren, die die Alliierten aus Algier oder London durchgaben – meist, wann und wie man ihnen Waffen und Munition liefern würde –, während er seinerseits Nachrichten über deutsche Truppenbewegungen weitergab. Halbwegs ruhig verlief die Arbeit, wenn sie sich in einer »stummen Zone« befanden, doch in den meisten Gebieten liefen sie jederzeit Gefahr, von den Peilsendern der Wehrmacht aufgespürt zu werden. So oder so galt es, ununterbrochen die Stellung zu wechseln, sodass Félix von Hof zu Hof fuhr, wo ihm Anhänger des Maquis Unterschlupf gewährten. Er war von Grimaud hergeschickt worden, würde dorthin nicht zurückkehren.

Doch es war nicht das, was Marius hatte fragen wollen. »Hast du ... hast du dir jemals vor Angst in die Hose gemacht?«, fragte er unvermittelt.

Félix blickte an sich hinab. »Es wäre schade um meine Hose. Das ist die letzte, deren Nähte noch halten.«

»Hast du?«

»Ich esse nichts, da gibt es nicht viel, was ich in die Hose machen könnte.«

»Jeder Mensch muss essen.«

»Stimmt auch wieder. Aber ich esse so wenig wie möglich, und genauso halte ich es mit dem Schlaf und mit der Angst.«

Er zog eine Braue hoch, setzte eine spöttische Miene auf, und Marius schien ihm tatsächlich zu glauben. Wenn er nur wüsste. Um sich selbst hatte er tatsächlich keine Angst. Aber mit jedem Tag, da die *boches* nervöser wurden, auf ihre Maßnahmen mit immer brutaleren Gegenaktionen reagierten, wuchs seine Angst um Salome. Seit anderthalb Jahren hatte er sie nicht mehr gesehen, er wusste nur, dass sie seit letztem Sommer für die Kommandantur in Saint-Tropez arbeitete, dort geheime Informationen beschaffte und weitergab, und er wusste, was denen drohte, die aufflogen. Er war an so vielen Orten gewesen, in denen Menschen an Laternen baumelten, manchmal mit einem Schild um die Brust, auf dem VERRÄTER stand. Und das waren nicht nur Männer gewesen, auch Frauen, einmal sogar ein Knabe, den er nicht älter als zwölf geschätzt hatte.

Aber diese Angst konnte er niemandem anvertrauen, diese Angst sollte man ihm auch nicht ansehen, sie sollte kein Gesicht bekommen. Also hob er nun die zweite Braue, und sein Mundwinkel verzog sich zu einem Lächeln. Marius erwiderte es kurz, dann erstarrte er.

Ganz leise nur war das Geräusch, das sich in die Stille zwängte, kaum lauter als das Gurren der Tauben und das Rascheln kleiner Tiere im Unterholz, bald aber schwoll es an. Es war das Geräusch eines Motorrads.

Marius machte einen Satz auf einen Baum zu, um sich dahinter zu verstecken, zögerte jedoch, noch tiefer in den Wald zu fliehen, als er sah, dass Félix keine Anstalten machte, sich seinerseits zu verkriechen.

»Worauf wartest du?«, zischte er.

»Es bliebe genügend Zeit, mich selbst zu verstecken, das Fahrrad allerdings nicht. Wenn sie das beschlagnahmen, muss ich künftig zu Fuß gehen, und darauf habe ich nun mal keine Lust.«

Die Wahrheit war, dass er sich nicht hätte rühren können, selbst wenn er es gewollt hätte. Das Geräusch des Motorrads hatte etwas in ihm zerplatzen lassen, das normalerweise dafür zuständig war, seine Panik zu unterdrücken, allein dem Überlebensinstinkt Macht zu geben.

Marius stürzte auf ihn zu. »Du Idiot.«

»Das sagtest du bereits.«

Der junge Mann versuchte ihn mitzuziehen, schaffte es nicht. Am Ende gab er es auf und ließ ihn los, indes Félix darum kämpfte, sich sein spöttisches Lächeln zu bewahren. Wenn er es bisher geschafft hatte, seine Angst vor Marius zu verbergen, sollten die *boches* sie erst recht nicht an ihm wittern.

Es näherten sich keine *boches*. Auf dem Motorrad saß ein Mann, den er kannte. Er bremste vor der Mühle, und Marius, eben noch auf dem Sprung in den Schatten der Bäume, hielt inne.

»René Girard«, stieß er aus.

Er war einer der wenigen Maquisards, die sich keinen Decknamen zugelegt hatten. Er wolle nicht Hase oder Fuchs oder Schlange heißen, wenn er sterben sollte, sondern so, wie seine Mutter ihn genannt hatte, hatte er Félix einmal anvertraut.

Er arbeitete schon seit einiger Zeit als Ingenieur für die Kommandantur in Saint-Tropez und war der Anführer der dortigen Widerstandsgruppe, der ihm dann und wann auch Nachrichten von Salome übermittelte. An diesem Tag kam er aber nicht von dort, sondern aus der anderen Richtung.

»Ramatuelle …«, stieß er soeben den Namen des Dörfchens hervor, das sich nicht weit von der Mühle entfernt befand.

Félix' Lächeln schwand. »Was ist mit Ramatuelle?«

»Groß angelegte Razzia …«, fügte Girard keuchend hinzu.

»Warum ausgerechnet dort?«, rief Marius, für den – anders als für Félix – das Dörfchen keine Bedeutung hatte. »Dort verschanzen sich doch nicht unsere Leute.«

»Aber fast ein Dutzend Juden«, erklärte Félix heiser.

Girard nickte. »Seit April kriechen die *boches* noch in den letzten Winkel, um Juden aufzuspüren und zu deportieren, nicht zuletzt aus Wut, weil sie des Maquis nicht Herr werden. Ich war selbst nur in Ramatuelle, um meine Tante zu besuchen. Sie haben ihr Haus in Brand gesetzt, behaupten sie doch, dass Schüsse von dort kamen.«

»Hat deine Tante eine Waffe?«

Girard schwieg vielsagend. Es war nichts Neues, dass die Deutschen neuerdings auch Häuser anzündeten, ohne dass ihnen deren Bewohner einen Vorwand lieferten.

So steif Félix eben noch gewesen war, machte er nun mühelos einen Schritt auf Girard zu, packte ihn am Kragen, zog ihn vom Motorrad.

»He, was tust du denn da?«

Anstelle einer Antwort brachte er nur Namen hervor. »Hanna … Zipporah …«

Er hatte nicht nur Angst um sie, zudem um sich selbst, aber das Gute an der Angst war, dass sie manchmal so groß war, jede vernünftige Überlegung auszumerzen, jedes Zögern.

»Du kannst dafür mein Rad haben«, warf er Girard über die Schulter zu.

Er wusste nicht einmal, ob er das Motorrad überhaupt bedienen konnte. Als er daraufsaß, begann es zumindest in Richtung Ramatuelle zu rollen.

»Warte!«, rief Marius und hastete ihm nach. »Was hast du denn vor?« Er hatte keine Zeit, es ihm zu erklären. Allerdings hatte er auch keine Zeit, anzuhalten und ihn fortzuschicken, als Marius hinter ihm aufs Motorrad sprang. »Ich kann dich nicht allein gehen lassen«, rief der junge Mann. »Wir Maquisards halten doch zusammen.«

Marius umklammerte ihn, der Geruch von Schweiß und Dreck von Monaten stieg ihm in die Nase. Ekel flackerte auf, immerhin ein menschliches Gefühl, versank aber alsbald in jenem schwarzen Loch, zu dem sein Inneres geworden war.

»Wehe, du machst dir heute in die Hose!«, drohte Félix und fühlte sich hin und her gerissen zwischen Schuldgefühlen, weil er den jungen Mann in Gefahr brachte, und Erleichterung, diesen Weg nicht allein gehen zu müssen.

Das Motorrad rollte schneller, irgendetwas peitschte ihm ins Gesicht, ein Zweig oder einfach nur der Fahrtwind. Nicht lange, und zwischen den Baumstämmen blitzte das dunkle Rot von Ramatuelles Dächern hindurch – und graue Rauchschwaden.

Was werden sie wohl tun, wenn sie mich in die Hände bekommen? Mich abknallen, mich braten wie ein Schwein, mich in das Lager Mauthausen deportieren?

Für die Hoffnung, dass alles gut ging, er Hanna und Zipporah retten könnte, war kein Platz. Für den Gedanken, wie verrückt es war, sich in eine derartige Gefahr zu begeben, auch nicht.

»Sie sind ja immer so beschäftigt, Fräulein Salome! Was tun Sie denn hier?«

Salome konnte nicht verhindern zusammenzuzucken. Immerhin gelang es ihr, einen Fluch zu unterdrücken. Himmel, warum war Heinsohn schon so früh wach? Und warum hatte sie ihn nicht kommen hören?

Sie machte keine Anstalten, die Unterlagen, die sie auf seinem Schreibtisch ausgebreitet hatte, zu verdecken, sondern kämpfte um ein unbekümmertes Lächeln, rief ein fröhliches: »Guten Morgen!« Zu ihrem Erstaunen schien der Morgen für ihn tatsächlich gut zu sein. Sein Gesicht war nicht grau und eingefallen wie sonst, wenn ihn Schmerzen in seinem lahmen Bein vom Schlaf abhielten, er wirkte nahezu entspannt, und ehe er sie zur Rede stellen konnte, woher sie diese Unterlagen hatte, rief sie schnell: »Es tut mir leid, dass ich einfach Ihr Bureau betreten und mich an Ihrem Schreibtisch zu schaffen gemacht habe. Aber ich habe mir etwas überlegt …«

Er hatte den Schreibtisch erreicht, sah nun, dass sie eine Karte von der Küste darauf ausgebreitet hatte. Es war eingezeichnet, an welchen Stellen der sogenannte Südwall in den letzten Wochen verstärkt worden und wo dies noch geplant war. Es gab den Rommelspargel – Balken mit schräg darauf liegenden Latten, die man im seichten Wasser versenkte, um Artilleriegeschosse mit scharfem Aufschlagzünder darauf zu befestigen – und Betondreifüße mit Tellerminen. Außerdem wurden möglichen Angreifern Pfähle und Eisenbahnschwellen, Unmengen von Stacheldraht und ein breiter Gürtel von Betonwürfeln entgegengesetzt, Badehütten und Kioske als Tarnung für die Stellungen weitreichender Batterien benutzt oder Villen zu Bunkern umgebaut.

Heinsohn runzelte nun doch die Stirn. »Wie sind Sie denn an diese Unterlagen herangekommen?«

Salome wollte nicht zugeben, dass sie ihn einmal heimlich beobachtet hatte, wie er den Schlüssel für die Schreibtischschublade versteckt hatte.

»Unsere Soldaten müssen sich dann und wann vom Krieg erholen«, erklärte sie entschlossen. »Hier an der Küste könnten sie ein paar unbeschwerte Stunden verbringen. Hat nicht unlängst der General der 244. Infanteriedivision Saint-Tropez besucht, um am Plage de la Glaye neben dem Tour du Portalet zu baden und Muscheln zu sammeln?« Heinsohn hob leicht die Augenbraue. »Wie er verdienen es auch die anderen tapferen Männer, ein wenig auszuspannen. Ich weiß, ich dürfte diese Pläne nicht kennen, aber als Dolmetscherin bin ich zur Verschwiegenheit verpflichtet. Und habe ich Ihnen nicht schon mal von meinem Plan erzählt, für unsere Soldaten eine Art Reiseführer zu erstellen? Dafür muss ich wissen, an welchen Stränden man noch baden kann und welche vermint sind, auch, welche Umkleidekabinen in die Luft gehen, kommt man ihnen zu nahe.«

Sein Blick war nachdenklich auf den Plan gerichtet, was Salome die Möglichkeit gab, das Blatt, auf dem sie die Karte abgezeichnet hatte, unauffällig in ihrer Tasche verschwinden zu lassen.

»Die jeweiligen Stadtkommandanturen veröffentlichen allesamt Informationsbroschüren, in denen Restaurants aufgezählt werden, Einkaufsmöglichkeiten, Veranstaltungen«, fuhr sie energisch fort. »Eine Übersicht der Strände steht dagegen noch aus.«

»Seit den vielen gemeinen Attentaten des Maquis wurde der Ausgang deutlich eingeschränkt.«

»Aber Sie können ihn nicht ganz verbieten, die armen Männer würden ja ihren Verstand verlieren. Und ist es nicht überall so, dass den Truppen dann und wann Ruhepausen gewährt werden? Ich habe gehört, dass die Soldaten im Norden regelmäßig Ausflüge zum Mont-Saint-Michel unternehmen. In Châtelaillon in der Nähe von La Rochelle betreibt die Flottille gar ein Ferienheim, das allen Flottillenangehörigen offen steht, und es werden Tagesfahrten auf die Île d'Yeu, die Île de Ré und …«

Er hob abwehrend die Hand. »Ich weiß nicht, ob unsere Truppen im Norden demnächst noch Zeit für dergleichen finden.«

Sein Lächeln war längst verschwunden, doch Salome hielt an ihrem fest, tat so, als hätte sie seine Anspielung nicht verstanden, obwohl die Gerüchte, wonach in der Normandie die Landung der Alliierten bevorstünde, jüngst immer lauter wurden.

»Sie wissen doch: Bevor ich als Dolmetscherin tätig wurde, habe ich jahrelang für das Reisebureau meines Vaters gearbeitet und unter anderem als Reiseleiterin viele Touristen begleitet. Mir ist es ein großes Anliegen, meine Erfahrungen einzubringen.«

Er blickte sie zweifelnd an, nahm die Landkarte, um sie wieder einzuschließen. Allerdings befahl er ihr nicht, ihre Pläne aufzugeben, was bedeutete, dass sie auch in Zukunft die Chance haben würde, Informationen zu sammeln und sie später an den Chauffeur weiterzugeben.

»Sagen Sie mir künftig einfach, wenn Sie diese Unterlagen brauchen«, erklärte Heinsohn.

»Gewiss«, erwiderte Salome. Sie wandte sich zum Gehen, blieb dann doch stehen. »Mir ist nur wichtig, dass die Soldaten bei Laune gehalten werden.«

»Glauben Sie etwa, die Bereitschaft des Soldaten, seinem Volk, seinem Führer und seinem Vaterland zu dienen, ist davon abhängig, dass er dann und wann in der Sonne liegt und im Meer badet?«

Salomes Mundwinkel zuckten, so anstrengend war es zu lächeln. »Vergeben Sie mir meine dummen Worte. Am Ende bin ich nur ein schlichtes Frauenzimmer, das nichts vom Krieg versteht. Gleichwohl weiß ich, dass viele schlimme Zeiten hinter sich haben, und ich will alles tun, damit sie wieder zu Kräften kommen.«

Sein Gesicht wurde noch dunkler, nicht, weil er verärgert war, wie sie spürte, sondern wegen seiner Erinnerung an die russische Front. Er beschied sie mit einem knappen Nicken, dass er sie erst mal nicht brauche und sie nun gehen solle, und sie folgte diesem Befehl nur allzu gern, hielt aber jäh inne, als sie sah, wer auf der Türschwelle stand.

Ornella.

Wie lange sie schon dort stand und wie viel sie gehört hatte, wusste Salome nicht. Sie hätte allerdings schwören können, dass sie Heinsohn aus dessen Schlafzimmer zum Bureau gefolgt war. Wie sonst ließe sich ihr Aufzug erklären – das offene Haar, das ihr wie ein Heiligenschein vom Kopf abstand, die zerknitterte Bluse, bei der nur zwei Knöpfe geschlossen waren, die leicht verquollenen Augen, die verrieten, dass sie eben noch geschlafen hatte.

Salome vermutete seit dem vergangenen Winter, dass Ornella mehr für Heinsohn tat, als ihm nur die Wäsche zu waschen und zu bügeln. Als er ihr einmal eine Dose Schweineschmalz zugesteckt hatte, hatte sie ihm vertraulich über den Unterarm gestrichen. Und als sie einmal einen Sack Kartoffeln bekommen hatte, hatte sie kurz ihren Kopf an seine Brust gelegt.

»Was gibt es?«, fragte Heinsohn, und obwohl seine Miene ausdruckslos war, schwang in seinem Tonfall eine gewisse Zärtlichkeit mit.

Ornella behandelte Salome so, wie sie sie immer behandelte, wenn sie ihr auf der Kommandantur begegnete – nicht einmal wie eine Fremde, sondern so, als wäre sie Luft. Mit glockenheller Stimme wandte sie sich an Heinsohn.

»Ich wollte mir dir über La Bravade sprechen, du weißt doch, unser großes Volksfest. Ich habe gehört, dass es dieses Jahr verboten wurde, dabei ist es für die Menschen von Saint-Tropez noch wichtiger als Weihnachten und Ostern.« Salome war es neu, dass Ornella sich für das Volksfest interessierte, bei dem mit Paraden und Prozessionen an den Tag erinnert wurde, an dem die sterblichen Überreste des Patrons von Saint-Tropez, des heiligen Torpes, an die hiesige Küste gespült worden waren. Noch überraschender war es für sie, dass sie Heinsohn ganz selbstverständlich duzte. Nicht nur, dass sie keinen Anlass sah, vor ihr zu verbergen, was sie mit dem deutschen Offizier trieb – Salome hätte schwören können, dass es eine absichtliche Spitze in ihre Richtung war. Glaub nicht, nur Félix kann mich hintergehen, ich kann auch ihm untreu werden. Ornella trat auf Heinsohn zu. »Es ist ein Spektakel, das du erlebt haben musst. Die Männer tragen Uniformen, die Frauen ihre Tracht, letztes Jahr fand überdies eine Lotterie statt, bei der man ein Fahrrad gewinnen konnte.«

»Du weißt doch, es ist nicht möglich.«

»Wegen der Artilleriesalven, die abgegeben werden? Darauf könnte man ja verzichten, nur …«

»Menschenansammlungen jeder Art sind strengstens verboten«, fiel er ihr mit ehrlichem Bedauern in der Stimme ins Wort.

»Könnten nicht wenigstens ein paar Musiker ein Ständchen darbieten?«

»Darüber werde ich nachdenken.«

»Oh, ich danke dir.«

Salome konnte Ornella nicht ins Gesicht sehen, aber sie ahnte, dass ihr Lächeln zuckersüß war, während es in ihrem eigenen Mund jäh gallig schmeckte.

Sie hätte verstanden, wenn Ornella gute Miene zum bösen Spiel machen würde, um zu überleben, wenn sie lügen würde, die wahren Gefühle leugnen und ihr Lächeln das Trachten verborgen hätte zu töten. Aber wieder kam ihr der Verdacht, dass es Ornella

Spaß machte, sie zu provozieren, dass sie Heinsohn nicht als Mittel zum Zweck sah, um an Kartoffeln und Schweineschmalz zu kommen, sondern als Mann, der all die Kränkungen, die sie durch Félix erfahren hatte, wettmachen sollte. Als wäre alles ein Spiel … ein mittelmäßiger Liebesroman rund um zwei Konkurrentinnen, die einander halb feixend, halb verächtlich ausstachen.

Salome ertrug das nicht länger, wollte überdies ausnutzen, dass Heinsohn nicht mehr an die Unterlagen dachte, die sie eingesteckt hatte. Rasch verließ sie den Raum, um sich auf die Suche nach dem Chauffeur zu begeben.

Nicht dass sie außerhalb von Heinsohns Bureau den Gedanken an Ornella entrinnen konnte. Als sie am Esszimmer vorbeikam, wo ein paar Soldaten beim Frühstück aus Brot, Margarine und Käse saßen, lasen nur ganz wenige die sehnlichst erwarteten deutschen Zeitungen, die stets mit Verspätung eintrafen – ob den *Adler*, das *Wochenblatt* oder den *Völkischen Beobachter*. Die anderen tuschelten und lachten.

»Ob sie ihm wohl ›mein Süßer‹ ins Ohr flüstert?«, hörte Salome einen sagen.

»Warum ausgerechnet ›mein Süßer‹?«

»Ich kenne eine Französin, die nur diese beiden deutschen Worte beherrschte.«

»Zu dir hat sie sie doch nie und nimmer gesagt!«

»Wollen wir wetten, dass ich mindestens drei Französinnen geküsst habe? Die meisten von ihnen beginnen ja wie ein Hund zu sabbern, wenn sie einem deutschen Mann gegenüberstehen. Da kann er sogar ein lahmes Bein haben und alt sein und …«

Salome war stehen geblieben, stieß einen verächtlichen Ton aus. Die Männer hörten sie, wirkten aber nur kurz ertappt. Als sie erkannten, dass es lediglich die Dolmetscherin war, die sie belauscht hatte, verzogen sich die Münder wieder zu einem breiten Grinsen.

»Keine Angst, Fräulein Salome, ein deutsches Prachtweib würden wir immer einer mageren Französin vorziehen.«

»So ist es«, pflichtete ein anderer bei. »Auch wenn Sie nicht so schön ›Du Süßer‹ säuseln können.«

»Pauvre connard«, sagte Salome, allerdings mit falschem Lächeln.

»Was heißt das?«

»Wahrscheinlich ›mein Süßer‹ auf Französisch, gib mal das Wörterbuch her.«

»Cloche! Abruti!«, fügte Salome hinzu, beeilte sich dann aber weiterzukommen, ehe die Soldaten herausfanden, dass sie sie beleidigt hatte.

Sie fand den Chauffeur weder in der Kommandantur noch in der Nähe seines Wagens. Von den spöttelnden Soldaten im Esszimmer abgesehen, herrschte wie so oft lähmende Stille. Kaum einer hätte offen zugegeben, dass die Wehrmacht in Südfrankreich nicht viel zu tun hatte.

Was genau die einzelnen Soldaten trieben, unterlag zwar einem Geheimhaltungsbefehl, aber es war nicht schwer herauszufinden, dass die meisten ausschließlich damit beschäftigt waren, Material zu warten, Statistiken auszufüllen, Meldungen über Fahrzeuge, Ersatzteile, Kraftstoff und Instandsetzungen zu erstellen. Nur Heinsohn verließ regelmäßig die Kommandantur, um anderswo stationierte Truppen zu besuchen, und wenn er das auch an diesem Tag vorhatte, sollte sie möglichst bald mit dem Chauffeur reden und ihm die abgezeichnete Karte übergeben.

Sie ging in Richtung Küche, hoffte sie ihn doch dort bei einer Tasse Bohnenkaffee anzutreffen, in deren Genuss auch die französischen Mitarbeiter der Kommandantur regelmäßig kamen. Sie hatte sie noch nicht erreicht, als jemand plötzlich ihren Namen rief.

Sie fuhr herum. Nicht der Chauffeur trat auf sie zu, sondern eine Frau. Nicht irgendeine Frau.

Salomes Augen weiteten sich, als sie die andere erkannte. Sie hatte sie seit damals, als sie im Weingut Unterschlupf gefunden hatte, nicht mehr gesehen.

»Hanna!«, stieß sie aus. »Bist du verrückt hierherzukommen?«

»Ich habe meinen Ausweis dabei.«

Ein Ausweis, der gefälscht war, wie jedermann erkennen konnte, der sich die Zeit nahm, ihn zu prüfen. Salome machte einen Satz auf Hanna zu, zog sie in jenes Zimmer, das als Funkraum diente, sah nun, dass sie einen Sack Äpfel in der Hand hielt, vielleicht als Tarnung, sodass man nichts weiter als eine hungrige Französin in ihr sah, die diese Äpfel gegen eine Schwarte Speck zu tauschen erhoffte.

»Wo ist Zipporah? Warum bist du in Saint-Tropez? In Ramatuelle seid ihr doch sicher und …«

»Jetzt nicht mehr.«

Sie betrachtete sie genauer, nahm erst jetzt die tiefen Schatten unter den Augen wahr, auch, dass sie ihrem Blick auswich.

»Eine … eine Razzia …«, stieß Hanna hervor. Schon dieses Wort machte Salome Angst. Kaum erträglich war es, das nächste zu hören. »Félix … Félix …« Hanna brach ab, presste die Lippen zusammen.

»Ist er …«

Nein, dieses Wort konnte sie nicht sagen, nicht einmal denken. Er konnte nicht tot sein, das war nicht möglich. Alles in ihr erkaltete, nur das Herz begann zu rasen.

Von ganz weither kam Hannas Stimme. »Ich weiß es nicht. Er ist in einen Kugelhagel geraten, wurde schwer verletzt. Er wollte mich aus Ramatuelle holen, dabei habe ich schon zuvor mit Zipporah fliehen können.«

»Wo … wo ist er jetzt?«

»Du kannst nicht einfach so zu ihm!«

Salome hatte keine Ahnung, wie lange es dauerte, bis sie sich aus der Starre gelöst hatte. Auch nicht, wie sie aus dem Funkraum gekommen, welchen Ausgang sie genommen hatte. Obwohl es keinen Sinn ergab, begann sie zu rennen, sobald sie im Freien war, konnte nicht mehr stehen bleiben. Erst als Hanna sie einholte und packte, hielt sie inne. Sie wusste, sie durfte kein Aufsehen erregen, nicht den geringsten Verdacht erwecken, sie könnte mit dem Maquis unter einer Decke stecken. Sie schnappte nach Atem, hatte trotzdem das Gefühl zu ersticken. Um das, was in ihr tobte, halbwegs in Zaum zu halten, musste sie sich auf die Lippen beißen, bis sie Blut schmeckte.

Sie hatten ihn nach Gassin gebracht, einem kleinen Bergdorf auf der Halbinsel von Saint-Tropez, dessen Gassen so eng waren wie die in Ramatuelle, aber nicht ganz so dunkel, feucht und verwunschen.

Auf dem Weg habe er viel Blut verloren, erklärte René Girard, der Leiter der Widerstandsgruppe von Saint-Tropez, den Salome am Krankenbett antraf.

Der Chauffeur hatte sie hingebracht, allerdings erst am Abend, als sie unter dem Vorwand, Badebuchten auskundschaften zu wollen, die Kommandantur hatte verlassen können.

Sie wusste nicht mehr, wie sie es geschafft hatte, mit fester Stimme zu Heinsohn zu sprechen und dabei ein ausdrucksloses Gesicht zu machen. Aber so wie die anderen Decknamen trugen und nie ihre wahre Identität verrieten, konnte sie als leere Hülle weiter funktionieren, ohne ihre Gefühle zu zeigen. Nur jetzt … jetzt gab es kein Glied ihres Körpers, das nicht zitterte.

Als sie endlich zu Félix trat, lebte er noch. Es sei ein Wunder, erklärte Girard, der Félix nach Ramatuelle gefolgt war und ihn während der Schießerei in einen Schuppen hatte zerren können, sodass er der Verhaftung durch die Gestapo entgangen war – wenn auch nicht den Schüssen. Sein Herz hatte zu schwach geschlagen, um ihn nach Plan-de-la-Tour zu schaffen, wo ein gewisser Gilbert Dreyfus ein kleines Lazarett führte, in dem ausschließlich Kämpfer des Maquis behandelt wurden.

»Immerhin haben wir es hierher nach Gassin geschafft«, schloss René Girard. »Ein Arzt von Saint-Tropez, Joseph Salvetti, konnte kommen.«

Der Arzt saß noch am Krankenbett, Salome verharrte an der Türschwelle. Nicht dass nicht alles in ihr drängte, auf ihn loszustürzen, auf diesen Menschen, dessen Gesichtsfarbe sich kaum von der des Lakens unterschied und der doch nicht Félix sein konnte, so schlaff, so klein, wie er da lag. Aber sie wusste ja, niemandem war geholfen, wenn sie die Fassung verlor, sie musste den Arzt seine Arbeit machen lassen, die offenbar seit Stunden darin bestand, den Blutfluss zu stoppen.

»Können wir diesem Salvetti vertrauen?«, fragte sie nur.

Es gab schließlich genug Franzosen, die den Lügen glaubten, wonach alle Maquisards angeblich Bolschewiken waren, die am Untergang des französischen Volkes arbeiteten.

»Wir müssen«, sagte Girard.

Salome rieb die Hände aneinander.

Wir müssen …

Wir müssen stark sein, wir müssen weiter hoffen, wir müssen kämpfen.

Später wusste sie nicht mehr, wie lange sie an der Schwelle verharrt hatte. Jemand drängte sie irgendwann dazu einzutreten, aber sie konnte sich nicht vom Türrahmen lösen, als könnte sie hier den Tod davon abhalten, in den Raum zu gelangen.

Es war schon finster, als sie auf einem Hocker zu sitzen kam. Der Schein einer Petroleumlampe fiel auf das Bett, der Blick auf Félix war nicht länger von Dr. Salvetti verstellt.

»Wir können nichts mehr tun«, erklärte der mit matter Stimme, während er sich seinen Nacken rieb.

»Er … er wird es nicht schaffen?«

»Zumindest kann ich nichts weiter dazu beitragen. Den Rest muss er aus eigenen Kräften vollbringen.«

So groß die Scheu vor diesem fremden Félix war, Salome trat nun doch ans Bett, ergriff seine Hand, auch diese bleich und schlaff und klein und doch seine Hand.

Keine Hand, die zum Kämpfen gemacht war, sondern dazu, Bücher zu lesen, Bücher zu schreiben, vielleicht noch, sie zu liebkosen. Warum war er in diese Schießerei geraten, warum war er überhaupt in Ramatuelle gewesen, wenn er doch wusste, dass dort die Gestapo wütete? Warum hatte er nicht an sich gedacht, warum hatte er damals überhaupt entschieden, sich der Widerstandsbewegung anzuschließen?

Sie kannte die Antwort auf diese Frage nur allzu gut. Ich musste etwas tun. Ich konnte sie nicht im Stich lassen. Hanna, Zipporah und all die anderen.

Bis jetzt hatte sie gedacht, dass sie diese Antwort auch selbst mit dem Brustton der Überzeugung geben würde, wenn jemand von ihr wissen wollte, warum sie Tag für Tag ihr Leben riskierte. Doch als sie nun sah, wie seine Augen in dunklen Höhlen versanken, das Gesicht wächsern blieb, da war nur Raum für die Worte: Es muss aufhören. Wir haben genug getan.

Irgendwann graute der Morgen. Hanna kam zu ihr, erklärte, dass sie und Zipporah Unterschlupf in Gassin finden würden. Salome hatte keine Ahnung, wie sie hergekommen war, ob mit ihnen, ob erst später.

»Geht es Zipporah gut?«, fragte sie nur.

Hanna nickte.

Später trat der Chauffeur ans Krankenbett. »Wir müssen zurück zur Kommandantur.«

Er hatte zweifellos recht, aber wie konnte sie Félix' Hand loslassen, ehe er die ihre nur einmal gedrückt hatte, wie ein letztes Mal über seine Stirn streicheln, ehe er die Augen geöffnet hatte.

Sie hörte nicht auf, auf ihn einzureden. »Komm zu dir, komm zurück zu mir … Félix …«

Zuerst reagierte er nicht auf die Worte. Als sie sie zum dritten Mal wiederholte, begannen seine Lider zu flackern.

Er öffnete die Augen. Wenn es denn seine waren. Eigentlich waren sie grau wie der Nebel oder das Meer an diesigen Tagen, jetzt wirkten sie schwarz wie die seiner Mutter. Da stand kein Leben in ihnen, er schien sie nicht einmal zu erkennen.

»Ich bin's«, sagte sie ganz leise.

Lange verriet nichts, dass er sie überhaupt gehört hatte. Dann drückte seine Hand die ihre. Reichte das als Beweis, dass er sie nicht nur verspätet erkannte, sondern das Gleiche wie sie fühlte? Dass die Liebe zueinander stark wie an dem Tag war, da sie auf dem Weingut Abschied voneinander genommen hatten?

Er öffnete den Mund, seine Lippen formten ein Wort, nein, einen Namen, es war nicht ihrer, es war der eines Mannes … Marius.

Irgendwer hinter ihnen erklärte, dass er von der Gestapo verhaftet worden war, und wieder rang Félix sich ein Wort ab, es war kaum zu hören.

»Befreien …«

So fremd seine Augen waren, er war immer noch der Alte. Aber sie … sie war plötzlich nicht mehr die Alte, in ihr regte sich Protest.

Nein, dachte sie. Du musst diesen Marius nicht befreien. Leben musst du, sonst gar nichts. Und leben muss ich, sonst gar nichts.

Seine Augen schlossen sich, sein Atem wurde ruhiger, endlich fand sie die Kraft, seine Hand loszulassen.

Als sie das Haus verließen, graute der Morgen, die Glocken der nahen Kirche läuteten. In der Ferne war ein schmaler Streifen Meer zu sehen, derart von Küste und Bergketten beschnitten, dass es einem Fluss glich. Ganz dicht an ihrem Ohr vernahm sie die Stimme des Chauffeurs, der wieder darauf drängte, dass sie sich beeilen, unbedingt zur Kommandantur zurückkehren müssten, bevor man dort bemerkte, dass sie das nächtliche Ausgangsverbot nicht eingehalten hatten.

Sie fügte sich ihm mit zitternden Beinen, aber wieder ging ihr durch den Kopf: Gar nichts muss ich, gar nichts muss er. Nur leben … überleben, das müssen wir.

Sechzehntes Kapitel

Einige Wochen später, Salome verließ gerade die Kommandantur, als jemand ihren Namen rief. Sie zuckte zusammen, obwohl sie nichts Verbotenes gemacht hatte – und obwohl von der, die den Namen rief, keine Gefahr drohte.

Auf der anderen Straßenseite stand Rosa, einen Korb in der Hand. Ehe sie die Straße überqueren konnte, musste sie mehrere Lastwagen passieren lassen, und Salome nutzte die Zeit, um tief durchzuatmen. Sie war daran gewöhnt, ständig auf der Hut zu sein, weil sie entweder Informationen sammelte und weitergab oder sehnsüchtig darauf wartete, dass jemand ihr Neuigkeiten von Félix überbrachte. Viel zu selten konnte sie selbst nach ihm sehen, weitaus öfter musste sie sich damit begnügen, zur Place des Lices zu gehen, wo man Dr. Salvetti manchmal beim Boulespielen antraf, und ihn angelegentlich auszufragen. Einmal war der auch selbst zur Kommandantur gekommen, allerdings nicht, um mit ihr über Félix' Zustand zu sprechen, sondern um sich bei Offizier Heinsohn zu beschweren, weil die Deutschen dreißig Pinien an der Rennbahn von Saint-Tropez gesprengt hatten.

»Es war militärisch notwendig«, hatte Heinsohn erklärt, was vermuten ließ, dass man das Holz zur Verpfählung der Küste brauchte oder die riesigen Pinien die Sicht der dahinter aufgestellten Batterien behinderten.

»Es war eine Barbarei«, hatte Salvetti geantwortet, immerhin ganz ruhig, obwohl in seinem Blick nackter Hass stand.

Er hatte seine Wut beherrschen können – Salome nicht ihre Angst um Félix. Sie war dem Arzt nachgestürzt, hatte sich gerade noch so weit unter Kontrolle gehabt, Félix' Namen nicht auszusprechen.

»Sie haben mir doch von einem Pferd erzählt, das Sie früher gern geritten haben und das krank wurde. Wie geht es ihm?«, hatte sie gefragt.

»Ach, es ist noch nicht so weit, dass man Pferdewurst aus ihm machen müsste«, hatte Salvetti geantwortet.

Félix hatte eine Verletzung am Oberschenkel und eine an der Schulter. Die eine Hälfte des Körpers konnte er nicht bewegen, die andere Hälfte wollte er nicht bewegen. Bei ihrem zweiten Besuch, es war eine Woche nach dem Überfall auf Ramatuelle gewesen, hatte er sie mit lethargischem Blick empfangen, was vom Fieber rühren konnte, aber auch von düsteren Gedanken. »Marius ...«, hatte er mit letzter Kraft hervorgebracht, »nur meinetwegen war er in Ramatuelle ... Er ist mir gefolgt, der Narr ... wollte beweisen, dass er kein Hosenscheißer ist ... Wir müssen ihn befreien ...«

Denk nicht einmal daran, hätte sie am liebsten gesagt, und auch, dass man Marius womöglich längst in ein Lager nach Deutschland geschafft hatte.

Am Ende hatte sie nur seine Hand genommen, und was sein Blick ihr schuldig geblieben war – Nähe, Zärtlichkeit, Liebe –, hatte er mit einem schwachen Händedruck wettgemacht.

Die Lastwagenkolonne war mittlerweile vorbeigezogen, und Rosa überquerte die Straße. Stirnrunzelnd blickte sie den Fahrzeugen nach.

»Warum gibt es so viel Verkehr?«

Salome wusste nicht, ob Rosa wirklich ahnungslos war oder von ihr eine Bestätigung der Gerüchte erwartete, die seit einigen Tagen im Umlauf waren.

»Die Nachrichten aus dem Norden scheinen die Wehrmacht aufgescheucht zu haben«, sagte sie leise.

»Mit dem Norden meinst du die Normandie, oder?«

Salome nickte.

Normandie.

Ein Wort, in dem so viel Hoffnung lag, seit die Alliierten vor über einer Woche dort gelandet waren, den Widerstand der Deutschen rasch gebrochen hatten. Der Anfang vom Ende wäre das, nur mehr eine Frage der Zeit, wann die Invasion der Provence beginnen würde.

Rosa beugte sich vertraulich zu ihr vor. Sie war einst eine korpulente Frau mit einem üppigen Busen gewesen, in den letzten Jahren aber wie alle anderen abgemagert. Für eine, die so gern kochte, musste es umso schmerzhafter sein, sich mit knappsten Rationen begnügen zu müssen. Wobei Ornella regelmäßig Geschenke von der Kommandantur mit nach Hause brachte …

»Wenn sie wirklich kommen, wo genau werden sie landen?«, flüsterte Rosa. »Und wann?«

Salome wusste, dass diese Frage Offizier Heinsohn schlaflose Nächte bereitete. Immer wieder hatte sie Diskussionen belauscht, um herauszufinden, wann mit einem Angriff auf die Provence zu rechnen war, ob sofort oder erst in ein paar Wochen. Heinsohn glaubte, dass man warten würde, bis der Brückenkopf in der Normandie genügend ausgebaut war, um dann die für die Südinvasion nötigen Landungsschiffe über die englischen Häfen ins Mittelmeer zu schicken, doch das sprach er nur selten aus. Zuzugeben, dass die Alliierten in der Normandie wirklich einen Sieg erlangt hatten, kam Hochverrat gleich. Stattdessen wurde umso eifriger diskutiert, wo genau die Alliierten angreifen könnten – und dafür kam das Gebiet rund um Saint-Tropez in Betracht.

Die Angst, die in der Stimme der Männer mitschwang, als man

darüber sprach, hätte man ebenfalls als Hochverrat auslegen können – hätte sich denn ein Kläger gefunden.

Salomes eigene Angst hatte sich dagegen längst verbraucht, indem sie um Félix bangte, und Rosa wollte sie keine machen.

»Ich weiß es nicht«, sagte sie knapp und wandte sich zum Gehen. Erst kürzlich hatte der Chauffeur ihr ein Fahrrad beschafft, und sie wollte den freien Abend nutzen, um nach Gassin zu radeln. Doch Rosa hatte sie nicht nur aufgehalten, um Neuigkeiten zu erfahren.

»Hier«, sagte sie und reichte ihr den Korb, den sie in den Händen hielt. Salome lugte hinein, sah – sorgsam verpackt – kleine Sardellenfilets in Öl, Gemüsesalami, Feigen, Birnen, Kürbismarmelade, sogar ein Gefäß, in dem sich vielleicht Muschelsuppe befand.

»Denkst du, die *boches* lassen mich verhungern?«, entgegnete Salome. »Ich arbeite für sie.«

»Das ist nicht für dich«, sagte Rosa, »es ist für … Félix.«

Salome zuckte kaum merklich zusammen. Wenn Rosa von ihm und offenbar auch seinem Zustand wusste, wer dann noch? Zugleich erfüllte sie tiefe Dankbarkeit, dass da noch jemand war, der sich um ihn sorgte. »Er hätte schon nichts davon gegessen, als er noch gesund war …«

Rosa deutete auf die Flasche, die sich ebenfalls im Korb befand. »Dann gib ihm wenigstens davon. Das ist Gin. Eine Unze mit der doppelten Menge Wasser verdünnt weckt Lebensgeister.«

Salome war nicht sicher, ob sie Félix dazu würde überreden können, aber sie nickte. »Danke …«

Rosa schien gehen zu wollen, zögerte. »Ornella macht sich auch Sorgen um ihn«, sagte sie leise.

Wieder zuckte Salome zusammen, diesmal, weil sich Empörung regte. Was maßte sie sich an, sich um ihn zu sorgen, wenn sie ihn mit einem deutschen Offizier betrog!

»Ich hoffe nicht, dass sie ihn für einen Sack Kartoffeln an Heinsohn verrät.«

»Salome! Wo denkst du hin!«

»Du weißt doch, dass sie nicht nur regelmäßig die Kommandantur besucht, um frische Wäsche vorbeizubringen.«

Rosa senkte ihren Blick. »Du solltest nicht so hart mit ihr ins Gericht gehen«, murmelte sie. Salome war nicht sicher, worauf sie anspielte. Darauf, dass sie die Allerletzte war, die ein Urteil fällen durfte, oder darauf, dass Ornella doch nur das Beste aus ihrer Lage zu machen versuchte.

Alles, was kurz in ihr tobte, verglühte ohnehin rasch, auch, weil Westwind aufzog – oft ein Vorbote von heftigen Sommergewittern – und sie den Weg nach Gassin so rasch wie möglich hinter sich bringen wollte. Rosa einfach so stehen lassen, konnte sie allerdings nicht. »Geht es Marie denn gut und auch Hélène?«

Rosa nickte. »Sag Félix, dass alles in Ordnung ist. Wenn man die beiden sieht, hält man Hélène für das Kind und Marie für die Erwachsene. Hélène denkt nur an ihre Puppen, Marie möchte lieber schreiben lernen.«

»Ist sie nicht noch zu klein dafür?«

»Sie versucht sich die Buchstaben zu merken, indem sie sie mit Tieren vergleicht. Dann gibt sie die absonderlichsten Geräusche von sich, ein Wiehern, Bellen, Miauen und … Ach, lass dich nicht aufhalten. Gespräche wie diese heben wir uns besser für Friedenszeiten auf …«

Sie nickte ihr ein letztes Mal zu, ehe sie endgültig ging.

Wenig später verstaute Salome den Korb auf dem Gepäckträger und machte sich auf den Weg. Als sie ankam, zitterten ihr die Beine vor Anstrengung, und doch ging sie zügig auf ein kleines Haus in Gassin zu, klopfte in einem bestimmten Rhythmus an die Tür. Die Bäuerin, die für den Maquis arbeitete und Félix beherbergte, öffnete ihr, und Salome trat wortlos an ihr vorbei, um in die kleine Dachkammer hochzusteigen.

Das Laken auf dem Bett war zerwühlt, die gelben Flecken darauf verrieten, dass Félix' Wunden immer noch nässten, aber es war … leer. Félix kniete in der Ecke des Raumes, von der sich ein Brummen vernehmen ließ und dann und wann einzelne Worte.

Ein Rundfunkgerät stand dort, obwohl es seit über einem Jahr strengstens verboten war, eines zu besitzen. Das Knistern, Rauschen wurde lauter.

»Verdammt!«, entfuhr es ihm. Salome vermutete, dass er Radio London hören wollte, um mehr über die Lage in der Normandie zu erfahren, aber als er die Antenne neu auszurichten versuchte, riss die Verbindung ganz ab. »Verdammt!«, rief er wieder.

Sie sah Schweiß auf seiner Stirn glänzen, die nicht einfach nur blass wie früher war, sondern aschfahl.

»Félix …«

Erst jetzt bemerkte er, dass sie den Raum betreten hatte. Er erhob sich, wollte es zumindest, sein Gesicht verzerrte sich, ein Keuchen entfuhr ihm. Im nächsten Augenblick war sie bei ihm. Bis jetzt hatte sie aus Angst, ihm Schmerzen zu bereiten, ihn kaum zu berühren gewagt, nun war es ganz selbstverständlich, ihn zu stützen, zu umarmen, ein paar taumelnde Schritte mit ihm zu machen. Auch als er sich aufs Bett fallen ließ, ließ sie ihn nicht los, blieb an ihn geschmiegt liegen. Der Ärger, dass das Radio nicht funktionierte, stand ihm immer noch ins Gesicht geschrieben, aber genau der war es, der ihn belebte.

»Salome …« Jener Augenblick, da ihre Blicke ineinander versanken, gehörte nur ihnen. Danach musste sie ihn wieder mit dem Krieg und dem Widerstand teilen, und ihre Liebe fand zwischen diesen nur so viel Platz wie die Morgenröte in dunkelster Nacht. »Weißt du etwas Neues?«, brachte er kraftlos hervor.

»Aus der Normandie? Oh, es ist nur eine Frage der Zeit, bis auch hier in der Provence …«

»Das meine ich nicht«, fiel er ihr ins Wort. »Sobald aus dem Norden die gute Nachricht kam, hat der Maquis hier losgeschlagen, auf etlichen Kommandanturen gleichzeitig Attentate verübt. Doch die Deutschen haben sich rasch gewehrt, bekamen Verstärkung durch die Gestapo. Ich habe gehört, dass sie Hunderte erschossen haben, erhängt, gefoltert …« Sein Gesicht verzog sich wieder gequält, nicht nur sein Körper litt unter Schmerzen.

»Das ist schrecklich«, entfuhr es Salome, und sie schämte sich, dass ihre Stimme nicht nur vom Schrecken kündete, auch von Erleichterung.

Wie schrecklich, dass der Aufstand zu früh begonnen hat und gewaltsam niedergeschlagen wurde. Wie gut, dass du verwundet bist und deswegen nicht dabei sein konntest.

Félix blickte auf den Korb, den sie mitgebracht hatte. »Du hast etwas zu essen dabei? Das ist gut, ich muss zu Kräften kommen.«

Nein, dachte Salome, musst du nicht. Sie erhob sich, zog die Flasche Gin aus dem Korb. »Ist dir das nicht lieber als essen?«, fragte sie.

Zu ihrem Erstaunen schüttelte er den Kopf. »Ich kann es mir nicht erlauben zu trinken. Nicht jetzt, da all meine Sinne wach sein müssen. Nicht jetzt, da …«

Sie ahnte, was er im Stillen hinzufügte, konnte sich nicht beherrschen, stampfte auf. »Denk nicht einmal daran, etwas anderes zu tun, als hier zu liegen und Radio zu hören. In diesem Zustand bist du deinen … deinen … Freunden keine Hilfe, nur eine Last. Ich weiß, dich quält der Gedanke an diesen Marius, aber gewiss ist er längst in einem Lager in Deutschland und …«

»Das stimmt nicht«, fiel Félix ihr ins Wort, und obwohl sein Gesicht verzerrt war, klang seine Stimme klar und fest. »Sie können auf keine arbeitsfähigen Männer verzichten, brauchen jeden Einzelnen zum Bau von Befestigungsanlagen. Sie haben zwar als Rache für den Aufstand viele Gefangene erschossen, aber nur ältere, kaum jüngere. Es gibt Nachrichten, die besagen, dass Marius noch hier in Südfrankreich ist.«

»Du kannst ihn nicht befreien.«

»Ich muss es versuchen.«

Wie sie dieses Muss hasste. Wie sie ihn liebte, als er sich wieder hochzukämpfen versuchte, mit so viel Trotz, mit so viel Verbissenheit. Sie trat zu ihm, umschlang ihn, war nicht sicher, ob sie ihn liebkosen oder niederringen wollte, wahrscheinlich traf beides zu. Sie küsste seinen Nacken, sie küsste die unverletzte Schulter, sie küsste Stirn und Nase und Mund. Obwohl er sich nicht wehrte, wusste sie, sie konnte ihm die Entschlossenheit nicht wegküssen. Und die eigene, ihn daran zu hindern, aufzustehen und den Kampf wieder aufzunehmen, geriet ins Wanken, als er plötzlich den Mund öffnete, einen Namen ausstieß.

»Leo …«

Sie glaubte, ihn nicht richtig verstanden zu haben. »Bitte?«

»Leo«, wiederholte er, »Leo Adler. Seit Jahren suche ich vergebens nach ihm. Und jetzt hat der Maquisard, der herausgefunden hat, wohin man Marius brachte, auch seinen Namen auf einer Liste entdeckt. Er ist hier … in einem Lager … er musste die letzten Jahre über für die Organisation Todt am Atlantikwall schuften, aber jetzt haben sie ihn von dort abgezogen, um im Süden zu retten, was noch zu retten ist.«

Leo, echote der Name in ihr. An sein Gesicht konnte sie sich nicht mehr so genau erinnern, nur an die Christbaumkugeln. Und andere Gesichter tauchten umso deutlicher vor ihr auf. Das von Efraim. Das von Charlotte. Ob sie in Amerika zueinandergefunden hatten, wie sie so inständig hoffte? Gar nicht mehr zu hoffen gewagt hatte sie, dass Hanna und Leo noch zusammenfinden könnten, er Zipporah kennenlernen würde, und jetzt stand die Hoffnung in diesem Raum, so mächtig, so groß. Sie nahm ihrer Liebe noch mehr Luft zum Atmen als Krieg und Widerstand.

Sie konnte Félix ins Kissen drücken und ihm befehlen, liegen zu bleiben, wenn es um Fremde, aber nicht, wenn es um Leo ging.

»Weiß Hanna es schon?«

»Ich wollte ihr keine falschen Hoffnungen machen.«

»Gut.«

Es war nichts gut. Nicht für ihn, der sich im Bett nutzloser denn je fühlte, alles daransetzen würde, wieder auf die Beine zu kommen. Nicht für sie, die dachte, ich kann kein zweites Mal um ein Leben bangen, kein zweites Mal denken, er ist tot.

»Wollen wir jetzt essen?«

Sie löste sich von ihm, um etwas aus dem Korb zu nehmen, es ihm zu reichen. Sie konnte sich nicht erinnern, jemals gemeinsam mit ihm gegessen zu haben, erst recht nicht solche Mengen. Er nahm zwar immer nur kleine Bissen, aber probierte von allem, den Sardinen und Feigen, der Salami und dem Käse. Dazu aß er viel Brot, nur den Gin lehnte er weiterhin ab.

Während sie sich das Essen mechanisch in den Mund steckte, schmeckte sie nichts. Das tat sie erst, als sie sich hinterher küssten. Sie schmeckte noch viel mehr als das Essen – einen Hunger aufs Leben, eine Sehnsucht nach dem Frieden, aber auch das Wissen um die eigenen Pflichten. Sie hörte nicht auf, ihn zu küssen, und sei es nur, weil sie keine Worte mehr fand, die sie diesem »Muss« entgegenstellen konnte, dieser grenzenlosen Angst, dieser Frage: Was wird nun passieren? Sehe ich ihn zum letzten Mal?

Küssen war bald nicht mehr genug, sie nestelte an ihren Kleidern, dann an seinen, merkte ihm an, dass ihm jede Berührung wehtat und er sich dennoch danach sehnte. Bei ihr war es dasselbe.

Sie wollte auch, dass es wehtat. Solange es wehtat, war sie nicht tot, solange sie nicht tot war, war sie ihm nah.

Sie drückte ihn zurück, hielt sein Gesicht umklammert, setzte sich auf ihn, nahm ihn langsam in sich auf. Ihre Blicke verschmolzen wie ihre Körper, sie stahl sich ein paar Augenblicke vom Leben, da er nur ihr gehörte. Dann drängte sich wieder ein Gedanke in Lust, in Gier, in Schmerz, in Sehnsucht, in Erfüllung.

Das letzte Mal. Es könnte das letzte Mal sein.

Sie konnte diesen Gedanken nicht verstummen lassen, allerdings wollte sie ihm nicht zu viel Macht zugestehen. Vielleicht glich ihre Liebe doch nicht der Morgenröte, vielleicht würde diese nie anbrechen, und die Liebe war der winzige Funken in der ewigen Nacht. Nur wenige heisere, raue Atemzüge brauchte es, bis dieser Funken verglüht war, doch die Finsternis, die danach kam, verhieß immerhin keinen Abgrund, nur Leere, in der keine Dämonen Platz fanden.

Sie sank neben ihn, bettete den Kopf auf seiner heilen Schulter, dämmerte vor sich hin.

»Du hast nicht etwa auch Zigaretten mitgebracht?«, fragte er irgendwann, und da brachte sie sogar ein Lächeln zustande.

Schon der 13. August war ein sehr heißer Tag gewesen, am 14. stiegen die Temperaturen sogar noch weiter an. Den Soldaten wurde kein Urlaub mehr gewährt, zu groß war die Anspannung ob der erwarteten Invasion der Alliierten. Dennoch ging kaum jemand einer vernünftigen Arbeit nach. In der Kommandantur lungerten die meisten herum, und an der Plage de la Glaye zwischen der Mole und dem Tour du Portalet gingen ein paar Soldaten inmitten von französischen Familien baden, zwei von ihnen versuchten, mit einer Harpune kleine Fische zu fangen. Salome sah nicht, ob es glückte, das ferne Lachen klang jedenfalls unbeschwert. Und obwohl sie aus der Ferne nicht die Mienen der Franzosen studieren konnte, vermutete sie, dass diese den Deutschen gegenüber weniger misstrauisch begegneten, wenn sie Badehose statt Uniform trugen.

Man könnte fast so tun, als wäre wirklich Sommer, dachte sie. Man könnte fast so tun, als wäre die dringlichste Entscheidung, wo man aus dem nassen Badeanzug schlüpft und einen trockenen anzieht und ob man nur bis zu den Knien ins Wasser geht, um sich etwas abzukühlen, oder ganz.

Kurz ließ sich vergessen, wie heftig viele Orte der Umgebung in den letzten Tagen von den Alliierten bombardiert worden waren, dass die Menschen dort kaum mehr die Sonne sahen, weil sie meist im Keller hockten, dass nahezu unaufhörlich die Sirenen heulten – nur nicht in Le Lavandou, weil es dort keine gab und deshalb die Kirchenglocken einen neuen Angriff signalisierten.

Vielleicht war das ja gut so, vielleicht verdiente die Seele Augenblicke des Durchatmens. Sie suchte sie ja auch selbst – nicht in der grellen Sonne am Strand, aber in den Nächten bei Félix. Ungezählte hatte sie seit der im Juni bei ihm verbracht. Jede fühlte sich an, als wäre es die letzte, jede kostete sie aus, während sie zugleich schon um sie trauerte, jede schuf mehr Nähe, und über jeder hing der Abschied. Heute konnte sie die Erinnerung daran nicht beschwichtigen, konnte die Unruhe nicht abschütteln, jene vage Ahnung, die die flirrende Luft nur weiter anheizte.

Es ist so weit, es muss bald so weit sein.

Trotz allgemeiner Trägheit ob der Hitze – immer wieder hatte sie Nachrichten übersetzen müssen, die Heinsohn hektisch werden ließen. Etliche Radarstationen waren von den Luftangriffen der Alliierten zerstört worden. Was sie nicht übersetzt, aber heimlich gelesen hatte, war ein Telegramm, in dem Hitler General Botsch, dem Chef des Stabes der 19. Armee, die in der Provence stationiert war, den Befehl gab, keine Handbreit Boden aufzugeben. »Das ist doch Wahnsinn«, hatte sie irgendjemanden murmeln gehört, der alsbald wieder den Kopf eingezogen hatte.

Wahrscheinlich war er nicht der Einzige, der so dachte. Die 19. Armee hatte ursprünglich aus dreizehn Divisionen bestanden, doch nachdem etliche schon vor Langem in die Normandie geschickt worden waren – was dort die Invasion nicht hatte abwenden können –, zählte sie jetzt nur mehr acht. Unmöglich, dass sie stark genug war, die Südküste zu verteidigen, da nutzte auch die Verstärkung durch die 11. Panzerdivision aus dem Raum von Albi und Carcassonne nichts. Diese hatte nicht nur Zugmaschinen, Automobile, Lastwagen, Munition und Benzinkanister mitgebracht, zudem Wein, doch den hatte sich der Leiter des deutschen Marinekommandos in Aix-en-Provence unter den Nagel gerissen. In Saint-Tropez floss lediglich Calvados, und nur in Maßen, was jenen Soldaten, die gerade Fische harpunierten, denn auch die Chance gab, ihre Beute zu treffen.

Sie starrte immer noch oder schon wieder auf sie, als sie plötzlich eine Stimme vernahm. »Mein schönes Fräulein … So allein?«

Das Wort ›Fräulein‹ war auf Deutsch ausgesprochen worden – das R klang, als würde man im Mund eine Nuss zerknacken –, der Rest auf Französisch.

Salome wandte sich dem Mann zu, der zu ihr trat. Die Sonne blendete sie kurz so stark, dass sie ihn kaum sehen konnte, doch sie hatte seine Stimme bereits erkannt, lächelte unwillkürlich. »Ich überlege noch, ob ich meinen Badeanzug holen soll.«

»Sie können gern meine Badehose ausleihen.«

Obwohl niemand auf sie achtete, blieb ihr Tonfall vertraulich-scherzend. Er tat nun gar so, als würde er über ihre Schulter streicheln, steckte ihr stattdessen aber ein Blatt Papier zu. Sie ahnte, was auf diesem Blatt stand, welche Namen, welche Ortsangaben, wusste sie doch, dass dieser Mann seit Wochen versuchte, den Aufenthaltsort von Gefangenen auszukundschaften, und trotz der Hitze wurde ihr plötzlich kalt.

René Girard floh nicht sofort, sie standen noch eine Weile beisammen, taten so, als würden sie plaudern. »Eine Kugel Eis wäre jetzt herrlich. Bevorzugen Sie Schokolade oder Vanille?«

Salomes Mund war auch ohne Eis irgendwie kalt, nur hatte sie seit Langem nichts Süßes mehr geschmeckt. »Haben Sie die Informationen auf diesem Blatt Papier von Margarethe Becker?«, fragte sie leise.

»Keine Namen«, zischte Girard, ehe er mit schwärmerischem Tonfall hinzufügte: »Sehr lecker wäre eine Limonade aus Zitronen und Orangen oder gar Mandarinen, dann schmeckt sie süßer.«

»Und Minze«, fügte Salome hinzu, obwohl sie den Mund kaum aufbekam.

Keine Namen – natürlich! Sie hätte erst recht nicht den von Margarethe Becker nennen dürfen, die seit 1944 als Stenotypistin für die Gestapo in Nizza arbeitete und dem Maquis regelmäßig Adressen von denunzierten Opfern oder Informationen über Gefangenentransporte weitergab. Auf dem Zettel, da war sie sich sicher, standen allerdings Namen. Marius, Leo und die anderen Männer, die man immer wieder an neue Orte brachte, damit sie dort für den Bau neuer Befestigungsanlagen eingesetzt wurden, und deren Befreiung nicht nur Félix ein so großes Anliegen war, auch den anderen Maquisards, die in den letzten Wochen so viele Kameraden verloren hatten. Gewiss stand außerdem auf diesem Zettel, wann und wo genau ihre nächste Verlegung anstand. Sie hatte schon ähnliche Papiere in der Hand gehabt und sie weitergegeben, was dazu geführt hatte, dass einmal ein deutscher Konvoi von Apt nach Sault in die Luft gejagt und ein anderes Mal die

Bahnlinie Toulon-Saint-Raphaël blockiert worden war, um die Insassen eines ganzen Waggons zu befreien.

»Sag dem Schriftsteller, die Limonade steht für ihn bereit, und das schon diese Nacht«, murmelte Girard, »er soll der Truppe aus Cogolin von der Limonade erzählen und gemeinsam mit ihr versuchen, die Flasche zu knacken, wird sie doch noch in Cogolin gelagert, ehe man sie morgen nach Nizza bringen wird. Und sag ihm auch, der Drache spuckt bald Feuer.«

Er lächelte ihr ein letztes Mal zu, dann ging er angelegentlich weiter. Salome lehnte sich unwillkürlich an den Pfosten, an dem in Friedenszeiten Boote und Yachten festgebunden gewesen waren.

Der Schriftsteller war Félix. Wie frische Limonade an heißen Tagen lockte, was er sich seit Langem wünschte – Marius' und Leos Befreiung. Und der Drache waren die Alliierten, die ihre Pläne zur Invasion der Provence erst Operation Anvil, Amboss, genannt hatten, aber mittlerweile Operation Dragoon, Drache.

Nur was war sie? Die Verbündete, die Helfershelferin oder die ... Verräterin?

René Girard verließ sich darauf, dass sie die Liste so schnell wie möglich zu Félix brachte, stattdessen blieb sie einfach stehen, versuchte zu ignorieren, wie die Papierrolle die Tasche ihres Kleides beschwerte. Sie könnte das Kleid einfach ausziehen und sich in die Fluten stürzen. Das Meer funkelte und glitzerte so verlockend. Würde ihre Seele, die ihr mit einem Mal so schwarz erschien, darin untergehen oder darauf treiben wie Kork?

Sie schüttelte den Kopf, um die unnützen Gedanken zu vertreiben, löste sich entschlossen von dem Pfosten, machte sich wenig später auf den Weg nach Gassin. Die Strecke, die größtenteils steil bergauf führte, mit dem Fahrrad zurückzulegen war immer mühselig, doch nie hatte sie so geschwitzt wie an diesem Tag, nie so gekeucht, als sie in die Pedale trat. Gut so, die Anstrengung merzte alles aus. Den Gedanken an die Liste, den Gedanken, wahrscheinlich komme ich zum letzten Mal hierher.

Endlich war es geschafft, mächtige Eichen und Ahornbäume, die das Dorf begrenzten, begrüßten sie. Kurz verharrte sie in ihrem Schatten, genoss Kühle und Duft, wusste plötzlich: Sie rang nicht länger um eine Entscheidung. Sie hatte sie längst getroffen.

Nicht dass es leicht war, an dieser Entscheidung festzuhalten, als sie auf das Haus zuging, dessen grünliche Fensterrahmen wie immer geschlossen waren. Als sich die Tür öffnete, ihr aber weder Félix entgegentrat noch die Bäuerin, die ihn beherbergte, sondern Hanna, die in Gassin Unterschlupf gefunden hatte und dann und wann nach Félix sah. Sie hielt die kleine Zipporah auf dem Arm. Im letzten Jahr hatte sie das Mädchen nicht oft gesehen, nur zweimal, und jedes Mal hatte die Mutter es getragen, obwohl es mittlerweile über drei Jahre alt war. Konnte Zipporah nicht laufen, oder wollte Hanna nicht, dass sie es tat?

»Ich freue mich, dass es Félix so viel besser geht«, rief Hanna. »Man sieht ihm seine Verletzung kaum mehr an.«

Salome kämpfte um ein Lächeln. Es geriet verkrampft, mehr denn je fühlte sie die Liste in der Tasche ihres Kleides. Was, wenn sie herausragte? Was, wenn auch Verzweiflung und Hader aus ihrem Lächeln ragten?

»Ich war hier, um Félix zu fragen, ob er irgendetwas von Leo gehört hat«, fuhr Hanna eben fort und wurde wieder ernst. »Natürlich weiß er nichts Neues, es ist dumm, dass ich nach all den Jahren die Hoffnung nicht aufgeben kann. Aber darauf verzichten zu fragen kann ich eben auch nicht.«

Wie schwer es Félix gefallen sein musste, sie zu belügen. Wie schwer es ihr gleich fallen würde, ihn zu belügen. Und am allerschwersten war es, jetzt zu schweigen, an dem verkrampften Lächeln festzuhalten.

»Pass auf dich und die Kleine auf«, brachte sie erst nach einer Weile hervor, »gerade jetzt.«

»Gewiss«, sagte Hanna schnell. »Erst gestern fuhr ein Automobil der Wehrmacht durch Gassin. Über einen Lautsprecher wurde verkündet, dass man während der drohenden Bombardierungen der Alliierten die Häuser nicht verlassen dürfe, im Keller oder unter der Treppe Zuflucht suchen solle, sich nicht in der Nähe von Fenstern aufhalten, falls diese zersplitterten.« Als wären Glasscherben eine Bedrohung für eine, deren Herz blutete, seit sie ihr Kind hatte wegschicken müssen.

»Ich weiß«, sagte Salome nur.

»Außerdem wurden wir aufgefordert, unseren Kindern ein Täfelchen mit dem Namen und der Adresse um den Hals zu hängen.« Aus dem Lachen, das Hanna ausstieß, wurde jäh ein Schluchzen. »Meine Kleine weiß doch gar nicht, wie sie heißt«, brachte sie hervor, als sie es bezwungen hatte. »Ich rufe sie nie bei ihrem Namen. Es … es wäre zu gefährlich.«

Was für eine verrückte Welt, in der es gefährlich war, den echten Namen zu nennen.

Sie nickte Hanna ein letztes Mal zu, und deren Lebewohl, halb hoffnungsvoll, halb traurig, fühlte sich wie ein Gift an, das langsam in ihre Ohren drang. Kaum war sie im Haus und in die Dachkammer hochgestiegen, zog Félix sie an sich und begrüßte sie mit einem Kuss, und der fühlte sich wie ein Gift an, das langsam in ihren Mund drang.

Sie konnte sich nicht küssen lassen, sie konnte sich nicht an ihn schmiegen und dadurch deutlich wie nie die Liste fühlen, die sich zwischen ihm und ihren Leib schob. Sie konnte ihn nicht einmal anschauen, als sie sich von ihm löste. Schnell wandte sie sich ab.

»Es gibt immer noch keine Neuigkeiten von Leo und Marius.« Seine Enttäuschung entlud sich in keinem Laut, aber sie musste ihn nicht ansehen, um zu wissen, dass sich sein bleiches Gesicht verzerrte. »Ich habe allerdings einen anderen Auftrag für dich«, fügte sie schnell hinzu.

»Ja?«, fragte er, und trotz Schmerzen spannte er sich jäh an wie das Raubtier vor dem Angriff. Er wollte endlich etwas tun, wollte sich nützlich machen.

Sie blickte ihn doch wieder an. Wenn sie ihn schon belog und eine falsche Nachricht überbrachte, wollte sie wenigstens die Größe aufbringen, sich nicht wegzuducken. Schon als sie für Achenbach gearbeitet hatte, hatte sie ja gelernt, ihr Mienenspiel zu beherrschen. »Trikolore«, stieß sie aus. »Es werden so dringend Armbinden in den Farben der Trikolore benötigt, damit die alliierten Fallschirmjäger später die Kämpfer des Maquis erkennen und sie nicht für Feinde halten. Ich soll dir von René Girard ausrichten, dass du sie beschaffen sollst.«

Félix hatte seine Miene auch unter Kontrolle. Nur seine Augen verrieten die Überraschung. »Trikolore?«

»Es gibt ja kaum noch welche, seit … seit …«

Seit die Deutschen den Besitz der Trikolore unter Strafe gestellt hatten, jeder, der sie trug, in einem Konzentrationslager landete. Das musste sie nicht sagen, das wusste Félix natürlich.

»Und wie soll ich an eine Trikolore kommen? Erwartet Girard, dass ich selbst eine nähe?«

»Während der Bombardierungen haben die Alliierten immer wieder Kisten per Fallschirm abgeworfen – mit Waffen, Sprengstoff, Kleidung und eben diesen Armbinden. Die Ladungen von letzter Nacht müssten irgendwo im Unterholz liegen.«

»Und ich soll sie suchen?«

Er klang wie ein Kind, das sich zu groß wähnte, bei der Ostereiersuche mitzumachen.

»Ich weiß, so etwas gehört nicht zu deinen Aufgaben, du gibst

Funksprüche durch, du schreibst Flugzettel. Aber es fehlt an allen Ecken und Stellen, du musst einfach tun, was Girard von dir verlangt.«

Nein, dachte sie, was *ich* von dir verlange. Dass du nämlich überlebst.

»Wo wurden diese Kisten denn abgeworfen? Seit ein paar Tagen gab es hier doch keine Bombardierungen mehr.«

»Irgendwo in der Nähe von Cavalaire, also an der Ostküste der Halbinsel von Saint-Tropez. Mehr weiß ich nicht.«

Mehr kann ich nicht lügen.

Sie konnte ihm auch nicht länger ins Gesicht schauen, aber als sie sich wieder abwandte, zog er sie erneut an sich, wollte sie küssen. Sie drehte ihren Kopf zur Seite, seine Lippen trafen nur ihren Kieferknochen.

»Ich … ich muss zurück …«

»Kannst du nicht wenigstens eine Stunde bleiben?«

»Es ist gefährlich genug, dass ich überhaupt hier bin. Heinsohn ist dieser Tage so misstrauisch. Es wird bald finster, und Zivilisten ist es doch verboten, sich bei Dunkelheit im Freien aufzuhalten.«

»Es ist August, so bald wird es nicht Nacht.«

Es ist längst Nacht, dachte sie, eine Nacht, in der keine Funken glühen.

Sie machte sich von ihm los, er ließ sie gewähren, nur als sie schon die Tür öffnete, nahm er ein letztes Mal ihre Hand und drückte sie. Das war er – der Abschied, vorweggenommen in so vielen Nächten, jetzt dennoch kein kleiner unter vielen, sondern der eine große.

Er könnte sterben, hatte sie bislang immer gedacht, wenn sie von ihm schied.

Er könnte mich für diesen Verrat hassen, dachte sie jetzt.

Schon als er nur ihre Hand hielt, schossen ihr Tränen in die

Augen. Als er sie küsste, kamen noch mehr. Erst als er sie losließ, konnte sie sie schlucken, konnte ein paar Schritte machen, langsame, dann schnelle. Ehe sie allerdings das Haus verlassen hatte, ereilte sie ein Ruf aus der Stube.

»Komm!«, rief die Bäuerin, die Félix beherbergte. »Komm schnell.«

Sie meinte nur Félix, aber auch Salome brachte es nicht über sich zu gehen, als sie sah, wie sich die Frau über das Radio beugte. Offenbar hatten sie das Gerät hierhergeschafft, weil die Verbindung besser war. Zunächst erklang nur das Jaulen deutscher Störsender, dann ging es in ein Rauschen und Knacken über, schließlich ertönte eine Stimme.

»Die Stunde ist voller Duft, und die Glocken läuten über dem Strom ... Hechte angelt man nicht von der Leiter ... Gelb gefleckt von Krokussen ist die saure Wiese.« Der Sprecher hielt inne, fuhr alsbald fort: »Achtung, Achtung, eine wichtige Meldung an Samuel und Arthur.«

»Was ... was hat das zu bedeuten?«, entfuhr es Salome. »Das ist doch alles Unsinn!«

Félix war auf das Radio zugestürzt, hielt nun inne, als könnte eine unbedachte Bewegung dafür sorgen, dass die Verbindung noch schlechter wurde.

»Gaby wird im Gras schlafen. Nancy hat einen steifen Hals«, tönte es aus dem Radio.

Ein hysterisches Gekicher trat Salome über die Lippen. Doch ehe sie erneut die wirren Worte als Unsinn abtun konnte, erklärte der Sprecher: »Der Jäger ist hungrig ... der Jäger ist hungrig.«

Félix sog scharf den Atem ein. »Das ist das Zeichen für die Invasion.«

Als er sich Salome wieder zuwandte, standen in seinem Blick weder Schmerz noch Überraschung noch Sorge. Seine Miene war ausdruckslos, nur durch seine Stimme klang noch Zärtlichkeit, als er heiser sagte: »Bring dich in Sicherheit.«

»Wenn die Alliierten wirklich in dieser Nacht angreifen, bleibst auch du besser hier.«

»Ich muss die Kisten mit den Trikoloren suchen gehen. Ich kann nicht einfach nichts tun.«

Ich schon, dachte Salome. Ich tue einfach nichts. Ich gehe, ohne dir Girards wahren Befehl zu übermitteln, dir die Liste zu geben.

Sie rang mit sich, ob sie ihn ein weiteres Mal küssen sollte … küssten durfte. Am Ende drückte sie nur seine Hand.

»Leb wohl«, sagte sie und klang wie Hanna, traurig, aber nicht ohne Hoffnung. »Leb wohl.«

Siebzehntes Kapitel

Félix folgte dem Licht, das im Wald aufblitzte, nicht sofort. Er wartete, bis er sich sicher war, dass das Aufleuchten einem bestimmten Rhythmus folgte.

Zu diesem Zeitpunkt war er kurz davor gewesen umzukehren, denn er war schon seit mehreren Stunden unterwegs, aber weder auf Kisten mit Trikolore gestoßen noch auf andere Maquisards. Der Einzige, dem er begegnet war, war ein Bauer, der auf seinem Wagen Gemüse transportierte, und in der Ferne durchriss dann und wann das Aufheulen von Sirenen die Stille. Ob darauf wirklich Angriffe folgten, konnte er nicht erkennen.

Doch nun dieses Licht, nun diese Erleichterung! Er würde nicht auf seine Schlafstatt zurückkehren müssen, sich mit dem Gedanken quälen, dass Marius seinetwegen in die Hände der Deutschen geraten war … dass er auf Leo damals nicht besser aufgepasst hatte … dass er nichts für die beiden tun konnte, obwohl er es sich so inständig wünschte. Er folgte dem Licht, blickte, als er die Quelle erreicht hatte, nicht in ein fremdes, sondern in ein vertrautes Gesicht.

»Was machst du denn hier?«, fragte Robespierre, sobald er ihn erkannte.

»Sieh an, sieh an«, erwiderte Félix. »Ich dachte, da wäre ein Schwarm Glühwürmchen. Dabei treffe ich auf die Bienenkönigin höchstselbst.«

Robespierre grinste erst nur flüchtig, stieß dann sein keckerndes Lachen aus. Sein Gesicht schien nicht ganz so rot wie sonst – vielleicht ein Beweis dafür, dass er in den letzten Monaten weniger gesoffen hatte.

»Also, was machst du hier?«, fragte er wieder.

»Ich sollte ein paar Trikolore sammeln gehen, das war der Befehl, den ich von René Girard bekommen habe.«

»Trikolore? Was hat sich Girard denn da schon wieder für einen Blödsinn ausgedacht?«

Félix wusste, dass Girard gern eigenmächtig handelte, sich Robespierre als Anführer der Maurenbrigade aber in der Hierarchie über ihm wähnte. Er hatte allerdings keine Lust, bei Machtspielen wie diesen mitzumischen, und fügte deshalb schnell spöttisch hinzu: »Braucht Marie Antoinette nicht auch mal ein neues Kleidchen?«

Robespierre, der eben noch die Stirn gerunzelt hatte, lachte wieder. »Na gut, das wird schon seine Richtigkeit gehabt haben, jetzt bleibst du allerdings besser bei uns.«

Er schlug ihm auf die Schulter, Félix knickte fast zusammen, immerhin konnte er sich einen Schmerzensschrei verkneifen.

»Ach, ich habe ganz vergessen, du bist ja unpässlich. Dabei wollte ich dir gerade was zum Tragen geben.«

Erst jetzt sah Félix, dass sich hinter Robespierre mindestens sechs weitere Männer versammelt hatten, von denen jeder einen großen Rucksack schleppte.

»Was ist da drin? Damenunterwäsche?«

»Viel besser, Schokolade!« Robespierre schlug ihm noch einmal auf die Schulter, diesmal gottlob nicht ganz so fest. »Die haben die Amis abgeworfen, damit wir uns stärken können. Außerdem befinden sich in jedem Rucksack dreißig Kilo Sprengstoff, um Straßen unpassierbar zu machen.«

Félix blickte sich um. Sie befanden sich im Westen der Halbinsel von Saint-Tropez. Hinter dem Strauchwerk leuchteten die Lichter der Villen von Cavalaire, in deren oft stufenförmig angeordneten Gärten Eukalyptusbäume, Palmen und Aleppokiefern wogten. Die einzige breite Straße führte zu einem Grandhotel, das von einem Orangenhain umgeben war, ansonsten gab es nur schmale Feldwege.

»Nun ja«, gab Robespierre zu, »die Schokolade können wir zwar essen, aber das mit dem Straßensprengen wird wohl erst mal nichts. Mit der Munition entzünden wir lieber ein Lagerfeuerchen. Wir haben von den Alliierten einen Funkspruch erhalten und nicht nur erfahren, dass in dieser Nacht tatsächlich die Invasion beginnt, sondern dass an einem Frontabschnitt bereits ein paar Vögelchen gelandet sind.«

Félix vermutete, dass er damit eine Truppe Fallschirmspringer der Alliierten meinte. »Und denen willst du ein Begrüßungslied zwitschern?«

»Von wegen! Die Vögelchen sollten in der Nähe von Rayol einen Brückenkopf erobern und dort die Kanonen der Deutschen und die zündbaren Flammenwerfer außer Gefecht setzen. Aber dann haben sie sich wohl gedacht, dass sie die Deutschen lieber in Ruhe schnarchen lassen. Ganz sicher geschnarcht haben die Piloten der Transport-Dakotas, die sie abladen sollten. Als sie das Land zum ersten Mal von oben sahen, nicht bloß auf dem Plan, haben sie sich in die Halbinsel von Saint-Tropez verliebt.«

»Die Fallschirmspringer sind an der falschen Stelle gelandet?«, entfuhr es Félix.

Robespierres Lachen klang nahezu hysterisch. »Stell dir das mal vor! Sie haben ihr Ziel um ganze dreißig Kilometer verfehlt. Wir können froh sein, dass sie überhaupt in der Provence gelandet sind, nicht in der Auvergne. Jedenfalls müssen wir ihnen helfen, sich hier zurechtzufinden. Was nicht heißt, dass ich mir mit ihnen die Schokolade teilen werde.«

»Habt ihr neben der Schokolade auch Zigaretten dabei?«

»Wenn ich auf meinen Wein verzichten muss, kannst du es auch auf deine Zigaretten. Los jetzt, wir müssen zum Strand von Pampelonne.«

»Die Fallschirmspringer sind ausgerechnet dort gelandet?«

»Es ist immerhin der längste Strand der Gegend. Ginge es ums Baden, nicht um den Krieg, ich würde ihn mir auch aussuchen.«

Eine Erinnerung durchzuckte Félix. Von ihm an jenem Strand … von Salome, die bis zu den Knien im Meer stand … von Ornella, die eine Sandburg baute.

»Na komm schon. Die Fallschirmspringer wissen wahrscheinlich noch gar nicht, wo genau sie gelandet sind und dass sie von dort aus unmöglich weiter ins Landesinnere vorstoßen können, es sei denn, sie haben Lust auf eine Wanderung durchs Maurenmassiv. Wohl oder übel werden sie die Nacht abwarten müssen, bis die Bombardierungen vorbei sind.«

»Die wann genau beginnen?«, fragte Félix.

»Nicht vor fünf Uhr morgens«, erklärte Robespierre. »Bin mal gespannt, wie viele von uns erwischt werden. Wobei's nicht mal unbedingt eine Bombe braucht, um uns abzumurksen. Der Strand von Pampelonne ist vermint. Ein falscher Schritt und …«

Es war zu finster, um sein vielsagendes Grinsen zu sehen.

»Wenn's dich erwischt, fliegen wenigstens Fleischtrümmer durch die Luft, bei mir wär's nur Asche«, spottete Félix.

Nach einem neuerlichen Auflachen drängte Robespierre darauf, endlich aufzubrechen. Nur das erste Stück schlugen sie sich zu Fuß durchs Dickicht der Wälder. Nicht viel später stießen sie auf einen Lastwagen, auf dem sie die letzte Strecke überwinden würden. Félix war erleichtert, nicht länger laufen zu müssen, spürte er doch bei jeder Anstrengung deutlich seine Verletzungen.

Während der Fahrt waren in der Ferne immer wieder Geräusche zu hören – mal ein Rumoren, mal ein Knallen, mal ein Zischen.

»Ich liebe Gewitter!«, rief Robespierre.

»Und was, wenn die Blitze nicht grell genug sind, damit die Fallschirmspringer uns als ihre Verbündeten erkennen? Was, wenn sie das Feuer auf uns eröffnen?«

»Wir sind angehalten, die Marseillaise zu singen.«

»Du kannst singen?«

»Du etwa nicht?«

Félix begann ein paar Takte zu summen, allerdings nicht die Marseillaise, sondern die ersten Takte von Beethovens 9. Symphonie.

»Na großartig«, höhnte Robespierre. »Du triffst die Töne so akkurat wie die Fallschirmjäger ihren Zielpunkt getroffen haben.«

Als der Lastwagen anhielt und sie ausstiegen, um sich dem Strand zu Fuß zu nähern, schlug er Félix einmal mehr auf die Schulter. Erneut konnte er sich einen Schmerzensschrei verkneifen, summte stattdessen nun die ersten Töne von Beethovens 5. Symphonie.

Als Salome gegen zehn Uhr abends zur Kommandantur zurückkehrte, erwartete sie lähmende Stille. Sie war nicht sicher, was sie tun sollte. Sie konnte sich nicht einfach in ihr Zimmer zurückziehen und dort warten, betrat deshalb die Küche, wo sie zwei Männer antraf. Es waren der Chauffeur und ein Elsässer, der ebenfalls als Dolmetscher arbeitete. Bis jetzt hatte sie nur vermutet, dass auch Letzterer zum Maquis gehörte, bestätigt wurde dieser Verdacht erst, als die beiden auseinanderfuhren, sobald sie ihre Schritte hörten.

»Genau so muss ein richtiges Spiegelei sein«, erklärte der Elsässer. »Das Eiklar muss fest sein, aber nicht zu hart, der Dotter im Kern flüssig.«

Was für ein Glück, dass nur ich gekommen bin, dachte sie.

Niemand würde den beiden abnehmen, dass sie in der Küche waren, um Spiegeleier zuzubereiten. Es waren weit und breit weder Eier noch eine Pfanne zu sehen.

»Nimmt man besser Butter oder Olivenöl?«, fragte sie.

Als sie sie erkannten, breitete sich kurz Erleichterung in ihren Gesichtern aus, zugleich aber auch Ärger über den Spott.

»Die *boches* scheinen ahnungslos«, ging der Chauffeur darüber hinweg, »sie haben keine besonderen Maßnahmen für diese Nacht ergriffen.«

»Da wäre ich mir nicht so sicher«, wandte der Elsässer ein, »Heinsohn hat erst vorhin die Alarmstufe 1 ausgegeben, an den Radarstationen gilt besondere Wachsamkeit, ich bin mir sicher, dass sie mit der Landung rechnen, sie wissen nur noch nicht, wo genau zwischen Marseille und Toulon die Alliierten angreifen werden.«

»Nun ja«, der Chauffeur grinste, »wahrscheinlich werden sie bald davon überzeugt sein, es wäre die Gegend um La Ciotat. Dort werden tatsächlich Fallschirme landen, allerdings hängen nur Gummipuppen dran. Ein Ablenkungsmanöver ...«

Wieder zuckten sie zusammen, als Schritte zu hören waren. »Der Eidotter darf nicht die Konsistenz von Gummi haben«, sagte Salome, doch wer immer da draußen war, die Schritte kamen nicht näher. Dennoch beschieden sie sich mit einem Nicken, dass es besser war, sich zu zerstreuen.

Nachdem Salome die Küche verlassen hatte, konnte von einer Grabesruhe nicht länger die Rede sein. Noch ehe sie sein Bureau betrat, hörte sie Heinsohn mit fremder Stimme Befehle bellen.

Die Worte ergaben erst keinen Sinn, war doch nur von Minen und Granaten die Rede, dann wurden auch Ortsangaben gemacht. Die Hafenmole von Saint-Tropez, der Tour du Portalet, der Quai.

Salome hatte schon öfter Gerüchte gehört, dass die Deutschen, falls sie sich zurückziehen müssten, zuvor die Hafenanlage sprengen würden, dennoch war sie entsetzt. Sie merkte kaum, dass sie die Tür geöffnet hatte, auf der Schwelle verharrte.

»Was haben Sie hier verloren?«, schnauzte Heinsohn sie an, und ehe sie antworten konnte, fügte er finster hinzu: »Und wo sind Sie vorhin gewesen? Wollten Sie etwa neue Badeplätze auskundschaften? Die Zeit fürs Baden ist endgültig vorbei!«

Nicht nur die Stimme war ihr fremd, auch sein Blick. Er hastete durch den Raum, fand nichts, woran er sich festhalten konnte. Der leicht melancholische Ausdruck war verschwunden, zwischen den Augenbrauen stand eine tiefe Falte.

»Also los, der Befehl ist klar«, wandte er sich an die sechs Uniformierten, die rund um seinen Schreibtisch standen.

»Und wenn sich die Bewohner gegen die Zerstörung ihrer Stadt zur Wehr setzen?«, fragte einer.

»Der Bürgermeister hat den Befehl erhalten, den Ort zu evakuieren. Wer ihn nicht verlassen kann, hat sich in Kellern zu verschanzen.«

Salome trat zur Seite, als die sechs hinausstürmten. »Wollen Sie wirklich die Hafenanlage sprengen lassen?«, fragte sie leise.

Heinsohn stützte sich am Schreibtisch ab, um sein lädiertes Bein zu entlasten. »Ich habe tatsächlich kurz gedacht, dass ich hier dem Krieg entfliehen könnte«, sagte er nun etwas gemäßigter. »Aber der Krieg verfolgt uns.«

Unsinn, dachte sie, ihr habt den Krieg hierhergebracht.

Ein grässliches Bild stieg vor ihr auf, von einem Saint-Tropez, das in Trümmern lag, von dem nur eine Staubwolke, ein Haufen Asche blieben.

»Wollen Sie wirklich die Hafenanlage sprengen lassen?«, wiederholte sie.

Er blickte hoch, schien sie erstmals richtig wahrzunehmen. »Ich habe keine Ahnung, wo der Feind einen Brückenkopf errichten wird, so oder so beginnt die Invasion diese Nacht. Hier ist bald die Hölle los. Bringen Sie sich in Sicherheit.«

Er sagte nicht, wo genau sie in Sicherheit wäre, schon richtete er weitere bellende Befehle an einen jungen Soldaten, der im Bureau erschien. Diesmal ging es darum, dass Munition in die alte Zitadelle gebracht werden sollte, die er offenbar als letzten Rückzugsort auserkoren hatte.

Salome stolperte aus dem Raum, ohne sich von ihm zu verabschieden, lehnte sich im Gang kurz gegen die Wand.

Wieder stiegen Bilder von der zerstörten Stadt vor ihr auf, doch diesmal lösten sie nicht nur lähmendes Entsetzen aus, zudem eine geheime Lust. Wenn alles kaputtging, das ganze Städtchen, die ganze Welt … wenn alles vom Erdboden verschwand … dann zählte auch nicht mehr, dass sie Félix belogen hatte.

Ihre Scham, ihre Schuldgefühle wuchsen, als sie sich vorhielt, wie selbstsüchtig dieses Trachten war. Doch just, als sie die Zerstörung wieder fürchtete, anstatt sie herbeizusehnen, schien ihr Wunsch Wirklichkeit zu werden. Ein Knall ertönte, ließ die Wand erzittern, eine unsichtbare Macht schien sie von dieser wegzudrücken. Etwas in ihr drängte darauf, sich zu verkriechen, und sei es unter einem Schreibtisch. Doch da war eine Stimme, lauter als die Panik, die sie nach draußen drängte, um sich zu vergewissern, was diesen Knall verursacht hatte – ein Angriff der Alliierten oder die Sprengung der Hafenanlage?

Als sie ins Freie hastete, flammte am mittlerweile schwarzen

Himmel eine Leuchtrakete auf. Als diese erlosch, war es kurz still. Nicht dass sie der Stille traute. Sie glich jener, die dem Aufzucken von Blitzen folgt und den Donner ankündigt. Schon stieg eine weitere Leuchtrakete hoch, zerplatzte, ließ weiße und rote Sterne regnen – wie schön das war, viel zu schön. Es passte nicht zum Grollen, das folgte, zum Ruf »Alarm! Alarm! Alle Mann auf Gefechtsstation!«, zum Knattern von Maschinengewehren.

Sie wusste später nicht, wie lange sie starr stehen geblieben war. Als sie endlich losrannte, war sie nicht die Einzige. Wer Saint-Tropez noch nicht verlassen hatte, entschied sich spätestens jetzt zur Flucht. Einige Menschen, die aus den Häusern strömten, zogen Schubkarren mit sich, andere hatten Matratzen auf ihren Rücken gewuchtet. Frauen hielten ein Kind an der einen Hand und Körbe in der anderen. Als sie in ein Gedränge geriet, ließ sie sich ein paar Schritte lang mitziehen. Dann gewahrte sie, dass das Ziel nicht etwa der Wald oder ein Keller war, sondern die Kirche Notre-Dame-de-l'Assomption.

»Hier sind wir doch nicht sicher!«, rief sie. Niemand hörte sie, weil das Getöse vom Himmel her anschwoll, und das war gut so, hatte sie doch instinktiv Deutsch gesprochen. Es würde das letzte Mal in dieser Nacht sein, schwor sie sich. »Wir dürfen nicht in der Kirche bleiben, wir müssen in die Wälder!«, rief sie auf Französisch.

Ein alter Mann drängte sie zur Seite, weil sie das Portal verstellte. »Unsinn, wir haben hierzubleiben.«

»Sagt wer? Offizier Heinsohn?«

Kurz musterte er sie, dann reichte er ihr ein Flugblatt. »Das sagen unsere Leute«, erklärte er.

Sie brauchte eine Weile, um das Flugblatt zu lesen, musste immer darauf warten, dass eine neue Leuchtrakete hochstieg und genügend Licht zum Lesen spendete.

Die Küstenbevölkerung braucht die Region nicht zu verlassen, sondern die Besatzer müssen aus ihr vertrieben werden. Die Landung der Alliierten, die Hitler so sehr fürchtet, wird von den Franzosen herbeigesehnt. Dies ist ein Grund mehr, um auf diesem Boden durchzuhalten, wo alle patriotischen Kräfte gefordert sind, die Besatzer zu verjagen.

Sie blickte hoch, der Mann lächelte triumphierend. Aber auch wenn Salome ihn verstand, sie konnte das Lächeln nicht erwidern.

Der Krieg war doch wie die Nacht. Er machte keinen Unterschied zwischen Freund und Feind, zwischen Maquisards und Kollaborateuren, zwischen Deutschen und Franzosen.

»Ich bin sicher, es werden bald noch stärkere Luftangriffe folgen«, sagte sie, »diese ersten Attacken dienen nur dazu, die Flak herauszufordern. Die Kirche ... sie könnte getroffen werden.«

Der Mann wandte sich schweigend ab, ein anderer herrschte sie an, zur Seite zu treten. Salome tat es benommen, sagte sich, dass diese Menschen nicht in ihre Verantwortung fielen, dass sie sich dagegen um andere kümmern, sie an einen sicheren Ort bringen musste. Sie lief los.

Als sie wenig später am Haus der Aubrys ankam, trug niemand Matratzen. Rosa hielt Decken in den Armen, Ornella zwei Körbe voller Lebensmittel. »Nimm sie an die Hand!«, forderte sie gerade Hélène auf.

Marie stand steif im Garten, mit einem roten Mäntelchen und einer Haube bekleidet, die für eine Augustnacht zu heiß waren. »Das tue ich doch!«, erwiderte Hélène mit kläglicher Stimme.

Sie machte allerdings keine Anstalten, Marie die Hand zu geben, drückte nur zwei Puppen fest an sich.

»Himmel! Du musst dafür sorgen, dass Marie ...«, begann Ornella.

»Ich«, hörte sich Salome sagen, »ich kann Marie an die Hand nehmen.«

Ornella fuhr herum, wieder stieg eine der Leuchtraketen hoch, zerriss den Himmel. Kurz loderte auch etwas in Ornellas Blick auf – vielleicht Erleichterung, sie hier zu sehen, vielleicht Grimm, weil sie nicht auf sie angewiesen sein wollte, vielleicht Scham, weil diese Nacht zeigte, dass sie in den letzten Wochen auf die falschen Verbündeten gesetzt hatte.

Sie sagte nichts, überreichte ihr nur schweigend die Körbe – ein Zeichen dafür, dass sie ihr nicht ihr Kind anvertrauen, sich aber trotzdem helfen lassen würde.

Hélène war dazu nicht bereit. Als Ornella ihr bedeutete mitzukommen, schüttelte sie den Kopf. »Wo wollt ihr denn mitten in der Nacht hin? Meine Kleinen haben Angst!«

»Willst du warten, bis uns eine Bombe trifft?«

»Eine Bombe? Wovon, zum Teufel, redest du?«

»Das ist doch nur ein Schulausflug«, sagte Salome schnell. »Du besuchst das hiesige Pensionat, und die Rektorin hat beschlossen, dass wir heute alle im Wald übernachten.«

Hélène sah sie verwundert an. »Sind Sie es, Mademoiselle Flaubert? Immer den Rücken gerade halten, damit das Buch, das man auf dem Kopf trägt, nicht herunterfällt, nicht wahr?«

»Genau«, sagte Salome. »Und das üben wir heute im Dickicht, wo es besonders schwerfällt. Wenn du es schaffst, bekommst du eine gute Note.«

Ein Lächeln erhellte Hélènes Gesicht. Ornellas Miene war hilflos, erst recht, als Marie kicherte.

»Du musst dich auch beeilen«, wandte sich Salome an das Mädchen, »im Wald findet ein Feuerwerk stand.«

Marie kicherte wieder. »Das ist doch kein Feuerwerk, das ist der Krieg.«

Salome war nicht sicher, was am meisten schmerzte – dass das Kind, obwohl so behütet, seine Unschuld verloren hatte. Oder dass es im gleichen Tonfall vom Krieg sprach wie sein Vater früher vom Tod – mit einer gewissen Faszination und voller Trotz, sich davon nicht einschüchtern zu lassen.

Salome aber hatte Angst vor Krieg und Tod, sie hatte Angst um Marie und Hélène und Ornella und Rosa. »Kommt, kommt!«, rief sie und übernahm die Führung.

Sie hasteten an der Friedhofsmauer entlang, kamen an der Zitadelle vorbei, betraten den Kiefernwald, der Saint-Tropez einem grünen Gürtel gleich umschloss. Immer dichter wuchsen die Bäume, immer mehr Menschen waren da, über die sie fast stolperten – sie lagen in ausgetrockneten Bachbetten, versteckten sich in Felsspalten und Erdmulden.

»Weiter!«, rief sie, obwohl sie nicht wusste, wo sie Unterschlupf suchen sollten. Immer wieder wurde der Himmel erhellt.

»Das sind nur Scheinangriffe«, hörte sie Ornella sagen, »erst im Morgengrauen geht es richtig los.«

Weiter ging es durch den Wald. »Hier!«, rief Ornella plötzlich, deutete auf eine kleine Hütte inmitten einer Lichtung, die vielleicht ein Weinbauer oder ein Jäger nutzte.

Um das Grundstück war kein Zaun gezogen, über die paar aufgehäuften Steine konnten sie gewiss leicht steigen.

»Mir wird gleich das Buch vom Kopf rutschen«, drohte Hélène, während Ornella Marie darüberhob, dann der schnaufenden Rosa half.

»Du schaffst das schon«, Salome reichte ihr die Hand.

Hélène nahm sie nicht, sie müsse ihre Puppen halten, sagte sie. Am Ende kletterte sie mit todesmutigem Gesicht über die Steine.

Ornella stieß mit dem Fuß die Tür auf, was verriet, wie viel Kraft noch in ihr wohnte. Was immer sich in der Hütte befand, ließ sich nicht erkennen, es erwarteten sie nur Finsternis und ein muffiger Geruch.

Rosa breitete ein paar Decken aus, Salome riet, sich flach daraufzulegen.

Hélène weigerte sich, sie blieb aufrecht sitzen, wiegte ihre Puppen, und das Lied, das sie dazu sang, war für eine Weile der einzige Laut, der die Stille durchdrang.

»Kommt jetzt der Krieg?«, fragte Marie plötzlich. Wieder klang Faszination durch die Stimme, als spräche sie über ein besonders unheimliches Märchenwesen. Rosa wollte sie an sich ziehen, sie wehrte sich. »Kommt jetzt der Krieg?«, fragte sie wieder.

»Bald«, sagte Salome, »bald.«

Das Mädchen ließ sich nicht von Rosa umarmen, legte sich immerhin auf die Decken. Salome tat es ihr gleich, sie schloss die Augen, um Kraft zu tanken, sich in die Schwärze der Nacht zu flüchten.

Eine Weile ertönte nur ihrer aller Atem, dann ließ ein anderes Geräusch ihre überreizten Sinne zusammenschrecken. Kein fernes Grollen, keine Explosionen, sondern ein Knarren und Quietschen, als die Tür zur Hütte geöffnet wurde. Suchte noch jemand Zuflucht?

Als Salome hochfuhr, sah sie keinen Fremden auf der Schwelle stehen, nur Ornella, die Marie zuflüsterte, brav zu sein, und Rosa, gut auf die Tochter aufzupassen. Ein letztes Nicken, dann verschwand sie in der Dunkelheit.

Salome sprang auf, stürzte ihr nach, sah erst nur Schwärze, dann die vage Ahnung eines weißen Kleides. Ornella stand noch vor der Umfriedung, machte aber Anstalten darüberzuklettern.

»Was tust du denn?«

»Ich … ich muss zurück nach Saint-Tropez.«

»Ja, hast du den Verstand verloren? Bald beginnt die Invasion, auf die Bombardierungen werden Kämpfe an der Küste folgen. Und nicht nur deswegen wird in Saint-Tropez die Hölle los sein. Vorhin hat Heinsohn befohlen, Munition in die Zitadelle zu schaffen. Ich nehme an, von dort werden die Deutschen gegen die Alliierten kämpfen.«

»Eben«, sagte Ornella schlicht, »ich muss zu ihm.«

Salome war nicht sicher, ob sie sie richtig verstanden hatte. Gewiss, Heinsohn hatte sie mit Lebensmitteln versorgt, vielleicht hatte es sie auch ein wenig mit Genugtuung und Triumphgefühl erfüllt, dass einem Mann so viel an ihr, der von Félix ungeliebten Ehefrau, lag. Aber das war doch kein Grund, sich in so große Gefahr zu begeben!

Und dennoch wiederholte Ornella eben: »Ich muss zu ihm.«

Mondlicht drang durch die Wolkenschleier. Es war zu sehen, dass die Hütte von Efeu umrankt war, und auch, dass in Ornellas Miene Entschlossenheit stand, von etwas gespeist, das nicht nur der Laune des Augenblicks oder oberflächlicher Sympathie entsprang. Es war etwas Tiefes, Wahrhaftiges, etwas, das ihr ganzes Wesen durchdrang.

»Das kann doch nicht dein Ernst sein«, entfuhr es Salome.

»Marie und die anderen sind hier sicher …«

»Aber du wirst es nicht sein, wenn du gehst!«, rief Salome, packte sie plötzlich, konnte es nicht ertragen, die einstige Freundin in Gefahr zu wissen.

»Das ist mir egal, ich muss zu ihm«, sagte sie nunmehr ein drittes Mal. »Ich muss zu Matthias. Ich muss verhindern, dass …«

Salome starrte sie an. Erst in diesem Augenblick ging ihr auf, dass sie noch nie jemanden Heinsohns Vornamen hatte aussprechen hören. Sie hatte ihn nur manchmal gelesen, wenn er eine Unterschrift geleistet hatte.

Unwillkürlich ließ sie sie los, und Ornella zögerte nicht länger. Schon hatte sie die Steinmauer überwunden, schon lief sie auf den dunklen Wald zu. Salome war unfähig, ihr zu folgen. Unfähig zu fassen, dass Ornella dieser Mann … dieser Deutsche … dieser Offizier wichtiger war als das eigene Kind, dass sie nicht aus Berechnung handelte, sondern offenbar echte Gefühle für ihn hegte, dass sie ihn liebte.

Als sie schon dachte, Ornella wäre endgültig verschwunden, rief diese ihr noch etwas über die Schulter zu. »Ich weiß, was ich tue.«

Nein, weißt du nicht!, schrie es in Salome. Liebe macht blind und dumm.

Allerdings hatte sie selbst ganz genau gewusst, was sie getan hatte, als sie Félix aus Liebe belogen hatte. Wie konnte sie Ornella da vorwerfen, das Leben eines Mannes retten zu wollen, den diese offenbar genauso liebte?

»Pass auf dich auf …«, stieß sie hervor. »Pass auf dich auf.«

Sie war nicht sicher, ob Ornella sie noch gehört hatte.

Achtzehntes Kapitel

»Schade, ich habe das Bad im Mondschein zu lange hinausgezögert«, sagte Félix, als die Finger des Tages an der Nacht zu kratzen begannen, das silbrige Mondlicht in die graue Dämmerung überging, ein fernes Dröhnen ertönte, das immer lauter wurde.

Die Fallschirmspringer des Küstenpionierbataillons hoben frohlockend den Kopf, schienen die Bombardierungen gar nicht mehr erwarten zu können.

Sie waren schrecklich wütend gewesen, als die Maquisards ihrem Hauptmann Jess Wells erklärt hatten, wo sie gelandet waren und dass sie, anstatt glorreich Feindesland zu erobern, tatenlos am Strand hocken mussten. Die ganze Nacht über hatten sie nur schroffe Worte und finstere Blicke für sie übrig gehabt, jetzt aber erhob sich Jubel.

Robespierre grinste, in Félix regte sich dagegen Furcht. Unwillkürlich musste er an seine Mutter denken, die einst, als sie noch nicht krank im Kopf gewesen war, eine Vorliebe für Insekten gehabt hatte. Jede Libelle vermag mehr als ein Flugzeug, hatte sie gespottet, jede Heuschrecke, jeder Schmetterling. Die Armada, die nun den Himmel von Osten bis Westen verdunkelte, um Bomben abzuwerfen, erinnerte ihn an monströse Insekten, einzig erschaffen, um zu vernichten. Auf das Zucken bläulicher Blitze, das Lodern rötlichen Feuers, das Dröhnen der Motoren folgten ohrenbetäubende Explosionen und ihr grollendes Echo.

Hauptmann Wells war aufgesprungen, schrie etwas. Trotz des Jubels schien ihm aufgegangen zu sein, dass es etwas Schmählicheres gab, als zum Nichtstun verdammt zu sein – nämlich von den eigenen Bomben getroffen zu werden. Er gab seinen Männern den Befehl, sich in den nahen Wald zurückzuziehen.

»Wollen wir wetten, wie viele es von ihnen erwischt?«, fragte Robespierre.

Ehe Félix antworten konnte, erhielt er einen Stoß. Zumindest dachte er kurz, es wäre ein Stoß gewesen und Robespierre hätte ihn ihm versetzt. Doch der lag plötzlich mehrere Meter von ihm entfernt, und als Félix sich ans Ohr griff, fühlte er, wie Blut aus diesem troff. Es war der Luftdruck, der ihn erfasst hatte, es bebte ja nicht nur die Erde, es bebte selbst der Himmel.

Robespierre lachte auf, verstummte, kroch wie die Fallschirmspringer in Richtung Wald. Félix folgte ihm und brachte genügend Schritte hinter sich, um, als er wieder von einer unsichtbaren Macht auf den Boden gedrückt wurde, nicht auf feuchten Sand zu fallen, sondern auf feuchtes Laub.

Er blieb liegen, gab sich dem Dröhnen, Surren, Grollen, Brummen hin, war überzeugt, dass die Welt unmöglich ganz bleiben konnte, dass sich Rupturen zu Rissen ausweiten würden, diese Risse zu Löchern, dass er unweigerlich in einem versinken würde.

Irgendwann hatte er die Kraft, den Kopf ein wenig zu heben, sah Robespierre nicht weit von sich entfernt liegen.

»Wenn wir hier krepieren, was wünschst du dir als Letztes?«, rief der ihm zu.

Auch aus dem anderen Ohr troff nun rötliche Flüssigkeit. »Eine Zigarette!«, gab Félix zurück.

Das Dröhnen verschluckte seine Antwort, die Einschläge schienen näher zu kommen. Er fühlte sich erzittern wie ein Blatt, das vom letzten Sommergewitter zu Boden geweht wurde. Jedes

Mal wenn er einatmete war er nicht sicher, ob er noch ganz sein würde, wenn er wieder ausatmete. Doch obwohl er weiterhin atmen, obwohl er noch sprechen konnte, würde er die Wahrheit nicht bekennen. Als Letztes wünschte er sich keine Zigarette. Als Letztes wünschte er sich eine Umarmung von Salome. Die Angst um sie höhlte ihn aus, machte seine Seele zum Bombentrichter. An den Rändern des Abgrunds war immerhin genügend Platz, als dass noch etwas wachsen konnte – die Hoffnung, dass sie beide die Invasion überlebten, dass sie danach für immer vereint wären.

Er wusste nicht, wohin mit diesem inniglichen Wunsch, begann schließlich in den Waldboden hinein zu flüstern: »Wir müssen leben. Wir müssen lieben.«

Irgendwann starrte er auf seine Hände, erfasste, dass er noch alle Finger hatte. Sie kribbelten, als er sich weiter aufrichtete. Das Bild vor ihm schien nicht ganz zu sein, war in Einzelteile zerfetzt, notdürftig zusammengeflickt worden. Doch auch wenn er den Augen nicht trauen konnte – auf seine Ohren schien Verlass. Das Dröhnen wurde leiser, das Dauerfeuer automatischer Waffen war nur mehr weit entfernt zu vernehmen, dazwischen gab es zwar Explosionen, die Bombardierungen schienen indes vorbei zu sein, und wenn die Deutschen jemals Gegenwehr geleistet hatten, so war sie zumindest in dieser Gegend erstorben. Der Duft der Walderde drang ihm in die Nase, aber auch Rauchgestank.

»Na also«, vernahm er Robespierres Stimme, die verzerrt klang, als wäre nach diesem Konzert des Todes, in dem nur Instrumente aus Stahl aufgespielt hatten, das Ohr der menschlichen Stimme entwöhnt. »Ich denke, wir können wieder zurück an den Strand.«

»Meinst du, ich kann endlich schwimmen gehen?«

Irgendwie kam er auf die Beine. Er spürte sie nicht, aber sie trugen ihn bis zum Meer. Was er spürte, war die Wohltat, wieder Farben wahrzunehmen, nicht nur braun, grau, schwarz, auch das Violett des Himmels, das die feinen Dunstschleier nicht verbergen konnten. Das Mittelmeer glänzte gar wie flüssiges Gold.

»Was ist denn das?«, entfuhr es ihm.

»Jesus!«, stieß Robespierre aus, obwohl er an den gewiss nicht glaubte.

Was so glitzerte und funkelte, waren Schuppen – Schuppen von Sardinen, Drachenköpfen, Sägebarschen, Makrelen und Seewölfen, von Tausenden Fischen, die von den Explosionen getötet worden waren und in der leichten Brandung auf das Ufer zutrieben, während sich das erste Licht des Tages im Wasser brach.

»Eigentlich hatte ich ja Lust auf Wein, aber notfalls begnüge ich mich mit Fischsuppe«, sagte Robespierre, doch seine Stimme klang belegt. Félix war davon überzeugt, dass er nach diesem Tag nie wieder Fisch essen konnte. »Gut, dass die Fische ans Land kommen«, fuhr Robespierre fort, »dann müssen die Fischer nicht hinaus aufs Meer. Heute ist kein guter Tag für eine Bootsfahrt.«

Nun sah auch Félix, was sich neben den zerfetzten Fischen der Küste näherte, und wieder musste er an seine Mutter denken, die über den Großvater gespottet hatte, weil er U-Boote und Torpedos baute, jeder Fisch dagegen mehr vermochte als sie.

Heute waren die Fische tot, die Minenräumbootflottillen, die als Erstes auf den Strand zustrebten, glichen dagegen lebendigen Wesen. Ihnen folgten Amphibienlastwagen, die Kähne für Haubitzen und Panzer, die Spezialboote für die Vernebelung, Räumboote, Torpedoboote und Zerstörer, hinter ihnen schließlich die Kreuzer und Schlachtschiffe, auch zahllose Truppentransporter, die vor den Landungsabschnitten Alpha, Delta und Camel nach und nach Männer und Material an Land spucken würden.

Félix sog den Atem ein, erwartete, faulen Fisch zu riechen, schmeckte stattdessen Öl, Benzin und noch mehr Rauch.

»So riecht die Freiheit, oder?«, rief Robespierre triumphierend.

Nein, dachte Félix, die Freiheit stinkt doch nicht. Und die Freiheit würde man freudig begrüßen.

Stattdessen drangen wütende Stimmen zu ihnen. Nicht nur die amerikanischen Fallschirmspringer zog es wieder zum Strand, er sah ein paar der eigenen Leute zu ihnen treten, darunter René Girard, der offenbar von der beschämenden Lage der Fallschirmspringer erfahren hatte und von Saint-Tropez hergekommen war.

Félix musste sich beherrschen, nicht auf ihn zuzustürzen, ihn zu packen, ihn zu fragen, ob er etwas von Salome wusste, von seiner Familie. Am Ende blieb er steif stehen, sah verborgen von einem Oleanderbusch zu, wie Girard auf Wells einredete, sich dann eine hitzige Diskussion entspann, in deren Verlauf Girards Miene immer verdrossener wurde. Am Ende hob Hauptmann Wells die Hand, brüllte einen Befehl, und die Truppen verschwanden wieder im Wald.

»Haben sie sich an den Duft der Kiefern gewöhnt?«, fragte Félix an Robespierre gewandt. »Oder an die Felsspalten, in denen sie sich in der Nacht verkrochen haben?«

Robespierre ließ ihn stehen, trat auf Girard zu, stieß ein knappes »Was ist los?« aus.

Girard fuhr zu ihm herum. »Das ist los!«, rief er grimmig und schwenkte ein gelbes Flugblatt vor seinem Gesicht.

Robespierre riss es ihm aus der Hand.

»*Die Armeen der Alliierten sind im Süden Frankreichs gelandet*«, las er vor. »*Ihr Ziel ist es, die Deutschen zurückzuschlagen und die Verbindung mit den alliierten Armeen in der Normandie herzustellen.*« Er machte eine kurze Pause, ehe er die letzten Worte vortrug. »*Ihr habt nur noch die Wahl zwischen zerfetzter Sardine und explodiertem Drachenkopf.*«

»Hä?«, entfuhr es einem der Maquisards.

»Tut mir leid«, berichtigte sich Robespierre, »das steht da auf Deutsch. Wahrscheinlich soll es heißen: *Ihr habt nur noch die Wahl zwischen Tod und Gefangenschaft.*«

Er schwenkte nun selbst das Flugblatt, Félix glaubte zu erkennen, dass unter dem letzten Satz die Flaggen der USA, von England und Frankreich abgebildet waren.

»Die Flugblätter sind über der ganzen Provence abgeworfen worden, trotzdem meint dieser Idiot von Hauptmann, wir wären dazu da, sie zu verteilen«, schimpfte Girard. »Bin ich denn eine Brieftaube?«

»Und wohin ist er mit seinen Truppen verschwunden?«

»Na, wohin wohl? Dorthin, wo's heiß zugeht. Die *boches* haben einen Großteil des Hafens gesprengt, danach sind die meisten Soldaten ins Landesinnere geflohen. Sie haben auf dem Weg Scheunen angezündet, Häusereinrichtungen kurz und klein geschlagen, die Weinfässer in den Kellern leckgeschossen.« Robespierre ächzte. »Ein harter Kern hat sich allerdings in der Zitadelle verschanzt«, fuhr Girard fort. »Ich wollte die Amerikaner bitten, uns zu helfen, ihren Widerstand zu brechen. Doch die haben beschlossen, das ganz allein zu tun, sie wollen uns nicht dabeihaben. Pah! Bin ich ein Prinzesschen, das auf den rettenden Ritter wartet?«

Er stampfte auf, Robespierre tat es ihm gleich, spuckte überdies aus. Félix musterte die Waffen der Maquisards – veraltete französische Karabiner und italienische Gewehre – und konnte die Amerikaner durchaus verstehen.

»Ich will deutsche Köpfe abhacken, keine Flugblätter verteilen!«, brüllte Robespierre grimmig, stampfte wieder auf und ließ das Flugblatt fallen.

Die Morgenbrise, immer noch von Ölgestank erfüllt, wehte es Félix vor die Füße, und er bückte sich, begann, aus dem Flugblatt einen Kranich zu falten.

»Was machst du denn da?«, traf ihn plötzlich die Stimme von Girard.

»Mindestens ein Vogel sollte heute fliegen, die echten sind wahrscheinlich so zerfetzt wie die Fische«, erklärte Félix, während er langsam näher trat. »Und wenn ich damit fertig bin, gehe ich nach Saint-Tropez. Die Deutschen sind mir egal, Hauptmann Wells ist mir egal, ich will nur wissen, wie es meiner Liebsten geht.«

Das Wort war ihm so schnell entflohen, dass er es nicht wieder zurücknehmen konnte. Aber das wollte er ja auch gar nicht. Zu sehr kreisten alle Gedanken, Gefühle um Salome, zu laut war der Wunsch, sie nach dieser Nacht in die Arme zu schließen.

Girards Augen wurden schmal. »Ich meinte: Was machst du denn *hier*? Hast du gestern Abend nicht die Nachricht erhalten, dass …«

»Salome hat mir von dir ausgerichtet, Trikolore zu sammeln, ja«, fiel Félix ihm ins Wort. »Nur jetzt habe ich keine Lust mehr, um …«

Girard machte einen Satz auf ihn zu. »Der Zug!«, rief er atemlos. »Marius, auch dieser andere, Leo Adler, befanden sich darin. Es war dir doch so wichtig, die beiden zu befreien! Weißt du, wie schwierig es war, die Informationen zu beschaffen, wann und wo dieser Zug losfährt? Du solltest die Widerstandsgruppe zwischen La Môle und Cogolin benachrichtigen und gemeinsam mit ihnen am Bahnhof von Cogolin …«

»Welcher Zug?«

Die Erde vibrierte wieder. Vielleicht war es auch nicht die Erde, nur er selbst. Sein Herz war nicht länger ein weicher Klumpen, sondern stahlhart, es hämmerte gegen seine Brust. Girard redete auf ihn ein, er verstand kein Wort, die anderen schon.

Robespierre spuckte wieder aus. »Weiber!«, stieß er aus. »Auf die ist kein Verlass. Erst recht nicht, wenn es sich um deutsche Weiber handelt.« Wag es nicht, meine Liebste zu beleidigen, wollte Félix sagen, aber seine Zunge schien auch nicht aus Fleisch und Blut zu sein, sondern aus Eisen. »Na, vielleicht ist der Zug ja noch nicht abgefahren, die Deutschen waren diese Nacht ja mit etwas anderem beschäftigt«, rief Robespierre, und nicht länger klang Wut aus seiner Stimme, sondern Frohlocken.

Girard zuckte die Schultern. »Die *boches* haben sich nicht damit begnügt, Weinfässer zu durchlöchern. Überall im Land haben sie Gefangene an die Wand gestellt, sobald die Invasion begann. Gut möglich, dass …«

»Halt's Maul!«, fiel Robespierre ihm ins Wort. »Ich habe keine Lust, in der Fischsuppe zu schwimmen oder Sandkuchen zu backen. Ich gehe jetzt nach Cogolin, vielleicht komme ich ja doch noch an meine Köpfe. Wer ist dabei?«

Aus dem Murren, das eben noch erklungen war, wurden begeisterte Rufe. Nur Félix brachte kein Wort hervor. Er konnte plötzlich auch nichts mehr hören, obwohl am Strand hektische Betriebsamkeit herrschte. Die Fallschirmspringer waren zwar abgezogen, aber eben legten Sturmboote an, Soldaten stiegen aus, denen das Wasser bis zur Schulter reichte. Schwimmwesten flatterten ihnen um die Ohren, die schwere Ausrüstung zerrte an ihnen, sie hielten Gewehre und die Munition hoch über ihre Köpfe. Ein paar von ihnen waren wohl keine Amerikaner, sondern Franzosen, denn sie küssten den Sand, die geliebte heimatliche Erde, sobald sie den Strand erreichten. Die Klänge der französischen Hymne drangen zu ihnen, die Félix schon in der Nacht nicht hatte singen wollen, und jetzt kam ihm erst recht kein Ton über die Lippen.

»Was ist mit dir?«, fragte Robespierre. »Willst du ihnen lieber beim Entschärfen der Minen helfen?«

Das Trachten der letzten Stunden – ich muss nach Saint-Tropez, um sicher zu sein, dass Salome noch lebt – glich jäh Sandkörnern, die vom Wind zerstreut werden. Es blieb nicht einmal Platz für Überraschung, für Wut: Warum hat sie mir nicht die Wahrheit gesagt? Da war nur dieser brennende Wunsch, Marius zu befreien … Leo …

»Natürlich komme auch ich mit.«

In den frühen Morgenstunden schien die Zeit stehen zu bleiben. Es schien keinen Anfang und kein Ende mehr zu geben, kein Oben und kein Unten, keinen Himmel und keine Erde, nur ein wüstes Einerlei aus Knallen und Dröhnen und Zittern und Explosionen. Danach folgte ein Augenblick der Stille, ehe sich die Erde umso schneller weiterzudrehen schien, ruckelnd, bebend. Zum Lärm aus der Luft kam der Lärm der Kriegsschiffe, die das Feuer auf drei Landungsabschnitten eröffneten, systematisch Kasematten und Unterstände beschossen, wo sich Küstenbatterien befanden.

Salome lag gekrümmt auf der Decke, presste sich die Hände auf die Ohren, hoffte nur mehr, dass ihr Kopf nicht platzte, so wie die ganze Welt zu platzen schien.

Einmal schlug sie die Augen auf, blickte Marie ins Gesicht, deren Mund weit aufgerissen war. Ob sie ihren Schrei nicht hörte oder die Kleine gar keinen ausstieß, wusste sie nicht.

Irgendwann herrschte Stille, wenngleich sie ihr misstraute. Das Echo des Infernos trommelte ihr noch in den Ohren, zerhackte ihren Atem.

Die Sonne kroch höher, wie der Lichtschein verriet, der durch die Ritzen einer Luke drang, die Bombardements schienen endgültig vorbei zu sein, dennoch rührte sie sich weiterhin nicht.

Rosa waren die Sorgen um Ornella deutlich anzusehen, aber sie fragte nicht nach ihr, versuchte stattdessen, Marie ein paar Bissen

Essen aufzuschwatzen. Marie, die nur einmal nach ihrer Maman gefragt hatte und sich mit der Antwort zufriedengab, dass diese zu Hause nach dem Rechten sehen würde, bestand darauf, dass Rosa das fingernagelgroße Stück vom Käse noch einmal teilte, sie schaffe höchstens die Hälfte.

»Ich muss meine Kleinen auch füttern«, mischte sich Hélène ein, »haben Sie vielleicht Messer und Gabel?« In der vergangenen Nacht hatte sie Salome für ihre Lehrerin gehalten, jetzt betrachtete sie sie wie eine Fremde. Salome sah sich um, entdeckte in der Hütte eine Schaufel und eine Sichel. Hélène folgte ihrem Blick. »Warum ist das Besteck auf einmal so groß?«, fragte sie verwirrt.

»Ich glaube, Ihre Kleinen haben gar keinen Hunger.«

Hélène gab sich damit zufrieden, Rosa wollte Marie noch mehr Essen einverleiben.

»Ich habe auch keinen Hunger«, erklärte Marie trotzig.

Rosa ließ ihre Hände sinken, warf Salome einen hilflosen Blick zu, in dem sie nicht nur den Wunsch las, die Kleine zu stärken, zudem die Frage, wie es wohl Ornella erging.

Salome fand endlich die Kraft aufzustehen. Sie öffnete die Tür einen Spalt weit, lugte hindurch.

»Maman ist gar nicht zu Hause«, sagte Marie plötzlich. »Maman ist im Krieg, nicht wahr?«

Salome starrte sie an, fragte sich, wie sie erklären sollte, dass Ornella sie zurückgelassen hatte – eines Mannes wegen, der diesen Krieg überhaupt erst über sie gebracht hatte. Aber Maries dunkle Augen gaben ohnehin schon mehr Wissen preis, als es ein so kleines Mädchen mit sich tragen sollte. Sie weiß von den falschen Dingen wie dem Krieg zu viel und von den richtigen, nämlich wie man einen Krieg beendet, zu wenig, ging es Salome durch den Kopf.

»Der Krieg ist bald vorbei, und dann kommt deine Maman nach Hause. Und dein Papa auch.«

Sie war nicht sicher, was an ihren Worten eine Lüge war und welches die größte: dass es noch ein Zuhause gab oder dass sie für die Eltern das Wichtigste auf der Welt war.

»Papa ist ein Schriftsteller«, sagte Marie. »Er schreibt Romane.«

Etwas in ihrem Blick bekundete Stolz, und Salome konnte nicht anders, als schmerzlich zu lächeln.

Was immer Ornella ihrem Kind von seinem Vater erzählt hatte – sie hatte offenbar die Kränkungen ausgespart, die er ihr zugefügt hatte, das stete Schweigen zwischen ihnen, das ihre Ehe geprägt hatte, auch, dass Félix seine Familie mehr als nur einmal im Stich gelassen hatte.

Sie wiederum konnte Ornella jetzt nicht im Stich lassen.

»Ihr müsst hierbleiben«, erklärte sie, »hier seid ihr in Sicherheit. Ich dagegen werde nach deiner Maman sehen.«

Niemand widersprach.

Im Freien wurde sie von grauen Nebelschwaden empfangen. Dahinter erkannte sie nur undeutlich die Konturen der Bäume. War es echter Nebel? Oder von den Alliierten künstlich erzeugter, damit sich die Sturmboote, die Kampffahrzeuge, die Amphibientanks ungesehen der Küste nähern konnten?

Noch während sie sich durch den Wald kämpfte, lichteten sich die Schwaden. In der Luft lag der Geruch nach den Nadeln und dem Harz der Föhren, später nach Thymian und Rosmarin, schließlich nach Blumen, und er täuschte kurz über die vielen Spuren der Zerstörung hinweg. Von mächtigen Bäumen, älter als hundert Jahre, waren nur zersplitterte Stämme geblieben, von Weinbergen, wo sich eben noch grüne Reben gerankt hatten, eine öde Fläche, wie von Tausenden Maulwürfen zerwühlt. Die ersten Häuser, auf die sie stieß, hatten keine Dächer mehr, von anderen war nur eine Mauer geblieben. Fast wäre sie über ein paar Tamariskenstauden, die irgendjemand ausgerissen hatte, gestolpert, als sie plötzlich eine Stimme vernahm.

»Sie sind alle abgehauen.«

Der Fremde kam aus dem Wald wie sie, ihm folgten weitere Menschen. Sie starrten auf die Stauden, und jetzt erst begriff Salome, dass mit diesen Grabenstellungen getarnt worden, die deutschen Soldaten von dort aber geflohen waren.

»Es heißt, in Sainte-Maxime wurde der Kirchturm getroffen. Ob unserer noch steht?«, fragte der Mann bang.

Sie las die gleiche Sorge in den Gesichtern der anderen, die die schützenden Wälder verließen, zu ihrem Städtchen heimkehrten, sich fragten, ob sie es noch vorfanden, wie sie es verlassen hatten.

Was ist ein Kirchturm gegen ein Menschenleben?, dachte Salome, beschleunigte aber dennoch den Schritt, und als sie wenig später nicht nur das Meer erblickte, sondern auch den safrangelben und terrakottafarbenen Turm von Notre-Dame-de-l'Assomption, als einige Dankesgebete murmelten und aus anderen Kehlen ein helles Lachen stieg, brannten plötzlich Tränen in ihren Augen.

Der Kirchturm war noch heil!

Die Gebete verstummten, das Gelächter erstarb, ihre Tränen versiegten. Der Kirchturm war heil, aber so viel anderes nicht mehr. Sie erblickte noch mehr Häuser ohne Dächer, mit eingedrückten Mauern, herausgerissenen Fenstern und Türen, und über dem Hafen hing eine Rauchwolke, die kaum die Spuren der Zerstörung verbergen konnte, die Trümmer und den Schutt, die von der Mole geblieben waren. Alle starrten sie stumm darauf, das Schweigen war staubig wie diese Wolke.

Hinter ihnen ertönten plötzlich Schritte. »Platz da! Platz da!«

Salome fuhr herum, sah Soldaten auf sich zukommen. Nein,

es waren keine Soldaten mehr, es waren Sieger und Besiegte. Die Männer in deutscher Uniform gingen mit erhobenen Armen, einer hielt einen Besenstiel, an den er ein weißes Tuch geknüpft hatte. Dahinter waren Amerikaner zu sehen, die sie Richtung Saint-Tropez trieben. Erstaunlicherweise waren ihrer aller Blicke erloschen – die der Deutschen ebenso wie die der Amerikaner. Der Unterschied zwischen Krieg und Frieden mochte unendlich groß sein – aber Sieger und Besiegte wirkten auf gleiche Weise erschöpft.

In den Gesichtern der Menschen, die mit ihr aus dem Wald gekommen waren, loderte dagegen Wut auf. Einer spuckte aus, Schimpfworte wurden laut, die sich in Richtung der Deutschen ergossen.

»Was ist?«, stieß jemand sie an. »Warum bleibst du stumm?«

Sie rang noch nach einer Antwort, als ein anderer misstrauisch fragte: »Ist sie nicht auch eine Deutsche? Hat sie nicht auf der Kommandantur gearbeitet?«

»Ich weiß nicht, wovon Sie reden«, erklärte sie hastig auf Französisch, eilte sodann der Truppe nach.

Es war nicht die letzte, der sie begegnete, nicht alle führten Deutsche ab. Viele strebten nach Saint-Tropez, um hier den letzten Widerstand zu brechen. Sie ächzten, schwitzten, keuchten unter der Last schwerer Waffen und Munition. Mehrmals wurde Salome angefahren, weil sie im Weg stand.

Wenig später sah sie die Zitadelle, jenes weiße Gebäude hoch auf dem Hügel. Auf dem Weg ins Städtchen war sie überzeugt gewesen, Ornella rasch finden zu können. Als sie nun auf den Hügel zuschritt, ging ihr auf, welch ein Irrsinn es wäre, sich an einen Ort zu wagen, an dem noch Kämpfe tobten. Stattdessen suchte sie Zuflucht hinter den Grabsteinen des Friedhofs zwischen Zitadelle und Meer, traf hier auf andere, die auf dem Heimweg gewesen, dann von Schüssen und Explosionen verschreckt worden waren und sich auf dem Gottesacker verschanzten.

Die Rauchwolke stieg höher. Jene vom Hafen vermischte sich mit einer, die von der Zitadelle hochzog. Nur der Himmel über dem Friedhof war noch blau, als wäre dieser Ort von der übrigen Welt abgeschirmt, sicher vor Zerstörung und Krieg. Die Toten, die hier lagen, waren ja immer noch dieselben Toten, ganz gleich was passierte. Nichts störte die Ruhe, nicht noch mehr Schüsse, nicht noch mehr Explosionen, nicht aufgeregtes Geraune.

Der Nachmittag schritt voran, als Gerüchte die Runde machten. Es gebe noch Widerstandsnester rund um den Hafen, Haus für Haus würde einzeln mit Handgranaten gesäubert werden.

Zwei Stunden später hieß es, dass nur mehr jene Gruppe Widerstand leistete, die sich in der Zitadelle verschanzt hatte. Aber die würden sie auch noch kriegen.

»Wenn sie klug sind, ergeben sie sich. Besser sie geraten in die Hände der Alliierten als in die der Maquisards!«, rief einer.

»Ach was!«, antwortete ein anderer. »Sollen sie doch kämpfen bis zum Schluss! Ich will sie vom Wehrgang der Zitadelle hängen sehen.«

Die Luft war immer noch trocken und warm, das Licht etwas fahler, die dichte Rauchwolke hatte sich aufgelöst, als neue Nachrichten kamen. Es hing kein Mensch von der Zitadelle, aber eine weiße Fahne.

»Sie haben kapituliert!«, rief jemand.

Salome war nicht sicher, ob die Stimme enttäuscht oder erleichtert klang. Jedenfalls gab es für die Menschen um sie herum kein Halten mehr, alle strebten vom Friedhof fort, um die weiße Flagge zu sehen, Salome ließ sich mitreißen.

Sie sah keine weiße Flagge. Nicht einmal die Zitadelle wirkte weiß. Grau schienen ihre schusszernarbten Wände zu sein, grau waren auch die Gesichter: die der Toten, die auf den Wegen rund um die Zitadelle lagen, und die der noch Lebenden. Jene, die die Gefangenen abführten, trugen Stahlhelme und Gewehre, diejenigen, die sich ergeben hatten, trugen nichts mehr, nur die eigene Schuld. Diesmal blieben die Schmähreden aus, schweigend stand die Menge Spalier.

Erst als die Soldaten verschwunden waren, fragte sich Salome, ob sich auch Heinsohn unter den Abgeführten befunden hatte. Jemand, der ein lahmes Bein hinter sich her zog, wäre ihr doch aufgefallen! Aber ging an diesem Tag überhaupt noch jemand geraden Schrittes, aufrechten Kopfes?

In die Stille mischte sich nun ein Flüstern, es wurde lauter, als sich herumsprach, dass die siegreichen Truppen an der Place des Lices Schokolade, Zigaretten und Konserven verteilten.

Die Begeisterung schwappte nicht auf Salome über. An einem Tag wie diesem konnte auch Schokolade unmöglich eine andere Farbe haben als Grau. Sie taumelte, weil sie so lange nicht geschlafen, so lange nichts getrunken und gegessen hatte, schloss kurz die Augen. Die Versuchung war groß, sich einfach der Schwärze zu ergeben, doch sie kämpfte gegen die Erschöpfung an, blinzelte, nahm jäh kein Grau mehr wahr, jedoch ein Weiß.

Das Weiß von Ornellas Kleid. Ihr Gesicht war auch weiß, die Flecken darauf waren so rot wie die Augen. Weil sie weinte? Oder weil der Steinstaub darin brannte? Jemand schrie sie an, vielleicht ein Mann jener Truppe, die die Zitadelle besetzt hatte. Ornella brachte keinen Laut hervor, aber sie bewegte sich schnell, lief den Hügel in Richtung Friedhof hinunter. Ihre Schritte waren nicht zu hören, denn sie lief mit nackten Füßen, sie musste die Holzpantinen, die sie am vergangenen Abend noch getragen hatte, irgendwo verloren haben. Aber ihr Leben … ihr Leben hatte sie noch. Sie hatte die letzte Nacht überstanden … es ging ihr gut …

Oder nein, es ging ihr nicht gut.

Salome stand kaum zwölf Schritte von ihr entfernt, glaubte, über diese Distanz hinweg zu spüren, wie erschüttert, wie im Innersten getroffen sie war, und das erste Gefühl, das aus ihrer Seele auftauchte, war nicht Wut oder Genugtuung oder Unverständnis, es war tiefes Mitleid.

Sie musste ihn wirklich geliebt haben, musste an der Seite eines Mannes, der ihr mit Freundlichkeit und Zuneigung begegnet war, aufgeblüht sein. Und wer wenn nicht sie wusste, dass die Liebe einen nicht immer zum besseren Menschen machte, sondern manchmal auch zum Verräter. Dieser Tag brauchte nicht Streit und Zank, nicht Missbilligung und Vorwürfe, er brauchte eine tröstliche Umarmung.

Sie wollte auf sie zugehen, konnte es aber nicht gleich, weil ihre Beine nachgaben. Und als sie endlich die Kraft fand, hielt eine Stimme sie auf.

»Was machst du denn hier? Jeder weiß, dass du eine Deutsche bist und auf der Kommandantur gearbeitet hast. Warum versteckst du dich denn nicht?«

Sie fuhr herum, erblickte den Chauffeur. Bis jetzt hatte sie ihn immer nur im schwarzen Anzug gesehen, das Haar ordentlich gekämmt. Nun stand es ihm wirr vom Kopf ab, und die Kleidung war schmutzig und zerrissen. Was immer er in dieser Nacht getan hatte – es war mehr gewesen, als nur Informationen weiterzugeben.

Jeder Gedanke an Ornella verlor an Macht.

»Félix!«, stieß sie aus. »Weißt du vielleicht, wo Félix steckt?«

Sie erwartete eine Zurechtweisung, weil sie den richtigen Namen ausgesprochen hatte, nicht den Decknamen »Schriftsteller« benutzt hatte, aber die blieb aus.

»Er ist doch in Cogolin«, erklärte der Chauffeur stattdessen. »Wollte mit den anderen den Zug stoppen.«

Salome zuckte zusammen. »Er … er weiß von dem Zug? Er hat die Gefangenen doch noch befreit?«

»Na, da gab's nicht mehr viel zu befreien, ich nehme an, sie kehren bald zurück.«

»Das heißt, Félix lebt …«, stieß Salome aus, und kurz waren diese Worte einfach nur eine Verheißung, nicht befleckt von ihrem Verrat. Dann aber ging ihr die Bedeutung seiner Worte auf. »Die Gefangenen konnten also nicht befreit werden? Der Zug ist schon abgefahren?«

»Wenn's nur das wäre. Oh, diese Schweine!« Er schüttelte den Kopf. »Vorhin haben wir's per Funkspruch erfahren. Als die Invasion begonnen hat, wurde der Zug auf offener Strecke angehalten. Sie haben alle herausgezerrt, ich weiß nicht, ob es die SS, die Gestapo oder gewöhnliche Soldaten waren. Jedenfalls haben sie die Gefangenen erst mit Stiefeln getreten, dann mit Gewehrkolben verprügelt, und schließlich haben sie jeden Einzelnen erschossen und einfach neben den Gleisen liegen gelassen.« Er spuckte aus. »Diese Schweine!«, wiederholte er. »Angeblich war danach keiner mehr zu erkennen, ihre Gesichter eine einzige blutige Masse. Muss ein schlimmer Anblick gewesen sein.«

Er spuckte aus, als gälte es, einen galligen Geschmack loszuwerden.

Salome schmeckte gar nichts mehr, ihre Zunge schien am Gaumen festgeklebt zu sein.

»Wie gesagt, verkriech dich besser, bis dich die Maquisards notfalls gegen den Zorn der Einwohner schützen können.«

Es waren die letzten Worte, ehe er sie stehen ließ.

Salome machte keine Anstalten, sich zu verkriechen. Steif blieb sie stehen, wartete, wartete über Stunden, wartete, bis immer mehr alliierte Soldaten die Stadt erreichten, wartete, bis auch jede Menge Männer des Maquis zusammenströmten, ausgewiesen durch ein schwarzes Zeichen, das sie für alle sichtbar auf ihrer Stirn, ihren Wangen, auf ihren Unterarmen trugen – das Croix de Lorraine mit den zwei Querbalken. Es war ein Symbol für den Widerstand geworden.

Félix war nicht unter ihnen. Er kehrte nicht zurück nach Saint-Tropez … er kehrte nicht zurück zu ihr. Wahrscheinlich hatte er den Anblick der Toten schon kaum ertragen – wie sollte er dann ihren verkraften?

Neunzehntes Kapitel

Salome wusste nicht, wo sie die Nacht verbringen sollte. Kurz hatte sie überlegt, nach Gassin zu Hanna zu fahren, doch in der Nähe der Kommandantur stieß sie bloß auf etliche amerikanische Soldaten, anstatt ein Fahrrad zu finden, und sie war auch nicht sicher, ob ihr Mut ausgereicht hätte, diejenige zu sein, die ihr von Leos Tod berichtete.

Als das letzte Licht des Tages endgültig von der Dunkelheit verschluckt wurde, war sie zu erschöpft, sich ihrer Feigheit zu schämen. Schwindel überkam sie, sie sank neben einem Haus, das halb in Trümmern lag, zu Boden.

»Du darfst nicht im Freien bleiben. Die *boches* könnten zurückschlagen, sie kämpfen ja auch noch um Marseille und Toulon«, vernahm sie da eine Stimme.

Sie gehörte zu einer alten Fischerin, wie der Fischgeruch, der ihren Händen entströmte, verriet. Das Gesicht war Salome fremd. Vielleicht war sie sich in ihrer Gegenwart selbst fremd. Als die andere sie aufforderte, mit ihr zu kommen und bei ihr unterzuschlüpfen, nickte sie.

Auf dem Weg sah sie, dass am Hafen trotz dessen Zerstörung immer mehr Schiffe und Barken anlegten, die teilweise in Sechserreihen zum Ufer hin strebten. In Ermangelung der Mole wurden die Soldaten an Netzleitern heruntergelassen – Offiziere, Scharfschützen, Kavalleristen, Artilleristen, die auf dem Rücken ihr Gepäck trugen. Ein paar Männer von Saint-Tropez standen zu ihrem Empfang bereit, die meisten Frauen hingegen hatten sich verkrochen.

Die Fischerin beeilte sich nun. Ihre kleine Kate in der Nähe der Kapelle l'Annonciade war ärmlich, aber unzerstört. Nach ein paar Bissen steinharten Brots schlief Salome ein, zu erschöpft, um einen weiteren Gedanken zu fassen.

Am nächsten Morgen war es schon heiß, noch ehe die Sonne den Himmel hochgeklettert war. Das Mittelmeer glänzte wie flüssiges Gold, als Salome aus der Fensterluke blickte, der violette Streifen der gegenüberliegenden Landzunge lag hinter feinen Dunstschleiern verborgen. Solange sie sich auf das Glitzern des Wassers konzentrierte, musste Salome sich nicht den Spuren der Zerstörung aussetzen. Allerdings kündeten Stimmen davon – nicht nur von der der Gebäude, sondern auch von der der Seelen.

»Rasiert ihr den Schädel!«, brüllte plötzlich jemand. »Oder nein, tätowiert ihr das Wort Hure auf jede Backe.«

Salome wich unwillkürlich zurück, stürzte aber zur Türschwelle, als der Ruf wiederholt wurde. Sie verharrte dort, als sie sah, wie eine wütende Menge einer Frau nachsetzte, sie ihrerseits ihren Schritt beschleunigte. Sie war ihr vage vertraut, sie vermutete, dass sie in der Kommandantur gearbeitet hatte, vielleicht im Offizierscasino oder in einem Bureau.

Und das reichte schon, um ihr die Beschimpfung als Hure einzubringen? Um ihr eine solch beschämende Strafe wie die Schädelrasur zu gönnen? Wie würde es da Ornella ergehen, deren Affäre mit Heinsohn gewiss nicht nur für sie offensichtlich gewesen war?

So schwer, so träge, wie sie sich eben noch gefühlt hatte – der Gedanke an die einstige Freundin machte sie hellwach. Es war schlimm genug, was sie Félix angetan hatte, sie durfte keine weitere Schuld auf sich laden, indem sie nur an sich dachte, nicht an Ornella, Marie, Rosa, Hélène.

Um kein Aufsehen zu erregen, bat sie die Fischersfrau um ein Tuch und band es sich um ihre ungebärdigen Locken. Am Hafen patrouillierten Soldaten der alliierten Streitmächte, stiegen über die vielen Trümmer hinweg, wirkten wachsam, wenngleich sie die Anspannung eines Raubtiers vor dem Angriff abgelegt hatten. Salome begann zu laufen, und wo die Sonne auf den Stein knallte, schwitzte sie. Im Schatten der Friedhofsmauer, die sie passierte, um zum Haus der Aubrys zu gelangen, war es etwas kühler. Als sie das schmiedeeiserne Tor erreichte, hielt sie inne. Noch konnte sie das Haus hinter den Bäumen nicht sehen, umso lauter waren wütende Stimmen von dort zu hören.

»Wo ist sie?«

»Sag es uns!«

»Sie steckt doch mit den Deutschen unter einer Decke.«

Salome erschrak. Sie löste sich aus der Starre, betrat das Grundstück, stellte aus den Augenwinkeln fest, in welch erbarmungswürdigem Zustand es sich befand. Etliche Bäume waren gespalten, die Blumenbeete sämtlich zerstört, der Kiesweg aufgewühlt. Schon sah sie die Männer vor dem Eingang stehen, die ihre Fäuste schwangen, auch ein paar Frauen. Jemand hatte ihnen die Tür geöffnet, sie erkannte nicht, wer es war, und auf denjenigen schrien sie ein.

»Wo ist sie?«

»Der Tag der Revanche ist gekommen!«

»Heute bezahlt, wer auf der Seite der Deutschen steht.«

Ihre Furcht wuchs. Sie vermutete, dass Rosa dort stand, sie mit der Kleinen und Hélène aus dem Wald zurückgekehrt war und nun versuchte, Ornella zu schützen – gegen einen Hass, der förmlich explodierte. Über Monate, Jahre hatten ihn die Menschen schlucken müssen. Nun wich ihre verzagte Frage, ob sie feige oder klug waren, wenn sie den Schädel einzogen, der Entschlossenheit: Zumindest jetzt will ich auf der Seite der Rächer stehen.

Sie kam näher, und obwohl die Kieselsteine unter ihren Füßen knirschten, hörte sie niemand, war das Geschrei doch lauter.

»Wo ist sie? Nun, sag es uns endlich! Du wirst sie nicht vor uns bewahren!«

Salomes Furcht wuchs, auch die Empörung. Ihr trefft die Falsche!, schrie alles in ihr. Wenn ihr Rache nehmen wollt, darf die doch nicht französischen Müttern gelten, die nur ihre Kinder ernähren wollten! Und nie ist zu viel Liebe ein Fehler, immer nur zu wenig!

Aber schon wurden jene Rufe laut, wie sie sie zuvor am Hafen schon vernommen hatte: »Rasiert ihr den Kopf! Und malt ihr ein Hakenkreuz auf die Stirn, damit sie ihre Gesinnung nicht länger verleugnen kann.«

Salome wusste, ihr Wort hätte kein Gewicht, der Anblick einer *boche* würde die Wut nur weiter anheizen. Dennoch konnte sie nicht einfach stehen bleiben, sich gar nach einem Versteck umsehen, sie konnte nicht noch einmal feige sein, nachdem sie schon so viel Schuld auf sich geladen hatte.

»Untersteht euch, Ornella zu nahe zu treten!«, schrie sie gegen das Gebrüll an. »Wagt es nicht, ihr etwas anzutun!«

Die ersten Worte waren noch heiser, die Flut neuer Beleidigungen übertönte sie. Kurz rissen diese ab, was nicht hieß, dass alle schwiegen, sobald ihre Stimme verklungen war.

Die Frau, die vor der Tür stand, erhob vielmehr die ihre: »Ihr seid ja von Sinnen! Ihr solltet ihr auf Knien danken, anstatt ihr zu zürnen! Sie mag eine Deutsche sein, aber sie hat nie ein Unrecht begangen, im Gegenteil, sie hat all die Monate … Jahre für den Maquis gearbeitet.«

Immer noch hockte ein Knoten aus Furcht und Panik und Empörung in ihrer Brust. Er wuchs, als grenzenlose Verwirrung hinzukam.

Die Worte ... sie ergaben doch keinen Sinn. Und dass ausgerechnet diese Frau sie aussprach, ergab noch weniger Sinn. Es war nicht Rosa, die dort in der Tür stand, um Ornella zu schützen. Es war Ornella selbst, und sie versuchte, sie zu schützen ... Salome. Die Menschen hier hatten nicht Jagd auf Ornella gemacht! Sie hatten erwartet, dass sie selbst hier Zuflucht gefunden hatte, und verlangten von Ornella, sie ihnen auszuliefern!

Salome hatte noch gar nicht richtig begriffen, in welcher Gefahr sie schwebte und dass Ornellas Mahnung kein ausreichender Schutzschild sein würde, als die Menschen, ein paar Männer darunter, auch Frauen, zu ihr herumfuhren, auf sie zustürzten. Bis sie sie eingekreist hatten, vergingen ein paar Sekunden, doch die ließ sie ungenutzt verstreichen, anstatt zu fliehen. Wie hätte ihr das auch gelingen können? Ihre Beine waren gefühllos wie Hände, wie Lippen, wie die Zunge, und ihr schwindelte, da der Kopf, randvoll mit Gedanken, die sie nicht fassen konnte, so schwer wurde.

Die ersten zwei Schläge trafen sie zeitgleich – einer in die Magengrube, der andere ins Gesicht. Ihr blieb die Luft weg, das Kopftuch löste sich.

»Was hast du überhaupt noch hier verloren?«, blaffte jemand sie an und versetzte ihr einen Stoß. »Die verfluchten *boches* sind längst abgezogen, warum bist du nicht mitgegangen?«

Beleidigungen prasselten auf sie ein, auch Flüche, Schläge trafen erneut ihren Bauch, das Gesicht, den Rücken. Schon krümmte sich ihr Körper vor Schmerzen, nur die Seele war von allem seltsam unberührt. Der Knoten der Angst zerplatzte, und was blieb, war die Gewissheit: Es trifft die Richtige.

Es war zwar nicht ihre Schuld, eine Deutsche zu sein, aber sie hatte eine andere Schuld auf sich geladen, und nur weil die Menschen nichts davon wussten, hieß das nicht, dass die Strafe, die sie ihr zudachten, keine gerechte war.

Sie keuchte, ächzte, fühlte, wie etwas über ihr Kinn lief. War es Speichel, war es Blut? Jedenfalls war es warm.

»Nicht!«, hörte sie wie aus weiter Ferne Ornella brüllen. »Tut ihr nichts.«

Sie selbst konnte nicht um ihr Leben flehen. Prügelt doch auf mich ein, dachte sie. Und wenn ich unter den Schlägen zu Boden gehe, sei's drum. Und wenn ihr mir die Haare schert, sei's drum. Und wenn ihr mir ein Hakenkreuz auf die Stirn malt, sei's drum.

Es konnte nicht schlimmer sein als das, was Marius, was Leo widerfahren war.

Jemand riss an ihrem Arm, jemand trat mit dem Fuß zu, etwas Spitzes bohrte sich in ihre Schläfen, war es ein Fingernagel, eine Waffe? Sie hielt nicht einmal schützend die Hände vor das Gesicht, stützte sich auch nicht ab, als sie zu Boden ging.

Steine bohrten sich in ihre Knie, eine Faust traf ihren Nacken, doch der Schmerz wuchs nicht, im Gegenteil, er ließ nach, als wäre sie seltsam losgelöst von ihrem Körper, von diesem fremden Bündel Mensch. Nicht einmal der Gedanke, man könnte sie totprügeln, machte ihr Angst. Doch als sie sich schon darauf gefasst machte, endgültig keine Luft mehr zu bekommen, vor Schmerzen ohnmächtig zu werden, war es plötzlich vorbei.

So eng sich der Kreis der wütenden Menschen um sie gezogen hatte, so entschieden stoben sie jäh auseinander. Salome keuchte wieder, spuckte aus. Eine Weile verharrte sie gekrümmt, konnte dann erst den Kopf heben. Ornella stand immer noch vor der Tür, rang nur hilflos die Hände. Wie hatte sie es erreicht, dass sie von ihr abließen?

»Sie hat all die Jahre für den Maquis gearbeitet, lasst sie sofort in Ruhe!«, wiederholte da jemand Ornellas Worte.

Es war René Girard.

Salome schloss die Augen, fühlte kurz, wie der Boden erzitterte, als die Menschen sich zerstreuten, murrend erst, dann kleinlaut. Sie blieb selbst dann noch liegen, als sie verschwunden waren, fand nur langsam wieder in ihren Körper zurück, spürte immerhin, wie sich nicht nur Schmerzen, auch Erleichterung ausbreitete. Irgendwann ragten Hände in jenen Nebel aus Weh und Verwirrung, zogen sie hoch. Und dann stand sie vor René Girard, starrte ihn an. Wie viele Blessuren sie auch abbekommen hatte, ihre Augen waren unversehrt geblieben. Ganz deutlich konnte sie das Mitleid in seiner Miene lesen, ganz deutlich auch den Ärger.

»Hast du den Verstand verloren, dich hier blicken zu lassen?«, fuhr er sie an.

»Ich muss doch … ich muss doch …«

Ich muss doch Ornella schützen, wollte sie sagen. Allerdings bedurfte Ornella gar keines Schutzes.

Ich muss mit Félix reden, ihm alles erklären, wollte sie sagen. Allerdings war dabei nicht das Problem, ob er es verstand, ihr gar verzieh – sondern ob sie sich selbst jemals verzeihen konnte.

»Die deutschen Wehrmachtsverbände befinden sich auf dem Rückzug«, sagte Girard, »euer Führer hat offenbar einen entsprechenden Plan genehmigt. Die Alliierten werden bald die Häfen von Marseille und Toulon erobert haben, das Rhonetal hinaufmarschieren, um sich mit den Truppen, die in der Normandie gelandet sind, zu vereinen. Du hättest dich der Wehrmacht anschließen sollen, im Kreis der Truppen wärst du sicher. Was immer du getan hast und warum – du bist und bleibst eine Deutsche, die nichts vor dem Volkszorn schützen wird. Übrigens auch nichts vor dem des Maquis, wenn einer unserer Leute erfährt, dass du Félix einen falschen Befehl von mir übermittelt hast.«

Sie brachte nichts hervor, spürte nur, wie René Girard sie plötzlich losließ. Doch als sie schon zu fallen drohte, griff eine andere ihre Hand, stützte sie. Ornella.

»Mach ihr keine Vorwürfe«, sagte sie bestimmt zu Girard. »Wie oft hat der Maquis Gefangene im Stich gelassen, weil das Wohl von allen stets vor dem des Einzelnen stand?« Girard schnaubte nur. »Salome hat so viel für uns getan. Sie verdient es, dass ihr sie heil außer Landes bringt«, fügte Ornella hinzu.

»Herrje!« Er seufzte. »Ich wollte immer, dass die Deutschen gehen. Dass ich dabei einer das Händchen halten muss, war nicht vorgesehen.«

»Und doch sind wir es ihr schuldig!«

Protest regte sich in ihm, aber als Ornella ihn finster anstierte, seufzte er nur verdrossen, nickte schließlich. »Ich mache mich kundig, vielleicht gibt's einen Weg nach Westen, und vielleicht gibt's noch welche, die ihr helfen und ihr nicht den Hals umdrehen wollen. Am besten, sie verkriecht sich hier, bis ich etwas in Erfahrung gebracht habe.«

Ornella hielt immer noch ihre Hand, als Girard längst gegangen war. Ohne sie loszulassen, bückte sie sich, um ihr das Kopftuch zu reichen. Es ist doch nicht meines, sondern das einer Fischerin, wollte Salome sagen, aber sie brachte immer noch kein Wort hervor.

»Komm ins Haus, ruh dich ein wenig aus.«

Salome musterte sie genauer. Ornella trug das weiße Kleid, das sie am Tag zuvor getragen hatte. Nur ihr Gesicht war nicht mehr so grau. Keine Trauer um Heinsohn stand darin, keine Liebe für ihn, auch keine Schuldgefühle, weil sie sich ihm an den Hals geworfen hatte, lediglich ein leiser Triumph, Genugtuung, Erleichterung.

Tief drinnen begann sich in Salome eine Ahnung zu regen, dass ihr etwas ganz Entscheidendes entgangen war, dass alles, was sie nun tun oder sagen würde, so lächerlich war wie zuvor ihr Trachten, Ornella zu beschützen.

Ornella brauchte ihre Hilfe ja nicht – obwohl oder gerade weil sie sich mit Heinsohn eingelassen hatte. Ornella kannte René Girard, wusste um seine Bedeutung für den Maquis, schien sogar in einer Position zu sein, von ihm Hilfe verlangen zu können. Ornella war weder Opfer noch Verräterin. Stark war sie, stark genug, um sie nun zum Haus zu führen, obwohl ihr immer wieder die Beine wegzuknicken drohten. Selbst dort ließ sie sie nicht los, ihr Griff war fest, entschlossen wie in der Nacht, als sie sie vor dem Ertrinken gerettet hatte.

Salome blickte sich in der Eingangshalle um, sah, dass sämtliche Fenster mit Tüchern zugehängt, vor manche auch Holzbalken genagelt worden waren. Durch die Tür fiel dennoch genügend Sonnenlicht, um die Gesichter derer zu erkennen, die hier warteten – das von Rosa, das der kleinen Marie, auch das von Hélène, die allesamt wohlbehalten in ihr Zuhause zurückgekehrt waren.

»Sind die bösen Menschen weg?«, fragte Hélène. »Ich werde nicht zulassen, dass sie meinen Lieblingen etwas antun.« Sie hielt immer noch oder schon wieder ihre zwei Puppen an sich gepresst.

Ornella ließ Salome los, ging zu ihr. »Niemand hat es auf deine Lieblinge abgesehen. Und die Menschen sind nicht böse, sie sind nur etwas aufgewühlt. Jedenfalls werden sie nicht wiederkommen, es ist alles gut. Der Krieg ist vorbei, zumindest für uns …«

Weiterhin ließ keine Trauer, keine Reue, kein Entsetzen ihre Stimme rau werden, da klang nur wieder dieser leise Triumph durch. Salome stützte sich auf ein Tischchen, es gab ihrem Gewicht nach, begann zu wackeln, sie drohte zu fallen. Rasch fand sie die Balance wieder, und in diesem flüchtigen Augenblick, da sie um diese kämpfte, sah sie, dass da noch jemand in der Eingangshalle stand.

Ein Mann.

Ein Fremder.

Nein, kein Fremder.

Sie erkannte ihn, obwohl er eigentlich nicht wiederzuerkennen war. Schließlich hatte er nichts mit dem Mann gemein, den sie damals in Rom aus einem Schrank auf dem Dachboden geholt hatte. Seine Haare waren geschoren, der Kopf voller Narben, das Gesicht voller Flecken, Dreck, Blutkrusten. Er war schrecklich abgemagert, seine Kleidung hing ihm in Fetzen vom Leib. Aber seine Augen waren nicht tot, die Ahnung eines Funkelns stand darin, bekundend, dass er noch eine Seele hatte, dass er noch immer einer war, der selbst in der hoffnungslosesten Situation Witze reißen konnte.

»Salome«, sagte er heiser, »es tut mir leid, dass ich dir keine Christbaumkugel mitbringen konnte. Damit hätte ich meine Schuld dir gegenüber wenigstens ein bisschen tilgen können.«

Salome trat vom Tischchen weg, konnte auf eigenen Beinen stehen, konnte nur nicht begreifen.

Warum war Leo hier ... Leo war doch tot ... Er war gefoltert, erschossen worden ... Und warum war auch Hanna hier mit Zipporah auf dem Arm? Sie stand im Dunkeln, hielt ein wenig Distanz zu Leo, offenbar scheute das Kind seinen Vater. Hanna hielt jedoch keine Distanz zu Salome, trat eben auf sie zu.

»Wir sind hier, um uns zu bedanken.« Salome schüttelte den Kopf, langsam erst, dann immer schneller. Sie hatte keinen Dank verdient, nur Vorwürfe. Sie hatte eine Schuld auf sich geladen, die mit der Liebe, die sie dazu getrieben hatte, nicht aufzuwiegen war. Sie wollte etwas erwidern, aber Hanna kam ihr zuvor. »Ich werde nie vergessen, was du für uns getan hast.« Ihr Blick fuhr zu

Ornella. »Und ich werde nie vergessen, was Ornella für uns getan hat.«

Minuten verrannen, vielleicht waren es nur Sekunden, ihre Gedanken lahmten erst, stolperten dann, Zipporah schrie. Schrie so laut, wie sie noch nie geschrien hatte. Was Flucht und Krieg und Razzien nicht hatten bewirken können, schaffte der Anblick des Vaters. Das Schweigen, das Verstummen hatte für sie ein Ende.

»Du … du hast auch für den Maquis gearbeitet?«

Ornella tat so, als wären die Worte nicht an sie gerichtet worden. Sie ließ sie im Raum schweben, wandte sich an Hélène, um sie zu bitten, die Puppen ins Bett zu bringen, wandte sich dann an Rosa, um zu erklären, diese solle Leo etwas zu essen zubereiten. Leo machte den Eindruck, er hätte sowohl das Hungern als auch das Essen verlernt, aber er nickte.

Hanna nickte auch, trat mit Zipporah zu Rosa. »Ich helfe Ihnen.« Es war wohl eine Ausrede, um darüber hinwegzutäuschen, dass die Tochter schreien und schreien und schreien würde, solange sie den Vater sah.

Ornella wandte sich nunmehr an ihn. »Ich kann Ihnen alte Kleidung von Félix geben.«

»Na ja«, erwiderte Leo, und sein Lächeln war anrührend, »ich habe es tatsächlich geschafft, noch dünner als er zu werden. Nur kleiner war ich schon immer.«

»Ich werde die Hosenbeine einfach kürzen«, sagte Ornella, machte aber keine Anstalten, nach oben zu gehen, Kleidung und Nähzeug zu holen.

Wie denn auch. So ruhig ihre Stimme sein mochte, so besonnen ihr Blick, Salome bemerkte, dass ihr ganzer Körper bebte. Unmöglich würde es ihr gelingen, einen Faden einzufädeln.

»Vorerst will ich mich nur ausruhen«, sagte Leo und ging davon, nein, wankte davon, jeder Schritt war eine stumme Anklage, was ihm an Schrecklichem widerfahren war. Aber diese Anklage richtete sich nicht an sie. Als er die Tür erreicht hatte, drehte er sich um, lächelte erst Ornella zu, dann ihr, und sein Lächeln versprach … Zuversicht.

Er wird es schaffen, ging es Salome durch den Kopf, vielleicht wird er nicht so glücklich, so unbekümmert werden wie einst. Aber Zipporah wird irgendwann ob seines Anblicks nicht mehr schreien. Und er wird sich irgendwann ob seiner Erinnerungen nicht mehr quälen.

Sie war mit Ornella allein … oder nein, nicht ganz. Da war noch das Kind mit den dunklen Augen, dem wachen Blick, das Kind, das mehr wusste, als es wissen sollte. Nun, es schien nicht zu wissen, welche Gefühle in ihr, Salome, tobten.

»Kann ich jetzt hinaus in den Garten?«, fragte Marie.

»Es ist noch zu gefährlich im Freien«, erwiderte Ornella, »geh in die Küche.«

Die Stirn runzelte sich, Protest regte sich, aber am Ende blieb er aus, und Marie trollte sich.

Salome blickte ihr nach. So erwachsen sie wirkte, sie war trotzdem noch so klein … ein Kind, das seine Eltern brauchte, das seine Mutter brauchte. Wie hatte sich Ornella in diese Gefahr bringen können? Doch wenn Ornella nur an ihr Kind gedacht hätte, so wie sie selbst nur an den Geliebten gedacht hatte, wäre Leo nicht hier.

»Du hast auch für den Maquis gearbeitet.« Diesmal war es keine Frage, es war eine Feststellung. Ornella zuckte die Schultern. »Seit wann … und warum?«

»Ist das noch wichtig?«

»Du hast Heinsohn gar nicht geliebt, wie ich dachte, du hast ihn nur benutzt. Wie hast du es bloß über dich gebracht, mit ihm zu kokettieren … mit ihm zu schlafen?«

Ornella zuckte wieder die Schultern. »Es ist ja nicht so, dass es mit Félix jemals Spaß gemacht hätte«, sagte sie mit einer spröden Stimme, die nicht zu ihr, an der doch alles weich war, passte. Wobei nicht mehr alles weich war. Die Backenknochen waren kantig.

»Die Zitadelle ... Warum warst du dort? Warum hast du dich in solche Gefahr gebracht?«

»Ich musste ihm doch ausreden, weiter Widerstand zu leisten, ihn notfalls erschießen.«

»Das hättest du nicht wirklich getan ...«

»Ich bin ganz froh, dass ich es nicht musste, ich bin ganz froh, dass er nun weg ist. Aber wenn es notwendig gewesen wäre ...«

Ornella trat ganz dicht an sie heran, sodass ihre Haarsträhnen sie kitzelten. »Willst du dich nicht setzen?«, fragte sie.

»Ich kann nicht bleiben. Du hast René Girard doch gehört ...«

»Er hat gesagt, du sollst hier warten. Es kann Stunden, Tage dauern, bis sich eine Möglichkeit auftut, dich in den Westen zu bringen.«

»Ich kann nicht bleiben«, wiederholte Salome, fühlte, dass diese Worte zu wenig Gewicht hatten, fügte darum hinzu: »Ich ... ich kann Félix nicht sehen. Oder nein, er kann mich nicht sehen, sonst wäre er mit den anderen zurückgekehrt.«

»Du hast die Informationen über den Gefangenentransport wirklich nicht weitergegeben, oder?«, fragte Ornella. Ihr Tonfall klang weder mitleidig noch verachtend. »Ich selbst habe Girard die Unterlagen beschafft. Allerdings hatte ich Angst, dass die Befreiung nicht glücken könnte, auf Félix habe ich mich noch nie verlassen können. Deswegen habe ich Matthias gebeten, wenigstens Leos Namen von der Liste zu streichen – für die anderen konnte ich leider nichts tun. Es war nicht einfach, aber ich habe behauptet, Leo hätte lange Jahre als Gärtner für mich gearbeitet.« Sie hielt kurz inne. »Erinnerst du dich an die Zeit in Menton? Damals habe ich ihn als meinen Gärtner ausgegeben.

Ich … ich habe dir versprochen, für diese Familie zu sorgen. Gewiss, ich habe mich nicht immer an dieses Versprechen gebunden gefühlt. Als der Krieg begann, da kreisten all meine Gedanken um Marie, um Rosa, um Hélène. Aber dann … als ihr zusammen hier wart … als Félix plötzlich Marie umarmt hat … da habe ich begonnen zu verstehen. Nicht gleich natürlich. Zunächst war ich nur wütend, weil mir in dieser Nacht ein für alle Mal aufging, dass Félix mich niemals lieben würde, immer nur dich, aber als ich dann mehr erfuhr … mitbekam, was in den Lagern geschah … dass all diese Menschen deportiert wurden … als ich herausfand, was der Maquis tat, was ihr tatet … Jetzt setz dich doch endlich!«

Salome wollte sich nicht setzen, sie musste es. Sie sank auf einen Schemel, griff nach Ornellas Händen. »Ich konnte nicht zulassen, dass Félix sich in Gefahr begibt. Ich habe ihn angelogen, habe Leos Tod in Kauf genommen, den Tod der anderen verschuldet … auch den von diesem Marius. Er war doch noch so jung.«

Kurz drückte Ornella ihre Hand. »Geh nicht so hart mit dir ins Gericht. Ich weiß, was du all die Jahre getan hast. Alles, was ich wiederum tat, geschah letztlich nur deinetwegen. Es stand so viel zwischen uns seit dem Tag, als ich Félix geheiratet habe, nein, seit dem Tag, als du ihn auf den Klippen von Cassis geküsst hast, das hast du, oder? Ich hatte immer die Hoffnung, dass es irgendwann wie früher sein könnte, dass wir wieder Freundinnen, Vertraute, Schwestern werden. Doch in jener Nacht, als ich euch an Maries Bett fand, wusste ich, dass das unmöglich ist, dass kein Weg zurückführt. Und gerade weil ich einsah, dass wir nicht mehr zueinanderfinden würden, wollte ich mehr denn je sein wie du, mehr wissen als bisher, mehr denken, mehr tun. Bis dahin habe ich nicht verstanden, dass es etwas gibt, das größer ist als das eigene Leben, größer als die eigene Liebe …«

Ich nicht, dachte Salome, ich habe es am Ende nicht verstanden … nicht mehr verstehen wollen.

»Glaub nicht, dass ich dir noch zürne wegen Félix«, sagte Ornella. »Ich war eine solche Närrin, ihn mir zu ertrotzen. Es ist gut, dass ihr zueinandergefunden habt, zumindest für kurze Zeit. Ich wünsche dir, ich wünsche ihm, ihr könntet zusammenbleiben. Ich wäre die Letzte, die zwischen euch stünde.«

Aber Marius' Tod steht zwischen uns, dachte Salome. Und auch der Frieden. Der Krieg hat uns wieder zusammengeführt, aber jetzt kann ich unmöglich in Frankreich bleiben, und er kann nicht nach Deutschland gehen, selbst wenn er es wollte.

»Warum hast du mich denn nicht eingeweiht?«, fragte Salome. »Warum hast du dich sogar von mir zurechtweisen lassen?«

Plötzlich streichelte Ornella ihre Hand, und plötzlich war der Zweifel fort, Ornella hätte alles nur gemacht, weil sie sich als ihre Rivalin wähnte und sie in den Schatten stellen wollte.

Sie glaubte ihr, als sie erwiderte: »Ich hätte meine Rolle nicht spielen können, wenn nur eine Zuschauerin mich durchschaut hätte. Das Befremden in deinem Gesicht machte es mir leichter, das meine zur Maske werden zu lassen. Und außerdem … für dich war es doch erträglicher, wütend auf mich zu sein, als dich um mich zu sorgen. Du hättest versucht, es mir auszureden, hättest womöglich Fehler gemacht, wärst angreifbar geworden …«

Sie brach ab, musste nicht mehr erklären. Die Liebe war vielleicht das stärkste aller Gefühle, aber sie machte die Menschen auch am schwächsten, und im Widerstand war keine Schwäche erlaubt.

»Ich muss nun gehen … verstecken kann ich mich woanders.«

»Doch nicht gleich. Du musst etwas essen, dich waschen, ich werde dir Proviant einpacken, frische Kleidung.«

»Aber …«

»Keine Widerrede! Wie willst du es sonst nach Hause schaffen?« Nach Hause. Was für ein leeres Wort. Sie hatte kein Zuhause in Deutschland, keines in Frankreich, sie war nirgendwo zu Hause. Es gab dagegen ein Zuhause für Ornella, für Hélène und Rosa und Marie, vielleicht sogar eines für Félix. »Also«, fuhr Ornella fort, »komm mit in die Küche. Versprich mir, dass du dich dort stärkst.«

Sie zog sie sanft hoch, Salome wankte, wäre beinahe der Versuchung erlegen, sich auf die andere zu stützen, tat es am Ende nicht. Ornella hatte genug Gewicht zu schultern, sie musste auf eigenen Füßen stehen.

»Also gut«, sagte sie, »aber du musst mir auch etwas versprechen.«

»Was?«

Salome rang nach den richtigen Worten. Du musst auf Félix aufpassen, du musst für ihn da sein, du musst den Teil in ihm, der sich nach Freiheit sehnt, stärken, nicht den, der gern mit dem Tode spielt. Du musst verhindern, dass er sich nach dem weißen Gift zu sehnen beginnt, weil weder Liebe noch Widerstand die Leere in ihm füllen kann. Du musst ihm, wenn auch keine Ehefrau, so doch eine Gefährtin sein, die er respektiert, deren Ratschlag er dann und wann annimmt. Du musst dafür sorgen, dass zwischen ihm und der Zukunft nicht nur ein Abgrund klafft, aus dem ihn mein Verrat anstiert.

Aber war das nicht zu viel verlangt?

Als sie endlich ansetzte, ihre Gedanken zu benennen, kam Marie wieder zu ihnen. »Kann ich jetzt endlich in den Garten gehen?«

Ornella, die immer noch ihre Hand hielt, ließ sie los, wandte sich dem Kind zu. »Was willst du denn im Garten? Blumen pflücken?«

»Die Beete sind alle kaputt. Dort, wo sie sich befanden, sind nur mehr riesige Löcher. Ich will sie mir anschauen.« Sie sprach nicht voller Entsetzen, eher Faszination. Der Abgrund machte ihr keine Angst.

Félix würde lächeln.

»Versprich mir …«, setzte Salome wieder an, und diesmal wusste sie, was sie sagen würde.

Am Abend kehrte der Krieg zurück, kurz nur, aber erbarmungslos. Die dritte afrikanische Infanteriedivision hatte in der Abenddämmerung im Herzen der Reede angelegt, als die Deutschen einen letzten Angriff auf Saint-Tropez flogen.

»Ein Feuerwerk!«, rief Hélène begeistert. »Ich frage mich nur, seit wann es an Silvester so heiß ist.«

Schnell zogen sie sie in den Keller, wo auch die Wände zitterten, aber es nicht heiß war, eher modrig-feucht. Salome half dabei, alle heil nach unten zu bringen, wartete ab, bis der schlimmste Lärm vorüber war, verließ dann den Keller, ehe das Heulen der Sirene Entwarnung gab.

Sie sah noch, dass Ornella Marie an sich zog, ein Anblick, der sich einer Fotografie gleich in ihr Herz merzen würde. Sie sah, dass Rosa etwas zu essen austeilte, der Geruch stieg ihr schon nicht mehr in die Nase. Sie sah Hélène mit ihren Puppen und dass Zipporah eine fasziniert anstarrte, sie sah, wie Leo sich bei jedem fernen Einschlag krümmte, als litte er an Schmerzen, und dennoch lächelte. Sie sah Hanna, die ihn besorgt anblickte, sich aber ebenfalls ein Lächeln abrang.

Nun, von Hanna sah sie sogar noch mehr. Salome hatte gerade das Haus verlassen und den Garten betreten, ein graues Niemandsland aus jenem künstlichen Nebel, unter dem sich die alliierten Kriegsschiffe tarnten, als sie ihre Stimme vernahm.

»Warte!«, rief Hanna ihr nach.

Es fiel Salome schwer, sich umzudrehen, aber sie war es ihr schuldig, sich nicht lautlos aufzulösen wie irgendwann der Nebel, sondern sich ihrem Blick auszusetzen, dem stummen Vorwurf, du hast deinen Mann vor meinen gestellt.

Der Vorwurf blieb aus, doch gerade deshalb konnte Salome nicht länger schweigen. Die Worte waren zu klein für ihr schlechtes Gewissen, sie sagte sie dennoch.

»Es tut mir leid. Es tut mir unendlich leid. Ich …«

»Still!«, fiel Hanna ihr ins Wort. Und wieder: »Still!« Kurz stand die Welt tatsächlich still, dann ertönte erneut ein Knall, und diesmal duckte sich Salome nicht, sie blickte zum Himmel, von wo der Knall kam, sah, wie ein rotes Licht kurz durch Nebel blitzte, erlosch. Wahrscheinlich war ein feindliches Flugzeug getroffen worden und abgestürzt. Noch einer, ging es ihr durch den Kopf, noch einer zu viel, der stirbt, während die, die am Ende leben, immer zu wenig sein würden. »Du weißt, dass ich dir nichts vorwerfe«, sagte Hanna in die neuerliche Stille, die eine Grabesruhe war. »Und ich bin sicher, dass dir auch Félix nichts vorwerfen wird. Deswegen musst du nicht gehen.«

»Aber deswegen *kann* ich gehen … deswegen kann ich mir einreden, dass es nicht einfach dem Wahnsinn geschuldet, sondern meine gerechte Strafe ist. Gehen müsste ich ja so oder so. Ich kann nicht hierbleiben, und Félix kann nicht mit mir kommen.«

»Ihr könntet uns doch begleiten … nach Amerika.«

Dieses Wort war auch zu klein für die große Hoffnung, die aus der Stimme loderte. Die Hoffnung, Charlotte und Efraim zu finden. Die Hoffnung, eine zerborstene Familie wieder zu vereinen. Die Hoffnung, dass die Scherben an der richtigen Stelle zusammengesetzt wurden. Und schließlich die Hoffnung, in einem fremden Land ein Leben zu führen, das diesen Namen verdiente, kein bloßes Überleben war, eine Zukunft zu haben, die mehr Gewicht hatte als die Vergangenheit.

Salome wünschte sich von ganzem Herzen, dass sich für Hanna und die ihren diese Hoffnung erfüllen würde. Doch sie teilte sie nicht.

»Félix und ich können nicht nach Amerika gehen. Nicht nur wegen dem, was ich getan habe, sondern vor allem wegen Marie. Er ist ihr Vater. Er muss sich endlich wie ein solcher verhalten.«

Sie wandte sich ab, der Nebel hatte sich etwas gelichtet, der Himmel ergraute nunmehr ob der Dämmerung. In der Ferne sang ein Vogel, der sich vom Lärm der letzten Tage nicht hatte erschrecken lassen und dem Zirpen der Grillen antwortete. In der Luft lag ein süßlicher Geruch, von dem sie nicht sicher war, ob er von Blumen stammte, nicht womöglich von Leichen. Solange sie keine sah, wollte sie nicht daran glauben.

»Auch wenn ihr nicht nach Amerika gehen könnt«, sagte Hanna leise. »Vielleicht werdet ihr eines Tages hier in Europa wieder zusammenfinden.«

Dies war ein Wort, das keine Hoffnung, jedoch eine Erinnerung zum Klingen brachte. »Als ich Félix zum ersten Mal traf, zitierte er Victor Hugo. Von einem Traum hat dieser einst gesprochen, dem Traum von einem vereinten Europa, in dem es keine Kriege mehr zwischen den Völkern gibt, keine Grenzen.« Ein Lachen entfuhr ihr. »Ist das nicht verrückt? Völlig unsinnig? Keine Grenze zwischen Frankreich und Deutschland? In den nächsten Jahren wird sie so hoch wie nie sein!«

»Es ist ein ferner Traum.«

»Es ist ein unmöglicher Traum.« Salome schluckte schwer. »Sprich du mit Félix. Rede nicht schön, was ich getan habe. Aber sag ihm, dass ich es nur tat, weil ich ihn über alles liebe. Vielleicht ist es feige, dass ich es ihm nicht selbst zu sagen versuche. Doch das wäre … zu viel.«

Hanna nickte, sie reichten sich die Hände, umarmten sich flüchtig.

Als Salome den Kiesweg entlang zum Tor schritt, gab es nur mehr zwei Worte, auf die sich all ihr Denken richtete, Worte, die sich nicht an unmögliche Träume klammerten, nur den Weg absteckten, auf den sie sich in den nächsten Tagen und Wochen konzentrieren musste.

Überleben. Heimkommen.

Zwanzigstes Kapitel

Félix hatte die Vorhänge zugezogen, doch diese hielten nur die matte Oktobersonne ab – vor den Geräuschen, die von draußen kamen, konnte er sich dagegen nicht abschotten. In die Musik der Blasinstrumente mischten sich Gesänge. Die Bewohner von Saint-Tropez zogen hinter einer Büste des Stadtheiligen hoch zur Kapelle Sainte-Anne, angeführt von mehreren Priestern, dem Bravade-Korps und der Maurenbrigade. Gemeinsam wollten sie Gott dafür danken, dass das Grauen nun hinter ihnen lag. An der Büste vom heiligen Torpes befand sich dessen Kopf, obwohl der Leichnam des Heiligen seinerzeit ohne diesen im Ort angeschwemmt worden und sein Haupt in Pisa verblieben war, und nicht nur deshalb erschien Félix dieses Fest als genauso verlogen wie der dreiste Glaube, die Menschen wären nach dem Krieg noch ganz und heil.

Noch lächerlicher war in seinen Augen gewesen, dass einige Tage zuvor der Bischof von Fréjus nach Saint-Tropez gekommen war, um sowohl im Hotel Continental, dem ehemaligen Sitz der Kommandantur, als auch im zerstörten Hafen zu beten, ein Kreuzzeichen zu schlagen und Weihrauch verdampfen zu lassen, auf dass diese Orte gereinigt wurden. Besser man reinigt keine Orte, sondern die Seelen all jener, die so willige Helfershelfer der Besatzer geworden sind, hatte Félix gedacht. Doch über das Vichy-Regime, das den Nazis die Emigranten und Juden auf einem silbernen Tablett serviert hatte, wurde nicht geredet –

stattdessen schor man die Köpfe aller Frauen, die sich mit Deutschen eingelassen hatten.

Félix lauschte, die Gesänge wurden endlich leiser, wieder war das Hämmern und Klopfen der Bauarbeiter zu hören, die seit einigen Wochen dabei waren, die zerstörte Hafenanlage wiederaufzubauen. Der Schutt war auf die freie Fläche dem Bahnhof gegenüber geschafft worden, der Quai wieder mit Steinwürfeln befestigt worden.

Seines Wissens war ein Streit ausgebrochen, ob man im Zuge der Bauarbeiten Saint-Tropez nicht ein völlig neues Gesicht geben sollte, sämtliche Brückenbögen in der Nähe des Fischmarkts einreißen, die gewundenen Gassen der Altstadt durch breite Alleen ersetzen, zerstörte Häuser nicht originalgetreu, sondern um mindestens ein Stockwerk erhöht aufbauen sollte. Er hatte keine Ahnung, wie dieser Streit entschieden worden war. Etwas Altes abzureißen erschien ihm konsequent. Zu glauben, man könnte aus den Trümmern was Besseres bauen, schien ihm so vermessen wie mit Weihrauch die Spuren von Besatzung und Krieg zu tilgen.

Der Bischof könnte gut auch mich besuchen, überlegte er. Dann könnten wir sehen, was stärker ist – der Weihrauch oder meine Zigaretten.

Seit dem Morgengrauen rauchte er unentwegt, seine Augen brannten, bei jedem Zug schmerzten Hals und Kehle, er hörte dennoch nicht auf, hatte die Hoffnung, dass der Zigarettenrauch ihm den Drang nach etwas Stärkerem … Giftigerem … Tödlicherem austrieb.

Um die Mittagszeit drangen durch die Ritzen der Tür plötzlich Gerüche. Félix zog ein paar unruhige Kreise. In der Nähe des Fensters drohte Musik, in der Nähe der Tür Geruch nach Essen, beides bewies, dass das Leben weiterging, während sich seines im Kreis drehte.

Er wusste, er sollte froh sein, dass so viele amerikanische Soldaten in ihrem Haus beherbergt wurden. Andernorts wurden Frauen vor Hunger ohnmächtig, weil die Rationen so gering ausfielen und an den verminten Küsten an Fischfang nicht zu denken war, sie bekamen Schokolade und Konserven mit Bohnen und *corned beef* in großen Mengen. Und während andere mit ihrem Schmuck nach Monaco fuhren, wo es alles im Überfluss gab, um ihn gegen eine Crêpe Suzette zu tauschen, zahlten ihre Gäste in Dollar, der einzigen festen Währung, die es im Moment gab.

Rosa war in ihrem Element, sie kochte den ganzen Tag. Ornella war nicht in ihrem Element – anstatt den zerstörten Garten wiederaufzubauen, wie sie es sich wohl insgeheim wünschte, war sie den ganzen Tag über damit beschäftigt, die Zimmer zu putzen, das Essen zu servieren, Wäsche zu waschen, mit den amerikanischen Offizieren zu kokettieren. Aber sie tat das klaglos, mehr noch: mit jenem stillen Selbstbewusstsein und einer eisernen Entschlossenheit, die er früher nie an ihr gewittert hatte. Außerdem lachte sie oft, vor allem, wenn ihr die Amis vorschwärmten, welch lieblicher Ort Saint-Tropez sei und wie dumm, dass man ausgerechnet Cannes während des Krieges von Bombardierungen verschont hätte, nicht dieses Fischerdörfchen.

Félix war nicht sicher, was er von dem Lachen halten sollte. War es verlogen wie der Weihrauch, die Gesänge, die Büste vom heiligen Torpes mit Kopf? Oder war es ein Zeichen des Triumphs, weil sie noch lebten?

Nun, wenn Ornella dieses Leben als das ihre betrachten konnte, dann gönnte er ihr das nach allem, was sie im Krieg getan hatte, von Herzen. Er war tief bewegt gewesen, als er erfahren hatte, dass sie den Maquis unterstützt hatte.

»Ich wusste immer, dass du stark bist … stur … dass du für

deine Ziele kämpfst«, hatte er gesagt. »Aber dass du diesen Mut aufgebracht hast, diese Größe, diese Entschlossenheit, das … das …«

Das erfüllt mich mit Respekt, hatte er sagen wollen, aber da hatte sie schon ihre Hand gehoben, ihn zum Schweigen gebracht, vielleicht, weil sie nie nur seinen Respekt gewollt hatte, immer auch seine Liebe, vielleicht, weil es Dinge gab, für die sämtliche Worte zu klein waren.

»Ich habe nichts getan, was du nicht auch getan hast.«

»Ich fühle mich trotzdem so, als wäre ich gescheitert.«

»Wir sind alle gescheitert, weil wir diesem Wahnsinn zu wenig entgegensetzen konnten. Und wir haben es alle geschafft, zumindest einen Funken am Leuchten zu halten, aus dem nun ein neues Feuer erstehen kann.«

Dieses Feuer hatte nicht in ihrem Blick gelodert, auch er hatte es nicht gefühlt. Erst als er sie unwillkürlich an sich gezogen hatte, um sie zum ersten Mal in ihrer Ehe von sich aus und ganz liebevoll zu umarmen, hatte sich Wärme in ihm ausgebreitet.

»Du hättest es so verdient …«, hatte er sich murmeln hören. Wieder wären die Worte, die er noch hätte machen können, zu klein gewesen, um auszudrücken, was er ihr wünschte, was sie aber nicht bekommen würde: einen Ehemann, der mehr für sie empfand als Bewunderung.

Immerhin hatte Ornella nicht enttäuscht gewirkt, noch nicht einmal resigniert, als sie sich wieder von ihm gelöst hatte. Im Gegenteil: Sie hatte jenen tiefen Frieden ausgestrahlt – Frieden mit sich selbst, mit der Welt, mit ihm –, nach dem er sich vergebens sehnte.

Als er zugestimmt hatte, dass sie in Saint-Tropez bleiben und nicht wieder nach Menton zurückkehren würden, zumal von dort immer noch Nachrichten von Bombardierungen und Kämpfen kamen, hatte er bereits gewusst, dass er, egal wo er lebte, weder der Leere noch dem Überdruss würde entkommen können.

Er blieb vor der Tür stehen, überlegte, wie er die Ritzen abdichten könnte. Es fiel ihm nichts ein, die Gerüche wurden stärker. Gebratener Hase. Oder Kalbsbäckchen.

Er zerdrückte die Zigarette am Türrahmen, wollte sich die nächste anzünden, sah ein, dass das nichts nutzen würde. Er konnte nicht gegen die Gerüche anqualmen, darauf hoffen, dass aus den grauen Schwaden eine Zukunft erstand. Noch nicht einmal die Geister der Vergangenheit konnte er beschwören.

Jeder Gedanke an Salome fühlte sich in seiner Seele so an wie ein Zug an der Zigarette in seiner Kehle. Er hatte sie um eine einzige Stunde verpasst, hatte keinen Abschied von ihr nehmen, ihr nicht seine Liebe beteuern können, die unverwundbar war, trotz ihrer Lüge. Wäre er damals nur direkt vom Bahnhof von Cogolin nach Saint-Tropez zurückgekehrt …

Doch er hatte vermeint, es den Toten, die alle kein kenntliches Gesicht mehr hatten, schuldig zu sein, sie zu begraben. Und er hatte auch vermeint, es Hanna schuldig zu sein, ihr von Leos Tod zu berichten. Anstatt sich den anderen Maquisards anzuschließen, hatte er sich auf den langen, anstrengenden Weg nach Gassin gemacht, war dort mit Schmerzen und aufgeplatzten Narben angekommen. Als er von der Bäuerin erfahren hatte, dass Hanna eine Botschaft erhalten und Gassin mit ihrem Kind verlassen hatte, war er überzeugt gewesen, dass sie von Leos Tod erfahren hatte. Im nächsten Augenblick hatte er auf der Pritsche gelegen, wo er bereits so viele Wochen verbracht hatte, hatte beschlossen sich ein Stündchen auszuruhen. Aus dem einen Stündchen waren zwölf geworden, danach hatte ihm die Bäuerin irgendeinen Eintopf aufgezwungen, seine Wunden verbunden, und am Ende war er noch einmal eingeschlafen.

Er war am 17. August zur Mittagszeit nach Saint-Tropez zurückgekehrt, um dort nicht nur zu erfahren, dass Leo noch lebte, was ihn unendlich freute, sondern auch, dass Salome am späten Vormittag desselben Tages das Fischerdörfchen verlassen hatte – was ihn unendlich verzweifeln ließ.

Eine Stunde.

Eine einzige verdammte Stunde.

Wobei ihn noch viel mehr von ihr trennte als nur diese Stunde, auch ihre Überzeugung, er wäre nicht sofort nach Saint-Tropez zurückgekehrt, weil er ihr zürnte. Wie gern hätte er ihr das Gegenteil versichert, wie gern von ihr Abschied genommen, obwohl der sie beide wohl mehr gequält als erlöst hätte und ein Liebesbekenntnis nicht wie eine süße Melodie geklungen hätte, nur wie das leere Echo von Tod und Krieg und dem Kugelhagel, in dem Marius gestorben war.

Unwillkürlich presste er sich die Hände vor die Ohren, um dieses Echo nicht länger zu hören.

Etwas weniger schmerzhaft als an Salome war es, an Robespierre zu denken. Er hatte ihn am 27. August, als alles vorbei gewesen war und auf dem Fort Saint-Nicolas in Marseille die Trikolore geflattert hatte, zum letzten Mal getroffen.

»Schließ dich uns an«, hatte Robespierre erklärt.

»Wem denn?«

»Na, den Kommunisten. Gleich in mehreren Dörfern wurden kommunistische Bürgermeister gewählt, das wird unsere Zeit.«

Félix war es neu, dass Robespierre Kommunist war. Ganz sicher wusste er dagegen, dass er zu keinem Uns gehörte. Schon ein Ich war zu groß, um es mit seinen kläglichen Gedanken und Sehnsüchten zu füllen. Wie sollte er da etwas zu einem Uns beisteuern?

»Wie heißt du eigentlich wirklich?«, hatte er lediglich gefragt.

»Vielleicht Robert Pierre?«, hatte der andere zurückgegeben, und dann hatte er auf die ihm eigene hysterische Art gelacht, bis Tränen aus den Augen gespritzt waren. Gemeinsam hatten sie eine Flasche Wein geleert, dann war der andere aus seinem Leben verschwunden, und Félix hatte ihn beneidet – nicht etwa darum, Kommunist zu sein, sondern ein Ziel zu haben.

Félix zog seine nächste Runde, näherte sich wieder dem Fenster, hörte keine Musik mehr, aber Glocken. Ihr Dröhnen erfasste seinen Körper, ein Druck an den Schläfen kündigte Kopfschmerzen an. Er schloss die Augen, doch die Glocken klangen dadurch noch lauter. Er floh hinter den Schreibtisch, vernahm nun auch etwas anderes, ein Klopfen.

Wenn Ornella mir Essen aufschwatzen will, erschlage ich sie, ob sie nun eine Heldin ist oder nicht.

Er hielt den Atem an, verweigerte ein Herein, die Tür wurde trotzdem geöffnet. Es war nicht Ornella, es war niemand, der ihm etwas zu essen brachte, es war Marie, seine Tochter, dieses zugleich fremde wie vertraute Kind. Er hatte sie in den letzten Wochen manchmal etwas ziellos durch Haus und Garten schleichen sehen, wie er selbst durch sein Leben schlich. Wenn sie ihn anblickte, weiteten sich ihre dunklen Augen, den Mund machte sie jedoch kaum auf. Heute war es umgekehrt, sie kniff die Augen zusammen, wohl weil der Zigarettenrauch brannte, öffnete dafür den Mund.

»Kann ich mich hier verstecken?«

»Wovor?«

»Rosa will, dass ich von den Kalbsbäckchen probiere.«

Irgendein Muskel im Gesicht, den er seit Ewigkeiten nicht betätigt hatte, zuckte, sodass sich seine Lippen zu einem Lächeln verzogen. »Hier bist du vor Kalbsbäckchen sicher. Wenn ich mal etwas essen muss, bevorzuge ich gebratene Kinderfüße.«

Die Augen weiteten sich nun doch. »Wirklich?«

Félix wartete ein wenig, machte sich eine neue Zigarette an, zog erst mal kräftig daran, ehe er antwortete. »Das war nur ein Scherz. Ich sage viele Dinge, die ich nicht so ernst meine.«

»Maman sagt, du würdest dir Geschichten ausdenken.«

»Früher habe ich das einmal gemacht, jetzt nicht mehr.«

Marie ging nicht darauf ein. »Maman sagte, du wärst ein Schriftsteller«, fügte sie hinzu.

»Früher war ich mal einer, jetzt nicht mehr.«

»Warum nicht?«

Diese Frage hatte er aus seinem Zimmer halten wollen wie die Essensgerüche, die Klänge, wie die dreiste Hoffnung, dass das Leben weiterging, dass man sich um Tote und Schuld nicht zu scheren hatte. Doch als Marie nun über die Schwelle trat, die Tür hinter ihr zufiel, nistete sich die Frage im Raum ein.

So schnell würde er gar nicht im Kreis gehen können, um ihr zu entfliehen.

Warum nicht? Weil ich einst Geschichten über Liebe und Krieg schreiben wollte. Weil ich erst von der Liebe zu wenig verstand. Und weil mir später, als so viele Emigranten an die Riviera kamen, aufgegangen ist, dass ich auch nichts vom Krieg verstand.

Aber traf das noch zu? Er verstand mittlerweile mehr von der Liebe, als er je zu verstehen geglaubt hatte. Und er verstand mehr vom Krieg, als er je hatte verstehen wollen.

Marie bestand auf keiner Antwort. Ihr Blick fiel auf den Zigarettenstummel, den er neben der Tür hatte fallen lassen. Sie bückte sich, um ihn aufzuheben und in den Aschenbecher zu werfen.

»Erzählst du mir eine Geschichte?«, fragte sie und blieb neben dem Schreibtisch stehen.

Félix blickte sie an. Obwohl er saß und sie stand, reichte sie ihm höchstens bis zu den Schultern. Trotzdem war er überzeugt, dass sie größer werden würde als seine Mutter, vielleicht nicht so groß wie er, aber lang und dünn. Und anders als Hélène würde sie sich nicht mit Puppen abgeben.

»Eine Geschichte ...«, sagte er gedehnt. »Worum soll es in der Geschichte gehen?«

»Um eine Prinzessin«, schlug sie vor.

Er lachte heiser. »Ich habe keine Ahnung von Prinzessinnen. Ich kenne nur Geschichten von Ungeheuern.«

»Die sind mir noch lieber. Ist das Ungeheuer böse oder freundlich?«

»Vielleicht ... beides? Menschen sind auch selten nur das eine oder das andere. Und manchmal wollen sie gut sein, können es aber nicht bleiben.«

Maries Miene blieb ausdruckslos, sie verriet nicht, ob sie ihn verstand oder nicht. »Erzählst du mir nun eine Geschichte?«

»Ich könnte sie aufschreiben. Und dann kannst du sie lesen.«

»Ich kann noch nicht lesen. Du müsstest es mir beibringen.«

»Dafür habe ich doch keine Zeit, wenn ich die Geschichte aufschreiben muss.«

Sie zuckte die Schultern. »Warum geht denn nicht beides? Rosa sagt, dass du den ganzen Tag rein gar nichts tust.«

»Da hat Rosa allerdings recht.«

Er erwiderte Maries herausfordernden Blick eine Weile, öffnete dann die Schublade des Schreibtisches. Er war nicht sicher, ob er darin etwas finden würde, stieß dann auf einen Stapel alten Briefpapiers, zwar von bräunlichen Flecken übersät, aber noch unbeschrieben. Und da war ein Bleistift. Er legte beides auf die Tischplatte, blieb danach reglos sitzen. Das leere Blatt starrte ihn an, Marie starrte ihn an. Beide schienen auf etwas zu warten, er wartete ja auch auf etwas, auf das erste Wort, damit er darauf seine Geschichte aufbauen konnte.

Das Wort kam nicht, er zog an seiner Zigarette.

»Du kannst nicht gleichzeitig rauchen und schreiben«, stellte Marie fest.

»Natürlich kann ich das, früher habe ich zwei Zigaretten gleichzeitig geraucht. Soll ich es dir zeigen?«

Maries Stirn, hoch, glatt und weiß, runzelte sich. »Ich mag es nicht, wenn du rauchst. Es stinkt.«

»Und ich mag es nicht, wenn man mir sagt, was ich tun soll oder nicht. Wenn du hierbleiben willst, musst du den Zigarettenrauch ertragen.«

Marie blieb.

Er suchte immer noch nach dem Wort, um die Geschichte seines Lebens fortzusetzen. Schrieb dann etwas auf und erkannte beim Schreiben, dass es nicht darum ging, die Geschichte seines Lebens fortzusetzen, sondern sie aufzuschreiben, weil ihm vielleicht erst darüber die Fortsetzung einfallen würde.

»Was hast du geschrieben?«, fragte Marie, stützte den Ellbogen auf den Tisch und die Hände auf das Kinn.

Er wollte ihr gerade antworten, als von draußen wieder die Gesänge kamen.

»Himmel, was habe ich Lust, eine Zigarette an der Statue vom heiligen Torpes auszudrücken!«, entfuhr es ihm.

Marie entfuhr auch etwas, es war ein Kichern. Es wurde von Quietschen übertönt, als er aufstand, das Fenster aufriss, seine Zigarette hinauswarf, sogar den vollen Aschenbecher entleerte. Er hoffte, dass der Wind die Zigarettenstummel zur Prozession wehen würde.

Er setzte sich wieder, zündete sich keine neue an.

»Du rauchst ja nicht mehr«, stellte Marie fest.

»Stimmt.«

»Ich dachte, du tust nicht gern, was man dir sagt.«

»Ich höre ja auch nicht deinetwegen auf, ich hab's gerade selbst entschieden.«

Marie kicherte wieder, vielleicht, weil sie ahnte, dass das ein hoffnungsloses Unterfangen bleiben, er nicht lange ohne Zigaretten durchhalten würde. In seinem Gesicht zuckte wieder jener Muskel, der ihn grinsen ließ.

Sie deutete auf das Blatt. »Was steht denn nun da?«, fragte sie.

Er setzte sich wieder, winkte sie noch näher an sich heran.

»Das ist ein L, das ein I, das ein E, das ein S, das ein T.«

Kurz dachte er, er hätte zu schnell gesprochen. »Liest«, sagte Marie dann aber, »das ist doch kein Wort.«

»Doch, nur kein französisches, sondern ein deutsches. Du kennst Salome, oder? Als ich ihr zum ersten Mal begegnet bin, habe ich ihr auf Deutsch die Frage gestellt: ›Liest du?‹ Damals wollte ich mich nur mit Menschen abgeben, die gern lesen, weißt du. Im Grund will ich das heute immer noch. Jedenfalls kann ich diese Frage in vielen Sprachen stellen.«

»Und was hat Salome daraufhin gesagt?«

»Sie hat so getan, als hätte sie mich falsch verstanden, als hätte ich ›Isst du?‹ gefragt.«

Wieder ein Kichern. »Und so beginnt also die Geschichte über das Ungeheuer?«

»So beginnt eine Geschichte über Liebe und Krieg. Ich denke, ich werde sie aufschreiben, damit ich die Liebe nicht vergesse und was sie mir geschenkt hat und damit die Menschen nicht den Krieg vergessen und was er uns geraubt hat. Weißt du, sowohl Liebe als auch Krieg sind Ungeheuer. Beides hat die Macht, aus uns gute oder böse Menschen zu machen.«

Der Bleistift kratzte über das Papier, als er den Satz fertig schrieb, den nächsten begann, auch ihn zu Ende brachte. Bald war die erste Seite vollgeschrieben, er würde weitere füllen, er würde

Salome für lange Zeit keinen Brief schreiben können, weil keine Post nach Deutschland ging, aber er würde ihre Geschichte erzählen, Salomes und seine Geschichte, Ornellas und Hannas und Leos und Herrn Theodors Geschichte, die von all den anderen, auch die von … Marius.

»Du liest lieber, als dass du isst«, riss Maries Stimme ihn aus den Gedanken.

»Ja.«

»Ich glaube, ich auch. Erst recht wenn es Kalbsbäckchen gibt.«

Er lächelte nicht nur, er lachte, dann buchstabierte er den letzten Satz, den er geschrieben hatte, und gab ihr ein Blatt Briefpapier und einen Bleistift, damit sie ihn abschreiben konnte.

1945

Einundzwanzigstes Kapitel

»*Putain bordel de merde*«, entfuhr es Salome.

Die Frau, die neben ihrem Bett stand, blickte stirnrunzelnd auf sie herab. »Na, na, na«, rügte sie. Salome war über die Reaktion erstaunt. Hatte sie sie etwa verstanden? Bis jetzt hatte sie doch Hessisch gesprochen und nicht den Eindruck gemacht, dass sie auch Französisch beherrschte! Woran sie Anstoß nahm, war allerdings nicht, dass Salome fluchte, sondern dass sie es in einer fremden Sprache tat, wie sie mit ihrem nächsten Satz bekundete. »Mir reicht's ja schon, dass die Amis Englisch sprechen. Man selbst sollte patriotisch genug sein, an der schönen deutschen Sprache festzuhalten.«

Salome öffnete den Mund, diesmal jedoch nicht, um zu fluchen. Ihr entfuhr ein Schrei, der in ein Keuchen überging, und sie spürte Schweiß von ihrer Stirn perlen, obwohl es jetzt im Mai nicht einmal sonderlich warm war. »*Merde!*«, rief sie, als die schlimmsten Krämpfe vorbei waren, und ehe sie dafür zurechtgewiesen wurde, fügte sie trotzig hinzu: »Sie können mir gern einen hessischen Fluch verraten.«

Die Frau beugte sich über sie, spreizte ihre Beine etwas, tastete ihre Scham ab. Sie schien nicht bereit, in ihrer Miene stand eher ein Ausdruck von Überdruss.

»Das Kind steckt fest«, stellte sie fest, »eigentlich darf es nicht so lange dauern.«

Eine neue Wehe schüttelte Salome. Nicht nur, dass seit geraumer Zeit der Abstand zwischen ihnen immer kürzer wurde, jede weitere war heftiger als die vorangegangene. Nach dieser hatte sie keine Kraft mehr zum Fluchen, selbst das Atmen fiel ihr schwer. Immerhin schaffte sie es, sich aufzurichten. Es bereitete zwar auch ihr Sorge, dass nicht erst ein paar Stunden, sondern schon zwei Tage vergangen waren, seit dieses Messer in ihrem Leib zu stochern begonnen hatte, dennoch erklärte sie trotzig: »Das Kind schafft es.«

Sie hatte es im letzten Sommer schließlich auch geschafft heimzukehren, hatte dafür nicht nur Tage, hatte Wochen gebraucht. Salome lehnte sich wieder zurück, verlor sich in Erinnerungen an die Zeit nach ihrer Flucht aus Saint-Tropez.

Erst halfen ihr ein paar Maquisards weiter, später schloss sie sich deutschen Wehrmachtsverbänden an, die planmäßige Absetzbewegung nannten, was in Wahrheit ungeordnete Kolonnen aus Automobilen und Fahrrädern waren.

Viele gingen zu Fuß, selbst Offiziere, wobei manche Uniform so zerfetzt war, dass man das Dienstgradabzeichen nicht mehr erkennen konnte. Ein paar von ihnen hatten immerhin noch Proviant dabei und mit ihr etwas geteilt, das offenbar Zwieback und Trockenfleisch sein sollte, aber so schmeckte, als hätte man Fetzen aus der Uniform gerissen und gebraten. Einer ließ sie sogar einen Schluck aus seiner Flasche *jus de raisin* machen, der allerdings völlig verdorben war.

»Denk einfach, es ist Wein«, riet er ihr.

Es fehlte ihr die Vorstellungskraft, um den verdorbenen *jus de raisin* wie Wein zu trinken, aber sie redete sich beharrlich ein, dass ihr mühseliger Heimweg eine abenteuerliche Reise war.

Lyon war noch in relativ gutem Zustand. Die mächtigen Villen waren so instand wie die Gärten davor, große Bäume überschatteten die Straße, Menschen liefen in anständiger Kleidung herum, nicht in Fetzen. Salome schloss sich einer Gruppe Frauen an, die in Südfrankreich einer der Nachtjagdstaffeln zugeteilt und deren Aufgabe es gewesen war, den Luftraum zu überwachen. Obwohl sich die Ordnung der Welt aufzulösen schien, hielten sie an ihrer Hierarchie fest. Die Hauptführerin befahl, die Unterführerinnen gehorchten. Salome gab sich stumm und verängstigt und bekam auf diese Weise einen Platz in einem Lastwagen zugewiesen.

Von Mühlhausen ging es mit der Eisenbahn weiter – über den Rhein, an dessen Seiten unzählige Bombenkrater klafften, durch Freiburg, Offenburg, schließlich durch den Schwarzwald. Die Züge bis Rottweil waren überfüllt. Der, der von dort nach Frankfurt fuhr, war fast leer.

»Von Frankfurt wollen die Leute doch weg«, erklärte man ihr.

Sie hatte diese Worte erst verstanden, als sie angekommen war und keine Stadt vorgefunden hatte, nur einen Trümmerhaufen, eine riesige Ruine. Die Altstadt war dem Bombenhagel fast gänzlich anheimgefallen gewesen, fast alle Brücken über den Main waren zerstört worden.

Bis zu diesem Augenblick war sie pausenlos in Bewegung gewesen, nun erstarrte sie erstmals. Der Staub füllte ihre Lunge, sie vermeinte, dass eine schwarze Welle sie überrollte und diese von ihr ebenfalls nichts anderes zurücklassen würde als einen Trümmerhaufen, eine Ruine. Aber wenn sie etwas gelernt hatte, so war es, Wellen standzuhalten, dagegen anzuschwimmen. Sie hatte gegen die Leere, das Entsetzen, die Fassungslosigkeit gekämpft. Sie kämpfte auch jetzt gegen den Schmerz, der den Körper zerriss.

»*Sacrebleu!*«, schrie sie ihn an.

»Na, na, na«, kam es wieder. Erneut machte sich die Hebamme zwischen ihren Beinen zu schaffen, was mindestens so wehtat wie die Wehe. Danach erklärte sie, dass das Kind zwar feststeckte, sich die Nabelschnur aber immerhin nicht vor dem Kopf befand.

»*Grace à Dieu!*«, stieß Salome aus, und weil die Hebamme nicht verstand, dass sie nicht länger fluchte, warf sie ihr wieder einen mahnenden Blick zu.

Die paar Atemzüge, die ihr die Wehen Pause gönnten, verschwendete sie mit dem Gedanken, ob es nicht besser war, statt Französisch zu sprechen, Englisch zu lernen.

Seit Ende März waren Listen mit den wichtigsten Redewendungen im Umlauf, und zumindest ein paar waren Salome schon in Fleisch und Blut übergegangen.

Nicht schießen! – Dount schuht!

Danke schön! – Ssänk juh.

Haben Sie eine Zigarette? – Häw juh got e ssigaret?

Seit damals war in Frankfurt der Krieg zu Ende. US-Truppen hatten die Stadt erobert, olivgrüne Stahlkolosse waren durch die Straßen gerasselt, auch über die einzige Brücke, die Wilhelmsbrücke, die nicht vor ihrem Einmarsch gesprengt worden war. Wilhelm Holbach, ein Journalist, war zum vorläufigen Frankfurter Bürgermeister ernannt worden, Soldaten hatten Kaugummis verteilt.

»Von Kaugummis kann man kein Kind ernähren«, hatte die Hebamme, die ihr jetzt beiseitestand, damals erklärt. »Hoffentlich haben Sie genug Milch zum Stillen, sonst gibt das nichts.«

Wenn das Kind nach seinem Vater kommt, braucht es nicht viel Milch, hatte Salome gedacht.

Jetzt wiederum dachte sie: Wenn das Kind nach seinem Vater kommt, scheut es die Welt, zögert herauszukommen. Aber am Ende wird es sich doch überwinden, weil es stärker und mutiger ist, als man ihm zugetraut hat.

»Nun komm endlich!«, schrie sie das Kind an.

Sehr lange hatte sie nicht bemerkt, dass sie schwanger war. Ihr Bauch war kaum gewachsen, ihre Gedanken waren im Herbst und Winter nie weiter als bis zum nächsten Tag gegangen, auch nie tiefer als bis zur Frage: Wird unser Haus morgen noch stehen? Das Reisebureau in der Kaiserstraße hatte sie zerstört vorgefunden, bei ihrem Heim im Westend waren immerhin noch die Wände heil gewesen, wenngleich die Fenster kaputt. Um nicht zu frieren, hatte sie eigenhändig Holzbretter davorgenagelt – ihre erste Tat nach der Heimkehr.

»Dann kann man ja gar nicht mehr nach draußen sehen«, hatte ihr Vater ganz verdattert gerufen, als wäre ihm dann erst aufgegangen, dass der Krieg blind machte, dass man nichts Schönes, Wahres, Gutes mehr erkennen konnte, dass man den Menschen nicht sah, nur Feinde.

Sie dagegen hatte die Fensterbalken als ehrlich empfunden, sie hatte ja nichts sehen wollen.

Eines Tages aber hatte sie etwas in ihrem Inneren gespürt – so sacht, dass es nicht mehr Kraft zu verschwenden schien, als ein Schmetterling brauchte, um seine Flügel zu bewegen. Eine leise, eine sanfte Botschaft, ein »Ich bin da!« und ein »Ist da wer?«

So ausgebrannt sie sich eben noch gefühlt hatte – sie hatte diese Frage mit einem beherzten Ja beantworten können.

Natürlich ist da wer. Natürlich gibt es mich noch, ich bin immer noch die alte Salome, ich bin eine, die mutig ist und kämpft, die Hader und Trauer abschütteln kann, die das Leben anpackt, die notfalls heuchelt und lügt, um zu überleben, die dennoch ebenso gut träumen und hoffen kann.

Soeben nahm sie wieder den Kampf mit den Wehen auf, ließ es nicht zu, dass sie aus ihr ein schreiendes, sich windendes Bündel Mensch machten. Sie war immer noch die alte Salome. Salome ließ sich nicht unterkriegen, und dieses Kind sollte jetzt gefälligst aus ihr herauskommen! Als sie Félix damals zum ersten Mal begegnet war, hatte er im Finstern gehockt, geraucht und die

Menschen verachtet, aber sie hatte das Licht angemacht. Und dieses Kind würde sie ebenso ans Licht bringen.

»Gleich, gleich, gleich!«, rief die Hebamme plötzlich erstaunt, regelrecht ungläubig. »Da ist das Köpfchen!«

Die letzten Wehen schmerzten nicht mehr, vielleicht, weil sie alles Trachten daransetzte, nicht mehr zu pressen, wie die Hebamme befahl, vielleicht, weil sich das Kind nicht mehr dagegen wehrte, auf die Welt zu gleiten.

Es war noch nicht da, als ein Klopfen ertönte.

Richtig, die Hebamme hatte ihren Vater beauftragt, frisches Wasser zu bringen. Salome konnte sich nicht vorstellen, dass Arthur das wirklich geschafft hatte. So viele Leitungen waren kaputt, meist mussten sie sich mit Regenwasser begnügen. Tatsächlich kam er nicht mit Wasser, sondern mit einer Neuigkeit, die er eben im Radio gehört hatte. Es kam die Meldung, dass …

Die große Welt mit ihren Neuigkeiten musste warten. Hier in ihrer kleinen Welt zählten nur sie und das Kind. Sie schrie ein letztes Mal auf, verstummte dann, das Kind schrie auch, empört, beleidigt, laut.

»Lang ist's, dünn ist's, alles ist dran«, erklärte die Hebamme fast ungläubig. »Es ist ein Junge.«

Ein Junge …

Kurz hob Salome den Kopf vom Kissen, das von ihrem Schweiß durchtränkt war. Als Erstes sah sie eine dicke blaue Nabelschnur, die die Hebamme durchtrennte. Dann sah sie einen Kopf, hochrot, weil er nach unten hing, sah Händchen, die sich zu Fäusten ballten. Das Kind schrie immer noch, selbst als die Hebamme es in ein Tuch gewickelt, es ihr auf die Brust gelegt hatte. Immerhin klang es nicht mehr so beleidigt. Salome wickelte das Kind aus dem Tuch, schob ihr Leibchen hoch. Sie wollte das Kleine ganz und gar spüren, die warme, feuchte, mit Blut und Schleim verschmierte Haut. Die zusammengekniffenen Augen öffneten sich, blickten sie mit einem Ausdruck von Verwunderung an: Es ist ja gar nicht so schlimm.

Ja, dachte Salome, es ist gar nicht so schlimm, und wenn es schlimm wird, müssen wir es besser machen.

Nur kurze Zeit später blickte sie hoch, hatte bis dahin von der Ewigkeit gekostet. Sie sah, dass ihr Vater verschwunden war und die Hebamme Tränen in den Augen hatte.

»Mag ja sein, dass das eine schwere Geburt war, aber das war doch sicher das hundertste Kind, das Sie auf die Welt gebracht haben, da müssen Sie nicht weinen.«

»Ja, glauben Sie, ich weine wegen des Kindes?«, erwiderte sie. »Gewiss nicht! Aber, aber …«

Mit einer Stimme, weitaus trostloser als in den Augenblicken, da sie überzeugt gewesen war, das Kind würde in ihr stecken bleiben und sie beide sterben, erklärte sie, dass im Radio eben der letzte Wehrmachtsbericht des Krieges gesendet worden war. Der aussichtslos gewordene Kampf sei eingestellt worden … das fast sechsjährige heldenhafte Ringen sei endgültig zu Ende. Es habe große Siege, aber auch schwere Niederlagen gebracht, die deutsche Wehrmacht sei am Ende einer gewaltigen Übermacht ehrenvoll unterlegen.

»Ich meine, man konnte ohnehin nicht mehr hoffen. Bei uns hier in Frankfurt ist der Krieg schon lange vorbei, und trotzdem … und trotzdem …«

Sie schluchzte herzzerreißend, und auch Salome stiegen Tränen in die Augen. Sie wollte nicht weinen, sie wollte ihr Kind betrachten, das Kind, das im Krieg gezeugt, aber im Frieden geboren worden war, das Kind einer Deutschen und eines Franzosen, das Kind, das Neuanfang verhieß.

»Wie soll er denn heißen?«, fragte die Hebamme, nachdem sie sich etwas beruhigt hatte.

»Victor«, sagte Salome, ohne darüber nachzudenken.

»Heißt das nicht ›Sieg‹? Wie können Sie ihn denn so nennen, wo wir doch gerade den Krieg verloren haben?«

Ich nicht, dachte Salome, ich habe den Krieg nicht verloren. Das sagte sie hingegen nicht, erklärte nur: »Das ist der Name eines berühmten französischen Schriftstellers, den ich sehr schätze.«

Die Hebamme blieb noch eine Weile, bis die Nachgeburt gekommen war und sie ihr gezeigt hatte, wie man das Kind richtig anlegte. »Beten Sie zu Gott, dass Sie genug Milch haben.«

Später kam ihr Vater ins Zimmer, immer noch ohne frisches Wasser, immerhin mit einem feuchten Tuch. Salome wischte ihrem Sohn über das Köpfchen, sah nun, dass der Flaum nicht schwarz war wie ursprünglich angenommen, sondern von jenem Rotbraun wie ihr Haar. Aber die Farbe seiner Augen, in die sie am liebsten versunken wäre, glich der von Félix' Augen.

Wir haben einen Sohn, Félix. Er heißt Victor. Unsere Geschichte endet nicht mit meiner Lüge, sie beginnt mit dem kräftigen Schrei unseres Kindes.

Wie aus weiter Ferne vernahm sie die Stimme des Vaters. »Schön, schön, du hast alles gut überstanden, schön, schön, ein Junge, schön, schön, der Krieg ist aus. Ob wir jetzt endlich wieder Glasfenster bekommen?«

Sah er denn nicht, dass diese nebelgrauen Augen genügend Licht schenkten?

»Bevor du dir über Glasfenster den Kopf zerbrichst, solltest du dir überlegen, wie es mit unserem Reisebureau weitergeht«, murmelte sie.

»Reisebureau …« Arthur klang, als spräche er dieses Wort zum ersten Mal aus. »Frankfurt liegt in Trümmern, es gibt kaum etwas zu essen, auch keine funktionierenden Gasleitungen. Und du weißt doch, das Reisebureau wurde zerstört, nachdem schon zuvor die Wehrmacht die Geschäftsräume beschlagnahmt hat. Das komplette Reisebureauwesen ist zum Stillstand gekommen. Ich habe nur überlebt, weil ich für die Reichsbahn gearbeitet und …«

Salome hob abwehrend die Hand, sie wollte nicht darüber nachdenken, was er für die Reichsbahn getan hatte.

»Es wird besser werden. Es muss besser werden«, erklärte sie entschlossen. »Und das Reisen ist das einzige Geschäft, von dem du etwas verstehst.«

»Nur so bald wird niemand reisen! Hier in Frankfurt sind alle Hotels besetzt – von den alliierten Truppen und von den vielen Flüchtlingen aus dem Osten. Und überhaupt, die Menschen tauschen Schmuck oder Kleidung oder eine Schwarte Speck gegen Chesterfield-Zigaretten, nicht gegen Reisen.«

Richtig, die Chesterfields waren die Währung dieser Tage.

»Seit ein paar Wochen fahren wieder Straßenbahnen«, sagte sie energisch, »und es gibt Gerüchte, wonach die Bahnstrecken, die in den Taunus führen, bald wieder instand gesetzt sein werden. Du hast bereits früher Fahrkarten verkauft, damit kannst du beginnen.«

»Du denkst, das Reisebureau Sommer hat eine Zukunft?«

Ich denke, es darf nicht nur eine dunkle Vergangenheit haben, dachte sie.

»Du … du hast mitgeholfen«, brachte sie mühsam hervor. »Und jetzt musst du auch mithelfen. Vor vielen Jahren hast du einmal behauptet, dass das Reisen helfen würde, Grenzen zu überwinden und Völker zusammenzuführen. Das Reisen ist wichtiger als je zuvor.«

Er sah sie verwirrt an, war immerhin nicht immun gegenüber der Hoffnung in ihrer Stimme.

»Werden wir irgendwann wieder ans Meer reisen?«, fragte er sehnsuchtsvoll. »Werde ich irgendwann Paola wiedersehen?«

»Vielleicht.«

»Und dein Kind … wirst du dein Kind zu seinem Vater bringen?«

Er sprach Félix' Namen nicht aus, wahrscheinlich kannte er ihn gar nicht. Sie sprach ihn auch nicht aus, aber sie konnte ihn denken, ohne dass es wehtat. Sie dachte an das Versprechen, das sie Ornella bei ihrer letzten Begegnung abgerungen hatte: Er wird dir nie ein guter Ehemann sein, aber vielleicht ist er ein guter Vater. Was immer du dafür tun kannst, sorge dafür, dass er und Marie sich nicht fremd bleiben … dass ihm die Liebe nicht wieder fremd wird.

Eines Tages würde sie dafür sorgen, dass ihm auch ihr gemeinsamer kleiner Sohn nicht fremd blieb.

»Vielleicht«, sagte sie wieder.

»Ein Vater muss doch wissen, dass er ein Kind hat.« Sein Blick fuhr erstmals zu dem Kleinen, und sein Lächeln erhellte sogar den weggetretenen Blick.

»Ich nehme an, es bleibt uns Deutschen für lange Zeit verboten, nach Frankreich zu reisen«, sagte Salome leise, »und selbst wenn es uns wieder erlaubt sein wird, werden wir dort als Feinde gelten, als verhasste Besatzer. Aber … aber so muss es nicht bleiben.«

Bis jetzt hatte das Kind sanft an ihrer Brust genuckelt, nun schlief es ein. Obwohl sie nicht mehr in den grauen Augen versinken konnte, fühlte sie so große Zärtlichkeit … so große Zuversicht.

»Er heißt Victor … nach Victor Hugo … Der hat nicht nur Romane geschrieben, er hat einen Traum gehabt, den Traum von einem Europa, das nicht von Kriegen zerrissen wird, in dem es keine Grenzen mehr gibt, in dem die Deutschen und die Franzosen nicht von Feindschaft entzweit, sondern durch Freundschaft verbunden sind. Wenn dieser Traum wahr wird, dann werde ich unser Kind zu seinem Vater bringen, dann werden wir eine Familie sein und glücklich.« Falls Arthur befremdet war, zeigte er es nicht. Schließlich war er in Gedanken so oft in Länder gereist, die es nur in seiner Fantasie gab. »Gewiss, es ist ein ferner Traum«, murmelte sie und streichelte über Victors Köpfchen. »Aber es ist kein unmöglicher.«